Sally Beauman
Diamanten der Nacht

SALLY BEAUMAN

DIAMANTEN DER NACHT

Blanvalet

Die Originalausgabe erschien unter dem Titel »Destiny«
bei Bantam Books, New York

Aus dem Amerikanischen von Anneliese Tornow

1. Auflage

Printed in Germany · May & Co, Darmstadt
ISBN 3-7645-3507-5

Für James,
den freundlichsten aller Militär-Philosophen,
und für Alan.
In Liebe.

Whether we fall by ambition, blood or lust,
Like diamonds, we are cut with our own dust...

Webster, Die Herzogin vom Amalfi

Erster Teil

Prolog

Paris 1959

Der Betrag belief sich auf zwei Millionen Dollar. Es war das letzte Schreiben des Tages.

Er las jeden Satz aufmerksam durch, kontrollierte jede Zeile. Ihm gegenüber, vor dem Schreibtisch, saß seine Sekretärin und wartete geduldig, ohne sich anmerken zu lassen, daß sie frisch verlobt und unendlich verliebt war und es sehr eilig hatte, nach Hause zu kommen. Er blickte flüchtig zu ihr auf und lächelte. Draußen, vor dem Spiegelglasfenster, schien noch immer die Sonne, und von der Straße unten drang, durch die dicke Glasscheibe gedämpft, der Lärm des Pariser Straßenverkehrs herauf. Es war sechs Uhr nachmittags.

Paris im Sommer; die Seine an einem lauen Abend. Früher einmal, dachte er, da wußte ich, wie man sich am Ende des Tages fühlt, wenn ein Abend voller Verheißungen wartet. Jetzt nicht mehr. Wieder konzentrierte er sich auf die Papiere, griff zu seinem Platinfüller und unterschrieb. *Edouard de Chavigny.*

Er schob den weißen Bogen über die schwarze Platte des Schreibtischs, sagte dann aber, weil sie ihm leid tat: »Sie können jetzt gehen.«

Unvermittelt hob sie den Kopf; sie war verblüfft. Dann stieg ihr heiße Röte in die Wangen, und ihre Augen leuchteten auf.

»Aber es ist erst sechs.«

»Ich weiß. Ich würde sagen, Sie gehen jetzt gleich, bevor wieder ein Telefon klingelt.« Sein Ton wurde ironisch. »Bevor ich's mir anders überlege.«

»Vielen Dank.«

Während sie eilig ihre Papiere zusammensuchte, stand Edouard auf. Mit dem Rücken zu ihr blieb er vor einem der Fenster stehen und sah hinaus. Die City von Paris. Unten auf der Straße herrschte dichter Verkehr. Er sah, wie die Autos ein Stück fuhren, anhielten und wieder ein paar Meter fuhren. Sekundenlang lehnte er die Stirn ans Glas. Tief unten, auf der anderen Straßenseite, schüttelte der Wind die silbrigen Blätter einer Platane, und einen kurzen Moment sah es so aus, als tanzten sie.

»Ich werde auch bald gehen.«

Sie hatte bereits die Tür erreicht, hielt aber inne, als sie seine Stimme vernahm. Er spürte die Neugier in ihrem Blick: eine begreifliche Neugier, da er das Chavigny-Gebäude selten vor acht Uhr abends verließ.

»So früh?« Ihr Ton verriet so tiefes Erstaunen, daß Edouard sich mit leichtem Lächeln zu ihr umwandte.

»Warum nicht?« gab er zurück. »Es ist ein wunderschöner Abend.«

In diesem Augenblick, als er sprach, als er lächelte, wußte er, daß das Verlangen wiederkehrte, so stark und unverhofft wie immer, als hätte es die vergangenen drei Wochen nervösen Zölibats niemals gegeben.

Die Tür fiel ins Schloß. Mit einem Anflug von Verzweiflung wandte er sich wieder zum Fenster und preßte die Stirn ans kühle Glas. Das Verlangen ergriff Besitz von ihm; dunkel drängte es sich bis in den hintersten Winkel seines Gehirns, vernebelte sein Sehvermögen, erstickte seine Denkfähigkeit. Das Verlangen und die Verzweiflung, die darin lag: Immer kamen sie zusammen. Gereizt wandte er sich vom Fenster ab.

Er brauchte eine Frau. Frauen ließen ihn stets vergessen – jedenfalls für eine gewisse Zeit.

Es gab natürlich andere Mittel. Musik. Geschwindigkeit: Er fuhr gern sehr schnell. Zuweilen auch Alkohol. Vor allem aber Arbeit. Doch keines davon wirkte so schnell und so sicher wie Sex. Sex erlöste ihn für eine Weile – bis der Schmerz wiederkehrte.

Er verachtete dieses Verlangen und versuchte daher – wie immer –, dagegen anzukämpfen. Nachdem er sein Büro verlassen hatte, schickte er seinen Chauffeur nach Hause und fuhr den Wagen, jenen Aston-Martin, den Grégoire so sehr geliebt hatte, persönlich. Er lenkte ihn durch die belebten Straßen, hielt die mächtige Maschine in Schach, und fuhr so schnell wie möglich zur City hinaus, wo er nach Belieben beschleunigen konnte. Er schaltete das Radio ein und drehte die volle Lautstärke auf. Musik und Geschwindigkeit. Er hatte das Gefühl, als treibe Beethoven den Wagen an – und vorübergehend wurde er ruhiger. Er wußte, warum dies so war, wußte genau, was gerade jetzt sein Verlangen ausgelöst hatte. Erinnerungen, natürlich – Erinnerungen, die er niemals ganz verdrängen konnte, so sehr er sich auch bemühte, jede Sekunde eines jeden Tages auszufüllen. Erinnerungen, die sich ihm aufdrängten, wenn er sie am wenigsten erwartete: aus heiterem Himmel an einem stillen Sommerabend, durch die Erwartung im Gesicht einer Frau – Bilder der Vergangenheit, Gedanken an ein Glück, das niemals wiederkehren würde.

Die Musik steigerte sich zu einem leichten, zornigen Crescendo und verstummte. Resigniert dachte er: Na schön, dann also eine Frau. Und bog an der nächsten Kreuzung ab.

Das Rechte Ufer, vorbei an teuren Häusern und teuren Geschäften. Aus den Augenwinkeln sah er flüchtig schwarzen Samt und das eiskalte Geglitzer von Diamanten. Er, der so bekannt war für die Geschenke, die er den Frauen machte, hatte niemals Diamanten verschenkt. Saphire, Rubine, Smaragde – ja, aber niemals Diamanten. Irgend etwas hinderte ihn daran. »Ein perfekter Stein, Edouard.« Die Stimme seines Vaters. Er hielt den Diamanten ins Licht. »Siehst du? Perfekte Farbe. Makellos.«

Edouard lenkte den Wagen in Richtung Pont Neuf. Jetzt brauche ich keine Perfektion, dachte er. Das Leben kannte nichts Absolutes und keine Gewißheit. Er blickte auf die funkelnde Seine hinab.

Das Linke Ufer. Er nahm den Quai des Augustins und bog dann rechts ab, in den Boulevard St. Michel. Dort begann er nach einer Frau Ausschau zu halten.

Die Straßen waren sehr belebt. Die Menschen drängten sich vor den Geschäften, der Métro, dem *tabac* an der Ecke. Die Abendluft war still und lau. Aus den Cafés drangen die Klänge des zarten Liebeslieds auf die Straße, das er den ganzen Sommer gehört hatte.

Er spürte, wie sein Verlangen wuchs und die Verzweiflung stärker wurde, und ließ den Wagen langsam an den Cafés vorüberrollen. Sehr viele Touristen und – in diesem Stadtviertel – Studenten; er hörte ihre Stimmen: englisch, amerikanisch, italienisch, schwedisch. Er sah, wie sich Köpfe umwandten, als er vorbeifuhr, sah Frauengesichter. Sie musterten den starken Wagen, musterten den Fahrer; dann beugten sie sich wieder über ihre winzigen Tassen mit *café noir*, steckten sich eine Gauloise an und schenkten ihm kichernd einen längeren Blick...

Als er sich einer Kreuzung näherte, fiel sein Blick auf zwei junge Mädchen. Eine von ihnen war ein Rotschopf. Als er zu ihr hinübersah, warf sie den Kopf zurück und lachte. Ein schöner, schlanker Hals, volle Brüste, die milchweiße Haut der Rothaarigen. Ihre Begleiterin hätte Französin sein können: ein Juliette-Greco-Typ, von denen es unendlich viele gab. Schwarz, natürlich, mit langem, schwarzen Trauerhaar, leichenblassem Gesicht, die Augen dick ummalt. Sie wirkte nervös, schien sich nicht ganz behaglich zu fühlen. Er zögerte eine Sekunde, dann trat er den Gashebel herunter.

Er mied Frauen mit rotem Haar, weil sie ihn an seine Vergangenheit erinnerten, die er lieber vergessen wollte, und die Dreistigkeit des Mädchens schreckte ihn ab. Die andere wirkte wie jener Typ Frau, der tief verletzt durchs Leben geht.

Er bog in eine schmale Nebenstraße ein, fuhr an den dunklen Mauern und vorspringenden Wasserspeiern der Église St. Séverin vorbei. Danach an einem marokkanischen Restaurant mit würzigem Duft nach Kreuzkümmel und gegrilltem Fleisch, ein riesiges Graffiti: *Algérie Française*. Voll Widerwillen wandte er den Blick ab und riß hastig das Steuer herum.

Zwei weitere Straßen, schmal, gewunden; und dann nach rechts, in die Rue St. Julien le Pauvre.

Linker Hand vor ihm lag ein kleiner Park und dahinter die winzige Kirche St. Julien. Im Park spielten Kinder. Er vernahm den Klang ihrer Stimmen, sah die Farbtupfer ihrer Kleider: marineblau, weiß, scharlachrot – die Farben französischer Kinder, die Farben der Libération. Und dann sah er die Frau.

Später – acht, zehn, zwölf Jahre später – erinnerte er sich an diesen Moment mit glasklarer Präzision: die Rufe der Kinder; das Geräusch fahrender Autos; das Knirschen, wenn die Kinder über den Kies liefen; das Bunt der Farben; das Ansteigen des Verlangens und zugleich der Verzweiflung; und dann, das junge Mädchen.

Sobald er sie sah, gab es nichts anderes mehr für ihn. Die Geräusche verstummten; der Raum verengte sich auf sie. Er sah nur sie, ein helles Strahlen und ihr Gesicht.

Sie stand vor der kleinen Kirche und blickte empor. Ihr Haar war von einem außergewöhnlichen, blassen Goldton. Es fiel ihr bis auf die Schultern herab, mit stumpf abgeschnittenen Enden. Eine leichte Brise wehte ihr die Strähnen so aus dem Gesicht, daß sie eine Aureole um ihr Profil bildeten.

In diesem Augenblick wandte sie sich sekundenlang um: als hätte sie seinen Blick gespürt, als hätte jemand nach ihr gerufen. Aber er hatte nicht gerufen, hatte sich nicht gerührt. Mit zusammengezogenen Brauen spähte sie die Straße entlang zum Quai hinüber, und er entdeckte unter ihren dunklen, geraden Brauen weitstehende, graublaue Augen von außerordentlicher Schönheit.

Sie schien ihn nicht zu bemerken und wandte sich wieder der Kirche zu. Edouard starrte sie an. Sein Puls war langsamer geworden; das hartnäckige Hämmern seiner Sinne war verstummt; ganz vage war er sich eines traumhaften Kraftgefühls bewußt, einer halluzinatorischen Klarheit, als bewege er sich auf sie zu, obwohl er stillstand.

Sie mochte etwa neunzehn sein, vielleicht auch ein wenig älter. Hochgewachsen. Sehr schlank. Gekleidet in blaue Levis-Jeans, ein schlichtweißes T-Shirt, unter dem sich die Konturen ihrer hohen, runden Brüste abzeichneten. In St. Germain gab es Tausende von jungen Mädchen, die praktisch genauso gekleidet waren. Dieses Mädchen jedoch ähnelte keinem von ihnen. Als er sie betrachtete, sah er körperliche Perfektion, eine Schönheit, so eindeutig wie Perfektion in allen Formen. Er sah sie in diesem Mädchen, wie er sie im Herzen eines Diamanten gesehen hätte. Darum zögerte er nur einen Sekundenbruchteil.

Er hatte aussteigen und auf sie zugehen wollen, aber sie kam ihm zuvor. Sie drehte sich um und sah ihn an: mit einem langen, offenen Blick ohne jede Koketterie. Sie sah ihn an, als wolle sie sich sein Gesicht einprägen, und Edouard erwiderte ihren Blick. Und dann kam sie, bevor er eine Bewegung machen konnte, zum Wagen herüber.

Sie stand da, vor der langen, schwarzen Motorhaube, und sah ihn, noch immer mit leicht zusammengezogenen Brauen, an, fast so, als erkenne sie ihn nur halb. Ihre Haltung war graziös und gelassen, und er sah die Intelligenz in ihren Augen, den Charakter im Schwung ihrer Lippen. Ihr Anblick ließ ihn still werden; die Verzweiflung legte sich, sein Verstand wurde glasklar und sehr, sehr ruhig.

Er sah sie an und spürte den Schock des Erkennens: eine Frau, die ihm sofort vertraut war; eine Frau, die er noch nie zuvor gesehen hatte.

Und plötzlich lächelte sie. Es lag ein gewisser Spott in diesem Lächeln, als hätte sie gerade beschlossen, ihm etwas möglichst leicht zu machen.

»Verzeihen Sie. Ich hatte geglaubt, Sie zu kennen.«

Sie sprach französisch, korrekt, aber eben doch nicht ganz perfekt. Engländerin, dachte er, oder Amerikanerin.

»Ich dachte dasselbe.«

»Dann haben wir uns beide geirrt.«

»Oder auch nicht.«

Jetzt lächelte er ebenfalls, wurde aber sofort wieder ernst. Er mußte jetzt sehr schnell etwas tun, etwas sagen, obwohl er keine Ahnung hatte, was.

Um ein wenig Zeit zu gewinnen, öffnete er die Tür, stieg aus, ging um den Wagen herum und blieb neben ihr stehen. Er kannte seinen Ruf genau; er wußte, daß man von seinem Charme sprach und behauptete, er könne ihn nach Belieben an- und abschalten. Er wußte, man hielt ihn für kalt und teilnahmslos, und war sich klar darüber, daß Menschen, die keine Ahnung hatten, was es ihn kostete, neidisch von seiner Selbstbeherrschung sprachen.

Jetzt fühlte er sich entwaffnet – ein vierunddreißigjähriger Mann und zugleich doch ein verletzliches Kind.

Sie war groß für eine Frau, aber er war noch größer. Sie blickte ihm in die Augen. Ein Schweigen entstand, das stundenlang zu währen schien. Irgend etwas mußte er sagen: »Ich finde, Sie sollten mit mir essen gehen.« Er nahm an, daß er es mit Charme gesagt hatte – daß er überhaupt etwas gesagt hatte, erschien ihm auf einmal so absurd, daß er wünschte, er hätte lieber geschwiegen. Sekundenlang sah er sich und die Frau, wie ein Dritter sie wohl gesehen hätte: ein hochgewachsener, dunkelhaariger Mann in erstklassig geschnittenem, sehr formellem schwarzem Anzug, der in jeder Hinsicht allen anderen Anzügen glich, die er besaß, und eine schlanke, blonde junge Frau. Sie würde seine Einladung ablehnen. Vermutlich empört.

»Sollte ich?« Dann hellte sich ihre Miene auf. »Das finde ich auch«, erklärte sie energisch, öffnete kurzerhand den Wagenschlag und stieg ein.

Edouard startete den Motor, löste die Bremse, legte den Gang ein und ließ die Kupplung kommen – ohne sich dessen bewußt zu sein. Der Wagen rollte an. Als sie am Portal von St. Julien vorbeikamen, sah sie ihn an. »Eine so wunderschöne Kirche! Leider war sie verschlossen. Kann man überhaupt nicht hinein?«

Sie sprach, als kenne sie ihn ihr Leben lang. In Edouard stieg sofort wilder Jubel hoch.

»Doch, ich werde Sie hineinführen«, antwortete er, während er Gas gab.

Es war in diesem Augenblick, dachte er später, daß seine Besessenheit begann. Er täuschte sich natürlich. Sie hatte früher begonnen, weit früher – viele Jahre, bevor er sie kennenlernte. Eine große Zeitspanne, und alles raste auf einen einzigen Ort zu: auf jene Straße, jene Kirche, jenes Mädchen und jenen warmen Sommerabend.

Reiner Zufall. Zuweilen fand er das beruhigend, dann wieder beängstigend.

Edouard

London 1940

Das Haus am Eaton Square lag in der Mitte von Thomas Cubitts berühmter Terrasse auf der Südseite und war in prunkvollerem Stil gehalten als seine Nachbarn. Hohe korinthische Säulen rahmten die Fenster des Salons im ersten Stock, und ein eleganter Balkon zog sich über die gesamte Breite des Hauses.

Der Eaton Square war das Juwel der Londoner Besitzungen des Herzogs von Westminster, und Hugh Westminster war ein alter Freund von Edouards Mutter. Kaum hatte er gehört, daß sie Paris verlassen wollte, da stellte er ihr das Haus zur Verfügung. Dafür war Edouard sehr dankbar. Natürlich wäre er lieber bei Papa in Frankreich geblieben, in St. Cloud, im Château an der Loire oder im Sommerhaus in Deauville. Doch da das leider unmöglich war – dann schon am liebsten mitten in London. Die tagtäglichen Jagdfliegerattacken im Spätsommer waren inzwischen den nächtlichen Bombenangriffen gewichen, im August jedoch hatte es einen spektakulären Luftkampf zwischen einer Spitfire und einer Messerschmitt ME 110 gegeben, den er vom Balkon aus wie auf einem Tribünenplatz beobachtete.

Als Papa verkündet hatte, sie müßten abreisen, hatte er gefürchtet, die Mutter würde sich aus Sicherheitsgründen irgendwo weit draußen auf dem Land vergraben. Zum Glück schien sie das jedoch nicht in Betracht gezogen zu haben. Jean-Paul, sein Bruder, mußte natürlich in London wohnen. Er gehörte zum persönlichen Stab General de Gaulles und organisierte die Einsätze der Freien Französischen Armee, die Frankreich in nicht allzu langer Zeit befreien würde. Die Mutter beugte sich stets den Bedürfnissen und Forderungen ihres Ältesten – Edouard wünschte, das träfe auch auf *seine* Forderungen zu –, und überdies liebte sie London.

Gerade jetzt stand er an eines der hohen Fenster gelehnt und hauchte an das Glas der Scheibe, das zum Schutz gegen den Luftdruck der Bomben kreuz und quer mit Heftpflaster beklebt war. In eines der von seinem Atem beschlagenen Dreiecke schrieb er gelangweilt seinen Namen. Edouard Alexandre Julien de Chavigny: ein so endlos langer Name, daß er ihn schließlich auf zwei Dreiecke verteilen mußte. Er hielt inne und fügte dann hinzu: *Age – quatorze ans.*

Stirnrunzelnd blickte er auf den Platz hinaus. Auf der gegenüberliegenden Seite sah er das Haus, das ein paar Nächte zuvor einem Volltreffer zum Opfer gefallen war. Sein Kammerdiener hatte gesagt, es sei niemand umgekommen, das Haus habe leer gestanden, doch Edouard vermutete, daß man ihm aufgetragen hatte, das zu sagen. Er selbst war nicht so sicher. Er wünschte, er wäre nicht erst vierzehn. Er wünschte, er wäre zehn Jahre älter, wie Jean-Paul. Oder achtzehn. Achtzehn würde durchaus reichen. In dem Alter konnte man sich freiwillig melden. Und etwas Nützliches tun.

Einer der Luftschutzwarte kam in sein Blickfeld; am ausgestreckten Arm entlangpeilend zielte Edouard auf dessen Stahlhelm. »Piuhh! Getroffen!«

Sekundenlang empfand er Genugtuung, dann ärgerte er sich. Er war zu alt für diese Spiele, das wußte er. Schließlich war er fast fünfzehn. Im Stimmbruch war er auch schon. Bald würde er sich rasieren müssen. Und andere Anzeichen gab es auch: Wenn er die eine oder andere von den Hausangestellten betrachtete, rührte sich etwas an seinem Körper und wurde hart. In der Nacht hatte er Träume – lange, herrliche, wahnsinnige Träume, nach denen am Morgen die Bettlaken feucht waren und mit verständnisinnigem Lächeln vom Kammerdiener – nicht von den Mädchen – entfernt wurden. O ja, sein Körper veränderte sich; er war kein Kind mehr; er war – beinahe – ein Mann.

Edouard des Chavigny war im Jahre 1925 geboren worden, als seine Mutter Louise dreißig war. In den Jahren zwischen Jean-Pauls Geburt und der ihres zweiten Sohnes und letzten Kindes hatte sie mehrere Fehlgeburten erlitten. Während ihrer letzten Schwangerschaft war Louise sehr krank gewesen. Nach der Geburt wurde eine Hysterektomie vorgenommen, und ganz langsam – zuerst im Château de Chavigny an der Loire und dann im Haus ihrer Eltern in Newport – erholte sie sich von der Operation. Auf jene, die ihr nur auf Gesellschaften, Bällen oder Empfängen begegneten, wirkte Louise genau, wie sie immer war – eine gefeierte Schönheit, berühmt für ihre Eleganz und ihren erstklassigen Geschmack, einzige Tochter eines Stahlbarons und eines der reichsten Männer Amerikas, aufgewachsen wie eine Prinzessin, der von ihrem in sie vernarrten Vater jeder Wunsch von den Augen abgelesen wurde, zeit ihres Lebens bezaubernd, anspruchsvoll und unwiderstehlich. Unwiderstehlich sogar für Xavier, Baron de Chavigny, und der galt seit langem als einer der eingefleischtesten Junggesellen Europas.

Als er im Jahre 1912 zum erstenmal nach Amerika kam, um die Ausstellungsräume des Schmuck-Imperiums de Chavigny zu eröffnen, wurde Xavier sofort zum begehrtesten Mann der Ostküste. Die Damen der Gesellschaft wetteiferten um ihn. Ohne sich zu schämen, führten sie dem gutaussehenden jungen Mann ihre Töchter vor, und Xavier de Chavigny war charmant und aufmerksam – und zum Verzweifeln unverbindlich.

Für die Mütter der Ostküste vereinigte er alle Vorteile Europas auf sich: Er war aufregend schön, hochintelligent, er hatte perfekte Manieren, war vermögend und von uraltem Adel.

Die Väter der Ostküste schätzten ihn dagegen wegen seines unvergleichlichen Gespürs für Geschäfte. Dieser Mann war mitnichten ein Taugenichts von einem französischen Aristokraten, der nur zusah, wie sein Vermögen dahinschmolz, während er sich ein schönes Leben machte. Im Gegensatz zu den meisten Franzosen seines Standes verfügte er über ein durch und durch amerikanisches Gefühl für den Kommerz. Er baute das von seinem Großvater im neunzehnten Jahrhundert gegründete Schmuck-Imperium de Chavigny zum größten und berühmtesten Unternehmen seiner Art aus, dem international einzig Cartier Konkurrenz zu machen vermochte. Er erweiterte und verbesserte seinen Weinanbau an der Loire. Er erhöhte seine Investitionen im Bankgeschäft, in der Stahlproduktion und in den Diamantenminen Südafrikas, die das Rohmaterial für den Chavigny-Schmuck lieferten – Schmuck, der die gekrönten Häupter Europas geziert hatte und nun auch die ungekrönten Häupter reicher, anspruchsvoller Amerikaner zierte.

Xavier lernte Louise in London kennen, als sie neunzehn, er neunundzwanzig war, und sie in die englische Gesellschaft eingeführt wurde. Das war Ende 1914. Xavier war in den ersten Monaten des Krieges verwundet und – zu seinem Ärger – aus dem aktiven Dienst entlassen worden. Sie trafen sich auf einem der letzten Debütantinnenbälle der Kriegsjahre: sie in einer Worth-Robe aus zartrosa Seide, er in der Uniform eines französischen Offiziers. Am folgenden Morgen bat er ihren Vater in dessen Suite im Claridge um ihre Hand.

Sie heirateten in London, verbrachten die Flitterwochen auf den Sutherland-Besitzungen in Schottland und kehrten nach Kriegsende mit ihrem zweijährigen Sohn Jean-Paul nach Paris zurück. In Europa wurde Louise sehr schnell für ihren Charme, ihren Geschmack und ihre Schönheit genauso berühmt, wie sie es in Amerika gewesen war. Und wie sich herausstellte, besaß Baron de Chavigny eine Eigenschaft, die man bei einem Franzosen niemals erwartet hätte: Er war ein liebevoller und treuer Ehemann.

Als Louise de Chavigny sich also sieben Jahre später von der schweren Geburt ihres zweiten Sohnes erholte und sich, unverändert in Aussehen, Charme und Eleganz, wieder in der Gesellschaft blicken ließ, vermuteten jene, die sie nicht so gut kannten, daß sie ihr schönes Leben fortsetzen werde. Gewiß, es hatte eine schwierige Phase gegeben, doch das war vorbei. Als Louise im Jahre 1927 ihre Rückkehr aus Newport nach Paris feierte, indem sie Coco Chanels gesamte Frühjahrskollektion aufkaufte, lächelten ihre weiblichen Bekannten verständnisinnig: *Plus ça change, plus c'est la même chose…*

Jene, die sie besser kannten, erlebten eine andere Louise. Sie erlebten eine Frau, deren Launenhaftigkeit von Jahr zu Jahr zunahm, eine Frau, die spontanen und zuweilen heftigen Stimmungsschwankungen unterlag und von unvermittelt freudiger Erregung in ebenso plötzliche Depressionen stürzte.

Darüber wurde nicht diskutiert. Ärzte kamen und gingen. Der Baron de Chavigny tat alles, um ihr eine Freude zu machen. Er schenkte ihr neuen Schmuck: einen Satz perfekt zueinander passender Saphire, ein kostbares Rubin-Collier, für die letzte Zarin gefertigt, das nach der Revolution wieder in die Hände des Barons gelangt war. Louise erklärte, die Rubine erinnerten sie an Blut, erinnerten sie an einen Keller in Jekaterinburg, und weigerte sich, sie anzulegen. Der Baron schenkte ihr Pelze: Zobel von so feiner Qualität, daß man jedes Fell durch einen Ehering hätte ziehen können. Er schenkte ihr Rennpferde: einen herrlichen Irish Hunter, denn das Jagdreiten liebte sie ganz besonders. Er schenkte ihr Autos: einen Delage, einen Hispano-Suiza, einen Rolls-Royce, einen Bugatti. Und als ihr alles nicht gefiel, ging er mit ihr auf Reisen. Nach England und zur Westküste Amerikas, wo ihre Laune sich vorübergehend besserte. Nach Indien, wo sie im Palast des Vizekönigs wohnten und mit dem Maharadscha von Jaipur Tiger jagten. Nach Italien, wo sie eine Audienz beim Papst hatten. Zurück nach England. Zurück nach Frankreich.

Abend für Abend begleitete er sie bis an ihr Schlafzimmer:

Ça va mieux, ma chérie?

Pas mal. Mais je m'ennuie, Xavi, je m'ennuie...

Im Jahre 1930, als seine Frau vierunddreißig und der Baron vierundvierzig war, folgte er schließlich dem Rat seiner männlichen Freunde und nahm sich eine Mätresse. Er sorgte dafür, daß Louise davon erfuhr, und zu seiner Freude ließ die Eifersucht sie wieder aufleben. Aber es erregte sie auch, wie er schweren Herzens feststellen mußte, wenn sie ihn, wieder im Ehebett vereint, mit fiebriger, besessener Neugier nach seiner *affaire* ausfragte.

Hat sie dies getan, Xavi? Oder dies?

Sie legte sich in die Spitzenkissen zurück. Das schwarze Haar umrahmte ihr vollkommenes Gesicht, die dunklen Augen funkelten, die vollen Lippen waren rot geschminkt. Der Baron hatte in seiner Ungeduld die feine Spitze an ihrem Negligé zerrissen, und das hatte sie erregt. Sie hatte hoch angesetzte, runde, kindliche Brüste, die er schon immer geliebt hatte, und ihr schlanker, sahnigweißer Körper war noch so biegsam wie der eines jungen Mädchens. Jetzt hob sie mit beiden Händen ihre Brüste an und bot sie seinem suchenden Mund.

Calme-toi, sois tranquille, je t'aime, tu sais, je t'adore...

Er nahm die zarten Brustspitzen zwischen seine Lippen und küßte sie sanft. Diesmal würde er langsam vorgehen, das nahm er sich fest vor. Sehr langsam. Er konnte und würde sich zurückhalten und sie einmal, zweimal, dreimal zum Höhepunkt bringen, bevor er selbst kam – und sie würde, wie immer, erschauern und sich an ihn klammern. Er wurde hart, und sie spürte, wie sich sein Körper an ihrem Leib regte. Hastig, heftig stieß sie ihn zurück und drückte seinen Kopf von sich weg.

»Nein, nicht so! Ich will das nicht!«

Sie sprach englisch, früher war es immer französisch gewesen, wenn sie sich liebten.

»Gib ihn mir in den Mund, Xavi. Nur zu. Ich weiß, daß du das magst. Tu ihn rein... Ich will es so...«

Sie zog ihn auf dem Bett nach oben, bis sich sein steifer Speer vor ihren Lippen befand. Sie lächelte ihm zu und berührte die Spitze einmal, zweimal mit einem kleinen, schlangengleichen Züngeln.

»Er schmeckt nach mir. Salzig. Ich mag das...«

Ihre Augen schimmerten dunkel. Sie öffnete die vollen, roten Lippen, und dann spürte er erschauernd die Wärme ihrer Mundhöhle, ihr stetes, rhythmisches Saugen. Er schloß die Augen. Sie war gut darin, war es immer gewesen. Sie wußte, wie sie ihn erregen, mit der Zunge sanft am Rand seiner zurückgeschobenen Vorhaut entlangstreichen mußte. Sie verstand es, seine Reaktion zu beschleunigen, indem sie gerade eben stark genug sog, bis er an ihren Gaumen stieß, verstand sanft, feucht, rhythmisch zu saugen. Nun strich sie mit beiden Händen langsam über seinen Rücken hinab, über seine Hinterbacken und zwischen seine Beine, um ihn dort zu massieren, wo die Haut von der Liebe lose und feucht war. Mit zarten Händen umfaßte sie seine Hoden und bog den Kopf so weit zurück, daß er das Gefühl hatte, an die Rückseite ihrer Kehle zu stoßen. Er fühlte, wie die Woge begann, wie sie sich allmählich aufbaute.

Und dann hörte sie plötzlich auf zu saugen. Sie ließ den schwellenden Penis aus dem Mund gleiten und blickte zu ihrem Ehemann auf.

»Hat sie *das* mit dir gemacht, Xavi? Ja? Kann sie das auch so gut wie ich? Erzähl's mir, Xavi... Sag's mir ins Ohr, während du's mir besorgst... Ich will's wissen. Was hat sie sonst noch mit dir getrieben, Xavi? Hast du sie einfach nur gebumst oder mehr als das? Hat sie's vielleicht gern von hinten? Erzähl doch, Xavi, *erzähl...*«

Ihre vulgäre Ausdrucksweise stieß ihn ab und erregte ihn zugleich. Während er ihre dunklen Augen, ihren gierigen Mund betrachtete, spürte er, wie seine Erektion nachließ. Er schloß die Augen und drückte sie in die Kissen zurück. Dann wechselte er die Stellung, spreizte ihre Beine und drang heftig in sie ein. Sie bog den Rücken durch und stieß einen Schrei aus. Xavier begann zuzustoßen: tief, dann flach, dann wieder tief. Er stieß zu, zog sich zurück, stieß wieder zu. Dann stieg zu seiner eigenen Überraschung das Bild seiner Mätresse vor seinen Augen auf. Er sah ihren üppigen, bereitwilligen Körper, die vollen Brüste mit den dunklen Spitzen, hörte ihren keuchenden Atem. Diese Phantasievorstellung brachte ihn zum Höhepunkt. Er stöhnte auf und ergoß sich in den reglosen Körper seiner Frau, haßte sich selbst, haßte sie. Als er sich zurückzog, fuhr sie ihm mit ihren scharfen Nägeln über den Rücken.

»Du Schwein! Du hast an sie gedacht, nicht wahr? Nicht wahr?«

Xavier sah auf sie hinab.

»Ich dachte, das hättest du gewollt«, erwiderte er kalt. Dann verließ er sie und kehrte in sein eigenes Schlafzimmer zurück.

Im Jahr danach schlief er gelegentlich mit seiner Frau, weit häufiger jedoch, und mit wachsender Verzweiflung, mit einer Reihe anderer Frauen. Deprimiert mußte er feststellen, daß er sich immer stärker zu jungen Frauen hingezogen fühlte, Frauen, die ähnlich aussahen wie Louise damals, als er sich in sie verliebt hatte. Zuweilen, wenn die Ähnlichkeit zu vage war, schloß er die Augen und rief sich das Bild seiner Frau in jungen Jahren in Erinnerung. Ihre nach Rosen duftende Haut; ihre ganz persönliche Mischung aus Schüchternheit und Leidenschaft; die Gewißheit ihrer Liebe zu ihm. Diese Vorstellung wirkte unfehlbar. Sie brachte ihn selbst in den Armen einer Hure aus den Markthallen zum Orgasmus.

Im Privatleben wurde er immer verschlossener, zog sich sogar von seinen ältesten Freunden zurück und vertiefte sich in die Probleme seiner Unternehmen und Besitzungen. In der Öffentlichkeit blieben er und seine schöne Frau genauso, wie sie immer gewesen waren: liebevoll, extravagant, großzügig. Sie wurden überall gesehen, überall beneidet, überall bewundert. Falls doch gelegentlich

Gerüchte aufkamen – sogar die beste Ehe brauchte gelegentlich ein *divertissement* –, so ignorierte er sie einfach. Eines habe ich wenigstens von meiner Frau gelernt, sagte er sich. Sie hat mich gelehrt, was *ennui* wirklich bedeutet, was es bedeutet, tagein, tagaus in einem grauen Gefängnis zu leben.

Den bevorstehenden Krieg sah er schon früh voraus. Schon 1933 warnte er seine Freunde, daß es Krieg geben würde, aber sie lachten ihn aus. 1936 veräußerte er mit Gewinn seine Beteiligungen an der deutschen Stahlindustrie und kaufte sich statt dessen in die englische und amerikanische Industrie ein. Nach der Besetzung des Rheinlands im selben Jahr transferierte er all seine Holdings sowie einen beträchtlichen Teil seines Kapitals von Frankreich in die Schweiz und nach New York. Das Eigentumsrecht an der Firma de Chavigny ging aus seiner privaten Hand in die einer in Luzern registrierten Holding-Gesellschaft über, deren Aktien zu neunzig Prozent er und zu zehn Prozent sein Sohn Jean-Paul besaßen. Seine persönliche Juwelensammlung, seine Gemälde, sein Silber, die wertvollsten und am schwersten zu ersetzenden Möbel aus den drei Häusern in Frankreich wurden zusammengepackt und ebenfalls in die Schweiz geschickt, wo sie vorerst gelagert wurden. Im Jahre 1937 begann er mit der Planung der notwendigen Vorbereitungen, damit die Familie, sollte es zu der gefürchteten Invasion kommen, Frankreich sofort verlassen konnte. Im Mai 1940, kurz bevor die britischen Truppen Dünkirchen evakuierten, reiste Louise mit ihren beiden Söhnen aus Frankreich ab. Als die Deutschen am 14. Juni desselben Jahres Paris erreichten, waren die Verkaufsräume der Firma de Chavigny zwar noch geöffnet, Xavier de Chavigny jedoch schien nahezu all seine Aktiva abgestoßen zu haben.

Wann immer man ihn darum bat, stellte er den Offizieren des deutschen Oberkommandos sich und seine Verkaufsräume zur Verfügung und war auf Grund dieser zuvorkommenden Bereitwilligkeit nicht selten in der Lage, den anderen Mitgliedern des sechsten Kaders der Pariser Résistance, dem er ebenfalls angehörte, Informationen von beträchtlichem Wert zu liefern.

Zu seinem Erstaunen stellte er fest, daß er weder Louise noch seine Mätressen vermißte und daß der *ennui* verschwunden war. Er sah wieder einen Sinn im Leben, und zwar um so intensiver, weil er wußte, daß er sich in ständiger Gefahr befand.

Er fürchtete nicht für sich, aber er fürchtete – noch immer – für Louise und seine Kinder. Hätten sie sich mit seinem ursprünglichen Plan, nach Amerika zu gehen, einverstanden erklärt, er selbst wäre wesentlich ruhiger gewesen. Louise war Halbjüdin. Frances, ihre Mutter, war eine geborene Schiff und in der engen Gemeinschaft der deutsch-jüdischen Gesellschaft New Yorks aufgewachsen, in der die Tatsache, daß man – genau wie die Rothschilds und die Warburgs – ursprünglich aus Frankfurt stammte, von allergrößter Bedeutung war. Frances wuchs in dem fest abgeschlossenen Kreis der ›Einhundert‹ auf, und unter ihren Onkeln und Tanten, ihren zahllosen Cousins und Cousinen gab es eine beträchtliche Anzahl von Warburgs, Loebs, Lehmans und Seligmans. Man erwartete, daß sie in eine Dynastie einheiratete. Als sie dann jedoch mit neunzehn Jahren mit John McAllister durchbrannte, wurde sie von ihrer Familie verstoßen, und die Erschütterungen des Schocks, den diese Mischehe auslöste, hallten noch Jahrzehnte nach.

Frances kehrte ihrer Kindheit den Rücken. John McAllister war reich, denn er hatte von seinem aus Schottland emigrierten Großvater ein Stahlimperium geerbt. Er investierte in die Northern Pacific Railroad und wurde noch reicher. Frances McAllister konzentrierte ihre ganze Energie darauf, sich zu assimilieren, und da sie nicht nur reich war, sondern auch schön, klug und charmant, war sie damit weitgehend erfolgreich. In der Metropolitan Opera glänzte sie in der McAllister-Loge des Diamond Horseshoe, deren Logen ihren jüdischen Verwandten verschlossen blieben. Sie ließ sich ein Haus bauen – in Newport, und natürlich nicht in Elberon, wo ihre Onkel und Tanten Villen besaßen. Sie erzog Louise sehr umsichtig; ihre eigene jüdische Abstammung wurde zwar nicht geleugnet, Anspielungen darauf jedoch nicht gern gesehen. Als Louise älter wurde und merkte, daß sie durch die Herkunft ihrer Mutter zur Ausnahme unter ihren Altersgenossen wurde, war sie besonders sorgfältig darauf bedacht, sie niemals auch nur mit einem Wort zu erwähnen. Sie trat zum katholischen Glauben über, und als sie Xavier heiratete, konzentrierte sie ihre beträchtlichen Energien ausschließlich auf ihre neue Rolle der Baronne sowie darauf, französischer zu sein als die Franzosen.

Ihre Bemühungen in dieser Hinsicht waren derart erfolgreich, daß Xavier de Chavigny beinahe vergaß, welcher Abstammung die

Vorfahren seiner Frau waren. Bis 1938: Da wurde ihm klar, daß man sie nicht länger ignorieren konnte. Bei einem Feind, der einen Familienstammbaum auf der Suche nach jüdischem Blut geduldig durch acht, neun Generationen zurückverfolgte, waren eine halbjüdische Mutter und eine jüdische Großmutter eine lebensbedrohende Gefahr. Aus diesem Grund hatte er seine Pläne sorgfältig durchdacht, und der Baron zweifelte nicht daran, daß das auch notwendig gewesen war. Trotzdem war er beunruhigt: Hatte er sie wirklich sorgfältig genug durchdacht?

Edouard legte sich auf das mit Seidenbrokat bezogene Sofa, stopfte sich ein Kissen unter die Füße, schlug das Buch auf und starrte ins Feuer. Er fühlte sich überaus behaglich und, wie so oft nach einem englischen Tee, sogar ein bißchen schläfrig.

Der Tee, entschied er, gehört zu den Mahlzeiten, auf die sich die Engländer verstehen. Edouard war schon ziemlich groß. Er hatte das gute Aussehen seines Vaters geerbt, dem er mit seinem fast pechschwarzen Haar und den verblüffend tiefblauen Augen sehr ähnlich sah. Genau wie sein Vater war auch er athletisch gebaut: mit breiten Schulter, langen Beinen und schmalen Hüften.

Edouard las jeden Morgen die *Times*; und bei seinen Ausflügen in die City waren ihm die langen Warteschlangen vor den Geschäften aufgefallen. Es war ihm klar, daß die reichhaltigen Mahlzeiten, die seine Mutter auch jetzt für selbstverständlich hielt, außergewöhnlich, ja möglicherweise sogar unpatriotisch waren. Aber er war eben einfach immer so hungrig! Half er wirklich, den Krieg zu gewinnen, wenn er eine zweite Scheibe *Filet de boeuf en croûte* oder einen zweiten Löffel Sevruga ablehnte? Bestimmt nicht.

Schuldbewußt senkte er den Blick auf das Buch, das auf seinem Schoß lag. Bis Morgen früh mußte er mindestens fünf Seiten Vergil übersetzen, geschafft hatte er bisher aber nur zwei. In Frankreich hatte er bei einem älteren Jesuiten Lateinunterricht gehabt, der höchst angenehm entschlummerte, während sich Edouard durch die *Äneis* quälte. Sein englischer Privatlehrer jedoch war ganz anders.

Er war von Edouards Mutter auf Empfehlung einer Freundin eingestellt worden, und Edouard war fest überzeugt, daß sein Papa ihn rundheraus abgelehnt hätte. Hugo Glendinnig war ein Mann unbestimmten Alters, zu alt, um eingezogen zu werden, und wahrscheinlich Mitte Vierzig, obwohl er manchmal älter wirkte. Er war sehr groß, sehr dünn und auf eine nachlässige Art elegant. Sein Haar wurde schon grau, und jedesmal, wenn Edouard einen Schnitzer begangen hatte, fuhr er sich mit den gespreizten Fingern melodramatisch durch die Mähne. Er war ein ehemaliger Eton-Schüler, ein klassischer Oxfordianer, sein Blick war immer etwas vage, sein Verstand jedoch so scharf wie eine Rasierklinge.

Mit seiner Herkunft und seinen akademischen Meriten wäre Papa zufrieden gewesen, davon war Edouard fest überzeugt. Doch politisch? Da hatte Edouard so seine Zweifel. Hugo Glendinnig hatte im spanischen Bürgerkrieg gekämpft, und Edouard hatte schnell gemerkt, daß er ein Radikaler war – etwas, womit Edouard noch nie zuvor konfrontiert worden war. Nein, mehr noch: Er war vermutlich ein Sozialist!

Seine Unterrichtsstunden waren, gelinde gesagt, unkonventionell. Am ersten Tag hatte er Edouard zwei Bücher in den Schoß geworfen: die *Ilias* und die *Äneis*.

»Gut.« Er legte beide Füße auf den Tisch und reckte sich. »Die erste Seite von beiden. Erst lesen. Dann übersetzen.«

Während Edouard sich durch den Text quälte, lehnte sich Hugo Glendinnig mit geschlossenen Augen und einem gequälten Zug um den Mund zurück. Als Edouard zögernd innehielt, richtete er sich plötzlich auf.

»Gut. Du bist kein ausgesprochener Schwachkopf, und das ist wenigstens etwas.« Er musterte Edouard aufmerksam. »Es könnte da ein gewisses Aufflackern von Intelligenz geben. Ich selbst war mit neun Jahren wesentlich besser als du. Bist du faul?«

Edouard erwog diese Möglichkeit, die ihm noch niemals zuvor nahegebracht worden war.

»Hoffentlich nicht.« Hugo drückte die eine Zigarette aus und steckte sich die nächste an. »Faulheit ist *unendlich* langweilig. Etwas, das ich über alles verabscheue. Und *nun*...« Unvermittelt beugte er sich vor und fixierte Edouard durchdringend. »Um was geht es bei der *Ilias*?«

Edouard zögerte. »Es geht um – äh –, na ja, um die Griechen und die Trojaner.«

»Und?«

»Den Trojanischen Krieg.«

»Exakt.« Hugo lächelte. »Krieg. Es ist dir möglicherweise aufgefallen, daß wir gegenwärtig auch im Krieg leben – oder?«

Edouard nahm sich zusammen. »In einem ganz anderen Krieg.«

»Meinst du? Nun ja, wortwörtlich ja; da hast du recht. Homer beschreibt nicht den Einsatz von Panzern und Flugzeugen. Aber Krieg ist Krieg. Töten ist Töten... Vielleicht, wenn du wirklich versuchst, Homers Versstruktur Geltung zu verschaffen, vielleicht könntest du dann... Nun gut, wir werden sehen...«

Er lehnte sich wieder im Sessel zurück und schloß die Augen. Ohne einen einzigen Blick in das Buch zu werfen, das vor ihm lag, begann er auf griechisch zu rezitieren. Edouard saß ihm schweigend gegenüber.

Anfangs wehrte er sich dagegen. Keiner seiner französischen Lehrer hätte es gewagt, in diesem Ton mit ihm zu sprechen. Er beschloß, sich weder beeindruckt noch interessiert zu zeigen. Allmählich jedoch begann er widerwillig zuzuhören. Und es war seltsam: Diese fließende, leidenschaftslose Sprache unterschied sich völlig von dem trockenen, stockenden Vortrag seines früheren jesuitischen Lehrers.

Er begann, aufmerksamer zuzuhören, und als er in sein eigenes Buch blickte, nahmen die – ihm bereits vertrauten – Worte nach und nach ein ganz neues Leben an. Er sah das Schlachtfeld, sah das Licht auf den Waffen blitzen, hörte die Schreie der Sterbenden. Von diesem Augenblick an war er fasziniert. Zum erstenmal in seinem Leben freute sich Edouard auf den Unterricht und arbeitete auch fleißig dafür. Eines Tages, eines Tages würde er Hugo Glendinnig zwingen, ihn zu loben – und wenn er sich umbringen müßte!

Als es später ans Latein ging, schob Hugo Caesars *De Bello Gallico* beiseite. »Ein guter, klarer, langweiliger Text.« Er schniefte. »Gräben und Wälle. Ich denke, was den Krieg angeht, so werden wir uns an Homer halten. Nun aber – was ist mit der Liebe? Der sexuellen Ausstrahlung? Der Leidenschaft? Dafür dürftest du dich doch wohl interessieren, nicht wahr? Als ich in deinem Alter war, habe ich mich dafür interessiert...«

»Jetzt nicht mehr?« warf Edouard ein, und Hugo lächelte.

»Möglicherweise. Aber das ist nebensächlich. Wir werden natürlich die *Äneis* lesen. Aber ich glaube, auch Catull. Hast du schon mal Catull gelesen?«

»Nein.« Edouard empfand eine gewisse Erregung. Soweit es seinen Jesuiten-Lehrer betroffen hatte, stand Catull ganz eindeutig nicht auf dem Stundenplan für vierzehnjährige Jungen.

»Dann wollen wir mal anfangen.« Hugo hielt inne. »Catullus ist ein Intellektueller und Zyniker. Er mokiert sich über die eigene Leidenschaft, akzeptiert jedoch zugleich, daß er ihr Sklave ist. Einige seiner Gedichte lassen sich recht gut mit gewissen Shakespeare-Sonetten vergleichen. In beiden Fällen mögen die beschriebenen Emotionen für einen Jungen schwierig zu verstehen sein. Kannst du dir vorstellen, was ein Mann empfindet, wenn er körperlich und geistig von einer Frau wahrhaft besessen ist? Einer Frau, deren Charakter und Moral er verabscheut?«

Edouard zögerte. Er dachte an seine Eltern und an gewisse Szenen, gewisse Gespräche, die er zufällig gehört hatte.

»Vielleicht«, antwortete er vorsichtig.

»Sexuelle Besessenheit – das ist es natürlich, wovon wir sprechen –, sexuelle Besessenheit scheint mir ein höchst interessanter Zustand zu sein. Weit interessanter als die romantische Liebe, mit der sie oft verwechselt wird. Sie ist ungeheuer mächtig, und sie ist tödlich.« Er lächelte. »Du wirst sie zweifellos auch irgendwann erleben. Und wirst dann, wie wir alle, felsenfest davon überzeugt sein, daß dein Erlebnis einzigartig ist. Das ist es natürlich nicht. Also fangen wir an. Übrigens, wußtest du, daß Catull erst dreißig war, als er starb?«

So ging es weiter. Doch so sehr sich Edouard auch bemühte, es gelang ihm nie, den Verlauf der Lektion des folgenden Tages vorauszusagen. Manchmal jagten sie kreuz und quer durch die Geschichte, übersprangen Jahrhunderte und Kontinente. Die französische, die russische Revolution, der amerikanische Bürgerkrieg. Und dann pflegte Hugo ganz unerwartet zuzuschlagen.

»Was meinst du, um was es bei diesem Bürgerkrieg ging, Edouard?«

»Na ja – um die Befreiung der Sklaven in den Südstaaten.«

»Unsinn! Yankee-Propaganda. Es ging hauptsächlich um kommerzielle Interessen, denn die Nordstaaten waren auf den Reichtum des Südens aus. Er verbesserte das Los der Negersklaven nur nebenbei. Ich nehme an, du bist dir klar darüber, daß ein Schwarzer in den Südstaaten noch immer nicht wählen darf.« Er hielt inne. »Nicht etwa, daß die Engländer Grund zur Überheblichkeit hätten. Nächste Woche werden wir uns mit der beklagenswert langsamen Entwicklung des Stimmrechts in diesem Lande beschäftigen, der Abschaffung des Grundbesitz-Paragraphens, der früher die Interessen der herrschenden Klassen schützte, und der Ausweitung des Frauenwahlrechts.« Er hielt inne. »Findest du das belustigend?«

Edouard zuckte die Schultern. »Über die Suffragetten hab ich schon was gelesen. Aber ich sehe nicht ein, weshalb die Frauen wählen sollten. Papa sagt, er kennt keine einzige Frau, die sich auch nur entfernt für Politik interessiert. Maman geht auch niemals zur Wahl.«

Hugo runzelte die Stirn. »Haben Frauen Verstand?«

»Aber natürlich.«

»Meinst du dann nicht, daß sie ihn auch gebrauchen sollten? Genau wie du den deinen? Fragen muß man. Immer fragen. Und *denken* ...«

Edouard gab sich Mühe. Es war gut und schön, über Suffragetten und den Verstand der Frauen zu diskutieren, aber es fiel Edouard überaus schwer, ihren Verstand überhaupt in Betracht zu ziehen. Wie konnte man an so etwas denken, wenn die Sinne immer wieder auf ihre schlanken Fesseln, das Rascheln ihrer Unterröcke, die bezaubernde Kurve zwischen ihren Brüsten gelenkt wurden?

Er klappte den Vergil mitten in Didos leidenschaftlichem Bitten an Äneas zu. Verdammt, er konnte sich nicht konzentrieren! Er spürte wieder diese Regung, diese Spannung zwischen den Beinen, und sein Kopf war angefüllt mit wirren, erregenden Bildern: Brüsten und Schenkeln, Kissen und gelöstem Haar, Feuchtigkeit und steigender Lust. Er wußte genau, was er wollte: Er wollte in sein Schlafzimmer hinaufgehen, die Tür verschließen und sich auf diese Bilder konzentrieren, um sich dann langsam, rhythmisch zu schuldbewußter Erlösung zu bringen. Schuldbewußt deshalb, weil er seit langem schon, seit er acht oder neun Jahre alt war, den Lehren der Priester über die Sünde der Selbstbefleckung ausgesetzt gewesen war. Jean-Paul behauptete, das sei alles Unsinn, alle heranwachsenden Jungen onanierten, es sei eine Phase, die man durchmachen müsse. Sobald man dann mit Frauen schlafe, brauche man das nicht mehr so sehr. Edouard war überzeugt, daß sein Bruder recht hatte; und war genauso überzeugt, daß Hugo ihm ebenfalls zustimmen würde. Dennoch schaffte er es nicht, die Warnungen der Priester einfach so in den Wind zu schlagen.

Pater Clément sagte, wenn man diese Sünde nur ein einziges Mal begehe, würden einem Haare auf den Handflächen wachsen. »Sie werden dort sein, mein Kind, wie ein Kainsmal, damit alle Welt es sieht. Vergiß das nicht!«

Verstohlen musterte Edouard seine Handflächen. Bis jetzt wuchsen dort noch keine Haare, doch wenn Pater Clément recht hätte, müßten sie eigentlich zu sehen sein. Also stimmte es vielleicht doch nicht? Pater Clément hatte jedenfalls gesagt, Onanie sei eine Sünde, und Edouard hatte sie bekannt. Diese Beichte war furchtbar peinlich für ihn gewesen.

»Warst du allein, als du dies getan hast, mein Sohn?«

»Ja, Pater.«

»Bist du dessen sicher, mein Sohn?«

»Ja, Pater.«

Edouard war völlig verwirrt. Wer hätte denn wohl bei mir sein sollen, hätte er am liebsten gefragt. Aber er traute sich nicht. Es endete jedesmal mit dreißig ›Gegrüßet seist du, Maria‹ und der Ermahnung, diese Sünde nicht noch einmal zu begehen. Kaum jedoch hatte er den Beichtstuhl verlassen, da spürte er das Verlangen schon wieder, stärker denn je. Er seufzte.

Edouard stand auf und sah auf die Uhr. Dann widmete er sich wieder der *Äneis,* denn Ablenkung war das beste Gegenmittel. Nachdem fünfzehn aus dem Lateinischen übersetzte Verse ihre Wirkung getan hatten und seine hartnäckige Erektion endlich verschwand, empfand er den Triumph siegreicher Tugend. Wieder sah er auf die Uhr. Kurz vor sechs. Um sechs sollte Jean-Paul nach Hause kommen, und wenn Jean-Paul es nicht vergessen hatte, dann brachte er ihm gute Nachrichten. Wichtige Nachrichten: die wichtigsten, die es für ihn geben konnte. Wäre er jetzt in Paris, hätte Papa diese Aufgabe übernommen, aber so hatte Jean-Paul ihm versprochen, nein *geschworen,* daß er dafür sorgen werde. Jean-Paul würde an diesem Tag Edouards erste Begegnung mit einer Frau arrangieren.

Seit frühester Kindheit war Jean-Paul für Edouard der wichtigste Mensch im Leben gewesen. Er liebte seinen Papa und bewunderte ihn über alles, der Vater jedoch war zwar stets freundlich, aber eigentlich kaum vorhanden. Als kleines Kind sah er ihn, genauso wie seine Mutter, nur zu festgelegten Zeiten. In St. Cloud wurde er von seinem ältlichen Kindermädchen täglich um Glockenschlag vier aus dem Kinderzimmer in den Salon hinuntergebracht. Dort saß er dann, gab sich Mühe, nicht zu zappeln oder sich allzu bemerkbar zu machen, während seine Eltern sich entweder höflich nach seinem Tagesverlauf oder den Fortschritten seines Unterrichts erkundigten, gelegentlich aber auch ganz vergaßen, daß er überhaupt vorhanden war, und sich ausschließlich miteinander unterhielten.

Um vier Uhr dreißig wurde er ins Kinderzimmer zurückgebracht und gezwungen, eine eklige englische Kindermahlzeit zu essen, denn seine ›Nanny‹ hatte von vornherein klar gemacht, daß ihr Wort hier Gesetz war und das Kind auf angemessene englische Art erzogen werden würde. Gelegentlich, wenn die Nanny einmal in der Woche am Nachmittag frei hatte, schlich er sich heimlich hinunter, und Francine, die Köchin, fütterte ihn mit Leckerbissen, die eigentlich für das Speisezimmer des Barons bestimmt waren.

Aber das waren Ausnahmen. Gewöhnlich wurde er von seiner strengen ›Nanny‹ gefüttert, gebadet und ins Bett gebracht. Ein- oder zweimal pro Woche bequemte sich der Vater oder die Mutter ins Kinderzimmer hinauf, um ihm einen Gutenachtkuß zu geben. Dann funkelte die Mutter vor Juwelen, ihr seidenes Kleid raschelte, sie duftete nach Rosen, und er hörte sie schon lachen, bevor sie überhaupt sein Zimmer betrat. Sie kam nur zu ihm, wenn sie glücklich war, deswegen hatte er das Gefühl, daß sie immer lachte.

Sein Papa duftete nach Eau de Cologne und gelegentlich auch nach Zigarren, und wenn er kam, war es viel schöner, weil er länger blieb als Maman und Edouard ihn manchmal dazu überreden konnte, daß er gewisse Leute nachmachte oder sich mit ihm unterhielt. Der Vater erklärte ihm alles über Trauben und Reben und Weinproduktion: über Diamanten und das Geheimnis ihres Schliffs. Zuweilen, wenn die Mutter Nachmittagsbesuche machte, schickte Papa Nanny fort und holte Edouard zu sich ins Herrenzimmer. Und wenn er guter Laune war, öffnete er dann den Safe und zeigte Edouard Edelsteine, sprach über Fassungen, Design und Qualität. Als Edouard sieben war, erkannte er sogar ohne Lupe auf den ersten Blick, nur indem er ihn gegen das Licht betrachtete, ob ein Diamant makellos war. Doch das waren sehr seltene Gelegenheiten, eingegrenzt von Vorschriften und Regeln. Es war Jean-Paul, der ihm nahe war, Jean-Paul, mit dem er reden konnte.

Eine seiner ersten Erinnerungen an den Bruder war dessen aufregende Heimkehr, als seine *école militaire* Ferien hatte. Er selbst mußte ungefähr vier oder fünf gewesen sein, der Bruder vierzehn. Er trug die Uniform der Schule, eine Uniform, die sehr schlicht war, auf Edouard jedoch prächtig wirkte. Er lief auf den älteren Bruder zu, Jean-Paul stieß einen Jubelruf aus, schwenkte ihn hoch in die Luft und setzte ihn sich auf die Schultern. Damals hatte Edouard das Gefühl gehabt, sein Bruder sei die Verkörperung all dessen, was ein französischer Gentleman und Soldat sein sollte – ein Gefühl, das er nie wieder verloren hatte.

Er sah gut aus, war aber im Gegensatz zu Edouard kleiner und gedrungener gebaut. Mit seiner hellen Haut, dem dichten, rötlichblonden Haar und Augen, die heller blau waren als die des kleinen Bruders, schlug er nach seinem amerikanischen Großvater und dessen schottischen Vorfahren.

Er war immer und unfehlbar ausgeglichener Stimmung. Nie brauchte Edouard, wie bei seiner Mutter, zu befürchten, daß seine Laune auf einmal umschlug oder daß sein Temperament Funken sprühte. Edouard hatte kaum jemals erlebt, daß Jean-Paul ärgerlich wurde, es sei denn, sein Pferd begann auf der Jagd plötzlich zu lahmen oder er war nicht gut zum Schuß gekommen. Aber selbst dann dauerte sein Ärger nur kurz und war schnell wieder vergessen. Er war auf eine träge Art gutmütig, und das machte ihn sowohl Männern als auch Frauen gegenüber so charmant.

Nichts konnte ihn dazu bewegen, etwas zu tun, was ihn langweilte: Als Junge haßte er die Unterrichtsstunden, las kaum ein Buch und besuchte nie ein ernstes Theaterstück, obwohl er eine Schwäche für Revuetänzerinnen hatte. Er liebte populäre Musik – einfache Melodien, die er pfeifen oder summen konnte; die einzigen Gemälde aus seines Vaters Sammlung, die ihm gefielen, waren die Bilder von Toulouse-Lautrec. Jean-Paul zog Champagner oder Bier den anspruchsvolleren Weinen, Pferde der Kunst, Gewißheit den Fragen vor. Das Schmuckimperium de Chavigny, das er eines Tages erben würde, langweilte ihn nur. Es war recht nützlich, auf familiären Rat zurückgreifen zu können, wenn er einer Frau etwas Hübsches schenken wollte, aber das war auch alles. Vom Preisunterschied abgesehen, vermochte Jean-Paul Granate nicht von Rubinen zu unterscheiden und dachte auch nicht daran, es zu lernen.

Er war in allem immer so *sicher*! Das war es, was Edouard am meisten an ihm bewunderte. Vielleicht, weil er der ältere, der Erbe war. Jean-Paul war in der Gewißheit aufgewachsen, eines Tages, ohne einen Finger rühren zu müssen, einer der reichsten Männer Europas zu sein. Er würde der Baron werden. Er war in eine bestimmte Rolle, eine bestimmte Position im Leben hineingeboren worden, und es wäre ihm nie in den Sinn gekommen, diese Tatsache in Frage zu stellen.

Auch Edouard würde später reich sein, soviel stand fest. Aber er würde nicht den Titel erben und würde, falls er sein Leben nicht verzetteln wollte, irgendeine Funktion für sich finden müssen, nur hatte er nicht die geringste Ahnung, welche. Im Gegensatz zu seinem Bruder, zu Jean-Pauls Unbeirrbarkeit in allen Fragen, von der Politik bis zum Schlafzimmer, kam Edouard sich irgendwie ungefestigt vor, zerrissen von Unsicherheit und Zweifeln. Er wußte, daß er intelligenter war als Jean-Paul. Er wußte, daß er Dinge schneller und präziser erfaßte und begriff, doch diese Fähigkeit erschien ihm wertlos. Jean-Paul machte sich einfach nichts daraus, und war dabei glücklich. Das war die zweite Quelle seines Charmes: die Fähigkeit, sich des Lebens zu freuen, den Augenblick zu genießen und sich niemals Gedanken über die Vergangenheit oder die Zukunft zu machen.

Aber Jean-Paul war auch nicht dumm. Alles, was ihn interessierte, beherrschte er vorbildlich. Er hatte schon immer Soldat werden wollen, und seine militärische Führung war erstklassig. Er kannte keine Angst, ob zu Pferde oder auf dem Schlachtfeld. Er war einer der besten Schützen Frankreichs und machte auf dem Tanzboden eine erstaunlich gute Figur. Er konnte seine Offizierskameraden unter den Tisch trinken und hatte trotzdem noch nie unter einem Kater gelitten. Auf Frauen wirkte er unwiderstehlich.

Wie er selbst behauptete, hatte Jean-Paul seine erste Frau mit dreizehn Jahren gehabt: eines der Dienstmädchen im Château an der Loire. Als er dann fünfzehn war, hatte der Vater, wie es in ihren Kreisen üblich war, dafür gesorgt, daß er von einer Französin, die in Paris für ihren Takt in derartigen Angelegenheiten bekannt war, in die Freuden der Liebe eingeweiht wurde.

Jean-Paul hatte dem Vater seine vorangegangenen Erlebnisse verschwiegen, und die fragliche Dame war, laut Jean-Paul, von seinem routinierten Verhalten angenehm überrascht gewesen. Jean-Paul hatte dem neugierigen jüngeren Bruder nur allzu gern erklärt, was von einem Mann verlangt wurde, was er tun mußte und was er dafür von einer Frau erwarten konnte. Seine Schilderungen, in der Kasernensprache formuliert, waren höchst beeindruckend und präzise.

Er brauche es einmal pro Tag, erklärte er lässig, während Edouards Augen sich weiteten. Manchmal auch mehr. Die Tageszeit spiele keine Rolle, obwohl er selbst den Nachmittag bevorzuge, weil man dann am Abend ruhig trinken könne, denn ein Mann, der getrunken habe, sei nicht so gut. Alle Frauen ließen sich gleich gut bumsen: erfahrene, unerfahrene, junge, alte, schöne, häßliche, dünne, dicke.

»Häßliche?« fragte Edouard erstaunt. In seinen Träumen waren die Frauen immer schön.

Jean-Paul zwinkerte ihm zu. »Es ist nett, ein hübsches Gesicht zu küssen, das muß ich zugeben. Aber für das andere ist das Gesicht unwichtig. Denn dabei siehst du ihnen nicht ins Gesicht, kleiner Bruder.«

Was aber war *das*? In dieser Hinsicht drückte sich Jean-Paul weniger präzise aus. Die Frage schien ihn unsicher zu machen.

Jungfrauen seien im allgemeinen schlecht, antwortete er schließlich. Er rate Edouard, Jungfrauen zu meiden – das heißt, bis auf die spätere Ehefrau natürlich. Bei einer Jungfrau könne Sex schmutzig und unangenehm sein, außerdem seien sie meist nervös, wüßten nicht, was sie tun sollten, und fürchteten, schwanger zu werden, was einfach albern sei. Jungfrauen seien eine Verpflichtung, also müsse man sie meiden.

Verheiratete Frauen seien weit besser. Die meisten von ihnen – vor allem hier in England, bei diesen sexuell so unterbelichteten Männern – seien ganz wild darauf. Die wüßten genau, was sie zu tun hätten, und wann, und könnten unter der Anleitung des Mannes zuweilen überaus phantasievoll werden. Nun beschrieb Jean-Paul einige der reizvolleren Methoden sowie einige seiner erprobten Techniken, und Edouard hörte ihm staunend zu. Jean-Paul versicherte ihm, der Mund einer Frau könne genauso viel Lust bereiten wie ihre Scheide, ja, in manchen Fällen sogar mehr, da gewisse Frauen im wichtigsten Augenblick ein wenig lahm seien.

»Manche können einfach nicht kommen«, erklärte Jean-Paul bereitwillig. »Gott weiß, warum, aber es ist eben so. Doch wenn das ausbleibt, vergiß es, mach einfach weiter, kleiner Bruder. Oder, wenn du das willst, probier's mit ihrem Mund. Zuerst tun sie alle immer furchtbar entsetzt, behaupten, das könnten sie nicht, weigern sich, und so. Aber das hat nichts zu sagen. Sie finden es trotzdem großartig.«

»Aber wenn ... Ich meine, wenn man das macht ...« Edouard zögerte. »Ich meine, was tun sie, wenn's rauskommt? Spucken sie's aus?«

Jean-Paul lachte laut auf. »Manchmal. Wenn sie sich zu fein sind. Die guten schlucken's runter.«

»*Schlucken* tun die das?« Edouard starrte den Bruder an. »Schmeckt ihnen das denn?«

»Keine Ahnung.« Jean-Paul zuckte die Schultern. »Darüber mache ich mir in dem Moment keine Gedanken – nie ...«

Und so ging es weiter. Endlos. Diese Position im Vergleich zu jener; die Vorteile des langsamen Bumsens, die gelegentlichen Freuden eines schnellen. Im Liegen; im Stehen; angezogen; ausgezogen; von vorn – die Missionarsstellung, sagte Jean-Paul – oder von hinten, aneinandergeschmiegt wie Löffel in der Schublade. Verhütung; die Nachteile des Gummis, des *capote anglaise*; der richtige Moment zum Zurückziehen beim Coitus interruptus; und daß man an bestimmten Tagen des weiblichen Monatszyklus' völlig gefahrlos bumsen könne, ohne eine Schwangerschaft befürchten zu müssen.

Edouard schwirrte der Kopf. Jean-Paul versicherte ihm, im Grunde sei alles furchtbar einfach, und wenn der Augenblick gekommen sei, würde er schon wissen, was zu tun sei. Auf Edouard wirkte es allerdings überhaupt nicht einfach. Er war überzeugt, daß er alles falsch machen werde. Und dann war da noch ein anderer

Punkt, der ihm rätselhaft war. Schließlich nahm er all seinen Mut zusammen und fragte den Bruder.

»Was ist denn mit der Liebe, Jean-Paul?«

Jean Paul lachte laut auf. Liebe? Liebe habe damit nichts zu tun. Das sei Lektion Nummer eins, die allerwichtigste. Er legte Edouard den Arm um die Schultern und wurde ernst.

»Wir sprechen über Lust, kleiner Bruder. Über Sex. Nicht über Liebe. Die Liebe läßt du besser aus dem Spiel; die würde dich nur verwirren. Du mußt genau wissen, was du willst. Die Frau schenkt dir Lust, und wenn du Glück hast, schenkst du ihr ebenfalls Lust. Das ist alles. Manchmal *magst* du sie, ja; mit manchen Frauen kann man sehr gut zusammensein, sie sind charmant, vielleicht sogar intelligent. Manche mag man wiederum nicht, und das ist etwas ganz anderes. Aber Liebe hat damit nichts zu tun. Hör auf mich: Bei dem ersten Anzeichen davon machst du dich aus dem Staub. Die nächste Frau wird dich sehr schnell von dieser Krankheit heilen.«

»Aber wäre es denn nicht besser...« bohrte Edouard weiter. »Wäre es denn nicht ein schöneres *Gefühl*, wenn du sie liebst?«

»Das kann ich wirklich nicht sagen. Ich war noch niemals verliebt.«

»Noch *nie*? Aber die Menschen verlieben sich doch, nicht wahr? In Büchern. In Gedichten. Papa hat sich auf den ersten Blick in Maman verliebt. Das hat er mir selbst einmal erzählt.«

»Wirklich?« Jean-Pauls Miene verdüsterte sich. »Na ja, es scheint diesen Zustand tatsächlich zu geben. Aber ich traue ihm nicht. Er ist eine Falle. Du wirst feststellen, daß die Frauen ständig darüber reden – weit mehr als die Männer. Und warum? Weil sie unbedingt heiraten wollen. Das gehört zu dem Spiel, das sie treiben. Gibst du zu, daß du sie liebst – bitte, Edouard, tu das *niemals*! –, erwarten sie sofort einen Heiratsantrag.« Er hielt inne. »Hat Papa das wirklich von Maman gesagt? Hast du dir das nicht ausgedacht?«

Edouard schüttelte den Kopf. Jean-Paul krauste die Stirn. Dies war eine der wenigen Gelegenheiten, da Edouard ihn unsicher erlebte. Und eine der wenigen Gelegenheiten, da er sich vornahm, den Rat des Bruders nicht zu befolgen.

Dieses Gespräch über die Liebe im Gegensatz zum Sex hatte ungefähr drei Jahre zuvor in Frankreich stattgefunden. Es war nicht wiederholt worden. Als Edouard nun draußen Schritte vernahm, das Geräusch der Haustür, die Parsons öffnete, Jean-Pauls tiefe und die helle, klare Stimme einer Frau, mußte Edouard lächeln.

Es hatte sich einiges verändert, in diesen drei Jahren. Jean-Paul hatte sich verlobt. Seine Verlobte war Engländerin, jung und wunderschön. Und Jean-Paul muß inzwischen gemerkt haben, daß er sich geirrt hat, dachte Edouard voller Genugtuung. Er war verlobt. Er war in die Falle gegangen. Und daher mußte Jean-Paul sich doch verliebt haben.

Lady Isobel Herbert, älteste Tochter des Earl of Conway, war achtzehn, blendend schön und sich dessen auf anmaßende Weise bewußt. Sie kam in den Salon, wie sie stets einen Raum betrat, eilig, graziös, rastlos, und warf ihr Silberfuchscape, bevor Jean-Paul es ihr abnehmen konnte, nachlässig auf einen Stuhl. Als er sie erreichte, griff sie bereits nach Zigarettenetui und -spitze und drehte sich ungeduldig zu ihrem Verlobten um.

»Gib mir bitte Feuer, Darling. Und mix mir einen Cocktail, ja? Ich bin erledigt. Ich verdurste. Mach mir was ganz Ausgefallenes, was mich so richtig betrunken macht! Ich bin völlig fertig, von den vielen Entscheidungen, die ich treffen mußte. Ich hasse Entscheidungen!« Sie warf sich aufs Sofa und streckte sich überaus dekorativ darauf aus. »Edouard. Darling. Wie geht's dir denn?«

Edouard verbeugte sich ganz leicht vor ihr und zog sich auf den Fenstersitz zurück, wo er sie unbemerkt beobachten konnte.

Er war von klein auf an schöne Frauen gewöhnt. Seine Mutter war berühmt für ihr Aussehen, und viele ihrer Freundinnen waren genauso hübsch. Isobel Herbert jedoch war anders als alle Frauen, die Edouard kannte. Sie war *die* Debütantin ihres Jahrgangs gewesen, und es wurde gemunkelt, sie habe einen Fürsten, einen Herzog, zwei Söhne kleinerer Aristokraten und einen hartnäckigen italienischen Grafen abgewiesen, bevor sie den Antrag von Baron de Chavignys Erben annahm. Wie Edouard wußte, stand sie in dem Ruf, das zu sein, was die Engländer *fast* nannten – leichtlebig –, und wenn das so war, dann bewunderte er sie dafür. Sie war ganz anders als die zimperlichen katholischen Töchter des französischen Adels, die Jean-Paul zuweilen höchst widerwillig eskortiert hatte. Sie hatte leuchtend rotes Haar, das im Sonnenschein wie rotes Gold flammte und im Schatten eine dunkle Kastanienfarbe annahm. Am Hinterkopf war es kürzer geschnitten als bei einem Mann, und vorn fiel es ihr in das bezaubernde Gesicht. Sie schminkte sich mit grellen Farben: Heute leuchteten ihre Lippen scharlachrot. Sogar die Fingernägel hatte sie sich lackiert, was Edouards Mutter niemals geduldet hätte. Sie war groß, knabenhaft schlank und trug heute abend ein schmales, kurzes Kleid aus schwarzer Seide, das sehr vornehm und unverschämt schlicht wirkte. Es stammte von Schiaparelli; das sah Edouard, der einen Blick dafür hatte, sofort. An beiden schlanken, nackten Armen hingen von den Handgelenken bis zum Ellbogen schwere Elfenbeinreifen. Mit den berühmten Conway-Perlen an ihrem Hals spielte sie, während sie auf ihren Cocktail wartete, so lässig, als sei es eine Kette von Woolworth. Sie saß keine Sekunde still: Das faszinierte Edouard am stärksten. Sie erinnerte ihn an etwas Exotisches, sehr Flinkes: einen Kolibri oder einen schön gezeichneten Schmetterling.

Jetzt fuhr sie zu Edouard herum und streckte ihm ihre Hand entgegen. »Wir haben ihn. Ich hab ihn mir heute nachmittag ausgesucht. Gott, war das schwierig! Richtig Kopfschmerzen hab ich davon gekriegt. Er ist irgendwie süß, finde ich. Aber sag mal, Edouard. Du bist der Experte, behauptet Jean. Billigst du meine Wahl?«

Schweigend durchquerte Edouard das Zimmer, ergriff die dargereichte Hand und betrachtete ihre Finger. Der ›süße‹ Ring war sehr schlicht. Ein quadratisch geschliffener, über zwei Zentimeter großer Smaragd. Edouard, der ihn sofort erkannte, wußte genau, daß er makellos und einzigartig war. Er war in Südamerika gefunden, vom besten Edelsteinschleifer seines Großvaters in den Chavigny-Werkstätten geschliffen worden und hatte Kaiser Wilhelm gehört, dessen Familie ihn zwischen den Kriegen an seinen Vater zurückverkauft hatte. Er war exquisit, und es hieß, er bringe Unglück. Edouard betrachtete ihn einen Augenblick stumm.

»Ich billige sie. Er ist sehr schön. Und paßt zu deinen Augen.«

Isobel lachte erfreut. »Wie reizend du bist, Edouard! Jean – hörst du? Edouard ist reizend. Ganz anders als du.« Unter den gesenkten Wimpern hervor blickte sie zu Edouard auf. »Und für einen so jungen Mann erstaunlich gescheit. Er sagt genau das, was eine Frau hören will. Wirklich ganz anders als du, lieber Jean...«

»Oh, aber ich mixe hervorragende Cocktails!« Lächelnd drückte ihr Jean ein Glas in die Hand. »Das hat Edouard nicht gelernt. Noch nicht.«

»Cocktails! Cocktails!« Isobel warf den Kopf zurück. »Was ist daran so großartig? Der Barmann im Four Hundred mixt auch gute Cocktails, und ich denke nicht daran, ihn zu heiraten.«

»Ich besitze aber auch noch andere Vorzüge, Darling.« Jean-Paul hielt ihre Hand fest und küßte ganz leicht ihre Finger.

»Wirklich? Dann mußt du mir sofort eine Liste machen, und die werde ich dann auswendig lernen. Schnell, schnell, Edouard: Papier und einen Füller...« Sie war schon wieder auf den Füßen. Schweigend holte ihr Edouard das Gewünschte, und Isobel nahm mit konzentriertem Stirnrunzeln wieder Platz.

»Also, ich meine es wirklich ernst! Das ist kein Witz. Ich *muß* es wissen. Ich hätte es schon vor Wochen tun sollen. Ich warne dich, Jean! Wenn die Liste zu kurz ist, werde ich dich verlassen. Unsere Verlobung lösen – ganz einfach so!« Sie schnalzte mit den Fingern, und Jean-Paul stöhnte gutmütig auf. Er streckte sich im Sessel aus und versuchte zu überlegen.

»Ich bin sehr reich«, begann er langsam.

»Reich? Reich?« Isobel krauste die Stirn. »Das ist ein äußerst schlechter Anfang. Wie vulgär von dir, zu glauben, ich würde mich für so etwas interessieren! Und außerdem – viele Männer sind reich. Versuch's noch einmal.«

»Ich werde eines Tages Baron de Chavigny sein...«

»Immer schlimmer. Papa sagt, französische Adelstitel sind im günstigsten Fall suspekt und im schlimmsten absurd.«

Jean-Paul lächelte. »Ich werde meiner Frau alles geben, was ihr Herz begehrt...«

»Das meiste davon habe ich schon.«

Jetzt krauste Jean-Paul die Stirn, und Edouard beugte sich hilfsbereit vor. »Er ist sehr gutmütig«, warf er ein. »Sehr. Er verliert fast nie die Selbstbeherrschung. Und er nimmt niemals übel.«

»Nimmt niemals übel? Das ist gut. Das schreibe ich auf.« Sie hielt inne. »Doch was die Selbstbeherrschung betrifft, da bin ich mir nicht so sicher. Das könnte ziemlich langweilig sein. Ich finde es bezaubernd, wenn Männer wütend sind.« Sie tippte mit dem Füller aufs Papier. »Weiter.«

»Er sieht gut aus«, meldete sich Edouard wieder zu Wort. »Du kannst nicht von ihm erwarten, daß er das selbst ausspricht.«

»Na schön. Gutaussehend.« Der Smaragd blitzte auf. »Ich glaube, du wirst eines Tages noch besser aussehen, aber das nur nebenbei. Also, was haben wir jetzt, Jean? Gutes Aussehen und nimmt nicht übel. Viel ist das nicht.«

Jean-Paul reckte sich und verschränkte die Hände hinterm Kopf. Zu Edouards Erstaunen wirkte er leicht gereizt.

»Ich bin ein eifersüchtiger, anspruchsvoller Liebhaber«, behauptete er energisch. »Jedenfalls sagt man mir das nach.«

Isobel ignorierte die leichte Schärfe in seinem Ton. Sie kritzelte etwas auf ihre Liste.

»Eifersüchtig ist gut. Anspruchsvoll klingt gut. Aber bist du auch romantisch?«

Sie notierte das Wort, strich es aber wieder aus.

»Nein, ich glaube nicht. Nicht im geringsten.« Sie warf einen Blick auf die Uhr. »Wir sind erst seit drei Tagen verlobt, und es ist mindestens eine Stunde her, daß du mich geküßt hast. Ich glaube, du bist nicht im mindesten romantisch!«

»Dann werde ich dafür sorgen, daß du deine Meinung änderst.«

Jean-Paul erhob sich, durchquerte den Raum, beugte sich über ihren Sessel und küßte sie. Edouard beobachtete die beiden unbehaglich, dann wandte er sich zum Fenster. Er hatte das merkwürdige Gefühl, daß dieser Kuß provoziert worden war, und zwar seinetwegen. Als Jean-Paul sich aufrichtete, drehte er sich wieder um und sah, daß ihm die smaragdgrünen Augen einen flüchtigen Blick zuwarfen, als sei Isobel belustigt, als teile sie ein Geheimnis mit ihm, von dem sein Bruder ausgeschlossen war. Zu seinem Entsetzen und seinem Kummer spürte er, wie sein Körper zu reagieren begann. Zutiefst beschämt wandte er sich ab.

»Ich muß noch lernen. Latein ...« Er machte Miene, zur Tür zu gehen, doch Isobel sprang hastig auf.

»Nein – bitte nicht! Wir hören auf mit dem dummen Spiel. Denn wenn wir weitermachen, sitze ich schließlich mit fünf Worten auf einem Zettel da, und dann muß ich Jean den Smaragd zurückgeben. Aber das will ich nicht, dafür hänge ich zu sehr an ihm. Und an dir, Jean, Darling – komm, komm, kein Stirnrunzeln! Du weißt doch, wie gern ich dich ein bißchen necke. Ich werde jetzt deine Mutter besuchen. Sie wird doch nichts dagegen haben – oder, Jean? Ich möchte ihr das hier zeigen. Und wir werden ganz *fabelhafte* Listen aufstellen. Frauen lieben es, Listen zu machen, wußtest du das, Darling? Die gehören zu jeder Hochzeit, und es wird ein himmlisches Vergnügen sein. So! Jetzt lasse ich euch in Ruhe reden...«

Als sich die Tür hinter ihr schloß, entstand eine verlegene Pause. Edouard war knallrot geworden. Er starrte den Bruder vorwurfsvoll an. »O Gott, sie weiß Bescheid! Isobel weiß Bescheid! Hast du es ihr etwa gesagt?«

»Mag sein, daß ich es erwähnt habe.« Jean-Paul zuckte die Schultern. »Warum auch nicht? Sie hält es für eine gute Idee. Es sei süß, meinte sie.«

Edouard musterte den Bruder zweifelnd. Er hatte das Wort *süß* mit einem Sarkasmus ausgesprochen, den er nicht zu verbergen trachtete.

»Es ist mir peinlich. Ich finde, das ist etwas rein Privates. Ein Geheimnis zwischen uns beiden.«

»Das ist es. Das ist es. Also komm – Kopf hoch, Kleiner!« Jean-Paul lächelte. »Ich habe gute Nachrichten. Alles ist arrangiert.«

»Arrangiert? Du hast's wirklich geschafft?«

Jean-Paul zog ein schmales Pappkärtchen aus seiner Uniformtasche und drückte es Edouard in die Hand.

»Morgen nachmittag um drei. Maman wird den ganzen Tag fort sein. Ich habe mich erkundigt. Glendinnig kommt am Samstag immer nur vormittags, nicht wahr? Also hast du Zeit genug. Die Adresse steht auf der Karte.« Er hielt inne. »Sie ist perfekt, Edouard. In jeder Hinsicht. Nicht zu jung, nicht zu alt. Überaus erfahren. Eine reizende Frau. Französin: Ich dachte, das macht es dir vielleicht etwas leichter. Keine Hure – ganz und gar nicht. Sehr sauber. Sie hat... Na ja, sie wird ausgehalten, verstehst du? Aber der betreffende Gentleman ist schon älter und meist nicht da, und ihr gefallen jüngere Männer.« Er zuckte die Schultern. »Sie ist gut im Bett, Edouard. Ich kann sie dir persönlich empfehlen.«

»Ach, wirklich?«

»Selbstverständlich! Du glaubst doch nicht, ich schicke meinen Bruder los, ohne mich genauestens über die Art der Dienstleistungen informiert zu haben!« Jean lächelte. »Ich hab' sie vorgestern nachmittag gehabt.«

»Vorgestern nachmittag? Aber Jean – du bist doch jetzt verlobt.«

Jean-Paul grinste. Er blickte zur Tür und dann wieder zu Edouard hinüber.

»Ach, kleiner Bruder«, sagte er langsam, »du glaubst doch hoffentlich nicht, daß das einen Unterschied macht!«

Célestine Bianchon war 1910 im Alter von sechzehn Jahren nach England gekommen, um in Henry Pelissiers Alhambra Follies aufzutreten. Sie war sehr hübsch, mit einer Andeutung von Rundungen, die man damals für unerläßlich hielt. Sie tanzte graziös und sang mit einer von Natur aus süßen, hellen und klaren Stimme. Sie hatte schon bald eine Reihe von Verehrern, die ihr die Garderobe mit Blumen füllten und heftig um das Privileg wetteiferten, sie nach der Vorstellung ins Café de l'Europe am Leicester Square ausführen zu dürfen. Dort saßen sie, von Schriftstellern, Schauspielerinnen und jungen Männern aus guter Familie umgeben, aßen und tranken Champagner bis drei Uhr morgens, und dann kehrte Célestine in die weit weniger glanzvolle Umgebung des Finsbury Parks zurück – manchmal allein, häufiger jedoch nicht. Noch heute betrachtete sie jene Lebensjahre, die mit dem Ausbruch des Weltkriegs endeten, als den Höhepunkt ihres Daseins.

Als typische Französin bäuerlicher Herkunft war Célestine jedoch auch Realistin. Im Gegensatz zu einigen ihrer Freundinnen im Alhambra akzeptierte sie zwar Bouquets und Geschenke, erwartete aber keine Heiratsanträge, sondern begnügte sich mit einer Reihe von Gönnern. Nach Frankreich zurückzukehren hatte sie keine Lust. Im Laufe der Jahre und nachdem die erste Blüte ihrer Schönheit welkte, wurden die Gönner weniger vornehm und weniger jung, doch das nahm Célestine philosophisch hin. Es war natürlich, es war unvermeidlich, und es bedrückte sie keineswegs. Als junges Mädchen hatte sie englische Aristokraten unter ihren Bewunderern gehabt; jetzt, 1940, war sie sechsundvierzig, und ihr Gönner war ein Geschäftsmann aus Hove, der sich zur Ruhe gesetzt und sein nicht eben großes Kapital in einer Anzahl Pensionen in verschiedenen Teilen Londons und der umgebenden Grafschaften angelegt hatte. Das kam Célestine gelegen, denn es bedeutete, daß er sie nur ein- oder zweimal pro Woche besuchte. Und überdies erkundigte er sich kaum einmal danach, wie sie die übrige Zeit verbrachte. Er war vierundsechzig, und Célestine war ihm zugetan. Er war zwar weniger viril, doch wesentlich liebenswürdiger als viele ihrer ehemaligen Liebhaber; er bezahlte die Miete für ihre kleine Wohnung in Maida Vale; er ließ ihr regelmäßig eine kleine Geldsumme zukommen, von der sie jede Woche ein wenig für ihr Alter beiseite legen konnte; und er unterhielt sich gern mit ihr. Célestine wußte das alles zu schätzen.

Sie wäre nie auf die Idee gekommen, daß sie ihn betrog. Sie betrachtete die Nachmittage mit den anderen Herren als einen Teil ihres Lebens, der nichts mit dem Hauptarrangement zu tun hatte. Es war ihr schon ziemlich früh klar geworden, daß die Männer nicht alles wissen mußten. Sie kamen aus einem einzigen Grund zu ihr, und sie versuchte, ihre Wünsche nach besten Kräften zu erfüllen. Es war ihr Glück, daß durch den Krieg so viele Franzosen nach London gekommen waren und daß ein einziger Nachmittag mit einem französischen Offizier ihr anschließend einen steten Strom rundum zufriedener Militärkunden gesichert hatte.

Sie war geehrt gewesen, als sie dem flotten, jungen Erben des Baron de Chavigny zu Gefallen sein durfte. Sie hatte sich geschmeichelt gefühlt, als er ihr am Ende einer recht zügellosen Liebesstunde das Dilemma seines jüngeren Bruders schilderte, wie es nur ein Franzose vermochte. Es war ja nicht das erste Mal, daß sie eine derartige Rolle übernahm, und sie erklärte sich sofort dazu bereit. Sie war neugierig darauf, den jungen Edouard kennenzulernen, und überlegte lächelnd, ob sie ihn nicht zu einem weit besseren Liebhaber erziehen konnte als sein vitaler, jedoch recht wenig subtiler Bruder es war.

Also bereitete sie sich sorgfältig auf ihn vor, denn sie wußte aus Erfahrung, daß Kleidung, die ihre älteren Kunden unfehlbar in Erregung versetzte – enggeschnürtes Korselett aus schwarzer Spitze, das ihre vollen Brüste hervorhob, Strumpfhaltergürtel, zarte Strümpfe, hauchdünnes Negligé – auf einen unerfahrenen Jungen einschüchternd wirkte. Als sie mit ihren Vorbereitungen fertig war, betrachtete sie sich zufrieden im Spiegel: Ihre Aufmachung wirkte erotisch, ohne vulgär zu sein, war ausschließlich in Weiß gehalten, nur mit einigen hübschen Schleifchen und Spitzen, und versteckte sich unter einem Morgengewand aus blaßblauem Crèpe de Chine. Sie frisierte sich sorgfältig und schlüpfte in blaue, hochhackige, mit Maribufedern geschmückte Pantoffeln. Jean-Paul hatte vorsorglich eine Flasche Moët & Chandon geschickt, die schon auf Eis lag. Célestine selbst hatte jedoch den Wasserkessel aufs Feuer gestellt, denn wie sie wußte, bevorzugten einige junge Männer beim erstenmal Tee. Anschließend machte sie es sich bequem und wartete.

Edouard hatte sich von einem Taxi in das unbekannte Terrain von Maida Vale bringen lassen. Er traf dort schon um Viertel nach zwei ein und verbrachte eine ganze Dreiviertelstunde damit, in qualvoller Unschlüssigkeit durch die Straßen zu wandern. Mehrmals hätte er fast ein anderes Taxi herbeigerufen, um wieder nach Hause zurückzukehren, aber er wußte, daß das ganz einfach feige gewesen wäre. Also erschien er schließlich Punkt drei Uhr vor ihrer Tür und drückte voll Nervosität auf die Klingel.

Fünf Pfund, hatte Jean-Paul gesagt. Das jedoch kam Edouard nicht nur knauserig, sondern sogar ehrenrührig vor. Deswegen hatte er sich aus den Vorräten am Eaton Square eine große Schachtel handgetauchter französischer Pralinen besorgt – unmöglich, in diesen Zeiten so etwas in London zu finden – und vorsichtig eine Zehnpfundnote hineingeschoben. Außerdem hatte er ein kleines Rosensträußchen gekauft, und nun balancierte er, während er wartete, Pralinen und Rosen in seinen Händen.

Noch nie hatte er sich so unsicher und unzulänglich gefühlt, hatte so wenig Lust verspürt, eine Frau auch nur anzusehen. Dieses Gefühl jedoch verschwand sofort, als Célestine ihm die Tür öffnete, in ihren Maribu-Pantoffeln vor ihm die Treppe hinaufstieg und ihn in ihr Wohnzimmer führte. Indem sie munter auf Französisch daherplapperte, nahm sie ihm sofort die Nervosität. Sie schenkte ihm ein Glas Champagner ein, das er mit einem Schluck leerte, und setzte sich dann zu seiner unendlichen Erleichterung in einen Sessel und begann sich mit ihm zu unterhalten, als seien sie uralte Freunde.

Edouard betrachtete sie und stellte fest, daß sie vielleicht nicht mehr ganz so jung, aber besonders bezaubernd war. Mit dem rotblonden Haar, das sie hoch auf dem Kopf zusammengesteckt hatte, den gelockten Strähnen, die sich um ihre Ohren ringelten und dem weichen, glatten Hals erinnerte sie ihn an gewisse Renoir-Bilder aus der Sammlung seines Vaters. Sie hatte klare blaue Augen, und die winzigen Fältchen an ihren Winkeln ließen höchstens ihr Lächeln wärmer erscheinen. Sie trug nur sehr wenig Make-up, denn ihre Haut besaß noch immer die Durchsichtigkeit und zarte Färbung einer wesentlich jüngeren Frau.

Wie gebannt starrte er sie an, als sie ganz langsam ein seidenglattes Bein ausstreckte und ihren Fuß drehte, als bewundere sie den blauen Pantoffel. Als sie sich vorbeugte, um ihm Champagner nachzuschenken – was er äußerst höflich ablehnte –, öffnete sich ihr Negligé ein wenig, so daß er die köstliche Kurve einer vollen Brust sehen konnte. Das genügte: Zu seiner größten Genugtuung fühlte er, daß sein Körper zu reagieren begann. Und Célestine schien das zu wissen, denn sie erhob sich und führte ihn behutsam ins Schlafzimmer, wo sie ihn zu seiner wachsenden Freude zuerst auszog, um ihm sodann zu gestatten, daß er sie ihres Negligés beraubte. In einem Anfall von Selbstsicherheit drückte er sie in die weißen Kissen und begann sie leidenschaftlich zu küssen. Kaum fünf Minuten später brach er vor Scham und Demütigung in Tränen aus.

Célestine legte sich in die Kissen zurück und hielt den Jungen fest in den Armen. Während er verzweifelt an ihrer Brust weinte, streichelte sie ihm wie eine Mutter übers Haar, bis der erste Zorn und Kummer allmählich wich und er ein wenig ruhiger in ihren Armen lag. Als sie auf den dunklen Kopf hinabblickte, wurde ihr liebevolles Herz ganz weit vor Mitgefühl. Wenn dieser hübsche Junge doch nur wüßte, daß es beim erstenmal immer so war; daß er weder der erste noch der letzte Mann war, der wie ein zorniges Kind über etwas weinte, das in seinen Augen ein unentschuldbares Versagen sein mußte.

»*Vas-y, mon petit.* Es gibt keinen Grund für Tränen. Glaube mir, beim erstenmal ist es immer so. Du bist aufgeregt, ungeduldig; keine Sorge, das ist völlig normal. Na schön, du bist sehr schnell gekommen – zu schnell, findest du. Und glaubst vielleicht sogar, ich wäre gekränkt, wie? Das bin ich nicht; im Gegenteil, *mon chéri*, ich nehme es als Kompliment, hörst du? In meinem Alter ist das Bewußtsein, daß man einem jungen Mann noch immer so gut gefällt, einfach wunderbar. Außerdem haben wir viel Zeit, soviel Zeit, wie du willst. Und du wirst feststellen, *mon chéri*, daß so ein Ereignis in deinem Alter eine Bagatelle ist, die man im nächsten Moment schon wieder vergißt. Das nächste Mal – und es wird viele nächste Male geben – wird es schon besser sein, und dann noch besser und noch besser, bis schließlich du *mich* etwas lehren kannst, bis *du* es bist, der bestimmt, was getan wird.«

Lächelnd fuhr sie fort, ihn zu streicheln. »Glaubst du vielleicht, *chéri*, die Liebe sei eine Kunst, die uns angeboren ist? Ich versichere dir, das ist nicht der Fall. Man muß lernen, *chéri*. Ganz allmählich. Ein bißchen so wie in der Schule. Nur daß es sich hier um eine erfreuliche Lektion handelt. Um eine, die alle genießen...«

Wieder lächelte sie auf sein Haar hinab, denn sie spürte, wie sich sein kräftiger, junger Körper schon ein wenig entspannte. Bald, dachte sie, weit eher als er ahnt, wird er wieder hart und zum zweitenmal liebesbereit sein. Bis dahin durfte sie ihn nicht drängen, sondern mußte sehr sanft mit ihm umgehen, sehr sanft und sehr langsam. Und er war so schön! So schön! Sie hatte fast vergessen, wie schön der Körper eines sehr jungen Mannes sein konnte: die glatte Haut, fast wie bei einem Mädchen; die straffen Muskeln; die feste Rundung der Hinterbacken, der flache Bauch, die kräftigen Schenkel. Ein wohliger Schauer des Begehrens durchflutete sie. Diese Augen: ein ganz ungewöhnlich tiefes Blau. Und dieses tiefschwarze Haar...

Behutsam richtete sie sich zum Sitzen auf und zog ihn mit. Jetzt wäre eine gewisse Sachlichkeit angebracht, dachte sie. »*Chéri*...« Sie ergriff seine Hände. »Ich finde es ein bißchen unfair, weißt du. Du hast es so bequem, und ich – ich bin noch immer in dieses dumme Ding eingezwängt. Würdest du mir helfen, es abzulegen? Diese vielen kleinen Haken und Ösen da hinten sind so furchtbar schwer zu erreichen. Und meine Strümpfe! Ich glaube wirklich, ich brauche sie nicht mehr...«

Zuerst streifte er ihr die Strümpfe ab. Dann löste er mit ungeschickten Fingern das weiße Spitzenkorselett. Célestine war nackt. Sie lächelte, während Edouard sie hingerissen anstarrte. Er hatte natürlich schon Bilder gesehen, aber eine richtige Frau hatte er noch nie nackt gesehen. Nie hätte er sich einen Körper von solcher Opulenz, so großer Lieblichkeit träumen lassen! Célestine hatte volle, schwere Brüste mit großen, rosigen Spitzen. Ihre Hüften schwangen sich von einer immer noch schmalen Taille aus in einer köstlichen Linie nach außen; zwischen ihren Beinen wuchs ein Dreieck von krausem, rötlich-goldenem Haar, das sich elastisch anfühlte und sich auffallend vom sahnigen Weiß ihrer Schenkel abhob. Fast ohne nachzudenken berührte er sie dort unten, und Célestine reagierte darauf zu seiner Überraschung und Freude mit einem leisen Aufstöhnen.

Als er verwundert zu ihr aufblickte, erklärte sie mit funkelnden blauen Augen: »Aber ja – erstaunt dich das? Es ist schön, wenn du mich dort berührst. Und ebenso schön wäre es wohl, wenn du mir einen Kuß gäbst, *chéri*. Nur einen ganz kleinen...«

Ein wenig linkisch legte Edouard die Arme um sie, und ganz sanft drückte er ihr einen keuschen Kuß auf die geschlossenen Lippen, und Célestine seufzte tief auf.

»Ah, das tut gut! Ich mag es, wie du mich küßt. Ein bißchen mehr, bitte...«

Diesmal öffnete sie die Lippen. Edouard berührte sie behutsam mit der Zunge, sie seufzte abermals und bog sich ihm etwas mehr entgegen.

»*Comme ça, chéri. Ah oui, comme ça*...«

Langsam, vorsichtig sog sie seine Zunge in ihren Mund und hielt ihn so in den Armen, daß er nicht zu fest an ihren Körper gedrückt wurde, sondern nur ihr Mund und der seine sich berührten. Edouard spürte, wie ihn ein erregender Schauer durchfuhr. Langsam begann sie ihm Hals, Schultern und Rücken zu streicheln, und sofort merkte er, wie sein Penis sich aufrichtete. Célestines Lippen verzogen sich zu einem triumphierenden Lächeln. Sie stieß ein leises Lachen aus und hielt ihn ein wenig von sich, um an ihm hinabzublikken.

»Ah! Siehst du, was geschehen ist? Und so schnell! So groß und hart und stark. Du bist ein beachtlicher Mann, *chéri*, weißt du das? Damit kannst du einer Frau viel Freude bereiten, *chéri*, sehr viel Freude...«

Sie war darauf bedacht, ihn nicht zu berühren, und als er sie wieder in die Kissen drücken wollte, hinderte sie ihn behutsam daran.

Tadelnd schüttelte sie den Kopf und sah entzückt, daß ein mutwilliger Glanz in seine Augen trat.

»Ein wenig warten?« fragte er lächelnd. »Nicht zu schnell?«

Célestine ergriff seine Hand. »Mir zuliebe«, antwortete sie leise. »Der Liebesakt, weißt du, ist für eine Frau etwas Wunderbares. Sie möchte, daß er möglichst lange währt. Sie kann nicht immer so schnell sein wie ein Mann. Sie ist nicht immer so schnell erregt wie ein Mann. Er muß ihr helfen.«

Sie legte seine Hand auf ihre Brust.

»Streichel mich dort, *chéri*. Ich sehne mich so sehr danach, daß du mich dort streichelst, verstehst du? Ja, so! Genau so!«

Edouard legte seine Hände unter ihre Brüste und spürte deren volles Gewicht. Und dann, ehe er sich's versah, tat er das, wovon er schon immer geträumt hatte: Er küßte diese glatte Haut. Anschließend barg er den Kopf zwischen ihren Brüsten, hob sie an, liebkoste sie und nahm die weichen, rosigen Spitzen abwechselnd zwischen die Lippen. Er spielte mit der Zunge an ihnen und fühlte, wie sie sich versteiften. Ein Erschauern lief durch seinen Körper, und Célestine hielt ihn umfangen.

Célestine spürte, wie ihr Körper reagierte und jeder Nerv vor Wonne sang. Sie spürte, wie sie feucht wurde, und allmählich fiel es ihr immer schwerer stillzuliegen. Es drängte sie, die Beine zu spreizen, damit er sie dort berühren konnte. Er lernt schnell, dachte sie, sehr schnell …

Er löste die Lippen von ihren Brüsten und küßte sie. »*Mais, que tu es belle, si belle* …«, murmelte er mit keuchendem Atem an ihrem Mund, und Célestine kämpfte gegen den eigenen Trieb, bemühte sich, ihn sanft und zärtlich zu küssen. Nicht zu leidenschaftlich, nicht zu tief, nicht zu lange, noch nicht, noch nicht. Sein Penis preßte sich hart an ihren Leib, also bewegte sie sich ein wenig, um ihn freizugeben, weil sie fürchtete, der Druck könne bewirken, daß er sofort kam.

»*Doucement, Edouard.*« Mit den Händen strich sie über die schöne, feste Wölbung seiner Hinterbacken und rückte ein wenig zur Seite, bis sie nebeneinander lagen. Als sie merkte, daß er wieder ein wenig ruhiger geworden war, nahm sie seine Hand und hob sie an ihre Lippen.

»Es ist schön, wenn du mich berührst. Weißt du das? Ich glaube, du spürst, daß ich das mag. Meine Brustspitzen, weißt du, werden ganz hart, wenn du mich berührst, wenn du mich dort küßt. Das ist das erste Zeichen, Edouard, aber es gibt noch andere…« Ganz langsam führte sie seine Hand über ihren Bauch bis zu dem Dreieck aus goldenen Haaren hinab. Dort ließ sie sie eine Weile ruhen, dann spreizte sie die Beine.

»Siehst du? Das ist die geheime Stelle einer Frau, der Teil ihres Körpers, den nur ihr Geliebter kennt. Siehst du, *chéri*, wie weich, wie feucht es dort ist? Das kommt daher, daß du erreicht hast, daß ich dich begehre, Edouard, sehr heftig begehre…«

Edouard ließ seine Hand bereitwillig an diese weiche, feuchte Stelle führen. Er teilte die beiden weichen Lippen und fühlte ein Mysterium aus Falten und Höhlungen, fühlte eine feste, harte Knospe. Als er sie ganz leicht mit dem Zeigefinger berührte, bog Célestine mit einem kleinen Aufschrei den Rücken durch. Er beugte sich vor und küßte sie lange, liebevoll, während er mit der Hand behutsam streichelte, behutsam erforschte. Célestine bewegte sich unter ihm; sie hob die Knie, spreizte die Beine weiter und wirkte auf Edouard unendlich weich, unendlich schmiegsam, unendlich und ganz wunderbar offen. Er nahm seine Hand wieder fort. Célestine ergriff und küßte sie, und Edouard roch zum erstenmal in seinem Leben den Honigduft einer Frau, die zur Liebe bereit ist: moschusartig, ein wenig salzig, wie bei einem Meerestier.

Abermals ließ er seine Hand hinabgleiten. Célestine bewegte sich wieder ein wenig, und sein Finger glitt wie von selbst in sie hinein. Jetzt stöhnte er auf, und Célestine wußte, daß sie sich beeilen mußte.

Mit der Gewandtheit der Erfahrung bewegte sie sich so, daß er sich zwischen ihren Schenkeln befand. Sanft entfernte sie seine Hand und führte die pralle Spitze seines Penis an die Öffnung. Mit einem winzigen Anheben des Beckens nahm sie ihn in sich auf. Jetzt durfte sie sich nicht mehr bewegen; sie blieb still und ruhig liegen, obwohl seine Schönheit und Behutsamkeit sie erregten und sie sich danach sehnte, sich bewegen, ihn ganz tief in sich hineinziehen zu können. Statt dessen ließ sie ihn zustoßen: drei-, vier-, fünfmal. Dann kam er mit einem zitternden Aufschrei, und Célestine nahm ihn zärtlich, beschützend in die Arme.

Eine Stunde später war er schon wieder hart, nun jedoch weitaus entspannter und ganz eindeutig stolz auf sich. Célestine war ebenfalls stolz. Sie blickte liebevoll auf ihn hinab, während er ihre Brüste küßte. Sie mochte es, daß er kein Draufgänger war, mochte seine instinktive Fürsorglichkeit und seine sanften Berührungen. O ja, er würde ein guter Liebhaber werden, dieser junge Mann, vielleicht sogar ein großartiger, außergewöhnlicher, und davon gab es beklagenswert wenige.

»*Tu seras... exceptionel, tu sais...*«, murmelte sie, und der Junge hob den Kopf. Ihr Kompliment erfreute ihn, aber es belustigte ihn auch, und das gefiel ihr. Sie mochte seine rasche Auffassungsgabe, seine Fähigkeit, Humor zu zeigen.

»Zeig mir, wie...« Er zögerte. »Ich möchte dir ebenfalls Lust bereiten...«

Célestine seufzte und strich ihm übers Haar. Wie viele Frauen ihrer Art fiel es ihr schwer, bei einem Mann selbst zum Orgasmus zu kommen. Mit dieser Tatsache hatte sie sich seit langem abgefunden. Sie liebte das Liebesspiel, und daß sie nie einen Höhepunkt erreichte, störte sie nicht sehr. Sie fand Erfüllung in den Umarmungen und Zärtlichkeiten, und im Notfall verschaffte sie sich, wenn der Mann fort war, selber Entspannung.

Von der Bitte dieses jungen Mannes jedoch war sie gerührt, deshalb sah sie ihn lächelnd an. »Paß auf – ich will's dir zeigen.«

Die eigene Hand zwischen ihren Beinen, schob sie einen Finger zwischen die Lippen und bewegte ihn hin und her. »Siehst du? Dort, wo du mich vorhin berührt hast, *chéri*. Wenn du mich dort berührst, nicht zu fest, sondern ganz sanft, und es gibt keinen Grund zur Eile...«

Sie nahm ihre Hand fort, deren Fingerspitzen feucht glänzten. Edouard berührte sie, wie sie sich selbst berührt hatte, spürte die kleine, harte Schwellung der Klitoris zwischen den weichen Lippen und kniete spontan nieder, um sie dort zu küssen. Dieser berauschende, salzige Duft! Als er die kleine Knospe behutsam mit der Zunge berührte, löste er damit eine unmittelbare Reaktion bei Célestine aus: Wieder bog sie den Rücken durch und umfaßte, während er sie weiter küßte, mit beiden Händen seinen Kopf. Seine Hand tastete nach ihren Brüsten, und sie stöhnte auf.

»Ist es so richtig?« Sekundenlang hielt er inne, aber sie drückte ihn schnell wieder hinab.

»O ja, Edouard, ja! Genau dort! Genau so...«

Célestine zitterte. Er war bei weitem nicht perfekt, doch ein erfahrenerer Mann hätte sie nie in Erregung versetzt. Es lag an ihm, erkannte sie, als die Hitze in ihrem Schoß aufzuwallen begann. Ihr Körper spannte sich, wartete auf den plötzlichen Ansturm der Gefühle, und als hätte er das gespürt, stoppte er die sanften, rhythmischen Bewegungen seiner Zunge, bis sie in der Agonie plötzlichen Begehrens laut aufschrie. Dann berührte er sie abermals, mit nassem Mund, mit Händen, die ihre Hüften umklammerten und sie zu ihm emporhoben, und sie schrie auf, weil die Hitzeflut sie überschwemmte. Edouard spürte das plötzlich rasende Pulsieren an seinen Lippen. Er veränderte seine Stellung, stieß hart in sie hinein und fühlte zu seiner größten Freude die weichen Kontraktionen ihres Körpers.

Diesmal waren es mehr als nur vier, fünf Stöße. Triumphierend entdeckte er, wie überwältigend, wie wunderbar es war, sich nahezu ganz aus ihr zurückzuziehen und dann so tief wieder hineinzustoßen, daß er das Gefühl hatte, ihren Muttermund zu berühren; den Rhythmus ständig von langsam bis schnell und wieder zurück zu variieren. Und er entdeckte, wie schön es war, wenn auch Célestine sich bewegte, langsam zuerst, dann heftiger, kreisend, während er sich aus ihr zurückzog, und wieder kreisend, während er zustieß. Er kam mit einem fast schmerzhaften Gefühl der Erlösung. Anschließend lag sie in seinem Arm geborgen und beide schliefen eine Weile.

Als er erwachte, hob Célestine mit der Hand sein Kinn und blickte ihm belustigt und verständnisvoll in die Augen.

»Du lernst schnell. Sehr schnell. Bald werde ich dich nichts mehr lehren können.«

Lachend legte Edouard seine Arme um sie. Sein Körper war mit seidigem Schweiß bedeckt, und er fühlte sich herrlich müde.

»Ich möchte dich wiedersehen. Bald. Und immer wieder. Ach, Célestine, Célestine...«

»Das fände ich schön«, antwortete Célestine schlicht.

A diesem Abend dinierte Edouard mit seiner Mutter und Jean-Paul zu Hause; der einzige Gast war Isobel. Derartige Gelegenheiten, so *en famille*, waren nur selten ein Erfolg. Jean-Paul ärgerte sich, weil er es eilig hatte, in einen Night Club zu kommen. Louise war gereizt, vielleicht weil sie das spürte, vielleicht auch, weil sie sich eine interessantere Gesellschaft gewünscht hätte. Gewöhnlich gab sich Edouard die größte Mühe, die beiden ein wenig aufzuheitern und etwas von der fröhlichen Atmosphäre heraufzubeschwören, die bei den Familienmahlzeiten in Frankreich geherrscht hatte, als der Vater noch dabei war.

Als er heute jedoch im Abendanzug an der langen Tafel saß, wirkte er verträumt und geistesabwesend. Er konnte sich nicht auf die Gespräche konzentrieren und war in Gedanken meilenweit entfernt, in einem kleinen Zimmer in Maida Vale.

Heute kam Edouard der Abend endlos vor. Die Pastete schmeckte nach nichts, die gegrillte Seezunge wie Pappe; vom Fasan rührte er kaum einen Bissen an.

Diese ungewöhnliche Appetitlosigkeit blieb nicht unbemerkt. Ein- oder zweimal entdeckte Edouard, daß Isobel, die ihm gegenübersaß, ihn mit lustig funkelnden Augen und einem winzigen Lächeln beobachtete. Auch sie sprach nur sehr wenig. Die Konversation schleppte sich mühsam dahin, und Louise wurde verdrießlich. Wenn sie verdrießlich war, begann sie sich zu beklagen. Sie finde London langweilig, erklärte sie Isobel. Immer wieder dieselben Gesichter, und obwohl die Engländer charmant sein könnten, seien die Engländerinnen so *sonderbar*, so unelegant die meisten, so völlig ohne jeden Chic – hier warf sie Isobel einen scharfen Blick zu. Wirklich, die Engländer seien ein seltsames Volk, ganz anders als die Franzosen, ganz anders als die Amerikaner. Und dann – nun ja, ihr lieber Xavi fehle ihr so sehr! Es kämen so wenig Informationen durch, und sie mache sich ständig Sorgen.

»Er hätte wissen müssen, wie große Sorgen ich mir um ihn mache.« Ihre Stimme hob sich ein wenig. »Und alle einfach hierher abschieben, so daß wir zusehen müssen, wie wir fertig werden! Ich weiß, du bist da anderer Ansicht, Jean-Paul, aber ich finde das wirklich ein bißchen egoistisch. Der liebe Xavi kann manchmal furchtbar dickköpfig sein. Ich bin überzeugt, wenn er gewollt hätte, er hätte durchaus mitkommen können. Er hat offenbar keine Ahnung, wie schwierig das Leben ist. Ich lebe in der ständigen Angst, daß einer der Dienstboten plötzlich kündigt, weil es ganz einfach unmöglich ist, neues Personal zu finden. Die Männer sind alle beim Militär, und die Frauen machen in den Fabriken Kugellager. Was *wollen* die bloß mit den vielen Kugellagern? Und diese ekelhaften Sirenen! Immer fangen sie an zu heulen, wenn ich gerade ausgehen will, und dann müssen alle von der Straße. Ich glaube, Xavi hat gar keinen Begriff davon, wie aufreibend das alles ist...«

»Wir sind im Krieg, Maman.« Jean-Paul blickte auf. Er zwinkerte Isobel zu, und Louise, die das bemerkte, wurde rot.

»Jean-Paul, bitte, es gibt keinen Grund für diese Bemerkung. Natürlich weiß ich das. Ich habe das gerade erklärt. Ich muß schon sagen, keiner von euch, weder du noch Edouard, ist mir eine Hilfe. Ihr interessiert euch beide nur für eure eigenen Affären und kümmert euch überhaupt nicht um *meine* Gefühle...« Sie brach ab. Bei dem Ausdruck ›Affären‹ hatte Jean-Paul höhnisch aufgelacht.

»Habe ich etwas Belustigendes gesagt, Jean-Paul? Dann erklär es uns doch bitte. Wir würden gerne auch lachen.«

»Verzeih, Maman.« Jean-Paul schenkte ihr sein strahlendstes Lächeln. Edouard blickte neugierig auf, um zu sehen, wie er sich aus dieser Klemme ziehen würde. Das gelang ihm eigentlich immer: Louise konnte ihm nie lange böse sein; sie erlag stets seinem gewinnenden Charme.

»Ich finde nur, du weißt ganz genau, daß das, was du behauptest, nicht zutrifft. Edouard und ich lieben dich sehr.«

»Dann könntet ihr mir das gelegentlich etwas deutlicher zeigen.« Louise warf ihm einen vorwurfsvollen Blick zu, war aber besänftigt.

Mit energischer Miene und einem verstohlenen Blick auf seine Uhr erhob sich Jean-Paul. »Liebste Maman.« Er kam auf ihre Seite herüber und ergriff ihre Hand. »Du bist müde. Du solltest viel mehr ruhen. Komm, ich begleite dich auf dein Zimmer. Den Kaffee kannst du dir hinaufbringen lassen. Keine Widerrede! Ich habe Papa versprochen, mich um dich zu kümmern. Du mußt einmal so richtig schön ausschlafen...«

Das wirkte wie ein Zauberwort. Louise erhob sich, stützte sich auf seinen Arm und verließ ohne weiteren Protest das Zimmer. An der Tür drehte sich Jean-Paul noch einmal um und zwinkerte Edouard und Isobel abermals zu. Kaum hatte sich die Tür geschlossen, da sprang Isobel schon unruhig auf und warf ihre Serviette auf den Tisch. Edouard, der nur mühsam den Rückweg aus dem Zimmer in Maida Vale fand, starrte sie unsicher an.

»Springt er immer so mit eurer Mutter um?« Die grünen Augen blickten sekundenlang fragend in die seinen. Edouard erhob sich.

»Meistens.« Er zuckte die Schultern. »Sie vergöttert Jean-Paul. Schon immer. Er kann mit ihr machen, was er will...« Er hielt inne. »Weißt du, sie meint nicht immer, was sie sagt«, setzte er ein wenig trotzig hinzu, denn oftmals schämte er sich für die Mutter. »Es ist nur so ihre Art. Und sie wird immer furchtbar nervös...«

»Ist ja auch gleichgültig«, entgegnete Isobel ungeduldig. »Komm, machen wir ein bißchen Musik. Ich möchte tanzen...«

Sie packte Edouard bei der Hand und zerrte ihn in ein anderes Zimmer hinüber, in dem sie abends zuweilen saßen. Es hatte einen glatten Parkettfußboden, und manchmal zog Edouard geduldig das Grammophon auf und spielte Schallplatten, während Jean-Paul und Isobel verträumt dazu tanzten. Er selbst hatte noch nie mit Isobel getanzt, heute abend aber wählte sie selbst eine Platte, zog das Grammophon auf und schob den Teppich beiseite.

»Na komm...« Sie stand in der Mitte des Zimmers und hob ihm beide Arme entgegen; ihre scharlachroten Lippen lächelten, die smaragdgrünen Augen funkelten belustigt und herausfordernd. »Du kannst doch tanzen – oder? Wenn nicht, werd' ich's dir beibringen...«

»Ich kann tanzen.« Edouard trat vor und legte den Arm um sie. Er tanzte sogar ziemlich gut und war begierig darauf, es ihr zu beweisen, doch als er Walzer zu tanzen versuchte, zog Isobel ihn fester an sich.

»Bitte nicht so! Hier brauchen wir nicht ehrgeizig zu sein. Laß uns ganz einfach ein bißchen rumschieben, das ist gemütlicher...«

Die Musik war weich und leise, Isobel lag wie eine Feder in seinen Armen, und so entspannte sich Edouard allmählich. Sie drehten sich langsam, und seine Gedanken wanderten wieder zum Nachmittag und zu Célestine zurück. Ihn überkam ein unwahrscheinliches Glücksgefühl.

Ein- oder zweimal hob Isobel den Kopf und sah ihn an. Als die Schallplatte auslief, legte sie eine neue auf, drehte die Kurbel und kehrte mit einem leichten Lächeln auf den Lippen in seine Arme zurück.

»Du lachst mich aus!« Edouard blickte auf sie hinab.

»O nein! Ich lache über mich selbst. Ich bin mir schon sehr lange nicht mehr so unsichtbar vorgekommen. Das ist gut für meine Eitelkeit.«

»Unsichtbar? Du?«

»Ach, Edouard! So galant. Du brauchst mir nichts vorzumachen. Du bist in Gedanken meilenweit weg. Aber das macht nichts. Es stört mich nicht. Ich finde es recht erholsam.«

Sie seufzte, und nachdem sie sich eine Weile weitergedreht hatten, legte sie ihren Kopf ganz leicht an seine Schulter. Edouard wunderte sich ein bißchen darüber, schwieg aber. So tanzten sie noch, als Jean-Paul sich wieder zu ihnen gesellte. Eine Zeitlang blieb er, an einen Sessel gelehnt, stehen, rauchte eine Zigarette und sah ihnen zu. Isobel ignorierte ihn. Als die Schallplatte schließlich auslief, zog Jean-Paul das Grammophon wieder auf und trat auf sie zu.

»Jetzt bin ich an der Reihe. Sie ist meine Verlobte.«

Er tanzte den ganzen weiteren Abend lang mit Isobel, und erst, nachdem sie gegangen war und die beiden Brüder allein zurückblieben, merkte Edouard, daß Jean-Paul schlechte Laune hatte.

»Ist mit Maman alles in Ordnung?« Edouard sah zu ihm auf.

»Was? Ach so – ja. Es geht ihr gut. Sie wollte nur ein bißchen beachtet werden. Wie alle Weiber.« Jean-Paul ließ sich in einen Sessel fallen. Mit einem Fuß klopfte er nervös auf den Teppich.

»Sie hat offenbar Sehnsucht nach Papa«, begann Edouard zögernd. »Es ist bestimmt nicht leicht für sie...«

»Ach, meinst du?« Jean-Paul stieß ein rauhes Lachen aus. »Na ja, vielleicht hast du recht, aber ich bezweifle das. Ich würde sagen, sie verlangt ganz einfach, daß jeder um sie herumdienert. Isobel ist genauso.« Er krauste die Stirn. Seine Miene war jetzt verdrossen, und Edouard war völlig verwirrt. Es war ihm peinlich, Jean-Paul so sprechen zu hören. Als hätte er seine Gedanken gespürt, blickte Jean-Paul auf. Er reckte sich, dann grinste er.

»Trotzdem sind sie zuweilen ganz brauchbar, nicht wahr? Wir möchten sie nicht missen. Also, erzähl mal: Wie war's heute nachmittag? War sie gut?«

Edouard spürte, daß er errötete. Er blickte zu Boden. Jean-Paul schlug jenen verständnisinnigen Ton an, den er sonst eigentlich schmeichelhaft fand; jetzt jedoch sträubte sich etwas in ihm.

»Es war in Ordnung«, antwortete er nach einer Pause steif. »Danke, Jean-Paul, daß du es für mich arrangiert hast.«

Jean-Paul warf den Kopf in den Nacken und brüllte vor Lachen. »Er ist verlegen! Ich glaube wirklich, mein kleiner Bruder ist verlegen! In Ordnung? Was für eine Berichterstattung ist denn das?«

Edouard erhob sich. Er starrte seinen Bruder an, dann dachte er an Célestine, und auf einmal wußte er, daß er es nicht fertigbrachte, Jean-Paul zu erzählen, wie es gewesen war. Das gehörte ausschließlich ihm und Célestine.

»Ach, weißt du ...« Er zuckte die Schultern, zögerte. »Eigentlich möchte ich nicht davon sprechen.«

»Ich verstehe.« Kurze Pause. »Na ja, dann ...«

Jean-Paul gähnte. Sein Lächeln wurde breiter, als sei ihm die Vorstellung, daß Edouard versagt habe, eine Genugtuung.

Jean-Paul erhob sich und legte Edouard den Arm um die Schultern. »Nun, kleiner Bruder, so was passiert jedem mal. Das nächste Mal wird's bestimmt besser gehen. Mach dir nur keine Gedanken!« Er lachte vor sich hin. »Dann wirst du sie also nicht wiedersehen? Macht nichts, es gibt genug andere. Sag mir einfach Bescheid, wenn du eine neue Adresse brauchst.«

Damit ging er, die Tanzmelodie vor sich hinsummend und eindeutig bester Laune, zu Bett. Edouard sah ihm verwirrt und bestürzt nach. Unter der Bonhomie hatte er Unmut, ja sogar Rivalität gespürt, und wäre es nicht Jean-Paul gewesen, er hätte es vielleicht sogar für Eifersucht gehalten. Dieser Gedanke beunruhigte ihn; dann schob er ihn energisch beiseite. Jean-Paul war sein Bruder und ein völlig selbstloser Mensch.

Dennoch blieb eine gewisse Vorsicht, ein gewisser Argwohn zurück. Am folgenden Tag ging er nachmittags wieder zu Célestine und verbrachte zwei leidenschaftliche Stunden bei ihr.

Als er zum Eaton Square zurückkehrte, war Jean-Paul zu Hause und fragte ihn, wo er gewesen sei.

»Ich bin im Park spaziergegangen«, antwortete Edouard.

Er war tatsächlich durch den Park zu Célestines Wohnung gegangen, aber dennoch war es eine Lüge, die Jean-Paul irreführen sollte.

Zum erstenmal im Leben hatte er seinen Bruder belogen.

Hélène

Orangeburg, Alabama 1950

Draußen hinter dem Wohnwagen stand ein Baum. Was für ein Baum, das wußte sie nicht, und Mutter wußte es ebenfalls nicht: Es sei ein amerikanischer Baum, sagte sie, solche Bäume gebe es nicht in England. Er war groß – *sehr* groß, berichtigte sie sich sofort –, und seine Zweige hingen tief herab. Wenn sie einen Stuhl mit hinausnahm und sich vorsichtig draufstellte, gelang es ihr, lange Strähnen von dem Zeug abzuziehen, das von ihnen herunterhing. Spanisches Moos sei das, sagte die Mutter; in der Abenddämmerung wirkte es unheimlich. Jetzt aber nicht. Jetzt war es mitten an einem Nachmittag im August, sehr heiß, und sie hatte einen kleinen Vorrat davon im Staub vor dem Wohnwagen angehäuft.

Hübsches, weiches, krauses graues Moos. Und ein paar Steinchen, und ein Gänseblümchen. Sie wollte einen Garten anlegen, einen englischen Garten für ihre Mutter, wenn sie später nach Hause kam.

Durchs Fenster des Wohnwagens, das offen war, konnte sie das große, runde Zifferblatt der Uhr sehen, die oben auf dem Kühlschrank stand. Deutlich erkannte sie die kleinen, roten Punkte, die ihre Mutter auf die Vier und die Zwölf geklebt hatte. Noch kannte sie die Uhr nicht ganz, doch wenn die Zeiger auf diese beiden Aufkleber wiesen, würde Mutter nach Hause kommen. Sie waren jetzt fast dort angelangt, also würde es nicht mehr lange dauern. Der Garten war fertig, und sie hatte noch drei Kekse übrig. Vielleicht sollte sie die jetzt essen.

Sie brach eine Ecke ab und bot sie höflich ihrer Puppe an: genauso, wie Mutter es ihr gezeigt hatte. Aber die Puppe starrte mit ihren gemalten Augen stumm vor sich hin, also nahm Hélène das Eckchen an ihrer Stelle. Dann aß sie die übrigen Kekse und schüttelte sorgfältig die Krümel von ihrem Kleid. Besorgt musterte sie ihren Rock. Der rot-braune Staub hinterließ überall Flecken, und Mutter hatte ihr befohlen, keine Dummheiten zu machen, schön achtzugeben und sich nicht vom Wohnwagen zu entfernen. Und sich vor allem nicht schmutzig zu machen.

Schuldbewußt sah sie sich um. Sie hätte jetzt gern eine Limonade. Von der Arbeit im Garten war ihre Kehle ganz trocken geworden. Sogar ein Coke hätte sie jetzt getrunken oder diesen komischen grünen Tee, den Mississippi Mary machte und der, wie ihre Zahnpasta, nach Pfefferminz schmeckte. Aber sie durfte nicht mit Mary sprechen. Und wenn die Tanner-Kinder vorbeikamen, hatte Mutter gesagt, sollte sie auch nicht mit ihnen sprechen, sondern einfach in den Wohnwagen gehen und warten, bis sie nach Hause kam.

Sie strich sich eine lange, blonde Locke aus der schweißnassen Stirn. Die Tanner-Kinder würden ohnehin nicht vorbeikommen. Sie wußte genau, wo die jetzt waren, denn sie hörte sie fröhlich rufen. Sie waren unten am Fluß, im kleinen Teich, und badeten ohne Badeanzug. Das hatte sie selbst natürlich noch nie getan, aber sie hatte sich einmal angeschlichen und sie beobachtet. Es sah aus, als ob es furchtbar viel Spaß machte. In den Teich hinein und wieder hinaus liefen die Jungen und Mädchen und planschten im braunen Wasser herum. Es wirkte so kühl, dieses braune Wasser. Alle Tanner-Mädchen sahen so aus wie sie, aber die Tanner-Jungen waren anders. Die hatten so was Komisches zwischen den Beinen, wie ein kleiner Beutel, und dann, als sie gerade den Hals reckte, um besser sehen zu können, spreizte einer der Tanner-Jungen die Beine, faßte das komische Ding an, und ein Wasserstrahl kam heraus, der in den Teich spritzte, und alle anderen Kinder lachten. Als sie der Mutter davon erzählte, wurde sie ernsthaft böse. Sie gab ihr einen kräftigen Klaps auf den Arm, der eine rote Stelle hinterließ. Die Tanners seien ordinär, behauptete sie. »Weißes Gesindel oder schwarzes Gesindel«, sagte Mutter, »du hältst dich auf jeden Fall von ihnen fern.« »Aber warum haben sie dieses Ding, Mutter?« wollte sie wissen, als sie aufgehört hatte zu weinen.

»Weil Jungen anders sind als Mädchen.«

»Haben alle Jungen so was? Daddy auch?«

»Ja. Alle.« Die Mutter seufzte.

»Aber was *machen* sie damit? Und warum habe ich nicht so was?«

»Weil die Mädchen so was nicht brauchen. So was ist schmutzig. Und jetzt komm endlich Tee trinken.«

Hélène stand auf. Sie hatte ein schlechtes Gewissen. Sie hätte nicht daran denken sollen: Mutter würde ärgerlich sein. Mutter dachte, sie hätte das alles längst vergessen, aber das stimmte nicht. Und wenn sie abends im Bett lag und Mutter nähte, und es so heiß war, daß sie nicht schlafen konnte, dachte sie immer wieder darüber nach. Bei der Erinnerung überkam sie ein gutes Gefühl und zugleich ein schlechtes – auf jeden Fall aber ein komisches Gefühl, ganz warm zwischen den Schenkeln. Manchmal legte sie ihre Hand dorthin, zwischen die Beine, und das war auch ein schönes Gefühl. Dann schlief sie ein.

Aber jetzt dachte sie besser nicht daran. Jetzt berührten die Zeiger der Uhr fast schon die Aufkleber. Sie setzte sich auf die Wohnwagentreppe. Von dort konnte sie Mutter bereits sehen, wenn sie den ungepflasterten Zufahrtsweg erreichte. Sie nahm ihre Puppe, klopfte deren Kleid ab und setzte sie neben sich auf die heiße Stufe.

Von hier aus konnte sie die ganze Wohnwagensiedlung überblikken. Drüben, hinter ihr, war der Bach, und der Bach mündete in den Fluß, und der Fluß mündete nach einer längeren Strecke in den Alabama-Strom, der wirklich sehr groß war, wenn auch nicht so schön wie die Flüsse in England.

In England gab es die Themse, und die floß durch London, wo der König und die Königin in einem Palast wohnten, und wo die Mutter auch gelebt hatte.

Und dann war da der Avon, und der Avon floß durch eine andere Stadt, deren Namen sie vergessen hatte, in der aber Shakespeare gelebt hatte. Shakespeare war Engländer, und außerdem der beste Autor der ganzen Welt, sagte Mutter. Mutter war einmal in einem von seinen Stücken aufgetreten, in einem wunderhübschen Kleid. Wenn Hélène größer war, würde Mutter sie eines seiner Gedichte lehren, und deswegen mußte sie jetzt sehr acht geben und richtig sprechen, wie Mutter es tat, und nicht so furchtbar langgezogen wie die Tanner-Kinder, damit sie die Gedichte richtig aufsagen konnte, wie eine englische Lady eben.

Ihr Wohnwagen gehörte zu den ältesten; er war dunkelgrün gestrichen, aber überall kamen schon die Rostflecken durch. Er hatte zwei Räume: ein Schlafzimmer, in dem sie und die Mutter in zwei schmalen Betten schliefen, und das Zimmer, in dem sie aßen, in dem Hélène ihre Lektionen lernte und sie beide abends Radio hörten. Dann gab es die Treppe, auf der sie jetzt saß, und den winzigen Vorplatz, wo sie eben ihren englischen Garten angelegt hatte. Hinten, beim Baum, gab es eine Pumpe und das, was Mutter als die Toilette bezeichnete – ein Häuschen, das furchtbar schlecht roch und im Sommer von Fliegen wimmelte. Der Vorplatz war von einem weißen Lattenzaun umgeben, mit einer Porte und einem Fußweg. Aber es gab da auch noch andere Bäume: Gott sei Dank, sagte Mutter, weil sie den Blick auf die übrigen Wohnwagen versperrten. Das waren acht. Zwei davon bewohnten die Tanners, die sieben Kinder hatten, und eins war unterwegs, wie Mutter sagte. Mr. Tanner trank, und manchmal verprügelte er Mrs. Tanner: Sie konnten sie schreien hören, aber Mutter sagte, gar nicht darum kümmern, man könne ja doch nichts tun. Männer seien eben so, sagte sie, und Mrs. Tanner sei eine dumme Pute, daß sie sich das gefallen lasse.

»Hat Daddy dich auch geschlagen, Mutter?«

»Einmal. Einmal hat er mich geschlagen. Und das war einmal zuviel.«

Dann verkniffen sich ihre Lippen, und sie machte ein sehr unglückliches Gesicht, deswegen fragte Hélène nicht weiter. Daddy muß ein schlimmer Mann gewesen sein, dachte sie manchmal, und außerdem erinnerte sie sich überhaupt nicht an ihn. Er lebte in Louisiana; sie und Mutter hatten eine Zeitlang dort bei ihm gelebt, bevor sie hierherkamen. An Louisiana konnte sie sich nicht erinnern. Daddy war Soldat gewesen, und Mutter hatte ihn während des Krieges kennengelernt. Aber jetzt war er in Korea, und das war ganz weit weg, noch viel weiter als Louisiana. Zum Glück, sagte Mutter, und es sei ihr egal, ob er jemals zurückkäme. Und eines Tages – eines nicht sehr fernen Tages – würden sie beide zusammen nach England zurückkehren, weil sie eben dort hingehörten.

Hinter den übrigen Wohnwagen gab es ein freies Feld. Früher einmal, sagte Mutter, sei es ein Baumwollfeld gewesen, das zur Calvert-Plantage gehörte, doch während des Krieges sei es nicht mehr bebaut worden. Jetzt lebten dort nur noch ein paar Farbige in Teerpappe-Hütten, und sie dürfe auf gar keinen Fall dorthin gehen, nicht mal, um Mississippi Mary zu besuchen. Dann war da noch die Straße, und an der Straße lag Orangeburg, wo es die Tankstelle gab und den Supermarkt und die Bank und das Hotel und Cassie Wyatts Frisiersalon, wo ihre Mutter die Damen dreimal die Woche am Vormittag frisierte. Hinter Orangeburg kam Selma und dann Montgomery, die Hauptstadt des Staates, und dann Birmingham – aber sie war noch niemals dort gewesen.

Mutter sagte, mach dir keine Gedanken, warum solltest du dich für Birmingham interessieren? Wenn du älter bist, gehen wir nach New York und spazieren die Fifth Avenue entlang und kaufen in all den schönen Geschäften ein. Und dann würden sie ein Schiff nehmen, vielleicht sogar auch ein Flugzeug, und nach London, Paris und Rom reisen. Mutter hatte London seit nahezu fünf Jahren nicht mehr gesehen, aber sie sagte, es würde bestimmt noch immer wunderschön sein. Es gab dort Parks – große Parks mit viel grünem Gras und Bäumen und Blumen.

Sowie sie das Geld beisammen hätten, sagte Mutter, würden sie abreisen. Und in Birmingham, Alabama, würden sie bestimmt nicht Station machen – o nein!

Sie drehte sich um. Die Zeiger der Uhr wiesen jetzt genau auf die roten Aufkleber. Mutter würde jeden Moment kommen. Sie verspätete sich nie. »Pünktlichkeit ist die Höflichkeit der Könige«, pflegte sie zu sagen. Und sie würde von der anderen Seite kommen, auf dem Weg, der von der Plantage und dem Herrenhaus herüberführte, denn heute war Samstag, und am Samstag frisierte sie Mrs. Calvert. Nicht etwa in Cassie Wyatts Frisiersalon – *den* würde Mrs. Calvert niemals betreten, sagte die Mutter –, sondern in ihrem eigenen Schlafzimmer.

Hélène hatte die Mutter einmal dorthin begleitet – um ihr die Haarnadeln zuzureichen, hatte Mutter Mrs. Calvert erklärt, aber Hélène wußte genau, daß das nicht der Grund war. Mutter wollte, daß sie das Haus zu sehen bekam: ein richtiges Haus, hoch und weiß, mit Säulen und einer Veranda. Mrs. Calvert hatte einen farbigen Butler und richtige Dienstboten, wie es sich für eine Lady gehörte, und sie klagte häufig über Kopfschmerzen, deswegen waren die Jalousien heruntergelassen. Es war kühl und dunkel in ihrem Zimmer, und sehr still, und es duftete nach der Lockenschere, nach Parfüm, nach frisch gebügelter Wäsche und nach Blumen.

Es war wunderschön, fand Hélène. Die vielen funkelnden Kristallflaschen auf dem Toilettentisch unter dem Spiegel und die großen, schweren Silberbürsten. Mrs. Calvert selbst jedoch war eine Enttäuschung. Sie war mager und dürr, und aus der Nähe konnte man genau sehen, wo der Puder auf ihrem fahlen Gesicht klebte, und daß sich ihre Mundwinkel in kleinen Fältchen nach unten zogen. Sie sei ein Yankee, sagte die Mutter, und das bedeutete, daß sie aus dem Norden kam, vielleicht aus New York oder aus Boston.

Sie hatte graue Haare, die Mutter mit einer Flüssigkeit aus einer Flasche tönen mußte, die scheußlich roch. Die beiden sprachen immer vom ›Tönen‹, zu Hause aber sagte die Mutter lachend und augenzwinkernd: »Vergiß nicht, die Flasche mit der Farbe einzupakken.«

Als sie damals das große Haus verließen, trafen sie auf der Veranda Major Calvert. Er trug einen ganz weißen Anzug. Hélène hatte noch nie einen Mann mit einem weißen Anzug gesehen. Er wirkte sehr groß, sehr sonnengebräunt und sehr schön, und als er sie sah, sprang er auf und kam auf sie zu. Er stand ganz einfach da und musterte sie von oben bis unten, bis die Mutter sie ihm vorstellte. Und dann wußte Hélène natürlich genau, was sich gehörte, weil Mutter es sie gelehrt hatte. Sie reichte ihm die Hand, sah ihm in die Augen und sagte: »How do you do?« Zuerst hatte Major Calvert sie überrascht angestarrt, dann aber war er in lautes Lachen ausgebrochen. Er hatte ihr feierlich die Hand geschüttelt und etwas zu ihrer Mutter gesagt, das Hélène nicht verstehen konnte.

»Was hat er gesagt, Mutter?« hatte sie gefragt, sobald sie außer Hörweite waren. Und die Mutter hatte gelächelt.

»Er wollte wissen, wie alt du bist, und ich sagte fünf, und er sagte, du würdest eine Schönheit werden.«

Hélène war stocksteif stehengeblieben. »Eine Schönheit? Schön, meinst du? Wie eine Lady?«

»Aber gewiß doch.« Die Mutter tätschelte ihr liebevoll die Schulter. »Hab' ich dir das nicht schon immer gesagt?«

Doch, das hatte sie. Immer. Solange Hélène zurückdenken konnte. Und das war nett von ihr, dachte sie, als sie aufblickte und die Mutter hinter den Bäumen auftauchen sah.

Sehr nett. Aber noch netter war es, als Major Calvert es sagte, weil Major Calvert ein Mann und ein Gentleman war. Er duftete nach Rasierwasser, seine Hände fühlten sich ganz glatt an, und als er ihre Hand ergriff, hatte er etwas völlig Unerwartetes getan, etwas, das Mutter noch niemals erwähnt, niemals getan hatte, wenn sie übten, wie man sich die Hand gibt. Er hatte ihre feuchte Handfläche mit der Spitze eines Fingers berührt – ganz leicht zuerst, dann etwas fester, und dann hatte er ihr mit seinem perfekt manikürten Fingernagel verstohlen über die Haut gekratzt.

Der Mutter hatte sie nichts davon gesagt. Sie wäre vielleicht böse geworden und hätte Hélène nie wieder ins große Haus mitgenommen. Aber das wollte sie unbedingt. Sie wollte die großen Silberbürsten sehen, die saubere Wäsche riechen und Major Calvert wiedersehen. Denn als er ihre Handfläche berührt hatte, war das ein schönes Gefühl gewesen. Genauso wie jedesmal, wenn sie die Tanner-Jungen im Teich beobachtete.

Und das war seltsam. Denn obwohl Major Calvert ein Mann war, sah er sehr schön und sehr sauber aus. Warum also löste er bei ihr dasselbe Gefühl aus wie schmutzige Dinge, Dinge, von denen sie nicht sprechen durfte?

Sie sprang auf. Lieber nicht darüber nachdenken; das war ungezogen, und Mutter merkte möglicherweise, daß etwas nicht stimmte. Auf einmal war sie sehr glücklich darüber, daß sie ein Geheimnis hatte, und winkte ihr von weitem schon freudig zu.

»Sieh nur, ich habe dir einen englischen Garten gemacht.«

Die schönste Zeit kam für Hélène immer nach dem Abendessen. Dann wurde das Tageslicht ganz weich, und die Luft wurde kühler; die kleinen Baumwollvorhänge am offenen Fenster flatterten im leichten Wind, und draußen sangen die Grashüpfer. Dann hatte sie die Mutter ganz für sich, und sie hielten ihren Privatunterricht, der eigentlich gar kein Unterricht war, sondern viel eher ein Spiel, in dem sie wirklich sehr gut war.

Heute abend gab es etwas Besonderes. Denn die Mutter hatte eine Überraschung mitgebracht, ein Paket in braunem Papier, das sie sofort im Schlafzimmer versteckte, aber Hélène hatte die Freude in ihren Augen gesehen. Später dürfe sie es sich ansehen, sagte die Mutter. Wenn sie ihre Lektion gut gelernt habe.

Dann hatten sie die Mahlzeit eingenommen, die Mutter *nursery supper* nannte. Darin war sie sehr genau. Die Mahlzeit in der Mitte des Tages war der Luncheon, und niemals das Dinner, wie es die Tanner-Kinder nannten, weil die es nicht besser wußten. Dann gab es nachmittags Tee, den man nicht am Tisch einnahm, sondern im Salon, wenn man einen hatte, und da sie keinen hatten, stellten sie es sich einfach vor. Dann kam das Supper, und wenn sie erwachsen war, gab es statt dessen um acht Uhr das Dinner.

Zum Supper aßen sie gekochte Eier und gebuttertes Weißbrot, hauchdünn, ohne Krusten. Niemals etwas Gebratenes. Gebratene Speisen seien vulgär, sagte Mutter, und machten eine schlechte Haut. Dazu gab es ein bißchen Käse, und danach Obst, das mußte man mit Messer und Gabel essen.

Anschließend stellte Mutter das Radio an und hörte Nachrichten, was Hélène äußerst langweilig fand, denn da ging es immer nur um Krieg in Ländern, von denen sie noch nie gehört hatte, bis auf Korea. Und nachdem das Geschirr gespült war, kam das Schönste: die Lektion.

Heute mußte sie auf dem Tisch mit der Wachstuchdecke ein Gedeck auflegen und alle Messer, Gabeln und Löffel genau an den richtigen Platz tun. Mutter mußte zugeben, daß es nicht besonders schön aussah, weil die Bestecke nicht verschieden waren, wie sie es hätten sein müssen, sondern gleich groß, doch immerhin konnte man sie an den richtigen Platz legen. Als sie fertig war, legte sie sich ein Kissen auf den Stuhl, setzte sich drauf und wartete. Mit kerzengeradem Rücken. Die Ellbogen eng an den Körper gepreßt, denn wenn man an einem Bankett oder einem großen Dinner teilnahm, konnte man sich nicht einfach breitmachen, weil nicht ausreichend Platz dafür da war.

Mutter lächelte. »Gut. Also heute werden wir mal Suppe essen. Eine klare Suppe – Consommé, erinnerst du dich? Danach Fisch – Seezunge vielleicht, oder ein bißchen Steinbutt. Dann kommt der Hauptgang – Huhn, Fleisch oder Wild –, dazu natürlich Gemüse, das dir am Platz serviert werden wird. Auf welcher Seite würde der Diener stehen?«

»Links von mir, Mutter.

»Gut. Und die Messer und Gabeln – in welcher Reihenfolge benutzt man die?«

»Von außen nach innen, Mutter.«

»Gut. Und wenn es kleine Brötchen gibt, irgendeine Art von Brot?«

»Bissen für Bissen abbrechen, Mutter. Mit den Fingern. Niemals mit dem Messer schneiden. Das ist für die Butter.«

»Ausgezeichnet. Und die Weingläser?«

Hélène betrachtete die Reihe der drei dicken Glasbecher. »Genau wie die Messer und Gabeln. Von außen nach innen. Und selbst wenn noch einmal nachgeschenkt wird, niemals mehr als drei Glas trinken, und immer nur ganz vorsichtig nippen...« Sie grinste. »Am Stiel fassen und nicht den kleinen Finger abspreizen.«

»Gut.« Die Mutter seufzte. »Drei Glas, das ist zwar nicht fest vorgeschrieben, aber es ist klüger so. Nach dem Hauptgang, was könnte dann serviert werden?«

»Pudding, Mutter.«

»Pudding. genau. *Nicht* ein Dessert, denn das ist die Bezeichnung für Obst und Nüsse, die am Ende der Mahlzeit gereicht werden. Und ganz bestimmt nichts Süßes. Es könnte vielleicht ein *savory* geben, etwas Pikantes. Weißt du noch, was ein *savory* ist?«

»*Devils in harness?*«

»*On horseback.*« Ein leichtes Lächeln. »Es gibt natürlich auch noch andere. Aber nun...« Sie deutete auf einen Salz- und einen Pfefferstreuer aus Glas, die auf dem Tisch standen. »Das sind?«

»Salz und Pfeffer, Mutter. Und manchmal ist auch Senf dabei.« Stolz sah sie ihre Mutter an.

»Ausgezeichnet. Und das?« Sie deutete auf ein Stück Küchenkrepp, das neben Hélènes Teller lag.

»Eine Serviette.«

»Und da wir bereits beim *savory* sind, sollte sie schon eine ganze Weile wo liegen?«

Hélène hob beide Hände an den Mund. »Oh, das hab' ich ganz vergessen! Auf meinem Schoß, Mutter.«

»Zusammen mit deinen Händen, wenn ich mich nicht irre.«

Der Tadel wurde nicht sehr scharf geäußert, aber Hélènes Hände landeten sofort unter dem Tisch.

»Sehr gut. Aber noch etwas. Du hast dein Obst gegessen – perfekt, natürlich, *ohne* eine Orangenschale unter den Tisch fallen zu lassen, aber das wollen wir jetzt mal vergessen. Was kommt nun?«

»Also...« Hélène zögerte. »Wir unterhalten uns ein bißchen, aber ich muß darauf achten, daß ich mit meinen Nachbarn links *und* rechts rede, und mich nicht – nicht...«

»Monopolisieren lasse. Sehr gut. Weiter.«

»Dann warte ich, bis die Gastgeberin aufblickt. Sie begegnet vielleicht meinem Blick oder legt ihre Serviette hin, aber ich muß schon bereit sein. Dann steht sie auf, und alle anderen Damen stehen ebenfalls auf, und wir folgen ihr zum Zimmer hinaus. Aber die Herren bleiben zurück und trinken Port. Und erzählen sich Witze...«

»Ja. Ja.« Die Mutter erhob sich. »Was die tun, interessiert dich nicht. Und außerdem...« Sie zögerte unsicher. »Möglich, daß dieser Brauch inzwischen ausstirbt. Seit dem Krieg ist alles viel zwangloser geworden, und ich bin natürlich schon eine Weile hier in Amerika...« Sie ließ den Satz in der Luft hängen. »Doch es ist immer besser, wenn man weiß, wie es sein sollte.«

»Ja, Mutter.« Fragend sah sie ihre Mutter an. »Hab' ich's gut gemacht?«

»Sehr gut sogar, mein Liebling. Du kannst jetzt aufstehen.«

Hélène kletterte vom Stuhl und lief zur Mutter.

Die Mutter saß in dem einzigen bequemen Sessel, den sie besaßen. Er war häßlich, wie Hélène fand. Mit gelben Holzfüßen und einem schmutzigen roten Bezug. Doch die Mutter hatte ihn mit einem wunderschönen, alten Paisley-Schal verziert, den sie aus England mitgebracht hatte. Als Hélène jetzt auf ihren Schoß kletterte und den Kopf an ihrer Schulter barg, lehnte die Mutter den Kopf an diesen Schal und schloß die Augen. Hélène bog ihren Kopf zurück und betrachtete sie aufmerksam.

Meine Mutter ist schön, dachte sie sich. Sie war zwar sehr dünn, aber sie hatten auch oft nicht viel zu essen, vor allem, wenn Cassie Wyatt mit den Lohnzahlungen im Rückstand war, wie es zuweilen vorkam. Aber sie duftete immer sauber und frisch, sie schminkte sich sehr zurückhaltend und steckte sich jeden Abend die Haare auf Nadeln. Keine andere Frau, die sie kannte, sah wie ihre Mutter aus, keine! Sie hatte weiches braunes Haar, das sie sich selber schnitt. Sie war blaß und setzte sich niemals in die Sonne, weil die nur ihre Haut verbrannte. Die Augenbrauen waren zu zwei schmalen Bogen zurechtgezupft, und ihre Augen waren so groß und weitstehend, wie Hélènes auch. Sie waren richtig violett, deswegen hieß sie auch

Violet, hatte sie ihr erklärt. Violet Jennifer Fortescue – jedenfalls, als sie in England auf der Bühne gestanden hatte. Hier hieß sie Craig, Mrs. Craig, weil das Daddys Name war, und Hélène hieß Hélène Craig. Der Name Craig gefiel Hélène nicht so sehr; Hélène Fortescue wäre ihr weit lieber gewesen, und wenn sie erwachsen war, würde sie sich auch so nennen. Sie würde ebenfalls Bühnenschauspielerin werden, wie Mutter. Aber vielleicht auch beim Film. In Selma gab es ein Filmtheater; die Mutter ging manchmal mit ihr dorthin – zur Belohnung. Hélène liebte Kino. Sie saß dort absolut mäuschenstill. Ihre Mutter sah aus wie Carole Lombard, fand sie; nur besser, denn Carole Lombards Haare waren silberblond gefärbt, und die Mutter trug ihre natürliche Farbe.

Mutter hatte eine Schwester namens Elizabeth. Jedes Jahr schickte sie ihr eine Weihnachtskarte, und manchmal schickte Elizabeth auch eine. Ihre Eltern waren tot, deswegen war es für Hélène und ihre Mutter auch schwierig, nach England zurückzukehren, denn wo sollten sie wohnen?

»Könnten wir nicht bei Elizabeth wohnen? Nur für den Anfang?« fragte Hélène. Aber die Mutter schüttelte den Kopf. Sie verstehe sich nicht besonders gut mit Elizabeth, erklärte sie. Elizabeth sei älter und habe sie nie gemocht, weil sie die Lieblingstochter ihres Daddys war. Einmal war er mit Violet nach Paris gefahren, ganz allein, und es war einfach wunderbar gewesen, denn Paris war die schönste Stadt der Welt, sogar noch schöner als London. Als sie heimkehrten, hatte Elizabeth sich gräßlich benommen und geschmollt. Obwohl sie nicht verheiratet und es viel zu groß für sie war, wohnte sie noch immer in dem Haus in Devon, in dem sie aufgewachsen waren. Nein, dorthin konnten sie nicht zurückkehren, sagte Mutter. Elizabeth würde sie nicht wollen, und die Erinnerungen würden Mutter zu traurig machen.

»Elizabeth ist neidisch auf mich«, sagte Mutter. »Weil ich geheiratet habe, und sie sitzengeblieben ist.«

Hélène seufzte. Was das bedeutete, wußte sie. Es bedeutete, daß Elizabeth eine alte Jungfer war, und das war ein furchtbares Schicksal, das schlimmste, was einer Frau zustoßen konnte.

Die Ehe schien andererseits aber auch nicht so großartig zu sein. Mrs. Calvert hatte geheiratet und wirkte sauer und furchtbar bedrückt. Mrs. Tanner hatte geheiratet, und ihr Mann betrank sich und prügelte sie. Mutter hatte geheiratet, und wenn sie davon sprach, was sie ja kaum einmal tat, fing sie unfehlbar an zu weinen.

Hélène hätte gern gewußt, ob sie Daddy geliebt hatte, denn so ging das doch eigentlich, das wußte sie. Nur manchmal schien es anders zu sein, und sie wollte unbedingt wissen, warum. Mutter wollte es ihr nicht sagen. Die sagte nur, es sei Krieg und sie selbst sehr jung und eine G.I.-Braut gewesen. Dann wechselte sie das Thema. Sie hatte weder ein weißes Kleid noch einen Schleier getragen, das hatte Hélène inzwischen entdeckt. Das konnte der Grund sein, warum alles so schief gegangen ist, dachte sich Hélène: Die Mutter hatte es nicht so gemacht, wie es sich gehörte. Sie hatte ein Kostüm getragen, kein Hochzeitskleid; und sie war in irgendein Büro gegangen, statt in eine Kirche. Das war bestimmt kein guter Anfang.

Schon oft hatte sie die Mutter fragen wollen, wie es ist, wenn man heiratet, und auch nach Daddy, weil sie ein bißchen mehr über ihn wissen wollte. Aber die Mutter wurde nervös, wenn sie solche Fragen stellte, und heute abend wirkte sie müde und ein wenig gereizt, als hätte sie irgendwelche Sorgen. Also kuschelte sich Hélène auf ihrem Schoß zusammen und stellte die Fragen, über die Mutter sich freute. Über das Leben, das die Mutter geführt hatte, als sie noch klein war, über das Haus, in dem sie gelebt, die Kleider, die sie getragen, die Gesellschaften, die sie besucht hatte, und wie sie mit neunzehn Jahren davongelaufen war, um Schauspielerin zu werden. Das alles hatte Hélène schon hundertmal gehört, aber sie konnte es immer wieder von neuem hören. Zunächst erzählte die Mutter ganz langsam, dann aber begannen die violetten Augen allmählich zu leuchten, auf ihren Wangen bildeten sich zwei grelle, rote Flecken, und dann überstürzten sich ihre Worte beinahe.

Weiße Seide und Fuchspelze, *Moët & Chandon* zum Frühstück und ein Restaurant namens Café Royal, das eines Abends, als ihre Mutter dort tanzte, fast von einer Bombe getroffen worden war. Die Partys hatten in den Garderoben hinter der Bühne begonnen und die ganze Nacht hindurch gedauert. Die Herren trugen Dinnerjakket und manchmal Frack. Ein Mann in seidenem Schlafrock spielte Klavier und sang lustige Lieder. Make-up von Leichner und Max Factor in kleinen, fettigen Tuben mit Nummern drauf – die Mutter besaß noch immer einige davon. Blumen. Wenn die Mutter zum

Abendessen ausging, trug sie stets eine Rose am Kleid. Sie hatte jede Menge Verehrer, und ihr Lieblingskleid, das sie nicht mehr besaß, war aus violetter Seide, die die Farbe ihrer Augen unterstrich. Autos – Daimlers, mit Ledersitzen. Und Lieder – viele Lieder. Manchmal stellte sich die Mutter mitten in ihr kleines Zimmer und sang, während der Lampenschein auf ihrem Haar glänzte, mit strahlenden Augen und geröteten Wangen.

Sie sang wunderschön, mit einer hohen, klaren Stimme, und wenn sie endete, applaudierte Hélène, und die Mutter machte lachend einen Knicks.

Heute abend sang die Mutter nicht und beantwortete Hélènes behutsame Fragen so hastig, als mache sie sich irgendwie Sorgen. Wahrscheinlich um Geld. Also drückte Hélène der Mutter nach einer kleinen Weile die Hand und erinnerte sie an die Überraschung.

»Ach ja, die Überraschung...«

Die Mutter erhob sich schwerfällig; dann ergriff sie Hélènes Hand und führte sie ins Schlafzimmer. Die braune Pappschachtel lag auf Mutters Bett.

Sehr sorgfältig löste die Mutter die Verschnürung und nahm den Deckel ab. Hélène verkrampfte vor Aufregung die Hände.

Sehr behutsam, mit den Händen den Stoff streichelnd und die Falten glättend, hob die Mutter ein Kleid heraus. Einen Moment lang hielt sie es an ihren Körper und seufzte. Dann breitete sie es liebevoll auf dem Bett aus. Hélène starrte auf das Kleid hinab. Sie sah, wie sich die Mutter freute, und wagte kein einziges Wort zu sagen.

Das Kleid war aus einem dünnen, weichen Stoff gemacht. Es war grau und weiß, mit einem irgendwie verwischten Muster, das Hélène überhaupt nicht gefiel. Es hatte einen breiten Kragen, gepolsterte Schultern und einen Gürtel aus demselben Material. Am Kragenrand prangte ein kleiner, runder schwarzer Fleck.

Beide betrachteten sie das Kleid eine Zeitlang schweigend, dann beugte sich die Mutter plötzlich vor und strich über den Stoff. Sie klappte den Kragen zurück.

»Siehst du, Hélène? Bergdorf Goodman. Auf dem Schildchen hier. Das ist ein wunderbares Geschäft, Hélène. An der Fifth Avenue. Sehr exklusiv. Furchtbar teuer. Das hier ist reine Seide. Faß doch mal an. Ist das nicht herrlich?« Sekundenlang drückte sie das Gesicht in die Rockfalten.

»Reine Seide! So ein Seidenkleid habe ich nicht mehr in der Hand gehabt – nicht mehr getragen, seit ...« Sie brach ab und lachte nervös. »Eine sehr lange Zeit.«

Hélène starrte stumm auf das Kleid. Sie schluckte. »Es hat einen Fleck, Mutter. Siehst du? Hier, auf dem Kragen. Es ist schmutzig! Es ist nicht neu ...«

Die Mutter fuhr zu ihr herum; ihre violetten Augen blitzten. »Selbstverständlich ist es nicht neu! Glaubst du vielleicht, ich könnte es mir leisten, so ein Kleid zu bezahlen? Nicht mal mit einem ganzen Jahr von Cassie Wyatts Lohn ...« Ihre Stimme hob sich. Dann jedoch wechselte sie plötzlich den Ton. Sie sah Hélène an, schlug die Augen nieder und blickte dann flehentlich wieder auf.

»Es ist *wunderschön*, Hélène. Siehst du das nicht? O ja, ich weiß, es ist sehr schlicht, aber das sind schöne Dinge oft. Und natürlich ist es getragen. Dieser Fleck, das hat nichts zu sagen. Den kann ich entfernen, warte nur ab. Und es ist mir zu groß, siehst du? Mrs. Calvert ist größer als ich, also werde ich es kürzen und enger machen. Aus dem Stoff, der dabei abfällt, könnten wir deiner Puppe ein neues Kleid nähen. Ein schönes Kleid für Partys und ...«

»Das ist Mrs. Calverts Kleid?« Hélène starrte die Mutter an, der die Röte in die Wangen stieg. »Hat sie es dir geschenkt? Soll das heißen, daß es ein abgelegtes Kleid ist – wie bei den Tanners?«

»Ganz und gar nicht wie bei den Tanners.« Mit verkniffenen Lippen stand die Mutter auf. Ihre Hände zitterten. »Es ist ein schönes Kleid, und kaum getragen. Mrs. Calvert wollte es wegwerfen ...«

»Hat Mrs. Calvert es dir geschenkt?« Irgend etwas drängte sie, die Frage zu wiederholen. Ihr Herz hatte auf einmal zu schmerzen begonnen, und irgendwie *wußte* sie alles, bevor die Mutter den Blick senkte, bevor sie ihn abwandte, bevor sie antwortete.

»Nein.« Sie wandte sich zurück und begann das Kleid zusammenzulegen. »Sie nicht, aber Major Calvert. Es sollte mit einer Menge anderer Sachen in den Abfall kommen, und als er es zufällig sah, hat er es gerettet. Für mich. Weil er dachte, daß es mir gefällt. Weil er dachte, es würde mir stehen. Und das wird es bestimmt.« Sie schloß die Schachtel. »Du hast ja keine Ahnung. Du hast nie wertvolle Kleider gesehen. Warte nur ab, bis ich es angezogen habe – dann wirst du schon sehen!«

Mutter war ärgerlich, das spürte Hélène. Sie war ärgerlich und nervös. Es war, als fege ein Wirbelwind durchs Zimmer, so heftig warf die Mutter Sachen in die Schubladen, knallte sie wieder zu, befahl Hélène, sich zu beeilen, Wasser zu holen und ins Bett zu gehen, sie sei noch nicht mal sieben Jahre alt, und es sei schon längst Schlafenszeit für sie...

Hélène zog sich schweigend aus, wusch sich und stieg dann in ihr schmales Bett. Kurz darauf kam die Mutter zu ihr, setzte sich und ergriff ihre Hand, so daß Hélène merkte, es tat ihr leid, auch wenn sie nur so dasaß und kein Wort sagte.

Schließlich stand die Mutter auf. Sie trat einen Schritt vom Bett zurück, und Hélène dachte schon, sie würde hinausgehen, aber sie blieb.

»Hélène«, sagte sie, »weißt du, daß morgen Sonntag ist?«

Hélène gähnte und kuschelte sich tiefer in die dünnen, kratzigen Laken. Morgen war Sonntag; ja, das wußte sie. Am Sonntag machte die Mutter große Wäsche, und dann gingen sie zusammen am Bach spazieren.

»Ich muß... Ich muß fortgehen, Hélène. Aber nicht lange. Am Nachmittag.«

Hélène richtete sich auf. »Aber am Nachmittag gehen wir doch spazieren!«

Die Mutter seufzte. »Ich weiß, mein Liebling. Aber morgen nicht, ja? Ich muß mich morgen mit einem Freund treffen.«

Hélène sah sie mit großen Augen an. »Kann ich mitkommen? Wer ist es denn? Jemand, den ich kenne?«

»Nein. Nein.« Die Mutter schlug einen tröstenden Ton an. »Und morgen kannst du nicht mitkommen. Ein anderes Mal, vielleicht. Wenn du brav bist. Und sobald Mutter wieder da ist, gehen wir beide spazieren – wie immer. Ja?«

Hélène brach in Tränen aus. Sie wußte nicht, warum, aber sie konnte nicht mehr aufhören. Alles ging auf einmal schief. Zuerst die Überraschung, die überhaupt nicht schön war. Und nun dies. Die Tränen liefen ihr übers Gesicht und tropften aufs Bett.

»Ach, Hélène...« Mit einem Schritt war die Mutter am Bett und nahm sie heftig in die Arme. Zu heftig. Hélènes Gesicht wurde so fest an ihre magere Schulter gepreßt, daß sie spürte, wie verkrampft die Mutter war, ganz steif und wie Draht – genauso, als müsse sie auch gleich weinen.

»Nicht weinen, mein Liebling! Sei nicht dumm. Du bist nur müde. Und du bist noch ein kleines Mädchen, und...« Unvermittelt löste sie sich von Hélène, und ihre Stimme klang ganz komisch, gar nicht mehr weich und ruhig wie sonst, sondern dünn und erstickt.

»Ich bin einunddreißig, Hélène. Einunddreißig. Das ist nicht alt, das ist noch jung. Ich bin noch jung. Und... Mutter braucht Freunde, Liebling. Die braucht jeder Mensch. Du willst doch nicht, daß Mutter einsam ist und überhaupt keine Freunde hat, wie?«

Hélène musterte sie aufmerksam. Ihre eigenen Tränen waren ebenso schnell versiegt, wie sie gekommen waren. Aber Mutter hatte das nicht bemerkt, denn sie hatte das Gesicht abgewandt.

»Nein«, antwortete sie schließlich, und Mutter seufzte.

Sie beugte sich nieder, küßte Hélène auf die Stirn und bettete sie wieder unter die Laken. Dann löschte sie das Licht und ging zur Tür.

»Mutter?«

»Ja, Liebling?«

»Wirst du das neue Kleid anziehen, wenn du ausgehst?«

Nach einer kurzen Pause lachte die Mutter leise auf. »Es könnte sein«, sagte sie. »Es könnte sein.«

Dabei klang sie beinahe fröhlich. Dann schloß sie die Tür.

Sie trug tatsächlich das neue Kleid. Die halbe Nacht mußte sie aufgesessen und daran genäht, es gereinigt und gebügelt haben, denn als sie es anzog, paßte es, und der Fleck war verschwunden.

Sie musterte sich eingehend in dem gesprungenen, alten Spiegel im Schlafzimmer. Dann lachte sie, klatschte in die Hände und drehte sich um ihre eigene Achse.

»Siehst du? Es sieht hübsch aus, nicht wahr? Genau wie Mutter es gesagt hat.«

Hélène schob ihre Unterlippe vor und betrachtete sie stumm. Die Mutter hatte sich die Haare gewaschen und sich besonders sorgfältig geschminkt. Ihre Augenbrauen wirkten ein bißchen kräftiger als sonst, und ihr Mund war ein scharlachroter Amorbogen. Die Mutter kam zu ihr und umarmte sie.

»Nicht schmollen, Liebling – bitte nicht! Das macht dich häßlich. Mutter ist bald wieder zurück. Und weißt du was? Du ziehst dich jetzt auch hübsch an. Dein Sonntagskleid. Und Mutter frisiert dich. Dann sind wir beide feine Damen, und wenn Mutter zurückkommt, gehen wir spazieren, ja? Wir beide, in unseren schönen Kleidern, und wir halten uns bei der Hand und singen ein bißchen und tun so, als wären wir in London im Regents Park, wo wir der Militärmusik zuhören.«

Hélène schwieg, aber das merkte die Mutter kaum. Sie wirkte aufgeregt, hektisch. Hastig manövrierte sie Hélène in ihr schönstes Kleid. Die Mutter hatte es selbst genäht, die Vorderseite gesmokt und ihr aus einem alten Unterrock einen Kragen gemacht. Sie trug es immer, wenn sie beide nach Selma ins Filmtheater gingen. Aber heute war es ihr unbequem. Zu eng, zu heiß, zu kratzig unter den Armen.

Auf Mutters Stirn und auf ihrer Oberlippe standen winzige Schweißtröpfchen.

Die Mutter bürstete Hélènes lange, blonde Haare, bis sie genauso glänzten wie ihre eigenen. Dann holte sie die Brennschere, erhitzte sie und drehte die langen Strähnen zu Ringellocken.

Schließlich sah die Mutter auf ihre Uhr und sagte: »Jetzt kommt noch etwas ganz Besonderes: Du sollst auch etwas davon haben. Aber nur dies eine Mal.«

Sie trat an die billige gelbe Kommode neben ihrem Bett, öffnete eine kleine Schublade, suchte darin herum und holte eine Schachtel heraus. *Die* Schachtel.

Sie war schlicht weiß mit Goldschrift, und drinnen lag in einem kleinen, mit vergilbter weißer Seide überzogenen Bett ein Fläschchen mit einem Glasstöpsel. Es war ein sehr kleines Fläschchen, das einen winzigen Rest orange-brauner Flüssigkeit enthielt. Sehr, sehr vorsichtig neigte die Mutter das Fläschchen, bis etwas von der Flüssigkeit das untere Ende des Glasstöpsels berührte, dann zog sie den Stöpsel heraus. Sie tupfte sich das Zeug hinter die Ohren und auf die von blaßblauen Adern durchzogene Innenseite ihrer Handgelenke, und wiederholte die Prozedur auch bei Hélène.

Hélène rümpfte die Nase. »Das riecht aber komisch.«

»Das ist das teuerste Parfüm der Welt.« Die Mutter betrachtete die Flasche. »Erinnerst du dich? Ich hab's dir erzählt. Es heißt *Joy* und duftet wie der Frühling.« Plötzlich wurde ihre Miene bedrückt. »Seit sieben Jahren habe ich diese Flasche. Und nun ist fast alles verbraucht.«

Hélène dachte, dann könnte sie die Flasche ja wegwerfen, aber das tat sie nicht. Sie steckte den Stöpsel wieder drauf, legte die Flasche in die Schachtel und diese in die Schublade zurück. Sie seufzte.

»Parfüm darf man nie im Licht stehen lassen, Hélène. Sonst verfliegt es. Vergiß das nicht. Und nun...« Wieder sah sie auf die Uhr und hielt erschrocken die Luft an. »Ich muß gehen. Ich bin schon spät dran. Du wirst doch brav sein, nicht wahr? Bleib vor allem hier beim Wohnwagen. Und denk an die Aufkleber auf der Uhr. Wenn die Zeiger auf die Punkte weisen, kommt Mutter nach Hause...«

Sie küßte Hélène, umarmte sie liebevoll und ging. Hélène sah ihr nach. Sie stieg die Treppe hinab und ging über den Vorplatz. Als sie draußen vor dem Zaun war, begann sie zu laufen.

Hélène kehrte in die Küche zurück und sah auf die Uhr. Die Aufkleber waren nicht mehr an der alten Stelle. Einer war zwar auf der Zwölf, aber der andere war jetzt auf der Sechs.

Unsicher starrte sie auf das Zifferblatt. Hieß das, daß Mutter früher zu Hause sein würde als sonst, oder später? Sie versuchte es herauszufinden, aber es war so heiß und stickig im Wohnwagen, daß sie aufgab und hinausging. Sie kontrollierte ihren Garten: Er sah furchtbar aus. Die Blumen waren in der Sonne verwelkt, und die Steine lagen nicht mehr dort, wo sie liegen sollten. Vielleicht sollte sie an der Pumpe Wasser holen und die Blumen gießen. Zweifelnd holte sie eine Flasche, füllte sie mit Wasser und kniete dann auf den Boden, um die Blumen ganz behutsam zu wässern. Es war schwierig. Das Wasser zerlief auf dem Staub in alle Himmelsrichtungen und versickerte nicht so in der Erde, wie sie es sich vorgestellt hatte. Das Moos schwamm davon, und das vertrocknete Gänseblümchen fiel um.

»Wozu machst du das? Die sind doch tot!«

Langsam hob Hélène den Kopf. Es war einer von den Tanners – Billy Tanner, glaubte sie. Sie kniff die Augen vor der Sonne zusammen: Jawohl, es war Billy. Er lehnte auf dem kleinen Lattenzaun und sah ihr zu. Er war sehr braun gebrannt und hatte denselben häßlichen Haarschnitt wie alle Tanners. *Crew cut* – Bürstenschnitt – nannte man das, sagte Mutter; so kurz, daß die Kopfhaut durchschimmerte. Er trug kein Hemd und keine Schuhe – aber die Tanners trugen höchstens zur Schule Schuhe –, und seine Jeans waren an den Knien abgeschnitten. Eine Zeitlang starrte sie ihn schweigend an. Wenn sie nicht antwortete, würde er vielleicht verschwinden. Sie kippte ein bißchen mehr Wasser in den Staub. Billy Tanner warf einen vorsichtigen Blick zum Wohnwagen hinüber, dann öffnete er die Pforte und kam auf den Vorplatz herein. Ein Stück von ihr entfernt blieb er stehen und schob mit den Füßen den Staub hin und her. Seine Füße waren dreckig; der rote Staub bedeckte sie bis zu den Knöcheln.

»Die sind verwelkt. Gießen nützt da auch nichts mehr. Nicht, wenn sie verwelkt sind.« Er hielt inne. »Soll ich dir frische holen? Ich weiß, wo es jede Menge gibt. Schöner als die da. Richtig große. Unten am Bach.«

Hélène hockte sich auf die Fersen und musterte ihn mißtrauisch. Er hatte ihr dieses Angebot ganz nebenbei gemacht, aber es war ein nettes Angebot. Die meisten Tanners hätten sie ausgelacht und ihren Garten zerstört. Aber Billy war netter als die übrigen Tanners, das wußte sie. Einmal, als sie noch von Mississippi Mary betreut wurde, war sie im Wohnwagenpark hingefallen, und Billy Tanner hatte sie aufgehoben und die Wunde unter der Pumpe gesäubert. Sie zögerte.

»Das ist ein englischer Garten«, erklärte sie schließlich. »Gestern war er noch sehr hübsch.«

Billy grinste. Er hockte sich neben sie in den Staub. »Ein englischer Garten? Hast du schon mal einen englischen Garten gesehen?«

»Nein, aber meine Mutter. Sie hat mir alles darüber erzählt. Die sind ganz grün und haben Unmengen von Blumen. Wie der Garten von den Calverts, nur noch viel schöner.«

»Aha.« Er beugte sich vor und setzte die Steine um. »So mußt du das machen – einen Damm bauen, verstehst du? Dann läuft das Wasser nicht davon. Möchtest du's noch mal versuchen?«

Hélène versuchte es. Sehr vorsichtig goß sie das Wasser aus. Als es ganz langsam versickerte, lächelte sie. »Danke.«

»Schon gut.« Er zuckte die Schultern. Er musterte sie von der Seite, musterte ihr Haar, ihr Sonntagskleid, ihre nackten Beine und ihre Sandalen. Anfangs hatte sie ein ganz komisches Gefühl dabei, so angestarrt zu werden, aber er berührte sie nicht, er tat gar nichts, und nach einer Weile begann es ihr sogar zu gefallen.

»Deine Haare sind richtig hübsch, weißt du das?« Er sagte es unvermittelt, und Hélène sah überrascht, daß er blutrot wurde.

»Einmal hab' ich ein Mädchen gesehen, das so aussah wie du. In einem Bilderbuch. In der Schule.«

Hélène sah ihn unsicher an. Sie wußte nicht recht, ob das ein Kompliment war. Doch ehe sie antworten konnte, krauste Billy lachend die Nase.

»Aber du riechst so komisch. Igitt – das stinkt!«

»Was weißt denn du? Das ist Parfüm. Französisch. Meine Mutter hat mir was davon gegeben. Es ist das teuerste Parfüm der Welt!«

»Wirklich?«

»Ja, wirklich. Es heißt *Joy*.« Sie warf ihm einen herablassenden Blick zu und streckte ihm ihr Handgelenk entgegen. »Da – riech mal! Ist das nicht schön?«

Billy zögerte, dann beugte er sich linkisch über ihr Handgelenk und schnupperte. »Das soll Parfüm sein?« Er starrte sie ungläubig an. »Das riecht wie 'n alter Kater.«

»Tut es *nicht*!« Zornig entriß ihm Hélène ihr Handgelenk.

»Wie du willst.« Achselzuckend stand er auf. Er ging ein paar Schritte, blickte zum Himmel auf, dann wieder in den Staub unten, und wieder zu ihr zurück. »Ist deine Mama weg? Wollen wir schwimmen gehen?« Er zögerte. »Ich kenne einen schönen Platz. Hinten, hinter den alten Baumwollfeldern. Keine Kinder, keine Nigger. Es ist sehr schön da.« Er hielt inne. »Nicht mal meine Geschwister hab' ich dahin mitgenommen.«

»Ich darf nicht. Ich muß hierbleiben. Bis meine Mutter zurückkommt. Wenn die Zeiger von der Uhr auf den roten Aufklebern sind. Da drinnen in der Küche – siehst du?« Dann fügte Hélène wichtig hinzu: »Sie trifft sich mit einem Freund.«

Billy ging zum Wohnwagen und sah durchs Fenster. Dann lachte er. »Sechs Uhr! Erst um sechs Uhr kommt sie zurück? Bis dahin sind es noch mehr als drei Stunden! Was willst du hier drei Stunden lang machen? Im Dreck wühlen? Bist ja verrückt. Komm mit, wir gehn schwimmen. Deine Ma wird nichts davon erfahren.«

Hélène sah ihn an. Sie wollte schon. Auf einmal wollte sie sogar sehr gern. Er hatte recht. Es war gräßlich, hier zu sitzen und zu warten: gräßlich, und heiß, und einsam. Sie biß sich auf die Unterlippe. »Ich... Ich kann nicht schwimmen«, stieß sie schließlich hervor.

»Das bring ich dir bei. Kein Problem.« Er pfiff vor sich hin. Dann fragte er: »Wie alt bist du übrigens?«

»Sieben.«

Das schien ihn zu wundern, denn er musterte sie wieder ganz genau, von oben bis unten. »Ich dachte, du wärst älter. Du siehst älter aus.« Er hielt inne. »Du bist ja wirklich noch ein Kind.«

»Bin ich nicht!« Indigniert stand Hélène auf. »Ich kann lesen und schreiben, und ich...«

»Richtige Schrift? Du meinst, du kannst richtige Schrift lesen? Seit wann?«

»Seit ich fünf war. Das hat meine Mutter mich gelehrt. Schon vor der Schule.« Sie musterte ihn abschätzend. »Kannst du lesen?«

»Aber sicher. Natürlich kann ich. Ich hab' schon ein Buch gelesen. Vielleicht auch zwei. Mit Bildern, weißt du. Meine Mama war richtig stolz, als sie hörte, wie ich ihr das vorlas. Das ist mehr, als mein Daddy kann, und der ist erwachsen.«

Hélène hörte ihm aufmerksam zu. Er schien sich nicht sehr zu schämen, daß sein Vater nicht lesen konnte. Sie zögerte.

»Wie alt bist du?«

»Elf. Am nächsten Thanksgiving werde ich zwölf.« Er sah zu Boden. »Kommst du jetzt mit schwimmen, oder nicht?«

Hélène atmete tief durch. »Na schön. Aber nicht lange.«

»Sicher nicht.« Billy lachte. Er schien sich zu freuen und sprang mit einem Satz über die kleine Pforte. »Dann komm. Weißt du, daß du wirklich komisch sprichst?«

Der Teich lag in einer kleinen, von Pappeln umstandenen Senke. Um ihn zu erreichen, mußten sie einen Fußpfad nehmen, der zur Calvert-Plantage führte, und dann einem Graben folgen, der die Felder durchschnitt. Ganz weit links entdeckte Hélène die Dächer der Siedlung, in der Mississippi Mary lebte. Ganz weit rechts lagen die Baumwollfelder, dahinter kam eine Reihe von Sumpfzypressen, die das große Haus der Calverts mit seinem Garten von den Feldern trennte.

Sie konnte Billy nur mit Mühe folgen, denn es ging über ausgefahrene Wege, durch scharfkantiges Gras und dornige Brombeersträucher, an denen ihr Kleid hängenblieb. Sie schwitzte, keuchte, war erregt und zugleich ängstlich. Ihre Haut war klamm, das Sonntagskleid klebte ihr am Körper und kratzte ihr unter den Armen. Nach einer Weile machte Billy halt. Als er sie angrinste, bemerkte sie zum erstenmal, wie blau seine Augen waren. Er streckte die Hand aus und nickte in dieselbe Richtung. »Da durch. Siehst du?«

Hélène sah zu den Pappeln hinüber, die einen kleinen Graben säumten. Sie standen unmittelbar hinter den Sumpfzypressen.

»Dahinter? Aber das ist ganz nah beim großen Haus! Gleich hinter dem Garten – oder?«

Billy zwinkerte. »Sicher. Aber wir gehen nicht vorne rein.«

Er zog sie weiter, über einen Graben ins Unterholz. Direkt vor ihnen befand sich ein Stacheldrahtzaun. Billy legte den Finger auf die Lippen.

»Okay. Ich hebe den Draht hoch, und du duckst dich drunter durch. Nun mach schon – worauf wartest du noch? Und sei leise, verstanden? Wir müssen uns um den Garten rumschleichen, um zum Teich zu kommen. Aber da kann uns dann nichts mehr passieren – wirklich! Da kommt überhaupt niemand hin ...«

Hélène zögerte, dann raffte sie vorsichtig ihr Kleid zusammen und kroch unter dem Draht hindurch. Nachdem Billy ihr gefolgt war, ergriff er wieder ihre Hand. Darüber war sie froh. Sie befanden sich jetzt in wucherndem, stachligem Gebüsch, wo es unheimlich dunkel war. Hier und da erhaschte sie einen Blick auf grünen Rasen und weiße Säulen. Dann begann ihr Herz zu klopfen, und sie hatte das Gefühl, daß sie furchtbar viel Lärm machten, obwohl Billy fast lautlos vor ihr herschlich. Ein- oder zweimal hielt er inne, um zu lauschen. Dann begann Hélènes Herz noch schneller zu pochen. Verzweifelt zerrte sie an Billys Hand. Er blieb stehen.

Hélène wurde rot vor Verlegenheit. Sie stand stockstill und krampfte die Hände in ihren Rock. »Billy, ich möchte – ich muß ...«

Billys Gesicht verzog sich zu einem breiten Grinsen. »Schon gut. Das ging mir genauso, als ich zum erstenmal hier durchkam. Das kommt davon, daß man so leise sein muß. Du kannst da hinten hinter dem Busch pissen. Keine Angst: Ich seh nicht hin.«

Hélène sah ihn verwundert an. Er wirkte überhaupt nicht verlegen, und sie hatte soeben ein neues Wort gelernt. Kein Wort, das Mutter gefallen würde, davon war sie überzeugt.

Sie fing an zu kichern. Billy hob verzweifelt den Blick zum Himmel. »Mädchen! Und jetzt beeil dich!«

Also verschwand Hélène hinter einem Busch, und als sie wieder hervorkam, fühlte sie sich sehr erleichtert. Wieder ergriff sie Billys Hand, und sie gingen im Gänsemarsch weiter. Sie war ungeheuer zufrieden mit sich. Pissen, murmelte sie vor sich hin. Pissen. Ein hübsches Wort. Sie lernte dazu.

Genau am Rand des Grabens und der Pappeln gab es eine kleine Lichtung. Von hier aus konnte man das große Haus nicht mehr sehen. Vor ihnen lag ein ungepflegtes Stück Rasen, so gelb und braun wie das Gras im Wohnwagenpark. Rechts von ihnen stand ein komischer, kleiner, von Büschen umgebener Schuppen. Billy blieb stehen. Vorsichtig sah er nach rechts und links.

Hélène zerrte an seiner Hand. »Billy, Billy – was ist das da? Diese Hütte?«

Billy grinste. »Das? Das ist eine Art Gartenhaus – jedenfalls nennt man das so. Richtig schön intim, nicht wahr?«

»Intim?« Hélène sah ihn verständnislos an. Sie wußte, was ein Gartenhaus war. Die gab es auch in englischen Gärten.

»Na sicher.« Billy zögerte. »Meine Mama sagt, der alte Calvert hat es bauen lassen. Der ging da immer mit seinen Niggerweibern hin, verstehst du? Aber ich glaube das nicht. Uralte Geschichten, wahrscheinlich...«

Hélènes Augen wurden groß. »Der alte Calvert? Major Calvert?«

Billy lachte. »Natürlich nicht! Das war sein Daddy. Der ist schon lange tot, ein richtiges Schwein, wie meine Mama sagt...« Er zerrte an ihrer Hand. »Jetzt komm aber – da drüben!«

Er zog sie über die Lichtung bis in den Graben hinein. Und dann zwischen den Bäumen hindurch, einen Abhang hinab, und dort war der Teich.

Als sie stehenblieben, sah Hélène ihn schweigend an. Hier, unter den Bäumen, war es kühler, und das Wasser war still und braun. Sie krauste die Stirn. »Niggerweiber?« Noch niemals zuvor hatte sie dieses Wort ausgesprochen, und sie wußte genau, daß es ihrer Mutter nicht gefallen würde. »Das verstehe ich nicht. Warum sollte ein weißer Mann ein Niggerweib in sein Gartenhaus mitnehmen?«

»Na ja, das ist ziemlich seltsam, glaube ich...« antwortete Billy zögernd, und Hélène war ein wenig verärgert, weil sie merkte, er wußte etwas, wollte es ihr aber nicht sagen. In der nächsten Minute hatte sie es jedoch schon wieder vergessen, denn Billy ließ ihre Hand los und sprang kopfüber ins Wasser: mit Jeans und allem.

Prustend kam er wieder hoch. Glitzernde Tropfen rannen über sein Gesicht. »Kommst du?«

Hélène zögerte. Sie wußte nicht, wie sie sich verhalten mußte. Sie wußte nur, daß sie schwitzte und ebenfalls ins Wasser wollte.

»Ich werde mein Kleid ausziehen«, entschied sie schließlich würdevoll, »und nur im Schlüpfer baden.«

»Von mir aus. Ganz wie du willst.« Gleichmütig tauchte Billy unter.

Sorgfältig und methodisch zog Hélène sich aus. Sie streifte ihre Sandalen ab und legte das Kleid zusammengefaltet oben drauf. Dann trat sie ans Ufer. Billy kam herbeigeschwommen, stand auf und reichte ihr die Hand.

»Komm rein.« Wieder sah er sie aufmerksam an, und wieder entdeckte sie diesen seltsamen Ausdruck in seinen Augen. Sie blickten sehr ernst und schienen dunkler zu werden. Er sah sie an, als wolle er sie sehr lange betrachten und könne nicht glauben, was er sah.

»Komm rein«, wiederholte er etwas sanfter. Dann ergriff er behutsam ihre Hand und half ihr ins Wasser.

Hélène stieß einen kleinen Schrei aus. Sie spürte weichen, kühlen Schlamm zwischen den Zehen, und das Wasser war so kalt, daß es ihr den Atem verschlug. Vorsichtig machte sie einen Schritt nach vorn, und dann gab es plötzlich keinen Boden mehr unter ihren Füßen. Das Wasser spülte über ihr Haar und ihr Kinn hinweg. Sie zappelte hilflos und schrie laut auf.

Billy hatte sie sofort gepackt. Sie fühlte, wie seine Arme sich um sie schlossen und sie emporhoben, und ehe sie sich's versah, schwamm sie lang ausgestreckt auf dem Wasser.

»Ist das nicht großartig?« fragte Billy lächelnd, und sie stellte fest, daß einer von seinen Schneidezähnen abgesplittert war. »Ist das nicht das großartigste Gefühl von der Welt?«

»O ja, Billy, das ist es«, stimmte sie ihm zu. »Das ist es.«

Später saßen sie am schlammigen Ufer in einem Fleck Sonnenlicht und ließen sich trocknen. Billy nahm immer wieder kleine Steinchen, warf sie ins Wasser und sah zu, wie sich die Ringe weiteten. Hélène fand, daß er sehr still geworden war.

»Ich war nicht besonders gut«, gestand sie mit ganz kleiner Stimme. »Es ist schwerer, als es aussieht.«

»Doch, du warst gut«, widersprach Billy nachdrücklich. »Du hast drei Schwimmzüge gemacht, vielleicht auch vier. Ja, eher vier.«

Eine kleine Pause entstand. Billy warf wieder einen Stein ins Wasser.

»Möchtest du wieder einmal herkommen?« erkundigte er sich schließlich so beiläufig wie möglich. »Wenn du willst, nehme ich dich wieder mit. Deine Mama arbeitet vormittags manchmal bei Cassie Wyatt, nicht wahr?«

»Würdest du das tun?« fragte Hélène mit eifrigem Lächeln. »O ja, darüber würde ich mich wirklich freuen.« Sie unterbrach sich und krauste die Stirn. »Aber eigentlich dürfte ich das gar nicht tun. Wenn meine Mutter davon wüßte, würde sie sehr böse werden.«

»Dann sag's ihr doch nicht. Warum solltest du? Jeder Mensch braucht ein Geheimnis; das hat mir mein Daddy immer gesagt.« Er hielt inne. »Dieser Platz hier ist mein Geheimnis. Mir gefällt's hier. Ich komme öfter hierher, sogar im Winter. Nur um mal allein zu sein. Wenn mir die anderen Kinder auf den Wecker gehn.«

Er zögerte, und sie wußte sofort, daß er sie wieder so seltsam ansah. »Wenn du willst, kann es auch dein Geheimnis sein.« Mit einer komischen, verstohlenen Bewegung nahm er ihre Hand und ließ sie sogleich wieder los.

»Du bist auch schön, wirklich hübsch. Also paßt es, daß ich dich hierher mitnehme, weißt du...« Abermals zögerte er, und Hélène wandte sich ihm zu. »Weißt du, die anderen Kinder wollen nichts mit dir zu tun haben. Du wärst hochnäsig, behaupten sie, und so. Aber das glaube ich nicht. Du sprichst komisch, das steht mal fest.« Er grinste. »Aber das ist nicht deine Schuld. Und sie sagen, deine Mama hat so eine vornehme Art, und sie hat dir diesen komischen, vornehmen Namen gegeben. Aber ich finde den Namen sehr hübsch, dabei hab' ich ihn noch nicht mal ausgesprochen, nicht vor dir.«

Hélène musterte ihn unsicher. »Es ist ein französischer Name«, erklärte sie schließlich, noch immer nicht sicher, ob er nicht doch noch laut herauslachen würde, wie einige der anderen Tanner-Kinder es einmal getan hatten, als sie es ihnen erklärte.

»Im Grunde ist es ein englischer Name, aber man spricht ihn aus, wie es die Franzosen tun. Meine Mutter findet das besser. Sie sagt, es klingt weicher.«

»Das gefällt mir. Du hast eine komische englische Stimme und einen komischen französischen Namen, und beides paßt zu dir. Und dein Haar... Weißt du, wenn die Sonne auf dein Haar scheint, hat es die Farbe von reifem Getreide. Ich hab mal Getreide von dieser Farbe gesehen – ganz golden. Oben in Iowa. Endlose Felder. Ich hab einen Onkel, oben in Iowa...« Er brach ab und stand auf, um einen letzten Stein in den Teich zu werfen und die Ringe zu beobachten. »Du wirst also wieder mit mir herkommen? Und von mir schwimmen lernen? Und das bleibt unser Geheimnis, deins und meins?«

Hélène erhob sich. Langsam zog sie ihre Sandalen an und schlüpfte anschließend in ihr Kleid. Billy half ihr mit dem Reißverschluß. Und die ganze Zeit versuchte sie nachzudenken, weil sie wußte, daß sie eigentlich nein sagen müßte, und zugleich wußte, daß sie das nicht wollte. Sie hatte ein so merkwürdiges Gefühl tief innen, ganz aufgeregt und irgendwie glücklich.

Sie blickte in Billys Augen, die so blau waren wie die Schwinge eines Eisvogels.

»Also gut, Billy«, sagte sie.

Billy beugte sich vor und drückte ihr ganz schnell einen trockenen Kuß auf die Wange. »Das ist ebenfalls unser Geheimnis«, sagte er. Sein Gesicht war wieder puterrot geworden. »Und sag' bitte keinem was davon, ja?«

»Nein, Billy.«

»Ich will nicht, daß jemand sagt, ich wär in ein Mädchen verknallt. Wir sind Freunde, okay? Und jetzt laß uns nach Hause gehen.«

Er half ihr wieder den steilen Abhang hinauf und zwischen den Pappeln hindurch auf die Lichtung. Dort blieb er stehen, und sie sah, daß er den Kopf hob wie ein Tier, das lauscht. Anfangs wußte sie nicht, warum, doch dann hörte sie es auch. Eine Männerstimme, gedämpft; dann ein Frauenlachen; dann ein komisches Geräusch, halb wie ein Seufzer, halb wie ein Stöhnen. Es kam aus der kleinen Holzhütte, dem Gartenhaus. Sie sah, daß Billy einen Blick hinüberwarf, dann sah er sie selbst an, packte ihre Hand und fing an zu laufen. Er machte kein einziges Mal mehr halt, nicht einmal im Gebüsch, bis sie unter dem Draht hindurchgeklettert und wieder am Rand der Felder angelangt waren. Dort blieb er stehen. Sie waren beide außer Atem.

»Was war das, Billy, in der Hütte? Was war das nur?«

»Irgendwelche Leute. Nichts Besonderes...«

»Konntest du sie sehen? Ich konnte sie nicht sehen. Was haben die da gemacht?«

»Nur 'n bißchen Liebe... Schmusen... Du weißt schon.«

»Nein, ich weiß nicht...« Er war weitergegangen, und sie mußte sich in Trab setzen, um mit ihm Schritt zu halten. »Wer war das? Hast du das sehen können? War das eine Farbige?«

»O nein. Sie war weiß.« Er hielt eine Sekunde inne und runzelte die Stirn, dann schüttelte er den Kopf. »Geht uns jedenfalls nichts an. Komm jetzt nach Hause. Siehst du?« Er deutete zum Himmel hinauf. »Es wird bald regnen. Schnell!«

Aber der Regen ließ auf sich warten. Billy brachte sie zum Wohnwagen zurück und verließ sie dann, und sie setzte sich draußen in die heiße Sonne, bis ihr Schlüpfer und ihre Haare trocken waren. Das war eine Erleichterung: Nun würde die Mutter keine Fragen stellen, und wenn sie es doch tat, würde sie ganz einfach sagen, sie habe sich beim Wasserholen an der Pumpe naßgespritzt.

Ihre Mutter kam in Sicht, als gerade die ersten dicken Regentropfen fielen. Hélène sah, wie sie zum Himmel aufblickte und sich daraufhin in Trab setzte. Sie lief sehr linkisch, auf den hohen Absätzen ihrer besten Schuhe, und ihre Haare waren vom Wind zerzaust, und ihr Gesicht hatte sie auch nicht in Ordnung gebracht, denn der ganze Lippenstift war verschwunden. Sie kam durch die kleine Pforte gelaufen, packte sich Hélène und huschte lachend mit ihr in den Wohnwagen hinein.

»Gerade noch rechtzeitig! Gleich wird es gießen. Und ich hab' mich verspätet...« Sie warf einen Blick auf die Uhr und dann auf Hélène. »Na ja, ein bißchen. Aber es war einfach so schön, und...« sie unterbrach sich.

»Warst du schön brav, mein Liebling? Du hast mir gefehlt, weißt du, und jetzt können wir doch nicht mehr spazierengehen, nicht in diesem Wolkenbruch...« Sie zögerte und drehte sich um. Hélène hatte noch nie gesehen, daß die Augen ihrer Mutter so strahlten und ihr Gesicht so leichenblaß war.

»Das macht nichts, mit dem Spaziergang«, gab sie betont zurück. Sie schwieg eine Weile und fragte dann: »Wirst du dich öfter mit deinem Freund treffen?«

Die Mutter hob erstaunt den Kopf. »Mag sein. Vielleicht.«

»Kann ich mitkommen?«

»Nein, Liebling.« Sie wandte den Blick ab. »Im Augenblick nicht. Das ist Mummys Freund, weißt du. Doch eines Tages, wer weiß... Wir werden sehen. Es ist ein ganz spezieller Freund, weißt du. Eine Art geheimer Freund, kannst du das verstehen? Du weißt doch, wie deine Mutter den Klatsch haßt, und was sie dir über die Leute hier in der Gegend erzählt hat, die Tanners und Cassie Wyatt...« Sie machte eine ärgerliche Geste mit den Fingern. »Reden, reden, reden, den ganzen Tag. Weil sie nichts Besseres zu tun haben. Also, ich will nicht, daß sie über mich reden, verstehst du? Deswegen...« Sie unterbrach sich, kniete nieder und nahm Hélène in die Arme.

»Deswegen möchte ich nicht, daß du dies irgend jemandem gegenüber erwähnst, ja, Liebling? Du weißt schon, wenn du mal mit mir zu Cassie Wyatt gehst, wie du das manchmal tust. Sag nichts davon, daß Mutter einen Freund hat. So macht es viel mehr Spaß. Es ist unser Geheimnis, verstehst du?«

Hélène sah sie unverwandt an. Das Gesicht der Mutter lächelte, doch ihre Augen waren groß und angstvoll. Genau wie zuvor bei Billy wußte Hélène, daß ihre Mutter etwas ausließ, daß es etwas gab, von dem sie nichts sagte. Als die Mutter sich niederbeugte, um sie zu küssen, wandte sie das Gesicht ab, so daß der Kuß nur ihre Haare streifte. »Na gut«, sagte sie schließlich. »Kann ich jetzt bitte einen Keks haben? Ich bin hungrig.«

Hastig sprang die Mutter auf. Unbewegt sah Hélène zu, wie sie an den Küchenschrank ging. Sie war froh, daß sie schwimmen gegangen war, froh, daß sie mit Billy Tanner zusammen gewesen war, froh, daß sie der Mutter nichts davon gesagt hatte.

Sie verschränkte die Arme und lächelte. Jetzt hatte sie zwei Geheimnisse. Das Schwimmengehen mit Billy und die Art, wie Major Calvert ihr die Hand gegeben hatte.

Edouard

London-Paris 1940–1944

Edouard. Edouard! Ich habe den Eindruck, daß du dich nicht konzentrierst.«

Hugo Glendinning blickte unvermittelt von dem Buch auf, aus dem er vorgelesen hatte, und musterte Edouard mit seinen blauen Augen. Edouard zuckte zusammen.

»Edouard.« Hugo seufzte. »Hast du auch nur *ein* Wort gehört? *Ein* Wort?« Ungeduldig schob er das Buch von sich und steckte sich eine neue Zigarette an. Edouard starrte auf den Text über Napoleons Feldzüge hinab und suchte hastig die Stelle zu finden, wo Hugo aufgehört hatte zu lesen. Er hatte nicht die geringste Ahnung.

»Edouard.« Hugo übte sich in Geduld. »Vor zwei Monaten, genau am zweiundzwanzigsten Juni, haben Truppen des deutschen Reiches Rußland überfallen. Es wäre möglich, wirklich möglich, daß das die Wende in diesem Krieg bedeutet. Es scheint mir daher ein guter Zeitpunkt zu sein, zu untersuchen, welches Schicksal Napoleon Bonaparte und sein Heer erlitten, als sie einen ähnlichen Versuch unternahmen. Wir werden uns die historischen Berichte über jenen Feldzug ansehen. Anschließend werden wir sie dann mit dem fiktiven Bericht in Tolstois *Krieg und Frieden* vergleichen. Dies scheint mir ein zeitgemäßes, ja phantasievolles Vorhaben zu sein. Du wirst in Kürze deinen sechzehnten Geburtstag feiern. Es ist kein besonders schwieriges Thema für einen jungen Mann deines Alters und deiner Fähigkeiten. Und doch spüre ich, daß dein Interesse sehr gering ist. Würdest du mir bitte sagen, warum?«

Edouard blickte nicht auf. Warum? hätte er am liebsten wiederholt. Warum, Hugo? Weil ich mich einen Dreck um Napoleon, Rußland und sogar die Deutschen schere. Tolstoi kann von mir aus zum Teufel gehen und seinen endlosen Roman in die Hölle mitnehmen. Ich will weiter nichts als in Ruhe gelassen werden, damit ich an Célestine denken kann, die schönste, die bewundernswerteste, die himmlischste Frau von der Welt. Er wußte natürlich ganz genau, daß er das auf gar keinen Fall sagen würde, obwohl ihm, als er aufblickte und Hugos Miene sah, der beunruhigende Gedanke kam, sein Lehrer könne sich ganz gut vorstellen, woran er dachte. Sein Ton war zwar sarkastisch gewesen, um seine Lippen lag jedoch ein nachsichtiges Lächeln.

»Ach, ich weiß nicht...« Mit einem Knall klappte Edouard das dicke Buch zu. »Ich kann mich einfach nicht mehr konzentrieren, Hugo. Müssen wir heute unbedingt Geschichte machen? Könnten wir nicht was anderes nehmen?«

»Warum nicht?« erwiderte der unberechenbare Hugo, der Edouard damit sehr überraschte. »Was würdest du denn vorschlagen? Geographie? Mathematik?«

»O Gott, nein!« stöhnte Edouard.

»Du bist sehr gut in Mathematik. Besser als ich. Aber Mathematik ist auch nicht mein Lieblingsfach. Gut. Also, was sonst? Gibt es ein auch nur entfernt akademisches Thema, bei dem du deine Intelligenz heute vormittag einzusetzen vermagst?«

»Lyrik.« Edouard zuckte die Schultern. »Wir könnten vielleicht Gedichte lesen.«

Mit allen Anzeichen bester Laune drehte sich Hugo zu den hohen Bücherregalen des Schulzimmers um. Er stellte die Berichte über Napoleons Feldzüge zurück und zog dafür ein schmales Bändchen heraus.

»Wir werden mit den Metaphysikern fortfahren. John Donne.« Er klatschte das Buch vor Edouard auf den Tisch. »Ich werde zitieren, du wirst dem Text folgen, anschließend werden wir dann diskutieren. Seite sechzehn. *Der Jahrestag.*«

Gehorsam öffnete Edouard das Buch. Die Worte auf der Seite tanzten vor seinen Augen.

Dann begann Hugo ruhig und, wie immer, aus dem Gedächtnis zu zitieren:

»Die Arten, was man ihr Bestes heißt,
Der Ruhm von Ehre, Schönheit, Geist,
Die Sonne selbst, die lenkt die Zeit,
Sind ein Jahr älter nun, seit
Wir zum ersten Mal uns sahen:
Die Dinge alle ihrem Ende nahen,
Nur unsre Liebe ist des Todes bar,
Sie, die kein Morgen hat, auch ohne Gestern war…«

Edouard schloß die Augen. Sekundenlang dachte er, o Gott, er weiß es, irgendwie weiß er es! Denn es war jetzt fast genau ein Jahr her, daß er zum erstenmal zu Célestine gegangen war.

Gleich darauf legte sich sein Verdacht jedoch wieder. Und überhaupt, was kümmerte es ihn, ob Hugo etwas wußte! Abermals ließ er die Worte an sich vorüberziehen und dachte: Jawohl! Donne hat recht. Er sagt es schöner, als ich es jemals ausdrücken könnte, aber genau das empfinde ich. Ich liebe sie. Ich habe sie vom ersten Augenblick an geliebt und werde sie ewig lieben. *Nur unsre Liebe ist des Todes bar*… War dies nicht genau, was er Célestine gestern zu sagen versucht hatte, als er in ihren Armen lag? Gewiß, es war ihm nicht so recht gelungen, aber es war genau, was er *gemeint* hatte. Daß er einfach nicht aufhören konnte, an sie zu denken. Daß ihr Bild ihn beim Unterricht verfolgte, und bei Nacht, wenn er allein in seinem Zimmer war. Voll Erregung träumte er von ihren Lippen, ihren weichen Schenkeln, ihren Brüsten und ihren Küssen. Er begehrte sie ohne Unterlaß. Es machte ihn wahnsinnig, er war besessen von flüsternden Worten, Zärtlichkeiten, dem Duft ihrer Haut, dem Gefühl ihrer Haare in seiner Hand, sanften Berührungen, Körpern, die sich streiften wie Seide.

Célestine. Célestine, sag, daß du mich liebst…

Sorge dich nicht, bleib ruhig, natürlich, je t'aime, mon petit garçon, mon brave…

Aber sie wandte das Gesicht ab, wenn sie das sagte. Und gestern, als er ihr sein großes Geständnis machte, hatte sie sehr traurig ausgesehen. Furchtbar traurig. Sie hatte sein Gesicht in beide Hände genommen und ihm tief in die Augen geblickt.

»Edouard, hör mir zu. Du darfst so etwas nicht sagen. Ja, nicht einmal denken. Ich weiß, du meinst es ehrlich, ich weiß, du glaubst daran, aber es ist nicht gut. Denk doch mal nach: Ich bin nicht mehr jung, und du bist jung – sehr jung sogar. Du hast dein ganzes Leben noch vor dir, Edouard, und es wird noch viele Frauen für dich geben. Oh, du wirst mir jetzt vielleicht nicht glauben, aber wenn du älter bist, wirst du sehen, daß ich recht habe. Und einmal wird dann eine ganz besondere Frau kommen, die Frau, von der du Kinder haben möchtest, und dann, Edouard, *dann* mußt du ihr all diese Dinge sagen. Bewahre sie dir, *chéri*, verschleudere sie nicht. Bewahre sie für die Frau, die du heiraten möchtest...«

Vor Zorn und Enttäuschung hätte Edouard am liebsten geweint. Er wollte entgegnen, er wolle sie, Célestine, heiraten, seine Göttin, seine Liebe, und keine andere. Und es sei ihm verdammt gleichgültig, was andere davon hielten.

Doch Célestine hatte ihm die Hand auf den Mund gelegt und den Kopf geschüttelt.

»Nein«, hatte sie gesagt, »ich werde nicht dulden, daß du es aussprichst. Was wir beide haben, ist einfach und gut, und es ist genug. Wenn du mehr sagst, werde ich böse.«

Unter dem Schreibtisch ballte Edouard die Fäuste. Er würde nicht schweigen, nahm er sich vor. Auf gar keinen Fall! Wenn er Célestine das nächste Mal besuchte, würde er es ihr sagen, und wenn sie auch noch so böse wurde!

Hugos Stimme verstummte. Eine Pause trat ein. Dann wurde leise die Tür geschlossen, und beide, Hugo und Edouard, blickten auf. Im Zimmer stand Edouards Mutter. Sie lächelte.

»Was für ein wunderschönes Gedicht, Mr. Glendinning. Es war mir nicht bekannt. Verzeihen Sie, aber ich wollte Sie nicht unterbrechen.«

Eine weitere Pause entstand, dann sprang Edouard hastig auf. Hugo erhob sich ebenfalls und starrte Louise wortlos an.

Ihr Auftauchen erstaunte Edouard: Sie hatte noch nie das Schulzimmer betreten. Auch Hugo schien ausnahmsweise einmal verwirrt zu sein. Er stand wie angenagelt hinter dem Schreibtisch.

Louise hob den schönen Kopf; ihre Augen funkelten vor Mutwillen. »Aber Mr. Glendinning, ich glaube fast, Sie haben geraucht! Rauchen Sie immer während des Unterrichts?«

»Ich... Also, ja. Manchmal.« Errötend sah Hugo auf den überquellenden Aschenbecher hinab.

»Na ja, Edouard wird sicher nichts dagegen haben.« Louise sah ihren Sohn nicht an. Ihr Blick war fest auf Hugo gerichtet. »Meinen Sie vielleicht, es fördert die Konzentration?«

»Ja«, antwortete Hugo etwas sicherer, »das meine ich.«

»Ich weiß nicht...« Louise krauste ganz leicht die Stirn. »Käme es Ihnen sehr ungelegen, Mr. Glendinning, wenn Sie Edouard jetzt entlassen würden?« Sie blickte auf ihre winzige Chavigny-Uhr. »Ich wollte schon lange einmal mit Ihnen sprechen, mich nach Edouards Fortschritten erkundigen. Ich finde, man müßte für ihn, für seine weitere Erziehung vorausplanen, aber es ist alles so unsicher in diesem entsetzlichen Krieg. Ich wäre Ihnen wirklich sehr dankbar, wenn Sie mich in dieser Frage beraten würden...«

»Gern. Selbstverständlich.« Hugo versuchte sich auf eine in Edouards Augen lächerliche Art an einer halben Verbeugung. »Es wird mir ein Vergnügen sein. Wir waren ohnehin für heute fast fertig, und...«

»Oh, *gut*!« Louise schenkte ihm ein bezauberndes Lächeln, als hätte sie erwartet, er werde ihr die Bitte abschlagen, was natürlich, wie sie alle drei wußten, absolut unmöglich war. »Edouard, Liebling, lauf nur los. Du hast bestimmt viele andere Dinge zu tun...«

»Mit Sicherheit«, warf Hugo ironisch ein, und als Edouard hinausging und sich sekundenlang ihre Blicke begegneten, las Edouard spöttisches Verständnis in Hugos Miene. Edouard schloß die Tür.

Seit frühester Kindheit kannte er die hypnotische Wirkung, die seine Mutter auf Männer ausübte. Daß Hugo dabei keine Ausnahme war, belustigte ihn, ärgerte ihn aber auch ein wenig. Keine Sekunde wäre er auf die Idee gekommen, daß dieses Auftauchen der Mutter mitten im Unterricht etwas anderes sein könnte als eine plötzliche Laune von ihr. Sie hatte bisher niemals Interesse an seinen akademischen Fortschritten gezeigt; sie hatte sich niemals nach Hugo erkundigt. Edouard war der Ansicht gewesen, sie habe, wie es so ihre Art war, praktisch vergessen, daß er existierte.

Ungefähr vierzig Minuten später entdeckte er, daß er sich wohl geirrt hatte. Er wollte noch einmal ins Schulzimmer zurückkehren, um sich das Buch mit Donnes Gedichten zu holen, weil er dasjenige, das Hugo gelesen hatte, abschreiben und Célestine mitbringen wollte. Da es im Zimmer vollkommen still zu sein schien, öffnete er lautlos die Tür.

Hugo und seine Mutter hielten sich leidenschaftlich umschlungen. Die Mutter hatte die hauchdünne Jacke ausgezogen, Hugo den Kopf an ihrem Busen vergraben. Sie stand mit dem Rücken zur Tür. Keiner von ihnen bemerkte ihn.

Edouard schloß die Tür ebenso lautlos, wie er sie geöffnet hatte, und kehrte in sein Zimmer zurück. Irgendwie hatte er schon immer vermutet, daß seine Eltern sich nicht treu waren; daß seine Mutter sich Liebhaber hielt, hatte er halb gewußt und halb verdrängt.

Aber dies? Wie lange schon? fragte er sich. Wie lange schon?

An dem Tischchen an seinem Bett standen eine Flasche Mineralwasser und ein Glas. Er nahm das Glas und schmetterte es voll hitziger Wut an den nächstbesten Spiegel.

Am nächsten Morgen wartete er, bis sie die Hälfte des Unterrichts hinter sich hatten, und Hugo eine Pause machte.

Edouard griff nach einem Bleistift und balancierte ihn zwischen den Fingern. »Sagen Sie...« begann er, als Hugo aufblickte. »Schlafen Sie mit meiner Mutter?«

Eine kurze Pause entstand, doch Hugos Miene verriet keinerlei Reaktion. Er schlug das Buch auf, das vor ihm lag.

»Ja. Ja, das tue ich.«

»Schon lange?«

»Seit ich herkam. Mehr oder weniger.« Hugo strich sich mit der Hand über die Stirn. »Ist das von Belang?«

»Ich wollte es nur wissen. Ich fand, daß ich es wissen müßte.« Edouard hielt inne. Er war erstaunlich gelassen. »Lieben Sie sie?«

»Nein.« Hugo zögerte. »Nicht so, wie du es meinst.«

»Aber Sie können nicht aufhören?«

»Nein.« Hugo wandte den Blick ab. »Es würde mir wirklich sehr schwerfallen.«

»Haben Sie ein schlechtes Gewissen? Ich meine, weil mein Vater in Frankreich ist und jeden Augenblick sterben kann.«

Diesmal dauerte die Pause länger. Dann schlug Hugo das Buch auf seinem Schreibtisch zu.

»Bei dem Gedanken daran hasse ich mich. Falls dir das ein Trost sein sollte.«

»Aber Sie treiben es trotzdem weiter?«

»Ja. Ich treibe es trotzdem weiter.«

»Ich verstehe.« Der Bleistift zerbrach zwischen Edouards Fingern. Sorgfältig richtete er die beiden Hälften nebeneinander auf der Schreibtischplatte aus. »Ja... Ich danke Ihnen, daß Sie meine Fragen beantwortet haben. Sie sagten einmal, Fragen sollten immer beantwortet werden. Man solle ihnen niemals ausweichen.«

»Habe ich das gesagt?« Hugo lächelte ein wenig. »Dann habe ich sicher recht gehabt.« Er hielt inne. »Wollen wir mit der Lektion fortfahren, oder würdest du lieber gehen?«

»Ich würde gern mit der Lektion fortfahren.«

»Lyrik?«

»Bitte nicht.«

»Nun gut.« Er blickte zum Fenster hinaus, über den Platz. Auf der Nordseite gab es jetzt zwei brandgeschwärzte Ruinen.

»Dann wollen wir uns mit *Krieg und Frieden* beschäftigen, ja?«

»Ich würde Mathematik vorziehen.«

»Wie du willst.« Hugo schlug sein Lehrbuch auf. Er hob den Kopf. »Du hast natürlich völlig recht«, sagte er. »Es ist beruhigend, daß ein Fach so ungeheuer präzise ist, auch wenn man keine große Begabung dafür besitzt, nicht wahr? Keine Paradoxien. Kein Durcheinander. Alles exakt. Völlig anders als in der Literatur.«

»Und im Leben«, ergänzte Edouard, und beide sahen einander lächelnd an.

In dem kleinen Studierzimmer neben seinem Schlafraum hatte Edouard gleich nach seiner Ankunft in London eine Reihe von Karten, Plänen und Kalendern aufgehängt, auf denen er die kriegerischen Entwicklungen mit bunten Nadeln und kleinen Fähnchen markierte. Anfangs hatte er Vormärsche und Rückzüge, wichtige Kämpfe und Schlachten äußerst sorgfältig verzeichnet. Nach seinem ersten Besuch bei Célestine hatte er das zwar fortgesetzt, aber mit weit weniger Interesse. Auf demselben Kalender verzeichnete er, sorgfältig verschlüsselt, die glorreiche Entwicklung seiner allerersten Affäre. Und so standen die Anmerkungen über Célestine – in Rot – von der ersten Seite an unmittelbar neben den Anmerkungen über den Krieg – in Blau. Zunächst noch unbewußt, dann jedoch mit belustigter Genugtuung über die Parallelen, begann er Célestines Schicksal mit dem Schicksal seines Vaterlandes zu verbinden.

Es machte ihn wütend, wenn er sah, daß Frankreich von der deutschen Flagge beherrscht wurde; es machte ihn wütend, daß Célestine in ihrer kleinen Wohnung in Maida Vale eingesperrt und von einem ältlichen Engländer abhängig war. Er träumte davon, daß beide eines Tages von der Tyrannei befreit würden. Sobald der Krieg vorüber war, würde er Célestine nach Frankreich mitnehmen, wohin sie ja eigentlich gehörte, und sie eines Tages heiraten. Doch da der Gedanke daran, Papa mit dieser Absicht zu konfrontieren, äußerst unangenehm war, schob er ihn vorläufig einfach beiseite. Vorerst träumte er von der Wohnung, die er ihr kaufen, und den wundervollen Geschenken, die er ihr machen würde. Dieser Plan mußte geheim bleiben. Célestine wagte er nicht davon zu erzählen, weil er sie nicht verärgern oder traurig machen wollte. Und Jean-Paul, der einzige andere Mensch, den er vielleicht ins Vertrauen gezogen hätte, konnte er nichts davon erzählen.

Das Problem war, daß er mit Jean-Paul überhaupt nicht mehr sprechen konnte, nicht mit jener schönen, rückhaltlosen Offenheit, die er früher für selbstverständlich gehalten hatte. Warum, vermochte er nicht so recht zu sagen, höchstens, daß es etwas mit Célestine zu tun hatte. Es paßte Jean-Paul nicht, daß Edouard Célestine besuchte, und er ließ keine Chance aus, den Bruder damit aufzuziehen. Zunächst hatte er das eher lässig getan: vulgär formulierte Erkundigungen nach Edouards Fortschritten, die Edouard einfach nicht beantwortete. Dann begann Jean-Paul ihn mit anderen Adressen und Telefonnummern zu bombardieren und war verärgert, als er entdeckte, daß Edouard sie nicht benutzte.

»Du besuchst sie doch nicht etwa *immer* noch!« hatte er ungefähr zwei Monate nach Edouards erstem Besuch gesagt. »Kleiner Bruder, ich glaube allmählich, du hast überhaupt nichts von dem kapiert, was ich dir gesagt habe . . .«

Also hatte Edouard, um sich selbst und Célestine zu schützen, zu lügen begonnen. Und wenn ihm die Lügen schwer fielen, versuchte er statt dessen auszuweichen. Er leugnete nicht, daß er Célestine besuchte, redete aber nicht freiwillig davon. Leider nützte das alles nichts. Irgendwie wußte Jean-Paul Bescheid. Seine jüngste Taktik war es, bei jeder sich bietenden Gelegenheit in aller Öffentlichkeit von Edouards Problemen zu sprechen.

»Mein kleiner Bruder ist verliebt«, hatte er am Abend zuvor gesagt, als er mit Edouard und Isobel allein war. »Bis über beide Ohren. *Bouleversé*. Wie findest du das, Isobel – süß, nicht wahr?«

Die smaragdgrünen Augen richteten sich quer durchs Zimmer auf Edouard. Isobel lächelte geheimnisvoll. »Bezaubernd! Edouard ist nicht gefühlskalt.«

»Und noch dazu in eine Hure. Eine echte Hure mit einem Herzen aus Gold. Sechs-, vielleicht auch siebenundvierzig. Und überaus erfahren... Wie man mir sagt.«

Edouard ballte die Fäuste. Sein Wunsch, den Bruder zu schlagen, war fast übermächtig. Mit raschen Schritten ging er zur Tür, denn er spürte, daß er benutzt wurde. Jean-Paul schien zwar *ihm* weh tun zu wollen, doch seine Worte waren irgendwie auch an Isobel gerichtet. Feindseligkeit lag in der Luft. Isobel erhob sich.

»Was verstehst du von Erfahrung?« Ihr Ton war eisig.

»Mehr als du offenbar.« Jean-Paul zuckte die Schultern.

»Fummeleien im Taxi. Rumgeknutsche. Manchmal, Liebling, bist du wirklich ein furchtbarer Bauer. Ich glaube, ich werde nach Hause gehen.«

Jean-Pauls Miene wurde störrisch. Er setzte sich und legte mit betonter Unhöflichkeit die Füße auf den Tisch.

»Wie du willst. Ich habe Pläne für heute abend. Die nicht unbedingt mit dir zu tun haben.«

Isobel fegte hinaus. Auf der Treppe packte sie Edouards Arm. »Liebster Edouard, mein Wagen steht draußen, aber ich möchte nicht selbst fahren. Sei ein Engel und bring mich nach Hause, ja?«

Der Wagen war ein Derby Bentley. Sie fuhren durch die stillen, verdunkelten Straßen, an Luftschutzkellern und Straßensperren vorbei, am dunklen Park vorbei bis zu der grauen Masse des Conway House am Fuß der Park Lane. Isobel steckte sich eine Zigarette an; sie schwieg, bis Edouard den Wagen anhielt. Dann schnippte sie die glühende Zigarettenkippe achtlos aus dem Fenster.

»Wenn der Krieg aus ist. Falls er jemals aus ist...« Sie hielt inne. »Darauf warten wir. Das Kriegsende. Dann werden wir heiraten.« Sie drehte den Smaragdring an ihrem Finger. Dann sah sie Edouard über den Kragen ihres Pelzmantels hinweg an und lächelte.

»Ich weigere mich, mit ihm zu schlafen. Das ist der Grund. Es kränkt ihn in seiner Eitelkeit. Ich bin frigide, behauptet er. Gefühlskalt.« Sie lachte auf. »Ich glaube nicht, daß ich das bin. Du etwa, Edouard?«

Sie ließ Edouard keine Gelegenheit zur Antwort. Sie beugte sich vor und küßte ihn auf den Mund. Ein langer Kuß. Er roch ihr kostbares Parfüm, schmeckte ihren Lippenstift, fühlte den Pelz an seiner Wange. Dann löste sie sich von ihm.

»Edouard, Liebling. Ich freue mich so, daß du verliebt bist. Und hoffe, daß du ganz schrecklich glücklich bist.«

Edouard ging zu Fuß zurück. Er umrundete den verschlossenen Park und wandte sich nordwärts nach Maida Vale. Er stand auf der Straße und starrte zu Célestines Schlafzimmerfenster hinauf. Es war eine jener Nächte, da der Gentleman aus Hove nach London kam. Laut Célestine war der alte Mann impotent. Er unterhielt sich mit ihr und küßte sie auch gelegentlich. Es war nichts. Es bedeutete nichts. Von qualvollen Zweifeln gepackt, blickte Edouard zu dem verdunkelten Fenster empor. Dann kehrte er langsam zum Eaton Square zurück.

Am Sonntag, dem 7. Dezember 1941, erfuhr der Verlauf des Krieges eine entscheidende Wendung. Es war der Tag vor Edouards sechzehntem Geburtstag. Am Tag seines *anniversaire* selbst würde es kein Entrinnen vor der Familie geben, das wußte er. Am Eaton Square würde ein Luncheon stattfinden, und abends wollten ihn Jean-Paul und einige seiner Kumpane ausführen. Jean-Paul plante das Unternehmen, begleitet von Augenzwinkern und Rippenstößen, nun schon seit Monaten. Edouard wußte, daß er nicht ablehnen konnte.

Also beabsichtigte er den Tag davor mit Célestine zu verbringen, dem einzigen Menschen in ganz London, der ihm wichtig war.

Als er Célestine zu Hause abholte, drehte sie sich in ihrem kleinen Wohnzimmer vor ihm im Kreis. »Gefalle ich dir? Gefällt dir mein neues Kostüm? Ich hab' so viele Kleidermarken dafür hergeben müssen – sag, daß es dir gefällt, Edouard! Extra für dich ausgesucht.«

Edouard betrachtete sie. Dies war eine der wenigen Gelegenheiten, da er Célestine angekleidet sah, und mit einem schmerzlichen Gefühl von Schuld und Verrat stellte er fest, daß er enttäuscht war. Célestines Körper war wie geschaffen dafür, unbekleidet zu sein: in ihrer Wäsche, halb entblößt, halb verborgen unter Seide, Bändern und Spitzen, war sie faszinierend. Angekleidet dagegen wirkten ihre Mysterien nicht.

Das neue Kostüm war leuchtend blau – viel zu blau – und aus einem billigen, glänzenden Material gefertigt. Es spannte ein wenig über den vollen Brüsten und den herrlichen Hüften; die Säume ihrer schwarzen Strümpfe saßen schief; die Bluse war überladen und schlecht geschnitten, und der Hut, kokett auf den hochgetürmten, rötlichblonden Locken thronend, war viel zu jugendlich für sie. In derselben Sekunde, da Edouard Enttäuschung empfand, haßte er sich für seinen Verrat. Rasch küßte er sie, und als er ihre Lippen berührte, fühlte er sich sofort wieder sicher.

»Célestine, mein Liebling. Es ist wunderschön. Du bist wunderschön ...«

Er schloß die Augen und barg das Gesicht an ihrem Hals. Wenn sie erst mit ihm in Paris war, würde sich das alles ändern. Der Grund war nur, daß sie so arm war, und das machte seinen Verrat noch schäbiger. In Frankreich würde er sie wie eine Königin kleiden.

Auf der Hampstead Heath war es windig. Edouard war begeistert: Es war wie auf dem Land – oder jedenfalls fast. London lag unter einem leichten Dunst, so daß die Spuren der Bomben so gut wie unsichtbar waren. Sie kletterten den Hügel hinter den Seen empor, von dem aus sie im Dunst die Sperrballons und die Kuppel von St. Paul sehen konnten. Edouard hätte laufen, schreien und die Krähen von den kahlen Ästen schütteln mögen, doch da die Absätze von Célestines Schuhen im Boden versanken, mußten sie sich an die Wege halten. Oben angekommen, keuchte sie vor Anstrengung.

»Mon dieu.« Sie preßte sich die Hand aufs Herz. »Gehst du immer so schnell, Edouard?«

»Nein, nie. Nur heute. Weil ich heute so glücklich bin.« Er nahm sie in die Arme und küßte sie.

Célestine lächelte. »Dann werde ich in Zukunft nur noch mit dir spazierengehen, wenn du traurig bist. Hör auf, Edouard! Es könnte uns jemand sehen ...«

»Das ist mir gleich. Ich will, daß die ganze Welt uns sieht. So!« Damit küßte er sie noch einmal.

»Sei ruhig. *Tu es méchant, tu sais?*« tadelte sie ihn, lächelte aber dabei. Schließlich zog Edouard seinen Kaschmirmantel aus, breitete ihn aufs Gras und überredete sie, sich mit ihm hinzusetzen. Beide saßen ruhig da und blickten auf London hinab.

Nach einer Weile öffnete Célestine ihre Handtasche und holte ein kleines, mit einer rosaroten Schleife verziertes Päckchen heraus. »Für dich.« Errötend drückte sie es ihm in die Hand. »Zum Geburtstag. Hoffentlich gefällt es dir. Es war sehr schwierig... Ich wollte unbedingt etwas finden, das dir gefällt und – na ja, die Farbe ist wie deine Augen. Nicht ganz vielleicht, aber beinah.«

Edouard packte ihr Geschenk aus. Das Päckchen enthielt eine knallblaue Krawatte aus Kunstseide. Rasch drückte er sie an sich. »Liebling – sie ist wunderschön. Wie klug du bist. Aber du hättest nicht... Warte, ich binde sie gleich um.«

Eifrig nahm er die handgestickte Krawatte aus Foulardseide ab, die im Dutzend in der Jermyn Street gekauft wurde.

Célestine half ihm die neue anlegen. Dann musterte sie ihn ein wenig zweifelnd: Neben dem zarten Grau seines Anzugs wirkte das Blau sehr knallig.

»Ach, Edouard... Ich weiß nicht recht... Im Laden sah die Farbe so hübsch aus, aber jetzt...«

»Sie ist wunderschön! Immer wenn ich sie trage, werde ich an dich denken. Vielen, vielen Dank, Célestine.«

Célestine lächelte. Glücklich legte sie den Kopf an seine Schulter. »Es ist hübsch hier«, sagte sie schließlich. »Ich bin froh, daß wir hergekommen sind, Edouard.«

»Wir werden wieder herkommen. Noch oft.« Er drückte ihre Hand. »Und andere Plätze werden wir auch sehen. Ach, Célestine, wenn erst der Krieg beendet ist... Stell dir vor, stell dir bloß vor, wohin wir überall reisen können!«

Er hielt inne, überlegte, ob dies der richtige Augenblick sei, um ihr von Paris zu erzählen und der kleinen Wohnung, die er ihr kaufen wollte.

Doch Célestine richtete sich auf. »Nicht. Bitte nicht, Edouard. Sprich nicht von der Zukunft! Ich möchte nur an heute denken, daß wir hier sind und daß ich so glücklich bin...«

Heftig fuhr er zu ihr herum. »Aber warum, *warum*, Célestine? Immer, wenn ich von der Zukunft spreche, verbietest du's mir. Es macht mir Freude, an die Zukunft zu denken, zu planen, zu...«

»Zu träumen.« Ganz langsam wandte auch sie sich ihm zu, und er entdeckte zu seinem Schrecken, daß sie überhaupt nicht mehr glücklich aussah und ihre Augen voll Tränen standen.

»Nicht, Célestine! Bitte nicht. Ich kann's nicht ertragen, wenn du weinst, mein Liebling.« Er versuchte ihr die Tränen vom Gesicht zu küssen, versuchte ihren Mund zu küssen, doch Célestine schob ihn sanft von sich.

»Liebster Edouard.« Ihr Ton war sehr, sehr liebevoll. »Du weißt, daß es nicht weitergehen kann. Nicht so. Es geht einfach nicht. Wenn du richtig darüber nachdenkst, wirst du einsehen, daß ich recht habe.«

Edouard starrte sie an; dann barg er rasch das Gesicht an ihrer Brust. »Bitte, sag nicht so etwas! Bitte nicht! Ich liebe dich. Du weißt, daß ich dich liebe. Wenn du mich verläßt, wenn es aus wäre, würde ich sterben...«

Seine Stimme bebte vor Leidenschaft, und Célestine seufzte. Sie nahm ihn fest in beide Arme. Sie wußte, daß sie ihn liebte, sie, eine erfahrene Frau von siebenundvierzig Jahren liebte einen sechzehnjährigen Jungen, und sie wußte es seit Monaten. Die letzte und die erste Liebe: beide gleichermaßen schmerzlich. Sie trocknete sich die Augen. Edouard darf unter gar keinen Umständen davon erfahren, dachte sie.

»Die Menschen sterben nicht vor Liebe. Das glaubst du jetzt, aber sie tun es wirklich nicht. Das wirst du eines Tages erkennen. Paß auf, ich werde dir etwas prophezeien!« Ihr Ton wurde fast fröhlich. »Eines Tages – vielleicht in ein paar Jahren – wirst du dich sehr anstrengen müssen, um dich an meinen Namen zu erinnern. Dann wird er dir wieder einfallen, und du wirst sagen: ›Ach ja, Célestine hieß sie. Ich habe sie früher einmal sehr gern gehabt. Was wohl aus ihr geworden ist?‹ Und ich werde inzwischen eine sehr alte Dame geworden sein, *äußerst* ehrbar, ein bißchen übellaunig vielleicht, vor allem am frühen Morgen. Mit grauen Haaren. Und Erinnerungen – Erinnerungen an die Zeit, da ich ein bißchen weniger ehrbar war.« Sie stand auf, ergriff seine Hand und zog ihn ebenfalls auf die Füße. Als Edouard sie traurig ansah, lachte sie und hakte ihn unter.

»Und jetzt mach kein so trauriges Gesicht! Ich bin schon wieder glücklich, siehst du? Dies ist unser ganz spezieller Nachmittag, und sofort ärgerst du dich über mich. Komm, Edouard. Ich habe genug frische Luft gehabt. Bring mich nach Hause...«

In ihrer Wohnung, im Bett, liebte Edouard sie so leidenschaftlich, als könne er mit jedem Stoß die Erinnerung an ihre Worte auslöschen. Er blickte auf ihr gerötetes Gesicht hinab; er sah das rötlich-goldene Haar auf dem Kopfkissen; er dachte an seine Mutter in Hugo Glendinnings Armen. Plötzlich packte er Célestine.

»Sag's mir! *Sag's* mir, Célestine. Sag mir, daß es keinen anderen gibt!«

Célestine blickte in seine funkelnden Augen, in dieses ungeduldige, junge Gesicht. Den Besuchen anderer Herren hatte sie einige Monate zuvor ein Ende gesetzt; ihr Gönner zählte nicht. Dies war kein Zustand, den sie länger dulden konnte, das wußte sie tief im Herzen.

Sie küßte ihn sanft auf den Hals. »Es gibt jetzt keinen anderen.«

»Wie lange, Célestine? Wie lange?«

»Ich weiß es nicht, *Chéri*. Ich weiß es nicht...«

Zornig wollte er sich von ihr lösen, aber sie hielt sein Handgelenk umklammert. »Bitte, Edouard, sei nicht böse. Verstehst du denn nicht? Ich möchte dich nicht belügen.«

Er erhob sich vom Bett und blickte einen Moment mit zornig zusammengezogenen Brauen auf sie hinab. »Ich wünschte, du würdest es tun, wenigstens manchmal. Es könnte alles leichter machen.« Dann zog er sich an und stürzte zur Wohnung hinaus. Es war ihr erster ernsthafter Streit.

Edouard nahm ein Taxi nach Hause, warf die Haustür heftig ins Schloß und stürmte die Treppe zum Salon hinauf. Als er die Tür aufstieß, fand er dort zahlreiche Menschen versammelt: seine Mutter; Lady Isobel; Hugo; den französischen Botschafter mit Frau; eine Gruppe französischer Offiziere; Jean-Paul. Mit gerötetem Gesicht, eine Champagnerflasche in der hoch erhobenen Hand, kam Jean-Paul auf ihn zu.

»Gerade zur rechten Zeit, kleiner Bruder. Komm, wir feiern... Hast du's denn noch nicht gehört? Die Japaner haben heute morgen Pearl Habour überfallen. Sie haben die amerikanische Flotte bombardiert...«

Edouard starrte ihn verständnislos an. Jean-Paul legte ihm lachend den Arm um die Schultern. »Begreifst du denn nicht, kleiner Bruder? Gewiß, das ist eine furchtbare Nachricht, aber jetzt wird Amerika in den Krieg eintreten. Es ist nur noch eine Frage der Zeit. Und wir werden den Krieg doch noch gewinnen...«

Der französische Botschafter, im Frack, erhob sich. »Madame...« Er verneigte sich vor Louise. »Mit Ihrer Erlaubnis möchte ich einen Toast ausbringen.« Er hob das Glas, und alle Anwesenden erhoben sich ebenfalls. »Auf die Amerikaner. Unsere neuen Verbündeten!«

»Auf die Amerikaner...«

»Die Yankees. Gott segne sie.« Isobel leerte ihr Glas.

»Eine solche Erleichterung, nach so langer Zeit. Wirklich, ich bin sehr stolz...« Louise lächelte dem englischen Bankier zu, der neben ihr stand. Ganz leicht und geistesabwesend legte sie ihm die Hand auf den Arm. Hugo Glendinning, der dies bemerkte, wandte sich ab, dem Fenster zu.

Jean-Paul fuhr Edouard liebevoll durchs Haar. »Kleiner Bruder...« Er grinste. »Woher zum Teufel hast du diese gräßliche Krawatte?«

Am folgenden Abend machte sich Jean-Paul daran, Edouards Geburtstag so zu feiern, wie er es für angebracht hielt. Er organisierte eine gemischte Gruppe von britischen und französischen Offizieren, drängte Isobel, einige von ihren hübscheren Freundinnen einzuladen und buchte Plätze für den neuen, seichten Hit in His Majesty's Theatre: *Lady Behave.*

»Und wenn so 'n verdammter Luftangriff kommt, werden wir ihn einfach ignorieren«, teilte er Edouard mit, bevor er aufbrach. »Danach geht's zum Supper ins Café Royal, und danach... Nun ja, da hab' ich so meine eigenen Vorstellungen. Ohne die Damen, selbstverständlich.«

Er deutete auf eine Gruppe Herren, die im Salon des Eaton Square-Hauses Whisky tranken. »Du kennst sie alle? Pierre. François. Binky. Sandy. Chog.«

Edouard musterte die jungen Männer. Er selbst war der einzige, der im Abendanzug erschienen war, der einzige, der keine Uniform trug. Während Edouard sich um Parsons kümmerte, der seiner Meinung nach die Drinks zu langsam servierte, kam der Mann, der ihm als Chog vorgestellt worden war, zu Edouard herüber und hob sein Glas.

»Tally-ho. Ex. Ihr Geburtstag, sagt Jean. Großartig.« Er kippte seinen Whisky, wurde rot im Gesicht und marschierte zu Parsons hinüber. In diesem Augenblick erschienen die Damen. Verzagt blickte Edouard von ihnen zur Gruppe der Herren hinüber.

Als wollte sie Jean-Paul voll Bosheit eins auswischen, hatte Isobel trotz ihrer zahlreichen höchst dekorativen Freundinnen an diesem Abend die unscheinbarsten geladen. Eng beieinander standen sie jetzt an der Tür, lebender Beweis dafür, daß Louises Bemerkungen über die Uneleganz aller Damen der Londoner Gesellschaft durchaus berechtigt waren. Fünf mollige junge Mädchen in äußerst unvorteilhaften Kleidern, und eine große Dünne mit schmalem, intelligentem Gesicht, die ihre eckige Figur unter einem gräßlichen Brokat verborgen hatte. Isobel, die strahlend und rebellisch aussah, hatte sie offensichtlich sehr sorgfältig ausgewählt. Sie schienen über die Herren genauso entsetzt zu sein wie diese über die Damen: Die beiden Gruppen maßen einander mit feindseligen Blicken. Jean-Paul wurde hochrot vor Zorn.

»Laß nur, Liebling, das Vorstellen übernehme ich.« Mit liebenswürdigem Lächeln trat Isobel vor. »Harriet, das ist Binky, Binky, das sind Anne, Charlotte, Elizabeth – meine Güte, wie kompliziert, ich glaube, ihr kennt euch alle bereits. Chog, wie *zauberhaft*, dich wiederzusehen! Es ist schon *so* lange her...«

Sie reichte Chog, alias Lord Vvyan Knollys, für seine Freunde aus den ersten Schuljahren jedoch Chog, die Hand. Ihr Lächeln wurde dabei noch strahlender, und Edouard unterdrückte ein Aufstöhnen. Chog gehörte zu Isobels Lieblingsopfern; sie konnte stundenlang über seine Unzulänglichkeiten dozieren.

Weiter hinten beugte sich Jean-Paul mit verkniffener Miene über die Hand des großen, dünnen Mädchens, Lady Anne Kneale. Er und Edouard kannten sie schon, denn sie war eine von Isobels ältesten Freundinnen. Jean-Paul mochte sie, falls das überhaupt möglich war, beinahe ebensowenig wie Isobel Chog, und war nunmehr entschlossen bemüht, sich diese Abneigung nicht anmerken zu lassen.

Ein Lächeln unterdrückend, wandte sich Edouard von ihnen ab. Die Atmosphäre ließ nicht gerade auf einen erfolgreichen Abend hoffen.

Als sie endlich alle mit einer ganzen Flotte von Autos und Taxis vor dem Theater ankamen, war Isobels Miene zu jenem eisig glitzernden Lächeln erstarrt, von dem Edouard wußte, daß es Ärger bedeutete. Jean-Paul wußte das offenbar auch, denn er benahm sich noch anmaßender als sonst. Da sie zu spät kamen, hatte die Vorstellung bereits begonnen, was Jean-Paul für eine besondere Rücksichtslosigkeit der Direktion hielt.

»Ich hab die Show schon viermal gesehen«, verkündete er laut, als sie sich im Foyer versammelten. »Die hinter der Bühne kennen mich. Da sollte man meinen, sie hätten den Anstand, noch fünf Minuten mit dem Vorhang zu warten, verdammt...«

»Zwanzig Minuten, Liebling.« Isobel hakte Edouard unter. »Und es spielt doch wirklich keine Rolle. Es ist die albernste Show von ganz London, nicht wahr, Anne?«

»Sie hat zwar reichlich Konkurrenten, aber ich glaube, du könntest recht haben.«

Jean-Paul errötete. »Mir gefällt sie. Edouard wird sich bestimmt amüsieren. Und jetzt laßt uns endlich reingehen, ja?«

»Ich kann mir nicht vorstellen, was Jean daran findet.«

Während der ersten Hälfte der Show verhielten sich die Herren eher geräuschvoll, die Damen dagegen ziemlich still. Isobel warf kaum einen Blick auf die Bühne. Sie saß neben Edouard, wedelte mit ihrem Programm und sah sich im Theater um, während sie die ganze Zeit ihren Schenkel an den seinen drückte. Einmal, als eine junge Schauspielerin ihren Auftritt hatte, begannen die Herren zu flüstern und sich gegenseitig anzustoßen; Jean-Paul hob sogar das Opernglas an die Augen und richtete es demonstrativ auf die Bühne. Chog lachte; Isobel legte ihre Hand mit dem Smaragdring auf Edouards Bein. Sie sah ihn an.

»Weißt du, Edouard, ich glaube, ich kann dies nicht länger ertragen«, erklärte sie deutlich hörbar.

Zu seiner eigenen Überraschung ergriff Edouard ihre Hand und drückte sie fest. Und hielt sie, bis die Pause kam und sie sich alle auf ein Glas Champagner an die Bar begaben.

Als Isobel sich in die Damengarderobe zurückzog und die anderen jungen Mädchen ihr dorthin folgten, waren die Herren sichtlich entspannter.

»Hast du sie gesehen?« erkundigte sich Jean-Paul bei einem Freund namens Sandy in der Uniform der Brigade of Guards. »Die Kleine in der letzten Szene – die mit den besonders hübschen Augen? Die ist neu. Letztes Mal war sie noch nicht dabei.«

»Ich sagte dir doch, ich kenne sie. Lohnt sich nicht«, seufzte Sandy.

»Woher weißt du das?«

»Weil ich's versucht habe. Nichts zu machen. Ziemlich zickig, das Mädchen. Immer auf dem hohen Roß. Furchtbar langweilig.«

»Wollen wir wetten?« Jean-Pauls Miene war eigensinnig.

Sandy zuckte die Schultern. »Aber bitte sehr, mein Lieber. Versuch's nur. Vielleicht hast du mit deinem gallischen Charme Erfolg. Soll ja schon vorgekommen sein.«

»Viel zu dünn.« Chog malte eine weit eindrucksvollere weibliche Figur in die Luft. »Ich würd' mir nicht die Mühe machen, mein Alter.«

»Ihre Augen gefallen mir.« Jean-Paul ließ sich nicht irremachen. »Sie hat wunderschöne Augen. Violett.«

»Sie heißt auch Violet.« Sandy gähnte. »Nicht sehr originell, nicht wahr?«

»Schick ihr deine Karte«, schlug Binky eifrig vor. »Man kann ja nie wissen.«

»Mein Freund –« Jean-Paul legte ihm den Arm um die Schultern –, »das ist es, das ist es haargenau, was ich tun werde.«

Er zog eine Visitenkarte aus der Tasche seiner Uniform und war noch damit beschäftigt, die Rückseite zu beschreiben, als François sich räusperte und Pierre ihn anstieß. Isobel war wieder da.

Ihre Freundinnen hinter sich, blieb sie einen Augenblick stehen und sah die Herren an. Dann schenkte sie ihnen ein hinreißendes Lächeln.

»Es ist etwas ganz und gar Außergewöhnliches passiert«, erklärte sie schließlich munter. »Wißt ihr was? Bei mir hat sich eine *Allergie* gegen dieses Haus entwickelt. Ich glaube nicht, daß ich die zweite

Hälfte durchstehen werde. Und wie es der Zufall will, geht es den anderen genauso wie mir.« Sie deutete auf die jungen Mädchen, die hinter ihr warteten. Als Anne Kneale lachte, sah Isobel sie vorwurfsvoll an.

»Also haben wir alle beschlossen, euch zu verlassen und nach Hause zu fahren. Nein! Sagt bitte kein Wort. Dies ist Edouards Geburtstag, und ich will nicht, daß ihm die Freude daran verdorben wird. Also geht nur wieder hinein und denkt nicht mehr an uns. Edouard, Liebling...« Sie hob sich auf die Zehenspitzen und küßte ihn auf die Wange. »Herzlichen Glückwunsch zum Geburtstag. Ich hoffe, du verlebst einen wunderschönen Abend.«

Damit machte sie kehrt, drängte sich durch die Menge an der Bar und war verschwunden. Einen Augenblick herrschte Schweigen. Die Herren sahen einander betreten an. Edouard blickte bedrückt zu Boden.

»*Tant pis.*« Ungerührt fuhr Jean-Paul fort, auf seiner Karte zu schreiben. Dann winkte er den Barmann heran, die Karte und eine Fünf-Pfundnote wechselten den Besitzer, und Jean-Paul drehte sich zu seinen Freunden um. Er lächelte.

»Und nun, *mes amis*, nun werden wir uns amüsieren. Ja?«

Jean-Paul war Stammgast zahlreicher Clubs und Restaurants im West End von London, die gerade en vogue waren. Da er in dem Ruf stand, ein Verschwender und großzügiger Trinkgeldgeber zu sein, war er überall willkommen, obwohl seine Parties oft recht wild wurden. Die Lokale, die er bevorzugte, wurden alle von Leuten besucht, die chic, reich und etwas verrucht waren: eine Mischung aus Offizieren, Londoner Gesellschaft, Schwarzmarkthändlern, Schauspielerinnen und Tänzerinnen. Er frequentierte das Caprice, das Ivy und das Café Royal und, wenn der Abend fortschritt und amüsant zu werden versprach, das berüchtigte Four Hundred. Als Gast war er leicht zufriedenzustellen. Ein guter Tisch, zuvorkommender Service, reichlich zu trinken, schöne Frauen in Sichtweite, leise Klaviermusik, womöglich eine kleine Tanzfläche – das reichte, um Jean-Paul glücklich zu machen. Das Café Royal gefiel ihm besonders gut, weil er sich dort immer wohl fühlte. Mit seinen reich verzierten Spiegeln und diensteifrigen Kellnern erinnerte es ihn ans Dome oder das Coupole in Paris.

Als er heute abend mit seiner Begleitung zu ihrem Tisch geführt wurde, befand er sich in bester Stimmung. Den ersten Teil seiner Wette hatte er bereits gewonnen. Außer fünf Offizierskameraden und Edouard waren tatsächlich zwei Mädchen mitgekommen. Die hübschere, die in *Lady Behave* drei Zeilen zu sprechen hatte, muß Violet sein, dachte Edouard, denn sie hatte violette Augen. Die unscheinbarere schien zu Violets moralischer Unterstützung mitgekommen zu sein. Sie sei, wie sie Edouard anvertraute, ebenfalls Schauspielerin, fange aber gerade erst an und sei nur als Ersatz für den Notfall engagiert.

Jean-Paul war offenbar fest entschlossen, daß Edouard sich amüsieren solle. Er bestand darauf, ihn zwischen die jungen Mädchen zu setzen. Violet zu seiner Linken und Irene – er sprach den Namen galant französisch aus – zu seiner Rechten. Jean-Paul saß ihm gegenüber, und die übrigen jungen Herren nahmen Platz, wo es ihnen gefiel.

Irene kicherte. »Klingt es nicht zauberhaft, wie er ihn ausspricht, *Vi*? Viel, viel romantischer, nicht wahr?«

»Wie sprechen Sie ihn denn aus?« erkundigte sich Edouard höflich.

»I-re-ne.« Sie kicherte abermals. »Gräßlich, wie? Ich hab' meinen Namen nie gemocht, aber man kann ihn sich ja nicht aussuchen. Manche haben eben Glück. Zum Beispiel Violet. Den Namen finde ich bezaubernd, Sie nicht? Vor allem, weil er so gut zu ihren Augen paßt. Zu schade, daß die anderen sie immer *Vi* nennen...«

Edouard betrachtete Violet neugierig. Seit sie sich ihnen am Bühneneingang angeschlossen hatte, war sie so gut wie stumm geblieben und sagte auch jetzt kein einziges Wort. Mit der einen schmalen Hand umklammerte sie den Stiel ihres Champagnerglases, mit der anderen zerkrümelte sie ein Brötchen. Sie war hübsch, aber gar nicht der Typ, den Jean-Paul sonst bevorzugte. Sie war schrecklich mager, mit zarten, dünnen Knochen, mit Handgelenken, die er mühelos mit Daumen und Zeigefinger hätte umspannen können. Sie hatte ein winziges, herzförmiges Gesichtchen und sehr weich gewelltes braunes Haar. O ja, sie war hübsch, aber nicht auffallend hübsch – bis sie aufblickte und man die Augen sah, die Jean-Pauls

Aufmerksamkeit geweckt hatten. Sie waren riesig, von dichten, dunklen Wimpern umrahmt und so blau wie Stiefmütterchen. Sie blickten verträumt und ein wenig ängstlich in die Welt. Als Edouard die Augen, die schmalen Handgelenke, das etwas schäbige Kleid aus zartvioletter Seide, die welkende Rose an ihrem Ausschnitt betrachtete, überkam ihn das Mitleid. Sie wirkte wie ein geborenes Opfer. Er hoffte verzweifelt, Jean-Paul werde sie in Ruhe lassen.

»Ach, Miss Fortescue. Violet, nicht wahr? Darf ich Sie Violet nennen?« Von der anderen Seite beugte sich Chog zu ihr herüber. »Das war wirklich eine gute Show, wissen Sie. Das fanden wir alle. Wirklich sehr gut.«

»Finden Sie?« Die violetten Augen richteten sich langsam auf Chogs Gesicht. Ihre Stimme war weich, gebildet, ganz anders als die von Irene.

»Aber gewiß doch! Und Sie ebenfalls. Wirklich gut.« Nachdem Chogs Vorrat an Komplimenten erschöpft war, suchte er hektisch nach einem anderen Gesprächsthema. »Muß wohl viel Spaß machen, Schauspielerin zu sein. Aber schwierig, stimmt's? Ich weiß wirklich nicht, wie Sie das schaffen. Das alles auswendig zu lernen.«

»Drei Zeilen sind nicht so schwer zu lernen.«

»Wie? Ach so. Ja. Nun gut. Waren es nur drei? Ich dachte, es wären viel mehr gewesen.«

»Sehr freundlich von Ihnen. Ich muß sie besonders gut gesprochen haben.«

Edouard musterte sie mit neu erwachtem Interesse. Er entdeckte nicht die kleinste Andeutung eines Lächelns. Sie schien vollkommen ernst zu sein. Etwas unsicher, ob er nicht auf den Arm genommen wurde, zögerte Chog, dann lachte er. Der Champagner kam, Irene belegte Edouard wieder mit Beschlag, und er hörte nichts mehr von dem Gespräch zu seiner Rechten.

François, Pierre und Jean-Paul begannen eine hitzige Diskussion über die Kriegslage. Und als Irene mit Binky tanzte, beteiligte sich Edouard kurz an der Diskussion. Da jedoch niemand auf das achtete, was er zu sagen hatte, lehnte er sich entspannt zurück, trank seinen *Moët & Chandon*, obwohl er wußte, daß er schon mehr als genug hatte, und wünschte, er wäre alt genug, um etwas Nützliches tun zu können, wünschte, der Abend wäre schon zu Ende, wünschte, er hätte sich nicht mit Célestine gestritten. Nach dem Streit hatte er sich den ganzen Tag elend gefühlt, und nun bewirkten der Alkohol, die schwere Luft, der Zigarrenrauch, die Klaviermusik, die geröteten Gesichter und die lauten Stimmen, daß er sich danach sehnte, wieder bei ihr zu sein, in ihren Armen zu liegen, in der Stille ihres Zimmers Ruhe zu finden.

»Ist er wirklich der Baron de Chavigny?« Das Mädchen namens Violet, das sich plötzlich zu ihm umgewandt hatte, schreckte ihn mit dieser Frage hoch. Sie nickte dabei zu Jean-Paul hinüber, der gerade prophezeite, die Deutschen würden bis Ende '42 aus Frankreich vertrieben sein. »Er ist Ihr Freund, nicht wahr?«

»Mein Bruder.« Nur mühsam fand Edouard in die Wirklichkeit zurück. Er merkte, daß er ganz leicht zu lallen begann. »Und nein, er ist nicht der Baron de Chavigny. Noch nicht. Gegenwärtig ist das noch unser Vater.«

Violet zog ihre dünn gezupften Brauen zu einem leichten Stirnrunzeln zusammen. »Ich verstehe. Ich wollte es nur gern wissen. Er hat es nämlich auf seine Karte geschrieben. Und – na ja, ich wollte wissen, ob es vielleicht ein Scherz sein sollte. Männer machen zuweilen solche Scherze.«

»Ach, tun sie das?«

»O ja! »Sie faltete die schmalen Hände. »Wenn sie ein Mädchen dazu bringen wollen, daß es mit ihnen ausgeht. Normalerweise sage ich nämlich nein. Aber heute war ich ein bißchen niedergeschlagen. Müde. Und war fasziniert. Deshalb habe ich ja gesagt.«

»Alle Frauen sind von meinem Bruder fasziniert.«

Kaum hatte er das ausgesprochen, da wurde ihm klar, daß das keine besonders höfliche Antwort war. Ein leichtes Rot erschien auf ihren Wangen, aber sie schien es nicht weiter übelzunehmen.

»Soll das eine Warnung sein?« Sie hob die Brauen, als sie das sagte, und riß die Augen auf: kokett, aber recht dilettantisch. Edouard empfand Ungeduld. Er hatte sich geirrt: Sie war genau wie alle anderen Mädchen, die Jean-Paul aufgabelte und dann wieder fallen ließ – töricht.

»Wer weiß?« Er zuckte die Schultern. »Brauchen Sie eine?«

Als ihre Röte sich vertiefte, kam er sich flegelhaft vor und bereute seine Worte.

»Ach, ich weiß nicht. Ich bin noch nicht lange hier in London. Ich bin in Devon aufgewachsen.«

Edouard ahnte, daß dies eine Art Stichwort war, daß er sie nach Devon oder etwas anderem fragen sollte, denn sie schien eifrig darauf zu warten. Aber er war nie dort gewesen, wußte nichts darüber und hatte das Gefühl, sich jetzt nicht mit dem Problem jener Grafschaft befassen zu können. Es entstand ein verlegenes Schweigen, woraufhin das Mädchen namens Violet unsicher das Champagnerglas hob.

»Na, macht nichts«, sagte sie. »Sie haben heute Geburtstag, nicht wahr? Herzlichen Glückwunsch!«

Das waren die letzten Worte, die sie mit ihm sprach. Kurz darauf ließ Jean-Paul Zeichen der Ungeduld erkennen und sah immer wieder auf die Uhr. Pierre war weinerlich geworden; das Schicksal von *la belle France* überwältigte ihn. Jean-Paul führte sie alle auf den stockdunklen Piccadilly Circus hinaus und verkündete, die Nacht sei noch jung.

Einige sprangen ab. Pierre und François erklärten, ein Offizierskamerad habe ihnen eine Flasche *Marc* geschenkt, die sie jetzt zu Hause leeren und dabei ihre Diskussion fortsetzen wollten. Binky mußte sich am nächsten Morgen sehr früh zu einer Einsatzbesprechung melden und hielt es für besser, Schluß zu machen. Edouard fand, die Nacht sei nicht jung, sondern fürchterlich alt, und je schneller sie beendet werde, desto besser. Da er jedoch Jean-Pauls finstere Miene sah, hielt er den Mund. Sandy verkündete, er mache mit, woraufhin Jean-Paul wieder auflebte. Also kletterten drei Männer, ein Junge und zwei Frauen in Chogs Daimler und machten sich an die schwere Aufgabe, die beiden Damen nach Hause zu bringen. Schwer deswegen, weil die Damen irgendwo in Islington wohnten, ein Stadtteil, von dem Chog noch niemals gehört hatte, obwohl er darauf bestand, er liege bei Basingstoke. Sie kurvten stundenlang in der Gegend herum, doch Sandy hatte vorsichtshalber eine Flasche Brandy mitgebracht. Die Mädchen saßen auf dem Schoß der Männer, und alle außer Violet und Edouard sangen zwar falsch, aber aus vollem Hals.

»Ihr dummen Jungs! Ihr seid verrückt – wirklich!« Irene stieß ein schrilles Kreischen aus. »Da sind wir doch! Ich hab's euch gesagt. Seht ihr, da oben ist der Engel. Jetzt rechts, und nochmal rechts ... Geschafft! Noch einen kleinen Schluck auf den Weg?«

»Irene, es ist schon spät. Ich halte das nicht für eine gute Idee.«

Das Mädchen namens Violet kletterte zuerst aus dem Wagen; Irene kullerte unter ständigem Kichern und Kreischen hinterher. »Jemand hat mich in den Po gekniffen! Ehrlich! Ich hab's genau gespürt, Vi, genau da! Ich hab' dich gewarnt, *Vi*: Traue niemals einem Franzosen...«

»Mesdames.« Jean-Paul hatte sich ebenfalls aus dem Wagen bemüht. Mit einer Höflichkeit, von der Edouard wußte, daß sie nur dazu dienen sollte, die beiden ohne weiteres Aufsehen loszuwerden, beugte er sich über die Hände der Mädchen. Violets Hand hielt er wesentlich länger als Irenes.

»Es war uns allen eine Ehre, Sie in unserer Gesellschaft zu haben... *A votre service... au revoir...*«

Er begleitete sie zur Tür, wartete, bis sie im Haus verschwunden waren, kehrte schwankend zum Wagen zurück und stemmte sich hinein.

»Himmel, Jean, du hast ein bißchen zu dick aufgetragen...« Sandy gähnte, während Chog krachend die Gänge reinrammte und den Wagen wendete, wobei er gerade noch einen Laternenpfahl verpaßte. »Ich sagte dir doch, daß sie zickig ist. Warum diese Mühe?«

»Warum nicht?« Jean zuckte die Schultern und zwinkerte Edouard zu. »Ich mag ihre Augen. Und außerdem – was soll's? Wir sind sie los. Fahren wir lieber zum Four Hundred...«

Sie fuhren zum Four Hundred, aber Jean-Paul wurde unruhig und fand es langweilig. Sie besuchten noch einige andere Lokale, doch es gefiel ihnen nirgends so recht, und als sie danach wieder auf der Straße standen, die vor Edouards Augen ganz merkwürdig zu kreisen schien, schlug er vor, nach Hause zu gehen.

»Nach Hause? Nach Hause?« Chog schien sich über den Vorschlag zu ärgern. Er schwankte auf dem Trottoir herum und gestikulierte wild mit den Armen. »Wir sind in London! Es ist Krieg! Wir können nicht nach Hause gehen! Wer hat das vorgeschlagen? Ich werde ihn k.o. schlagen, ich werde ihn...«

»Niemand hat das gesagt, niemand!« versuchte Sandy ihn zu beruhigen. »Das Problem ist nur, wohin können wir gehen? Ich meine, wo kann man sich jetzt noch amüsieren? Und das wollen wir doch! Das haben wir doch verdient, nicht wahr? Uns auf gute, englische Art amüsieren.«

Aus der Finsternis kam Chog auf ihn zu, das runde Gesicht bleich, aber strahlend vor Freude. »Ich weiß! Aber natürlich! Wir gehen zu Pauline! Pauline ist genau das, was uns der Doktor verschrieben hat!«

Jean-Paul und Sandy sahen sich an.

»Pauline? Werden wir da reinkommen, Chog?«

»Reinkommen? Reinkommen? Natürlich werden wir da reinkommen!« Zielbewußt stakste Chog zu seinem Daimler zurück, der mit einem Rad auf dem Bürgersteig stand. »Ihr seid in meiner Begleitung«, erklärte er großspurig. »In ganz London gibt es kein Lokal, wo ich nicht willkommen bin. Und meine Freunde. Meine ganz speziellen Freunde.«

»Bist du sicher, daß wir das tun sollten?« Sandy blieb ein wenig zurück und stieß Jean-Paul in die Rippen. »Was ist mit Edouard?«

»Mit Edouard ist alles in Ordnung. Edouard ist mein Freund.« Chog legte Edouard den Arm um die Schultern. Er stolperte. »Ist doch Edouards Geburtstag, nicht wahr? Er ist jetzt 'n Mann. Du bist 'n Mann, nicht, Edouard? Du willst zu Pauline, Edouard – stimmt's?«

»Aber sicher will er das!« antwortete Jean-Paul für seinen Bruder. Er öffnete den Wagenschlag und stieß Edouard in den Fond. Edouard fiel auf den Ledersitz. Jean-Paul setzte sich neben ihn und tätschelte seinen Schenkel. »Kein Wort zu Maman darüber, verstanden? Sie könnte finden, du wärst ein bißchen zu jung dafür. Frauen haben kein Verständnis für diese Dinge...«

»Frauen? Wer hat was von Frauen gesagt?« Chog, auf dem Fahrersitz, versuchte das Lenkrad zu finden. »Ich werd' dir ein Lied von Frauen singen. Ein wundervolles Lied, und das sagt alles. Ich werd's dir jetzt gleich vorsingen.«

Und das tat er.

Wie ein Raubvogel, der Beute wittert, war Pauline Simonescu im Jahre 1939 kurz vor Kriegsanfang in London eingetroffen. Niemand wußte genau, woher sie stammte, aber es gab genügend Gerüchte: sie sei Rumänin; sie sei in Paris aufgewachsen; sie sei die Mätresse König Carols von Rumänien gewesen; sie habe Zigeunerblut in den Adern, oder jüdisches, oder arabisches; sie habe zuvor das luxuriöseste Bordell von ganz Paris geleitet, dann aber, genau wie der Baron de Chavigny, den Einmarsch der Deutschen vorausgesehen und Paris gerade noch rechtzeitig verlassen. Sie habe Geld, ihr Etablissement in Mayfair werde jedoch darüber hinaus noch anderweitig finanziert: von einem berühmten, vornehmen Geldgeber; von der amerikanischen Ehefrau eines englischen Aristokraten, mit der sie eine lesbische Beziehung habe; von einem deutschen Stahlmagnaten, der versuche, die Moral der alliierten Offiziere zu untergraben. Sie sei diskret; sie sei eine Spionin; sie nehme Drogen; sie trinke nie Alkohol. Ihre Welt war jene zwielichtige Zone, in der Freuden, die mit Geld und Beziehungen zu kaufen sind, vom Exzeß ins Laster übergehen. Niemand mochte sie, doch viele fanden sie äußerst nützlich. In Chogs Augen war sie eine Puffmutter, und ihr Haus lag unmittelbar am Berkeley Square.

Aber wo nur genau? Dreimal kurvten sie um den Platz und spähten im Dunkeln angestrengt in alle Seitenstraßen, dann ging dem Daimler das Benzin aus.

»Keine Sorge«, krähte Chog fröhlich, als sie alle aus dem Auto stiegen. »Zu Fuß ist es viel einfacher. Meine Nase wird mich schon hinführen.«

Er wandte sich nach rechts, in eine dunkle Straße mit vornehmen Häusern und fing an zu zählen. Nach drei Häusern blieb er gerade in dem Moment stehen, als die Sirenen einen Luftangriff ankündigten und plötzlich Suchscheinwerfer den Himmel durchschnitten.

»*Merde* ...«

»Ist doch egal, verdammt noch mal. Wir sind da! Ich sagte doch, daß meine Nase mich hinführen wird ...« Er reckte die Nase in die Luft, schnupperte hörbar und begann zu winseln wie ein Hund. Sandy und Jean-Paul bogen sich vor Lachen.

»Ich kann's riechen. Ich kann's riechen. Ich kann's ... Ah, guten Abend.« Die Tür wurde geöffnet; sehr gedämpftes Licht drang bis auf die Stufen des höchst eindrucksvollen Portikus heraus. Ein riesiger Schwarzer in weißem Anzug und goldenem Armband stand in der Öffnung.

Chog sah ihn an, er sah Chog an.

»Lord Vvyan Knollys.« Er deutete auf Sandy: »Der Earl of Newhaven. Zwei sehr alte Freunde von mir; es sind – es sind Franzosen.«

Der Schwarze rührte sich nicht.

»Mann Gottes, ich war erst letzten Dienstag hier!« Ungeduldig griff er nach seiner Brieftasche.

Würdevoll trat Jean-Paul vor. »Der Baron de Chavigny läßt Madame Simonescu seine Empfehlung ausrichten.«

Damit wechselte diskret eine Zwanzig-Pfundnote den Besitzer. Der Schwarze trat zurück, die vier gingen hinein, und die Tür fiel ins Schloß.

»Jean-Paul...«

»Halt den Mund, Edouard!«

Von dem schmalen Vorflur aus wurden sie in eine prächtige, hell erleuchtete Halle geführt. Der Fußboden bestand aus Marmor; ein riesiger Kronleuchter überschüttete die breite, sich teilende Treppe, an deren Fuß eine winzige Frau stand und ihnen mit der Haltung einer Großherzogin die Hand entgegenstreckte.

Pauline Simonescu war höchstens einsfünfzig groß. Das pechschwarze Haar war streng aus dem hübschen, ein wenig füchsisch anmutenden Gesicht zurückgekämmt, das von der Nase und den glitzernd schwarzen Augen beherrscht wurde. Sie trug ein langes, scharlachrotes Kleid mit einem Ausschnitt, der die eckigen, maskulinen Schultern nicht zu kaschieren versuchte. In ihren Ohren hingen Rubine, so groß wie Taubeneier. An der ausgestreckten Hand steckte ein schwerer, dazu passender Ring. Als Edouard sich darüber beugte, erkannte er die Chavigny-Arbeit.

Sie begrüßte jeden von ihnen einzeln und verweilte nur bei Jean-Paul ein wenig länger. »*Monsieur le Baron.*« Eine winzige Pause. »Aber natürlich. Ich kenne Ihren Vater. Ich hoffe, er ist wohlauf!«

Ihre Stimme war tief, und sie sprach mit starkem Akzent. Jean-Paul, auf einmal ziemlich unsicher, stammelte eine Antwort. Sie legte lauschend den Kopf auf die Seite, was Edouard an einen Vogel erinnerte. In der Ferne ertönten dumpfe Explosionen.

»Die Bomben.« Sie zuckte die Schultern. »Gleich werden wir die Lastwagen hören. Die finde ich schlimmer, weil sie mich an Schinderkarren erinnern – aber das ist natürlich Einbildung. Kommen Sie mit. Was möchten Sie trinken? Wollen Sie rauchen? Ich habe einen sehr guten Cognac. Außerdem eine Kiste *Moët & Chandon,* der wirklich ausgezeichnet ist. Aber vielleicht bevorzugen Sie Malt-Whisky?«

Sie führte die vier auf den Eingang eines prächtigen Salons zu. Durch die halb offenstehenden Türen konnte Edouard Stimmen und Gelächter, das Klingen von Gläsern, das Rascheln von Röcken hören. Er sah junge Herren in Uniform, ältere Herren im Abendanzug und schöne Frauen, von denen keine einzige alt war. Er hörte das Klicken eines Roulettekessels; ein Aubusson-Teppich wogte; die hohen, geschnitzten Mahagonitüren bogen sich in den Angeln. Schnell lehnte er sich an die Wand. Sandy und Chog unterhielten sich flüsternd.

Pauline Simonescu kam zurück.

»Aber natürlich, Sie haben recht. Heute ist ein besonderer Abend. Sie haben wirklich Glück: Carlotta ist hier.« Sie hielt inne. »Übrigens auch Sylvie – Sie erinnern sich vielleicht, Lord Vvyan? Und Leila, unsere kleine Ägypterin. Mary aus Irland, eine echte Keltin mit wundervollem rotem Haar. Christine. Pamela. Patricia. Joanne – mögen Sie Amerikanerinnen? Ich freue mich schon darauf, daß die tapferen amerikanischen Jungen sich unseren Verbündeten anschließen. Juliet. Adeline. Beatrice. Aber nein. Heute abend möchten Sie sicher Carlotta sehen. Sie haben einen guten Geschmack. Carlotta ist nicht für jeden Tag, aber dies ist ja auch kein Tag wie jeder andere. Es ist eine verrückte Zeit, dieser Krieg, eine hektische Zeit für die Nerven unserer tapferen jungen Männer. Und Carlotta wirkt so ungeheuer beruhigend.«

Sie trat zur Seite.

»Unten. Pascal wird Ihnen den Weg zeigen. Wir nehmen den *Moët & Chandon*, denke ich. Und vielleicht Kaffee für Ihren jungen Freund? Er sieht ein bißchen müde aus, und es wäre schade, wenn er nicht auch ...«

»Teilnehmen würde?« warf Sandy mit kurzem Auflachen ein.

Madame Simonescus schwarze Augen blitzten. »Genau.« Sie hob die Hand: der Rubin funkelte.

»Pascal!«

Der Schwarze erschien wieder. Er verneigte sich.

»*Suivez-moi.*«

Das hier muß früher ein Keller gewesen sein, dachte Edouard. Das Kerzenlicht machte den Raum zwar immer noch dämmrig, und es gab kein einziges Fenster. Aber der Fußboden war mit dicken Teppichen belegt, Wände und Decke mit dunkelrotem Samt verhangen, auf dem in regelmäßigen Abständen Bilder in strengen, schwarzen Rahmen verteilt waren. Um ein Quadrat aus blank poliertem Holz standen in U-Form drei ebenfalls mit rotem Samt bezogene Couches. An ihren Enden gab es niedrige Tischchen, auf denen an einer Seite zwei Silberkühler mit den Champagnerflaschen und an der anderen ein Silbertablett mit schwarzem Kaffee standen. Die vier Freunde setzten sich. Pascal öffnete den Champagner, schenkte ein, schenkte den Kaffee ein und verschwand. Musik ertönte. In der Ferne hörte Edouard die leisen Explosionen der Bomben. Er trank den Kaffee.

»Was für ein Glück, wir sind allein!«

»Aus irgendeinem Grund scheinen wir uns die Gunst der alten Hexe erworben zu haben. Vielleicht gefällst du ihr, Jean-Paul. Oder Edouard hat ihr Herz erobert...«

»Hast du diese Carlotta schon mal erlebt?«

»Nein, aber gehört hab' ich von ihr.«

»Stimmt es, daß sie...?«

»Und mehr. Wie ich gehört habe.«

»Einen nach dem anderen?«

»So hat sie's gern.«

»Und die übrigen sehen zu, während sie...?«

»Aber sicher!«

»Himmel! Wer kommt zuerst?«

»Na ich. Dann Jean. Dann du.«

»Und Edouard?«

»Von wegen! Warum soll ich so lange warten?«

»Geduld, *mes amis*. Wir werden uns wie Gentlemen benehmen... Einer nach dem anderen. Und dann...«

»Ja, was denn dann, um Himmels willen?«

»Dann geben die Männer unter uns der Dame ein Dakapo...«

Edouard war eingeschlafen. Als er die Augen wieder aufschlug, stellte er fest, daß sein Kopf sehr viel klarer geworden war. Sekundenlang wußte er nicht, wo er sich befand, dann sah er jedoch die

Kerzen, den roten Samt und die Bilder. Diese Bilder! Ungläubig starrte er sie an. Hände und Öffnungen; mächtige Brüste und Schenkel; offene Münder; gespreizte Hinterbacken; Frauen, offen und zartrosa wie reife Früchte; Männer, die stolz unter dem Gewicht gigantischer Phalli wankten. Sekundenlang wirkte der Raum auf ihn so rot wie die Hölle. Die Kerzen flackerten; an den roten Wänden tanzten Schatten, Worte und Bilder wogten durch seinen Kopf wie eine dunkle Flut: der Beichtstuhl; Pater Clément; seine schöne Célestine.

Célestine. Er stand auf.

»Jean-Paul, ich werde nicht hierbleiben.«

Einer der anderen versetzte ihm einen Stoß, so daß er auf die Couch zurückfiel. Jean-Paul legte ihm den Arm wie einen Schraubstock um die Schultern. »Nicht jetzt. Sieh doch!«

Carlotta – es mußte Carlotta sein – war mit zwei weiteren Mädchen hereingekommen.

Sie blieb ganz vorn an der Tür stehen; die beiden anderen begaben sich auf das Holzquadrat zwischen den Couches. Eines der Mädchen war weiß, das andere schwarz. Die Weiße brachte ein seidenes Kissen mit. Sie legte es auf den Boden, ließ sich graziös darauf nieder und streckte sich aus. Die Schwarze kniete sich neben sie. Beide trugen lose Gewänder aus durchsichtigem Tüll. Sie sahen einander an. Carlotta beobachtete die vier Männer.

Sie war hochgewachsen und außergewöhnlich schön. Langes, pechschwarzes Haar umrahmte ihr Gesicht und fiel bis auf den roten Seidenschal hinab, den sie sich um Brust und Schultern drapiert hatte. Den Kopf trug sie hochmütig erhoben, die dunklen Augen blickten arrogant, der karmesinrot geschminkte Mund war üppig und breit. Sie trug ein eng in der Taille zusammengehaltenes schwarzes Seidenkleid mit bodenlangem, weitem Rock und stand da, wie eine Flamenco-Tänzerin dasteht, bevor der Tanz beginnt: gespannt und still.

Jean-Paul seufzte. Sie begann zu singen. Die beiden Mädchen auf dem Boden hoben die Arme und umfingen einander.

Carlottas getragenem, kehligem Kontraalt fehlte jede Spur von Süße, doch er verfügte über eine ordinäre Schärfe, die ihm eine gewisse Kraft verlieh.

Die beiden Mädchen auf dem Boden waren jetzt nackt. Ihre

schlanken Körper mit den vollen Brüsten waren eingeölt, die Schamhaare abrasiert, was Edouard häßlich fand. Die ganze graziöse Pantomime ließ ihn kalt.

Langsam begannen sie sich zum Takt der Musik zu bewegen: drei, vier Takte des Liedes lang. Ihre Glieder verschlangen und entspannten sich; ihre Hände bewegten sich und lagen dann still. Dunkle und helle Haut. Als Edouard aufsah und Carlottas Blick begegnete, fühlte er, wie sich sein Penis regte und hart wurde. Carlotta legte ihren Schal ab.

Ihre Brüste darunter, nackt, die Spitzen mit Rouge geschminkt, stiegen aus der schwarzen Seide empor wie der Busen einer kretischen Priesterin. Ganz langsam hob sie, während sie weitersang, die Hände und liebkoste die dunklen Aureolen. Edouard sah, wie ihre Brustwarzen steif wurden; Jean-Paul, neben ihm, stöhnte. Der Gesang endete, doch der hypnotische Rhythmus der Musik ging weiter.

Carlottas Füße waren nackt. Lautlos kam sie durch den Raum auf die vier Männer zu. Dicht vor ihnen blieb sie stehen und sah von einem Gesicht zum anderen. Niemand sprach; alle starrten sie schweigend an. Dann wagte Chog einen Vorstoß. Er beugte sich vor und griff nach dem schwarzen Seidenrock. »Ich zuerst...« stieß er mit belegter Stimme hervor.

Carlotta streifte seine Hand ab. Verächtlich blickte sie auf ihn hinab; dann kniete sie, als wolle sie einen Hofknicks machen, so vor ihm nieder, daß sich der schwarze Rock kreisförmig bauschte, und spreizte seine Schenkel. Hinter ihr wanden sich die ineinander verschlungenen Mädchen, aber niemand beachtete sie.

Carlotta beugte sich vor. Ihre nackten, hochgeschobenen Brüste ruhten an der dicken Wolle von Chogs Uniformhose. Sein Mund hatte sich schlaff geöffnet; er schwitzte und keuchte. Er streckte eine kleine, rosige Hand nach den üppigen Brüsten aus, aber Carlotta schlug sie beiseite. Aufseufzend lehnte er sich zurück. Mit ihren ringgeschmückten Fingern strich sie ihm vom Knie bis zum Schritt am Bein empor und berührte ein-, zweimal ganz leicht die Schwellung unter dem dicken Wollstoff. Dann öffnete sie seine Hose Knopf um Knopf und zog einen kurzen, dicken Penis heraus. Einen Moment hielt sie ihn abschätzend in der Hand, dann beugte sie sich vor, so daß ihre dunklen Brustspitzen sanft über die straff gespannte Haut streiften; Chogs Körper erschauerte krampfartig. Sie spreizte seine Schenkel weiter und griff hinein, um seine Hoden mit den Händen zu umfassen.

Edouard versuchte den Blick abzuwenden, brachte es aber einfach nicht fertig. Sein Penis war steinhart, drängte nach vorn, pulsierte verlangend. Neben ihm rutschte Jean-Paul auf der Couch herum, murmelte etwas vor sich hin und berührte die eigene Schwellung.

Carlotta hatte Chogs Hose weiter heruntergezogen. Er lag jetzt fast ausgestreckt, mit breit gespreizten Beinen, und der aggressive, rote Speer ragte zwischen Carlottas schweren Brüsten empor. Langsam nahm sie die Spitze in ihren roten Mund und begann zu saugen.

Ihre Meisterschaft war legendär. Eindeutig war sie stolz auf ihre Kunst. Ihre Hände und Lippen waren ununterbrochen in Bewegung, und der Rhythmus, in dem sie sie gebrauchte, wechselte ständig. Ihre herrlichen Brüste wogten; und dabei wich niemals der verächtliche Ausdruck aus ihren Augen. Ihr eigenes Haar zurückhaltend, damit die anderen besser zusehen konnten, reckte sie die Kehle und nahm, ausschließlich die Lippen gebrauchend, das geschwollene Glied in seiner ganzen Länge in den Mund. Chogs Hände, die auf dem roten Sofa lagen, zuckten und verkrampften sich; er hob den Kopf, damit er selbst auch zusehen konnte. Jean-Paul und Sandy hielten sich jetzt beide den Schritt, als befürchteten sie, daß sie allein vom Zusehen zum Höhepunkt kommen würden.

Chog begann grunzend zu stöhnen; er bog den Körper und stieß tiefer in ihren Mund hinein. Und dann begann er, bei der Musik gerade noch hörbar, zu fluchen.

»Ja. O ja. Du Sau. Du Drecksau. Mehr. Ja.« Seine Stimme war heiser, die Hände hatte er zu Fäusten geballt. »Nutte. Scheißnutte. Miststück.«

Ein Krampf schüttelte ihn. Mit geöffneten Lippen löste sich Carlotta ein wenig von ihm. Die anderen sahen den ersten Spermastrahl von der Penisspitze in ihren Mund schießen. Dann schlossen sich die Lippen wieder über dem Glied, bis das krampfartige Pumpen endete. Anschließend hob sie den Kopf und schluckte.

Jean-Pauls Hände fingerten, als sie sich nunmehr ihm zuwandte, bereits an seiner Hose. Carlotta lächelte zum erstenmal verführerisch, löste Jean-Pauls Hände von seiner Hose und öffnete sie rasch und geschickt. Edouard sah zu. Der Penis seines Bruders war groß, länger als Chogs, und dicker; sekundenlang blickte Carlotta auf ihn hinab, als sei er ein besonderes Prachtstück. Mit der Zunge berührte sie sehr behutsam das winzige Loch an seiner Spitze. Jean-Paul erschauerte. Mit den Händen tastete er erregt nach ihren Brüsten.

»*Vite, chérie, vous savez, vite...*«

Edouard wandte sich ab. Als Chog zu fluchen begonnen hatte, war der Bann gebrochen. Seine Erektion war urplötzlich erschlafft, und ihm war nur noch entsetzlich übel. Carlottas gieriger Mund, Chogs zusammengesunkene Gestalt mit der noch immer offenen Hose, die Windungen der Mädchen auf dem Boden, das Keuchen seines Bruders neben ihm, die stieren Augen – all das erschien ihm auf einmal so obszön, so abstoßend, daß er es keine Sekunde mehr in diesem Raum aushalten konnte.

Als Carlotta Jean-Pauls Penis in seiner ganzen Länge in den Mund nahm, sprang Edouard auf und drängte sich blindlings an ihr vorbei. Niemand versuchte ihn aufzuhalten, dafür waren sie alle zu weit weg. Sie blickten kaum auf. Er lief zur Tür hinaus, blieb auf der Treppe stehen, weil er, diesmal allerdings weniger gedämpft, den Lärm einer weiteren Explosion vernahm, dachte an Célestine und lief die letzten Stufen bis in die Halle mit dem Marmorboden hinauf.

Die Türen des Salons waren jetzt geschlossen. In der Halle befand sich nur Pauline Simonescu. Sie stand mit geneigtem Kopf an der Haustür und lauschte. Als Edouard die Treppe emporgelaufen kam, zeigte sie sich keineswegs überrascht; es war fast, als hätte sie ihn erwartet.

Mit schnellen Schritten ging er zur Tür, sie aber legte ihm die Hand auf den Arm und hielt ihn zurück.

»Warten Sie. Es hat noch keine Entwarnung gegeben. Aber sie wird in einer Minute kommen.«

Edouard wollte sie schon abschütteln, aber er zögerte. Eine seltsame Energie schien wie elektrischer Strom von ihrer mageren Hand mit den klauenähnlichen Fingern auf ihn überzufließen. Er musterte sie unsicher, dann hörte er das Heulen der Sirenen. »Na also. Es ist vorbei. Sehen Sie?« Sie entriegelte die Tür und hielt sie gerade so weit auf, daß Edouard hindurchschlüpfen konnte.

»*Au revoir, Monsieur le Baron...*« Ihre Stimme war sanft, ihr Ton leicht spöttisch.

Edouard starrte sie völlig verwirrt an, zögerte sekundenlang und lief dann die Treppe hinunter ins Dunkel.

Am Abend des 5. Dezember saß Xavier de Chavigny im Kellerraum eines kleinen Cafés im Arbeitervorort La Villette. Fünf Männer und eine Frau waren mit ihm. In der Mitte des Raums stand ein kleiner Billardtisch, obwohl keiner von ihnen Billard spielte; im Notfall jedoch konnte das Spiel jeden Moment aufgenommen werden. Das Café trug den Namen Unic, was den Baron belustigte, da es überhaupt nichts Einzigartiges an sich hatte: Es ähnelte allen anderen kleinen Restaurants in dieser Gegend, denen es irgendwie gelungen war, auch unter der Besatzung geöffnet zu bleiben. Es bot den Franzosen, die für die Deutschen bei der nahen Eisenbahn arbeiteten, billige Mahlzeiten und roch nach Kohl.

Genau wie die anderen Männer im Raum trug der Baron einen unauffälligen blauen Overall, Stiefel und das *béret* der *ouvriers*, und rauchte wie sie aus scharfem, billigem Tabak handgedrehte Zigaretten so, daß jede möglichst lange hielt. Er war heute, wie immer, mit dem Fahrrad gekommen und würde damit auch wieder wegfahren; die Kleidung wechselte er dort, wo er auch das Fahrrad unterstellte: in einem kleinen Schuppen im Labyrinth der Straßen und Gassen rings um Les Halles. Er war sicher, daß sich seine Vorsichtsmaßnahmen auszahlten. Niemand war ihm gefolgt. Ihm war noch nie jemand gefolgt.

Und doch war irgend etwas nicht in Ordnung.

Aufmerksam musterte er die Gesichter der anderen. Drei Männer waren in seinem Alter, zwei jünger. Sie alle waren Arbeiter, die ursprünglich vom Land stammten; ihre Gesichter waren grob, ihr Akzent und ihre Sprache noch derber, und der Baron betrachtete sie als seine Brüder. Er war ihnen dankbar, daß sie ihn akzeptierten; er bewunderte ihre angeborene Zurückhaltung, ihre anfangs sehr hartnäckige Weigerung, mehr zu tun als mit ihm zusammenzuarbeiten. Um ihre Freundschaft zu erringen, mußte er sich zuerst bewähren, und nun, da er sie gewonnen hatte, schätzte er sie weit höher ein als jede andere Freundschaft seines Lebens. Alle Männer sowie die Frau hier im Raum waren zum Tode verurteilt worden. Jeder legte sein Leben in die Hände der anderen; falls einer von ihnen zum Verräter wurde, waren sie alle tot. Dieses Bewußtsein band sie aneinander, das wußte der Baron – doch nicht durch Angst, sondern durch Vertrauen.

Diesen Menschen und ihrer gemeinsamen Arbeit während der letzten zweieinhalb Jahre verdankte es der Baron, daß er sich grundlegend verändert hatte. Er war härter geworden, und rücksichtsloser: Sie hatten ihn gelehrt zu töten. Überdies war er auch zorniger geworden, zorniger sogar auf sich selbst.

Wenn er jetzt auf seine Vergangenheit zurückblickte, die Bequemlichkeit und den Luxus, den er immer für selbstverständlich gehalten hatte, sah er einen Fremden. Wie hatte er nur so leben, wie hatte er nur so denken und so blind sein können? Sich Sorgen über die neurotischen Launen seiner Frau machen, sie mit Geschenken beschwichtigen können, die mehr kosteten, als diese Menschen mit ihrer Arbeit im ganzen Leben verdienten? Sich über das Design kleiner Steine aufregen, die komplizierten Probleme der Börse genießen, sich Sorgen darüber machen können, ob ein Pferd in einem Rennen gewann? Wenn er diesen Krieg überlebte, würde er das alles aufgeben, das hatte er sich geschworen.

Die Stimmung bei der Zusammenkunft war gut gewesen, optimistischer als seit Monaten. Paris war voller Gerüchte, und das Hauptgerücht besagte, daß die Deutschen an der Ostfront zurückgeschlagen und die Truppen des Dritten Reichs Moskau nun doch nicht erobern würden. Für die beiden kommunistischen Mitglieder seiner Gruppe war dieses Gerücht eine besondere Freude. Genauso glücklich aber waren sie über ein anderes Gerücht: daß Amerika jetzt endlich in den Krieg eintrat.

Vorerst aber war da die alltägliche Realität ihrer Arbeit, die kleinen Gesten, die nicht viel mehr bewirkten als ein leichtes Kratzen an den Festungsmauern der Besatzungsmacht, die der Gruppe aber sehr viel bedeuteten: sie sprengten Eisenbahnschienen in die Luft; sie legten Bomben in ein kleines Elektrizitätswerk; und über ein ganz Frankreich erfassendes Netz gaben sie Informationen bis über den Kanal nach England weiter.

Im günstigsten Fall hielten sie die Züge für ein, zwei Tage auf, stürzten das deutsche Fernmeldewesen einer kleinen Region für ein paar Stunden ins Chaos, töteten wenige, sehr wenige Männer. Doch das war besser als gar nichts. Leider aber war es auch nicht genug. Jeder einzelne im Raum, auch der Baron, sehnte sich nach etwas anderem, etwas Größerem, nach etwas, das ein richtiges Loch in die glatte, schonungslose Kriegsmaschinerie der Deutschen reißen würde. Und dank Jacques und seiner jungen Freundin hatten sie es vor einigen Monaten gefunden.

Einmal im Monat, jeweils am zweiten Donnerstag, wurde im Pariser Hauptquartier um elf Uhr vormittags eine Stabsbesprechung abgehalten, an der der Oberbefehlshaber der deutschen Truppen in Frankreich teilnahm, sowie seine Stabsoffiziere und Adjutanten, sämtliche Herren, die dem Oberbefehlshaber des deutschen Heeres unmittelbar unterstellt waren, und die Angehörigen des französischen Stabes des OKW-Chefs, des Oberstkommandierenden aller drei Waffengattungen der Wehrmacht des Dritten Reiches.

Die Stabsoffiziere kamen im Höchsttempo in drei Mercedes und mit bewaffneter Eskorte. Sie wurden zwischen zehn Uhr fünfzehn und zehn Uhr fünfundvierzig bei ihren verschiedenen Dienststellen abgeholt und auf unterschiedlichen Routen ins Hauptquartier gebracht. Der Baron lächelte vor sich hin. Nein, keine große Zahl verschiedener Routen. Sechs insgesamt. Das war die Achillesferse. Das und die Tatsache, daß einer der Fahrer eine Schwäche für junge Mädchen hatte, und Bernadette, Jacques Freundin, war ein sehr attraktives junges Mädchen.

Die sechs Fahrtrouten wurden immer in derselben Reihenfolge genommen. Am kommenden Donnerstag würde es dieselbe Route wie vor sechs Monaten sein. Route C: in südlicher Richtung den Boulevard Haussman entlang, links auf den Boulevard Malherbes; wieder links in die schmalere Rue Surène und – *da ist der schwache Punkt*!, hatte Jacques ausgerufen und mit dem nikotinfleckigen Finger auf den Stadtplatz getippt – links in die sehr schmale Rue d'Aguesseau. Dort mußte die Kavalkade langsamer werden, und dort war der richtige Platz für die Bombe.

An der Ecke lag eine kleine *épicerie*. Seit sechs Monaten kam der Wagen mit den allwöchentlichen Lieferungen donnerstags. Nachdem er seine Waren abgeliefert hatte, trank der Fahrer mit dem Besitzer, Monsieur Planchon, im Hinterzimmer einen *café noir*. Solange, also mindestens fünfundvierzig Minuten, stand der Lieferwagen vor der Tür. Wenn er genau zur richtigen Sekunde hochging, würde er den ersten Mercedes und seine Insassen zerfetzen. Die höchsten Offiziere saßen immer im ersten Wagen.

Planchon würde verhört werden, keine Frage. Er war darauf gefaßt und wußte nichts. Er würde nur die Wahrheit sagen: daß der Fahrer an diesem Tag ein neuer Mann gewesen sei, ein Mann, den er niemals zuvor gesehen hatte, und der in dem allgemeinen Durcheinander nach der Explosion spurlos verschwunden war. Der Fahrer würde niemals gefunden werden. Der Baron hoffte jedenfalls aus tiefstem Herzen, daß er nicht gefunden wurde, denn der Fahrer saß ihm jetzt am Tisch gegenüber, und der Baron gab sich keinerlei Hoffnungen hin: Falls ihn die Gestapo erwischte, würde er früher oder später reden. Und dann waren sie alle tot.

Der Baron fühlte sich unendlich müde. Immer und immer wieder waren sie den Plan durchgegangen; seit über sechs Monaten. Jeder Anwesende kannte die Einzelheiten auswendig. Doch als sie sie heute noch einmal durchsprachen, war die Atmosphäre verändert: spannungsgeladen. Der Baron musterte die Gesichter, die sich über den Stadtplan beugten: Jacques mit der gebrochenen Nase, dem Körperbau eines ehemaligen Boxers, der zum hundertstenmal die Straßen nachzog; Léon, der sich eine Zigarette ansteckte; Henri; Didier; der junge Gérard, Jacques Cousin, der erst neunzehn und der eifrigste von ihnen war; und Jeannette.

Auf ihr ruhte der Blick des Barons ein wenig länger. Sie war einundzwanzig, klein und dunkel, mit einem schmalen, nervösen Gesicht, das aufleuchtete, wenn sie lächelte, was sie aber nur selten tat. Sie war eine Frau ohne Nerven, eine mutige Frau, vom Haß getrieben. Ihre jüngere Schwester war in der Woche, in der Paris fiel, von einer Gruppe betrunkener deutscher Soldaten vergewaltigt worden; ihr Haß auf die Besatzungstruppen war sehr persönlich und intensiv. Zu intensiv wahrscheinlich, dachte der Baron, denn es war besser, möglichst emotionslos zu handeln. Doch diese Frau vermochte im Notfall ihren leidenschaftlichen Haß zu unterdrücken. Sie war jetzt seit über zwei Jahren bei ihnen und hatte immer mehr Verantwortung übertragen bekommen. In einer anderen Welt, in einem anderen Leben hätte sich der Baron von ihr angezogen gefühlt. Nun akzeptierte er sie wie die anderen als Kameradin.

Er wollte nicht, daß sie starb. Er wollte, daß keiner von ihnen starb. Der Plan schien wirklich perfekt zu sein. Niemand fand etwas daran auszusetzen.

Und dennoch sagte ihm sein Instinkt, daß da irgend etwas nicht stimmte.

Warum? Weil der Plan zu perfekt war? Konnte es das sein?

Er lehnte sich auf dem Stuhl zurück und ließ sich seine Gefühle nicht anmerken. Wir werden ja sehen, dachte er. Morgen vormittag um elf.

Als er später an diesem Abend zu seiner Villa in St. Cloud zurückkehrte, blieb er lange in seinem Zimmer sitzen, dachte nach und rauchte dabei. Er wußte, daß er nicht schlafen konnte. Und er wußte ganz genau, wann dieses Gefühl eingesetzt hatte, wann er zum erstenmal beunruhigt gewesen war.

Zwei Tage zuvor. Er schloß die Augen, zog an der billigen Zigarette und drückte die Kippe im Aschenbecher aus.

An jenem Nachmittag hatte General Ludwig von Schmidt die Chavigny-Verkaufsräume in der Rue du Faubourg St. Honoré aufgesucht.

Der General war fünfunddreißig, hochgewachsen, blond und blauäugig: der vollkommene Arier. Er entstammte einer alten deutschen Soldatenfamilie und war, wie vor ihm sein Vater und Großvater, sehr schnell in der Militärhierarchie aufgestiegen. Er hatte die Universität Heidelberg besucht, war ein gebildeter, intelligenter und kultivierter Mann, der seinen höheren Offiziersrang schon erreicht hatte, bevor Hitler Reichsführer wurde. Unter anderen Bedingungen hätte ich ihn gemocht, dachte der Baron. Und wenn er aufrichtig war, mochte er ihn sogar jetzt.

Der General interessierte sich für Juwelen und besaß Kenntnisse über die Geschichte ihres Designs. Jedesmal wenn er in die Verkaufsräume kam, vertieften sich er und der Baron in ein Gespräch. Anfangs in den Verkaufsräumen, dann aber hatte ihn der Baron auf einen Drink in die wunderschöne Wohnung eingeladen, die er in den oberen Stockwerken eingerichtet hatte. So etwas tat er oft, wenn hohe deutsche Offiziere kamen. Denn bei einem Cognac hatte er immer wieder winzige Bruchteile von Informationen erfahren, die ihm und seiner Gruppe zustatten kamen.

Von General von Schmidt erhielt er keine Informationen, und irgend etwas hinderte ihn, sie zu suchen. Die beiden Herren saßen nur beieinander und diskutierten über Matisse oder Mozart, über Flauberts Werke oder Fabergés Arbeiten.

Der Baron spürte, daß General von Schmidt die Nazis haßte; er spürte, wie enttäuscht er vom Verlauf des Krieges und von dessen Auswüchsen war; er spürte seinen Abscheu gegen die antisemitische Politik, die in Frankreich zum erstenmal im Jahre 1941 zum Tragen kam. Er spürte all das, obwohl darüber nie ein Wort gewechselt wurde, und zuweilen bemitleidete er diesen stolzen, zurückhaltenden Mann sogar. Wenn ich 1939 aktiver Offizier, wenn ich Deutscher statt Franzose gewesen wäre – was hätte ich dann wohl getan? Wäre ich nicht vielleicht auch so geworden wie General von Schmidt, ein widerwilliger, doch tüchtiger Diener eines Regimes, von dem ich viel zu spät gemerkt hätte, daß ich es hasse?

Zwei Tage zuvor hatte General von Schmidt in diesem eleganten Salon sein Cognacglas abgesetzt. Er hatte eine Rastlosigkeit, eine Nervosität an den Tag gelegt, wie der Baron sie noch nie an ihm bemerkt hatte. Er war aufgestanden und an eines der Fenster getreten.

»Ich nehme an, Sie vermissen Ihre Familie sehr. Ihre Frau... Ihre Söhne...«

»Selbstverständlich.«

»Sie haben Paris zum richtigen Zeitpunkt verlassen.« Er hielt inne, drehte sich aber nicht um. »Haben Sie nie daran gedacht, mit ihnen zu gehen?«

Der Baron erstarrte. »Nein«, antwortete er bedächtig. »Nein. Das wäre unmöglich gewesen. Ich habe zu viele Pflichten hier.«

»Aber natürlich. Dafür habe ich vollstes Verständnis.« Abermals hielt er inne. Dann wandte er sich ins Zimmer zurück und sah dem Baron ernst in die Augen. »Haben Sie seither einmal daran gedacht? Kürzlich vielleicht?«

Der Baron fragte sich, ob das eine Warnung sein sollte. »Das wäre jetzt wohl ziemlich schwierig, meinen Sie nicht? Denken Sie an den Kanal. Ich war noch nie ein guter Schwimmer.«

General von Schmidt lächelte höflich über diesen kleinen Scherz. »Gewiß. Es war auch nur so ein Gedanke.«

»Noch einen Cognac?«

»Vielen Dank. Er ist hervorragend, wie immer, aber nein. Ich muß Sie jetzt leider verlassen.«

An der Tür – und das war nicht üblich – reichten sie sich die Hand.

»Monsieur.« Eine angedeutete Verbeugung. Mit militärischer Präzision klappten die Hacken zusammen. »Ich freue mich, Ihre Bekanntschaft gemacht zu haben.«

»Gleichfalls, Herr General.« Der Baron hielt inne. »Werden Sie Paris verlassen?«

»Mein Regiment wird möglicherweise verlegt.«

»Ja?«

Der Baron dachte an die Ostfront. Er zögerte; und dann sagte er etwas, wovon er niemals vermutet hätte, daß er es je zu einem Deutschen sagen würde: *»Au revoir, mon ami.«*

General von Schmidt lächelte nicht.

»Leben Sie wohl, mein Freund«, erwiderte er. Und ging rasch hinaus.

Zwei Tage zuvor. Möglicherweise bedeutete es nichts. Möglicherweise aber bedeutete es das Ende. Der Baron steckte sich noch eine Zigarette an. Zuweilen fühlte er sich so müde, daß ihm vollkommen gleichgültig war, was aus ihm wurde. Aber die anderen waren ihm nicht gleichgültig.

Am Morgen des 6. Dezember um 10.50 Uhr rollte die Autokolonne mit den Stabsoffizieren des deutschen Oberkommandos in Frankreich den Boulevard Haussman entlang. Um 10.56 Uhr bog sie links in den Boulevard Malherbes. Und um 10.58 Uhr links in die Rue Surène. Pünktlich nach Plan.

Vom Fenster eines kleinen Ateliers weiter unten an der Straße aus hielten der Baron und Jacques Ausschau. Jacques beugte sich ungeduldig vor.

»Na los doch, ihr Schweine! Nun *kommt* doch schon...«

Um 10.59 Uhr stoppte die Kolonne ungefähr einhundertfünfzig Meter vor der Ecke zur Rue d'Aguesseau. Alles war still. Und dann ging die Bombe hoch. Sie zerstörte die Fassade der *épicerie;* sie vernichtete den Lieferwagen. Am ersten Mercedes wurden nicht einmal die Reifen beschädigt.

Kaum war die Detonation verhallt, hörte man das Geräusch laufender Schritte und deutsche Kommandos. Der Baron und Jacques waren bereits auf der Treppe. Sie trennten sich, ohne daß ein Wort zwischen ihnen gewechselt wurde. Jacques wurde zehn Minuten später von einer deutschen Streife gesichtet, als er durch die nahen Seitengassen floh. Als er nach seiner Pistole griff, starb er im Kugelhagel ihrer Schmeisser-Maschinenpistolen.

Eine Stunde später wurde der Baron in St. Cloud verhaftet. Die Gestapo verhörte und folterte ihn länger als die anderen – aus einem Grund, den er nicht verstand, da sie ja ohnehin alles wußten. Jeannette starb unter der Folter. Léon schnitt sich in seiner Zelle die Kehle durch, und der für seine Sicherheit verantwortliche Offizier wurde degradiert. Henri, Didier und Gérard wurden gehängt. Bernadette, Jacques' Freundin, die sie verraten hatte, starb wenige Monate später sehr langsam unter den Händen der Résistance. Und der Baron wurde, wie es seinem Status zukam, am Abend des Geburtstags seines jüngeren Sohnes von einem deutschen Exekutionskommando erschossen.

Edouard erfuhr vom Tod seines Vaters, als er nach einem langen Fußweg vom Haus Madame Simonescus im ersten Morgengrauen schließlich das Haus am Eaton Square erreichte. Es war Hugo Glendinning, der ihm die traurige Nachricht überbrachte. Sie war am selben Abend vom Funk-Informationsdienst des Hauptquartiers der Freien Franzosen übermittelt worden.

Erst einige Stunden darauf erfuhr Jean-Paul, daß sein Vater tot war, als ihn Edouard, der mit Hugo in ganz London nach ihm gesucht hatte, endlich fand.

Er war nicht bei Madame Simonescu. Er war auch nicht in den vielen Clubs und Kneipen, die sie an jenem Abend besucht hatten. Er war nicht im Conway House, und Isobel hatte ihn nicht gesehen. Er war nicht im Hauptquartier. Er lag im Schlafzimmer einer kleinen Wohnung in Maida Vale im Bett und nahm die Nachricht von Edouard bei Célestine Bianchon entgegen.

Ich hätte es ihm gern erklärt, dachte Célestine traurig. Nicht jetzt natürlich, aber später. Sie hätte ihm gern die Wahrheit gesagt: daß sie ihn liebte und daß ihr, gerade weil sie ihn liebte, deutlich klar war, daß ein plötzliches Ende leichter für sie sein würde als ein langsames. Jean-Paul, der um drei Uhr nachts stockbetrunken an ihrer Wohnungstür erschien und nach einem kurzen Erholungsschlaf mit ihr ins Bett gehen wollte, hatte ihr die Möglichkeit dazu in die Hand gegeben.

Daß Jean-Paul sie für ihre Macht über seinen Bruder haßte, hatte sie, als sie unter ihm lag, sehr schnell gespürt; und daß dieses heftige, schnelle Hineinstoßen in ihren Körper seine Art war, diese Macht zu brechen, wußte sie auch. *Cochon,* dachte Célestine, als Jean-Paul sich grunzend von ihr wälzte. Als sie sich gerade aus dem Bett erhob, schrillte die Türklingel.

Als sie Edouard ansah, wußte sie sofort, daß sie richtig gehandelt hatte. Er war frei von ihr, und selbst der Schmerz darüber war besser als die unvermeidliche Alternative, zusehen zu müssen, wie Edouard ihrer müde wurde, sie nicht mehr liebte. Sie war ein Teil seiner Jugend gewesen, ein Teil jener kurzen, schönen Zeit zwischen Kindheit und Erwachsensein, und diese Zeitspanne war vorüber. Als sein Bruder das Zimmer verließ, wandte sich ein Mann zu ihr um, nicht ein Knabe. Seine Miene war starr vor unterdrückter Bewegung.

»Ich bitte um Entschuldigung für meine Frage. Aber schuldet dir mein Bruder etwas?«

»Nein«, antwortete sie ruhig.

»Ich schulde dir etwas – sehr, sehr viel.« Jetzt verlor er fast die Selbstbeherrschung.

»Nichts, Edouard.«

Er neigte den Kopf, sah sie noch einmal an und ging hinaus.

Einen Monat darauf erhielt Célestine ein kurzes, formelles Schreiben von ihm, in dem er sie bat, sich, sollte sie jemals in Not geraten, unbedingt an ihn zu wenden. Sie bewahrte diesen Brief auf, aber sie beantwortete ihn nicht.

Einen Monat später erlitt ihr älterer englischer Gönner einen Schlaganfall und starb. Wenige Wochen darauf, als Célestine täglich mit der Nachricht rechnete, daß sie ihre Wohnung verlassen müsse, erhielt sie von einer Anwaltsfirma im Auftrag von Edouard de Chavigny ein kleines Päckchen. Es enthielt die auf ihren Namen lautende Eigentumsurkunde für das Haus in Maida Vale sowie die Einzelheiten über eine Leibrente, die ihr Zeit ihres Lebens monatlich ausgezahlt werden sollte. Sie erwog, beide Urkunden zurückzuschicken, an Edouard zu schreiben. Aber sie wußte, daß er es gut meinte, und außerdem war sie fast achtundvierzig und eine größere Realistin denn je zuvor.

Also bedankte sie sich mit einem formellen Schreiben an die Anwaltsfirma, das an Edouard weitergeleitet wurde. Célestine sollte nie wieder von ihm hören.

Wenige Monate darauf verhärtete sie ihr Herz, nahm sich einen neuen Liebhaber und begann wieder die tapferen jungen Männer vom Hauptquartier der Freien Franzosen zu empfangen. Gelegentlich plauderten diese über ihre Freunde, und der Name de Chavigny wurde erwähnt.

Auf diese Weise erfuhr sie auch, daß die Baronin de Chavigny sich sehr schnell in den Armen eines englischen Bankiers über den Verlust ihres Gatten hinweggetröstet hatte; daß Lady Isobel Herberts Verlobung mit Jean-Paul respektvolle zwei Monate nach dem Tod seines Vaters auf Lady Isobels Wunsch gelöst worden war. Und daß Edouard, der jüngere Bruder, wie ein wahrer Feuerbrand in den Reihen der Damen der Londoner Gesellschaft wütete. Er und sein Bruder standen sich sehr nahe, berichteten die Informanten augenzwinkernd.

Sie waren berüchtigt; sie jagten zu zweit.

Darüber wunderte sich Célestine nun doch. Sie empfand einen gewissen Stolz, daß ihre Liebeslektionen nicht umsonst gewesen waren, jedoch die enge Verbindung der beiden Brüder beunruhigte sie ein wenig. Sie wußte, wie sehr Edouard den Bruder bewunderte, und wenn sie daran dachte, machte sie sich Sorgen um ihn. Eine so blinde Loyalität!

Er wird bald enttäuscht werden, dachte sie, und seine Illusionen verlieren.

Célestine konnte natürlich nicht wissen, daß es die tiefe Trauer war, durch die die Brüder noch enger zueinandergeführt wurden. Sie hatten beide den Vater geliebt; er war ihnen unüberwindlich erschienen. In dem Entsetzen, dem Schmerz und dem Durcheinander nach seinem Tod, den Tagen, in denen sich Louise ins Bett legte und sich weigerte, auch nur einen einzigen Menschen zu empfangen, suchten die Brüder beieinander Zuflucht, und alle Barrieren zwischen ihnen fielen.

Jean-Paul vermochte seinen Schmerz nicht zu unterdrücken; er weinte ganz offen. Er wandte sich an Edouard, der nicht weinen konnte, und suchte Trost bei ihm wie ein verzweifeltes Kind.

Abend für Abend saßen sie bis in die späte Nacht hinein auf und sprachen über die Vergangenheit. Dabei begann Jean-Paul sehr viel zu trinken – der Alkohol helfe ihm, behauptete er –, und je weiter die Nacht fortschritt, desto weinerlicher wurde er und desto mehr bemitleidete er sich selbst.

»Ich fühle mich so *schuldig*«, sagte er eines Abends und umklammerte Edouards Arm. »Seinen Titel zu benutzen – ausgerechnet an dem Abend! Wie konnte ich das nur tun? O Gott, Edouard, ich hasse mich selbst!«

»Es spielte doch wirklich keine Rolle, Jean-Paul! Damals nicht. Und wie sich herausstellte, hattest du sogar das Recht dazu.«

»Ich weiß. Aber das kann mich auch nicht trösten. Und ausgerechnet zu diesem Miststück Simonescu zu gehen, dort zu sein, während er... Gott im Himmel, ich *kann* diesen Gedanken nicht ertragen!« Er barg das gerötete Gesicht in den Händen, wischte sich die Augen und packte Edouards Arm noch fester.

»Ich hasse mich, Edouard – ehrlich. Ich schäme mich für mein Verhalten. Die Saufereien... die Weiber... Ich werde das alles aufgeben, das bin ich Papa wirklich schuldig. Weiber – was bedeuten die mir schon? Gar nichts. Nicht mal reden kann man mit denen. Und vertrauen kann man ihnen schon gar nicht. Denk doch bloß mal an Célestine! Wenn das dir die Augen geöffnet hat, ist es wenigstens von Nutzen gewesen. Sie hat keine Sekunde gezögert, weißt du. Sofort ab ins Bett.«

»Jean-Paul...«

»Versprich mir, daß du das nie wieder zuläßt, Edouard. Versprich mir, daß nie wieder eine Frau zwischen uns tritt.« Mit nassen Augen sah er zu seinem jüngeren Bruder auf. »Das tun sie nämlich, weißt du? Sie versuchen's immer wieder. Und das kann ich nicht ertragen. Ich brauche dich, kleiner Bruder. Ich brauche dich jetzt mehr denn je.«

»Jean-Paul.« Er legte dem Bruder den Arm um die zuckenden Schultern. »Wir müssen jetzt an die Zukunft denken. Wir müssen an Papa denken und all die Dinge, für die er gearbeitet hat. Sobald der Krieg vorbei ist, können wir nach Frankreich zurückkehren. Von neuem beginnen. Papa hat das Fundament gelegt. Darauf können wir aufbauen, du und ich. Das hätte er sich bestimmt gewünscht.«

»Vermutlich.« Mit dem Handrücken wischte Jean-Paul sich die Tränen ab. Er richtete sich auf und schneuzte sich die Nase.

»Überleg doch mal, Jean-Paul. Die vielen Firmen. Das ist unser Erbe! Wir können sie ausbauen – zum Andenken an Papa.«

»Ja, ja.« Jean-Paul klang gereizt. »Aber darüber kann ich mir jetzt nicht den Kopf zerbrechen. Ich bin Soldat; ich habe andere Pflichten. Wir befinden uns im Krieg, Edouard. Sei doch ein bißchen realistisch...«

Edouard seufzte. Jedesmal wenn sie auf dieses Thema kamen, war Jean-Pauls Reaktion dieselbe. Wie übrigens auch die von Louise. Als Edouard sie eines Nachmittags fragte, was sein Vater ihrer Meinung nach für Zukunftspläne gehabt habe, wandte Louise sich gelangweilt ab.

»Im Hinblick auf seine Unternehmen? Woher soll ich das wissen, Edouard? Was für unsinnige Fragen du stellst!«

»Ich dachte nur...«

»Denk lieber nicht. Du mischst dich ein. Jean-Paul ist der Baron, nicht du. Wenn erst der Krieg beendet ist, wird er sich um diese Dinge kümmern. Du brauchst dir überhaupt keine Gedanken darüber zu machen. Außerdem ist es äußerst gefühllos von dir, mir ausgerechnet jetzt damit zu kommen! Du bist manchmal wirklich sehr unsensibel. Wie kann man in so einer Lage nur von Geschäften sprechen?«

»Von seinem *Werk,* Maman.« Edouards Miene verhärtete sich. »Es war für ihn unendlich wichtig. Ich möchte das Gefühl haben, daß wir es weiterführen, wie er es sich gewünscht hätte...«

»Was du für ein Gefühl haben möchtest, ist irrelevant. Und du hast kein Recht, mich jetzt damit zu belästigen. Ich habe mich niemals mit Xavis Geschäften befaßt und bin immer der Ansicht gewesen, daß er ihnen viel zuviel Zeit widmete. Er hätte sich genauso seinen Besitzungen widmen können, wie sie es tun. Diese Fixierung auf die Finanzwelt, auf den *Handel* – dafür habe ich nie Verständnis gehabt.«

Mit einer arroganten Bewegung warf sie den Kopf zurück; Edouard war auf einmal sehr, sehr verärgert. Er stand auf.

»Wirklich, Maman?« Er musterte sie kalt. »Das überrascht mich. Schließlich bist du doch mit dem Handel aufgewachsen, nicht wahr? Es war Stahl und keineswegs Landbesitz, mit dem dein Vater sein Vermögen verdient hat.«

Louises hübsches Gesicht wurde dunkelrot. Jede Anspielung auf die Herkunft des Vermögens ihrer Familie war schon seit langem strengstens verboten.

»Du darfst dich verabschieden«, sagte Louise. »Und schick bitte Jean-Paul zu mir«, ergänzte sie noch, als er schon zur Tür hinausging.

Von dem Tag an merkte Edouard, daß seine Einstellung zur Mutter sich allmählich veränderte. Zuvor hatte sie ihn geblendet und verwirrt; und ihre Kälte ihm gegenüber, die er nie ganz begriff, hatte bewirkt, daß er sich um so mehr um ihre Zuneigung bemühte. Nun aber begann er ein wenig Abstand zu gewinnen und sie nüchterner zu beurteilen. Die Trauer um den Vater schärfte seinen Blick; er betrachtete die Mutter auf eine neue, kühlere, leidenschaftslosere Art und suchte keine Entschuldigungen mehr für sie. Als er einige Monate nach dem Tod des Vaters merkte, daß sie sich einen neuen Liebhaber genommen hatte, verschloß sich irgend etwas in seinem Herzen endgültig vor ihr.

Allmählich hatte er das Gefühl, daß er mit Xaviers Tod sämtliche Gewißheiten seines Lebens verloren hatte und in einen Zustand des Fließens und der Veränderung geraten war, in dem für ihn überhaupt nichts mehr sicher war. Die Loyalität zur Mutter und zu seiner Mätresse war fehl am Platze gewesen; und die Strukturen seiner Welt waren zerbrochen.

»So was kommt vor«, erklärte Hugo verständnisvoll, als Edouard ihm seine Gefühle zu schildern versuchte. »Aber es geht vorbei.

Klammere dich nicht an Überzeugungen. Warte ab, und laß alles auf dich zukommen.«

»Warten?« Edouard blickte auf. »Worauf? Woran glauben Sie eigentlich, Hugo?«

»Ich?« Hugo lächelte ironisch. »Nun ja. An einen guten Rotspon. Und an Sobranie-Zigaretten...«

»Bitte keine Witze!«

»Na schön.« Hugo lächelte über Edouards tiefen Ernst. »Ich glaube an die Dinge, die wir zusammen gelesen haben. Ich glaube an intensive Arbeit.« Er zögerte. »Ich glaube an bestimmte Menschen. Zuweilen.«

»Nicht an Gott?«

»Im Grunde nicht. Tut mir leid.«

»Politik?«

»Ah, Politik! Nun ja, ich glaube an bestimmte Weltanschauungen, wie du wohl festgestellt haben wirst. Ich bin nicht sehr überzeugt davon, daß sie die Welt spürbar verändern werden. Früher war ich das, aber heute nicht mehr.«

»Und was ist mit der Liebe?« Als Edouard ihm fragend in die Augen sah, senkte Hugo nach einer Weile den Blick.

»Ach, Edouard!« Er seufzte. »Wir hätten weniger Lyrik lesen sollen.«

»Aber Sie sagten, Sie glauben an die Dinge, die wir gelesen haben. Wie können Sie an die Worte glauben, wenn Sie nicht an die Dinge glauben, von denen die Worte handeln.?«

»Beim Lesen glaube ich an sie.«

»Und danach?«

»Danach – schwanke ich.«

Edouard schob seine Bücher über den Schreibtisch. »Das ist nicht viel«, sagte er schließlich niedergeschlagen, und Hugo machte ihm das Kompliment, das ihm seiner Meinung nach zukam, und antwortete sehr ernst: »Nein, das ist es nicht.«

»Aber stört Sie das denn nicht, Hugo?« wollte Edouard hitzig wissen. »*Wollen* Sie denn gar nichts haben, woran Sie glauben können? Brauchen Sie denn nicht das Gefühl, daß alles einen Sinn hat?«

»Ganz und gar nicht. Eine scheußliche Ketzerei. Eine Illusion und eine Falle. Man sollte die Welt lieber so sehen, wie sie ist.« Hugo wandte sich ab. »Bleibend ist immer nur sehr wenig. Der größte Teil des Lebens ist Zufall. Wir erfinden Ideale und Überzeugungen, um der Formlosigkeit Form zu verleihen. Liebe. Ehre. Glauben. Das sind nur *Worte,* Edouard...«

Eigensinnig hob Edouard den Kopf, und Hugo drehte sich wieder um. »Wenn ich bitter und zynisch klinge, und das ist im Augenblick wohl der Fall, gibt es gerade jetzt Gründe dafür.«

»Meine Mutter?«

»Zum Teil auch. Ja. Ich sagte dir ja, daß es mir schwerfallen würde, sie aufzugeben. Doch darüber wollen wir jetzt nicht diskutieren. Kehren wir lieber zu Vergil zurück. Wenn du in Oxford aufgenommen werden willst, hast du noch eine Menge zu lernen.«

»Hugo...«

»Ja?«

»Ich mag Sie.«

»Ausgezeichnet. Das ist äußerst beruhigend für mich. Und jetzt bitte Seite vierzehn.«

Edouard neigte den Kopf über sein Buch; er richtete seine Aufmerksamkeit auf die Worte und stellte fest, daß sie ihm inneren Frieden brachten.

Edouard schaffte es schließlich doch, seine Trauer um den Vater zu verarbeiten. Er verschloß sie in jenem Teil seines Verstandes, der Pläne für die Zukunft schmiedete. Sie beherrschte nicht mehr jeden Moment seines Tages. Wie er feststellte, konnte er trauern und sich dennoch mit Jean-Paul betrinken; konnte er trauern und dennoch mit Hugo lernen.

Als Jean-Paul nach wochenlanger, melancholischer Abstinenz eines Abends aufstöhnte und zu ihm sagte: »Verdammt noch mal, kleiner Bruder, wir brauchen jetzt unbedingt eine Frau«, machte er eine weitere Feststellung: Er konnte durchaus genußvoll mit einer Frau schlafen, ohne das geringste Gefühl dabei zu investieren und ohne den Wunsch, diese Frau wiederzusehen. Als er Jean-Paul diese Entdeckung anvertraute, war der Bruder hocherfreut.

»Du wirst erwachsen! Du bist endlich ein Mann geworden«, behauptete er, als heiße er ihn verspätet im Club willkommen.

Damals freute sich Edouard über dieses Lob. Er stand zu diesem

Zeitpunkt ganz und gar unter Jean-Pauls Einfluß und erkannte später, daß sie einander in diesem Abschnitt ihres Lebens am nächsten gestanden hatten. Jean-Paul empfing von ihm all jene Liebe und Treue, die einst dem Vater, der Mutter und Célestine gegolten hatten, und eine Zeitlang war Edouard ihm blind ergeben.

Als er durch einen von Jean-Pauls Offizierskameraden von Célestines finanzieller Notlage hörte, wandte er sich ganz selbstverständlich an den Bruder. Zögernd erklärte er ihm, daß er trotz allem, was geschehen war, bestimmte Verfügungen für Célestine treffen wolle.

Jean-Paul fand diese Idee äußerst belustigend. Das Haus würde kosten – wieviel? Sechshundert Pfund? Und eine Leibrente ebenfalls? Er zuckte die Schultern. Die Summe war minimal. Wenn Edouard großzügig sein wollte – warum nicht?

»Als Geschenk?« Er krauste ein wenig die Stirn und trank noch einen Schluck Brandy. »Aus unserem Treuhandfonds?«

»Ich finde, daß ich ihr etwas schulde, Jean-Paul.«

»Na schön. Du gehst am besten zu unserem Anwalt hier in London. Der wird das schon machen. Ein lobenswert diskreter Mann. Hat Verständnis für solche Probleme...«

Er hielt inne und blickte noch immer nachdenklich drein. »Warum eigentlich nicht?« Er erhob sich. »Finde sie ab. Immer die beste Methode bei Frauen, kleiner Bruder.«

Wieder überkam Edouard dieses Gefühl des Zweifels und Widerwillens. Tat er das wirklich – Célestine abfinden? So hatte er das nicht gesehen, und er fand Jean-Pauls Auslegung brutal.

Doch dieses Gefühl verging sehr rasch, und es wurde nicht mehr über die Angelegenheit gesprochen. Jean-Paul schien sie völlig vergessen zu haben. Edouard suchte den Anwalt auf, die entsprechenden Maßnahmen wurden getroffen, und sobald er die peinliche Stunde hinter sich hatte, war Edouard zumute, als hätte er eine Feuertaufe bestanden. Er hatte das richtige getan; jetzt war er wahrhaft ein Mann von Welt. Auf diese neue Identität war er sehr stolz.

»Du hast dich verändert, Edouard«, behauptete Isobel, als Edouard sie am Tag nach der Auflösung ihrer Verlobung besuchte.

Sie hatte ihn in dem riesigen Salon des Conway House lange und nachdenklich betrachtet, bevor sie es sagte. Dann stand sie auf und kam zu ihm herüber, um ihm sehr tief in die Augen zu sehen.

»O ja. Du bist härter geworden. Vorher hast du mir besser gefallen. Ach, Edouard, warum muß sich alles verändern? Warum müssen sich die Menschen verändern?«

»Ich habe mich nicht verändert«, versicherte er rasch. »Nicht so, wie du meinst. Ich bin noch immer...« Hier brach er ab, weil er nicht so recht wußte, was er eigentlich sagen wollte.

Isobel sah ihn durchdringend an, dann begann sie ganz langsam zu lächeln. »Vielleicht doch nicht.« Ihre Augen funkelten. »Vielleicht gibt es noch Hoffnung für dich. Ich glaube schon. Ich sehe es in deinen Augen. Wenn ich sehr genau hinschaue. Eine winzige Spur von Seele. Liebster Edouard, wenn wir uns das nächste Mal sehen, werde ich danach suchen. Sag Jean, daß er einen schlechten Einfluß auf dich ausübt. Versprichst du mir das? Sag's ihm bitte noch heute abend. Richte es ihm von mir aus...«

Edouard gehorchte, weil er glaubte, Jean-Paul würde sich darüber amüsieren. Aber sein Bruder reagierte gereizt.

»Das ist typisch«, erklärte er. »Typisch Weib. Sie weiß, wie nahe wir uns stehen, und kann's nicht ertragen. Schlechter Einfluß? Was zum Teufel soll das heißen? Du bist mein Bruder. Ich öffne dir mein Herz. Wirklich, Edouard, das ist es, was ich empfinde.« Er stieß einen tiefen Seufzer aus. »Ich habe keine Geheimnisse vor dir.«

Als er das sagte, war es Jean-Paul wirklich aufrichtig ernst damit. Er teilte mit Edouard alles, was von Bedeutung war. Und das, was er ausließ, war unwichtig.

Eines der Probleme, die er nicht erwähnte, betraf die kleine Schauspielerin, Violet Fortescue. In der Zeit unmittelbar nach dem Tod des Vaters, als Jean-Paul sich in Gedanken mit vagen Vorsätzen der Besserung befaßte, gab er sich tatsächlich Mühe, den leicht zu erobernden Frauen von Welt, die er früher bevorzugt hatte, aus dem Weg zu gehen. Zu seiner eigenen Überraschung stellte er fest, daß er jetzt Trost von einem völlig anderen Typ suchte, und erneuerte spontan die Bekanntschaft mit Violet, die erstaunlich beruhigend auf ihn wirkte. Sie war scheu, sensibel und anspruchslos. Sie war tief berührt von seines Vaters Tod; sie war ein kleiner Snob und fühlte sich geschmeichelt, daß sich der neue Baron ausgerechnet ihr anvertraute, und begnügte sich damit, ihm ganz still zuzuhören. Jean-Paul fand ihre Ruhe wie Balsam, ihr Schweigen besänftigend, ihr offensichtliches Mitgefühl rührend. Sie verliebte sich sofort in ihn, und als er das merkte, war es für ihn nur natürlich, daß er mit ihr schlief – etwas, an das er zuvor niemals gedacht hatte, denn er fand ihre Augen zwar faszinierend, ihren Typ an sich jedoch unattraktiv. Wie sich herausstellte, war sie noch Jungfrau und für den Baron im Bett bei weitem zu schüchtern und passiv. Deswegen schliefen sie nicht oft miteinander, denn der Baron zog es vor, einfach in diese großen, violetten Augen zu blicken und mit ihr zu reden.

Als sie schwanger wurde, war er höchst ärgerlich. Er hatte das Gefühl, hintergangen, in eine Falle getappt zu sein. Mit einer Frau vier- oder fünfmal zu schlafen – und das noch nicht mal besonders befriedigend – und dann vor dieser Situation zu stehen! Der Zauber der violetten Augen war unwirksam geworden; der Ausdruck bedingungsloser Liebe und blinden Vertrauens nervte ihn. Auf einmal wirkte sie erdrückend und zugleich hilflos auf ihn – Eigenschaften, die er bei Frauen stets gehaßt hatte. Als er seinen Ärger nicht mehr verbergen konnte und sah, daß ihre Miene Verzweiflung und Angst ausdrückte, wurde er noch zorniger.

Eine Abtreibung verweigerte sie kategorisch. Der Baron mußte sehr deutlich werden: Eine Heirat komme nicht in Frage. Man sei im Krieg; er hoffe schon bald, nach Frankreich zurückkehren zu können. Er bedauere das alles sehr, aber ein Mann in seiner Position müsse eine Vermählung sehr gründlich erwägen, denn seine Frau würde die Baronin de Chavigny werden. Und diese Position werde natürlich nur eine Frau mit einer entsprechenden Erziehung ausfüllen können...

»Du meinst, daß ich nicht gut genug für dich bin?«

»Aber ich bitte dich, meine Liebe! Davon ist überhaupt nicht die Rede!«

»Mein Vater entstammte einer alten Familie in Devon.« Ihre Stimme schwankte. »Ich wurde als Lady erzogen...«

Der Baron suchte Zuflucht bei einer Lüge. Das wisse er selbstverständlich, behauptete er, habe es schon beim erstenmal bemerkt. Doch leider habe das Vermögen seiner Familie sehr unter den Kriegsverhältnissen gelitten. Um die Familienunternehmen, die

Besitzungen der Familie zu retten, bleibe ihm keine andere Wahl: Er müsse in eine Dynastie einheiraten. Es müsse eine reiche Erbin sein.

Violet hörte sich das alles sehr ruhig an und nahm es hin. Der Baron wußte nie so recht, ob sie ihm glaubte oder nicht. Von da an jedoch schien sie den Kampf aufgegeben zu haben. Körperlich war sie nicht sehr kräftig, und die Schwangerschaft schwächte sie noch mehr; während der ersten beiden Monate ging es ihr häufig so schlecht, daß sie nur sehr wenig Nahrung bei sich behalten konnte. Der Baron hoffte, sie werde das Kind verlieren, eine Fehlgeburt erleiden. Das war brutal, das wußte er und schämte sich auch ein wenig darüber, hielt es jedoch für die beste Lösung – für alle daran Beteiligten.

Gegen Ende 1942, als sie im fünften Monat war, faßte der Baron einen Entschluß. Er konnte natürlich dafür sorgen, daß sie und das Kind keine Not litten, doch wenn er das tat, fürchtete er, daß eine Flut von Ansprüchen und Forderungen auf ihn zukommen würde. Also beschloß der Baron, ihr einen Ehemann zu verschaffen. Den perfekten Kandidaten dafür fand er in einem amerikanischen G.I. Corporal Gary Craig aus Baton Rouge, Louisiana, gegenwärtig Angehöriger der 4th Infantry Division der US Army, mit dem er durch seinen Kommandeur, einen Freund und Saufkumpanen des Barons, bekannt gemacht wurde.

Craig war ein wahrhafter Riese von einem Kerl, ein schwerer Säufer, nicht besonders helle, aber immerhin klug genug, um keine Gelegenheit auszulassen, bei der er ein paar Bucks verdienen konnte. Der Baron traf ihn nur ein einziges Mal, und das war, als die entsprechende Summe den Besitzer wechselte. Sämtliche Vorarbeiten hatte gefälligerweise der Freund des Barons erledigt, der außerdem dafür gesorgt hatte, daß die bürokratischen Erfordernisse für die Eheschließung eines G. I. mit einer Engländerin mit möglichst wenig Aufsehen erledigt wurden. Den Baron kostete das Ganze fünftausend Dollar, und Gary Craig, der im Leben noch nie soviel Geld auf einmal gesehen hatte, fand es einfach phantastisch.

»Wie ich hörte, ist sie wirklich hübsch, nicht wahr?« Er grinste. »Sieht aus, als wären wir ins Geschäft gekommen.«

Violet stimmte dieser Regelung ohne Widerspruch und völlig emotionslos zu. Ihre Augen wirkten auf den Baron jetzt wie die Augen einer Schlafwandlerin; sie beschimpfte ihn nicht und dankte ihm nicht, sie sagte schlicht und einfach ja.

Am 25. August 1944 wurde Paris befreit. Inzwischen war das Kind, ein Mädchen, das weder Craig noch der Baron bisher gesehen hatten, in einer Londoner Privatklinik, deren Kosten Jean-Paul übernommen hatte, geboren worden und bereits vierzehn Monate alt.

Sergeant Gary Craig wurde nach dem Tod seines Vaters Ende 1944 aus der US Army entlassen und kehrte auf die kleine Farm seiner Eltern in Louisiana zurück, um dort auf seine junge Frau und das Kind zu warten.

Violet und das Baby reisten Ende 1945 mit vielen anderen G.I.-Bräuten mit der *Argentina* von Southampton ab. Der Baron, der ja nicht ganz ohne Gefühle war, ließ ein phantastisches Bouquet von Veilchen und weißen Rosen aufs Schiff liefern und wies seinen Londoner Anwalt an, die Akte Mrs. Craig, geborene Fortescue zu schließen. Als das geschehen war, stieß Jean-Paul einen tiefen, erleichterten Seufzer aus. Es war eine unangenehme Episode gewesen und beinahe schiefgegangen. Besonders froh war er darüber, daß Edouard nichts davon erfahren hatte, denn der hätte ihn mit Sicherheit kritisiert.

Jean-Paul war erleichtert. Louisiana war weit entfernt.

Edouard, noch immer in London, erfuhr von der Befreiung von Paris durch die Briefe seines Bruders. Gemeinsam mit der Mutter und seinen französischen Freunden schaute er sich die Wochenschauen an und sah begeistert, wie General de Gaulle mit seinen siegreichen Truppen die Champs-Elysées entlangmarschierte.

Voll Stolz wartete er auf Jean-Paul, und als er ihn relativ dicht hinter dem General marschieren sah, jubelte er wild und laut und weinte, wie alle anderen Franzosen jubelten und weinten.

Er war achtzehn; Frankreich war frei; und sein Bruder, der Baron de Chavigny, war ihm wie ein richtiger Held vorgekommen.

Hélène

Orangeburg, Alabama 1955–1958

Hast du's schon mal mit 'nem Jungen getrieben?«

Priscilla-Anne trug ihr Haar zu einem neumodischen Pferdeschwanz frisiert: alles straff aus der Stirn gekämmt und mit einem rosaroten Band zusammengehalten. Es war kein allzu langer Pferdeschwanz, denn Priscilla-Anne ließ ihre Haare erst seit kurzem wachsen, aber Hélène betrachtete ihn dennoch voll Neid. Sie hätte ihr Haar auch gern so getragen und außerdem einen Rock wie Priscilla-Anne, der sich, mit steifen, knisternden Petticoats drunter, so richtig schön bauschte.

Priscilla-Anne kaute Kaugummi. Als Hélène nicht antwortete, nahm sie das Kaugummi aus dem Mund, inspizierte die hellrosa Kugel sorgfältig und stopfte sie sich dann wieder in den Mund. Sie legte sich lang ins trockene Gras, verschränkte die Hände unterm Kopf und seufzte laut. Ihre Brüste in dem neuen Maidenform-BH ragten provozierend in die Luft. Hélène wandte deprimiert den Blick ab. Sie wünschte sich so sehr einen BH, doch ihre Mutter war strikt dagegen.

»Bist du taub, oder was?« Priscilla-Anne stieß sie mit dem großen Zeh an. Sie stützte sich auf einen Ellbogen und musterte Hélène nachdenklich. »Ich hab' dich gefragt, ob du's schon mal mit 'nem Jungen getrieben hast!«

Sie saßen auf der Böschung hinter dem Baseballplatz und warteten auf den Schulbus, der sie nach Orangeburg zurückbringen sollte. Unten trainierten die älteren Jungen der High School von Selma. Hélène erkannte Billy Tanner. Er war größer und muskulöser als alle anderen. Sie riß einen kurzen Grashalm ab und kaute darauf herum. Die Antwort war schwierig, und das wußte Priscilla-Anne.

Die Wahrheit wollte Hélène nicht eingestehen, nicht einmal Priscilla-Anne, ihrer allerbesten Freundin, aber sie wollte auch nicht lügen. Die meisten Mädchen logen, oder übertrieben. Das vermutete sie jedenfalls, war sich aber nicht ganz sicher. Hélène seufzte. Allmählich hatte sie das Gefühl, daß irgend etwas mit ihr nicht stimmte. Manchmal war sie überzeugt, das einzige Mädchen der Junior High School von Selma zu sein, das noch kein einziges Mal geküßt worden war. Zögernd drehte sie sich zu Priscilla-Anne um. Ihre einzige Hoffnung war, daß Priscilla-Anne ihre Frage nur aus Langeweile gestellt hatte, denn die Freundin blickte wieder genauso verträumt drein, wie schon so oft in den letzten Monaten. Hélène räusperte sich.

»Nicht direkt«, erklärte sie bedächtig. »Nein.« Sie zögerte. »Du denn?«

»Na ja...« Priscilla-Anne sah sie mit listigem Ausdruck an, und ihr breiter, rot geschminkter Mund verzog sich zu einem verschwörerischen Lächeln. Hélène war erleichtert. Es war nichts weiter. Priscilla-Anne wollte mit ihr reden.

Einen Augenblick starrte sie stumm vor sich hin. Dann hörte sie plötzlich auf zu lächeln und richtete sich auf. Ihr Busen hüpfte. Hélène wandte eifersüchtig den Blick ab.

»Ich bin aber noch nicht bis zum letzten gegangen – weißt du?«

»Ja, ja, natürlich. Selbstverständlich.«

»Ich meine, es gibt Petting, nicht wahr?«

»Natürlich.«

»Aber...« Sie zögerte. »Erinnerst du dich an Eddie Haines von da drüben, in Richtung Maybury? Seinem Daddy gehört die Tankstelle am Highway. Groß. Riesig.« Sie kicherte. »Toller Bursche! Erinnerst du dich noch an ihn, beim Maybury-Spiel im letzten Herbst?«

»Das weißt du doch.« Hélène lächelte. »Und ich erinnere mich auch, was für ein Gesicht du gemacht hast, als er sich zum erstenmal mit dir verabreden wollte. Als ob du weiche Knie hättest, und deine Augen waren ganz verträumt, und...«

Priscilla-Anne stieß ihr den Ellbogen in die Rippen. »Hör auf! Ich meine es ernst, Hélène! Ehrlich!« Sie seufzte. »Ich liebe ihn.«

Hélène riß die Augen auf. Sie musterte die Freundin mit ganz neuem Respekt. »Wirklich? Bist du ganz sicher? Ach, Priscilla-Anne...« Mit großen Augen sahen die Mädchen einander an. »Ist das schön? Ich meine, ist das ein angenehmes Gefühl?«

»Angenehm?« Priscilla-Anne lachte. »Es ist wunderbar!«

»Und er – liebt er dich auch?«

Spontan beugte Hélène sich vor und griff nach Priscilla-Annes Hand.

»Na ja, ich glaube. Vermutlich. Ich meine, gesagt hat er es mir noch nicht. Aber, wenn er mich ansieht, weißt du...« Unvermittelt brach sie ab und preßte Hélènes Hand fester.

»Was ich dir jetzt erzähle, Hélène – schwörst du bei Gott, daß du keiner Menschenseele was davon verrätst?«

»Ich schwöre es, Priscilla-Anne. Ich schwöre es dir!«

»Wirklich?« Einen Augenblick musterte Priscilla-Anne sie zweifelnd, dann seufzte sie tief auf. »Also, ich sollte dir das vermutlich nicht sagen, aber ich mache mir so viele Gedanken – so viele, daß ich schon dachte, ich werde verrückt, und... Hélène, weißt du was? Ich glaube, die Leute lügen – ehrlich! Ich glaube, die sagen einfach nicht die Wahrheit.«

»Die Wahrheit?« Hélène starrte sie verständnislos an. »Wie meinst du das?«

»Na ja...« Priscilla-Anne richtete sich auf und beugte sich mit ernster Miene vor. »Die Sache ist die: Sie *warnen* einen nicht! Sie sagen nur, als Mädchen müsse man dies tun und jenes lieber nicht tun, aber das Wichtigste lassen sie einfach aus: daß es einem selbst auch Spaß macht!«

Sie machte eine dramatische Pause. Hélène wartete ehrfürchtig und aufmerksam, denn sie wußte, daß ihr alles, was Priscilla-Anne jetzt sagte, eines Tages – sie hoffte, schon bald – zugute kommen würde. Priscilla-Anne war ein Jahr älter als sie und wurde im nächsten Monat vierzehn. Und Priscilla-Anne hatte einen Busen – einen richtigen Busen wie eine Frau. Wenn Hélène auch erst einmal einen hatte, stand sie vielleicht vor demselben Problem.

»Soll ich dir erzählen, was er gemacht hat?« Hélène nickte energisch, und Priscilla-Anne rückte näher. Sie hielt einen Finger empor. »Erste Verabredung! Er küßt mich. Und gerade, als ich mich dran gewöhne und es so richtig genieße, weißt du, was er da macht?

Er schiebt mir die Zunge *in* den Mund! Erinnerst du dich, wie Susie uns mal davon erzählt hat, und ich sagte, das sei das *Ekelhafteste*, was ich jemals gehört hätte, und alle wüßten ja, daß sie sowieso nur 'n Flittchen ist? Aber weißt du, Hélène, er hat's getan, und ich schwöre bei Gott, es war himmlisch. Ganz einfach himmlisch!«

»Aber Priscilla-Anne!« Hélène starrte sie mit großen Auge an, dann stieß sie ein nervöses Kichern aus. »Bei der ersten Verabredung schon? Er hat das bei der *ersten* Verabredung getan?«

»Warte nur ab, es kommt noch mehr.« Priscilla-Anne hob den zweiten Finger. »Bei der *zweiten* Verabredung hat er seine Hand genau dahin gelegt.« Sie deutete auf ihren Busen.

»Dahin?«

»Dahin. Na ja, ich hab' seine Hand weggestoßen, dann hat er eine Weile gewartet und sie wieder dahingelegt. Irgendwie war das komisch, weißt du. Und er lachte, und ich lachte, und dann – dann hat er mit dem Finger so drübergestrichen, hin und her, hin und her, ganz langsam, genau an der Stelle, wo ein Baby trinken würde...« Priscilla-Anne errötete. »Und, Hélène, es war ein so wunderbares Gefühl, daß ich dachte, ich würde verrückt. Ich wußte genau, ich müßte ihn daran hindern, aber er machte eine ganz schnelle Bewegung, und schon war – war seine Hand drinnen.«

»Drinnen?« Hélène schluckte. »Unter dem Pullover, meinst du?«

»Anfangs unter dem Pullover.« Priscilla-Anne blickte schnell über ihre Schulter und senkte die Stimme. »Und dann direkt unter dem BH. Ich war total überrascht. Keine Ahnung, wie er das geschafft hat. Eben saß das Ding noch so fest, daß ich dachte, es würde aus allen Nähten platzen, und gleich darauf ist es offen. Und er faßt mich an. *Richtig* an.«

Die beiden Mädchen starrten einander fassungslos ins Gesicht. Hélènes Gedanken rasten; sie versuchte sich an das zu erinnern, was die anderen Mädchen gesagt hatten. Es war alles so kompliziert. Alles oberhalb der Taille war erlaubt, dessen war sie ziemlich sicher, aber auf keinen Fall sofort.

Priscilla wartete gespannt auf ihre Reaktion. Jetzt beugte sie sich eifrig vor. »Findest du das falsch? Bei der zweiten Verabredung? Meinst du, er hält mich für leichtfertig? Glaubst du, er wird's den anderen Jungens erzählen?«

»Nein, nein, bestimmt nicht!« Hélène versuchte, ihre Zweifel zu verbergen. »Ich meine, wenn du ihn liebst... Und wenn er dich auch liebt...«

»Na ja, ich weiß nicht.« Priscilla-Anne schüttelte den Kopf. »Es ist wirklich schwierig. Weißt du, wir haben uns bisher viermal getroffen. Heute abend sehen wir uns zum fünftenmal. Er leiht sich den Wagen von seinem Daddy und fährt mit mir in das neue Drive-in-Kino. Und ich *weiß* ganz einfach, daß er sich mit mir auf den Rücksitz setzen will, und dann...«

Sie unterbrach sich und spähte zur Straße hinter dem Baseballplatz hinunter. In der Ferne war der orangefarbene Schulbus zu sehen, der sich langsam in einer Staubwolke näherte. Priscilla-Anne stand auf. Sie klopfte ihren Rock ab, hob ihre Schulbücher auf und musterte Hélène. »Kommst du auf dem Heimweg noch mit zu mir? In unseren Laden? Vielleicht spendiert uns mein Daddy was zu trinken.«

Hélène zögerte. Auf einmal lachte Priscilla-Anne und hakte Hélène unter. »Na, komm schon! Warum denn nicht? Wegen deiner Mutter? Die kann schließlich 'n bißchen warten – oder?«

Hélène zögerte immer noch. Sie sah, wie Billy Tanner unten aufblickte. Dann hob er rasch grüßend die Hand und ließ sie sofort wieder fallen. Sie zuckte die Schultern. »Na schön«, sagte sie schließlich. »Warum eigentlich nicht – ausnahmsweise!«

Priscilla-Anne grinste. »Wenn du mitkommst, erzähle ich dir, was bei der dritten und vierten Verabredung passiert ist.« Sie hielt inne. Hélène sah, wie der Blick der Freundin an ihrer schlichten weißen Bluse hängenblieb.

»Weißt du was? Wenn du mitkommst, kannst du einen von meinen alten BHs haben.«

Sie versetzte Hélène einen Rippenstoß. »Ich hab' ihn wirklich kaum getragen; er ist praktisch neu. Weil ich viel zu schnell gewachsen bin...«

Hélène blieb starr vor Staunen stehen. Ihr Gesicht wurde hochrot. »Priscilla-Anne! Würdest du das wirklich tun? Meinst du wirklich, daß ich einen brauche?«

»Na klar... Aber jetzt komm. Es ist spät geworden, und meine Kehle ist knochentrocken...«

Bis sie den Abhang hinab- und um das Baseballfeld herumgelaufen waren, gab es im Bus nur noch einen Platz. Priscilla-Anne grinste und ließ den Blick durch den Bus wandern – Talentsuche, nannte sie das.

»Setz du dich hin«, sagte sie und stieß Hélène auf den leeren Platz. »Ich stehe lieber.«

Der Bus setzte sich in Bewegung, hielt aber sofort wieder an. Der Fahrer hatte sich umgedreht. Er war neu: ungefähr fünfzig und klapperdürr. Er trug einen abgewetzten grauen Anzug mit ausgefransten Ärmelkanten und ein weißes Nylonhemd. Die Knochen an seinem Handgelenk traten hervor. Hélène sah, daß er zögerte. Priscilla-Anne bemerkte es ebenfalls, denn sie warf ihm einen langen, kalten Blick zu, wandte den Kopf ab und begann vor sich hinzusummen.

»Miss. Würden Sie sich bitte hinsetzen?«

Er versuchte, einen Scherz daraus zu machen. Seine weißen Zähne blitzten. Alle Gespräche im Bus erstarben. Plötzlich herrschte Totenstille. Priscilla rührte sich nicht. »Miss. Sie müssen sich hinsetzen. Es ist verboten, im Bus zu stehen...«

Sehr, sehr langsam wandte sich Priscilla-Anne um. Sie hatte jetzt ein Publikum und war sich dessen deutlich bewußt. Sie genoß die Situation, das sah Hélène.

»Sprichst du mit mir, Boy?«

Die Hitze im Bus war unerträglich. Die Luft schien zu wabern. Hinten lachte jemand auf. Der Fahrer sah Priscilla-Anne schweigend an. Dann drehte er sich sehr langsam wieder nach vorn und löste die Bremse. Der Bus fuhr weiter. Das Stimmengewirr setzte wieder ein, Priscilla-Anne begann wieder zu summen und im Takt die Hüften zu schwingen, und Hélène war schrecklich elend zumute.

»Warum hast du das getan?« fragte sie, als sie in Orangeburg ausstiegen. »Warum hast du ihn ›Boy‹ genannt, Priscilla-Anne? Er hat's doch nicht böse gemeint, sondern nur seine Pflicht getan.

»Wen interessiert das schon?« Trotzig warf Priscilla-Anne den Kopf in den Nacken. »Der ist doch bloß 'n dämlicher Nigger, der einen Schulbus fährt. Mit mir darf ein Nigger nicht so reden. Aber kein Wort davon zu meinem Daddy, sonst wird er wild. Seit Monaten geht das nun schon immer nur ›Neeger, Neeger, Neeger‹ – seit der Entscheidung des Supreme Court, weißt du.«

Hélène seufzte. Sie las auch die Zeitung und kannte den Fall Brown gegen die Schulbehörde sowie die Entscheidung des Supreme Court, nicht rassenintegrierte Schulen seien verfassungswidrig. O ja, sie wußte Bescheid. Priscilla-Annes Vater war nicht der einzige, der seit Monaten von nichts anderem sprach.

»Kannst du dir das vorstellen, Hélène – in der Klasse neben so einem zu sitzen?« Priscilla lachte. »Die riechen, weißt du. Ehrlich! Richtig komisch riechen die. Und mein Daddy sagt, dieser Kerl – wie heißt er noch? –, dieser Earl Warren soll lieber nicht nach Alabama kommen, sonst könnte es sein, daß man ihn lyncht...«

»Mississippi Mary hat nicht gerochen.« Hélène krauste die Stirn. »Und wenn, dann höchstens angenehm. Du weißt schon, die früher mal mein Kindermädchen war...«

»Ach, die? Die Dicke? Ich erinnere mich. Sie ist vor längerer Zeit gestorben, nicht wahr?«

»Ja.«

»Und alle Nigger haben sich bei ihrer Beerdigung besoffen. Jesus! Aber wen kümmert's? Kommst du jetzt mit in unseren Laden?«

Hélène nickte. Sie überquerten die Straße und gingen an Cassie Wyatts Frisiersalon und dem alten Hotel vorbei. Draußen, am Stadtrand, wurde jetzt ein Motel mit Bungalows gebaut. Es wurde gemunkelt, daß Priscilla-Annes Vater das Hotelgrundstück gekauft habe, weil er seinen Laden vergrößern wolle.

Der Laden hatte sich in den letzten Jahren auch verändert. Merv Peters hatte neue Regale und Kühlvitrinen einbauen lassen, und außerdem gab es jetzt Selbstbedienung. Warten brauchte man nur noch an der Kasse. Er hatte sich eine lange, weiße Theke angeschafft, blitzblanke, hohe Hocker, ganze Reihen von Fruchtsirup-Flaschen und ein Radio, das ständig Country-and-Western-Musik spielte. Priscilla-Anne fand es großartig.

Hélène reichte Priscilla-Annes Vater schüchtern die Hand und kletterte auf einen Hocker. Sie dachte noch immer an Mississippi Mary. Sie hatte nicht gerochen, und sie war immer freundlich gewesen. Oft hatte sie Hélène auf den Schoß genommen und sie in den Schlaf gesungen und gewiegt.

Sie hatte nicht geweint, aber es tat ihr leid, daß Mississippi Mary tot war, und der Busfahrer tat ihr ebenfalls leid. Sie wünschte, Priscilla hätte nicht so mit ihm gesprochen...

Als sie ihre Limonade ausgetrunken hatten, gingen sie in Priscilla-Annes Schlafzimmer hinauf. Hélène sah sich mit großen Augen um. Nie hätte sie sich träumen lassen, daß ein Mädchen in ihrem Alter ein so schönes Zimmer haben könnte!

»Hübsch, nicht?« fragte Priscilla-Anne lässig. »Hat mein Daddy mir gerade erst eingerichtet. Seit meine Mama weg ist, tut er wirklich alles für mich. Ich glaube, weil er einsam ist.« Sie zuckte die Schultern. »Aber es geht ihm jetzt gut, mit der neuen Ladeneinrichtung und so. Er kommt vorwärts, verstehst du? Er sieht nicht ein, warum Orangeburg ein solches Kaff bleiben muß, sagt er.« Sie seufzte. »Aber ich weiß nicht. Es wäre schön, von hier wegzugehen. In eine größere Stadt. Nach Montgomery vielleicht.« Sie sah Hélène an. »Hast du schon mal daran gedacht, von hier wegzugehen?«

»Ja. Manchmal.«

Priscilla zog die Brauen zusammen. »Aber du redest nicht mehr soviel davon wie früher, als deine Mutter mit dir nach England zurückkehren wollte. Nach London. Damals mochte ich dich nicht. London! Und du hast so komisch gesprochen. Hochmütig warst du. Das haben alle gesagt – bis auf Billy Tanner, natürlich.«

Hélène wurde rot. Sie wandte sich ab und tat, als betrachte sie die Puppen. »Wir sparen.« Sie zögerte. »Das heißt, Mutter spart. Aber die Reise nach England ist furchtbar teuer. Es ist so weit weg.« Jetzt sah sie Priscilla-Anne wieder an. »Wir haben eine Schachtel«, fuhr sie schließlich fort. »Mutter hat eine alte Blechschachtel. Und wenn wir etwas Geld übrig haben, kommt es da rein. Und wenn wir eines Tages genug gespart haben, werden wir wohl abreisen, nehme ich an.«

Priscilla-Anne zögerte. »Das wird aber 'ne Weile dauern, nicht wahr? Ich meine, bei Cassie Wyatt kann deine Mama doch nicht soviel verdienen...«

»Sie verdient inzwischen mehr«, fiel Hélène ihr übereifrig ins Wort. »Weil sie jetzt, wo ich in der Schule bin, länger arbeitet. An fünf Nachmittagen der Woche, und...«

»Sie arbeitet nachmittags?« Priscilla-Anne krauste die Stirn. »Tatsächlich? Das ist aber komisch.«

»Was ist komisch?«

»Na ja, ich war neulich bei Cassie. Mein Daddy hat mir erlaubt, mir die Haare so machen zu lassen, wie Susie sie trägt, mit so kleinen Löckchen vorn, und ich wollte, daß deine Mutter mich frisiert, weil alle sagen, daß sie so gut ist. Dich frisiert sie doch auch immer, nicht wahr? Und du siehst immer wirklich hübsch aus...«

»Und?«

»Sie war nicht da. Cassie sagte, ich müßte bis zu den Ferien warten, weil deine Mutter nur vormittags da wäre.«

»Vormittags? Das kann nicht sein. Sie muß sich geirrt haben.« Eine kleine Pause trat ein. Priscilla-Anne sah ihre Freundin mit einem Ausdruck an, den Hélène nicht verstand: ein bißchen, als lache sie sie aus, ein bißchen, als tue sie ihr leid. »Vermutlich. Vielleicht hab' ich sie falsch verstanden. Willst du jetzt den BH anprobieren?«

Priscilla-Anne half ihr dabei. Hélène zog ihre Bluse aus, weil ihre Hände jedoch so zitterten, mußte Priscilla-Anne ihr den BH auf dem Rücken schließen. Dann kam sie wieder nach vorn herum und musterte die Freundin kritisch.

»Siehst du? Ich hatte recht. Er paßt. Hélène Craig, jetzt bist du wirklich 'ne richtige Frau!« Dabei rollte sie so komisch die Augen, daß sie beide anfingen zu kichern.

»Bin ich nicht. Hier...« Hélène zupfte an der Vorderseite des BHs. »Da ist nur 'n ganz kleines bißchen drin, der Rest ist Luft. Ich kann's genau fühlen.«

»Hauptsache, kein anderer fühlt es«, sagte Priscilla-Anne mit kehliger Stimme, und wieder begannen beide zu kichern. Dann holte Priscilla-Anne ein Papiertaschentuch und zeigte ihr, wie man sich den BH ausstopfte.

»So!« sagte sie schließlich. »Geht doch wunderbar! Das brauchst du höchstens 'n paar Wochen lang, bis du 'n bißchen gewachsen bist. Keine Sorge, das dauert nicht lange. Und Billy Tanner wird ganz *wild* werden...«

»Wirst du endlich mit Billy Tanner aufhören?« Hélène gab Priscilla-Anne einen freundschaftlichen Stoß.

»Okay, okay. Ich hör' ja schon auf. Wer will denn schon von diesem Kerl reden? Er ist so dumm! Wenn er liest, rutscht er mit dem Finger die Zeilen entlang und bewegt dabei die Lippen...«

»Das ist nicht wahr!«

»Das ist doch wahr! Und sein Daddy lebt von der Wohlfahrt. Das hat mir Eddie Haines gesagt. Genau wie 'n Nigger. Er trinkt soviel, daß er seit zehn Jahren keine Arbeit mehr kriegt, und...«

»Priscilla-Anne, halt endlich den Mund:! Das ist doch nicht Billys Schuld. Billy arbeitet fleißig. Am Abend nach der Schule kocht er da drüben, in diesem Lokal in Maybury...«

»Bist du mal da gewesen? Fetttriefende Hamburger mit Kohl. Igitt!«

»... und am Wochenende in der Autowerkstatt. Er wird nämlich Mechaniker, hat er mir gesagt. Er ist wahnsinnig geschickt, mit Autos und Motoren und so...«

»Aber haben tut er keins, nicht wahr?« Priscilla-Anne warf hochnäsig den Kopf in den Nacken. »Und wird auch sicher nie eins kriegen. Billy Tanner wird's nicht weit bringen. Du mußt verrückt sein, mit so 'nem Kerl rumzulaufen.«

»Ich laufe nicht mit ihm rum.« Hélène zögerte. »Ich sehe ihn nur manchmal. Bei uns im Wohnwagenpark. Mehr nicht. Und ich mag ihn. Kann sein, daß er langsam ist, aber er ist freundlich und...«

»Hör zu.« Priscilla-Anne machte eine ungeduldige Handbewegung. »Wir sind doch nicht hier, um über Billy Tanner zu reden. Wir wollten über Eddie reden. Also: Willst du nun wissen, was passiert ist, oder nicht?«

Hélène zögerte. Sie war gekränkt über das, was Priscilla-Anne gesagt hatte, und wollte nach Hause, aber eigentlich nur ungern. Schließlich war Priscilla-Anne großzügig gewesen und hatte ihr den BH geschenkt. Und außerdem wollte sie es wirklich gern wissen, auch wenn sie es sich nicht eingestehen mochte.

»Gut«, gab sie schließlich seufzend nach. »Ich möchte es wissen. Was ist also passiert?«

Sie setzten sich aufs Bett.

»Schwörst du, daß du's niemandem weitersagst? Bestimmt nicht?« Sie seufzte tief auf. »Ich weiß nicht, ob du mir glauben wirst. Ich hab's ja selbst kaum glauben können. Dritte Verabredung, mehr oder weniger genauso wie die zweite, nur etwas mehr, wenn du verstehst, was ich meine. Vierte Verabredung: Er holt ihn raus.«

Hélène blieb der Mund offenstehen. »Wie – ganz einfach so?«

»Nein, Dummchen! Natürlich nicht ganz einfach so.« Priscilla-

Annes Miene war verächtlich. »Wir reden von einer langen Sitzung. Ich glaube, er hat so'n bißchen die Beherrschung verloren, weil er mich ja im Grunde respektiert. Das weiß ich, weil er es mir gesagt hat. Aber wir haben uns heftig geküßt, und seine Hände waren drinnen, du weißt schon, wo sie vorher schon waren, nur dieses Mal alle beide. Und das machte mich ganz wahnsinnig und ihn ganz wahnsinnig, und dann... Na ja, er wollte, daß ich ihn durch seine Hose anfasse. Und Hélène, ich sage dir, er fühlte sich so hart und groß an, daß ich's mit der Angst gekriegt hab'. Ich meine, ich konnte es einfach nicht *glauben*! Erinnerst du dich an die Zeichnungen in Biologie? Da sah das Ding doch winzig klein aus, nicht wahr? Aber der *war* nicht klein, im Gegenteil, und...«

»...dann hat er ihn rausgeholt?«

»Allerdings.«

»Mann!« Hélène erschauerte.

»Und weißt du, wo wir beide da saßen?« Priscilla-Anne lachte laut auf. »Im Arbeitszimmer von meinem Daddy.«

»Das ist nicht dein Ernst!«

»O doch. In seinem Arbeitszimmer. Auf der großen Kunstledercouch, auf die er so stolz ist. Und weißt du, was ich dachte? ich dachte, wenn nun was passiert... Ich meine...« Sie senkte die Stimme. »Wenn er nun *kommt*, ja? Und dann mußte ich lachen.«

»Lachen? Als er ihn rausgenommen hatte? War Eddie nicht beleidigt?«

»Beleidigt! Richtig wild geworden ist er. Na ja, zuerst hat er ihn natürlich weggesteckt, einfach in seine Hose zurückgestopft und den Reißverschluß zugezogen. Und dann wurde er wild. Ich sag' dir, Hélène, ich habe geweint und geweint. Das war's, dachte ich. Jetzt geht er weg, und ich werd' ihn nie wiedersehen. Aber ich glaube, ich tat Eddie leid, denn als ich weinte, kam er sofort zurück, nahm mich in die Arme und küßte mich, und dann, nach 'ner Weile, holte er ihn wieder raus.«

»Priscilla-Anne, du lügst! Das hat er nicht getan!«

»O doch.« Ein kleines Grübchen erschien auf Priscilla-Annes Wange. »Ich hab' ihm erklärt, ich wollte ihn mir noch mal ansehen. So.«

»Das hast du nicht gewagt!«

»O doch. Und außerdem...« Priscilla reckte sich. »Es stimmte ja.

Ich meine, ich hab' die Jungens in der Turnhalle gesehen – wer nicht? Ich weiß, wie 'n Steifer aussieht, in der Turnhose. Aber nicht so. In Großaufnahme, sozusagen.«

Ein langes Schweigen entstand. In Hélènes Kopf wirbelten die Bilder, alle verschwommen und undeutlich.

»War er... Hat er...« Sie zögerte. »Sah er schön aus?«

Priscilla-Anne überlegte. »Na ja, wohl eher komisch«, antwortete sie schließlich. »Wahnsinnig groß. Und er steht nicht still, wie ich gedacht hatte, sondern wippt so komisch auf und ab. Wie eine Rute. Und eine ganz merkwürdige Farbe hat er. Rötlich – bläulichrot beinahe.« Sie schluckte. »Glaubst du, die sind alle so, oder nur seiner?«

»Keine Ahnung. Alle, nehme ich an. Hast du...« Hélène blickte auf. Sie merkte, daß sie gleich wieder lachen mußte und daß Priscilla-Anne ebenfalls lachen mußte. »Hast du ihn angefaßt?«

»Aber nein! Wofür hältst du mich?« Priscilla-Anne stieß sie entrüstet an. »Er wollte natürlich, daß ich's tue, aber ich wollte nicht. Und weißt du, was ich dabei dachte? Jesus, dachte ich, er ist so *groß*! Ich weiß einfach nicht, wie der jemals da rein paßt, du weißt schon!«

»O mein Gott!« Hélène schlug sich die Hand vor den Mund. Dann fing sie an zu lachen, und Priscilla-Anne fing ebenfalls an zu lachen, und sie klammerten sich bebend vor Lachen aneinander, bis ihnen die Tränen über die Wangen liefen. Priscilla-Anne hörte als erste auf.

»Laß das!« befahl sie. »Die Sache ist ernst.« Sie schüttelte Hélène, und Hélène gluckste. »Wirklich! Ich hab's dir gesagt. Ich muß mich entscheiden. Ich muß mich auf der Stelle entscheiden, und du mußt mir helfen. Was soll ich heute abend tun? Im Drive-in?«

»Du meinst, er wird versuchen...«

»Aber sicher.« Priscilla preßte die Lippen zusammen. »Die sind doch wirklich alle gleich. Jedesmal ein bißchen mehr.«

»Ich hätte gedacht, daß ihm nicht viel mehr zu tun übrigbleibt.«

»Da sieht man mal, was du nicht alles weißt!« Priscillas Blick drückte Verachtung aus. »Mir fallen mindestens drei Dinge ein. Ich weiß es von Susie Marshall. Hör zu...« Sie warf einen Blick zur Tür; dann beugte sie sich vor und flüsterte Hélène etwas ins Ohr. Hélènes Augen wurden immer größer.

»Ins Taschentuch? Das kann nicht wahr sein!«

»Doch! Und dann ...« Wieder beugte sich Priscilla vor und flüsterte weiter. Dann lehnte sie sich zurück, und die beiden Mädchen starrten einander an.

»Es stimmt! Ich wollte es anfangs auch nicht glauben. Ich meine, ist das nicht das Schmutzigste, was du jemals gehört hast?«

»Und die mögen das?«

Priscilla-Anne nickte weise.

»Aber die Mädchen – die Mädchen *können* das doch gar nicht mögen! Igitt!« Hélène schnitt ein Gesicht. »Das schmeckt doch bestimmt ganz fürchterlich.«

»Susie Marshall behauptet, nein. Und außerdem wird man nicht schwanger. Sagt sie.« Priscilla seufzte. »Also, was soll ich tun?«

Hélène schüttelte beunruhigt den Kopf. »Ich weiß es nicht. Einfach nein sagen, nehme ich an. Wenn du sehr bestimmt auftrittst ...«

»Ach, weißt du, Hélène, darin bin ich eigentlich nicht besonders gut.« Priscilla-Anne grinste. »Das paßt auch gar nicht zu mir, verstehst du?«

Hélène stand auf. Stirnrunzelnd überlegte sie. »Du könntest sagen... Ach ja, ich weiß: Wenn er dich wirklich respektiert, würde er's nicht tun ...«

»Mann!« Priscillas Miene hellte sich auf. »Das ist gut!«

»Das hat meine Mutter gesagt... Es könnte klappen. Aber ich weiß es nicht.«

»Das gefällt mir! Ich werd's versuchen. Das ist großartig!« Sie stolzierte im Zimmer umher und studierte vor dem Ankleidespiegel die entsprechende Pose ein. »*Wenn du mich wirklich respektierst, Eddie, wirst du das nicht tun!*« Sie wirbelte herum. »Na, wie klingt das?«

»Nicht schlecht.« Hélène grinste. »Du könntest es ein bißchen distanzierter sagen. Ernster. Als wärst du wirklich zutiefst gekränkt und verletzt. Genau. Versuch's noch mal!«

Priscilla gehorchte. Diesmal klang es, als wäre ihr was im Hals steckengeblieben, also mußte Hélène mit ihr weiterüben. Schließlich seufzte Priscilla-Anne.

»Jetzt ist Schluß«, erklärte sie. »Besser kann ich's eben nicht. Ich bin zwar nicht so gut wie du, aber vielleicht ...« Sie brach ab und musterte Hélène einen Moment im Spiegel.

»Weißt du, du könntest Schauspielerin sein«, behauptete sie. »Du kannst mit deiner Stimme alles machen. Und dein Gesicht –, ich weiß wahrhaftig nie so recht, was du denkst, denn wenn du willst, kannst du furchtbar geheimnisvoll sein. Ich wollte, ich könnte das genauso gut wie du.«

Hélène lachte. »Warum?«

»Ich weiß es nicht. Weil ich dann vielleicht das Gefühl hätte, Macht zu besitzen. Also, manchmal bist du mir wirklich unheimlich. Ich weiß, es kümmert dich einen Dreck, aber ich wette, wenn du wolltest, könntest du die Jungens dazu bringen, alles zu tun, was du von ihnen verlangst. Geradezu rasend machen könntest du sie...«

»Meinst du wirklich?« Hélène starrte sie verwundert an.

»O ja.« Priscilla zögerte einen Moment. »Und die Männer auch«, setzte sie hinzu. »Vielleicht.«

Sehr nachdenklich ging Hélène nach Hause. Von Orangeburg bis zum Wohnwagenpark war es ungefähr eine Meile: die Main Street entlang, dann neben dem Highway über die Baumwollfelder der Calverts und dann einen staubigen, ungepflasterten Weg entlang. Es war heiß; in ein paar Wochen würde es noch heißer werden, und dazu so feucht, daß man sich ständig verschwitzt fühlte und es im Wohnwagen sogar nachts stickig war. Der neue BH war unbequem; die Träger saßen zu stramm, und der Verschluß im Rücken schnitt ihr ins Fleisch. Die Schulbücher wurden mit jeder Minute schwerer. Sie würde eine Ausrede für ihr Zuspätkommen erfinden müssen. Die Mutter mochte es nicht, wenn sie zu anderen Leuten ging; die Mutter mochte es nicht, wenn sie Freundinnen besuchte; die Mutter mochte Priscilla-Anne Peters nicht. Das merkte Hélène an der Art, wie die Mutter den Mund verkniff, sobald Priscilla-Annes Name fiel. *Gesagt* hatte sie allerdings kein Wort. Nur: »Es ist unhöflich, Einladungen zu akzeptieren, die man nicht erwidern kann, Hélène. Vergiß das nicht.«

»Und *warum* kann ich sie nicht erwidern?« Hélène schob trotzig die Unterlippe vor. »Ich könnte Priscilla-Anne doch mal mit herbringen!«

»Hierher? *Hier*her?« Zwei hektisch rote Flecken erschienen auf den Wangen der Mutter. »Du willst, daß deine Freundin sieht, wie wir hier hausen? Damit halb Orangeburg darüber tratscht?«

Das war schon vor längerer Zeit gewesen, als sie noch in die fünfte Klasse ging. Damals hatte Hélène geschmollt und ihre Mutter für dumm gehalten. Als sie jetzt auf den Wohnwagenpark zuging, war sie sich nicht mehr ganz so sicher.

Zwei von den alten Wohnwagen standen seit Jahren leer. Da niemand mehr dort einziehen wollte, rosteten sie langsam vor sich hin. Einer hatte ein großes Loch im Dach. Die jüngeren Tanners hatten die Fensterscheiben eingeworfen. In einem der übrigen Wagen wohnte noch immer die alte May, aber ihr Mann war inzwischen gestorben. Die alte May war fett und schmutzig geworden, und es hieß, sie sei nicht ganz richtig im Kopf, weil sie ihren Wagen fast niemals verließ. Im Wagen daneben wohnte ein junges Paar, das sich zunächst sehr große Mühe gegeben hatte. Kästen mit Plastikblumen standen vor den Fenstern, und der Ehemann hatte den Wohnwagen sonnengelb gestrichen. Jetzt aber hatten sie zwei Kinder, ein drittes war unterwegs, die gelbe Farbe blätterte ab, und die Sonne hatte die Farbe der Blumen ausgebleicht. Die Frau saß, wie fast immer, mit Lockenwicklern im Haar auf der Treppe, während ihre beiden halbnackten Kinder mit ein paar Tanner-Kindern im Dreck spielten. Als Hélène vorüberkam, hob sie träge den Kopf.

»Hallo, Hélène! Heiß, nicht wahr?«

»Ja. Sehr.« Hélène lächelte höflich. Die Frau zog an ihrer Zigarette und warf die Kippe zwischen die Plastikblumen.

Die Mutter war noch nicht zu Hause, aber das war neuerdings nichts Ungewöhnliches. Sie würde gegen sechs mit ein paar Päckchen kommen und erklären, sie sei im Supermarkt gewesen, sie habe gemerkt, daß kein Brot mehr im Haus sei, oder Zucker, oder Tee. Früher hatte Hélène das gestört, heute nicht mehr. So brauchte sie sich wenigstens nicht dafür zu verantworten, daß sie so spät kam.

Im Wohnwagen war es heiß wie in einem Backofen. Sie riß sämtliche Fenster und auch die Tür auf, aber es half alles nichts. Da sich draußen kein Lüftchen regte, kamen höchstens die Fliegen herein. Sie warf die Tasche mit den Büchern auf den Tisch und holte sich ein großes Glas kalte Milch. Ihr war so heiß, und sie fühlte sich so schmutzig! Am liebsten wäre sie jetzt unter die Dusche gegangen, um sich das kalte Wasser über den Körper laufen zu lassen. Oder zum Teich hinuntergelaufen, vielleicht mit Billy, um dort zu baden. Aber das tat sie eigentlich fast nie mehr. Billy schien zu allen Tages- und Nachtzeiten zu arbeiten. Und wenn er nicht arbeitete, schien er ihr aus dem Weg zu gehen. Sie begriff das einfach nicht. Gewiß, sie konnte ebenso gut allein gehen, aber sie hatte ein bißchen Angst. Es war so still unten am Teich. Einmal hatte sie es getan und es auch wirklich sehr genossen, aber nicht so sehr, wie mit Billy zusammen. Die ganze Zeit, als sie im Wasser war, hatte sie das Gefühl gehabt, daß jemand hinter den Pappeln stand und sie beobachtete. Schließlich war sie rasch ans Ufer gestiegen und den ganzen Weg bis nach Hause gelaufen.

Sie schleuderte die Schuhe von den Füßen, ging ins Schlafzimmer und warf sich aufs Bett. Das Bett ihrer Mutter war ungemacht, und im Zimmer roch es ein wenig sauer nach ungewaschener Bettwäsche. Hélène schloß die Augen. Manchmal hatte sie das Gefühl, daß ihre Mutter nicht mehr so eigen war wie früher.

Sie dachte an Priscilla-Annes Schlafzimmer mit den rosa Rüschen. Sie dachte an das neue Badezimmer, das Merv Peters hatte einbauen lassen und das die Freundin ihr auf dem Weg hinaus gezeigt hatte: blitzblanke Kacheln, und alles in Rosa statt, wie üblich, in Weiß. Sie hatte noch nie ein rosa Badezimmer gesehen, hatte nicht einmal gewußt, daß es so etwas gab.

Hélène öffnete die Augen wieder. Eine dicke Schmeißfliege summte umher. Die Wände hatten Rostflecken. Die kleinen, dünnen Baumwollvorhänge hatten nun auch die letzte Spur Farbe verloren und hingen wie Lappen vor dem Fenster. Ein Bein ihres Bettes war zur Hälfte abgebrochen, und die Schraube, die ihre Mutter hineingedreht hatte, saß so locker, daß das Bett bei jeder Bewegung wackelte. Die alte, gelbe Kommode schien von Tag zu Tag gelber und häßlicher zu werden.

Sie ging nicht zur Kirche, hatte es nie getan, aber sie betete zuweilen – in letzter Zeit jedenfalls. Und immer wieder dasselbe Gebet wie jetzt: ›Lieber Gott! Lieber Jesus! Laßt mich hier raus!‹

Als sie sich nach einer Weile ein wenig besser fühlte, setzte sie noch hinzu: ›Und Mutter auch.‹ Dann schwang sie die Beine vom Bett, begann unter dem Bett ihrer Mutter herumzusuchen und fand unter anderem einen Stapel alter Zeitschriften. Hélène stöberte ein wenig darin herum. Diese eleganten, reichen Damen lebten nicht in dreckigen, alten Wohnwagen. Die lebten in vornehmen Häusern, hatten einen Ehemann, der täglich um sechs Uhr nach Hause kam, einen Barbecue-Grill im Garten und vor allen Dingen eine Dusche wie Priscilla-Anne, damit sie sich waschen konnten, wann immer sie wollten. Sie blätterte um.

Und sie benutzten etwas, das Tampax hieß, weil sie ein aktives Leben führten; das bewiesen die Fotos: beim Reiten oder auch am Strand. Als Mädchen konnte man Tampax aber nicht benutzen, hatte Susie Marshall gesagt; weil man nicht groß genug dazu war. Hélène fand, daß die Dinger gefährlich klangen: Was, wenn sie nun steckenblieben? Aber sie waren vermutlich noch immer besser als das, was sie selbst tragen mußte: diesen gräßlichen, rosa Gummigürtel und die dicken Binden. Als es bei ihr endlich angefangen hatte, wollte die Mutter nicht darüber sprechen – kein Wort. Sie kaufte den Gürtel und eine blaue Packung mit diesen Binden und versteckte alles ganz hinten in einer Schublade. »Da ist alles«, sagte sie anschließend. »Für den Fall, daß du es brauchst.«

Also sprach sie mit Priscilla-Anne darüber und fühlte sich anschließend wesentlich wohler. Mit Priscilla-Anne konnte sie reden, mit der Mutter nicht. Nicht so wie früher. Und nur noch sehr selten. Manchmal hatte sie das Gefühl, die Mutter wollte nicht, daß sie erwachsen wurde. Dann wieder meinte sie, die Mutter sei einfach zu müde oder zu beschäftigt. Sie sah jetzt oft sehr müde aus. Am Morgen hatte sie verquollene Augen, und um ihren Mund zogen sich ganz feine Linien. Am Abend wirkte sie zuweilen völlig erschöpft und deprimiert. Gelegentlich schlief sie sogar im Sessel ein.

Sie ist noch immer schön, dachte Hélène. Aber nicht mehr ganz so schön wie früher. Und manchmal, wenn Hélène ihr in der Stadt begegnete, schämte sie sich regelrecht. Die Mutter war so schrecklich altmodisch! Sie trug ihr Haar noch immer mit der Lockenschere gewellt und mit Seitenscheitel, statt wie die anderen Mütter mit Dauerwelle oder Simpelfransen. Und auch ihr Make-up wirkte draußen, im Sonnenschein, ein bißchen komisch. Der helle Puder, den sie benutzte, und daß sie sich die Lippen immer noch zum Amorbogen schminkte: das tat doch heutzutage kein Mensch mehr! Und wie sie sprach! Immer noch so furchtbar englisch. Hélène hatte gesehen, wie die Leute grinsten und sich Blicke zuwarfen. Bei Cassie Wyatt; im Supermarkt.

Die Mutter gehörte nicht hierher. Und Hélène hatte das Gefühl, daß sie selbst auch nicht hierher gehörte. Sie war keine Engländerin und keine Amerikanerin. O ja, wenn sie wollte, konnte sie reden wie die anderen Mädchen. Sie hatte ein gutes Gehör, das wußte sie. Aber sie wollte nicht so sein wie die anderen Mädchen. Nicht ganz genauso. Die hatten höhnisch gelacht, als sie anfangs zur Schule ging, und das hatte sie ihnen niemals vergessen. ›Beachte sie nicht, Darling‹, hatte die Mutter damals gesagt. ›Sie sind ungehobelt und dumm. Sie wissen es nicht besser...‹

Damals hatte sie der Mutter geglaubt. Ihre Mutter wußte alles. Sie wußte alles über England, über Herrenhäuser und grüne Rasenflächen und Bälle und Damen mit feinen Handschuhen.

Heute war sie manchmal nicht mehr ganz sicher. Manchmal kam ihr jene ganze Welt – die Welt, von der die Mutter früher ständig gesprochen hatte, die sie heute aber kaum noch erwähnte – irreal vor. Es gab sie vermutlich, doch sehnte sie sich wirklich danach?

›Hélène Craig‹, flüsterte sie vor sich hin. ›Hélène Fortescue.‹ Aber selbst das half nicht mehr so gut wie früher. Die Namen hatten einen hohlen Klang. Manchmal hatte sie das Gefühl, überhaupt nicht zu existieren, ein Niemand zu sein.

Sie fand die Blechschachtel ganz hinten unterm Bett, vollkommen mit Staub und Flaumflocken bedeckt. Wann war die denn zum letztenmal geöffnet worden? Hélène klappte den Deckel auf. Sie entdeckte zwei dunkelblaue britische Pässe, einen für ihre Mutter und einen für sie selbst, weil sie in England geboren war. Und sie entdeckte das Geld – eine ganze Menge. Zerknitterte Dollarscheine, ein paar Fünfer, Unmengen von kleineren Münzen. Früher einmal hatte die Mutter mit ihr gerechnet: Wenn wir jede Woche soundsoviel sparen – niemals sehr viel, höchstens den Preis einer Packung Waschpulver oder einer Schachtel Cornflakes –, wenn sie das wirklich jede Woche taten und sich niemals etwas von dem Geld nahmen, nicht mal zu Weihnachten, dann hätten sie in soundsoviel Wochen, in so und soviel Jahren... Hélène seufzte. Was kostete eine Reise nach Europa, nach England, für zwei Personen?

Fünfhundert Dollar, hatte die Mutter einmal gesagt. Doch würden fünfhundert Dollar heute noch reichen?

Wie dem auch sei, es gab keine fünfhundert in der Schachtel – bei weitem nicht. Stirnrunzelnd versuchte sie sich zu konzentrieren. Das letzte Mal hatten sie das Geld an ihrem elften Geburtstag gezählt. Daran erinnerte sie sich, weil sie kurz zuvor ihre erste Periode gekriegt und der Geburtstag zwar schön angefangen, aber sehr schlimm geendet hatte. Die Mutter war in Tränen ausgebrochen – grundlos, wie Hélène fand. Aber sie weinte sehr und sagte, Hélène werde so schnell erwachsen, und dann hatte sie die Schachtel hervorgeholt und das Geld gezählt. Damals waren zweihundertdreißig Dollar in der Schachtel gewesen.

Langsam und vorsichtig begann sie, das Geld zu zählen. Als sie fertig war, setzte sie sich nachdenklich hin und zählte noch einmal.

Aber sie hatte sich nicht verzählt. Es waren nur noch etwas über einhundertfünfzig Dollar in der Schachtel. Damit kamen zwei Personen niemals bis nach England!

Sie starrte das Geld an, bis ihr der Kopf schmerzte und heiß wurde und ihr beinahe die Tränen kamen. Dann raffte sie kurz entschlossen alles zusammen, packte es in die Schachtel zurück und schob sie wieder unters Bett. Wo war der Rest des Geldes geblieben?

Die Mutter kam gegen sechs. Sie trug ein rosa Kleid, das Hélène nicht kannte, das ihr aber sehr gut stand. Hélène merkte sofort, daß sie bester Laune war. Beim Zubereiten des Abendessens sang sie vor sich hin und stellte der Tochter eine Menge Fragen über die Schule, wie sie es nur tat, wenn sie nicht müde war. Hélène hatte den Eindruck, daß sie ihre Antworten gar nicht recht hörte, denn ihre Augen blickten verträumt. Aber das ärgerte sie nicht, weil sie ein schlechtes Gewissen hatte wegen all dem, was sie kurz zuvor von der Mutter gedacht hatte. Schließlich war es nicht ihre Schuld, daß sie so englisch sprach. Und sie war *wirklich* hübsch. Heute abend strahlten ihre Augen, und sie sah fast wieder so schön aus wie früher.

Hélène überlegte, ob sie sie fragen sollte, wegen der Verwechslung mit ihrer Arbeit bei Cassie Wyatt am Nachmittag, aber sie wagte es nicht so recht. Die Mutter haßte es, ausgefragt zu werden; Nachspionieren nannte sie das. Also erzählte sie ihr lieber von Priscilla-Anne, daß sie auf dem Heimweg von der Schule bei den Peters gewesen war. Seltsamerweise schien das durchaus in Ordnung zu sein. Die Mutter nickte nur lächelnd und sagte kein Wort.

Ermutigt fuhr Hélène fort und erzählte ihr von den Puppen und dem rüschengeschmückten rosa Schlafzimmer. Die Mutter zog die Brauen hoch; ein kleines Lächeln spielte um ihre Lippen.

»Es war wunderschön, Mutter! Ach ja, und sie haben ein Bad. Und weißt du was? Das ist auch rosa. Eine Dusche mit Glastür, und ganz blanke rosa Kacheln. Und die Badewanne ist rosa, und das Waschbecken... Stell dir das vor! Sogar das...«

»Rosa?« Die Brauen stiegen noch etwas höher. »Aber Darling! Wie vulgär!«

Hélène senkte den Blick. »Ich fand es hübsch«, entgegnete sie mit der alten Unsicherheit. Wieder hatte sie es falsch gemacht! Wieso war ihre Mutter immer so sicher?

Eine kleine Pause entstand. Die Mutter lehnte sich im Sessel zurück. »Und danach?« fragte sie schließlich. »Was hast du anschließend getan? Ich hoffe doch, du hast nicht allzu lange auf mich warten müssen.«

»Och, nur so rumgemacht. Und dann... Dann hab' ich überlegt...«

Sie schluckte. Sie wagte es noch immer nicht direkt auszusprechen. Wenn die Mutter erfuhr, daß sie das Geld in der Blechschachtel gezählt hatte, würde sie böse werden. Und wenn sie böse war, hatte Hélène Angst vor ihr.

»Ich wollte es einfach wissen, verstehst du? Ob wir noch immer für die Rückkehr nach England sparen.«

Augenblicklich fuhr die Mutter hoch. Ihr Blick wurde durchdringend, und sie schien etwas sagen zu wollen, hielt sich aber offensichtlich zurück. Ihre Miene war hart geworden. Dann jedoch wurde sie wieder ganz sanft, und die Mutter lächelte. Ein seltsames, ganz leicht verschwörerisches Lächeln.

»Aber natürlich, Darling«, antwortete sie. »Natürlich tun wir das. Das hab' ich dir doch immer gesagt, nicht wahr?« Sie hielt inne, während Hélène keinen Blick von ihr ließ. »Aber wir sind jetzt schon sehr lange hier, und du hast dich gut in der Schule eingelebt, und darum frage ich mich manchmal, ob es nicht besser wäre, wenn wir hierbleiben.«

»Hierbleiben?« Hélène spürte, wie ihr das Blut ins Gesicht stieg. »Im Wohnwagenpark?«

Die Mutter lachte. »Aber natürlich nicht, Darling! Hierbleiben, in diesem Park? Nicht eine einzige Minute länger als unbedingt nötig! Aber wenn sich unsere Lebensumstände ändern würden, ganz entschieden ändern, dann könnte es recht angenehm sein, in Amerika zu bleiben. Sogar in Alabama. Meinst du nicht?«

»Ändern? Wie ändern?« Hélènes Stimme hob sich, aber die Mutter lächelte nur.

»Zum Guten natürlich, Darling. Wenn wir mehr Geld hätten, zum Beispiel, sehr viel mehr Geld. Und ein hübsches Haus. Wenn wir ein Auto hätten und so viele Kleider, wie wir nur wollten. Wenn wir nicht mehr sparen müßten und alles tun könnten, was wir wollten...« Sie wedelte unbestimmt mit der Hand durch die Luft. »Wenn unser Leben so aussähe, würde es mir, glaube ich, nichts ausmachen, hierzubleiben.« Sie musterte Hélènes erhitztes, skeptisch dreinblickendes Gesicht. »Sieh mich nicht so finster an, Liebling! Das macht dich häßlich. Schließlich ist es in Alabama auch sehr schön. Es gibt wunderschöne Häuser und bezaubernde Gärten – genau wie in England.« Sie lächelte.

»Und es gibt Gärtner, hier bekommt man tatsächlich noch Dienstboten! Die Menschen in Alabama leben wirklich so, wie man es sich in England heutzutage kaum noch leisten könnte, und...«

Hélène stand auf. Sie konnte es nicht mehr mitanhören. Die Mutter schien verrückt zu sein. Das waren doch alles Träume, Phantasievorstellungen!

»Wo denn?« rief sie und deutete mit einer erregten Geste auf das Fenster. »Wo sind sie denn, die Gärten, die Dienstboten, die Kamelien? Siehst du da draußen irgend etwas davon?«

»Nicht hier. Natürlich nicht hier.« Auch die Mutter hatte jetzt die Stimme erhoben. »Du weißt genau, daß ich nicht gemeint habe, hier wären...«

»Ja, aber wo denn?«

»Ach, überall. Du hast diese Besitzungen schon gesehen.« Sie zögerte. »Die der Calverts, zum Beispiel. Die haben in ihrem Garten wunderschöne Kamelien...«

»Ach, wirklich?« Hélène wußte, daß sie jetzt beinahe schrie, aber sie konnte sich nicht länger beherrschen. Sie stieß sich vom Tisch ab und wollte nur noch hinaus, konnte es in diesem glutheißen, stickigen, kleinen Raum keine Sekunde länger ertragen. An der Tür fuhr sie noch einmal herum und fragte, obwohl ihre Kehle vor Schmerz und Liebe und Zorn so zugeschnürt war, daß sie kaum einen Ton herausbrachte: »Was gehen uns die Calverts an? Bitte, was? Was hast du vor, Mutter? Willst du mit einhundertundfünfzig Dollar den Besitz der Calverts kaufen?«

Anfangs lief sie blindlings davon, wollte nichts weiter, als allein sein. Die Tränen strömten ihr übers Gesicht, nach einer Weile jedoch machte sie halt. Sie war am Rand der alten Baumwollfelder angelangt, und auf einmal wußte sie, wohin sie wollte. Zum Teich hinunter. Innerhalb weniger Minuten war sie im Schatten der Pappeln und fiel mehr den Abhang zum Wasser hinab, als sie wirklich rutschte.

Einen Moment blieb sie am Ufer stehen und spürte, wie die unvermittelt kühle Luft ihr die Tränen auf den Wangen trocknete. Dann warf sie ihre Kleider ab und stand sekundenlang nackt unter den Bäumen, während Sonnenlicht und Schatten auf der Haut ihres Körpers tanzten. Gleich darauf war sie im Wasser.

Billy war ein guter Lehrmeister gewesen, daher schwamm sie fest und sicher drauflos, aber der Teich war jetzt bei weitem nicht mehr so groß wie damals, als sie noch klein gewesen war, also schwamm sie einfach hin und her, bis sie ganz außer Atem war und der Zorn, die Scham und die Verwirrung sich gelegt hatten.

Dann erst machte sie halt, richtete sich im seichten Wasser auf und legte den Kopf in den Nacken, daß ihr das lange, blonde, vom Wasser gedunkelte Haar über den Rücken fiel. Sie blickte an ihrem Körper herab. Ihre Haut, im Sonnenlicht goldbraun, wirkte bei dieser Beleuchtung weiß. Zwischen ihren Schenkeln gab es inzwischen ein winziges behaartes Dreieck. Ihre Brüste waren klein und weich, die Brustspitzen vom kalten Wasser hart und steif, die Aureolen breit und dunkel. So wurden sie, wenn die Jungens sie berührten, hatte Priscilla-Anne gesagt. Den Jungens gefiel das; sie faßten sie gern an, und dann küßten sie sie, streichelten die Brustspitzen mit der Zunge und sogen an ihnen. Und wenn sie das taten, hatte Priscilla-Anne erklärt, war das ein umwerfendes, unglaubliches, ganz einfach magisches Gefühl, und man wünschte sich, sie würden nie wieder aufhören.

Langsam hob sie die nassen Hände und strich von unten herauf über ihren Körper, über den Schwung der Hüften und der Taille, über den Oberkörper bis unter die Brüste. Behutsam nahm sie sie in beide Hände und streichelte die harten Brustwarzen mit ihren Fingern. Eine Woge von Lust stieg in ihr auf, ein Schauer des Glücks.

Hastig, schuldbewußt ließ sie die Hände wieder sinken und sah sich um. Es war natürlich niemand da. Billy arbeitete im Café, und außer ihnen kam niemand her.

Dennoch hatte sie jetzt, nachdem sich der Zorn gelegt hatte, ein bißchen Angst – genau wie beim letztenmal. Als werde sie von jemandem beobachtet. Mit aufgerissenen Augen spähte sie in die Schatten hinein. Gesprenkeltes Licht; die grauen Stämme der Pappeln; niemand.

Trotzdem wollte sie plötzlich fort. Sie stemmte sich aus dem Wasser und begann sich, so schnell es eben ging, die Kleider über den nassen Körper zu ziehen. Mit dem BH konnte sie sich jetzt nicht aufhalten; der ließ sich viel zu schwierig schließen. Nur die weiße Bluse, die auf der feuchten Haut klebte, das Baumwollhöschen und den Rock, der schon wieder zu kurz für sie war. Die Haare wrang sie aus, so gut sie es vermochte, dann stopfte sie sich mit hochrotem Kopf den BH in die Tasche, schob die nackten Füße in ihre Schuhe und kletterte eilig den Uferhang hinauf. Mit gesenktem Kopf duckte sie sich unter den Zweigen hindurch und trat auf den kleinen Grasplatz und in die helle Sonne hinaus.

Dort stand ein Mann im weißen Anzug. Er stand genau in der Mitte der Wiese, ganz in der Nähe des Gartenhäuschens, und sah sie an. Sekundenlang hatte sie das Gefühl, er wisse, wo sie gewesen war und warte auf sie, aber sie schob diesen Gedanken beiseite. Sie blieb stehen.

Er hatte die Hände in den Taschen, und da die Sonne hinter ihm stand, wirkte er sehr groß und sehr dunkel, sehr kühl und sehr elegant. Genauso, wie vor so vielen Jahren auf seiner Veranda. Er sprach zuerst.

»Hallo, Ma'am!« sagte er lächelnd und dehnte die Worte dabei ein wenig. Dann trat er vor und streckte ihr die Hand entgegen. Das

Lächeln wurde breiter. »Sagst du immer noch ›How do you do‹ wie früher? Und gibst den Leuten die Hand?«

Hélène biß sich auf die Lippen und sah ihn unsicher an. »Manchmal«, antwortete sie.

Dann ergriff sie seine Hand. Sie starrte ihn an, erwartete halb, daß er wieder mit dem Fingernagel über ihre feuchte Handfläche kratzte; aber er schüttelte sie wirklich nur sehr formell, dann ließ er sie los und sah sie an.

Er musterte sie, wie ihr schien, eine Ewigkeit, in Wirklichkeit aber wohl nur ein oder zwei Sekunden. Er musterte ihr langes, nasses Haar und das gerötete Gesicht. Er musterte die nasse, am Oberkörper klebende Bluse. Er musterte den zu kurzen Schulmädchenrock und die langen, nackten, gebräunten Beine. Er sah sie an, wie Billy Tanner sie ansah: als könne er kaum glauben, was er sah. Und auf einmal entspannte sich Hélène.

Er war nicht böse, und sie hatte das merkwürdige Gefühl, daß sie ihn, selbst wenn er böse gewesen wäre, ohne weiteres hätte beschwichtigen können.

Er lächelte abermals. Ein herzliches Lächeln, das seine ebenmäßigen, weißen Zähne aufblitzen ließ.

»Du bist gewachsen«, stellte er dann fest. »Erinnerst du dich an mich? Du bist Hélène, nicht wahr? Hélène Craig.« Er hielt inne. »Nun, Hélène Craig, da du dich auf meinem Grund und Boden befindest – darf ich dir etwas zu trinken anbieten?«

»Oh, ich... Vielen Dank, aber... Na ja, ich muß jetzt eigentlich nach Hause, und...«

»Sei nicht albern!« Er lächelte. Plötzlich ergriff er zu ihrem größten Erstaunen ihren Arm, zog ihn, genau wie die Mutter es ihr gezeigt hatte, durch den seinen und führte sie davon, als ginge es zu einem Dinner. Hélène folgte ihm widerstandslos.

»Also, was soll's denn nun sein? Mint Julep? Whiskey sour? Coke? Bourbon on the rocks?«

Hélène lachte nervös auf. »Ich trinke nicht. Keinen Alkohol. Ich bin erst zwölf. Und Mutter sagt, das ist zu jung.«

»Das überrascht mich aber! Wirklich erst zwölf? Ich hatte dich für eine erwachsene junge Dame gehalten.«

Hélène errötete freudig. »Eine Mint Limeade wäre nicht schlecht.«

»Und eine Mint Limeade wirst du bekommen.«

Sie gingen über die Wiese, am alten Gartenhäuschen vorbei und in voller Sicht der hohen Fenster des Herrenhauses über die Rasenflächen. An dem hohen, weißen Portikus entlang, an der Magnolie vorbei, die fast bis zum Dach reichte, und Arm in Arm die Verandatreppe hinauf, durch die riesige Eingangshalle, über einen kühlen Steinboden bis in das schönste Zimmer, das sie jemals im Leben gesehen hatte.

Es war so groß, daß sie es kaum zu glauben vermochte. Es mußte mindestens zwölf bis fünfzehn Meter lang sein, war sehr hoch und hatte vier riesige Fenster, deren Jalousien wegen der Abendsonne herabgelassen waren.

Er führte sie zu einem Sessel, und Hélène setzte sich. Es war das weichste, bequemste, köstlichste Gefühl, das sie jemals erlebt hatte. Seidenstoff an ihren nackten Beinen und Kissen, mit feinsten Daunen gefüllt. Ein wenig benommen lehnte sie sich mit klopfendem Herzen zurück. Major Calvert ging zu einem Schrank ganz hinten im Zimmer und mixte auf einem Silbertablett die Drinks: Whiskey für sich, wie sie sah, auf Eiswürfeln, die er mit einer Zange aus einem Silberkübel nahm. Und Limeade für sie, nilgrün, in einem hohen, schmalen Glas. Mit den Gläsern in den Händen kam er anschließend zu ihr zurück und musterte sie abermals. Als wäre ihm erst jetzt der Gedanke gekommen, ging er auf einmal zu der hohen Mahagonitür hinüber und schloß beide Flügel. Dann brachte er ihr den Drink und setzte sich in den Sessel ihr gegenüber.

Hélène umklammerte ihr Glas. Neben ihr stand ein winziges Tischchen aus poliertem Holz mit Blumen und einem kleinen Silbertablett, das so aussah, als sei es zum Abstellen eines Glases gedacht. Ihr Blick wanderte durch den Raum, aber er war so weit, so außergewöhnlich, daß sie nicht alles in sich aufnehmen konnte. Sie hatte nur den vagen Eindruck, daß alles glänzte: die Tische, die silbernen Aschenbecher und Bilderrahmen, der Flügel am anderen Ende, die vergoldeten Rahmen der Gemälde an der Wand. Und überall standen Blumen und Pflanzen: Treibhausblumen und Palmen. Durch die stille, kühle Luft drang der Blumenduft bis zu ihr herüber, und ihre Augen waren regelrecht geblendet. Sie betrachtete wieder Major Calvert.

Er saß da, ein Bein über das andere geschlagen, mit einem perfekt polierten Schuh lässig auf den Teppich klopfend, und war offenbar völlig entspannt.

Seine Haut war tief gebräunt, seine Haare und sein Schnurrbart noch genauso dunkel, wie Hélène sie in Erinnerung hatte. Während sie ihn beobachtete, griff er in die Tasche und zog ein goldenes Zigarettenetui sowie ein Feuerzeug heraus.

»Rauchen wirst du vermutlich auch nicht, wie?« Lächelnd verzog er die Mundwinkel. »Hast du was dagegen, wenn ich...?«

»Aber nein! Natürlich nicht!«

Er zündete sich die Zigarette an und inhalierte genußvoll.

»Ich hätte nicht dort hingehen sollen«, platzte sie unvermittelt heraus. »Das ist mir klar. Zum Teich, meine ich. Es tut mir leid.«

»Aber bitte sehr.« Er machte eine belustigte, höfliche Handbewegung. »Es ist sehr heiß. Und wenn du am Teich warst, kannst du jederzeit gern wieder dorthin gehen.« Er hielt inne. »Kann man da gut schwimmen? Gehst du sehr oft hin?«

Hélène sah ihn unsicher an, denn die Frage klang irgendwie sonderbar. Dann schüttelte sie den Kopf.

»Nein. Nicht sehr oft. Jetzt nicht mehr.«

»Aber früher?«

»Eine Zeitlang. Vor Jahren.«

Er seufzte. Die Antwort schien ihm zu gefallen.

»Ehrlich gesagt, es ist ein bißchen unheimlich.« Sie zögerte. »So schattig. Und man hat das Gefühl, beobachtet zu werden.«

Ohne zu antworten, zog er an seiner Zigarette. Abermals entstand dieses Schweigen. In der Ecke schlug eine Uhr.

»Es ist wirklich furchtbar heiß«, brachte Hélène schließlich heraus. Ihre Gedanken rasten. Sie wußte genau, es gab eine Menge, was sie jetzt sagen konnte, aber es wollte ihr einfach nichts einfallen. »Ist Mrs. Calvert zu Hause?«

Als es raus war, klang es idiotisch. Doch Major Calvert schien das nicht zu stören. Er blickte geistesabwesend auf, als hätte er an etwas ganz anderes gedacht.

»Wie bitte? Ach so, nein. Sie besucht ihre Familie. In Philadelphia.«

Major Calvert musterte sie wieder schweigend. Er drückte seine Zigarette aus und steckte die Hand wieder in die Tasche. Sie wußte nicht so recht, warum, vielleicht war es der Ausdruck, mit dem er sie ansah, aber Hélène wurde immer verlegener. Sie spürte, wie ihr die Farbe in die Wangen stieg, und auf einmal war ihr ganz sonderbar zumute, erregt und zugleich nervös. Mit einem Zug leerte sie ihr Glas Limeade.

»Möchtest du noch eins?«

»O nein, vielen Dank!« Nervös spielte sie an ihrem Rocksaum herum.

»Du klingst immer noch sehr englisch. Überhaupt nicht amerikanisch. Bemerkenswert!« Er sagte es so unerwartet, daß Hélène zusammenzuckte.

Sie lächelte. »Wirklich? Ich kann aber auch amerikanisch sprechen. Wenn ich will.«

»Ach nein!« Interessiert beugte er sich vor. »Dann sag doch mal was auf amerikanisch zu mir.«

Hélène holte tief Luft. Sie senkte die Lider, dann blickte sie wieder zu ihm auf. »Es tut mir leid, daß ich auf Ihr Grundstück eingedrungen bin, Major Calvert...« Es klang perfekt, im langgezogenen Südstaaten-Tonfall, sittsam, mit einer Andeutung von Koketterie. Major Calvert sah sie sekundenlang durchdringend an, dann warf er den Kopf zurück und lachte laut los. Genau wie damals.

»Also, wer hätte das gedacht!« Er hörte auf zu lachen. »Du bist ein sehr gescheites Mädchen. Und sehr hübsch.« Unvermittelt beugte er sich wieder vor. »Haben dir das die Jungen hier auch schon gesagt? Das könnte ich mir gut vorstellen.«

Hélènes Herz schien stillzustehen. Sofort schlug sie wieder die Augen nieder und stand auf.

»Ich muß jetzt nach Hause. Vielen Dank für den Drink, Major Calvert.«

»Es war mir ein Vergnügen, Ma'am.«

Im selben Moment erhob er sich ebenfalls. Sein Ton hatte geklungen, als mache er sich über sie lustig, doch als sie aufsah, schien das keineswegs der Fall zu sein. Seine dunkelbraunen Augen blickten ganz ernst. Auf einmal stand er ganz dicht neben ihr, und Hélène erkannte, daß sein Atem ziemlich schnell ging.

»Deine Haare sind noch feucht, Hélène Craig. Weißt du das?« Jetzt klang seine Stimme merkwürdig belegt. Er hob die Hand und berührte ihr Haar. Langsam ergriff er eine lange Strähne und ließ sie nachdenklich durch die Finger gleiten. Hélène rührte sich nicht. »Und deine Bluse. Die ist ja klatschnaß!« Sie sah, wie er sich mit der Zunge über die Lippen fuhr, sah, wie seine Brust sich unter dem eleganten, weißen Jackett hob und senkte. Und dann berührte er sie. Zuerst ihren Ärmel und dann, ganz langsam und bedächtig, ohne den Blick von ihren großen, erschrockenen Augen zu wenden, ihren Busen. Eine so hauchzarte Berührung, daß sie zwar wußte, er spürte durch den nassen Stoff die Rundung ihres Busens, und dennoch eine Geste, die man ohne weiteres als rein zufällig übersehen konnte.

Sie mußte jetzt etwas tun, das war ihr klar. Ihm befehlen, er solle aufhören, seine Hand wegstoßen, hinauslaufen – irgend etwas. Doch irgendwie brachte sie es nicht fertig. Sie stand einfach da und sah ihn an.

»Bis auf die Haut durchnäßt...«

Seine Stimme klang jetzt ganz rauh und belegt. Einen Moment verhielt er reglos, dann schloß sich seine Hand auf einmal über ihrer Brust. Noch immer wich sein Blick nicht von ihren Augen, und Hélène dachte verwirrt, daß er dort etwas suche, aber sie wußte nicht genau, was. Dann schob er seine Hand geschickt und sanft unter ihre Bluse und umfing ihre nackte Brust mit seiner trockenen Handfläche. Abermals verharrte er reglos. Dann strich er ihr mit den Fingern federleicht, mit einer Bewegung, die ihr dennoch glühendheiß durch und durch ging, einmal, zweimal über die Brustspitze.

Gleich darauf zog er die Hand zurück, und es war, als sei überhaupt nichts passiert. Er nahm ganz einfach, wie schon zuvor, ihren Arm und führte sie zuvorkommend zur Tür.

In der Halle sah er ihr ins Gesicht. Er wirkte jetzt wieder vollkommen beherrscht und sehr entspannt, und diese seltsame Intensität war aus seinem Blick gewichen.

»Würdest du eines Tages gern wiederkommen, Hélène Craig?« Er wartete eine Sekunde. »Vielleicht einen Rundgang durch die Plantage machen?«

Hélène senkte den Kopf. »Ich weiß nicht. Vielleicht.«

Ihre Antwort schien ihm zu genügen, denn er lächelte. »Gut«, sagte er. »Sehr gut. Wann immer du Lust hast, laß es mich wissen. Der Zeitpunkt spielt keine Rolle.«

»Wirklich nicht?« Hélène sah auf; in ihren blauen Augen stand Zweifel.

Major Calvert schüttelte den Kopf. »Nein, Ma'am.« Er berührte ganz leicht ihren Arm. »Ich kann warten.«

Es war ihr fünfzehnter Geburtstag, und Billy Tanner behauptete, das sei etwas ganz Besonderes, das man unbedingt feiern müsse. Billy hatte die High School von Selma beendet und arbeitete jetzt ganztags in der Autowerkstatt drüben in Maybury, wo er, wie er sagte, gutes Geld machte.

»Wir könnten ausgehen. Irgendwo essen«, schlug Billy vor. »Richtig stilvoll feiern...«

Hélène musterte ihn unsicher. In letzter Zeit schien Billy ihr weniger auszuweichen; er hatte sogar gesagt, eines Tages werde er vielleicht auch wieder mit ihr schwimmen gehen. Aber er hatte sich nie richtig mit ihr verabredet.

»Nur du und ich, Billy?«

Billy wurde hochrot. »Wär's dir lieber, wir wären zu viert?«

Hélène ließ den Kopf hängen. Eigentlich wäre sie lieber mit Billy allein gewesen, aber das mochte sie ihm nicht sagen. Sie wollte nicht aufdringlich wirken.

»Ich könnte ja Priscilla-Anne fragen«, murmelte sie.

»Gut. Warum nicht?«

Also hatte sie Priscilla-Anne gefragt, und deren Augenbrauen waren so hoch gestiegen, daß sie unter ihrem sorgfältig gepflegten Pony verschwanden.

»Billy Tanner? Billy *Tanner*? Das soll wohl ein Witz sein! In ein Restaurant? Und *er* will bezahlen?«

»Ich glaube schon.«

»Gut.« Priscilla-Anne seufzte. »Schöne Geburtstagsfeier! Ich werde Dale fragen, ja? Dann könnten wir seinen Wagen nehmen. Mit dem Bus werd' ich auf gar keinen Fall fahren. Niemals!«

Und nun saßen sie alle vier in Dale Garretts Buick. Sie und Billy im Fond, Priscilla-Anne und Dale auf dem Vordersitz; Dale fuhr mit einer Hand, und Priscilla-Anne öffnete laut lachend eine Sechserpackung Bier. Zwei Dosen warf sie nach hinten, eine öffnete sie für sich, wobei das ganze Armaturenbrett mit Budweiser getränkt wurde. Dann öffnete sie eine für Dale. Eine Hand auf Dales Oberschenkel, legte sie den Kopf in den Nacken; Dale sagte etwas, das Hélène nicht verstehen konnte, und Priscilla-Anne lachte laut auf. Hélène lehnte sich bequem zurück. Dale war Priscillas jüngste Eroberung. Wie viele es zwischen Eddie Haines und ihm gegeben hatte, vermochte sie nicht mehr zu zählen. Mindestens sechs, sieben. Und sie selbst war jetzt fünfzehn – fünfzehn Jahre und zweieinhalb Tage. Wann würde endlich für sie das Leben beginnen?

Billy öffnete vorsichtig eine Bierdose und reichte sie ihr. Die eigene ließ er ungeöffnet. Billy trank nicht, und Hélène glaubte auch zu wissen, warum: wegen seines Vaters.

Als sie ihn verstohlen betrachtete, zog sich ihr das Herz zusammen. Er hatte sich so große Mühe gegeben! Der Bürstenschnitt von früher war verschwunden; statt dessen waren Billys dunkle Haare jetzt straff aus der Stirn gekämmt und glänzten von Pomade. Er trug seinen guten Anzug, den er sonst nur zu Hochzeiten und Beerdigungen hervorholte. Er paßte ihm nicht allzu gut, und an den Ellbogen hatte er abgewetzte Stellen. Das Hemd und die Krawatte, die er dazu trug, schienen ihn sehr zu stören, denn er fuhr sich immer wieder mit dem Finger unter dem Kragen entlang, als müsse er fast ersticken. Er roch viel zu stark nach Rasierwasser, saß stocksteif da und hatte beide Hände auf die Knie gelegt. Seit sie eingestiegen waren, hatte er kein Wort mehr gesagt.

Hélène war das alles peinlich, und sie haßte sich dafür. Sie versuchte, nicht allzu oft Dale Garrett anzusehen. Er war steinreich, wie Priscilla-Anne behauptete. Seinem Daddy gehörte eine Düngemittelfabrik drüben, bei Montgomery. Priscilla-Anne liebte ihn. ›Er ist der Richtige, Hélène‹, hatte sie gesagt. ›Dieses Mal wußte ich's sofort. Er ist der Richtige!‹ Über einem Button-Down-Hemd von Brooks Brothers trug Dale Garrett ein Sportjackett. Und natürlich *keine* Pomade im Haar. An seiner Hand glänzte ein gold-roter Verbindungsring. Ärgerlich wandte Hélène den Blick ab: Sie *mochte* Dale Garrett nicht mal besonders. Er war ein Snob, und ein Angeber; äußerlich gutaussehend, aber bei weitem nicht so hübsch wie Billy mit seinen blauen Eisvogelaugen. Und natürlich nicht halb so nett. Also warum empfand sie, wenn sie erst ihn und dann Billy betrachtete, Mitleid und dann sogar Scham?

»Hast du 'n Tisch bestellt, Tanner?« Dale wandte sich grinsend um. Die Budweiser-Dose warf er kurzerhand aus dem Fenster.

»Nein«, antwortete Billy ruhig. »Das ist nicht nötig.«

»Das hoffe ich, Tanner...« Hélène sah deutlich, wie er Priscilla-Anne zuzwinkerte. »Ich meine, diese vornehmen Lokale sind manchmal sehr heikel. Wenn man kommt, ohne einen Tisch bestellt zu haben, weißt du.«

»Wird schon klappen.«

»Hoffentlich. Ich hab' mir nämlich heute 'n mächtigen Appetit angehungert. In jeder Hinsicht...« Er legte seine Hand auf die von Priscilla-Anne und dirigierte sie dorthin, wo er sie haben wollte. »Jawohl, Sir! Ich hab' so richtig Lust auf ein dickes Steak, einen Berg Fritten und einen knackigen Salat. Dazu noch französischen Wein. Gibt es in deinem Restaurant französischen Wein, Tanner?«

»Natürlich.« Billys Miene war blaß und verkrampft. »Das heißt, ich glaube.«

»*Französischen Wein,* sagte ich, Tanner.« Dale lachte laut auf. »Ich meine, wir haben doch was zu feiern, nicht wahr?« Im Rückspiegel grinste er Hélène an. »Französischer Name, französischer Wein. Ist doch logisch, findet ihr nicht?«

Hélène schwieg. Dale versuchte Billy zu provozieren, das war ihr klar. Und sie möglicherweise ebenfalls. Weil sie ihm mit ihrem komischen Namen und ihrer komischen Aussprache ein unbehagliches Gefühl vermittelte. Dale ordnet die Menschen gern in Schubladen ein, dachte sie, und mich vermag er einfach nicht einzuordnen. Deswegen ist er nervös, und deswegen ist er so unhöflich. Ruhig suchte und fand sie Billys Hand und drückte sie fest.

Das Restaurant lag irgendwo am Stadtrand von Montgomery.

»Nicht in der Innenstadt?« fragte Dale, als Billy sich vorbeugte, um ihn zur richtigen Adresse zu dirigieren.

»Nein. Nicht in der Innenstadt. Hier gleich links abbiegen...«

An der Straße zum Flughafen vorbei, unter einer Brücke durch und auf die Hauptdurchgangsstraße der Stadt. Sie kamen an einem Parkplatz vorbei, einer Autowerkstatt, zwei Tankstellen. Billy, der jetzt aufgeregt und stolz aussah, deutete mit einer Hand. »Da drüben! Jetzt nach rechts...«

Dale Garrett lenkte hinüber und hielt. Es gab eine Pause, in die hinein Priscilla-Anne kicherte.

»Hier?« Dales Ton war ungläubig. »Bei Howard *Johnson's?*«

»Genau.« Billy war schon ausgestiegen. Er öffnete Hélène die Tür und half ihr fürsorglich hinaus.

»Es ist wunderschön, Billy«, versicherte Hélène rasch. »Einfach fabelhaft! Vielen Dank!«

Da Priscilla-Anne und Dale mit Knutschen beschäftigt waren, gingen sie und Billy schon vor. Das Restaurant war sehr, sehr groß und halb leer. Einige weiße Geschäftsleute hockten an der Bar. Der Oberkellner, ganz in Rot, war in Billys Alter und sein Gesicht mit Akne-Pickeln übersät. Während er Billy von oben bis unten musterte, sah Hélène den Hohn in seinem Blick aufsteigen. Als er sich dann ihr zuwandte, wurden seine Augen groß.

»Wir hätten gern einen Tisch«, erklärte Billy mit fester Stimme. »Da drüben am Fenster.«

Der Mann starrte Hélène an. »Aber sicher. Hier entlang, Ma'am.«

Hélène spürte, wie sie rot wurde. Sie folgte ihm zum Tisch und setzte sich. Der Oberkellner warf zwei Speisekarten auf den Tisch.

»Wir brauchen zwei mehr. Wir sind zu viert«, erklärte Billy, aber der Mann war schon verschwunden.

Als Hélène aufblickte, entdeckte sie, daß Billy sie ansah. Die Unhöflichkeit des Kellners schien ihn überhaupt nicht zu stören. Sein Blick war sanft, liebevoll und eindringlich, und seine blauen Augen strahlten wie der Himmel an einem prachtvollen Sommertag.

»Du bist wunderschön«, stellte Billy ruhig fest. »Du bist... Na ja, ich finde, du bist überhaupt das Schönste, was ich jemals im Leben gesehen habe.«

»Billy?«

»Deswegen ist mir das alles egal.« Er lächelte flüchtig. »Dale Garrett und auch dieser Kerl da drüben. Einfach alles. Solange ich dich nur ansehen darf.«

»Billy, ich...« Sie zögerte. Sie wußte nicht, was sie sagen sollte, weil er sie mit seinen Worten überrascht und erfreut, zugleich aber auch ein wenig geängstigt hatte. Irgend etwas in ihr hielt sie zurück. Sie wußte nur noch, sie wollte nicht, daß irgend jemand Billy weh tat, niemals! Am allerwenigsten sie selber. »Ich... Gefällt dir mein Kleid?«

Es war ein weißes Baumwollkleid, das ihre Bräune gut hervorhob. Als die Mutter es ihr zeigte, hatte sie vor Glück getanzt. Es war das schönste Kleid, das sie jemals besessen hatte.

»O ja, das Kleid gefällt mir!«

»Das hat meine Mutter gemacht. Für meinen Geburtstag. Den Stoff hat sie billig bekommen, hat sie gesagt, und...«

»Weiß sie, wo du heute abend bist?« Billys Miene hatte sich ein wenig verdunkelt. »Ich meine, hast du ihr gesagt, daß du mit mir ausgehst?«

»Nein, Billy.« Hilfesuchend sah sie ihn an.

»Ach so! Sie glaubt, ich bin nicht gut genug, um mit dir auszugehen!«

»Nein, Billy! Natürlich nicht. Sie will überhaupt nicht, daß ich mit Jungens ausgehe. Mit keinem! Sie findet, daß ich noch zu jung dazu bin, und deswegen hab' ich gesagt, ich gehe zu Priscilla-Anne...«

»Zu jung?« Billy krauste die Stirn. »Aber du bist jetzt fast erwachsen!« Er zögerte. »Finde ich.«

In der Pause, die entstand, sah sie ihn aufblicken. Dale und Priscilla-Anne betraten gerade das Restaurant.

»Mein Daddy hat mit achtzehn geheiratet.« Billy spielte mit seinem Messer. »Als ich geboren wurde, war meine Mama höchstens sechzehn, siebzehn...« Er seufzte. »Vielleicht sieht deine Mama das anders. Möchtest du dir jetzt was aussuchen?«

Hélène griff nach der Speisekarte. Die Preise, die vor ihren Augen tanzten, ließen sie schwindeln, und ihr wurde auf einmal ganz elend. Alles war so furchtbar teuer, dabei wußte sie genau, daß Billy gar nicht soviel verdiente. Die Hälfte seines Lohns oder sogar mehr gab er seiner Mutter. Doch wenn sie behauptete, keinen Hunger zu haben, und nur einen Salat bestellte, würde er sehr enttäuscht sein. Das wußte sie ebenfalls. Er hatte dieses Essen seit Wochen, vielleicht sogar seit Monaten geplant.

Und ihre Mutter? Was würde die Mutter sagen, wenn sie wüßte, wo sie war? Hélène war sich nicht sicher. Sie hatte gelogen, weil sie fürchtete, die Mutter würde, wenn sie die Wahrheit sagte, die Selbstbeherrschung verlieren und ihr das Ausgehen verbieten. Vielleicht hätte sie aber auch gar nichts gesagt.

In letzter Zeit verstand Hélène die Mutter überhaupt nicht mehr. Sie war vollkommen unberechenbar. Zuweilen war sie ganz ausgelassen und von einer seltsamen Erregung erfüllt, die Hélène fürchten gelernt hatte, weil sie nie lange anhielt. Am Tag darauf war sie dann plötzlich wieder niedergeschlagen und deprimiert und schleppte sich umher, als hätte sie jegliche Kraft verloren. Wenn Hélène ihr etwas erzählte, nickte sie zwar, doch ihre großen, violetten Augen starrten ausdruckslos in die Gegend, als lebe die Mutter in einer Welt für sich und höre kein einziges Wort, das die Tochter sprach. Sie war erschreckend abgemagert und steckte sich am Abend auch nicht mehr, wie früher, die Haare auf.

Manchmal hatte Hélène das Gefühl, daß sie trank. Nachdem sie einmal in der Mülltonne eine leere, in Papier gewickelte Wodkaflasche gefunden hatte, beobachtete sie die Mutter sorgfältig. Aber nie sah sie sie trinken, und nie fand sie eine zweite Wodkaflasche. Außerdem schlief die Mutter sehr viel, besonders in den letzten Wochen. Wenn sie von der Schule nach Hause kam, fand sie die Mutter manchmal schlafend im Bett. Sie sei einfach liegen geblieben, erklärte die Mutter. Das sei soviel einfacher; und außerdem habe sie so starke Kopfschmerzen. Das sei auch nicht weiter schlimm; Cassie Wyatt habe zwei neue Kräfte eingestellt und werde nun auch ohne sie fertig.

Und das Geld. Die Preise der Speisekarte verschwammen vor ihren Augen. Sie wollte nicht an das Geld und die alte Blechschachtel denken! Als sie das letzte Mal nachgesehen hatte, waren es nur noch dreiundvierzig Dollar gewesen...

Sie hätte so gern mit jemandem gesprochen. Einmal hatte sie es versucht. ›Manchmal glaube ich, daß wir nie nach England reisen‹, hatte sie zu Priscilla-Anne gesagt. Und Priscilla-Anne hatte nur laut gelacht. ›Schätzchen, hast du wirklich jemals daran geglaubt? Du träumst ja wohl! In Orangeburg ist es doch gar nicht so übel...‹ Sie deutete auf die Main Street hinab. ›Bleib doch hier! Du kannst immer noch Billy Tanner heiraten...‹

Hélène kniff verzweifelt die Augen zu. Nein, sie wollte nicht mehr daran denken – auf gar keinen Fall! Das hier war ihre Geburtstagsfeier, und sie wollte sich freuen! Wenn sie immer soviel nachdachte, fühlte sie sich nur immer mehr eingekerkert, und ihr war ganz übel.

Billy studierte inzwischen die Speisekarte und fuhr, während er die Lippen bewegte, mit dem Finger die Zeilen entlang. Priscilla-

Anne stieß Dale verstohlen an, und Hélène hätte Billy die Speisekarte am liebsten aus der Hand gerissen. ›Hör auf, Billy!‹ wollte sie rufen. ›Ich weiß, du bist viel mehr wert als Hunderte von denen, aber siehst du denn nicht, daß sie dich auslachen?‹

Dann kam der Kellner zu ihnen, Billy versuchte für alle vier zu bestellen, brachte alles durcheinander und errötete.

»Ich möchte ein Steak mit Fritten.«

Der Kellner feixte. »Und wie möchten Sie Ihr Steak, Sir?«

Billy starrte ihn verständnislos an. »Na ja, wie Sie es immer machen, nehme ich an«, antwortete er schließlich.

Priscilla-Anne erbarmte sich seiner. »Er meint, wie du's gern möchtest, Billy. Du weißt schon: englisch, medium oder durch.«

»Ach so! Na ja, durch, nehme ich an...«

»Für mich ebenfalls«, sagte Hélène hastig.

Priscilla-Anne bestellte für sich selbst. Dann wandte sich der Kellner an Dale. Sein Grinsen verschwand. »Sir?«

»Nun ja... Dale lehnte sich gemächlich zurück. Er hatte neben Hélène Platz genommen und legte den Arm auf die Rücklehne der Bank hinter Hélènes Rücken.

»Ich nehme das Filet. Englisch. Mit Pommes frites. Und Zwiebeln. Dazu einen großen Salat. Mit Roquefort-Dressing. Haben Sie hier vielleicht auch eine Weinkarte?«

»Nein, Sir.«

»Dann nehme ich einen Bourbon on the rocks. Und ein Bier. Was ist mit dir, Tanner?«

»Für mich gar nichts, danke.«

»Das wär's dann also.« Dale grinste. »Diese zauberhaften Damen sind noch nicht volljährig...«

Als der Kellner den Bourbon brachte, in dem die Eiswürfel klirrten, hob Dale das Glas: »Auf Hélène!« Mit glitzernden Augen und feuchten Lippen wandte er sich ihr zu. »Ich kann einfach nicht glauben, daß du erst fünfzehn bist! Du siehst so erwachsen aus...« Er senkte den Blick auf ihren Busen und hob ihn dann wieder zu ihrem Gesicht. »Priscilla-Anne«, sagte er gedehnt, »wieso hast du mir nie erzählt, daß du eine so niedliche kleine Freundin hast?«

So, wie er begonnen hatte, machte er weiter und ließ keine Gelegenheit aus, Billy zu demütigen und mit Hélène zu flirten. Billy sagte kaum etwas. Sobald Priscilla-Anne merkte, was hier gespielt wurde, versteinerten sich ihre Gesichtszüge. Jedesmal wenn Hélène ihren Blick suchte, wandte sie den Kopf ab. Während Dale ihr systematisch den Abend zerstörte, saß Hélène schweigend da. Nur Dale selbst schien sich zu amüsieren. Er aß mit Genuß. Er kippte mehrere Glas Bier, und je mehr er trank, desto ausfallender wurde er.

Als Hélène ihr Steak und den größten Teil ihrer Pommes frites zurückschob, brach Dale in lautes Lachen aus. Mit der Hand umfaßte er ihre Schultern, seine Finger strichen zärtlich über ihren nackten Arm.

»Hältst du so deine Figur, Hélène? Du bist so schlank! Ich wette, ich könnte deine Taille mit den Händen umspannen! Was meinst du, Priscilla-Anne?«

Priscilla-Anne leerte ihr Glas Eiswasser mit einem Schluck. Sie trug ein sehr enges, rosa Stricktop. Ihre Züge waren ebenfalls rosarot, ihre Augen riesengroß vor Empörung.

»Und bei meiner könntest du das nicht?« Aufgebracht blickte sie um den Tisch herum. »Hast du das vielleicht gemeint, Dale?«

Dale lachte. »Natürlich nicht, Süße. Wenn ich bei dir bin, wüßte ich was Besseres mit meinen Händen anzufangen, das weißt du doch...«

Priscilla-Annes Miene wurde freundlicher; sie stieß ein nervöses Lachen aus.

Mit einer schnellen Bewegung entzog sich Hélène Dales unverschämtem Griff. Billy, der sein Besteck hingelegt hatte, nahm wieder Messer und Gabel zur Hand und versuchte weiterhin an seinem Steak herumzusäbeln. Als der Kellner schließlich die Teller vom Tisch nahm, wollte niemand von ihnen noch etwas essen – außer Dale. Dale bestellte sich Käsekuchen, einen weiteren Highball und Kaffee. Als der Kaffee kam, goß er die Sahne sorgfältig über den Löffelrücken hinein, so daß sie wie eine bleiche, kreisrunde Scheibe auf dem dunklen Kaffee schwamm. Er trank einen Schluck, dann wandte er sich an Hélène.

»Genau wie ich ihn mag. Weich und sahnig oben, darunter aber heiß und dunkel...« Mit einem richtigen Schlafzimmerblick lächelte er ihr zu, dann lehnte er sich genüßlich zurück.

»Also, das war wirklich gut! Vielen Dank, Tanner. Ein köstliches Essen.« Er unterdrückte einen Rülpser, aber nur halb. »Wo arbeitest du übrigens, Tanner? Ich glaube nicht, daß du...«

»Drüben, in Richtung Maybury. In der Autowerkstatt von Haines.«

»Was du nicht sagst! Du kennst Eddie Haines? Der früher auf der High School von Selma war? Das ist ein alter Freund von Priscilla-Anne!«

»Ich bin ihm schon mal begegnet.« Billy warf einen kurzen Blick zu Priscilla-Anne hinüber. »Er ist jetzt verheiratet.«

»Als ob ich das nicht wüßte!« Priscilla-Anne warf den Kopf zurück. »Susie Marshall hat er geheiratet, die war eine Klasse höher als ich. Und gerade eben noch rechtzeitig, wie ich hörte...«

»Komisch...« Dale hatte ihr nicht zugehört. »Wußte gar nicht, daß Haines auch Weiße einstellt. Ich dachte, bei dem Lohn, den er bezahlt, könnte er nur Nigger kriegen...«

»Dann hast du nicht richtig gedacht.« Langsam stellte Billy seine Tasse zurück.

»Dale beginnt im Herbst mit dem Jurastudium«, sagte Priscilla-Anne hastig in das häßliche Schweigen hinein, das darauf folgte. Hélène blickte nervös zu Dale hinüber. »Er will hier in Montgomery eine eigene Kanzlei aufmachen – nicht wahr, Dale? Und sein Daddy hat eine richtig große Spende für den Wahlkampf von George Wallace geleistet, und Dale arbeitet in seinem Wahlkampfteam. Schreibt Reden, macht Recherchen und so...«

»Ach, wirklich?« Billy musterte ihn über den Tisch hinweg.

»Aber sicher!« Er machte eine wegwerfende Handbewegung. »Na ja, so richtig Reden schreiben nicht; die meiste Zeit mache ich nichts weiter als Kaffee. Aber das ist ein echtes Privileg, verstehst du? Eine Ehre. George Wallace ist ein großartiger Mann. Klug. Weiß genau, daß wir hier unten alle guten Juristen gebrauchen können, so wie's in Washington im Moment aussieht. Wo die verdammten Yankees uns vorschreiben wollen, was wir tun dürfen und was nicht. Ich sag' euch, da fängt mein Blut zu kochen an! Und dieser Lyndon Johnson, der uns verraten und für das Bürgerrechtsgesetz gestimmt hat! Der verkauft, wenn's sein muß, selbst seine Großmutter, und *der* nennt sich einen Südstaatler...« Lächelnd unterbrach er sich. »Verzeihung, die Damen. Ich hab' mich hinreißen lassen. Aber mein Daddy sagt, jedesmal wenn er das Wort ›Bürgerrechte‹ hört, zuckt seine Hand sofort nach dem Gewehr. Und mir geht's genauso. Diese Nigger sollen wählen? In der Schule neben weißen Mädchen und Jungens sitzen? Aber ich werd' euch was sagen: So weit wird es nicht kommen! Niemals! Jedenfalls nicht hier in Alabama.«

Er hielt inne und zwinkerte Billy zu. »Aber man soll nicht politisieren – stimmt's, Tanner? Damit langweilt man nur die Damen.«

»Würdet ihr mich bitte entschuldigen?« Hélène stand auf. Billys Miene war hart und verkniffen geworden; über den Tisch hinweg starrte er Dale ins Gesicht. Aber Dale schien das nicht zu bemerken. Er machte eine große Show daraus, aufzuspringen und Hélène vorbeizulassen. Als sich Priscilla-Anne ebenfalls erhob, lachte er. »Laßt uns nur nicht zu lange warten...«

Kaum hatte sich die Tür zur Damentoilette hinter ihnen geschlossen, da fuhr Priscilla-Anne zu ihr herum. »Hélène Craig, du hinterlistige Ratte – weißt du überhaupt, was du da tust? Du behauptest, meine Freundin zu sein, dabei...«

Ihre Wangen waren gerötet; Hélène merkte, daß ihr die Tränen kamen. »Tun? Ich? Er ist das doch. Dein Dale. Ich kann nichts dafür, wenn er sich so benimmt. Ich gebe ihm keine Veranlassung...«

»Ach ja? Für mich sieht das aber ganz anders aus. O ja, du sagst kein Wort, das muß ich zugeben. Du siehst ihn bloß an, mit deinen blauen Augen, und das ist die eindeutigste Aufforderung zum Tanz, die ich jemals erlebt habe. Susie Marshall ist überhaupt nichts gegen dich...«

»Das ist nicht wahr!« Hélène ergriff ihren Arm. Priscilla-Anne schlug ihre Hand jedoch beiseite. »Das würde ich wirklich niemals tun, und das weißt du auch. Du bist meine Freundin, Priscilla-Anne!«

»Ich *war* deine Freundin.« Sie warf den Kopf zurück. »Ich war ja so dämlich, auf dich gehört zu haben. Ich hätte es besser wissen müssen. Die anderen haben mich alle gewarnt. ›Halt dich fern von Hélène Craig‹, haben sie gesagt. Aber ich mochte dich. Ich hab' dir vertraut. Ich muß verrückt gewesen sein!«

»Priscilla-Anne...«

»Deinetwegen hab' ich mit Eddie Haines Schluß gemacht!« Priscilla-Annes Stimme stieg laut klagend in die Höhe. »Weil ich auf dich gehört und gesagt habe, was du mir eingetrichtert hast! ›Wenn du mich respektierst, Eddie, dann tust du's nicht‹ – erinnerst du dich? Erinnerst du dich, wie wir das in meinem Zimmer geübt haben? Und dann hab' ich's zu ihm gesagt, und weißt du was? Das war meine letzte Verabredung mit Eddie. Von da an ist er mit Susie Marshall ausgegangen und...«

»Aber daran kannst du doch *mir* nicht die Schuld geben!« Hélène starrte sie ungläubig an. »Ich konnte doch nicht ahnen, daß er so reagieren würde. Ich wollte dir nur helfen...«

»Ach, wirklich?« Priscilla-Anne stellte sich vor den Spiegel und wühlte in ihrer Handtasche. »Na ja, das hatte ich damals auch gedacht. Aber inzwischen weiß ich's besser. Ich bin überzeugt, daß du das absichtlich getan hast. Weil du eifersüchtig warst, Hélène Craig! Ganz einfach gemein und eifersüchtig...«

»Eifersüchtig? Auf Eddie Haines? Das kann nicht dein Ernst sein!«

»Ach, ja?« Im Spiegel begegneten sich ihre Blicke. »Und ich soll wohl glauben, daß du auch nicht auf Dale eifersüchtig bist, wie? Daß du dich heute viel lieber von ihm nach Hause bringen lassen würdest als von diesem Billy Tanner?« Erbost reinigte sie sich die geschwollenen Augen mit einem Papiertaschentuch, holte dann ihre Wimperntusche heraus und begann, sich voll Nervosität zu schminken. Hélène sah ihr zu.

»Das kannst du ruhig glauben«, antwortete sie schließlich langsam. »O ja, wirklich. Ich bin nicht eifersüchtig auf dich und Dale, Priscilla-Anne. Ehrlich. Ich wünschte, du würdest mir das glauben. Wenn du die Wahrheit wissen willst, ich mag ihn nicht einmal besonders. Ich finde ihn ungehobelt. Er trinkt viel zuviel. Er hat überhaupt keine Manieren und...«

Es war die falsche Taktik. Im Spiegel sah sie, wie Priscilla-Annes Blick hart wurde; dann drehte sie sich langsam um.

»So, so, das findest du also! Aber du mußt es ja wissen, nicht wahr? Ich meine, da lernt man so richtig feine Manieren, in eurem Wohnwagenpark, ja? In diesem schäbigen Loch, für das du dich so sehr schämst, daß du mich kein einziges Mal eingeladen hast. Himmel, Hélène Craig, du hast vielleicht Nerven! Wenn ich nicht wäre, würde ein Mann wie Dale dir nicht mal guten Tag sagen! Er kennt sich aus mit weißem Gesindel. Er hat 'ne gute Nase dafür. Genau wie ich...«

Priscilla-Anne bebte vor Wut. Sie hielt noch immer das Stäbchen mit der Wimperntusche in der Hand. Jetzt schraubte sie es wieder in seinen Behälter und steckte ihn in ihre Handtasche zurück. Langsam zog sie den Reißverschluß zu und sah wieder in den Spiegel.

»Wie oft hast du's mit Billy Tanner getrieben, bis er bereit war, dich in so ein Restaurant auszuführen?« Sie sagte es sehr betont. »Fünfmal? Sechsmal? Zehnmal? Machst du's ihm auch mit dem Mund, Hélène? Hast du das vielleicht getan? Ich meine, Billy verdient doch höchstens fünfundfünfzig Dollar pro Woche, und das Restaurant hier muß ein großes Loch in seine Kasse reißen. Also mußt du was ganz Besonderes für ihn getan haben. Aber vielleicht irre ich mich. Vielleicht machst du's ja ganz billig. Wie deine Mama. Ich meine, jeder Mann in Orangeburg weiß doch, daß deine Mama für ein neues Kleid sofort mit dem Hintern wackelt. Und für 'ne Flasche Schnaps soll sie, wie ich gehört habe, ja äußerst originell werden. Muß schon ein komisches Gefühl sein, so ein Kleid zu tragen wie du und an den Fingern abzuzählen, wieviel Nummern deine Mama gebracht haben muß, bis sie es bezahlen konnte...«

»Du hältst sofort dein dreckiges Lügenmaul!« Hélène machte einen Satz auf sie zu, Priscilla-Anne war jedoch zu schnell für sie. Sie duckte sich unter Hélènes erhobener Hand hinweg und floh eilig in eine Kabine. Die Tür schlug zu; der Riegel wurde vorgelegt. Drinnen ertönte Priscilla-Annes gräßliches, nervöses Lachen.

»Also hör mal, Hélène, du brauchst dich doch über mich nicht aufzuregen! Mach mir nicht weis, daß du das nicht gewußt hast! Ich meine, hast du dich denn nie gefragt, warum du nie eine Verabredung hattest? Mit Billy Tanner, okay. Doch welcher anständige Junge geht schon mit einer Hurentochter aus?«

Beide schwiegen. Hélène starrte auf die verschlossene Tür. Wenn sie jetzt nicht schnell hinausging, würde sie weinen, das wußte sie; und wenn sie nicht weinte, dann würde sie sich übergeben. Obwohl ihr alles vor den Augen verschwamm, gelangte sie irgendwie an den Tisch zurück. Dale hatte inzwischen ein Bier vor sich stehen; sein hübsches Gesicht war stark gerötet, und er lachte.

»Ach, hör doch auf, Tanner! Mir kannst du's doch erzählen. Ich meine, wir wissen doch alle Bescheid. Wenn ein Mann sich so richtig amüsieren will – und ich meine *richtig* amüsieren –, dann gibt's nichts Besseres als einen schwarzen...«

»Bring mich hier raus, Billy. Bring mich sofort hier raus!« Sie sagte es leise, doch Billy hatte bereits ihr Gesicht gesehen und war aufgesprungen. Auf dem Tisch stand ein kleines Plastiktablett mit der Rechnung. Billy fingerte in seiner Tasche herum. Banknote um Banknote zog er heraus, bis die Tasche leer war. Dale saß bequem zurückgelehnt da und sah breit grinsend zu. »Ihr wollt schon gehen? Das ist aber schade...«

Billy beugte sich über den Tisch. Er war größer als Dale, und kräftiger. Das Lächeln auf Dales Gesicht gefror.

»Ein Wort«, sagte Billy leise. »Ein einziges Wort noch, College Boy, und ich werde dir die Zähne in den Rachen rammen. Kapiert?« Dann griff er Hélènes Arm, und sie gingen hinaus.

Bis nach Orangeburg hinein wurden sie von einem Auto mitgenommen, von da an gingen sie zu Fuß. Kurz vor dem Wohnwagenpark blieb Billy stehen. Der Mond stand am Himmel. Er beleuchtete den Weg und die Bäume und Billys bleiches Gesicht. Seine Augen glitzerten blau, als sei er sehr zornig. Er sah Hélène nicht an, sondern starrte an ihr vorbei auf die Bäume.

»Es *wird* sich ändern«, stieß er unvermittelt hervor. »Schon bald. Er sieht's nicht kommen. Die meisten sehen es nicht kommen. Aber es *wird* kommen.« Er hob die Hand und ließ sie wieder fallen. »Er war auf dem College. Er liest vermutlich in einer Woche mehr Bücher als ich in einem Jahr, und trotzdem sieht er's nicht. Genausowenig wie mein Daddy und die meisten Leute hier. Aber es wird sich ändern! So, wie es ist, ist es ungerecht, und deswegen muß es sich ändern. So hab' ich nicht immer gedacht. Als Kind jedenfalls nicht. Und wenn ich aussprechen würde, was ich jetzt denke, würde mein Daddy mir den Schädel einschlagen. Aber ich denke trotzdem so. Wenn ich mich umblicke, sehe ich nichts als Haß. Überhaupt alles, was ich jemals gesehen habe, ist Haß. Haß und Angst. Jeder rakkert sich ab, um seinen Platz auf dem großen Haufen zu behalten und nicht wieder ein Stück weiter nach unten zu rutschen. Ich aber *bin* fast ganz unten, deswegen sehe ich mehr als die anderen. Mein Daddy, zum Beispiel. Er hat seit dreizehn Jahren nicht mehr gearbeitet, und er trinkt mehr Schnaps, als für ihn gut ist, aber weißt du was? Mein Daddy findet, er ist okay. Weil er nämlich weiß: Was immer geschieht, er ist ein Weißer, und deshalb kann er nie ganz nach unten rutschen. Ganz unten, das ist für die Farbigen. Mein Daddy glaubt, daß er sie haßt, aber eigentlich tut er das gar nicht. Er *braucht* sie, verstehst du? Weil sie das einzige sind, auf das er noch runterblicken kann...« Seine Stimme erstarb; er drehte sich um und blickte auf ihr Gesicht hinab.

»Ich hatte mir so sehr gewünscht, daß es für dich ein schöner Abend würde. Das hatte ich mir gewünscht, und alles genau geplant, und nun ist alles kaputtgegangen. Und...«

»Ach bitte, Billy, halt mich! Halt mich ganz fest...« Hélène trat vor, und er nahm sie in die Arme. Sie lehnte den Kopf an seine Brust und sein hämmerndes Herz und weinte. Ihr schien, als weine sie sehr lange; weine um sich und um ihre Mutter, um Billy und um seinen Daddy. Und die ganze Zeit, während sie weinte, sagte Billy kein einziges Wort. Hielt sie nur fest und legte seine Wange auf ihren Kopf. Als sie endlich wieder aufhörte, hob er ihr Gesicht ganz behutsam an und sah ihr tief in die Augen.

»Ich wünschte, du wärst für mich«, sagte er sehr leise und sehr traurig. »Ich wünschte, ich könnte daran glauben, daß du für mich bist. Ich wünsche es mir und habe sogar darum gebetet, solange ich denken kann. Und heute abend wollte ich's dir sagen. Was ich empfunden habe. Was ich gedacht habe – und gehofft. Aber ich habe mir nur etwas vorgemacht. Vielleicht wußte ich das sogar die ganze Zeit.« Seine eisvogelblauen Augen glänzten wie Sterne. »Ich wünschte, ich könnte manchmal in die Zukunft sehen. Könnte sehen, was werden wird – aus dir. Weil ich nicht weiß, wohin du gehst, sondern nur, daß du weit fortgehen wirst. Das weiß ich. Und ich möchte, daß du in Sicherheit bist und glücklich – ganz gleich, wo. Und ich möchte gern glauben, daß du dich erinnern wirst.«

»Billy?«

»Ich hab' dich gern.« Er nahm ihre Hand und hielt sie einen Augenblick in der seinen. »Seit dem Tag, an dem du hierhergekommen bist. Seit du ganz klein warst. Du bist schön. Und du bist was ganz Besonderes. Wenn ich dich ansehe, dann ist es, als scheine die Sonne und der Mond zugleich. Das ist alles. Ich wollte nur, daß du es weißt. Ändern wird sich dadurch nichts. Ich erwarte nicht, daß du das gleiche für mich empfindest. Aber ich wollte, daß du es weißt.«

Hélène senkte den Kopf. Sie spürte, wie ihr die Tränen in die Augen stiegen.

»Weißt du, was Priscilla-Anne vorhin gesagt hat?« Sie konnte ihn nicht ansehen. »Sie hat gesagt, meine Mutter sei eine Hure.« Sie mußte sich zwingen, das Wort auszusprechen, und Billys Kopf fuhr in die Höhe wie ein Tier, das Gefahr wittert. Er trat einen Schritt vor, aber Hélène hob die Hand. »Sie hat gesagt, das wüßten alle Leute in Orangeburg außer vielleicht ich selbst. Alle Männer. Sie hat gesagt...«

Billy legte ihr den Arm um die Schultern. »Ist doch egal, was sie gesagt hat. Vergiß es. Sie ist nur neidisch.«

»Ich kann's aber nicht vergessen. Niemals! Solange ich lebe. Und ich möchte, daß du es mir sagst. Bitte, Billy! Ich kann doch niemand anders fragen. Und ich muß es wissen. Stimmt das wirklich? Sagen die Leute das von ihr?«

»Die Leute reden eine ganze Menge.« Er klang verlegen. »Deine Mutter ist eben anders, genau wie du, und das paßt ihnen nicht, das können sie nicht ertragen...«

»*Stimmt* es?«

Billy senkte ganz kurz den Blick, und Hélène spürte, wie das Herz in ihrer Brust eiskalt und sehr still wurde. Nach einer Weile blickte Billy wieder auf. Dann trat er vor und packte ihre beiden Arme. »Du hörst mir jetzt zu!« befahl er. »Hör zu. Wenn die Menschen kein Geld haben, dann tun sie vieles, tun sie alles mögliche. Und wenn sie einsam sind. Wenn sie die Hoffnung verlieren. Kannst du sie dafür verurteilen?« Er unterbrach sich. »Sie liebt dich, Hélène. Sie hat so gut für dich gesorgt, wie sie es vermochte. Und ganz gleich, was sie getan hat...«

»Und was macht das aus *mir*?«

»Gar nichts macht das aus dir. Du bist du. Du bist das Schönste, was ich jemals gesehen habe. Du bist Hélène. Und ich glaube – ich glaube, du könntest so ungefähr alles sein, was du willst. Verstehst du mich? Alles!« Er schüttelte sie ein wenig, dann ließ er sie los. »Und jetzt komm. Es ist schon spät. Ich möchte nicht, daß du noch weinst. Ich bringe dich heim.«

Schweigend gingen sie zwischen den Bäumen hindurch, über das spärliche Gras, an den anderen Wohnwagen vorbei, die alle dunkel waren. Dann stieß Hélène plötzlich einen kleinen Schrei aus und begann zu laufen. Die Tür des grünen Wohnwagens stand offen; das Licht, das herausfiel, bildete einen gelben Teich auf dem Gras;

das Radio spielte leise, und von der kleinen Pforte aus sahen sie Hélènes Mutter reglos auf dem Boden liegen.

Billy war als erster die Treppe hinauf und in den Wagen hineingelaufen. Hélène folgte ihm, geblendet nach der Dunkelheit. Verwirrt, verständnislos sah sie sich um, dann kniete sie nieder. Im Wohnwagen roch es nach Erbrochenem. Als sie den Kopf der Mutter behutsam anhob, schlug diese die violetten Augen auf und schloß sie gleich wieder. Die Mutter stöhnte. Billy stand stocksteif mitten in dem winzigen Raum.

»Was ist nur geschehen, Billy? Was ist los?«

»Alkohol.« Er sagte es sachlich, während er eine Flasche vom Boden aufhob. Sie war leer. »Hat sie das alles getrunken – heute abend, meine ich?«

»Heute abend? Keine Ahnung. Sie trinkt nicht. Ich dachte jedenfalls, daß sie nicht trinkt. Das heißt...«

»Komm. Ich werde sie aufheben.« Billy beugte sich nieder. Der Blick seiner blauen Augen begegnete ihrem, und er lächelte ein bißchen grimmig. »Ist schon gut. Es wird ihr bald besser gehen. Ich weiß, was man tun muß.«

Später konnte Hélène den Gedanken an die nun folgende Szene einfach nicht ertragen, so demütigend war alles für sie. Die Mutter konnte sich nicht auf den Beinen halten, deswegen mußte Billy sie stützen und ihr den Kopf halten. Irgendwie schaffte er sie nach draußen an die frische Luft. Gleich darauf kam ein so gräßliches Würgen, daß Hélène sich die Ohren zuhielt.

»Mach du inzwischen drinnen sauber!« rief Billy ihr zu. Er klang fast belustigt. »Es wird ihr gleich wieder besser gehen. Sie muß es nur loswerden. Dann kann sie schlafen.«

Als er die Mutter schließlich wieder hereinbrachte, starrte Hélène sie voller Entsetzen an. Ihr Gesicht war kalkweiß. Unter den Augen lagen tiefe Schatten. Sie roch grauenhaft. Sie hatte die Augen geöffnet, aber es war, als könne sie trotzdem nichts sehen. Sie richtete den Blick einen Moment auf Hélène, dann auf Billy. Sie stöhnte.

»Ich hab' das Bett gemacht.« Hélène sah Billy unsicher an.

»Wunderbar.« Er hob die Mutter auf und trug sie wie eine Puppe ins Schlafzimmer. Dann legte er sie so behutsam aufs Bett, als sei sie ein Kind.

»Soll ich ihr irgendwas geben?«

»Nein, nichts. Sie würde es nur wieder erbrechen. Morgen früh wird sie wohl Kopfschmerzen haben. Dann kannst du ihr ein Seltzer geben.« Jetzt hörte er auf zu grinsen. Er nahm Hélène beim Arm und führte sie sanft ins andere Zimmer hinüber.

»Sie hat das früher noch nie getan?«

»Nein. Niemals.«

»Ist irgend etwas passiert, was sie aus dem Gleichgewicht gebracht hat?«

»Nein. Als ich fortging, war sie ganz in Ordnung. Sogar glücklich wirkte sie... Ach, Billy!«

»Keine Angst. Vermutlich ist es eine Ausnahme. Vielleicht war sie nur deprimiert, und du warst nicht da. Also hat sie einen Schluck getrunken, um sich ein bißchen aufzumuntern, und dann hat sie nicht gewußt, wann sie aufhören mußte...« Er versuchte, sie zu beruhigen, das merkte Hélène. Aber sie sah auch den Zweifel und das Unbehagen ganz tief in seinen Augen.

»Soll ich bei dir bleiben?«

»Nein, Billy. Es geht schon. Du mußt morgen früh arbeiten. Ich bleibe bei ihr. Mach dir keine Gedanken um mich.«

Billy lächelte – ein ganz merkwürdiges, schiefes Lächeln. »Aber das tue ich«, sagte er. »Ich glaube, ich werde mir ewig Gedanken um dich machen.«

An der Tür griff Hélène ungeschickt nach seiner Hand und drückte sie fest. »Danke, Billy«, flüsterte sie. »Danke für alles.«

Er berührte sie nicht. Er küßte sie nicht. Er ging einfach die Treppe hinunter und durch den kleinen Vorgarten. Hélène sah hinter ihm her, diesem hochgewachsenen, schlanken Jungen.

»Ich werde mich erinnern, Billy!« rief sie ihm plötzlich nach. »Bestimmt... An jedes Wort, was du gesagt hast. Immer!«

Aber Billy wandte sich nicht um und blickte auch nicht zurück; daher wußte sie nicht, ob er sie gehört hatte.

Als er fort war, schloß Hélène die Tür. Langsam kehrte sie ins Schlafzimmer zurück und setzte sich auf ihr Bett. Sie betrachtete die mageren Schultern der Mutter, das allmählich ergrauende Haar auf dem Laken, das blasse Gesicht. Der Atem der Mutter ging schwer.

Nach einer Weile öffnete die Mutter plötzlich die Augen. Sie starrte Hélène an, durch Hélène hindurch, ohne sie wirklich zu sehen. »O Gott!« sagte sie dann sehr deutlich. »O Gott, was hab' ich aus meinem Leben gemacht!«

Dann schloß sie die Augen wieder und schlief ein.

Als Hélène zwei Tage später auf dem Heimweg von der Schule die Straße nach Orangeburg entlangging, hielt ein großer, schwarzer, offener Cadillac neben ihr. Am Lenkrad saß ein Mann im weißen Hemd; auf dem Rücksitz lag ein weißes Leinenjackett. Hélène blieb stehen. Sie sah ein strahlendes Lächeln, eine gebräunte, ausgestreckte Hand.

»Hélène Craig! Na so was! Wie geht's?«

Hélène ergriff die Hand, ließ sie aber sofort wieder los. »Major Calvert?«

»Ned. Für dich bin ich Ned.« Wieder das Lächeln. »Ist lange her, daß ich eine Uniform getragen habe.« Er öffnete die Beifahrertür. »Es ist heiß. Möchtest du eine kleine Autofahrt machen?«

Hélène zögerte. Tief innen regte sich etwas in ihr: eine verbotene Erregung. Sie ging um den Wagen herum und stieg ein.

Er sah auf seine Uhr, eine goldene Rolex mit Lederarmband; dann sah er Hélène wieder an. »Es ist noch früh. Möchtest du jetzt vielleicht die Plantage sehen? Es ist ein so schöner Abend!«

Er sprach, als wäre überhaupt keine Zeit vergangen, als hätte es die letzten drei Jahre nicht gegeben, und seine erste Einladung liege höchstens ein paar Tage zurück.

»Na schön.« Sie faltete die Hände im Schoß.

Er trat aufs Gas; der Cadillac fuhr schnell und weich an, die kühle Luft strich ihr durchs Haar. Unwillkürlich stieß sie einen kleinen Jubelruf aus, und Ned Calvert lächelte. Hélène musterte ihn von der Seite. Ein gutaussehender Mann, ein echter Südstaaten-Gentleman – das sagte man allgemein von Ned Calvert. Als er jünger war, dachte sie, hat er bestimmt wie Clark Gable in *Vom Winde verweht* ausgesehen: das sehr dunkle Haar, aus dem breiten, gebräunten Gesicht zurückgekämmt; der dunkle, kurz gestutzte Schnurrbart; die breiten Schultern; die kräftigen, gebräunten Arme die stämmige, muskulöse Gestalt; der goldene Siegelring an seiner Linken.

»Ich bin dreiundvierzig Jahre alt.« Den Blick auf die Straße gerichtet, lächelte er noch immer. »Du bist jetzt fünfzehn. Himmel, ist das ein schöner Abend! Einfach so dahinfahren, das ist wunderbar. Findest du nicht, Hélène?«

»Es ist schön kühl.«

Sekundenlang sah er sie an. Dann trat er das Gaspedal tiefer durch, und der Wagen flog nur so dahin. Am Weg zum Wohnwagenpark vorbei. »Das ist es. Kühl und schnell und frei. Ich fahre gern Auto.«

Ein paar Meilen weiter bog er vom Highway ab, um die Nordseite der Plantage herum, und fuhr durch die heißen Baumwollfelder. In Abständen gab es vereinzelte Bäume, die den einzigen Schatten in diesem ebenen Gelände boten. Dort pflegten die Baumwollpflücker ihre Frühstückspause zu machen, erklärte er; früher, als die ganze Ernte noch mit der Hand gepflückt wurde. »Harte Arbeit, das Baumwollpflücken«, sagte er grinsend. »Ich hab's mal versucht, als kleiner Junge. Habe so lange gebettelt, bis mein Vater es mir erlaubte. Zwanzig Minuten lang hab' ich durchgehalten, mehr nicht. Die Baumwolle ist eine niederträchtige Pflanze. Zerkratzt einem die ganzen Hände. Schneidet ins Fleisch. Bricht einem den Rücken. Setzt sich einem in die Nase, bis man das Gefühl hat, nie mehr richtig atmen zu können. Die Maschinen machen das viel besser. Schneller, sauberer. Sind zwar anfangs ziemlich teuer, auf die Dauer aber billiger. Ich hab' vor ein paar Jahren mit der Umstellung begonnen. In ungefähr zwei Jahren wird überhaupt nichts mehr mit der Hand gepflückt werden...« Er hielt an. »Begonnen mit dieser Plantage hat mein Ururgroßvater. Damals, in der schlimmen alten Zeit, als es nur Sklavenarbeit gab. Er hatte fünfhundert Baumwollpflücker. In ein paar Jahren werde ich höchstens noch vierzig, fünfundvierzig brauchen.« Er seufzte. »Die Zeiten ändern sich. Der Süden ist nicht mehr das, was er mal war – zu meiner Zeit als kleiner Junge...«

Hélène musterte ihn von der Seite. Schwer zu entscheiden, ob er die Veränderung begrüßte oder bedauerte. Als sie nichts sagte, ließ er den Wagen wieder an, und sie fuhren weiter. Sie hatte ihn immer für einen wortkargen Mann gehalten, dessen Schweigen sie störte und nervös machte. Heute aber redete und redete er, fast ohne sie anzusehen, und bombardierte sie mit Informationen über seine

Plantage, bis sich ihr der Kopf drehte. Schließlich hielt er wieder an. In zweihundert Meter Entfernung sah sie eine Gruppe von Teerpappehütten, eine Rauchspirale, zwei oder drei dunkle Gestalten. Unvermittelt schlug er mit der Hand aufs Lenkrad.

»Einhundertundfünfzig Jahre! Das ist es, was sie nicht begreifen, diese verdammten Yankees da oben in Washington. Geschichte – hier liegt sie vor dir, Hélène! Geschichte. Eine Lebensart, die funktioniert, die schon funktioniert, seit... Ich bin damit aufgewachsen. Ich weiß Bescheid.« Er deutete zu den Hütten hinüber. »Siehst du die da? Die hat mein Daddy bauen lassen. Sie gehören mir. Ich halte sie instand. Lasse die Dächer flicken. Installiere Pumpen, die Wasserversorgung. Bezahle ihnen mehr Lohn, den sie dann aber restlos versaufen. Also mach' ich dasselbe wie mein Daddy und wie sein Daddy vor ihm. Wenn sie einen Arzt brauchen, sorge ich dafür, daß sie einen bekommen. Wenn sie nichts mehr zu essen haben, kümmere ich mich auch darum. Sie sind *zufrieden*, das ist es, was die im Norden nicht begreifen können...« Er brach ab, dann zeigte er in die Ferne. Weit hinten sah Hélène hinter den Bäumen gerade noch das weiße Dach des Herrenhauses. Über dem Dach entdeckte sie einen Farbfleck in der reglosen Luft. Ned Calvert sah sie an.

»Bist du amerikanisch genug, um die Flagge zu erkennen?«

»Natürlich.« Hélène warf ihm einen verächtlichen Blick zu. »Das ist die Flagge der Konföderierten.«

Ned Calvert grinste. »Ganz genau. Mein Großvater hat sie gezeigt. Mein Daddy hat sie gezeigt. Und ich will verdammt sein, wenn ich sie einhole...«

»Sie haben keinen Sohn«, warf Hélène ruhig ein.

»Wie bitte?« Er musterte sie überrascht; dann verzog sich sein Gesicht, er warf den Kopf in den Nacken und lachte laut.

»Du bist sehr direkt. Das gefällt mir. Nein, ich habe keinen Sohn. Aber ich habe auch nicht vor, jetzt schon zu sterben.« Er beugte sich an ihr vorbei und stieß ihre Tür auf. Sekundenlang spürte sie die Hitze seines Körpers.

»Komm, steig aus. Sieh dich ein bißchen um.« Er stieg ebenfalls aus und warf ihr einen flüchtigen Blick zu. »Nur eines bitte: Man gibt den Negern nicht die Hand – wußtest du das? Sie würden es nicht verstehen.«

»Deiner Mutter geht es gut?«

Als die Schatten länger wurden, fuhr er sie zurück. Er machte dabei einen Umweg, wie Hélène feststellte, der um die Felder herum- und zum Herrenhaus führte. Er stellte ihr diese Frage nach längerem Schweigen so unvermittelt, daß sie erschrak. Sie verkrampfte die Hände im Schoß.

»Ja. Es geht ihr gut.« Sie verstummte. »Sie ist vielleicht ein bißchen müde. Sie haßt diese Hitze.«

»Gut. Ich dachte gerade... Mrs. Calvert hatte sie am Samstag erwartet, zum Frisieren, weißt du, wie immer. Aber sie ist nicht gekommen. Hat auch keine Nachricht geschickt, was ziemlich ungewöhnlich ist. Deshalb dachte ich mir, ich erkundige mich lieber. Vergewissere mich, daß sie nicht krank ist.«

Er wirkt nervös, dachte Hélène. Gleich darauf aber bemerkte sie, wie seine Hände sich am Lenkrad entspannten, und sofort entspannte sie sich ebenfalls. Einen Moment dachte sie, er hätte vielleicht etwas gehört, irgendwelchen Klatsch. Aber sie verwarf diesen Gedanken sofort wieder. Jedenfalls nichts darüber, daß die Mutter neulich abends getrunken hatte: Davon wußten nur sie und Billy, und Billy würde kein Wort sagen.

»Möchtest du etwas trinken, Hélène?«

Hélène zuckte zusammen. Wieder verspürte sie dieses winzige Prickeln nervöser Erregung.

»In Ihrem Haus, meinen Sie?«

»Nein.« Er wurde langsamer und wandte sich zu ihr um. Zeigte ihr ein ruhiges Lächeln. »Nicht dort, nein. Schließlich bist du kein kleines Mädchen mehr. Meine Frau würde es nicht verstehen.« Er hielt inne. »Aber es gibt eine Menge Dinge, die Mrs. Calvert nicht versteht. Dinge, die mich betreffen.« Er beugte sich herüber, öffnete das Handschuhfach und holte eine silberne Taschenflasche heraus.

»Bourbon.« Er grinste. »Ich bin immer gut versorgt. Nach einem langen, heißen Tag geht doch nichts über einen schönen, alten Bourbon. Hast du mal einen Schluck probiert?«

»Nein.«

»Dann probier es jetzt doch mal!«

Er schraubte den Verschluß auf und reichte ihr die Flasche. Hélène zögerte, dann setzte sie sie an den Mund. Der Alkohol brannte wie Feuer in ihrer Kehle. Als sie schluckte, wäre sie fast erstickt.

Ned Calvert lachte. »Na, schmeckt's?«

Hélène verzog das Gesicht. »Was versteht Mrs. Calvert nicht?«

»Ach, eine Menge.« Er nahm ihr die Flasche wieder ab und trank. »Eines Tages werde ich's dir vielleicht erzählen.«

Er stoppte den Wagen, zog die Bremse an und setzte die Flasche ab. »Weißt du, wo wir hier sind? Siehst du die Sumpfzypresse da drüben? Wir sind hinter dem Bach – wo du früher zum Schwimmen gegangen bist.« Er beugte sich an ihr vorbei und stieß die Tür auf. »Komm, vertreten wir uns die Beine. Wär' doch hübsch, eine Weile im Schatten zu sitzen, nicht wahr? Und ich weiß auch genau den richtigen Platz dafür.« Er steckte die Taschenflasche ein. Als Hélène ausstieg, ergriff er ganz selbstverständlich ihre Hand und schwang sie beim Gehen hin und her. Über ihnen brannte die Sonne, dann kamen sie in kühlen Schatten, und als sie zwischen den Bäumen waren, wußte sie, daß unten rechts von ihnen der Badeteich lag. Ihr Herz klopfte heftig. Dann traten sie auf eine Fläche mit trockenem, spärlichem Gras hinaus, und direkt vor ihnen lag das dunkle Gartenhaus. Major Calvert warf einen kurzen Blick über seine Schulter, dann zog er sie hastig hinein. Drinnen standen an drei Wänden roh gezimmerte Bänke; ein offener Durchgang war fast ganz von Kletterpflanzen überwuchert. Er setzte sich und deutete auf den Platz neben sich.

»Siehst du? Hier drinnen ist es still und kühl. Hierher kommt niemals ein Mensch. Ich bin gern hier. Komm, trink noch einen Schluck Bourbon!«

Hélène setzte sich nur zögernd. Sie nahm die Flasche und trank gehorsam. Ned Calvert beobachtete sie dabei, und seine Miene erinnerte sie an die Szene damals im Salon: aufmerksam beobachtend.

»Ich hab' so einiges über dich gehört, Hélène Craig.« Er nahm ihr die Flasche ab, setzte sie selbst an und trank einen tiefen Schluck.

»Über mich?« Hélène stieß ein nervöses Lachen aus. »Da gibt es bestimmt nicht viel zu hören.«

»Wirklich nicht?« Er ließ die Flasche wieder sinken und sah sie unverwandt an. Dann sagte er sehr ruhig: »Du gehst mit diesem Tanner, der bei Haines in der Autowerkstatt arbeitet, nicht wahr? Das habe ich jedenfalls gehört.«

»Billy?« Verwundert drehte sie sich zu ihm um. »Wer hat Ihnen denn das gesagt?«

»Ach, ich höre eine Menge. Die Leute reden.« Er hielt inne. »Ich dachte nur, ich sollte dich lieber warnen. Es ist besser, du hältst dich von ihm fern.«

»Von Billy?« Ihre blauen Augen blitzten. »Aber wieso?«

»Er ist nichts für dich. Für ein anständiges, weißes Mädchen. Das hab' ich jedenfalls gehört. Für ein Mädchen, das sich seine Selbstachtung erhalten will.«

»Aber ich habe Achtung vor Billy! Ich mag ihn sehr!«

»Gewiß. Gewiß.« Er seufzte. »Aber schließlich bist du noch ein kleines Mädchen. In mancher Hinsicht. Ich möchte nur, daß du vorsichtig bist, daß du keinen Schaden erleidest.«

»Schaden? Durch Billy?« Sie hob das Kinn. »Billy würde mir niemals Schaden zufügen.«

»Nicht direkt, vielleicht. Ich bin überzeugt, daß er im Grunde ein guter Junge ist. Nur irregeleitet. Möglicherweise auch nicht allzu klug, so daß er sich in etwas hineinziehen läßt, wo er besser Abstand halten sollte. Aber er meint es nicht böse, darin magst du recht haben. Nur hat Billy einige recht merkwürdige Freunde. Hat er dir davon erzählt? Wie eng er sich an einige von den anderen Männern angeschlossen hat, die bei Haines arbeiten? Neger?« Eine kleine Pause entstand. Hélène starrte ihn sprachlos an.

»Neger? Nein, davon hat mir Billy nichts erzählt.«

»Siehst du? Und warum? Weil er sich schämt, darum! Ganz tief innen weiß er, daß so was nicht recht ist, daß es ein paar Brücken gibt, über die ein Weißer nicht gehen sollte. Die Leute hier werden das nicht dulden. Die haben für Menschen wie Billy eine sehr häßliche Bezeichnung. *Nigger-lover,* nennen sie die. Hast du diesen Ausdruck schon mal gehört?«

»Aber natürlich hab' ich das!«

»Nun, dann wirst du gewiß nicht wollen, daß die Leute Billy so nennen. Oder dich, weil du mit Billy gehst. Nicht wahr?« Er schnippte ein Stäubchen von seiner weißen Hose, hob den Kopf und sah zur offenen Tür hinaus.

»Man hat Billy gesehen. Wie er mit ihnen gesprochen hat. Mit ihnen gegessen hat. Erst neulich ist er in einem Negerrestaurant gewesen und hat dort gegessen, als könnte er seine eigene Hautfarbe nicht erkennen.« Major Calverts Stimme stieg immer mehr an. »So was mögen die Leute nicht. Im Augenblick ist hier noch alles ruhig, aber das wird nicht so bleiben, nicht in der heutigen Zeit. Uns stehen Unruhen ins Haus. Ich wittere das, weil ich mein ganzes Leben hier verbracht habe und den Geruch kenne.«

Jetzt wandte er sich wieder zu ihr um. Er sah aus, als sei er vollkommen geistesabwesend. Hélène starrte ihn angstvoll an. »Du möchtest doch nicht, daß Billy etwas zustößt, nicht wahr?«

»Nein.«

»Dann solltest du ihn warnen. Ihm von unserem Gespräch berichten. Ihm sagen, er soll sich auf das besinnen, was er ist, bevor es zu spät ist.« Er hielt inne. »Und dich dann von ihm fernhalten. Deine Mama hat hier in der Gegend nicht viele Freunde, weißt du das?«

»Ja, das weiß ich.« Priscilla-Annes Stimme dröhnte in ihren Ohren. Sie spürte, wie ihr das Blut in die Wangen stieg.

Major Calvert wandte keine Sekunde den Blick von ihr ab. »Die Leute hier reden über sie. Mrs. Calvert und ich – wir hören nicht auf dieses Gewäsch. Aber du bist ein nettes Mädchen. Du willst doch sicher nicht, daß die Leute über dich reden, nicht wahr?«

Hélènes Gesicht war jetzt puterrot. Sie ließ den Kopf hängen. »Nein, das will ich nicht«, antwortete sie mit ganz kleiner Stimme.

»Hier.« Abermals reichte er ihr die Flasche. »Nun beruhige dich wieder und trink einen Schluck Bourbon.«

Mit zitternden Händen nahm Hélène die Flasche und trank. Der Bourbon flammte in ihrem Magen. Sie schloß kurz die Augen. Ihr Kopf war nicht mehr allzu klar, und es schien ziemlich heiß im Gartenhaus zu sein, aber sie fühlte sich viel wohler. Und Major Calvert war sehr freundlich. Es war verwirrend, ihre Mutter und Billy, beide zugleich, aber doch, sie war ganz sicher, daß er wahrhaft freundlich zu ihr war.

»Deine Lippen sind naß. Alles um deinen Mund herum ist naß vom Bourbon. Hélène, ich werde dir zeigen, wie man aus einer Flasche trinkt...« Während er sprach, rückte er näher an sie heran und beugte sich vor. Er legte den Arm um ihre Schultern und senkte den Kopf, und auf einmal war sein Mund sehr nahe.

»Naß«, wiederholte er. »Erinnerst du dich?« Seine Stimme war plötzlich genauso belegt wie damals. Und dann küßte er ihren

Mund ganz langsam und bedächtig. Seine Lippen waren naß und fest; sie spürte seine Zunge an ihren Lippen, fühlte, wie sich sein Mund zu einem Lächeln verzog. Er leckte ihr den Bourbon von den Lippen; dann teilte er ihre Lippen mit seiner Zunge. Ihr Körper erstarrte. Sie spürte, wie seine Zunge erst sanft, dann immer energischer mit der ihren spielte, und dann begann er auf einmal zu saugen: zuerst an ihren Lippen, dann an ihrer Zunge.

»Mach den Mund weiter auf – ja, so...«

Er saugte ihre Zunge in seinen Mund. Hélènes Kopf wirbelte. Bilder, Worte, Fragmente; Dinge, die Susie Marshall geflüstert und Priscilla-Anne bestätigt hatte. Sie erschauerte, weil seine Hand sich langsam um ihre Brust schloß. Er roch nach Rasierwasser, Minze und Bourbon und ein bißchen nach Schweiß. Sie sah seine gebräunte Haut so dicht vor sich, daß sie die Augen schloß und sich ganz dem warmen, dunklen Raum überließ, in dem es nichts anderes gab als seinen Mund und den ihren.

Er richtete sich auf, doch seine Hand fuhr fort, ihre Brust zu streicheln. »Tust du das mit Billy Tanner auch? Oder vielleicht mit anderen Jungen?« Seine Stimme klang heiser, hypnotisch.

Hélène schüttelte den Kopf.

»Das dachte ich mir. Weißt du, wie lange ich mir das schon wünsche? Sehr, sehr lange. Und ich wußte, daß sich das Warten lohnen würde.« Jetzt umfaßte er ihre Brüste mit beiden Händen und schob sie ein wenig von sich, um ihr in die Augen zu sehen. »Du wußtest es, nicht wahr? Schon damals, als kleines Mädchen. Schon damals hast du es gewußt. Ich konnte es in deinen Augen lesen.«

Er senkte seinen Mund wieder auf den ihren – hart, kraftvoll, lange –, bis er fühlte, wie Hélène zitterte. »Mach deine Bluse auf, Herzchen. Ich will dich sehen.« Er versuchte, an ihren Knöpfen zu fingern.

Hélène stieß seine Hände fort. »Bitte nicht! Das dürfen Sie nicht! Es ist nicht recht.«

»Ich habe dich schon einmal gesehen.« Er schob ihre Hände beiseite. »Vor drei Jahren. Unten am Teich. Du hast dich berührt, und dann hast du dich verstohlen umgeschaut, als hättest du Angst. Damals wolltest du's, nicht wahr? Als du zwölf Jahre alt warst. Du wolltest es und dachtest daran, und... Himmlischer Jesus, ich will dich sehen!«

Er riß so heftig an ihren letzten Knöpfen, daß einer von ihnen absprang. Dann zerrte er ihr die Bluse von den Schultern und griff nach dem BH-Verschluß.

»Bitte nicht! Lassen Sie mich! Sie dürfen doch nicht...«

Er hatte es geschafft. Mühelos streifte er den Büstenhalter ab. Ihre Brüste waren jetzt voll, rund und schwer, die Aureole groß und dunkel, die Haut weiß. Sie hörte, wie er einen langen Seufzer ausstieß. Sie wollte die Hände heben, um sich zu bedecken, aber ihr Kopf war so benebelt, Licht und Schatten wirbelten, und sie konnte die Hände nicht schnell genug bewegen. Er fing sie ein und schob sie beiseite; dann beugte er sich mit feuchten, geöffneten Lippen herab.

»Du bist wunderschön. Ich werde wahnsinnig, wenn ich an dich denke. Laß mich... Ganz behutsam... Siehst du? Siehst du, wie weich du hier bist?« Er hob einen Finger und strich damit über ihre Brustwarze. Hélène schrie auf. »Siehst du? Ein schönes Gefühl. Ein herrliches Gefühl. Du brauchst keine Angst zu haben. Paß auf. So weich, und ich kann sie ganz hart machen. So.«

Er senkte den Kopf. Sie fühlte seinen Mund warm und naß auf ihrer Haut. Er fuhr mit der Zunge über ihre Brustspitzen, zuerst über die eine, dann über die andere; sein Atem ging heftig.

»Spürst du das? Das spürst du, nicht wahr?« Seine Lippen umfaßten die Aureole; er sog die hart gewordene Brustwarze in seinen Mund, und Hélène bog unwillkürlich den Rücken durch, als die Lust wie eine heiße Flamme durch ihren Körper schoß. Er sog fester, gieriger, zuerst an der einen, dann an der anderen Brust, genau wie es ihr die Freundinnen geschildert hatten. Sie fühlte, wie sich die Hitze in ihr aufbaute wie damals, als kleines Mädchen, wenn sie nachts nicht schlafen konnte. Und sie wußte genau, daß es unrecht war.

»Siehst du?« Er hob den Kopf von ihren Brüsten und schloß die Hände über ihnen. Sein Mund war schlaff und troff von Speichel. »Gefällt dir das? Ist das ein schönes Gefühl? Sag's mir, Herzchen. Sag mir, wie schön es ist! Weißt du, was du mit mir anstellst? Kannst du's fühlen? Paß auf – komm näher zu mir. Setz dich rittlings auf meinen Schoß...« Er umfaßte sie, hob sie empor und zog sie so auf sich, daß ihre Beine sich rechts und links von seinen Schenkeln befanden. Mit glasigem Blick sah er zu ihr auf; er hechelte, und seine Stimme war so belegt, daß er kaum sprechen konnte. »Jetzt kannst du's fühlen. Da...« Er stieß mit dem Becken zu. »Fühlst du, wie hart ich bin, und wie groß? Das kommt von dir. Das hast du mit mir gemacht. Weil du so schön bist, so wunderschön. Ich werde hart, wenn ich dich nur ansehe, ich brauche dich gar nicht zu berühren. Nur vom Ansehen werde ich so hart, daß ich fast meine Hose sprenge, wußtest du das? Komm, faß mich an. Gib mir deine Hand. Nur von außen. Da – siehst du? Du brauchst keine Angst zu haben. Es ist ein schönes Gefühl.«

Er drückte ihre Hand fest auf seinen Schritt, auf die Schwellung seines Penis' unter der weißen Leinenhose. Hélènes Kopf sank an seinen Hals; alles war nur noch schwarz und heiß und...

»Alles in Ordnung, Herzchen?« Sie fühlte, wie sein Körper auf einmal erstarrte, hörte von fern, daß seine Stimme sich veränderte. Er packte sie bei den Oberarmen und schüttelte sie, daß ihr Kopf flog. »Willst du etwa ohnmächtig werden? Himmel! Scheiße! Hélène! Sieh mich an!«

»Mir wird schlecht.« Ihre eigene Stimme schien ebenfalls von weit her zu kommen. Sie fing an zu frieren, und ihr Hals war so schwach, daß er den Kopf nicht halten konnte.

»Herrgott, jetzt aber schnell! Runter von meinem Schoß!« Halb stieß, halb schob er sie von sich und zum Gartenhäuschen hinaus. Draußen, bei den Büschen, fiel sie auf die Knie. Und dann erbrach sie all den Bourbon, den sie getrunken hatte.

Er beobachtete sie nicht – zum Glück. Er machte kehrt und verschwand in der Hütte. Als es vorbei war, blieb sie einen Augenblick zitternd hocken, und ihr Verstand, jetzt wieder kristallklar, war angefüllt mit Worten und Bildern, ihr Körper elend und krank vor Scham. Schließlich rappelte sie sich ein wenig unsicher auf. Er war wieder zum Vorschein gekommen, stand mit ihrem BH und ihrer Bluse in der Hand an der Tür und beobachtete sie. Hélène vermochte ihn nicht anzusehen. Sie überließ ihm die Initiative.

»Na, wieder besser?« Er klang fast belustigt, seine Besorgnis schien sich völlig gelegt zu haben. »Okay, dann komm wieder herein und zieh dich an. Anschließend fahre ich dich nach Hause.« Drinnen half er ihr in den BH, schloß ihn und knöpfte ihr auch die Bluse zu. Dann schraubte er wieder die silberne Taschenflasche auf.

»Damit wirst du dir jetzt den Mund spülen und es sofort wieder ausspucken. Dann wird es dir gleich besser gehen.«

Hélène gehorchte. Als sie ihn dann ansah, grinste er.

»Du hast zuviel getrunken, das ist alles. Noch dazu auf leeren Magen. Fühlst du dich besser?« Hélène nickte. »Dann setz dich hin. Ich möchte dir etwas sagen. Ich werde dich nicht anfassen, Kleines. So. Siehst du...« Immer noch zittrig, nahm sie Platz. Er stand im Schatten und blickte auf sie herab. »Ich wußte nicht... Ich war nicht darauf gefaßt, daß der Bourbon so auf dich wirken würde. Ich hatte vergessen, was harter Schnaps beim erstenmal anrichten kann...«

Ganz langsam hob Hélène den Kopf und sah ihn an. Ihr war natürlich klar, daß er nicht über den Alkohol sprechen wollte. Als er die Hand hob und sich über die Stirn wischte, sah sie, daß er stark schwitzte.

»Ich glaube... Ich glaube, ich hab' mich da eben ein bißchen hinreißen lassen. Und dir vielleicht auch Angst eingejagt. Das tut mir leid, Kleines...« Anscheinend ermutigt, weil sie nichts sagte, kam er herüber und setzte sich zu ihr, aber nicht sehr dicht neben sie. Nach einer Weile ergriff er ihre Hand. »Bist du mir böse, Hélène? Ich möchte nicht, daß du mir böse bist – niemals!« Er hielt inne. »Weißt du... Ich glaube, es ist sehr schwer zu verstehen, für dich. Aber ein Mädchen wie du... Nun ja, wenn ein Mann plötzlich mit so einem Mädchen allein ist, das er seit so langer Zeit bewundert, das er so wunderschön findet –, dann fällt es ihm schwer, sich so zu verhalten, wie er sich eigentlich verhalten müßte. Kannst du das verstehen?«

»Ich – glaube schon.«

»Nun, Kleines, ich werde dir erklären, wie es ist.« Sein Ton verriet eine Spur Gereiztheit. »Hör mir gut zu, dann wirst du mich verstehen. Ich bin ein Mann, Hélène, ein ganz normaler Mann, und habe Bedürfnisse wie jeder andere Mann. Aber nicht alle Frauen haben auch solche Bedürfnisse. Manchmal wollen sie nicht, daß ein Mann sie berührt, sie küßt; und wenn das so ist, dann ist das sehr schwer für den Mann, Hélène – sehr, sehr schwer. Irgendwie verschließt er sich dann innerlich, hat das Gefühl, tot zu sein oder im günstigsten Fall nur halb lebendig. Also, bestimmt nichts gegen Mrs. Calvert, aber wir sind jetzt schon sehr lange verheiratet, und ich bin seit Jahren schon ein sehr unglücklicher Mann!«

»Sie? Unglücklich?« Erstaunt blickte Hélène zu ihm empor.

»Ganz recht.«

»Heißt das, Sie lieben Mrs. Calvert nicht mehr?«

»Nun ja, nicht genau, Kleines. Mrs. Calvert ist eine gute Frau, und ich bewundere sie auch und möchte ihr niemals weh tun. Aber sagen wir es mal so: Ich empfinde nicht dasselbe für sie wie für dich.«

»Für mich?« Hélène machte große Augen, und auf einmal kniete er vor ihr nieder und nahm ihre Hände in die seinen, bis sie ihm direkt ins Gesicht blickte.

»Also, das müßtest du doch eigentlich wissen...« Er lächelte. »Glaubst du, ich hätte dich hierher mitgenommen und geküßt, und – all diese anderen Dinge getan, wenn ich dich nicht bewunderte? Wenn du mich nicht so verrückt gemacht hättest, daß ich kaum noch wußte, was ich tat? Vielleicht...« Er krauste die Stirn. »Wenn ich nicht gehört hätte, daß du dich mit Billy Tanner triffst, wäre es mir vielleicht gelungen, mich zu beherrschen. Aber als ich das hörte... Ich schwöre dir, Hélène, da wurde ich so wütend, so eifersüchtig, daß ich keinen vernünftigen Gedanken mehr fassen konnte...«

»Eifersüchtig – Sie? Auf Billy Tanner?« Ungläubig starrte sie ihn an.

Er schüttelte den Kopf. »Allerdings. Und welcher Mann wäre das nicht, wenn er daran denkt, daß ein Mädchen mit einem anderen geht – ein Mädchen, das er selbst gern lieben würde!«

Ganz langsam erhob sich Hélène. »Das kann nicht wahr sein. Das ist unmöglich!«

Sofort war er neben ihr und umarmte sie. Dann gab er sie frei und sah ihr tief in die Augen. »Würde ich dich belügen, Kleines – glaubst du das?« Er legte ihr herzlich den Arm um die Taille. »Ich lüge nicht in solchen Dingen, Hélène. Wenn du das glaubst, machst du mich böse. Und jetzt hör mir zu. Ich weiß, ich habe unrecht gehandelt. Ich weiß, daß ich die Beherrschung verloren habe. Aber ich möchte, daß du mir versprichst, dich wieder mit mir zu treffen. Nur ganz gelegentlich. Nur, damit ich dich ansehen kann und wir zusammen spazierengehen, uns unterhalten, vielleicht auch, wie heute, miteinander ausfahren können. Mehr nicht. Das kann doch wirklich nicht schaden – oder?«

»Ich... Ich weiß nicht. Wenn wir wirklich nur das tun.« Hélène zögerte. Leise Zweifel regten sich in ihrem Hinterkopf, aber er sah ihr jetzt frei in die Augen und bettelte fast.

»Am Donnerstag«, entschied er dann. »Ich könnte dich gleich nach der Schule treffen, auf der Straße nach Orangeburg. Wir könnten ein bißchen rumfahren, und anschließend bringe ich dich nach Hause. Niemand braucht davon zu wissen – nur wir beide. Es würde unser kleines Geheimnis bleiben.« Er zögerte. »Du wirst doch niemandem davon erzählen – oder? Auch deiner Mutter nicht?«

Hélène zupfte an ihrem Rock und seufzte. »Bestimmt nicht. Ich spreche jetzt nicht mehr soviel mit ihr wie früher.«

Er seufzte ebenfalls. Ihre Worte schienen ihn zu beruhigen. »Also, dann Donnerstag. Versprochen? Du würdest mich wirklich glücklich machen.«

»Na schön. Vielleicht.« Sie schluckte. »Aber versprechen Sie mir, was Sie eben gesagt haben? Nur eine Autofahrt?«

»Ich verspreche es dir. Ich *schwöre* es dir, Hélène!« Damit drückte er ihr einen hauchzarten Kuß aufs Haar.

»Du bist das Schönste, was ich jemals gesehen habe – weißt du das? Und jetzt komm, ich fahre dich heim.«

Edouard

Oxford, Algerien, Frankreich 1949–1958

Sagen Sie ihm, daß ich sofort dort sein werde!«

»Sofort, Milady?«

»Beinahe sofort. Im Augenblick bin ich noch in London. Na ja, in der Badewanne. Aber in einer Minute werde ich mich in meinen Wagen werfen, und ehe Sie sich's versehen, werde ich schon in Oxford sein.«

»Jawohl, Milady.«

»Er ist doch da, hoffe ich?«

»Jawohl, Milady. Er hat nächste Woche sein Abschlußexamen.« Dies mit ausdrücklicher Betonung.

Am anderen Ende der Leitung wurde geseufzt. »Wie grauenvoll! Wenn dem so ist, werde ich mich besonders beeilen.«

Der Hörer wurde aufgelegt. Mr. Bullins, seit vierzig Jahren Pförtner am Magdalen College und seit zehn Jahren Oberpförtner, setzte seinen Bowler sowie jene ausdruckslose Miene auf, die er bei derartigen Gelegenheiten immer zur Schau trug, und begab sich zum Aufgang 111 in New Buildings am Deer Park hinüber, wo E. A. J. de Chavigny einige der begehrenswertesten Räumlichkeiten im ganzen College bewohnte. Unter ihm wohnte H. J. E. Dudley, Lord Sayle, über ihm sein bester Freund, der Honorable C. V. T. Glendinning. Auf den handgemalten Schildern am Fuß des Aufgangs erschienen die Titel der Herren nicht; an gewissen anderen Colleges in Oxford wurden derartige Praktiken geduldet, nicht aber, wie Mr. Bullins voll Stolz dachte, im Magdalen, das nach seiner Meinung nicht nur das schönste College von Oxford war, sondern auch das einzige von Bedeutung.

Keuchend stieg er in den ersten Stock hinauf, fand die äußere Tür offen und klopfte an die innere.

Als er eintrat, lag Edouard de Chavigny in seiner Cricket-Hose lang ausgestreckt in einem Lehnsessel und hielt John Maynard Keynes' *Treatise on Money* aufgeschlagen auf dem Schoß, ohne jedoch darin zu lesen.

Mr. Bullins musterte ihn beifällig. Es war im ganzen College bekannt, daß Mr. de Chavigny beim Abschlußexamen in Politik, Philosophie und Nationalökonomie mit einer Eins abschneiden würde. Das war gut; was er aber noch besser fand – und um so bemerkenswerter, da der Gentleman Franzose war –, das war die Tatsache, daß er das scheinbar ohne jede Anstrengung und mit lässiger Bescheidenheit schaffte, wie es sich für einen englischen Gentleman gehörte.

In Mr. Bullins' Augen hatte der Krieg sich in beklagenswerter Weise auf Oxford und sogar auch auf das Magdalen ausgewirkt. Eine ganze Anzahl von Studenten waren bereits Männer um die fünfundzwanzig, die den Krieg mitgemacht hatten und deren akademische Ausbildung sich daher verzögerte. Diese jungen Männer, wortkarg, fleißig und ernsthaft, verhielten sich nach Mr. Bullins' Ansicht nicht korrekt. Edouard de Chavigny dagegen verhielt sich untadelig: Er war ein guter Sportler, der bei Cricketturnieren sein College vertreten durfte, und war im Rudern so hervorragend, daß er nur um Haaresbreite nicht in den Oxford-Achter aufgenommen worden war. Er war ein erfolgreicher Redner bei Verbindungsdebatten; er hatte bei Aufführungen der Oxford University Dramatic Society mitgewirkt; und er verstand das Leben zu genießen. Er gab Parties, bei denen der Champagner in Strömen floß; er besuchte andere Parties; er lud junge Damen zu Luncheon-Parties in seine Räumlichkeiten ein – Damen, deren Gesichter Mr. Bullins aus den Gesellschaftsmagazinen kannte. Er kleidete sich erstklassig, obwohl er den Anschein erweckte, als sei gute Kleidung für ihn unwichtig. Er sah überaus gut aus, war charmant und hatte sich sowohl seinem Diener als auch Mr. Bullins gegenüber bei zahllosen Gelegenheiten äußerst großzügig gezeigt. Kurz gesagt, Mr. Bullins bewunderte und – was noch viel seltener vorkam – mochte ihn. Dieser junge Mann würde es weit bringen, fand Mr. Bullins, und freute sich schon jetzt darauf, später von seinem weiteren Werdegang zu lesen.

Er räusperte sich, und der junge Mann blickte auf.

»Lady Isobel Herbert, Mr. de Chavigny«, meldete er. »Sie hat soeben angerufen. Sie sei noch in der Badewanne, sagte sie, Sir, aber sie werde in Kürze bei Ihnen sein.«

Diese Meldung machte er um zehn Uhr dreißig vormittags. Lady Isobels Zeitgefühl war überaus flexibel. Sie traf um drei Uhr fünfzehn nachmittags in ihrem Derby Bentley im Magdalen ein. Edouard, der reichlich Zeit zum Nachdenken gehabt hatte, war von ihrem Besuch noch immer überrascht. Er konnte sich keinen Grund dafür vorstellen. Im Lauf der letzten Jahre hatte er sie, nachdem sie ihre Verlobung mit Jean-Paul gelöst hatte, verschiedentlich getroffen – auf Bällen in London, bei Wochenendbesuchen in Landhäusern, einmal im Haus der Eltern von Christian Glendinnig –, aber gesprochen hatten sie nur kurz miteinander. In Oxford hatte sie ihn noch nie besucht, und er war seit Jahren nicht mehr mit ihr allein gewesen: seit London nicht mehr. Also vermutete er, dieser Besuch müsse eine von Isobels Launen sein, derer sie ja zahlreiche hatte.

Als sie das Zimmer betrat, ohne anzuklopfen, trug sie ein smaragdgrünes Seidenkleid, keinen Hut und dazu die Conway-Perlen. Die Sonne fing sich in ihrem leuchtenden Haar, und als Edouard aufsprang, sah sie ihn lächelnd an.

»Edouard, Darling«, sagte sie, »hast du inzwischen gelernt, Cocktails zu mixen?«

Da wußte er, warum sie gekommen war.

Sie trank zwei trockene Martinis und erklärte, sie sei nicht hungrig, sie wolle nichts essen. Dann steckte sie sich eine Zigarette an und machte es sich auf dem Fenstersitz bequem. Edouard wartete.

»Wirst du wirklich mit einer Eins abschließen? Das habe ich jedenfalls gehört.«

»Möglicherweise.«

»Hugo sagte, mit Sicherheit. Ich hab' ihn zufällig neulich getroffen.«

»Wie geht's ihm?«

»Ganz gut.« Sie zögerte. »Nein, vermutlich doch nicht ganz gut.

Ich glaube, er ist unglücklich. Ein bißchen verloren. Hat das Gefühl, nicht alles getan zu haben, was er hätte tun sollen. Ich weiß nicht. Als ich kam, hab' ich auf dem Quad seinen Cousin Christian getroffen. Mit rosa Seidenhemd und gelber Krawatte. Er hat sich wirklich nicht verändert.« Sie lächelte. »Ist er immer noch dein bester Freund?«

»Ja.«

»Das freut mich. Ich mag ihn.« Sie zögerte. »Er ist natürlich schwul.«

»Na und?«

Isobel klopfte lässig ihre Asche aus dem Fenster. »Wie geht's Jean-Paul?« erkundigte sie sich stirnrunzelnd. »Ist er noch immer im Krieg?«

»Er ist noch beim Militär. Hauptsächlich am Schreibtisch. Möglich, daß er nach Indochina versetzt wird. Den Urlaub verbringt er zum größten Teil in Algerien, auf unseren Weingütern. Er ist sehr gern dort.«

»Und wer kümmert sich ums Geschäft, wenn er weg ist?«

Edouard zuckte die Schultern. »Das werde ich tun. Sobald ich in Oxford fertig bin.«

»Ist das dein Wunsch?«

»O ja. Jean-Paul hat nur sehr wenig Zeit, und ich glaube, daß ich das recht gut bewältigen kann.« Er hielt inne. »Seit dem Tod meines Vaters ist nämlich alles zum Stillstand gekommen. Überhaupt kein Raum für Entwicklung, für Expansion.«

»Manchmal vermisse ich Jean-Paul.« Ruhelos erhob sie sich. »Er hat mich zum Lächeln gebracht. Er war so ungeheuer berechenbar. Ich fürchte, ich habe mich sehr schlecht benommen.« Sie machte eine Pause. »Den Smaragd vermisse ich natürlich auch. Dem war ich wirklich sehr zugetan.« Der Blick ihrer grünen Augen begegnete seinem, und ihre Lippen verzogen sich zu einem Lächeln.

Edouard zögerte. »Er bringt Unglück. Ich wollte es dir damals, als du ihn dir ausgesucht hattest, nicht sagen, aber es heißt, daß er allen Besitzern Unglück bringt.«

»Ach, wirklich?« Sie musterte ihn eindringlich. »Also, das würde eine Menge erklären.« Sie blickte zu der anderen Tür hinüber. »Ist das da dein Schlafzimmer?«

»Ja.«

»Oh, ausgezeichnet!«

An ihm vorbei ging sie ins Nebenzimmer. Eine Weile blieb alles still, dann rief sie ihn zu sich. Langsam schlenderte er zur Tür, wo er stehenblieb und auf sie hinabblickte. Das smaragdgrüne Kleid lag auf dem Boden, und Isobels schlanker, heller, knabenhafter Körper ruhte nackt auf seinem schmalen Collegebett. Ihr Haar glühte auf dem Kissen; zwischen ihren schlanken Schenkeln leuchtete ein rotgoldenes Dreieck; die Conway-Perlen lagen zwischen ihren kleinen weißen Brüsten.

»Edouard, Darling, du hast doch nichts dagegen, oder? Weißt du, ich wollte es schon vor Ewigkeiten...« Sie unterbrach sich und sah ihn mit ihren großen, grünlichen Katzenaugen an. »Ich werde heiraten, Edouard. Den Rennfahrer. Nächste Woche, denke ich, nach irgendeinem Grand Prix, den er fahren muß. Natürlich nur, wenn er nicht vorher umkommt. Deswegen mußte ich dies jetzt tun. Ich könnte es nicht ertragen, verheiratet zu sein, ohne...«

Edouard ging zum Bett hinüber, setzte sich auf die Kante und ergriff ihre schmale Hand.

»Du brauchst dir überhaupt keine Sorgen zu machen.« Sie lächelte. »Ich trage eins von diesen gräßlichen Pessaren. Es heißt, man spürt gar nicht, daß es da ist...«

Er beugte sich über sie und küßte sie zärtlich; dann berührte er sanft ihre Wange. »Du weinst ja!«

»Nur ein bißchen. Ich werde gleich wieder aufhören. Das kommt vermutlich vom langen Warten. Sag mal, Edouard, Darling – du wußtest es, nicht wahr?«

Er sah sie ernst an. »Ich glaube schon. Ja.«

»Ach Edouard, ich bin ja so froh! Das macht alles soviel einfacher. Liebster Edouard, würde es dir was ausmachen, wenn ich zusehe, wie du dich ausziehst?« Edouard lächelte. Während Isobel sich auf dem Bett zusammenrollte wie eine Katze, legte er seine Kleidung ab. Dann zog sie ihn zu sich aufs Bett und drückte ihn sanft in die Kissen. »Edouard, Darling, küß mich bitte nicht! Noch nicht. Du brauchst überhaupt nichts zu tun, ich bin bereit. Ich bin feucht. Ich war schon feucht, als ich den ersten Martini trank. Du hast den Schönsten, den Allerschönsten, den ich jemals gesehen habe. Und ich möchte jetzt ganz einfach *dies* tun!«

Geschmeidig setzte sie sich rittlings über ihn. Dann berührte sie seinen geschwollenen Penis mit einer Hand und führte ihn zwischen ihre Beine. Er spürte die feuchte, die enge Öffnung, und gleich darauf senkte sie sich, ohne den Blick von ihm zu wenden, auf ihn hinab.

»Edouard, Darling. Wenn du dich auch nur ein bißchen bewegst, werde ich augenblicklich kommen. O Gott, ja...«

Er tat es, und sie kam. Dann küßte sie ihn. Sie liebten sich den ganzen Nachmittag, und er hatte das Gefühl, als vergehe die Zeit in einem Traum, den er vor langer Zeit geträumt hatte.

Als der Abend dämmerte, küßte er ihre feuchten Schenkel und ihren Mund, und Isobel umfing mit den Händen seinen Kopf und blickte ihm in die Augen. Ihre eigenen funkelten wie Smaragde, diesmal jedoch ohne Tränen. »Edouard, Liebling«, sagte sie, »ich empfinde eine ganz besondere Liebe für dich und wußte, du würdest mich verstehen. Ich habe das Richtige getan, nicht wahr?«

»Aber sicher!« Edouard lächelte.

»Magst du mich?«

»Ja, sehr.« Er küßte sie liebevoll. »Ich habe dich von jeher gemocht.«

»Das dachte ich mir. Ich freue mich. Ich finde es besser, wenn jemand mich mag, als wenn er mich liebt. Und jetzt muß ich gehen.« Mit jener flinken Grazie, die er so sehr an ihr bewunderte, sprang sie aus dem Bett und zog sich an. »Ich werde dir ein Stück Hochzeitstorte schicken.« Sie lächelte mutwillig. »Sie wird mit diesem scheußlichen weißen Zuckerzeug dekoriert sein, auf das die Konditoren immer so stolz sind, und viel zu süß. Aber ich liebe diese kleinen Schachteln mit dem Spitzenpapier, in die sie verpackt werden, also werde ich dir eine schicken. Du kannst sie vor dem Examen essen, denn Hochzeitstorte bringt unheimlich viel Glück, also wirst du bestimmt deine Eins bekommen und...«

»Isobel...«

»Wenn ich noch eine Minute bleibe, fange ich zu weinen an«, verkündete sie. »Und das wäre dann doch wahrhaftig geschmacklos. Auf Wiedersehen, Edouard, Darling. Und paß auf dich auf.«

In der Woche darauf telegrafierte er ihr: ›Vielen Dank für die Torte. Edouard.‹ Drei Monate später, als seine Eins mit den anderen Examensergebnissen von Oxford und Cambridge in der *Times* veröffentlicht worden war, erhielt er in St. Cloud ein Telegramm. Es lautete: ›Wie ich sehe, hast Du die Torte gegessen. Isobel.‹ Danach hörte er wiederum acht Jahre lang nichts von ihr.

Als Edouard Oxford verließ und nach Frankreich zurückkehrte, um in der Verwaltung der Chavigny-Firmen und -Besitzungen zu arbeiten, war er entsetzt über das, was er vorfand. Er hatte während seiner Oxfordzeit zwar einen Teil seiner Ferien in Frankreich verbracht, doch diese relativ kurzen Besuche hatten ihm keinen Eindruck von dem Chaos vermitteln können, das dort seit dem Tod seines Vaters herrschte.

Mit Jean-Pauls achselzuckend gegebenem Einverständnis machte er sich an eine systematische Inspektion des Chavigny-Imperiums: der Schmuckfirma mit ihren Werkstätten und Verkaufsräumen in Europa und Amerika; der Besitzungen und Weingüter an der Loire und in Algerien; der Aktienbeteiligungen; der Kapitalanlagen; der Vermögenswerte des Barons in Frankreich und im Ausland. Und überall fand er das gleiche: ältere Angestellte, die bemüht waren, alles genauso zu machen, wie es der alte Baron gewollt hätte, ohne für neue Ideen offen zu sein, zu ängstlich, um eigene Entscheidungen zu treffen, und daher alles vor sich herschiebend, bis sich die Probleme türmten. Seit Jahren war den Chavigny-Firmen kein frisches Blut mehr zugeführt worden. Überall stieß Edouard auf Stagnation und Apathie. Es war, als hätte man eine große Maschine so lange laufen lassen, bis niemand mehr bemerkte, wie sie allmählich immer langsamer wurde.

Nach Xavier de Chavignys Exekution hatte das deutsche Oberkommando das Haus und den Park von St. Cloud übernommen und die herrliche Villa aus dem späten siebzehnten Jahrhundert als militärisches Hauptquartier benutzt. Das wußte Edouard: Nur konnte er überhaupt nicht verstehen, warum Jean-Paul in den Jahren nach dem Krieg keinen Versuch gemacht hatte, das Haus wieder instandzusetzen. Er hatte sich in einem Flügel eine kleine Wohnung eingerichtet, den Rest der alten Dienstboten behalten und alles andere so gelassen, wie es war.

Da Edouard wußte, was er dort vorfinden und daß es ihm sehr weh tun würde, schob er eine offizielle Besichtigung der Villa auf und fuhr erst drei Monate nach seiner Rückkehr aus Oxford an einem schönen Septembertag im Jahre 1949 hinaus.

Aus der Ferne wirkte das große Haus unverändert. Die Sonne schien auf die blauen Ziegel und die Fenster der Vorderfront. Die alten Dienstboten begrüßten ihn voll Nervosität. Schweigend begann Edouard seinen Rundgang. Es gab nur noch sehr wenig Möbel, denn die meisten waren in der Schweiz eingelagert, und die wenigen, die noch existierten, waren irreparabel beschädigt.

Fassungslos und wütend sah Edouard sich um. In die Täfelung waren Initialen und Obszönitäten gekratzt worden; grünliche Nässe von verstopften Leitungen sickerte durch Wände, die mit zerrissener Seide verkleidet waren. An der großen, geschwungenen Treppe, einst eine besondere Sehenswürdigkeit des Hauses, war das halbe Geländer herausgerissen und als Feuerholz verwendet worden. Die venezianischen Spiegel an den Wänden des großen Ballsaals waren zerschlagen; die Türen hingen schief in den Angeln. Der ganze Raum stank nach Mäusen und Moder. Mit geschlossenen Augen blieb Edouard in dem weiten, marmorbelegten Foyer stehen. Er sah das Haus, wie es in seiner Kindheit gewesen war; er dachte an die Diners für achtzehn, zwanzig, dreißig Personen; er dachte an die Bälle und die fröhliche Musik im Saal; an die stillen Nachmittage bei seinem Vater im Arbeitszimmer. Als er die Augen wieder öffnete, musterte ihn der alte Butler besorgt.

»Wir haben uns bemüht, Monsieur Edouard...« Der alte Mann machte eine hilflose Handbewegung. »Sie sehen ja. Wir haben alle Böden gewischt.«

Am liebsten hätte Edouard vor Zorn und Enttäuschung geweint, aus Rücksicht auf den alten Mann jedoch verbarg er seine Gefühle. Am nächsten Tag fuhr er mit Louise zum zweitenmal zum Haus. Die Mutter, die bei ihrer Rückkehr nach Frankreich nur einen einzigen Blick hineingeworfen hatte, war nicht umzustimmen gewesen. Sie schaffte so etwas nicht mehr, sie habe ohnehin nicht die Absicht, dort zu wohnen. Sie war in eine Stadtvilla aus dem frühen achtzehnten Jahrhundert im Faubourg Saint-Germain gezogen, ein Stadtviertel von Paris, das von der pränapoleonischen Aristokratie Frankreichs auch heute noch bevorzugt wurde. Nur spürbar widerwillig besuchte sie St. Cloud noch einmal. Als Edouard sie drängte, zuckte sie gereizt die Schultern. »Das Haus ist viel zu sehr heruntergekommen, Edouard. Es gehört der Vergangenheit an. Ich finde, Jean-Paul sollte es verkaufen...«

Etwa eine Stunde, nachdem sie gekommen war, fuhr sie mit ihrem vornehmen, dunkelblauen Bentley wieder davon. Edouard hielt sich noch eine Weile allein im Park auf. Der Park war verwildert und vernachlässigt, die Kieswege von Unkraut überwuchert, die Hecken seit Jahren nicht mehr geschnitten. Ein paar späte Rosen kämpften sich durch das Dickicht von Nesseln und Winden. Mit verkniffenem Mund und geballten Fäusten stand Edouard da. Seine Mutter war nicht interessiert, Jean-Paul war gleichgültig: Nun gut, dann würde er tun, was zu tun war, und zwar allein!

Das gleiche Bild an der Loire, im Château de Chavigny, wo man den berühmten Spiegelsalon, erbaut für den siebten Baron de Chavigny, als Schießstand benutzt hatte. Das gleiche Bild auf den Weingütern dort: Die Weinproduktion war während des Krieges praktisch zum Stillstand gekommen, und danach hatte man nur sporadische und schlecht organisierte Versuche gemacht, den Weinbau wieder in Gang zu bringen. Voll Abscheu probierte Edouard einige dieser dünnen, sauren Weine und befahl, den gesamten Kellervorrat sofort zu vernichten.

Edouards Rundreise dauerte über sechs Monate. Dann hatte er sich rast- und ruhelos durch jede Akte eines jeden Büros gearbeitet. Hatte jedes Zimmer eines jeden Hauses besichtigt und persönlich mit jedem einzelnen Diener des alten Barons sowie sämtlichen älteren Angestellten gesprochen. Er hatte die Anwälte seines Vaters besucht, seine Bankiers und Ratgeber, seinen Börsenmakler und seinen Steuerberater. Er war in der Schweiz, in London, Rom und New York gewesen. Und war fast verzweifelt. Nach der Hälfte seiner Inspektionsreisen hatte er den Eindruck, daß Jean-Paul in den vergangenen fünf Jahren nur eines, und wirklich nur dies getan hatte: Er hatte dem Vater mit Edouards Hilfe in der Kapelle des Château de Chavigny, in der der Vater und all seine Vorfahren beigesetzt waren, ein Denkmal errichtet. Das eigentliche Denkmal für seinen Vater, das Imperium, das Xavier de Chavigny im Verlauf seines Lebens so begeistert und brillant aufgebaut hatte – das hatte er einfach verfallen lassen.

Am Ende dieser sechs Monate hatte sich Edouards Entschluß

noch mehr gefestigt: Er würde dieses Imperium im alten Glanz wiedererstehen lassen, und dann würde er es weiter ausbauen, vervollkommnen. Daß er das konnte, zu dieser Erkenntnis war er in der zweiten Hälfte der sechs Monate gekommen. Er begann, Möglichkeiten zu sehen, Pläne zu schmieden. Dank der weisen Voraussicht seines Vaters vor dem Krieg war ein riesiges Vermögen vorhanden, das nur noch richtig eingesetzt werden mußte. Und er bezweifelte keinen Augenblick, daß der Bruder, wenn er ihm alles erklärte, aus seiner Lethargie erwachen und ebenso interessiert, ebenso begeistert und entschlossen sein würde wie Edouard.

Anfangs gab sich Jean-Paul störrisch; als Edouard jedoch nicht locker ließ, einigten sie sich auf eine Woche im Herbst 1950 zu Gesprächen, weil Jean-Paul zu dem Zeitpunkt Urlaub hatte. Sie wollten sich in Algerien treffen, in der Maison Alletti, dem weitläufigen, flachen, weißen Haus, das der alte Baron Ende der zwanziger Jahre hatte bauen lassen und das die Basis für seine algerischen Weingüter und Holzpflanzungen bildete. Es lag inmitten blühender Gärten an einem Hügelhang mit Blick auf die City und die atemberaubend schöne Bucht von Algier.

Edouard war noch nie in Nordafrika gewesen und daher völlig unvorbereitet auf die Schönheit der Stadt Algier und die großartige Landschaft mit ihren wilden, sonnendurchglühten Hügeln und den schmalen, kurvenreichen Straßen, die immer wieder ganz plötzlich den Blick auf das leuchtend blaue Mittelmeer freigaben. Das Land faszinierte ihn von Anfang an: ein Land und eine Großstadt, zugleich so sehr französisch und so sehr arabisch, in denen zwei sehr verschiedene Kulturen auf den ersten Blick perfekt miteinander verschmolzen. Wenn er im französischen Viertel auf einer Terrasse saß und Wein trank, hatte er das Gefühl, in Frankreich zu sein. Die breiten Boulevards in Algier, die Platanen mit ihren weiß gestrichenen Stämmen, die hohen, weiß getünchten Häuser mit ihren Balkonen und Fensterläden, die für Europäer reservierte Schattenseite der Plätze – all das erinnerte ihn an das Frankreich, das er als Kind so sehr geliebt hatte: an die Städte des Südens – Arles, Nîmes, Avignon; an einige Kleinstädte an der Loire.

Aber es gab ein anderes Algier, von dem er in den ersten Tagen nur einen flüchtigen, jedoch berauschenden Eindruck bekam. Das war das Algier der Araber: Da die alte Kasbah, das Araberviertel der Stadt, auf einem Hügel lag, war dieses faszinierende Gewirr von steilen, engen Gäßchen und flachen Häusern, das von barfüßigen Kindern und verschleierten Frauen wimmelte, vom französischen Viertel, ja fast von jedem Punkt der Stadt aus zu sehen.

In diesem Teil der Stadt gewann Edouard einen ersten, flüchtigen Eindruck von der arabischen Welt. Von den Düften der nordafrikanischen Küche, von Couscous, Safran, Kreuzkümmel und Tumeric; den Straßenmärkten, wo pulverisierte Farben und Gewürze, Sandelholzstäbchen zum Verbrennen, kleine Mengen von Hennapulver und gemahlenem Indigo verkauft wurden. Er sog diese Düfte begeistert ein, betrachtete fasziniert die mit Henna gefärbten Handflächen und Füße der Frauen und Kinder, lauschte dem Ruf des Muezzins und den harten, gutturalen Lauten einer Sprache, die er nicht verstand, und er begriff, wie er meinte, warum sich Jean-Paul so sehr zu Algerien hingezogen fühlte.

Als er verkündete, er wolle die Kasbah besuchen, gähnte Jean-Paul. Na ja, wenn er unbedingt wolle. Das lasse sich arrangieren. Er müsse natürlich einen Diener mitnehmen, der wisse, wie man die Bettler loswerde. Und außerdem sei es nicht ungefährlich, allein zu gehen.

»Geh nur, wenn du unbedingt willst.« Er zuckte die Schultern. »Aber gib auf deine Brieftasche acht. Und halte dich von den Weibern fern!«

Also erforschte Edouard in den ersten Tagen seines Besuchs die Stadt allein, nur begleitet von einem Diener. An den Abenden war Jean-Paul bemüht, ihm etwas Unterhaltung zu bieten, und gab mehrere verschwenderische Dinnerparties. Sie aßen im Freien unter einer Weinpergola auf einer weiten Terrasse über dem Meer. Die komplizierten französischen Gerichte waren von dem arabischen Koch perfekt zubereitet und von arabischen Jungen in weißer Livrée – der älteste schien ungefähr fünfzehn Jahre alt zu sein – graziös und zuvorkommend serviert worden. Sämtliche Gäste waren Franzosen, nahezu alle Weingutsbesitzer. Mehrere von ihnen hatten, wie Jean-Paul, Militärerfahrung. Die Ehefrauen waren chic und hochelegant gekleidet, weit besser als die Mehrzahl der Frauen im Nachkriegsparis. Edouard fand sie allesamt unerträglich langweilig und seltsam borniert.

Die Frauen unterhielten sich angeregt über den neuesten Bestseller in Paris, die Comédie Française, den Ruf von Schauspielern, Schriftstellern, Musikern, Politikern, Malern. Und in einem Punkt waren sich alle einig: Frankreich war erledigt, Europa war erledigt, hier ging es ihnen allen viel besser. Edouard hörte sich das an, und es gefiel ihm nicht. Er war naiv gewesen, das sah er jetzt ein. Er ging noch einmal ins arabische Viertel und sah sich die Armut dort an, die er nun nicht mehr für malerisch hielt, sondern als Nebenprodukt des französischen Kolonialreichtums erkannte. Das empörte ihn; Jean-Pauls eigene und die Selbstgefälligkeit seiner Freunde empörte ihn jedoch noch weit mehr. Er schwieg; es hatte keinen Sinn, mit Jean-Paul über Politik zu diskutieren. Statt dessen beschloß Edouard, nachdem eine Woche vergangen war und er mit Jean-Paul nur einen einzigen, kurzen Ausflug zu den Weingütern gemacht hatte, auf den Zweck seines Besuchs zurückzukommen. Und er stellte Jean-Paul schließlich, als der Bruder endlich gegen elf Uhr vormittags aus dem Bett gestiegen war.

»Bitte, Jean-Paul, könnten wir nicht diese Firmenakten durchsehen? Über meine Pläne sprechen?«

Seufzend streckte sich Jean-Paul in seinem Korbsessel. »Na schön, kleiner Bruder. Aber bei einem Pastis kann ich viel besser denken.«

Also saßen sie die folgenden zwei Stunden auf der Terrasse, und Edouard sprach. Er legte Stapel von Papieren vor; er rundete Zahlen ab, um seine Kalkulationen verständlicher zu machen; er nannte alle Geldsummen in Francs, weil die Wechselkurse Jean-Paul in hilflose Verwirrung stürzten. Jean-Paul trank drei Gläser Pastis und rauchte *kif*.

»Möchtest du wirklich keine davon?« Er bot Edouard einen Silberkasten voll Zigaretten aus Tabak und *kif* an, die auf Vorrat gerollt waren.

»Nein, danke.«

»Aber es entspannt wunderbar!«

»Jean-Paul...«

»Ja, ja. Ist ja schon gut. Bis jetzt hab' ich dir folgen können. Mach nur weiter.«

Edouard setzte seinen Vortrag sogar beim Lunch fort. Er sah deutlich, welche Wirkung der Pastis, der Wein und das *kif* ausübten. Jean-Pauls Augen waren gerötet und glasig; sein Gesicht war hochrot; sein makelloser weißer Anzug wirkte schon völlig zerknittert. Edouard wußte, daß es reine Zeitverschwendung war, aber er konnte nicht aufhören. Dies alles war für ihn so wichtig, er hatte soviel Arbeit darin investiert, er *mußte* erreichen, daß Jean-Paul ihn verstand.

Nach dem Lunch tranken sie Kaffee. Jean-Paul legte sich auf den seidenen Diwan und schloß die Augen.

»Jean-Paul!« Edouards Stimme klang heiser vor Verzweiflung.

Jean-Paul öffnete die Augen, und Edouard hob den Kopf. Lautlos war eine arabische Dienerin hereingekommen und mit gesenktem Kopf an der Tür stehengeblieben.

»Zeit für meine Siesta.« Jean-Paul hievte sich auf die Füße. »Ich muß mich mittags ausruhen«, erklärte er trotzig. »Das liegt am Klima. Es ist so verdammt heiß hier. Heute abend kann ich wieder besser denken. Wenn es ein bißchen kühler ist...«

Er sah zu der schweigend wartenden Araberin hinüber; dann zwinkerte er Edouard grinsend zu...

Und sie redeten wirklich, an jenem Abend. Edouard zwang seinen Bruder dazu. Er stieß ihn auf einen harten Stuhl. »Kein Pastis. Kein Wein. Kein *kif*!« Er klatschte einen Stoß Papiere auf den Tisch. »Du hörst mir jetzt zu, Jean-Paul, und zwar aufmerksam. Ich habe sechs Monate lang daran gearbeitet und werde nicht zulassen, daß diese Arbeit umsonst gewesen ist.«

»Schon gut, schon gut.« Jean-Paul winkte ab. »Kein Grund zur Aufregung. Du warst schon immer ein ungeduldiger Heißsporn. Ich bin eben ein bißchen langsamer als du. Und jetzt erklär's mir noch mal, aber langsam.«

Edouard erklärte. Als er mit seinen leidenschaftlichen Beschwörungen fertig war, erhob sich Jean-Paul. »Also gut. Fein. Okay.«

»Was soll das heißen, also gut, fein, okay?«

»Ich meine, mach's.« Jean-Paul legte ihm die Hand auf die Schulter. »Ich kann's nicht, das weißt du doch. Ich wüßte nicht, wo ich anfangen soll. Also mach du's. Alles, was du gesagt hast. Ich vertraue deinem Urteilsvermögen. Du warst schon immer der Klügere. Zeig mir nur, wo ich unterschreiben muß. Übernimm möglichst viel Verantwortung selbst und leg los. In Ordnung, kleiner Bruder? Darf ich mir jetzt einen Pastis holen?«

Und so kam es, daß Edouard im Jahre 1950 de facto der Baron de Chavigny wurde. Jean-Paul erteilte seinem Bruder Vollmacht für alle Finanzangelegenheiten seiner Firmen, und Edouard, in jeder Hinsicht der Baron, nur nicht dem Namen nach, kehrte nach Paris zurück, um mit seiner Arbeit zu beginnen.

Dieses Arrangement fanden beide Brüder zunächst durchaus zufriedenstellend.

Edouard plante seine Aufgabe in zwei Phasen: Zunächst wollte er renovieren, dann weiter ausbauen und expandieren. Alle Möbel und Gemälde, das Silber und die persönliche Juwelensammlung, die sein Vater in der Schweiz eingelagert hatte, wurden nach Frankreich zurückgeholt. Das riesige Haus in Deauville mit Park und Privatstrand wurde an einen der neureichen Öl-Amerikaner verkauft, die jetzt in europäischem Grundbesitz zu investieren begannen. Es war ohnehin nur selten benutzt worden. Mit dem Erlös erwarb Edouard ein kleineres Haus an der Normandie-Küste, weil er sich sagte, daß – eines Tages – vielleicht seine oder Jean-Pauls Kinder gern dort wohnen würden. Der Rest des Geldes diente dazu, die enormen Renovierungskosten für die Villa in St. Cloud und das Château de Chavigny an der Loire zu decken. Nachdem die Bauarbeiten an den Häusern beendet waren, wurden die Möbel, Gobelins, Gemälde, Teppiche und Wandbehänge restauriert und ersetzt. Dies, sowie die Wiederherstellung der berühmten Parks beider Häuser, dauerte zwei Jahre. Sogar Louise de Chavigny, die er, als alles fertig war, triumphierend nach St. Cloud führte, war tief beeindruckt.

»Wunderschön, Edouard. Genauso bezaubernd wie früher.« Ihr Blick streifte die Louis-XIV-Möbel im Salon. »Du hast meinen Geschmack geerbt. Du hast gut gewählt.«

»Jetzt kannst du hierher zurückkehren, Maman. Deine Zimmer sind wieder genauso wie damals. Nur die Vorhänge sind noch nicht ganz fertig, werden aber in England eigens gewebt. Dasselbe Muster, sogar dieselbe Farbe: Ich habe sie exakt kopieren lassen.«

»Nein, Edouard. Ich bleibe in Paris. Ich habe mich daran gewöhnt.« Sie deutete zu den Fenstern hinüber, auf die Parkanlagen, an denen zwanzig Mann ebenso viele Monate lang gearbeitet hatten. »Zu viele Erinnerungen, Edouard.«

Edouard bezog die Villa in St. Cloud allein.

Den Angestellten seines Vaters gegenüber war er zwar großzügig, aber energisch. Die älteren Diener wurden gebeten, die neuen auf ihr eigenes hohes Niveau zu bringen; dann wurden sie mit Renten in den Ruhestand versetzt.

Die Weinberge an der Loire wurden umgepflügt und neu bepflanzt. Ein neuer, auf den Besitzungen des Baron Philippe de Rothschild ausgebildeter *régisseur* wurde engagiert. Innerhalb von fünf Jahren war die Weinproduktion doppelt so groß wie vor dem Krieg, und die Qualität nahm ständig zu.

Mit dem zentralen Teil des väterlichen Imperiums ging Edouard besonders vorsichtig um. Die Firma de Chavigny erfreute sich noch immer eines konkurrenzlos guten Rufs hinsichtlich der Qualität jener Steine, die sie für ihren Schmuck verwendete, sowie für die Perfektion und Kunst, mit der sie geschliffen und gefaßt wurden.

Er hatte vier Hauptverkaufsstellen geerbt: in New York, Paris, London und Rom, die alle den Krieg heil überstanden hatten, die sich alle in bester Lage befanden und die alle vernachlässigt worden waren. Genau wie bei seinen Häusern, begann Edouard zunächst mit dem Renovieren. Er engagierte eine neue Innenarchitektin, Ghislaine Belmont-Laon, die sich mit ihrer Einrichtung der Verkaufsräume einen Namen machte. Mme. Belmont-Laon bewahrte zwar die sehr förmliche Einrichtung aus dem neunzehnten Jahrhundert mit ihren Mahagoni-Vitrinen und -Schränken, verlieh ihr jedoch durch Farben und Licht eine hochmoderne Eleganz. Sie verwendete weiche Blautöne sowie eine Farbe, die als Chavigny-Grau bekannt wurde, und so entstand eine zurückhaltende, gedämpfte Atmosphäre, ein perfekter Hintergrund für die Juwelen und das Silber. Bei der verschwenderischen Einweihungsparty der Verkaufsräume in der Rue du Faubourg St. Honoré war Edouard von Stolz erfüllt, aber er war sich auch klar darüber, daß seine Arbeit erst begonnen hatte. Er hatte einen eleganten Verkaufsrahmen für die kostbaren Chavigny-Produkte geschaffen, doch jetzt brannte er darauf, zu expandieren und andere Luxuswaren in sein Programm aufzunehmen, wie es die Konkurrenten Cartier und Asprey bereits mit Erfolg getan hatten. Lederwaren, Schreibtisch-Utensilien, Raucher-Accessoires, Tafelgeschirr, die kleinen Spielzeuge der Wohlhabenden: All diese Dinge fanden, wie Edouard wußte, geschmückt mit dem Namen und Wappen der Chavignys, einen einträglichen und weit größeren Markt als den Kreis der wenigen, die sich die kostbarsten Schmuckstücke der Welt leisten konnten.

Edouard gab Projektstudien für neue Chavigny-Verkaufsräume in Genf, Mailand, Rio de Janeiro und – langfristig – am Wilshire Boulevard in Los Angeles in Auftrag. Doch wenn er seine Expansionspläne realisieren wollte, brauchte er jetzt zweierlei: weitere Kapitalinvestitionen und einen genialen Designer.

Die Investitionen würden kein Problem darstellen, das wußte er. Seine französischen und Schweizer Bankiers hatten bereits angedeutet, daß sie sich gern an der Expandierung der Firma beteiligen würden. Simon Scher, sein Hauptfinanzberater, ein junger Engländer, der nach Cambridge die Harvard Business School besucht hatte, drängte ihn, die Firma in eine AG umzuwandeln.

»Wenn wir die Chavigny-Aktien morgen auf dem freien Markt anbieten«, erklärte er Edouard, »würden sie sofort vierfach überzeichnet sein. Das Geld ist da, das Vertrauen ist da. Wir leben jetzt in den Fünfzigern, der Aufschwung hat begonnen.«

Doch Edouard dachte nicht an eine Umwandlung; er wollte, daß de Chavigny eine Privatfirma blieb. Und er glaubte, auch ohne die hoch zu verzinsende Unterstützung durch französische oder Schweizer Banken auskommen zu können. Denn John McAllister, sein amerikanischer Großvater, hatte seinen Anteil an den Stahl- und Eisenbahn-Holdings der Familie rechtzeitig vor dem Börsenkrach abgestoßen; er war gegen Ende des Krieges kurz nach seiner Ehefrau verstorben. Sein Vermögen, vorsichtig auf über einhundert Millionen Dollar geschätzt, war unangetastet auf seine geliebte Tochter Louise übergegangen. Es wurde mit äußerster Vorsicht von einer prominenten Wall-Street-Firma verwaltet, die es zum größten Teil in Regierungsobligationen, mündelsicheren Wertpapieren und Grundbesitz von Oregon bis Texas angelegt hatte.

Louise interessierte sich nicht für ihr Vermögen. Ihre Investitionen verschafften ihr ein jährliches Einkommen von über einer Million Dollar, dazu kamen die Treuhandfonds und Beteiligungen, die ihr Mann ihr direkt hinterlassen hatte. Solange sie sich alles kaufen konnte, was sie begehrte, war Louise glücklich.

Edouard hatte bereits damit begonnen, die Mutter ganz behutsam dahin zu bringen, daß sie einige ihrer Kapitalbeteiligungen für ein Expansionsprogramm der Firma Chavigny abzweigte, war sich aber klar darüber, daß er nicht zu hastig vorgehen durfte. Louise hatte ihm vorerst schon mal Zugang zu ihren Papieren und ihrem Portefeuille gewährt, die er mit Simon Scher zusammen bearbeitete. Aber es war sinnlos, die Mutter allzu energisch zu einer größeren Entscheidung zu drängen, denn wenn es um Geld oder Männer ging, scheute sie vor jeder Verpflichtung zurück. Je logischer seine Argumente waren, desto heftiger würde sie Widerstand leisten, das war Edouard klar.

Aber sollte er es nicht schaffen, sie rechtzeitig zu überzeugen – Jean-Paul würde es mit Sicherheit gelingen. Ihrem Lieblingssohn erfüllte Louise jeden Wunsch. Darüber war Edouard zuweilen verbittert, akzeptierte es aber als Tatsache. Es war eben ein kleiner Umweg. Im Laufe seiner geschäftlichen Verhandlungen hatte Edouard entdeckt, daß er eine besondere Begabung für die Taktik der kleinen Umwege besaß, und jetzt machte es ihm sogar Vergnügen, diese Taktik sorgfältig zu planen.

Der geniale Designer allerdings – das war ein weitaus größeres Problem. Der letzte große Chavigny-Designer – Vlacek, ein ungarischer, in Rußland in den Fabergé-Werkstätten ausgebildeter Jude – war von Edouards Vater entdeckt worden und hatte die Kollektion entworfen, mit der 1912 seine ersten Verkaufsräume in Amerika eingeweiht wurden. Vlacek war ein Haupttreffer gewesen und der Firma stets treu geblieben: Jeder einzelne der zahlreichen Versuche, ihn abzuwerben, war fehlgeschlagen. Er hatte für de Chavigny gearbeitet, bis Anfang der dreißiger Jahre sein Augenlicht nachzulassen begann, und war während des Krieges gestorben.

Wie alle großen Juweliersfirmen verfügte auch de Chavigny über ein riesiges, eifersüchtig gehütetes Archiv von Entwürfen, das bis in die Mitte des neunzehnten Jahrhunderts zurückging. Diese Entwürfe wurden immer wieder verwendet, entweder in ihrer ursprünglichen Form oder an die ständig wechselnde Mode angeglichen. Sie waren das Lebensblut der Firma. Aber die letzten, großen Chavigny-Kollektionen waren Ende der zwanziger Jahre von Vlacek entworfen worden, und nun wünschte sich Edouard eine neue, revolutionäre Kollektion, die die Konkurrenz aufhorchen lassen würde, Entwürfe, die die Nachkriegszeit spiegelten und die alle Möglichkeiten der neuesten Techniken voll ausschöpften.

Wahrhaft große Schmuckdesigner sind genauso selten wie alle anderen großen Künstler. Edouard wußte genau, wonach er suchte: einen Picasso, einen Matisse, der statt mit Farben mit Edelsteinen und Edelmetallen arbeitete; ein solches Genie würde die Krone des gesamten Unternehmens sein. Wo immer er steckte – in Amerika, im Mittleren Osten, in dieser oder der anderen Hälfte des geteilten Europa –, und ob er noch unbekannt war oder bei einem von Chavignys Rivalen ausgebildet wurde: Edouard beabsichtigte, ihn zu finden. Er verfügte über ein handverlesenes Team, das er eigens zu diesem Zweck zusammengestellt hatte. Die Männer infiltrierten die Werkstätten der Konkurrenz; sie nahmen sämtliche neuen Entwürfe jeder größeren Juweliersfirma der Welt unter die Lupe; sie besuchten die Abschlußausstellungen jedes größeren Lehrcolleges; sie konsultierten heimlich so erfahrene Sammler wie Florence Gould. Früher oder später würden sie den Mann finden. Und dann würde Edouard ihn aufsuchen.

Und ihm ein Angebot machen, das er nicht ablehnen konnte.

Vier Jahre lang lebte Edouard ausschließlich für seine Arbeit. Sie machte ihn süchtig, regte ihn an, vereinnahmte ihn ganz und gar, und er ließ sich durch nichts – vor allem nicht durch persönliche Gefühle – von ihr ablenken. Ebenso intensiv und mit derselben rastlosen Energie jedoch amüsierte er sich und entdeckte schon bald, daß die beiden Welten – die von Vorstandssitzungen oder Geschäftsangelegenheiten ausgefüllten Tage und die Abende oder Wochenenden mit ihren Parties – einander überschnitten, einander befruchteten. Er war ein ständig gefragter Mann.

Die Gastgeberinnen von ganz Paris kämpften um seine Teilnahme an ihren Dinnerparties, Operngalas und Wohltätigkeitsbällen. Er besuchte Privatausstellungen und begann mit Hilfe seines Oxford-Freundes Christian Glendinning, des Cousins seines ehemaligen Erziehers Hugo, Gemälde zu kaufen und seines Vaters einmalige Sammlung europäischer Kunst des zwanzigsten Jahrhunderts zu vergrößern.

Christian, Sproß einer alten englischen Landadels-Familie, deren ästhetische Investitionen sich ausschließlich auf die Viehzucht konzentrierten, war, als Edouard ihn kennenlernte, ein Außenseiter und die Verzweiflung seiner Familie gewesen. Er war aufreizend affektiert, unübersehbar homosexuell und hochintelligent. Als seinem Vater klar wurde, daß Christian nicht auf den Familienbesitz in Oxfordshire zurückkehren würde, um bis ans Ende seines Lebens erstklassige Herefordshire-Rinder zu züchten, übereignete er ihm ein bescheidenes Kapital und wollte von da an nichts mehr mit ihm zu tun haben. Mit diesem Geld eröffnete Christian, nachdem er Oxford hinter sich gebracht hatte, eine kleine Galerie. Er war der erste, der amerikanische abstrakte Expressionisten in England ausstellte, die von den britischen Kritikern mit Naserümpfen betrachtet wurden. Nachdem er seinem Freund Edouard de Chavigny zwei Rothkos und einen superben Jackson Pollock verkaufen konnte, hatte er jedoch keine Sorgen mehr. Im Jahre 1954 besaß er in der Cork Street in London eine der erfolgreichsten Modern-Art-Galerien, eine zweite in Paris, und plante eine dritte für die Madison Avenue. Und Edouard de Chavigny, sein treuester und erfahrenster Kunde, besaß die Grundlage für eine Sammlung, mit der sich eines Tages nur noch Paul Mellon und das New Yorker Museum of Modern Art messen können würden.

Zu Christians Kummer und Fassungslosigkeit erwarb Edouard aber nicht nur Bilder, sondern auch Pferde. Er reinvestierte in seines Vaters Gestüt in Irland und engagierte dafür Jack Dwyer, den besten Pferdetrainer des Landes. Als Christian ihn einmal nach Irland begleitete, um ein neues Pferd im Rennen zu beobachten, blickte er nur ganz kurz durch den Feldstecher, verkündete, er langweile sich zu Tode und ging davon, um sich statt dessen Bilder anzusehen. Mit fünfzehn hervorragenden Jack-Yeats-Gemälden kehrte er in Edouards neuem Flugzeug nach England zurück.

Doch Edouard war, wie Christian bissig bemerkte, ein Mann mit vielen Gesichtern. Er frequentierte mit der gleichen lässigen Eleganz und Selbstsicherheit Opernlogen wie Moorhühnerjagden. Im Herbst angelte und jagte er in Schottland; im Winter flog er zum Skilaufen nach Gstaad oder St. Moritz, wo er riesige Summen in

Hotels investierte. Im Sommer war er Gast in einer Villa am Mittelmeer oder hielt sich in seinem Haus an der Costa Smeralda auf. Einmal besuchte er in Southampton, Long Island, einen amerikanischen Pressezaren, ein anderes Mal weilte er bei entfernten amerikanischen Verwandten in Newport. Und wo immer er sich aufhielt, stets befand sich eine Frau in seiner Gesellschaft, niemals jedoch längere Zeit dieselbe.

Die Klatschkolumnisten in Europa und an der Ostküste konnten mit ihm kaum Schritt halten. Wer war seine neueste Begleiterin? Und welche würde er letztlich heiraten?

Vor allem aber waren es seine *Geschenke*, über die immer wieder geschrieben wurde. Edouard de Chavigny war Franzose; er hatte Verständnis dafür, daß Frauen, die von einem Mann verlassen wurden, ein kleines Andenken brauchten, das ihnen die Trennung ein wenig versüßte und zärtliche Erinnerungen weckte. Edouard de Chavigny verschenkte nur Schmuck. Das allein war jedoch nicht weiter bemerkenswert. Es war die Art des Schmuckstücks, die jeweils allgemeine Aufmerksamkeit erregte: sie und die Form der Übergabe.

Die Schmuckstücke wurden, wie manche spöttelten, jeweils so ausgewählt, daß sie die Eigenschaften der Frauen spiegelten. Smaragde, wenn die Empfängerin etwa grüne Augen hatte. Waren die Augen blau, ausgesucht schöne Saphire. Stellte der Teint ihr markantestes Merkmal dar, gab es vielleicht eine lange Kette aus perfekten Perlen. Zu blonden Haaren paßten Goldarmbänder, jedes so dick wie ein Kinderhandgelenk. Bernstein, Ebenholz, Elfenbein, Weißgold, Amethyste ... Die Geschenke waren wunderschön, nahezu unbezahlbar und natürlich von de Chavigny. Sie wurden der betreffenden Dame ohne Begleitschreiben durch Edouards englischen Butler überbracht. Es war auch kein Begleitschreiben nötig; die Schmuckstücke verkündeten das Ende der Beziehung. Das wurde akzeptiert, das war bekannt; es war eine Regel, von der Edouard niemals abwich.

Aber noch etwas war allgemein bekannt: daß er nie Diamanten verschenkte.

Das war ein gefundenes Fressen für die Kolumnisten. Es lieferte ihnen Stoff für endlose Stories; es lieferte ihnen einen Mythos. Diamanten werde er nur verschenken, wenn er eine Frau aufrichtig liebe, hieß es. Das war simpel, das war romantisch. Sobald er Diamanten verschenkte, würde die ganze Welt wissen, daß Edouard de Chavigny, augenblicklich einer der fünf begehrtesten Junggesellen Europas, endlich die Frau gefunden hatte, die er heiraten wollte.

Immer wieder wurde Edouard danach gefragt – von Journalisten und von Frauen. Und jedesmal verweigerte er, genau wie auf die anderen Fragen nach seinem Privatleben, die Auskunft. Er lächelte nur und wechselte das Thema.

Vier Jahre dauerte es, bis Edouard sich über ein Faktum seines Lebens klar wurde, das die Kolumnisten niemals bei ihm vermutet hätten: Er war einsam.

Eines späten Abends im Jahre 1954 kehrte er, ausgehöhlt vor Müdigkeit, in die Villa in St. Cloud zurück. Seine Chefsekretärin war beauftragt worden, alle Termine für diesen Abend abzusagen, damit er sich vor der sechsmonatigen Tour de Force, die sein Terminkalender verhieß, noch ein paar Stunden ausruhen konnte.

Es war Sommer; Edouard wanderte mutterseelenallein in seinem wunderschönen Park umher und bewunderte die Beete mit den Buschrosen, die genauso angelegt waren wie in Josephine Bonapartes Park in Malmaison. Während er den Duft der Rosen einatmete, wurde ihm klar, daß er zum erstenmal seit vier Jahren hier spazierenging.

Auf einmal sehnte er sich, und zwar mit einer Intensität, die er so lange unterdrückt hatte, daß sie ihn völlig überraschte, nach einem Menschen, mit dem er all dies teilen konnte. Mit dem er reden konnte. Den er lieben konnte.

Unwillkürlich dachte er, was er seit Jahren nicht mehr getan hatte, an Célestine, an ihr gemeinsames Jahr in London, und die Erinnerung machte ihn tieftraurig. Als er schließlich sehr spät zu Bett ging, verfluchte er sich für seine Sentimentalität. Er war überzeugt, Müdigkeit sei der Grund für dieses Gefühl, und bis zum folgenden Morgen werde es sich bestimmt wieder gelegt haben.

Am nächsten Tag erledigte er seine Arbeit wie gewohnt. Das Gefühl war immer noch nicht verschwunden. Als besäße er alles und doch nichts. Monate vergingen; das Gefühl blieb.

Dann, im Herbst und rein durch Zufall, geschah etwas, das sein Leben verändern sollte. Als er im Château de Chavigny die Ernte des Jahres inspizierte, entdeckte er einen kleinen Jungen, der vor einem der Häuser im Garten spielte. Edouard zügelte sein Pferd, um sich das Kind, ungefähr acht bis neun Jahre alt und auffallend schön, genauer anzusehen. Der Junge sah ihn ebenfalls an. Gleich darauf kam ein Mädchen, zu jung, um seine Mutter zu sein, aus dem Haus gelaufen, packte den Jungen bei der Hand und brachte ihn, der laut protestierte, ins Haus zurück.

Edouard zog Erkundigungen ein. Die Angestellten waren verlegen. Er ließ nicht locker und erfuhr, daß der Junge Grégoire hieß. Seine Mutter war zwar jetzt mit einem der Gutstischler verheiratet, aber der Junge war Jean-Pauls Sohn, gezeugt nach einem Saufgelage bei seinem ersten Nachkriegsbesuch an der Loire. Jean-Paul bestätigte die Informationen gleichgültig. Ja, er habe die Vaterschaft anerkannt. Ein- oder zweimal habe er den Jungen gesehen, ein ganz netter Bengel, wenn auch anscheinend etwas zurückgeblieben, doch seine Mutter schäme sich seiner und weigere sich, ihn zur Schule zu schicken, vielleicht, weil sie fürchte, die anderen Kinder würden ihn verspotten.

Dieses Gespräch fand in Paris statt, wo Jean-Paul vor seiner Rückkehr nach Algerien Louise besuchte. Edouard beobachtete den Bruder, während er sprach, und seine Miene versteinerte sich. Mit hochrotem Kopf lag Jean-Paul breit in einem Sessel; er trank Cognac, obwohl es erst Mittag war. Über Edouards Fragen schien er sich zu ärgern, gab sich ansonsten aber absolut unbekümmert.

»Dann fühlst du dich nicht für ihn verantwortlich?« Edouard beugte sich aufmerksam vor.

»Verantwortlich? Mein lieber Edouard, wenn sich ein Mann für jedes uneheliche Kind verantwortlich fühlen müßte – wo würde das enden? Der Junge ist rundherum zufrieden. Vermutlich ist er auch gesund. Ich sehe nicht ein, warum ich mich weiter mit ihm befassen soll!«

»Ich verstehe. Und seine Mutter – hast du die wenigstens ausreichend versorgt?«

»Großer Gott, nein!« Ärgerlich erhob sich Jean-Paul. »Sie ist doch jetzt verheiratet, oder? Ich gebe ihrem Ehemann Arbeit. Diese Leute sind Bauern, Edouard, und stolz darauf. Sie akzeptieren derartige Dinge. Ihre Art ist nicht die unsere. Und außerdem, wenn ich ihr Geld gäbe, würden die Leute reden. Alle schwangeren Weiber auf dem Gut würden schwören, ich sei der Vater ihrer Bälger. Du solltest dich endlich mal um deine eigenen Angelegenheiten kümmern, Edouard! Wirklich, dies geht dich überhaupt nichts an!«

Edouard musterte ihn, wie er, rot vor Empörung, zur Cognacflasche griff und ihm dabei einen unsicheren Blick zuwarf. In diesem Augenblick zerplatzten Edouards letzte Illusionen über den Bruder. Vielleicht las ihm Jean-Paul den Abscheu und den Zorn vom Gesicht ab, denn er stürzte sich mit trotziger Miene in eine neue Flut von Ausreden. Noch ehe er jedoch damit fertig war, machte Edouard kehrt und verließ das Zimmer.

Edouard kehrte an die Loire zurück. Er ging zu dem kleinen Haus, in dem Grégoire lebte, und versuchte mit seiner Mutter zu sprechen. Ohne Erfolg. Die Frau weigerte sich, in seiner Gegenwart Platz zu nehmen und sah sich immer wieder verstohlen um, als fürchte sie, ihr Ehemann könne jeden Moment erscheinen. Edouard entdeckte, daß sie blaue Flecken an den Handgelenken hatte und ihr Gesicht auf einer Seite, die sie vor ihm zu verbergen trachtete, geschwollen war. Bedrückt sah er sich in der armseligen Hütte um: Sie war karg möbliert, aber sauber und ordentlich. Die Frau hatte vier eheliche Kinder; sie kamen nacheinander hereingeschlichen, starrten Edouard neugierig an und verschwanden wieder.

»Ich komme zurecht«, entgegnete die Frau immer wieder auf seine Fragen. »Ich komme zurecht. Ich schaffe es schon.«

»Aber fünf Kinder ...« Er zögerte. Es gab keine Heizung, nur den Herd, und es gab kein fließendes Wasser.

»Meine Schwester hilft mir.« Ihre Miene wurde verschlossen. »Ich sagte Ihnen doch, wir kommen zurecht.«

Schließlich verabschiedete sich Edouard. Wütend auf sich selbst, weil er zugelassen hatte, daß Menschen in solchen Verhältnissen lebten, kehrte er ins Château zurück. Er ließ seinen Verwalter kommen, machte ihm Vorwürfe und befahl verärgert eine gründliche Inspektion aller Chavigny-Pachtgrundstücke. Die Häuser seien zu reparieren und zu modernisieren; funktionierende Wasserleitungen seien zu installieren und für ausreichende Heizung solle gesorgt werden.

Als er später am selben Tag den Park verließ und allein am Fluß spazierenging, trat ihm aus dem Gebüsch neben dem Fußpfad eine zierliche Gestalt in den Weg. Edouard erkannte das junge Mädchen, das Grégoire ins Haus zurückgeholt hatte. Er blieb stehen. Das Mädchen blickte zu ihm auf. Sie hatte ein eckiges, empfindsames Gesicht und sehr dunkles Haar. Die Schwester der Mutter, dachte Edouard, und so war es. Sie hieß Madeleine.

»Ich hab' heute vormittag alles gehört«, erklärte sie. »Ich hab' gelauscht.« Sie hatte eindeutig Angst vor einem Gespräch mit ihm, war aber ebenso deutlich fest dazu entschlossen.

»Sie wollte es Ihnen nicht sagen, meine Schwester. Sie hat zuviel Angst. Er säuft. Er verprügelt sie. Er haßt Grégoire. Schon immer. Er ist kein schlechter Mensch, aber jähzornig. Für alles gibt er Grégoire die Schuld. Er verprügelt ihn mit dem Ledergürtel. Manchmal verstecke ich ihn, aber er findet ihn fast immer. Ich wünschte, irgend jemand würde was tun...«

Sie sprudelte die Sätze heraus. Dann hielt sie inne und biß sich auf die Lippe. Als Edouard, von ihren Worten tief bewegt, die Hand hob, um ganz sanft ihren Arm zu berühren, zuckte sie zu seinem Entsetzen zurück, als erwarte sie einen Schlag.

»Bitte.« Edouard musterte sie bestürzt. »Ich will dir nichts tun. Ich bin froh, daß du mir nachgekommen bist. Ich wollte nur helfen; deswegen bin ich zu deiner Schwester gekommen. Hier –« er streckte ihr die Hand entgegen –, »begleite mich bitte drüben ins Haus. Dort können wir uns ruhig hinsetzen, und du kannst mir alles genau erklären.«

Madeleine zögerte, war aber schließlich einverstanden. Drinnen hockte sie sich unsicher auf die Kante eines Louis-XIV-Sessels, preßte die nackten Beine zusammen und verkrampfte ihre Hände im Schoß. Edouard bestellte ihr eine *citron pressé* und hörte geduldig zu, als sie ihm – stockend zuerst, dann jedoch mit wachsendem Vertrauen – die ganze Geschichte erzählte. Edouard hörte mit finsterer Miene zu. Als sie endete, entgegnete er sehr behutsam, es sei vielleicht gut, wenn er selbst mit Grégoire spreche.

Sie errötete und verkrampfte ihre Hände noch fester. »Würden Sie das wirklich tun?« Sie überlegte. »Aber nicht hier. Hier würde er Angst haben. Ich werde mit ihm zu den Ställen kommen. Darf ich das? Dort fühlt er sich wohler. Er liebt Pferde.«

Lächelnd erklärte sich Edouard einverstanden. Madeleine erhob sich. Sie sah sich im Zimmer um. »So viele *Sachen*«, sagte sie verwundert, als sie hinausging. »Was machen Sie damit?«

»Ich sehe sie an, glaube ich.« Er erkannte, daß er sie kaum jemals wirklich ansah.

Am folgenden Tag ging er, wie verabredet, zu den Ställen, wo er Grégoire bereits vorfand. Madeleine ließ sie nach einer Weile allein.

Da Grégoire anfangs noch schüchtern und wortkarg war, machte Edouard mit ihm einen Rundgang durch die Stallungen. Er zeigte ihm die Sattelkammer, machte ihn mit den Pferden bekannt und versorgte ihn mit Zuckerstückchen, die er ihnen geben durfte. Ganz allmählich schien Grégoire sich zu entspannen. Er dürfe zuweilen den Stallburschen zur Hand gehen, er würde furchtbar gern auch einmal reiten, aber das sei ihm natürlich verboten.

»Von jetzt an ist es dir nicht mehr verboten. Komm!« Edouard hob den Jungen in den Sattel eines älteren Pferdes. Er war federleicht, mit Knochen, zart wie die eines Vögelchens. Vom Pferderükken blickte er auf Edouard hinab, und Edouard blickte zu ihm hinauf. Der Junge ähnelte mehr der Mutter als Jean-Paul. Er war sehr mager, tief gebräunt, besaß ein schmales, ernstes Gesicht und dichte schwarze Haare. Er blickte auf Edouard hinab, und in diesem Augenblick lächelte er zum erstenmal.

In Edouard schien etwas zu zerspringen. Es war, als wäre ein Damm geborsten, den er vor langer Zeit um sein Herz errichtet hatte.

Er sagte alle Termine ab und blieb eine ganze Woche an der Loire, verbrachte jeden einzelnen Tag mit dem Jungen. Nach dieser Woche durfte Grégoire zum erstenmal galoppieren. Es gelang ihm vorzüglich, während Edouard ihm liebevoll zusah. Als Grégoire triumphierend das Pferd neben ihm zügelte, hatte er das Gefühl, weit mehr erreicht zu haben als mit allen wichtigen Geschäften der letzten vier Jahre.

Er sprach mit Grégoire. Er sprach mit der Mutter des Jungen. Er sprach mit Madeleine. Und mit allen gemeinsam wurde beschlossen: Grégoire sollte mit Edouard nach Paris fahren und ganz bei ihm in St. Cloud leben. Edouard würde für seine Ausbildung sorgen; er würde sich persönlich um den Jungen kümmern. Madeleine sollte Grégoire nach Paris begleiten und so lange bei ihm bleiben, bis er sich richtig eingelebt hatte. Und später, wenn sie dazu bereit war, würde Edouard sie ausbilden lassen und ihr eine Arbeit besorgen.

Edouard befürchtete, Grégoire werde sich nur schwer in St. Cloud einleben und Heimweh haben. Doch seine Befürchtungen waren grundlos. Der Kleine liebte das große Haus. Edouards Butler George und auch die Köchin erkoren ihn zu ihrem Liebling. Während die anderen Dienstboten ihn nicht mochten, erklärten die beiden sich zu seinen Beschützern. Edouard selbst nahm sich täglich etwas Zeit, um mit ihm zusammen zu sein.

Im Winter ging er mit ihm Skilaufen. Im Frühling fuhr er mit ihm in das Haus in der Normandie. Ganze Stunden verbrachte er mit Grégoire allein am Strand mit Schwimmen, Plaudern und Spielen. Als er nach diesem Urlaub nach Paris zurückkehrte, sagte Madeleine eines Tages zu ihm: »Sie brauchen mich nicht mehr. Und Grégoire braucht mich auch nicht mehr. Ich hab' ihn noch niemals so glücklich gesehen.«

Damals war sie achtzehn, ernsthaft, sensibel und äußerst zielbewußt. Sie liebte Kinder, erklärte sie, und würde gern Kinderschwester werden.

Edouard ließ Erkundigungen einziehen und sorgte dafür, daß sie, wie sie es sich wünschte, das Norland College in England besuchen konnte, aus dem Generationen von Nannies hervorgegangen waren.

Nach Madeleines Abreise verbrachte Edouard immer mehr Zeit mit dem Jungen – buchstäblich jede freie Minute. Grégoire nannte ihn auf seine Bitte hin ›Onkel‹, was in Paris für neuen Klatsch sorgte, um den Edouard sich aber nicht kümmerte. Er fühlte sich wie der Vater des Jungen; er liebte Grégoire, als sei er sein Sohn. Und da Jean-Paul nicht geheiratet hatte und es wohl auch nicht mehr tun würde, und da er selbst nie eine Frau kennengelernt hatte, die er heiraten wollte, keimte in ihm der Gedanke auf: Grégoire könnte mein Erbe sein. Alles, was ich erreicht habe, könnte ich für ihn getan haben. Er könnte meine Arbeit weiterführen, wie ich die meines Vaters weitergeführt habe.

Er konsultierte seine Anwälte und änderte sein Testament. Und dann begann er den Jungen, – sehr behutsam zunächst – auf seine eventuelle Zukunft vorzubereiten. Das Erbe selbst erwähnte er nie, versuchte Grégoire jedoch allmählich, in einige Aspekte seines Firmenimperiums einzuweihen. Wie sein Vater ihm die Edelsteine gezeigt hatte, so zeigte er sie jetzt Grégoire. Er besuchte mit ihm die vielen verschiedenen Werkstätten, die Chavigny in Paris unterhielt, und ließ ihn den Experten bei der Arbeit zusehen: den Spezialisten für Metallarbeiten, den Spezialisten für Einlegearbeiten und Emaille, den Edelsteinschleifern, den Experten für Steinfassungen, den Meistern, die die Uhrwerke herstellten.

Diese liebte Grégoire besonders, denn er besaß, wie Edouard bald feststellte, einen ausgesprochen technischen Verstand. Stundenlang konnte er zusehen, wie winzige Federn und Rädchen zusammengefügt wurden.

Außerdem liebte er Autos; das merkte Edouard ebenfalls sehr schnell. Und da Edouard diese Liebe teilte, wurde sie zu einem gemeinsamen Vergnügen. Doch während Edouard die Autos wegen ihres Designs und ihrer Schönheit liebte und sie aus diesem Grund sammelte, liebte Grégoire sie wegen der Motoren.

Einige der glücklichsten gemeinsamen Stunden verbrachten sie, wenn sie mit einem der Wagen Ausflüge machten, sich Autos ansahen oder ganz einfach in der riesigen Garage von St. Cloud, wo Grégoire begeistert Räder ab- und wieder aufmontierte, während Edouard ihm liebevoll dabei zusah. Sein Mechaniker nahm Grégoire sozusagen in die Lehre, und der Junge lernte erstaunlich schnell. Nach wenigen Monaten schon vermochte er einfachere Motoren auseinanderzunehmen, zu warten und wieder zusammenzusetzen. Wenn er das geschafft hatte, hob er den Kopf, grinste Edouard mit seinem ölverschmierten Gesicht an und sagte strahlend: »Ich kann's! Siehst du, Onkel? Alles da, wo's hingehört.«

Die Wochen vergingen voller Zufriedenheit. Sie reisten an die Loire und gingen gemeinsam durch die Weinberge. Dann kehrten sie in die Normandie zurück und verbrachten ein Wochenende damit, einfach aus Spaß im Freien zu kampieren, am Strand ein schönes Feuer zu machen und ihr Essen selber zu kochen. Sie saßen nebeneinander im Sand – der hochgewachsene dunkle Mann und der zierliche dunkle Junge.

»So könnte ich ewig leben – genauso«, sagte Grégoire.

»Ich auch«, antwortete Edouard.

Später, als sie in ihre Schlafsäcke gekrochen waren und Grégoire schon ruhig schlief, lag Edouard da und blickte zu den Sternen empor, die wie Diamanten funkelten. Noch niemals zuvor hatte er im Freien geschlafen, weil es sowohl Jean-Paul als auch ihm immer strengstens verboten gewesen war. Als er nun die kühle Nachtluft atmete und dem sanften Schlag der Wellen am Strand lauschte, fühlte sich Edouard vollkommen glücklich. Er blickte zu Grégoire hinüber. Dieser Junge machte ihn glücklich und hatte seinem Leben wieder einen Sinn gegeben.

Am nächsten Tag machten sie einen Ausritt, der Junge in Reitkleidern, die Edouards englische Schneider für ihn angefertigt hatten: eine genaue Kopie seiner eigenen. Auf dem Heimweg war Grégoire sehr nachdenklich und still.

»Woran denkst du, Grégoire?«

»An dich. Und an mich.« Der Junge zögerte. »Ich nenne dich Onkel, aber ich wünschte manchmal...«

»Was wünschst du dir? Erzähl's mir, komm!«

»Ich wünschte, ich könnte Papa zu dir sagen.« Mit seinen dunklen Augen sah Grégoire zu Edouard auf.

Edouard zügelte sein Pferd. Er saß ab und hob auch Grégoire herunter. Dann legte er ihm den Arm um die Schultern.

»Ich wünschte, du wärst wirklich mein Sohn«, antwortete er liebevoll.

»Und ich fühle mich auch, als wär' ich dein Vater. Das ist die Hauptsache, nicht wahr, Grégoire? Namen spielen keine Rolle. Zwischen uns beiden nicht.«

»*Je vous aime.*« Grégoires kleine Hand legte sich um Edouards Hals, und er gab ihm einen schmatzenden Kuß auf die Stirn.

»Et je t'aime aussi, tu sais...«

»Beaucoup?«

»Bien sûr. Beaucoup.«

Es war das erste Mal, daß sie von ihrer gegenseitigen Zuneigung gesprochen hatten.

Es machte Edouard sehr glücklich.

Als sie jedoch nach Paris zurückkehrten, mußte er feststellen, daß seine Beziehung zu Grégoire, so einfach für ihn, für andere weniger einfach aussah. Seine Mutter befahl ihn zu sich und betonte dabei ausdrücklich, daß sie ihn allein sprechen wolle.

Sie servierte ihm Tee und plauderte von diesem und jenem. Edouard wartete geduldig. Er hatte von Anfang an gemerkt, daß Louise Grégoire nicht mochte und mit seiner informellen Adoption nicht einverstanden war. Bisher hatte sie dieser Mißbilligung nur andeutungsweise Ausdruck verliehen; nun aber hatte sie offensichtlich beschlossen, deutlicher zu werden. Immerhin verhielt sie sich vorsichtig, und Edouard, der sie genau beobachtete, stellte fest, daß sich sein Verhältnis zur Mutter wieder einmal änderte.

Louise hatte sich noch immer nicht bereit erklärt, irgend etwas von ihrem Vermögen in die Chavigny-Firmen zu stecken, und Edouard hatte sie bisher nicht dazu gedrängt. Aber sie behandelte ihn nicht mehr mit der alten, gereizten Ungeduld, denn sie wußte inzwischen wohl, welchen Ruf Edouard als Geschäftsmann genoß. Daher musterte sie ihn jetzt aufmerksam, als versuche sie zu entscheiden, ob sie sich nicht vielleicht doch geirrt hatte und ihr jüngerer Sohn ihr von Nutzen sein könne. In ihrem Blick lag jedenfalls eine gewisse Aufmerksamkeit, wenn sie sich anhörte, was er ihr über ihr Aktienportefeuille zu sagen hatte, und immer häufiger fügte sie sich seinem Rat.

Im Augenblick sprach sie von diesen Investitionen, doch Edouard merkte deutlich, daß das nur eine Art Vorgeplänkel war. Die Mutter brauchte zwar seine Hilfe, aber er hatte immer eindeutiger das Gefühl, daß sie ihn über Grégoire ausfragen wollte. Früher hätte sie das rundheraus getan; heute nicht mehr. Edouard stellte zu seiner Verwunderung fest, daß sie das Risiko scheute, ihn zu kränken.

»Liebster Edouard«, begann sie schließlich, »ich wollte mit dir über diesen Jungen sprechen...«

»Grégoire?«

»Ja. Grégoire.« Unwillkürlich verkniff sie die Lippen. »Die Leute reden, Edouard. Sie behaupten bösartige Dinge...«

»Das interessiert mich nicht. Sollen sie reden, was sie wollen.«

»Gewiß, gewiß.« Louise versuchte beschwichtigend zu klingen. »Mir ist durchaus klar, daß du dich in einer schwierigen Position befindest. Im Grunde geht es ja nur Jean-Paul etwas an. Und dann mischst du dich ein, Edouard...«

»Jemand mußte eingreifen.«

»Ich sehe nicht ein, warum. Und wirklich, Edouard, so weit zu gehen...« Louise warf graziös den Kopf zurück. »Den Jungen zu dir zu holen! Ihn zu behandeln, als wäre er dein eigener Sohn! Es ist unfair, *ihm* gegenüber, Edouard, ihn aus seinem Leben zu reißen. Er wird niemals ganz akzeptiert werden, das weißt du genau. *Und* er wird niemals nach Hause zurückkehren können. Er wird nirgendwo hinpassen...«

Edouard wandte sich ab. Er war erbost, und einen Moment war er versucht zu erwidern, Louise selbst habe trotz ihrer Herkunft ja erfolgreich versucht, sich an die französische feine Gesellschaft anzupassen. Aber er schwieg.

»Er paßt zu mir«, entgegnete er trotzig. »Und das ist vorerst alles, was für mich wichtig ist.«

»Aber Edouard, wie kann er das?« Louise bebte inzwischen vor Empörung. »Wie ich sehe, hast du ihn gern. Aber siehst du das denn nicht ein? Sein *accent*, Edouard. Den wird er niemals ganz verlieren. Und wie er dreinschaut – so unfreundlich, so verschlagen... Niemals kann er mir ins Gesicht sehen.«

»Aber nur, weil du ihn einschüchterst.« Edouard seufzte. »Hör zu, Maman. Warum versuchst du's nicht wenigstens einmal? Gestatte, daß ich ihn hierherbringe. Versuch ein bißchen mit ihm zu reden. Du wirst sehen, sobald er sich entspannt, ist er ein ganz bezauberndes Kind. Bitte, Maman, er ist dein *Enkel*! Dafür wirst du doch wenigstens einmal deine Vorurteile überwinden können...«

Eine kleine Pause entstand. Louise sah ihn nachdenklich an. Edouard merkte, wie sie die Fakten gegeneinander abwog. Daß die Mutter sich schließlich eingestand, wie sehr sie ihn brauchte, erkannte er daran, daß sie den Blick senkte und einen kleinen Seufzer ausstieß.

Edouard empfand Bitterkeit. Als er als Kind verzweifelt nach ihrer Liebe verlangte und ihr die seine anbot, hatte sie ihn stets abgewiesen. Nun, da sie etwas von ihm brauchte, war sie auf einmal zum Nachgeben bereit. Aber auch jetzt brauchte sie keineswegs seine Liebe, sondern nur seinen Rat, sein Finanzgenie. Nun gut, es ist auf jeden Fall eine Art Handel, dachte er kalt.

»Na schön, Edouard. Bring ihn nächste Woche mit zum Tee. Um deinetwillen werde ich's versuchen.«

Damit hatte sie ihre Kapitulation kundgetan, die Veränderung im Gleichgewicht der Kräfte zwischen ihnen akzeptiert. Edouard, der sie genau beobachtete, fragte sich, ob sie wohl wußte, daß es dafür bereits zu spät war.

Grégoire wollte nicht mit zu Louise fahren. Er wehrte sich mit einer Hartnäckigkeit und einem Trotz gegen den Besuch im Faubourg Saint-Germain, die Edouard erstaunten.

»Sie mag mich nicht«, erklärte er ruhig. »Ich weiß es. Und ich will nicht mitfahren.«

Kein Argument, das Edouard vorbrachte, konnte ihn von seiner Meinung abbringen. Am Tag des geplanten Besuchs war Grégoire sorgfältig vorbereitet worden: Er hatte einen perfekten Haarschnitt verpaßt bekommen und George persönlich hatte ihn beim Waschen beaufsichtigt, weil er das immer recht oberflächlich zu tun pflegte. Grégoire trug einen grauen Flanellanzug mit weißem Hemd, Krawatte und perfekt geputzten Schuhen. Auf der Fahrt nach Paris saß er vollkommen steif, mit den Händen die nackten Knie umklammernd und mit verkniffener Miene im Fond des Wagens. Edouard gab sich die größte Mühe, ihn zum Sprechen zu bringen, damit er sich endlich ein wenig entspannte, konnte Grégoire jedoch kein einziges Wort entlocken.

Als sie vor Louises Haus hielten, blickte Grégoire mit seinem kleinen, angespannten Gesicht zu Edouard auf, und Edouard ergriff tröstend seine Hand. »Nur eine kleine halbe Stunde, Grégoire. Mehr nicht. Du brauchst überhaupt keine Angst zu haben.«

Grégoire betrat das Haus, als sei er eine Marionette. Im Salon dauerte es lange, bis er sich überreden ließ, Platz zu nehmen, und als Louise schließlich in ihrem rosa Seidenkleid hereingerauscht kam, schien Grégoire so überwältigt zu sein, daß er vergaß, sich zu erheben. Er dachte dann zwar noch daran, aber zu spät, und sprang so hastig auf die Füße, daß er fast den winzigen Abstelltisch neben dem Sessel umgestoßen hätte.

»Ah, Grégoire – wie schön, daß du mich besuchen kommst! Bitte, nimm doch wieder Platz.«

Louise rückte das Tischchen ein wenig zurecht. Grégoire wurde blutrot und setzte sich gehorsam hin.

»Also, Grégoire, ich bin gespannt, wie es dir in St. Cloud gefällt? Wie geht es mit deinem Unterricht voran? Mußt du sehr fleißig lernen? Edouard hat immer sehr gut gelernt, aber der liebe Edouard war ja auch ein hochintelligenter Junge...«

So begann sie, und so ging es weiter. Edouard saß hilflos dabei, während Louise Grégoire mit Fragen bombardierte, und Grégoire stammelte immer einsilbigere Antworten.

Zwei von Louises Hausangestellten brachten den Tee. Grégoire hockte auf der äußersten Sesselkante. Louise goß den Tee aus einer Silberkanne in Tassen aus Sèvres-Porzellan.

»Edouard, würdest du das bitte an Grégoire weiterreichen? Auf das Tischchen, ja. Und dann vielleicht eins hiervon?« Sie deutete auf eine Silberplatte mit winzigen Gurkensandwiches. »Oder davon?« Auf eine andere Platte mit kunstvoll verzierten, winzigen Bisquits. Auf eine dritte mit kleinen Patisserie-Häppchen. »Ein englischer Tee, wie Edouard ihn so liebte, als wir in London waren. Und kleine Jungen sind immer so *hungrig*, nicht wahr? Also, Grégoire, was hättest du gern? Ich hab das alles extra für dich ausgesucht.«

»Danke, gar nichts, Madame...« Mit fest zusammengepreßten Lippen wandte ihr Grégoire das kleine Gesicht zu.

»Gar nichts?« Louise machte große Augen. »Bist du sicher? Aber gewiß, du bist es vermutlich gewöhnt... Edouard, möchtest du etwas nehmen?«

Edouard nahm eins der Gurkensandwiches und setzte sich grimmig wieder hin. Grégoire war von dem wackligen Weintischchen, auf dem ein Sèvres-Teller sowie eine Sèvres-Tasse mit Untertasse standen, jetzt regelrecht eingekeilt. Er saß, die Füße möglichst weit unter den Sessel gesteckt, mit eng an den Körper gepreßten Ellbogen.

»Also, erzähl mal, Grégoire«, fuhr Louise nach einer Pause munter fort. »Wenn dir Latein nicht gefällt und Mathematik auch nicht – was würde dir denn dann gefallen? Irgend etwas muß es doch geben, nehme ich an.«

»Grégoire ist sehr geschickt mit den Händen«, warf Edouard hastig ein. »Er kann eine Uhr auseinandernehmen und wieder zusammensetzen, und einen Automotor ebenfalls. François hat dir dabei geholfen, nicht wahr, Grégoire?«

»Manchmal.« Grégoire blickte finster zu Boden. »Jetzt brauche ich ihn nicht mehr. Ich kann's allein.« Er hob den Kopf und sah Louise an. »Letzte Woche hab ich an einem Porsche gearbeitet – ganz allein. Und Onkel Edouard hat gesagt, ich darf vielleicht eines Tages an seinem Aston-Martin arbeiten. Das ist nämlich mein Lieblingsauto.«

Das war die längste Antwort, die er gab. Edouard sah das Flehen in seinen Augen, und die verzweifelte Sehnsucht nach Anerkennung.

Louise erkannte das möglicherweise auch, denn sie stieß ein kleines Lachen aus. »Wie bezaubernd, Grégoire! Aber so hatte ich es nicht gemeint. Einen weiteren Mechaniker braucht Edouard mit Sicherheit nicht... Oh, du hast ja deinen Tee ausgetrunken – wie schnell du trinkst! Komm, ich gieße dir noch mal ein...«

Das war so unverhohlen bösartig, daß Edouard schon eingreifen wollte; doch ehe er etwas sagen konnte, war Grégoire aufgestanden. Er nahm die Sèvres-Tasse mit samt der Untertasse von seinem Tischchen und ging damit zu Louise hinüber, die mit der silbernen Teekanne in der Hand lächelnd dasaß und auf ihn wartete.

Als er noch etwa dreißig Zentimeter von ihr entfernt war, ließ Grégoire die Tasse fallen. Sie zerschellte auf dem Fußboden. Louise stieß einen ärgerlichen Ruf aus, und Edouard sprang auf; Grégoire verhielt sich vollkommen still und starrte auf die zerbrochene Tasse hinab. War das Absicht gewesen? Edouard zögerte unsicher; es war so schnell geschehen, daß man es wirklich nur schwer zu sagen vermochte.

Grégoire blickte zu Louise auf. »Es tut mir leid«, sagte er leise. »Ich hab sie zerbrochen. Das war sehr ungeschickt von mir.«

In seinem Ton lag Trotz. Louise, die ihn heraushörte, errötete. Edouard hatte ihn ebenfalls gehört und war nun nahezu überzeugt, daß es kein Unfall gewesen war.

Die Episode wurde nicht mehr diskutiert; kurz darauf verabschiedeten sich Edouard und Grégoire.

Auf der Heimfahrt war Grégoire sehr schweigsam. Als sie in St. Cloud ankamen, wandte er sich ein wenig ängstlich an Edouard. »Ich glaube kaum, daß ich noch einmal dort eingeladen werde, nachdem ich die Tasse zerbrochen habe. Meinst du nicht auch?«

Die Hoffnung, daß dies tatsächlich der Fall sein werde, war ihm so deutlich vom Gesicht abzulesen, daß Edouard ein Lächeln unterdrücken mußte.

»Ich bin überzeugt, daß meine Mutter nichts dagegen haben würde – es war schließlich nur eine Tasse. Aber vielleicht werden wir nicht wieder dort hinfahren – jedenfalls vorerst nicht mehr.« Er hielt inne. »Grégoire, hast du das mit Absicht getan? Sag mir die Wahrheit!«

Ein kleines Stirnrunzeln zeigte sich auf Grégoires Gesicht. Edouard merkte, daß er einen kurzen Kampf mit sich ausfocht. »Sie mag mich nicht«, stellte Grégoire trotzig fest. »Ich hab' dir gesagt, daß sie mich nicht mag und daß ich sie nicht besuchen will.«

Es war keine Antwort, und es war zugleich doch eine. Edouard erkannte etwas von Jean-Pauls Unversöhnlichkeit darin, und ebenso von jener Sturheit, mit der sich einige seiner Arbeiter an der Loire gegen Diskussionen und Veränderungen wehrten. Er seufzte und sagte sich, es sei wohl klüger, einen Strich unter die Angelegenheit zu ziehen.

Die Tage vergingen, die Wochen vergingen. Sobald Grégoire sicher war, daß ihm keine weiteren Besuche im Faubourg Saint-Germain mehr drohten, wurde er wieder fröhlich und aufgeschlossen.

Im Frühling jenes Jahres, 1955, kündigte kurz nach diesem Zwischenfall der Hauslehrer, den Edouard für Grégoire engagiert hatte, und Edouard, der sich nach einem Nachfolger umsah, dachte plötzlich an Hugo Glendinning.

Er hatte Hugo in den dazwischenliegenden Jahren von Zeit zu Zeit wiedergesehen und wußte von Hugos Cousin Christian, daß es seinem ehemaligen Erzieher nicht sehr gut ging. Eine Anstellung als Lehrer in Winchester hatte er einige Jahre zuvor unvermittelt abgebrochen und es seitdem nicht mehr geschafft, sich in einer neuen zu halten. Er könne das Reglement der großen Public Schools nicht ertragen, erklärte Christian. Dafür sei er zu sehr Individualist, zu sehr Exzentriker. Christian war überzeugt, er werde nur allzu gern nach Frankreich gehen und für Edouard arbeiten. In England seien Privatlehrer im Augenblick weniger gefragt, sagte Christian lächelnd; die Zeiten änderten sich eben.

Edouard fühlte sich ein wenig unsicher bei dieser Entscheidung. Er hätte es vorgezogen, wenn Grégoire zur Schule gegangen wäre und sich mit anderen Kindern angefreundet hätte. Nachdem der Junge aber so viele Schuljahre versäumt hatte, war er in dieser Hinsicht zurückgeblieben, und Edouard fürchtete die Schulkameraden würden ihn auslachen. In ein, zwei Jahren, sagte er sich, könne Grègoire den Lehrstoff aufholen und mehr Selbstbewußtsein entwikkeln. Er dachte an Hugo, der sein eigenes Denken revolutioniert, der ihn gelehrt hatte, zu provozieren und in Frage zu stellen. Er dachte an Hugos Fähigkeit, Interesse zu wecken, zum Denken anzuregen. Er erinnerte sich an Hugos Begeisterung, Klugheit, Freundlichkeit und an seinen Verstand. Er hörte Hugo Gedichte deklamieren, die er niemals vergessen hatte, und schrieb an ihn. Das war sein erster Fehler.

Hugo hatte nie viel Geduld mit Dummköpfen gehabt. Diese Seite seines Wesens hatte Edouard, keineswegs ein Dummkopf, längst vergessen und auch früher kaum jemals kennengelernt. Da überdies viel Zeit vergangen war, hatte Hugo sich verändert. Seine jugendliche Ungeduld hatte sich mit den Jahren zu einer ausgesprochenen Reizbarkeit entwickelt. Wenn Hugo seine Altersgenossen betrachtete, die weniger intelligent waren als er, entdeckte er, daß sie ihn überflügelt hatten. Er schob das auf politische Tendenzen, doch als er sich 1945, als die Sozialisten nach dem Krieg Siege feierten, als Kandidat der Labourpartei zur Wahl stellte, erlitt er eine Niederlage. Inzwischen war er über fünfzig, unverheiratet und im Hinblick auf Erziehungs- und Lehrmethoden nicht mehr auf dem laufenden. Niemals zuvor hatte er Schüler gehabt, die nicht über eine solide Grundlage in den traditionellen akademischen Fächern verfügten. Als er und Grègoire sich kennenlernten, war es Abneigung auf den ersten Blick.

Daß Grègoire in der Lage war, eine Uhr auseinanderzunehmen und wieder zusammenzusetzen, einen Automotor zu zerlegen, ein Pferd zu satteln und gut zu reiten, sich die Namen und Eigenschaften von Pflanzen und Tieren zu merken – das alles waren Fähigkeiten, die Hugo überhaupt nichts bedeuteten.

Anfangs versuchte Hugo Geduld zu beweisen. Wie er wußte, hatte der Junge, bis Edouard sich seiner annahm, überhaupt keine nennenswerte Schulbildung genossen. Inzwischen konnte er lesen und schreiben und hatte von Edouard ein bißchen Englisch gelernt, aber das war auch alles. Voller Begeisterung machte sich Hugo, seine Abneigung unterdrückend, an die Verwirklichung eines Lehrplans, der Grègoire in allen Fächern, die Hugo für wichtig hielt, eine solide Grundlage verschaffen würde. Ganz selbstverständlich enthielt dieser Lehrplan nichts, was auch nur annähernd mit Mechanik zu tun hatte. Denn Bildung, das war für Hugo an erster Stelle Literatur, Geschichte und Sprachen; alles andere nahm einen weit abgeschlagenen Platz ein.

Die Unterrichtsstunden verliefen nicht gut. Grègoire konnte furchtbar störrisch sein. Es dauerte nicht lange, bis Hugo merkte, daß der Junge tatsächlich nur eigensinnig war: Er konnte lernen, aber er wollte nicht. Er war faul; er wollte sich nicht konzentrieren. Zu seinem eigenen Entsetzen schrieb Hugo, der überzeugte Sozialist, all dies der bäuerlichen Herkunft des Jungen zu. Er haßte sich selbst für diese Einstellung, trieb den Jungen noch härter an und wollte sich nicht eingestehen, daß er es selbst war, der versagte.

Er hatte in so vielen Dingen versagt, niemals aber als Lehrer und niemals so absolut. Und nun saß hier ein Junge, der stoisch zuhörte, wenn Hugo ihm aus der großen Literatur der Weltgeschichte vorlas; der bei Villon gähnte; der sehnsüchtig zum Fenster hinausstarrte, wenn Hugo Maupassant oder Flaubert las.

Hugo wollte und konnte sein persönliches Niveau nicht senken; der Junge wollte, konnte sich nicht auf das seine hinaufarbeiten. So gerieten sie in eine Sackgasse, doch keiner sagte Edouard etwas davon: Hugo aus Stolz, und Grègoire, weil er es nicht ertragen konnte, ihn zu enttäuschen.

Im Spätsommer 1955, als es sehr heiß war, flog Edouard geschäftlich nach Amerika. Er hatte beschlossen, sich persönlich um die Grundstücks-Investitionen seiner Mutter in Texas zu kümmern, die Beteiligungen, die abzustoßen ihre Wall-Street-Berater so eifrig rieten, daß Edouard ein bißchen argwöhnisch wurde. Zwei Wochen wollte er drüben bleiben und hatte Grègoire fest versprochen, sobald er heimkehrte, mit ihm zusammen Urlaub zu machen, möglicherweise genauso wie im Jahr zuvor an der See.

Grègoire vermißte Edouard, und seine Konzentration wurde dadurch nicht besser. Tag um Tag herrschte eine erstickende Hitze im Schulzimmer von St. Cloud, und Hugos Laune besserte sich auch nicht. Einmal hätte er den Jungen zu seinem eigenen Entsetzen vor Verzweiflung fast geschlagen und konnte sich gerade noch beherrschen. Wütend beschloß er, Latein vorläufig aufzugeben und sich auf Französisch zu konzentrieren. Und wenn der Junge keine Gedichte hören wollte, dann mußte man ihn wenigstens dazu bringen, daß er die Grammatik kapierte.

Eines nachmittags, ungefähr eine Woche nach Edouards Abreise, stellte er fest, daß der Junge stiller war als sonst und daß er außerdem einen roten Kopf hatte.

Er fragte ihn, ob alles in Ordnung sei.

Grègoire blickte zu Boden. »Ich habe Kopfschmerzen«, antwortete er schließlich.

»Ich habe auch Kopfschmerzen.« Verärgert knallte Hugo das Lehrbuch auf die Schreibtischplatte. »Wenn du dich konzentrieren könntest, würden meine Kopfschmerzen bestimmt nachlassen. Also. Wir werden jetzt noch einmal die Konjugation dieser unregelmäßigen Verben durchnehmen. Dann wirst du deine Wehwehchen vielleicht vergessen.«

Der Junge beugte sich mit einer Ergebenheit über das Buch, die Hugo gar nicht an ihm gewohnt war. Am folgenden Tag war es das gleiche. Freiwillig sagte Grègoire kein Wort, sondern saß finster schweigend da. Er wollte seinen Lunch nicht essen. Um zwei Uhr mittags kehrten sie ins Schulzimmer zurück.

»Du trotzt, Grègoire. Würdest du mir verraten, warum?«

Der Junge hob das erhitzte Gesicht. »Mir ist nicht gut.«

»Wenn du fleißig wärst, würdest du dich besser fühlen. Faulheit macht die Menschen krank.«

»Ehrlich. Ich habe Kopfschmerzen. Ich will ins Bett!« Als Grègoire den Kopf auf die Arme bettete, stieß Hugo einen gereizten Seufzer aus. Er stand auf und ging hinüber, um dem Jungen die Stirn zu fühlen. Sie war heiß, aber es war ja auch im Schulzimmer heiß. »Diese Tricks mögen bei deinem ersten Hauslehrer gewirkt haben, Grègoire, aber auf gar keinen Fall bei mir.« Hugo kehrte an seinen Schreibtisch zurück. »Wenn ich jetzt sagen würde, wir machen Schluß und du kannst schwimmen gehen, würde ganz zweifellos sofort eine wunderbare Heilung stattfinden. Also, setz dich bitte gerade hin und versuch dich zu konzentrieren. Schlag die Grammatik auf, Seite vierzehn.«

Schwerfällig gehorchte Grègoire.

Um halb vier, als der Unterricht normalerweise beendet war, hatte Hugo das Gefühl, gesiegt zu haben. Der Junge verhielt sich still; er schien zuzuhören; und er sah nicht mehr aus dem Fenster. Hugo warf einen Blick auf die Uhr und beschloß, noch eine halbe Stunde weiterzumachen.

Um fünf Minuten vor vier bekam Grègoire Krämpfe. Ganz plötzlich und ohne Vorwarnung. Hugo vernahm ein röchelndes Einatmen und blickte beunruhigt auf. Der Kopf des Jungen bog sich in den Nacken; die Augen verdrehten sich; zunächst zuckten ein Arm und ein Bein, gleich darauf der ganze Körper. Er fiel vom Stuhl. Hugo wußte nicht, was er tun sollte. Ungestüm klingelte er nach den Dienern. Er holte Wasser und spritzte es über die zuckende Gestalt. Er lockerte dem Jungen den Kragen und versuchte ihm ein Lineal zwischen die Zähne zu schieben – ohne Erfolg. Kurz nach vier hörten die Krämpfe auf.

Ein Krankenwagen wurde gerufen. Auf der Fahrt ins Krankenhaus bekam Grègoire abermals Krämpfe. Der beste Kinderarzt von ganz Paris wurde hinzugezogen. Er erklärte dem schneeweiß gewordenen Hugo, daß der Junge mit an Sicherheit grenzender Wahrscheinlichkeit Meningitis habe. Um ganz sicher zu gehen, werde man eine Lumbalpunktur machen. Dann...

»Ja, was denn dann? Was?« drängte Hugo verzweifelt.

»Dann können Sie nur noch beten, Monsieur. Ich werde selbstverständlich mein Bestes tun, doch wenn er früher eingeliefert worden wäre, hätte ich mehr Grund zur Hoffnung gehabt. Mehr kann ich Ihnen nicht sagen.«

Zuallererst rief Hugo das Chavigny-Büro an und bat darum, Edouard sofort zu benachrichtigen; dann betete er – zum erstenmal seit vielen Jahren. Edouard erhielt die Mitteilung auf einer Sitzung. Er ließ sich sofort zum Flughafen fahren und charterte einen Jet.

Grègoire starb frühmorgens am nächsten Tag, zwei Stunden, bevor Edouard im Krankenhaus eintraf. Er nahm den kleinen, noch schlaffen Körper des Jungen in die Arme und weinte mit einer Verzweiflung, die seine Geschäftspartner ihm nie zugetraut hätten.

Drei Monate später ertrank Hugo bei einem Bootsunfall; man munkelte, es handele sich um Selbstmord, der aber vertuscht werde. Er hinterließ Edouard seine Bibliothek, doch als dieser davon in Kenntnis gesetzt wurde, überließ er die Sammlung sofort einem Auktionshaus. Grègoire wurde, zu Louises Empörung und Jean-Pauls Desinteresse in der Chavigny-Kapelle beigesetzt, und Edouard versuchte, sein Leben neu aufzubauen.

Von diesem Zeitpunkt an jedoch war er, wie seine Freunde meinten, ein völlig veränderter Mensch. Sie hatten immer Respekt vor Edouard de Chavigny gehabt. Nun aber begannen sie ihn zu fürchten.

Anfang der fünfziger Jahre hatte Edouard Emile Lassalle, einen Corbusier-Schüler und führend unter den modernistischen Architekten Frankreichs, mit dem Entwurf eines neuen Verwaltungszentrums für die Chavigny-Mutterfirma in Paris beauftragt. Ende 1955 war der hohe, schwarze Glaswolkenkratzer fertig. Er war das erste Bauwerk seiner Art in Paris, Gegenstand heftiger Diskussionen und Vorbild für zahlreiche Nachahmungen: ein Wahrzeichen des Pariser Geschäftsviertels.

Im Winter jenes Jahres traf der Wagen, der Edouard, wie immer, Punkt neun Uhr vormittags dort absetzte, vor dem Gebäude ein. Edouard stieg aus, blickte noch einmal an dem hohen Gebäude empor, und trat dann ein. Die Aufgaben, die heute vor ihm lagen, waren keineswegs angenehm, aber ob angenehm oder nicht – Edouard erledigte sie alle mit derselben eiskalten Leidenschaftslosigkeit. Tag um Tag, Woche um Woche, Jahr um Jahr. Er betrat seinen Privatlift und drückte den Knopf für den achtzehnten Stock.

In seinem Büro im zwölften Stock des Gebäudes stand Gèrard Gravellier, Leiter der Archivabteilung, am Fenster. Er hatte den Rolls Royce vorfahren und die hochgewachsene Gestalt im schwarzen Anzug im Haus verschwinden sehen. Sobald Edouard außer Sicht war, wandte er sich nachdenklich vom Fenster ab und streifte sich geistesabwesend ein paar Schuppen von der Schulter.

Gravellier war nervös – so nervös, daß er zum Frühstück nichts hatte essen können. Doch er versuchte sich zu beruhigen: kein

Grund zur Sorge, sagte er sich. Er kannte den Grund für die heutige Besprechung. Es ging um das neue Lager- und Ablagesystem für das Archiv der Chavigny-Entwürfe, das auf Edouard de Chavignys Verlangen von Grund auf überarbeitet worden war und in dieser Woche, wenn das Archiv endgültig in das neue Gebäude verlegt wurde, zum Einsatz kommen würde. Das neue System zog Personalreduktionen nach sich, freiwillige Pensionierungen; und über diese wollte Edouard vermutlich mit ihm sprechen, vielleicht auch über Einzelheiten des Systems. Edouard de Chavignys Blick fürs Detail war allgemein bekannt; kein noch so kleiner Aspekt bei der Verwaltung seiner Firmen entging ihm. Der Gedanke daran ließ die Nervosität wieder aufleben. Gèrard Gravellier begann zu schwitzen.

Als der Summer auf seinem neuen Schreibtisch aus Chrom und Esche ertönte, zuckte er erschrocken zusammen. *Ruhe,* mahnte er sich verzweifelt. Und während er durch die stillen, mit dicken Teppichen ausgelegten Korridore zum Lift für die Geschäftsleitung schritt, zählte er in Gedanken all seine Errungenschaften auf: eine neue Wohnung im eleganten Vorort Beausèjour; eine kleinere Wohnung mit einer äußerst willigen jungen Geliebten in Montparnasse; zwei Wagen, einer davon der größte und neueste Citroen Familiale; ein reichliches Spesenkonto, das niemals eingehend geprüft wurde – hoffentlich. Er hatte die Akademie der Schönen Künste der Sorbonne absolviert; anschließend hatte er im Victoria and Albert Museum in London und am Beaux Arts in Paris gearbeitet. Er wußte mehr über die Geschichte des Schmuckdesigns im allgemeinen und der Firma de Chavigny im besonderen, als jeder andere, bis auf den Mann, der ihn jetzt zu sprechen wünschte. Seufzend wischte er sich die Stirn. Er war unentbehrlich. Hoffentlich.

Es war sein erster Besuch in Edouard de Chavignys Penthouse-Suite im achtzehnten Stock, und als er den Expreßlift verließ, wurden seine Augen groß. Es war ein totaler Bruch mit der Tradition. Der äußere Empfangsraum glich einem weiten Ozean von hellem Beige und Weiß, von Glas und Chrom. Drei riesige Ledercouches umstanden einen Corbusier-Tisch; an ihren Corbusier-Schreibtischen saßen zwei überwältigend schöne Empfangsdamen in schlichten Seidenblusen, mit Perlenketten und lose geschlungenen Hermèstücher um den Hals.

»Sie müssen einen Augenblick warten, Monsieur Gravellier«, sagte die eine. Keine Entschuldigung; keine Erklärung; kein Kaffee-Angebot; nichts. Fünfundvierzig Minuten lang saß er schwitzend da.

Dann endlich das Vorzimmer, noch vornehmer schlicht; und zwei noch aalglattere Sekretärinnen. Anschließend das Allerheiligste: auf die Minute genau eine Stunde, nachdem man ihn gerufen hatte. Er war überzeugt, daß das Absicht war.

Er passierte die schlichte Mahagonitür und blieb stehen. Das Büro war riesig und verblüffend streng angelegt. Er hatte Antiquitäten erwartet, Blumen, die Porträts der früheren Barone de Chavigny wie im Büro des alten Barons. Nichts davon. An den Wänden hingen Abstrakte: ein Picasso aus der kubistischen Periode; zwei Braques; ein früher Kandinsky; ein Mondrian; ein Bild aus Rothkos roter Serie; ein großer, verquälter Jackson Pollock. Auf dem schwarzen Bücherregal hinter dem Schreibtisch standen drei exquisite Bronzen: ein Brancusi, ein Henry Moore, ein Giacometti. Gérard Gravellier schluckte. Es war ein langer Weg, bis zu dem Sessel vor dem Schreibtisch.

Nur sehr zögernd legte er ihn zurück. Edouard de Chavigny blickte auf. Gravellier musterte ihn neugierig. Er war jetzt dreißig, das wußte er, wirkte aber etwas älter. Hochgewachsen, weit über einsachtzig, mit breiten Schultern. Und er sah genauso faszinierend gut aus wie sein Vater. Sonnengebräunte, kraftvolle Gesichtszüge, sowie dieser auffallende Kontrast von tiefschwarzem Haar und leuchtend blauen Augen.

»Nehmen Sie Platz.«

Gravellier gehorchte. Den großen Schreibtisch flankierte ein kompliziertes System von Telefonen und Sprechanlagen. Auf der Platte selbst lagen nur ein Chavigny-Füllfederhalter aus Platin und ein schlichter weißer Aktenordner. Sonst nichts. Und dieser Mann wußte schon jeweils zwei Monate vor den Fachleuten vor Ort genau, was in Rom, Tokio oder Johannesburg vorging. Wie machte er das? Gravellier lockerte seinen Kragen. Es herrschte Schweigen. Gravellier kannte dieses Schweigen; es war berühmt. Es diente dazu, den anderen nervös zu machen, damit er haltlos zu plappern begann. Er schluckte und begann zu plappern.

»Ich hege die größte Bewunderung für das neue Verwaltungszentrum, Monsieur de Chavigny. Das wollte ich Ihnen nur sagen. Es wird dem Image unserer Firma sehr nützen. Es ist ein Privileg, in einem so modernen, fortschrittlichen Bürogebäude arbeiten zu dürfen. Schon jetzt hörte ich, daß...«

»Ich habe Sie nicht hergebeten, um über das Gebäude zu sprechen.«

Gravellier hüstelte. Der Ton war schneidend, kalt gewesen, und er wußte genau, daß er sich jetzt entspannen, die Ruhe bewahren und vor allem schweigen mußte, doch irgendwie gelang ihm das nicht.

»Natürlich nicht, Monsieur de Chavigny. Falls Sie an die Verlegung des Archivs denken, möchte ich Ihnen versichern, daß alles genau termingerecht verläuft. Ich habe einige Papiere mitgebracht, für den Fall, daß Sie... Sämtliche Details. Das Layout. Die neuen Personal-Arrangements...«

»Wie lange sind Sie schon bei den Chavigny, Monsieur Gravellier?«

»Einundzwanzig Jahre, Monsieur de Chavigny.«

»Einundzwanzig Jahre, zwei Monate und drei Wochen.« Edouard schlug den weißen Aktenordner auf. Vergebens suchte Gravellier die auf dem Kopf stehende Schrift zu entziffern.

»Ich habe hier den Bericht des Leiters unserer Sicherheitsabteilung.«

Abermals dieses Schweigen. Gravellier wurde blaß.

»Ich glaube kaum, daß wir ins Detail gehen müssen, nicht wahr? Vor vierzehn Monaten haben Sie begonnen, Einzelheiten unserer archivierten Entwürfe weiterzugeben. Anfangs vergleichsweise unwichtige Details, deswegen haben wir Sie auch weitermachen lassen. Ich wollte sehen, wie weit Sie gehen würden.« Wieder dieses Schweigen.

»Im letzten Monat erhielten Sie Zugang zu streng vertraulichen Informationen über unsere geplante Kollektion für die Jahre 1956 und 1957. Ich vermute, Sie werden sich erinnern. Die Codebezeichnung lautete ›Weißes Eis‹, weil weitgehend Platin, Weißgold und Diamanten verwendet werden sollten. Im Grunde jedoch spielt es keine Rolle, ob Sie sich daran erinnern, denn diese Kollektion wurde ausschließlich für Sie erfunden und für unsere Konkurrenz, an die Sie die streng vertraulichen Einzelheiten gestern nachmittag weitergegeben haben.« Ein eisiges Lächeln. »Unsere echte Kollektion für 1956 und 1957 sieht natürlich ganz anders aus, und an die Informationen werden Sie nicht herankommen. Sie sind entlassen.«

Als Gravellier sich erhob, war sein Gesicht blutrot, und ihm war übel. ›Du Schwein‹, dachte er zusammenhanglos. ›Du kaltblütiges Schwein. Du hast mir achtzehn Monate lang freie Hand gelassen, um mir dann...‹ Er umklammerte die Lehne des Sessels, der vor ihm stand.

Edouard de Chavigny blickte auf; seine Miene verriet nicht das kleinste Gefühl. »Ihre Firmenhypothek ist gekündigt. Falls Sie nicht privat etwas arrangieren können, wird die Firma zwangsvollstrecken lassen. Ihr Firmenwagen wurde heute vormittag beschlagnahmt. Die Firma hat Ihren beiden Banken, bei denen Sie Ihr Konto stark überzogen haben, mitgeteilt, daß Sie nicht mehr bei uns arbeiten und wir daher nicht mehr als Bürgen herangezogen werden können. Ihr Pensionsanspruch bei dieser Firma ist erloschen. Unsere Anwälte haben heute morgen gegen Sie Klage eingereicht – wegen Vertrauensbruch, Betrug und Unterschlagung. Sonst noch Fragen?«

»Monsieur de Chavigny – bitte...« Gravellier verkrampfte seine schwitzenden Hände. »Ich bin verheiratet. Ich habe vier Kinder, die noch zur Schule gehen. Der Älteste ist erst neun, und ich...«

Noch einmal Schweigen. Einen Moment lang, einen herrlichen Moment lang, glaubte Gravellier, gewonnen zu haben. Denn als er seine Kinder erwähnte, hatte der Blick des Mannes hinter dem Schreibtisch geflackert. Dann klappte er den weißen Aktenordner zu.

»Draußen warten zwei Beamte auf Sie. Der eine kommt vom Amt der *Inspecteurs des Finances*, der andere von der *Préfecture Ile de la Cité*. Sie werden feststellen, daß Sie unter Arrest stehen. Guten Morgen.«

Gravellier kam bis zur Tür. Dann drehte er sich noch einmal um, weil Wut, Angst und Haß in ihm aufstiegen wie Galle. Er musterte den perfekten Anzug, das perfekt schöne Gesicht, die undurchdringliche Miene, die eiskalten Augen. »Gott verdamme Sie!« Seine Stimme erstickte. »Zweiundzwanzig Jahre. Ich hoffe, Sie werden in der Hölle braten!«

Als sich die Tür hinter ihm schloß, blieb Edouard de Chavigny regungslos sitzen. Ein bitteres Lächeln unterdrückend, schob er den weißen Aktenordner von sich. Er lebte bereits in der Hölle. Er brauchte sich nicht von einem Mann wie Gérard Gravellier zur Hölle verdammen zu lassen.

Er hatte immer eine Veranlagung zur Härte gehabt. Früher hatte er sie unterdrückt, nun aber ließ er ihr die Zügel schießen. Untreue, Ausflüchte, Unfähigkeit: Dinge, die er früher toleriert hatte – jetzt bestrafte er sie mit aller Strenge. Alles, was getan werden mußte, wünschte er schon vorgestern erledigt. Allen, die dieses Tempo durchstanden, ging es gut; die anderen wurden an die Wand gestellt. Wer ihm in die Quere kam – und das wurden immer weniger –, der hatte sehr schnell Grund, es zu bereuen.

Ein kleiner Juwelier in der Schweiz, der seit Jahren recht gute Gewinne erzielt hatte, indem er mit einer Unverfrorenheit sondergleichen unter Benutzung billiger Steine Chavigny-Entwürfe kopierte und sie über ein ganzes Netz zwielichtiger Händler als Originale absetzte, mußte auf einmal feststellen, daß seine Bank ihm plötzlich mit Freuden neue Kredite für Expansionspläne einräumte. Der Juwelier war überglücklich und begann sofort, mit Geld um sich zu werfen. Als er sich dann bis zum äußersten verschuldet hatte, kündigte ihm die Bank, die zu einer größeren Gruppe gehörte, mit dem Crédit Suisse – eine der Schweizer Banken der Firma Chavigny – an der Spitze, sämtliche Kredite. Er konnte sie nicht zurückzahlen und bat um Verlängerung. Das Hauptbüro verweigerte die Verlängerung; der Juwelier ging bankrott.

Die Londoner Werbeagentur, deren Kunde de Chavigny war, und die verantwortlich zeichnete für das Image der Chavigny-Schmuckwaren und -Weine in Großbritannien, verspätete sich mit ihrer neuen Präsentation um zwölf Stunden – was nicht gerade ungewöhnlich war. Am selben Tag noch hatte sie diesen Kunden verloren. Sechs Wochen später hatte ihre aggressivste Konkurrentin eine neue Chavigny-Werbekampagne lanciert, und zwar nicht etwa auf dem Zeichenbrett, sondern in jeder größeren Zeitschrift des Landes.

Sechs Monate später wurde die Werbeagentur von ihrer erfolgreichen Rivalin geschluckt; zwei Monate darauf wurden sie beide der Firma de Chavigny (Werbung) einverleibt, einer neuen Gesellschaft mit Büros in London, Paris, Zürich, Mailand und New York, eingetragen auf den Balearen und alleinverantwortlich für die Vermarktung sämtlicher Chavigny-Produkte und -Investitionen, von Stahl über Hotels bis zu Grundbesitz – weltweit. Präsident dieser Gesellschaft, Vorstandsmitglied und Besitzer der Kapitalmehrheit war Edouard de Chavigny.

Sowohl die Mutter als auch sein Bruder mußten feststellen, daß Edouards neue Härte nicht einmal vor der eigenen Familie halt machte. Im Januar 1956 kam Jean-Paul zu einem seiner seltenen Besuche nach Paris. Er wollte Edouard überreden, viel Geld in weitere Weingärten in Algerien, sowie in Holz- und Olivenplantagen dort zu investieren. Jean-Paul war überzeugt, dem Bruder ein hervorragendes Geschäfts zu vermitteln.

»Olivier de Courseulles, dieser Kretin, will verkaufen. Er ist nervös; hat die Hosen voll. Fünfundzwanzigtausend Hektar Oliven, Edouard! Sie produzieren das beste Öl der ganzen Region. Dreißigtausend Hektar Holz. Knapp eintausend Weinstöcke nur, aber die auf dem besten Boden des ganzen Landes. Und das alles praktisch geschenkt! Weil er es nämlich eilig hat. Überdies ist er mein Freund. Ich hab ihm gesagt, da gibt's keine Probleme.«

»Das hättest du nicht tun sollen.« Mit seinem Platinfüller klopfte Edouard auf die schwarze Schreibtischplatte.

»Warum nicht?« Jean-Paul starrte ihn verständnislos an. »Ich meine, gibt es da irgendwelche Schwierigkeiten? Das kann doch nicht sein! Ich hab' mir deine letzten Berichte angesehen, die Finanzberichte. Na ja, ich bin kein Finanzexperte, aber selbst ich kann sehen, daß das Geld da ist.«

»Darum geht es nicht. Was glaubst du wohl, warum er verkaufen will? Und zu einem so unglaublich günstigen Preis?«

»Na ja, ich sagte ja, er ist nervös. In Anbetracht der gegenwärtigen politischen Lage ist die Situation ein wenig unsicher.«

»Äußerst unsicher!«

»Aber damit wird es, verdammt noch mal, doch bald vorbei sein! Die französische Regierung wird sich das nicht bieten lassen. *Wir* werden uns das nicht bieten lassen. Bei weiteren Unruhen werden sie Militär hinschicken. Dann herrscht im Handumdrehen wieder Ruhe. Ich kenne die Araber, du nicht. Die könnten nicht mal einen

Streik organisieren, geschweige denn eine Revolution. Das ganze Gerede ist doch nur Unsinn, den idiotische Bangemacher verzapfen.«

»Wenn du dich aber nun irrst, und es ihnen doch irgendwie gelingt, eine Revolution zu organisieren« – Edouards Ton war kalt und sarkastisch –, »hast du eine Ahnung, was dann mit dem französischen Grundbesitz geschieht?«

»Na schön, er würde vermutlich enteignet werden.« Jean-Pauls Stimme klang streitsüchtig. »Aber das ist irrelevant. Ich sage dir, es kann nicht passieren, und es wird auch nicht passieren. Verdammt noch mal, Algerien ist eine französische Kolonie! Hast du das vielleicht vergessen?«

»Hast du die jüngsten Entwicklungen in Indochina verfolgt?«

»Natürlich habe ich das. Die Lage dort ist völlig anders.«

»Die Antwort ist nein.«

Mit hochrotem Gesicht und völlig entgeistert starrte Jean-Paul den Bruder an. Auf einmal wurde ihm klar, daß er ihn überhaupt nicht kannte. Dieser kühle Mann im dunklen Anzug war für ihn ein Fremder.

»Hör zu, kleiner Bruder.« Er beugte sich über den Schreibtisch. »Darauf war ich nicht gefaßt. Und ich begreife es einfach nicht. Du sagst einfach nein, nennst mir aber keine Gründe dafür.«

»Ich kann dir viele Gründe nennen. Die meisten findest du in meinem Bericht, der vor deiner Nase liegt.« Edouard sah auf die Uhr. »Es handelt sich um eine äußerst riskante Investition, die wir, falls sich die politische Lage verschlechtert, als Totalverlust abschreiben müssen. Ich bin nicht immer gegen riskante Investitionen, diese aber lehne ich ab.«

Jean-Paul verkniff den Mund. »Vielleicht hast du etwas vergessen, kleiner Bruder. *Ich* bin der Baron de Chavigny. Nicht du. Letzten Endes habe *ich* zu bestimmen, was getan wird. Und ich akzeptiere deine Entscheidung nicht.«

»Wunderbar. Morgen früh hast du mein Kündigungsschreiben.« Edouard erhob sich; seine Augen waren dunkel vor Zorn.

Jean-Paul war ernstlich beunruhigt. »Jetzt warte doch mal einen Moment! Du weißt genau, daß ich das nicht will. Du weißt, daß ich deinen Rat stets akzeptiere und daß ich mich, wenn es sein muß, deinem Urteil beuge...« Er zögerte, und in seine Augen trat ein verschlagener Ausdruck. »Aber gelegentlich könntest du auch mal auf *mich* hören. Und schließlich: kratzt du mir den Rücken, kratz ich dir deinen. Darum geht es, wie ich gehört habe, im Grunde doch bei jedem Geschäft. Du möchtest, daß ich mit Mutter über ihre Kapitalanlagen spreche, damit sie in Chavigny Geld investiert. Das werde ich mit Freuden tun; ich bin heute nachmittag mit ihr verabredet und werde das Thema aufs Tapet bringen. Aber ich sehe einfach nicht ein, warum ich das tun sollte, während du mir gegenüber so störrisch bist. Begreifst du denn nicht, Edouard? Ich hab mich Olivier de Courseulles gegenüber praktisch verpflichtet! Wenn ich jetzt einen Rückzieher mache, stehe ich da wie ein Idiot.«

Mit verkniffenem Lächeln nahm Edouard wieder Platz. »Von mir aus kannst du das gern mit Maman besprechen. Aber ob du das tust oder nicht – ich werde meine Meinung auf gar keinen Fall ändern.«

Jean-Paul stürzte hinaus. Am selben Nachmittag besuchte er Louise in ihrem Haus im Faulbourg St. Germain zum Tee. Louise, bezaubernd wie immer, ihre Fältchen nach dem letzten Lifting praktisch unsichtbar, saß ihm in der neuesten Création von Dior gegenüber und plauderte gelassen und charmant über nichts. Jean-Paul musterte die Limoges-Platte mit den Patisserien, die nur für ihn serviert wurden. Vielleicht noch *ein* kleines Eclair – sie waren so winzig, daß sie sein Gewissen nicht belasteten. Er streckte die plumpe, rosige Hand aus und schob sich die Köstlichkeit aus hauchdünnem Teig, Schokolade und Sahne in den Mund. Louise beobachtete ihn aufmerksam.

»Du hast seit deinem letzten Besuch stark zugenommen, Jean-Paul. Du solltest lieber Diät halten. Dich mehr bewegen. Edouard zum Beispiel geht jeden Morgen im Bois de Boulogne reiten.«

Jean-Paul beschloß, sofort zum Thema zu kommen. Alles andere als diplomatisch brachte er die Frage ihres Investment-Portefeuilles zur Sprache.

Louise zog erstaunt die Brauen hoch. »Ja, aber Liebling! Ich dachte, du hättest heute morgen mit Edouard gesprochen! Dann müßtest du eigentlich auch wissen, daß das alles bereits erledigt ist. Aber es ist lieb von dir, daß du mich fragst.« Mit ihrem Chavigny-Platinfeuerzeug steckte sie sich eine Zigarette an. »Wirklich, es ist furchtbar kompliziert, aber es scheint, daß ich sehr schlecht beraten wurde. Und von einer so angesehenen Firma! Papa hat ihnen stets vertraut. Genau wie ich. Deswegen bin ich Edouard um so dankbarer.« Sie kniff ein wenig die Augen zusammen. »Er ist wirklich unheimlich klug, weißt du. Weit klüger, als ich es vermutet hätte.«

Jean-Paul zog eine finstere Miene. Dieses Lied hatte er noch nie gehört.

»Weißt du, da waren all diese Grundstücks-Beteiligungen. Die anderen rieten mir, sie zu verkaufen und hatten anscheinend einen Käufer, der mir einen sehr günstigen Preis dafür bot. Einiges davon war Ranchland; das meiste, glaube ich, praktisch Wüste. Und ich hatte diese phantastische Villa gesehen... Hast du schon mal von St. Tropez gehört, Jean? Ein bezauberndes Fischerdorf. Das Haus war perfekt... Jedenfalls war ich im letzten Jahr durchaus bereit, einige meiner amerikanischen Aktiva zu veräußern, und hätte das auch getan, wenn Edouard nicht gewesen wäre.«

»Er war dagegen?«

»Wie sich herausstellte, gab es dort Öl, Liebling! Jede Menge sogar, und es brauchte nur hochgepumpt zu werden. Also war der Grundbesitz weit mehr wert, als man mir geboten hatte, und es wurden äußerst unangenehme Vermutungen laut. Meine Berater wären bestochen worden, und... Na ja, so habe ich mein Portefeuille natürlich nach Edouards Vorschlägen transferiert und die Grundstücke verkauft. An ein Ölkonsortium.« Louise lächelte. »Für sehr, sehr viel Geld. Und einen beträchtlichen Aktienanteil im Konsortium selbst. Edouard besitzt, glaube ich, einen Anteil von fünfzehn Prozent, ich ebenfalls, und das sind dann schon dreißig Prozent. Keine Kapitalmehrheit, aber eine recht einflußreiche Beteiligung. Verstehst du?«

Jean-Paul verstand. Zum Trost nahm er sich noch einen Windbeutel. »Also verfügt Edouard über das Anlagekapital, das er für seine Expansionspläne braucht?« Er wußte, daß es sich kaum lohnte, diese Frage zu stellen.

Louise lachte zufrieden auf. »Liebling, wirklich – du solltest dich auf dem laufenden halten. Darüber verfügt er schon seit mindestens zwei Jahren.«

»Hast du noch mehr Aktien verkauft?«

»Nun, Liebling, Edouard riet mir dazu. Und ich wollte dich auch fragen, aber Algerien ist so weit weg, und du bist so selten in Paris... Ja, ich habe ein paar ziemlich langweilige Aktien verkauft, die so sicher waren wir Fort Knox, aber auch so unbeweglich, und hab' dafür in de Chavigny investiert. Es war eine kluge Entscheidung, Jean-Paul – sehr klug! Die Firma expandiert und wächst so schnell, daß es beinahe unglaublich ist. Edouard braucht wohl im Augenblick keine weiteren Beteiligungen, doch wenn dem so wäre, Liebling, und wenn du ein bißchen Geld hättest, dann könntest du's nicht besser anlegen als...«

»Es ist *meine* Firma!« Rot vor Zorn erhob sich Jean-Paul. »Es ist meine Firma; Edouard ist mein Angestellter. Ich wünschte, irgend jemand würde sich irgendwo, irgendwann daran erinnern!«

Er blickte auf seine Mutter hinab, die sich von seinem Zorn offenbar nicht beeindrucken ließ. Sie hat wirklich schon immer gewußt, woher der Wind weht, dachte er wütend. Seine Mutter, deren Vorliebe für ihn er stets für selbstverständlich gehalten hatte. Nun gut, er war nicht mehr ihr Favorit, soviel war klar. Er zögerte: sein Zorn verschwand, und er war nur noch zutiefst erschöpft. Er konnte Edouard nicht bekämpfen, das wußte er. Dazu besaß er weder die Fähigkeit noch die Kraft. Also würde er verdammt noch mal tun, was Edouard sagte.

»Sag mal, Maman«, begann er plötzlich. »Hast du manchmal Angst vor Edouard?«

»Angst?« Louise machte große Augen.

»Na ja, er ist so furchtbar verändert. So kalt. Humorlos. Er kommt mir gar nicht mehr wie mein Bruder vor. Es ist, als spreche man mit einer Maschine.«

»Einer sehr nützlichen Maschine. Und einer überaus erfolgreichen.«

»Ja, aber verdammt noch mal, er ist mein *Bruder*! Wir haben uns immer so nahe gestanden.«

»Heutzutage steht Edouard niemandem mehr nahe.«

»Aber warum nicht? Was ist mit ihm los?«

»Woher soll ich das wissen, Liebling? Er will es so. Und ich muß gestehen, daß es die Dinge sehr erleichtert. Ich komme jetzt sehr gut mit ihm aus. Wir sprechen über Geschäfte, er erkundigt sich nach meiner Gesundheit, gratuliert mir zum Geburtstag, und so weiter... Früher hatte ich immer das Gefühl, daß Edouard soviel *Ansprüche* an mich stellt. Als kleiner Junge schon. Es war, als *verlange* er ständig etwas – furchtbar anstrengend und enervierend.

Jetzt stellt er überhaupt keine Ansprüche mehr. Gefühlsmäßig. Also ist alles weit einfacher als früher – wirklich!«

Jean-Paul zögerte. Er hatte die Liebe der Mutter niemals erwidert, jetzt aber empfand er sogar Abneigung gegen sie. Dennoch versuchte er zu verstehen. »Und was ist mit Frauen?«

»Ach ja, Frauen!« Louise lächelte gedankenverloren und glättete ihren Rock. »Nun ja, da gibt es, wie ich gehört habe, eine Menge. Aber mit mir spricht Edouard niemals darüber.«

»Will er denn nicht heiraten?«

»Wahrscheinlich schon. Eines Tages. Er hätte wirklich gern einen Erben. Will, wie sein Vater, die Dynastie fortsetzen. Aber du hast nie geheiratet, Jean-Paul.«

»Nun ja, ich habe nicht die richtige Frau gefunden. Das heißt aber nicht, daß ich sie nicht noch finden werde.« Voll Unbehagen trat er von einem Fuß auf den anderen. Zu seiner eigenen Überraschung war sein Zorn auf Edouard verflogen, und der Bruder tat ihm sogar leid.

Louise erhob sich stirnrunzelnd. »Natürlich ist es furchtbar wichtig, *wen* Edouard heiratet«, begann sie nachdenklich. »Furchtbar wichtig. Ich denke oft darüber nach.«

»Und warum, Maman?«

»Aber Liebling, das liegt doch auf der Hand! Edouard ist ein Besessener. Er ist besessen von seiner Arbeit, besessen von der Idee, eurem Vater eine Art Denkmal zu setzen. Er war auch völlig von diesem gräßlichen kleinen Grégoire besessen, brachte ihn sogar zu mir zum Tee, wo er eine von meinen Sèvres-Tassen zerbrach... Also, wenn Edouard sich eines Tages verliebt und heiraten will, wird er genauso besessen sein. Er würde sich von seiner Frau beeinflussen lassen, Jean-Paul, und...«

»Beeinflussen lassen? Von einer Frau?« Jean-Paul lachte. »Machst du Witze? Edouard läßt sich von niemandem beeinflussen!«

»Noch nicht!« Louise wandte sich ab. »Aber das kann sich ändern. Du verstehst deinen Bruder nicht, Jean-Paul. Er ist nämlich keine Maschine, weißt du. Tief innen, ganz tief innen ist er ein sehr leidenschaftlicher Mann.«

Als Jean-Paul sich von seinem Bruder verabschiedete, dachte er unwillkürlich an das, was seine Mutter gesagt hatte. In der Frage des Grundbesitzkaufs hatte er natürlich nachgegeben, doch Edouard hatte mit keinem Wort auf seine Kapitulation reagiert. Jean-Paul betrachtete den Mann hinter dem Schreibtisch: Edouards Blick war hart wie Stahl.

Jean-Paul fühlte eine Woge entsetzlich hilfloser Liebe in sich aufsteigen. »Meine Maschine geht erst um neun, wir haben also noch Zeit. Komm, laß uns ausgehen, ein bißchen trinken. Vielleicht sogar zu Abend essen. Was meinst du, Edouard? Ich hasse es, in einem Büro zu diskutieren.«

»Tut mir leid.« Edouard sah auf seine flache, goldene Chavigny-Uhr. »Ich habe den ganzen Abend Termine, die ich nicht absagen kann.«

»Verdammt noch mal, Edouard – ich hab' dich seit Jahren nicht mehr richtig gesprochen. Und außerdem könnte ich einen Drink gebrauchen.«

»Tut mir leid, ich bin ohnehin schon zu spät dran.«

Jean-Paul erhob sich schwerfällig. »Schade. Vielleicht kommst du bald mal zu mir nach Algerien, ja? Ich würde mich aufrichtig freuen...«

»Möglicherweise.« Edouard überlegte. »Wenn die politische Lage sich verschlechtert.«

»Ja. Gut. Gib mir Bescheid. Aber ruf mich selber an, ja? Nicht eine von deinen verdammten Sekretärinnen. Abgemacht?«

Jetzt lächelte Edouard zum erstenmal. »Abgemacht.« Sie reichten sich die Hand. An der Tür drückte Edouard dem Bruder einen schmalen Aktenhefter in die Hand. »Vielleicht interessiert dich dies«, sagte er knapp. »Du kannst es in der Maschine lesen. Oder wenn du wieder zu Hause bist...«

Jean-Paul reiste Erster Klasse. Schon vor dem Start begann er mit den Martinis. Als die Stewardeß über dem Mittelmeer seinen Avancen merkwürdig ablehnend gegenüberzustehen schien, schlug er gelangweilt den Aktenhefter auf.

Er enthielt Informationen über den Bau einer neuen Kinderklinik außerhalb von Paris, finanziert durch eine Stiftung der Firma de Chavigny und subventioniert durch eine jährliche Summe aus dem

Wohltätigkeitsfonds der Firma. Jean-Paul blätterte gelangweilt weiter; er sah keinen Grund, warum Edouard ihm dieses Aktenstück mitgegeben hatte.

Dann stutzte er. Die Abteilung für Infektionskrankheiten wurde von seinem Bruder persönlich finanziert. Ungläubig starrte Jean-Paul auf die Zahl: Zehn Millionen Dollar für nichts und wieder nichts erschienen ihm ein bißchen zuviel. Gleich darauf jedoch begriff er: Die Abteilung sollte nach seinem Sohn Grégoire benannt werden.

Im Frühling des folgenden Jahres, 1957, rief Marie-Aude Roussain, Edouards Chefsekretärin, eine junge, sehr tüchtige Frau, berühmt dafür, daß sie sich niemals aus dem Gleichgewicht bringen ließ, Edouard in seinem Büro an. Und sie war völlig aus dem Gleichgewicht.

»Es tut mir wirklich sehr leid, Monsieur de Chavigny, aber ich hab hier eine Dame in der Leitung, die Sie persönlich sprechen möchte. Sie – äh – sie will sich einfach nicht abweisen lassen. Ich sagte ihr, daß Sie im Augenblick nicht zu erreichen seien, aber…«

»Und wer ist das?«

»Eine Contessa Sforza-Bellini, Sir.«

»Wimmeln Sie sie bitte ab. Ich hab noch nie von ihr gehört.«

Edouard wollte die Gegensprechanlage schon abschalten, als ihm plötzlich ein Gedanke kam. »Moment mal! Klingt sie vielleicht englisch?«

»Ja, Monsieur de Chavigny. Sehr sogar.«

»Stellen Sie augenblicklich durch! Und sagen Sie alle meine Termine für heute abend ab.«

Im Vorzimmer herrschte verblüfftes Schweigen. »Absagen, Monsieur de Chavigny? Aber Sie haben um sieben einen Empfang beim saudi-arabischen Botschafter, um acht eine Besprechung mit dem amerikanischen Unterstaatssekretär des Innenministeriums, um neun haben Sie Simon Scher nach St. Cloud bestellt, und um zehn erwartet Sie die Duchesse de Quinsac-Plessan zu ihrem Empfang…«

»Sagen Sie alles ab, habe ich gesagt! Und stellen Sie durch.«

Indigniert starrte Marie-Aude auf ihr Telefon. Wer zum Teufel war diese Frau? »Contessa? Ich verbinde.«

Edouard griff nach dem Telefonhörer. »Isobel! Wo bist du? Im Ritz? Ich bin schon unterwegs!«

Von allen Pariser Hotels hat das Ritz einen ganz besonderen Vorteil: Es liegt an der Place Vendôme, und die Place Vendôme liegt in unmittelbarer Nähe der verführerischsten Einkaufsstraße der Welt, der Rue de Faubourg St.-Honoré.

Diese Nähe hatte sich Isobel zunutze gemacht. Sie hatte die Chavigny-Verkaufsräume besucht und mehr Geld ausgegeben, als sie ursprünglich geplant hatte. In ihrem Lieblingskleid von Dior aus Seidencrépe in *Violette de Parme*, mit einem Chavigny-Collier aus Amethysten und Diamanten saß sie an einem Tisch im wunderschönen *Jardin intérieur* und wartete auf Edouard. Ihre hauchdünnen, ellbogenlangen Lederhandschuhe waren im Ton des Kleides eingefärbt, dazu hatte sie ihren hinreißendsten Hut mit dem schwarzen Spitzenschleier tragen wollen. Dreimal hatte sie ihn schon abgenommen und wieder aufgesetzt; jetzt lag er neben ihr auf einem Stuhl. Dadurch waren ihre Haare ein wenig zerzaust und flammten rot vor dem hellen Licht. Voller Genugtuung stellte sie fest, daß alle Männer sie bewundernd anstarrten. An einem Tag wie diesem – es war ihr sechsunddreißigster Geburtstag – wirkte das besonders beruhigend.

Sie sah Edouard schon von weitem, als er die große Halle durchschritt: ein hochgewachsener, dunkler Mann im tiefdunklen Anzug. Als er gleich darauf neben ihr stand und auf sie hinabblickte, erschrak sie ein wenig. Sie wußte, daß er sich verändert hatte, daß er inzwischen ein zweiunddreißigjähriger Mann war, erfolgreich und mächtig und vermutlich ganz anders als der Junge, den sie damals gekannt hatte. Sie hatte in den Zeitungen über ihn gelesen, ihn ein- oder zweimal im Fernsehen entdeckt, in Zeitschriften Fotos von ihm gesehen. Dennoch war sie auf ihn nicht vorbereitet.

Keine Spur mehr von der alten Liebenswürdigkeit in seinem Gesicht. Keine Spur mehr von der Verletzlichkeit, an die sie sich so gut erinnerte. Der Mann, der jetzt auf sie herabblickte, sah überwältigend gut aus, aber er wirkte auch ein wenig einschüchternd. Von der Nase zogen sich zwei Falten zum Mund hinab; die Lippen waren verkniffen. Sie hatte gesehen, wie er mit einem einzigen kalten Blick den ganzen Raum überflog und feststellte, wer anwesend war. Doch dann begann er ganz langsam zu lächeln, ein Lächeln, das die dunkelblauen Augen aufleuchten ließ und das ganze Gesicht verwandelte, und sie wußte, daß es doch richtig gewesen war.

»Edouard, Darling«, sagte sie. Und er hob ihre Hand an seine Lippen, ohne den Blick von ihrem Gesicht zu wenden. Sie fühlte sich ein wenig unsicher, weil sie wußte, daß sie sich ebenfalls verändert hatte, weil ihre smaragdgrünen Augen inzwischen von Fältchen umgeben waren.

»Acht Jahre sind inzwischen vergangen. Nahezu acht Jahre.« Sie zögerte, und Edouard dachte: ›Sie hat sich verändert. Früher hat sie niemals gezögert. Aber jetzt ist sie wirklich schöner denn je.‹

»Es ist, als hätte es sie nie gegeben.« Ohne ihre Hand loszulassen, nahm er auf dem Stuhl neben ihr Platz.

»Zwei Martinis.« Der wartende Kellner eilte davon. Edouard hatte ihm nicht einmal den Kopf zugewandt. Er betrachtete nur Isobel, die genau wußte, daß er an das letzte Mal dachte, als sie Martinis getrunken hatten, und an das, was sie damals zu ihm gesagt hatte. Sie sah die Belustigung in seinem Blick und erahnte die Frage, die er taktvoll zu stellen vermied.

Sie unterhielten sich – oberflächlich zuerst, dann etwas weniger spontan. Isobel beobachtete ihn, beobachtete die ausdrucksvollen Züge, den Charme, für den er berühmt war, und dachte: ›Er hat sich verändert; es gibt da eine Abwehr, die er nicht fallen lassen kann.‹ Und sie hatte das Gefühl, daß er, obwohl er angeregt erzählte und ihr aufmerksam zuhörte, in Gedanken ganz woanders war. Schließlich lehnte sie einen weiteren Drink ab und legte ihm die Hand auf den Arm. »Edouard, Darling. Ich bin wirklich sehr egoistisch. Vermutlich halte ich dich von tausend anderen Terminen ab.«

Er sah sie aufrichtig verwundert an. »Aber nein! Ich werde dich zum Dinner ausführen. Natürlich nur, wenn ich dich nicht von tausend anderen Verabredungen abhalte.«

»Von keiner einzigen.«

Lächelnd sahen sie einander an; dann stand er auf und zog zuvorkommend ihren Stuhl zurück. »Wunderbar! Gehen wir? Wohin möchtest du – ins Maxim, ins Grand Vefour... Du hast die Wahl.«

»Bitte nichts Großartiges.« Isobel warf ihr rotgoldenes Haar in den Nacken und nahm ihren Hut. »Ich möchte mal etwas ganz anderes. Etwas Einfaches. Wo wir keinen treffen, der uns kennt. Irgend etwas, wo ich noch nie gewesen bin. Bitte, eine Überraschung...«

»Ja, gern.« Er lächelte und führte sie in das weite Marmorfoyer hinaus. Als sie schon fast an der Tür waren, blieb er auf einmal stehen, als wäre ihm eine Idee gekommen. »Nach dem Essen würde ich dich gern nach St. Cloud mitnehmen. Ich möchte, daß du dir das Haus ansiehst.«

»Aber Edouard, Darling – liebend gern!«

»Vielleicht...« Er zögerte. »Vielleicht solltest du deiner Zofe Bescheid sagen?«

Isobel starrte ihn verwundert an; dann lachte sie laut auf, hakte ihn unter und zog ihn zur Tür hinaus. »Edouard, Darling, du bist ein zauberhafter Idiot! Ich reise schon seit Jahren nicht mehr mit Zofe. Du siehst vor dir eine Frau, die Europa, Südamerika und Ostafrika überstanden hat – ohne Zofe! Nun, mein Freund, bist du beeindruckt?«

»Zutiefst beeindruckt.« Er half ihr in den Bentley Continental. Als er startete, erwiderte er ihr Lächeln. »Ostafrika? Was hattest du denn da zu tun?«

Isobel reckte sich genüßlich. »Löwen kaufen«, antwortete sie lässig.

Er fuhr mit ihr in ein winziges Café in einem der Industrievororte, einer Gegend von Paris, die Isobel überhaupt noch nicht kannte. Sie vermutete, er habe das Café Unic willkürlich gewählt. Zu ihrem Erstaunen jedoch begrüßten ihn der Patron und seine mollige Frau mit dem runden Gesicht wie einen verlorenen Sohn. Sie küßten ihn auf beide Wangen, musterten Isobel lange und eindringlich und schienen zufrieden mit dem, was sie sahen.

Das Café war leer. Sie wurden zu einem kleinen Tisch mit rotkarierter Decke geführt, über die ein sauberes Tischtuch aus gestärktem weißen Leinen gebreitet war. Gedeckt war der Tisch mit zwei Gläsern, zwei Messern, zwei Gabeln und einem Korb köstlichem, frisch gebackenem Brot. Der Wein, der in einer Karaffe serviert wurde, war ein kräftiger, ausgezeichneter Landwein. Die Mahlzeit selbst war ein wahres Festessen, von der *patronne* persönlich zubereitet und mit berechtigtem Stolz aufgetragen: winzige *moules mariniére,* so frisch, als seien sie erst morgens von den Felsen gepflückt worden; *bifteck,* außen braun und knusprig, innen von perfektem Rosa; eine Schale mit dünnen, knackig-heißen *pommes frites;* und ein exzellenter Salat in einer schlichten, weißen Schüssel. Anschließend der beste Camembert, den Isobel jemals gegessen hatte.

Beide aßen mit Appetit, und als sie anschließend den *café noir* und die winzigen Gläschen würzig-starken *marc de bourgogne* tranken, lehnte sich Isobel lächelnd zurück.

»Das war das köstlichste Essen meines Lebens! Viel, viel besser als im Maxim. Edouard, ich danke dir.«

»Ich dachte mir, daß es dir hier gefallen würde. Und nun erzähl mir von den Löwen.«

Isobel zögerte. »Also«, begann sie dann bedächtig, »ich bin, wie du ja weißt, seit zwei Jahren Witwe. Du hast mir damals auch geschrieben.«

»Ja.« Mit seinen dunkelblauen Augen sah er sie aufmerksam an.

»Und dann ... Ich wußte nicht recht, was ich anfangen sollte. Ich hatte ein so hektisches Leben geführt, Edouard – von einer Rennstrecke zur anderen, immer nur im Flugzeug oder im Zug. Niemals Zeit zum Nachdenken, und das war mir im Grunde auch ganz lieb. Aber dann war plötzlich alles vorbei, und ich dachte ...«

Sie unterbrach sich und ergriff seine Hand. »Edouard, Darling. Ich weiß, du wirst mich verstehen. Ich wollte unbedingt etwas Nützliches tun. Für irgend jemanden. Irgend etwas.« Sie wandte den Blick ab. »Aber es war so schwierig. Ich bin nicht dazu erzogen worden, nützlich zu sein. Sogar im Krieg, als so viele Frauen Krankenwagen fuhren, zum Militär gingen und so ... Ich dagegen hab' niemals etwas Ähnliches getan. Vermutlich hatte ich Schuldgefühle – zehn Jahre zu spät.«

»Und was hast du dann Nützliches getan?« erkundigte er sich liebevoll.

Isobel seufzte. »Ich bin heimgekehrt. Nach England. Zu Papa. Ach Edouard, ich kann dir gar nicht sagen, wie deprimierend das war! Ich war seit Jahren nicht mehr zu Hause gewesen; nur einmal noch, als Mama starb. Das Haus in London hatten sie schon vor Jahren verkauft, und das hielt den Wolf wohl noch eine Weile vor der Tür. Aber nicht lange genug. Also fuhr ich nach draußen, aufs Land. Und da war Papa, mutterseelenallein in dem riesigen Kasten. Hunderte von Zimmern, ohne ausreichendes Personal und furchtbar einsam ohne Mama. William, mein ältester Bruder, hält sich ständig in London auf, wo er in der City arbeitet. Als Bankkaufmann ist er verzweifelt bemüht, das Familienvermögen wieder ein bißchen aufzustocken. Aber Papa saß da, in dem riesigen Mausoleum, und hatte Geldsorgen. Die Reparaturen hören nie auf. Einhundertfünfundsiebzig Zimmer, zwei Morgen Dachfläche – kannst du dir das vorstellen? Und seit 1934 nichts mehr repariert, im Gegenteil – während des Krieges wurden Truppen dort untergebracht. Kurz und gut, es war ein absolutes Chaos. Papa sprach mit ein paar Freunden und entschloß sich, das Haus dem Publikum zu öffnen. Zahlenden Gästen. Die sich die Rubens' und Gainsboroughs ansehen konnten – jedenfalls jene, die Papa noch nicht verkauft hatte. Sie konnten die Kapelle besichtigen, die Adam-Bibliothek, den roten Salon, die Hepplewhite- und die Chippendale-Möbel. Die Löcher in den Teppichen würden sie wohl nicht bemerken.« Sie seufzte. »Es war wirklich eine gute Idee, aber es wollte einfach nicht klappen. Ein Rundgang kostete fünf Shilling und Sixpence, und davon braucht man furchtbar viel, um zwei Morgen Dachfläche zu reparieren. Also beschloß Papa, sich einen Wildpark zuzulegen.«

»Einen Wildpark?« Edouard hob die Augenbrauen, doch Isobel nickte mit ernster Miene.

»Genau. Einen Wildpark. Mit Löwen, Giraffen und Gazellen. In freier Natur. Und so wahnsinnig es auch klingen mag, es war eine sehr gute Idee.« Sie lächelte schelmisch. »Sie sehen wirklich niedlich aus. Und scheinen nichts gegen den Regen zu haben – seltsamerweise. Papa liebt sie. Jeden Morgen fährt er hinaus und spricht vom Land-Rover aus mit seinen Löwen, denen er allen Namen gegeben hat.«

»Kommen denn tatsächlich Leute, die sich Löwen ansehen wollen?«

»In Scharen! Und deswegen bin ich also nach Kenia gefahren, um Löwen zu kaufen. Auf die Art konnte ich mich am besten nützlich machen.« Mit ihren grünen Augen warf sie ihm einen koketten, allerdings ein wenig unsicheren Blick zu, als fürchte sie, er werde sie auslachen. Edouard aber, der genau wußte, daß sie am empfindlichsten war, wenn sie am frivolsten wirkte, drückte ihr liebevoll die Hand.

Unvermittelt ärgerlich entzog sie sie ihm. »Bitte nicht, Edouard! Sei nicht so höflich. Ich weiß, daß es albern ist. Ich verachte mich ja selbst dafür. Manchmal wünschte ich... O Gott, ich weiß nicht... Ich wünschte einfach, ich wäre ein Mann. Und dann wieder...«

Er fing ihre Hand wieder ein und hob sie zärtlich an die Lippen. »Du bist die schönste Frau, die ich kenne. Und außerdem auch noch die klügste, auch wenn du so tust, als wärst du töricht. Ich bin glücklich, daß du kein Mann bist. So.« Er stand auf. »Und jetzt fahren wir nach St. Cloud.«

Es war spät, als sie im großen Haus eintrafen, aber der Mond war voll und die Nachtluft lau. Alles war still. Auf Isobels Bitte machte Edouard die Grand Tour mit ihr. Sie wanderten durch den englischen Park, dann durch die großen Weißbuchen-Alleen, in den Rosengarten und weiter in den *parterre*, der mit Kräutern und – für den Frühling – mit Goldlack bepflanzt war.

Er zeigte ihr die Stallungen und ein langgestrecktes, flaches Gebäude, das aussah wie ein Flugzeughanger. Als er das Licht anschaltete, stieß Isobel einen freudigen Aufschrei aus: Vor ihr standen zwanzig, nein mindestens dreißig Automobile – jedes einzelne perfekt, jedes das schönste Modell seiner Marke. Begeistert wanderte sie zwischen ihnen umher: ein Bugatti, ein Jensen, ein Bristol, einer der großen Mulliner-Bentleys, der legendäre Porsche 356, ein Rolls-Royce Silver Ghost mit Trittbrettern.

»Ach, Edouard, sie sind wundervoll! Einfach wundervoll. Der Bugatti muß ein einmaliges Exemplar sein: von denen wurden nur sieben gebaut, nicht wahr? Ich dachte, es gäbe überhaupt keinen mehr...« Sie hielt inne. »Ich wußte gar nicht, daß du so sehr in Autos vernarrt bist.«

Er zuckte die Schultern. »Ich liebe es, schnell zu fahren. Allein. Manchmal, wenn ich nachdenken muß, fahre ich sogar mitten in der Nacht auf und davon.«

Aber so viele...«

»Ja.« Er zögerte. »Eigentlich hatte ich sie für jemand anders gekauft. Für jemanden, der fasziniert von Autos war.« Er wandte sich zur Tür. »Ich weiß, es ist absurd, sie alle zu behalten.«

Er machte das Licht aus und ging zur Tür. Isobel sah ihm nach. Sie hatte von dem kleinen Grégoire gehört, der Jean-Pauls Sohn gewesen sein sollte. Und von Edouards Zuneigung zu ihm. Eine Woge von Mitleid durchflutete sie.

Rasch lief sie hinter Edouard her und hakte ihn unter. Später, nachdem sie den Rest des Hauses besichtigt hatten, kehrten sie in Edouards Arbeitszimmer im ersten Stock zurück. Es paßt zu Edouard, dachte sie, ein Zimmer, das mit seiner in zarten Farben gehaltenen Täfelung französisch, mit seinen strengen Möbeln jedoch zugleich auch englisch war. Regale voll ledergebundener Bücher, ein paar besonders schöne Aquarelle aus dem achtzehnten Jahrhundert, ein Chippendale-Schreibtisch, mit vornehm verblaßter Spitalfields-Seide bezogene Sessel. Jedes Stück in diesem Raum war in seiner Art perfekt; jedes zeugte von hervorragendem Geschmack und unbegrenzten Mitteln, ebenso aber auch von Einsamkeit. Genau wie das gesamte Haus wirkte das Zimmer gepflegt und dennoch merkwürdig unbewohnt.

Sie blickte auf Edouard hinab, der vor dem Kaminfeuer saß. Sein Armagnac war unberührt, sein Gesicht wirkte in der Ruhe schwermütig. Unvermittelt wandte er sich zu ihr um und streckte die Hand nach ihr aus.

Als Isobel sie ergriff, zog er sie auf den Seidenteppich zu seinen Füßen herunter. Sie lehnte ihren Kopf an sein Knie, und er legte ihr die Hand auf den Kopf. »So«, sagte er leise, »und nun erzähl, Isobel.«

Sie blickte zu ihm auf. Durch ihr intuitives Verständnis füreinander wußte sie genau, was er meinte. »Ich war glücklich, Edouard. Ich liebte ihn. Und ich glaube, auf seine Art liebte er mich ebenfalls. Aber die Gefahr liebte er noch mehr.« Sie hielt inne, erstaunt, daß ihre Stimme nicht bebte. Sie hatte niemals über ihre Ehe gesprochen, weder während sie verheiratet war, noch später, nach dem Tod ihres Mannes. »Ich wußte von Anfang an, was geschehen würde. Und er zweifellos auch. Ich glaube, er hat es so gewollt. Das Alter hätte er niemals ertragen, nicht einmal das mittlere. Er konnte nicht verlieren. Deswegen glaube ich, daß sein Leben so zu Ende ging, wie er es sich gewünscht hätte. Schnell. Ein kurzes Schleudern. Der Wagen explodierte. Ich hab alles mitangesehen.«

Sie schwieg. Dann sagte Edouard: »Ihr hattet keine Kinder.«

»Nein.« Die grünen Augen verdunkelten sich flüchtig. »Anfangs wünschte ich mir Kinder – sehr sogar. Aber dann wurde mir klar, daß das nicht in Frage kam. Er ertrug keine Bindungen. Er hätte dann keine Rennen mehr fahren können.«

»Warst du denn nicht auch eine Bindung?«

»Aber nein!« Isobel lächelte. »Dafür bin ich eine zu gute Schauspielerin. Er glaubte, daß ich die Gefahr genauso sehr liebte wie er. Dabei wurde mir bei jedem Rennen schlecht. Vorher und nachher. Und ich hab natürlich gebetet. Die ganze Zeit. Bei jeder einzelnen Kurve. Aber das hat er niemals erfahren.«

Eine kurze Pause entstand, während Edouard ins Feuer starrte. Schließlich hob Isobel nochmals den Kopf. »Und du, Edouard, Darling?« fragte sie leise.

»Es gibt nichts zu erzählen.«

»In acht langen Jahren?« Lächelnd sah sie zu ihm auf und wünschte sich, die Spannung aus seinem Körper vertreiben zu können. »Ich habe von dir gelesen«, fuhr sie nach einer Weile fort, als er nicht antwortete. »Eine Menge. Du bist sehr berühmt, Edouard.«

»Alles, was du gelesen hast, sind wahrscheinlich Lügen.«

»Das wäre schade. Einiges davon war recht poetisch.« Sie lächelte spitzbübisch. »Diese Geschenke. Für deine Mätressen. Juwelen, passend zur Farbe ihrer Augen, ihrer Haare, ihrer Haut. Schwarze Perlen. Saphire. Rubine. Aber nie Diamanten.« Sie hielt inne. »Ich hab' das alles gelesen und mich gefreut. Das ist mein Edouard, hab' ich gedacht. Das hat Stil.« Sie griff nach seiner Hand. »Stimmt das?«

»Einiges davon. Aber es war nichts von Bedeutung.«

»Wirklich?« Ihre Blicke trafen sich, und sie lächelte.

»Wirklich.«

Einen Moment sahen sie einander voll Verständnis, aber ein wenig belustigt an; dann begannen beide zugleich zu lachen. Isobel spürte, wie sich sein Körper allmählich entspannte, sah die Belustigung, und gleich darauf den Ernst in seinem Blick.

Sie verstummten. Edouard beugte sich vor, nahm sie in die Arme und küßte sie. Dann löste er sich von ihr und blickte auf sie hinab. »Willst du meine Frau werden, Isobel?« fragte er.

Seufzend schmiegte Isobel das Gesicht an seinen Arm. »Edouard, Darling«, antwortete sie. »Selbstverständlich will ich das. Du weißt genau, daß ich nur darum zu dir gekommen bin.«

Darauf führte Edouard sie in sein Schlafzimmer, wo sie drei Tage und drei Nächte verbrachten. Am vierten Tag fuhren sie aufs Land und ließen sich in einer kleinen *mairie*, ungefähr fünfzig Kilometer außerhalb von Paris, von einem völlig nervösen Beamten trauen. Ohne Hochzeitsgäste. Ohne Reporter.

Ihren Ehering bekam Isobel zuerst. Ihren Verlobungsring suchte sie sich verspätet in den Pariser Chavigny-Verkaufsräumen aus: einen Smaragd. Als Edouard ihn ihr über den Finger streifte, blickte sie lächelnd zu ihm auf.

»An dem hier haftet hoffentlich kein Fluch.«

Edouard nahm sie liebevoll in die Arme. »Nein, Liebling. Es ist ein Glücksring, das verspreche ich dir.«

Sie verlebten sechs Monate ungetrübten Glücks. Sie liebten sich übertrieben oft, wie Isobel behauptete, weil sie wußte, daß Edouard sie dann sofort abermals lieben würde. Er war der beste Liebhaber, den sie jemals gehabt hatte: der geschickteste, der verständnisvollste, der zärtlichste, der leidenschaftlichste. Er erweckte ihren Körper zum Leben. Sie waren unzertrennlich. In diesen sechs Monaten, in denen sie zahlreiche Geschäftsreisen unternahmen, waren sie keine einzige Nacht getrennt. Andere Frauen existierten für Edouard nicht mehr.

Die Mannigfaltigkeit und die Anforderungen, die in Edouards Arbeit lagen, faszinierten Isobel, und sie entdeckte bald, daß sie ihm tatsächlich behilflich sein konnte. Nicht nur als Gastgeberin, sondern auch als Beraterin. Genau wie ihr Mann, verfügte sie, was

Menschen betraf, über einen wachen, scharfen Instinkt und wußte sofort, wem Edouard vertrauen konnte. Da sie jedoch geduldiger und mitfühlender war als er, gingen Kollegen und Berater, die Edouard übersehen hätte, bei Isobel aus sich heraus und wurden von ihr gefördert. Von Wein verstand sie als Engländerin nur wenig; darin konnte sie von Edouard lernen. Von Schmuck jedoch verstand sie als Frau und auf Grund ihrer Herkunft sehr viel, so daß Edouard darin von ihr lernen konnte. Mit ihrem Geschmack, der noch nie in Richtung Unterstatement gezielt hatte, beeinflußte sie den seinen, der immer eher streng gewesen war.

»Das hier ist himmlisch!« Sie hielt ein schweres Collier aus mit Smaragden und Perlen verarbeiteten Cabochon-Rubinen empor.

»Vielen Dank. Das stammt von Bulgari.«

»Sei nicht eingeschnappt! Es ist wunderbar. Barbarisch. So muß Schmuck aussehen. Offen verführerisch. Ein bißchen angeberisch. Diamanten, die diskret sind, haben für mich ihren Sinn verfehlt.«

Isobel war es auch, die für Edouard den ersehnten genialen Designer fand. Sie hatte eine Pensionatsfreundin, Maria, Tochter einer reichen ungarischen Familie, die anläßlich der russischen Invasion 1956 nach Paris geflohen war. Geld hatte Maria nicht mitgebracht, doch einiges von ihrem Schmuck außer Landes schmuggeln können. Isobel half ihrer Freundin, in Paris Fuß zu fassen und Arbeit zu finden.

Eines Tages erkundigte sich Maria, ob de Chavigny eventuell daran interessiert sei, ihren Schmuck zu kaufen. »Ich habe keinen Sinn mehr für diese Dinge«, erklärte sie Isobel lächelnd. »Und ich verstehe nicht, daß sie mir jemals wirklich wichtig waren. Aber das Geld käme mir gelegen.« Sie breitete den Schmuck auf dem Bett in dem kleinen Atelier aus, das sie sich gemietet hatte. Isobel warf einen Blick darauf und telefonierte sofort mit Edouard.

Die Sachen waren von einem polnischen Emigranten namens Floryan Wyspianski für Maria angefertigt worden, einem jungen Mann Anfang Dreißig, der sich nach dem Krieg in Budapest niedergelassen hatte. Er sei sehr geschickt, erklärte Maria – sie und ihre Mutter hätten seine Arbeiten sehr geschätzt –, aber erfolgreich sei er nicht. Er besitze nur eine ganz kleine Werkstatt, denn ein Pole habe es in Budapest sehr schwer.

Edouard untersuchte den Schmuck genau; er stand am großen

Nordfenster des Ateliers und betrachtete die Stücke zunächst mit dem bloßen Auge, dann mit der Lupe. Isobel, die hinter ihm stand, hielt gespannt den Atem an.

Was er sah, kam ihm beinahe unglaublich vor: unvollkommene Steine, jawohl, fehlerhaft, einige von minderwertiger Farbe, aber so geschickt und einfallsreich geschliffen und gefaßt, daß die Fehler überhaupt nicht auffielen. Überwältigende, perfekte Arbeit. Zum Teil die originellsten und schönsten Entwürfe, die er seit vielen Jahren gesehen hatte.

Er erkannte die verschiedenen Einflüsse; der Mann besaß nicht nur Talent, sondern war auch gebildet. Ein fast byzantinisch prunkvolles Collier war eindeutig von den der Klassik entlehnten Entwürfen Fortunato Castellanis und seines Schülers Guiliano beeinflußt worden, den Edouards Urgroßvater einst zu überreden versucht hatte, für ihn in London zu arbeiten. Dieses Collier sei eine von Wyspianskis frühen Arbeiten, erklärte Maria. Später habe er sich vom klassischen Design gelöst und sich dem arabischen Stil zugewandt, jener Technik, die Edelsteine mit so hauchfeinen Drähten verband, daß sie sich mit der Trägerin bewegten. Dieses Collier – sie griff nach einem anderen – sei das letzte Stück, das sie bei ihm gekauft habe, und zeige eindeutig arabischen Einfluß.

Ehrfürchtig hielt Edouard das Collier in den Händen. Es war ein Meisterwerk, das schönste aus Marias Kollektion. Ein feiner Goldring mit Perlen und Diamanten, die Diamanten wie Blüten geformt, an deren Blätter die Perlen hingen wie Tautropfen.

Edouard wandte sich wieder den anderen Schmuckstücken zu. Besonders beeindruckt war er davon, daß diese Arbeiten so verschieden waren und dennoch deutlich die Handschrift Wyspianskis aufwiesen. Und plötzlich wußte er, daß er gefunden hatte, was er suchte. Langsam wandte er sich um.

»Nun?« fragte Isobel aufgeregt.

»Ja. O ja!«

Isobel und Maria sahen sich schweigend an. »Es gibt da ein Problem«, gestand Isobel schließlich zögernd. »Wyspianski ist noch in Ungarn. Mit seiner Familie. Er würde gern ausreisen, kann aber nicht.«

»Das ist kein Problem. Ich werde ihn rausholen.«

Maria seufzte. Sie kannte Edouard noch nicht. »Schade, das ist leider unmöglich. Vor zwei Jahren – ja. Vor einem Jahr – vielleicht. Jetzt halten die Russen den Daumen drauf. Es geht nicht.«

»Ich werd's schon schaffen.«

In der Woche darauf flog er mit Isobel nach Moskau. Einen Monat später versetzte die junge Frau eines älteren Politbüro-Mitglieds ihre Freundinnen mit einem Collier, passenden Ohrringen und Armbändern von ausgesprochen zaristischer Pracht in Erstaunen. Und Floryan Wyspianski, der Pole, sowie seine Frau und seine kleine Tochter besaßen die Ausreiseerlaubnis aus Ungarn.

»Bestechung«, stellte Isobel bissig fest, als sie für den Rückflug nach Paris die Treppe zu Edouards Maschine hinaufstieg, und wikkelte sich fester in ihren Zobel.

Edouard zog eine gekränkte Miene. »Anfangs hab' ich's mit Bitten versucht. Mit logischen Argumenten. Mit kommerziellen Verlockungen. Bestechung war meine letzte Zuflucht.«

»Hast du früher schon mal darauf zurückgegriffen?« Neugierig blickte Isobel zu ihm auf.

»Selbstverständlich. Wenn es sein mußte.« Edouard runzelte die Stirn. »Das habe ich immer am meisten gehaßt. Daß ich entdecken mußte, daß es keinen – oder fast keinen – Menschen gibt, der nicht käuflich ist.«

Das war vor einem Monat gewesen. In einer Woche sollten Wyspianski und seine Familie in Paris eintreffen. Als Isobel, die in der warmen Herbstsonne im Park von St. Cloud spazierenging, daran dachte, war sie von tiefer Freude erfüllt. An diesem Nachmittag war sie bei ihrem Arzt in Paris gewesen, und er hatte ihr endlich bestätigen können, was sie seit sechs Wochen erhoffte, erflehte: Sie würde ein Kind bekommen.

Endlich, dachte sie, endlich wird Edouard das bekommen, was er sich so sehnsüchtig wünscht, und was ich ihm ebenfalls von Herzen wünsche. Ein Kind. Einen Erben. Eine Familie. Dann wird die Traurigkeit, die ich zuweilen in seinen Augen entdecke, endgültig verschwinden.

Sie hob der Sonne, die auf das leuchtende Rotgold ihres Haares herabschien, beide Arme entgegen. Stumm wandte sie das Gesicht zum Himmel und dankte Gott dafür, daß er zu ihr und ihrem geliebten Mann so gütig war. ›Heute abend‹, dachte sie, ›sobald er kommt, werd' ich ihm entgegenlaufen und es ihm sagen!‹

Einen Tag später wußte Edouard noch immer nichts von dem Baby.

Isobel hatte das Knirschen der Räder auf dem Kies gehört. Rasch lief sie, genau wie geplant, zur Vorderseite der Villa. Der Chauffeur fuhr den Rolls bereits zur Garage, und Edouard kam auf die Haustür zu. Isobel warf einen kurzen Blick auf seine Miene – und blieb stumm. Gemeinsam begaben sie sich in den kleinen Salon, den sie benutzten, wenn sie allein zu Hause waren. Edouard küßte sie zerstreut und begann geistesabwesend auf und ab zu gehen. Er schenkte sich einen Drink ein. Isobel, die einen Drink ablehnte, beobachtete ihn und spürte, daß etwas nicht in Ordnung war. Sie wünschte sich so sehr, ihn mit ihrer Nachricht überraschen zu können, wußte aber, daß sie damit noch warten mußte. Endlich setzte er sich und strich sich mit der Hand erschöpft über die Stirn.

»Es tut mir leid, Liebling. Ich dachte, du hättest die Zeitung gelesen und wüßtest Bescheid. Aber das ist anscheinend nicht der Fall.«

»Nein. Ich war in Paris – für ein paar Anproben.« Isobel zögerte, dann nahm sie Platz. »Später war ich dann im Park...«

»Ich hab' ihn gewarnt!« Zornig stellte er sein Glas ab. »Ich habe Jean-Paul vorausgesagt, daß es so kommen würde – vor beinahe zwei Jahren schon. Ich wußte, daß es unvermeidlich war.« Er hielt inne. »Die Front de Libération Nationale hat heute morgen die zweitgrößte *gendarmerie* von Algier in die Luft gesprengt. Dreizehn Tote. Zwei weitere Polizisten wurden von Scharfschützen erschossen. Fünfzehn Mann an einem Tag! Und im Verlauf des letzten Monats sind auch schon neun französische Gendarmen umgebracht worden. Vergeltungsmaßnahmen für unsere Razzien in der Kasbah, behaupten sie.« Müde zuckte er die Schultern. »Ich hab' heute abend kurz mit Mendés-France gesprochen. Es wird noch schlimmer kommen, Isobel, viel schlimmer!«

»Aber es gibt doch französische Truppen dort, Edouard...« Sie zögerte. »Die werden ihn doch stoppen, nicht wahr – den Terrorismus?«

»Das ist kein Terrorismus, Liebling. Es ist eine echte Revolution. Wenn du dort gewesen wärst, das Land gesehen hättest, würdest du das verstehen. Die FLN wird keine Ruhe geben, bis die Franzosen verschwunden sind, und zwar bis zum allerletzten Bauern.«

»Aber Alglerien ist eine französische Kolonie!«

»Es ist ein arabisches Land.« Erregt erhob er sich. »Die Zeiten des Kolonialismus sind vorbei! Endgültig. Jean-Paul will das nicht einsehen. Er meint, die Franzosen haben nur Gutes getan. Sie haben Straßen gebaut, und Brücken, und Eisenbahnen. Häuser. Hotels. Fabriken. Sie haben eine Verwaltung geschaffen und die Araber dazu erzogen, wie französische Bürokraten zu arbeiten. Jean-Paul meint, die Franzosen haben einem armen Land den Wohlstand gebracht, und wird auch weiterhin daran glauben, weil er nie aus dem Europäerviertel herausgekommen ist. Und daher die Armut nicht gesehen hat. Weißt du, warum Jean-Pauls algerische Besitzungen so ertragreich sind? Warum sie die hohen Erträge bringen, auf die er so stolz ist? Weil er seinen algerischen Arbeitern einen Bettellohn zahlt, darum! Sie verdienen in einem Jahr das, was er einem Franzosen als Monatslohn zahlen müßte. Trotzdem ergeht es ihnen noch besser als den anderen Arabern, die nicht für die Franzosen arbeiten. Und so kann er seine Profite einstecken und sich gleichzeitig als Philanthrop fühlen. Als ich Algerien zum erstenmal sah, hab' ich es sofort geliebt; aber die Armut, die Mentalität, die Intoleranz, die hab' ich gehaßt. Und jedesmal, wenn ich wieder dort war, wurde der Haß stärker. Als ich Jean-Paul dort beobachtete, habe ich mich *geschämt*! Für meinen eigenen Bruder geschämt.«

Isobel musterte ihn schweigend. Sie hatte ihn selten so erregt sprechen gehört, ihn noch niemals so zornig gesehen.

»Vor achtzehn Monaten, 1956« – er wandte sich ihr wieder zu –, »als es schon deutliche Anzeichen für die kommende Entwicklung gab, kam Jean-Paul zu mir und bat mich, mehr in algerischen Grundbesitz zu investieren. Weinberge, Olivenplantagen, die einem seiner Freunde gehörten, der das sinkende Schiff so schnell wie möglich verlassen wollte. Ich schlug ihm die Bitte ab. Und weißt du was? Jean-Paul hat bis heute noch keine Ahnung, warum.« Sein Ton wurde wieder etwas ruhiger. »Ich habe finanzielle Gründe vorgeschützt, deren es zahlreiche gab. Und er hat schließlich nachgegeben. Gewinn und Verlust, nur davon hat er geredet. Aber das war nicht der Grund, warum ich nein gesagt habe. Der eigentliche Grund war, daß ich nichts mit diesem Land zu tun haben will, solange es so ist, wie es ist, und ohne Jean-Paul hätte ich all unsere Unternehmungen dort schon vor drei Jahren eingestellt.«

Isobel lächelte. »Und Jean-Paul kann stur sein wie ein Maultier, und du wußtest genau, wenn du ihm die Wahrheit gesagt hättest, wäre er erst recht hartnäckig geblieben.« Sie seufzte. »Du kannst beängstigend hinterlistig sein, Edouard.«

»Mag sein.« Edouard blickte auf sie hinab. »Glaubst du, ich habe das Richtige getan?«

»Ich weiß es nicht«, antwortete Isobel leise und senkte den Kopf. Sie dachte: ›Ich kann ihm nichts von dem Kind sagen; noch nicht.‹ Sie spürte, daß er sich ihr einen Moment entzog, und blickte auf. »Du wirst hinunterfliegen, nicht wahr, Edouard?«

Ihr schnelles Begreifen und ihre Resignation rührten ihn tief. Das Bedauern verschwand sofort; er hockte sich neben sie und ergriff liebevoll ihre Hände. »Ich muß, mein Liebling. Ich hab versucht, mit Jean-Paul zu telefonieren, aber es ist hoffnungslos. Also werde ich ihn aufsuchen müssen. Ich möchte ihn überreden, nach Frankreich zurückzukommen.«

»Algerien verlassen?« Isobels Augen wurden groß. Einen Augenblick lang war sie von Verachtung erfüllt. Die Männer ihrer Familie waren niemals vor ihrer kolonialen Verantwortung davongelaufen. Doch sie scheute davor zurück, sich über Politik zu unterhalten, und wollte Edouard auf diesem Gebiet nicht widersprechen. Sie wählte ihre Worte sorgfältig. »Damit wird er vermutlich nicht einverstanden sein, Edouard. Wie du mir gesagt hast, liebt er das Leben dort unten sehr, und es bedeutet ihm, seit er aus dem Militärdienst ausgeschieden ist, unendlich viel. Er wird sie niemals freiwillig verlassen, seine Weinberge, sein Land...«

»Es wird nicht lange mehr sein Land sein, ob er nun bleibt oder geht.« Edouards Ton klang endgültig. Er erhob sich und ging wieder auf und ab. »Er sollte das lieber jetzt einsehen. In zwei Jahren, vielleicht aber auch erst in fünf – obwohl ich das bezweifle – wird Frankreich aus Algerien abziehen. Im Hinblick auf Jean-Paul hast du vermutlich recht. Aber ich muß es wenigstens versuchen. In Algier ist kein Franzose mehr sicher, vor allem keiner wie Jean-Paul...«

Mit angewiderter Miene unterbrach er sich. Dann trank er den letzten Schluck aus seinem Glas und wandte sich um. »Also muß ich versuchen, ihn zu überreden. Er ist mein Bruder.«

»Wann wirst du abreisen?« erkundigte sie sich ruhig.

»Morgen.«

»Ich komme mit.«

»Nein, mein Liebling.« Abermals wandte er sich zu ihr um, jetzt aber mit liebevollem Blick. »Diesmal nicht. Mir ist es lieber, wenn du hierbleibst.«

Isobel erhob sich. »Wenn du gehst, gehe ich auch«, erklärte sie entschlossen. »Wenn es für mich zu gefährlich ist, dann ist es für dich ebenfalls zu gefährlich. Und dieser Meinung bist du doch anscheinend nicht – oder?«

»Nein, natürlich nicht. Aber...«

»Dann komme ich mit.« Sie schenkte ihm ihr unwiderstehlichstes Lächeln. »Du weißt genau, daß ich dich überreden kann, also solltest du lieber gleich und mit Anstand nachgeben.«

»Ach ja?«

Sie sah, daß seine Mundwinkel sich bei ihren herausfordernden Worten verzogen, doch ehe er protestieren konnte, eilte sie zu ihm hinüber. »Edouard, Darling. Ich komme mit. Und keine dummen Diskussionen. Küß mich. Wenn du unbedingt willst, können wir später diskutieren.«

Als sie ihre Arme um seinen Hals schlang, schaffte es Edouard, ihr ungefähr dreißig Sekunden lang zu widerstehen. Dann küßte er sie.

Später diskutierten sie, doch Isobel bekam ihren Willen. Als Edouard am nächsten Morgen zum Flughafen fuhr, saß Isobel neben ihm. Und noch immer hatte sie ihm nichts gesagt.

Jean-Paul lehnte sich zurück und sah dem nackten Jungen zu, der ihn einölte. Er besaß lange, schmale, geschickte Hände, die über eine erstaunliche Kraft verfügten. Sie arbeiteten sich über Jean-Pauls Körper hinab, kneteten die Muskeln, glätteten die schlaffe Haut, suchten die empfindlichsten Falten und Tiefen. Über den Bauch zu den Leisten, dann wieder zurück zur Brust, um unter der Schicht aus kraftlosen Muskeln und wabbelndem Fett jede einzelne Rippe aufzuspüren.

Dann teilte er Jean-Pauls Schenkel und machte sich an die Beine. Ganz langsam von den Füßen aufwärts und wieder zurück. Das Knie, die noch immer kräftigen Schenkel. Langsam wieder zu den

Lenden hinauf. Und dann – endlich – zwischen den Beinen, unter den Hoden, über die Haut des Skrotums, mit einem behutsamen Finger die Falte zwischen den Hinterbacken nachzeichnend. Und noch einmal zu den Füßen hinab. Jean-Paul schloß beide Augen. Himmel, dieser kleine Mistkerl verstand sein Geschäft!

Jean-Pauls Körper war schneeweiß, Gesicht, Hals und Arme dagegen waren von der Sonne tiefrot verbrannt. Er kam direkt aus der Dusche; sein Körper duftete nach dem mit Jasmin versetzten Öl. Der Junge roch ganz schwach nach Schweiß und einigem anderen: nach Armut, billigem Essen, überfüllten Wohnquartieren, Öl auf nicht ganz sauberen Haaren, arabischen Bussen, Staub. Jean-Paul mochte diesen Geruch. Er gehörte zum Ritual, zum Spiel, zur Realität: Herr und Diener.

Der Junge war wirklich schön. Er war Halb-Araber; seine hell olivfarbene Haut glänzte golden in den schmalen Lichtbändern, die durch die halb geschlossenen Jalousien hereinfielen. Man hätte ihn für einen Europäer halten können, einen Italiener oder Franzosen aus dem Süden. Er hatte in Frankreich studiert; jedenfalls behauptete er das. Jean-Paul dagegen glaubte ihm das nicht so ganz. Aber er sprach ein gutes Französisch mit kaum einer Spur von arabischem Akzent, also konnte es durchaus möglich sein. Er behauptete, neunzehn Jahre alt zu sein, und er behauptete ebenfalls, Waise zu sein, aber das behaupteten sie alle, weil sie glaubten, daß die Leute dann mehr bezahlten. Er arbeitete als Liftboy in einem der kleineren französischen Hotels und servierte am Abend gelegentlich Drinks in einem Café. Dort hatte Jean-Paul ihn vor drei Monaten kennengelernt.

Wieder mit diesem behutsamen Finger vom Knie zu den Lenden. Endlich spürte Jean-Paul, daß er hart wurde. Er öffnete die Augen und richtete den Blick mit Mühe auf die Uhr auf seinem Nachttisch, denn sein Kopf war noch von dem *kif* benebelt, das er geraucht hatte. Kurz vor vier; um fünf wollten Edouard und Isobel zurück sein.

Er griff hinab und packte das Handgelenk des Jungen. »Na los doch! Nun mach schon! Fang endlich an!«

Die schwarzen Augen des Jungen richteten sich sekundenlang mit einer ganz leichten Andeutung von Verachtung auf sein Gesicht. Dann kniete er sich zwischen Jean-Pauls Beine und begann mit seiner Zunge zu arbeiten. Grunzend umfaßte Jean-Paul den Kopf des Jungen. Er liebte diese Verachtung, diesen Haß – die gleiche Verachtung, wie sie das Mädchen Carlotta bei dieser Hexe Simonescu gezeigt hatte, damals in jener Nacht, in der sein Vater gestorben war.

Als er es zum erstenmal mit einem Jungen trieb, hatte er sich geschämt. Er wußte zwar, daß so was hier üblich war, denn die anderen Herren im Club sprachen, wenn sie etwas getrunken hatten, ganz offen darüber. ›Fester, viel besser als jede Frau.‹ Die Jungen seien weitaus geschickter, weit weniger verklemmt als die Araberinnen, seien bereit, für Geld absolut alles zu tun.

Jean-Paul hatte sich abgestoßen gefühlt, seltsamerweise sogar bedroht; vor allem aber insgeheim erregt. Für ihn war das nichts: Er war nicht schwul, er liebte Frauen, nicht Jungen mit geschminkten Augen und verstohlenen, koketten Blicken. Immerhin aber hörte er sich gern an, was die anderen darüber erzählten.

Dann, das erste Mal – da war er so betrunken gewesen, daß er kaum wußte, was er tat, deswegen zählte das eigentlich gar nicht. Als er dann später wieder mit einer Frau schlafen wollte, tat sich praktisch überhaupt nichts. Viel Erregung, aber ein schlaffer Penis, obwohl sie sich die größte Mühe gab. Also holte er sich wieder einen Jungen – einen der besten, mit erstklassigen Empfehlungen. Er hatte schon das Schlimmste befürchtet, doch als der Junge ihn auskleidete, ragte er plötzlich stolz empor, und alles war wieder in Ordnung.

»Das reicht jetzt. Leg dich hin ...« Der Junge sagte kein einziges Wort, sondern streckte sich stumm auf der anderen Bettseite aus. Er hatte keine Erektion, aber die hatte er eigentlich nie. Jean-Paul machte sich darüber seit Wochen schon keine Gedanken mehr. »*Imbécile*! Dreh dich um ...«

Die Wirkung des *kif* begann nachzulassen; Jean-Paul spürte die Gereiztheit, die aufkeimende Wut. So war es oft, wenn das *kif* nachließ, aber das war nicht weiter schlimm: Wut war nur förderlich. »Heb den Arsch an!«

Der Junge stemmte sich ein wenig vom Bett hoch. Jean-Paul blickte an seinem eingeölten Körper hinab und spie noch zusätzlich in die Hände. Der Junge schrie ein einziges Mal auf. Dann biß er sich auf die Lippen und blieb stumm. Immer wieder stieß Jean-Paul zu, während er das herrlich schmale Becken des Jungen zwischen den Händen hielt. Hitze und Wut stauten sich in ihm auf, eine blinde Wut, die sekundenlang stärker war als seine Lust, so daß er plötzlich den Rhythmus verlor. Wie im Krieg, dachte er wirr, wie im Krieg, wie in der Schlacht...

Der Junge wartete fünf Minuten. Er wartete immer fünf Minuten. Dann stand er auf und ging ins Bad. Fließendes Wasser rauschte; dann kam er angezogen wieder heraus. Jean-Paul hatte sich eine Zigarette angesteckt; er lächelte dem Jungen zu. »Da drüben liegt ein kleines Geschenk für dich. Auf der Kommode.«

Der Junge warf keinen einzigen Blick auf die gefalteten Franc-Scheine. Er schob die Unterlippe vor und ließ den Kopf hängen. »Ich will keine Geschenke. Das habe ich Ihnen doch gesagt.«

Jean-Paul seufzte. Dies war eine ganz neue Masche, die vor ungefähr vierzehn Tagen begonnen hatte. »Was willst du denn? Irgend etwas mußt du doch wollen. Ich versuche dir nur zu zeigen, wie dankbar ich dir bin. Ich mag dich – das weißt du.«

Er hob dem Jungen die Hand entgegen, doch der ignorierte sie und sah Jean-Paul verdrossen an. »Ich hab's Ihnen gesagt.« Seine Stimme war kaum vernehmbar. »Ich möchte, daß wir Freunde sind.«

»Aber wir sind doch Freunde – gute Freunde! Und das weißt du.« Jean-Paul wurde allmählich ungeduldig.

»Nein, sind wir nicht. Sie wollen mich nur für das da.« Der Junge deutete aufs Bett. »Niemals sehen wir uns anderswo. Nur hier. Nur dafür.«

»Ja, aber wo sollten wir uns denn um Himmels willen sehen? Was willst du? Daß ich dich in den Club mitnehme? In ein Hotel? Du weißt sehr gut, daß das unmöglich ist.«

»Wir könnten uns manchmal auf einen Drink treffen.« Trotzig reckte der Junge das Kinn. »So was tun Freunde doch. Sie treffen sich in einem Café, einem Restaurant. Sie gehen essen. Das könnten wir auch tun. Ich gehe für einen Franzosen durch, das wissen Sie doch. Das haben Sie sogar selbst gesagt. Ich bin ein halber Franzose. Ich habe in Frankreich studiert...« Seine Stimme hob sich anklagend.

Jean-Paul sah unruhig auf die Uhr. Es war fast fünf. »Na schön, na schön. Dann werden wir das gelegentlich tun. Wir werden uns in einem Café treffen, etwas trinken, vielleicht sogar ins Kino gehen. Bist du dann vielleicht zufrieden?«

»Könnte schon sein. Wann?«

»Ich weiß nicht, wann.« Jean-Paul stemmte sich aus dem Bett und griff nach seinem Morgenmantel. »Hör zu, ich kann jetzt nicht darüber diskutieren. Ich hab keine Zeit; ich sagte dir doch, daß ich Freunde zu Besuch habe. Meinen Bruder mit seiner Frau. Sie werden jede Minute zurück sein. Also sei brav und lauf jetzt endlich...«

»Ich werde nicht wiederkommen.« Als der Junge den Kopf hob, sah Jean-Paul zu seinem Entsetzen, daß sich die schwarzen Augen mit Tränen füllten. »Nur wenn wir wirklich Freunde sein können. Sonst mag ich nicht.«

»Na schön, na schön.« Jean-Paul hastete durchs Zimmer, nahm die Geldscheine von der Kommode und stopfte sie dem Jungen in die Brusttasche. Draußen hörte er einen Wagen vorfahren. Hektisch fügte er noch dreißig Francs hinzu. Für den Jungen war das ein Vermögen. Verzweifelt versetzte Jean-Paul ihm einen Stoß. »Nun geh schon! Also gut, wir werden uns treffen. Das nächste Mal werden wir uns verabreden, das verspreche ich dir...«

»Nicht das nächste Mal. Jetzt!«

»Na schön. Also gut. Wir treffen uns morgen. Im Café de la Paix – das kennst du doch, nicht wahr? Neben der Place de la Révolution...«

Die Miene des Jungen hellte sich auf. »Werden Sie das wirklich tun? Ehrlich? Um wieviel Uhr?«

»Gegen sechs. Wir treffen uns dort um sechs. Aber ich werde nicht lange bleiben können.« Er krauste die Stirn. »Ich werde vielleicht mit meinen Freunden kommen müssen, und wenn sie dabei sind... Du wirst vorsichtig sein, ja? Tu so, als träfen wir uns ganz zufällig. Versprochen?« Schon jetzt bereute er, nachgegeben zu haben, aber es war zu spät.

Der Junge strahlte vor freudiger Erregung. »Ihr Bruder? Sie meinen, ich werde Ihren Bruder kennenlernen? Sie werden mich ihm vorstellen? Das macht mich sehr stolz, und ich werde bestimmt sehr vorsichtig sein. Das verspreche ich Ihnen. Ich möchte nicht, daß Sie sich meiner schämen müssen. Sie werden schon sehen: Ich weiß, wie man sich benimmt. Ganz ehrlich!«

Am nächsten Tag verließen Edouard und Jean-Paul gegen fünf Uhr das Büro des Generalgouverneurs. Begleitet wurden sie durch die langen, von Ventilatoren gekühlten Korridore von einem Chefadjutanten, der Franzose war, und dessen Adjutanten, einem Algerier. Flankiert von diesen beiden Herren schritten sie die breite Marmortreppe hinab und in die grelle Sonne hinaus.

Der Chefadjutant blieb stehen und verbeugte sich höflich. »Monsieur le Baron. Monsieur de Chavigny. Ich hoffe, wir haben Ihnen helfen können.«

Dann wandte er sich allein an Edouard. »Sie sagten, glaube ich, daß Sie schon morgen nach Frankreich zurückkehren werden, Monsieur de Chavigny?«

»Ja.«

»Falls ich Ihnen bis dahin weiter behilflich sein kann, wäre es mir eine Ehre...«

»Selbstverständlich«, fiel Edouard ihm ins Wort. »Danke. Ich danke Ihnen beiden.« Er musterte die beiden Herren. Der Franzose lächelte verbindlich; der Algerier, ein kleiner, dunkler Mann mit schwerer Hornbrille, lächelte nicht. Er hatte während der gesamten Gespräche kein einziges Wort geäußert. Die beiden Adjutanten kehrten in ihre Büros zurück, und Edouard schritt mit Jean-Paul langsam die breiten Stufen bis zur Straße hinab.

An einem Kiosk kaufte Jean-Paul ein Päckchen Gauloises; am selben Stand wurden auch Zeitungen verkauft: *Le Figaro; Le Monde; The Herald Tribune; The Wall Street Journal; El Moudiahid*, die größte algerische Tageszeitung in französischer Sprache. Edouard warf einen Blick auf das große Foto des Titelblatts und wandte sich ab. Während Jean-Paul sein Wechselgeld zählte, zog er sich in den Schatten einer Palme zurück. Ein Militärfahrzeug mit französischen Fallschirmjägern holperte vorbei. Die Büros machten Feierabend; der breite, elegante Boulevard war sehr belebt.

»Komm weiter.« Jean-Paul legte ihm den Arm um die Schultern. »Laß uns was trinken. Es ist so heiß, daß ich fast verdurste. Ich hab Isobel gesagt, daß wir sie im Café de la Paix erwarten...«

»Isobel? Ich dachte, sie wollte sich lieber ausruhen?«

»Sie hat sich im letzten Moment anders entschlossen. Wollte sich irgendwo in einem Geschäft umsehen – du weißt doch, wie die

Frauen sind. Sie hat den Wagen genommen; später können wir alle zusammen nach Hause fahren.«

»Na gut. Aber ich möchte nicht lange bleiben. Ich hab' noch ein paar Anrufe zu erledigen.« Sie überquerten den Platz und betraten das Café. Es füllte sich bereits mit französischen Geschäftsleuten, aber Jean-Paul strebte zielbewußt auf einen Tisch am Fenster zu.

Er setzte sich. »Zwei Pastis.« Zufrieden lehnte er sich auf dem Stuhl zurück. »Von hier aus können wir Isobel kommen sehen, und hier drinnen ist es wegen der Ventilatoren ein bißchen kühler...« Er unterbrach sich, um sich eine Gauloise anzustecken, inhalierte genüßlich und musterte den Bruder bewundernd. Möchte wissen, wie Edouard das schafft, dachte er. Da saß er, nach einem mit Besprechungen ausgefüllten Tag, und sah genauso makellos aus wie am frühen Morgen, bevor er das Haus verlassen hatte.

»Also dann, *salut*!« Er hob das Glas und trank einen tiefen Schluck. »Fühlst du dich jetzt wohler, kleiner Bruder?«

»Sollte ich?« Edouard musterte ihn kühl.

»Ich würde sagen, ja. Na schön, ich weiß, auf mich würdest du niemals hören, aber vielleicht auf die anderen. Die haben den Finger am Puls des Landes. Falls es wirklich Schwierigkeiten geben sollte – echte Schwierigkeiten –, wüßten die das längst. Und was haben sie dir gesagt, jeder einzelne von ihnen? Haargenau dasselbe wie ich.«

»Es ist ein vorübergehendes Problem. Wir haben alles unter Kontrolle. Genau das haben sie gesagt, ich weiß.«

»Aber du glaubst ihnen nicht, habe ich recht? Himmel, Edouard, du kannst manchmal wirklich arrogant sein! Der Generalgouverneur erklärt dir die Situation ohne jedes Wenn und Aber, und du – verdammt noch mal, du glaubst ihm einfach nicht!«

»Der Generalgouverneur hat mich nicht sehr beeindruckt.« Edouard überlegte. »Der junge Adjutant weit mehr.«

»Der Algerier? Der hat doch kein Wort gesagt! Der hat sich fast in die Hose gemacht vor Angst!«

»Und genau das fand ich interessant!« Edouard sah sich um. Die Gäste des Cafés waren fast ausschließlich Männer, die wenigen Frauen vermutlich Sekretärinnen, die von ihrem Chef auf einen Drink eingeladen worden waren. Algerier waren nicht zugelassen.

»Ach was, ich gebe auf!« Jean-Paul leerte sein Glas und bestellte beim Kellner ein neues.

Auf einmal hellte sich Edouards Miene auf. Er erhob sich. »Da kommt Isobel. Sie sucht uns. Entschuldige mich bitte einen Moment.« Er ging auf die Terrasse hinaus. Jean-Paul sah, wie Isobel ihn entdeckte, lächelte und in seine Arme eilte. Seufzend steckte er sich eine neue Zigarette an. Die beiden waren glücklich, das sah man gleich; und er freute sich wirklich sehr darüber. Eifersüchtig war er nicht – warum auch? Die Sache zwischen ihm und Isobel lag so lange zurück, daß er sich kaum noch daran erinnern konnte, und war ohnehin von Anfang an ein Fehler gewesen. Außerdem schien sie zu Edouard zu passen, ihn zu verstehen. In ihrer Gegenwart war er anders: sanfter, zärtlicher, mehr wie der Edouard von früher.

Sie war schön, vielleicht würden sie bald ein Kind bekommen, und darüber würde Edouard sehr glücklich sein... Als die beiden sich dem Tisch näherten, stemmte er sich hoch. Isobel lachte über etwas, das Edouard gesagt hatte; sie trug ein weißes Leinenkostüm, und ihre grünen Augen funkelten.

Sie stellte sich auf die Zehenspitzen, um ihn auf beide Wangen zu küssen. »Jean-Paul, dein Wagen ist ein wahres Monstrum! Und dieser Verkehr! Ich mußte meilenweit entfernt parken. Und dann hab ich mich tatsächlich verlaufen. Hier – ich hab' euch beiden was mitgebracht...«

Sie überreichte jedem der beiden Männer ein Päckchen, das verschnürt und mit Wachs versiegelt war. Beide packten es langsam aus, während Isobel ihnen freudig gespannt zusah.

»Sandelholz – Sandelholzstäbchen! Weißt du noch, Jean-Paul, wie himmlisch sie duften? Man gibt sie in so eine Art Becher, zündet sie an, und sie erfüllen den ganzen Raum mit ihrem Duft. Ach...« Aufseufzend lehnte sie sich zurück. »Ich hätte gern so vieles gekauft, vor allem, weil die Farben so bezaubernd waren. Indigo-Pulver – herrlich blau, genau wie Lapislazuli. Und Henna. Und Gewürze, natürlich... Es gab Safran, frisch getrocknet, und...«

Die beiden Brüder tauschten Blicke. Edouard stöhnte. »Isobel – Liebling! Bist du etwa im algerischen Viertel gewesen?«

Isobel wich seinem Blick aus. »Mag sein. Ich weiß nicht genau, wo ich war...«

»Keine Lügen, bitte!«

»Ach, na ja. Nur so am Rande.« Sie warf ihm einen koketten Blick zu. »Und dann hab ich den Markt gefunden, und danach bin ich sofort hierher zurückgekommen. Bitte, seht mich nicht so finster an! Sagt lieber Dankeschön zu mir.«

»Dankeschön«, sagten sie unisono. Edouard mußte lächeln. »Na schön, vergessen wir es. Auf jeden Fall bist du heil und sicher hier angekommen. Ich hätte mir denken können, daß du dich nicht an die Regeln hältst...« Er winkte dem Kellner. »Was möchtest du trinken, Liebling?«

»Nur etwas Perrier mit Eis«, antwortete Isobel beiläufig.

Edouard musterte sie erstaunt. »Bist du sicher? Nicht vielleicht ein Glas Wein? Oder einen Aperitif?«

»Nein, Darling. Wirklich. Dafür hab ich zu großen Durst. Ein Glas Perrier wäre wunderbar.« Sie zögerte. »Und außerdem – ich bin am Verhungern. Könnte ich vielleicht ein Sandwich haben? Ach nein; ich glaub doch lieber nicht. Lieber ein Glas kalte Milch.«

»Ein Glas Perrier *und* ein Glas kalte Milch?« Edouard starrte sie verwundert an.

Isobel nickte zerstreut. »Genau. Vielen Dank, Darling.«

Der Kellner hob die Augenbrauen, als er die Bestellung notierte, machte aber keine Bemerkung. Als er kurz darauf mit den beiden Getränken zurückkam, trank Isobel mit einem geheimnisvollen Lächeln auf ihrem schönen Gesicht die Milch. Morgen, dachte sie insgeheim. Morgen werde ich's ihm erzählen. Sobald wir abreisen!

Während Edouard sich mit Jean-Paul unterhielt, sah sie sich neugierig in dem Café um. Sie fand es wunderschön. Sie fand jeden einzelnen Gast in dem Café wunderschön, jeden grauhaarigen Geschäftsmann, jede junge Sekretärin. Die ganze Welt war wunderschön. Sie beobachtete Edouard, der sich über den Tisch beugte, um Jean-Paul etwas zu erklären: das dichte schwarze Haar, die scharf geschnittenen Züge, die Klarheit, mit der er immer sprach. Sie fragte sich, ob das Baby ihm wohl ähneln würde. Sie hoffte es sehr, denn Babys mit roten Haaren sahen fürchterlich aus. Nein, ein rothaariges Baby konnte sie später noch bekommen. Dieses Baby jedoch, ob Junge oder Mädchen, sollte aussehen wie Edouard, der sie zum erstenmal in ihrem Leben glücklich gemacht hatte, wirklich glücklich! Verstohlen nahm sie die Hände vom Tisch und legte sie auf ihren Bauch. Sie wünschte, er wäre nicht mehr so flach, wünschte, das Baby möge schnell wachsen. Sie wollte seinen Körper spüren, wollte sehen, wie sich ihr Leib wölbte, wollte, daß Edouard seine Hände darauf legte und fühlte, wie sich das Baby unter seinen Fingern bewegte. Sie blickte auf; dann legte sie Jean-Paul die Hand auf den Arm.

Ein junger Mann stand an ihrem Tisch und sah Jean-Paul mit schüchterner Miene an. Er war sehr jung und auf ganz leicht feminine Art gutaussehend; ungefähr achtzehn, neunzehn, dachte Isobel. Ein Südfranzose vielleicht, mit sehr dunklem Haar und olivfarbener Haut. Er trug ein Nylonhemd mit offenem Kragen, dazu eine frisch gebügelte Hose und hielt eine lederne Büchertasche unter dem Arm. Höchstwahrscheinlich ein Student.

»Monsieur le Baron...« Der Junge sagte es zögernd, und Jean-Paul blickte auf. Zu Isobels Erstaunen wurde er vom Hemdkragen bis zu den Wurzeln seiner inzwischen schon schütteren Haare tiefrot. Dann stand er auf und reichte dem Jungen mit leicht übertriebener Jovialität die Hand.

»Hallo, François! Wie nett, dich zu sehen. Wie geht's denn so? Kommst du zufällig vorbei? Hättest du gern was zu trinken? Komm doch her und setz dich zu uns!«

Während Edouard verwundert aufblickte, zog sich der Junge eilfertig einen Stuhl heran. Er stellte seine Büchertasche auf den Boden und nahm Platz.

Jean-Paul stellte die drei einander mit seltsam unbestimmten Worten vor. »Das ist mein Bruder Edouard. Und seine Frau Isobel. Edouard, Isobel, das ist François... Hab ich euch schon von ihm erzählt? Er ist Student und arbeitet für ein paar Monate hier drüben. Ich hab ihm geholfen, in Algier ein bißchen Fuß zu fassen.«

Der Junge lächelte nervös.

Jean-Paul winkte dem Kellner. »Was hättest du denn gern, François? Nur Kaffee? Bist du sicher? Wunderbar. Für dich gar nichts, Edouard? Noch ein Perrier, Isobel? Und ich werde einen Pastis nehmen...«

Der Kellner eilte davon; ein peinliches Schweigen entstand. Dann sagte der Junge sehr formell: »Es ist mir eine Ehre, Sie kennenzulernen.« Dabei nickte er Isobel zu. Und Edouard. Als Isobel ihren Mann ansah, entdeckte sie, daß seine Miene sich verhärtet hatte und seine Augen zornig funkelten. Er schien Jean-Pauls Blick zu suchen, Jean-Paul aber wich ihm verlegen aus. Er steckte sich eine weitere Zigarette an. Isobel stellte fest, daß seine Hände ein wenig zitterten. Er bot dem Jungen eine an, der jedoch höflich ablehnte. Er saß da und blickte erwartungsvoll von einem Gesicht zum anderen. Im Grunde tat er Isobel leid.

Freundlich beugte sie sich vor. »Student sind Sie? Wo studieren Sie denn?«

»In Lyon, Madame.« Er hielt inne, um dann ein wenig wichtigtuerisch hinzuzufügen: »*La philosophie. Et les sciences politiques.*«

»Himmel!« Isobel suchte nach einer passenden Antwort, aber es schien keine zu geben. Sie konnte sich nicht vorstellen, warum Jean-Paul ihn aufgefordert hatte, sich zu ihnen zu setzen.

»Ich habe dieselben Fächer studiert...« Jetzt bemühte sich Edouard um ein Gespräch. »Gefällt es Ihnen in Algier?«

»O ja, sehr!« Der Blick des Jungen wanderte von einem Gesicht zum anderen. Er lächelte. »Ich merke, daß ich sehr viel lerne.«

»Sie sind aber ein bißchen spät dran, für Ihr Semester, nicht wahr?« sagte Edouard freundlich. »Es hat schon Anfang des Monats begonnen.«

Ein kurzes Schweigen entstand. Der Junge wurde rot. Er schlug die Augen nieder. »Das stimmt«, antwortete er leise. »Ich mußte hier ein bißchen länger arbeiten. Um mir die Studiengebühren zu verdienen. Mein Professor hat mir die Erlaubnis gegeben.«

François ist ein sehr intelligenter Bursche«, warf Jean-Paul hastig ein. »Er gehört zu den Besten seines Semesters.« Er trank einen großen Schluck Pastis und warf einen demonstrativen Blick auf seine Armbanduhr. Falls dies ein Wink für den Jungen war, so schien der ihn nicht zu bemerken. Er trank einen weiteren kleinen Schluck von seinem Kaffee.

Edouard klopfte mit einem Finger auf den Tisch – für Isobel ein deutliches Zeichen dafür, daß er gereizt war.

Rasch beugte sie sich ein wenig vor. »Und Ihre Arbeit hier? Macht sie Ihnen Spaß?«

»Sie ist nicht schlecht.« Der Junge zuckte gleichmütig die Schultern. »Ich arbeite in einem Hotel – dem Marine. Mit Blick auf die Bucht.« Als er kurz innehielt, sah Isobel, daß er einen verstohlenen Blick zu Jean-Paul hinüberwarf. »Ich bin da Liftboy«, fuhr er etwas gesprächiger fort. »Die Bezahlung ist schlecht, aber die Trinkgelder sind gut. Die Franzosen geben immer sehr großzügige Trinkgelder. Wenn sie mit einem zufrieden sind.«

Edouard sah den Jungen mit eiskaltem Blick an. Isobel war ein wenig verwirrt. Sie spürte eine unterschwellige Spannung, für die sie keine Erklärung fand. Jean-Paul wirkte nervös und verlegen; Edouard war eindeutig von eiskalter Wut erfüllt. Nur der Junge schien sich wohlzufühlen. Jetzt drehte er sich um und sah zu der Uhr über der Bar hinauf. Dann leerte er seine Kaffeetasse.

»Es ist schon spät. Ich arbeite heute in der Abendschicht.«

»Bitte sehr. Lassen Sie sich von uns nicht aufhalten.« Edouards Ton war eisig. Verwundert starrte Isobel ihn an: Dies paßte so ganz und gar nicht zu ihm. Sie fragte sich, warum er so unhöflich war.

»Vielleicht möchte François noch etwas Kaffee«, begann sie, dann unterbrach sie sich. Der Junge erhob sich. Er war hochrot geworden. Isobel war die Situation peinlich.

»Nein. Vielen Dank, Madame.« Er verneigte sich vor jedem von ihnen. »Ich muß jetzt gehen, sonst komme ich zu spät. Es ist mir eine Ehre, Sie kennengelernt zu haben.«

Sekundenlang sah er Jean-Paul in die Augen. Der Junge fingerte in der Brusttasche seines Hemdes herum und zog ein paar zerknitterte Banknoten hervor. »Bitte sehr...« Er warf sie auf die kleine Untertasse, die auf dem Tisch stand. »Ich muß noch meinen Kaffee bezahlen. Messieurs. Madame.«

»François, bitte... Das ist doch nicht nötig! Ich...« Jean-Paul hatte sich halb erhoben, aber der Junge drängte sich bereits durch die Gäste an der Bar. Jean-Paul ließ sich auf seinen Stuhl zurücksinken. Er wirkt sehr erhitzt, beinahe schuldbewußt, fand Isobel.

Edouard stand auf. »Wir sollten gehen«, erklärte er kurz. »Ich werde schon mal den Wagen holen. Wo hast du ihn abgestellt, Isobel?«

»In der Rue Pascal. Rechts um die Ecke, dann die erste rechts und...«

»Ich werde ihn schon finden. Ich kenne mich aus.«

Mit vor Zorn verkniffenem Gesicht ging Edouard hinaus. Wieder entstand ein verlegenes Schweigen.

Isobel zog die Brauen zusammen. »Entschuldige, Jean-Paul. Was war denn nur los? Edouard ist doch sonst nicht so unhöflich!«

»Ach, wer weiß. Er ist den ganzen Tag über schon schlecht gelaunt. Das kommt bei ihm öfter vor. Daran muß du dich doch allmählich gewöhnt haben...«

»Ja, vermutlich. Ich hoffe nur, dein Freund war nicht gekränkt.« Sie unterbrach sich, weil sie plötzlich die Geldscheine auf der Untertasse entdeckt hatte. Sie nahm sie und glättete sie sorgfältig. »Sieh mal, Jean-Paul! Dein Freund hat sich vertan. Du solltest das hier wohl für ihn aufbewahren. Es sind dreißig Francs...« Sie hielt inne.

Jean-Pauls Gesicht hatte auf einmal jede Farbe verloren; er saß ganz still. »Seine Büchertasche – hat er die mitgenommen?«

Isobel bückte sich und richtete sich lächelnd wieder auf. »Nein, die hat er auch hiergelassen. Ein sehr vergeßlicher junger Mann, Jean-Paul. Du wirst sie ebenfalls mitnehmen müssen und...«

Sie brach ab. Jean-Paul umklammerte ihr Handgelenk. Sie sah, wie seine Augen sich weiteten, wie seine Miene Bestürzung und Fassungslosigkeit ausdrückte. Dann ging die Bombe in der Tasche hoch.

Edouard saß im Wagen auf der anderen Seite des Platzes, als er die Explosion hörte. Sie war ohrenbetäubend laut; er spürte brennend heiße Luft im Gesicht; der Wagen schleuderte quer über die Straße. Als er in der darauffolgenden, ebenso ohrenbetäubenden Stille aufblickte, sah er, wie Staub, Glas und Trümmer im Zeitlupentempo herabregneten. Dann sprang er aus dem Wagen und lief hinüber. Er lief als einziger auf die Überreste des Cafés zu, während alle anderen davonliefen.

Plötzlich füllte sich der Platz mit fliehenden Menschen. In hektischer Hast drängte er sich an ihnen vorbei; in seinen Augen brannte der Staub. Dann blieb er stehen. Die Bombe hatte das Café sowie die beiden Stockwerke darüber zerstört. Balken ragten ins Nichts. Die halbe Wand zum Nebenhaus war weggerissen worden, so daß er in das dahinterliegende Zimmer sehen konnte. Eine Eisenbettstelle, schräg über den zerborstenen Fußboden gerutscht; ein zerfetzter Vorhang: Wo hab ich das schon mal gesehen, fragte er sich? Sein Verstand arbeitete immer noch im Zeitlupentempo. Wo? Während des Krieges in London!

Der Vorhang flatterte in einem leeren Fenster. Vor ihm lag ein Trümmerhaufen aus Betonbrocken, Staub, Glasscherben und verformtem Metall. Gelber Staub, der sich allmählich legte, drang ihm erstickend in die Kehle. Unter den Trümmern regte sich nichts, war nichts zu hören. Kein Stöhnen, kein Seufzer, kein Schrei – nichts. Wie gelähmt starrte er ihn fassungslos an. Unter einem riesigen Betonblock ragte ein am Knie abgetrenntes Männerbein hervor. Der schwarze Hosenstoff war völlig zerrissen; der Fuß steckte noch im unversehrten Schuh. Ein Stück weiter lag der Oberkörper einer Frau; dort, wo der Kopf gewesen war, gab es nur Blut; der Staub senkte sich auf die Fetzen eines geblümten Kleides herab.

Nicht Isobel, dachte er. Isobel trug Weiß. Er hörte jemanden aufschreien – ein gräßlicher Schrei – und merkte dann, daß er es selbst gewesen war.

Er war nicht mehr allein. Neben ihm stand eine Frau, eine alte Frau, dick, mit grauen Haaren, in einem schwarzen Kleid. Auch sie starrte auf die Trümmer. Er sah, wie sie ganz langsam die Arme zu einer Geste des Entsetzens oder vielleicht des Zorns gen Himmel hob. Er sah, wie sie den Mund aufriß, ihren Schrei aber vernahm er nicht.

Dann warfen sich die Frau und Edouard gleichzeitig auf die Knie und begannen hektisch in den Trümmern zu graben. In der City heulten jetzt die Sirenen.

Dreiundvierzig Personen starben bei der Explosion, darunter Isobel und Jean-Paul, die, weil sie sich unmittelbar neben der Bombe befunden hatten, auf der Stelle tot gewesen waren. Die Mehrzahl der Toten war nur noch an ihren Zähnen, an Schmuckstücken und anderen übriggebliebenen Habseligkeiten zu identifizieren.

Der junge François, alias Abdel Saran, seit dem Alter von sechzehn Jahren Mitglied der FLN, wurde innerhalb von vierundzwanzig Stunden verhaftet. Zwei Jahre zuvor war sein älterer Bruder bei einem Zwischenfall von einem französischen *gendarme* auf der Straße erschossen worden. François alias Abdel starb, Armeeberichten zufolge, in seiner Zelle an selbst zugefügten Verletzungen. Vier Jahre nach seinem Tod beendete Charles de Gaulle, wie Edouard es vorausgesagt hatte, den Krieg in Algerien. Der größte Teil der Franzosen verließ das Land, und Algerien wurde ein freier Staat.

Edouard kehrte nie mehr dorthin zurück. Nachdem die unmittelbar notwendigen Formalitäten erledigt waren, flog er nach Paris zurück, wo er sich in seinem Haus in St. Cloud einschloß und keinen Menschen empfing.

Dort war es auch, wo er ungefähr zwei Wochen später, als er sich zwang, Isobels Korrespondenz durchzusehen, das Schreiben ihres Gynäkologen fand, in dem dieser ihr für die Entbindung mehrere Kliniken empfahl. Es war an dem Tag aufgegeben worden, als sie nach Algerien flogen. Edouard begriff sofort, warum sie ihm nichts davon erzählt hatte. Als er sich an das Glas Milch in dem Café erinnerte, konnte er zum erstenmal seit Wochen weinen.

Ungefähr drei Monate nach dem Bombenanschlag, am letzten Tag des alten, dem Vorabend des neuen Jahres – er hatte dieses Datum mit einer gewissen bitteren Belustigung gewählt – verließ Edouard das Haus in St. Cloud am späten Abend und fuhr allein ins Zentrum von Paris.

Er nahm den Wagen, der Grégoire und zufällig auch Isobel am liebsten gewesen war. Die langgestreckte, schwarze Kühlerhaube glänzte im Schein der vorübergehenden Laternen, und das kraftvolle Motorengeräusch hallte laut in den leeren Straßen. Er mied jene Viertel von Paris, wo die Menschen sich versammelten, um das Neue Jahr im Freien mit Alkohol und Tanz zu begrüßen, und nahm lieber die Nebenstraßen, die stillen Boulevards, wo höchstens innerhalb der eigenen vier Wände gefeiert wurde.

Er hatte das Haus, das er suchte, noch niemals betreten, wußte aber, wo es lag, und hatte zahlreiche Bekannte darüber reden hören. Die Notzeiten im Nachkriegslondon waren für Pauline Simonescus Geschäft sehr schlecht gewesen, also war sie etwa zur selben Zeit nach Paris zurückgekehrt, wie er aus Oxford.

Einige seiner Bekannten suchten ihr Haus in der Dunkelheit auf, weil sie, wie Jean-Paul, das Gefühl hatten, die Nachtstunden seien die richtige Zeit zum Trinken und Jagen. Andere kamen lieber bei Tag, genossen die Freuden eines langen Nachmittags. ›Es spielt eigentlich gar keine Rolle‹, hatte einer von ihnen einmal zu ihm gesagt. ›In dem Haus sind die Jalousien ständig geschlossen, und die Lampen brennen. In dem Haus ist es immer Nacht.‹

An diese Bemerkung mußte er jetzt denken, als er vor dem Gebäude hielt. Es war dunkel und stumm, unterschied sich außen nicht von den ehrbaren Stadthäusern rechts und links daneben.

Er klopfte einmal an die Tür, die ihm sofort geöffnet wurde – nicht von dem Schwarzen, den er erwartet hatte, sondern von Pauline Simonescu persönlich.

Sie begrüßte ihn nicht, sondern zog ihn wortlos in eine Marmorhalle, die der früheren mit ihren glitzernden Kristallkronleuchtern und der breiten, geschwungenen Doppeltreppe so genau glich, daß er das Gefühl hatte, die Zeit habe einen Haken geschlagen und rase gleichzeitig vorwärts und rückwärts.

Er sah sich um. Die Fragonards. Titian. Aus dem Salon nebenan schallten Stimmen und Gelächter. Madame Simonescu zog ihn weiter ins Licht hinein; ihre Hand – noch immer mit dem schweren Rubin – lag mit leichtem Druck auf seinem Arm. Und wieder hatte er dieses Gefühl einer unsichtbaren Kraft, eines ungeheuer intensiven Willens. Sie sagte nichts; sie neigte lauschend den Kopf auf die Schulter.

Edouard lauschte ebenfalls, und sekundenlang erstarben die Geräusche im Salon, und er hörte nur eine große, absolute Stille, die sich über die Stadt hinaus erstreckte, über den Planeten hinaus, eine Stille, so leer und kalt und schön wie der Weltraum: die endlose, harmonische Stille der Sphären.

Dann hörte er durch diese Stille die Ankunft des neuen Jahres: das Läuten der Kirchenglocken, die Schnarren, das Tuten der Schiffe auf der Seine.

Er sah Pauline Simonescu an und empfand augenblicklich eine ungeheure Erleichterung, als sei ihm eine enorme Last von den Schultern genommen. Er wußte, daß er kein Wort zu sagen brauchte; sie benötigte keine Berichte über die vergangenen Jahre, keine Erklärungen. Sie kannte ihn, und er kannte sie; beide hatten sie die Stille gehört.

»Monsieur le Baron«, sagte sie, wie sie es schon einmal getan hatte. Und führte ihn in ein kleines, doch luxuriöses Zimmer im hinteren Teil des Hauses, offenbar ihr eigenes. Sie ließ ihn vor einem brennenden Kamin Platz nehmen; sie brachte ihm unaufgefordert ein Glas des Armagnacs, den er bevorzugte. Dann setzte sie sich ihm gegenüber und zog ein kleines Tischchen herbei, auf dem zwei Kartenspiele lagen.

Ein gewöhnliches Kartenspiel, ein Tarotspiel; beide breitete sie auf dem polierten Mahagonitisch aus. Der Baron blickte auf ihre blassen Farben hinab und sah, daß sie sehr alt und häufig benutzt worden waren. Er sah Bilder: eine Turmruine – er dachte an die geschwärzten Mauerreste hinter der Terrasse am Eaton Square; Tod durch Ertrinken – er dachte an Hugo Glendinnig; einen Hängenden – er dachte an die Gruppe seines Vaters; zwei Liebende – er dachte an sich und Isobel; ein König der Kelche, eine Karo-Königin, das Karo wie ein Diamant – er dachte an nichts.

Während sich ihre mageren Hände über die Karten hin bewegten, sah sie ihm tief in die Augen. Ihre Finger zögerten über *La Morte, Les Amoureux*, über dem König der Kelche, dem Narren.

»Monsieur le Baron«, sagte sie, »das neue Jahr beginnt. Zuerst werde ich Ihnen die Karten legen. Danach können Sie das tun, was Sie hierhergeführt hat.« Sie lächelte. »Auf jeden Fall aber die Karten zuerst. Anschließend können Sie dann mit Ihrem zukünftigen Leben beginnen.«

Hélène

Orangeburg, Alabama 1959

»Wie hättest du's denn gern, Schätzchen? Rauf oder runter? Vielleicht einen Pferdeschwanz?«

Cassie Wyatts geschickte Hände umfingen ihren Kopf. Aufmerksam in den Spiegel blickend, drehte sie Hélènes Kopf hierhin und dorthin. »Du hast wundervolles Haar, Schätzchen – weißt du das? Weich wie Seide, und so dicht! Damit kannst du wirklich alles machen, was du willst.«

Hélènes und Cassies Blicke trafen sich im Spiegel. Cassie zwinkerte ihr zu. »Eine besondere Verabredung heute – oder was?«

»So ungefähr. Ich möchte hübsch sein.«

»Kein Problem.« Cassie lachte. »Aber ich möchte wissen, in welcher Fasson.«

»Nicht rauf. Und auch kein Pferdeschwanz.« Hélène zögerte. »Ich dachte, wenn du's vielleicht ein bißchen kürzer und welliger machen könntest...«

»Überlaß das nur mir, Schätzchen.« Sie griff zur Schere; dann legte sie Hélène, immer noch in den Spiegel blickend, beide Hände auf die Schultern. »Du bist sehr schnell erwachsen geworden«, stellte sie fest. »Wirklich sehr schnell! Sechzehn, und so hübsch, daß sich jeder Kerl nach dir umdreht.«

Sie begann zu schneiden. Anfangs sah Hélène ihr aufmerksam zu, dann begannen ihre Gedanken zu wandern. Sie war aufgeregt. Es war wirklich eine besondere Verabredung: Sie würde mit Ned Calvert essen gehen. Seine Frau war verreist, deshalb wollte er Hélène in ein Restaurant ausführen, in ein ganz feines, hatte er gesagt, nur sie beide.

Und sie besaß ein neues Kleid – kein geändertes Kleid, kein selbstgenähtes, sondern ein ganz neues aus einem Laden! Als sie ihn das letzte Mal sah, hatte ihr Ned zwanzig Dollar in die Hand gedrückt. »Ein kleines Geschenk für mein kleines Mädchen«, hatte er gesagt. »Keine Widerrede! Ich möchte, daß du nach Montgomery fährst, in einen Laden gehst und dir das hübscheste Kleid kaufst, das du finden kannst. Und es dann für mich anziehst...«

In dem Laden war ihr ganz schwach geworden vor Aufregung, aber sie hatte das perfekte Kleid für sich gefunden. Es war aus rosaweiß karierter Baumwolle, mit tiefem, herzförmigem Ausschnitt und Puffärmeln. Es hatte einen steifen, kratzigen Nylon-Unterrock, der bewirkte, daß sich der Rock genauso schön bauschte wie bei Priscilla-Annes Kleidern. Da ihr noch ausreichend Geld übrigblieb, kaufte sie sich Unterwäsche dazu: ein winziges, gerüschtes Höschen und einen mit Draht verstärkten Spitzen-BH, der ihren Busen hochstützte.

»Warst du heute drüben, in Montgomery?« erkundigte sich Cassie. »Ich habe gesehen, wie du aus dem Bus gestiegen bist. Deshalb frage ich.«

»Ja, war ich. Um mir die Schaufenster anzusehen.«

»Gab es Schwierigkeiten im Bus?« Cassie runzelte besorgt die Stirn.

»Nein, überhaupt nicht.«

»Neulich schon. Hast du davon gehört? Drüben, in Maybury? Die Farbigen boykottieren die Busse jetzt schon seit drei Wochen. Und ich weiß nicht, irgendwie kann ich's ihnen nicht verdenken. Muß doch wirklich schrecklich sein, immer ganz hinten im Bus sitzen zu müssen! Ich finde, die sollten ihre eigenen Busse haben.«

Sie hielt inne und fing wieder an zu schneiden. »Letzte Woche gab es einen großen Protest in Maybury. Mit Krawallen. Einen farbigen Jungen haben sie ganz schlimm zugerichtet, hab ich gehört.« Sie ließ eine Haarlocke fallen. »Sei bloß vorsichtig, Hélène. Es wird noch so schlimm kommen, daß man gar nicht mehr mit dem Bus fahren kann...«

»Es ist nichts passiert, überhaupt nichts.«

»Was macht denn deine Mama?« Cassie hatte sich offenbar entschlossen, das Thema zu wechseln. Ihre Miene wurde bedrückt. »Sie fehlt mir, weißt du. Ich meine, ich wußte ja, daß sie sich nicht wohl fühlte, aber ich hätte niemals gedacht, daß sie weggeht, jedenfalls nicht so.«

Hélène senkte den Blick. Ihre Mutter arbeitete seit einem Monat nicht mehr bei Cassie. »Es geht ihr gut«, antwortete sie leise.

»Das hoffe ich, Schätzchen.« Cassie seufzte. »Deine Mama und ich, wir beide sind schon so lange befreundet...«

Hélène hörte das Mitleid in ihrem Ton. Cassie wußte natürlich genau, daß sie keinen anderen Job hatte; das wußte vermutlich jeder in Orangeburg. Sie reckte das Kinn. »Wir kehren vielleicht bald nach England zurück«, behauptete sie stolz. »Sobald ich nächstes Jahr mit der Schule fertig bin.«

»Aber sicher, Schätzchen.«

Cassies Miene wurde verschlossen. Wortlos schüttelte sie das Handtuch aus, das sie um Hélènes Schultern gelegt hatte, und eine Kaskade honigblonder Haare fiel zu Boden.

»Dann wollen wir jetzt mal waschen und legen. Anschließend kommst du dann unter die Haube.«

Es dauerte ewig unter der Haube, fand Hélène. Es war unerträglich heiß, und Lockenwickler und Haarnadeln wurden mit jeder Minute heißer.

Müde legte sie die Zeitschriften beiseite. Auf der anderen Seite des Salons ließ Susan Marshalls Mutter sich die Haare grellrot färben und eine Dauerwelle legen. Als Hélène im Spiegel ihrem Blick begegnete, sah Mrs. Marshall einfach durch sie hindurch.

Kleinstadt-Blues. So hatte Priscilla-Anne es genannt, wenn sie nachmittags nach der Schule hinter dem Baseballplatz saßen. Dieses Gefühl, in der Falle zu sitzen. Dieses Gefühl, armselig, voller Unruhe zu sein.

Priscilla-Anne war jetzt mit Dale Garrett verlobt, und es wurde gemunkelt, sie sei schwanger. Im Herbst wollten die beiden heiraten und in ein großes Haus in einer nagelneuen Wohnanlage außerhalb von Montgomery ziehen, eine Anlage, die Merv Peters baute. Peters stieg sehr schnell nach oben auf der Erfolgsleiter und schenkte ihnen das Haus zur Hochzeit. Priscilla-Anne schwebte im siebten Himmel. Wenigstens hatte Hélène das gehört, denn seit dem Abend im Howard-Johnson sprach Priscilla-Anne nicht mehr mit ihr. In der Schule setzte sie sich auch nicht mehr neben sie, und die anderen folgten brav ihrem Beispiel.

Hélène Craig: die Aussätzige von Orangeburg.

Sie preßte die Lippen zusammen. Es war ihr gleichgültig. Sollten sie tratschen; sollten die Jungens anzüglich grinsen. Bekam man in Montgomery auch den Kleinstadt-Blues? Sie hoffte es. Sie hoffte, daß Priscilla-Anne ihn so richtig schlimm kriegte. Eines jedoch stand für sie fest: Ihr, Hélène, würde das niemals passieren.

Sie würde fortgehen. Eines Tages, bald schon, würde sie Orangeburg endgültig den Rücken kehren und ihre Mutter mitnehmen. Dann würde sie nach England reisen, nach Europa, vielleicht nach Paris. Und reich und berühmt werden – so berühmt, daß man sogar in Orangeburg von ihr hörte. Und dann würde sie vielleicht eines Tages zurückkehren, mit einem dicken Cadillac, mit Haute-Couture-Kleidern und Juwelen, und dann würden sie alle Luft für sie sein, alle Jungens von der High School, alle Freundinnen von Priscilla-Anne, dann würde sie durch sie hindurchblicken. Genauso, wie sie es jetzt mit ihr machten.

Das Schönste an ihrem Traum war, daß dann auch ihre Mutter glücklich sein würde. Und daß sie gesund wurde. Jetzt war sie leider nicht gesund, das sah Hélène deutlich. Sie war ständig müde und schleppte sich im Wohnwagen umher, als stecke kein Funken Energie mehr in ihr. Sie war so dünn geworden und aß kaum noch was; ihre Haut war fahl und stumpf. Seit sie nicht mehr bei Cassie war, schneiderte sie ein bißchen, nähte neue, flickte alte Kleider, aber das konnte, wie Hélène wußte, niemals ausreichend Geld einbringen.

Hélène hatte die Schule verlassen und eine Arbeit annehmen wollen, doch als sie diesen Vorschlag machte, hatte die Mutter sich furchtbar aufgeregt. Zwei grellrote Flecken waren auf ihre Wangen getreten, und sie hatte heftig gezittert. Hélène müsse die Schule unbedingt beenden. *Unbedingt*! Wenn man es in der Welt zu etwas bringen wolle, brauche man eine abgeschlossene Schulbildung.

Hélène war allerdings anderer Ansicht. Sie las eifrig Zeitungen und Zeitschriften und hörte Radio, daher wußte sie, daß es eine Menge Möglichkeiten gab, es weit zu bringen. Sportler brachten es weit, und Sänger und Tänzer und Schriftsteller und Filmstars und Models und Menschen wie Merv Peters, der mit einem kleinen Geschäft angefangen und es zu einem großen ausgebaut hatte. Schöne Frauen brachten es weit, und sie war schön. Das wußte sie jetzt. Zwar erkannte sie es eigentlich nie, wenn sie in den Spiegel blickte, aber sie sah es in den Augen der Jungens, den Augen der Männer. Sie sah es in Billys Augen; sie sah es in Neds: immer dieser starre Blick, intensiv, fasziniert. Wenn sie den sah, fühlte sie sich allmächtig, weil sie wußte, daß niemand ihr dies nehmen konnte. Wenn alles versagte, konnte sie sich immer noch auf ihre Schönheit verlassen. Ihre Schönheit würde für sie die Fahrkarte in die große Welt hinaus sein.

Als sie den Wohnwagen erreichte, war ihre Mutter nicht da. Hélène war erleichtert. Sie wollte nicht, daß die Mutter ihre Einkaufstüten sah. Natürlich mußte sie die Sache mit dem Kleid erklären, und sie arbeitete auch schon an einer plausiblen Story; wenn die Mutter jedoch die Tüten sah, würde es weit schwieriger werden.

Sie stand in einem winzigen Schlafzimmer und dachte nach. Sie haßte es, die Mutter zu belügen, und manchmal schien es ihr, als würde sie an ihren Lügen ersticken, wußte nicht mehr, was Lüge und was Wahrheit war. Aber nur diese Lügen ermöglichten es ihr, sich mit Ned Calvert zu treffen, und zwar jetzt schon seit fast einem Jahr. Es war jetzt Anfang Juli, und Anfang September hatte er sie zum erstenmal in seinem Cadillac mitgenommen. Zehn Monate!

Sie hatte das Gefühl, daß es noch nicht so lange her sein konnte, und das stimmte ja eigentlich auch, denn zwei Monate davon war er bei Mrs. Calverts Familie in Philadelphia gewesen.

In dieser Zeit war ihr der Gedanke gekommen, es könne möglich sein, daß sie ihn liebe. Er hatte ihr gefehlt. Erst als er nicht da war, hatte sie gemerkt, wie sehr sie sich immer auf diese Abende freute, wenn er mit ihr spazierenging oder Autofahrten machte oder auch nur einfach redete. Als er dann fort war, fühlte sie sich sehr einsam. Es gab nichts mehr, worauf sie sich freuen konnte.

Ihm sei es genauso ergangen, hatte er ihr bei seiner Rückkehr erklärt. Und dann hatte er gesagt, er könne nicht mehr so weitermachen, er müsse es ihr endlich sagen. Sie seien Freunde, aber sie müsse doch auch gemerkt haben, daß er, daß er sie liebe. Er sei verrückt nach ihr.

Rasch versteckte Hélène die Einkaufstaschen unter ihrem Bett. Dann erhitzte sie Wasser auf dem Herd und trug einen großen Eimer voll ins Schlafzimmer. Sie zog die verschossenen Vorhänge des Fensters zu und begann sich zu waschen. Sie haßte es, sich so mühsam waschen zu müssen, ein kleines Stück ihres Körpers nach dem anderen. Haßte es, kein Badezimmer zu haben. Haßte es, arm zu sein. Jemand wie Ned konnte das nicht verstehen. Der war reich geboren und hielt das alles für selbstverständlich.

Sie warf den Waschlappen ins Wasser, hockte sich nieder und ließ ihre Haut an der Luft trocknen.

Wenn Ned nicht da war, erinnerte sie sich nur an seine positiven Seiten. An den schönen, sauberen Duft seiner Haut; das Rasierwasser, das er benutzte; die weichen Stoffe seiner erstklassigen Anzüge; seine Stimme mit dem gebildeten Südstaaten-Akzent; seine Kraft, wenn er sie in die Arme nahm; das beruhigende Gefühl seines Alters, seiner Erfahrung, seines Wissens. Er hatte Geschmack, und er war reich, und das faszinierte sie.

Und es störte ihn nicht, wenn sie Fragen stellte; im Gegenteil, es schien ihn zu amüsieren und ihm zu schmeicheln. Daher pflegte er zu reden, während Hélène ihm fasziniert zuhörte. Wenn er ihr etwa den Unterschied zwischen Bordeaux und Burgunder erklärte, oder daß die Bürgerrechtsbewegung im Süden niemals Fuß fassen werde, weil sie der Natur der Dinge widerspreche. In jedem Fall hatte Hélène sehr schnell entdeckt, daß es nur eines gab, was ihn verärgerte, und das war die Möglichkeit, sie könne anderer Meinung sein als er. Darum hatte sie es sich angewöhnt, still zuzuhören, zwar Fragen zu stellen, doch äußerst selten eine Meinung zu äußern, und dann höchstens bei absolut unstrittigen Dingen.

Schon relativ früh hatte er begonnen, sie ›mein Kleines‹ zu nennen, und Hélène hatte zu ihrer eigenen Überraschung festgestellt, daß sie fast instinktiv darauf reagierte. Tausend winzige Erinnerungen an andere Frauen, die sie beobachtet hatte, waren geweckt worden; an Priscilla-Anne, wie sie Dale Garrett zu besänftigen suchte, sogar an ihre Mutter, wenn sie versuchte, in einem Geschäft einen Verkäufer zu becircen. Da war sie also, die ihr zugedachte Rolle – die der Heuchlerin.

Denn immer, wenn er sprach und sie zuhörte, gab es einen Teil ihres Verstandes, der alles, was er sagte, erwog und häufig genug ablehnte. Nur daß er niemals etwas davon erfuhr.

So war sie zum Beispiel nicht mit dem einverstanden, was er über die Farbigen sagte. Sie war nicht einverstanden mit seinen Bemerkungen über die armen Weißen, wie etwa die Tanners. Sie mochte es nicht, daß er die Schwarzen ›Neger‹ nannte, denn obwohl er nie, wie andere weiße Einwohner von Orangeburg, das Wort ›Nigger‹ benutzte, merkte sie deutlich, daß seine Einstellung dennoch dieselbe war. Sie mochte es nicht, daß er über die Juden und Liberalen in Washington Witze riß. Sie hielt seine Einstellung den Frauen gegenüber für falsch.

Frauen seien für die Ehe geschaffen, behauptete er. Für die Mutterschaft. Es gebe nichts Schöneres als den Anblick einer Mutter mit ihrem Kind. Er könne die Frauen nicht verstehen, die arbeiten gingen. Was hatten die nur davon? Was hatten ihre Ehemänner davon? Welcher Mann käme auf die Idee, er könne seine Familie nicht versorgen, das Geld, das er heimbringe, reiche nicht aus?

»Männer haben ihren Stolz, Hélène«, erklärte er ein anderes Mal. »Aber sie sprechen nicht darüber. Das ist etwas Großartiges. Wie der Stolz auf das eigene Land und der Stolz darauf, Amerikaner zu sein.«

›Haben Frauen keinen Stolz?‹ hätte sie ihn gern gefragt, blieb aber stumm.

Manchmal glaubte sie, nicht ganz normal zu sein, weil sie derartige Gedanken hegte. Dachten die anderen Mädchen in der Schule möglicherweise auch so? Wenn ja, so sagten sie jedenfalls nichts davon. Sie schienen ausschließlich an Liebe und Ehe zu denken, die einzige Erfüllung im Leben einer Frau, aus der sie ihren gesellschaftlichen Stand und ihre Identität bezogen. Mehr verlangten sie nicht.

Aber warum wollte sie nicht so sein wie sie? Warum fühlte sie sich, sobald sie daran dachte, gefangen und in der Falle? Und schuldbewußt!

Sie drehte sich um und sah in den Spiegel.

Schuldbewußt, weil sie Ned Calvert lieben *mußte*. Denn wenn sie ihn nicht liebte – warum traf sie sich dann noch immer mit ihm, einem verheirateten Mann? Warum ließ sie sich von ihm küssen und manchmal anfassen, und warum gefiel es ihr, wenn er das tat? Langsam strich sie sich mit der flachen Hand über den Körper und genoß den leichten Schauer der Erregung, den diese Berührung bei ihr auslöste. Alles, was die Mädchen ihr erzählt hatten, alles was die

Mutter ihr erklärt hatte, alles, was sie jemals gelesen hatte, lief auf die eine, einzige Wahrheit hinaus: daß Männer und Frauen verschieden sind. Männer konnten eine Frau körperlich begehren, auch wenn sie sie nicht liebten. Frauen aber empfanden körperliches Begehren nur, wenn sie den Mann liebten: bei ihnen gingen seelische und körperliche Gefühle Hand in Hand. Deswegen waren Küsse erlaubt, war Petting erlaubt, denn das waren Privilegien, die den Männern von den Frauen im Namen der Liebe gewährt wurden.

Also *muß* ich Ned Calvert lieben, dachte sie. Dennoch verspürte sie einen Anflug von Zweifel und Unschlüssigkeit. Unsicherheit überfiel sie in schweren, angstvollen Wogen. Sie hatte das Geld für dieses Kleid von Ned angenommen. Sie hatte sich von ihm küssen lassen. Es gefiel ihr, wenn er sie küßte. Ja, sie liebte ihn: Wenn sie auf diese Art darüber nachdachte, war sie fast sicher, daß sie ihn liebte.

Sie packte ihre neue Unterwäsche aus und holte ihr neues Kleid aus der Tüte.

›Ich mach mich schön für meinen Liebsten‹, sagte sie sich. ›Er ist ein wunderbarer Mann.‹

Als sie in diese Rolle schlüpfte, stieg die Erregung wieder in ihr auf, und die kleine, leise Stimme wurde noch leiser. Als sie schließlich das Kleid angezogen hatte und sich im Spiegel betrachtete, war es ihr gelungen, sie völlig zum Schweigen zu bringen.

»Möchtest du eine Tasse Tee, Mutter? Soll ich Wasser aufsetzen?«

Die Mutter war vor ein paar Minuten nach Hause gekommen. Sie saß am Küchentisch und starrte auf die Wachstuchdecke hinab. Hélène wartete darauf, daß sie aufblickte, wartete auf Fragen über den Traum, doch keine kam.

»Was? Ach so – ja. Danke. Es ist sehr heiß. Ich habe Durst. Wann hat es eigentlich zuletzt geregnet?« Ohne auch nur den Kopf zu wenden.

Ruhig holte Hélène Wasser und zündete den Butangaskocher an.

»Hélène ...«

»Ja, Mutter?«

»Welches Datum haben wir heute?«

Hélène warf einen Blick auf den Kalender an der Wand. »Den fünfzehnten, Mutter. Den fünfzehnten Juli.«

»Das dachte ich mir.« Die Mutter ließ den Kopf sinken.

Hélène machte Tee, füllte Milch in ein Kännchen, wie es die Mutter gern hatte, und stellte Tasse, Untertasse und Milch vor sie auf den Tisch. Da die Mutter es nicht zu bemerken schien, goß Hélène die Milch selbst in den Tee.

»Hélène, würdest du bitte die Blechschachtel aus dem Schlafzimmer holen? Ich wüßte gern... Ich möchte, daß du unser gespartes Geld noch mal zählst.«

Hélène zögerte, doch irgend etwas am Verhalten der Mutter erschreckte sie; also holte sie die Schachtel, öffnete sie und zählte das Geld. Aber sie sagte keinen Ton.

»Nun?«

»Zwanzig Dollar, Mutter. Fast zwanzig Dollar. Ganz genau neunzehn Dollar und fünfundachtzig Cent.«

Die Mutter ließ den Kopf sinken und begann zu weinen.

Rasch sprang Hélène auf, lief zu ihr hinüber und nahm sie in die Arme. Aber die Mutter erwiderte die Umarmung nicht, sie reagierte überhaupt nicht. Sie weinte einfach weiter, mit einem schrecklichen, erstickten Schluchzen, unter dem ihre mageren Schultern bebten. Dann verstummte sie auf einmal genauso abrupt, wie sie angefangen hatte.

»Würdest du mir ein Taschentuch holen, Hélène? Es tut mir leid. Ich bin nur müde. Weinen hat überhaupt keinen Sinn.«

Hélène holte das Taschentuch, die Mutter trocknete sich die Tränen und putzte sich die Nase. Hélène setzte sich und ergriff ihre Hand. Am liebsten hätte sie auch geweint, denn wenn sie die Mutter in diesem Zustand erlebte, tat ihr das Herz weh.

»Bitte, Mutter«, sagte sie zärtlich, »sei nicht traurig. Ich kann's nicht ertragen, wenn du weinst. Wenn du Sorgen hast, wenn irgend etwas nicht stimmt. Warum erzählst du mir nicht davon? Ich könnte dir helfen, ich könnte dir wirklich helfen!«

»Ich brauche Geld.« Die Mutter sagte es so unvermittelt, als hätte sie kein Wort verstanden. »Dringend. Ich brauche unbedingt fünfundsiebzig Dollar.«

Hélène starrte sie an; ihr Herz verkrampfte sich vor Angst. Sie öffnete den Mund, doch ehe sie etwas sagen konnte, erhob sich die Mutter. Nervös zerknüllte sie ihr tränennasses Taschentuch. »Ich muß zum Arzt. Es geht mir nicht gut, Hélène. Ich weiß es schon seit einer Weile, und du hast es ja selbst auch gesagt. Ich muß zum Arzt, und dazu brauche ich das Geld. Fünfundsiebzig Dollar. Unbedingt. *Unbedingt*!«

»Aber Mutter, was fehlt dir denn? Ich hab dich nachts oft husten gehört. Ist es das, Mutter? Machst du dir Sorgen über den Husten?«

»Über den Husten, ja. Und über – andere Dinge. Es geht mir nicht gut, das ist alles.« Der Ton der Mutter klang jetzt fast zornig. »Ich fühle mich schon lange nicht wohl und muß endlich einen Arzt aufsuchen. So kann es nicht weitergehen. Ich muß zum Arzt, ich muß ihn bezahlen, und dazu kommen wahrscheinlich noch Medikamente. Medikamente sind teuer, Hélène, das weißt du. Ich brauche fünfundsiebzig Dollar. Hier sind noch zwanzig. Also brauche ich fünfundfünfzig. Eventuell sechzig. Woher soll ich nur sechzig Dollar nehmen?«

Hélène blickte an dem Kleid hinab, das sie trug. Ihr war ganz elend, und sie hatte Angst. An diesem Nachmittag hatte sie ganze zwanzig Dollar besessen. Nicht soviel, wie die Mutter brauchte, aber immerhin zwanzig Dollar.

Mit heißen Wangen stand sie auf. »Vielleicht kann ich dir helfen, Mutter. Vielleicht kann ich dir sechzig Dollar besorgen.«

Die Mutter war im Schlafzimmer auf und ab gegangen. Jetzt blieb sie stehen und sah Hélène mit großen, hoffnungsvollen Augen an. Aber sofort erstarb die Hoffnung wieder, und die violetten Augen blickten trübe. »Ich brauche sie jetzt, Hélène. Du kannst nicht einfach so aus dem Handgelenk sechzig Dollar herbeizaubern.«

»Vielleicht doch, Mutter. Vielleicht kann ich das...« Impulsiv lief Hélène um den Tisch herum. Die Lüge kam ihr über die Lippen, fast ehe sie Zeit hatte, nachzudenken. »Merv Peters würde sie mir geben – bestimmt! Du weißt doch, daß ich nach der Schule oft bei ihm ausgeholfen habe, nicht wahr? Na ja, nun will er, daß ich das ständig mache. Und samstags ebenfalls. Da ist bei ihm immer viel los. Fünf Dollar will er mir jeden Samstag bezahlen, hat er gesagt, und fünf Dollar für die Abende nach der Schule. Stell dir das vor, Mutter, das sind zehn Dollar pro Woche! Und wenn ich ihn darum bitte, wird er mir bestimmt einen Vorschuß geben. Bestimmt! Wenn ich ihm erkläre, daß ich das Geld dringend brauche...«

Sie brach ab. Nichts davon stimmte. Sie hatte nie bei Merv Peters gearbeitet. Er hatte zwar früher einmal davon gesprochen, aber es war damals nichts daraus geworden, und jetzt würde er ihr mit Sicherheit keinen Job geben – dafür würde Priscilla-Anne sorgen. Aber das war in den letzten Monaten immer die Erklärung dafür gewesen, daß sie so oft nach der Schule fortblieb, und die Mutter hatte ihr geglaubt. Als sie der Mutter jetzt in das schneeweiße, verkrampfte Gesicht blickte, hätte sie sich am liebsten in ihre Arme geworfen und ihr alles gestanden. Und hätte es wohl auch getan, hätte sich die Miene der Mutter nicht plötzlich aufgehellt.

In den violetten Augen erwachte Hoffnung; ihre Hände hörten auf, am Taschentuch herumzudrehen. Sie atmete tief durch. »Wäre das wirklich möglich, Hélène? Meinst du, er wäre damit einverstanden?«

»Bestimmt, Mutter!«

»Ach, Hélène!« Die Züge der Mutter entspannten sich, und sie streckte ihr beide Arme entgegen. Hélène stürzte sich erleichtert hinein und drückte die Mutter ganz fest an sich. Sie war inzwischen die größere von beiden, und die Mutter fühlte sich in ihren Armen unendlich zerbrechlich an.

Nach einer Weile löste sich die Mutter von ihr. Mit einem etwas gezwungenem Lächeln deutete sie auf das rosa Kleid. »Wie hübsch das ist! Gehst du heute abend in den Drugstore? Du sagtest irgend etwas... Ich weiß nicht mehr genau... Könntest du ihn fragen, Hélène? Heute abend noch?«

»Ich werde das Geld mitbringen.« Hélène half ihrer Mutter in den Sessel. »Das verspreche ich dir. Dann kannst du zum Arzt gehen und wieder gesund werden, und dann...« Sie zögerte. »Dann können wir länger miteinander reden, Mutter. Weißt du noch, wie wir es früher immer getan haben? Wir müssen planen, überlegen. Ich könnte von der Schule abgehen. Ich könnte...«

Unvermittelt blickte die Mutter auf. »Es ist nach sechs, Hélène. Mußt du nicht gehen? Mir geht es gut, alles in Ordnung. Ich fühle mich jetzt wesentlich wohler und will dich auf gar keinen Fall aufhalten.« Sie griff nach ihrer Teetasse und trank den fast kalt gewordenen Tee.

Unsicher ging Hélène zur Tür. »Es könnte vielleicht ein bißchen später werden, Mutter...«

»Das macht nichts, Liebling. Ich weiß ja, wo du bist. Und nun lauf zu.«

Ned erwartete sie vor dem alten Gartenhaus. Wenn Ned sie in den vergangenen Monaten nicht auf der Orangeburg-Straße abholen kam, hatten sie sich oft dort getroffen, und auch heute wanderte er zigarettenrauchend auf der Wiese vor dem Haus auf und ab. Hélène, die ihn zuerst sah, spürte, wie ihr Herz klopfte. Er schien es kaum erwarten zu können, daß sie eintraf. Sie begann zu laufen und stürzte sich in seine Arme. Schluchzend, keuchend, die Tränen zurückdrängend, klammerte sie sich an ihn, und Ned lachte erfreut und überrascht. Dann preßte er sie ganz fest an sich und wiegte sie beruhigend hin und her.

»Ist ja schon gut, ist ja schon gut!« wisperte er auf ihr Haar hinunter. »Du hast's ja ziemlich eilig gehabt, herzukommen... Was ist denn nur los?« Damit hob er ihr Kinn an, um ihr in die Augen zu sehen. »Ist was passiert, Kleines?«

Hélène schüttelte den Kopf und barg ihr Gesicht wieder an seiner Brust. Sie konnte es ihm nicht sagen, noch nicht! »Es ist nichts.« Sie hörte sein Herz klopfen. »Ich bin nur zu schnell gelaufen. Weil ich mich so sehr auf dich gefreut habe.«

»Und ich mich auf dich, Kleines. Die Minuten hab ich gezählt.« Er hielt sie von sich ab, damit er sie von oben bis unten betrachten konnte. Schüchtern strich sich Hélène die zerzausten Haare zurück. Sein Blick ruhte auf ihrem geröteten Gesicht und wanderte ganz langsam zu ihrem Ausschnitt hinab, weiter hinunter und wieder hinauf.

Er stieß einen langen Seufzer aus. »Du siehst wunderbar aus, Hélène.« Sein Ton war liebevoll, sein Blick sehr ernst, daher wußte Hélène, daß er aufrichtig war. »Einfach wunderbar. Und dein Haar – du hast dir das Haar richten lassen!« Behutsam strich er ihr übers Haar, dann streichelte er ihren Hals. »Das macht mich glücklich – weißt du das? Zu sehen, wie wunderschön du bist? Zu wissen, daß du das hier für mich ausgewählt und angezogen hast...«

Während er sprach, küßte er sie auf den leicht geöffneten Mund, zog sie fest an sich und hielt sie liebevoll, beschützend in den Armen. »Ach, Kleines! Wenn du wüßtest, was du mit mir anstellst!« Lächelnd blickte er auf ihr emporgewandtes Gesicht hinab. Dann nahm er ihren Arm. »Ich hab eine kleine Überraschung für dich. Komm mit, ich möchte sie dir zeigen...« Mit langen Schritten nahm er Kurs auf das große Haus.

Hélène lief neben ihm her, versuchte mit ihm Schritt zu halten. Zielbewußt führte er sie um Büsche herum über den weiten Rasen auf die Villa zu.

Hélène sträubte sich. »Wohin gehen wir? Ich dachte, wir gehen in ein Restaurant?«

»Kleine Planänderung. Ich hab mir was Hübscheres ausgedacht. Du wirst schon sehen. Also komm!«

Er hatte jetzt ihre Hand ergriffen und zog sie mit sich ins Haus hinein. Quer durch die hohe, kühle Halle bis in das riesige Wohnzimmer. Hélène erschauerte, als sie die Kälte des Hauses auf ihrer Haut spürte. Obwohl draußen noch helles Tageslicht herrschte, waren die Jalousien herabgelassen, und die Lampen brannten.

Als Ned ihren Blick zu den Fenstern sah, lächelte er. »So ist es doch viel gemütlicher. Und gestört werden wir auch nicht werden, weil ich die Dienstboten fortgeschickt habe. Paß auf, Hélène...«

Mit einer ausholenden Bewegung stieß er die hohen Doppeltüren am anderen Ende des Wohnzimmers auf. Dahinter lag das Speisezimmer, das Hélène bisher noch nicht gesehen hatte. Es war riesig, gekühlt von Ventilatoren, die sich gemächlich unter der Decke drehten. Ganz hinten gab es eine wuchtige, antike Anrichte, die mit schweren Silberschüsseln beladen war. Auch hier waren die Jalousien herabgelassen: Die einzige Beleuchtung war ein hoher Kandelaber in der Mitte des langen Mahagonitisches. Das flackernde Kerzenlicht fiel auf Porzellan und Kristall, auf Gardenien aus dem Garten, auf Obst aus dem Treibhaus. Mindestens zwanzig Personen hätten an diesem Tisch mühelos Platz gefunden. An einem Ende waren zwei Gedecke aufgelegt.

Als sie unwillkürlich stehenblieb, stieß Ned ein kehliges Lachen aus. »Sieh her!« Er trat an die Anrichte und hob die Deckel von den Schüsseln. »Hummer. Kaltes Huhn. Eine ganz besondere Sauce unserer Köchin, mit Weintrauben – köstlich! Melonen. Frische

Himbeeren und Pfirsiche. Sahne.« Er wandte sich einem Sektkühler zu. »Champagner, wunderschön kalt. Echter Champagner – Moët & Chandon. Hast du den schon jemals getrunken, Hélène? Alles wartet nur auf uns. Besser als jedes Restaurant in dieser Gegend, findest du nicht, Kleines?« Er sah ihr forschend ins Gesicht, entdeckte die Zweifel in ihrer Miene und kehrte eilig zu ihr zurück.

»Bitte, Hélène, sag mir, daß du dich freust! Ich wollte heute hier mit dir allein sein, verstehst du? Mit meiner Kleinen. Mit meinem zauberhaften Mädchen. Damit sie hier so speisen kann wie die große Dame, die sie im Grunde ist. Und Champagner trinken. Wir haben heute etwas zu feiern, Hélène – wußtest du das?«

»Ja, aber was denn?« Völlig entgeistert sah sie ihn an.

»Nun, ja, wir werden sehen.« Er grinste. »Ich würde sagen, du und ich, wir haben eine Menge zu feiern.« Damit ergriff er ihre Hand und führte sie ins Wohnzimmer zurück. »Du bleibst jetzt hier ganz ruhig sitzen, während ich den Champagner hole. Aber trink ihn bitte langsam und vornehm – nicht etwa wie damals den Bourbon!«

Hélène erinnerte sich nur allzu gut an den Bourbon, deswegen war sie besonders vorsichtig. Ein einziges Glas Wein zum Dinner. Dennoch spürte sie die Wirkung des Alkohols. Ihr wurde ganz leicht im Kopf, ihre deprimierte Stimmung hob sich, und darüber war sie im Grunde ganz froh. Ned gab sich aufmerksam und amüsant, erzählte ihr Geschichten von einem Abgeordneten, den er kannte, und saß völlig entspannt unter einem ziemlich häßlichen Porträt seines Vaters, als sei dieses Dinner das Selbstverständlichste von der Welt.

Er schien überhaupt nicht darauf zu achten, wieviel er trank. Drei Glas Champagner, während sie an einem einzigen nippte; mindestens vier Glas Wein; und als sie nach dem Essen in den Wohnraum zurückkehrten, holte er sich einen Bourbon.

Dann saß er ihr mit lässig ausgestreckten Beinen gegenüber und rauchte genießerisch eine Zigarre. Der würzige Duft trieb zu ihr herüber. ›Wenn er das nächste Mal das Glas absetzt, werde ich ihn um das Geld bitten‹, dachte Hélène. ›Länger kann ich's nicht mehr aufschieben.‹

Er setzte das Glas ab, und sie redete. Eine Schweigepause entstand. Er sah sie an, als sei er von ihrer Bitte total überrascht. Dann begann er träge zu lächeln und zog lange an seiner Zigarre. »Sechzig Dollar?«

»Es wäre natürlich nur ein Kredit. Ich würde dir alles zurückzahlen, jeden einzelnen Cent! Es ist nur, weil ich es wirklich dringend brauche – für eine – für eine Freundin.«

»Aber sicher. Kenne ich sie?«

»Nein. Nein, bestimmt nicht.«

»Na schön, dann wollen wir mal sehen.« Er langte in sein weißes Jackett und zog eine Kroko-Tasche heraus. Vollgestopft mit Geldscheinen. Er musterte die Scheine, musterte sie lange und eingehend; dann klappte er die Scheintasche wieder zu und steckte sie ein. »Komm her, Kleines.«

Zögernd stand Hélène auf und ging zu ihm hinüber. Als sie sich setzte, nahm er ihre Hand.

»Wirst du heute abend lieb zu mir sein, Hélène? Wirst du mich wirklich glücklich machen? Wenn du das tust, dann wäre es mir eine Ehre, die zu helfen. Ich sagte ja schon, daß es mir Freude macht, meiner Kleinen Geschenke zu machen, nicht wahr?« Er trank einen großen Schluck Bourbon. Trotz der Kälte im Zimmer war seine Hand schweißnaß.

Sanft, aber unnachgiebig drückte er ihre Hand hinab und preßte sie auf die kraftvollen Muskeln seines Schenkels.

»Gib mir einen Kuß, Hélène! Nur einen ganz kleinen Kuß!«

Hélène beugte sich vor. Ihre Lippen waren voll und rot; und er hatte wieder diesen glasigen Blick. Behutsam legte sie ihren Mund auf den seinen.

»Aber nein, Kleines – doch nicht so!« Er setzte sich ein bißchen bequemer zurecht. »Öffne den Mund, Kleines; du weißt doch, wie ich es gern habe... Nein, noch mehr. Ja! O ja, Kleines, genau so...«

Sie schmeckte den Bourbon auf seinen Lippen. Sein Schnurrbart kratzte auf ihrer Haut. Er drückte sie hintenüber, legte sich mit seinem vollen Gewicht auf sie und schob die Hand unter ihren Rock. Seine Zunge bewegte sich tief und warm in ihrem Mund.

»Was trägst du denn unter diesem Kleid, Kleines?« Spielerisch drückte er ihre Brust, bis die Drähte des BHs ihr in die Haut schnitten. »Ich glaube, du hast dir außer dem Kleid noch etwas anderes gekauft, nicht wahr? Um mir besonders zu gefallen, stimmt's?«

Hélène senkte den Blick. Ihr Herz raste, ihre Kehle war ausgetrocknet. »Vielleicht...«

Ihre Stimme klang heiser und tief, und als sie aufblickte, sah sie die Reaktion in seinem Blick. Es erregte und verwirrte sie, daß sie diese Reaktion so mühelos auslösen konnte.

»Du bist ein kleiner Fuchs, weißt du das? Ein süßer, gerissener kleiner Fuchs. Du weißt genau, wie man einen Mann verrückt macht. Wo hast du das gelernt, Hélène? Ein so junges Mädchen wie du!« Er drückte ihr einen nassen Kuß hinters Ohr. »Das gefällt dir, nicht wahr?« keuchte er.

»Ja, es gefällt mir. Ich hab es gern, wenn du mich küßt.«

»Und wenn ich dich streichle? Magst du das auch, Kleines?«

»Manchmal.« Sie wandte den Blick ab. »Vielleicht ist das falsch.«

»Nein, nein! Sag doch nicht so was! Nicht einmal denken darfst du das, hast du verstanden?« Er begann ihren Ausschnitt zu streicheln. »Wenn du es schön findest, dann ist es schön. Ist doch sinnlos, seine Gefühle zu leugnen, Kleines. Du weißt, daß ich verrückt nach dir bin. Du weißt, daß ich dir niemals wehtun würde. Und außerdem vertraust du mir, Kleines, das weiß ich genau. Wenn du kein Vertrauen zu mir hättest, würdest du mich nicht um Hilfe bitten, das weiß ich.«

Sein Ton war liebevoll und sanft gewesen, nun jedoch wurde er etwas härter. Zum erstenmal verspürte Hélène einen kleinen Stich Angst, hatte sie das Gefühl, daß sie nicht mehr Herr der Lage war. Wieder begann er sie zu küssen und ihre Brüste unter dem dünnen Baumwollkleid zu streicheln. Dann, gerade in dem Moment, da Hélène beschloß, ihn abzuwehren, stand er plötzlich auf und rückte seine Hose zurecht.

»Es ist heiß hier – findest du nicht? Komm, wir gehen dorthin, wo es ein bißchen kühler, ein bißchen bequemer ist...« Er zog sie mehr zum Zimmer hinaus, als er sie führte, quer durch die Halle und die breite Treppe hinauf. Ihren Protest schien er nicht zu hören. Oben auf der breiten Galerie zog er sie fest an sich und atmete keuchend, während er mit einer Hand nach dem Türgriff tastete. Dann stieß er die Tür auf und zog sie ins Zimmer.

Sie befanden sich im Schlafzimmer seiner Frau. Sogar nach diesen langen Jahren erkannte Hélène das Zimmer sofort. Die Jalousien waren hochgezogen, der Fußboden war in Mondlicht gebadet.

Es glänzte auf dem Dreifachspiegel, den schweren Silberbürsten, den Kristallflakons. Die Polstersessel waren mit weißen Tüchern bedeckt. Ned ging voraus, zog eines davon mit einem kräftigen Ruck herunter und warf es auf die bestickte seidene Tagesdecke des Bettes. Pedantisch zupfte er es zurecht und strich gewissenhaft die Falten heraus, so daß das Laken auf der Seidendecke ein weißes Quadrat bildete. Dann begann er seinen Gürtel zu lösen.

Hélène stand still da. Sekundenlang glaubte sie die Haarnadeln in ihrer Hand zu spüren, die Brennschere zu riechen, die fahle Haut und den schweißverklebten Puder zu sehen. Sie hob die Hände. »Ich kann nicht. Was tust du da? Bitte, Ned...«

»Hör mal, Kleines, laß uns nicht länger rumspielen, ja?« Er schwankte ein wenig; sein Mund lächelte, sein Ton verriet jedoch auf einmal Ungeduld. »Wenn du was von mir geschenkt haben willst, mußt du eben nett zu mir sein, verstehst du? *Richtig* nett!«

Er fingerte an seinem Hosenschlitz; während er schon auf sie zukam, hörte sie, wie er den Reißverschluß öffnete. Lachend griff er nach ihrer Hand. »Komm her, Hélène, gib mir deine Hand. Jetzt wird es ernst, hast du verstanden? Männer mögen keine Mädchen, die ihre Spielchen mit ihnen treiben. Und nun faß mich an, Kleines. Aber immer schön langsam und liebevoll.«

Er grunzte vor Wohlbehagen. »Ja, so! Genau so, Kleines. Ist das nicht ein schönes Gefühl? So groß, nicht wahr? Jetzt kannst du sehen, was du mit mir anstellst...«

Seine heiße Haut, seine riesige Erektion erschreckten sie zutiefst. Sie war wie gelähmt, und er schien ihre stumme Reglosigkeit als Zustimmung auszulegen. Er zog sie zum Bett, hob sie ein wenig an und drückte sie auf das weiße Leinenquadrat. Dann begann er sich ganz langsam auszuziehen, als bereite ihm dieser Striptease vor ihren Augen Vergnügen.

Hélène saß still auf dem großen Laken und sah ihm zu. Ihr Verstand war auf einmal hart, kalt und klar, und sie begriff ihre Lage mit einer Art distanzierter Gelassenheit, als geschehe das alles einer anderen.

Er hatte seit Monaten darauf hingearbeitet, vermutlich nur auf den Moment gewartet, da seine Frau verreist sein würde. Daß sie ihn bat, ihr das Geld zu leihen, hatte ihm nur einen zusätzlichen Anlaß dafür gegeben. Es war ein Handel, ein Geschäft. Sie hatte von ihm ein Geschenk angenommen; nun hatte sie Geld von ihm gewollt, und er wollte dies. Liebe war dabei nicht im Spiel – wie dumm sie doch gewesen war! Einfach nur Sex und Geschäft. Ein Vergnügen für sechzig Dollar.

Er behielt seine Boxershorts an. Hélène betrachtete ihn. Ohne Bekleidung war sein Körper kraftvoll und stämmig, ohne Taille, mit Bauchansatz. Seine Brust war mit dichten schwarzen Haaren bewachsen, die in einer schmaler werdenden Linie unter dem Bund seiner Shorts verschwanden. Im Vergleich zu der sonnengebräunten Haut auf Gesicht, Hals und Armen war sein übriger Körper auffallend weiß. Seine Erektion formte ein Zelt unter dem Stoff der Shorts. Er hatte die Hände in die Hüften gestützt, um seinen Mund lag ein selbstgefälliges Lächeln. Als Hélène ihn da so stehen sah, wußte sie, daß sie ihn aus tiefstem Herzen haßte.

»Hast du einen Mann schon mal so gesehen?«

»Nein.«

Er grinste. »Komm, ich mach's dir auch ein bißchen bequemer.« Er tastete nach dem Reißverschluß ihres Kleides, der sich in ihren Haaren verfangen hatte, und öffnete ihn mit zitternden Händen. Er zog ihr das Kleid über den Kopf und warf es zu Boden. Dann lehnte er sich im Knien auf dem Bett zurück und sah sie an.

Er machte sich nicht die Mühe, ihren BH zu öffnen; er hob nur ihre Brüste in den Spitzenkörbchen ein wenig an, damit die Brustspitzen freilagen. Dann drückte er sie zurück und begann zu saugen. Halb kniend, halb hockend vergrub er den Kopf an ihrem Körper. Hélène lag ganz still; sie sah und spürte ihn, als sei er sehr weit entfernt, eine Million Meilen entfernt, auf der anderen Seite des Mondes. Mit einem Teil ihres Verstandes, den sie bisher noch nicht kennengelernt hatte, berechnete sie genau, wann sie sich ihm verweigern würde. Anfangs war er viel zu beschäftigt, um zu merken, wie still sie dalag. Selbstvergessen schleckte, saugte und fingerte er. Seine Hände bewegten sich weiter nach unten, über ihren glatten Bauch, zögerten, und glitten dann weiter. Sie schoben sich über den glatten Nylonstoff, tasteten nach dem Venushügel, zerrten hektisch den Stoff beiseite und packten sie mit vollem Griff beim Schamhaar, wie ein Mann wohl einen Hund beim Nackenfell packt.

»Spreiz die Beine, Kleines. Ein bißchen mehr. Ich tu' dir nicht weh. Ich möchte dir nur Freude bereiten. Laß mich fühlen, laß mich streicheln! Ist das nicht schön, mein Kleines? Ist das nicht ein schönes Gefühl, wenn ich dich da berühre?«

Er schob einen Finger zwischen ihre Lippen, tastete, drückte zu stark. Bewegte den Finger hin und her. »Du bist noch ganz trocken, Kleines. Warten wir noch ein bißchen.« Er lachte leise. »Eine Frau ist wie ein Automotor, wußtest du das? Beiden muß man Zeit lassen, zum Warmwerden.«

Er ließ den Finger wieder kreisen, und Hélène zuckte zusammen. »Komm, Kleines! Du gibst dir keine Mühe. Paß auf!« Unvermittelt zog er die Hand zurück und griff nach ihrer. »Jetzt faßt du erst mal mich an und lernst mich kennen. Fühlst du, wie warm ich geworden bin, wie heiß...« Er zog ihre Hand durch den Schlitz seiner Shorts und führte sie über die glatte, straffe Haut des Schaftes bis zu den losen Hautfalten des Skrotums hinab. Es fühlte sich feucht und schrumpelig an, und drinnen war etwas Rundes, Hartes, wie zwei kleine Steine. Als sie ihn berührte, federte der Penis auf und ab. Hélène machte die Augen zu.

»Möchtest du sie dir näher ansehen, Kleines – die Kostbarkeiten?« Sie hörte an seinem Ton, daß er lächelte, spürte, wie er die Shorts runterstreifte. »Jetzt kannst du die Augen aufmachen, Kleines. Und dir alles genau ansehen.«

Hélène gehorchte. Sein Fleisch sah rot und geschwollen aus. Die Penisspitze gleicht einem Auge, dachte sie. Mit einer feuchten, weißlichen Perle in der Mitte.

»Du kannst mich da unten küssen, Kleines. Das ist ein wunderbares Gefühl.« Er nahm seinen Penis in die Hand, als wolle er ihn besser präsentieren. Ein Schauer lief durch seinen Körper.

»Hör zu, Kleines... ich kann's nicht mehr lange zurückhalten. Du weißt doch sicher, was ich will.« Seine Stimme klang dick und belegt; er versuchte sich rittlings auf sie zu schwingen, zwei dicke Oberschenkel rechts und links von ihrer Taille.

Mit ihren klaren blauen Augen blickte Hélène ihm direkt ins Gesicht. »Ich gehe nicht bis zum Letzten.«

Sie sagte es laut und deutlich und sah, wie seine Augen sekundenlang vor Erstaunen groß wurden. Aber das dauerte nur einen Moment; sein Gesicht war gerötet, sein Mund schlaff und sein Blick sofort wieder zielstrebig.

»Ja, ja. Leg dich hin...« Er hechelte jetzt. Rücksichtslos stieß er sie zurück, packte mit beiden Händen ihre Brüste und preßte sie zusammen, bis zwischen ihnen ein enger Kanal für seinen Penis entstand. Darin begann er dann zu stoßen: vor und zurück, vor und zurück, mit heftigen, ruckartigen Bewegungen. Über ihr bewegte sich sein verzerrtes Gesicht.

»Ja, so! Ja, so! Das ist schön... Wunderschön. Großer Gott – beweg dich nicht! Du bist so groß! So ein kleines Mädchen, und so...«

Sekundenlang wurde sein Stoßen noch hektischer, unkontrollierter; dann hörte es auf. Sein Körper versteifte sich, sein Atem entwich mit grunzendem Stöhnen. Hélène hatte die Augen geschlossen; jetzt riß sie sie erschrocken auf: Es hörte sich an, als liege er im Sterben. Dann spürte sie, wie ihr etwas Nasses auf Brust und Hals spritzte. Gleich darauf sackte er schwer atmend auf ihr zusammen.

Als sie ihm nach einigen Minuten einen kleinen Stoß versetzte, rollte er von ihr herab. Vorsichtig richtete sie sich auf und schwang die Beine aus dem Bett. Sie warf einen Blick auf das weiße Laken zurück: Es war genau richtig plaziert; kein Schmutzfleck auf dem Seidenbett seiner Frau. Wie oft hatte er so etwas wohl schon getan – und warum hier? Im Grunde kümmerte es sie nicht, aber sie war doch neugierig.

»Ich muß jetzt gehen.«

Er richtete sich auf und zog seine Shorts hoch. »Gut. Aber zuvor sollten wir dich ein bißchen säubern.«

Er holte Papiertücher und rieb damit an ihrer Haut und ihren Haaren herum. Ohne jede Verlegenheit, wie sie feststellte. »Die beste Hautcrème der Welt«, behauptete er grinsend.

Hélène schlüpfte in ihr Kleid. Dann wartete sie schweigend, bis er Hemd und Hose angezogen hatte. »Könnte ich jetzt das Geld haben?«

Nicht ›Geschenk‹ – nein, Geld. Sie sagte es so deutich, weil er begreifen sollte, daß sie verstanden hatte, daß sie sich nicht täuschen ließ. Vor allem aber sollte er begreifen, daß sie überhaupt nichts empfunden hatte. Er hatte sich ein bißchen Vergnügen gekauft, mehr nicht.

Er runzelte die Stirn. Sie merkte, daß er gekränkt war, aber versuchte, es zu verbergen.

»Du hast eine recht offene Art, dich auszudrücken.« Die Hand am Jackett, zögerte er. »Hat es dir wirklich nicht mehr bedeutet? Sei ehrlich, Kleines!«

»Ich dachte, du machst mir gern Geschenke.«

Diesmal gelang es ihr nicht, ihre Verachtung zu verbergen; er hörte sie in ihrem Ton – deutlich – und wurde dunkelrot. Demonstrativ zog er seine Brieftasche heraus und zählte die Banknoten, lauter Zehner, auf den Toilettentisch seiner Frau. Dreißig. Vierzig. Fünfzig. Fünfundfünfzig.

Mit verschlagenem Lächeln steckte er die Scheintasche wieder ein.

»Ich brauche sechzig.«

»Fünf behalte ich für's Wiederkommen. Die kriegst du, wenn du das nächste Mal nett zu mir bist.«

Hélène sah ihn an. Dann ging sie mit steifen Schritten quer durchs Zimmer und nahm das Geld.

Er packte ihr Handgelenk. »Mein Gott, was bist du für eine Frau! Ich kann's einfach nicht fassen! Sogar in einem Puff in New Orleans hab' ich mehr Takt gesehen...« Seine Finger schlossen sich fester um ihr Handgelenk. »Jetzt raus damit, Kleines: Warum führst du dich so auf? Hab ich dich irgendwie verärgert? Sag doch was, Hélène, sprich, sag irgend etwas! Es hat dir doch Spaß gemacht, nicht wahr? Ich habe dir Freude bereitet...«

»Ich muß gehen.«

Sie riß sich los und wandte sich ab. Sie würde gleich zu zittern anfangen und wollte nicht, daß er es merkte.

»Hélène...« In seinem Ton lag aufrichtiges Flehen. Er streckte die Hand nach ihr aus, und einen Augenblick drehte sie sich zu ihm um.

»Hélène, Kleines – bitte! Warte einen Moment...«

»Nein!« Plötzlich gewannen der Zorn und die Kränkung in ihr die Überhand. Sie stampfte mit dem Fuß auf. »Ich hasse dich! Ich hasse mich! Du hättest das nicht tun sollen. Wirklich nicht.«

Ihre Stimme erstickte. Sie wußte, daß sie sich wie ein Kind benahm. Aber sie wußte auch, daß sie nie wieder ein Kind sein würde. Hastig wandte sie sich um und lief hinaus.

In derselben Nacht gab es Unruhen in Orangeburg. Und mehrere Versionen darüber, wie sie begonnen hatten.

Manche behaupteten, es hätte angefangen, als drei weiße Männer und eine weiße Frau eine Bar verließen und ein Neger, dem sie draußen begegneten, eine Bemerkung über die Frau machte.

Andere erklärten, es habe begonnen, als drei weiße Männer in einem Chevy versuchten, mit einer jungen Negerin anzubandeln, und ihr Freund sich auf sie stürzte, als sie sie in ihren Wagen zerren wollten.

Manche gaben dem Alkohol die Schuld, manche den einheimischen Neger-Aktivisten, die ja auch für die Proteste gegen die Rassentrennung in den Bussen verantwortlich waren. Manche gaben der Hitze die Schuld, andere der Staatspolizei, wieder andere der Bundesregierung. Was immer aber auch der Grund gewesen sein und wie immer es begonnen haben mochte – das Ergebnis stand fest.

Leroy Smith, siebzehn, Neger, Automechaniker in Haines' Reparaturwerkstatt, Route 48, wurde bei seiner Ankunft im Montgomery County Hospital für tot erklärt. Gestorben an einem Messerstich ins Herz.

Drei weitere Jugendliche, alle schwarz, wurden verhaftet und warteten auf ihre Verhandlung. Zwei weiße Jugendliche wurden vernommen und später entlassen. Zwei Schaufensterscheiben wurden eingeschlagen, ein Auto in Brand gesteckt. Es gab keinen einzigen Zivilisten als Zeugen.

Hélène hörte die Sirenen. Sie weckten sie um ein Uhr nachts, als sie in ihrem schmalen Bett in unruhigem Schlummer lag. Die Mutte regte sich zwar, erwachte aber nicht. Als die Sirenen nicht aufhörten, stand Hélène schließlich auf und setzte sich draußen auf die Treppe.

Die Luft war drückend vor Hitze. Die Baumwipfel rührten sich kaum. Der Mond schien auf das Spanische Moos, so daß es aussah, als hingen Silberschlangen von den Ästen. Große, weiße Nachtfalter taumelten durchs Licht. Ein Glühwürmchen leuchtete auf und verschwand wieder.

Hinten im Wohnwagenpark hörte sie Stimmen, das Öffnen und Schließen von Türen; und dahinter, auf der Straße, erhellten

Scheinwerfer den Himmel, während die Sirenen vorbeiheulten. Eine Stunde, vielleicht auch mehr, saß sie da, ohne zu wissen, was passiert war, obwohl sie es sich vorstellen konnte, weil es ja nicht zum erstenmal geschah. Sie wußte genau, was die Sirenen bedeuteten: Haß und Tod.

Sie saß ganz regungslos, bis sie auf einmal sah, daß sich bei den Bäumen ein Schatten bewegte. Sie stand auf. Wieder bewegte sich der Schatten. Sie lief die Treppe hinunter, durch den Vorplatz und zu der kleinen Pforte hinaus.

»Billy?«

Er stand unter den Bäumen; im Mondlicht war sein Gesicht blaß und fahl. Doch sogar von dort, wo Hélène stand, konnte sie sehen, daß er verletzt war. Auf seinem Hemd waren Blutflecken, ein langer, roter Schnitt zog sich über seine Wange.

»Billy! Du bist verletzt! Geht es dir gut? Was haben sie mit dir gemacht? Was ist passiert?«

Er nahm ihre Hände, die sie ihm entgegenstreckte, und hielt sie locker in den seinen. »Leroy ist tot. Er wollte nächste Woche heiraten. Ich war im Krankenhaus. Ich wußte, daß er tot sein mußte, aber ich hab' einfach gehofft... überall waren Cops, in der Halle, in den Korridoren... Es wimmelte nur so von ihnen. Sie wollten mich nicht reinlassen. Sie wollten mir nicht sagen, ob er wirklich tot war. Schließlich sagte es mir eine Krankenschwester. Seine Verlobte war inzwischen auch gekommen, und als sie es hörte, fing sie an zu schreien.« Er hielt sich beide Ohren zu. »Ich kann sie jetzt noch immer hören. Sie wollte es nicht glauben – es ging alles so schnell. Ich war dabei. Ich hab's gesehen. Ich hab' alles mitangesehen. Leroy hat nichts getan, *überhaupt* nichts. Und als sie ihm das Messer ins Herz stießen, hat er nicht mal aufgeschrien. Er ist zusammengebrochen, dann hat er die Augen verdreht, und dann hat er nur noch mit einem Bein gezuckt. Da wußte ich schon Bescheid. Er war mein Freund. Drei Jahre lang hab' ich mit ihm zusammengearbeitet. Ich hatte ihm versprochen, dabei zu sein. Bei seiner Trauung.«

Unversehens gaben seine Knie nach. Er saß im Staub, die Arme um seinen Oberkörper geschlungen, den Kopf gesenkt. Hélène blickte einen Moment auf ihn hinab, dann hockte sie sich neben ihn und nahm ihn in die Arme. Ihr war auf einmal sehr kalt, und sie empfand furchtbare Angst.

»Billy...« Ihre Lippen waren so trocken, daß sie die Worte kaum herausbringen konnte. »Billy! Du hast es gesehen? Du hast gesehen, wer es war? Du hast sie erkannt?«

»Ja.« Ohne den Kopf zu heben.

»Billy. Billy! Sieh mich an. Hast du's der Polizei gesagt?«

Da blickte er langsam auf. »Noch nicht.« Er zog eine Grimasse. »Ich hab's versucht. Aber sie schienen auf einmal schwerhörig geworden zu sein.«

»Aber du wirst es ihnen sagen? Eine Zeugenaussage machen?«

»Morgen früh wird es wohl ruhiger sein auf dem Revier. Wahrscheinlich werd' ich dann hingehen.«

Er sah zu ihr auf und legte die Hand an ihre Wange. »Du weinst ja!« Er klang erstaunt. »Aber, Hélène – warum weinst du?«

»Du weißt, warum. Ach, Billy, du weißt genau, warum.«

Er sah ihr ruhig in die Augen. Dann wischte er ihr zärtlich die Tränen ab. Sein Gesicht wirkte verändert. Es hatte harte Züge angenommen, und Hélène fand, daß er viel älter aussah. Er wirkte müde, und obwohl sein Blick auf ihrem Gesicht ruhte, schien er weit weg zu sein.

»Ich will nicht, daß dich jemand verletzt, Billy.«

»Ich bin nicht verletzt.« Als sich sein Mund zu einem leichten Lächeln verzog, wußte sie, daß er sie absichtlich mißverstanden hatte. »Sieh doch hin! Es ist nur ein Kratzer.«

»Billy...«

»Es ist ganz einfach. Mir bleibt keine Wahl. Nicht, wenn ich weiterhin mit mir selbst leben können will.« Er stand auf und zog Hélène mit sich hoch. »Eines Tages...« Er hielt inne, legte den Arm um sie und begann von neuem. »Eines Tages wirst du fortgehen. Ich wünschte nur, ich könnte mitgehen.«

»Aber das könntest du!« Spontan streckte Hélène die Hand nach ihm aus. »Das könntest du, Billy! Wir beide könnten zusammen gehen. Wir brauchen nicht hierzubleiben. Wir könnten uns irgendwo Arbeit suchen. Weit weg von hier. Wo es ganz anders ist. Wir könnten es schaffen, Billy – wirklich!«

»Ich wünschte, ich könnte daran glauben.«

»Aber du tust es nicht?«

»Nein«, antwortete er liebevoll. »Ich glaube nicht daran. Aber du wirst fortgehen, davon bin ich überzeugt. Und das macht mich froh.

Was immer du tust, was immer geschieht – ich werde irgendwie teil daran haben. Auf diese Weise wirst du mich glücklich machen. Und stolz.«

Hélène starrte ihn an; dann wandte sie den Kopf ab. »Du kennst mich nicht, Billy«, erwiderte sie. »Wenn du mich kennen würdest, richtig kennen, würdest du so etwas nicht sagen.«

»Ich kenne dich. Besser als du denkst. Und ich sage es trotzdem.« Behutsam drehte er ihren Kopf zurück, damit er ihr in die Augen sehen konnte. Hélène hatte das Gefühl, er blicke ihr direkt ins Herz.

»Und jetzt geh lieber wieder zu Bett.« Er schob sie sanft von sich. »Es ist schon spät.«

»Aber ich möchte noch bleiben. Ich möchte bei dir bleiben, Billy.«

»Nicht jetzt. Ich möchte allein sein. Ich muß nachdenken.«

Um sechs Uhr früh war Hélène auf. Obwohl die Sonne noch niedrig stand, war sie schon unerträglich heiß, denn diese feuchte, lastende Hitze konnte nur durch ein Unwetter erleichtert werden. Auf der kleinen gelben Kommode neben dem Bett der Mutter lag der saubere Stapel grüner Dollarscheine, die sie der Mutter am Abend zuvor übergeben hatte. Sowie sie erwachte, würde ihr Blick sofort wieder darauf fallen.

Hélène räumte die kleine Küche auf: kein Geschirr vom Abend zuvor, denn die Mutter hatte schon wieder nichts gegessen. Sie glättete den inzwischen fadenscheinigen Paisley-Schal auf der Sessellehne. Sie fegte den Boden, wischte die Wachstuchdecke ab und stellte dann das Frühstücksgeschirr für die Mutter und sich auf den Tisch. Sie holte Wasser von der Pumpe, machte es heiß, und als sie hörte, daß die Mutter sich rührte, brachte sie es ihr hinüber, damit sie sich waschen konnte.

»Frische Wäsche«, sagte die Mutter, als sie sich aufrichtete. »Ich brauche frische Wäsche, Hélène.«

Es dauerte eine Weile, bis sie fertig war. Als sie schließlich in die Küche kam, sah Hélène, wie sehr sie sich bemüht hatte. Sie hatte sich sorgfältig frisiert, sie hatte sich so geschminkt, daß sich der Mund grellrot von ihrem blassen Gesicht abhob. Die Wimperntusche, die sie benutzt hatte, war allerdings schon wieder ein wenig verwischt. Sie trug ihr bestes Kleid und ihre besten Schuhe mit den hohen Pfennigabsätzen, die eigentlich zum Schuster mußten. Als sie sich setzte, blickte sie bedauernd auf sie hinab.

»Mein letztes Paar.« Sie lächelte unbestimmt. »Ich hatte sie lange aufgespart.«

Hélène schenkte ihr Tee ein, aber die Mutter trank nur ein paar Schluck. Essen wollte sie überhaupt nichts.

Hélène setzte sich und beugte sich über den Tisch. »Mutter. Mutter! Bitte, hör mir zu! Es ist wichtig. Ich habe nachgedacht. Wir müssen fort von hier, Mutter. Unbedingt!«

»Aber natürlich, Liebling. Das weiß ich.« Wieder heftete sich ihr Blick auf Hélène, und wieder wußte Hélène, daß die Mutter sie nicht wirklich sah, geschweige denn ihr zuhörte.

»Bitte, *bitte,* hör zu! Ich weiß, daß wir früher, als ich noch klein war, immer darüber gesprochen haben, daß wir Pläne geschmiedet und versucht haben zu sparen. Dann haben wir's für eine Weile vergessen, und dann haben wir wieder darüber gesprochen. Aber so meine ich es jetzt nicht, Mutter. Jetzt meine ich es wirklich ernst. Wir müssen fort – fort von hier! Der Ort hier ist schlimm. Grauenhaft. Er setzt sich in den Knochen fest, und im Verstand.«

Sie brach ab. Die Mutter hörte überhaupt nicht zu. »Mutter!« Sie preßte die Lippen zusammen. »Ich werde an Elizabeth schreiben. An deine Schwester Elizabeth. Heute noch. Ich werde ihr schreiben, Mutter, und ihr alles erklären. Ich werde ihr mitteilen, daß du krank bist und daß wir ihre Hilfe brauchen.« Sie holte tief Luft. »Ich werde sie bitten, uns die Rückreise nach England zu bezahlen. Ich bin sicher, daß sie uns helfen wird, Mutter. Sie ist deine Schwester. Du hast sie niemals um etwas gebeten. Und wenn sie uns nicht helfen will, werde ich von der Schule abgehen. Nicht in zwei Jahren, sondern jetzt. Ich werde mir einen Job suchen und Geld verdienen. Es wird ein bißchen länger dauern, aber ich werde es schaffen, Mutter – mit Sicherheit! Ich kann zwei Jobs gleichzeitig annehmen, am Tag arbeiten und am Abend. Ich bin noch jung, Mutter! Es wird mir nicht schwerfallen. In einem Jahr würden wir genug Geld haben, überleg doch mal, Mutter: ein Jahr nur noch – mehr nicht! Und wenn Elizabeth uns hilft, vielleicht nur noch wenige Monate, ein paar Wochen ...«

Mit einer hastigen Bewegung löste sich die Mutter vom Tisch. Dabei streifte sie mit dem Knöchel ein Stuhlbein, und ihr Strumpf verfing sich in dem rauhen Holz. Ganz langsam streckte die Mutter das Bein aus und blickte hinab: Vom Knöchel aus zog sich eine Laufmasche bis zum Knie. Sie sah Hélène an. »Ich bin schwanger«, sagte sie.

Das war ein Wort, das Hélène von ihrer Mutter noch nie gehört hatte. Sie sprach es mit fast tonloser Stimme aus, ohne jede Emotion. Dann hustete sie einmal ganz kurz und räusperte sich.

»Ende des zweiten Monats. Acht Wochen. Bis zum Ende des dritten Monats machen sie's, aber je länger man wartet, desto gefährlicher wird es auch. Nach acht Wochen dürfte es noch relativ sicher sein. Ich habe jetzt das Geld beisammen – dafür danke ich dir sehr, Hélène. Heute werde ich nach Montgomery fahren und alles in Ordnung bringen.«

Es klang, als wolle sie sich einen schmerzenden Zahn ziehen lassen.

»Mutter...«

»Es ist schon in Ordnung, Liebling. Ich weiß, daß es verboten ist, aber das ist ein törichtes, unrealistisches Gesetz, und es gibt zum Glück Ärzte, die das einsehen und bereit sind zu helfen. Ärzte – und natürlich auch andere Leute. Früher hieß es, daß Missisippi Mary so etwas gelegentlich gemacht hat, aber davon weiß ich nichts. Zu so jemandem würde ich nie hingehen, also kannst du unbesorgt sein. Der Mann in Montgomery ist ein richtiger Arzt. Es wird keinerlei Komplikationen geben.«

Die Mutter hielt inne. Behutsam entzog sie Hélène ihre Hand. Sie hob den Blick und sah zum Fenster hinaus. Ihre Miene war gelassen, ihr Ton neutral. »Er wird es noch heute vormittag machen. Es geht, glaube ich, sehr einfach und schnell. Heute abend werde ich wieder zu Hause sein – gegen sechs, weil man danach noch ein bißchen ruhen soll. Und dann werden wir über deine Pläne sprechen, Liebling. Heute abend. Oder morgen. Das verstehst du doch, nicht wahr, Hélène? Daß ich mich jetzt nicht darauf konzentrieren kann?« Sie runzelte die Stirn, als suche sie sich an etwas zu erinnern. »Ich hatte es dir natürlich nicht sagen wollen. Über so etwas spricht sich nicht so einfach, nicht wahr?« Sie lächelte müde.

»Aber ich finde, du solltest es erfahren. Denn siehst du, ich bin sehr dumm gewesen, das sehe ich jetzt ein. Und es wäre mir eine Beruhigung zu wissen, daß du derartige Fehler nicht machen wirst. Du solltest niemals einem Mann vertrauen, Hélène. Dich niemals auf einen Mann einlassen. Das ist natürlich sehr, sehr schwer. Man glaubt, den anderen zu lieben – die Frauen glauben das jedenfalls. Und dann ist man so furchtbar verwundbar! Manchmal denke ich mir, wenn sich die Frauen nicht so töricht verlieben würden, wäre ihr Leben viel einfacher und glücklicher. Ich habe deinem Vater alle Lügen geglaubt, Hélène. Und er hat mich in jeder Beziehung belogen. Er behauptete, daß eine Farm auf ihn warte, wenn er vom Militär entlassen werde. Er behauptete, wir würden in einem hübschen Haus wohnen, doch als ich hier ankam, entdeckte ich, daß ich in einem gräßlichen, kleinen Bungalow hausen mußte, zusammen mit seinen Eltern und Geschwistern. Er behauptete, er bete den Boden unter meinen Füßen an, Hélène...« Sie zögerte einen Moment. »Und ich weiß wirklich nicht, warum, aber es war Krieg, und die Amerikaner wirkten so aufregend, und er war so ganz anders als alle, die ich vorher gekannt hatte. Also habe ich ihn geheiratet und kam mit dir, einem winzigen Baby, hierher. Und mußte feststellen, daß alles gelogen war. Alles. Daraufhin hab' ich ihn natürlich verlassen. Ich hatte schließlich meinen Stolz.« Sie hielt inne und blickte wieder zu Hélène auf. »Du bist in England geboren, Liebling. Ich fand immer, daß man das nicht vergessen dürfe. Du wirst es doch niemals vergessen, nicht wahr?«

»Mutter. Bitte, hör auf!« Hélène senkte den Kopf.

Die Mutter seufzte. »Nun gut, du hast vermutlich recht. Es hat keinen Sinn, über die Vergangenheit nachzudenken. Das hab' ich viel zu lange getan. Aber man lernt nichts daraus. Die Geschichte wiederholt sich. Man macht die gleichen Fehler immer wieder, man glaubt an immer wieder die gleichen Lügen, nur jedesmal von einer anderen Stimme ausgesprochen.« Sie schob ihre Tasse von sich.

»Aber ich werde niemals mehr daran glauben. Nicht nach dem heutigen Tag. Und ich hoffe, du hast mir gut zugehört, Hélène, denn es ist sehr, sehr wichtig. Du bist jetzt eine Frau, Liebling, dein Leben beginnt gerade erst, und...«

Als sie sich unvermittelt unterbrach, hob Hélène den Kopf. Die Mutter sah auf die Uhr an der Wand. Die alten roten Aufkleber waren noch da, wenn auch inzwischen ziemlich verblaßt.

»Weißt du noch, wie du auf mich gewartet hast, wenn ich fort war, mein Liebling? Du warst wirklich ein artiges Kind.« Jetzt lächelte sie. »Da war dieses grau-weiße Kleid von Bergdorf-Goodman. Ein bezauberndes Kleid! Reine Seide. Seit Jahren hatte ich keine Seide mehr gesehen. Seit dem Ausbruch des Krieges nicht mehr. Damals fing alles an, mit diesem Kleid. Wenn ich zu ihnen ins Haus kam, um seine Frau zu frisieren, sah ich manchmal, wie er mich anstarrte. Doch damals erklärte ich mich zum erstenmal einverstanden, mich mit ihm zu treffen. Am Tag, nachdem er mir das Kleid geschenkt hatte...«

Hélène spürte, wie ihr Körper erstarrte. Ihr wurde übel.

Mit verträumter Stimme fuhr die Mutter fort: »Es war so schön, Hélène! Er fuhr mit mir auf der Plantage herum. Und im Park gab es ein altes Gartenhaus, in dem wir uns immer trafen. Es war ein bißchen heruntergekommen, doch es erinnerte mich an meine Kindheit. Wo ich aufgewachsen bin, hatten wir auch so ein Gartenhaus. Ich weiß noch, daß ich ihm das erzählte und daß er sich sehr dafür interessierte. Er kann so überaus charmant sein: Er sieht so gut aus und hat ausgesprochen perfekte Manieren...«

Versonnen machte sie eine Pause, und Hélène verkrampfte ihre Hände so sehr, daß ihre Fingernägel sich in die Handflächen gruben.

»Es war so romantisch, Hélène! Das mußt du wissen, damit du mich verstehst. Du sollst nicht glauben, ich hätte mich da auf etwas – Schmutziges eingelassen. Gewiß, ich wußte natürlich, daß er verheiratet war, aber die Ehe war unglücklich, und das schien in meinen Augen alles zu ändern. Eine Zeitlang dachte ich, er würde sich scheiden lassen und mich heiraten. Jedenfalls behauptete er das, und da es keine Kinder gab, wäre es nicht weiter schwierig gewesen. Nur ihr gehört das Geld. Die Plantage existiert nur noch von ihrem Geld. Deswegen hätte es für ihn große Probleme gegeben, das sah ich ein. Ich habe ihn nie gedrängt, Hélène; ich finde, es ist irgendwie vulgär, wenn Frauen das tun. Er sprach sehr oft vom Heiraten. Wir machten Pläne, absolut törichte Pläne. Was wir mit dem Haus machen würden, wenn wir dort wohnten. Wie wir es neu einrichten wollten. Und Gäste einladen. Mrs. Calvert lädt nur ganz selten Gäste ein, was ich bei ihrer gesellschaftlichen Stellung für grundlegend falsch halte. Ich hätte alles ganz anders gemacht...«

»Mutter – bitte!«

»Also, ich habe ihm geglaubt, Hélène.« Im Ton der Mutter lag eine Spur von Zurechtweisung. »Erinnerst du dich an den Abend, als du das Geld gezählt hattest und davon sprachst, daß wir nach England zurückkehren wollten, und wir uns stritten? Da hab' ich versucht, dir alles zu erzählen. Er hatte mir damals nämlich fest zugesagt, mit seiner Frau zu sprechen.« Sie hielt inne. »Das hat er natürlich nicht getan. Ich will nicht sagen, daß er bewußt gelogen hat – nicht direkt. Das tun Männer nie. Sie lügen, aber in dem Moment, wo sie die Lüge aussprechen, glauben sie fast selbst daran. Deswegen mußt du ja auch so vorsichtig sein, Hélène. Deswegen ist es ja auch so leicht, ihnen zu glauben!«

»Mutter.« Hélène beugte sich vor. Sie hatte nur noch einen Gedanken: die Mutter zum Schweigen zu bringen, diese so furchtbar ruhige, wahnwitzige, einseitige Konversation zu beenden. Die Dringlichkeit in ihrem Ton hatte Erfolg. Der Blick der violetten Augen kehrte wieder zu ihr zurück.

»Ja, Liebling?«

»Weiß er es, Mutter?«

»Das hier, Liebling?« Die Mutter lächelte. »Natürlich nicht.« Sie zögerte. »Denn siehst du, Liebling, er hat eine andere.«

»Eine andere?« Hélène wurde blaß.

»Wen, das weiß ich natürlich nicht. Das geht mich nichts an. Ehrlich gesagt, ich glaube, er hat immer andere Mädchen gehabt. Hin und wieder. Farbige. Sein Vater war so, wie ich gehört habe. Er ist eben ein Südstaatler. Denen liegt das im Blut. Zwischen uns beiden aber, das war etwas ganz anderes, das spürte ich. Das zwischen uns, das ging schon sehr lange. Sehr, sehr lange. Manchmal stritten wir uns, und es gab Zeiten, da trafen wir uns sehr lange nicht. Letztlich aber kam er immer zu mir zurück. Ich glaube wirklich, er hat mich geliebt, Hélène. Eine Zeitlang. Bis vor kurzem haben wir uns relativ häufig getroffen. Nicht mehr so oft wie früher, aber er brauchte mich immer noch. Gelegentlich. Und dann passierte dies – furchtbar dumm von mir, furchtbar leichtsinnig, aber er war zwei Monate in Philadelphia gewesen, und als er zurückkam, war ich so unendlich glücklich …« Sie unterbrach sich, um einen kleinen Schluck Tee zu trinken.

»Weißt du, ich bin ziemlich stolz auf mich, Hélène. Weil ich ihm nichts davon gesagt habe. Es wäre so leicht gewesen, zu bitten und zu weinen, aber das hätte ich nicht fertiggebracht. Ich werde mich einfach nicht mehr mit ihm treffen. Er braucht niemals davon zu erfahren, Hélène. Weißt du, er erinnerte mich, glaube ich, an deinen Vater. Deswegen fing alles an. Als ich deinen Vater kennenlernte, trug ich ein seidenes Kleid, Hélène – wunderschön, zartlila, und an die Schulter steckte ich mir immer eine Rose. Wir gingen ins Café Royal. Es war ein herrlicher Abend. Damals merkte ich, daß dein Vater mich bewunderte. Ich spürte es...«

Sie unterbrach sich. Dann senkte sie den Kopf und schüttelte ihn ganz leicht, als wolle sie wieder zu klarem Verstand kommen. Ihre Augen, die zu strahlen begonnen hatten, wurden wieder stumpf. »Vor siebzehn Jahren. Und nun dies. Wie unendlich dumm von mir!«

Hélène stand auf. Als er aus Philadelphia zurückkam. Vor zwei Monaten. Um zu verbergen, daß sie zitterte, stützte sie die Hände auf die Tischplatte. »Ich könnte ihn umbringen!« sagte sie. »O Gott, ich könnte ihn umbringen!«

Die Mutter blickte zerstreut auf, als hätte sie kein Wort gesprochen. Dann sah sie zu der Uhr auf dem Kühlschrank hinüber; die Zeiger standen auf neun. Sie erhob sich. »Würdest du mir meine Tasche holen, Hélène? Ich hab' ein paar Sachen zusammengepackt, die ich vermutlich brauchen werde. Sie steht im Schlafzimmer.«

Es war unmöglich, in Orangeburg nicht beobachtet zu werden. Das gehörte zu den Dingen, die Hélène an diesem Nest am meisten haßte.

Manchmal konnte Hélène die Neugierigen sehen. Es gab eine Menge Leute in Orangeburg, die nichts Besseres zu tun hatten, als vor den Geschäften herumzulungern und zu tratschen, vor allem, wenn es so heiß war wie heute. Manchmal bewegte sich auch nur eine Gardine oder ein Schatten hinter der Fliegendrahttür; trotzdem spürte sie die aufmerksamen Blicke.

Heute war es besonders schlimm. Zwei Schaufenster waren mit Brettern vernagelt; auf dem Gehsteig lagen Glasscherben. Kein einziger Farbiger war zu sehen, nur eine Gruppe von Weißen – Männer und Frauen –, die ihre Diskussionen abbrach, als sie sich mit ihrer Mutter näherte, und weiterredete, sobald sie vorbei waren.

Das Wrack des ausgebrannten Autos war beiseite geräumt worden. Am Ende der Main Street parkte ein Polizeiwagen im Schatten. Hélène und ihre Mutter blieben an der Bushaltestelle stehen.

Die Haltestelle lag direkt vor Cassie Wyatts Frisiersalon. In der prallen Sonne; es gab keinen Schatten. Die Mutter schien die Hitze nicht zu bemerken. Sie stand da, die kleine Reisetasche in der Hand, und starrte in die Richtung, aus der der Bus kommen sollte. Hélène sollte sie nicht nach Montgomery begleiten; das wollte die Mutter auf gar keinen Fall.

Nach einer Weile kam Cassie Wyatt heraus. Es war Samstagvormittag, also mußte sie viel zu tun haben. Durch das Schaufenster sah Hélène, daß alle vier Trockner belegt waren.

Hélène beobachtete, wie sie auf ihre Mutter zuging, wie sie ihr ins Gesicht sah und wie sich plötzlich Cassies Ausdruck veränderte. Mit erschrockener Miene blieb sie stehen; dann trat sie vor und legte der Mutter die Hand auf den Arm. »Violet? Ist alles in Ordnung mit dir, Violet?« Sie trat zurück, und Hélène sah, wie ihr Blick auf die kleine Reisetasche fiel.

»Danke, Cassie, mir geht's gut. Ich warte nur auf den Bus nach Montgomery.« Die Mutter hatte kaum den Kopf gewandt.

»Willst du nicht reinkommen und dich 'n bißchen hinsetzen? Es ist so heiß, und dieser verdammte Bus, bei dem weiß man ja nie, wann er endlich auftaucht. Kann leicht noch 'ne halbe Stunde dauern. Komm rein und ruh deine Füße aus! Ich hab' die Ventilatoren laufen...«

»Danke, Cassie, aber ich glaube, da kommt der Bus.« Jetzt wandte die Mutter doch leicht den Kopf. Eine einzelne Träne lief ihr über die Wange, die sie hastig wegwischte.

Cassies unscheinbare Züge wurden weich. Sie wirkte aufrichtig bekümmert. »Komm, Violet«, drängte sie behutsam. »Du siehst wirklich nicht gut aus. Komm rein und ruh dich ein Weilchen aus. Du kannst nach hinten gehn, wenn dir das lieber ist. Da ist es ruhig. Es gibt schließlich noch mehr Busse. Nimm einfach einen späteren, ja?«

»Danke, aber ich muß jetzt fahren. Ich habe einen *Termin*, Cassie!« Sie sagte es, als handele es sich um etwas Großartiges, um eine

Geschäftsbesprechung oder einen wichtigen Lunch. Sie hob die Hand, um dem Bus zu winken. Sie trug weiße Stoffhandschuhe, die an einem Finger gestopft waren.

»Laß nur, Cassie«, sagte Hélène leise. Die Leute begannen neugierig zu starren. Im Salon ließ eine der Friseusen die Schere sinken.

Der Staub der Straße wirbelte auf, als sich der Bus näherte. Cassie wandte sich an Hélène: »Wirst du deine Mutter begleiten, Hélène?«

»Nein. Hélène wird auf gar keinen Fall mitkommen!« antwortete die Mutter energisch.

Hélène malte mit ihrer Schuhspitze im Staub. »Ich warte lieber hier auf sie, Cassie«, erklärte sie verlegen. »Später werd' ich sie dann vom Bus abholen.«

Der Bus hielt; zischend öffneten sich die Türen. Die Mutter zögerte. »Habe ich meine Handtasche? Ach ja, da ist sie.« Rasch wandte sie sich zu Hélène um und gab ihr einen trockenen Kuß auf die Wange. »Auf Wiedersehn, Liebling. Bis heute abend. Gegen sechs.«

Dann stieg sie ein. Der Bus stieß eine blaue Dieselwolke aus und fuhr an. Hélène hob die Hand, wollte der Mutter nachwinken, ließ sie aber wieder sinken. Sie sah auf ihre Armbanduhr, die sie zum sechzehnten Geburtstag bekommen hatte; sie schüttelte sie ein wenig, weil sie manchmal stehenblieb. Aber sie lief. Es war zehn Uhr.

Sie wußte nicht recht, was sie inzwischen tun sollte. Am liebsten hätte sie alles auf einmal getan: zum Wohnwagen zurückkehren, sich aufs Bett legen und weinen; zur Plantage laufen und Ned Calvert mitten ins Herz schießen; an Elizabeth schreiben und den Brief sofort auf die Post geben; mit Billy reden; mit dem nächsten Bus nach Montgomery fahren, die Mutter suchen und nach Hause holen. Vor allem aber wollte sie die Uhr einen Monat, ein Jahr, bis vor die Zeit zurückstellen, als all dies angefangen hatte, und sie wollte die Stimme der Mutter nicht mehr hören, wie sie ihr vollkommen ruhig all jene Dinge erzählte.

Zum Schluß wanderte sie ganz einfach die Main Street entlang, bog hinter der Tankstelle ab und dann um den Parkplatz herum, wo ein unbebautes Grundstück lag, mit großen Tafeln, die auf ein neues Bauprojekt hinwiesen.

Dort, wo praktisch niemand hinkam, gab es einen baufälligen Blechschuppen, in dessen Schatten sich Hélène niederließ und vor sich hinstarrte, darum betete, daß die Zeit verging. Sie schloß die Augen vor der Hitze und sagte in Gedanken immer wieder: ›England, Europa, England, Europa.‹ Nach einer Weile stand sie wieder auf und wanderte zur Tankstelle zurück. Dann blieb sie stehen.

Bei den Benzinpumpen parkte ein langgestreckter, offener Cadillac. An seinem Heck lehnte, mit dem Rücken zu ihr, Ned Calvert, der mit einer Gruppe von weißen Männern diskutierte. Merv Peters gehörte dazu, und ein jüngerer Mann: Eddie Haines, glaubte sie. Die beiden anderen kannte sie nicht. Einer trug ein Jagdgewehr über der Schulter.

Möglichst eng an die Wand gedrückt, beobachtete sie die Männer eine Weile. Dann machte sie kehrt und schlich davon, durch eine Hintergasse, an Mülltonnen und Gärten mit vollen Wäscheleinen vorbei. An einer Mauer entlang, auf die jemand mit roter Farbe die Buchstaben KKK gemalt hatte. Als sie die Schmiererei entdeckte, spuckte sie aus. Dann ging sie weiter.

Eine Zeitlang drückte sie sich auf der Main Street herum, tat so, als betrachte sie die Auslagen in den Schaufenstern, und wartete auf den nächsten Bus aus Montgomery. Aus irgendeinem verrückten Grund glaubte sie, daß ihre Mutter damit zurückkommen würde. Aber nur zwei weiße Männer stiegen aus. Der Bus fuhr weiter. ›Bitte, lieber Gott‹, dachte Hélène, ›mach, daß alles gut geht! Mach, daß alles in Ordnung ist!‹

Sie wußte genau, zu was für einem ›Arzt‹ die Mutter trotz allem, was sie gesagt hatte, gehen würde. Die Reichen gingen nicht nach Montgomery, wenn sie eine Abtreibung wollten, das wußte selbst sie. Die flogen nach Puerto Rico oder Mexico, wo es Privatkliniken gab, in denen man so was machen lassen konnte. Susie Marshal kannte eine Frau, die eine Frau kannte, die das mal getan hatte. Entweder das, oder sie gingen zu einem sehr teuren Arzt und erklärten, sie brauchten die Operation aus medizinischen Gründen. Welcher Arzt würde für siebzig Dollar eine Abtreibung vornehmen?

Hélène erschauerte. Ihr war übel. Ihre Kehle war so trocken, daß sie kaum schlucken konnte. Sie sehnte sich nach einem Schluck

Wasser und fragte sich, ob sie es wagen könne, Merv Peters' Drugstore zu betreten und sich ein Sodawasser zu bestellen. Er selbst war nicht da, das wußte sie ja... Sie ging über die Straße und spähte hinein. Priscilla-Anne war ebenfalls nicht da, also war die Luft rein. An der Theke bediente ein junges Mädchen, das sie nicht kannte.

Hélène stieß die Tür auf und trat ein. Kalte Luft schlug ihr entgegen. Merv Peters hatte im letzten Jahr eine Klimaanlage installieren lassen. Und eine Jukebox, die auch jetzt spielte.

Sie setzte sich auf einen hohen Hocker dicht am Fenster, von wo aus sie die Main Street und die Bushaltestelle überblicken konnte. In der Ecke bei der Jukebox kicherten und flüsterten ein paar Schülerinnen der Selma High School. Falls die gesehen hatten, daß sie hereinkam, ließen sie es sich nicht anmerken.

»Ein Sodawasser, bitte.« Sie zählte einen kleinen Stoß Fünf-Cent-Stücke auf die Theke. Das junge Mädchen schob ihr das Glas hinüber.

»Vielen Dank.«

»Bitte sehr.«

Eine Elvis-Platte lief aus; eines der Mädchen in der Ecke warf einen Vierteldollar ein und drückte auf ein paar Tasten. Eine volltönende Negerstimme sang *Blue Moon:* sehnsüchtig, melancholisch. Die weißen Mädchen wurden still und lehnten sich verträumt zurück.

Sie spielten die Platte dreimal hintereinander. Und Hélène bemühte sich, so langsam zu trinken, daß ihr Sodawaser so lange reichte. Dann rutschte sie vom Hocker und ging hinaus. Sie liebte diese Platte. Und wußte genau, daß sie sie nie wieder hören wollte. Niemals!

»Billy Tanner...« Eines der Mädchen bei der Jukebox hatte den Namen genannt, aber die Tür schloß sich, bevor Hélène mehr hören konnte. Sie blickte die Straße entlang und sah, was die Mädchen gemeint hatten.

Auf dem Gehsteig kam Billy die Main Street entlang. Er war allein und ging sehr langsam. Und wurde ständig beobachtet. Cassie Wyatt kam an die Tür ihres Salons; eine der Friseusen reckte den Hals, um aus dem Fenster sehen zu können. Vor der Eisenwarenhandlung fegte ein Mann den Bürgersteig; er hielt mit seiner Arbeit inne und stützte sich auf den Besen. Er versperrte Billy den Weg, wich aber keinen Zentimeter zur Seite. Billy mußte auf die Straße ausweichen.

Als er den Polizeiwagen mit dem Blaulicht auf dem Dach passierte, stieg einer der Polizisten aus. Er lehnte sich an die Tür und beobachtete Billy, eine Hand auf dem Wagendach, die andere an der Revolvertasche. Plötzlich wurde es still auf der Straße. Niemand rief etwas; niemand bewegte sich. Eine Frau, die mit einer großen Einkaufstüte im Arm aus Merv Peters' Lebensmittelgeschäft kam, blieb stehen. Sie hatte ein kleines Kind bei sich. Sie sah die Straße entlang, dann auf ihr Kind hinunter, stieß unvermittelt die Ladentür auf und zog das Kind wieder hinein. Hélène warf einen Blick zurück. Die Mädchen von der Selma High School hatten die Jukebox verlassen und drängten sich mit blassen Gesichtern und großen Augen am Fenster. Eine hatte Lockenwickler im Haar. Hélène wandte sich wieder der Straße zu; das Licht blitzte auf Glas und heißem Metall. Billy ging gleichmäßig weiter. Unten bei der Tankstelle wurde ein kraftvoller Automotor angelassen und hochgejagt.

Sekundenlang blieb Hélène reglos im Schatten der Markise stehen. Dann lief sie in die Hitze hinaus und quer über die Straße zum gegenüberliegenden Bürgersteig. Sie ergriff Billys Arm.

»Billy«, sagte sie, »laß uns nach Hause gehen. Laß uns schwimmen gehen.« Ihre klare, englische Stimme tönte weithin über die Straße. Billy blickte auf sie hinab; er schüttelte den Kopf und versuchte sich von ihr zu lösen, aber Hélène achtete nicht darauf, sondern umklammerte seinen Arm noch fester. Billy seufzte, dann lächelte er, und sie gingen weiter.

Keiner von ihnen sagte etwas. Nebeneinander gingen sie die Main Street entlang, an den Geschäften, dem Durcheinander von Wohnhäusern, Gebrauchtwagenhändlern und Spirituosengeschäften vorbei. Hinter den ersten Baumwollfeldern überquerten sie beim Bahnübergang die Schienen, ließen die alten, baufälligen Fachwerkhäuser hinter sich, die für Weiße gebaut worden waren, in denen jetzt aber Neger wohnten, die gedrungene Backsteinkirche der Südstaaten-Baptisten und das riesige Schild mit der Aufschrift JESUS LEBT! Und die ganze Zeit verfolgte sie ein schwarzer Cadillac.

Auf halbem Weg zwischen der Stadt und dem Wohnwagenpark blieb Hélène stehen. Billy wollte, daß sie allein weiterging, aber sie klammerte sich entschlossen an seinen Arm. Der Cadillac wurde langsamer, kam näher, war auf ihrer Höhe. Ned Calvert brachte es nicht fertig, sie anzusehen; er starrte geradeaus auf die Straße. Aber die anderen starrten sie an. Fünf grinsende weiße Gesichter, zwei auf dem Vordersitz, drei im Fond, und die Sonne glitzerte auf den Heckflossen aus Chrom und dem Lauf eines Jagdgewehrs. Hélène sah sie sich ganz genau an: Ned Calvert, Merv Peters, Eddie Haines und die beiden, die sie nicht kannte.

»Suchen Sie was?« schrie sie ihnen auf einmal zu. »Würden Sie mir vielleicht sagen, was Sie suchen?« Ihre Stimme prallte von dem Chrom ab, wurde von der heißen, stillen Luft verschluckt. Einer der Männer lachte laut auf.

Eddie Haines nahm sein Kaugummi aus dem Mund und schnippte es auf die Straße. »Du hast soeben deinen Job verloren, Junge«, rief er, dann tippte er Ned Calvert auf die Schulter.

Der Cadillac startete durch, daß der Staub aufwirbelte, und jagte davon. Hélène sah ihm nach. Sie warf einen Blick auf ihre Uhr. Fast ein Uhr mittags. Die Sonne stand nahezu senkrecht über ihren Köpfen, als sie vom Highway abbogen und langsam zum Wohnwagenpark hinübergingen.

Du solltest dich nicht einmischen.« Billys blaue Augen blickten auf sie herab. »Weißt du, wo ich gewesen bin?«

»Selbstverständlich. Bei der Polizei.«

Er schüttelte den Kopf. »Ich will nicht, daß du Ärger kriegst.«

»Billy.« Sie drückte seinen Arm. »Es ist heiß. Laß uns ins Wasser gehen.« Sie standen im stillen Halbdunkel der Pappeln. Die Schatten der Zweige malten Streifen auf ihre Körper. Es gab keinen Laut außer ihrem eigenen Atem.

»Hélène?«

»Ich möchte ins Wasser, Billy.«

Sie trat zurück; Licht und Schatten tanzten in ihrem Kopf: die Vormittagshitze, die Kühle unter den Pappeln. Sie wußte genau, was sie wollte.

Billy beobachtete sie; sein ganzer Körper war gespannt, als spüre er hinter der Gelassenheit ihrer Stimme etwas Dringliches, Wildes.

Hélène hob die Hände, die überhaupt nicht zitterten, und begann ihre Bluse aufzuknöpfen. Sie legte die Bluse ab, die Armbanduhr, die Jeans, die Sandalen, die Unterwäsche. Billy rührte sich nicht. Als sie nackt war, stand sie sekundenlang ganz still. Billy seufzte. Dann wandte sie sich um und glitt wie ein Fisch ins kalte, braune Wasser. Als sie wieder auftauchte und sich mit einer Kopfbewegung das nasse Haar aus dem Gesicht schüttelte, glitzerten die Wassertropfen wie Diamanten auf ihren Armen.

»Bitte, Billy...«

Einen Augenblick lang dachte sie, er werde sich weigern, obwohl sie genau wußte, daß er begriff. Dann zog er sich ganz langsam das Hemd aus und schlüpfte aus den Turnschuhen. Seine Jeans behielt er an. Langsam, als wolle er sich taufen lassen, kam er schrittweise ins Wasser gestiegen. Als ihm das Wasser bis zur Brust reichte, machte er halt; dann lächelte er sie ein wenig schief an. Plötzlich jedoch tauchte er unter und kam in einem Tropfenschauer prustend wieder emporgeschossen. Er lachte laut auf, daß es durch die Bäume hallte; dann schwamm er dicht neben ihr her.

So schwammen sie eine ganze Zeitlang, ohne sich jedoch zu berühren. Hélène verließ das Wasser zuerst. Sie stand an einer Stelle des Ufers, die sich sanft neigte, eine Mulde mit Farnen und Schatten. Sie wartete. Sie wußte, er würde zu ihr kommen.

Endlich kam Billy auch aus dem Wasser. Er stieg ans Ufer empor, blieb neben ihr stehen und blickte in ihr Gesicht. Ein eisvogelblaues Aufblitzen; Augen, die traurig, bekümmert dreinblickten.

»Ich kann nicht«, sagte er schließlich. »Nicht jetzt. Nicht so. Ich kann dir dieses Unrecht nicht antun, das weißt du.«

»Es ist nicht unrecht, es ist *recht!*« Sie legte ihm beide Hände auf die Brust. »Und es ist für mich sehr wichtig. Ich weiß genau, daß du mich verstehst.«

»Ich verstehe dich.« Er bedeckte ihre Hände mit den seinen und drückte sie. »Aber das macht es noch nicht recht. Jetzt. Hier...«

»*Gerade* hier.« Sie senkte den Kopf. »Ich möchte, daß du der erste bist, Billy.«

Sie spürte, wie seine Hände sich verkrampften und er ganz leicht zusammenzuckte. Rasch hob sie den Kopf und sah ihn an. »Du wußtest es? Du wußtest, daß ich mich mit Ned Calvert getroffen habe?«

»Ich hab' euch mal zusammen gesehen.« Billy zuckte die Schultern. »Ich fand es besser, nichts zu sagen. Ich wußte, du würdest schnell genug entdecken – was für ein Mensch er ist. Es war besser so.«

»Sprich nicht von ihm! Nicht einmal an ihn *denken* will ich! Bitte, Billy – ich werde dich nie wieder um etwas bitten. Nur um dies eine.«

»Ich liebe dich schon lange. Sehr lange. Solange ich mich erinnern kann.« Er schüttelte den Kopf; ein Zittern lief durch seinen Körper. »Wenn ich glaubte, du liebst mich ebenfalls – wenn ich das je hätte glauben können...«

Er schwieg, doch als Hélène etwas sagen wollte, legte er ihr sanft den Finger auf die Lippen. »Erzähl mir jetzt keine Lügen. Das ist nicht nötig. Nicht zwischen uns beiden...«

Hélène sah zu ihm auf. Sein Ausdruck war liebevoll, seine Augen blickten unendlich traurig. Langsam legte sie ihm die Arme um den Hals, bis ihre Brüste seine nackte Brust berührten. Sie drückte ihre Lippen zuerst auf seine Wange, dann zärtlich auf seinen Mund. Dann löst sie sich von ihm.

»Ich weiß, daß ich recht habe! Ich weiß genau, daß ich noch nie in meinem ganzen Leben so sehr recht gehabt habe.« Ihre blauen Augen funkelten. »Ich weiß, daß ich dich dazu bringen kann, Billy...«

»Das weiß ich auch.« Billy lächelte. »Und ich verstehe dich. Es ist also nicht notwendig...«

Er nahm sie in die Arme und zog sie neben sich auf den Boden. Ganz tief blickte er ihr in die Augen, als gebe es etwas in den seinen, das sie begreifen sollte, etwas, das er nicht auszudrücken vermochte.

»Die erste und die letzte. Das warst du immer für mich, Hélène. Anfang und Ende. Sag mir, daß du das weißt.«

»Ich weiß es.« Ihre Stimme brach.

»Dann ist es gut«, gab Billy zurück.

Als er den Kopf neigte und sie auf den Mund küßte, hörte sie, wie sich irgendwo in den Zweigen ein Vogel regte.

Als sie am Ufer des Teiches lagen, hatte Billy noch drei Stunden zu leben. Sie ermordeten ihn gegen fünf – dort, wo der Weg zum Wohnwagenpark in die Straße nach Orangeburg mündete.

Hélène hörte den Schuß auf der Mitte des Weges, als sie nach Orangeburg wollte, um ihre Mutter abzuholen. Sie blieb stehen; der Knall war sehr laut; ein Schwarm Ringeltauben stob aus den Bäumen hoch. Dann hörte sie eilige Schritte, das Brechen von Unterholz, das Zuschlagen einer Wagentür, das Quietschen von Autoreifen auf dem staubigen Asphalt. Als sie die Stelle erreichte, an der sie sich getrennt hatten, roch es immer noch nach verbranntem Gummi. Billy lag neben dem Highway auf dem Rücken im Gras. Seine Hände waren entspannt; er lag da, als schlafe er, nur daß seine Augen offen standen.

Keuchend brach sie neben ihm in die Knie. Seine Stirn war schweißbedeckt; seine Hand war warm, als sie sie ergriff. ›Es ist ihm nichts geschehen‹, dachte sie erleichtert. ›Sie haben ihn nicht getroffen; sie wollten ihm nur einen Schreck einjagen; es ist nichts passiert.‹ Dann sah sie auf dem Gras das Rot und das Grauweiß, das aus seinem Hinterkopf sickerte. Aufschreiend streckte sie die Hände aus, um seinen Kopf anzuheben, die Wunde zu heilen, ihn zu halten, ihn zu verstecken – sie wußte nicht, was. Dann sank sein Kopf zur Seite, und sie sah, was sie ihm mit ihrer Schrotflinte angetan hatten. Billy war tot. Wie ein Tier hob sie den Kopf und begann zu schreien.

Es waren so viele Menschen da, auf einmal. Sie konnte sich nicht vorstellen, woher die so schnell gekommen waren oder warum, wo sie doch gar nichts mehr tun konnten. Es war zu spät. Alle starrten auf sie, und sie haßte die Leute dafür. Sie beugte sich über Billy, weil sie nicht wollte, daß sie ihn sahen, *so* sahen, und sie begriffen das nicht, sondern zerrten an ihr, sagten irgendwelche Dinge und versuchten sie wegzuziehen.

Kurz darauf ertönte ein Geräusch wie ein Seufzer, und sie sah, wie die Füße ringsum sich entfernten. Als sie aufblickte, sah sie Mrs. Tanner durch die Menge der Neugierigen kommen. Sie hatte das jüngste Kind auf der Hüfte. Dann blieb sie stehen und setzte das Kind auf den Boden.

Sie kniete neben Hélène nieder. Sie schrie nicht auf; sie sprach kein Wort; sie sah nur hin. Sie nahm Billys Hand. Ein Knopf von Billys Hemd stand offen; sanft legte sie seine Hand nieder und schloß den Knopf. Gerade als sie das tat, begann es auf einmal zu regnen – ganz plötzlich, wie es häufig nach einer Hitzeperiode geschieht. Schwere Tropfen klatschten auf ihren Kopf und Billys Hemd. Sie breitete die Hände aus: mit gespreizten Fingern, als könne sie ihn vor dem Regen schützen.

»Sein neues Hemd. Sein sauberes Hemd. Ich hab' das Hemd gerade erst gewaschen.« Als sie den Kopf hob, traf sich ihr Blick mit Hélènes – aus Augen, die genauso blau waren wie Billys. »Mein Ältester. Mein erstgeborener Sohn. Billy...« Ihre Stimme hob sich. Plötzlich packte und schüttelte sie ihn, als wolle sie ihn aus tiefem Schlaf wecken. »Billy! Was haben sie dir angetan? Was haben sie meinem Jungen angetan?«

Sie beugte sich nieder und nahm ihn in die Arme. So kniete sie dort, bis die Polizei eintraf. Als die Beamten sie aufheben wollten, schlug sie wild um sich; dann wurde sie ganz still und sah Hélène an, als nehme sie sie jetzt erst wahr. Mit beiden von Regen und Blut nassen Händen versetzte sie ihr einen Stoß, und ihr Gesicht war auf einmal haßverzerrt.

»Geh weg von ihm! Faß ihn nicht an! Was willst du von meinem Sohn? Ich hab' ihn vor dir gewarnt. Bleib weg von dem Mädchen, hab' ich gesagt, die bringt dir nur Ärger, Billy. Wenn du sie bloß *ansiehst,* wirst du dafür leiden müssen. Schon früher, als er noch klein war, hab' ich das zu ihm gesagt...«

Dann erlosch ihr Haß auf einmal wieder. Sie sank in sich zusammen und ließ sich davonführen. Das Kind begann zu weinen; in der Luft begann es weiß und blau zu blitzen; die Sirene des Krankenwagens heulte; die Neugierigen wurden zurückgedrängt.

Hélène stand auf und wankte zum Straßenrand. Dort kauerte sie sich nieder, während hinter ihr Bewegung entstand, Befehle gerufen wurden und das Weinen des Kindes sich zum Geschrei steigerte. Sie kauerte noch immer dort, als Cassie Wyatt mit ihrem alten, zerbeulten Ford neben ihr hielt. Cassie ging zum Polizeiwagen hinüber und sagte etwas; dann kam sie zu Hélène zurück. Mit zerfurchtem, vor Müdigkeit grauem Gesicht beugte sie sich hinab und zog Hélène auf die Füße.

»Komm, steig ein. Ja, so ist's gut. Du hältst dich großartig. Du mußt jetzt mitkommen, Schätzchen. Deine Mama braucht dich. Sie fragt nach dir. Hélène – verstehst du, was ich sage?« Sie startete den Motor. »Deine Mama braucht dich, Schätzchen; sie braucht dich dringend...«

Die Mutter war schon mit dem Bus um vier zurückgekommen, zwei Stunden früher als geplant. Auf dem Gehsteig vor Cassies Frisiersalon war sie zusammengebrochen, und Cassie hatte den Laden geschlossen und sie ins Haus geholt. Als sie die Blutung sah, schaffte sie sie in ihren Ford und fuhr sie ins katholische Krankenhaus nach Maybury. Es gab zwar noch ein größeres Krankenhaus, das näher lag, aber die nahmen nur Patienten, die krankenversichert waren.

Die Nonnen wußten sofort, was passiert war. Als sie es merkten, berichtete Cassie, waren ihre Gesichter blaß und verkniffen geworden, aber sie hatten Violet trotzdem aufgenommen. Die erste Transfusion schien zu wirken. Als Hélène und Cassie an jenem Abend hinkamen, war die Mutter bei Bewußtsein. Über dem Bett hing ein Kruzifix, in ihrem Arm steckte ein Infusionsschlauch, und eine Frau am anderen Ende des Saals stöhnte ununterbrochen. Hélène sah auf ihre Mutter hinab. Ihr Gesicht war schneeweiß, die Haut sah aus wie Papier und spannte sich straff über den Wangenknochen. Ihre Hände ruhten auf kühlen, weiß gestärkten Laken.

»Es ist sehr schön hier, Cassie«, sagte sie. »Es gibt sogar einen Garten, hat mir eine von den Nonnen erzählt. Man darf draußen sitzen, wenn es einem besser geht.«

Das war das letzte, was Hélène ihre Mutter sagen hörte. In der Nacht bekam sie eine zweite Transfusion. Sie starb fünfzehn Minuten, bevor Cassie und Hélène am nächsten Morgen eintrafen. Die Schwester, die es ihnen mitteilte, hatte eine sanfte, ruhige Stimme. Es klang, als bete sie. Nach einer Weile erhob sie sich; die Perlen ihres Rosenkranzes glitzerten auf dem Schwarz ihrer Kleidung. Ihre Mutter sei jetzt bereit, erklärte sie. Hélène dürfe sie nun sehen.

Sie zogen die Baumwollvorhänge rings um das Bett, und die Schwester trat zurück, ließ sie aber nicht allein. Hélène sah auf die Mutter hinab. Der Infusionsschlauch war entfernt, das Bett gerichtet worden. Die Hände der Mutter kreuzten sich auf der Brust, ihre Augen waren geschlossen. Ihre Züge wirkten scharf und spitz. Sie sieht gar nicht wie Mutter aus, dachte Hélène. Als sie sich schließlich niederbeugte und die Stirn der Mutter küßte, stellte sie fest, daß ihre Haut trocken und kalt war. Danach wußte sie nicht, was sie tun sollte.

Nach einer Weile seufzte die Schwester, nahm ihren Arm und führte sie davon. Sie übergab ihr eine sauber etikettierte Einkaufstüte mit der Kleidung ihrer Mutter und die Reisetasche, die sie nach Montgomery mitgenommen hatte. Hélène öffnete sie in Cassies Wohnung. Sie enthielt ein frisch gewaschenes Taschentuch, saubere Unterwäsche, einen Kamm und ein kleines Notizbuch ohne Eintragungen. Die Wäsche war sorgfältig um etwas Hartes, Eckiges gefaltet. Als Hélène sie auseinanderschlug, fand sie die alte Joy-Schachtel, mit der die Mutter ihre Wäsche zu parfümieren pflegte, denn in Alabama hatten selbst die Galanteriewaren-Abteilungen der Kaufhäuser noch nie etwas von Lavendelkisten gehört.

Die Mutter war am Sonntagmorgen gestorben; die Beerdigung fand am darauffolgenden Mittwoch statt. Cassie und Hélène waren die einzigen Leidtragenden. Cassie hatte zwei große Kränze aus lila Immortellen gekauft, der eine rund, der andere herzförmig. Ihre Mutter hätte sie gehaßt, das wußte Hélène.

Am Abend versuchte Cassie Hélène zum Essen zu überreden, und Hélène gab sich ganz aufrichtig Mühe, weil sie wußte, daß Cassie es gut meinte, und weil sie sie nicht kränken wollte. Sie brachte ein bißchen von Cassies Brathuhn hinunter, wäre aber an jedem Bissen fast erstickt. Schließlich räumte Cassie wortlos die Teller fort. Als sie ins Wohnzimmer zurückkam, war ihr Gesicht gerötet, und sie hielt einen großen Umschlag in der Hand, den sie auf den Tisch legte. Dann setzte sie sich Hélène gegenüber. Sie wirkte verlegen und nervös.

»Wir müssen darüber reden, Schätzchen«, sagte sie schließlich. »Unbedingt. Du hast nicht geweint. Du hast fast kein einziges Wort gesagt. Wir müssen unbedingt darüber reden.«

Sie stockte, und als Hélène schwieg, platzte sie verzweifelt heraus: »Du kannst nicht hier in Orangeburg bleiben, jetzt nicht mehr. Du mußt fort, möglichst weit fort. Deine Mutter hat eine Schwester in England. Sie hat mir von ihr erzählt, und von dem Haus, in dem sie aufgewachsen ist. Ich finde, du solltest zu ihr fahren. Sie ist dein eigen Fleisch und Blut. Ich nehme an, wenn sie vom Tod deiner Mutter erfährt, wird sie dich mit Freuden aufnehmen. Dein Vater dagegen ...« Sie zögerte. »An den habe ich auch gedacht, aber Violet hat nie etwas von ihm gewollt. Einmal hat sie mir gesagt, sie wisse nicht, ob er noch lebt oder nicht, und es interessiere sie auch nicht. Und ich weiß genau, daß er nie den Versuch gemacht hat, euch zu finden oder euch zu helfen, und Violet hätte sich unter gar keinen Umständen an ihn gewandt, und wenn ihre Lage noch so elend gewesen wäre. Doch ihre Schwester ... Ich glaube, das wäre Violet recht gewesen. Sie hat immer so viel von England gesprochen. Wenn sie jetzt sprechen könnte, Hélène, würde sie bestimmt dasselbe sagen.«

Sie verstummte, und ihre Wangen röteten sich noch mehr. Dann schob sie den Umschlag über den Tisch. »Fünfhundert Dollar. Nimm sie, Schätzchen. Sie gehören dir.«

Hélène starrte den Umschlag an; dann blickte sie langsam auf.

Cassie nickte lächelnd. »Ich hab's mir gespart. Für schlechte Zeiten, wie man so sagt.« Sie zuckte die Schultern. »Dann dachte ich mir, wozu soll ich das Geld aufbewahren? Ich bin nicht mehr so jung; ich hab' keine Kinder; mein Geschäft läuft gut. Ich brauch' das Geld nicht mehr. Aber du.« Sie beugte sich vor. »Ich habe mich erkundigt. Es reicht für den Zug und für den Flug. Und dann bleibt noch ein bißchen was für den Start in England. Ich wünschte nur, es wäre mehr. Ich hab' deine Mama sehr gern gehabt, Hélène. Ich verdanke ihr sehr viel. Sie hat mir geholfen, das Geschäft auf die Beine zu stellen. Und es tut mir weh, wenn ich daran denke, was ihr alles schief gegangen ist. Also, du wirst das Geld jetzt nehmen, verstanden? Oder ich werde ehrlich böse ...«

Hélène legte die Hand auf den Umschlag, ließ sie einen Augenblick dort liegen und schob ihn langsam über den Tisch zurück. »Cassie«, begann sie leise. »Cassie, ich kann nicht. Ich bin dir sehr dankbar – mehr, als ich es je sagen könnte. Aber ich kann das wirklich nicht annehmen. Es wäre nicht recht. Und außerdem ... Weißt du, Cassie, ich hab's gesehen. Ich kann nicht fort. Jetzt noch nicht.«

Cassie verkniff die Lippen. »Du meinst die Tanner-Geschichte, nicht wahr?«

»Ich weiß, wer's war.« Hélènes Stimme klang fest. »Ich weiß, warum sie Billy umgebracht haben. Und ich weiß, wer. Ich gehe nicht fort. Nicht, bevor ich ausgesagt habe, was ich weiß.«

Beide schwiegen. Cassie wirkte auf einmal unendlich müde. Sie stützte den Kopf in beide Hände, und als sie sich wieder aufrichtete, klang ihre Stimme scharf und ärgerlich. »Wollen die Menschen denn *niemals* was lernen? Ich hab' dich wahrhaftig für vieles gehalten, Hélène Craig, aber noch niemals für dumm – bis heute. Du hast doch einen Kopf, Mädchen, also benutz ihn auch, verdammt noch mal!« Sie lehnte sich zurück und verschränkte die Arme. »Okay, du hast was auszusagen. Dann sag's erst mal mir. Du hast sie gesehen, ja? Ihre Gesichter? Das Gewehr in ihren Händen? Du hast gesehen, wie geschossen wurde?«

»N-nein, nicht direkt...« Hélène sah Cassie verunsichert an. »Aber sie haben's getan, damit Billy nicht aussagen konnte, über den Krawall neulich nachts. Das weiß ich genau! Du weißt es auch, alle Leute in Orangeburg wissen es. Du hast Billy gesehen, als er von der Polizei kam; du mußt doch auch den Wagen gesehen haben, der ihm folgte!«

»Ich habe Calverts Cadillac gesehen. Ich habe die Männer im Wagen gesehen. Ich habe gesehen, wie sie die Main Street entlangfuhren... Aber ob sie nun dir und Billy gefolgt sind, das kann ich nicht sagen. Der Wagen fuhr einfach. Mehr habe ich nicht gesehen.«

»Aber *ich* habe mehr gesehen!« Hélènes Stimme klang empört. »Ich hab' gesehen, wie sie miteinander geredet haben – oben bei der Tankstelle. Ned Calvert. Merv Peters. Eddie Haines. Und zwei andere. Einer von ihnen hatte ein Jagdgewehr. Sie folgten uns die Straße entlang bis beinahe zum Wohnwagenpark. Und Eddie Haines hat Billy zugerufen, er habe soeben seinen Job verloren. Dann sind sie davongefahren...«

»Es ist kein Verbrechen, jemanden zu feuern. Jedenfalls nicht in diesem Staat. Jemanden erschießen, das ist ein Verbrechen. Manchmal...« Sie seufzte tief auf, und ihr Ton wurde weicher. »Hélène, Schätzchen, begreifst du denn nicht, was ich sagen will? Wenn du zur Polizei gehst, werden die dir dort ins Gesicht lachen! Du hast keine Beweise, Schätzchen. Überhaupt keine!«

»Nein?« Hélène sah Cassie zweifelnd an.

»Wenn du sie wirklich dabei beobachtet hättest – weißt du, was dir dann passieren würde? Dasselbe, was mit Billy passiert ist.« Sie lächelte bitter. »Du würdest feststellen, daß der gesamten Maschinerie der Justiz plötzlich das Benzin ausgegangen ist. Ihre Räder würden sich so langsam drehen, daß du's kaum glauben würdest. Und dann würdest du genauso enden wie Billy. Tot. Von einem Auto überfahren. Beim Baden im Fluß ertrunken. Wie lange lebst du hier nun schon? Wieso weißt du nichts von all diesen Dingen?«

Langsam schob sie den Umschlag wieder über den Tisch zurück. »Glaubst du, Billy Tanner würde wollen, daß dir etwas passiert? Ebenso wenig wie deine Mutter! Vor allem, weil es überhaupt nichts nützt! Überhaupt nichts ändern würde! Weil du nicht genug gesehen hast, und weil du, wenn du doch genug gesehen hättest, niemals bis in den Gerichtssaal kommen würdest! Was immer die Leute hier behauptet haben – Billy war bestimmt nicht dumm. Als er zur Polizei ging, wußte er, was er tat; er wußte, daß er seinen Hals in die Schlinge steckte. Es war seine freie *Wahl*, Schätzchen. Begreifst du das nicht? Du aber *hast* keine Wahl, es sei denn, du möchtest genauso sterben wie Billy. Also nimm dieses Geld und geh. So bald wie möglich. Morgen früh geht ein Zug...«

Sie schob den Umschlag unter Hélènes Hand. »Betrachte es als Darlehen, Schätzchen. Betrachte es als was du willst. Aber nimm's! Mir zuliebe, ja? Ich hab' genug Haß und genug Morden erlebt.«

Langsam ergriff Hélène den Umschlag. »Mag sein, daß er nicht selbst abgedrückt hat, aber er hatte damit zu tun. Er hat Billy umgebracht. Und er hat meine Mutter umgebracht.«

Bei diesen Worten wurden Cassies Augen groß. Dann verschloß sich ihre Miene wieder. Sie stützte die Hände auf den Tisch, stemmte sich müde von ihrem Stuhl hoch und wandte sich ab. »Ich höre viel, bei meiner Arbeit«, sagte sie bedächtig. »Weibergewäsch. Ich hab' eine Menge Gerede über Ned Calvert gehört. Ich hab' Gerede über deine Mama gehört. Ich hab' sogar Gerede über dich gehört – und manchmal über alle drei zusammen. Ich will nichts mehr hören. Es macht mich so krank, daß mir alle Knochen weh tun. Ich wußte, daß Ned Calvert ein aalglatter Scheißkerl ist, als ich ihn zum erstenmal sah, und wenn je ein Mann Strafe verdient hat, dann er. Aber niemand wird ihm Schaden zufügen, Schätzchen, das mußt du endlich begreifen – jedenfalls nicht in Orangeburg. Vergiß ihn. Nimm das Geld und...«

Sie wandte sich um und musterte argwöhnisch Hélènes Gesicht, als gebe es etwas darin, das sie beunruhigte. »Er wird sterben, Schätzchen«, sagte sie. »Eines Tages wird er sterben. Und dann wird er vor seinem Schöpfer stehen. Wenn es auf dieser Welt keine Gerechtigkeit gibt, dann in der nächsten. Früher oder später wird sie uns alle ereilen. Du wirst schon sehen!«

Schweigen. Hélène glaubte ihr nicht, das sah Cassie deutlich: Als sie von der göttlichen Gerechtigkeit sprach, hatten sich ihre Lippen verzogen. Sie saß da und starrte den Umschlag an. Dann schlossen sich ihre Finger um das Papier. Sie nahm den Umschlag und preßte ihn mit einer seltsam leidenschaftlichen Geste an ihre Brust. »Ich nehme das Geld. Vielen Dank, Cassie. Ich werde tun, was du sagst.«

Sie blickte beiseite; dann stand sie unvermittelt auf und umarmte Cassie liebevoll. »Du bist so lieb zu mir«, sagte sie. »So lieb! Das werde ich dir nie vergessen, Cassie. Und eines Tages werde ich dir das Geld zurückzahlen. Das verspreche ich dir – ganz fest!«

Cassie tätschelte ihr die Schulter und drückte ihr einen Kuß aufs Haar. Dann hob sie Hélènes Kinn an und sah ihr ins Gesicht.

Cassie trat zurück. Was sie in Hélènes Gesicht gesehen hatte, erschreckte sie. Sie hatte Zuneigung zu ihr selbst gesehen, und Dankbarkeit, ja. Aber sie hatte auch etwas anderes gesehen, was Hélène zu verbergen suchte.

Haß.

Ein so wunderschönes Gesicht. Ein so junges Mädchen. Und ein so unendlich tiefer Haß.

Cassie ging in die Küche, um Kaffee zu machen, und ließ Hélène im Wohnzimmer allein. Hélène schloß die Augen und überließ sich ihrem Haß. Er schoß durch ihren Körper wie eine Woge unerwarteter Kraft.

›Er wird bezahlen‹, dachte sie. ›Er wird bezahlen!‹

Sie schob den Finger unter die Klappe des Kuverts, hob es jubelnd über ihren Kopf und schüttelte es. Cassies mühsam gesparte Dollarscheine regneten auf sie herab und fielen zu Boden.

›Nicht in der nächsten Welt, sondern in dieser!‹ dachte sie.

Als Cassie mit dem Kaffee kam, saß Hélène, den dicken Umschlag vor sich, gelassen am Tisch. Sie blickte Cassie lächelnd entgegen, mit diesem Lächeln, mit dem sie einen ganzen Raum erhellen konnte.

Seufzend ließ sich Cassie nieder. Ein so wunderschönes Kind, dachte sie. Der haßerfüllte Ausdruck war verschwunden, die blauen Augen blickten nicht mehr kalt, sondern offen und frei. Cassie entspannte sich. Sie war nur erregt, dachte sie sich, und das ist ja wohl kein Wunder nach allem, was sie durchgemacht hat. Aber sie ist jung, sie wird's überwinden.

»Morgen früh werden wir deiner Tante ein Telegramm schikken«, sagte sie. »Ihr mitteilen, was geschehen ist. Und daß du nach Hause kommst.«

»Nach Hause?« Sekundenlang schien sie verwirrt zu sein, dann nickte sie hastig. »Aber ja. Natürlich. Wunderbar, Cassie.«

Kein Widerspruch mehr. Das war eine Erleichterung. Hélène verhielt sich jetzt vernünftig, und das war gut.

Seufzend schenkte Cassie Kaffee ein. Es wird alles gut, dachte sie. Es wird bestimmt alles gut.

In dieser Nacht schlief Hélène auf der Bettcouch in Cassies kleinem Wohnzimmer. Sie lag ganz still und lauschte auf die Geräusche, die Cassie nebenan im Schlafzimmer machte: das Knarren der Dielen und dann, als sie ins Bett stieg, das Quietschen der Springfedern.

Dann verlosch der Lichtstreifen unter der Tür, und Hélène lag im Dunkeln. Ihr Gesicht war geschwollen von den Tränen, die sie nicht geweint hatte, und ihr ganzer Körper schmerzte. Sie sah Billy neben der Straße im Gras liegen; sie sah die Mutter mit den auf der Brust gekreuzten Händen. Einmal hatte sie gelesen, daß Tote friedvoll aussehen, als ob sie schliefen. Aber das stimmt nicht, dachte sie. Sie sehen tot aus; man sieht sofort, daß sie hinübergegangen sind und nie wieder zurückkehren.

Die Bilder verstärkten den Schmerz in ihrer Brust, aber sie konnte sie nicht vertreiben, so sehr sie sich auch bemühte. Sie kamen immer wieder, deutlich und klar, und nach einer Weile konnte sie plötzlich weinen.

Da sie nicht wollte, daß Cassie sie hörte und hereinkam, vergrub sie ihr Gesicht in den Kissen, bis der furchtbare Schmerz nachließ und sie allmählich wieder ruhiger wurde.

Dann schlug sie die Decke zurück und setzte sich, Cassies Umschlag mit dem Geld fest in der Hand, auf die Bettkante. Sie starrte ins Dunkel, lauschte auf die nächtlichen Geräusche.

Nach einer Weile versuchte sie zu beten. Sie kniete vor dem Bett und faltete die Hände, wie die Mutter es ihr gezeigt hatte, als sie noch klein war. Aber die Worte wollten nicht kommen; sie konnte sich keinen Gott vorstellen. Also stand sie wieder auf, griff nach dem Umschlag und drückte ihn an ihre Brust. Und weil es keinen Sinn hatte, mit einem Gott zu sprechen, an den sie nicht glaubte, sprach sie mit Billy und ihrer Mutter – lautlos.

»Mutter. Billy. Ich werde euch nicht vergessen. Ich schwöre, daß ich euch nicht vergessen werde!«

Immer wieder sagte sie diese Worte, bis ihr Atem allmählich gleichmäßiger ging, ihre Gedanken ruhiger wurden und sie an die Zukunft zu denken begann.

Auf der Straße schrie eine Katze. Hélène stieg in das schmale Bett zurück. Sie schlief nicht, sondern begann zu planen.

Schon früh am nächsten Morgen fuhr sie mit Cassie noch einmal zum Wohnwagenpark. Als Cassie die Wachstuchdecke auf dem Tisch, den roten Sessel und den Paisley-Schal sah, brach sie in Tränen aus.

»Es kann nicht wahr sein«, wiederholte sie immer wieder. »So schnell! Ich kann's einfach noch nicht begreifen!«

Hélène bat sie, sich an den Tisch zu setzen, und machte ihr einen Tee. Dann holte sie den alten Pappkoffer hervor und fing an zu pakken. Nach einer Weile trocknete Cassie ihre Tränen und beobachtete sie schweigend. Hélènes Miene war verschlossen; sie packte flink und sehr methodisch. Ein paar Kleidungsstücke, ein paar Bücher. Unter dem Bett zog sie eine alte, schwarze Blechschachtel hervor und musterte sie nachdenklich.

»Da drin hatten wir unser Geld verwahrt«, sagte sie tonlos. »Unsere Ersparnisse. Für die Rückkehr nach England. Jetzt ist nichts mehr da.«

»Hélène...« Cassie erhob sich schwerfällig.

Hélène fuhr herum. Sie hob das blasse Gesicht, und ihre blauen Augen blitzten. »Ich *werde* es zu etwas bringen, Cassie. Du wirst noch von mir hören. Alle in Orangeburg werden von mir hören – warte nur ab. In der Zeitung wirst du von mir lesen. Ich gehe fort und werde erst wiederkommen, wenn...« Sie unterbrach sich und biß sich auf die Unterlippe, als sei sie selbst über ihren Ausbruch verärgert.

Cassie ging hinüber und legte Hélène liebevoll die Hand auf die Schulter. »Natürlich, Schätzchen«, antwortete sie. »Natürlich.«

Als Hélène zu ihr aufsah, erkannte Cassie an ihrer Miene, wie genau das junge Mädchen wußte, daß sie ihr nicht glaubte. Aber Hélène sagte kein Wort. Sie wandte sich wieder ihrem Koffer zu und packte weitere Dinge hinein: einen Stoß alte Fotografien und Papiere; zwei dunkelblaue Pässe mit goldenem Wappen: den ihrer Mutter und ihren eigenen. Cassie beugte sich vor und griff nach dem, der Violet gehört hatte. Ein kleines, verblaßtes Foto; unter ›Beruf‹ hatte Violet geschrieben: ›Schauspielerin‹. Seufzend reichte Cassie den Paß zurück und wandte sich ab.

»Was soll mit denen da werden, Schätzchen?« Sie zog einen dünnen Baumwollvorhang beiseite und deutete auf Violets Kleider. »Deine Mutter hat schöne Kleider so sehr geliebt. Und war so geschickt mit Nadel und Faden. Du kannst sie doch nicht einfach hierlassen...«

Hélène stand auf, musterte die Kleider und schob die Bügel hierhin und dahin. Ein rosa Kleid; ein marineblaues; alle ein bißchen schäbig, doch sorgfältig gebügelt und vor den Holzbügeln mit Seidenpapierpolstern geschützt. Am Ende der Reihe hing ein graues Seidenkleid mit verwischtem Muster. Cassie sah das Firmenschild ›Bergdorf Goodman‹.

Hélène schob die Kleider beiseite. »Ich will sie nicht. Ich werde ganz von vorn anfangen.« Sie wandte sich ab, um den Koffer zu schließen. »Wollen wir gehen, Cassie? Ich möchte auf keinen Fall den Zug versäumen.«

Cassie seufzte und ging voraus zu ihrem Wagen. Es hatte keinen

Sinn, zu widersprechen. Trauer wirkte sich seltsam auf die Menschen aus, das wußte sie. Manche wollten alles behalten, andere wollten alles loswerden. Ich werde später wiederkommen und alles gut verpacken. Eines Tages wird sie mir vielleicht noch dankbar sein.

Hélènes Selbstbeherrschung beunruhigte Cassie ein wenig. Auf der ganzen Fahrt nach Montgomery sah sie sie immer wieder von der Seite an, konnte aber nicht die geringste Spur von Tränen entdecken. Hélène saß einfach da, mit verschlossenem Gesicht, und sagte fast kein Wort. In Montgomery schickten sie Violets Schwester Elizabeth ein Telegramm und ließen einen Platz in der Maschine reservieren. Dann fuhr Cassie Hélène zum Bahnhof.

Da es wieder sehr heiß geworden war, warteten sie im Schatten auf den Zug. Hélène schlenkerte mit ihrem Koffer und blickte aufmerksam die Schienen entlang.

»Hast du schon Pläne gemacht, Schätzchen?« erkundigte sich Cassie schließlich besorgt.

»O ja! Viele.«

»Ich meine, hast du dir schon überlegt, was du anfangen willst, wenn du in England bist?«

»Das weiß ich noch nicht so genau. Irgendwas. Ich werde mir einen Job suchen. Vielleicht Maschineschreiben lernen. Oder Schauspielunterricht nehmen...«

»Wie bitte – Schauspielerin willst du werden? Wie Violet?« Cassie war verblüfft, aber auch gerührt.

Ihre Frage schien Hélène aus dem Gleichgewicht zu bringen. Wieder wandte sie den Blick ab. »Ich glaube schon.«

Cassie runzelte die Stirn. »Das ist ein schweres Leben, glaube ich. Ein Engagement zu finden. Überhaupt anzufangen. Schönheit ist nicht alles. Ich meine, für so was muß man auch die richtigen Leute kennen. Ich weiß nicht. Violet hat immer gesagt...«

Hélène fiel ihr ins Wort. »Der Zug kommt.« Cassie sah, daß das Signal auf Grün gewechselt hatte. Sie seufzte.

Lächelnd nahm sie Hélène in die Arme. »Aber du mußt mir unbedingt schreiben! Ich möchte wissen, wie alles läuft. Wie's dir in England geht...«

Sie half Hélène mit ihrem Koffer und suchte ihr einen Platz im Zug. Im letzten Moment, unmittelbar bevor Cassie wieder ausstieg, drehte Hélène sich noch einmal zu ihr um und nahm sie ganz fest in die Arme. Cassie entdeckte das Glitzern der Tränen, bevor Hélène den Kopf an ihrer Brust barg, doch da sie nichts sagte, stieg Cassie aus und warf die Tür zu.

Die Pfeife schrillte, der Zug fuhr an und nahm Tempo auf. Cassie sah ihm lange nach; am Fenster entdeckte sie Hélènes Gesicht: trotzig, entschlossen und so tapfer, daß Cassie die Tränen in die Augen stiegen.

Sie winkte, bis der Zug um eine Kurve bog; dann wandte sie sich kopfschüttelnd zum Gehen. Hélène war eine Träumerin wie ihre Mutter, fand sie. ›Arme Violet‹, dachte sie, und beschloß, auf dem Rückweg noch einmal zum Friedhof zu gehen.

Im Zug war es heiß und stickig; der Wagen, in dem sie saß, war nahezu leer. Hélène zog das Rollo herunter und schloß die Augen. Der Rhythmus der Räder schläferte sie ein. Er schien ihr eine Botschaft zu vermitteln: ›Reich und berühmt‹, sagten sie; und manchmal auch: ›Mächtig und frei‹. Die Hitze machte sie so schläfrig, daß sie nicht so recht wußte, ob die Bilder, die sie vor Augen sah, im Wachen oder im Schlafen kamen. Sie sah sich so erfolgreich, daß Billy und ihre Mutter stolz auf sie waren. Sie sah sich in Pelzen, mit einem Bouquet weißer Rosen, im Fond einer schwarzen Limousine; sie sah sich einen Raum betreten, in dem Ned Calvert aufsprang, voll Angst vor ihr und den Dingen, die sie ihm anzutun vermochte.

Als sie die Augen wieder aufschlug, war es kühler, und draußen wurde es dunkel. Manche ihrer Phantasien kamen ihr jetzt doch recht töricht vor, vor allem einiges von dem, was sie zu Cassie gesagt hatte, und sie wünschte, sie hätte geschwiegen. Cassie hatte ihr nicht geglaubt; sie hatte genauso ausgesehen wie Priscilla-Anne, wenn Hélène von der Rückkehr nach England sprach. Diesen Fehler werde ich nie wieder begehen, nahm sie sich vor. So hatten die Leute stets ihre Mutter angesehen; es war abscheulich, bemitleidet zu werden! Sie selbst beabsichtigte, unverwundbar zu sein.

Eine Möglichkeit dazu entdeckte sie am nächsten Tag, auf der letzten Teilstrecke ihrer Eisenbahnfahrt. Je weiter sie nach Norden kam, desto dichter besetzt waren die Waggons. Die Landschaft draußen sah anders aus; die Menschen waren ebenfalls anders: Sie sprachen schneller, und ihr Akzent war härter. Sie kannte niemanden, und niemand kannte sie. Diese Erkenntnis fand sie ungeheuer erleichternd. Auf einmal war ihr klar, daß sie alles hinter sich lassen konnte: Orangeburg und den Wohnwagenpark; die Armut; die Scham.

Im Laufe des Vormittags kam sie mit einer rundlichen Frau mittleren Alters ins Gespräch, die nach New York City fuhr, um ihre Enkelkinder zu besuchen. Sie zeigte Hélène ihre Fotos; sie erzählte ihr die eigene und die Lebensgeschichte ihrer gesamten Familie. Und dann, eindeutig beeindruckt von Hélènes englischem Akzent, lehnte sie sich zurück, um sich Hélènes Geschichte anzuhören.

Sie strickte, während Hélène sprach; ihre Nadeln klapperten unaufhörlich. Hélène erzählte ihr, sie sei Engländerin und zum erstenmal in Amerika; sie habe Verwandte in den Südstaaten besucht und kehre nun nach London zurück. Während sie sprach, wartete Hélène darauf, daß die Nadeln innehielten und die Frau sie rundweg der Lüge bezichtigte. Doch nichts geschah. Die Frau nickte nur lächelnd und entgegnete, es müsse aufregend sein, eine so weite Reise zu unternehmen, und sie hoffe, Hélène habe ihren Aufenthalt in Amerika genossen.

Es war so einfach! Innerlich jubelte Hélène. Sie fühlte sich *frei!* Sie war nicht mehr Hélène Craig, die in Orangeburg gefangen saß: Sie war ein ganz neuer Mensch, eine ganz neue Frau. Und diese Frau konnte alles sein, was sie selbst aus ihr zu machen beabsichtigte!

Als der Zug in die Penn Station einlief und ihre Reisegefährtin sich von ihr verabschiedete, litt Hélène ganz kurz unter Gewissensbissen. Die Frau war nett zu ihr gewesen, und doch hatte sie, Hélène, sie belogen! Im nächsten Moment jedoch waren die Gewissensbisse verflogen. Es war eigentlich gar keine richtige Lüge gewesen; eher eine Generalprobe.

Bevor sie zum Flughafen hinausfuhr, tat sie noch etwas, das sie sich vorgenommen hatte: Ihren Pappkoffer fest umklammert, schlenderte sie zum Andenken an Violet die Fifth Avenue entlang und betrachtete die Schaufenster.

Es war sehr heiß – so heiß, daß die Luft waberte. Sie hob den Kopf und blickte an den Wolkenkratzern empor. Als sie den Kopf senkte, sah sie den Glimmer im Pflaster des Gehsteigs wie Diamanten glitzern. Menschen – so viele Menschen! So viele Autos, Stoßstange an Stoßstange, die ganze Avenue entlang. Die Luft roch nach Hektik und Eile; am liebsten wäre sie jetzt losgelaufen und hätte dabei laut gejubelt. Sie betrachtete St. Patrick's Cathedral, sah den Eingang zum Plaza Hotel und beobachtete die Menschen, die kamen und gingen.

Unter den Sohlen ihrer Füße spürte sie den Rhythmus der Großstadt, genoß das Vibrieren der Luft, die sie atmete. Sie wollte mit den Bussen fahren, mit der Subway fahren, die City erforschen und sie sich zu eigen machen.

Aber sie hatte nicht genug Zeit dafür, und nicht genug Geld, und deswegen überquerte sie schließlich die Straße und blieb ihrer Mutter zuliebe eine Weile vor den Schaufenstern von Bergdorf Goodman stehen.

Das Thermometer zeigte auf ungefähr dreißig Grad Celsius. In den Schaufenstern von Bergdorf Goodman waren Pelzmäntel ausgestellt.

Hélène und Edouard

Frankreich 1959

»Die hier hab' ich für Ihre Frau entworfen. Ihre verstorbene Frau...« Floryan Wyspianski, ein großer, bärenhafter Mann, unfähig, seine Gefühle zu verbergen, sagte es beinahe verlegen. Er deutete auf eine Brosche am Ende des langen Tischs, auf dem seine Arbeit, seine Kollektion ausgestellt war. Edouard betrachtete sie genau. Ein Cabochon-Smaragd, in Gold gefaßt und von Rubinen umgeben, ein herrliches Stück.

Edouard lächelte. »Isobel hätte sich sehr darüber gefreut. Sie haben genau ihren Geschmack getroffen.«

»Das freut mich. Die Leute haben mir von ihr erzählt, und ich hab' ihnen zugehört...«

»Danke, Floryan.« Edouard drückte ihm freundschaftlich den Arm.

Langsam schritt er am Tisch entlang und musterte die einzelnen Stücke, deren Entstehung er von der ersten Zeichnung an überwacht hatte. Die Kollektion war nahezu vollständig; nur einige Stücke mußten noch fertiggestellt werden. Im November würden sie dann zuerst in Paris, anschließend in London und zuletzt in New York ausgestellt werden. Monatelanges Planen, und das Ergebnis übertraf sogar seine Erwartungen. Wie hätte er sich gefreut, wenn Isobel dies hätte miterleben können!

Er verabschiedete sich von Wyspianski und verbrachte die Nacht mit einem der Mädchen bei Pauline Simonescu.

Gewöhnlich blieb er dort jeweils nur wenige Stunden. Da sein Verlangen an diesem Abend jedoch sehr groß und die Verzweiflung übermächtig war, blieb er die ganze Nacht bei dem Mädchen.

Erst kurz nach sechs trat er wieder auf die verlassene Straße hinaus. Eine Katze miaute, sprang von einer Mauer und schmiegte sich liebevoll an sein Bein. Edouard blickte auf sie hinab, dann zu den verschlossenen Fensterläden von Pauline Simonescu hinauf. In diesem Augenblick haßte er sich, wie er sich die ganze Nacht hindurch gehaßt hatte.

Zwei Jahre, nun aber war es endlich vorbei. Nie wieder würde er hierher zurückkehren. Weder zu Pauline Simonescu selbst, die ihm zuweilen noch immer die Karten legte, noch zu einem ihrer Mädchen. Niemals.

Ich werde mich überhaupt von Frauen fernhalten, nahm er sich vor. Sie machte ihn krank, die endlose Folge dieser Erlebnisse, die sexuelle Erleichterung, die doch nie länger anhielt, sondern früher oder später wiederholt werden mußte: eine Leere nach der anderen...

Er wandte sich ab. Keine Frauen mehr, ganz gleich, wie stark das Verlangen war. Und er blieb diesem Vorsatz treu: drei Wochen lang.

Drei Wochen, und dann ein warmer Sommerabend. An dem er in seinem stillen Büro Papiere unterzeichnete, während die Chefsekretärin, mit ihrem Geliebten verabredet, ihre Ungeduld zu kaschieren suchte.

Drei Wochen, und die Leere seines Lebens erschreckte ihn. Durch das Fenster beobachtete er die tanzenden Blätter und versuchte, sich wieder auf seine Arbeit zu konzentrieren. Er dachte an das kalte Glitzern von Wyspianskis Schmuckstücken. Er dachte an die Partex Petrochemicals, an denen die Mutter und er mit einem einflußreichen Aktienpaket beteiligt waren. Er dachte an den neuen Präsidenten der Partex, den unübersehbaren Texaner Drew Johnson, Freund für ihn, und Angestellter. Der Putsch gegen den unfähigen ehemaligen Präsidenten war von Edouard perfekt geplant, von Johnson perfekt ausgeführt worden. Die Verschwörung hatte ihm Spaß gemacht – so lange sie dauerte. Sie diente einem Zweck, sie machte eine mächtige Firma noch mächtiger. Sobald jedoch alles vorüber war, machte sich die Leere wieder bemerkbar.

Er wandte sich den Aktenschränken zu, die ganze Berge von Papieren enthielten. Er betrachtete die Telefone. Er konnte arbeiten. Er konnte sich eine Frau suchen. Das Trachten nach Profit, das Trachten nach Vergnügen. Ärgerlich kehrte er beidem den Rücken.

Er ging hinaus, entließ seinen Chauffeur für diesen Abend und stieg in den schwarzen Aston-Martin. Dann fuhr er an den Stadtrand hinaus, um zu Musikklängen über die Autobahn zu rasen.

Als er merkte, daß auch diese Methode nicht half, bog er an der nächsten Ausfahrt ab und kehrte nach Paris zurück. Eine Frau also.

Nicht *die* Frau; an deren Existenz glaubte er nicht mehr. Ganz einfach irgendeine Frau. Eine Fremde. Eine Ausländerin. Eine Frau, die heute hier und morgen anderswo war.

Er fuhr durch die eleganten Straßen des Rechten Ufers, sah flüchtig das eiskalte Geglitzer in den Schaufenstern von de Chavigny, fuhr über den Pont Neuf und dann den Quai des Augustins entlang.

Seit nahezu einer Woche war sie nun in Paris, und vorher war sie in England gewesen: drei Tage in Devon, drei Tage mit Elizabeth, der Schwester ihrer Mutter.

Sie wollte diese drei Tage vergessen. Sie war so voller Erwartung gewesen, als sie im Bus über die schmalen Landstraßen holperte, hatte den Hals gereckt, um nach dem Haus, dem Park ihrer Mutter Ausschau zu halten, dem Ort, den die Mutter ihr im Laufe der Jahre so oft geschildert hate, daß Hélène meinte, ihn genau zu kennen: die grünen Rasenflächen, das Gartenhaus, jeden einzelnen Baum, die weißgestrichenen Bänke im Schatten, wo der Nachmittagstee getrunken wurde.

Doch es war alles ganz anders gewesen: häßlich. Und Elizabeth hatte kein herzliches Willkommen für sie gehabt, sondern nur uralten Groll und uralten Haß.

Sie konzentrierte sich auf die Kirche, vor der sie gerade stand, und verdrängte diese Erinnerung genauso wie die übrigen: an Billy, der tot dalag, an ihre Mutter und das Klappern der Rosenkranzperlen, an Ned Calvert, einen Mann mit einem Gewehr und einen schwarzen Cadillac. Diese Erinnerungen verfolgten sie während der Nacht und waren nur tagsüber einigermaßen erträglich. Wie ein Film, den sie einmal gesehen hatte, wie Dinge, die einem anderen Menschen zugestoßen waren.

Sie war nach Paris gekommen – ›die schönste Stadt der Welt, Hélène, sogar noch schöner als London‹ –, und hier war es tatsächlich schön. Jeden Tag schlenderte sie allein umher, denn solange sie in Bewegung war und sich alles ansah, begann sie weder zu zittern noch zu weinen. Das geschah nur, wenn sie zu lange an einem Ort verweilte und es zuließ, daß sich die Erinnerungen wieder anschlichen.

Jetzt begann ihr neues Leben, von dem sie so lange geträumt hatte. An diesen Gedanken erinnerte sie sich später, weil sie genau in diesem Moment den Wagen hörte.

Es war ein großer, schwarzer Wagen, ein Modell, das sie nicht identifizieren konnte, und sie vermochte auch nicht genau zu sagen, ob sie den Wagen zuerst sah oder den Mann, der ihn fuhr. Sekundenlang glaubte sie, er habe sie gerufen; dann erkannte sie ihren Irrtum. Es mußte eines der Kinder im Park gewesen sein. Sie wandte sich ab, hörte den Wagen näherkommen und drehte sich wieder um.

Diesmal sah sie den Mann offen an und entdeckte, daß er sie verwundert musterte, als glaube er sie zu kennen. Das war seltsam, denn sie hatte dasselbe Gefühl, obwohl sie wußte, daß das eigentlich albern war, denn sie hatte ihn noch niemals gesehen.

Der Wagen war schwarz, sein Anzug war schwarz, seine Haare waren schwarz. Als sie ihn ansah, beugte er sich ein wenig vor, um den Motor abzustellen, und als er sich aufrichtete und sie wieder anblickte, erkannte sie inmitten tiefen Schweigens, das in ihren Ohren dröhnte, daß seine Augen dunkelblau waren.

Sie ging auf ihn zu und blieb vor der Kühlerhaube stehen. Und wußte plötzlich genau, was geschehen würde. Er schien es offenbar auch zu wissen, denn seine Miene war sekundenlang sehr ruhig, sehr gespannt, und seine Augen blickten ein wenig verwirrt, als habe er einen Schlag erhalten, den er nicht hatte kommen sehen.

Sie sagte etwas, und er antwortete – die Worte spielten keine Rolle. Dann stieg er aus und kam um den Wagen herum auf sie zu. Hélène sah ihm entgegen. Und wußte sofort, daß sie ihn lieben würde; spürte die Klarheit dieses Bewußtseins, spürte, daß etwas in ihr sich regte, neu ordnete, etablierte.

Sie stieg in seinen Waen, und dann fuhren sie an diesem Sommerabend durch die Straßen von Paris, und sie wünschte, die Straßen, das Fahren und die Abenddämmerung würden nie aufhören.

Er hielt vor dem *Dome* in Montparnasse und wandte sich ihr zu. Es war ein durchdringender Blick, vor dem sie sich am liebsten versteckt hätte. Doch es gab andere Möglichkeiten, sich vor den Menschen zu verstecken, wirksamere; das hatte sie seit Orangeburg gelernt. Sie dachte an die Frau im Zug; sie dachte an andere Leute, später, denen sie andere Geschichten erzählt hatte. Sie brauchte nicht lange zu überlegen; sie wollte nicht, daß er wußte, wer sie war; sie wollte, daß überhaupt niemand wußte, wer sie war.

»Sie haben mir Ihren Namen noch nicht verraten«, sagte er, als er sie fürsorglich in das überfüllte Restaurant geleitet.

»Helen Hartland«, antwortete sie.

Und von da an war nichts mehr einfach.

Sie heiße Helen Hartland, hatte sie gesagt. Sie sei achtzehn Jahre alt und Engländerin. Ihre Familie trage denselben Namen wie das Dorf in Devon, in dessen Nähe sie lebten. Am Meer; das Haus liege am Meer und habe einen sehr schönen Park. Ob er Parks möge?

Ihr Vater sei ein RAF-Pilot gewesen, gefallen in den letzten Kriegsmonaten. Ihre Mutter, Violet Hartland, sei Schriftstellerin gewesen – ziemlich bekannt in England, obwohl ihre Liebesromane jetzt nicht mehr modern seien. Sie habe mit der Mutter allein gelebt, bis diese gestorben sei, als sie selbst sechzehn war. Danach habe sie bei der Schwester ihrer Mutter gelebt. Vor einer Woche habe sie England spontan verlassen und sei nach Paris gekommen. Gegenwärtig arbeite sie in einem Café am Boule Miche und teile sich ein möbliertes Zimmer mit einer Französin, die ebenfalls in dem Café arbeite. Nein, sie wisse noch nicht, wie lange sie bleiben werde.

Dies alles berichtete sie ihm mit ruhiger Stimme beim Dinner im *Dome,* beantwortete jede Frage gelassen und überlegt.

Sie sprachen inzwischen Englisch, und Edouard war von ihrer Stimme fasziniert. Er hatte schon immer ein gutes Ohr für Akzente gehabt; während des jahrelangen Aufenthalts in England hatte er gelernt, Engländer geographisch genauso präzise einzuordnen wie Franzosen. Die Aussprache dieses jungen Mädchens jedoch konnte er überhaupt nicht einordnen. Sie war ungewöhnlich klar und deutlich – so perfekt, wie sie eigentlich nur bei Menschen auftrat, die Englisch als Zweitsprache beherrschten. Er vermochte ihre Sprechweise weder im Hinblick auf Akzent noch auf Phraseologie oder Slang einzuordnen, und er vermochte sie selbst nicht einzuordnen.

Für einen so jungen Menschen war sie bemerkenswert selbstbeherrscht. Trotzdem versuchte sie weder ihn zu beeindrucken noch ihm zu gefallen. Sie flirtete nicht; sie täuschte kein Interesse vor, wenn sie nicht aufrichtig interessiert war. Sie saß einfach da, in ihrer makellosen Schönheit, und war sich entweder nicht dessen bewußt, daß jeder Mann im Restaurant sie anstarrte, oder es war ihr gleichgültig.

Sie trank zwei Gläser Wein und lehnte ein drittes ab. Als der Kellner Edouard mit seinem Titel anredete, sah sie mit einem gelassenen Blick ihrer blaugrauen Augen kurz zu ihm auf, zeigte aber keine weitere Reaktion.

Als sie beim Kaffee angelangt waren, setzte sie ihre Tasse ab und sah ihn an. »Dieses Café ist sehr berühmt, nicht wahr?«

»Ja, sehr.« Edouard lächelte. »In den zwanziger Jahren und Anfang der dreißiger war es ein Treffpunkt von Schriftstellern und Malern. Picasso, Gertrude Stein, Hemingway, Scott Fitzgerald ... Dies und das Coupole. Noch heute herrscht eine gewisse Rivalität zwischen den beiden. Nur wetteifern sie heutzutage eher um Filmstars, Sänger und Mannequins. Die Schriftsteller gehen jetzt zum Beispiel in die Cafés am Boulevard St. Germain. Sartre geht ins Deux Magots, Simone de Beauvoir ebenfalls ...«

»Ich freue mich, daß Sie mit mir hierher gegangen sind. Danke.« Sie lehnte sich zurück und betrachtete den von Spiegeln beherrschten Raum, die Kellner in ihren langen weißen Schürzen, die Menschen. Ein Mann am Nebentisch hob ihr lächelnd das Glas entgegen; sie reagierte mit einem eiskalten Blick.

Edouard beugte sich vor. »Sie sind noch niemals zuvor hier gewesen?«

»Nein. Aber ich möchte alles über solche Restaurants lernen.« Sie sagte es vollkommen ernst.

Edouards Brauen stiegen in die Höhe. »Sie möchten alles über sie *lernen?*«

»Aber natürlich! Und über andere Lokale auch. Und über Dinge. So viele Dinge!« Sie hob die Hand und zählte sie mit einem kleinen Lächeln an ihren schlanken Fingern ab. »Über Cafés und Restaurants, über Speisen, über Wein, über Kleider – wunderschöne Kleider wie das der eleganten Dame da drüben, über Gemälde, Gebäude, Bücher, über Autos, Häuser, Möbel, Schmuck, über all das.« Offen sah sie ihm ins Gesicht. »Ich glaube, Sie können das nicht verstehen ...« Sie hielt inne. »Sind Sie jemals hungrig gewesen – *wirklich* hungrig?«

»*Wirklich* hungrig – ich glaube, ja. Ein- oder zweimal.«

»Ich bin hungrig auf all das. Auf all diese Dinge. Ich will alles über sie wissen, weil ich ... Nun ja, ich bin in einem sehr kleinen Ort aufgewachsen.«

»Sind Sie deswegen nach Paris gekommen?« Edouard musterte sie neugierig, denn zum erstenmal hatte sich eine Andeutung von Gefühl in ihre Stimme geschlichen.

Als hätte sie das selbst bemerkt und sofort bereut, lächelte sie schnell. »Einer der Gründe. Und ich arbeite fleißig daran. Wissen Sie, was ich jeden Morgen vor der Arbeit und jeden Abend nach Arbeitsschluß tue?«

»Erzählen Sie's mir.«

»Ich gehe in Paris spazieren und sehe mir alles an, Märkte, Galerien, Häuser, Kirchen. Und Geschäfte. In die vornehmen kann ich natürlich nicht rein, weil ich nicht entsprechend gekleidet bin, aber ich seh' mir die Schaufenster an. Ich seh' mir Kleider, Hüte, Handschuhe, Schuhe und Strümpfe an. Ich sehe mir Handtaschen und Seidenwäsche an. Ich war bei Vuitton, Hermès und Gucci, und gestern stand ich vor Chanel, Givenchy und Dior – die hatte ich mir bis zuletzt aufgehoben. Bei denen kann man Kleider natürlich nur sehen, wenn man hineingeht, also hab' ich mich mit den Firmenschildern zufriedengegeben.« Sie lächelte.

»Ich verstehe.« Edouard, gerührt und belustigt, zögerte ein wenig. »Und was hat Ihnen von all dem am besten gefallen?«

»Das ist schwierig.« Sie krauste die Stirn. »Anfangs fand ich alles perfekt. Dann merkte ich, was mir *nicht* gefiel: Sachen, die überall von Initialen bedeckt sind, Sachen mit zuviel Gold, Sachen, die – die zu plakativ sind. Aber am besten von allem – am besten von allem hat mir ein Paar Handschuhe gefallen.«

»Handschuhe?«

»Ach, sie waren ganz wunderbar!« Ein wenig Farbe stieg in ihre Wangen. »Bei Hermès. Ganz schlicht, aus seidenweichem, grauem Glacéleder. Kurz, nur bis zum Handgelenk. Und mit drei Abnähern *hier.*« Sie zeigte ihm die Stelle auf ihrem Handrücken. »Und dann hatten sie einen kleinen, gestickten Bogen gleich oben am Handgelenk. Und sie waren so schön! Ich *liebe* schöne Handschuhe. Genau wie meine Mutter. Dutzende muß sie besessen haben...«

»Ich verstehe.« Edouard sah ihr feierlich ins Gesicht. Der Blick der blaugrauen Augen begegnete dem seinen trotzig, als fordere sie ihn heraus, sich über sie lustig zu machen.

Er blickte auf das weiße Leinentischtuch hinab. »Und Schmuck?« fragte er dann bedächtig. »Möchten Sie auch alles über Schmuck lernen? Haben Sie sich die Schaufenster der Juweliere angesehen?«

»Manchmal.« Sie senkte den Blick. »Ihre habe ich gesehen. Das sind doch Ihre, nicht wahr – in der Rue du Faubourg St. Honoré?«

»Allerdings.«

»Ich war vor zwei Tagen dort. Und dann bei Cartier.« Ein verschmitztes Funkeln trat in ihre Augen.

»Und welche haben Ihnen besser gefallen?«

»Ehrlich gesagt, die von Cartier. Aber ich kenne mich da überhaupt nicht aus. Ich weiß nichts über Edelsteine...«

»Wissen Sie denn, welche Steine Sie bevorzugen?«

»Aber ja! Das weiß ich natürlich. Ich liebe Diamanten!«

»Das sind nicht unbedingt die wertvollsten...« Er beobachtete sie genau. »Ein perfekter Smaragd, ein dunkelgrüner, der heutzutage sehr selten ist, kann wesentlich mehr wert sein.«

»Oh, es geht mir nicht um den *Wert* der Steine!« Eine Spur Verachtung lag in ihrem Ton. »Ich liebe Diamanten, weil sie so klar sind. Ohne Farbe. Weil sie gleichzeitig heiß und kalt sind. Wie Feuer und Eis. Die Diamanten, die ich gesehen habe...« Sie zögerte. »Es war, als sähe ich Licht. Ins Herz des Lichts. Aber das finden Sie vermutlich dumm.«

»Ganz und gar nicht. Ich bin absolut derselben Meinung. Wissen Sie, daß der Diamant eine sehr seltsame Eigenschaft besitzt, eine, die ihn einmalig unter den Edelsteinen macht?«

»Nein.«

»Wissen Sie, wie sich ein Diamant anfühlt, wenn man ihn in der Hand hält? Er ist kalt. Eiskalt. So kalt, daß er einem die Haut verbrennt.«

»Feuer und Eis?«

»Genau wie Sie sagten.«

Ihre Blicke trafen sich. Edouards Kopf wirbelte, sekundenlang hatte er das Gefühl, aus großer Höhe herabzufallen. Es war ein langer, furchtbarer Sturz, schwindelerregend, begeisternd und dennoch erschreckend. *König der Pokale: Karo-Königin, die Königin der Diamanten*... Die Erinnerung an Pauline Simonescus Karten flackerte in seinem Kopf auf und verlosch.

Mit ihr schien auch etwas vorzugehen, das sah er. Ihre Augen wurden groß, ihre Lippen teilten sich, und wie vor Überraschung atmete sie einmal hastig ein. Sie wirkte erschrocken, doch gleich darauf mißtrauisch. Ganz langsam legte Edouard seine Hand auf die ihre. Es war die erste Berührung, und sie löste in ihm einen Gefühlssturm aus, wie er ihn seit seiner Jugend nicht mehr erlebt hatte. Er hatte sie vom ersten Moment an begehrt; jetzt wurde sein Körper von einem so intensiven Verlangen gepackt, daß er zitterte.

Aufgrund seines im Laufe der Jahre perfektionierten Selbsterhaltungstriebes zog er sofort die Hand zurück und erhob sich. »Es ist schon spät. Ich muß Sie nach Hause bringen.«

Anscheinend unberührt von seiner plötzlichen Eile sah sie zu ihm auf und erhob sich ebenfalls. Gelassen folgte sie ihm hinaus und setzte sich in die weichen Lederpolster des Aston-Martin. Auf der Rückfahrt sprach sie kein Wort, sondern saß scheinbar entspannt auf ihrem Platz und betrachtete die Straßen und Boulevards. Edouard, ein mächtiger Mann, der erkannte, wenn ein anderer Mensch Macht besaß, spürte sie in ihr. Als er sie ansah, fühlte er, wie er hart wurde. Die vollen Lippen, die üppigen Brüste, die lange, schlanke Linie der Hüften und Schenkel: Jede ihrer Bewegungen sprach von sexueller Verheißung! Und dennoch wirkten ihre Blicke spöttisch und geringschätzig, als wisse sie um die Macht ihrer Schönheit und verachte die Reaktion, die sie auslöste.

Als sie sich dem hell erleuchteten Café näherten, in dem sie nach ihren Worten arbeitete, richtete sie sich auf. »Würden Sie mich hier bitte absetzen?«

»Ich würde Sie lieber bis an die Haustür bringen.«

»Nein, nein, hier ist es besser. Ich habe eine sehr übellaunige Concierge.« Sie lächelte. »Es ist gleich um die Ecke. Ich werde später hinübergehen, denn ich muß ohnehin mit dem Besitzer sprechen. Ihn fragen, wie mein Zeitplan morgen aussieht.« Jetzt wandte sie sich zu ihm um und streckte ihm die schmale Hand entgegen. »Vielen Dank. Es war ein bezauberndes Abendessen. Es hat mir sehr gut gefallen.«

Während sie ihm feierlich die Hand schüttelte, fluchte Edouard innerlich, weil er kein zusammenhängendes Wort herausbrachte.

»Arbeiten Sie hier jeden Tag?« stieß er schließlich unbeholfen hervor, als er ihr aus dem Wagen half.

Mit einem Lächeln sah sie ihn an. »Aber ja! Gegen sechs Uhr nachmittags bin ich fertig. Auf Wiedersehen.« Ohne einen weiteren Blick machte sie kehrt und verschwand im Café.

Edouard, der ihr nachblickte, fragte sich, ob er die Kraft hatte, davonzufahren und niemals wiederzukommen, und wußte genau, er hatte sie nicht. Verschwommen nahm er Gesichter, Stimmen, Gelächter wahr. Ein hübsches Mädchen lächelte ihm zu, doch Edouard bemerkte es nicht. Am anderen Ende der Terrasse blickte ein kleiner, dicker, häßlicher Mann, der ganz allein am Tisch saß, ebenfalls auf und beobachtete ihn. Auch ihn bemerkte Edouard nicht. Er dachte nur, daß dieses Mädchen achtzehn Jahre alt war. Doch woher hatte sie diese absolute Gewißheit, dieses scheinbar gelassene Wissen um ihre sexuelle Macht? Hatte ein Mann sie das gelehrt – und wenn ja, welcher Mann, wo und unter welchen Umständen?

Er stöhnte laut auf, stieg in seinen Aston-Martin und fuhr in einem irrwitzigen Tempo nach St. Cloud zurück, wo er die Erinnerung an sie in einer schlaflosen Nacht mit einer Flasche Armagnac zu ertränken versuchte.

Am nächsten Morgen kaufte er bei Hermès ein Paar graue Glacé-Handschuhe. Auf einen Finger dieser Handschuhe steckte er einen Ring mit einem Solitär, einen Diamanten von fünfzehn Karat. Er war von einem Meister geschliffen worden; er glühte mit blau-weißem Feuer; er war die perfekte Verbindung von Natur und Kunst.

Er packte Handschuhe und Ring in ihre Schachtel zurück und schloß den Deckel. Dann wartete er in fiebriger Ungeduld darauf, daß es sechs Uhr nachmittags wurde.

Am zweiten Abend ging er mit ihr ins *La Coupole*. Ihr Verhalten war unverändert. Ohne eine einzige Frage akzeptierte sie es, daß er sie vor dem Café erwartete. Sie war höflich und gelassen. Wie zuvor beantwortete sie zwar seine Fragen, erzählte von sich aus aber sehr wenig. Sie selbst stellte nur vollkommen neutrale Fragen und versuchte auch nicht wie andere Frauen, Informationen über sein Privatleben aus ihm herauszuholen. Sie unterhielt sich mit ihm über seine Arbeit; sie fragte ihn aus über Paris, über Frankreich und die Franzosen. Sie ließ sich nicht anmerken, ob sie sich der starken sexuellen Anziehungskraft bewußt war, die sie auf Edouard ausübte, und er – der unter dem Ansturm dieser Anziehungskraft litt – war verzweifelt bemüht, ebenso gelassen und distanziert zu bleiben wie sie.

Er zwang sich, sie so kühl zu betrachten, als sei sie eine potentielle Angestellte. An diesem Abend trug sie ein schlichtes, glattes Baumwollkleid von einem Blaugrau, das der Farbe ihrer Augen glich. Keinen Schmuck, nur eine billige Armbanduhr, die sie gelegentlich schüttelte, weil sie, wie sie ihm erklärte, hin und wieder stehenblieb. Sie hatte wunderschöne Hände mit langen, schlanken Fingern, deren ovale Nägel wie bei einem Schulmädchen kurz geschnitten und nicht lackiert waren. Sie saß sehr gerade und strahlte eine Ruhe aus, die bei anderen langweilig gewesen wäre, bei ihr jedoch faszinierend wirkte.

Ein- oder zweimal fragte sich Edouard, ob sie hinsichtlich ihres Alters nicht vielleicht gelogen habe. In manchen Momenten konnte sie viel jünger aussehen als achtzehn, eher wie ein ernsthaftes Kind, das sich der eigenen erotischen Ausstrahlung nicht bewußt ist. Dann wieder wirkte sie wie eine über zwanzigjährige Frau auf dem Höhepunkt ihrer Schönheit. Häufig, vor allem, wenn sie ihn direkt ansah, überschnitten sich die beiden Bilder der Unschuld und der Sinnlichkeit. Dann hatte er das Gefühl, das ernste, liebliche Gesicht einer wohlerzogenen jungen Frau vor sich zu sehen, die vielleicht eine Klosterschule besucht und ein behütetes Leben geführt hatte, doch deren reiner, steter Blick in ihm Gefühle, Gedanken und Vorstellungen weckte, die alles andere als rein waren.

Dann jedoch erschrak er zutiefst über die spontane Reaktion des eigenen Körpers, der eigenen Phantasie; die puritanische Seite seines Charakters wehrte sich gegen seine intensive Sinnlichkeit. Und zu seiner Bestürzung stellte er fest, daß sich die für ihn gewohnten Rollen des Mannes und der Frau plötzlich umkehrten. Denn jetzt war er es, der Fragen stellte, die ihr private Informationen entlocken sollten; und sie war es, die höflich, aber fest all diese behutsam tastenden Fragen abwehrte.

Es ist unmöglich, sie leidenschaftslos zu betrachten, dachte er. Er versuchte, sie mit dem Verstand zu beurteilen, doch sein Verstand ging unter im Wirbel seiner Sinne. Nicht einmal Parfüm benutzte sie, sondern duftete nach Seife, nach sauberer Haut und frisch gewaschenem Haar, nach ihr selbst. Für Edouard war es das verführerischste Parfüm, das er jemals gerochen hatte.

Als sein innerer Aufruhr schließlich ein Stadium erreichte, das keiner, der ihn kannte, jemals für möglich gehalten hätte, schlug er unvermittelt vor, das Lokal zu verlassen.

»Ja, gut.«

Ihre Blicke trafen sich; keiner von beiden rührte sich; Edouards Gedanken verschwammen.

»Ich könnte Sie nach Hause bringen. Doch falls es Ihnen lieber ist, könnten wir auch zu mir nach St. Cloud hinausfahren. Das ist unmittelbar außerhalb von Paris.« Seine Stimme versagte. Die blaugrauen Augen musterten ihn ruhig. Durch Edouards Kopf jagte eine Reihe idiotischer und peinlicher Beteuerungen: Sie müsse verstehen, dies sei keine kalkulierte Taktik, kein routinierter Verführungsversuch, er habe keine Hintergedanken; er könne einfach die Vorstellung eines weiteren Abends ohne sie nicht ertragen.

»Danke. Sehr gern.«

Er nahm nie Frauen mit nach St. Cloud hinaus; die einzige Ausnahme war seine Ehefrau gewesen. Jetzt schlenderte er mit ihr, wie damals mit Isobel, zunächst durch den nach Lilien duftenden Park und machte am Rand des *parterre* halt, um unter dem silbrigen Himmel das rote Glühen der fernen City zu betrachten. Er tat es bewußt in dem letzten, verzweifelten Versuch, sich zu retten, weil er dachte, Vergleiche und Erinnerungen würden kommen und das zarte, aber sehr feste Band zertrennen, mit dem diese faszinierende Frau ihn fesselte.

Aber kein Vergleich stellte sich ein, keine Erinnerung. Er, der immer geglaubt hatte, niemals der Vergangenheit entfliehen zu können, mußte feststellen, daß sie ihre Gewalt über ihn verloren hatte, daß er endlich frei war. Hier im Park war er sich nur noch der Frau an seiner Seite bewußt. Ohne ein einziges Wort zu sprechen – sie verhielt sich vollkommen stumm –, löschte sie alles aus, bis auf die Gegenwart.

Nach einer Weile ergriff Edouard ihre Hand; dann kehrten sie langsam ins Haus zurück. Er führte sie ins Arbeitszimmer hinauf, in dem ein anderer Mann in einem anderen Leben Isobel gebeten hatte, ihn zu heiraten. Fast ohne zu wissen, was er tat, schenkte er Drinks ein. Sie schlenderte im Zimmer umher, berührte den Petit-Point-Bezug eines Sessels, die Spitalfields-Seide eines anderen, betrachtete die Turner-Aquarelle. Edouard stellte die Gläser hin, vergaß die Drinks und gesellte sich zu ihr. Als sie zu ihm emporblickte, fiel ihm das Sprechen auf einmal leicht.

»Weißt du, was mit uns geschieht?« fragte er liebevoll. »Begreifst du es?«

»Ich weiß nicht. Ich bin nicht sicher.« Sie zögerte. »Es ist ein bißchen beängstigend.«

»Ich finde es auch beängstigend.« Edouard lächelte.

»Ich könnte ja gehen...« Sie blickte zur Tür; dann sah sie ihn wieder an. »Wenn ich vielleicht jetzt sofort gehen würde...«

»Möchtest du das?«

»Nein.« Zwei rosige Flecken wie Vogelschwingen erschienen auf ihren Wangen. »Es ist nur, weil... Ich war nicht darauf vorbereitet... Meine Pläne sahen nicht vor...« Sie unterbrach sich.

Edouard nahm ihre Hand und blickte auf ihr Gesicht hinab. Er war gerührt und ein bißchen belustigt darüber, daß eine so junge Frau ernsthaft von Plänen sprach.

»Findest du das töricht?«

»O nein.« Edouard wurde wieder ernst. »Mein ganzes Leben verläuft nach Plänen. Alles geordnet, terminiert und präzise. So lebe ich jetzt schon seit Jahren, seit...« Er stockte. »Seit einer sehr langen Zeit.«

»Und nun?«

»Weiß ich, daß sie völlig belanglos sind. Pläne, Terminkalender, Strategien. Sie vertreiben einem die Zeit. Teilen sie ein. Ermöglichen es, daß man vergißt, wie leer das Leben ist.«

Er hielt ihre Hand noch immer, doch sein Gesicht war abgewandt.

Hélène stand still und sah ihn an. Lichtblitze tanzten in ihrem Kopf; sie empfand eine traumgleiche Ruhe, und hinter der Ruhe eine hektische Gewißheit. Diese Gewißheit war vom ersten Augenblick ihrer Begegnung an dagewesen, und sie hatte den ganzen Abend versucht, sie zu widerlegen. Den ganzen Abend hatte sie, während sie ihm im *La Coupole* gegenübersaß und äußerlich gelassen wirkte, innerlich mit ihrem Verstand diskutiert. Dies ist nicht wahr, sagte er anfangs; und dann: Es ist wahr, aber es ist noch nicht zu spät, es kann noch aufgehalten werden.

Als sie dann später in St. Cloud ankamen und sie das Haus in all seiner Pracht entdeckte, begannen andere häßliche Stimmen mit anderen häßlichen Behauptungen. Sie sprachen mit der Stimme der Mutter; sie sprachen mit Priscilla-Annes Stimme; sie erinnerten sie daran, daß alle Männer die Frauen belogen, vor allem, wenn sie sie begehrten, daß sie logen, wie Ned Calvert gelogen hatte.

All diese Warnungen hatten in ihren Gedanken auf sie eingeredet, bis sie dieses Zimmer betreten und bis Edouard zu sprechen begonnen hatte.

»Edouard.« Zum erstenmal sprach sie seinen Namen, und sofort fuhr er zu ihr herum. »Glaubst du, man weiß... Glaubst du, man weiß es, wenn etwas so richtig ist, daß einem gar keine andere Wahl mehr bleibt?«

»O ja. Das glaube ich.«

»Ich auch.« Mit ernster Miene sah sie ihn an, und ehe Edouard etwas sagen konnte, holte sie tief Luft, wie um sich zu beruhigen, und trat einen kleinen Schritt vor. »Ich möchte bleiben«, erklärte sie. »Ich mag nicht gehen. Ich hab' von Anfang an bleiben wollen. So, jetzt ist's raus!« Sie zögerte ein wenig, reckte das Kinn und zeigte eine leicht trotzige Miene.

»Frauen sollten so etwas nicht sagen, stimmt's? Aber ich finde es dumm, darin zu lügen. Das ist doch sinnlos. Ich möchte bleiben. Ich wäre auch gestern Abend bei dir geblieben, wenn du mich darum gebeten hättest. Vermutlich schon, als wir uns begegneten. Wir hätten in deinen Wagen steigen und geradewegs hierherfahren können, und ich wäre geblieben. Einfach so. Ohne dich zu kennen. Ich mag dich. Findest du das falsch? Bist du schockiert?«

Edouard war belustigt, und auch gerührt. Die drollige, tiefernste Art, wie sie sprach, diese seltsame Kombination von Offenheit und

Schüchternheit, die naive Überzeugung, daß das, was sie sagte, irgendwie aufdringlich sei, während er an Frauen gewöhnt war, die ihre Wünsche ganz selbstverständlich äußerten – all das berührte ihn tief. Ihre Naivität wirkte merkwürdigerweise wie ein Vorwurf auf ihn, und er wußte, wenn er sie seine Belustigung spüren ließ, würde sie unendlich gekränkt sein.

Er trat vor und ergriff liebevoll ihre Hand. »Nein«, antwortete er ernst. »Ich bin nicht schockiert. Und ich finde es auch keineswegs falsch. Ich möchte, daß du bleibst. Ich wünsche es mir mehr als alles andere auf der Welt. Findest du das etwa schockierend?«

Ihre Lippen verzogen sich zu einem leichten Lächeln. »Nein.«

»Als ich an dem Abend, an dem wir uns begegneten, mein Büro verließ...« Edouard stockte. Er wußte nicht, ob er weiterreden sollte, und hätte fast aufgehört. Als sie jedoch zu ihm aufblickte, hatte er plötzlich das Gefühl, er sei es ihr schuldig, aufrichtig zu sein. »An jenem Abend – war ich auf der Suche nach einer Frau. Irgendeiner Frau. Es gab bestimmte Gründe dafür, aber es hat keinen Sinn, von ihnen zu sprechen, es würde nur wie eine Rechtfertigung klingen, und das möchte ich vermeiden. Ich war auf der Suche nach *irgendeiner* Frau – das habe ich in den letzten Jahren häufig getan –, und habe *die* Frau gefunden. Das fühlte ich sofort. Das sollst du wissen. Ich möchte, daß du es weißt. Mir ist natürlich klar, wie das in deinen Ohren klingen muß. Es gibt keinen Grund, warum du mir glauben solltest, aber ich schwöre dir, es ist die Wahrheit.«

Er brach ab und ließ ihre Hand fallen. Ein tiefes Rot war ihr ins Gesicht gestiegen. Edouard wandte sich ab, wütend, daß er es ausgesprochen hatte. Sie war zu jung, um ihn zu verstehen; er hatte kein Recht, so komplizierte Probleme ins Gespräch zu bringen! Vermutlich hatte er geklungen wie der mieseste, aalglatte Verführer.

»Es tut mir leid.« Sein Ton war formell. »Das hätte ich nicht sagen sollen. Sicher wirst du jetzt gehen wollen...«

Sie trat vor, und er wandte sich um. »Edouard, das ist mir gleichgültig. Ich bin froh, daß du's mir gesagt hast. Aber ich möchte noch immer bleiben.«

Jetzt leuchteten seine Augen wieder auf. Sie nahm seine Hand und preßte sie an ihre Brust. Sie sahen einander an. Unter den Spitzen seiner Finger spürte Edouard ihren Herzschlag.

In seinem Schlafzimmer blieb sie ein paar Schritte von ihm entfernt stehen und zog ihr Kleid aus. Als sie nackt war, blieb sie, die Arme an den Seiten, ganz still stehen, und nur ihr schneller Atem, das Heben und Senken ihrer Brust, verriet ihre Erregung.

Ihre Brüste waren elfenbeinweiß, die Aureolen breit, die Brustwarzen schon hart. Edouard betrachte die lange, perfekt geformte Linie von den Schenkeln über die Hüften bis zur schmalen Taille, das ernste Kindergesicht und die üppige Sinnlichkeit der Frau. Hélène biß sich auf die Unterlippe, aber sie blieb still stehen und sah zu, wie er sich auszog.

Als er nackt war, trat sie vor und sank auf die Knie. Sie preßte das Gesicht an seinen Bauch und küßte mit einer schnellen, animalischen Direktheit zärtlich die dunkle Haarlinie, die von seiner Brust bis zum Nabel und weiter hinab verlief.

Über das Bett war eine Tagesdecke aus chinesischer Seide gebreitet, crèmefarben, mit eingestickten Schmetterlingen, Paradiesvögeln und Blumen. Als sie darauf hinabblickte, sah sie sekundenlang Mrs. Calverts Schlafzimmer vor sich. Sie sah, wie Ned die Seidendecke mit dem quadratischen Laken schützte; sie sah sein selbstbewußtes Lächeln. Aber das Bild verblaßte sofort wieder. Edouard zog sie neben sich auf die Seide herab. Sie fühlte seine warme Haut; sein Körper schmiegte sich an ihren, und sie stieß einen kleinen, erschrockenen Schrei aus. Dann lag sie still.

Sie blieben lange fast reglos nebeneinander liegen. Dann drehte Edouard sehr sanft ihr Gesicht zu sich herum und blickte ihr tief in die Augen. Sie erwiderte seinen Blick.

Sie spürte seinen Atem auf ihrer Haut, dann die Berührung seiner Lippen, und dann seine Hände. Sie schloß die Augen; es gab kein Geräusch, nur eine Berührung, die alle Gedanken auslöschte. Sehr behutsam drang er in sie ein; sie verspürte einen kleinen Schmerz, und dann unendlichen Frieden. Während sie sich unter ihm bewegte, hatte sie das Gefühl, als tauche er mit ihr ins Meer hinab, in die smaragdgrüne Dunkelheit und zu einem Ort, wo die Gezeiten in ihrem Blut stiegen und fielen.

»Warte«, sagte Edouard einmal, als sie dem Höhepunkt sehr nahe war, und er spürte, daß sie ihn, weil noch zu unerfahren, zu verbissen erreichen wollte. »Warte, Hélène. *Mit* mir, nicht gegen mich.«

Instinktiv sprach er ihren Namen französisch aus; sie öffnete die Augen und lag sekundenlang ganz still. Dann flatterten ihre Lider, senkten sich wieder, und sie begann sich in einem neuen Rhythmus zu bewegen – so perfekt dem seinen angepaßt, so überwältigend und so herrlich, daß er fast die Beherrschung verlor.

Sie kam überraschend, bog sich ihm entgegen; Edouard merkte, wie die Selbstbeherrschung, die in vielen Jahren entwickelte Routine, versagte, und er ließ sich erleichtert gehen. In ihm glühte auf einmal ein heißer Stern, wartete eine dunkle Quelle, zu der er hinabtauchen mußte. In dem Moment, da er sie erreichte, rief Hélène seinen Namen, und sein Körper erschauerte unter der Kraft der Entladung.

Danach blieben sie beide still liegen, ohne ein einziges Wort zu sagen. Als seine Gedanken ruhiger wurden und er von ihrem Körper herabglitt, empfand Edouard eine gewisse Furcht. Mit gespannten Nerven wartete er darauf, daß der Selbsthaß wieder auftauchen würde, der Abscheu, der dem Verlangen jedesmal folgte. Aber er kam nicht. Er verspürte nur eine große Ruhe. Nach einer Weile verließ ihn die Nervosität, und er vermochte sich zu entspannen.

Hélène sprach zuerst. Sie ergriff seine Hand und drückte sie fest. Ihre Stimme klang noch immer ein bißchen gebrochen. »Edouard. Du hast mich von der Vergangenheit befreit...«

Er hörte das Staunen in ihrer Stimme, und da er das gleiche Staunen empfand – seit wie vielen Jahren war das nicht mehr geschehen? – lächelte er aus reiner Freude. »Ja, die Vergangenheit«, gab er zurück.

Dann schliefen sie gemeinsam ein.

Am nächsten Tag, sehr viel später am nächsten Tag, fiel ihm auf einmal ein, daß er das Geschenk von Hermès vergessen hatte. Es lag, sorgfältig verpackt und mit dem unverwechselbaren Hermès-Band verschnürt, noch immer in seinem Arbeitszimmer. Er holte es ins Schlafzimmer und legte es Hélène, die an einen Berg Spitzenkissen gelehnt im Bett saß, feierlich in beide Hände.

»Ein kleines Geschenk für dich. Ich wollte es dir schon gestern geben, aber...«

»Ein Geschenk? Für mich?« Sekundenlang wirkte sie so rührend jung wie ein Kind am Weihnachtstag; dann senkte sie den Blick, und er sah erstaunt, daß ihre Miene seltsam ablehnend, mißtrauisch wurde.

Voll Angst davor, sie zu öffnen, starrte sie auf die Schachtel hinab. Wieder hörte sie Ned Calverts Stimme mit diesem trägen, verführerischen Südstaaten-Akzent. »Du bist mein süßes kleines Mädchen; ich liebe es, meiner Kleinen Geschenke zu machen...«

Dann blickte sie auf und sah Edouard. In seinem Gesicht stand ein Ausdruck so sanfter Zärtlichkeit und so freudiger Erwartung, daß sie sich augenblicklich schämte, die beiden Erlebnisse und die beiden Männer miteinander zu vergleichen. Eifrig zog sie an der Schleife und öffnete die Schachtel.

Ein Paar Handschuhe – *die* Handschuhe! Ihr Herz klopfte vor Freude darüber, daß er daran gedacht hatte. Und ein Diamantring, ein wunderschöner Diamantring. Sie starrte auf das blauweiße Feuer des Edelsteins, dann sah sie unsicher zu Edouard auf.

Er kam zum Bett, setzte sich zu ihr und nahm ihre Hand. »Als ich noch ein Junge war...«, begann er unbeholfen, als hätte er seine Worte in Gedanken geprobt, und sie wollten ihm nun nicht mehr einfallen. »Als ich noch ein Junge war – ungefähr fünfzehn, sechzehn Jahre alt, ein bißchen jünger als du –, verliebte ich mich in eine wesentlich ältere Frau. Es war während des Krieges. Ich lebte damals in London, und sie war meine erste Liebe, meine erste Mätresse, wenn du so willst. Mein Bruder machte uns bekannt...« Er hielt inne. »Es war wohl eine blinde Leidenschaft. Das war jedenfalls die Ansicht meines Bruders. Ich aber habe das nie so sehen können, kann es nicht einmal jetzt. Für mich war es die wahre Liebe. Ich war sehr jung und völlig vernarrt in sie, und nach einer Weile – nach etwas mehr als einem Jahr war es zu Ende. Sie hieß Célestine.«

Er unterbrach sich. Hélène beobachtete ihn schweigend.

»Sie war eine sehr gütige Frau; das erkenne ich jetzt. Sie hatte sehr viel Geduld mit mir und war sehr warmherzig. Einige Dinge, die sie mir sagte, werde ich niemals vergessen, vor allem aber eines nicht...« Er zögerte. »Damals hatte ich noch nicht gelernt, zurückhaltend mit Worten umzugehen, ich war zu jung und unerfahren. Ich neigte zu leidenschaftlichen Liebesschwüren und war überzeugt, daß es für uns eine Zukunft gab. Wenn ich das sagte, brachte sie mich immer sofort zum Schweigen. Ich solle nicht so verschwenderisch mit Worten umgehen, denn eines Tages werde ich die Frau kennenlernen, die ich wirklich liebe, und bis dahin solle ich mir diese Worte bewahren. Als sie das sagte, war ich sehr zornig. Inzwischen habe ich aber gelernt, daß sie recht hatte. Seitdem habe ich keine Frau mehr belogen, habe niemals mehr ein Gefühl vorgetäuscht, das ich nicht ehrlich empfand.« Er zuckte ungeduldig die Achseln. »Mir ist natürlich klar, daß das keine große Leistung ist.«

Er schwieg. Hélène sah ihn aufmerksam an. »Warum erzählst du mir das?«

»Weil du alle möglichen Dinge über mich hören wirst – falls du sie nicht schon gehört hast –, und weil ich will, daß du die Wahrheit kennst. Ich habe meinen Geliebten immer Geschenke gemacht, verstehst du? Es gab eine Zeit, da war ich berühmt dafür. Schmuck aus meiner Firma – Rubine, Perlen, und so weiter. Immer dann, wenn eine Affäre endete.«

Er sprach eher beiläufig, fast ungeduldig, und Hélène spürte, wie sich ihr Herz vor eiskaltem Schmerz zusammenzog. »Wenn sie endete? O ja, ich verstehe.«

»Nein, tust du nicht.« Er nahm ihre Hand und hielt sie sehr fest. »Noch niemals habe ich einer Frau Diamanten geschenkt – bis heute. Sie sind die schönsten Edelsteine für mich, und die Steine, die meinem Vater am liebsten waren. Ich habe sie mir bewahrt, wie ich die Worte bewahrt habe. Ich wollte etwas haben, das nicht besudelt war, etwas, das ich mit freiem Herzen verschenken konnte, mit meiner Liebe. Wenn der richtige Augenblick kam.«

Beide schwiegen. Er sprach sehr ruhig, an seiner Miene jedoch erkannte Hélène seine tiefe Bewegung. Sie blickte von ihm auf den Ring hinab, und dann wieder zu ihm empor. Sie fühlte sich ein wenig benommen, von einer plötzlichen und völlig unvernünftigen Woge der Freude davongeschwemmt.

»Ich wußte es«, sagte sie.

»Ich wußte es auch.«

Er drückte noch einmal ihre Hand, dann ließ er sie los. Vorsichtig löste Hélène den Ring vom Handschuh und schob ihn auf ihren Finger: kalt, hart, strahlend. Als sie die Hand hob, funkelte der Diamant im Licht.

Später sagte Edouard: »Du mußt hierbleiben. Wir werden deine Sachen holen.«

»Ich habe nur einen Koffer.« Hélène lächelte. »Mehr nicht. Nur einen Koffer. Das ist alles, was ich auf der Welt besitze.«

»Dann müssen wir ihn holen. Wir werden zusammen hinfahren.«

»Nein.« Sie schüttelte den Kopf. »Es dauert nicht lange. Ich muß es selber tun.«

Edouard widersprach, und als er sie nicht überzeugen konnte, gab er nach.

Sie nahm ein Taxi nach Paris, verließ es auf dem Rechten Ufer, überquerte die Seine und legte sodann den ganzen Weg bis zu der Pension, in der sie abgestiegen war, im Laufschritt zurück. Zu ihrer Erleichterung begegnete sie niemandem, nicht mal der alte Drachen, die Concierge, saß auf ihrem üblichen Platz neben der Haustür.

Hélène eilte die Treppe hinauf und stürzte in das winzige Zimmer. Sie brauchte nur einen Moment, um ihren Koffer herauszuholen, ihn aufzuschließen und die paar Kleider hineinzuwerfen, die sie mitgebracht hatte.

Sie wollte ihn schließen, hielt aber inne. Vor dem Koffer hockend schob sie einen zerknautschten Rock und eine Bluse beiseite und starrte auf einen Stoß Papiere und Fotos hinab: auf Orangeburg, die Mutter und die Vergangenheit.

Sie hatte das Gefühl, daß die Zeit zerbrach. Orangeburg, Billy, die Mutter, Ned Calvert, Cassie Wyatt, Priscilla-Anne, das Schlafen in einem schmalen Bett, während die dünnen Vorhänge flatterten, der Schlammgeruch, der vom Fluß herauftrieb – alles irreal, fern, Szenen aus einem alten Film. Drei Tage hatten sechzehn Jahre ausgelöscht.

Sie schloß die Augen und sah wieder Billys Tod vor sich. Sie sah, wie Mrs. Tanner sich über Billy beugte und den Knopf an seinem Hemd schloß; sie sah ihre gespreizten Finger und den Regen, der zu fallen begann.

Von diesem Bild hatte sie in den Wochen seit ihrer Abreise aus Orangeburg jede Nacht geträumt, bis sie zuletzt richtige Angst vor dem Einschlafen hatte. Jedesmal schreckte sie schweißüberströmt aus diesem Traum hoch, starrte ins Dunkel und versicherte Mrs. Tanner, es sei nicht ihre Schuld, daß Billy so habe sterben müssen.

Hélène erschauerte und öffnete die Augen. Sie schob die Fotos ganz unten in den Koffer und schloß den Deckel. Irgendwie, sehr vage, hatte sie das Gefühl, daß sie ihnen allen – Violet, Billy und Mrs. Tanner – etwas schulde und daß sie noch nicht das Recht auf ein eigenes Glück habe. Sofort jedoch rebellierte ihr ganzes Bewußtsein gegen diesen Gedanken. Billy würde Verständnis haben; die Mutter würde Verständnis haben. Die Mutter hätte genau dasselbe getan. Alles für die Liebe...

Doch dieser Gedanke war ebenfalls erschreckend. Wurde sie nun doch noch wie ihre Mutter? Sie stand auf und hievte den Koffer auf das schmale Bett. Ich brauche nicht zu Edouard zurückzukehren, sagte sie sich. Ich kann ihm den Ring zurückschicken. Ich brauche ihn nicht wiederzusehen. Ich kann all das tun, was ich eigentlich vorgehabt habe.

Sie stand da und betrachtete den Koffer. Dann packte sie ihn plötzlich, stieß die Tür auf und lief die Treppe hinunter bis auf die Straße. Sie lief den ganzen Weg bis zur Seine und blieb erst am Pont Notre Dame wieder stehen. Das Wasser glitzerte; die Türme von Notre Dame ragten ins helle Licht empor; am Ufer gingen Liebespaare im Sonnenschein spazieren.

Sie hielt ein Taxi an.

In St. Cloud wurde sie von Edouard vor dem Haus erwartet. Ungeduldig schritt er auf dem Kies auf und ab, und als er das Taxi entdeckte und sah, daß sie ihm entgegenlief, breitete er seine Arme aus.

»Ich hatte Angst«, gestand er, während er sie umfangen hielt. »Ich weiß nicht, warum, aber ich dachte, du kämst nicht zurück...« Hélène ließ ihren Koffer fallen und barg das Gesicht an seiner Brust.

»Ich mußte zurückkommen«, erklärte sie, erklärte es Edouard, ihrer Mutter, Billy, allen.

»Warum bist du nach Paris gekommen?«
Diese Frage hatte Edouard ihr noch nie gestellt, nun aber stellte er sie ganz unvermittelt nach einem langen, zufriedenen Schweigen. Es war früher Abend, ein vollkommener, lauer Pariser Abend, an dem sie vor dem *Deux Magots* auf der Terrasse saßen und auf dem runden Tischchen zwei Gläser Pernod vor sich stehen hatten. Während Edouard die klare Flüssigkeit mit Wasser auffüllte, sah Hélène zu. Sie liebte den kühlen Anisgeschmack, die wohlige Wärme, wenn der Alkohol in ihren Magen gelangte.

»Sei vorsichtig«, hatte Edouard lächelnd gesagt. »Das Zeug ist ziemlich stark, Hélène.«

Hélène hatte gelächelt. Sie liebte es, wenn er ihren Namen aussprach: französisch, genau wie ihre Mutter. Zuweilen löste das Schuldgefühle bei ihr aus, denn Edouard glaubte noch immer, ihr Name sei Helen Hartland, dennoch aber wirkte es zugleich sonderbar tröstlich.

Jetzt wäre sie am liebsten ewig hier sitzengeblieben und hätte den ununterbrochenen Strom der Passanten beobachtet. Seine Frage ließ sie zusammenzucken. »Meine Mutter liebte Paris. Sie hat mir oft davon erzählt, aber ich selbst war noch nie hier gewesen...« Sie hoffte, er würde nicht weiterfragen, denn inzwischen wich sie seinen Fragen nur noch höchst ungern aus. Sie bereute jenen seltsamen Instinkt, der sie dazu getrieben hatte, ihn am ersten Tag zu belügen. Jeden Morgen, wenn sie in seinen Armen erwachte, nahm sie sich vor, ihm heute bestimmt die Wahrheit zu sagen. »Ich bin nicht in England aufgewachsen, Edouard. Ich habe dich belogen. Ich bin in Amerika aufgewachsen. Im Süden. In Alabama.«

Immer wieder hatte sie die Worte geprobt, doch wenn sie sie aussprechen wollte, hatte sie jedesmal den Mut verloren. Sie war im Netz ihrer Lügen gefangen: Edouard würde sich durch sie entweder verletzt fühlen oder zornig werden. Sie würde ihm erklären müssen, *warum* sie gelogen hatte, und sobald sie damit begann, würde sie ihm alles erzählen müssen: von ihrer Mutter und der Abtreibung, von Billy und Ned Calvert. Bei der Erinnerung daran errötete sie vor Scham. Würden sich seine Gefühle für sie ändern, wenn er das alles erfuhr? Sie wandte den Blick ab; in diesem Augenblick hatte sie das Gefühl, daß das mit Sicherheit der Fall sein würde.

Edouard sah sie erröten und legte es falsch aus; lächelnd lehnte er sich zurück. »Wenn du nicht gerade in dem Moment stehengeblieben wärst, um dir die Kirche anzusehen ... Wenn ich einen anderen Weg gefahren wäre ... Wenn mein Terminplan anders ausgesehen hätte ... Wenn deine Mutter dir nicht von Paris erzählt hätte ...«

Hélène sah zu ihm auf. Der Lärm ringsum verstummte; Hélène spürte, wie sich die Welt veränderte. Kein Café, kein Paris, kein Alabama, keine Vergangenheit; nur noch er und sie. Sie war auf einmal so glücklich, daß sie irgend etwas völlig Verrücktes tun wollte – singen, tanzen, schreien, den Leuten am Nebentisch zurufen, sie sei verliebt –, und ganz plötzlich verstand sie alles, all die Geschichten, die Gedichte, die Lieder. Ihr Herz sang. Sie beugte sich vor und streckte die offene Hand aus.

Edouard beugte sich ebenfalls vor und legte seine Hand in die ihre. Sobald er sie berührte, begehrte sie ihn; elektrische Spannung jagte durch ihren Körper; ihr Verstand trübte sich mit der inzwischen vertrauten Trägheit.

Sie hatte in Büchern von sexuellem Verlangen gelesen, die Mädchen in der Schule hatten davon gesprochen, nichts jedoch hatte sie auf dieses Gefühl, diesen ungestümen Drang vorbereitet; und darauf, daß es so absolut blind machte.

Edouard blickte auf. »Ja?«

Als sie nickte, stand er entschlossen auf und ergriff ihren Arm. Er zögerte ein wenig, doch gerade als Hélène dachte: »Ach bitte schnell, irgendwohin, ganz gleich wo«, führte er sie zum Café hinaus und in das Labyrinth der Gäßchen hinter der Kirche St. Germain-des-Prés. Mit so großer Eile schritt er aus, daß Hélène Mühe hatte, sein Tempo mitzuhalten.

Eine enge Straße; ein kleiner, von einem einzelnen Baum überschatteter Platz; ein paar bescheidene Hotels mit schmalen Fassaden, die Fensterläden vor der Abendsonne geschlossen. Geldscheine, über eine alte Mahagonitheke geschoben; eine hingekritzelte Unterschrift; ein schwerer Eisenschlüssel und ein Hotelbesitzer, ein dicker Mann mit qualmender Zigarre. Er sah kaum auf.

Das Zimmer lag im ersten Stock, und Edouard griff schon nach ihr, bevor er überhaupt die Tür öffnete. Er stieß sie schnell von innen dagegen und preßte sich so fest an sie, daß sie sein Gewicht und seinen harten Penis spürte. Sie stöhnte auf. So hastig, daß seine

Hände zitterten, öffnete Edouard ihre Bluse. Sie fühlte seine Lippen an ihrer Kehle, seine Zunge an den harten Knospen ihrer Brustspitzen. Ungeduldig zerrte sie an seinem Gürtel.

Das winzige Spitzenhöschen, das sie trug, war feucht. Edouard zog es ihr über die Schenkel, teilte ihre Lippen, und sie schrie auf, preßte sich auf seine Hand und seine Finger hinab, rieb sich an ihm wie ein kleines Tier. Sie wollte ihn in der Hand halten und fingerte hektisch, um ihn aus seinen Kleidern zu befreien. Als sie ihn jedoch berührte, genügte es ihr nicht mehr. Sie wollte ihn in sich haben; sie wollte, daß er sie ganz ausfüllte. Edouard packte ihre Hüften und zog sie auf sich herunter, während er in sie stieß.

»Mach die Augen auf«, verlangte Edouard und löste sich ein wenig von ihr. Sie gehorchte und blickte hinab. Betrachtete sie genau, diese wunderbare, unendlich genußvolle Vereinigung. Es erregte sie ungeheuer, sie zu betrachten und zu fühlen; sie war herrlich und unerträglich, diese Spannung, wenn er sich ein wenig aus ihr zurückzog und sie ihn stark und glänzend sah, bevor er wieder in sie hineinstieß.

Er wußte immer ganz genau, wenn sie kurz davor war. Heute kam ihr Höhepunkt heftig und überstürzt. In fieberhafter Erregung preßte sie sich ihm entgegen und hielt dann, wie immer kurz vor der Klimax, eine Sekunde lang ganz still. Er liebte ihren Anblick in diesem Moment, denn sie wirkte dabei genauso blind, wie er sich fühlte. Ein letzter, langer, kräftiger Stoß. Dann erschauerten sie gegeneinander.

Hinterher sagte Edouard wenig aufrichtig: »Wir hätten schließlich auch warten können, bis wir wieder in St. Cloud waren.«

»Wirklich?« gab Hélène lächelnd zurück.

Jetzt erst löste sie sich von ihm und sah sich zum erstenmal im Zimmer um. Es gab ein hohes, mit Läden verschlossenes Fenster, ein riesiges, alles beherrschendes, mit blutroter Seide bedecktes Bett und einen riesigen, ramponierten Kleiderschrank. Außerdem einen kleinen Teppich und in der Ecke, hinter einem Vorhang, ein Bidet.

»Wo sind wir hier?«

»In einem Hotel. Einem Hotel, das alles andere als anständig ist. Leute, die in Not sind, können hier stundenweise Zimmer mieten. Ich hätte dich auf gar keinen Fall herbringen dürfen.«

»Aber ich finde es schön, daß du das getan hast. Es gefällt mir hier.« Ein wenig trotzig wandte Hélène sich ihm zu. »Ich mag diesen komischen, großen Schrank und dieses komische, riesige Bett. Ich mag alles. Dieses Zimmer hat keine Geheimnisse. Es ist für Liebende gemacht, und ist stolz darauf.«

»Die Tapete könnte vielleicht erneuert werden«, gab Edouard leise zu bedenken.

»Du sollst es nicht kritisieren! Ich liebe es!« gab Hélène zurück. »Es ist perfekt, und mir gefällt's!«

»Wir könnten ja hierbleiben...« Edouard lächelte. »Ich könnte mir vorstellen, daß man das Zimmer auch für eine ganze Nacht mieten kann.« Zielbewußt ging er zum Bett hinüber. »Und da dir das Dekor so sehr gefällt...«, murmelte er und zog Hélène auf den blutroten Satin hinab.

Diesmal liebten sie sich zur Begleitmusik der quietschenden Bettfedern ein wenig gemächlicher. Als es dunkel war, gingen sie zum Essen in ein kleines Restaurant, in dem Edouard von niemandem erkannt wurde. Anschließend wanderten sie durch die stillen Straßen zum Hotel und dem Zimmer mit dem blutroten Bett zurück. Am nächsten Morgen frühstückten sie auf ihrem Zimmer an einem Tischchen vor dem offenen Fenster.

Draußen erhob sich eine stattliche Tigerkatze von einer Fensterbank, reckte sich und stolzierte quer über den Platz. Hélène sah ihr nach; sie beobachtete das Licht auf dem Laub der Bäume und lauschte auf die Geräusche einer Stadt, die in der Morgenfrühe langsam erwacht. Plötzlich wandte sie sich zu Edouard um.

»Ich habe so oft darüber nachgedacht, was ich einmal werden will, was aus mir werden wird. Ach Edouard, ich hatte so viele Pläne gemacht!« Sie schüttelte ganz leicht den Kopf. »Sobald ich aber mit dir zusammen bin, denke ich überhaupt nicht mehr daran. Es scheint einfach keine Rolle mehr zu spielen. Ich muß gar nichts werden. Ich *bin*...« Fragend hob sie den Blick zu ihm empor. »Verstehst du das? Hältst du es für falsch?«

»Ich habe dasselbe Gefühl, Hélène«, erwiderte Edouard leise, »darum kann ich das nicht beurteilen.«

»Es ist so schön hier. Paris ist wunderbar. Ich liebe dich, Edouard«, sagte sie, und dann barg sie, mit einer jener flinken, scheuen Gesten, die er so an ihr liebte, den Kopf an seiner Schulter. Edouard umfing sie liebevoll und drückte die Lippen auf ihr Haar.

»Mein Liebling«, sagte er zärtlich dabei. »Mein Liebling.«

Kurz nach neun Uhr verließen sie das Hotel Hand in Hand, lachend und plaudernd. Als sie auf den Platz hinaustraten, zögerte Edouard einen Moment, dann nahm er Hélènes Arm und ging schnell weiter. Als sie aufblickte, sah sie eine hochgewachsene, äußerst elegante Dame, deren Augen hinter einer Sonnenbrille verborgen waren. Die Dame starrte zu ihnen herüber und verschwand dann in einer Nebenstraße.

Als sie außer Hörweite waren, stieß Edouard einen Seufzer aus. »Ghislaine Belmont-Laon«, erklärte er. »Die größte Klatschbase von ganz Paris. Hat vor ein paar Jahren einige unserer Verkaufsräume eingerichtet. Sie durchstöbert die Geschäfte an der Rue Jacob. Und sie ist ständig mit meiner Mutter zusammen ...«

Hélène blieb stehen und sah zu ihm auf. »Hat sie dich erkannt?«

»O ja, mit Sicherheit! Ghislaines scharfem Blick entgeht niemals etwas.«

»Du meinst, sie wird es deiner Mutter erzählen, deinen Freunden?« fragte Hélène.

Edouard lächelte. »Daß sie mich um neun Uhr vormittags mit einer schönen jungen Frau aus einem äußerst fragwürdigen Hotel kommen gesehen hat? Ganz zweifellos. Meiner Mutter heute mittag, dem übrigen Paris heute abend.«

»Und stört dich das?« Hélène musterte ihn gespannt; sie verspürte einen Stich Angst.

»Stören – mich? Ich pfeife drauf. Sie würden's früher oder später ja doch erfahren. Schließlich habe ich keineswegs vor, dich zu verstecken. Es ist nur ...« Er stockte, und seine Miene wurde ernst. »Ich bin diesen Klatsch und diese Lügen gewöhnt, du aber nicht. Ich will nicht, daß man dir weh tut, und hatte gehofft, wir könnten dem noch ein paar Wochen entgehen.«

Weiter sagte er nichts darüber, schien den Zwischenfall sogar zu vergessen; in Hélène hatte er jedoch eine gewisse Unsicherheit geweckt. Sie wünschte, diese Frau hätte sie nicht gesehen; sie wünschte, Edouard hätte keinen Zeitraum genannt. Es war, als hätten sie und Edouard Zuflucht an einem ganz besonderen Ort gesucht, in den nun plötzlich die kalte Welt eindrang.

Am Nachmittag ging Edouard mit ihr zu Chanel und anschließend zu Hermès, wo er ihr Reitkleidung anmessen ließ.

»Wozu brauche ich Reitkleidung? Das ist doch Wahnsinn, Edouard!« hatte sie zu ihm gesagt. Doch Edouard hatte lächelnd geantwortet: »Wart's ab.« Er hatte ihr in den vierzehn Tagen, die sie nun in Paris waren, schon mehrfach Kleider gekauft, und sie hatte seine Geschenke freudigen Herzens akzeptiert. An diesem Nachmittag jedoch wirkte alles irgendwie besudelt. Die Verkäuferinnen bei Hermès waren höflich, Hélène jedoch kribbelte unter ihren erfahrenen Blicken vor Scham. Die Geliebte eines schwerreichen Mannes: Sie glaubte die Verachtung in ihren Augen entdecken zu können. Doch Edouard sagte sie nichts von ihren Gefühlen.

Am Abend rief ihn Louise de Chavigny, seine Mutter, in St. Cloud an. Das Gespräch war kurz und auf Edouards Seite kaum aufschlußreich. Er nahm den Anruf im Schlafzimmer entgegen, und als er auflegte, war seine Miene finster. Hélène musterte ihn besorgt.

Einen Augenblick sah er schweigend zu Boden. Als er den Kopf hob und die Hand nach ihr ausstreckte, hellte sich seine Miene auf. »Wollen wir eine Zeitlang weg von Paris?« fragte er überraschend. »Ich möchte dir die Loire zeigen... Ich möchte mit dir dort reiten gehen.« Also hatte er es bereits geplant! Sofort war Hélène überglücklich. Erst später, als Edouard ihr keine weiteren Erklärungen über den Anruf gab, kehrte ihre Unsicherheit zurück.

Sie flogen mit Edouards Privatmaschine an die Loire. Und dort, in diesem Märchenschloß, schwankte sie während der ersten Woche zwischen himmelhochjauchzendem Glück und schwärzester Verzweiflung. Je mehr sie sich danach sehnte, Edouard die Wahrheit zu sagen, je wichtiger und dringender es wurde, daß sie dies tat, desto bedrohlicher und unmöglicher erschien es ihr.

Er liebt mich; er *kann* mich gar nicht lieben: Die beiden Sätze dröhnten wie ein ununterbrochener Trommelwirbel in ihrem Kopf. Tage vergingen; eine Woche verging, und manchmal hatte Hélène das Gefühl, verrückt zu werden: in einem Moment auf dem Gipfel des Glücks, im nächsten schon wieder im finstersten Tal der Verzweiflung.

Edouard lehrte sie reiten; sie lernte sehr schnell. Es war Ende August, es wurde September. Tag um Tag schien die Sonne, nicht die geringste Andeutung von Herbst. Am Abend ging sie überglücklich zu Bett, doch dann träumte sie fast ständig von Billy. Sie hörte die vorwurfsvolle Stimme seiner Mutter, die sie auch noch begleitete, wenn sie erwachte. Sie zog sich ein wenig in sich selbst zurück und merkte, daß Edouard das spürte und daß es ihn schmerzte. Wenn ich es ihm nur erklären könnte, dachte sie dann, wenn ich ihm nur die ganze Wahrheit erzählen könnte... Zuweilen wandte sie sich ihm sogar voll Ungeduld zu, alle Sätze so gut überlegt, daß sie nur noch ausgesprochen werden mußten. Im letzten Moment jedoch war sie dann unfähig, sie zu artikulieren, und sprach von etwas anderem.

»Ich bin manchmal so unsicher, Edouard, und im nächsten Moment wieder vollkommen sicher. Ist das immer so, wenn man liebt?« fragte sie ihn eines Abends, als sie neben ihm kniete, legte ihm ihre Arme um den Hals und sah ihm aufmerksam in die Augen.

»Am Anfang schon, glaube ich. Mir geht's genauso.« Er neigte den Kopf und preßte seine Lippen auf ihre Hand; er wagte es manchmal nicht, sie spüren zu lassen, wie tief berührt er von ihrer Unschuld und ihrem Freimut war. Als er aufblickte und entdeckte, daß ihre Miene Angst ausdrückte, zog er sie an sich und nahm sie fest in seine Arme.

»Du darfst nicht zweifeln!« verlangte er heftig. »An allem anderen darfst du zweifeln, nur daran nicht! Ich werde es nicht zulassen.«

Am Ende der zweiten Septemberwoche mußte Edouard aus Geschäftsgründen nach Paris zurückkehren. Die erste Wyspianski-Kollektion sollte auf den Markt gebracht werden, zunächst in Europa, und später im Jahr dann in Amerika, und obwohl die Kollektion selbst alle seine Erwartungen erfüllt hatte und sämtliche Vorbereitungen für die Vorstellung glatt verliefen, gab es intern gewisse Elemente bei de Chavigny, die seit einiger Zeit schon gegen die Kollektion und ihren Umfang opponierten. Vor allem zwei Direktoren hatten ihm hartnäckige Rückzugsgefechte geliefert; seit seiner Abreise aus Paris hatten sie seine Pläne boykottiert, wo sie nur konnten.

»Aber warum?« erkundigte sich Hélène. Auf ihren Wunsch hin hatte Edouard ihr einige von Wyspianskis Entwürfen gezeigt, und selbst sie, die keinerlei Fachwissen besaß, erkannte, daß sie erstklassig waren.

»Aus tausend Gründen, Liebling. Manchmal kommen sie mit Argumenten, die ihnen selbst zwingend erscheinen – geschäftlichen Argumenten. Ich kann's ihnen nicht immer verdenken. Sie sind an Bilanzen interessiert, an steigenden Profiten. Und nicht daran, Kunst zu produzieren, vor allem Kunst, von der sie glauben, daß sie sich nicht verkaufen läßt. Wyspianskis Entwürfe sind außergewöhnlich und teuer. Sie sprechen einen winzigen Kundenkreis an. Es hat schon immer Leute bei de Chavigny gegeben, die meinen, daß der Markt stirbt, daß wir uns auf andere Bereiche konzentrieren sollten – Grundbesitz, Hotels, und so. Sie wollen das Juweliergeschäft aushungern, ja sogar verkaufen. Solange ich da bin, wird ihnen das natürlich nicht gelingen, also begnügen sie sich damit, unkooperativ zu sein. Das ist alles. Früher hatte ich einen Mann, der sich an meiner Stelle um derartige Probleme kümmerte und großartig damit fertig wurde. Aber der arbeitet jetzt in Amerika für mich, und einen Ersatz für ihn hab' ich bisher noch nicht gefunden. Keine Sorge.« Er lächelte. »Ich werde der Sache sehr schnell auf den Grund gehen und noch am selben Tag wieder bei dir sein.«

Er brach früh am Morgen auf und sorgte dafür, daß die Nachricht von seiner bevorstehenden Ankunft in der Pariser Firmenzentrale verbreitet wurde. Sobald er eintraf, verhielt er sich, als liege seinem Besuch keine spezielle Dringlichkeit zugrunde.

Den Vormittag verbrachte er mit Routine-Angelegenheiten; den Lunch nahm er mit seinem alten Freund Christian Glendinning ein, der in Paris war, um die neue Ausstellung zu beaufsichtigen, die gerade von seiner Galerie in der Londoner Cork Street zu seiner Zweigstelle auf dem Pariser Linken Ufer gebracht worden war. Mit einem gewissen Funkeln im Blick stellte Christian fest, daß Edouard ganz vorzüglicher Laune zu sein scheine. Anschließend kehrte Edouard in die Zentrale zurück, und erst dann bestellte er die beiden Direktoren zu sich ins Büro.

Interessiert beobachtete er, wie sie hereinkamen. Monsieur Brichot, der ältere von ihnen, war blaß, geschwätzig und nervös. Er war schon über sechzig Jahre alt, ein gewissenhafter, fleißiger, phantasieloser Mann. Auch Philippe de Belfort war blaß, aber bestimmt nicht aus Nervosität, darüber war Edouard sich im klaren. Während Brichot hastig auf einen Sessel zuschoß und dann nicht wußte, ob er sich wirklich setzen sollte, kam de Belfort lässig und ohne jede Eile herein. Er war ein hochgewachsener, stämmiger Mann, ein paar Jahre jünger als Edouard. Seine Bewegungen waren gemessen, und er sprach langsam, mit schwerfälligem Nachdruck. Seine blaßblonden Haare krönten ein schweres, blasses Gesicht mit schwerlidrigen Augen unbestimmter Farbe, die dem Gesicht einen arroganten, fast höhnischen Ausdruck verliehen. Er erinnerte Edouard an einen großen, weißlichen Fisch aus den tiefsten Regionen des Meeres, in die kein Lichtstrahl hinunterdrang. Edouard mochte ihn nicht, bewunderte ihn jedoch. Er konnte großspurig wirken, und es fehlte ihm an Charme, aber er war smart, intelligent und energisch, der fähigste Neuzugang der Firma seit Simon Schers Zeiten.

Zu de Chavigny war er vor etwa fünf Jahren gestoßen, und zwar mit eindrucksvollen Empfehlungen: sein inzwischen verstorbener Vater, der ein hervorragender, berühmter Börsenmakler gewesen war; erstklassige Abschlüsse an der Sorbonne und der Londoner School of Economics; eine Zeit bei den Rothschilds, wo er vom ersten Augenblick an als Überflieger galt. Ein Mann, der Französisch, Englisch, Deutsch und Spanisch gleichermaßen fließend sprach; ein Mann der sich weder vor der Verantwortung noch vor Entscheidungen fürchtete, der Probleme mit einer Geschwindigkeit und Akkuratesse erkannte, die in überraschendem Gegensatz zu seiner langsamen Sprechweise standen; ein Mann, der gesellschaftliche Verbindungen in Paris und London mit der gleichen Energie und Findigkeit suchte, wie er sie auf seine Arbeit verwandte; ein Mann, der es weit bringen würde, der sich aber verhielt, als sei ihm das bereits gelungen.

Nun, während Brichot unbeholfen zögerte und Edouard über den Schreibtisch hinweg anstarrte, schritt de Belfort zu einem Sessel und ließ sich nieder, als wolle er sagen: »Ich bin bereit, vorerst noch einmal hier Platz zu nehmen; im Grunde gehöre ich aber *hinter* den Schreibtisch.«

Er und Edouard maßen einander; dann wandte de Belfort den Kopf und sah sich gemächlich im Zimmer um. Das tat er jedesmal, wenn er Edouards Büro betrat – fast so, als belustige es ihn, die Einrichtung zu kontrollieren. Edouard musterte ihn mit gerunzelter Stirn. Es war eine Quelle ständiger Irritation für ihn, daß er gegen de Belfort eine instinktive Antipathie empfand. De Belfort besaß Energie; er verfügte über denselben kommerziellen Einfallsreichtum und Wagemut wie Edouard selbst; in mancher Hinsicht glichen sie sich sogar – und dennoch fühlte sich Edouard in seiner Gegenwart nicht wohl.

Brichot, der nun endlich im Sessel saß, hatte schon aufgegeben, das sah man sofort. Edouard hatte kaum mit seinen Fragen begonnen, als der Ältere mit einer flatternden Handbewegung herausplatzte: »Ich hatte das Gefühl... Ich fürchte, daß... De Belfort sagte... Es schien klüger zu sein...« Er verstummte.

»*Wir* hatten das Gefühl«, fiel de Belfort seinem Kollegen mit eiskaltem Blick ins Wort. »Wir hatten das Gefühl, daß sich, obwohl das Promotionsbudget für die Wyspianski-Kollektion durchdiskutiert und genehmigt war, die Anzeichen für eine Kosten-Eskalation häuften.«

»Ganz recht. Eskalation. Genau dieses Gefühl hatten wir...«

»Und daher«, fuhr de Belfort entschlossen fort, »erschien es uns ratsam, die endgültige Genehmigung hinauszuschieben, bis wir noch einmal alles überprüft hatten.«

Schweigen. Brichot blickte zur Decke: eine der berühmten Chavigny-Schweigepausen! De Belfort sah stur geradeaus auf einen Punkt irgendwo neben Edouards Kopf.

»Und sind Sie mit diesen Überprüfungen fertig?« erkundigte sich

Edouard schließlich in einem so höflichen Ton, daß Brichot erschauerte.

»Aber ja!« De Belfort sagte es fast beiläufig. »Heute vormittag schon. Sämtliche Probleme sind geklärt. Ich habe die Genehmigung persönlich erteilt. Vor einer Stunde. Ich hätte Sie gern informiert, doch leider waren Sie beim Lunch.«

Der Blick der blassen Augen richtete sich sekundenlang auf Edouard. Der Hinweis auf den Lunch hatte vorwurfsvoll geklungen. Brichot, dem diese Kritik nicht entging, schniefte nervös. Er zog sein Taschentuch heraus und steckte es wieder ein.

»Gut.« Edouard erhob sich. »Dann brauche ich Sie nicht länger aufzuhalten. Aber Philippe« – er wandte sich an de Belfort –, »würden Sie, falls Sie wieder einmal Bedenken haben, damit bitte sofort zu mir kommen?«

»Selbstverständlich! Ich wollte Sie nur nicht im Urlaub belästigen.« In würdevoller Haltung schritt er zur Tür.

Edouard sah den beiden nach. Brichot war harmlos. Ein schüchterner Mann, kurz vor der Pensionierung, der für seine lebenslange Arbeit mit einem Sitz im Vorstand belohnt werden würde – einem der hintersten Sitze. De Belfort jedoch war etwas ganz anderes. Edouard war überzeugt, daß de Belfort ihn genausowenig mochte wie er ihn. Ein Mann, der ein Aktivposten war, und zugleich ein Mann, der möglicherweise zur Gefahr werden konnte. Stirnrunzelnd konzentrierte sich Edouard wieder auf seine Arbeit.

Später, als er sich schon freute, alles pünktlich erledigt zu haben und an die Loire zurückkehren zu können, wurde ihm ein Anruf von seiner Mutter gemeldet. Resigniert griff er zum Hörer. Louise ging sofort zum Angriff über.

Ob sie immer nur durch entfernte Bekannte erfahren müsse, daß Edouard sich in Paris aufhalte? Ob ihm klar sei, daß sie ihn seit Wochen nicht mehr gesehen habe? Daß sie nicht mehr die Jüngste sei? Daß ihre Ärzte ernsthaft beunruhigt seien?

So ging es eine Weile weiter. Schließlich fiel Edouard ihr ins Wort: »Na schön, Maman. Ich komme sofort. Aber ich kann nicht lange bleiben.«

Edouard legte auf. Er kannte den wahren Grund für diese Bitte um seinen Besuch und fragte sich, wie lange Louise wohl brauchen würde, um zur Sache zu kommen.

Sie brauchte eine halbe Stunde. In diesem Zeitraum beklagte sie sich, auf einer Chaiselongue liegend, die Hand an die Stirn gepreßt, ansonsten aber durchaus strahlend, über ihre Dienstboten und ihren früheren Arzt und schilderte ihm ihre echten und ihre eingebildeten Symptome. Die meisten Wehwehchen, die sie hatte, waren frei erfunden, die beste Medizin dagegen war gewöhnlich ein neuer Liebhaber. Nur hatte sie inzwischen weit weniger Liebhaber, und die Pausen zwischen ihnen wurden länger. Sie muß sich gerade in so einer Pause befinden, dachte Edouard, ein wenig erschrocken über die eigene Distanziertheit. Seine Gedanken wanderten zur Loire und zu Hélène.

Louise schenkte ihm ein tapferes Lächeln. »Aber genug von meinen Problemen, Liebling. Ich muß sagen, du siehst fabelhaft aus! Das kommt bestimmt von der vielen frischen Luft und dem Reiten... Du solltest öfter Urlaub machen. Es bekommt dir!«

»Vielen Dank, Maman.« Edouard wartete.

»Ich habe viel über dich nachgedacht, Edouard.« Mit einer eleganten Bewegung beugte sie sich vor. »Soll ich dir verraten, was ich gedacht habe? Wirst du mir auch sicher nicht böse sein? Ich habe gedacht, Edouard, mein Liebling, daß es wahrhaftig Zeit für dich wird, wieder an eine Heirat zu denken.« Sie ließ den Satz in der Luft hängen.

Edouard musterte sie gleichmütig. »Hast du das, Maman? Wie merkwürdig! Ich hatte genau dasselbe gedacht.«

»Wirklich, mein Liebling?« Louises perfekt gezupfte Brauen stiegen um einen Millimeter empor. Sie lächelte etwas. Edouard fragte sich, wie zutreffend der Klatsch war und wieviel Louise davon erfahren hatte. »Das freut mich aber! Schließlich kann man ja nicht ewig trauern – sogar mir ist das nach dem Tod meines armen Xavi schließlich klar geworden. Man muß nach vorn blicken. Man muß sein Leben leben. Man hat Pflichten...«

Sie machte eine entsprechend unbestimmte Geste und stand auf. »In deinem Fall ist das natürlich sehr, sehr schwierig. Das ist mir klar. Du verdienst etwas Besonderes, und da dachte ich – da dachte ich mir, mein Liebling, wenn du von der Loire zurückkommst, werde ich dir vielleicht eine kleine Party geben. Es ist schon ewig her, daß ich überhaupt eine Party gegeben habe. Nichts Großes, aber es gibt da ein paar bezaubernde Leute, die ich für dich einladen könnte. Die jüngste Cavendish – erinnerst du dich, Edouard? Und Sylvie de Castallane. Oder Monique... Ach nein, die nicht! Viel Geld, aber nicht ganz... Aber es gibt da ein paar ganz reizende Amerikanerinnen. Gloria Stanhope. Weißt du noch? Bei denen war ich letztes Jahr in Long Island. Ein zauberhaftes junges Mädchen, und außerdem...«

»Verzeih, Maman.« Edouard erhob sich. »Ich möchte nicht, daß du deine Zeit unnötig verschwendest.«

»Meine Zeit verschwenden?« Louises Augen weiteten sich. »Aber Edourard, wie kannst du nur so etwas denken!« Sie lächelte. »Na schön, ich betätige mich als Ehestifterin – ein winziges bißchen. Aber das tun alle Mütter, Liebling; es macht ihnen Spaß. Und ich möchte ganz sicher sein, daß du glücklich wirst, Liebling, daß du eine Frau findest, die zu dir paßt, denn ich möchte auf jeden Fall verhindern, daß du leiden mußt.«

»Maman.« Edouard stoppte ihren Redefluß. Als er Louise ansah, schlug die Mutter die Augen nieder. »Machen wir Schluß mit dieser Farce. Du hast mal wieder Klatsch gehört. Du hast auf Ghislaine Belmont-Laon gehört, die weiß Gott keine Ahnung hat, wovon sie spricht. Und nun bist du neugierig. Deswegen hast du mich kommen lassen. Wäre es nicht viel einfacher, das offen zuzugeben?«

Louise blickte lächelnd zu ihm auf. Sie war nicht im geringsten beunruhigt. Ich hätte nicht vergessen dürfen, wie fest sie von der Macht ihres Charmes überzeugt ist, dachte Edouard.

Jetzt warf sie ihm einen beinahe koketten Blick zu. »Na schön. Wie klug du bist, Edouard! Ich gebe alles zu. Die Leute haben ein bißchen geklatscht. Und ich habe mir Sorgen gemacht. Nun ja, es wurde von einem Diamantring gesprochen; sie trug ihn, als sie mit dir bei Givenchy war. Und bei Hermès. Und dann hörte ich, daß du mit ihr an der Loire wärst, während du sonst niemals jemanden dorthin mitnimmst. Darum habe ich mir natürlich Gedanken gemacht. Sie ist sehr jung, wie ich hörte, und Engländerin, und niemand scheint eine Ahnung zu haben, wer sie ist, und ich weiß natürlich, Edouard, daß du so deine kleinen Affären hast, anders wär's ja wohl auch unnatürlich, und vielleicht ist es ja wirklich nur *das*, denn es klang nicht so, als würde sie zu dir...«

»Sie heißt Helen Hartland.« Edouard ging zur Tür. »Und es ist *keine* Affäre, weder eine große noch eine kleine. Darüber hinaus bin ich jedoch der Meinung, daß mein Privatleben dich nichts angeht...« Seine Miene war wie aus Stein.

Louise wollte ihm nacheilen. Sie machte einen Schritt und rief seinen Namen, aber die Tür war bereits ins Schloß gefallen.

An der Loire war der Tag heiß, und die Stunden ohne Edouard dehnten sich wie die Ewigkeit.

Am Vormittag, nach Edouards Abreise, war Hélène eine Weile durch die Gartenanlagen des Château und durch den Park bis zu den Rieselwiesen gewandert, ein Weg, den sie in den vergangenen Wochen häufig mit Edouard entlanggeritten war. Und jedesmal hatten sie ihre Pferde genau hier, auf diesem Steilufer, gezügelt.

Dort blieb sie eine Weile im kühlen, blauen Schatten der Kastanienbäume sitzen und blickte auf das breite Silberband der Loire mit ihren Biegungen hinab. Das Wasser floß so ruhig, als stehe es still; eine Libelle schwebte über der Fläche, und Hélène mußte an den Teich bei den Pappeln denken. Sie hob eine Handvoll Steine auf und warf sie ins Wasser, und während sie zusah, wie sich die Ringe weiteten, mußte sie wieder an Billy denken.

Sie hatte sich in den vergangenen Wochen immer wieder bemüht, an ihn zu denken: Als sie in Paris war, als sie mit Edouard hierherkam. Sie hatte das fast abergläubische Gefühl, daß sie an ihn denken *müsse,* daß kein einziger Tag vergehen dürfe ohne einen Gedanken an ihn und die Dinge, die er getan, die Dinge, die er gesagt hatte. Denn wenn sie nicht an ihn dachte, erschien ihr sein Tod so endgültig, als sei seine ganze Existenz ausgelöscht worden.

Aber sie dachte nicht immer an ihn. Manchmal vergingen zwei, drei Tage, an denen sie in ihrem Glück, in ihrer Konzentration auf Edouard kein einziges Mal an Billy dachte.

Nun aber kam die Erinnerung an ihn, ohne daß sie sich bewußt darum bemühte, unvermittelt und überdeutlich zu ihr zurück: Sie sah ihn als Kind; sie sah ihn als jungen Mann. Sie sah die Resignation in seinem Blick, die traurige Hinnahme der Tatsache, daß sie ihn, was immer sie getan haben mochte, nicht so sehr liebte wie er sie.

Hastig erhob sie sich. Ich hätte tiefer um ihn trauern müssen, dachte sie beschämt; das bin ich ihm schuldig. Und wenn er ihr wirklich soviel bedeutet hatte, wenn sein Tod für sie wirklich so furchtbar war, hätte sie dann überhaupt herkommen dürfen?

Es ist unrecht, so glücklich zu sein, sagte sie sich genau wie an jenem einsamen Tag in Paris. Sie machte sich auf den Rückweg zum Schloß, und sofort begann das unendliche Glück, das sie empfunden hatte, wie durch einen perversen Mechanismus ihres Verstandes zu schwinden. Sie blickte sich mit ganz neuen Augen um.

Sie war weiter davongewandert, als sie eigentlich beabsichtigt hatte, und im Park gab es sehr wenig Schatten. Sie bekam Kopfschmerzen von der Sonne, die beinahe senkrecht über ihr stand. Ein- oder zweimal blieb sie stehen, beschattete die Augen mit der Hand und spürte, wie eine ungewohnte Lethargie sie lähmte.

In der Ferne schimmerte das Château in der heißen Luft. Das Licht ließ den hellen Stein aufglänzen; es glitzerte auf den steilen Schieferdächern, wurde von den Türmchen und den hohen Fensterreihen zurückgeworfen. So allein, ohne Edouard, für den es nichts als ein weiteres Haus seiner Kindheit war, wirkte das Schloß merkwürdig irreal, wie eine Fata Morgana oder das Bild auf einer Ansichtskarte: nicht wie ein Haus, in dem sie tatsächlich leben konnte oder zu leben das Recht hatte; nicht wie ein Heim, in dem sich ein Mädchen, das in einem Wohnwagenpark aufgewachsen war, jemals richtig zu Hause fühlen konnte.

Drinnen wurde ihr der Luncheon genauso formell im Speisezimmer serviert wie sonst, wenn Edouard bei ihr war. Ein Gedeck am Ende eines endlos langen, polierten Tisches. Reihen von Silberbestecken; Reihen von Baccarat-Gläsern.

Sie senkte den Kopf, schloß die Augen und öffnete sie dann wieder. In dem hohen Raum war es kühl und still, und trotzdem war ihr viel zu heiß, und sie hatte überhaupt keinen Appetit auf die köstlichen Speisen. Angewidert schob sie ihren Teller zurück. Als ihr gleich darauf übel wurde, erhob sie sich. Sekundenlang schien sich der Raum um sie zu drehen, dann stand er still. Sie sah, wie der Diener sie mit besorgter Miene musterte und einen Schritt vortrat. Hélène sah ihn verlegen an. Sie wußte nicht, wie sie ihn entlassen sollte; sie wußte nicht, was man auf englisch, und schon gar nicht, was man auf französisch sagte. Verzweifelt suchte sie sich zu erinnern, wie Edouard es gemacht hatte; aber sie konnte nicht denken, konnte sich nicht erinnern. Wenn er bei ihr war, war sie für alles andere blind.

Der Diener rettete die Situation. Als er merkte, daß ihr Gesicht wieder Farbe annahm, verneigte er sich und öffnete ihr die Tür.

Die Räume, die Edouard ihr gegeben hatte, grenzten an die seinen und boten Ausblick über den Park. Früher einmal hatten sie einer seiner Vorfahrinnen gehört und waren auch für sie eingerichtet worden: Adeline de Chavigny, eine berühmte Schönheit am Hof von Versailles.

Hélène blieb vor dem grauen Marmorkamin stehen und betrachtete Adelines Porträt, das darüber hing. Kühl und schön stand sie im Park des Schlosses. Sie lächelte wunderschön und distanziert. Das Lächeln bewirkte, daß Hélène sich wie ein Eindringling fühlte. Sie wandte sich ab.

Sie schloß die Läden und stellte die Sprossen so, daß die Nachmittagssonne Streifen auf Wände und Fußboden malte. Dann legte sie sich aufs Bett und starrte auf das Porträt.

Sie hatte eigentlich nicht schlafen wollen, nach einer Weile aber schlummerte sie so friedlich, als treibe sie in dem warmen Wasser dahin. Am Ufer entlang, unter den Ästen der Kastanien dahin, auf die Pappeln zu, wo sie Edouard treffen wollte, doch dann sah sie, daß es Billy war, der sie erwartete. Lächelnd half er ihr ans Ufer; sie legte sich neben ihn, und weil sie wußte, daß er bald sterben mußte, war es ungeheuer wichtig, daß dies wunderschön wurde. Es war ihr letztes Geschenk für Billy, das letzte Geschenk, das er jemals bekommen würde. Sie erklärte es ihm, und Billy schien es zu verstehen; doch erst, als sie seinen Rücken streichelte, merkte sie, daß mit ihm etwas nicht stimmte. Seine Haut war so eiskalt, und als sie seinen Arm betrachtete, sah sie, wie die Farbe daraus verschwand.

Sie schüttelte ihn ein wenig, aber er lag schwer und völlig reglos auf ihr. Sie spürte etwas Kaltes, Nasses auf ihrem Gesicht und dachte, es seien Billys Tränen, doch als sie zu ihm aufblickte, war es Blut. Sie fühlte es in ihren Haaren, auf ihren Brüsten, auf ihrem Gesicht und in den Augen. Es war klebrig und roch süßlich-sauer, und dann war Ned Calvert da und behauptete, es sei die beste Hautcrème der Welt. Dann riß sie den Mund auf und begann zu schreien – sehr laut und zugleich völlig lautlos.

Am ganzen Leib zitternd schreckte sie aus dem Schlaf auf. Sie war schweißgebadet. Sekundenlang wußte sie nicht, wo sie war, fühlte sich noch in dem Traum gefangen, dem schlimmsten Traum, den sie jemals gehabt hatte.

Regungslos saß sie im Bett, holte tief Luft und versuchte sich zu beruhigen. Ihr Herz raste, bis der Traum allmählich verblaßte. Es war nur ein Alptraum, sagte sie sich; nach einer Weile werde ich ihn vergessen.

Aber sie hatte etwas in diesem Traum gesehen, eine Wahrheit inmitten all der Verzerrungen, die sie mit wachen Sinnen betrachten mußte. Sie versuchte, sich die einzelnen Traumszenen noch einmal vorzustellen. Aber sie wollten nicht vor ihren Augen erscheinen, und nun wurde das Zimmer um sie herum wieder klar, der Nachmittag wurde real, der Traum war verschwunden. Sie stand auf, ging ins Bad und wusch sich das heiße Geicht mit kaltem Wasser. Als sie sich mit einem weichen, weißen Handtuch abtrocknete, fühlte sie sich allmählich ruhiger. Nur ein Traum.

Sie kehrte ins Schlafzimmer zurück und öffnete die Läden. Die Sonne stand jetzt tiefer am Himmel, die Luft war kühler. In Gedanken zählte sie die Stunden, die noch vor ihr lagen, bis Edouard zurückkam. Die Zeit verging unerträglich langsam.

An einer Wand ihres Zimmers stand ein kleiner Intarsiensekretär, der für Adeline de Chavigny angefertigt worden war und Briefpapier wie auch Schreibzeug enthielt. Nach einer Weile setzte sich Hélène hin, holte einen Briefbogen heraus und griff zum Füllfederhalter. Da sie sonst keinen Menschen hatte, an den sie schreiben konnte, wollte sie Cassie ein Lebenszeichen schicken.

Sie schraubte den Füller auf und starrte einen Moment auf den Briefbogen hinab. Dann schrieb sie das Datum in die erste Zeile und darunter: »Liebe Cassie.« Anschließend legte sie den Füller jedoch wieder hin. Denn als sie Cassies Namen schrieb, war plötzlich die Vergangenheit erwacht. Kristallklar stand ihr wieder alles vor Augen: der Wohnwagenpark, die Hitze, die Mutter, wie sie lethargisch in dem alten roten Sessel ruhte. Und sie sah Cassies freundliches, abgehärmtes Gesicht: »Nimm es, Schätzchen, ich werd's nicht brauchen...«

Sie hob den Kopf und musterte das Zimmer, in dem sie saß. So viele wunderschöne Dinge; so viele wertvolle Dinge! Die Menschen, unter denen sie aufgewachsen war und die sie geliebt hatte, waren alle so arm gewesen! Sie hatten geschuftet und geknausert und gespart, und am Ende hätten sie sich keinen einzigen Gegenstand in diesem Zimmer leisten können. Ob Edouard das verstehen würde, fragte sie sich? Konnte ein Mann wie Edouard jemals verstehen, was es hieß, arm zu sein? Nein, beantwortete sie die eigene Frage und fühlte sich ihm auf einmal sehr fern. In meiner Welt, dachte sie, sterben die Menschen, ohne Spuren zu hinterlassen. Sie hinterließen weder Häuser noch Gärten, Porträts oder Traditionen; sie besaßen nur wenig und hinterließen nichts.

Unschlüssig, ob sie auf sich selbst, auf Edouard oder auf das Leben im allgemeinen zornig sein sollte, blickte sie auf den Briefbogen hinab. Ich werde Cassie jetzt nicht schreiben, beschloß sie. Denn was sollte sie ihr berichten? Sie sei so verliebt, daß ihr die Vergangenheit unwirklich erscheine, und sei, wenn sie mit Edouard zusammen sei, so glücklich, daß sie keinen Gedanken mehr an die Zukunft verschwende? Cassie würde sich nicht mal darüber wundern, denn sie hatte das vorausgesehen.

Ihre Augen füllten sich mit Tränen. Zornig wischte sie sie fort und beschloß, von nun an keine Lügen mehr zu erzählen. Sobald Edouard aus Paris zurückkehrte, wollte sie ihm die Wahrheit sagen. Wer sie war und was sie gewesen war. Von der Mutter würde sie ihm erzählen, und von Ned Calvert. Von Billy und davon, was es hieß, arm zu sein. Sie würde nichts auslassen – überhaupt nichts!

Es war unrecht, so zu lügen, als schäme sie sich ihrer Vergangenheit, und es war furchtbar, aus Billy ein Geheimnis zu machen. Vielleicht hatte sie deswegen diese gräßlichen Träume. Ungeduldig griff sie nach dem Briefbogen und wollte ihn zerreißen, als plötzlich ihr Blick auf die Worte fiel, die sie geschrieben hatte, und auf das Datum. Ihr wurde eiskalt. Die Buchstaben tanzten vor ihren Augen, und während sie darauf hinabstarrte, änderten sie ihren Sinn und nahmen eine ganz neue, unerbittliche Bedeutung an.

Ihr Mund war trocken; ihr Körper verkrampfte sich. Endlos lange starrte sie auf das Datum, während sie in Gedanken hektisch rechnete. Dann zerriß sie den Bogen mit einem kleinen Aufschrei in winzige Stücke und warf sie in den Papierkorb.

Das Datum, das sie auf den Brief geschrieben hatte, war der 15. September. Fast genau zwei Monate nach dem Tag, als die Mutter mit dem Bus nach Montgomery gefahren war; zwei Monate, nachdem Hélène in Orangeburg auf sie gewartet hatte; zwei Monate, nachdem sie mit Billy zum Teich hinuntergegangen war. »Es ist recht, Billy, es ist richtig...«

Der 15. September. Der Tag, an dem ihr klar wurde, daß nie wieder alles recht sein würde. Und der Tag, an dem Edouard sie fragte, ob sie seine Frau werden wolle.

Er stellte die Frage auf eine Art, die charakteristisch für ihn war: ohne Einleitung, so unvermittelt angehängt an andere Sätze, daß er sie damit richtiggehend erschreckte. Er hatte nicht gemerkt, daß etwas mit ihr nicht in Ordnung war. Einen Augenblick zuvor hatte er noch von seiner Mutter gesprochen.

»Man hatte ihr Klatsch über uns zugetragen. Ich wurde zum Verhör zitiert. Wie alle Verhöre meiner Mutter war es sehr indirekt, doch sie besitzt einen gewissen Instinkt, das muß ich zugeben. Sonst hat sie mich noch nie nach meinem Privatleben gefragt, also hat sie vielleicht geahnt, daß dies... Ich weiß es nicht. Es spielt auch wirklich keine Rolle.« Er hielt inne. »Ich wollte hier sein und bei dir sein. Ich wollte dich fragen, ob du meine Frau werden willst.«

Er sagte es ruhig, beinahe sachlich. Durch eine einzige Geste nur, ein flüchtiges Heben der Hand, verriet er seine Gefühle. Sie standen in seinem Schlafzimmer. Draußen, vor dem Fenster, begann das Tageslicht zu schwinden. Sie sah Edouard an. So werde ich mich immer an ihn erinnern, dachte sie: mit leicht zerzaustem Haar, gespanntem Gesicht und einem Lächeln auf den Lippen.

Er sprach die Worte, und sie hallten durch ihren Kopf. Sie vermochte sich nicht zu rühren, konnte nicht reden, konnte weder denken noch fühlen; all ihre Sinne schienen auf einmal zu versagen. Das darauffolgende Schweigen wirkte überlaut auf sie und lastete unendlich lange. In diesem Schweigen sah sie, wie sich sein Ausdruck veränderte, und als sie es nicht mehr ertragen konnte, wandte sie verzweifelt den Kopf ab. Er wartete noch immer. Dann kam er ganz langsam zu ihr herüber, hob die Hand und drehte ihren Kopf zu sich herum, so daß sie gezwungen war, ihm direkt in die Augen zu sehen.

Er sah sie lange an, mit ernster, ruhiger Miene; dann sagte er sehr nachdrücklich, obwohl seine Stimme fast versagte: »Wenn ich mich in dieser Hinsicht irre, dann irre ich mich in allem. Wenn dies eine Lüge ist, dann gibt es keine Wahrheit mehr. Ist es das, was du mir sagen willst?«

Hélène konnte seinen Blick kaum ertragen, so tief war der Schmerz und der Zorn, den sie ausdrückten. Die Antwort »nein« dröhnte durch ihren Kopf – so laut und hartnäckig, daß sie überzeugt war, Edouard müsse es ebenfalls hören. Doch ihre Lippen bewegten sich nicht, formulierten das kleine Wort nicht laut. Aus Edouards Gesicht wich alles Leben; seine Züge wurden hart und erschreckend kalt. Dann ließ er ohne ein weiteres Wort die Hand fallen und wandte sich ab.

Er hatte fast schon die Tür erreicht, als sie seinen Namen hervorstieß. Sie schrie ihn fast, ohne sich dessen bewußt zu sein. Edouard fuhr herum. Sie sah, wie wieder Hoffnung in seinen Augen aufkeimte, obwohl die Ungewißheit und der Zorn nicht aus ihnen wichen. Dann kam er schnell zu ihr zurück und riß sie in seine Arme. Er drückte die Lippen auf ihr Haar; er bog ihren Kopf zurück und küßte sie fieberhaft auf Augen, Mund, Hals. Keiner von beiden sagte ein Wort, und da sie noch niemals zuvor erlebt hatte, wie nah Zorn und Sexualität beieinander lagen, war Hélène über das, was nun folgte, zutiefst erschrocken.

Mit hastigen, rücksichtslosen Händen riß er ihr Kleid auf. Er zerrte sie zum Bett hinüber, und als sie Widerstand leistete, zog er sie neben sich zu Boden. Normalerweise hätte sie ihn umarmt, ihm eifrig geholfen, sich seiner Kleider zu entledigen, und als sie das dieses Mal nicht tat, verfinsterte sich seine Miene. Ohne den Blick von ihr zu lassen, erhob er sich und zog sich aus. Sie sah zu, wie er seine Krawatte abnahm; sie sah zu, wie er seinen Gürtel löste; sie hatte das nie sehen können, ohne ihn sofort zu begehren, doch nun machte die Tatsache, daß sie ihn begehrte, sie auf einmal sonderbar zornig, als sei ihr Verlangen allein schon eine Schwäche.

Als er nackt war, kniete er sich neben sie und nahm sie in die Arme. Er verbarg das Gesicht an ihrem Hals, da bog sie mit einem kleinen Aufschrei den Rücken durch. Sofort wurde sein Blick gespannt; fast triumphierend sah er sie an, als werde er sie jetzt zwingen, ihm das, was sie nicht aussprechen wollte, zu beweisen.

Von da an war es überhaupt nicht mehr wie Liebe, sondern wie ein Kampf. Edouard war ihr Feind und zugleich ihr Geliebter, und als er sich nicht von ihr löste, sondern sie mit seinem ganzen Gewicht niederzwang, wußte sie, daß er ihr jetzt merkwürdigerweise näher war als dann, wenn er zärtlich zu ihr war. Sie wehrte sich gegen ihn – froh, daß dieser Zorn sie so unvermittelt überfallen hatte und all die Verzweiflung auslöschte, die sie empfand.

Dies jedenfalls war schnell und einfach. Edouard wollte ihr etwas beweisen, und sie war entschlossen, ihn daran zu hindern. Allerdings war er wesentlich stärker als sie. Es fiel ihm nicht schwer, sie festzuhalten und in sie einzudringen. Er stieß einmal zu, doch gerade, als sie mit diesem dunklen Teil ihres Ichs beschloß, regungslos liegenzubleiben und ihn mit kalter Passivität zu bekämpfen, drehte er sanft ihr Gesicht zu sich herum und blickte ihr in die Augen.

Während er regungslos verharrte, sah Hélène, die zu ihm aufblickte, die Liebe und Verzweiflung in seiner Miene. Und plötzlich gab es keinen Kampf mehr; plötzlich war er so unvermittelt vorbei, wie es begonnen hatte.

»Ach, Edouard«, sagte sie traurig. Sie griff nach seiner Hand und hob sie an ihre Lippen.

»Warte!« sagte sie und schob ihn sanft von sich, bis er aus ihr herausglitt und sich auf die Fersen zurücksetzte. Sie neigte den Kopf und nahm ihn in den Mund. Edouard stöhnte auf und umfing ihren Kopf. Hart und kraftvoll pulsierte er an ihren Lippen. Ich liebe seinen Geschmack, dachte sie mit plötzlich aufwallender Freude.

Behutsam sog sie ihn immer tiefer in ihren Mund, und als sie spürte, wie er erschauerte, erlebte sie ein ganz wundersames Gefühl der Macht, derselben Macht, die er auch über sie besaß, und das erfüllte sie mit tiefer Zärtlichkeit. Als er allmählich die Beherrschung verlor, begann sie ebenfalls zu erschauern. Er hielt ihren Kopf; sie berührte ihn mit der Zunge, und er kam.

Dann weinte sie, und beide blieben, fest aneinandergeklammert, zitternd und schweißbedeckt, lange still liegen. Schließlich löste sich Edouard ein wenig von ihr.

»Begreifst du?« sagte er leise. »Begreifst du nun, Hélène?« Sie nickte stumm. O ja, sie begriff. Sie begriff, wie sehr sie ihn liebte und wie sehr er sie liebte. Und als habe er ihre Gedanken gelesen, nahm Edouard ihre Hand. »Du kannst jetzt zwei Dinge tun«, fuhr er leise fort. »Du kannst ›ja‹ sagen oder du kannst ›nein‹ sagen. Was immer aber du tun wirst, ich bin untrennbar mit dir verbunden, und du mit mir. Wir sind jetzt so unauflöslich verheiratet, wie es nur irgend möglich ist; alles andere ist reine Formsache. Sag mir, Hélène, daß du daran glaubst!«

»Ich glaube daran.«

»Aber *warum* dann – vorhin? Warum hast du dich so von mir abgewandt, Hélène? Warum?«

Sie zögerte. Dann senkte sie – weil sie es nicht mehr ertragen konnte, ihm weh zu tun, obwohl sie ihn doch so sehr liebte – den Kopf und antwortete: »Ich weiß es nicht. Ich hatte Angst.« Es war ein Ausweichmanöver, und sie erwartete, daß er es durchschaute und sie ausfragte. Aber er tat es nicht.

Er seufzte erleichtert. »Mein Liebling! Du brauchst keine Angst zu haben. Niemals! Jetzt nicht mehr! Was haben wir jetzt noch zu befürchten?« sagte er liebevoll und schloß sie in die Arme.

Später, als sie im Bett waren und Edouard schlief, lag Hélène verkrampft, schlaflos da und dachte an ihre Angst. Sie rechnete nach. Sie zählte die Wochen und Monate. Sie redete sich ein, sie könne sich täuschen. Dann schlief sie doch noch ein, und als sie am anderen Morgen erwachte, war schon die Angst da und wartete auf sie.

Sie legte beide Hände auf ihren Bauch und versuchte sie mit ihrer Willenskraft zu verscheuchen. Edouard schlief noch. Ruhelos stieg sie aus dem Bett und ging ins Bad. Doch kaum stand sie aufrecht, wurde ihr schlecht. Kalter Schweiß im Nacken, das Gefühl, gewichtslos zu sein. Auf das eisige Marmorbecken gestützt, begann sie hilflos und zitternd zu würgen. Später, als sie sich das Gesicht mit kaltem Wasser wusch, ließ die Übelkeit endlich nach.

Sie betrachtete ihr bleiches Gesicht im Spiegel und sah die Anspannung darin, die Schatten unter den Augen. ›Billys Kind‹, flüsterte eine Stimme in ihrem Kopf. ›Billys Baby.‹ Sie hatte es sofort gewußt, als sie das Datum auf ihrem Brief an Cassie sah.

Billy war nicht tot; er lebte in ihr weiter, würde in seinem Kind weiterleben. Das war das Geschenk, das sie ihm gemacht hatte, als sie an dem Tag, an dem er starb, mit ihm zum Teich hinuntergegangen war; das war der Grund für ihre Träume und ihr unbestimmtes Schuldbewußtsein. Sie wandte sich vom Spiegel ab und spähte ins Schlafzimmer hinüber, wo Edouard lag und schlief. Ich müßte mich eigentlich freuen, sagte sie sich: um Billys willen. Es ist unrecht, sich nicht zu freuen. Billy hatte sie geliebt, und Billy war tot; sie *schuldete* Billy dieses Kind!

Sie glaubte genau zu wissen, was sie zu tun hatte. Sie sah es ganz deutlich vor sich. Sie stand da und dachte darüber nach, und einen Augenblick erschien es ihr ganz einfach. Als sie jedoch ins Schlafzimmer zurückkehrte und Edouards Gesicht betrachtete, wußte sie, daß es alles andere als einfach war.

Edouards Züge waren vollkommen entspannt. Er wirkte – wie alle Schläfer – friedvoll und zugleich verletzlich. Ihr Herz verkrampfte sich vor Liebe zu ihm; der Schmerz pochte in ihrem Kopf, und ihr Entschluß geriet ins Wanken.

Sie beugte sich über ihn und küßte ihn auf die Stirn. Sein Atem strömte warm an ihre Wange. Vielleicht, dachte sie, ist es ja doch nicht wahr, vielleicht gibt es eine ganz andere Erklärung. Es wäre falsch und töricht zu handeln, bevor sie absolut sicher war.

Als Edouard die Augen aufschlug, reduzierte sich das Chaos ihrer Gedanken auf einen einzigen Satz. ›Vielleicht‹, dachte sie, ›nur jetzt noch nicht.‹

Edouard wußte, daß etwas nicht stimmte, und dieses Wissen quälte ihn. Es war ein instinktives Wissen, und wenn er versuchte, es logisch zu analysieren – wann es begonnen hatte, wie es begonnen hatte, warum es begonnen hatte –, fand er keine Antwort. Es hatte eine Veränderung gegeben, eine kaum wahrnehmbare, und manchmal glaubte er sie datieren zu können: Sie hatte an dem Tag begonnen, als er nach Paris geflogen war. Dann wieder war er nicht ganz so sicher. Hatte sie da wirklich begonnen, oder hatte er sie da nur zum erstenmal bemerkt?

Und was glaubte er zu spüren? Eine Spannung vielleicht; eine gewisse Zurückhaltung, die zwar immer vorhanden gewesen, jetzt aber etwas ausgeprägter war; ein Sichabwenden von ihm, sehr behutsam, sehr traurig, widerwillig sogar, aber dennoch ein schrittweises Sichabwenden.

Eines vor allem gab es, was sie tat – immer getan hatte –, nur fiel es ihm jetzt stärker auf: Sie saß ganz ruhig da, hörte ihm zu, unterhielt sich sogar mit ihm, und dann, ganz plötzlich, veränderten sich ihre Augen. Er hatte den Eindruck, daß sie etwas sah oder etwas hörte oder sich an etwas erinnerte, das für sie absolut real war, von dem jedoch er selbst ganz und gar ausgeschlossen blieb.

Er hatte diese Eigenart an ihr schon immer geheimnisvoll und erregend gefunden. Es war wie eine Herausforderung, eine Mauer, die niederzureißen er entschlossen war. Wenn er mit ihr schlief, hatte er die Illusion, daß sich die Mauer vorübergehend geöffnet hatte und er endlich zu ihr durchgedrungen war. Doch diese Illusion hielt nie lange an. Es war, als schwanke er ständig zwischen einem Gefühl des Verschmelzens und einem Gefühl des Verlustes.

Er war, wie er sich zynisch sagte, an Frauen gewöhnt, die sich ihm sofort rückhaltslos hingaben, und ihn dadurch langweilten. Hélène dagegen entzog sich ihm ständig. Sie war freimütiger, offener, spontaner als nahezu alle anderen Frauen, die er gehabt hatte.

Dennoch aber wußte er irgendwie, daß sie nicht *ganz* offen zu ihm war. Sie gab total; und sie hielt total zurück. Dieses Paradoxon beunruhigte ihn; es fraß an ihm; es war wie ein Rätsel, das er lösen mußte.

Manchmal glaubte er, die Antwort sei sehr einfach: Sie habe gelogen. Nicht in wesentlichen Dingen, nicht in Hinblick auf die Liebe, die sie empfand; in anderen Dingen aber hatte sie ihm nicht immer die Wahrheit gesagt, das spürte er. Sie ließ sich nicht gern über die Vergangenheit ausfragen, das hatte er ziemlich schnell entdeckt. Und jetzt fielen ihm gelegentlich kleine Widersprüche und Unstimmigkeiten auf. Winzige Details, Daten, Orte, die nicht ganz zu den Dingen paßten, die sie ihm zuvor erzählt hatte. Er spürte, daß sie bewußt etwas vor ihm verbarg. Aber sie war ja noch so jung: Was konnte sie zu verbergen haben? Irgend etwas über ihre Eltern? Über die Umstände, die sie gezwungen hatten, England zu verlassen? Über eine ehemalige Liebesangelegenheit? Sein Argwohn weckte seine Eifersucht, und Eifersucht verabscheute er. Deswegen hielt er sich jedesmal, wenn sein Instinkt ihn trieb, sie ins Kreuzverhör zu nehmen, absichtlich zurück. Letztlich würde sie ihm alles erklären, redete er sich ein, und es war wichtig, daß sie das aus freiem Willen tat. Also wartete er geduldig. Doch sie erzählte ihm nie etwas; sie wollte nicht über die Vergangenheit sprechen, aber sie wollte auch nicht über die Zukunft sprechen, wie er mit wachsender Verzweiflung feststellte.

Dies wiederum war nach seiner Erfahrung ungewöhnlich für eine Frau. Die meisten Frauen, die er kannte, waren nur allzu begierig darauf, die Zukunft fest zu planen. Diese Zudringlichkeiten hatte er immer verabscheut und ihnen heftigen Widerstand geleistet. Jetzt war es genau anders herum, denn jetzt war er es, der gern Pläne und Versprechungen gemacht hätte, und Hélène wehrte sich hartnäckig gegen jeden Versuch, weiter vorauszublicken als bis morgen.

»Ich werde dich ewig lieben«, sagte er einmal zu ihr, und hielt gespannt den Atem an.

»Ich werde dich ewig lieben, Edouard«, gab sie sehr ruhig zurück, ohne seinem Blick auszuweichen. Und er war sofort wieder überglücklich, gleichzeitig aber auch ein bißchen beschämt, weil sie es so schlicht und mit so großer Gewißheit gesagt hatte. Sicherheiten? Er und Hélène brauchten keine Sicherheiten; die waren vulgär und trivial.

Zwei Tage nach seiner Rückkehr aus Paris hatte er dann diese Mauer zwischen ihnen gespürt, die er nicht begreifen konnte, und daraufhin einen Entschluß gefaßt. Auf Grund der Überlegung, daß die Mauer vielleicht auf seiner Seite entstanden war, hatte er ihr zum erstenmal alles ganz ausführlich erzählt: von Grégoire, von seiner Ehe, vom Tod seines Bruders, seiner Frau Isobel und seines Kindes.

Bis dahin hatte er mit niemandem darüber gesprochen, und es fiel ihm auch bei ihr sehr schwer. Sie hörte ihm schweigend zu, und als er verstummte, weinte sie so herzzerreißend, als sei seine Trauer auch die ihre.

Für diese Tränen liebte er sie, durch sie fühlte er sich noch enger mit ihr verbunden als zuvor. Doch das Gefühl der Verbundenheit währte nicht lange. Am nächsten Tag schon war er wieder verzweifelt. Er hatte ihr sein Vertrauen bewiesen, sie aber hielt noch immer zurück: Sie konnte oder wollte ihm nicht vertrauen.

Eine Woche verging. Der September neigte sich dem Ende zu, und Edouard wußte, daß er bald nach Paris zurückkehren mußte. Also würde Hélène ebenfalls mit ihm zurückkehren. Doch in Paris, überdies im Herbst, würden sie nicht so viel allein sein können wie hier. Er würde wieder sein Gesellschaftsleben führen müssen, und Hélène würde notgedrungen ein Teil davon sein.

Manchmal fragte sich Edouard, ob diese Vorstellung sie ängstigte oder ob sie ihr nicht gefiel, und ob es nicht das war, was sie vor ihm zu verbergen suchte.

Und dann kam er auf die Idee, vor ihrer Rückkehr nach Paris im Château ein Diner zu geben. Hélène protestierte zwar nicht dagegen, versuchte ihn aber zu überreden, die Einladung aufzuschieben, und überzeugte Edouard dadurch endgültig, daß sie sich völlig grundlos vor dem Übergang vom Privat- zum Gesellschaftsleben fürchtete. Liebevoll spöttelte er ein bißchen über ihre Einwände und machte sich an die Ausführung seiner Pläne.

Das Diner wurde für den 24. September angesetzt. Es wurde ein Ereignis, das Edouard niemals vergessen sollte. Wenn er sich später daran erinnerte, empfand er den Abend als einen Punkt, an dem sich sein Leben verändert hatte.

Die Gästeliste war formidabel. Duc und Duchesse de Varenges, beide schon älter, denn sie waren gute Freunde von Edouards Vater gewesen. Jean-Jacques Belmont-Laon und seine Frau Ghislaine, die Innenarchitektin, die Edouard aus purem Trotz eingeladen hatte. Christian Glendinning, Kunsthändler und einer von Edouards ältesten Freunden. Clara Delluc, die bei Ghislaine als Textil-Designerin arbeitete und viele Jahre lang Edouards Mätresse gewesen war. ›Es ist schon lange vorbei, mit uns, Liebling. Clara wird dir gefallen. Sie und Isobel waren Freundinnen. Ich möchte, daß du ein paar Leute kennenlernst, denen du vertrauen kannst.‹ Ein Quartett amerikanischer Geschäftspartner, weitere Ehepaare, zumeist Franzosen, die Damen sehr elegant, jede einzelne Person an der Tafel wesentlich älter als Hélène und offensichtlich hundertprozentig selbstsicher. Menschen, die zu Edouards Leben gehörten. Der Duc de Varenges zu ihrer Rechten; Christian Glendinning zu ihrer Linken. Der Herzog, ein freundlicher Herr, der ausgezeichnet Englisch sprach, hielt einen Diskurs über die Kunst des Angelns, in der er sehr bewandert war.

Hélène hatte ihm den Kopf zugewandt und hörte ihm scheinbar interessiert zu; jedenfalls hoffte sie, daß es so wirkte, denn sie verstand kein einziges Wort.

Zwanzig Personen, Edouard und sie. Als sie aufsah, begegnete sie Edouards Blick. Über den ganzen langen Tisch hinweg lächelte er ihr liebevoll aufmunternd zu. Die ganze Einladung bedrückte sie, die Ungeheuerlichkeit ihres Entschlusses jedoch ließ ihren Verstand vor Angst erstarren. Sie würde Edouard weh tun müssen, und wäre ihr eine Wahl geblieben, sie wäre wahrhaftig lieber gestorben, als Edouard weh zu tun.

Aber es blieb ihr keine Wahl. Die Gewißheit hatte sich im Verlauf dieser Woche verstärkt. Sie wünschte zu Gott, Edouard hätte auf sie gehört und dieses furchtbare Essen nicht gegeben. Sie wünschte, daß keiner der Gäste sie kennengelernt hätte. Dann wäre es für Edouard möglicherweise erträglicher gewesen.

»Forellen.« Der Duc de Varenges schüttelte den Kopf. »Die mag ich besonders. Kluge Geschöpfe. Sehr listig. Noch gerissener sogar als Lachse, obwohl die meisten mir da nicht zustimmen würden. Sie halten wohl nicht viel vom Angeln, wie? Das tun nach meiner Erfahrung die wenigsten Frauen.« Es klang bedauernd, beinahe traurig.

Hélène sah ihn verständnislos an; sekundenlang hatte sie seine Existenz vergessen. »Ich habe leider noch nie geangelt«, antwortete sie hastig.

»Na ja. Na ja.« Freundlich lächelte er ihr zu. »Sie müssen Edouard bitten, daß er es Ihnen beibringt.«

»Ja, gern.«

Sie sagte es, ohne zu überlegen. Es war die Wahrheit, aber es war zugleich eine Lüge, denn es würde niemals dazu kommen. Der Duc setzte wohlwollend eine Zukunft voraus, die es nicht gab. Genau wie die anderen Leute am Tisch, wie sie ihren neugierigen Blicken entnahm. Genau wie Edouard. Sie wußte das, sie ließ es geschehen, obwohl sie es hätte verhindern müssen.

›O Gott‹, dachte sie. ›O Gott, was habe ich getan?‹

Von seinem Platz am Kopf des Tisches betrachtete Edouard Hélène. Sie trug das weiße Kleid, das er ihr bei Givenchy gekauft hatte, und war darin schöner, als er sie jemals zuvor gesehen hatte. Schneeweiße Seide, mit einem eng anliegenden, tief ausgeschnittenen Oberteil, das auch ihre Schultern und Arme freiließ, und einem langen, ganz leicht gebauschtem Rock: schlicht, und dennoch aufregend. Givenchy hatte sofort den paradoxen Charakter von Hélènes Schönheit entdeckt.

Ihr helles, goldblondes Haar war streng aus der Stirn gekämmt und im Nacken zu einem Chignon zusammengefaßt – eine Frisur, die ihr ovales Gesicht und ihre klaren, perfekten Züge hervorhob. Sie war blaß – sie hatte sich vor diesem Diner gefürchtet, das wußte er –, doch nun entdeckte er erleichtert, daß ihre Wangen wieder ein bißchen Farbe bekamen. Der Duc hatte auf sie eingeredet, und sie hatte ihm gerade geantwortet: Vielleicht entspannt sie sich allmählich und entdeckt, daß es nichts zu befürchten gibt, dachte Edouard optimistisch. Offensichtlich war es richtig gewesen, diesen Abend zu arrangieren.

Er sah nach links. Ghislaine Belmont-Laon musterte Hélène mit eiskaltem Blick. Sie hatte die Einladung mit einer so leicht durchschaubaren Bereitwilligkeit akzeptiert, daß Edouard für sie Verachtung empfand. Seine Mätresse, den Freunden zur Begutachtung präsentiert: Ghislaine hätte diese Vermutung fast ausgesprochen, aber Ghislaine war im Grunde eine sehr dumme Frau. Was hätte sie wohl getan, wenn sie gewußt hätte, daß es die Gäste waren, die Hélène zur Begutachtung vorgeführt wurden...

Er betrachtete die Tafel, die nach Art seiner Großmutter mit Wiesenblumen und Weinlaub dekoriert war – ein schlichter, aber bezaubernder Schmuck, für den die anspruchsvolle Louise de Chavigny nie etwas übrig gehabt hatte –, und wurde plötzlich von Sehnsucht nach der Vergangenheit gepackt, nach den schönen Sommern zwischen den Kriegen, als Papa noch lebte, nach seinen Abenteuern mit Jean-Paul... In diesem Raum, an diesem Tisch hatte er seinen ersten Schluck Wein getrunken, wobei sein Vater fürsorglich ein bißchen Wasser ins Glas tat, weil der Wein für einen Dreijährigen möglicherweise zu stark sein konnte. Ein Chinon; er hatte nach Himbeeren geschmeckt...

Wieder sah er zu Hélène hinüber. Sie unterhielt sich jetzt mit Christian. ›Wir könnten mit unseren Kindern herkommen‹, dachte er. ›Jeden Sommer. Viele, viele Jahre lang.‹

Bei der Tafelrunde blieb Edouards zeitweilige Geistesabwesenheit, seine so ungewohnte Unaufmerksamkeit nicht unbemerkt. Die Duchesse de Varenges lächelte nachsichtig darüber. Sie liebte Edouard und fand, es sei Zeit, daß er wieder heirate; das junge Mädchen war bezaubernd. Sie hatte dem armen, lieben Alphonse, der mit dem Thema Angeln wirklich jeden anöden konnte, äußerst geduldig zugehört. Es war eine Freude, eine so schöne und so bescheidene junge Frau kennenzulernen, obwohl sie leider keine Französin war. Früher hatte sie mal gehofft, Edouard werde vielleicht die Vorzüge ihrer Lieblingsnichte erkennen, die ihm eine perfekte Ehefrau sein würde. Aber ihre Nichte war unscheinbar, dieses Mädchen dagegen exquisit, und Edouard genauso anfällig für Schönheit wie jeder andere Mann.

Ghislaine Belmont-Laon, die der Duchesse gegenüber und in Edouards Nähe saß, doch nicht so nah, wie sie es sich gewünscht hätte, musterte Jacqueline de Varenges und stellte zu ihrer Genugtuung fest, daß diese einfach gräßliche Frau noch gräßlicher aussah als sonst. Ihre Tiara, für die Ghislaine mit Freuden ihre Seele verkauft hätte, thronte auf ihrem Kopf wie ein Blumenkranz auf einem Ei. Und dieses Kleid! Wo in aller Welt hatte sie dieses Gallgrün aufgetrieben?

Mit zufriedenem Lächeln sah Ghislaine an ihrem eigenen Kleid hinab, einem Balenciaga-Modell, und auf die Brillanten an ihren Handgelenken, die geborgt waren. Als sie wieder aufblickte und die Givenchy-Robe sah, die diese neue Freundin von Edouard trug, fühlte sie sich nicht mehr so ganz zufrieden. Das junge Mädchen verstand dieses panzersteife Kleid erstklassig zu tragen, das mußte sie zugeben. Obwohl sie eigentlich noch wie ein Kind wirkte. Wieder wanderte ihr Blick zu Edouard. Es war ein Jammer. Männer von Edouards Typ ließen sich immer sofort vom Schein der Unschuld betören. Männer sind ja so dumm, dachte sie ungeduldig. Trotz aller scheinbaren Askese war Edouard ein sinnlicher Mensch und außerdem bekanntermaßen anspruchsvoll. Ein Mädchen wie die da würde ihn höchstens ein oder zwei Monate lang halten können. Was Edouard wirklich brauchte, war eine erfahrene, verständnisvolle Frau; eine Frau, die sich auf die Spielchen und Listen verstand, die nötig waren, um das Interesse eines hochintelligenten und dazu gefährlichen Mannes zu fesseln. Kurz gesagt, eine Frau wie sie selbst...

Christian Glendinning, neben Hélène, gab sich Mühe, charmant zu sein. Aber er merkte, daß er damit nicht sehr weit zu kommen schien, und das war erstaunlich. Christian hatte keinerlei Hemmungen, seinen allseits bekannten Charme spielen zu lassen: damit hatte er schon Berge versetzt. Warum also wollte das hier nicht gelingen? Er hegte einen gewissen Argwohn dieser jungen Frau gegenüber, und vielleicht spürte sie sein Mißtrauen.

Seufzend verstärkte er seine Bemühungen. Schließlich hatte er Edouard versprochen, sich von der besten Seite zu zeigen, denn dieses Diner mußte für jeden Menschen in ihrer Lage eine Qual sein, und dabei wirkte sie so jung! Jünger als sie behauptete, hätte er geschworen, aber warum sollte sie lügen? Und mit Sicherheit sehr nervös. Er hatte versucht, über England zu plaudern, weil er dachte, das würde sie ein wenig lockern, aber es schien sie nur noch mehr zu verunsichern, und das war seltsam...

Christian beobachtete sie aufmerksam: In Paris hatte er Gerüchte über sie gehört und es kaum erwarten können, sie kennenzulernen, denn er liebte Dramen jeglicher Art, und das Auftauchen dieses Mädchens war ganz eindeutig ein Drama der pikantesten Art. Schon deswegen, weil Edouard unübersehbar bis über beide Ohren verliebt war.

Es war natürlich leicht zu verstehen, daß es ihn so heftig gepackt hatte: Hélène war überraschend schön, genau so schön, wie es ihm alle geschildert hatten. Und ihr Gesicht: Christian fühlte sich von weiblicher Schönheit nicht angezogen, interessierte sich jedoch sehr dafür. Er betrachtete es mit kritischem Blick wie ein Antlitz auf einem Bild. So ernst, und so still: ein Gesicht aus einer anderen Zeit, fand er. In ihrem steifen Kleid erinnerte sie ihn an gewisse spanische Porträts, die er sehr liebte. Eine junge Infantin, ja, das war's! Und genau wie bei einigen dieser Porträs spürte er auch bei ihr andeutungsweise, daß dieses schöne Kind in der Falle saß.

Er seufzte. Die Phantasie ging wieder mal mit ihm durch, und er hatte vermutlich zuviel von Edouards exzellenten Weinen getrunken. Nachdem jetzt der Sauternes serviert worden war, ein Château d'Yquem, hob er das Glas. »Nektar und Ambrosia«, sagte er in seinem so unverschämt affektierten Ton. »Wirklich, bei Edouard dinieren, das ist ein bißchen wie mit den Göttern dinieren...«

Hélène lachte – zum erstenmal an diesem Abend. Clara Delluc, die an der anderen Tischseite saß und sie voll Zuneigung und ein bißchen Wehmut beobachtete, richtete sich plötzlich verwundert auf. ›Wie seltsam!‹ dachte sie. Bisher war es ihr noch nicht aufgefallen, aber wenn Hélène lächelte, hatte sie große Ähnlichkeit mit Jean-Paul!

Die Gäste brachen auf: zuerst Alphonse und Jacqueline de Varenges, dann die Gruppe der Amerikaner, mit denen sie, wie Hélène bewußt wurde, den ganzen Abend kaum ein Wort gewechselt hatte, dann mehrere französische Paare und dann Jean-Jacques Belmont-Laon und seine Frau, die ihr erklärte: »Meine Liebe! In Paris müssen wir uns unbedingt wiedersehen! Ich werde einen Luncheon geben – nein, nein, du nicht Jean-Jacques, nur Hélène und ich. *A deux.* Ich freue mich jetzt schon sehr darauf...« Ein kurzer Blick auf den Brillantring an Hélènes Finger; ein Lächeln auf ihrem verkniffenen, schönen Gesicht, das wie Honig und Essig wirkte, und sie rauschte in ihrem Balenciaga, den Ehemann im Schlepptau, davon. An der Tür blieb sie noch einmal stehen, um Edouard auf beide Wangen zu küssen.

»Hélène?«

Jemand berührte ihren Arm, und als sie sich umwandte, stand Clara Delluc vor ihr. Sie lächelte.

»Ich muß jetzt gehen, dabei hatten wir kaum Gelegenheit, uns zu unterhalten. Schade. Aber ich hoffe doch sehr, daß wir uns in Paris einmal wiedersehen werden...«

Diesmal waren die Worte aufrichtig gemeint. Als Hélène Clara ansah, wußte sie, daß sie ihr, genau wie Edouard es vorausgesagt hatte, sympathisch war. Sie hatte kurzes, widerspenstiges Haar und weitgestellte dunkelbraune Augen, die Hélène freundlich, aber auch ein wenig unsicher musterten, als gebe es da etwas, das sie gern gesagt hätte.

»Ich hatte das Gefühl... Ich wollte Ihnen sagen...« Spontan drückte sie Hélènes Arm. »Ich bin sehr glücklich. Für Sie und auch für Edouard. Sie sind sehr jung, und es ist Ihnen vielleicht nicht klar, wie sehr er sich verändert hat. Wieviel glücklicher er wirkt. Dafür bin ich Ihnen sehr dankbar – wie mit Sicherheit alle seine Freunde. Ich wollte Ihnen nur sagen, daß wir Ihnen beiden alles Gute wünschen...«

Sie sprach sehr schnell, als falle es ihr aufrichtig schwer. Die Zuneigung, die Hélène ihr vom Gesicht ablas, war so echt, daß sie sekundenlang versucht war, Claras Arm zu ergreifen und sich ihr anzuvertrauen, sie um ihren Rat zu bitten... Doch der Augenblick verstrich, und dann ging Clara auch schon davon.

Traurig sah Hélène ihr nach. Sie würde sich nicht mit Ghislaine zum Luncheon treffen. Sie würde sich nicht mit Clara treffen. Sie würde keinen von all diesen Menschen je wiedersehen. Keiner von ihnen schien zu merken, daß etwas nicht stimmte.

Doch es war eines, Fremden gegenüber eine Rolle zu spielen; Edouard gegenüber war es etwas anderes. Jetzt stand er mit Christian zusammen, dem letzten Gast, und Christian, der noch länger im Château bleiben würde, erklärte ihm, daß er ganz furchtbar müde sei, sie müßten ihm verzeihen, wenn er sich jetzt sofort zurückziehe.

Sie beobachtete Edouard. Seine Miene war bei diesem Gespräch mit dem alten Freund entspannt, angeregt und sehr, sehr glücklich. Er warf ihr einen kurzen, belustigten Blick zu, als wolle er sagen: ›Gleich werden wir allein sein können.‹

In diesem Augenblick wurde ihr klar, daß ihre Wahl eigentlich ganz einfach war. So oder so würde sie Edouard Schmerz zufügen, doch auf die eine Art würde der Schmerz geringer sein – für Edouard, nicht für sie selbst. Christian ging jetzt hinaus, und als Edouard sich zu ihr umwandte, sagte sie sich, daß sie ihre Rolle weiterspielen müsse – nur noch eine kurze Zeit. Und sie mußte sie sehr, sehr gut spielen, damit Edouard keinen Verdacht schöpfte. Danach aber würde es dann endgültig vorbei sein.

Als sie später am Abend zu Bett gingen, ließ Edouard die Läden offen und zog auch nicht die Vorhänge zu; er liebte es, ihren Körper im Mondschein zu betrachten. In dieser Nacht erfüllte der Mond das ganze Zimmer mit einem hellen, stillen Licht, und Edouard sagte: »Wir haben Vollmond. Sieh ihn dir an, Hélène. So hell! So hell! Und keine Sterne.«

Sie drehte den Kopf zum Fenster, wandte sich ihm wieder zu und zog ihn mit verzweifeltem Verlangen an sich.

»Edouard. Glaubst du mir, daß ich dich liebe? Sag mir, daß du mir glaubst. *Versprich* mir, daß du es glaubst. Versprich mir, daß du es immer glauben wirst!«

Statt einer Antwort wollte er sie küssen, sie aber hielt ihn mit der Hand zurück. »Nein. Du mußt es sagen. Ich möchte hören, wie du es sagst. Nur einmal!« Sie zitterte, und ihre Stimme war ein wenig angestiegen, als wäre es sehr wichtig für sie, daß er diese Tatsache aussprach, die er immer für selbstverständlich gehalten hatte.

»Ich glaube dir. Du weißt, daß ich dir glaube. Aber mein Liebling, was ist denn nur los?«

»Gar nichts. Ich wollte nur sicher sein. Keine Ahnung, warum«, gab sie zurück. Dann legte sie sich wieder in die Kissen und schloß die Augen. Zutiefst gerührt von dieser seltsamen Bitte, legte sich Edouard neben sie. Es war das erste Mal, daß sie ihn um etwas gebeten hatte, und das machte ihn sehr glücklich. Er küßte ihr Gesicht und schmeckte die salzigen Tränen auf ihren Wangen. Sanft strich er sie ihr mit der Hand von der Haut. Sie schlug die Augen auf und lächelte ihm zu.

Edouard bettete sie in seine Arme, und dann lagen sie still. Kein weiteres Wort wurde gesprochen, und als Hélène nach einer Weile sanft und regelmäßig zu atmen begann, war Edouard sicher, daß sie schlief.

Nun schloß er ebenfalls die Augen und ließ sich in die Dunkelheit sinken. Früher hatte er oft nicht schlafen können. In dieser Nacht ruhte er so friedlich wie ein Kind.

Als er am nächsten Morgen erwachte, war der Platz neben ihm leer, und Hélène, die ihre Entscheidung getroffen hatte, war fort.

Zweiter Teil

Die Suche 1959

Sie wird zurückkommen«, sagte Christian.

Es war spät in der Nacht. Helen Hartland war seit achtundvierzig Stunden verschwunden, und Christian saß mit Edouard in dessen Arbeitszimmer im Château de Chavigny. Edouard hatte eine ganze Weile erzählt, und Christian hatte seiner Geschichte aufmerksam zugehört. Als er endlich verstummte, hatte Christian seine Behauptung aufgestellt und dabei versucht, Überzeugung durchklingen zu lassen.

»Glaubst du wirklich?« gab Edouard kühl zurück und versuchte sich an einem Lächeln. Der Versuch schlug fehl; Christian wandte betroffen den Blick ab.

Edouard beugte sich wieder über den Schreibtisch, über ein Foto von Hélène, das ein Stallbursche geknipst hatte, und das ihm sein Vewalter am Morgen verlegen, aber eindeutig in der Absicht, ihm zu helfen, gegeben hatte. Es war in der Woche zuvor aufgenommen worden, als er mit Hélène von einem Ausritt zurückkehrte. Es war das einzige Foto von ihr, das er besaß. Sie hatte gerade ihr Pferd gezügelt und lächelte.

Es starrte auf das Bild hinab, als beinhalte es ein Geheimnis, als könne es all die Fragen beantworten, die in seinem Kopf dröhnten, und die im Grunde auf eine einzige Frage, einen einzigen qualvollen Schmerz hinausliefen: ›Warum?‹ Und natürlich auch: ›Wo?‹

Aber die Frage des Warum, auf die er immer wieder zurückkam, ängstigte ihn unendlich, denn darauf konnte es nur eine einzige logische Antwort geben: Weil sie ihn nicht liebte. Endlich ließ er die Worte an sich heran, die er zwei Tage lang auf Distanz gehalten hatte, und zu seiner eigenen Überraschung ließ der Schmerz unmittelbar darauf nach, weil er wußte, daß sie falsch waren. Logisch, ja. Vernünftig, ja. Ihn so zu verlassen, ohne ein Wort, alles zurücklassend, was er ihr jemals geschenkt hatte, die grauen Handschuhe von Hermès, den Brillantring, beides ordentlich auf dem Nachttisch, das Givenchy-Kleid mitsamt allen anderen Kleidern und den Reitkleidern in den Schränken ihres Ankleidezimmers – ihn so endgültig zu verlassen, als hätte es die vorangegangenen sieben Wochen niemals gegeben.

Sein Verstand jedoch weigerte sich, diese Erklärung zu akzeptieren. Er sah ihr Gesicht, als sie ihn in jener letzten Nacht angesehen hatte, und er hörte ihre Stimme, wie sie ihm sagte, daß sie ihn liebe, und wußte, daß er noch immer daran glaubte und weiterhin daran glauben würde.

Er sah Christian an, der am Kamin saß, und war sekundenlang versucht, ihm mitzuteilen, was er empfand. Doch Christian, ein Mann, der an nichts anderes glaubte als an die Wahrheit großer Kunst, und der es nicht für möglich hielt, daß eine Liebe dauern konnte, würde ihn bestimmt nicht verstehen. Außerdem hatte er Christian an diesem Abend schon mehr als genug anvertraut. Seufzend beugte er sich wieder über das Foto.

Christian musterte ihn mit tiefem Mitgefühl, das er unter seiner gewohnten Distanz zu verbergen trachtete. Es war ihm klar, daß sein Freund es schon bereute, ihm so viel erzählt zu haben. Armer Edouard, dachte er. Wie teuflisch es ein muß, so stolz zu sein! Warum war es für ihn so wichtig, niemals zu zeigen, daß er verletzt war? Ob er sich Frauen gegenüber anders verhielt? War er Helen gegenüber anders gewesen? Zeigte er sich ihnen gegenüber verletzlich? Stirnrunzelnd betrachtete er Edouard. Möglicherweise. Diese Erkenntnis tat ihm weh. Daß Edouard, den er innig liebte, einer Frau näherstehen konnte als ihm, seinem ältesten Freund, fand Christian unbegreiflich. Sekundenlang verspürte Christian Eifersucht, eine Abneigung gegen Helen Hartland, verstärkt durch sein gewohntes Mißtrauen gegen Frauen.

Er beugte sich vor. »Ich möchte dir helfen, Edouard«, erklärte er, in Erwartung einer Abfuhr.

Zu seinem Erstaunen hob Edouard jedoch sofort den Kopf und sah ihn an. »Ich brauche deine Hilfe«, sagte er schlicht.

Christian starrte ihn fassungslos an. Noch nie in all den langen Jahren ihrer Freundschaft hatte Edouard etwas derartiges zugegeben. Und sofort war Christian von grenzenloser Freude erfüllt. Seine Miene leuchtete auf. »Was soll ich tun? Für dich tue ich alles, Edouard, das weißt du. Ich...«

»Ich möchte, daß du mir hilfst, sie zu finden.« Edouard stockte und schlug die Augen nieder. »Ich habe das Gefühl, daß ich noch hierbleiben muß – wenigstens noch ein oder zwei Tage –, nur für den Fall, daß sie...« Wieder unterbrach er sich und blickte auf. »Würdest du für mich nach Paris fahren, Christian? Ich habe weitere Nachforschungen eingeleitet, in England, aber ich dachte, wenn vielleicht jemand nach Paris ginge... Möglicherweise ist sie dorthin zurückgekehrt. In das Café, von dem ich dir erzählt habe, wo sie vorher gearbeitet hat...«

Bei Edouards steifen, beinahe juristischen Formulierungen hatte Christian lächeln müssen. Jetzt sprang er aufgeregt aus dem Sessel hoch. »Aber natürlich! Das Café! Und außerdem hat sie gesagt, daß sie ganz in der Nähe ein möbliertes Zimmer hätte, nicht wahr? Wir können das Foto kopieren lassen, und ich nehme die Kopie mit. Ich werde mich in dem Café erkundigen. Ich werde mich in allen Cafés erkundigen. Irgend jemand *muß* sich an sie erinnern. Irgend jemand wird wissen, wo sie gewohnt hat. Möglicherweise ist sie dorthin zurückgekehrt. Und selbst wenn sie inzwischen umgezogen ist...«

Er unterbrach sich und lächelte beschämt. »Entschuldige. Ich bin voreilig. Aber ich werde hinfahren. Morgen schon. Ich werde gründlich sein. Ich... Na ja, im Grunde hab' ich mir schon immer gewünscht, ein einziges Mal Privatdetektiv zu spielen.«

Die Worte waren heraus, bevor er sie zurückhalten konnte, und einen Augenblick lang glaubte Christian, zu weit gegangen zu sein. Er wußte, daß er frivol und oberflächlich wirkte – das tat er oft, wenn er es todernst meinte. Einen Moment herrschte Schweigen. Ihre Blicke trafen sich.

»Wie schön für mich«, gab Edouard zurück. Dann lächelte er. Christian war erleichtert.

Erst als er einige Zeit später das Zimmer verließ und, vor der geschlossenen Tür kurz stehenbleibend, zufällig hörte, wie der Freund drinnen plötzlich seinem Kummer nachgab wurde ihm klar, wie eisern Edouard sich beherrschte, wie vollendet er schauspielern konnte, wenn er wollte.

Er lauschte einen Moment, dann ging er davon. Sein Vorsatz, Edourd zu helfen, festigte sich noch mehr. Zum Teufel mit ihr, dachte er zornig. Sie ist ein junges, unerfahrenes Mädchen, sie ist es nicht wert, daß ein Mann wie Edouard um sie weint! Doch wenn Edouard sie unbedingt zurückhaben wollte, mußte er sie finden.

Das Café fand Christian auch tatsächlich sehr schnell. Den Vormittag verbrachte er noch mit Edouard und half ihm bei den Nachforschungen, die seine Helfer in England anstellten. Gleich nach dem Lunch jedoch trat er die lange, ermüdende Autofahrt nach Paris an. Als er das Café erreichte, war es schon ziemlich spät geworden und bereits dunkel.

Es nannte sich Café Strasbourg und lag an der Ecke, wo der Boulevard St. Michel in den Platz desselben Namens mündete. Ein eher trister Platz, dachte Christian. Sechs Tischchen draußen auf der Terrasse; sechs durch häßliche, hochlehnige Bänke aus dunkler Eiche voneinander getrennte Nischen. Fleckige Spiegel mit Pernod-Reklame; ein Kellner und eine Kellnerin, beide offensichtlich gelangweilt; und der *patron* hinter der kleinen Bar, ein kleiner, dunkler Mann mit Hitler-Schnäuzer, der mit finsterer Miene Gläser polierte. Christian setzte sich in eine der Nischen und bestellte ein Omelette und ein Glas Wein. Während er auf der lederzähen Eierspeise herumkaute, stellte er fest, daß das Café Strasbourg offensichtlich Gelegenheitsaushilfen einstellte. Die Kellnerin war Französin, allem Anschein nach eine Studentin; aber der Kellner, ein hochgewachsener, gutaussehender Junge, sprach mit amerikanischem Akzent. Seine Stimmung hob sich. Er bestellte sich einen *fine á l'eau* zum Kaffee, steckte sich eine seiner schwarzen russischen Zigaretten an und lehnte sich nachdenklich zurück. In einer Minute würde er sich den Besitzer vorknöpfen. Er hatte das sichere Gefühl, auf der richtigen Spur zu sein.

Ungefähr eine halbe Stunde später wurde seine Hoffnung zunichte gemacht. Anfangs wollte der *patron* kaum mit ihm reden, kaum einen Blick auf das Foto werfen, das Christian ihm über die Theke zuschob. Christian, der perfekt Französisch sprach, mußte seine ganze Überredungskunst aufbieten. Als der Mann merkte, daß Christian nicht von der Polizei war, wurde er ein wenig zugänglicher; als Christian ihm mit dem Foto zusammen einen Tausend-Franc-Schein hinüberschob, wurde er noch etwas zugänglicher; und als Christian ihm eine hastig improvisierte Geschichte von einer jüngeren Schwester auftischte, die von zu Hause weggelaufen sei und ihrem Vater damit beinahe das Herz gebrochen hatte, wurde er ausgesprochen redselig, sogar Tränen traten ihm in die Augen. Offenbar hatte er auch eine Tochter, sein einziges Kind, und auch sie hatte ihrem armen Vater nur Kummer bereitet. Sie setzten sich in eine Nische, und Christian spendierte ihm einen Drink. Mit dem Schnapsglas in der Hand, widmete der kleine Mann dem Foto seine volle Aufmerksamkeit, und dann versetzte er Christians Hoffnungen mit nicht zu bezweifelnder Aufrichtigkeit den Todesstoß.

Nein, er würde vor jedem Gericht schwören, daß er dieses junge Mädchen noch niemals gesehen habe: Wer könnte ein solches Gesicht wohl jemals vergessen? Gewiß, er stelle oft Ausländer ein – die hatten keine Arbeitserlaubnis und konnten daher nicht so exorbitante Löhne verlangen wie die französischen Kellner, erklärte er augenzwinkernd. Doch dieses Mädchen – nein. Und sie hat einer Freundin erzählt, daß sie hier arbeitet? Wirklich, diese Mädchen kannten keine Hemmungen!

»Sind Sie ganz sicher? Es müßte vor etwa sieben Wochen gewesen sein. In der ersten Augustwoche.«

Der *patron* seufzte. »Ich hab's Ihnen doch schon gesagt, Monsieur. Nicht im August – niemals!«

Er zögerte und deutete dann, offensichtlich bemüht, ihm zu helfen, auf die Terrasse. Der Junge da könnte ihm vielleicht helfen, meinte er. Ein guter Junge, gescheit, über dem Durchschnitt, Amerikaner, fleißig, gutaussehend und mit einem Blick für Mädchen. Er sei jetzt nahezu drei Monate im *Strasbourg*, habe ganz in der Nähe ein Zimmer und kenne sich in der Gegend aus; es könne sich lohnen, ihn zu fragen – vielleicht kenne er das Mädchen auf dem Foto.

Als er von dem Zimmer in der Nähe sprach, blickte Christian interessiert auf. Der *patron* erhob sich und winkte durchs Fenster. Nach einer Weile kam der Kellner wieder herein; sein Chef unterhielt sich kurz mit ihm. Der Junge wandte sich um und musterte Christian mit klaren, intelligenten Augen. Dann nahm er Christian gegenüber Platz.

Als Christian ihn ansah, lächelte er frei und offen. »Lewis Sinclair!« Er streckte die Hand aus. »Monsieur Schreiber sagt mir, daß Sie jemanden suchen. Wie kann ich helfen?«

Stumm schob Christian das Foto über den Tisch. Lewis Sinclair beugte sich über die Tischplatte, und Christian betrachtete ihn aufmerksam. Ivy League, dachte er: Selbst in der Uniform eines Kellners merkte man das schon aus einer Meile Entfernung. Die Füße, lässig unter dem Tisch gekreuzt, steckten in handgenähten Mokassins. Das dichte blonde Haar, von vielen Sommern in New England gebleicht und perfekt in konventionellem Privatschulenstil geschnitten, fiel ihm ein wenig in das klare, hübsche Gesicht. Groß, athletisch gebaut, mit Schultern, so breit und kraftvoll, daß er in jedem Footballteam willkommen geheißen worden wäre. Vier- bis fünfundzwanzig, mit dem typisch jungenhaften Aussehen seiner Klasse, ein Mann, der noch jungenhaft aussehen würde, wenn er auf die Vierzig zuging. Ein fester Händedruck, ein offener Blick, eine Andeutung von Arroganz und ein Akzent, der hundertfünfzigprozentig nach Harvard klang.

In Amerika hatte Christian viele ähnliche junge Männer kennengelernt; er war ein wenig auf der Hut vor ihnen, genau wie er vor ihren englischen Gegenstücken auf der Hut war. Persönlich absolut unkonventionell, hatte er einige Jahre gebraucht, um zu lernen, daß man die scheinbar Konventionellen nicht unterschätzen durfte, daß sie unter dem kultivierten Äußeren knallhart sein konnten. Er betrachtete Lewis Sinclair mit Interesse und Verwunderung. Die Uhr, die er trug, war von Tiffany, und während Christian sich gut vorstellen konnte, daß es einem solchen Jungen Spaß machte, eine Zeitlang auf dem Linken Ufer zu arbeiten, erschienen ihm drei Monate im *Strasbourg* doch leicht übertrieben. Er wartete.

Lewis Sinclair betrachtete das Foto ungefähr dreißig Sekunden lang. Dann sah er mit genau dem offenen Blick zu Christian auf, dem dieser instinktiv mißtraute, und schüttelte den Kopf. »Tut mir leid, ich kann Ihnen nicht helfen. Sie ist wunderschön, und ich würde sie wirklich gern kennenlernen. Aber ich habe sie hier noch nie gesehen.«

»Ich weiß, daß sie hier nicht gearbeitet hat...« Christian hielt inne. »Aber vielleicht hat sie das Café mal besucht oder ist irgendwo in der Nähe aufgetaucht.«

»Falls sie hier war, mit Sicherheit nicht während meiner Schicht. Daran würde ich mich erinnern.«

»Möglicherweise war sie anders gekleidet...«

»Na ja. Ich glaube kaum, daß viele Frauen in Jodhpurs und Reitjackett auf dem Boule Miche rumlaufen.« Er grinste entwaffnend, um seiner Antwort die Spitze zu nehmen, und als ihm Christian ebenfalls zulächelte, tat er, was Menschen seiner Klasse und seines Typs nach Christians Meinung immer taten: Er ging zum Angriff über.

»Monsieur Schreiber sagte, glaube ich, daß sie Ihre Schwester ist, nicht wahr?« Nur die unverschämte Andeutung eines Zögerns vor dem Wort ›Schwester‹, und ein geringschätziger Blick auf Christians zwar elegante, aber doch eher auffallende Kleidung.

»Ja. Meine Schwester.«

»Und sie ist von zu Hause weggelaufen?«

»Ganz recht.«

»Schade.« Mit einem Seufzer sah er auf seine Tiffany-Uhr. »Na ja, ich hätte Ihnen gern geholfen, aber leider kann ich das nicht. Sie könnten sich in den anderen Cafés erkundigen. Aber hier gibt es jede Menge davon, und das Personal wechselt überall ständig. Es könnte vergebliche Mühe sein...«

»Das ist mir klar.«

Lewis Sinclair zeigte ein leichtes Lächeln, als verschaffe ihm die Aussichtslosigkeit von Christians Vorhaben eine gewisse Genugtuung. Christian registrierte das mit großem Interesse. Und es entging ihm auch nicht, daß der Junge deutlich reagierte, als er dem *patron* für seine Hilfe dankte und bemerkte, er werde die Suche am nächsten Tag fortsetzen, denn er habe noch zwei weitere Spuren, denen er nachgehen könne.

Christian verließ das Café und schlenderte quer über die Straße. Obwohl er eine Niete gezogen hatte, machte ihm die Sache Spaß; der Abend war lau, und er hatte keine Lust, voreilig aufzugeben.

An der Ecke, im *tabac*, kaufte er sich Zigaretten, wanderte weiter und bog in eine Seitenstraße ein. Dann schlug er einen Haken, bis er den Eingang des Cafés sehen konnte, und wartete.

Er brauchte nicht sehr lange zu warten. Monsieur Schreiber kam heraus und befestigte die Läden. Lewis Sinclair stellte die letzten Stühle auf die Tische. Dann ging er wieder hinein, kam mit einem Burberry-Trenchcoat heraus und wünschte Monsieur Schreiber eine gute Nacht. Rasch blickte er den Boulevard hinauf und hinab, um ihn sodann mit langen, federnden Schritten zu überqueren und in einer Seitenstraße zu verschwinden. Christian wartete fünf Sekunden, dann folgte er ihm. Und kam sich immer mehr wie Humphrey Bogart vor.

Die Verfolgung war einfach. Lewis Sinclair drehte sich nicht ein einziges Mal um, und die Straßen waren trotz der späten Abendstunde noch immer belebt. Sinclair bog rechts ab in die Rue St. Jacques und dann wieder nach links in das Labyrinth der Gassen und alten Häuser zwischen der Sorbonne im Süden und der Seine im Norden. Christian, der sich hier gut auskannte, geriet in Erregung: Sie waren jetzt kaum fünf Minuten zu Fuß von der Stelle entfernt, wo Edouard Helen Hartland zum erstenmal gesehen hatte.

Vor einem hohen, schmalen Haus mitten in einer nur schwach beleuchteten Straße blieb Lewis Sinclair plötzlich stehen. Christian, am Ende der Straße, machte sofort ebenfalls halt. Da es hier keinen Hauseingang gab, drückte er sich, so gut es ging, an die Wand, aber das wäre nicht nötig gewesen, denn Sinclairs Gedanken waren mit etwas anderem beschäftigt.

Er wühlte in seinen Hosentaschen. Fluchte. Schüttelte den Burberry aus. Wühlte abermals in seinen Hosentaschen. Christian gönnte sich ein boshaftes Lächeln: Großer Gott, Hausschlüssel vergessen!

Sinclair zögerte eine Weile. Er trat zurück, um an dem dunklen Haus emporzublicken; dann faßte er Mut, trat vor und hämmerte an die Tür. Der Grund für sein Zögern wurde unmittelbar darauf klar. Er mußte den Türklopfer mehrmals mit aller Kraft benutzen, bevor sich etwas rührte. Dann ging in einem Erdgeschoßfenster das Licht an, und ein Laden wurde aufgestoßen. Lewis Sinclair wich zurück, in der Stille der Nacht jedoch ertönte ein weithin vernehmbares Geräusch, das jedem Pariser nur allzu gut bekannt ist: die schrill kreischende, empörte Stimme einer älteren Concierge, die von einem rücksichtslosen Mieter aus ihrem wohlverdienten Schlaf gerissen wurde.

Diese war eine Meisterin ihres Fachs, stellte Christian lächelnd fest, während die Schimpfkanonade mindestens zwei Minuten lang weiterging. Schließlich wurde die Tür dann doch noch geöffnet, und Lewis Sinclair durfte eintreten.

Als das Licht im Erdgeschoßfenster ausging und es wieder still geworden war, schlich Christian die Straße entlang und blickte an der Fassade empor. Da alles dunkel blieb, mußte Sinclair ein Zimmer nach hinten bewohnen. Er wartete eine Weile, nachdem jedoch keinerlei Anzeichen weiterer Aktivitäten zu erkennen waren, wurde der Gedanke an seine Pariser Wohnung immer unwiderstehlicher.

Kurz nach Mitternacht verließ Christian seinen Posten. Er kehrte in seine schöne Wohnung in einem umgebauten Haus aus dem siebzehnten Jahrhundert in der Rue des Grandes Augustins zurück, machte sich Toast, öffnete eine Dose *foie gras* sowie eine Flasche Montrachet und ließ sich sein Mitternachtspicknick ausgiebig schmecken. Dann rief er Edouard an, der, wie er wußte, nicht schlafen würde, und hoffte, daß er auf behutsame Art optimistisch klang.

Anschließend begab er sich zu Bett. Morgen früh werde ich noch einmal zu Sinclairs Pension gehen, dachte er müde und legte sich bequem zurecht. Es war keine heiße Spur, immerhin jedoch besser als gar nichts.

Um sechs Uhr fuhr er, plötzlich hellwach, aus wirren Träumereien hoch. Er saß senkrecht im Bett und starrte auf das Foto von Helen Hartland, das er in der Nacht an die Bürsten auf seiner Herrenkommode gelehnt hatte. Unvermittelt war ihm ein winziges Detail eingefallen, das Edouard erwähnt hatte, und das ihm jetzt mit greller Klarheit vor Augen stand. ›Ich hab' sie vor dem Café abgesetzt. Sie sagte, sie hätte in der Nähe ein Zimmer und würde später zu Fuß hingehen. Sie habe eine sehr übellaunige Concierge...‹

»Verdammt und zugenäht!« fluchte Christian, schälte sich aus dem Seidenpyjama und warf sich in seine Kleider.

Um Viertel vor sieben stand er schon vor dem Haus, aber es war zu spät.

Die Concierge stürzte sich in eine fulminante Tirade, und Christian, der über ein ausgefeiltes Arsenal boshafter Beleidigungen und kaum verhüllter Obszönitäten in vier Sprachen verfügte, zahlte mit gleicher Münze zurück. Aber es nützte nichts: Lewis Sinclair und sein Freund hatten ein Zimmer in diesem Haus gehabt, ja, aber sie waren fort, hatten um fünf Uhr früh bezahlt und waren verschwunden.

»Freund? Freund?« Christian hatte die Alte inzwischen in eine Ecke gedrängt, und sie wurde nervös. »War das hier vielleicht dieser Freund?« Damit hielt er ihr das Foto unter die Nase.

Die Alte begann gackernd zu lachen. Ihr Gesicht verzog sich zu einer boshaft triumphierenden Fratze. Ob das der Freund sei? Nun, ganz gewiß nicht! *Cochon! Imbécile!* So ein Unsinn, Sinclair habe sich das Zimmer mit einem anderen *Mann* geteilt, einem anderen Amerikaner. Nein, den Namen kenne sie nicht, es sei stets Sinclair gewesen, der die Miete bezahlte. Der Freund sei etwa in Sinclairs Alter: dick, häßlich, spreche kaum ein Wort Französisch, sei zu allen Tages- und Nachtzeiten rein und raus geschlichen, und niemals ein Gruß – bärtig, dunkel, *un espèce d'animal*... Die Concierge spie voll Verachtung aufs Pflaster.

Verwirrt wich Christian vor ihr zurück. Er war sekundenlang so sicher gewesen! Zögernd zeigte er ihr noch einmal das Foto. Ob dieses junge Mädchen Sinclair oder seinen Freund vielleicht besucht habe? Könnte sie möglicherweise mit ihnen zusammen gewesen sein, als sie das Haus heute verließen?

Die Alte wurde allmählich weinerlich. Ihre Stimme hob sich zu schrillen Klagetönen. Sie wisse es nicht. Woher denn auch? Hunderte von jungen Mädchen gingen in diesem Haus ein und aus – verlotterte Typen zumeist, und Hosen, so eng, daß man genau den Hintern sah. Aber nicht *solche*. Sie zeigte auf das Foto. Keine Damen.

Christian änderte seine Taktik. Er zog einen Hundert-Franc-Schein heraus, der sekundenschnell in ihrer Klauenhand verschwand. Die Banknote zeitigte die gewünschte Wirkung. Die Alte hörte auf zu jammern und überließ ihm sogar den Zimmerschlüssel. Sofort eilte Christian in den vierten, den obersten Stock hinauf und öffnete die Tür.

Das Zimmer war lang und schmal und lag, wie er vermutet hatte, nach hinten hinaus; es besaß einen gewissen, an die Bohème erinnernden Charme: alte, abgetretene Teppiche; zwei schmale Betten; ein paar recht hübsche alte Möbelstücke; Aussicht auf die Dächer von Paris; weiß getünchte Wände mit Postern zumeist von Filmen der *Nouvelle vague*. Es war gründlich ausgeräumt worden; sogar der Papierkorb war leer.

Christian sah sich um. Allmählich kam er sich entsetzlich dumm vor. Es war seltsam, daß Sinclair und sein Freund so überstürzt ausgezogen waren. Es war seltsam, daß sie um fünf Uhr früh ausgezogen waren. Von dieser Tatsache abgesehen jedoch – für die man tausend Erklärungen finden konnte – gab es überhaupt nichts, was dieses Zimmer und seine ehemaligen Bewohner mit Helen Hartland in Verbindung bringen konnte. Außer meiner überspannten Phantasie, dachte Christian bedrückt.

Er wollte das Zimmer gerade verlassen, da hörte er draußen im Flur eine Mädchenstimme. »Lewis? Lewis? Bist du das? Ich dachte, ich hätte was gehört...«

Christian erstarrte, entspannte sich jedoch sofort wieder, als er merkte, daß es eine amerikanische Stimme war. Gleich darauf wurde die Tür aufgestoßen, und eine kleine, pummelige Brünette mit hochtoupierten Haaren kam herein. sie trug flache Ballerinas, eine hautenge Hose und einen überweiten Pulli. Sobald sie sich von der Überraschung über seine Anwesenheit erholt hatte, erfuhr Christian, daß sie Sharon hieß und aus Duluth stammte.

Nun setzte Christian seinen betörendsten Charme ein. Innerhalb von fünf Minuten saß Sharon neben ihm auf dem roten Sofa, rauchte eine von seinen Zigaretten und plapperte drauflos, als kenne sie ihn seit Ewigkeiten. Sie schien sich zu wundern, daß Lewis fort war, und auch ein bißchen enttäuscht zu sein, fand aber schnell ihr Gleichgewicht wieder.

»Na ja, ist wohl einfach abgehauen. Mit Thad. Wer hätte das gedacht!«

»Thad?«

Sie kicherte. »Sein Freund. Thad. Wie er sonst noch heißt, weiß ich nicht. Thad, das Ungeheuer, hab' ich ihn immer genannt.« Sie schnitt ein Gesicht. »Wie der Glöckner von Notre Dame, verstehen Sie? Gedrungen. Plump. Brille. Krauser, schwarzer Bart. Wenn Sie ein Freund von Lewis sind, müssen Sie ihn gesehen haben – die beiden waren unzertrennlich –, und wie man so sagt: einmal gesehen – niemals vergessen.«

»Ich bin kein Freund von Lewis.« Christian stürzte sich ins kalte Wasser. »Na ja, nicht direkt. Ich suche jemanden, von dem ich dachte, daß Lewis ihn kennt. Dieses Mädchen hier. Meine Schwester.« Ohne große Hoffnung holte er das Foto hervor.

Sharon beugte sich neugierig darüber und begann zu seiner unendlichen Überraschung zu strahlen. »He, das ist ja Helen! Na, so was! Sieht ja einfach phantastisch aus! Ich meine, sie hat eigentlich *immer* phantastisch ausgesehen, aber *so* hab' ich sie noch nie gesehen...«

»Sie kennen sie?« Christian starrte Sharon an. Ihm war auf einmal ganz flau geworden.

»Kennen? Aber sicher! Sie war eine Woche hier, die erste Woche im August. Hat in meinem Zimmer geschlafen. Ich arbeite nachts in einer Bar am Pigalle, deswegen schlafe ich am Tag – jetzt komme ich gerade eben vom Dienst. Ich hab' es Lewis zuliebe getan, weil sie kein Geld hatte, keine Unterkunft, verstehen Sie? Und die ist Ihre Schwester? Was sagt man dazu! Ich hatte mich schon gefragt, was wohl aus ihr geworden ist, nachdem sie einfach auf und davon war. Madame Mystery. Sogar Lewis hatte keine Ahnung, wo sie geblieben war...«

Christian stand auf und reichte ihr den Arm. »Sharon«, sagte er äußerst galant, »dies muß mit einem Drink gefeiert werden. Sie müssen mir noch viel mehr erzählen.«

»Mit einem Drink?« Sharon errötete kichernd. »Aber es ist noch nicht mal sieben Uhr morgens!«

»In Paris bekommt man zu jeder Tages- und Nachtzeit einen Drink. Das ist eine der zivilisiertesten Seiten der Stadt...«

»Besser als Duluth auf jeden Fall.« Abermals kicherte sie.

»Wir werden uns jetzt in eine mir bekannte Bar begeben und uns an Champagner delektieren.« Er führte Sharon zur Tür. »Und dann werden Sie mir alles erzählen...«

»Ich werd's versuchen. Sagen Sie mal, reden eigentlich alle Engländer so wie Sie?«

»Leider nur noch sehr wenige, Gott sei's geklagt.« Christian schenkte ihr sein strahlendstes Lächeln. »Sharon, Sie sehen eine aussterbende Rasse vor sich.«

»Ein Jammer«, gab Sharon zurück und trottelte selig neben ihm her.

Okay, es war so.« Sharon trank einen Schluck Moet & Chandon, stützte die Arme auf den Tisch und beugte sich vor. »Ich bin seit Mai hier in Paris. Lewis hab' ich irgendwann im Juli kennengelernt, im Café Strasbourg. Er kellnerte und hat mir da auch einen Job besorgt, aber ich bin nicht sehr lange geblieben. Schreiber, dieser Widerling!« Sie zog ein Gesicht. »Hungerlöhne, verstehen Sie?«

»Ich kann's mir vorstellen.« Christian lächelte aufmunternd. »Aber Lewis hat sich nicht an den Hungerlöhnen gestört, nicht wahr?«

»Lewis? Das soll wohl'n Witz sein! Lewis ist stinkreich. Dieser Job ist einfach ein Gag für ihn, so'ne Art Zeitvertreib. Thad hat ihn dazu überredet. Damit er keinen Unsinn treibt, sagte er. Aber Sie müssen doch wissen, wer Lewis ist – oder?«

»Ich habe ihn nur ganz kurz gesprochen. Ivy League, dachte ich mir.«

Sharon kicherte. »Allerdings. Mit einem Akzent, mit dem er Glas ritzen könnte, stimmt's?« Sie hielt inne. »Lewis ist ganz altes Geld. Unmengen. Daddy ist der Sinclair von Sinclair Lowell Watson, und das ist die größte Investmentbank an der Ostküste. Lewis ist der einzige Sohn und Erbe.«

»Ach so! Ich verstehe.« Christian lehnte sich nachdenklich zurück, während ein lautloser, geschickter Kellner ihnen das Essen servierte: Rühreier mit schwarzen Trüffeln. Warme Brioches. Es sah köstlich aus, und Sharon aß mit Genuß. Helen Hartland besitzt offenbar die Gabe, reiche Männer anzuziehen, dachte Christian. Es war ihm gar nicht angenehm, Edouard von dieser Tatsache berichten zu müssen.

»Also...« Sharon aß eine Gabel voll Rührei und lächelte. »Also tat Lewis mir einen Gefallen, und ich ihm ebenfalls. Ich besorgte ihm das Zimmer gegenüber von meinem. Er und Thad zogen irgendwann im Juli ein.«

»Dieser Thad scheint mir aber ein seltsamer Freund für einen Mann wie Lewis Sinclair zu sein.« Christian runzelte die Stirn. »Arbeitete er auch im Café Strasbourg?«

»Thad? Nie!« Sie warf ihm einen verächtlichen Blick zu. »Ich sagte doch, Thad ist ein komischer Vogel. Der hatte überhaupt keinen Job; der ging immer nur ins Kino.«

»Ins Kino?«

»Na klar. Ganz verrückt ist der danach. Sieht sich den ganzen Tag Filme an. Gleich nach dem Frühstück zieht er los, von einem Kino ins andere. Den ganzen Tag lang. Das kann man nämlich in Paris. Stellen Sie sich das vor: in einer solchen Stadt, und dann immer nur in diese Flohkisten ...«

»Und dieser Thad ist ebenfalls Amerikaner?«

»Ja, sicher. Aus L. A. – glaube ich. Keine Ahnung; ich weiß wirklich nicht viel über ihn. Nur, daß er ständig anwesend war. Wann immer ich zu denen ins Zimmer kam, saß er da, in der Ecke, und sprach kein Wort ...« Sie schüttelte sich ein bißchen. »Ich sage Ihnen, Thad war mir unheimlich!«

»Aber Lewis schien ihn doch zu mögen, nicht wahr?«

»O ja! Die beiden waren wirklich ganz dicke!« Christian musterte sie mit hochgezogenen Brauen. Sharon kicherte und wurde rot. »Okay. Ich werd's Ihnen sagen. Ich mochte Lewis wirklich, ja? Aber er ist nie mit mir ausgegangen – nie! Nach einer Weile hab' ich mir dann so meine Gedanken gemacht, über ihn und Thad. Ob sie nicht, na ja, schwul waren, verstehen Sie?«

Sinclair niemals! dachte Christian, dessen Instinkt in dieser Hinsicht unfehlbar war. Er lächelte zuvorkommend, und Sharon, deren Instinkt in dieser Hinsicht weniger entwickelt war als seiner, warf ihm einen koketten Blick zu.

»Aber dann sahen Sie ein, daß Sie sich geirrt hatten?« soufflierte er ihr.

»Ja. Als Helen... Als Ihre Schwester auftauchte.« Sharon seufzte. »Ich kann's ihm nicht übelnehmen«, fuhr sie dann fort. »Ich meine, sie ist so unglaublich schön! Und Lewis war richtig verrückt nach ihr. Thad möglicherweise auch, aber bei ihm war das schwer zu beurteilen. Ich weiß nur, daß ich eines abends zu ihnen ins Zimmer kam, und sie konnten einfach den Blick nicht von ihr losreißen. Obwohl sie kaum ein Wort sagte. Anfangs war ich eifersüchtig. Wer wäre das nicht gewesen?«

»Wissen Sie, wie sich die drei kennengelernt haben?«

»Ich bin nicht ganz sicher. Sie haben sie wohl mehr oder weniger aufgegabelt. Sie kam direkt von der Fähre aus England, und einer von ihnen begegnete ihr auf der Straße – Lewis, glaube ich. Und weil sie praktisch kein Geld und keine Unterkunft hatte, wie ich schon sagte, brachten sie sie mit und sorgten dafür, daß sie in meinem Zimmer wohnen konnnte. War ja auch wirklich nicht für lange. Sieben, acht Tage höchstens. Dann ging sie eines Abends weg und kam nicht wieder.« Sie krauste die Stirn, und ihre großen blauen Augen blickten besorgt. »Sie sehen also, ich weiß nicht, wo sie jetzt ist, und wo sie bisher gewesen ist. Ich hoffe nur, daß es ihr gut geht. Ich mochte sie nämlich, verstehen Sie?«

»Haben Sie sich oft mit ihr unterhalten? Fällt Ihnen irgend etwas ein, das möglicherweise ein Hinweis auf ihren jetzigen Aufenthaltsort sein könnte?«

»Nein. Ich hab' nur ein- oder zweimal kurz mit ihr gesprochen. Sie war sehr reserviert. Irgendwie bedrückt. Verloren. Einmal saß sie in meinem Zimmer und weinte; ich versuchte sie zu trösten, aber sie ging einfach weg. Sie ging sehr häufig weg, sagte Lewis. Den ganzen Tag. Und ganz allein...«

»Nicht mit Thad? Oder Lewis?«

»Nein. Die hat sie genauso auf Distanz gehalten wie mich.«

»Also...« Christian überlegte. »Sie würden nicht sagen, daß sie mit einem von ihnen was hatte? Ein Verhältnis oder so?«

»Auf gar keinen Fall!« Sharon schob ihren Teller von sich und beugte sich, auf die Ellbogen gestützt, zu ihm hinüber. »Sie war ihnen dankbar, das sah man gleich. Und sie muß ziemlich einsam gewesen sein, aber mehr nicht. Ich meine, den dicken Thad hätte sie nun wirklich nicht angesehen – welches Mädchen täte das? Und wenn Lewis der Glückliche gewesen wäre, hätte ich das gewußt: Der gibt nämlich damit an, und außerdem kann er seine Gefühle nicht verbergen. Das hat ihn ja so verrückt gemacht! Ich meine, Lewis ist ein Mann, dem alle Mädchen nachlaufen, ja? Und sie sah ihn an, als sei er gar nicht vorhanden. So was ist er nicht gewöhnt. Ich sage Ihnen, Ihre Schwester hat eine Technik... Von der kann man noch viel lernen.«

»Glauben sie wirklich, daß es das war – eine Technik?« Christian war inzwischen viel wohler geworden. Er schaffte es sogar, ein paar Bissen zu essen.

»Eigentlich nicht. Nein. Sie schien von Natur aus so zu sein. Eine echte Eisprinzessin, verstehen Sie? Wenn Sie sich in der Hinsicht Sorgen machen – das brauchen Sie nicht.« Sie hielt inne. »Lewis war regelrecht gebrochen, als sie verschwand.«

»Meinen Sie nicht, Sie könnte zurückgekommen sein? In den letzten Tagen?«

»Möglich wär's schon.« Sharon errötete ein wenig. »Ich bin nicht sehr oft in meinem Zimmer gewesen – ungefähr eine Woche lang. Ich hatte da einen wirklich phantastischen Kerl kennengelernt... Sie wissen ja, wie das so ist...« Sie zögerte, als erwarte sie einen Vorwurf, doch als Christian ihr die Hand tätschelte und versicherte, er wisse genau, wie das so sei, grinste sie.

»Sie kann also durchaus hier gewesen sein. Ich glaube, Lewis hat noch immer den Schlüssel, den ich Helen gegeben hatte. Und diese alte Hexe von Concierge ist praktisch blind; die würde das überhaupt nicht merken. Die merkt nie, was sich hier tut. Ist also gut möglich, daß sie zurückgekommen ist. Vielleicht sind sie ja deshalb weg. Ich meine, das hat mich gewundert. Lewis hat kein Wort erwähnt. Aber Lewis kommt schließlich viel herum. Er hat das Geld, und er liebt Parties. Ich wundere mich, daß er überhaupt so lange in Paris geblieben ist.«

Christian winkte dem Kellner und konzentrierte sich dann wieder auf sie. »Ich möchte Ihnen danken«, sagte er schlicht. »Sie waren mir eine große Hilfe. Und es ist mir überaus wichtig, daß – meine Schwester... Nun ja, man könnte sagen, sie hat uns eine Menge Kopfschmerzen verursacht...«

»Das kann ich mir vorstellen.« Sharon musterte ihn nachdenklich. »Und das wird sie noch öfter tun.« Sie zögerte. »Sie ist nicht Ihre Schwester, nicht wahr?«

Christian seufzte. »Nein. Ist sie nicht.«

»Hab' ich mir schon gedacht.« Sharon tätschelte ihm die Hand, dann zog sie sie hastig zurück. »Na ja, ich wünsche Ihnen alles Gute. Sie waren sehr nett zu mir. Ich wünschte nur, ich könnte Ihnen besser helfen.«

Christian unterzeichnete die Rechnung; dann blickte er auf. Er merkte, daß sie nachdachte, ihm vielleicht noch etwas sagen wollte. »Gibt es noch etwas?« Er beugte sich vor. »Sie können es mir ruhig sagen. Was immer es sein mag – ich *muß* es wissen!«

Sharon krauste die Stirn. Sie lehnte sich zurück. »Also, eigentlich ist es nicht viel. Nur so ein Eindruck, den ich hatte. Ich kann mich auch täuschen. Aber ich fand es doch merkwürdig...«

»Bitte, erzählen Sie!«

»Na ja, ich dachte... Als Sie vorhin diese Fragen stellten, über Lewis und Thad. Wissen Sie, wenn ich entscheiden sollte, ob Helen sich für einen oder den anderen interessierte, würde ich sagen, ja, bis zu einem gewissen Grad. Aber das wäre dann Thad gewesen.«

»Thad?« Christian starrte sie fassungslos an.

Sharon machte eine hastige Handbewegung. »O nein, nicht Liebe – nichts dergleichen! Ich meine, sie war einfach nur *interessiert* an ihm. Wenn sie da war, verhielt er sich ganz anders. Wissen Sie, normalerweise ist er immer stumm wie ein Fisch, nicht wahr? Redet kein Wort. Doch wenn sie da war, fing er an zu reden. Stundenlang! Langweilte mich damit zu Tode. Und Lewis ging das, glaube ich, auch auf die Nerven. Aber Helen, die saß einfach da, schweigend, und sog fasziniert alles in sich auf...«

»Wirklich?« Christian musterte sie fasziniert. »Können Sie sich erinnern, worüber er so lange geredet hat?«

Sharon grinste. »Na klar! Hab' ich Ihnen doch schon gesagt. Kino – was sonst?«

Ich hab das Info über Sinclair Lowell Watson. Kam vor einer Stunde über Telex. Zusammen mit ein paar Informationen über Lewis Sinclair. Weitere Einzelheiten werden folgen. Die Bank kenne ich jedenfalls. Wir haben früher schon öfter kleinere Geschäfte mir ihr gemacht...«

Edouard schob ein paar Telex-Blätter über die Platte des Schreibtischs in seinem Pariser Büro. Er sagte es geringschätzig, aber für Edouard war Sinclair Lowell Watson tatsächlich klein. Seufzend überflog Christian die Papiere in seiner Hand. Er hatte Edouard am Morgen angerufen, sofort, nachdem er sich von Sharon verabschiedet hatte, und Edouard war augenblicklich mit seiner Privatmaschine nach Paris gekommen. Jetzt war es zwei Uhr nachmittags am selben Tag.

Christian blickte zu seinem Freund auf. Von dem Mann, der am Tag zuvor kurz vor dem Zusammenbruch gestanden hatte, war nichts mehr zu sehen. Er hatte zwar noch Ringe unter den Augen, die von zuwenig Schlaf sprachen, war aber elegant und tadellos rasiert und strahlte eine kalte, zielbewußte Energie aus. In diesem Augenblick hätte Christian nicht Lewis Sinclair sein mögen.

»Wir wissen nicht sicher, ob sie in die Pension zurückgekehrt ist, Edouard«, begann er vorsichtig. »Und ebensowenig, ob sie das Haus mit Sinclair und seinem Freund wieder verlassen hat...«

Mit eiskalter Schärfe fiel Edouard ihm ins Wort. »Sinclair hat es unvermittelt um fünf Uhr morgens verlassen, und zwar kurz nachdem du im Café Strasbourg warst und Fragen gestellt hast. Ich denke, die Schlußfolgerung liegt auf der Hand.« Mit seinem Platinfüller klopfte er ungeduldig auf die Schreibtischplatte.

»Aber sie sind offenbar nur gute Freunde, Edouard. Ja, nicht einmal das: Zufallsbekanntschaften. Es läuft wirklich nur darauf hinaus, daß sie ihr geholfen haben, ein Zimmer zu finden.«

»Wir wissen von keinen weiteren Freunden. Ich halte es durchaus für möglich, daß Hélène dorthin zurückgekehrt ist und daß Sinclair sie, als er merkte, daß jemand nach ihr suchte, zusammen mit seinem Freund weggebracht hat. Um fünf Uhr morgens. Bis ich auf eine logischere Möglichkeit stoße, werde ich diese Spur verfolgen.«

Christian zuckte die Schulter. Er wußte, daß es keinen Sinn hatte, mit Edouard zu diskutieren, wenn er in dieser Stimmung war. Er beugte sich über die Telexblätter und begann zu lesen. Und dabei stieg sowohl seine Bewunderung für Edouard als auch seine Nervosität. Der Text enthielt eine kurze, doch äußerst gründliche Übersicht über die Firma Sinclair Lowell Watson – ihre Vergangenheit und ihren gegenwärtigen Status. Und eine kurze, doch eindrucksvolle Biographie Lewis Sinclairs.

Fünfundzwanzig Jahre alt, wie er es sich schon gedacht hatte. Einziger Sohn bei vier älteren Schwestern. Begünstigter eines Treuhandfonds von seinem Großvater Sinclair, der ihm ein Jahreseinkommen von einhunderttausend Dollar einbrachte. Ausbildung in Groton und Harvard, vom akademischen Standpunkt aus keine herausragenden Leistungen während des Studiums. Ein Hinweis darauf, daß er seinen Studienplatz nur mit Mühe errungen hatte, vermutlich auf Grund der langjährigen Verbindung seiner Familie mit der Universität, möglicherweise aber auch auf Grund seiner sportlichen Meriten: Lewis Sinclair war der Star im Footballteam von Harvard gewesen. Christian lächelte vor sich hin und gratulierte sich zu seiner richtigen Einschätzung. Golden Boy. Footballer. Er blickte auf. »Mein lieber Edouard...« Er sah den Freund mit freundlich-spöttischem Lächeln an. »Du läßt nach. Das hier ist inzwischen drei Jahre alt. Lewis Sinclair hat Harvard 1956 verlassen. Was hat er seitdem getrieben?«

Edouard rang sich ein winziges, verkniffenes Lächeln ab. »Das erzähle ich dir heute nachmittag.«

»Eine gute Bostoner Vorgeschichte...«

»Eine voraussehbare Bostoner Vorgeschichte«, entgegnete Edouard kurz. »Vier Generationen untadeliger, hochanständiger Geschäftsführung auf des Vaters Seite. Eine Erbin aus New York als Mutter, und deren Familie geht auf die ersten holländischen Siedler und noch weiter zurück. Eine lange Latte von Diensten an der Öffentlichkeit und karitativer Werke. Und ein nicht allzu intelligenter Sohn – ein Fünftgeborener! –, der als verwöhntes, reiches Kind aufwächst, oder vielleicht auch gar nicht mal ganz richtig aufwächst...«

»Das kannst du nicht beurteilen, Edouard – nicht nach diesen Informationen.«

»Ich habe überdies noch mit einem guten Feund in New York telefoniert. Einem Wall-Street-Mann, der mit den Sinclairs gut bekannt ist. Lewis Sinclair ist, wie ich hörte, so etwas wie ein Playboy...« Edouards Lippen verzogen sich verächtlich. Christian unterdrückte ein Lächeln. »Er hat einen Hang zu dem, was mein Freund als ›Partyfeiern‹ bezeichnet, und ich nehme an, daß er genau das in den letzten drei Jahren getan hat. Wie gesagt, heute nachmittag werde ich mehr erfahren.«

Christian musterte den Freund aufmerksam. Seit Jahren hörte er viel Klatsch über Edouard de Chavignys Skrupellosigkeit. Da er sie selbst noch nie erlebt hatte, führte er diese Gerüchte auf Neid zurück. Edouard war, wenn es um Geschäfte ging, offenbar kein Heiliger – welcher erfolgreiche Mann war das denn schon? Aber machiavellistisch, hinterlistig, mit einem Killerinstinkt für die Achillesferse von Gegnern und Rivalen? Nein, derartige Behauptungen hatte Christian immer für übertrieben gehalten. Jetzt war er sich nicht mehr ganz so sicher, und diese neu erwachten Zweifel ängstigten ihn.

»Ich habe von deinen Vendetten gehört, Edouard«, begann er beiläufig. »Und hoffe, dies wird nicht eine davon. Lewis Sinclair hat nichts Unrechtes getan...«

»Eine Vendetta?« Edouard sah ihn eiskalt an. »Eine Vendetta beruht doch auf leidenschaftlichen Gefühlen, nicht wahr? So etwas empfinde ich nicht für Lewis Sinclair. Sinclair ist ausschließlich Mittel zum Zweck.«

Christians Miene verriet Zweifel. Er war überzeugt, daß Edouard die Wahrheit zu sagen glaubte, fragte sich aber, ob es die ganze Wahrheit war. Wenn Edouard Eifersucht empfand – und das vermochte sich Christian durchaus vorzustellen –, konnte sein Verhalten Lewis Sinclair gegenüber kaum so logisch sein, wie er behauptete.

»Es ist doch möglich, Edouard –« er beugte sich vor –, »daß Lewis Sinclair Helen zu helfen versucht, meinst du nicht? Wenn es eine Verbindung zwischen den beiden gibt, ist sie ihm vielleicht nur dankbar...«

Er hatte das Falsche gesagt, das wurde ihm im selben Augenblick bewußt, da er es aussprach. Edouards Blick wurde noch härter; er sah Christian an, dann wandte er sich wieder ab. »Ja, sicher. Das könnte sein. Ich werde es in Betracht ziehen.«

Christian sah, daß er einen inneren Kampf ausfocht; die Maske kalter Geschäftstüchtigkeit verrutschte einen Moment und ließ die darunter verborgenen Emotionen durchschimmern. »Christian, ich *muß* es tun! Ich habe sonst nichts, woran ich mich halten kann. Die Berichte aus London sind inzwischen vollständig, und...«

»Keine Helen Hartland?« fragte Christian mitfühlend.

»Im Geburtenregister keinerlei Eintragung einer weiblichen Person, die auch nur annähernd ihres Alters wäre.« Er hielt inne. »In der British Library keine Unterlagen über irgendwelche Bücher einer Autorin namens Violet Hartland. Und bei der RAF nichts bekannt von einem Flieger namens Hartland, der im Zweiten Weltkrieg gefallen ist.«

Christian wandte den Blick ab. Edouard hatte zwar schon zugegeben, daß Helene möglicherweise gelogen hatte – seinem Gefühl nach aber bestimmt nicht in wichtigen Dingen. Christian seufzte. Wie wichtig war ein Name, waren Eltern?

Edouard räusperte sich. »Erinnerst du dich? Sie sagte, sie sei in Devon aufgewachsen, in einem Dorf, das ebenfalls Hartland heiße. Dort habe sie nach dem Tod ihrer Mutter bei einer Tante gelebt...«

»Ja, ich erinnere mich.«

»Es gibt in Devon ein Dorf namens Hartland. Ein winziger Flekken, ziemlich abgelegen an der Nordküste. Meine Mitarbeiter...« Er zögerte. »Ich lasse Nachforschungen anstellen. Vermutlich wird nichts dabei herauskommen, aber... Falls ich mich entschließe, selbst hinzufahren, Christian – würdest du dann mitkommen?«

Das Flehen in seinem Blick war überdeutlich. In Christian stieg eine Woge von Mitgefühl auf. »Selbstverständlich werde ich das«, gab er ruhig zurück. »Das weißt du. Und bis dahin?«

»Bis dahin werde ich Lewis Sinclair nachspüren und herausfinden, wohin er verschwunden ist.«

Christian sah ihn verwundert an: Edouards Stimme klang so sicher! »Kannst du das, Edouard? Ich dachte immer, wenn jemand für eine Weile verschwinden will, wäre das relativ einfach. Schließlich kann Sinclair inzwischen überall in Europa sein. Vielleicht ist er geradewegs zum Flughafen gefahren und hat eine Maschine nach New York oder Boston genommen, oder...«

»Das hat er nicht getan. Meine Mitarbeiter überwachen sämtliche von Paris ausgehenden Transatlantikflüge. Sobald Sinclair seinen Paß stempeln läßt oder einen Flug bucht, werde ich davon erfahren.«

»Und wenn er das nicht tut? Wenn er den Zug nimmt? Oder ein Auto? Wenn er per Anhalter fährt? Wenn er sich einfach in Paris versteckt? Nein, Edouard – es ist unmöglich! Wie willst du dann seine Spur aufnehmen?«

Edouard erhob sich. »Ganz einfach. In unserer modernen Welt gibt es eine fast unfehlbare Möglichkeit, einen Menschen aufzuspüren...«

»Und die wäre?«

»Geld, mein lieber Christian. *Geld.*«

Als Christian gegangen war, griff Edouard zu seinem Privattelefon und ließ sich von der Vermittlung mit einer Nummer in New York verbinden. Sein Freund in der Wall Street, ein mächtiger und einflußreicher Mann, dessen Investmentbank weithin bekannt war, meldete sich sofort.

Edouard kam direkt zur Sache. »Haben Sie mit Ihrem Kontaktmann bei der Einkommensteuerbehörde gesprochen?«

»Hab' ich. Na ja, er schuldet mir einen Gefallen. Morgen kann er damit anfangen, alle Einzelheiten von Lewis Sinclairs Konten zu überwachen. Vielleicht schon heute, Aber, Edouard, Sie müssen sich darüber klar sein, daß wir damit gegen fast jedes Staats- und Bundesgesetz verstoßen, das es gibt. Es ist absolut gesetzwidrig. Ich mußte ihm ziemlich hart zusetzen, und das paßt mir gar nicht...«

»Ich bin Ihnen sehr dankbar. Aber wir wissen schließlich beide, daß man es tun kann und daß es getan wird, nicht wahr?«

»Ja, Edouard, ich hoffe, Sie haben einen wirklichen triftigen Grund dafür! Ich meine, Robert Sinclair ist ein uralter Freund von mir. - Wir waren zusammen im College. Mein Gott, wenn ich nach Boston muß, bin ich sein Gast, Wir spielen zusammen Golf. Emily Sinclair und meine Frau sind Jugendfreundinnen...«

»Es gibt einen triftigen Grund. Mehr kann ich Ihnen nicht sagen. Ich gebe Ihnen mein Wort, daß keine Information, die ich erhalte, in falsche Hände fallen oder auf irgendeine Weise zum Nachteil von Lewis Sinclair oder seiner Familie verwendet werden wird.

Der Bankier seufzte. »Na schön. Und jetzt sagen Sie mir, was Sie wissen wollen.«

»Alles. Ich interessiere mich für seine Scheckkonten. Ich möchte, daß jede Abbuchung notiert wird. Ich brauche alle Einzelheiten über die abgebuchten Gelder: wann, wieviel und wo. Vor allem interessiere ich mich für Überweisungen ins Ausland, nach Europa zum Beispiel, und zwar auch der kleinsten Beträge. Überweisungen an ausländische Banken. Auf Geschäfte oder Hotels ausgestellte Schecks. Haben Sie die Einzelheiten seiner Kreditkarten?«

»Die Nummern liegen vor mir.«

»Ausgezeichnet. Dann möchte ich auch diese Konten überwachen lassen. Und außerdem sämtliche Adressen, mit denen seine Kreditkartengesellschaften und seine Bank korrespondieren. Wenn

Lewis Sinclair in einer Apotheke eine Flasche Aspirin kauft, möchte ich darüber informiert werden.« Er wartete einen Moment. »Reicht das für Sie?«

Sein Gesprächspartner kicherte: widerwillige Bewunderung des einen skrupellosen Mannes für den anderen. »Für den Anfang schon. Und wann wünschen Sie die Informationen?«

Edouard lächelte. »Wir kennen uns doch«, gab er zurück. »Gestern.« Damit legte er auf.

Im Jahre 1959 war das römische Stadtviertel Trastevere noch genauso wie seit Jahrhunderten: ein Armenviertel in der City, mit engen Gassen und wunderschönen Plätzen, mit uralten Kirchen und Palästen, die nur von sehr wenigen Touristen aufgesucht wurden. Am linken Tiberufer gelegen, weit entfernt von den eleganten Geschäften, den teuren Hotels und den bekanntesten Sehenswürdigkeiten, war Trastevere geräuschvoll, dicht bevölkert, billig und wunderschön.

Thaddeus Angelini, dessen Vorfahren aus diesem Teil Roms stammten, betrachtete die schmalen, schattigen Durchgänge, die Balkone mit den Singvögeln in ihren Käfigen, die Wäsche, die wie Fahnen an den über die Straße gespannten Leinen flatterte, und fand, es sei ein absolut perfekter Drehort. Lewis Sinclair betrachtete die von Menschen wimmelnden offenen Märkte, die kleinen Cafés und Restaurants, in denen Tag und Nacht das Leben summte, und fand, es sei ein absolut perfekter Ort zum Untertauchen. Was Hélène meinte, wußten sie nicht: keiner von beiden war auf die Idee gekommen, sie zu fragen.

Sie waren nach einer langen, umständlichen Bahnfahrt am Abend zuvor angekommen. Jetzt, am Nachmittag, schien warm die Sonne, und Lewis Sinclair hatte sich aufgemacht, um, wie er den beiden anderen erklärte, ein Hauptquartier für sie zu besorgen. Ein luxuriöses Hauptquartier, hatte er lächelnd hinzugefügt.

Hélène saß mit Thad in einem Café an der Piazza di Santa Maria der Kirche gegenüber, angeblich der ältesten von ganz Rom. Vor ihr stand unberührt ein Täßchen Espresso. Thad redete seit einer halben Stunde, während Hélène, die ihm kaum zuhörte, das schöne

Mosaik an der Fassade von Santa Maria betrachtete, mit den fünf klugen und den fünf törichten Jungfrauen rechts und links von der Madonna.

Thad erklärte detailliert eine Kamerafahrt in Hitchcocks Film *Aus dem Reich der Toten*. Hélène hatte Kopfschmerzen; sie fühlte sich noch immer nicht recht wohl, und die Reihe der Jungfrauen auf der Kirchenfassade schien vor ihren Augen zu verschwimmen – zum Teil, weil sie kaum ihre Tränen zurückhalten konnte.

Was sie getan hatte, war unabänderlich: Das hatte sie sich immer wieder gesagt. Sie hatte sich dazu entschlossen und konnte es nicht wieder rückgängig machen. Doch es war schwer gewesen, Edouard zu verlassen. Sie hatte ihren Koffer gepackt, die Hermès-Handschuhe zusammengefaltet, den Ring daraufgelegt, und dann, als es Zeit war, davonzulaufen, hatte sie noch einmal innegehalten: Es kam ihr so furchtbar vor, ohne ein einziges Wort zu gehen! Sie hätte ihm gern einen Brief hinterlassen, doch als sie dann zu schreiben begann, fehlte es ihr an der Kraft dazu.

Also stahl sie sich wie ein Dieb zum Schloß hinaus. Danach aber war alles wirklich sehr einfach: Ein Autofahrer nahm sie mit nach Paris. In Paris war sie zu Lewis und Thad zurückgekehrt und hatte in Sharons altem Zimmer geschlafen, weil sie nicht wußte, was sie sonst tun sollte. Lewis hatte ihr Fragen stellen wollen, Thad aber brachte ihn zum Schweigen. Er schob Lewis zum Zimmer hinaus, sah sie an und sagte: »Ich wußte, daß du zurückkommen würdest. Du mußtest ganz einfach kommen. Wir haben das Geld. Wir werden den Film drehen. Und wenn du willst, kannst du eine Rolle darin übernehmen. Du weißt schon, wie ich es dir geschildert habe.«

Und das stimmte, er hatte schon früher davon gesprochen, einen Film zu drehen. Damals hatte Hélène ihm geglaubt; das tat man immer, wenn Thad etwas erklärte. Später, an der Loire, war ihr alles, was Thad gesagt hatte, irreal vorgekommen, wie Prahlerei. So etwas geschah einfach nicht – nicht im wirklichen Leben. Und außerdem, weder Thad noch Lewis kamen ihr da noch real vor. Nur Edouard.

Als er jetzt über den Film sprach und ihr berichtete, Lewis helfe, ihn zu finanzieren, hörte ihm Hélène zwar zu, stellte aber fest, daß es sie nicht weiter berührte. Thad und Lewis jedoch waren begeistert von dem Projekt und redeten ununterbrochen davon.

»Es ist nur eine kleine Rolle«, behauptete Lewis.

»War«, korrigierte ihn Thad. »Die Rolle wird größer.«

»Und es ist ein Low-Budget-Film. Ein Experimentalfilm«, ergänzte Lewis.

Thad saugte Luft durch seine Zähne. »O Gott, Lewis!« stöhnte er. »Wirst du endlich mal den Mund halten?«

Héléne saß da und hörte zu. Ihr Kopf war heiß; er fühlte sich an, wie von einer Klammer umschlossen, und sie konnte an nichts weiter denken, als an die Frage, ob Edouard sie suchen würde.

Sie glaubte schon, daß er das tun würde, daher schlüpfte sie am zweiten Tag zum Haus hinaus und setzte sich in die Nähe des Café Strasbourg. Jedesmal, wenn ein schwarzer Wagen vorbeikam, wäre ihr fast das Herz stehengeblieben. Aber keiner davon war Edouards Wagen, und als der Nachmittag vorüberging, wurde ihr klar, daß er nicht kam. So hatte sie es ja eigentlich auch geplant, doch die Erkenntnis schmerzte sie sehr.

Nachdem sie in die Pension zurückgekehrt war, versuchte sie Pläne zu machen. Der Film sollte in Rom gedreht werden, aber Thad konnte nicht sagen, wie lange das dauern würde. Selbstverständlich würden sie ihr eine Gage bezahlen. Keine sehr hohe, nur soviel, wie sie eben konnten, und außerdem ihre Unkosten während des Aufenthalts in Rom.

»Keine Sorge«, sagte Lewis. »Du bleibst bei uns. Wir werden uns schon um dich kümmern.«

Hélène wußte nicht, ob die Zeit dazu ausreichte. Ihr Körper hatte sich bisher noch nicht verändert. Und sie war überzeugt, daß sie es mindestens bis zum vierten Monat kaschieren konnte, und bis dahin würde der Film längst fertig sein.

Also sagte sie schließlich ja, und Lewis war selig. Thad zuckte nur die Schultern: Die Möglichkeit, daß sie auch nein sagen konnte, war ihm offenbar nicht in den Sinn gekommen. Hélène schloß sich in Sharons Zimmer ein und sagte sich, dies sei wahrhaftig das Beste, was ihr hatte passieren können. Sie würde ein bißchen Geld verdienen; sie würde eine Unterkunft haben; sie würde ihre Karriere beginnen. Statt dessen brach sie in Tränen aus.

Das war der dritte Tag. Spät in der Nacht kam dann Lewis zu ihr ins Zimmer und weckte sie. »Wir müssen fort«, erklärte er, ohne näher darauf einzugehen, warum.

Hélène richtete sich im Bett auf und sah ihn verständnislos an. »Fort? Wohin? Warum? Wieviel Uhr ist es?«

»Gleich fünf.« Lewis lächelte. »Wir gehen nach Rom. Thad hat beschlossen, sofort anzufangen, und außerdem müssen wir sowieso von hier fort. Probleme.«

»Probleme? Was für Probleme?«

»Geld. Miete. Es ist besser, wenn wir sofort gehen. Könntest du dich sehr schnell anziehen?«

Irgendwie hatte sie ihm nicht ganz geglaubt. Lewis – und Geldprobleme? Doch ohne Lewis und Thad konnte sie nicht hierbleiben, denn sie selbst hatte überhaupt kein Geld mehr. Also stand sie müde auf, wartete, bis sich die Übelkeit legte, und packte den Koffer.

Und nun waren sie hier. Es war sehr heiß, und Thad redete, redete, redete. Im Zug war ihr zweimal übel geworden; und jetzt hatte sie das Gefühl, sich gleich wieder erbrechen zu müssen.

Sie schloß die Augen vor der Hitze und dieser wahnsinnigen Prozession der Jungfrauen auf dem Mosaik. Sie fühlte sich ihrer Mutter nahe und hörte wieder, wie die Mutter ihr erklärte, daß Männer nicht absichtlich logen, daß sie selbst an ihre Lügen glaubten und daß es daher so leicht war, ihnen zu glauben.

Hatte Edouard sie belogen? Hatte er sie nicht wirklich geliebt? Suchte er deswegen nicht nach ihr? Oder suchte er sie doch? War er vielleicht jetzt gerade im Café Strasbourg und stellte Fragen nach einem Mädchen namens Helen Hartland?

Nun, wenn er das tat, würde er entdecken, daß sie ihn belogen hatte. Und dann würde er nicht weitersuchen. Davon war sie fest überzeugt. Er würde zornig sein, sich betrogen fühlen, und damit wäre dann alles aus.

Sie machte die Augen auf. Letztlich war es wohl besser so. Sie starrte auf die Jungfrauen, die auf sie zukamen und wieder zurückwichen. Fünf kluge und fünf törichte...

Sie merkte, daß Thad verstummt war und schon seit einer Weile schwieg. Schließlich tätschelte er ihr unbeholfen die Hand. Da er stets eine Sonnenbrille trug, war es schwierig, seinen Ausdruck zu beurteilen.

»Alles in Ordnung, Helen? Oder ist dir wieder übel?«

»Nein, nein. Alles in Ordnung.« Sie schluckte. »Ich war nur... Ich weiß nicht, ich glaube, ich hab' an früher gedacht.«

»Dann erzähl mir doch mal von früher.« Darum hatte Thad sie schon öfter gebeten.

Er scheint sich sehr für meine Lebensgeschichte zu interessieren, dachte Hélène. Sie sah ihn an. Thad war wirklich furchtbar häßlich. Und sie argwöhnte – war sich aber nicht sicher –, daß er außerdem furchtbar klug war. Irgendwie flößte er ihr Angst ein. Zuweilen hatte sie das Gefühl, er könne in ihren Kopf eindringen und alle Bilder sehen, die dort gespeichert waren.

Aber sie war entschlossen, das nicht zuzulassen. Sie hatte geduldet, daß Edouard sehr nahe an sie herangekommen war, und würde diesen Fehler nie wieder machen. Es war besser, die Menschen auf Abstand zu halten. Wenn sie ihr fern waren, fühlte sie sich sicherer.

Hélène holte tief Luft und begann Thad eine Lügengeschichte aufzutischen.

Sie ließ ihrer Phantasie freien Lauf. Sie erfand eine englische Familie, und während sie sprach, flocht sie immer neue Einzelheiten ein. Der Familienname war Craig: Thad und Lewis hatten ihren Paß gesehen, also gab es keine andere Möglichkeit. Diese Familie nannte sie gewöhnlich Helen, obwohl sie eigentlich Hélène getauft worden war.

Es gab einen Stiefvater, der Ned Calvert ein bißchen glich, und eine verstorbene Mutter, die Violet ähnelte. Vor dieser Familie, speziell vor dem Stiefvater, war sie davongelaufen. Möglicherweise suche er sie, erzählte sie Thad allen Ernstes, aber er werde sich keine besondere Mühe geben, und selbst wenn er sie fände, werde sie auf gar keinen Fall zurückkehren.

Thad äußerte kein einziges Wort. Er hörte nur zu und wandte den Blick seiner kleinen, dunklen Augen keine Sekunde von ihrem Gesicht.

Als sie schließlich endete, musterte Hélène ihn aufmerksam. Irgendwie war es sehr wichtig, daß Thad ihr glaubte, denn sie hatte das Gefühl, daß diese Geschichte eine Art Generalprobe war.

Thad ließ sich mit keinem Wort darüber aus. Als sie verstummte, blieb er eine Zeitlang schweigend sitzen; dann schüttelte er den Kopf und sah sie ernst an. »Wow!« sagte er. »Ist das eine Story!«

In diesem Moment verachtete Hélène ihn ein bißchen. Es war so leicht gewesen, ihn zu übertölpeln!

Es sollte sehr lange dauern, bevor sie ihren Irrtum erkannte.

Im Zimmer der Principessa gab es nur ein einziges Gemälde, und das hing direkt über dem Bett: ein Dali.

Lewis, der auf den schwarzen Seidenlaken kniet, während die Principessa ihr Repertoire abspulte, für das sie auf zwei Kontinenten berühmt war, mußte feststellen, daß er es nur dann nicht ansehen mußte, wenn er ganz fest die Augen schloß.

Lewis überließ sich ganz dem sanften Druck der geübten Principessa-Zunge.

Sie war allerdings kaum geeignet, ihn zu erregen. Eine Lust vortäuschend, die er nicht empfand, schloß er die Augen. Als die Principessa ihe Bemühungen einstellte, kam es völlig überraschend für ihn und nicht gerade im taktvollsten Moment. Er riß die Augen auf und sah, wie sich die vollen Lippen über den kleinen Perlzähnen zu einem süßlichen Lächeln verzogen. »Du bist dran, Lewis, *mi amore...*«

Seufzend machte sich Lewis an die Arbeit.

Als es vorüber war, gähnte die Principessa und streckte die braunen Glieder. Sie strich sich über die Kratzer, die Lewis ihr auf den Armen beigebracht hatte, und belohnte ihn mit einem trägen, zufriedenen Lächeln.

»Lewis, Lewis! Was bist du für ein kleiner Teufel! So was hast du doch nicht in Harvard gelernt – oder?«

»Baltimore.« Lewis griff nach den Zigaretten, steckte zwei an und reichte eine der Principessa.

Sie stemmte sich auf den schwarzen Seidenkissen hoch und inhalierte tief. »Baltimore? Baltimore?« fragte sie stirnrunzelnd. »Wo liegt dieses Baltimore?«

»Es ist ein Hafen, Principessa.« Lewis schenkte ihr sein schönstes jungenhaftes Grinsen.«

»Bei Boston?«

»Bei Washington. Aber der Umweg lohnt sich.«

Die Principessa lachte. »Lewis, Lewis... Und ich dachte, du wärst ein anständiger amerikanischer Junge. Wie ich sehe, habe ich dich unterschätzt.«

Ihre Augen verschleierten sich erwartungsvoll. Lewis wandte sich ein wenig ab. Es schien, als sei eine weitere Demonstration seiner Virtuosität erforderlich, um den Handel perfekt zu machen, den er plante, und im Augenblick hatte er nicht die Kraft dazu. Zum Glück war die Principessa offenbar wenigstens vorläufig befriedigt. Sie schlang ein vollendet geformtes Bein um seine Hüften und rieb sich an ihm wie eine Schlange; dann jedoch löste sie sich nachdenklich von ihm. Sie lag da und rauchte. Zweifellos lädt sie ihre Energien auf, dachte Lewis. Sie erinnerte ihn an eine große Python, die genußvoll eine reichliche Mahlzeit verdaut und dabei neue Kräfte sammelt. Lewis überlegte, ob er ihr seinen Vorschlag jetzt unterbreiten oder damit lieber noch warten sollte.

»Ihr wollt also einen Film drehen, du und deine Freunde, wie? Hmmm, mein cleveres, kleines Patenkind...« sie lachte und fuhr ihm schnell mit der Zunge über die Brustwarzen. Lewis wand sich.

»Du hättest mir früher davon erzählen sollen.« Mit ihren großen, dunklen Augen sah sie ihn vorwurfsvoll an. »Ich hätte euch so vielen einflußreichen Freunden vorstellen können. Federico zum Beispiel. Kennst du Federico? Der würde dich anbeten, Lewis...«

»Ach ja?«

»Aber sicher. So blond! So golden! So... Na ja, vielleicht auch nicht. Spielt keine Rolle.« Nachdenklich strich sie ihm mit einem langen, perlmuttrosa Fingernagel über den Schenkel. »Was für ein Film soll das eigentlich werden, Lewis? Davon hast du mir noch nichts erzählt.«

»Einer von den billigen«, antwortete Lewis ruhig. »Wir haben nicht viel Geld.«

»Und dein häßlicher Freund wird dabei Regie führen? Ist er denn überhaupt gut, Lewis?«

»O ja! Möglicherweise sogar mehr als gut.«

»Und das Mädchen, Lewis – wird die auch dabeisein?«

»Vielleicht. Aber das hat Thad zu bestimmen. Wenn er sie will... Eine ganz kleine Rolle, weißt du. Mich interessiert das nicht. Wenn es ihn glücklich macht...«

»Schläft er mit ihr?«

»Keine Ahnung.« Lewis wandte den Blick ab.

»Schläfst du mit ihr, Lewis?«

Wie Lewis wußte, mußte die Antwort spontan und überzeugend wirken. Wenn die Principessa argwöhnte, daß er sich für Helen interessierte, war sie in ihrer Eitelkeit gekränkt. Und sie würde ihnen bestimmt nicht helfen.

»Ich – mit diesem Kind?« Er lächelte. »Das soll wohl ein Witz sein!«

»Aber du würdest es gern?«

»Niemals!« Lewis senkte die Lippen auf ihren Hals. »Ganz und gar nicht mein Typ, Principessa.«

Er log nicht sehr gut, zum Glück schien er sie aber überzeugt zu haben – mit seiner Lüge und dem, was er anschließend tat, denn das würde sie garantiert ablenken. Die Principessa seufzte.

Nach einer kurzen Pause, in der der Appetit der Python in beunruhigendem Tempo wiederzuerwachen schien, hob Lewis den Kopf, hielt sie jedoch in die Kissen gedrückt fest und fragte: »Also, was ist? Können wir hier wohnen? Können wir hier ein paar Szenen drehen? Ja oder nein?«

»Böser Bube!« Sie zog einen Schmollmund, der die Fältchen in ihrem schönen Gesicht deutlicher werden ließ. Schlimm, dachte Lewis, daß selbst die besten Schönheitschirurgen die Verheerungen der Zeit nicht ewig aufhalten können.

»Ich denke schon ...« Sie zögerte, um ihn ein wenig auf die Folter zu spannen. »Ich werde drei Monate fort sein. So lange könntet ihr von mir aus hier wohnen. Vielleicht... Wenn du mir fest versprichst, daß ihr euch anständig benehmen werdet. Keine Skandale, Lewis! Das wäre Raphael gar nicht recht.«

Lewis lächelte. Principe Raphael, Nachkomme der Sforza und der Medici, war ebenso berühmt für seine Nachsicht wie seine Frau für ihre erotischen Extravaganzen. Und da er die Gesellschaft junger Knaben nun mal vorzog, war diese Nachsicht durchaus verständlich. Lewis senkte den Kopf und liebkoste die Brustwarzen der Principessa; sie waren mit Rouge geschminkt.

»Ehrenwort, Principessa. Keine Skandale.«

»Und keine Partys, Lewis. Schwörst du mir das?«

Lewis dachte an die wilde Party der Principessa am Abend zuvor, an der er ebenfalls teilgenommen hatte – zum Glück allein. Er seufzte und sah sie mit seinen klaren haselnußbraunen Aguen an. »Aber Principessa – *ich* doch nicht!«

»Es wäre dir zuzutrauen, Lewis. Ich habe da so Gerüchte gehört...«

»Alles gelogen. Ich werde ein perfekter Hausgast sein. Ich werde ein Auge auf die Dienstboten haben, und auf die Wachen...«

»Wirklich?«

»Und ich werde deine Hunde versorgen. Du weißt doch, daß ich Hunde liebe, Principessa...«

Das schöne Gesicht wurde bedrückt. »Ach ja, meine armen Babys! Sie werden mir ganz furchtbar fehlen. Und sie werden sich grämen, Lewis, das tun sie immer...«

Lewis unterdrückte ein Stöhnen. Er haßte Hunde, und die Principessa hatte siebenundzwanzig! Dazu kamen die Dobermänner, die das Grundstück bewachten.

»Feinstes Steak zweimal am Tag. Ausreichend Bewegung. Wie die Könige werden sie leben.«

»Schwörst du mir das, Lewis?«

»Ich schwöre, Principessa.«

»Na schön. Du hast mich überredet, du Schlimmer.«

Na und, dachte Lewis. Die Principessa hatte drei Häuser in Italien, eins in Monte Carlo, eins in Tanger – obwohl das hauptsächlich von ihrem Mann benutzt wurde –, eins am Strand von Jamaica und eins nahe der Fifth Avenue in den East Sixties, und die meisten überließ sie Schmarotzern, die sie gerade irgendwie amüsant fand. Deswegen war er ja überhaupt zu ihr gekommen. Deswegen, und weil dieser Palazzo in den Bergen ungefähr zehn Kilometer außerhalb von Rom einer Festung glich. Da waren die Dobermänner; da waren die Wachtposten an den Toren; da gab es vierundzwanzig Stunden am Tag garantierte Sicherheit. Niemand kam herein, und – für ihn noch weit wichtiger – niemand hinaus. Helen würde nicht noch einmal verschwinden!

»Du nutzt mich aus, du schlimmer Kerl! Glaubst du vielleicht, ich wüßte das nicht...« Die Principessa kniff ihn schmerzhaft in den Arm.

»Ich liebe dich auch. Komm, dreh dich um.« Lewis versetzte ihr einen recht kräftigen Klaps. Die Principessa stöhnte auf und drehte sich gehorsam auf den Bauch. Und Lewis begann sie für ihre Großzügigkeit zu entschädigen.

Eine Stunde darauf kehrte Lewis in das Café von Trastevere zurück, wo Thad und Hélène auf ihn warteten. Er sah sie, bevor sie ihn entdeckt hatten. Aus der Ferne sah es aus, als spreche sie, aber als Lewis näher kam, war es nur Thads monotone Stimme, die er vernahm.

»Er muß es also in mehreren Stufen gemacht haben.« Thad stemmte seine dicken Ellbogen auf den Tisch. »Sonst hätte er den Effekt nie so hingekriegt. Zuerst muß er eine Kamerafahrt die Treppe hinunter geschossen und dann den Schauspieler vor einem Transparenzschirm gefilmt haben, und...«

Als Lewis an den Tisch trat, unterbrach er sich mitten im Satz. Hélène hob zwar den Kopf, reagierte sonst jedoch überhaupt nicht auf Lewis Ankunft. Die Schöne und das Untier, dachte Lewis.

Thad hob den Kopf und sah ihn fragend an. »Hallo, Lewis. Na, hat's geklappt?«

Lewis lächelte. »Selbstverständlich.«

»Wieviel Zeit haben wir?«

Lewis ärgerte sich ein bißchen darüber, daß Thad ihm mit keinem Wort dankte oder gratulierte. »Drei Monate. Sie ist drei Monate verreist. Ist das genug?«

»Ja. Mehr als genug.«

»Wie lange wirst du ungefähr brauchen?«

»Sechs Wochen.« Thad wirkte gelangweilt. »Vielleicht auch sechs Wochen und zwei Tage.«

»Mein Gott, Thad, quatsch keinen Unsinn!« Lewis setzte sich zu beiden. »Du kannst doch unmöglich so genau wissen...«

»O doch, das kann ich. Ich habe nämlich ein Drehbuch.«

»Das ist mir aber neu.« Lewis winkte dem Kellner und bestellte Kaffee. Dann drehte er sich wieder zum Tisch zurück. »Zeig's mir doch, wenn du wirklich eins hast!«

»Nein.«

»Und warum nicht? Wo ist es denn, verdammt noch mal!«

»Hier drin.« Thad tippte sich kichernd an die Stirn.

Lewis zuckte die Schultern. Er wandte sich an Hélène, ergriff ihre Hand und drückte sie leicht. »Und wie geht's dir inzwischen – ein bißchen besser?«

»Danke, Lewis. Mir geht's gut.« Sie entzog ihm ihre Hand.

»Es wird dir gefallen, bei der Principessa.« Er versuchte sie aufzumuntern. »Das Haus ist riesig. Ein perfektes Hauptquartier. Und was das Drehen betrifft – es gibt da Räume, die schmeißen dich glatt um. Außerdem ist es...« Er stockte. Er hatte Hélène nichts von dem Mann erzählt, der im *Strasbourg* nach ihr gefragt hatte, aber vielleicht hatte sie es erraten. »Außerdem ist es sehr abgelegen. Ruhig. Deswegen...«

»Klingt perfekt«, unterbrach sie ihn mit ihrer kühlen englischen Stimme und einem kurzen Blick ihrer graublauen Augen. »War es sehr schwierig, die Principessa zu überreden?«

Irgend etwas in diesem kühlen, taxierenden Blick ließ Lewis erröten; er hoffte, daß sie es nicht bemerkte. »Ganz einfach«, antwortete er rasch. »Sie ist sehr großzügig. Eine alte Freundin meiner Mutter, weißt du...«

Thad kicherte, und Lewis warf ihm einen bösen Blick zu. Manchmal ging ihm Thads Taktlosigkeit auf die Nerven.

»Sie kennt *jeden*«, fuhr er tadelnd fort. »Maler. Schauspieler. Schriftsteller. Regisseure. Sie hätte uns mit Fellini bekannt gemacht, das hat sie mir ausdrücklich erklärt.«

»Die Mühe kann sie sich von mir aus sparen.« Thad nahm seine Brille ab, hauchte auf die Gläser und putzte sie mit einem schmierigen Ärmel.

Lewis beobachtete ihn voll Abscheu. »Du willst Fellini nicht kennenlernen? Warum?«

»Weil Fellini Scheiß-Filme dreht«, erklärte Thad und setzte die Brille wieder auf.

Ein englischer Garten.

Der schwarze Rolls-Royce Phantom hatte Edouard auf dem Flughafen von Plymouth an der Maschine erwartet. Nun fuhren sie über die immer schmaler werdenden Straßen von Devon nach Norden. Es war ein kalter, grauer Tag Anfang November – noch früher Nachmittag, aber das Tageslicht ließ bereits nach. Christian musterte Edouard; der Freund hatte den Kopf abgewandt und blickte mit bleichem, ausdruckslosem Gesicht auf die hohen Böschungen und Hecken hinaus, die die Landstraßen säumten.

Das trübe Licht, die tiefhängenden, dahinjagenden Wolken, die hohen Böschungen – das alles löste in Christian eine Art Klaustrophobie aus, das Gefühl, durch einen Tunnel zu fahren. Wenn es gelegentlich ein Gatter gab, eine Lücke in den Böschungen und Hekken, blickte er erleichtert über die Äcker hinaus. Als sie eine kleine Steigung hinauffuhren, sah Christian zum erstenmal das Meer. Es wirkte flach, bleigrau und endlos, der Horizont verbarg sich hinter den Wolkenbänken.

»Es liegt nahe am Meer. Genau wie sie gesagt hat.« Edouards Bemerkung kam so unvermittelt, daß Christian zusammenzuckte. Dann blickte er wieder zum Fenster hinaus. Seufzend beugte sich Christian über das Buch auf seinem Schoß.

Christians Eltern, vor allem seine Mutter, waren leidenschatliche Gärtner gewesen; daher war er vertraut mit dem Werk *The National Gardens' Scheme*, einem Führer durch Parks und Gärten, die dem Publikum geöffnet waren, um Geld für karitative Zwecke zu sammeln. Und das Haus seiner Eltern, Quaires Manor, war im Kapitel Oxfordshire aufgeführt.

Daß Edouard damit vertraut war, hätte er allerdings nicht gedacht, aber Edouards Interessen waren vielfältig, und er überraschte Christian immer wieder mit Kenntnissen auf den ausgefallensten Gebieten. So war es auch Edouard gewesen, der auf die Idee gekommen war, in diesem Führer nachzuschlagen, und der im Kapital Devon eine Eintragung angestrichen hatte:

> Penshayes House (Miss Elizabeth Culverton), Compton bei Stoke-by-Hartland. Zwei Meilen südlich von Milford, nahe der B2556, Wegweiser Home Farm. Drei Hektar Park in einem Tal, etwa 600 m vom Meer entfernt; angelegt von dem verstorbenen Sir Hector Culverton. Historischer bewaldeter Park; bemerkenswerte Sammlung von Buschrosen und Erika. Küchengarten.

Christian lächelte. Der Eintritt kostete einen einzigen bescheidenen Shilling. Hélènes Tante öffnete ihren Park an jedem zweiten Mittwoch des Monats, und zwar drei Monate im Jahr. Da der Besitz relativ abgelegen war, bezweifelte Christian, daß sie im Jahr viel mehr als zehn Pfund für ihre Mühe kassieren konnte, aber das war, wie seine Mutter gesagt hätte, auch nicht der springende Punkt. Der springende Punkt war, daß man Gärten liebte, sich fast den Rücken für sie kaputtarbeitete und daß sie sich sechs Monate, nachdem man gestorben war, schon wieder in eine Wildnis verwandelten.

Nun gut. In dieser einen Beziehung jedenfalls hatte Helen die Wahrheit oder einen Teil der Wahrheit gesagt. Der Park mit Blick auf das Meer existierte. Die Tante existierte. Sie war mit Hilfe dieses Buches durch ein äußerst diskretes Detektivbüro aufgespürt worden, das in Edouards Auftrag von einer noch diskreteren Londoner Anwaltskanzlei engagiert worden war.

Die Nachforschungen hatte einige Wochen beansprucht, waren aber erfolgreicher verlaufen als die Suche nach Lewis Sinclair, die gleichzeitig lief. Gewiß, Sinclair war ständig in Bewegung, und das machte die Sache kompliziert. Die Akte, die nach und nach über ihn zusammenkam, war ziemlich dick, denn Sinclairs Leben war in den drei Jahren seit Harvard durch einen Stoß Zeitungsausschnitte von Klatschkolumnen dokumentiert worden. Ein reicher Playboy: Parties in New York, Parties in Los Angeles und San Francisco. Ein Abstecher nach London mit einer Party in Chelsea, bei der die Polizei auf dem Plan erschienen war. Und auf den Fotos erschien Sinclair unweigerlich in zerknittertem Abendanzug und jedesmal mit einem anderen Mädchen am Arm. Sinclair war also ständig auf Achse, und das machte die Tatsache, daß er jetzt plötzlich so erfolgreich untergetaucht war, um so interessanter: Sinclair verhielt sich eindeutig sehr vorsichtig.

Bei Elizabeth Culverton jedoch lagen die Dinge vollkommen anders. In einer ländlichen Gegend wie dieser, wo die Familien seit Generationen lebten, in der es nur selten Neuzugänge gab und jeder des anderen Vorfahren und Vorgeschichte kannte, war es einfach, jemanden aufzuspüren. Ein Garten und eine Schwester namens Violet hatten genügt. Zwar hatte niemand das Foto von Helen Hartland erkannt, wie Christian sie noch immer nannte, doch einige ältere Einwohner der Dörfer Hartland und Stoke-by-Hartland erinnerten sich an die junge Violet Culverton, die in dem großen Herrenhaus wohnte und davonlief, um zur Bühne zu gehen. Das war damals ein großer Skandal gewesen.

Christian klappte den Gartenführer zu und sah aus dem Fenster. Nach seinen Erfahrungen gab es zwei Arten von Lügnern: jene, die einfach alles erfanden, und jene, die nur einen Teil erfanden und ihre Lügen mit kleinen Wahrheiten garnierten. Helen Hartland gehörte offenbar zur zweiten Kategorie; das bewies die Existenz Elizabeth Culvertons und dieses Haus. Und das war in Edouards Augen ein großes Glück – oder vielleicht auch nicht?

Christian musterte seinen Freund. Edouards Besessenheit von diesem Mädchen beunruhigte ihn immer mehr. Davon sagte er natürlich nichts, doch manchmal wünschte er, Hélène wäre als Lügnerin gründlicher gewesen. Wäre sie ganz einfach spurlos verschwunden, wäre das zweifellos für alle Beteiligten am besten gewesen, nicht wahr? Er seufzte, entdeckte draußen einen Wegweiser und sah auf die Uhr. Sie kamen um fünfzehn Minuten zu früh.

Edouard zog am Griff der altmodischen Messingglocke und hörte sie drinnen im Haus läuten. Ein häßliches Haus: ein riesiger, viktorianischer roter Backsteinklotz, den man über eine lange Einfahrt zwischen hohen, tropfnassen Rhododendrons hindurch erreichte. Es machte einen verlassenen Eindruck.

Edouard und Christian warfen sich einen Blick zu, traten zurück und spähten an der Fassade empor. Lange Reihen dunkler Fenster, nirgends ein Licht; durchlöcherte Regenrinnen, feuchtfleckige Mauern. Selbst an einem Sommertag hätte das Haus nicht attraktiv ausgesehen; an diesem kalten Novembertag wirkte es modrig und abweisend. Abermals zog Edouard an der Glocke, und nun begann bei ihrem klagenden Klang irgendwo hinten im Park ein Hund zu bellen. Edouard und Christian zögerten einen Moment, dann setzten sie sich beide zugleich in Bewegung: einen schmalen Plattenweg entlang ums Haus herum, an einigen Nebengebäuden und vernachlässigten Stallungen vorbei bis in den Park. Vor ihnen lagen weite, terrassierte, aber mit nassem Laub bedeckte Rasenflächen; und in der Ferne, hinter einer regentropfenden Wellingtonia und dunklen Eibenhecken, die unbedingt gestutzt werden mußten, schimmerte das Meer.

Als der Hund abermals bellte, wandten sich Edouard und Christian vom Meer ab. Rechts von ihnen führte der Plattenweg weiter, an einem alten, efeuüberwucherten Gartenhäuschen mit eingesunkenem Dach vorbei bis zu einer quadratischen Anlage, die jetzt zwar kahl und traurig wirkte, aber ganz eindeutig ein Rosengarten war.

Dort spielten munter zwei dicke, schwarze Labradors, während eine hochgewachsene Frau, die Baumschere in der Hand, mit einem riesigen Rosenbusch kämpfte. Die beiden Männer sahen sie, bevor sie von ihr entdeckt wurden: eine hagere Frau von ungefähr sechzig Jahren, mit kurzgeschnittenem grauem Haar. Sie trug eine dicke Cordjacke, eine Männerreithose und schlammverkrustete Wellington-Stiefel. Edouard ging auf sie zu; die Hunde hörten auf zu spielen, hoben die Köpfe und knurrten warnend. Die Frau befreite sich von dem langen Dornenzweig, der sich in ihrem Haar verfangen hatte, und erwartete die beiden regungslos. Ganz kurz kam die Sonne durch die Wolken und glitzerte auf den Schneiden ihrer Baumschere. Mit einer gereizten Geste klappte sie die Schere zu und sicherte sie. Dann kam sie ihnen ein Stück entgegen. Ein wettergegerbtes Gesicht, durchdringende blaue Augen, kantige Züge: Ein typisch englisches Fuchsjagdgesicht, dachte Christian.

»Oh, Sie sind tatsächlich gekommen.« Sie trat noch einen Schritt vor. »Das hätte ich nicht gedacht. Na schön, nachdem Sie nun schon mal hier sind, sollten wir wohl lieber hineingehen. Ich hoffe, es wird nicht lange dauern. Sie kommen mir verdammt ungelegen. Ich muß noch fünfundsiebzig von diesen Dingern beschneiden.«

Als sie die Besucher erreicht hatte, warf sie ihnen einen kurzen, taxierenden Blick zu und ging einfach weiter. Die Hunde folgten ihr zunächst, dann zögerten sie.

»Komm her, Livingstone! Fuß, Stanley! Hierher!« Sie pfiff, und die beiden Hunde hetzten ihr nach.

Edouard und Christian sahen einander an. Während sie ihr ebenfalls folgten, ergriff Christian Edouards Arm. »Edouard – du weißt, wie berühmt du bist, für deinen Charme ...«

»Ich hab's mal irgendwo gehört.«

»Also, ich finde, dies wäre der richtige Moment dafür, ihn einmal ganz gezielt einzusetzen. Findest du nicht auch?«

Sie folgten Elizabeth Culverton in eine eisige, höhlenartige Halle. Dort zog sie sich die Wellingtons von den Füßen, warf ihre Jacke auf einen Hutständer aus Hirschgeweihen und stand dann in dicken Wollsocken auf dem grün-orangefarbenen Mosaikboden.

»Sie können Ihre Mäntel hier lassen.«

Aus einem Chaos von Reitstiefeln, Wanderschuhen und anderem verschmutzten Schuhwerk holte sie ein Paar Männerpantoffeln aus Filz, an denen offensichtlich ein Hund herumgekaut hatte, und schlurfte an ihnen vorbei durch die dunkle Halle in einen dahinterliegenden Raum. Langsam legten Christian und Edouard ihre Mäntel ab. Christian sah sich neugierig um. Es gab eine riesige, gegabelte Treppe aus gelber Eiche; auf den dunkelbraunen Tapeten mit dem verblaßten Blumenmuster hingen düstere Familienporträts. Weiterhin entdeckte er in einem Glaskasten einen ausgestopften Fuchs, noch mehr Hirschköpfe und -geweihe, ein Gestell mit Angeln und einen Schaukasten mit Angelfliegen.

Er sah Edouard an. »Drinnen ist es noch schlimmer als draußen«, sagte er leise. »Und das ist wirklich phänomenal...«

»Christian – bitte!«

»Ja, ja. Schon gut. Ich werde mich zusammenreißen.«

Hinter Edouard her trottete er in den Nebenraum hinüber. Hier roch es nach Holzrauch, weil Elizabeth Culverton gerade ein neues Holzscheit auf das verglühende Feuer legte. Wieder sah sich Christian neugierig um.

Es war offenbar das, was man früher als Herrenzimmer zu bezeichnen pflegte, mit dicken Ledersesseln, dunkler Eichentäfelung und Fotos von sporttreibenden Gentlemen. Über der Tür hing ein Ruderriemen mit der Inschrift: TRINITY, HEAD OF THE RIVER 1906.

Elizabeth Culverton trat an einen schweren Serviertisch aus Mahagoni, nahm eine eckige Karaffe, goß zu Christians Erleichterung mindestens zwei Finger breit Whisky in jedes von drei kostbaren, doch abgestoßenen Kristallgläsern und setzte die Karaffe mit hartem Knall ab.

»Ist mir zu mühsam, Tee zu machen. In der Küche ist es verdammt kalt. Sie mögen doch Whisky – oder?« Sie deutete auf die beiden anderen Gläser, nahm sich ihr eigenes und kehrte vor den Kamin zurück.

»Da Sie ja nun mal hier sind, können Sie sich auch setzen«, sagte sie schroff.

Christian, dem fast ein bißchen übel war, griff dankbar nach seinem Whiskyglas und ließ sich in einen Sessel sinken. Edouard blieb lieber stehen. Elizabeth Culverton musterte zuerst Christian, dann Edouard, der mit dem Rücken zum Fenster stand, und wandte sich nach kurzem Zögern an letzteren.

»Also, ich weiß genau, wer Sie sind. Da Sie sich die Mühe gemacht haben, mich suchen zu lassen, nehme ich an, daß es sich um etwas Wichtiges handelt.« Sie reckte kriegerisch das Kinn. »Bevor wir uns jedoch weiter unterhalten, verlange ich eine Erklärung. Warum interessieren Sie sich für meine Nichte?«

Edouard trat einen Schritt vor, so daß sein Gesicht vom Feuer beleuchtet wurde. Er sah Elizabeth Culverton offen an.

»Aber natürlich«, antwortete er kalt. »Ich liebe sie und will sie heiraten. Ich hoffe, das beantwortet Ihre Frage.«

Elizabeth Culverton war eindeutig verblüfft – ein Zustand, den sie mit Sicherheit nicht gewohnt war. Sie zögerte, blinzelte, sah auf ihr Glas hinab und blickte wieder auf. Dann stieß sie ein bellendes Lachen aus.

»Na ja, Sie lassen's wenigstens nicht an Offenheit fehlen. Das ist schon was.« Sie wartete einen Moment. »Wenn Sie sich nun ebenfalls setzen würden, werde ich Ihnen erklären, warum das eine ganz und gar idiotische Idee ist...« Mit einem boshaften Glitzern in den harten blauen Augen zeigte sie auf das Glas Whisky auf dem Beistelltischchen. »Und ich, an Ihrer Stelle, würde mir vor allem das da genehmigen. Könnte gut sein, daß Sie es brauchen.«

Ihr Name ist Craig. Hélène Craig. Der Vorname schreibt sich französisch und wird auch so ausgesprochen – das ist ja wohl ein Beispiel für den Geschmack ihrer Mutter. Die schon immer ein ganz fürchterlich dummes, affektiertes Wesen war. Hélène! Das Kind ist sechzehn, wird nächstes Jahr siebzehn.«

Sie sagte es ohne jede Einleitung, nachdem sie es sich, das Whiskyglas in der einen, eine filterlose Zigarette in der anderen Hand, in einem der schweren Lehnsessel vor dem Kamin bequem gemacht hatte. Sie inhalierte tief, hustete und wirkte, als Edouard – der inzwischen ebenfalls saß – nicht reagierte, beinahe enttäuscht. Eine Frau, die keine Männer mag, dachte Christian; eine Frau, die gern Blut fließen sieht.

»Darüber hinaus...« Sie musterte Edouard mit berechnendem Blick. »Sie glauben offenbar, daß ich Ihnen helfen kann –, aber das kann ich nicht. Ich kenne das Mädchen kaum und habe keine Ahnung, wo sie sich inzwischen aufhält. Möglich, daß sie sich wieder mit mir in Verbindung setzt, aber das halte ich nicht für wahrscheinlich.«

Mit undurchdringlicher Miene starrte Edouard auf seine Hände hinab, und Christian, der seine Gedanken erriet, fühlte mit ihm. Er zählt die Lügen, dachte er: Name, Alter, wo sie aufgewachsen war: drei also, insgesamt – bis jetzt.

Christian beugte sich vor. »Aber sie *war* doch hier, Anfang des Jahres, nicht wahr? Wir hörten, sie sei...«

»Selbstverständlich war sie hier.« Elizabeth Culverton wirkte gereizt. »Und verdammt gedankenlos war das von ihr. Sie hat mir zwar ein Kabel geschickt, doch das verzögerte sich irgendwie und traf erst drei Stunden vor ihrer Ankunft ein. So was Idiotisches! Hätte sie mir geschrieben, ich hätte ihr gesagt, sie soll nicht kommen. So aber mußte sie natürlich bleiben. Was hätte ich denn sonst tun sollen?«

Eine Andeutung von schlechtem Gewissen schlich sich in ihren Ton. Als Edouard aufblickte, leerte Elizabeth Culverton gerade ihr Glas. Sie stemmte sich schwerfällig aus dem Sessel hoch und holte sich einen neuen Whisky. Ohne Soda, ohne Wasser; ihre Hand zitterte ganz leicht, so daß das Glas gegen die Karaffe stieß. Dann kehrte sie zum Sessel zurück.

Christian beobachtete sie interessiert. Gefühle hatte sie, das war eindeutig; ebenso eindeutig war aber auch, daß sie sie zu verbergen suchte. Er sah zu Edouard hinüber, doch sein Freund schwieg. Jetzt erlebte Christian, wie wirkungsvoll es sein konnte. Denn zu seiner Verwunderung sah Elizabeth Culverton Edouard an, blickte wieder in die Flammen, zog an ihrer Zigarette und begann unaufgefordert, mit stockender, widerstrebender Stimme zu sprechen.

»Das klingt vielleicht hart. Deswegen sollte ich Ihnen wohl etwas erklären. Ich hab' mich nie mit ihrer Mutter verstanden. Violet und ich, wir waren immer wie Hund und Katze. Wir konnten einander nicht ausstehen. Und als sie verschwand, hab ich drei Kreuze hinter ihr hergemacht. Sie hat mir hin und wieder geschrieben, aber ich habe ihre Briefe nicht beantwortet. Ich wußte natürlich, daß sie ein Kind hatte. Sie versuchte mir eine Einladung hierher abzupressen, bevor es geboren wurde; das tat sie immer, wenn sie in Schwierigkeiten geriet...« Sie unterbrach sich, zog an ihrer Zigarette und warf die Kippe in das verglühende Feuer. »Wie dem auch sei. Das ist lange her. Sechzehn Jahre. Seitdem habe ich keinerlei Kontakt mehr mit meiner Schwester gehabt. Meiner Stiefschwester. Ich wußte nicht, daß sie gestorben war; ich wußte nicht mal, daß sie krank war! Bis ich das Telegramm erhielt und das Kind auftauchte. Da war ich – na ja, ehrlich gesagt, ich war überrascht. Violet schien sie sehr gut erzogen zu haben. Sie war ein absolut liebenswertes Mädchen. Mit perfekten Manieren. Sehr gebildet. Und vor allem äußerst charmant. Sie sah nicht gut aus; sie war übermüdet, leichenblaß, offensichtlich verzweifelt über Violets Tod. Und sie wußte nicht, wohin. Also mußte ich sie aufnehmen.« Sie verstummte; auf ihren Wangen erschienen zwei rote Flecken.

»Wohlverstanden, ich dachte nur an ein vorübergehendes Arrangement. Und dann... Nun ja, allmählich gefiel sie mir, und allmählich überlegte ich mir, ob ich sie nicht ganz bei mir aufnehmen sollte. Wissen Sie, ich lebe allein und habe diese verdammte Arthritis. Keine Hilfe im Haus. Keine Hilfe im Garten. Früher, als mein Vater noch lebte, hatten wir sechzehn Gärtner! Jetzt muß ich sehen, wie ich mit allem allein fertig werde... Aber zu ihr hab' ich nichts davon gesagt. Ich hatte gar keine Gelegenheit dazu. Sie blieb genau drei Tage, dann verschwand sie. Ich kann mir vorstellen, sie hat gedacht, ich hätte Geld, und als sie merkte, daß das nicht der Fall war, ist sie einfach auf und davon. Na schön, ich komme auch ohne sie aus. Ich hätte sie gar nicht erst aufnehmen sollen!«

»Ich verstehe.« Edouard erhob sich. Er trat ans Fenster und sah in den Park hinaus. Draußen wurde es allmählich dunkel. »Das ist ein sehr schöner Garten«, sagte er. »Im Sommer muß er zauberhaft sein.«

Christian hob verwundert den Kopf. Edouard schien es wirklich ernst zu meinen, doch Christian begriff einfach nicht, warum er jetzt noch Zeit verschwendete. In seinem eigenen Kopf wirbelten tausend Fragen, und er konnte es kaum erwarten, sie dieser schrecklichen Frau zu stellen. Er wollte den Mund öffnen, doch Edouard verbot es ihm mit einem einzigen Blick. Und tätsächlich, Elizabeth Culverton begann von neuem zu erzählen.

»Er *war* schön. Besonders schön. Als ich noch klein war. Vor dem Krieg, als es noch Dienstpersonal gab und wir noch viel Geld hatten.« Wieder stieß sie dieses bittere, bellende Lachen aus. »Wenn mein Vater jetzt den Park sehen würde – es würde ihm das Herz brechen. Er hat ihn geschaffen. Das heißt, sein Vater hatte ihn angelegt, im Grunde aber war es der Garten meines Vaters. Er war ein großer Pflanzenkenner. Alles, was ich weiß, hab' ich von ihm gelernt. Wir haben uns sehr nahe gestanden – sehr nahe! Besonders nach dem Tod meiner Mutter. Ich war für ihn wie ein Sohn.«

Edouard wandte sich ins Zimmer zurück; sein Blick hielt jenen der Frau am Kamin.

»Allmählich beginne ich zu verstehen«, sagte er. »Auch ich stand meinem Vater sehr nahe.« Edouard nahm wieder Platz und starrte ins Feuer. Er schien zu zögern. »Er hat also offenbar noch einmal geheiratet?« Sein Ton war nachdenklich.

»Ja, als ich siebzehn war. Eine äußerst unglückliche Heirat, die er später tief bereute. Sie hieß Beryl. Beryl Jenkins. Eine furchtbare, vulgäre Frau. Ich verabscheute sie. Auf einen gewissen Männertyp mag sie wohl anziehend gewirkt haben. Auf den Typ, der Barmädchen bevorzugt. Revuetänzerinnen. Als Witwe eines Brauers besaß sie offenbar etwas Geld. Ich hab' nie näher danach gefragt. Vermutlich war dieses Geld der Grund. Mein Vater hatte Schulden. Bewundert haben wird er sie kaum. Sie war einfach nicht gesellschaftsfähig. Keiner unserer Freunde wollte sie empfangen. Sie isolierte meinen Vater, manipulierte ihn …«

»Und Violet war ihre Tochter?«

»Violet wurde ein Jahr nach der Hochzeit geboren, ja.« Sie stieß die Worte ungehalten hervor. »Nicht lange darauf verließ ihre Mutter meinen Vater und starb ungefähr ein, zwei Jahre später. Violet selbst blieb bei uns und wuchs hier auf. Mein Vater war völlig vernarrt in sie.«

»Das muß sehr schwer für Sie gewesen sein«, sagte Edouard leise.

»Eigentlich nicht. Mein Vater betete mich an. Das wußte ich. Wir standen uns so nahe wie eh und je. Aber Violet war hinterlistig. Sie schmeichelte sich bei ihm ein. Auf eine etwas träge Art war sie sehr hübsch. Als Kind lispelte sie; ständig war sie um meinen Vater herum, kletterte ihm auf den Schoß, umarmte ihn. Ich selbst verachte ein solches Verhalten. Sie weckte in meinem Vater, glaube ich, Beschützerinstinkte. Sie war ein überaus scheues Kind – jedenfalls tat sie so. Rannte vor jeder Gans davon. Ohne den geringsten Grips. Ich hatte einfach keine Geduld mit ihr.« Sie machte eine kurze Pause.

»Sie wollte schon als kleines Kind Schauspielerin werden und probierte ihr Talent an meinem Vater aus. Stundenlang produzierte sie sich vor dem Spiegel und deklamierte nach dem Abendessen im Salon für Vater Gedichte – gräßlich weinerliches Zeug, meistens Tennyson. Sie besaß überhaupt kein Talent, aber mein Vater war ein gütiger Mensch. Er machte ihr Mut, und sie wickelte ihn um den kleinen Finger. Sie überredete ihn, sie zu verwöhnen – mit Dingen, die wir uns damals kaum leisten konnten. Ich erinnere mich, daß er sie einmal nach Paris mitnahm. Paris! Ich hab' Hélène davon erzählt; ich wollte, daß sie begriff, warum ich ihre Mutter derart ablehnte. Es war so unfair! Ich liebte ihn. Er lag mir am Herzen. Doch Violet bedeutete er gar nichts. Zwei Monate nach der Paris-Reise lief sie davon. Schloß sich irgendwo einer drittklassigen Tourneetruppe an; änderte ihren Namen. Ich könnte mir denken, daß da ein Mann im Spiel war, den sie kennengelernt hatte. Allein hätte Violet niemals soviel Mut gehabt.« Sie hielt inne und wandte den Blick ab. »Das brachte meinen Vater um. Als sie nicht zurückkam, brach ihm das Herz. Dieser verdammte Idiot von Doktor behauptete, es sei Lungenentzündung, aber ich wußte es besser. Es war der Kummer. Ich machte Violet für seinen Tod verantwortlich, und mache das auch heute noch. Damals schrieb ich ihr und teilte ihr seinen Tod mit. Ich wollte sie nie wiedersehen.«

Edouard runzelte die Stirn. Er schüttelte den Kopf, als werde er an etwas erinnert, könne es sich aber nicht recht ins Gedächtnis zurückrufen. In dem darauffolgenden Schweigen steckte sich Elizabeth Culverton eine weitere Zigarette an. Sie schien ihren Ausbruch zu bedauern, denn als sie weitersprach, klang ihre Stimme etwas ruhiger.

»Und ich habe sie nie wiedergesehen«, fuhr sie fort. »Gelegentlich schrieb sie mir. Sie hatte eine törichte Ehe geschlossen – war ja wohl auch vorauszusehen. Irgendeinen amerikanischen G.I. Ihre Tochter wurde hier geboren, dann folgten sie ihm beide nach Amerika. Aber die Ehe hat, glaube ich, nicht gehalten. An die Einzelheiten erinnere ich mich nicht, und die Briefe hab' ich verbrannt.« Sie überlegte. »Ihre Adresse drüben muß ich hier noch irgendwo haben; die hab' ich aufbewahrt. Irgendwo im Süden. Wenn Sie wollen, kann ich sie Ihnen geben, aber helfen wird's Ihnen trotzdem nichts. Hélène würde niemals dorthin zurückkehren.«

»Meinen Sie?«

Elizabeth Culverton hatte sich steif erhoben. Auf Edouards Frage hin blickte sie ihn über die Schulter an. »Ich bin fest davon überzeugt. Sie haßte es dort, das hat sie mir selbst erzählt. *Das* jedenfalls habe ich ihr geglaubt.«

»Andere Dinge nicht?«

»Rückblickend, nein.« Sie öffnete die Klappe eines Sekretärs und suchte drinnen in einem unordentlichen Haufen von Papieren herum. »Ah, da ist sie! Und hier ist auch das Kabel, das sie mir geschickt hat. Das können Sie auch haben. Ich brauch's nicht mehr.« Mit den Zetteln in der Hand drehte sie sich zu Edouard um und gab sie ihm.

»Hélène war irgendwie verstört. Immer wieder kam es zu Weinkrämpfen. Endlosen Schweigepausen. Und dann diese wirren Geschichten über ihre Mutter und sie selbst. Als sie fort war, sagte ich mir, das alles sei viel zu dramatisch. Wenn man nachsichtig sein will, war sie noch sehr geschockt vom plötzlichen Tod ihrer Mutter. Und dieses Haus hier war offenbar eine große Enttäuschung für sie...« Ihre blauen Augen wurden hart. »Und wenn man unnachsichtig sein will, war sie eine Phantastin. Genau wie ihre Mutter. Offen gestanden bin ich froh, daß sie fort ist.« Noch während sie sprach, ging sie zur Tür, als wolle sie andeuten, damit sei das Gespräch beendet. Die Herren erhoben sich; bevor sie jedoch das Zimmer verließ, wandte sie sich noch einmal zu ihnen um und fixierte Edouard mit ihren harten blauen Augen.

»Von Ihnen hab' ich natürlich schon öfter gehört.« Sie sagte es herablassend. »Sie haben Pferde, nicht wahr? Und Jack Dwyer ist Ihr Trainer.«

»Ja.« Edouard wirkte leicht verwirrt.

Elizabeth Culverton lächelte boshaft. »Dann werden Sie's wohl auch verstehen, wenn ich sage, daß bei Pferden, Hunden und Menschen immer wieder Abstammung zum Vorschein kommt. Den Stammbaum ihres Vaters kenne ich natürlich nicht. Aber ich würde sagen, daß Hélène weitgehend die Tochter ihrer Mutter ist. Es wäre gut, wenn Sie das nicht vergäßen. Was Frauen angeht, so sind die Männer überaus töricht, also werden Sie vermutlich nicht auf mich hören. Doch da Sie diese weite Reise unternommen haben, gebe ich Ihnen außer meinen Informationen meinen guten Rat gratis mit auf den Weg.«

Damit machte sie kehrt und marschierte hinaus. Christian errötete bei dieser Unhöflichkeit. Edouard wirkte völlig gelassen. In der Halle reichte er ihr zuvorkommend die Hand und bedankte sich für ihre Hilfe. Daß er sich von ihr nicht aus der Fassung bringen ließ, schien sie zu ärgern.

Im Rolls lehnte sich Christian aufatmend in die Polster zurück. »Großer Gott, was für eine grauenhafte Person! ›Der Stammbaum ihres Vaters!‹ Weiber wie die bringen es fertig, daß ich mich schäme, Engländer zu sein.«

Edouard zuckte die Schultern. »Diese Sorte gibt es nicht nur in England. Du triffst sie eigentlich überall.«

»Nicht, wenn ich es vermeiden kann!« Christian sah ihn von der Seite an. »Du nimmst das alles sehr gelassen. Ich persönlich war enttäuscht. Ich hatte mich darauf gefreut, daß du ihr mit gleicher Münze heimzahlst.«

»Das wäre sinnlos gewesen. Außerdem hat sie mir wirklich weitergeholfen.« Edouard sah durchs Fenster in die Dunkelheit hinaus.

Christian musterte ihn nachdenklich. »Meinst du? Ich hatte eigentlich nicht den Eindruck.«

»Nicht im Moment, vielleicht. Aber bestimmt auf lange Sicht.« Impulsiv wandte sich Edouard dem Freund zu. »Ich muß sie kennenlernen, Christian! Um sie zu finden, muß ich sie zuvor kennenlernen. Wissen, wer sie ist. Wissen, was sie will.«

Christian sah den freudigen Eifer in Edouards Miene und war gerührt, zugleich aber auch voll Angst um ihn. »Und du bist überzeugt, daß du es bist, was sie will«, gab er liebevoll zurück. »Angenommen, du findest sie, und es ist gar nicht so?«

Edouard zögerte. »Trotzdem«, antwortete er knapp und blickte wieder hinaus.

Auf dem Flughafen von Plymouth wurde Edouard von einem Mitarbeiter erwartet. Der Rolls fuhr bis an den Rand des Runway hinaus; auf dem Asphalt wartete startbereit Edouards Maschine, in der erleuchteten Tür lehnte ein Steward. Christian bieb im Wagen sitzen, der ihn nach London zurückbringen sollte. Edouard stieg aus und sprach mit seinem Mitarbeiter.

Es regnete jetzt und stürmte dazu. Edouard jedoch schien nichts davon zu bemerken. Im Licht der Landescheinwerfer sah Christian sein gespanntes, bleiches Gesicht. Edouard schien den anderen etwas zu fragen, und der Mann nickte. Sekundenlang hob Edouard das Gesicht zum Himmel; dann drückte er dem Mann dankend den Arm und kehrte zum Wagen zurück.

Christian rollte das Fenster herunter. Noch ehe er Edouards Miene sah, wußte er, was geschehen war.

»Sie haben Sinclair aufgespürt?«

»Ja. Heute nachmittag.«

»Fliegst du nach Paris zurück?«

»Nein, nach Rom.«

»Sieh an, sieh an!«

Ihre Blicke trafen sich für eine Sekunde; dann trat Edouard zurück.

»Viel Glück!« rief Christian, während der Wagen wendete. Er wußte nicht, ob Edouard ihn gehört hatte.

Der Film hieß *Night Game,* spielte jedoch ausschließlich bei Tag: Ein typisches Beispiel für Thads Verrücktheiten, dachte Lewis. Er mochte den Titel nicht, weil er in seinen Augen auf Pornographie schließen ließ, Thad ließ sich jedoch nicht umstimmen. Wenn Lewis ihm mit Argumenten kam, kicherte Thad nur und behauptete, auf Französisch klinge es besser.

Außerdem hatte Lewis, der circa fünfzig Prozent der Finanzierung aufgebracht und freie Unterkunft für das gesamte Team besorgt hatte, kaum eine Ahnung, um was es bei dem Film eigentlich ging. In dieser Hinsicht tappte er am letzten Drehtag noch immer genauso im dunkeln wie am ersten. Er stand im Schlafanzug oben an der Treppe des Palazzo der Principessa und hielt ein Glas Alka-Seltzer in der Hand. Es war sechs Uhr morgens. und er litt unter einem fürchterlichen Kater. In der weiten Marmorhalle unten überwachte der Produktionsleiter, ein Franzose, das Verladen der letzten Geräte in die draußen wartenden Lastwagen.

Lewis beobachtete sie deprimiert. Thad und Helen waren schon fort; die letzten Sequenzen wurden in Trastevere gedreht. Lewis wurde dabei nicht gebraucht. Er wurde seit sieben Wochen nicht gebraucht. Er trank den letzten Schluck Alka-Seltzer. Im entlegenen Küchenbereich hörte er das gedämpfte Jaulen eines Hundes. Na ja, er konnte immerhin mit den Hunden sparzierengehen; damit machte er sich wenigstens nützlich.

Das Problem ist, überlegte Lewis, als er in sein Zimmer zurückkehrte und nach starkem schwarzen Kaffee klingelte, daß Thad schon von Natur aus furchtbar geheimnistuerisch ist. Doch wenn er arbeitete, wurde er es in fast krankhaftem Ausmaß. Er hatte Lewis noch immer nichts Schriftliches gezeigt, schon gar nichts, was auch nur annähernd nach so etwas aussah wie dem Drehbuch, von dem er immer sprach. Jeden Morgen erschien Thad mit einigen zerknitterten, von spinnwebähnlichen Krakeln bedeckten Zetteln beim Drehen. Dann hockte er sich mit den Schauspielern zusammen, mit seinem Chefkameramann Victor oder einem Mitglied seines Teams. Er wedelte mit den Zetteln, zupfte an seinem Bart, polierte seine Brille und flüsterte. Es paßte ihm gar nicht, wenn Lewis in der Nähe war, und wenn Lewis sich in eine dieser Flüsterkonferenzen drängte, wie er es anfangs manchmal versucht hatte, wurde er sehr ärgerlich.

Lewis selbst hatte keinerlei Erfahrung im Filmen, aber ihm schien, daß Thad in einer bewußt geschaffenen Atmosphäre des Chaos arbeitete. Ständig änderte er seine Meinung. Dem einen Schauspieler erklärte er eine Szene so, dem nächsten vollkommen anders. Nie saß er still. Lewis hatte sich vorgestellt, ein Regisseur säße in einem Regiesessel und führe Regie. Thad aber hatte nicht mal einen Regiesessel und war ständig auf den Beinen, drängte seinen fetten Körper zwischen den Apparaten hindurch, stolperte über Kabel, spähte, zeigte, adjustierte und fingerte. Zuweilen brauchte er eine Stunde, um eine Aufnahme vorzubereiten, und eine weitere, um einen seiner beiden männlichen Hauptdarsteller wie einen aufgezogenen Spielzeugautomaten herumzuschieben. Die Füße hierher; den Kopf dorthin – genau in eine Linie mit der Fensterkante. Nach Helens Text müsse er bis fünf zählen und dann den Kopf der Kamera zuwenden – *so*. Nein, nicht in diesem Winkel, sondern in *diesem, ja...*

Der Schauspieler, Lloyd Baker, war ein junger Amerikaner, den Thad irgendwo in Paris aufgelesen hatte. Thad hatte ihn wegen seiner Augenbrauen verpflichtet – behauptete er jedenfalls; Lewis hatte zugestimmt, weil er billig war. Sehr intelligent war er zwar nicht, aber er war drei Monate im Actors Studio gewesen.

»Was ist denn hier meine *Motivation?*« jammerte er verzweifelt, als Thad seinen Ellbogen um zwei Zentimeter zurechtrückte. »Ich meine, was soll meine Miene ausdrücken? Was soll ich dabei *denken*, Thad?«

»Wen kümmert das? Denk an irgendeine Braut. Denk an deine Mutter. Denk an Bing Crosby. Aber bring dein verdammtes Gesicht in eine Linie mit der Fensterkante!«

»Das kann ich nicht.« Das hübsche Gesicht des Schauspielers verzog sich schmollend. »Solange ich keine Motivation habe, klappt es nicht.«

»Hör zu.« Thad ergriff ihn am Ellbogen. »Hast du schon mal von Greta Garbo gehört?«

»Na klar hab' ich von der Garbo gehört. Ich bin nicht dämlich.«

»Kennst du auch die großartigste Szene der Garbo? Das Ende von *Königin Christine*, nicht wahr? Es ist die letzte Szene des Films, und wir sehen diese riesige Nahaufnahme von ihrem Gesicht, und es ist – irgendwie geheimnisvoll, verstehst du? Ein *unergründliches* Geheimnis. Und weißt du auch, was Mamoulian dabei zu Greta gesagt hat? ›Denk an gar nichts, Greta‹, hat er gesagt, und genau das hat sie getan.«

Langes Schweigen. Lloyd Baker seufzte. »Okay, kapiert. Ich drehe mich zur Kamera um und denke an gar nichts. Aber was ist meine *Motivation?*«

»Großer Gott! Vergiß, was ich gesagt hab'. Vergiß die einzelnen Gänge. Vergiß das Fenster. Tu's einfach!«

Und sie taten's. Auf Lewis wirkte es vollkommen undiszipliniert, doch Thad sagte nur »Kopieren« und wirkte sehr selbstzufrieden.

An diesem Tag hatte sich Lewis in eine nahe Bar gerettet und mit einem steifen Drink getröstet. Es gibt zwei Möglichkeiten, dachte er sich: Entweder ist Thad wirklich das große Genie, das er zu sein behauptet, oder er ist ein totaler Clown. Aber niemand sonst teilte seine Zweifel. So verrückt Thad auch mit ihnen umsprang, Helen und die anderen Schauspieler lauschten ihm ehrfürchtig.

Das gesamte Team bewunderte ihn. Zum größten Teil waren es Franzosen, von denen Thad viele im Vorjahr kennengelernt hatte, als er in Frankreich dem jungen Regisseur François Truffaut bei seinem Film assistierte, der jetzt als europäische Sensation galt: *The Four Hundred Blows*. Nur Victor, sein Kameramann, war Amerikaner; er hatte mit Thad zusammen die Film School der U.C.L.A. besucht und in Amerika mit ihm an mehreren Low-Budget-Kurzfilmen gearbeitet. Er hatte eindeutig Respekt vor Thad. In den Augen des Teams war Thad unfehlbar, und da sie alle Profis waren, beugte sich Lewis weitgehend ihrem Urteil.

Manchmal fragte sich Lewis, der kein Intellektueller war und Intellektuellen mißtraute, wie er in diesen verrückten Zirkus hineingeraten war. Und ganz genau das fragte er sich auch jetzt, als er den letzten Schluck Kaffee trank und zum Duschen ging. Die Antwort war ihm natürlich bekannt. Hineingeraten war er wegen Thad. Und geblieben war er wegen Helen.

Während er unter die Dusche trat, dachte er an die einzigartig zarte Schönheit ihres Gesichts. Er dachte an ihre kühle, ein wenig heisere Stimme. Er dachte an ihre unerschütterliche Zurückhaltung, ihre Ruhe und ihre physische Keuschheit, die so ungeheuer aufreizend war. Er stellte sich ihren Körper vor, den er noch niemals nackt gesehen hatte. Das weckte in ihm alle möglichen dunklen Emotionen, die sich Lewis nicht erklären konnte.

Mehrmals während der letzten Woche hatte er unerklärlicherweise nicht schlafen können. Er hatte sich durch die Korridore des Palazzo bis zu Helens Schlafzimmertür geschlichen. In Schlafanzug und Morgenrock kam er sich zwar ziemlich lächerlich vor, aber er wartete vor ihrer Tür, vermochte nicht anzuklopfen, vermochte nicht einzutreten und vermochte auch nicht wieder ins Bett zurückzugehen. Ein-, zweimal glaubte er drinnen jemanden weinen zu hören. Ein-, zweimal hatte er die Klinke hinuntergedrückt, aber die Tür verschlossen gefunden. Dann war er wieder davongeschlichen.

Diese Unentschlossenheit war sonst gar nicht seine Art, und Lewis konnte sie sich nicht erklären. Manchmal versuchte er sich vorzustellen, was er getan hätte, wäre die Tür offen gewesen, und er hätte das Zimmer wirklich betreten. Dabei hatte er erwartet, daß erregende Phantasiebilder vor ihm aufstiegen, zu seinem Erstaunen sah er sich jedoch auf Helens Bettkante sitzen. Helen brauchte ihn, und er hielt sie fürsorglich in den Armen.

Lewis trat aus der Dusche und begann sich abzutrocknen. Es gab unzählige Dinge, über die er unbedingt nachdenken mußte. Die Party heute abend, zum Abschluß der Dreharbeiten – er mußte noch letzte Vorkehrungen treffen; er mußte das Geld abholen, das er sich von seiner Bank hatte überweisen lassen; er wollte ein Geschenk für Helen kaufen; er wollte sich am Drehort in Trastevere blicken lassen. Zu seiner Verzweiflung konnte er aber nur an Helen denken. An eine Szene ganz besonders, die vor einigen Wochen stattgefunden hatte, als sie seit zehn Tagen an Thads Film arbeiteten.

Es handelte sich um eine Sequenz im Palazzo, eine Szene, in der Helen an einem Fenster stand und sich dann umdrehte. Sie wandte sich ins Zimmer zurück, um einen der beiden Geliebten anzusehen, die sie in dem Film hatte; es war eine ganz einfache Einstellung, ohne Text. Thad ließ sie vierundzwanzigmal wiederholen. Stehen; umdrehen; ansehen. Vierundzwanzigmal.

Zwischen den Takes ging Thad zu Helen hinüber und redete leise auf sie ein. Dann wiederholte sie die Szene. Kein einziges Mal beschwerte sie sich. Ihr war weder Verärgerung noch Ungeduld oder Ermüdung anzumerken, obwohl die Szene am Ende eines anstrengenden Tages gedreht wurde. Sie hörte Thad ruhig zu, sagte gelegentlich etwas, das Lewis nicht verstehen konnte, und wiederholte die Sequenz. Bis zu diesem Augenblick war seine Einstellung zu Helen furchtbar simpel gewesen: Er begehrte sie, basta. An diesem Nachmittag jedoch geschah etwas mit ihm. Eingezwängt von Teammitgliedern und Ausrüstungsgegenständen lehnte er ganz hinten an einer Wand und wußte nur, daß es ihm gleichgültig war, wie oft die Szene wiederholt wurde und wie beengt er sich hier fühlte – er hätte ewig dort stehenbleiben und nur ihr Gesicht betrachten, sie nur beobachten können, wie sie sich bewegte. Stehen, umdrehen, ansehen. Stehen, umdrehen, ansehen. Dieses Bild stand Lewis jetzt genauso vor Augen wie in all den Wochen zuvor. Er konnte sich nicht davon befreien und konnte sich nicht erklären, warum er davon so fansziniert war.

Später bat er Thad, ihm die Szene zu erklären. »Erzähl mir von diesem Mädchen, das Helen spielen muß«, hatte er ihn gebeten. »Ich kann sie nicht begreifen. Ich meine – warum verhält sie sich so? Wer zum Teufel ist sie eigentlich?«

Thad hatte weise, geheimnisvoll gelächelt. »Sie ist die verlorene Frau«, hatte er geantwortet. Diese Bemerkung hatte Lewis nur noch mehr irritiert. Aber sie hatte ihn nicht losgelassen. Und als Helens Bild jetzt wieder vor seinen Augen stand, begann er ganz allmählich zu begreifen, was Thad gemeint hatte.

Die verlorene Frau?« Lloyd Baker zog die Brauen zusammen. »Wieso ist sie verloren? Ich meine, ich weiß doch schließlich, wo sie wohnt! Mann Gottes, Thad, ich *penne* mit ihr! Und der andere Kerl pennt auch mit ihr, und als ich das erfahre, flippe ich aus! Wieso also soll sie verloren sein?«

Verständnislos schüttelte er den Kopf. Dann hellte sich seine Miene allmählich auf. »Ach so, ich *verstehe!* Du meinst, sie weiß nicht, wo ihr Platz ist, und erst als sie mich kennenlernt, beginnt sie...«

»Nein, Lloyd.« Thad sagte es sehr geduldig. »Das meine ich nicht.«

Lloyd ließ mürrisch den Kopf hängen. »Also ich finde, daß wir hier ganz schön danebenhauen. Ich meine, dies ist eine der wichtigsten Szenen. Ich hab' die ganze Nacht daran gearbeitet. Könnten wir uns nicht eine Sekunde lang mal auf meine Rolle konzentrieren? Mir scheint, daß meine Motivation hier ziemlich unklar ist.«

»Die Motivation ist bei *allen* unklar, Lloyd. So ist das Leben.«

»Meinst du?«

»Yeah.« Thad gähnte. »Fangen wir doch einfach an, okay? Ich möchte, daß wir weiterkommen.«

Hélène hatte diese Diskussion von einem Platz an der Wand aus beobachtet. Es war ein kleines Zimmer, völlig beherrscht von einem Bett und vollgestopft mit Filmgeräten. Jetzt stand sie auf.

Die Szene, die ziemlich früh im Film spielte, war die vorletzte, die gedreht wurde. Danach kam nur noch die Schluß-Sequenz. Als sie zu den anderen hinüberging, dachte sie: »Es ist jetzt beinahe vorbei. Wie schnell das alles gegangen ist!«

Während der ersten Woche der Dreharbeiten hatte sie irrsinnige Angst gehabt. Es war alles so fremd, so kompliziert, so zermürbend. Jeden Tag kam sie mit schwitzenden Händen und zitternd vor Nervosität herein. Daß die Szenen nicht in der richtigen Reihenfolge gedreht wurden, sondern mal vorn, mal hinten in der Story angesiedelt waren, irritierte sie stark. Sie hatte keine Ahnung, wofür die vielen Apparate gebraucht wurden; sie verstand die Fachsprache nicht. Sie fand die Stelle nicht, an der sie stehen mußte, und verfehlte sie immer wieder. Ihre Arme und Beine fühlten sich steif und unnatürlich an, ihre Stimme schien einer anderen zu gehören, und sie erwartete ständig, daß Thad sie anschrie und ihr erklärte, sie sei ein hoffnungsloser Fall.

Aber Thad schrie sie nicht an. Er machte sich auch nicht über sie lustig oder verlor die Geduld wie bei Lloyd. Er kam einfach zu ihr und redete mit seiner komischen, tonlosen Stimme ruhig auf sie ein, und auf einmal wurde alles ganz klar.

»Hab doch Vertrauen zu dir selbst«, sagte Thad.

Vertrauen zu mir selbst? Fast hätte sie gelacht. Wie konnte sie Vertrauen zu sich selbst haben? In jenen ersten Tagen hatte sie vielmehr das Gefühl, überhaupt nicht mehr zu wissen, wer sie war. Das hatte sie Thad auch schließlich verlegen anvertraut. Er aber zeigte sanft lächelnd die gelben Zähne und schien sich zu freuen.

»Das macht nichts«, behauptete er. »Es ist sogar gut für dich. Du bist nicht Helen, du bist Anne.«

Anne war der Name der Frau, die sie spielte, und als Thad das zu ihr sagte, begann sie Anne allmählich zu lieben. Anne machte sie frei. Anne bewirkte, daß sie ihre Arme und Beine und ihre Markierung vergaß. Anne nahm ein eigenes Leben und eine eigene Unabhängigkeit an und wurde ihr mit der Zeit immer vertrauter. Als sie jetzt vor die Kamera und die Scheinwerfer trat, empfand sie überhaupt keine Angst mehr, sondern ein wunderbares Gefühl der Freiheit und Erleichterung. Es war Anne, die sprach, Anne, die sich bewegte, während Hélène sie nur verkörperte.

Anne wuchs, während Hélène den Eindruck hatte, als schrumpfte sie selbst immer mehr. Aber das akzeptierte sie mit Freuden; es ging so weit, daß sie es kaum noch erwarten konnte, bis die Aufnahmen anfingen und die Verwandlung begann. In den Stunden der Arbeit existierte ihr eigentliches Leben nicht mehr. Sie dachte weder an Orangeburg noch an Edouard; sie dachte nicht an das Baby; sie fühlte keine Angst und keinen Schmerz. Anne lebte, und sie starb. Sie freute sich auf den Augenblick, da das geschah, und nach dem ersten Monat wurde ihr etwas klar, womit sie niemals gerechnet hatte: Sie bewirkte etwas ganz aus sich selbst heraus, denn trotz Thads Genialität war allein sie es, die Anne zum Leben erweckte. Das bewirkte *sie*, und sie wußte, daß sie es gut machte.

Dieses Gefühl war ihr völlig neu, und es übte eine erstaunliche Wirkung auf sie aus: Sie fühlte sich stark.

Sie empfand es auch jetzt, als die Szene mit Lloyd Baker begann. Anne erwartete sie, und sie begrüßte sie wie eine Freundin.

Auf der anderen Seite des Zimmers stand Thad geschäftig auf. »Kopieren!« sagte er. Dann sah er zu Hélène hinüber und lächelte. »Okay, jetzt kommt die Schlußsequenz. Die werden Victor und ich allein mit Helen drehen. Ihr räumt hier inzwischen auf.«

Er wirkte sonderbar erregt und wedelte mit den rosigen Patschhänden in der Luft. Bestimmt, weil es jetzt fast vorüber ist, dachte Hélène, und fühlte bei diesem Gedanken sofort Bedauern.

Lewis hatte die Chase Manhattan beauftragt, ihm zehntausend Dollar an eine Zweigstelle der Banca Nazionale an der Via Veneto zu überweisen. Als er die Bank jedoch erreichte, merkte er, daß er zu früh gekommen war: Die Bank hatte noch geschlossen.

Eine halbe Stunde mußte er totschlagen. Er schlenderte ein Stück die Via Veneto entlang und setzte sich in ein Straßencafé dem Hotel Excelsior gegenüber. Er bestellte sich einen Espresso und steckte sich die erste Zigarette des Tages an. Die Sonne schien warm vom Himmel. Kaum zu glauben, daß es November war. Lewis setzte sich bequem zurecht und beobachtete müßig die anderen Gäste, die draußen saßen: zumeist italienische Geschäftsleute, Herren in dunklem Anzug und Sonnenbrille, die auf dem Weg ins Büro einen Kaffee tranken und die Morgenzeitung lasen. Er beachtete sie nicht weiter, hob das Gesicht in die Sonne und begann Pläne zu schmieden. Einer der Herren im dunklen Anzug beobachtete Lewis aufmerksam, doch das bemerkte Lewis nicht. Er dachte wieder einmal an Helen.

Wenn Thad heute pünktlich fertig wurde, was ja schon praktisch festzustehen schien, würde er anschließend sechs bis acht Wochen mit der Bearbeitung des Films beschäftigt sein und den Film, wie er sagte, um Weihnachten herum beendet haben. Diese Arbeit wollte er in Rom, am Schneidetisch eines Freundes, erledigen und hatte bereits vorgeschlagen, daß Lewis, solange er noch zu tun hatte, Urlaub machen solle. Darüber hinaus schlug er mit freundlichem Lächeln vor, daß Lewis Helen mitnehmen solle. »Wir wollen sie doch nicht wieder verlieren«, hatte Thad hinzugefügt.

Hélène jedoch hatte sich nicht zu diesem Plan geäußert, sondern war jedem Versuch von Lewis, ihr eine definitive Zusage zu entlocken, ausgewichen. Lewis jedoch steckte bis obenhin voll Ideen.

Es besaß mehrere Adressenbücher mit den Namen wohlhabender Freunde seiner Eltern und zahlreicher eigener Bekannter, die ihn und Helen mit Sicherheit für eine Weile aufnehmen würden.

Das, dachte sich Lewis, würde ihr weniger kompromittierend vorkommen als ein Hotel. Und seine Freunde lebten in der Toscana, Venedig, Nizza, Cannes. Oder London!

Aber sie konnen auch weiterreisen. Nach Mexico, Acapulcco. Auf die Bahamas. Die Westindischen Inseln. Irgendwie fand er es herrlich, Helen die ganze Welt zu Füßen legen zu können. Eigentlich könnte er sie sogar nach Boston mitnehmen. In die Villa auf dem Beacon Hill, zu seinen Eltern, die ihn, wenn er mit ihnen telefonierte, jedesmal drängten, endlich nach Hause zu kommen. Es würde Helen dort gefallen: ein vornehm zurückhaltendes Haus voll englischer Antiquitäten, versorgt von diskreten, tüchtigen Dienstboten, die fast schon zwanzig Jahre bei der Familie waren. Schon sah er Helen mit seiner Mutter vor dem Kamin sitzen und Tee trinken.

Aber nein! Hastig schob er diesen Gedanken von sich. Er haßte Boston. Er hatte nie wieder dorthin zurückkehren wollen.

Solange er sich erinnern konnte, hatte Lewis Sinclair zu fliehen versucht. Solange er sich erinnern konnte, hatte seine Familie ihm vorgeschrieben, wie er zu leben hatte, und obwohl Lewis verstand, warum das so war, fand er es nicht erträglicher. Robert und Emily, seine Eltern, hatten zwölf Jahre lang auf einen Sohn warten müssen. Die vier Töchter, die vor Lewis geboren waren, wurden zwar auch sehr geliebt, in manchen Dingen jedoch war eine Tochter schlechthin nutzlos. Eine Tochter konnte den Namen Sinclair und dessen Tradition nicht fortführen; eine Tochter konnte keine Investmentbank leiten. »Ich war so glücklich, als du geboren wurdest, Lewis, daß ich geweint habe«, pflegte Emily immer wieder zu sagen.

Von Anfang an wurde ihm nur das Beste geboten, und von Anfang an wurden all seine Privilegien von hochsinnigen Belehrungen begleitet. Für seine Eltern, die demonstratives Zurschaustellen von Reichtum haßten, waren Privilegien und Geld nur akzeptabel, wenn sie von einem starken Pflichtgefühl der Gesellschaft gegenüber begleitet wurden. So wurde Lewis zwar verwöhnt, zugleich aber sehr streng erzogen.

Er wurde in die Ballettschule geschickt. Er wurde in die Konzerte der Boston Symphony mitgenommen. Er wurde behutsam in die Welt der Kunst eingeführt, zuerst in Museen und Galerien, dann in den Privatsammlungen seiner zahllosen Onkels, Tanten, Cousins und Cousinen.

Als er älter war, wurde er in Tennis, Schwimmen und Squash ausgebildet. Da Lewis sportlich veranlagt war, machten ihm diese Dinge sogar Spaß. Aber er haßte die privaten Trainingsstunden genauso wie die Kultur, mit der er gewaltsam vollgestopft wurde: Sie waren allesamt nicht etwa Vergnügungen, sondern nur *Lektionen*. Das ganze Leben war eine einzige Lektion, und als er älter wurde, entdeckte Lewis etwas Schreckliches: Es war eine Lektion, in der er niemals gute Noten erhielt.

Damals hatte er sich Mühe gegeben – so große Mühe, daß sein Kopf vor Informationen wirbelte und sich weigerte, sie zu verarbeiten. Doch nie hatte er die Erwartungen der Eltern erfüllen können. Er müsse sich noch mehr anstrengen, erklärten sie ihm, der Vater direkt, die Mutter taktvoller: Er sei ein Sinclair, und deswegen genüge es nicht, einfach nur durchzukommen, er müsse sich auszeichnen!

Er liebte seine Mutter sehr, seinen Vater verehrte er; deswegen schmerzte ihn die eigene Unfähigkeit, den beiden Freude zu bereiten. »Ich liebe dich, Mama«, sagte er oft, als er noch klein war, kletterte auf Emilys Schoß und versuchte sie zu umarmen. Da Robert Sinclair jedoch der Ansicht war, Lewis werde zu sehr verhätschelt, schob Emily ihn schlechten Gewissens von sich. »Sei kein Baby, Lewis«, ermahnte sie ihn. »Du mußt dich eben noch mehr anstrengen.«

Lewis stellte seine Espressotasse ab und sah ungeduldig auf die Uhr. Noch immer eine Viertelstunde! Wieso hatte er eigentlich an Boston gedacht – wieso? Er war fünfundzwanzig Jahre alt, ein erwachsener Mann; doch jedesmal, wenn seine Gedanken diesen Weg einschlugen, fühlte er sich wieder so konfus und hilflos wie als Kind, und die Erinnerungen kehrten zurück: eine Demütigung nach der anderen. Das hatte ihm das Gefühl der Schwäche vermittelt und ihn mit einem blinden, schmerzhaften Zorn erfüllt.

Ganz bewußt versuchte er sich auf die Erfolge in seinem Leben zu konzentrieren, an die – seltenen – Gelegenheiten, da er wußte, was er tat, und sicher war, daß er es gut machte.

Da waren zum Beispiel seine Erfolge beim Football, zuerst in Groton, dann in Harvard: Darüber freute er sich noch immer, obwohl die Eltern sie achselzuckend abgetan hatten. Dann gab es die Frauen: In dieser Hinsicht war er von Anfang an erfolgreich gewesen – auch ohne sich um sie zu bemühen. Und schließlich war da seine Freundschaft mit Thad.

Lächelnd setzte sich Lewis zurecht. Mit den meisten Frauen in seinem Leben wären seine Eltern nicht einverstanden, wären sogar schockiert gewesen. Von Thad hätten sie mit Sicherheit auch nichts gehalten, und dieser Gedanke gefiel Lewis sehr, erfüllte ihn mit einem Gefühl fast rachsüchtigen Triumphs. Er hatte einen eigenen Weg eingeschlagen, er hatte Beacon Hill und all die verstaubten Wertvorstellungen seiner Familie hinter sich gelassen. Er war sein eigener Herr, lebte sein eigenes Leben und war endlich kein Versager mehr.

Die Bank wurde geöffnet. Lewis stand auf und reckte sich. Er warf ein paar Lire auf den Tisch, nahm seinen Aktenkoffer, schlenderte zur Bank hinüber und gesellte sich zu der Warteschlange vor einer der Kassen. Einer der dunkel gekleideten Herren aus dem Café folgte Lewis in die Bank und stellte sich nicht weit von ihm entfernt in die Schlange, doch Lewis bemerkte ihn nicht. Ebensowenig bemerkte er, als er die Bank fünfzehn Minuten später verließ, daß der Herr ebenfalls hinausging, obwohl er noch gar nicht bedient worden war.

Lewis winkte einem Taxi und ließ sich zu den eleganten, teuren Geschäften an der Piazza di Spagna und der Via Condotti fahren. Er bestellte den Champagner für die Party im Palazzo und verbrachte sodann eine angenehme halbe Stunde mit einem Schaufensterbummel, um ein Geschenk für Helen zu suchen.

Er war es nicht gewohnt, Geschenke für Frauen zu kaufen, die nicht zu seiner Familie gehörten, und das machte ihn ein bißchen hilflos. Die meisten Sachen, die ihm gefielen, hätte seine Mutter für absolut unmöglich gehalten, das wußte er. Ganz kurz zögerte er vor dem Schaufenster von de Chavigny, wo er eine wunderschöne Saphirnadel entdeckte, die zu Helens Augen gepaßt hätte. Seine Bostoner Erziehung jedoch ließ ihn bedauernd weitersuchen.

Allmählich wurde Lewis nervös. Er stand in der Via Condotti und überlegte hektisch. Ein Buch? Nein, Bücher waren zu unpersönlich. Blumen? Er wollte ihr etwas Wertvolles schenken. Parfüm? Er wußte, daß Helen kein Parfüm benutzte; möglicherweise verabscheute sie es.

Schließlich fand er zu einem Kompromiß, sagte sich, daß dieses Geschenk wenigstens nützlich sein würde, wenn Helen mit ihm verreiste, und betrat die Verkaufsräume von Gucci. Dort entschied er sich nach weiterem qualvollen Zögern für eine extrem teure, besonders leichte Reisetasche aus kastanienbraunem Kroko.

Freudig erregt erkundigte er sich, ob man sie mit einem Monogramm versehen könne. Man konnte, aber es würde einige Stunden dauern. Lewis zögerte abermals, entschloß sich dann aber doch dazu. Das Monogramm sei H. C., erklärte er und bat, die Tasche in den Palazzo der Principessa zu liefern.

Als er den Namen und die Adresse nannte, wurde die steife Verkäuferin auf einmal servil, fast charmant. Als Lewis das Geschäft verließ, fühlte er sich unendlich glücklich. Beim Hinausgehen wäre er fast mit einem Herrn zusammengestoßen, der gerade hereinkam.

Ärgerlich sah Lewis ihn an: ein hochgewachsener, dunkler Mann im schwarzen Anzug. Mit einer knappen Entschuldigung drängte er sich an Lewis vorbei. Lewis sah sich noch einmal nach ihm um, trat auf die Straße hinaus und hatte ihn gleich darauf wieder vergessen.

Mit einem anderen Taxi fuhr er über den Tiber nach Trastevere und blieb prompt in einem Verkehrsstau stecken. Als er endlich das Haus erreichte, in dem Thad drehte, war es bereits nach zwölf, und Lewis, der wußte, daß Thad mittags immer eine Stunde Pause machte, freute sich schon auf einen Lunch mit ihm und Helen. An der Piazza di Santa Maria ließ er das Taxi halten und schlenderte fröhlich durch die engen Gassen. Als er das Haus erreichte und den Vorraum betrat, sah er, daß ihm der Weg versperrt wurde. Fabian, der Regie-Assistent, ein hochgewachsener gleichmütiger Franzose, hockte auf den untersten Stufen der Treppe.

An den sich hochschlängelnden Kabeln vorbei sah Lewis zu einer geschlossenen Tür empor.

Fabian grinste träge, rührte sich aber nicht vom Fleck.

»Enschuldige...« Energisch trat Lewis einen Schritt vor.

»Tut mir leid. Hier geht's nicht weiter. Thad will keinen da oben haben.«

»Aber das gilt doch nicht für mich!«

Fabian grinste gutmütig. »Das gilt für alle. Tut mir leid, Lewis.«

Lewis zögerte. Er sah auf seine Uhr, dann wieder zu Fabian hinüber. Auf einmal fühlte er einen Stich Besorgnis. Thad hatte ihm zwar manchmal gesagt, er wolle ihn nicht unbedingt dabei haben, wenn er drehte, doch richtig ausgesperrt hatte er ihn noch nie.

»Machen die denn keine Pause? Verdammt noch mal, was geht da vor?«

Fabian zuckte die Schultern. »Er dreht die Schlußszene. Thad ist da oben, und außer ihm nur Victor und Helen.«

Lewis runzelte die Stirn. Er wußte, wie der Film begann: mit einer Großaufnahme von Helens Gesicht. Und er wußte, wie er endete: genauso. Nur über das, was dazwischen kam, wußte er nicht viel. Genug jedoch, um sich zu erinnern, daß die Schlußszene nach dem Mord spielte, und zwar mit Helen allein – im Bett.

Er lauschte. Durch die geschlossene Tür dort oben hörte er nur das monotone Geräusch von Thads Stimme. Entschlossen stieß er Fabian beiseite und jagte die Treppe hinauf. Die Tür war verschlossen, und sobald Thad Lewis' Schritte hörte, verstummte er. Wütend rappelte Lewis an der Klinke. Drinnen ertönte das vertraute, hohe heisere Kichern, dann näherten sich Thads Schritte.

»Lewis?« fragte Thad durch die Tür. »Verpiß dich!«

Wütend starrte Lewis auf die Tür. Sekundenlang erwog er, ob er sie mit seinen Footballspielerschultern einfach eindrücken sollte, gleich darauf aber sagte er sich, das sei wohl zu würdelos. Auch jede Antwort auf Thads Worte war würdelos. Also zog er sich stumm die Treppe hinab zurück.

Fabian warf ihm einen kurzen Blick zu. »Soll ich Thad was von dir ausrichten, wenn er rauskommt?«

»Na klar. Sag ihm, daß ich mich jetzt besaufe.«

»*Bien sûr*«. Fabian gähnte.

»Und daß ich in einer Stunde wieder hier bin.«

Diesmal sah Fabian ihn zweifelnd an. »In einer Stunde? Das ist bestimmt nicht lange genug.«

»Warum denn nicht, verdammt noch mal?« fuhr Lewis ihn an. »Er hat mir gesagt, es ist nur eine winzige Szene. Eine einzige Einstellung. Wieso soll das so lange dauern?«

»Was weiß ich?« Fabian lächelte ungeduldig.

»Ist sie vielleicht nackt? Hat er verlangt, daß sie sich auszieht?«

Fabian senkte langsam das Augenlid. »Lewis, *mon ami,* ich schwöre dir, daß ich keine Ahnung habe! Aber wenn das wirklich so ist, dann kann er sich doch glücklich schätzen, nicht wahr?«

Wortlos machte Lewis kehrt. Er zitterte vor Erregung, die er nicht analysieren konnte. Erbost marschierte er die Straße entlang bis zur Piazza und setzt sich in die nächstbeste Bar.

Nach dem ersten *strega* fühlte er sich schon besser; nach dem zweiten noch viel mehr. Der dritte war ein Fehler, der vierte eine Katastrophe.

Es war eine kleine Bar, frequentiert von Arbeitern, die in der Nähe wohnten. Lewis saß da, starrte auf die Tischplatte aus Holz hinab und lauschte auf das Klicken der Flipper. Irgendwo weiter hinten kreischte im Fernsehen die Stimme eines italienischen Fußballkommentators.

Sein Kopf sank vornüber. Mit dem Finger zog er den Abdruck seines nassen Glases auf der Tischplatte nach. Sein Gehirn wollte nicht recht funktionieren, aber er fragte sich dennoch verschwommen, ob die Gefühle, die ihn quälten, auf frustrierter Lust, Eifersucht, Verrat oder Liebe beruhten. Und wer genau diese Gefühle in ihm geweckt hatte.

War es Helen? Möglicherweise.

Andererseits hätte es auch Thad sein können.

Er hatte Thad durch Zufall kennengelernt – durch einen Zufall, der sein Leben veränderte. Manchmal hatte Lewis das Gefühl, er hätte sein Leben lang nach Thad gesucht. Damals hatte er eine sehr schlechte Phase, die er am liebsten vergessen wollte. Er hatte Harvard verlassen, war aus Boston geflohen und hatte ein schönes Leben geführt – und auf einmal hatten die Depressionen eingesetzt. Warum, daran konnte er sich jetzt nicht mehr erinnern: vielleicht einfach nur, weil die Gesichter auf den Parties, an denen er teilnahm, jünger wurden, er selbst aber älter. Er wußte es nicht.

Er wußte nur, daß er es plötzlich für wichtig hielt, aus seinem Leben einen Erfolg zu machen. In den negativen Phasen zweifelte Lewis zwar daran, daß ihm das gelingen würde, manchmal aber sah er sich auch als erfolgreicher Mann nach Hause zurückkehren: erfolgreich, ja – aber als was?

Seine Mutter hatte sich immer um Politik gekümmert, sein Vater dagegen um die Bank. Doch Lewis hatte mit beiden nicht viel im Sinn, sondern wollte irgend etwas tun, was der Tradition der Sinclairs kraß widersprach. Werbung? Oder die Musikbranche? Journalismus? Show Business?

Mit all diesen Möglichkeiten spielte Lewis, ohne eine davon ernsthaft zu verfolgen, als er auf Einladung einer Schauspielerin, die er in New York kennengelernt hatte, an die Westküste ging. Und dort hatte er plötzlich das Gefühl, seine Berufung gefunden zu haben. Nicht Schauspielerei und nicht Regie – Lewis war sich seiner Grenzen bewußt. Aber Filme zu *produzieren* – das faszinierte ihn.

Er lernte zahlreiche junge Produzenten kennen und beobachtete sie gespannt. Eines Abends, als er betrunken und unvorsichtig war, vertraute er der Schauspielerin seine ehrgeizigen Pläne an. Sie lachte nur.

Widerwillig mußte Lewis zugeben, daß sie recht hatte. Er hatte die Schauspielerei satt, hatte Hollywood satt, hatte die Phantastereien satt. Er kaufte sich ein Rückflugticket an die Ostküste. Am Tag vor seiner Abreise verkündete ihm die Schauspielerin eines späten Nachmittags, sie würden auf eine Party gehen. Es sei schließlich sein letzter Abend in Kalifornien.

Lewis erklärte sich achselzuckend damit einverstanden.

Die Party fand in einem Strandhaus in Venice statt. Und auf dieser Party begann sein Leben, denn auf dieser Party traf er Thad.

Die Schauspielerin hatte ihn Lewis mit einer kurzen Handbewegung als »die Kröte« vorgestellt. Dann wandte sie sich eifrig einem Mann zu, von dem es hieß, er habe einen Draht zum Besetzungsbüro der MGM.

Lewis, so eingezwängt, daß er nicht mehr entfliehen konnte, erfuhr, daß die Kröte Thaddeus Angelini hieß, Italo-Amerikaner der zweiten Generation, in L.A. geboren und aufgewachsen war. Diese Informationen gab ihm die Kröte mit knappen Worten und verstummte dann wieder. Lewis wand sich. Die letzten Reste seiner Boston-Erziehung meldeten sich, und außerdem war er unerfahren in der Hollywood-Kunst, jemanden, der weder über Prominenz noch über Einfluß, Geld oder Aussichten verfügte, eiskalt zu schneiden. Daher wagte es Lewis, als sein Fundus an Gesprächsthemen erschöpft war, diesen fetten, schwitzenden Mann vor lauter Verzweiflung zu fragen, was er eigentlich mache.

»Ich mache Filme.« Durch seine getönte Brille zwinkerte der Dicke zu ihm auf.

Lewis musterte ihn mit gelindem Interesse. Er hatte in Hollywood viele Leute mit großen Plänen kennengelernt, aber nicht einen davon mit einem konkreten Projekt.

»Könnte ich sie gesehen haben?«

»Kaum. Weil noch kein einziger produziert worden ist.«

Der Dicke kicherte – nur so konnte Lewis dieses nervöse, hohe Krächzen bezeichnen. »Sie existieren nur in meinem Kopf. Vorläufig.« Er kicherte abermals, und Lewis entschied, daß er entweder verrückt, betrunken, high oder alles zusammen sein mußte. Dann bemerkte er, daß der Mann Tee trank und überhaupt nicht zu rauchen schien. Er beobachtete ihn durch den Qualm ein wenig genauer, woraufhin der Dicke ihm ein außergewöhnlich liebenswürdiges Lächeln schenkte, das nur durch die schiefen gelblichen Zähne etwas beeinträchtigt wurde.

»Verschwinde nur, wenn du willst«, sagte er in zuvorkommendem Ton. »Mir macht das nichts. Das tun die meisten.«

Das war nicht als Herausforderung gedacht, doch Lewis legte es so aus. Er hockte sich neben den Dicken auf ein Kissen.

Der musterte ihn gleichgültig. »Na schön, dann bleib«, sagte er. »Und erzähl mir, was du vom Leben erwartest.«

Zu seinem eigenen Erstaunen tat Lewis das.

Sie redeten eine Stunde lang, das heißt, Lewis redete fast ununterbrochen. Dann zogen sie sich in die Wohnung des Dicken im dritten Stock eines Hauses in der City zurück und redeten weiter. Im Morgengrauen legte sich Lewis auf dem Fußboden schlafen, und als er am nächsten Tag den Kater überwunden hatte, redeten sie von neuem. An jenem Abend sahen sie sich in einem Kino beim UCLA-Campus einen Bergman-Film an: *Das siebte Siegel.* Lewis hatte in Harvard einen Teil davon gesehen. Der Dicke hatte ihn fünfunddreißigmal gesehen. Als sie in seine Wohnung zurückkehrten, begann Thad zu reden. Er redete vier Stunden lang, ohne Atem zu holen. Er redete über diesen und andere Bergman-Filme.

Lewis begriff ungefähr fünfzig Prozent von dem, was er sagte, doch diese fünfzig Prozent fand er einfach genial. Thad erklärte ihm die Bedeutung hinter der Bedeutung, erklärte ihm, wie man diese Bedeutungen technisch miteinander verband, sie in einer Geschichte versteckte. Lewis hörte ihm aufmerksam zu. Kunst bekam einen Sinn; das Leben bekam einen Sinn.

Am folgenden Tag konnte er sich nicht mehr so deutlich an die Details erinnern, war aber immer noch tief beeindruckt – nein, mehr noch, er war süchtig geworden. Er und Thad wurden Freunde. Er nahm jedenfalls an, daß das die richtige Bezeichnung war, denn er hatte noch niemals zuvor Freundschaft erlebt.

Zwei Monate lang waren die beiden fast unzertrennlich. Sie lebten von Junk Food, und Lewis schlief weiterhin auf Thads Fußboden. Tagsüber sahen sie sich fast ausschließlich Filme an, um dann in der Nacht darüber zu diskutieren. Lewis fühlte sich völlig entspannt. Zum erstenmal stand er nicht unter Druck. Thad erwartete nichts von ihm: Wenn er ins Kino mitkommen wollte – wunderbar; wenn nicht, ging Thad allein. Für Lewis' Herkunft interessierte er sich nicht und stellte ihm keine Fragen darüber, aber wenn Lewis reden wollte, hörte Thad zu wie ein dicker, weiser Beichtvater. Niemals maßte er sich ein Urteil an; niemals sprach er jemanden schuldig; ja, Lewis fand, daß er auf sonderbare Art über allen moralischen Fragen stand. Begriffe wie Pflicht, Ehre und Wahrheit – Kodex der alten Bostoner Familien – existierten für Thad nicht. Außer im Film.

Lewis, der mit gekreuzten Beinen auf dem Boden saß, aus einer Pappschachtel chinesisches Essen löffelte und schon eine halbe Flasche Wein getrunken hatte, merkte auf einmal, daß er sich frei fühlte. Als er die Flasche ganz geleert hatte, war sein Konzept von der Freiheit noch umfassender geworden. Das Problem bei seinen Eltern war – das erkannte er jetzt –, daß sie alt waren. Die meisten von seinen Harvard-Kommilitonen waren alt – alt geboren.

Er und Thad dagegen waren anders. Sie kümmerten sich nicht um Konventionen. Sie brauchten keine *Dinge*, wie die Familie Sinclair – Häuser und Autos und College-Grade und *Geld.*

»Aber wir werden Geld brauchen, Lewis.«

»Geld? Geld? Wer braucht Geld?« In der Erregung des Augenblicks vergaß Lewis seinen Treuhandfonds.

»Wir brauchen Geld, Lewis. Um Filme zu machen.«

Sofort wurde Lewis wieder nüchtern. Sprachlos starrte er Thad an. »*Wir* brauchen Geld?«

»Aber sicher. Du und ich. Wenn wir zusammen Filme machen.« Thad erhob sich gähnend. »Aber jetzt gehen wir schlafen, ja?«

»Okay, Thad«, erwiderte Lewis gehorsam wie ein Kind.

Er legte sich wie gewöhnlich auf den Fußboden und starrte stundenlang, ohne schlafen zu können, an die Decke. Er fühlte sich verwandelt, neugeboren. Thad wollte Filme machen – mit *ihm!* Er hatte das so beiläufig gesagt, als sei es absolut selbstverständlich. Lewis fühlte sich demütig, fühlte sich geehrt, fühlte sich zielbewußt. Als er am nächsten Morgen erwachte, hatte er zwar einen Kater, fühlte sich aber noch immer so.

Lewis' Gedanken wurden konfuser; die Stimme des Fußballkommentators im Fernsehen steigerte sich zu kreischenden Höhen.

Lewis ließ den Kopf auf die Arme sinken und schlief ein.

Er schlief auch eine halbe Stunde später noch, als Victor, der Kameramann, den Thad soeben fortgeschickt hatte, fröhlich pfeifend und voll Vorfreude auf die Party am Abend an der kleinen Bar vorbeikam.

In dem Zimmer in Trastevere hatte Thad einen Film in die Kamera gelegt; nun wandte er sich mit einem seltsamen Ausdruck auf dem Gesicht von Hélène ab, ging zur Tür und drehte den Schlüssel um.

»Verstehst du?« Lächelnd kehrte er zu ihr zurück. »Victor war im Weg. Jetzt wird's sicher besser gehen. Jetzt wirst du's schaffen.«

Hélène musterte ihn zweifelnd. Seit Stunden arbeiteten sie nun schon an dieser Sequenz, und ihr wurde klar, daß sie ihr einfach nicht gelingen wollte. Er verlangte etwas, einen bestimmten Blick, und sie vermochte ihn nicht zu liefern.

Den ganzen Nachmittag lang hatte sie nicht begreifen können, warum. In diesem Moment jedoch, als Thad die Tür verschloß, sich umdrehte und ihr zulächelte, wußte sie auf einmal, warum. Sie fühlte sich nicht mehr sicher.

Sie hatte Angst.

»Was machst du da?« fragte sie ihn und merkte selbst, wie ihre Stimme schrill wurde. Es war eine törichte Frage, die Thad auch gar nicht erst beantwortete. Schließlich sah sie ja ganz deutlich, was er tat.

Er hielt seine Kamera liebevoll in der Hand und verteilte liebevoll Fett auf der Linse.

Als Lewis endlich erwachte, war es Spätnachmittag. Schwankend erhob er sich und verließ die Bar. Sobald er an die frische Luft kam, wurde ihm speiübel. Er torkelte eine Gasse entlang, erbrach sich über einen Geranientopf und fühlte sich ein wenig besser.

Als er das Haus erreichte, wo sie drehten, war Fabian verschwunden, und Lewis ließ sich mit weichen Knien auf den Treppenstufen nieder. Die Tür oben war noch immer verschlossen. Er hörte Thads monotone Stimme, dann herrschte Schweigen.

Er sah Thad vor sich, wie er ihm irgendwann früher einmal, vermutlich in Los Angeles, erklärt hatte, selbstverständlich seien er und Lewis ein Team, soviel stehe fest, aber als Team seien sie nicht vollständig. Es fehle ein weiteres Element, ein dritter Faktor. Sie brauchten, sagte Thad, eine Frau, eine Schauspielerin, deren Schauspielkunst jedoch nicht die Hauptsache sei: Was sie vor allem brauchten, sei die richtige Frau, mit dem richtigen Gesicht.

Während der drei Monate in Paris, als Lewis im Café Strasbourg arbeitete, verbrachte Thad viel Zeit mit der Suche nach diesem Gesicht. Er interviewte, soweit Lewis feststellen konnte, ungefähr sechzig Frauen – ebenfalls hinter verschlossenen Türen. Die richtige war nicht dabei gewesen. Und dann war Thad eines Abends schwitzend und außer Atem, doch strahlend vor Erregung im Strasbourg aufgetaucht: Er habe sie gefunden, gerade eben, auf der Straße vor der Cinemathèque. Und sie sei perfekt. Sie warte in der Pension in ihrem Zimmer. Thad habe ihr versprochen, ihr eine Unterkunft zu besorgen.

Sie gingen auf der Stelle nach Hause, und dort, auf dem Sofa der Bodenkammer, saß Helen und wartete. Ihr Gesicht verschwamm jetzt vor Lewis' Augen. Stöhnend sank er auf die Stufen zurück und versackte allmählich in einer schwindelnden Bewußtlosigkeit. Helen und Thad. Thad und Helen. Helen und Thad und Lewis…

Er war nicht sicher, ob er schlief, aber er hatte ein Gefühl, als träume er. Als sein Kopf wieder klarer wurde, stand Thad vor ihm. Sekundenlang wußte Lewis nicht, wo er sich befand, was geschehen war, spürte nur, daß sein Kopf fürchterlich schmerzte und seine Kehle ausgedörrt war.

Irgend etwas in Thads Verhalten, irgend etwas Merkwürdiges,

brachte ihm die Erinnerung zurück. Er konnte wieder denken und blickte aufmerksam zu Thad empor.

Thad trat von einem Fuß auf den anderen – ein Zeichen dafür, daß er nervös war. Seine Miene verriet unterdrückte Erregung und Besorgnis. Er schwitzte, obwohl die Abendluft kühl war. Er hatte die Hände in die Taschen seiner dreckigen Jeans gesteckt und klimperte mit dem Kleingeld und den Schlüsseln, die ihm die Taschen ausbeulten.

»Lewis? Es ist Helen. Sie ist irgendwie furchtbar durcheinander. Könntest du mit raufkommen?«

Lewis stand auf. Er warf Thad einen langen Blick zu und jagte dann die Treppe hinauf. Oben an der Tür machte er verwundert halt.

Im ersten Augenblick dachte er, das Zimmer sei leer. Victor war verschwunden. Sämtliche Scheinwerfer waren ausgeschaltet, und nur eine kleine Taschenlampe brannte. Kabel schlängelten sich über den Boden; in der Ecke waren Geräte gestapelt. Neben der Tür türmte sich ein Stoß Filmbüchsen.

Das Bett, das den kleinen Raum beherrschte, war ungemacht, und Lewis erkannte erst nach einer Weile, daß dort Helen lag. Mit zwei großen Schritten war er bei ihr und riß das Laken zurück. Sein Herz raste, seine Magengrube krampfte sich vor Angst zusammen.

Er wußte nicht, was er erwartet hatte – Blut vielleicht, denn sie klang, als leide sie große Schmerzen. Aber da war kein Blut. Da war nur Helen, die zusammengekrümmt wie ein Fötus in der Mitte des Bettes lag und heisere, keuchende Laute ausstieß, als habe man sie in den Magen geschlagen.

Lewis, der sie in die Arme nahm, spürte, daß er fast genauso stark zitterte wie sie. Behutsam zog er ihr die Arme vom Gesicht. Keine Blutergüsse, keine Wunden, keine Schwellungen, überhaupt keine Verletzung; nur nasse Wangen. Sie weigerte sich, die Augen zu öffnen. Sie weigerte sich, ihn anzusehen. Sie stieß nur weiterhin diese schrecklichen heiseren Laute aus. Lewis hatte so große Angst, daß er erst nach einer Weile bemerkte, daß sie nur ein hauchdünnes, seidiges Negligé trug, unter dem sie nackt war.

Behutsam drückte er sie in die Kissen zurück und zog ihr das Laken bis über die Schultern. Dann fuhr er zu Thad herum, der in der Türöffnung von einem Fuß auf den anderen trat.

»Du Scheißkerl! Du perverses Schwein! Wo ist Victor? Was hast du mit ihr gemacht?« Vor Wut brachte er kaum einen Ton heraus.

Thad vermochte ihn nicht anzusehen. Er nahm die Hände aus den Taschen und wedelte damit in der Luft herum. »Nichts. Gar nichts! Ich habe sie nicht angerührt.«

»Lügner! Gottverdammter Lügner!« Lewis wankte durch den Raum, packte Thad beim Hemd und rammte ihn gegen die Wand. »Hast du sie geschlagen? Ja?«

»Geschlagen? Natürlich nicht!« Thad wand sich unter Lewis' Griff. »Glaubst du vielleicht, es macht mir Spaß, eine Frau zu schlagen? Mit keinem Finger hab' ich sie berührt! Gar nichts hab' ich ihr getan, Lewis! Und laß mich verdammt noch mal endlich los, ja?«

Lewis lockerte seinen Griff, und Thad rutschte ein Stück an der Wand herab; dann begann er nervös zu plappern. »Ich hab' Victor fortgeschickt. Vor ein oder zwei Stunden, keine Ahnung. Wenn ich arbeite, achte ich nicht auf die Zeit. Ich wollte die letzte Szene selbst aufnehmen. Victor störte, das spürte ich. Die letzte Einstellung wird mit der Handkamera gedreht, und das wollte ich selbst tun. Und das ist alles, was wir gemacht haben, Lewis. Mehr nicht!«

»Du fette Drecksau! Wie kommt es dann, daß sie in diesem Zustand ist? Sieh sie dir an! Geh hin und sieh sie dir gut an!« Er zwang Thads Gesicht in Richtung Bett.

Thad wand sich. »Ich weiß es nicht! Ich schwöre dir, Lewis, ich weiß es nicht! Vielleicht hab' ich ein paar Dinge gesagt... Ich kann mich nicht erinnern. Es lief einfach nicht. Sie brachte diesen Blick nicht zustande, den Blick, den ich wollte, und ich *mußte* ihn einfach haben, Lewis. Heute ist der letzte Tag. Sechs Wochen und zwei Tage hab' ich gesagt, und diesen Termin hab' ich eingehalten. Laß mich los, Lewis, verdammt noch mal, laß mich los! Bist du betrunken? Du tust mir weh, Lewis. Laß mich los!«

»Wenn du sie angefaßt hast, wenn du ihr irgend etwas angetan hast, werde ich dir noch viel mehr weh tun! Dann werd' ich dich...«

»Es ist schon gut, Lewis.«

Beim Klang ihrer Stimme zuckte er zusammen. Er fuhr herum und sah, daß sie, das Laken um die Schultern gezogen, aufrecht im Bett saß. Sie hatte aufgehört zu weinen.

»Es ist nichts, Lewis. Wirklich!« Sie schluckte. Ihr Gesicht war unter der Schminke kalkweiß, ihre Augen wirkten riesig.

Lewis ließ Thad endlich los und trat langsam zu ihr ans Bett. Er stand da, zögernd, verwirrt, und spürte, daß etwas in ihm vorging, daß sich etwas in ihm veränderte. Dann streckte er unbeholfen die Hand aus.

Hélène ergriff sie. »Es ist meine Schuld.« Ihre Stimme festigte sich. »Thad hat nur seine Arbeit getan. Er brauchte diese Einstellung, und ich brachte sie nicht. Daraufhin hat er einige Dinge gesagt, mehr nicht. Und hat mich damit – durcheinandergebracht.«

Als sie das sagte, sah sie zu Thad auf. Und Lewis fiel auf, daß ihre Blicke sich sekundenlang mit rückhaltlosem Verstehen begegneten. Dann sah sie fort. Lewis war überzeugt, daß sie log.

In diesem Augenblick, als Thad stumm dastand, spürte Lewis zum erstenmal Thads Macht. Er glaubte eine unbestimmte Anziehungskraft zu spüren, die ihn einwickelte, die Helen einwickelte. Er ahnte, daß er ihr irgendwie Widerstand leisten mußte, daß ihn die Natur aber nicht mit den Möglichkeiten dazu ausgestattet hatte. Er trat einen Schritt vor – und zögerte. Er blickte von Helen zu Thad, von Thad zu Helen, und dann sagte er, an keinen der beiden direkt gewandt: »Ach was, verdammt! Laßt uns lieber gehen.«

Ohne eine Sekunde zu zögern, rutschte sie vom Bett und zog das Negligé um sich. Dann ergriff sie Lewis' Hand. »Ich möchte mit dir gehen, Lewis.«

Sofort wurde Lewis von einem vagen Triumphgefühl gepackt, einer freudigen Erregung, als hätte er eine Schlacht gewonnen. Er sah zu Thad hinüber, aber Thads Miene war desinteressiert. »Die Party wird inzwischen schon angefangen haben.«

»Ich möchte nicht auf die Party.« Hélène wandte sich an Lewis. »Ich will das Haus nicht mehr betreten. Ich möchte fort, irgendwohin, jetzt gleich!«

Sie sagte es, als wäre Thad nicht im Zimmer. Lewis fühlte sich von ihrer Bitte geschmeichelt; es war, als glaube sie, daß Lewis für sie alles bewältigen könne.

»Wir brauchen nicht mehr dorthin zurückzukehren. Wir gehen hin, wo immer du willst.«

»Danke, Lewis.« Sie drückte seine Hand. »Ich gehe mich umziehen.« Damit machte sie kehrt und zog sich in ein anderes Zimmer zurück, das als Garderobe benutzt worden war. Sie schloß die Tür.

Sobald sie fort war, stieß Thad erleichtert den Atem aus. Lächelnd lehnte er sich an die Wand und schüttelte den Kopf. »Ach Lewis, Lewis...« Es klang belustigt und unendlich herablassend.

Lewis funkelte ihn wütend an. »Würdest du mir das bitte erklären?«

»Ich bezweifle, daß ich das kann, Lewis. Ehrlich.«

Einen Moment sah Lewis ihn unsicher an. Dann war seine freudige Erregung zusammen mit diesem seltsamen Gefühl der Macht, das ihn Minuten zuvor noch beflügelt hatte, auf einmal verpufft, und er sank aufs Bett.

Sein Kater machte sich wieder bemerkbar. Ich muß wohl noch immer betrunken sein, dachte er sich. Er begriff nicht, was zum Teufel hier vorging, wußte nur, daß er Eifersucht und Zorn empfand, fühlte sich miteinbezogen und ausgeschlossen, stark und hilflos zugleich. Was eben geschehen war, wirkte auf ihn wie ein Spiel der Macht, eine Kraftprobe – scheinbar zwischen ihm und Thad, in Wirklichkeit jedoch zwischen Thad und Helen. Sie schien ihn, Lewis, zu brauchen; sie hatte sich an ihn gewandt, nicht an Thad. Und dennoch hatte er das dumpfe Gefühl, daß er benutzt wurde. Er barg das Gesicht in beiden Händen.

Thad wurde plötzlich sehr freundlich. Helens Nerven seien überreizt, erklärte er, die Dreharbeiten hätten ihr sehr viel bedeutet, und der seelische Druck beim Abschluß heute hätte sie einfach umgeworfen. Frauen, die äußerlich sehr ruhig wirkten, seien innerlich die hysterischsten. Jetzt, meinte er, müsse sie unbedingt mal raus und sich gründlich ausruhen, wie er es ja schon seit Wochen predige. Und Lewis sei ganz offensichtlich der richtige Begleiter für sie. Zu Lewis habe sie Vertrauen, das habe sie eben eindeutig bewiesen.

Und irgend jemand müsse ein Auge auf sie haben, darüber seien sie sich ja einig; denn sonst sei sie auf einmal wieder verschwunden, wie in Paris, und das wolle Lewis doch ebensowenig wie er. Sie wollten weiter mit ihr zusammenarbeiten; wenn Lewis die Muster sehe, würde er das begreifen. Sie habe diese unglaubliche Ausstrahlung auf der Leinwand, einfach phantastisch. Nur solle man ihr das vorerst noch nicht sagen; sonst werde sie zu selbstsicher, zu unabhängig. Sie sei noch sehr jung, halb Frau, halb Kind. Man müsse sie bei Laune halten; wenn sie nicht an der Party teilnehmen, nicht in den Palazzo zurückkehren wolle – na schön, überhaupt kein Problem...

So redete er weiter, bis Hélène zurückkam. Als Lewis sie sah, merkte er, daß alles, was Thad gesagt hatte, richtig war. Sie wirkte ganz und gar erholt, noch immer ein wenig blaß, aber ruhig, und der Nervenzusammenbruch, falls es denn einer gewesen war, hatte keinerlei Spuren hinterlassen.

Es wurde beschlossen, daß Lewis mit ihr essen gehen solle und daß sie beim Essen besprechen würden, was nun geschehen sollte, ob sie Urlaub machen wollten, und wenn ja, wann und wo. Thad beteiligte sich kaum an der Diskussion. Er schien auf einmal jegliches Interesse verloren zu haben. Er stapfte im Zimmer umher, hantierte mit den Apparaten, kontrollierte die Filmbüchsen. Als Lewis und Hélène schließlich aufbrachen, hob er kaum den Kopf.

»Was? Ja, sicher... Was immer ihr wollt, mir ist es gleich. Ich werde mit dem Schnitt zu tun haben. Ruft mich an. Wann ihr wollt. Oder ich komme zu euch.«

Lewis ging mit ihr zu *Alfredo* an der Piazza Augusto Imperatore, ein Restaurant, das für seine Fettucine berühmt war. Und dort, bei einem ausgezeichneten Dinner und einer Flasche Chianti, begann sich seine Laune wieder zu heben. Ohne Thads Gegenwart kam ihm die Szene am Drehort unwirklich vor, erschien ihm seine Besorgnis absurd. Aber er ging zum erstenmal mit Helen aus, war zum erstenmal mit ihr allein und stellte fest, daß er sich ein bißchen hilflos vorkam.

Verstohlen musterte er Helen. Hätte sie mit ihm geflirtet, wie es die Frauen sonst immer taten, wäre es leichter für ihn gewesen. Aber Helen flirtete nie, das hatte er in den vergangenen sechs Wochen gemerkt. Sowie ein Mann mit ihr flirten wollte, hob sie das Kinn, die blauen Augen blitzten erzürnt, und dann wurde ihr Blick eiskalt.

Das jedoch brachte ihn in Verlegenheit, denn Lewis war es nicht gewohnt, sich mit Frauen zu unterhalten wie mit einem Menschen des eigenen Geschlechts. Er suchte nach einem neutralen Thema, und fragte sie nach dem Film.

»Bist du damit zufrieden? Freust du dich, daß du mitgespielt hast?«

»Thad wollte mir die Muster nicht zeigen, darum kann ich das noch nicht sagen. Aber ja, ich bin froh, daß ich die Rolle gespielt habe. Ich hatte das Gefühl...« Sie zögerte. »Ich hatte das Gefühl, daß ich es *konnte.* Und das ist mir bis dahin noch nie passiert.«

»Oh, wegen der Muster brauchst du dir keine Gedanken zu machen. Die darf überhaupt keiner sehen. So ist Thad nun mal – immer tut er geheimnisvoll.« Lewis sah ihr ins Gesicht. »Stimmt das, was du eben gesagt hast? Eine Frau wie du hat schließlich...« Er stockte ein wenig. »Ich meine, ich könnte mir vorstellen, daß du meistens sehr selbstsicher bist.«

»Da irrst du dich.« Lächelnd sah sie ihm in die Augen.

Lewis fühlte sich seltsam glücklich. »Aber ich weiß genau, was du meinst«, fuhr er hastig fort. »Du meinst, du beginnst an dich selbst zu glauben, stimmt's? Das ist Thad. So wirkt er auf Leute – warum, weiß ich nicht. Vielleicht, weil er selbst so felsenfest an sich glaubt. Er hat bewirkt, daß ich daran glaubte... Du weißt schon, man hat alle möglichen Träume und meint, sie sind eben nichts weiter als das, Träume, und dann kommt einer wie Thad, und auf einmal sind es keine Träume mehr. Auf einmal ist es Wirklichkeit.«

»Dieses Gefühl hattest du?« Sie schien überrascht zu sein.

»O ja! Ich habe Thad sehr viel zu verdanken.« Verlegen wandte er den Blick ab. »Heute nachmittag... Weißt du, ich möchte ganz sicher sein. Er hat dich doch nicht... Thad hat dir doch hoffentlich nichts angetan, oder?«

»Nein, er hat mir nichts angetan.« Ihre Miene wurde verschlossen. »Er – er wollte nur etwas von mir, was ich ihm nicht geben konnte.«

Lewis musterte sie aufmerksam. Sie wählte ihre Worte sorgfältig, und das machte ihn unsicher. Er seufzte. »Na ja, Thad ist nicht normal. Manchmal habe ich das Gefühl, er ist verrückt.« Er hielt inne; dann platzte er mit der Frage heraus, die er ihr schon seit Wochen hatte stellen wollen: »Magst du ihn?«

Sie ließ sich Zeit mit ihrer Antwort. Schließlich zuckte sie die Schultern. »Ich weiß es nicht. Ich glaube, die Arbeit mit ihm hat mir gefallen. Er hat mir in mancher Hinsicht die Augen geöffnet.«

Aus irgendeinem Grund fand Lewis diese Antwort erfreulich. Mit leichtem Schuldgefühl wurde ihm klar, daß ein Ja ihm nicht gefallen hätte. Er lächelte. »Weißt du, was Thad am liebsten ißt? Kentucky Fried Chicken, chinesischen Reis und Earl-Grey-Tee. Ach ja, und Glücksplätzchen, wenn er sie kriegen kann. Die liebt er am meisten...«

»Ach, wirklich?«

»O ja! Ich schwör's dir! Außerdem schläft er in Socken, und niemals länger als vier Stunden pro Nacht...«

Beide fingen an zu lachen. Thads Bild wurde blasser, verlor seine Bedrohlichkeit und wurde eher ein wenig absurd. Das verlieh Lewis Selbstsicherheit.

»Sag mal«, fragte er sie unvermittelt, »was hast du denn nun anschließend vor?« Dabei beugte er sich zu ihr hinüber und legte ihr zum erstenmal ganz leicht die Hand auf den Arm.

Hélène betrachtete Lewis' schöne Hände; sie spürte den leichten Druck auf ihrem Arm, aber er zog die Hand sofort zurück. Sie starrte auf das Tischtuch hinab. Der Film war fertig; sie mußte eine Entscheidung treffen, und zwar bald.

Sie hob den Kopf und sah Lewis an. »Ich weiß es nicht«, bekannte sie. »Ich hab' immer nur an den Film gedacht. Alles andere erschien mir unwichtig.«

»Wir werden noch mehr Filme machen«, behauptete Lewis mit unbedachter Zuversicht. »Thad möchte, daß wir auch weiterhin zusammenarbeiten. Das muß er dir doch auch gesagt haben.«

»Er hat es erwähnt. Aber ich wußte nicht, ob er es ernst meint. Ich hoffte es jedenfalls.«

»Aber natürlich hat er es ernst gemeint!« versicherte ihr Lewis. »Wir sind jetzt ein Team: du, ich und Thad. Ein Dreieck. Thad liebt Dreiecke; er hält sie für zauberkräftig.«

Hélène lächelte schwach. Lewis beugte sich eifrig vor. »Hör zu, Helen«, begann er. »Weißt du noch, was du mir von deiner Familie in England erzählt hast? Na ja, zu denen kannst du ja wohl nicht zurückkehren. Und das wirst du auch nicht brauchen. Warum solltest du? Vergiß sie. Du gehörst jetzt zu uns. Deine Familie sind jetzt wir!«

Hélène wandte den Blick ab. Vor Wochen hatte sie Lewis irgendeine Geschichte erzählt, doch an die Einzelheiten konnte sie sich nicht erinnern. War es dieselbe Geschichte, die sie Thad erzählt hatte, oder eine andere? Sie wußte es nicht. Die Lügen waren alle so verwirrend, und manchmal machten sie sie so furchtbar müde...

»Warum machen wir nicht Urlaub? Nur ein paar Wochen, während Thad mit dem Schnitt beschäftigt ist. Das wäre doch wunderbar! Es gibt so viele Möglichkeiten, so viele Freunde von mir, bei denen wir wohnen könnten...« Lewis errötete. »Ohne Verpflichtung«, setzte er verlegen hinzu. »Das möchte ich ausdrücklich betonen.«

Hélène sah ihn ruhig an. Wäre er nicht errötet, hätte er nicht plötzlich sehr viel jünger und sehr viel unsicherer gewirkt als sonst – sie hätte vielleicht anders reagiert. Aber sie erkannte allmählich, daß Lewis Sinclair nicht der Mensch war, für den sie ihn anfangs gehalten hatte: Er war viel sanfter, viel freundlicher. Genau wie sie spielte er der Welt eine Rolle vor, und das berührte sie. Auf einmal empfand sie den innigen Wunsch, irgendwo hinzugehen, wo sie nachdenken konnte, wo sie versuchen konnte, alles zu verarbeiten, was sie seit Orangeburg erlebt hatte, und sich auf alles vorzubereiten, was ihr noch bevorstand.

»Von Herzen gern«, sagte sie endlich. »Irgendwohin, wo es ruhig und erholsam ist. Hier haben wir so hart gearbeitet.«

»Kein Problem, Helen. Du kannst wählen, wohin du willst.« Ihre plötzliche Zustimmung hob ihn in den siebten Himmel. »Paris! Wir könnten nach Paris zurückkehren...«

»Nein! Dahin nicht!« Sie wandte den Blick ab.

»Oh, ich weiß!« Lewis sprang auf. »Wir fahren mit dem Taxi zum Flughafen, sehen uns an, wohin die Flüge gehen, und entscheiden uns dann, okay? Das hab' ich immer schon mal tun wollen.«

Hélène sah ihn wieder an. Sein Gesicht war gerötet, seine Augen blitzten. Ganz allmählich begann sie zu lächeln.

»Einfach so? Ist das dein Ernst?«

»Mein voller Ernst«, versicherte Lewis feierlich.

Auf dem Flughafen stand sie an Lewis' Hand wie ein kleines Mädchen in der Halle und studierte die Anzeigetafeln. Mailand, Athen, Teneriffa, New York, Kairo, Algier, Madrid, Johannesburg, Toronto, Sydney...

Lewis stieß ein fröhliches Lachen aus. »Ist das nicht fabelhaft? Warum hab' ich das bloß nicht schon früher getan? Ich fühle mich, als wär' ich fünfzehn.«

»Egal wohin, Lewis?«

»Egal wohin.«

»Na schön. Ich mach' die Augen zu, du liest mir die Nummern

der Flüge vor, und ich werd' einen davon wählen...« Lewis' ausgelassene Laune steckte sie an. Als sie die Augen schloß, sah sie den Bruchteil einer Sekunde lang Edouard vor sich. Aber es ist richtig, wie ich es mache, dachte sie trotzig. Es ist richtig, daß es so wahllos geschieht. Die Tatsache, daß Edouard nicht bei ihr war, ließ ihr die ganze übrige Welt gleichermaßen unwichtig erscheinen.

Lewis begann die Zahlen abzulesen. Sie wählte eine. Es war der Flug nach London. Lewis marschierte geradewegs zum Alitalia-Schalter und kaufte zwei Erster-Klasse-Flugkarten.

In Rom, in dem Haus in Trastevere, ließ Thad sich inzwischen reichlich Zeit. Er hatte es nicht eilig, zur Party zu kommen; er haßte Parties. Eine Weile saß er nur da und lauschte auf die Stille. Dann stand er auf und begann seine Kamera einzupacken, auf die er sehr stolz war. Außer ihm durfte niemand sie benutzen. Er wischte das Fett von der Linse und polierte sie dann sorgfältig. Er zerlegte die Kamera Stück um Stück und packte die Teile liebevoll in die entsprechenden Vertiefungen des Metallkoffers. Er klappte den Deckel zu und verschloß den Koffer.

Er streichelte die kalte Oberfläche des Koffers wie die Haut einer geliebten Frau; dann stellte er ihn griffbereit neben die Tür. Er packte die Filmbüchsen des letzten Drehtages in ihre Tragtasche und zog den Reißverschluß zu. Er ordnete ein paar Kabel und überprüfte einige Scheinwerfer. Das Team würde morgen den Rest aufräumen. Er selbst konnte hier nichts mehr tun, und doch mochte er eigentlich noch nicht gehen. Im Laufe der vergangenen sechs Wochen war ihm dieses Zimmer ans Herz gewachsen. Er wanderte umher und blieb schließlich vor dem Bett stehen. Lange blickte er darauf hinab.

Das Kissen trug noch die Vertiefung von Hélènes Kopf. Die Laken waren zerknüllt. Das oberste, das sie bedeckt hatte, war unordentlich zurückgeschlagen.

Nach einer Weile kniete er sich mit dem Kopf zum Kissen, die fetten Schenkel gespreizt, aufs Bett, und sein Atem ging immer schneller.

Er beugte sich vor, zu der Stelle, an der ihr Kopf gelegen hatte.

Und so verharrte er, hockend, sein ganzes Gewicht auf Ellbogen und Knie verteilt, bis er das Gesicht ganz langsam auf das weiße Leinen des Kopfkisses senkte und seine Wange daran rieb.

Allmählich begann er heftig zu keuchen. Er dachte daran, die Kamera wieder auszupacken und sie, auch ohne Film, ganz einfach in den Händen zu halten, aber da *sie* nicht da war, erschien es ihm sinnlos. Mit einer krampfartigen Bewegung barg er das Gesicht im weichen Dunkel des Kissens und spürte, wie die Welt sich zu drehen begann. Er zitterte, er stöhnte. Einige Minuten später richtete er sich auf und stieg vom Bett.

Er hatte Spuren hinterlassen: Speichel auf dem Kopfkissen, Schmutz von seinen Schuhen auf dem weißen Laken. Mit schlaffen, wirkungslosen Bewegungen versuchte er den Schmutz abzustreifen; dann schüttelte er das Kissen auf und zog das Laken übers Bett, um den verbliebenen Schmutz zu verdecken.

Er nahm seine Kameratasche sowie die Tasche mit den Filmbüchsen und verließ das Zimmer.

Als er zur Party kam, hörte er an dem Lärm, daß die Gäste in bester Stimmung waren.

Die Gorillas draußen am Tor hatten sich mit einer Kiste Wein betrunken; einer schien ihm etwas sagen zu wollen, doch Thad hörte nicht zu. Er bezahlte sein Taxi und schleppte die schweren Koffer zum Haus hinauf.

Die Türen des Palazzo standen weit offen, helles Licht fiel auf die breite Terrasse heraus. Keuchend stieg Thad die Stufen empor. Auf der Schwelle machte er halt. Drinnen herrschte das übliche Chaos einer zügellosen Fête. Vorsichtig stieg Thad über Champagnerflaschen bis in die weite Halle hinein. An der Tür zum überfüllten Salon begrüßte ihn Fabian.

»He, Thad – du kommst spät! Lewis hat gerade vom Flughafen angerufen...« Schwankend suchte Fabian in seinen Taschen und zog schließlich einen Zettel mit einer Adresse heraus. »Er ist mit Helen abgehauen. Nach London. Das hier soll ich dir geben. Er wird dich morgen anrufen.«

»Na, wunderbar!« Thad nickte zerstreut. Fabian zog schwankend davon. Thad steckte den Zettel ein und sah sich seufzend um. Wenn dies hier eine Orgie sein sollte, dann langweilte sie ihn schon jetzt. Gerade hatte er beschlossen, sich in der Küche einen Tee aufzubrühen und anschließend ins Bett zu gehen, als er quer durch die Halle und an einer dichten Menschenmenge vorbei jemanden entdeckte, den er kannte. Er stutzte, dann nahm er seine Koffer und schlurfte zu ihm hinüber.

Der Mann stand in der Tür von Fürst Raphaels Bibliothek. Er trug, genau wie bei den anderen beiden Gelegenheiten, da Thad ihn flüchtig gesehen hatte, einen schwarzen Dreiteiler von düsterer Eleganz. Seine Miene sprach, als er das Gewühl in der Halle betrachtete, von eisiger Verachtung. Die Bibliothek hinter ihm war leer – eine Tatsache, die Thad, der den Mann abwägend musterte, für alles andere als einen Zufall hielt.

Thad blieb keuchend vor dem Mann stehen, und dieser blickte auf den wesentlich kleineren Thad hinab wie ein Adler auf eine Schnecke. Thad wartete geduldig und sah, wie er es erwartet hatte, ganz allmählich Erkennen in den dunkelblauen Augen dämmern. Der Mann hatte ihn noch nie gesehen, doch Thad war überzeugt davon, daß dieser Mann, wenn er schon so weit gekommen war, eine Beschreibung von ihm besaß, die nur allzu treffend war.

Wortlos trat der Mann in die Bibliothek zurück. Thad folgte ihm stumm, machte die Tür zu, dachte kurz nach und verschloß sie dann.

Die Decke der Bibliothek war mit Fresken von Benozzo Gozzoli geschmückt, und zwischen den Bücherregalen standen Bronzen von Benvenuto Cellini, die seit sechzehn Generationen im Besitz der Familie Fürst Raphaels waren. Die kostbaren Bücher, hauptsächlich Pornographie, gehörten zu einer Sammlung, für die Fürst Raphael international berühmt war. Thads Blick wanderte über all diese Schätze, ruhte aber dann auf dem Mann, der vor dem reich geschnitzten Marmorkamin stand. Thad hatte keine Ahnung, wer der Mann war.

Auf dem Fußboden neben dem Mann stand eine große Reisetasche aus kastanienbraunem Krokoleder. Thads Blick wanderte verständnislos von der Tasche zu dem Mann und wieder zurück.

Mit aufmerksamem Blick beobachtete Thad, dessen Witterung für Macht einmalig war, den Mann und wartete. Da er spürte, daß der Mann ihn zuerst zum Sprechen bringen wollte, sagte er kein Wort. Er ahnte, warum er hier war, und war irgendwie neugierig, wie er sich verhalten würde. Eine Szene würde er bestimmt nicht machen, und damit hatte Thad durchaus recht. Denn nachdem er völlig gelassen eine Weile gewartet hatte, fragte der Mann mit klarer, ruhiger Stimme auf Englisch, ohne den geringsten französischen Akzent: »Wo ist sie?«

Thad stellte seine Koffer ab. »Helen Craig?« Seine Stimme quietschte ein bißchen, wie so häufig, wenn er erregt war. Er fragte sich, ob der Mann sie unter diesem Namen kannte, und ob Helen ihm dieselben Lügen erzählt hatte wie ihm. Der Mann zeigte jedoch keinerlei Reaktion; kein Muskel regte sich in seinem Gesicht. Thad, der ihn bereits zweimal gesehen hatte – ohne das Lewis oder Helen gegenüber zu erwähnen –, musterte dessen Gesicht interessiert. Damals war seine Miene nicht so ausdruckslos gewesen.

Auf seine Frage hin nickte der Mann kurz und kalt.

»Sie ist vor ein paar Minuten weg.« Thad kicherte. Dann machte er eine Pause, um die Spannung zu vergrößern. »Mit Lewis.«

Der Mann durchbohrte ihn mit einem langen, eiskalten Blick. Thad war beeindruckt. Unter der Gewalt dieses Blickes hätte sich ein Schwächerer gewunden. Und angefangen zu reden. Aber Thad wartete, und nach einer Weile machte der Mann mit einer kurzen, wegwerfenden Geste kehrt und ging zur Tür. Thad seinerseits ging quer durchs Zimmer und senkte sein beträchtliches Gewicht in die Seidenkissen eines vergoldeten Sofas. Er wartete, bis der Mann die Tür erreicht hatte, und verkündete dann: »Ich kann Ihnen sagen, wohin sie sind.«

Er sah sich nicht um, aber er wußte, daß der Mann zögerte, daß er am liebsten hinausgegangen wäre und Thad für immer vergessen hätte. Thad wartete. Der Mann sah aus, als ob er wirklich gehen würde, und außerdem – wenn er ihrer Spur bis hierher gefolgt war, würde er sie mühelos auch weiterverfolgen können. Lewis war ein Idiot, sagte sich Thad, während er sich nachdenklich in der Nase bohrte. Seit dieser Engländer im Café Strasbourg aufgetaucht war und Fragen gestellt hatte, war Lewis nervös gewesen. Früher oder später jedoch würde Lewis es satt haben, sich vorsichtig zu verhalten. Also konnte dieser Kerl ruhig verschwinden: Nur hoffte Thad, daß er es nicht tun würde. Und wirklich, der Mann drehte sich um und kam zu ihm zurück. Abermals starrten sie einander an, und diesmal hatte Thad das Gefühl, daß der Mann ihn treffender einschätzte.

Thad grinste. »Ihr Vater sind Sie nicht – oder? Und dieser Kerl im Café Strasbourg war auch nicht ihr Bruder, wie?«

»Nein.«

»Na schön. Sie hat mir da eine Story erzählt, wissen Sie, und die schien zu passen. Ich hab' sie ihr aber nicht abgenommen. Sie war irgendwie…« Er hielt inne. »Wollen Sie mir mehr darüber erzählen?«

»Ich glaube kaum, daß ich Ihnen überhaupt etwas erzählen möchte oder muß.«

»Na, macht nichts.« Thad lächelte liebenswürdig. »Mir ist das gleichgültig. Ich werde Ihnen trotzdem sagen, wohin sie sind. Aber vorher möchte ich Ihnen was über den Film erzählen. Über Helen und den Film.«

Der Mann blieb still stehen, während Thad sich in die Kissen zurücklehnte und sprach. Er sprach – sehr schnell – fünf Minuten lang, und der Mann unterbrach ihn kein einziges Mal. Was er zu sagen hatte, war ganz einfach, denn die Handlung von *Night Game* war ganz einfach: zwei Männer, eine Frau, das ewige Dreiecksverhältnis. Anfangs waren die Männer Freunde, später Rivalen. Die Frau überlebte, die beiden Männer nicht: Der eine brachte den anderen um. Am Anfang schien die Frau das gejagte Wild, die Männer aber die Jäger zu sein. Zum Schluß waren die Rollen möglicherweise vertauscht. »Es ist eine Komödie«, erklärte Thad.

»Es klingt auch überaus amüsant.«

»Der Film heißt *Night Game*, doch alles spielt am hellen Tag. Es sind die Menschen, die im Dunkeln leben, sich nicht zurechtfinden.« Thad hielt inne. »Das geht wohl den meisten Menschen so, meinen Sie nicht? Ich halte das für eine Komödie.«

Jetzt hatte er das Interesse des Mannes erregt. Der Mann sah Thad nachdenklich an. »Nicht für eine Tragödie?«

Thad grinste. »Aber natürlich! Eine Tragödie *und* eine Komödie. Genau wie das Leben.«

Der Mann verkniff den Mund. »Sie verschwenden nur meine Zeit.« Damit wandte er sich ab.

»O nein, das glaube ich nicht.« Thads Ton war beinahe demütig. »Denn wissen Sie, nachdem ich Sie sah, hatte ich die Idee für einen neuen Film.«

Genau wie Thad es erwartet hatte, blieb der Mann stehen und

wandte sich langsam wieder zu ihm zurück. Er musterte Thad mit verächtlicher Miene. »Soweit ich weiß, haben wir uns bisher noch nicht kennengelernt.«

»O nein, *kennengelernt* noch nicht. Aber ich hab' Sie zweimal gesehen. Nur haben *Sie* mich dabei nicht wahrgenommen.« Thad kicherte. »Ich hab' Sie in Paris mit Helen gesehen. Sie haben sie einmal zum Café Strasbourg zurückgebracht und sie am nächsten Abend dort wieder abgeholt. Sie hat schon beim erstenmal nichts davon erzählt, daher wußte ich, daß es für sie sehr wichtig war. Helen spricht nie über Dinge, die für sie wichtig sind – weder mit mir noch mit Lewis. Aber ich mag das. Daß sie geheimnisvoll tut. Lewis versteht das natürlich nicht. Merkt es nicht mal. Aber Lewis ist schließlich naiv...«

»Kommen Sie endlich zur Sache!«

»Na schön. Die Sache ist die, daß ich mir, als Helen diese paar Wochen verschwunden war, gedacht habe, daß sie bei Ihnen ist. Das stimmt doch – oder? Und das war komisch, weil Lewis richtig verzweifelt war, sich aufrichtig Sorgen um sie machte. Er glaubte, daß sie nie mehr zurückkommen würde. Ich hab' kein einziges Wort gesagt. Aber ich *wußte*, daß sie zurückkommen würde. Also hab' ich einfach gewartet.« Thad schwieg eine Weile. »Wissen Sie, es macht mir nichts aus zu warten. Ich hab' diese besondere Gabe der unerschöpflichen Geduld.«

»Meine eigene Geduld ist aber weit weniger unerschöpflich. Kommen Sie bitte endlich zur Sache!«

»Die Sache ist die...« Thad grinste gelassen. »Sie suchen Helen – habe ich recht? Jetzt glauben Sie, sie gefunden zu haben. Aber nein, das haben Sie nicht. *Ich* habe sie gefunden. Weil ich sie verstehe. Weil ich sie kenne.« Hilfesuchend blickte er auf. »Wenn Sie sie immer noch aufspüren wollen, können Sie von mir eine Adresse in London haben, wo Sie sie finden. Aber es wird Ihnen nichts nützen. Wenn Sie sie *wirklich* finden wollen, werden Sie sie in diesem Film finden. In diesem, und in vielen anderen, die sie später noch drehen wird. Mit mir.«

Eine lange Pause entstand. Thad, der jedwede Spannung genoß, beobachtete Edouard voller Respekt: Es machte Spaß, mit einem ebenbürtigen Meister Schach zu spielen. Er fragte sich, ob dieser Mann den Fehler begehen würde, ihn leichthin abzutun.

Edouard, der diesen dicken und eigentlich komischen Mann betrachtete, war tatsächlich versucht, ihn und das, was er sagte, als Unsinn abzutun. Dennoch aber spürte er an Thad eine Kraft, die er kannte und nie unterschätzte. Er musterte seinen Gegner gelassen und ließ sich Zeit, vorauszuplanen wie bei einem Schachspiel, versuchte die Schwächen des Gegenspielers zu erkennen. Die Überheblichkeit, dachte er schließlich. Der Dicke konnte der Versuchung nicht widerstehen, einen dramatischen, einen aggressiven Zug zu machen, einen Läufer diagonal über das Brett zu schicken, oder vielleicht die Königin frühzeitig ins Spiel zu bringen. Edouard entschloß sich zu einer klassischen Verteidigung: der kurzen Vorwärtsbewegung eines Bauern. Um ein Feld.

»Das verstehe ich nicht.« Er ließ ein wenig Gefühl in seinen Ton einfließen. »Das ist unmöglich. Ich dachte, ich kenne sie.«

»Na ja, das kann ich mir vorstellen. Sie glauben sie zu lieben, stimmt's?« Der Dicke klang ebenso mitleidig wie selbstgefällig.

Gut! dachte Edouard. Es fiel ihm schwer, aber er nickte.

Der Dicke schien zufrieden zu sein. »Sehen Sie, in gewisser Weise haben Sie sie tatsächlich gekannt. Einen kleinen Teil von ihr...« Er klimperte mit dem Kleingeld in seinen Taschen; als er dann mehr in Erregung geriet und seine Stimme schrill wurde, zog er die Hände heraus und wedelte mit beiden in der Luft herum. »Sie tut das manchmal, ich hab's beobachtet. Sie gibt den Leuten kleine Stückchen von sich selbst. Sie weiß noch nicht, wer sie ist, und sie hat Angst, daher gibt sie ein bißchen hier, ein bißchen da, sozusagen um die Reaktion zu testen, und wenn sie dann glaubt, zuviel von sich gegeben zu haben, bekommt sie Angst. Dann beginnt sie zu lügen. Nichts weiter als Selbstschutz. Sie wird allmählich immer besser darin, und das weiß sie. Mir hat sie ein paar ganz dicke Lügen aufgetischt. Lewis Sinclair dann wieder andere. Sie sind von ihr vermutlich auch belogen worden. Aber das sollte Sie nicht stören, es ist unwichtig. Sie tut es ausschließlich aus Angst. Weil sie merkt, daß sie diese unglaubliche Wirkung auf Menschen ausübt, vor allem auf Männer, und das begreift sie einfach nicht. Sie glaubt, wenn die Menschen sie kennen würden, richtig kennen, das Mädchen hinter dem Gesicht, würden sie sie vielleicht nicht mögen, sie sogar zurückstoßen. Im Grunde ist sie völlig verunsichert, verstehen Sie? Irgend etwas muß ihr in ihrer Kindheit zugestoßen sein...«

Edouard hörte sich diesen Ausbruch aufmerksam an. Hinter der banalen Sprechweise spürte er Intuition, und zwar eine sehr hellsichtige. Noch *ein* kleiner Zug, dachte er. Der Dicke brauchte kaum noch einen Anstoß. Also seufzte Edouard nur, und senkte den Kopf; das genügte.

»Ich hab' schon öfter solche Frauen kennengelernt...« Thad wedelte mit den Händen. »Nicht ganz so schön, vielleicht, doch mit demselben Syndrom. Deswegen wußte ich sofort, als ich sie sah, daß sie die richtige war. Ich wußte, daß sie auf der Leinwand groß herauskommen würde. Vielleicht liegt es an ihren Augen... Wissen Sie, sie bewegt sich kaum, aber die Augen sprechen mit der Kamera. Meiner Kamera. Weil ich weiß, wie ich das rausbringen kann. Meiner Kamera sagt sie die Wahrheit. Alles. Sie hat keine Angst mehr und gibt sich ganz. Wie beim Sex. Ehrlich. Sie würde in jedem Film gut sein, aber meine Filme werden einen Star aus ihr machen. Mehr noch als einen Star: eine Legende.«

Edouard blickte auf. Thad hatte die Hände gefaltet und sah ihn triumphierend an. Edouard, der ihn in diesem Augenblick haßte, fand ihn unausgeglichen, ein bißchen verrückt, und dennoch beängstigend. Und er bangte um Hélène.

»Glauben Sie wirklich, daß sie das will?«

Er fragte es kalten Tones, aber Thaddeus Angelini war über jede Vorsicht hinaus.

»Sie weiß nicht, was sie will – noch nicht. Aber sie wird es wissen, sobald sie diesen Film sieht. Oder vielleicht den nächsten. Dann wird ihr klar werden, daß sie nur dort wirklich *ist* – auf Zelluloid.« Thad warf Edouard einen mitleidigen Blick zu. »Sie sollten sich nichts daraus machen, daß sie Sie verlassen hat. Vermutlich war alles wirklich real für sie – irgendwie. Es war nur eben der falsche Zeitpunkt. Sie hat schon immer Schauspielerin werden wollen, schon als sie noch klein war. Das hat sie mir selbst erzählt. Und ich glaube ihr das auch. Es ist etwas, das sie ganz einfach tun *muß*. Eine bedeutungsschwere Sache für sie – ihre Bestimmung. Wenn Sie sie später kennengelernt hätten, wäre es möglicherweise anders gekommen.«

»Wieso?«

Thad wurde ungeduldig. »Na ja, sie ist eine Frau. Früher oder später wird sie an Liebe denken, an Ehe, an Kinder. Bis dahin wird sie Karriere gemacht haben, wird sie ein Star sein, und dann wird sie beschließen, daß ihr Leben nicht *ausgefüllt* ist, verstehen Sie? Daß ihr etwas fehlt. Das ist natürlich alles Unsinn. Aber Frauen sind nun mal so. Sie wird sich das einreden, bis sie selbst daran glaubt. Wenn Sie ihr dann begegnen würden – wer weiß? Kann sein, daß Sie dann Glück haben.« Er zuckte die Schultern. »Letzten Endes werden Sie aber doch der Leidtragende sein. Im Grunde braucht sie das alles nämlich gar nicht, und das wird sie schließlich einsehen. Was Helen wirklich braucht, kann nur ich ihr geben...«

»Und was ist das?«

Thad kicherte. »Unsterblichkeit.«

Schachmatt, dachte Edouard. Er glaubt mich mattgesetzt zu haben. Er musterte Thad, dessen Augen hinter den getönten Gläsern glitzerten.

Er lächelte. »Ich glaube Ihnen nicht«, erklärte er ruhig.

Thad wirkte ein wenig bestürzt über diese knappe Feststellung, gewann aber sofort die Fassung zurück. »Sie meinen, ich habe unrecht, hinsichtlich des falschen Zeitpunkts?«

»Ich meine, Sie haben recht, hinsichtlich des falschen Zeitpunkts. Ich meine, Sie haben unrecht, hinsichtlich des Resultats. Ich meine, Sie unterschätzen die Frauen. Ich meine, Sie unterschätzen Hélène.« Edouard hielt inne. »Möglicherweise die Menschen auch. All die Dinge, die sie so beiläufig abtun – Liebe, Erfüllung, Ehe, Kinder –, die meisten Menschen sehnen sich doch danach, *brauchen* sie, nicht wahr – Männer und Frauen!«

Thad zögerte. Er schob die Hände wieder in die Taschen und klimperte mit seinen Schlüsseln. Er starrte auf seine Füße hinab und blickte dann listig zu Edouard auf. »*Ich* brauche sie nicht.«

»Damit sagen Sie, daß Sie weniger sind als ein Mensch.«

»Oder mehr.« Thad grinste.

Edouard musterte ihn kühl. Der Dicke meint das vermutlich ernst, dachte er, doch dann wird sich sein seelischer Defekt eines Tages in seinen Filmen bemerkbar machen. Er wandte sich zur Tür.

Nach kurzem Zögern eilte Thad ihm nach. »Wollen Sie nun die Adresse oder nicht?« Er wedelte mit dem Zettel.

Edouard warf einen kurzen Blick darauf; dann wandte er sich ab. »Vielen Dank, aber ich brauche sie nicht.« Er hatte die Tür erreicht und schloß sie auf.

Thad steckte den Schlüssel wieder ein. »Lassen Sie mich raten: Sie fliegen sofort nach London, ja?«

Als Edouard sich umwandte, sah er, daß der Dicke noch immer lächelte. »Nach London? Nach allem, was Sie mir erzählt haben? Erklärt haben? Bestimmt nicht. Ich kehre nach Paris zurück.«

Thad musterte Edouard mißtrauisch. »Sie meinen, Sie wollen sich nicht mit Helen in Verbindung setzen?«

»Ganz recht. Ich werde mich nicht mit ihr in Verbindung setzen.«

»Soll ich ihr vielleicht eine Nachricht von Ihnen bringen?«

»Hélène und ich, wir brauchen keinen Vermittler.« Er sagte es aufreizend hochmütig.

Der Dicke runzelte die Stirn. »Warum nennen Sie sie nur immer Hélène?«

»Weil das ihr richtiger Name ist«, antwortete Edouard. Dann ging er hinaus und zog die Tür hinter sich ins Schloß.

Thad starrte verärgert zur Tür. Er mochte es nicht, wenn andere das letzte Wort hatten. Als er sich ins Zimmer zurückwandte, entdeckte er, daß die kastanienbraune Krokoreisetasche mit dem Monogramm H. C. versehen war. Er versetzte ihr einen heftigen Tritt. Nach einer Weile hockte er sich wieder auf die Couch.

Der Kerl blufft vermutlich nur, suchte er sich zu trösten. Er ist ein guter Schauspieler, mit einer Menge Selbstbeherrschung, das ist alles. Und der Anzug war auch eine Hilfe: Thad hatte ihn sich genau angesehen. Von diesem Anzug konnte er lernen. Von dem Mann nicht, denn der irrte sich, tappte völlig im Dunkeln, wie die meisten Männer, wenn es um Frauen ging.

Er nahm die Brille ab, hauchte auf die Gläser und polierte sie mit seinem Ärmel. Dann lehnte er sich in die Kissen zurück. Er war wirklich ein bißchen nervös, dessen war er sich durchaus bewußt. Und zwar zum zweitenmal an diesem Tag. Zuerst wegen Helen, und jetzt wegen diesem Kerl. Die Szene in dem Haus in Trastevere war falsch gelaufen, und das Gespräch mit diesem Mann ebenfalls. Beide, Helen und dieser Kerl, hatten sich ihm irgendwie entzogen.

Sein Blick wanderte über die kostbar gebundenen Bücher der Porno-Sammlung, und er zog eine verächtliche Grimasse. Sexuelle Macht erschien ihm unendlich trivial; sie war nicht die Macht, von der er träumte. Sie ließ seinen Puls nicht schneller schlagen.

Aber die Kunst. Das war etwas anderes. Die Kunst bedeutete allerhöchste Macht. Voll Freude kehrten seine Gedanken zu dem soeben abgedrehten Film zurück. Einstellung um Einstellung, Szene und Szene rollte vor seinem inneren Auge ab: exakt, schön, potentiell perfekt; sein Film, seine Schöpfung, sein unsterbliches Kind.

In Paris saß Edouard in seinem Arbeitszimmer in St. Cloud und zog das Telefon zu sich heran. Er dachte an das Gespräch mit Thaddeus Angelini; er dachte an Hélène; und er dachte an Geschenke.

Auf dem Schreibtisch neben dem Telefon lagen und standen drei Dinge: das Foto von Hélène; die grauen Handschuhe von Hermès; und der eckig geschliffene Brillantring. Nachdenklich ruhte sein Blick darauf. Der Schmerz, den er empfand, als er die Handschuhe und den Ring in ihrem Zimmer entdeckte, war unendlich qualvoll gewesen. Daß sie diese beiden Dinge zurückgelassen hatte, ausgerechnet diese beiden, die er für einen Talisman ihrer Liebe gehalten hatte...

Jetzt war der Schmerz nicht mehr ganz so schlimm. Der Gedanke tat zwar immer noch weh, doch er sah ein, daß Angelini möglicherweise recht hatte: Der Diamantring war, genau wie seine Liebe, zum falschen Zeitpunkt gekommen.

Statt dessen erwog er nunmehr andere, weniger dingliche Geschenke, von denen Hélène nicht einmal erfahren würde, daß sie von ihm kamen: das Geschenk der Zeit, zum Beispiel; das Geschenk der freien Wahl; und sogar das Geschenk seiner Abwesenheit.

Alle drei waren Geschenke, mit denen er sich nur schwer befreunden konnte. Während des ganzen Rückflugs nach Paris hatte er überlegt und geplant, und jetzt hätte er dennoch fast rebelliert. Er griff zum Telefon, wußte genau, er könnte jederzeit nach London fliegen und sie sehen; wußte, daß es durchaus möglich war, sie von dort hierher zurückzuholen.

Die Versuchung war sehr groß und einen Augenblick schier unerträglich; doch dann dachte er wieder an all die Dinge, die Angelini gesagt hatte, und wieder hörte er die Wahrheit heraus, die darin lag.

Hélène war jetzt in dem Alter, in dem er selbst während des Krieges in London gewesen war; er selbst hatte damals Célestine geliebt, Jean-Paul angebetet, vom Tod seines Vaters erfahren. Und war von Ehrgeiz erfüllt gewesen, wie Hélène es vermutlich ebenfalls war. O nein, er würde bestimmt nicht nach London fliegen!

Statt dessen ließ er sich, wie geplant, mit Simon Scher verbinden, den er zwei Jahre zuvor nach Texas in die Partex-Zentrale versetzt hatte. Inzwischen war Scher Drew Johnsons rechte Hand. Als er sich meldete, war Edouards Stimme ruhig und sachlich.

»Simon? Wir haben im Zuge unserer Diversifikationspolitik in letzter Zeit doch einige Firmen übernommen, nicht wahr? Korrigieren Sie mich, wenn ich mich irre...«

Simon Scher, in Dallas, lächelte: Wann hatte sich Edouard jemals in Geschäftsangelegenheiten geirrt?

»... und eine davon war, glaube ich, eine Verleihfirma. Ein Filmverleih.«

»Ganz recht. Der Name lautet Sphere. Es war eine Anlagen-Ausschlachtungsaktion von uns. Die Firma war total ruiniert, aber wir haben sie für einen guten Preis erworben, und sie verfügte über für uns sehr nützlichen Grundbesitz.«

»Was haben wir damit gemacht?«

»Bisher noch gar nichts. Es liegt erst zwei Monate zurück. Wir untersuchen noch das Entwicklungspotential der Vermögenswerte.« Scher zögerte. »Wollen Sie, daß ich das prüfe?«

»Nein.« Eine kurze Pause entstand. »Was würde es kosten, die Firma wieder auf die Beine zu stellen?«

»Wie bitte – als Filmverleih?« Schers Ton verriet Überraschung. »Nicht allzu viel, nehme ich an. Es käme darauf an, wie weit wir uns da reinhängen wollen. Zwei Millionen. Es ginge auch billiger, doch wenn Sie eine Expansion ins Auge fassen...« Er hielt inne. »Ich könnte Ihnen zwar ein paar Zahlen besorgen, wir haben diese Möglichkeit jedoch ausgeschlossen. Die Filmindustrie ist im Augenblick außerordentlich unbeständig, und ohne einen Produktionszweig ist eine Verleihfirma nicht stark genug. Sphere versuchte den Verleihabteilungen der großen Studios Konkurrenz zu machen und schaffte es nicht. Außerdem war natürlich auch die Firmenverwaltung unfähig, das war aber keineswegs das einzige Problem. Wir kamen zu der Auffassung, daß Partex...«

»Ich möchte die Firma reaktivieren.«

»*Wie bitte?*« Scher war fassungslos. Er konnte sich Edouard ebensowenig im Filmgeschäft vorstellen wie an den einarmigen Banditen von Las Vegas.

»Ich will sie als Verleihfirma reaktivieren, und zwar mit der Absicht, in nächster Zeit auch noch in eine unabhängige Filmproduktion zu investieren.«

»Film*produktion?*« Scher glaubte nicht recht gehört zu haben. »Sie meinen, Sie wollen Filme machen?«

»Nicht machen – finanzieren! Es ist mir ernst, Simon. Ich müßte mich natürlich näher damit befassen, aber ich dachte an eine vorläufige Kapitalspritze von ungefähr sechs Millionen. Eine vermutliche Verlustphase von drei Jahren mit dem Ziel einer Wende zum Profit im vierten Jahr...«

»Edouard. Moment mal! Wir reden hier vom Filmgeschäft!«

»Ich würde die Transaktion ja persönlich finanzieren, aber ich möchte nicht, daß mein Name damit in Verbindung gebracht wird. Ich wünsche, daß Sphere als Strohmann agiert.« Er hielt inne. An seinem Ton hörte Scher, daß er sich jetzt Notizen machte. »Sie werden einen Talentsucher brauchen, einen guten; einen, der die Studios in- und auswendig kennt. Ich brauche Spheres Ertragszahlen der letzten zehn Jahre sowie die Ertragszahlen aller nicht an Studios angeschlossenen Konkurrenten. Ich brauche...«

»Sie brauchen mich in einem Flugzeug«, fiel Scher ihm ins Wort. Er lächelte. Es war wirklich eine Wahnsinnsidee, doch Edouards Wahnsinnsideen konnten alle eindrucksvolle Erfolge aufweisen. »Gestern kann ich's nicht mehr schaffen«, fuhr er ironisch fort. »Erst heute abend. Wollen Sie Drew ebenfalls einweihen?«

»Selbstverständlich. Er ist der Vorsitzende.«

Scher lachte leise. Sie wußten beide ganz genau, daß das, soweit es Edouard betraf, überhaupt keine Rolle spielte.

»Nun gut, er ist also mein Freund«, korrigierte sich Edouard. »Sagen Sie ihm, daß ich seine Hilfe brauche.«

»Wenn ich ihm das sage, wird er mitkommen wollen.«

»Dann sagen Sie es ihm auf jeden Fall.«

Scher machte eine kurze Pause, weil er mit seiner Sekretärin über

Abflugzeiten sprach; dabei wurde ihm plötzlich klar, daß Edouard zum erstenmal seit seiner zehnjährigen Zusammenarbeit mit ihm erklärt hatte, er brauche Hilfe. Diese Tatsache beunruhigte ihn ein wenig. Als er wieder an den Apparat kam, klang sein Ton besorgt.

»Wissen Sie, wie groß unsere Verluste bei diesem Geschäft werden können, Edouard?« fragte er und kam sich töricht vor. »Ich bin überzeugt, daß Sie das wissen, aber es würde eine ganz neuartige Aufgabe für uns alle sein. Verleih allein ist schon schlimm genug, doch Produktion... Das ist eine Schlangengrube, Edouard, absolut unberechenbar. Wir...«

»... verfolgen eine Diversifikationspolitik, nicht wahr?« Edouards Stimme klang belustigt.

»O ja, gewiß. Doch mit dem Ziel, Profit zu machen. Hier werden wir mit Sicherheit – werden *Sie* mit Sicherheit – schwere Verluste einstecken müssen, und...«

»Über das Verlustrisiko bin ich mir klar«, fiel Edouard ihm ins Wort. Während er sprach, betrachtete er Hélènes Foto, und dabei stand ihm das Verlustrisiko noch weit lebendiger vor Augen: eine Zukunft, die leer und öde war, eine Zukunft ohne Hélène, eine Zukunft, die eine grauenhafte Verlängerung seiner trostlosen Vergangenheit sein würde.

Er zögerte, dann drehte er das Foto um.

»Über das Verlustrisiko bin ich mir klar«, wiederholt er mit fester Stimme.

Dritter Teil

Lewis und Hélène

London & Paris 1959–1960

Ich geh' mit ein paar fabelhaften Leuten zum Lunch in dieses neue italienische Restaurant, von dem ich dir erzählt habe. Willst du nicht mitkommen?«

»Nein danke, Lewis.«

»Ich hab' für morgen Karten zum Covent Garden. So wertvoll wie Goldstaub. Die Callas singt. Bitte, komm mit!«

»Nein danke, Lewis.«

»Im Albany gibt's heute abend eine Party, zu der wir beide eingeladen sind. Das ist eins der besten Lokale in ganz London. Du *mußt* es unbedingt kennenlernen!«

»Nein, Lewis. Wirklich nicht!«

Ein Jägerball in Oxfordshire. Eine Nightclub-Eröffnung in Mayfair. Jazz im Haus eines neureichen, in Mode gekommenen Bühnenautors des Royal Court Theatre am Chester Square. Eine Frühstücksparty in Brighton. Tanz im Dorchester... Nach monatelanger gesellschaftlicher Abstinenz in Paris und Rom war Lewis wieder voll aktiv.

»Eine Privatshow in der Glendinning Gallery. Champagner um zwölf Uhr mittags. Es handelt sich um Sorensons neue Ausstellung. Alle sagen, er ist unglaublich.«

»Ich kann nicht, Lewis! Ich möchte lieber hierbleiben. Und außerdem muß ich Anne morgen sitzen.«

»Na und? Sag ihr, du kannst nicht. Anne Kneale geht mir allmählich auf die Nerven. Du bist dir doch hoffentlich klar darüber, daß die 'n kesser Vater ist, ja?«

»Lewis...«

»Na ja. Schon gut. Vielleicht auch nicht. Aussehen tut sie jedenfalls danach. Ich mag sie nicht.«

»Lewis, wir wohnen in ihrem Haus!«

»Cottage. Man kann sich hier ja wirklich kaum umdrehen. Ich kenne die Frau praktisch nicht und kann mir überhaupt nicht vorstellen, warum sie es uns angeboten hat. Und vor allem kann ich mir nicht vorstellen, warum ich ihr Angebot akzeptiert...«

»Mir gefällt's hier. Es ist ruhig. Es ist friedlich.«

»Und es ist, verdammt noch mal, kalt! Mein Bettgestell ist aus Eisen. Wenn ich mir ein Bad einlassen will, dauert es eine Dreiviertelstunde, bis die Wanne etwa zehn Zentimeter hoch mit lauwarmem Wasser gefüllt ist.«

»Es gibt einen Kamin. Es ist sehr hübsch. Mein Bett ist überaus bequem.«

Lewis stieg die Farbe ins Gesicht. Beide schwiegen. Er war nie sicher, ob solche Bemerkungen bei ihr der Naivität entsprangen oder dem Wunsch, ihn zu reizen.

Am Tag darauf begann er mit seiner Kampagne von neuem. »Wir könnten im Ritz wohnen – in zwei verschiedenen Suiten. Warum eigentlich nicht? Wenigstens über Weihnachten!«

»Nein, Lewis. Du kannst das natürlich gern tun, wenn du willst, aber ich möchte lieber hierbleiben.«

»Nein. Ich muß mich um dich kümmern. Das brauchst du. Sonst verschwindest du wieder wie in Paris.«

»Ich werde nicht verschwinden, Lewis. Bin ich denn nicht immer hier? Du gehst zu deinen Parties, und wenn du nach Hause kommst, bin ich hier.«

»Aber ich möchte dir London zeigen! Ich möchte *dich* London zeigen. Es muß doch furchtbar langweilig sein, immer nur hier rumzusitzen. Heute zum Lunch – nur heute zum Lunch! Bitte – *bitte*, Helen, komm doch mit!«

»Nein, Lewis. Ich möchte allein sein.«

»Ich verstehe. Wie Greta Garbo, ja?« Er schnitt eine Grimasse.

»Nein, Lewis. Wie ich.«

Lewis gab auf. Am nächsten Tag jedoch wiederholte er seine Attacke, am übernächsten ebenfalls. Er war hartnäckig und vielseitig. Die Premiere eines großen, neuen Musicals. Eine Party auf einem Boot auf der Themse. Dinner mit dem amerikanischen Botschafter.

Ein Bankett in der Guildhall. Der Empfang bei de Chavigny zur Vorstellung der neuen Wyspianski-Schmuckkollektion.

»Nein, Lewis«, lautete die Antwort auf jeden seiner Vorschläge. Und immer im selben Ton.

Also ging Lewis allein, und manchmal bat sie ihn am nächsten Tag, ihr von den Erlebnissen des letzten Abends zu erzählen. Sie erkundigte sich nach dem Bankett in der Guildhall. Sie erkundigte sich nach dem Empfang bei de Chavigny.

Lewis lächelte. »Also, der Moët & Chandon schmeckte wirklich unglaublich! Und natürlich waren sie alle da.«

»War der Schmuck schön?« Sie dachte daran, wie Edouard ihr die Entwürfe gezeigt hatte.

»Ich glaube schon.« Lewis zuckte die Schultern. »Ich verstehe nicht viel von Schmuck. Ein paar schöne Rubine. Und die Damen waren natürlich völlig verrückt nach dem Zeug. Obwohl sie alle schon von oben bis unten mit Schmuck behängt waren. De Chavigny war persönlich anwesend, und die Frau, die bei ihm war, diese Designerin, Ghislaine irgendwas – ganz New York läßt sich heutzutage von ihr einrichten –, die konnte kaum den Kopf heben, so dick hingen ihr die Klunker um den Hals. Lucy Cavendish sagte, ihre Mutter sei tief beleidigt.«

»Ghislaine Belmont-Laon«, sagte Hélène zu seinem Erstaunen. Dann zog sie ein wenig die Brauen zusammen und wechselte das Thema.

Am nächsten Tag war sie sehr still, und Lewis fand, daß sie auch blaß war. Das machte ihm Sorgen; und ihre Weigerung, das Cottage zu verlassen, beunruhigte ihn. Es war nicht normal, und er hatte den Eindruck, daß sie sich vor etwas fürchte.

Möglicherweise war sie ja auch krank; zuweilen sah sie wirklich so aus – überanstrengt. Doch Helen wies diese Möglichkeit, wenn er seine Besorgnis äußerte, jedesmal weit von sich und sah nach ein paar Tagen tatsächlich wieder weniger blaß und erschöpft aus.

Nach zweitägiger Abstinenz begann Lewis dann wieder Einladungen zu akzeptieren, und zwar mit einem gewissen Trotz, denn es kränkte ihn, daß es Hélène absolut gleichgültig zu sein schien, ob er kam oder ging.

Ende November, als sie bereits drei Wochen in London waren, hatte sich eine gewisse Routine entwickelt. Lewis ging aus und versuchte noch immer gelegentlich, Hélène zum Mitkommen zu überreden. Er akzeptierte ihre fortgesetzte Weigerung gutmütig, jedoch mit hilflosem Unverständnis.

Als Lewis sich eines Vormittags verspätet zu einer Lunch-Verabredung auf den Weg machte, saß Hélène auf einer Couch am Fenster und las die *Times*. Lewis, der seinen Mantel, den Schal und die Handschuhe anzog – es war bitterkalt –, stellte verärgert fest, daß sie kaum einen Blick für ihn hatte. Zerstreut sagte sie ihm auf Wiedersehen, als er jedoch das Haus verlassen hatte, hob sie den Kopf und sah ihm nach, wie er die Straße entlangeilte.

Dann konzentrierte sie sich wieder auf die Zeitung. Sie enthielt einen Bericht aus New York über den Empfang zur Vorstellung der Wyspianski-Kollektion in Amerika mitsamt einem Foto des Baron de Chavigny zusammen mit Ghislaine Belmont-Laon, deren Firma, wie gemeldet wurde, die Chavigny-Verkaufsräume nahe der Fifth Avenue neu gestaltet hatte.

Hélène ließ die Zeitung sinken. Zu wissen, daß Edouard in London war, hatte sie furchtbar und schmerzhaft verstört. Nun, da er nicht mehr in England weilte, war sie richtig erleichtert. Wie betäubt betrachtete sie das Foto. Das war ja zu erwarten gewesen: Inzwischen waren zwei Monate vergangen. Und wäre es nicht Ghislaine Belmont-Laon, würde es früher oder später eine andere sein.

Nach einer Weile nahm sie die *Times* wieder auf und blätterte weiter zum Wirtschaftsteil. Das tat sie seit einiger Zeit täglich, doch nie, solange Lewis da war, denn der hätte sie ja doch nur ausgelacht. Geduldig zwang sie sich zum Lesen: mündelsichere Papiere; Aktien-Emissionen; Obligationen; Pfandbriefe. Das alles war für sie zwar schwer zu verstehen, und dennoch seltsamerweise beruhigend, denn sie glaubte fest daran, daß sie es lernen konnte, wenn sie sich nur energisch genug bemühte. Hinter dem trockenen Text der Berichte und den Zahlen, die sie noch immer nicht begriff, ahnte sie Leidenschaften und Dramen, Lebensläufe, Karrieren, Vermögen, schnell gemacht, schnell wieder verloren – Dinge, die sie brennend interessierten. Eines Tages war sie dann plötzlich auf den Gedanken gekommen, daß das Geld ihr eine so herrliche Möglichkeit zur Rache bot, wie sie es sich nie hätte träumen lassen. Dabei hatte sie natürlich sofort an Ned Calvert gedacht, und daher las sie jetzt vor allem sämtliche Meldungen über die Baumwollindustrie. Gewiß, um auf diese Weise Kapital anzuhäufen, mußte man zuerst einmal Geld *haben*. Und da das bei ihr vorläufig noch nicht der Fall war, mußte sie sich möglichst schnell etwas beschaffen: Ein Gedanke, der sie von nun an immer stärker beherrschte.

Sie legte die Zeitung hin und starrte ins Leere. Wieder drohte sie von der Panik überwältigt zu werden, wehrte sich aber energisch dagegen. Auf einen der Sessel hatte Lewis den grünen Kaschmirpullover geworfen, den er am Tag zuvor getragen hatten. Nachdenklich betrachtete sie das teure Stück. Es war ihr klar, daß sie Lewis durchaus zu diesem Lunch hätte begleiten können. Genauso leicht wäre es ihr gefallen, ihn zum Hierbleiben zu überreden. Ein Wort. Eine Geste. Seit der Abreise aus Rom hätte sie diese winzige kleine Geste jederzeit machen können.

Inzwischen aber hatte sie Lewis gern; deswegen hatte sie diese Geste nicht gemacht, dieses Wort nicht gesprochen. Sie wollte Lewis auf keinen Fall weh tun! Und noch etwas anderes hielt sie zurück: ein stures, trotziges Festhalten an der Erinnerung an Edouard, ein Zögern, diese kurze, wunderbare Zeit auszulöschen, von der sie auch jetzt noch zehrte. Aber sie fühlte sich einsam. Und sie hatte Angst. Als sie jetzt auf die nasse, menschenleere Straße hinaussah und an Lewis dachte, war sie froh, gehandelt zu haben, wie sie es getan hatte, empfand aber zugleich ein unerklärliches Bedauern.

An den Nachmittagen wurde es jetzt sehr schnell dunkel. Um halb fünf schloß Hélène die scharlachroten Vorhänge der kleinen Fenster, zündete die Lampe an und setzte sich vor den Kamin. Manchmal machte sie sich Tee. Sie hatte diese kleinen Rituale lieben gelernt.

Ihr gefiel das dunstige Wetter. Sie freute sich am herbstlichen Laub der Londoner Platanen, den nassen Blätterhaufen auf den Bürgersteigen, dem Rauhreif, der Gras und Zweige am Morgen weiß färbte, und dem herben, erdigen und ganz leicht rußigen Geruch der Londoner Luft. Vor allem aber liebte sie das weiche, graue Licht und den Nebel, der manchmal über der Themse lag. Sie hoffte, daß es bald schneien würde, denn Schnee hatte sie bisher nur auf Fotos gesehen.

Das Haus war ihnen ganz unerwartet zur Verfügung gestellt worden. Als sie in London eintrafen, waren sie zunächst bei einer Freundin von Lewis' Mutter in einer großen, modernen Wohnung am Eaton Square untergekommen. Die Hausherrin, eine hochelegante Amerikanerin, befand sich mitten in der Party-Hektik der Vorweihnachtszeit und übte ihre Gastgeberrolle recht nachlässig aus. Hélène scheute vor ihr zurück, genau wie sie vor der Aktivität zurückscheute, in die sich Lewis mit soviel Begeisterung begab. Nach den anstrengenden Dreharbeiten fühlte sie sich völlig erschöpft; die sich überstürzenden Ereignisse des Sommers brachen immer wieder über sie herein, stürzten sie in Verwirrung und ließen ihr keine Ruhe. Was sie wollte – das war ihr jetzt klar, da sie es hatte –, war ein ruhiges, stilles Fleckchen, wo sie sich verkriechen konnte wie ein verwundetes Tier, wo sie abwarten und die Zeit vergehen lassen konnte.

Lewis hatte sich bereits darüber Gedanken gemacht, daß sie nicht ewig am Eaton Square bleiben konnten, als er auf einmal ganz überraschend einen Anruf der Porträtistin Lady Anne Kneale bekam, die er im Grunde nur flüchtig kannte. Über die Freundin einer Freundin habe sie gehört, daß er eine Bleibe suche, und dann hatte sie ihm ihr Cottage angeboten.

»Es steht leer. Ich arbeite zwar in meinem Atelier hinter dem Haus«, hatte sie auf ihre burschikose Art gesagt, »im Augenblick aber lebe ich bei einer Freundin. Wenn Sie also wollen, können Sie von mir aus gern dort wohnen.«

Am Tag darauf sahen sie sich das Haus an. Die Besichtigung dauerte nicht lange, denn es handelte sich um ein winziges Haus mit zwei Schlafzimmern im oberen Stock, einem Wohnzimmer und einer Küche. Die Schlafzimmer waren mit Messingbetten, Patchwork-Decken, Flickenteppichen und Öllampen ausgestattet. In der Küche gab es einen riesigen schwarzen Herd, einen Küchenschrank mit unordentlichen Stapeln von altem, blauweißem Spode-Porzellan und einen noch älteren Fußboden aus Yorksteinplatten, der mehr als fußkalt war. Der kleine Wohnraum war schäbig und gemütlich zugleich, den Boden bedeckten alte türkische Kelimteppiche, die Wände Ölbilder und improvisierte Bücherregale. Zwei dicke Polstersessel flankierten den Kamin, und auf dem Sims prangten zwei Staffordshire-Hunde, eine blaue Glasvase mit braunen Vogelfedern, ein Straußenei und eine Reihe glattgeschliffener, grauer Kiesel. Es war weder ordentlich hier, noch besonders sauber. Lewis zog ein langes Gesicht.

Hélène dagegen rief begeistert: »Ach, Lewis, wie schön! Hier gefällt es mir wirklich!«

»Es ist doch winzig wie ein Puppenhaus! O Gott, und so furchtbar kalt! Warum halten die Engländer eigentlich nichts von Zentralheizung?«

»Bitte, Lewis!«

»Na schön, von mir aus. Wenn's dir gefällt.«

Damals hatte sie etwas entdeckt, was sie zuvor nur vermutet hatte: daß Lewis ihr kaum etwas abschlagen konnte.

Am nächsten Tag waren sie mit ihren Siebensachen eingezogen. Lewis benutzte das Haus als Basis für seine Ausflüge in die Gesellschaft; Hélène blieb allein. Abgesehen von Anne Kneale, die Hélène kurz kennengelernt hatte, als sie sich das Haus ansahen, und die sie in der Woche nach ihrem Einzug gebeten hatte, sie malen zu dürfen, kam sie mit keinem Menschen zusammen und merkte nun erst, wie sehr sie sich seit Monaten schon nach ein bißchen Einsamkeit gesehnt hatte.

Zuweilen machte sie lange Spaziergänge am Fluß entlang. Wenn sie dann wieder nach Hause kam und Lewis nicht da war – und er war wirklich nur selten da –, saß sie Anne Kneale für das Porträt, ruhte sich vor dem Kaminfeuer aus oder fütterte Annes Katze, ein großes, majestätisches Tier, das sie regelmäßig besuchen kam, bei ihr Milch trank, sich auf ihren Schoß setzte und sie mit seinen großen, gelben Augen aufmerksam betrachtete.

Hier konnte sie die Vergangenheit ruhen lassen. Hier konnte sie die Zukunft planen, und das war notwendig, wurde mit jedem Tag, jeder Woche notwendiger. Sie mußte planen – nicht nur für sich, sondern auch für das Baby. »Billys Baby«, sagte sie sich und faltete die Hände über der sanften Wölbung ihres Leibes. Bis jetzt bewegte es sich noch nicht, und dennoch spürte sie seine Gegenwart sehr stark. Sie spürte, wie es ihren Verstand einschläferte, während es ihren Körper veränderte.

Manchmal, wenn sie vor dem Kaminfeuer saß, redete sie mit ihrem Kind. In Rom, als sie mit den Dreharbeiten begannen, waren die Übelkeitsanfälle sehr schlimm gewesen. Morgens und abends, vor der Arbeit und nach der Arbeit: so schlimm, daß sie ganz schwach und kraftlos wurde. Damals hatte sie sich auch abends in ihrem Zimmer im Palazzo eingeschlossen. Und hatte die Briefe an Edouard geschrieben.

Sie schrieb fast zwanghaft, Abend für Abend, und erklärte ihm auf dem Papier all jene Dinge, die sie ihm nie hatte persönlich erklären können. Keinen der vielen Briefe schickte sie ab, las sie auch nicht noch einmal durch, wenn sie fertig waren, sondern verschloß sie in einer Schublade.

Als die Dreharbeiten dann fortschritten, hatte sie sich jedoch verändert. »Hab Vertrauen zu dir selbst«, hatte Thad gesagt, und diese Worte verliehen ihr Kraft – nicht nur beim Filmen, sondern auch hinterher, wenn sie in den Palazzo zurückkehrte, und wenn sie allein war.

Nachdem sie einen Monat lang gedreht hatten, stieg sie dann eines Abends zu ihrem Zimmer im Palazzo hinauf, holte das Bündel nicht abgeschickter Briefe heraus, legte sie in den leeren Kamin und verbrannte sie. Und wie als Reaktion darauf, daß sich in ihr etwas verändert, daß sie ihren Entschluß gefaßt hatte, war es sofort mit der Übelkeit vorbei. Sie kehrte nie wieder, und während Hélènes Selbstsicherheit bei der Arbeit wuchs, fühlte sie sich körperlich immer wohler, entwickelte sie eine ganz neue Energie.

Doch die Wirren der Vergangenheit und die Angst vor der Zukunft waren nicht endgültig fort, sondern warteten nur auf sie. In dem Moment, da der Film abgedreht war, in dem Moment, da sie Rom verließ, fielen sie wieder über sie her. Und damit kehrten auch die Alpträume zurück, die sie in Frankreich ein- oder zweimal gehabt hatte, und verfolgten sie wie zuvor. Nacht für Nacht durchlitt sie die furchtbarsten Qualen.

Sie hielt Billy in den Armen, dann Eoduard, und es war Edouard, der starb und blutete. Die Mutter tanzte durch ihre Träume zur Musik des Liedes vom Flieder. Ned Calvert kam in seinem weißen Anzug, führte sie ins Schlafzimmer seiner Frau hinauf und erklärte ihr, nun sei sie seine Frau und werde es ewig bleiben. Hélène sah ihn an, sah zu den glitzernden Flakons auf dem Toilettentisch hinüber und griff nach einem, um ihn damit zu erschlagen. In ihrer Hand verwandelte er sich jedoch in einen Diamanten – einen eiskalten Diamanten, der sie verbrannte.

Diese Träume erschreckten sie zutiefst; sie hätte gern mit jemandem darüber gesprochen, doch außer Anne und Lewis hatte sie keinen Menschen, und sich den beiden anzuvertrauen, dazu konnte sie sich nicht entschließen.

Tagsüber wichen die Träume in den Hintergrund zurück, ganz abzuschütteln aber vermochte sie sie nie. Und auch das erschreckte sie, denn sie mußte gesund und stark sein – für das Kind. Sie hatte das Gefühl, ihr Baby zu kennen: Es war zu ihrem Freund und Vertrauten geworden. Sie wußte, wie es aussehen würde, wußte alles von dem kleinen Wesen, sogar den genauen Tag, an dem sie es empfangen hatte: am 16. Juli. Weil das der Tag war, an dem Billy starb. Durch dieses Kind lebte Billy weiter: Sie hatten es nicht geschafft, ihn zu töten!

Billys Baby. Billys Baby. Immer wieder sagte sie es vor sich hin, wie eine Litanei. Sie zog die Vorhänge zu, schloß die Welt aus und flüchtete sich an den Kamin. Die Litanei betäubte ihre Gedanken; sie half ihr, Pläne für die Zukunft zu entwerfen.

Diese Pläne, das wurde ihr allmählich klar, mußten präzise sein. Und zweckmäßig.

Dies sagte sie sich an dem Nachmittag, den Lewis bei einem ausgedehnten Lunch verbrachte. Als er ins Cottage zurückkehrte, war es bereits Abend, und es regnete. Er kam in das kleine rote Zimmer mit dem Kaminfeuer und den bernsteingelben Lichtteichen, stampfte mit den Füßen, legte seinen Kaschmirschal und die schönen Handschuhe ab, klopfte sich den Regen von den Schultern seines teuren Mantels und beschwerte sich lachend über die Unbilden des englischen Wetters. Mitten im Satz jedoch hielt er aus keinem erkennbaren Grund inne.

Er starrte Hélène an, die auf einem Teppich vor dem Kaminfeuer saß. Wenn sie ihn ansah, hatte er oft das Gefühl, daß sie ihn gar nicht richtig wahrnahm, daß sie durch ihn hindurchblickte. Diesmal jedoch – möglicherweise, weil er sie mit seiner Rückkehr überrascht hatte – sah sie ihn mit ihren großen grauen Augen offen und nachdenklich an. Lewis zögerte einen Moment, dann zog er den Mantel aus, befreite sich von den nassen Schuhen und setzte sich.

An diesem Abend hatte er eigentlich vor, ins Theater und anschließend zum Essen zu gehen; das wußten sie beide. Sie sahen einander einen Moment an, dann senkte sie den Blick, bis ihre dunklen Wimpern die Wangen überschatteten, und ihre Wangen gewannen ein wenig Farbe.

»Mußt du gehen, Lewis?« fragte sie schließlich leise. In Lewis stieg eine ganz außergewöhnliche Freude auf. »Nicht unbedingt«, antwortete er schnell. »Es ist ein scheußlicher Abend. Ich glaube... Ich glaube, ich bleibe lieber hier.«

Sie hob den Kopf. Daß er so schnell kapitulierte, schien sie zu überraschen. Dann lächelte sie scheu. Auf ihre kühle, distanzierte, praktische Art dachte sie dabei, daß sie sehr jung sei, daß sie so gut wie gar kein Geld besaß und daß Billys Baby einen Vater brauche. Sie dachte es ganz leidenschaftlos und wog die Bedürfnisse des Kindes gegen Lewis Sinclairs Bedürfnisse ab, der, wie sie erkannt hatte, weitaus verletzlicher und unsicherer war, als er anfangs gewirkt hatte.

Ihre Miene verriet nichts von diesen Kalkulationen. Lewis, der sie aufmerksam betrachtete, hatte das Gefühl, daß sie sich über seinen Entschluß, zu Hause zu bleiben, freute, daß sie aber zu schüchtern war, ihm das zu sagen. Er war glücklich.

Weiter wurde kein Wort gesprochen; in diesem kurzen Augenblick jedoch begann sich der zukünftige Verlauf ihres Lebens zu ändern.

Drei Wochen später, als Weihnachten allmählich näherrückte, schneite es stark. Als Hélène am Morgen aufwachte, kam ihr das Schlafzimmer ungewohnt hell vor. Sie stieg aus dem Bett und öffnete die Vorhänge.

Es war noch sehr früh, die Schneedecke unberührt. Sie betrachtete den herrlichen Morgen mit der strahlenden Sonne, die auf eine frische, weiße Welt herabschien. Und fühlte genau in diesem Moment, wie sich das Baby zum erstenmal bewegte.

Sie stand ganz still und preßte die Hände auf ihren Leib, der sich unter dem Nachthemd straff wölbte. Es war ein seltsames Gefühl – ganz anders als jede Beschreibung, die sie gelesen hatte – und sekundenlang glaubte sie, es sich nur eingebildet zu haben. Dann aber spürte sie es noch einmal: ein sanftes Flattern wie von einem Vögelchen, ein Teil ihrer selbst, und dennoch etwas ganz Eigenes. Es erfüllte sie mit einem plötzlich aufwallenden, intensiven Beschützerinstinkt. Tränen brannten ihr in den Augen. An jenem Vormittag fragte sie Anne Kneale, als sie im Atelier für sie saß, ob sie ihr in London einen Arzt empfehlen könne. Sie stockte ein wenig: einen Gynäkologen.

Ein kurzes Schweigen entstand. Den Pinsel in der Hand, hob Anne das kluge, kantige Gesicht und musterte Hélène mit ihren wachen Augen.

»Doch, das kann ich. Er ist zwar ein scheinheiliges altes Ekel, aber immerhin sehr berühmt.« Darauf begann sie wieder mit raschen, kurzen Strichen zu malen.

Am nächsten Nachmittag suchte sie den berühmten Mr. Foxworth in seiner Praxis in der Harley Street auf. Lewis sagte sie nicht, wohin sie ging.

Mr. Foxworth war hochgewachsen und distinguiert. Er trug einen perlgrauen Dreiteiler, eine perlgraue Krawatte und eine Krawattennadel mit einer Perle. In seinem Knopfloch steckte eine blaßgelbe Rosenknospe. So thronte er hinter einem riesigen, auf Hochglanz polierten Schreibtisch und schrieb. An der Wand hinter ihm hing eine Reihe kleiner, englischer Landschaften, jede sorgfältig beleuchtet, und jede so ausgewählt, daß sie mit der schlichten, doch geschmackvollen Regency-Streifentapete harmonierte. Hélène hielt den Blick starr auf diese Ölbilder gerichtet; Mr. Foxworth hielt den Blick auf seinen Schreibtisch gerichtet. Er fragte sie nach ihrer Periode, und Hélène spürte, daß er ihre Antworten unzureichend fand. Sie hatte noch nie mit einem Mann über ihre Periode gesprochen und war puterrot vor Verlegenheit.

Schließlich seufzte er auf eine Art, die verriet, daß ihm nicht nur Hélène, sondern auch all ihre Geschlechtsgenossinnen ein Rätsel waren. Er bat sie, sich ins Untersuchungszimmer zu begeben, wo eine Schwester sie erwartete. Dann werde er sie untersuchen. Es klang, als finde er diese Notwendigkeit bedauerlich.

Die Schwester war energisch. »Legen Sie all Ihre Unterwäsche ab«, befahl sie streng. »Auch das Höschen. Drüben am Kleiderhaken finden Sie einen Kittel.«

Hélène gehorchte. Als sie in einem grünen Leinenkittel wieder zum Vorschein kam, half ihr die Schwester auf einen schmalen Tisch, der am Fußende Metallbügel hatte und mit einem weißen Papiertuch bedeckt war. Die Schwester drückte auf eine verborgene Klingel, und nach einer wohlterminierten Wartezeit erschien Mr. Foxworth.

Auf einen Fleck irgendwo über ihrem Kopf starrend, griff er nach einem Metallgegenstand, der einer Lockenschere ähnelte. Mit der anderen Hand tastete er sie ab.

»Dies wird Ihnen anfangs kalt vorkommen. Entspannen Sie bitte die Muskeln«, befahl er. Das waren die einzigen Worte, die er während der Untersuchung äußerte.

Hélène machte die Augen zu.

Als sie sie wieder öffnete, zog Mr. Foxworth sich die Gummihandschuhe von den Händen und warf sie in einen Abfalleimer. Dann drückte er an ihrem Bauch herum, schob den dünnen Kittel beiseite und tastete ihr, immer noch auf die Stelle über ihrem Kopf starrend, die Brüste ab. Diese Berührungen schienen ihm zuwider zu sein, und Hélène fragte sich, ob er das vielleicht deswegen so empfand, weil sie nicht verheiratet war.

Mit dem Gefühl, gebrandmarkt zu sein, kehrte sie ins Sprechzimmer zurück. Mr. Foxworth schrieb bereits wieder. Ohne mit dem Schreiben aufzuhören, deutete er an, sie möge sich setzen. Schließlich blickte er mit zusammengezogenen Brauen auf und begann mit gemessenen Worten zu sprechen, als sei er ein vielbeschäftigter Mann, der es mit einem kleinen, zurückgebliebenen Kind zu tun hat.

»Miss Craig. Eine Schwangerschaft dauert normalerweise vierzig Wochen. Heute haben wir den zweiundzwanzigsten Dezember. Sie befinden sich also jetzt in etwa der neunzehnten Schwangerschaftswoche. Auf Grund Ihrer Unsicherheit hinsichtlich Ihrer Menstruationen ist es sehr schwierig, den Zeitpunkt genauer zu bestimmen.« Er legte eine Pause ein. »Daher muß ich Ihnen mitteilen, daß ich mich, sollten Sie die Frage eines Abbruchs im Auge haben, kategorisch weigern müßte. Die gesetzlichen Bestimmungen sind eindeutig. Sobald die Schwangerschaft länger als zwölf Wochen besteht, ist ein Abbruch ausgeschlossen... Verstehen Sie, was ich sage, Miss Craig?«

Hélènes Blick richtete sich auf sein Gesicht. Seine Worte schienen ihr überhaupt keinen Sinn zu machen. »Abbruch?« sagte sie dann schließlich benommen. »Sie meinen eine Abtreibung? Aber ich will keine Abtreibung. Ich *wünsche* mir dieses Baby!«

Mr. Foxworth preßte die Lippen zusammen. Der Terminus »Abtreibung« verletzte eindeutig sein Feingefühl. Er rückte den Kalender auf seinem Schreibtisch zurecht.

»Gewiß. Gewiß.« Das klang verbindlich, beruhigend und ganz und gar ungläubig. »Selbstverständlich, ich verstehe. Sie wünschen eine Bestätigung Ihrer Schwangerschaft. Ich wollte, Sie wären früher gekommen... Wie dem auch sei. Ihr Gesundheitszustand ist ausgezeichnet. Wir können mit einiger Sicherheit erwarten, daß Sie das Kind um den vierten Mai herum zur Welt bringen werden – ein Frühlingsbaby. Äußerst angenehm, für die Mutter, finde ich immer. Bis dahin haben Sie natürlich noch viel Zeit, und das ist gut so, weil Sie nämlich vorausplanen können, Miss Craig; und zwar so, wie es in Ihrem und im Interesse des Kindes am besten ist. Haben Sie...« Seine Miene wurde ernst. »Haben Sie schon mal an die Möglichkeit einer Adoption gedacht, Miss Craig?«

Hélène schluckte. Er musterte sie und ihre Kleidung mit kaum unterdrückter Geringschätzung. Sie trug einen schlichten, preiswerten Tuchmantel, den sie sich einige Wochen zuvor gekauft hatte, und spürte, daß er auf Mr. Foxworth genauso wirkte, wie er war: billig. Voll Zorn erkannte sie, daß die Art, wie er mit ihr sprach, etwas mit diesem Mantel zu tun hatte – und mit der Tatsache, daß sie nicht verheiratet war. Wütend und angewidert sah sie ihn an und dachte dabei an ihre Mutter. Hatte der miese kleine Engelmacher in Montgomery sie auch so angesehen?

In diesem Augenblick faßte sie einen Vorsatz – eigentlich den alten Vorsatz, diesmal aber mit neuer Entschlossenscheit: daß ihr so etwas nie wieder passieren würde. Nie wieder würde sie sich herablassend behandeln lassen. Und was sie auch tun müßte, ihr Kind würde auf gar keinen Fall so aufwachsen wie sie: getrieben von dem schmerzhaften, grausamen Stolz der Armut.

Sie erhob sich. »Ich sagte Ihnen doch, ich *wünsche* mir dieses

Baby! Ich bin an einer Adoption nicht interessiert!« Sie reckte das Kinn.

Mr. Foxworth musterte sie mit zusammengezogen Brauen und blickte dann wieder auf seine Notizen hinab.

Hélène starrte auf den gebeugten Kopf, den perlgrauen Anzug, die grauen Schläfen, und dachte: Er bereut es, mich überhaupt empfangen zu haben. Wenn ich nicht Anne Kneales Namen und Titel erwähnt hätte, als ich ihn anrief, wäre er für mich nicht zu sprechen gewesen...

Darin irrte sie sich jedoch. Mr. Foxworth rechnete nämlich Daten aus. Auf Grund der Abtreibungsgesetze war er es gewöhnt, daß die Frauen, die zu ihm kamen, ihn hinsichtlich des Datums ihrer letzten Periode belogen. Reiche Frauen: Damen der Gesellschaft; ältere Frauen, jüngere Frauen. Gelegentlich lächelten sie bezaubernd, zuweilen weinten sie. Ihr Ziel war es natürlich, ihn zu überzeugen, daß ihre Schwangerschaft noch nicht so weit fortgeschritten sei, wie sie es war, und daß ein Abbruch daher noch möglich sei. Diese Frauen, fast alle daran gewöhnt, ihren Willen durchzusetzen, konnten sehr zornig und beleidigend werden, wenn Mr. Foxworth ihnen gelassen mitteilte, daß sie sich – wie er es formulierte – geirrt haben müßten.

In seiner ganzen Berufslaufbahn war es ihm jedoch noch nie vorgekommen, daß eine Frau zu behaupten versuchte, ihre Schwangerschaft sei weiter fortgeschritten, als sie es wirklich war: Diese Miss Craig hatte ihm einreden wollen, daß sie schon fünf Monate schwanger sei, die Empfängnis also bereits Mitte Juli stattgefunden habe. Das war ausgeschlossen, und er fand ihre Behauptung merkwürdig. Ebenso merkwürdig fand er, daß sie, als er ihr die Tatsachen nahezubringen versuchte, einfach nicht zuhörte. Es war, als verschließe sie ganz bewußt die Ohren vor seinen Worten.

Mr. Foxworth schürzte die Lippen. Wie er vermutete, versuchte sich die junge Frau aus irgendwelchen Gründen einzureden, daß nicht der eine, sondern ein anderer junger Mann der Vater ihres Kindes sei.

Er riß sich von seinen Gedanken los und sah wieder seine Patientin an. Sie erwiderte seinen Blick. Ihr Gesicht war gerötet, ihre Augen blitzten, ihre Miene war trotzig. Mr. Foxworth mochte sie nicht; sie war sehr jung, sie war unverheiratet, und in Anbetracht dieser Tatsachen wäre ein bißchen Demut und Kummer wohl eher angebracht gewesen.

Als taktvolle Mahnung schob Mr. Foxworth seine Manschette hoch und sah auf die Uhr. Die junge Frau biß sich auf die Lippe. Dann dankte sie ihm höflich, daß er sie empfangen hatte.

Er fragte noch einmal, ob sie verstanden habe, was er gesagt hatte, woraufhin sie lächelte und ihn fragte, was sie ihm schulde. Leicht errötend erhob er sich und bat sie, ihre Adresse am Empfang zu hinterlassen. Seine Liquidation – er brachte das Wort nur mühsam heraus, denn seine Honorare waren hoch, und er verwies nur äußerst ungern auf ihre Existenz – werde ihr zu gegebener Zeit zugehen.

Hélène ging hinaus. Die breite, vornehme Treppe hinab, zur Haustür hinaus, die Stufen bis zum Bürgersteig der Harley Street hinunter. Am Straßenrand hielt ein Taxi: Ein hochgewachsener Herr mittleren Alters stieg aus und half einer Dame aus dem Wagen – einer sehr hübschen Dame im Pelzmantel, die sich auf seinen Arm stützte und lachend zu ihm emporblickte. Und sie war eindeutig, vor Glück strahlend, hochschwanger.

Einen Moment stand Hélène da, zog ihren dünnen Tuchmantel fester um sich und schlug den Kragen gegen die Kälte hoch. Sie beobachtete die beiden, die sie nicht beachteten, wie sie die Stufen zur Haustür hinaufstiegen. Dann trat sie vor und beanspruchte das Taxi für sich.

4. Mai – ihr Baby. Sie konnte an nichts anderes mehr denken. Sie beugte sich vor, nannte dem Fahrer ihre Adresse in Chelsea und bat ihn, sich zu beeilen.

Als er hörte, wie die Haustür des Cottage geöffnet und wieder geschlossen wurde, hielt sich Lewis oben in seinem Zimmer auf und zog sich um, weil er ausgehen wollte. Er war schlechter Laune. Er ärgerte sich über das Zimmer, in dem es kalt war. Er ärgerte sich über die Zimmerdecke, die schräg und recht unbequem war, für einen Mann von 1,90 m Größe. Er ärgerte sich über Thad, der inzwischen ständig anrief und ihn drängte, nach Paris zurückzukehren. Er ärgerte sich über Helen, die sich Sorgen wegen *Night*

Game machte und sich mit Thad am Telefon stundenlang darüber unterhielt. Er ärgerte sich über das junge Mädchen, das er an diesem Abend zu einer Tanzparty am Berkeley Square begleiten sollte. Vor allem aber ärgerte er sich über sich selbst. Irgend etwas war mit ihm los, etwas, das er nicht verstand und über das er keine Kontrolle zu haben schien.

Als er die Schritte unten hörte, zögerte er einen Moment. Dann zog er gereizt das gestärkte Smokinghemd über, nahm seinen schwarzen Querbinder und betrachtete sein gutaussehendes Spiegelbild. Er mußte nicht zu diesem Tanzabend gehen. Er konnte das junge Mädchen sogar jetzt noch anrufen und einfach absagen. Zu Hause bleiben. Diese Alternative erschien ihm sonderbar attraktiv; sie war in diesen letzten Wochen immer verlockender für ihn geworden, und diese aufkeimende Neigung zur Häuslichkeit beunruhigte ihn, denn sie war ihm völlig neu. Doch Helen hatte ihm nur einmal den Vorschlag gemacht, zu Hause zu bleiben, und ihn seitdem nicht wiederholt. Also entschloß sich Lewis stirnrunzelnd, doch auszugehen. Langsam schlang er den Binder zur Schleife.

Allmählich fiel es ihm immer schwerer, im selben Zimmer zu sein wie Helen – ein Gefühl, das sich nur schlecht mit dem heftigen Wunsch vertrug, bei ihr zu sein. Wenn er in ihrer Nähe war, wollte er sie berühren, ihre Hand ergreifen, den Arm um sie legen, und dieses Verlangen begann ihn regelrecht verrückt zu machen. Denn wenn er ihre Hand ergreifen wollte, warum zum Teufel tat er es dann nicht? Derartige Fragen stellte sich Lewis seit Monaten und war sich dessen voll Bitterkeit bewußt.

Er schlüpfte in sein Dinner-Jackett. Ein Fremder blickte ihn aus dem Spiegel an. Er hatte das Gefühl, nicht mehr zu wissen, wer er war. Er kehrte dem Spiegel den Rücken und ging zur Treppe. Er brauchte unbedingt ein Gegenmittel – ein Gegenmittel, das er schon öfter ausprobiert hatte und das, so nahm er sich fest vor, diesmal bestimmt nicht versagen würde.

Helen versuchte nicht, ihn zum Bleiben zu bewegen, tat aber etwas, was sie noch nie zuvor getan hatte: Sie nahm ruhig seinen Schal und legte ihn um seinen Hals. Dabei strich sie ihm mit der Hand ganz sanft übers Gesicht. Er roch den sauberen, frischen Duft ihrer Haut und ihrer Haare. Dann stellte sie sich auf die Zehenspitzen und drückte ihm einen ganz kurzen, züchtigen Kuß auf die

Wange. Lewis stürzte auf die Straße hinaus. Ihn schwindelte. Fast hätte er sein ganz persönliches Gegenmittel vergessen und sowohl seine Begleiterin als auch die Tanzparty im Stich gelassen. Dann entdeckte er am Ende der Straße ein Taxi und lief hinterher, bevor er sich's anders überlegen konnte.

Er dirigierte den Wagen nach Mayfair, und als er sich bequem zurücklegte, fühlte er sich schon ruhiger. Während das Taxi auf der Sloan Street beschleunigte, entspannte er sich endgültig, und sein Selbstbewußtsein nahm wieder zu.

Es wird klappen, sagte er sich energisch. Es war jetzt kurz vor sieben. Drinks. Kaltes Buffet. Tanz. Spätestens um elf, wenn möglich eher, würde Lewis Sinclair mit einer Frau schlafen.

Um zehn war die Party in vollem Gang. Der Champagner floß in Strömen, das kalte Buffet war abgeräumt, und die zahlreichen jungen Gäste waren in ausgelassener Stimmung.

Lewis, der seiner Dame, einer Ex-Debütantin, noch etwas zu trinken holen wollte, mußte an der Bar Schlange stehen, trat aber lieber zurück und wartete. Er hatte keine Lust, sich vorzudrängen; er hatte nicht einmal Lust, länger zu bleiben, und es war nur seine Halsstarrigkeit, die ihn daran hinderte, sofort nach Hause zurückzukehren. Nein, dachte er, ich hab's mir vorgenommen, und ich werde es diesmal durchführen!

Resignierend lehnte er an einer Säule und wartete, bis er an der Reihe war. Früher war Sex für ihn wunderbar einfach gewesen. Er dachte an einige Frauen seiner Vergangenheit, doch an die meisten konnte er sich kaum erinnern, und das war nicht mal verwunderlich, da er sie nie sehr lange ertragen hatte.

Die älteren waren ihm eigentlich am liebsten – oder vielmehr, waren es einmal gewesen. Die längste Affäre – sechs Wochen – hatte er mit einer Altersgenossin seiner Mutter gehabt, Literaturprofessorin an einem Mädchen-College, die ihm erklärte hatte, was erogene Zonen sind. Und anderes natürlich auch.

Er hatte festgestellt, daß er keine intellektuellen Frauen mochte. Im Grunde mochte er überhaupt keine Frauen aus seiner Gesellschaftsschicht. Die waren vom Hals abwärts alle tot. Viel wohler fühlte er sich bei Straßenmädchen, die er in der Times-Square-Gegend aufgriff, oder bei Stripperinnen aus Baltimore, die seinen Körper bestaunten, sich über seinen Akzent mokierten und ihm gut zwanzig Dollar mehr abknöpften als den Matrosen. Na und? Die waren wenigstens ehrlich und brachten ihn mit ihrem rauhen Gossenjargon zum Lachen.

Lewis schüttelte den Kopf. Endlich hatte er die Champagnerbar erreicht. Zwei Gläser, für sich und die Ex-Debütantin: mit Champagner, der viel zu warm war.

Um Viertel vor elf suchte Lewis schließlich Zuflucht im oberen Badezimmer. Er selbst hatte schon oft in Badezimmern gebumst, die Ex-Debütantin offenbar nicht. Sie hatte soviel Moët & Chandon getrunken, daß es ihm gelang, sie anstandslos in den oberen Stock hinaufzubugsieren. Als er jedoch die Tür verschloß, schien sie auf einmal anderen Sinnes zu werden. Er griff nach ihr. Benommen dachte er: nur eine Viertelstunde noch! Es schien, daß alles in Ordnung war, solange er sie nur küßte, und das tat er dann auch eine ganze Weile, explorierte jedoch zugleich die Geographie ihres Ballkleides, das wie eine uneinnehmbare Festung wirkte.

Es hatte einen ziemlich tiefen Ausschnitt mit einer versteiften Korsage darunter. Als Lewis probeweise zudrückte, fühlte er nichts als starres Fischbein. Der weite Rock war bodenlang. Er schaffte es, ihn bis auf Kniehöhe anzuheben und seine Hand darunterzuschieben. Er ertastete einen sanft geschwungenen Schenkel und einen Nylonstrumpf. Und besser noch: Er fühlte das Metall eines Strumpfhalters. Sofort legte er ein bißchen mehr Leidenschaft in seine Küsse und schob die Hand noch höher hinauf. Und genau, wie er es befürchtet hatte, trug sie den absoluten Liebestöter, ein Miederhöschen. Da Lewis oft genug erfahren hatte, wie schwierig es war, den Mädchen Strumpfhaltergürtel und Miederhöschen auszuziehen, fühlte er sich ziemlich entmutigt. Also ließ er vorerst von dem Rock ab und konzentrierte sich mit beiden Händen auf ihren Busen: Fischbein und eine Andeutung von üppigem Fleisch.

Wie Lewis merkte, war er alles andere als erregt. In seinem Hinterkopf nistete noch immer das Gefühl, daß er im Grunde gar nicht hier sein wollte, doch da er nun schon mal damit begonnen hatte, wollte er's auch zu Ende bringen. Elf Uhr. Wieder küßte er das junge Mädchen und stellte dabei fest, daß ihr Gesicht sich gerötet hatte und ihr Atem schneller ging. Daraufhin entschloß er sich zu einem kühnen Vorstoß und schob geschickt eine Hand unter ihr Höschen.

Die Ex-Debütantin reagierte spontan. Sie stieß einen Protestschrei aus und versetzte Lewis einen kräftigen Klaps auf die vorwitzige Hand. »Du abscheulicher Amerikaner? Was glaubst du wohl, was du da tust?« Sie trat zurück und blickte ihn hochmütig an.

Lewis steckte die Hände in die Hosentaschen und sah sie mit trägem, unverschämtem Lächeln an. »Du bist mit mir hier heraufgekommen. Du hast gesehen, daß ich die Tür abgeschlossen habe. Was hattest du denn gedacht, was ich hier will?«

Sie warf Lewis einen vernichtenden Blick zu. »Bildest du dir etwa ein«, sagte sie und schwankte dabei leicht, »daß ich mir meine Jungfräulichkeit in einem *Badezimmer* rauben lasse – von einem *Amerikaner?*«

»Was ist schlimmer: meine Nationalität oder die Wahl des Tatortes?«

Sie wollte ihn schon wieder mit den Blicken töten; dann aber begann sie auf einmal zu kichern. »Ehrlich, Lewis! Du hast vielleicht Nerven...«

Lewis zögerte. Wenn ich es jetzt gleich noch mal versuche, überlegte er, und wenn ich sie ganz behutsam überrede, dann werde ich möglicherweise doch noch zum Ziel kommen. Zurückweisung gehörte zum Spiel. Er konnte beruhigend auf sie einreden. Er konnte sie küssen. Und stellte fest, daß ihn schon der Gedanke daran zu Tode langweilte.

Er sah das Mädchen an, und es erwiderte seinen Blick. Sie war recht hübsch, und Lewis, der sie seit einigen Wochen kannte, mochte sie gern. Er seufzte. Der Champagner sowie eine Art Verzweiflung machten ihn kühn.

»Warum nicht?« wollte er schließlich wissen. »Ich meine, warum eigentlich nicht? Was ist denn letztlich schon dabei? Warum muß das eine so verdammt problematische Sache sein?«

Zu seiner Erleichterung und Überraschung schien diese Frage sie keineswegs zu beleidigen. Im Gegenteil, Lewis hatte den sicheren

Eindruck, daß auch sie selbst sich das schon manchmal gefragt hatte.

Nachdenklich stirnrunzelnd sah sie ihn an. »Ich weiß es nicht.« Sie hielt inne. »Ich glaube, du müßtest mich vermutlich lieben.«

»O ja, wundervoll! Großartig!« Auf einmal war Lewis furchtbar müde. Er lehnte sich an die Wand. »Verheiratet müssen wir nicht vielleicht sein? Oder wenigstens verlobt?«

Die Ex-Debütantin kicherte. »Aber nein, Lewis! Beruhige dich. Das war Mummys Generation.«

»Na, wenigstens ein kleiner Fortschritt. Irgendwie.«

»Wenn ich dich also lieben würde, dann wäre vermutlich nichts dagegen einzuwenden«, fuhr sie großspurig fort. »Und wenn ich außerdem sicher wäre, daß ich nicht schwanger würde oder so...« Jetzt errötete sie ganz leicht. »Aber das tu' ich nicht – dich lieben, meine ich –, und du tust es auch nicht, also werde ich's nicht tun.«

Lewis seufzte. »Aber es klingt vernünftig. Bis zu einem gewissen Grad.« Er stieß sich von der Wand ab. »Aber könnten wir's nicht nur so aus Spaß machen? Weil wir gerade Lust dazu haben?«

»Nein, Lewis, das können wir nicht.« Sie kicherte abermals.

»Es muß also unbedingt Liebe sein, eh?«

»Aber Lewis, das ändert doch alles!« Sie sah ihn mit eindringlicher Miene an. »Das ändert wirklich alles, Lewis.«

»Aha, das ändert alles, wie?« Lewis nickte würdevoll. Er wußte, daß er noch immer leicht betrunken war, doch irgendwo in seinem Hinterkopf entstand ein freier, klarer Raum. Und auf einmal erschien ihm alles, was sie sagte, absolut logisch. »Es würde auch ein anderes Gefühl sein, ja?« fragte er langsam. »Du weißt schon, wenn wir – wenn ich – wenn man...«

»Ich glaube schon.« Sie wirkte unsicher. »Was meinst du denn?«

»Ich weiß es nicht.« Lewis seufzte. »Ich war noch nie richtig verliebt.«

Die Ex-Debütantin musterte ihn argwöhnisch. »Du hast gesagt, daß du fünfundzwanzig bist.«

»Trotzdem.«

»Lewis, du bist ein kaltherziger Verführer!« erklärte sie.

»Ich bin nicht kaltherzig«, protestierte Lewis hilflos. Der freie Raum in seinem Bewußtsein öffnete sich immer weiter, und allmählich begann er sich großartig zu fühlen.

»O doch, das bist du! Daß du mit mir ins Bad gegangen bist, war ganz eindeutig kaltherzig geplant.«

Lewis war zutiefst getroffen. Als sie den Schlüssel umdrehte, fuhr er herum. »Du hast recht! Du hast hundertprozentig recht! Ich bitte dich um Verzeihung!«

»Lewis, du bist betrunken«, sagte sie streng. Dann lächelte sie. »Aber ich verzeihe dir.«

Mit raschelndem Rock marschierte sie hinaus, und Lewis stand da und starrte ins Leere. Von unten drangen die Klänge eines Wiener Walzers herauf. Er sah auf die Uhr. Es war elf, und plötzlich begriff er! Begriff mit absoluter Klarheit und ohne jede Einschränkung, daß er Helen liebte!

Er liebte sie!

Und alles war auf einmal wieder in Ordnung!

Er holte seinen Mantel, ließ die Wärme und die strahlenden Lichter des Hauses mit den fröhlich tanzenden Paaren hinter sich und eilte ins kalte Schneegeglitzer des menschenleeren Berkeley Square hinaus. Ihm war, als sei ihm eine Vision geschenkt worden. Er hatte das Gefühl, die paar Meilen bis zum Cottage mühelos zu Fuß zurücklegen zu können. Und genau das tat er dann auch: am Piccadilly entlang, am dunklen Green Park vorbei, durch Knightsbridge und dann südwärts, zur Themse. Seine Füße in den dünnen Lackschuhen waren eiskalt, aber das spürte Lewis nicht. Er war sich kaum der Tatsache bewußt, daß er zu Fuß ging. Normalerweise hätte das bedeutet, daß er betrunken war.

Doch Lewis wußte, daß er nicht betrunken war. Berauscht, ja; doch von einem weit stärkeren, weit berauschenderen Stoff als der beste Moët & Chandon, den er heute abend getrunken hatte. Es war, als habe sich das Kaleidoskop seines Lebens gedreht, und alle Teilchen, all die winzigen Fragmente seien auf wunderbare Weise an ihren vorgesehenen Platz gefallen, hätten sich zu einem perfekten, alles überdauernden Muster gefügt.

Leise betrat er das Häuschen in Chelsea. Es war bereits nach Mitternacht, und alles war dunkel. Lewis legte Mantel und Schal ab und zog die nassen Schuhe aus. Auf Socken schlich er die schmale Treppe hinauf. Überglücklich und zugleich angstvoll drehte er vorsichtig am Knauf von Hélènes Zimmertür und merkte, daß nicht abgeschlossen war.

Er drückte die Tür auf und stahl sich hinein.

Sie schlief mit offenen Vorhängen; das Mondlicht ließ das Zimmer silbrig-schwarz erscheinen wie das Negativ eines Films. Lautlos näherte er sich dem breiten Messingbett und blickte auf sie hinab. Ihr langes Haar lag wie ein Fächer auf dem Kissen; die Wimpern ruhten auf den Wangen; ihr Atem ging leicht und regelmäßig; ein Arm lag entspannt auf der Bettdecke. Lewis betrachtete die milchweiße Haut, das zarte Blau der Adern, die von ihrem Handgelenk ausgingen. Der Arm und die Schulter, von der er nur ein wenig sah, waren nackt. Sie trug kein Nachthemd.

Lewis betrachtete sie und überlegte, warum er so lange so blind und so dumm gewesen war. Wie töricht und bockig hatte er sich doch benommen! Mit zitternden Händen tastete er nach der Bettdecke und schlug sie behutsam zurück.

Die Laken waren blaßrosa. In dieser Beleuchtung wirkten sie perlmuttfarben. Helens Körper, seine Rundungen, seine Täler und Hügel hatten die Farbe hellen Sandes angenommen. Die Schatten unter ihren Brüsten und zwischen ihren Schenkeln waren zart-violett wie feine Rauchwölkchen. Sie bewegte sich ganz leicht, als werde sie von dem kühlen Luftzug auf ihrer Haut gleich erwachen. Dann lag sie wieder regungslos.

Lewis erschauderte. Beinahe anbetend und in dem Gefühl, ein Eindringling zu sein, zog er den Rest seiner Kleider aus.

Als er nackt war, schlüpfte er zu ihr ins Bett. Er lag ganz still, mochte mit seiner kalten nicht ihre warme Haut berühren, hatte aber tief innen das Gefühl, daß sein Körper nicht kalt war, sondern in Flammen stand. Er betrachtete sie lange; und schließlich berührte er sie behutsam mit den Händen. Er zog die Umrisse ihres Kopfes nach, strich über ihre Augen, streifte die feuchten, ganz leicht geöffneten Lippen.

Er ließ seine Hände tiefer gleiten, strich mit den Fingern an der

Kontur ihres Halses entlang und stahl sich dann noch weiter hinab bis zu ihren vollen Brüsten. Ihr Körper lag reglos da, war schlaff und warm. Die Tatsache, daß sie so passiv war und so still, daß alles so verstohlen geschah, erregte Lewis immer mehr. Er neigte den Kopf und preßte die Lippen auf ihren Mund, spürte ihren sanften Atem an seiner Wange. Er zögerte kurz, dann schlüpfte er unter die Decke, umfaßte ihre Brüste mit den Händen und sog die rosigen Brustwarzen in den Mund, die anfangs noch ganz weich waren, sich gleich darauf aber in zwei harte Spitzen verwandelten. Lewis begann leise zu stöhnen. Helen reagierte mit keiner Bewegung.

Lewis legte sich auf die Seite und wagte es, seinen Schenkel an ihren zu pressen. Er selbst war hoch aufgerichtet und hart; er hatte das Gefühl, in Flammen zu stehen, zugleich aber zu träumen. Sehr sanft, sehr zärtlich begann er sie zu streicheln – nur mit den Fingerspitzen. Sie glitten über die weiche Kurve ihrer Hüfte, bis sie sich im schattigen Dreieck der Haare zwischen ihren Schenkeln verloren – dort, wo die Haut so glatt und weich war wie Seide.

Nun regte sie sich, stieß einen hauchzarten Seufzer aus.

Sie bewegte sich träge, wie Schlafende es tun, drehte sich ihm ein wenig zu, so daß ihre Brüste seine Brust streiften und sein harter Penis sich an ihre Schenkel drückte.

Lewis' Gedanken wirbelten. Er hatte das Gefühl, irgendwo in großer Höhe an einem Abgrund zu stehen. Noch einmal berührte er sie mit zitternder Hand, dann tastete er nach ihren Schenkeln und teilte sie.

Es war ganz leicht, in sie einzudringen: eine winzige Bewegung genügte. Dann war er da und hielt ganz still, obwohl alles in ihm in Aufruhr war. Es war wie eine Vereinigung, aber zugleich auch wie eine Vergewaltigung. Und dieses Gefühl, daß das Reine und das Unreine miteinander verschmolzen, erregte ihn wahnsinnig. Liebe und Lust – das war etwas, das er noch niemals zuvor erlebt hatte. Er stieß zu – behutsam und nur ein einziges Mal. Dann lag er still.

Ein weiterer kurzer Stoß noch, und er kam.

Er merkte, wie er zuckte und zitterte; er war schweißnaß. Er barg das Gesicht zwischen ihren Brüsten. Als das Pulsieren aufhörte, zog er sich aus ihr zurück und lag still.

Hélène wartete, bis sie wußte, daß er eingeschlafen war. Dann machte sie die Augen auf und nahm ihn in die Arme. Es mußte sein, sagte sie sich, und war erleichtert, daß es *so* geschehen war.

Sanft strich sie Lewis über die Haare. »Kein Betrug«, dachte sie. »Eher ein Traum.«

Am Morgen erwachte Lewis als erster. Er schlüpfte aus dem Bett, schlich sich zum Zimmer und auf den Korridor hinaus.

Er war erregt, verängstigt und glückselig – alles zusammen. Nackt, ohne die Kälte zu spüren, wanderte er auf dem Korridor auf und ab. Er fühlte sich wie neugeboren. Der Mann, der er gewesen war, hatte einen schnellen Tod erlitten, und an seiner Stelle stand ein ganz neuer. Der das Gefühl hatte, alles und jedes schaffen zu können; die Welt in seiner Hand zu halten.

Er kehrte in das kleine Schlafzimmer zurück und stieg wieder ins Bett. Als er die Bettdecke über sich zog, öffnete Helen plötzlich die Augen. Beide sahen einander an.

Bloß keine Fragen, dachte Lewis. Das stört den Zauber.

»Heute nacht«, begann sie, »hatte ich einen Traum...«

»Es war kein Traum«, fiel Lewis ihr glücklich ins Wort. »Du weißt, daß es keiner war...«

»Nein, vermutlich nicht«, antwortete sie, und obwohl sie ihn in die Arme schloß, vernahm Lewis in ihrer Stimme deutlich einen Anflug von Bedauern.

Es war wirklich wie ein Traum – die folgenden fünf Tage und Nächte. Denn in jenen fünf Tagen, deren dritter der Weihnachtstag war, waren sie ganz allein. Lewis hängte das Telefon aus, weil er nicht wollte, daß Thads Stimme ihre Idylle störte. Sie verschlossen die Haustür; niemand klopfte, und hätte es jemand getan, sie hätten nicht darauf reagiert. Sie verbrachten die Tage nach Lust und Laune, aßen zu außergewöhnlichen Zeiten, nur weil sie plötzlichen Hunger hatten, schliefen am Vor- oder am Nachmittag und blieben nachts wach. Es gab keinen anderen Rhythmus als den ihrer Liebe und ihres Liebens.

Am Heiligen Abend zogen sie sich dick an, weil ihnen erst am Nachmittag plötzlich einfiel, daß Heiliger Abend war, und liefen Hand in Hand lachend hinaus. Da ihnen im Augenblick alles glückte, suchten sie in den Geschäften herum und fanden, was sie brauchten, obwohl der Ladenschluß bereits nahte und Hélène prophezeit hatte, sie würden höchstens leere Regale vorfinden.

Sie kauften einen kleinen Weihnachtsbaum, bunten Christbaumschmuck, glitzernde Rauschgoldketten. Sie kauften Datteln, Äpfel und Trauben, Maroni und eingemachte Pflaumen in wunderschönen Dosen. Einen Truthahn, der für zwanzig gereicht hätte und in einen Backofen gequetscht werden mußte, der viel zu klein war. Weihnachtspapier, Kerzen, einen Weihnachtsstern, eine Dose Kaviar, eine Schachtel rot-goldener Bonbons mit Sinnsprüchen. Und Geschenke! Mit einem Taxi fuhren sie zu Harrods und fanden das große Warenhaus menschenleer. Als sie durch die weihnachtlich geschmückten Räume wanderten, hätte Lewis ihr am liebsten alles gekauft. Er ließ sie bei den Fahrstühlen stehen und hastete von Abteilung zu Abteilung. Parfüm in einer milchig-weißen Flasche aus Bergkristall. Einen Armvoll Palm- und Mistelzweige. Ganze Arme voll Wäsche, Schachteln voll Seide und handgearbeiteter Spitze. Eine lange Perlenkette mit Brillantschließe. Eine Schachtel kostbare, französische Seife in Muschelform. Lewis jonglierte mit den Paketen, ließ sie fallen, sammelte sie lachend auf und ließ sie abermals fallen. Er war überhaupt nicht mehr unsicher, hatte überhaupt keine Hemmungen mehr wie in Rom: Sein Geschmack war gut, die Preise unwichtig. Als er ein Nachthemd kaufen wollte, hatte er keine Ahnung von der richtigen Größe, also beschrieb er Helen wortreich und mit ausdrucksvollen Gesten. Die Verkäuferin lächelte: Schwarz oder weiß – unschuldig oder eindeutig erotisch? Lewis war es gleichgültig: Er nahm beide.

Als er mit einem Stapel Päckchen, so hoch, daß er kaum drüber wegsehen konnte, zu den Fahrstühlen zurückkehrte, war Helen verschwunden. Sein Herz setzte fast aus vor Entsetzen.

In der nächsten Sekunde sah er sie jedoch auf sich zukommen: Ihr Gesicht war ebenfalls gerötet, und sie war ebenfalls mit Paketen beladen. Seine Erleichterung war so überwältigend, daß er ihr entgegenlief und dann, weil er sie nicht umarmen konnte, ohne alles fallen zu lassen, mitten im Laden ganz einfach stehenblieb und, während der Liftboy diskret den Blick abwandte, nur immer wieder stammelte: »Oh, mein Liebling! Oh, mein Liebling...«

Am Abend schmückten sie den kleinen Baum. Sie hatten die Vorhänge zugezogen, Feuer im Kamin gemacht und nur eine einzige Lampe angezündet. In dem weichen, warmen Licht wirkte das winzige Zimmer mit den roten Samtsesseln und den abgetretenen Teppichen bezaubernd. Lewis fand es überhaupt nicht mehr schäbig.

Sie hatten vergessen, etwas anderes zu essen zu kaufen, als den Truthahn, also schlemmten sie vor dem Kamin Toast und Kaviar, betrachteten den Baum, hielten sich bei der Hand und redeten.

Lewis wußte zwar, daß Worte unzulänglich waren, gab sich aber große Mühe, ihr zu erklären, was er empfand: daß er sein Leben lang Angst gehabt habe zu versagen; daß er alles getan habe, was seine Eltern wollten, und dann, was er selbst wollte, und dann, was seine Freunde wollten, und schließlich, was Thad wollte. Doch nun auf einmal sei das alles unwichtig, weil er nämlich er selbst sein könne.

»Ich liebe dich«, sagte Lewis und barg das Gesicht in ihrem Schoß. »Ich liebe dich. Ich liebe dich. Ich liebe dich.«

Sie neigte den Kopf und küßte ihn aufs Haar. Sie streichelte ihn so sanft wie eine Mutter, die ihr Kind tröstet. Und Lewis empfand eine unendlich tiefe Schuld. Er meinte ihr alles gestehen zu müssen. Alles brach aus ihm heraus: Was für ein schrecklicher Mensch er gewesen sei; der Wein, die Frauen, die Parties, die Unsicherheit; wie er das alles zutiefst gehaßt, doch wie er immer so getan habe, als mache es ihm Spaß, und daß er nun wünsche, es wäre niemals geschehen, weil er nicht gut genug für sie sei.

»Das stimmt nicht, Lewis«, protestierte sie. »Das darfst du nicht sagen. Bitte, nicht! Komm, Lewis – komm mit ins Bett.«

Am nächsten Tag waren sie viele Stunden damit beschäftigt, den Truthahn zu braten. Da sie vergessen hatten, Kartoffeln oder anderes Gemüse zu kaufen, aßen sie ihn mit Mais aus einer Konservendose, die sie in einem Schrank gefunden hatten. Es schmeckte köstlich. Sie tranken anderthalb Flaschen feinsten Burgunder, und als sie dann einen Schwips hatten, gingen sie in den stillen Straßen an der ruhig dahinströmenden Themse spazieren.

Lewis ergriff ihre Hand und schwenkte sie. Hélène blieb stehen und starrte ins Wasser. Sie fragte sich, ob das, was sie tat, unrecht war, doch der Gedanke erschien ihr nicht mehr real. Man konnte nicht immer alles im Griff haben: Diese Dinge geschahen eben. Der Wein, den sie getrunken hatte, lähmte ein wenig ihren Verstand; die gemächlich dahinfließende Strömung wirkte hypnotisierend und irgendwie tröstlich.

»Ich hab' auch mal in der Nähe von einem Fluß gelebt.« Sie drückte Lewis die Hand. »Komm jetzt. Es ist kalt. Laß uns heimgehen.«

Sie gingen heim, zündeten das Kaminfeuer an, schlossen die Vorhänge, verriegelten die Tür. Vor dem Kamin packten sie ihre Geschenke aus. Sie hatte ihm eine Krawatte und ein Halstuch, eine Geldscheintasche aus schwarzem Leder, eine Schachtel Leinentaschentücher, ein Seidenhemd mit der richtigen Kragengröße und eine Flasche Armagnac gekauft. Mit weit aufgerissenen Augen und nervösem Blick kippte sie Lewis all das auf den Schoß, als fürchte sie, er werde sich darüber lustig machen und sie als minderwertig abtun.

Lewis, der wußte, daß sie in Paris kein Geld gehabt, und daß man ihr für den Film nur sehr wenig bezahlt hatte, war gerührt. Während er jedes einzelne Stück langsam, sorgfältig auspackte, beobachtete sie ihn wie ein Kind. Als alles ausgepackt war, knieten sie beide nieder und sahen einander an. Rings um sie her war der Teppich mit Seide und Spitzen, zerrissenem Papier und bunten Bändern übersät.

»Gefallen sie dir? Sind sie richtig? Ach, Lewis, es ist so schwer, einem Mann etwas zu schenken ...« Schüchtern blickte sie zu ihm auf und streichelte die Geschenke, die auf ihrem Schoß lagen. »Das hier ist alles so wunderschön! Was ich für dich ausgesucht habe, ist dagegen langweilig. Viel lieber hätte ich ...«

Sie unterbrach sich. Lewis ergriff ihre Hand. Er wollte sagen, daß nur ein einziges Geschenk für ihn wichtig sei; daß er überhaupt nichts brauche, wenn sie nur sage, daß sie ihn ebenfalls liebe. Aber das schien ihm falsch, undankbar und überflüssig. Als er ihr in die Augen sah, hatte er das Gefühl, daß sie es auch so verstand.

»Mein Liebling.« Er beugte sich vor und küßte die zarte Haut ihrer Handfläche. »Mein Liebling.«

Später überredete er sie, ein paar von den Sachen anzuprobieren, die er ihr geschenkt hatte. Sie tranken ein wenig Armagnac, und schon wurde das Ganze zu einem herrlichen und für Lewis erregenden Spiel. Schimmernde, zartrosa Seide auf ihrer Haut. Spitze, durch die man die sahnig-weißen Rundungen ihrer Brüste erspähte. Die Perlen an ihrem Hals. Ein weißseidenes Nachthemd, durch das ihre dunklen Brustspitzen, das schattige Dreieck ihres Schamhaars lugten. Lewis wurde sofort hart; er ließ sich zurücksinken und sah ihr zu. Sie legte das weiße Nachthemd ab und schlüpfte in das schwarze.

Dieses Nachthemd verwandelte sie; doch wie er sah, besaß sie selbst auch die Fähigkeit, sich zu verwandeln. Sie veränderte sich mit ihrer Kostümierung. Sogar ihre Gesichtszüge schienen sich zu verändern, so daß das junge Mädchen auf einmal zu einer erwachsenen Frau wurde. Fasziniert starrte er sie an: Ihre Lippen wirkten voller, die Augen größer und dunkler, beinahe schwarz; sie schien sich überhaupt nicht zu bewegen, und doch veränderte sich ihre Haltung, sprangen ihre Brüste hervor. Sie blickte auf ihn hinab; Lewis wußte, daß sie seine Erektion bemerkte, denn sie lächelte. Dann kniete sie nieder und begann auf ihn einzuflüstern, und dabei veränderte sich auch ihre Stimme. Lewis hörte ihr verwundert zu; ihr Blick war belustigt, und er wußte genau, daß sie ihn neckte, daß sie irgendwo drinnen noch immer dieselbe Frau, dieselbe Helen war wie zuvor. Doch einen kurzen Augenblick lang konnte er das einfach nicht glauben: Sie hatte sich vor seinen Augen verändert, und das fand er beinahe unerträglich erotisch: fast so, als werde er nicht von einer, sondern von vielen verschiedenen Frauen verführt. Sie erregte ihn, aber sie erschreckte ihn auch ein wenig. Er nahm ihr Gesicht in beide Hände und drehte es behutsam zu sich herum, damit er ihr in die Augen sehen konnte.

»Wie machst du das, Helen? Ich wußte gar nicht, daß du das kannst...«

Sie lächelte. »Ein Trick von mir. Ich verfüge über eine Menge Stimmen. Ich hab' einfach ein gutes Ohr.« Sie hielt inne. »Ich hab' eine englische Stimme – nein, mehrere englische Stimmen. Eine französische. Eine italienische. Mehrere amerikanische...« Sie blickte auf ihn hinab. »Ich hab' auch eine Südstaaten-Stimme –, und ich glaube, ich kann sogar mit deiner Stimme sprechen.«

Lewis lachte. »Mit meiner? Das glaube ich nicht!«

»Dann hör zu.« Stirnrunzelnd konzentrierte sie sich. Dann sagte sie ein paar Sätze, und Lewis hörte verwundert zu, wie Helen mit seiner Zunge sprach, mit denselben präzisen Bostoner Vokalen, mit derselben leicht arroganten, näselnden Härte. Lewis packte sie an den Armen und schüttelte sie ein wenig. »Hör auf! Du hast mich überzeugt. Du verführst mich mit meiner eigenen Stimme, und das gefällt mir nicht. Es beunruhigt mich.«

Sie verstummte sofort. Leicht errötend blickte sie zu ihm auf. Dann sagte sie mit ihrer eigenen Stimme: »Ist das wirklich so, Lewis? Verführe ich dich?«

»Nein, natürlich nicht! Das hatte ich nicht gemeint. Ich hab' nur Spaß gemacht.« Er ging hinüber, um sie zu umarmen, doch etwas Tiefernstes, Angespanntes in ihrem Ausdruck ließ ihn innehalten.

Sie hob die Hand und legte ihm ihre Finger auf die Lippen. »Ich möchte dir nichts vormachen, Lewis. Ich will, daß du mich so kennst, wie ich bin. Ich möchte ehrlich zu dir sein, Lewis ...« In diesem Moment, als sie ihn so mit großen Augen und bebenden Lippen ansah, hatte er plötzlich das alles beherrschende Gefühl, sie beschützen zu wollen, sie sehr tief und innig zu lieben. Er zog sie an sich und hielt sie fest. Er küßte ihr Haar, ihr Gesicht, ihre geschlossenen Augen. Seine Helen. Er war ganz sicher, daß er sie kannte – und daß er sie liebte. Er zog ihr die schwarze Seide über den Kopf und schleuderte das Nachthemd zur Seite. Dann zog er sie auf den Boden herab und liebte sie vor dem Kamin inmitten des Weihnachtspapiers und der Geschenke. Und diesmal klammerte sie sich, als er kam, zum erstenmal fest an ihn und bedeckte sein Gesicht mit scheuen Küssen.

Er nahm sie auf die Arme und trug sie nach oben, bettete sie in die Kissen und deckte sie warm zu. Dann legte er sich zu ihr ins Bett und liebte sie abermals. Bisher hatte er stets eine Art Widerstand in ihr gespürt: hauchzart, und dennoch unnachgiebig. Diesmal jedoch schien dieser Widerstand zu Lewis' Freude und Stolz zu brechen. Sie schrie ein einziges Mal kurz auf. Aber sie schrie nicht seinen Namen.

Am nächsten Morgen, dem vierten, erwachte sie als erste. Als Lewis die Augen aufschlug, sah er, daß sie liebevoll auf ihn herabblickte. Verschlafen streckte er die Arme nach ihr aus und zog ihren warmen Körper an sich, hielt sie zärtlich und mit seligem Besitzergefühl umschlungen. Sie wartete, bis sie sicher sein konnte, daß er ganz wach war; dann legte sie ihre schmalen Hände rechts und links an seine Wangen und drehte sein Gesicht so zu sich herum, daß er sie ansehen mußte.

Und sagte ihm sanft, ernst, mit nur ganz leicht unsicherer Stimme, aber deutlich erkennbar voll Angst die Wahrheit: Sie sei schwanger.

Das Baby solle im Mai kommen. Sie sei bei einem Arzt gewesen, der ihr das bestätigt habe. Den Vater des Kindes werde und könne sie nie wiedersehen, erklärte sie ihm. Es sei vorbei, und sie wolle nicht darüber sprechen. Lewis starrte sie an wie betäubt. Er sah auf ihr Gesicht hinab, sah die sanfte Rundung ihres Leibes.

Er verließ das Schlafzimmer und ging nach unten; dort betrachtete er den kleinen Weihnachtsbaum und weinte.

Selbstverständlich fühlte er sich betrogen. Zugleich aber folterte ihn eine brennende, qualvolle Eifersucht. Wer? Welcher Mann? Wie hieß er, und wie sah er aus? Lewis wollte den Mann sehen, ihn kennenlernen, ihn stellen und mit ihm kämpfen. Hatte sie ihn geliebt? Hatte er sie geliebt? Was hatte er ihr angetan? Wie, wie oft, und wo? Er wurde gefoltert sowohl von dem, was er wußte, als auch von dem, was er nicht wußte. Er sah sich in dem kleinen Zimmer um und wollte aufschreien, Geschirr zerschmettern, aufheulen und blindlings um sich schlagen.

Statt dessen sprang er auf und lief die Treppe hinauf. Er stieß die Tür auf, zog sie in seine Arme und schüttelte sie. »Sag mir, daß du mich liebst! Sag mir nur das! Sag's mir, und ich schwöre dir, daß alles andere unwichtig ist!«

Er vermochte es kaum zu glauben, daß es die eigene Stimme war, die er hörte, und die vor Erregung fast zu ersticken drohte.

»Ich hab' dich gern, Lewis.« Sie klang verängstigt. »Ich hab' dich wirklich, aufrichtig gern.«

Da hätte er sie am liebsten geschlagen. *Gernhaben* war ein so unzulängliches, erbärmliches Wort. Er haßte sie dafür, daß sie es benutzte. Er hob die Hand und hätte sie fast geohrfeigt. Aber er ließ sie sofort wieder sinken, stürzte zum Zimmer hinaus und polterte die Treppe hinab.

Auf und ab ging er im Wohnzimmer, auf und ab. Er versuchte zu denken, seine Gedanken zu ordnen, doch in ihm heulte nur noch der Schmerz. Er beschloß, sich zu betrinken, schenkte sich einen Schwenker voll Armagnac ein, trank einen Schluck und ging in die Küche, um den Rest in den Spülstein zu kippen. Er suchte nach Zigaretten, fand drei leere Packungen und eine volle, inhalierte das Nikotin und hatte das Gefühl, um eine Winzigkeit ruhiger zu werden. Dann setzte er sich, starrte den Weihnachtsbaum an und zwang sich zum Denken.

Auf einmal fand er tausend Gründe, warum es so gekommen war, warum Helen so gehandelt hatte. Der Mann hatte sie betrogen, ausgenutzt. Vielleicht hatte sie ihn geliebt, und er hatte sie abgewiesen, denn sonst wäre sie ja nicht hier bei ihm. Vielleicht hatte sie ihn aber auch nicht geliebt: Dieser Gedanken machte sein Herz sekundenlang leichter. Er sprang auf, holte einen Kalender und begann die Wochen zu zählen. Die Zeit, als sie in Paris verschwunden war, entschied er: genau diese paar Wochen. Und später war sie freiwillig zu ihnen zurückgekehrt. Seine Hoffnungen lebten wieder auf. Verzeihung verwandelte sich in Mitleid. Er erinnerte sich genau, wie elend sie in Rom manchmal ausgesehen hatte. Er erinnerte sich, wie er im Palazzo vor ihrer Schlafzimmertür gestanden und gehört hatte, daß sie weinte. Wie hilflos mußte sie sich gefühlt haben, wie einsam! Sofort fand er es unendlich tapfer, daß sie ihre Ängste für sich behalten hatte. Für soviel Kraft empfand er Bewunderung und machte sich Vorwürfe, daß er so hirnlos gewesen war. Eine Sekunde noch, und das Mitleid verwandelte sich in Liebe, und die Liebe in Beschützerinstinkt. Schließlich hatte sie sich *ihm* zugewandt! *Ihm* hatte sie alles anvertraut! Er blickte sich in dem kleinen Zimmer um und sah es auf einmal wieder mit den Augen von gestern.

Insgesamt zwei Stunden saß Lewis dort. Danach war er erschöpft, er fror und konnte seinen Verstand nicht mehr zum Denken zwingen, aber er wußte wenigstens eines: Er liebte sie. Er stieg die Treppe wieder hinauf. Sie hatte sich nicht von der Stelle gerührt. Ihr Gesicht war bleich und aufgequollen, und er vermutete, daß sie geweint hatte. Linkisch, doch liebevoll ließ sich Lewis auf der Bettkante nieder und nahm ihre Hand.

Und weil er nicht wußte, was er sonst tun sollte, bat er sie, ihn zu heiraten.

Sie saß ganz still. Lewis umklammerte ihre Hand. »Bitte!« sagte er. »Ich liebe dich. Ich wollte dich ohnehin heiraten. Daran hab' ich ständig gedacht, seit...« Er unterbrach sich. »Das Kind ändert überhaupt nichts daran. Ich *möchte* dich heiraten, Helen. Bitte, sag mir, daß du es auch willst.«

Hélène hatte furchtbare Angst. Sie merkte, daß Lewis geweint hatte. So, wie er jetzt aussah, wirkte er unheimlich jung, fast wie ein Kind, und sekundenlang sah sie sich selbst und Lewis wie aus weiter Ferne: zwei verängstigte Kinder, die sich hilfesuchend aneinanderklammern.

In diesem kurzen Sekundenbruchteil war sie fest davon überzeugt, daß sie seinen Antrag ablehnen mußte. Gleich darauf aber dachte sie an das Baby und stellte sich vor, was es bedeutete, es ganz allein großzuziehen. Dann ergriff sie Lewis' Hand und sagte: »Ja.«

Am sechsten Tag kam Thad aus Paris. Unangemeldet. Er hämmerte an die Tür, betrat das Haus voller Geschäftigkeit – und brachte die Außenwelt mit herein.

Lewis lag, von der Liebe erschöpft, noch im Bett, als er hörte, wie Hélène ihm die Tür öffnete. Und als er dann Thads Stimme vernahm, stöhnte er vor Verzweiflung auf.

»Sag mir nichts«, seufzte er, als sie ins Schlafzimmer zurückkam. »Er konnte uns telefonisch nicht ereichen, also ist er selbst gekommen.«

»Genau.« Sie zog sich schon an. Ohne sich umzusehen.

»Ich werd's ihm sagen.« Energisch schlug Lewis die Decke zurück, um unternehmungslustig aus dem Bett zu springen. Dann umarmte er sie liebevoll.

»Jetzt?«

»Warum nicht? Früher oder später wird er's ja doch erfahren. Alle werden es erfahren. Und ich will, daß sie es erfahren. Am liebsten würde ich's von allen Dächern schreien!«

»Das kann ich mir vorstellen. Es ist ja nur, weil ich... Ich hab' ein bißchen Angst vor Thad.« Ihre Miene ließ Lewis innehalten. Unwillkürlich dachte er an die Szene in dem Zimmer von Trastevere am letzten Tag der Dreharbeiten. Niemand hatte ihm jemals etwas erklärt, kein Wort war später darüber verloren worden. Jetzt aber war nicht der geeignete Augenblick, Fragen zu stellen. Möglicherweise hatte es überhaupt keine Bedeutung, und irgendwann würde sie es ihm schon mal erklären.

An jenem Vormittag jedoch war seine Zuversicht durch nichts zu erschüttern, nicht einmal durch Thad. Er küßte sie und genoß das Gefühl, daß Thad von ihrer beider Geheimnis ausgeschlossen war. Allmählich freute er sich sogar auf den Moment, da er dem Freund die Neuigkeit mitteilen und Thads verblüffte Miene sehen würde.

In dieser Hinsicht wurde er jedoch enttäuscht. Zwar informierte er Thad, den Arm um Hélènes Taille gelegt, innerlich grinsend von der jüngsten Entwicklung, doch Thad klappte zwei-, dreimal die Augendeckel zu, und das war alles. Er saß ganz einfach regungslos da und hielt sich an seiner Teetasse fest. Ungerührt entgegnete er: »He, ist ja großartig! Und wann?«

Nun war es Lewis, der zu seinem eigenen Ärger errötete. So, wie er es formuliert hatte, mußte Thad natürlich den Eindruck gewinnen, er selbst sei der Vater dieses Kindes. Eine peinliche Situation! Thad musterte ihn gelassen.

Lewis grinste. »Was – die Hochzeit oder das Baby?«

»Beide, vermutlich.« Thad trank einen Schluck Tee.

»Die Hochzeit – so bald wie möglich. Und das Baby...«

»Im Frühling«, ergänzte Hélène ruhig, und Lewis lächelte voller Genugtuung: Sie hatte sein Stichwort aufgegriffen. Sein Gefühl vergnüglicher Komplizenschaft verstärkte sich.

»Großartig! Wirklich großartig!« Thad stellte die Teetasse hin und erhob sich. »Ich freue mich für euch beide – ehrlich! Aber nun, wegen dem Film. Das heißt, ich sollte wohl lieber sagen, *der Filme.*« Er lächelte ganz leicht, und seine Stimme klang ein wenig gekränkt. »Es hat nämlich Entwicklungen gegeben. Tagelang habe ich versucht, euch telefonisch zu erreichen...«

Lewis und Hélène warfen sich einen Blick zu. Der Telefonhörer lag, wie Lewis sah, inzwischen wieder auf der Gabel. Er hoffte nur, sie hatte es unauffällig genug getan, denn Thad entging nur selten etwas.

Er und Hélène setzten sich, während Thad, mit den Armen wedelnd, auf und ab ging und sich in einen seiner Monologe stürzte: Die Bearbeitung von *Night Game* sei fast beendet. Er habe jetzt einen Rohschnitt. Truffaut habe ihn gesehen; verschiedene andere

Freunde in Paris hätten ihn gesehen. Und alle fänden ihn einfach umwerfend...

Thad war noch nie bescheiden gewesen und sah jetzt erst recht keinen Grund dazu. Nach seinen Worten würde *Night Game* – genau wie damals *Citizen Kane* – die Vorstellung der Menschen vom Kino revolutionieren. Der Film würde ihn mit einem Schlag berühmt machen und – anders als damals bei dem Orson-Welles-Streifen – von Anfang an ein Kassenschlager sein.

Als Lewis das hörte, fingen seine Gedanken an zu wandern. Er hatte schon oft gehört, wie Thad über seine Arbeit redete, und war anfangs, in Los Angeles, sehr davon beeindruckt gewesen. Seit Paris aber hatte er so seine Zweifel. Thad trug ein bißchen dick auf. Merkte er denn nicht, wie absurd er wirkte? Außerdem war er so sehr von sich selbst erfüllt, daß er bisher noch kein einziges Wort über Helens Leistung gesagt hatte, und das ärgerte Lewis. Als er sie ansah, erwiderte sie seinen Blick, und Lewis war überzeugt, daß sie seine Meinung teilte.

»Nun aber...« Thad hatte sich dem Thema Henri Lebec zugewandt. Henri Lebec war ein reicher, homosexueller, träger junger Franzose, Erbe eines beträchtlichen Vermögens, das sein Vater mit dem Abfüllen von Mineralwasser verdient hatte. Thad hatte Lebec, der sich als Kunstmäzen verstand und sich mit zahlreichen Filmleuten umgab, durch Truffaut kennengelernt, und Lebec war es auch gewesen, der mit Lewis zusammen *Night Game* finanziert hatte. Jeder fünfzigtausend Dollar. Lewis seufzte. Wenn *Night Game* baden ging, war das Geld verloren, aber er konnte sich den Verlust, genau wie Lebec, schließlich leisten. Er war darauf gefaßt gewesen.

Lewis, der Zeit seines Lebens mehr Geld zur Verfügung gehabt hatte, als er brauchte, dachte nie viel darüber nach. Er war bereit gewesen, den Einsatz zu wagen und Thad zu helfen, wenn Thad jedoch auf eine weitere Investition in irgendein neues Projekt spekulierte, würde Lewis sich weigern.

Nach und nach wurde jedoch deutlich, daß Thad keineswegs darauf hinaus wollte. Zwar redete er von Geld, von sehr viel Geld, doch weder von Lewis' noch von Henri Lebecs Geld.

»Es ist also so...« begann er. »Es hat sich herumgesprochen. Und die Verleihverträge für *Night Game* regnen nur so vom Himmel. Plötzlich wollen alle den Film haben. Truffaut findet, ich sollte ihn für Cannes anmelden. Wir können ihn vielleicht sogar in Amerika rausbringen, und wenn wir dort gute Kritiken kriegen, das würde wirklich etwas heißen. Anschließend machen wir noch einen weiteren Film in Europa – ich denke da an London –, und mit dem dritten kehren wir nach Amerika zurück. Und bleiben dort. Dann haben wir's nicht mehr nötig, in Europa rumzuziehen. Wenn wir aber diese Finanzierung kriegen, können wir das Ganze beschleunigen: *Das* ist der springende Punkt. Film Nummer drei kann wirklich groß werden. Und Film Nummer vier könnte...«

»Finanzierung? Was für eine Finanzierung?« fiel Lewis ihm gereizt ins Wort.

Mit vorwurfsvoller Miene fuhr Thad herum. »Du hast nicht zugehört, Lewis! Ich hab' euch doch gerade erklärt...«

»Dann erklär's mir eben noch einmal. Ich hab's beim erstenmal nicht ganz verstanden.«

»Okay.« Thad seufzte, nahm wieder Platz und begann betont geduldig noch mal von vorn. »Es gibt eine Verleihfirma namens Sphere. Eine amerikanische Verleihfirma. Hast du das verstanden, Lewis? Sie war ziemlich kaputt, aber jemand hat sie gekauft. Die Partex Petrochemicals.«

»Und?«

»Und Partex hat große Pläne mit Sphere. Sie stecken viel Geld hinein, Lewis. Ölgeld. Der Verleihbetrieb wird sofort expandieren, und später wollen sie auch Produktions-Finanzierung noch hinzunehmen. Sie wollen unabhängige Filme finanzieren. *Meine* Filme.« Thad grinste selbstgefällig. »Schlau sind die. Sie haben die sinkenden Zuschauerzahlen in Amerika gesehen. Sie wissen Bescheid über die Auswirkungen des Fernsehens – wer nicht? Aber sie lassen sich nicht aus der Ruhe bringen. Weil sie glauben, was ich weiß: daß nämlich da draußen ein ganz neues Publikum wartet, das nur angezapft zu werden braucht. Die Jugend, Lewis! Alle, die es satt haben, Abend für Abend Wiederholungen von *Rauchende Colts* zu sehen, alle, die wieder in die Kinos strömen werden, sobald jemand klug genug ist, ihnen das richtige *Produkt* vorzusetzen. Filme, von denen sie sich angesprochen fühlen. Keine Jane Russel, keine Hupfdohlen, überhaupt nichts von diesem dämlichen Studiozeug. *Richtige* Filme. Amerikanische Filme. Filme, wie ich sie mache.«

»Bist jetzt hast du erst einen gemacht.«

»Lewis. Lewis. Bitte! Es ist mir ernst...«

»Okay. Okay. Und du meinst, daß diese Firma – Sphere – dich möglicherweise finanzieren wird?«

»Sie wollen auf jeden Fall in den Verleih von *Night Game* einsteigen und verhandeln mit mir im Augenblick über die Finanzierung des zweiten Films. Keine sechsstelligen Zahlen, Lewis: siebenstellige! Mit Kleinigkeiten geben wir uns jetzt nicht mehr ab.«

»Aha.« Lewis lehnte sich zurück. Thads muntere Zuversicht irritierte ihn immer mehr. Es drängte ihn, dem Freund einen Dämpfer aufzusetzen, und er bemerkte, die Tatsache, daß Sphere bereit sei, über Geld zu verhandeln, bedeute gar nichts. Erst wenn sie einen Vertrag oder noch besser einen Scheck unterzeichnet hätten – er warf Hélène einen kurzen Blick zu –, werde er sich vielleicht beeindrucken lassen.

Thad sah ihn zutiefst gekränkt an. »Da magst du recht haben, Lewis«, sagte er so kleinlaut, daß Lewis sich wie ein Tyrann vorkam. »Ich verstehe nicht viel von diesen Dingen. Ich meine, der Mann von Sphere braucht mich doch bloß anzusehen, und er merkt sofort, daß er da einen vor sich hat, den er ausnehmen kann wie eine Weihnachtsgans, nicht wahr?«

»Na ja, nicht ganz.« Lewis rutschte unruhig hin und her. »Du könntest recht haben. Sie könnten es ernst meinen. Wenn sie von sich aus auf dich zugekommen sind...« Er zögerte. »Wieso haben die überhaupt von uns gehört?«

Thad blickte selbstgefällig drein. »Die halten sich ständig auf dem laufenden, nehme ich an. Im Augenblick tut sich in Europa eine Menge, und ich bin Amerikaner. Vielleicht haben sie von *Night Game* gehört. Ich weiß es nicht. Doch als dieser Scher den Rohschnitt von *Night Game* sah, hat er gesagt, der Film gefällt ihm. Möglicherweise wollte er nur höflich sein, meine Gefühle nicht verletzen...«

»Jetzt hör aber auf, Thad!« Lewis beugte sich vor. »Gleich fange ich an zu weinen. Wenn er das gesagt hat, wird er's auch ernst gemeint haben. Es ist nur nicht dasselbe, wie wenn er dir gleich einen fetten Scheck für den nächsten Film ausgestellt hätte, *carte blanche*, verstehst du?«

»Das weiß ich, Lewis. Jetzt, wo ich darüber nachdenke. Und *carte blanche* hatte ich im Grunde auch gar nicht erwartet...« Verstohlen sah er Hélène an, dann Lewis. Breitete seine Hände aus. »Vielleicht begreifst du jetzt, Lewis, warum ich herkommen mußte. Ich brauche dich in Paris. Ich brauche deine Hilfe. Ohne dich werd' ich mit all dem Kram nicht fertig, Lewis.« Er stieß einen tiefen Seufzer aus. »Aber ich werd's wohl trotzdem versuchen müssen. Eine Zeitlang wenigstens.« Er deutete auf Hélène. »Nachdem ihr das alles hinter euch habt. Ja?«

Lewis ließ den Kopf hängen. Er wußte, was das bedeutete, und ließ sich keine Sekunde von Thads Sanftmut täuschen. Es bedeutete, daß Thad keine Ruhe geben würde, bis er so bald wie möglich mit Lewis in einer Maschine saß. Bis dahin würde er einfach dort sitzenbleiben und sich nicht von der Stelle rühren. Lewis blickte Hélène an; sie blickte ihn an. Er wußte, sie dachten beide dasselbe. Zu Lewis' Erleichterung sprach sie zuerst.

»Wann brauchst du ihn, Thad?« erkundigte sie sich.

Thad musterte seine Fingernägel. Dann sagte er leise: »Wie wär's mit morgen?«

Als Thad gegangen war – er müsse sich was zum Anziehen kaufen, sagte er, und überraschte sie alle beide damit –, diskutierten sie diese neue Entwicklung. Eigentlich, meinte Hélène, sei es gar keine neue Entwicklung, denn sie hätten ja beide gewußt, daß Lewis nach Paris zurückkehren und sich ganz der Rolle widmen mußte, die Thad ihm zugeteilt hatte. Und dies sei eben früher geschehen, als erwartet.

»Du könntest mitkommen.« Lewis nahm sie in die Arme. »Wenn das Fliegen nicht gut für dich ist, könnten wir mit der Fähre fahren. Und falls Thad etwas dagegen haben sollte, sag' ich ihm einfach, er soll sich zum Teufel scheren. Ich möchte, daß du bei mir bist. Ich kann's nicht ertragen, länger von dir getrennt zu sein...«

Er barg das Gesicht an ihrem Hals und küßte sie. Es war Hélène, die ihn auf die Probleme seines Vorhabens hinwies und ihm diesen Plan behutsam ausredete. Sie gingen ins Wohnzimmer, setzten sich in die dicken roten Sessel und besprachen das Ganze ausführlich.

Daß sie so vernünftig diskutieren konnten, freute Lewis; er fand, sie verhielten sich beide sehr erwachsen. Jawohl, das könne er einsehen: Er werde an zahlreichen Besprechungen teilnehmen müssen, also werde sie ohnehin nicht viel von ihm haben. Paris sei nur eine Flugstunde von London entfernt. Wann immer sich eine Lücke in seinem Terminplan ergebe, könne er sie schnell besuchen. Sie werde sich hier in dem Haus viel wohler fühlen. Hier sei es wenigstens still und ruhig, und genau das brauche sie jetzt. Sie könne sich ausruhen und sich pflegen, sich und das Baby... Hier unterbrach sich Lewis, denn wieder überkam ihn dieses herrlich beruhigende Gefühl der Komplizenschaft. Er sah Hélène an.

»Er glaubt, es ist dein Baby, Lewis«, sagte sie schließlich.

»Ich weiß.« Lewis zuckte die Schultern. »Na und? Das geht doch Thad überhaupt nichts an. Das ist unsere Privatsache.«

Lewis las ihr vom Gesicht ab, wie unsicher und verletzlich sie war. Und wie immer, stärkte diese Tatsache sein Selbstbewußtsein und seinen Beschützerinstinkt. Je verletzlicher Hélène wirkte, desto stärker fühlte sich Lewis, und das erschien ihm völlig richtig.

»Mein Liebling.« Er beugte sich vor und küßte sie. »Ich liebe dich. Wir werden heiraten. Ich werde für dich und das Baby sorgen. In gewissem Sinn wird es also mein Baby sein. Ich werde versuchen, ihm ein guter Vater zu sein. Ich mag Kinder...« Er lächelte. »Für die Kinder meiner Schwester bin ich ein großartiger Onkel, und das sind sechs!« Er war bemüht, einen leichten Ton anzuschlagen, um sie ein wenig aufzumuntern, unwillkürlich wurde sein Ausdruck jedoch ernst.

»Ich meine es aufrichtig«, fuhr er unbeholfen fort. »Ich will nicht, daß andere Leute die Nase in unser Leben stecken und alles mit Dreck bewerfen. Wenn wir nur wissen, was wir tun. Wenn wir einander vertrauen... Wenn wir uns lieben.«

So! Jetzt hatte er es gewagt. Lewis musterte sie ängstlich. Ihre Miene wurde weich; ihre blauen Augen schienen grau zu werden, wie es immer geschah, wenn sie gerührt war. Sie hob die Hand und legte sie an seine Wange. »Ich weiß nur nicht, ob wir mit einer Lüge beginnen sollten«, sagte sie leise.

»Es ist keine Lüge!« Lewis ergriff ihre beiden Hände. Er war von einer überwältigend leidenschaftlichen Überzeugung erfüllt. »Es ist *unsere* Wahrheit. Das ist etwas ganz anderes.«

Sie sah ihn an. Sie hörte die tiefe Bewegung in seiner Stimme, und sie erkannte das innige Gefühl in seinen Augen.

Er wollte unbedingt, daß sie ihm zustimmte, und sie war seit langem daran gewöhnt, ihre Zweifel und Einwände für sich zu behalten, denn sie ahnte instinktiv, daß die meisten Männer so waren wie Ned Calvert und nichts davon hören wollten.

Also neigte sie den Kopf und stimmte ihm zu.

Sofort sprang Lewis eifrig auf. Er werde sie jeden Abend aus Paris anrufen. Er werde sie besuchen, sooft es ging. Er werde mit Thad schon fertig werden. Alles werde gut verlaufen – jetzt und immer. Der heutige Abend jedoch müsse ihnen allein gehören. Sie würden allein sein. Essen würden sie im Caprice, seinem Lieblingsrestaurant... Er griff zum Telefon und bestellte für acht Uhr einen Tisch für zwei.

Um halb acht, als ihnen beiden klar wurde, daß Thad nicht nur zurückgekehrt war, sondern sie auch auf gar keinen Fall wieder allein lassen würde, rief Lewis noch einmal im Caprice an und änderte die Tischbestellung. Noch immer für acht Uhr, aber bitte für drei Personen.

Er wird, verdammt noch mal, nicht über Nacht hierbleiben!« Hélène und Lewis hatten sich in die Küche zurückgezogen. Thad saß auf dem Sofa im kleinen Wohnzimmer. Es war jetzt Mitternacht. Während des Abendessens hatte er praktisch kein Wort gesprochen und seine Schnecken auf eine so unappetitliche Art verschlungen, daß Lewis vor Verlegenheit hochrot wurde. Als ihr Taxi vor dem Caprice vorfuhr, war Thad wortlos als erster eingestiegen. Während der vergangenen Stunde hatte er vor dem Kamin gesessen und tassenweise Tee in sich hineingeschüttet. Er trug die neuen Sachen, die er sich gekauft hatte. In Lewis' Augen sah er absolut idiotisch aus.

Erstens hatte er sich die Haare schneiden und den Bart stutzen lassen. Zweitens waren seine Brillengläser nicht mehr verschmiert, wie gewöhnlich, sondern funkelten und blitzten im Lampenschein. Drittens waren die dreckigen Jeans verschwunden, das verschwitzte Hemd, die zerkratzten Schuhe und die Nylonsocken, die immer einen fischigen Geruch verströmten. Außerdem schien Thad gebadet zu haben und trug einen Anzug.

Es war kein richtiger Anzug, sondern ein Machwerk, das in keiner Weise an jene Meisterwerke des Understatements erinnerte, die Lewis sich hatte anfertigen lassen. Immerhin jedoch ein Anzug. Ein schwarzer, dreiteiliger Anzug. Die Hosenbeine vermochten Thads dicke Schenkel gerade noch zu umschließen, und die Weste spannte sich kaum wahrnehmbar über Thads beträchtlichem Bauch. Die Hose war zu kurz; dort, wo sie unten aufhörte, lugten schwarze Wollsocken hervor; dazu trug er schwarze Schnürschuhe, die blitzblank glänzten. Lewis, der durch die Küchentür herübersah, stöhnte laut auf.

»Psst!« Hélène lächelte. »Er kann dich hören.«

»Das ist mir scheißegal! Er muß verschwinden. Eine Tasse Tee noch, und dann ist Schluß.«

»Soll ich's ihm sagen, oder du?«

»Das mache ich«, erklärte Lewis energisch. »Und zwar jetzt gleich. Warte nur ab.«

Entschlossen marschierte er ins Wohnzimmer zurück. Hélène, die ihm folgte, drückte Thad die Teetasse in die pummelige Hand – die Fingernägel waren jetzt sauber, wie Lewis feststellte. Mit finsterer Miene blickte Lewis auf ihn hinab.

»Diese Tasse kannst du noch austrinken, Thad. Dann mußt du gehen.«

»Gehen?« Thad starrte ihn verwundert an. Er musterte das Sofa. »Ich dachte, ich könnte vielleicht...«

»Dann hast du falsch gedacht. Tee, und dann raus! Helen und ich, wir wollen allein sein. Es ist unser letzter gemeinsamer Abend.« Lewis war sehr stolz auf sich.

Thad sah mit blitzenden Gläsern zu ihm auf. »Ach ja, natürlich. Gut. Kein Problem. Dumm von mir. Ich hätte daran denken sollen...« Er hielt inne. »Ich dachte nur, vielleicht auf der Couch, weißt du...«

»Nein, Thad. Nicht auf der Couch. Und nirgendwo sonst. Okay?«

»Okay.« Thad kapitulierte mit Anstand. Lewis nahm ihm gegenüber Platz und zog Hélène neben sich. Er steckte sich eine Zigarette an, inhalierte und musterte Thad mit immer noch fassungsloser Miene. Warum ein Anzug? Und ausgerechnet ein schwarzer?

»Ich habe nachgedacht...« begann Thad, und schon wurde Lewis argwöhnisch. Das war noch nie ein guter Anfang gewesen; gewöhnlich lief es auf einen Monolog hinaus. Lewis hatte das Gefühl, wenn er sich jetzt so was anhören müssen, würde er in die Luft gehen.

»Na gut, Thad. Aber mach's bitte kurz!«

»Sicher. Sicher.« Thad wedelte mit der Pummelhand. »Aber es ist wirklich wichtig. Es betrifft dich, Lewis. Und dich, Helen. Weil es nämlich Helen ist, über die ich nachgedacht habe. Wir müssen unbedingt alle zusammen darüber nachdenken, und damit müssen wir sofort beginnen. Wir müssen entscheiden, wie wir sie *präsentieren* wollen. Vor allem, wenn wir nach Amerika zurückkehren. Wir brauchen eine *Strategie.* Hab' ich dir jemals von Grace Kelly erzählt – als die nach Hollywood ging?«

»Nicht daß ich wüßte.«

»Also weißt du, was die gemacht hat? Jedesmal, wenn sie bei einem Regisseur vorsprach oder bei einem Produzenten, hat sie weiße Handschuhe getragen. Weiße Handschuhe, stell dir das vor! Als wollte sie sagen, rühr mich nicht an. Ich habe *Klasse.* Verstehst du? Und die wurden ganz *wild!* Einfach wild, Lewis. Alle redeten sie von diesem unglaublich schönen, vornehmen Mädchen mit den weißen Handschuhen. Was wir uns also überlegen müssen, ist die Frage, was Helens weiße Handschuhe sein sollen. Das Äquivalent dazu, meine ich. Denn so was wie die weißen Handschuhe kann man natürlich nicht wiederholen.«

»Ich könnte ja schwarze Handschuhe tragen.«

Hélène sagte es ohne eine Spur Ironie. Es war wundervoll! Lewis lachte, doch Thad brauchte ungefähr vierzig Sekunden, um zu erkennen, daß er eine Abfuhr erhalten hatte. Er grinste einfältig, holte aber kaum Atem.

»Die Sache ist die, daß nämlich eine ganze Menge *goldrichtig* ist. Die Heirat ist gut. Die Heirat gefällt mir. Ich meine dich, Lewis: altes Geld, Groton, Harvard, verdammt noch mal. Da werden sich's diese alten Lustmolche wohl zweimal überlegen, bevor sie ihre schmierigen Finger nach ihr ausstrecken. Das ist großartig! Das ist phantastisch! Weil wir ihnen nämlich sofort klarmachen müssen, daß diese Frau Klasse hat, daß diese Frau *schön* ist *und* daß diese Frau absolut nicht zu haben ist. Das ist wesentlich. Ich meine, *wirklich* wesentlich!«

»Na ja, sie *ist* ja auch nicht zu haben. Sie wird mit mir verheiratet sein. Also ist das doch ganz in Ordnung – oder?«

»Lewis. Lewis. Bitte!« Thad sprang auf und wedelte mit den Händen. »Wir reden doch hier nicht von Fakten. Wir reden über Helens *Image.* Wenn Helen in unseren Filmen erscheinen will, muß sie das richtige Image haben...«

»*Wenn?*« Lewis hob erstaunt den Kopf; er hatte gespürt, daß Hélène neben ihm erstarrte. »Wieso auf einmal ›wenn‹? Du hast mir doch gesagt, wir seien ein Team. Du. Ich. Helen. Es sei die perfekte Kombination, hast du gesagt. Und hast mir, falls du dich erinnerst, eine lange Predigt über das Thema Dreieck gehalten.«

»Hab' ich das?« Thad sah ihn verschlagen an. »Möglich, daß ich was darüber gesagt habe. Die besten Filme, hab' ich gesagt, beruhen stets auf einer Dreiecks-Konstruktion. Und das stimmt. Das hab' ich immer wieder beobachtet.«

»Das sagtest du. Und außerdem sagtest du ein paar Stunden später – nachdem du mir erklärt hattest, das Studiosystem sei erledigt, der unabhängige Regisseur, sprich: du, werde das amerikanische Kino retten –, ein paar Stunden später sagtest du mir, daß dieser Regisseur immer ein Team brauche. Einen unabhängigen Produzenten, und einen Star. Eine Frau, sagtest du. Das sei die perfekte Grundstruktur. Wenn wir die hätten, sagtest du, gäbe es nichts, was wir nicht schaffen könnten – gar nichts. Wenn ich mich recht erinnere.«

Thad zwinkerte wild mit den Augen. Er trat von einem Fuß auf den anderen und funkelte Lewis wütend an. Lewis grinste. Er kannte den Grund für diese Wut. Thad wollte nicht, daß Helen jetzt schon erfuhr, welch große Pläne er mit ihr hatte. Das würden sie ihr erst allmählich beibringen. Auf diese Weise hätten sie sie in der Hand.

Jetzt beugte auch Hélène sich vor und musterte Thad stirnrunzelnd. »Ein Star? Hast du das tatsächlich gesagt? Hast du das wirklich so gemeint?«

»Mag sein. Mag sein. Wer weiß? Viele Leute werden Stars«, antwortete Thad geringschätzig.

»Eine *Legende*, hast du gesagt«, warf Lewis gelassen ein und vervollständigte damit seinen Verrat.

»Na ja, aber Legenden entstehen nicht einfach so. Legenden werden *geschaffen*«, fuhr Thad auf. »Und genau davon spreche ich. Oder versuche es wenigstens. Der springende Punkt ist, daß Helen noch nicht ganz fertig ist. Wir müssen noch sehr viel mit ihr arbeiten.«

Keuchend kehrte er zu seinem Sessel zurück, setzte sich und trank einen winzigen Schluck aus seiner Tasse. Gerade wollte Lewis etwas entgegnen, da merkte er, daß Thad inzwischen Hélènes Aufmerksamkeit erregt hatte. Sie sah ihn an, als sei Thad Moses, der vom Berg heruntergekommen war und die Zehn Gebote verkündete.

»Es gibt noch eine Menge Arbeit.« Thad, der ihr Interesse spürte, stieß ein kurzes Kichern aus. »Gesicht. Haare. Make-up. Kleider. Wir müssen genau das Richtige für dich finden. Klasse-Sachen. Haute Couture, verstehst du? Ich möchte, daß du aussiehst wie eine Frau, und nicht wie ein Teenager. Wenn ich dich ansehe, möchte ich nur eines denken: Geld. Ich möchte, daß jeder Mensch, der sich einen Film mit dir ansieht, sofort scharf auf dich wird. Ich möchte, daß sie denken, o Gott, ich würde alles geben, um diese Frau zu besitzen, aber das wird mir nie gelingen, weil sie zu kühl ist, zuviel Klasse hat und viel zu teuer ist...«

»Jetzt hör aber auf...« Lewis beugte sich wütend vor.

Thad fuhr fort, als habe er nichts gehört. »Ich will Sex, verstehst du? Die Art von Sex, die Männer zum Wahnsinn treibt. Bis sie zum Beispiel mit ihren Frauen oder Freundinnen oder was immer im Bett liegen, in Gedanken aber mit *dir* schlafen. Nur, daß sie die ganze Zeit *wissen*, daß es eine Phantasievorstellung ist, weil von dir keine Verlockung ausgeht. Und warum nicht? Weil du rein wirkst. Du wirkst so gottverdammt rein, daß es sie völlig wahnsinnig macht. Das ist klassisch. Das absolute weibliche Paradoxon, stimmt's? Artemis und Aphrodite, die Jungfrau und die Hure...«

»Jetzt reicht's aber!« Lewis sprang auf. Seine Stimme bebte vor Zorn. »Jetzt verschwindest du, Thad, und zwar auf dem schnellsten Wege! Ich werde mir das nicht länger anhören, und Helen auch nicht!«

Thad blinzelte, rührte sich aber nicht. Er wirkte aufrichtig erstaunt. Und das mit Recht, dachte Lewis schuldbewußt. Er hatte all das schon so oft gehört, sich aber noch nie darüber beschwert.

»Tut mir leid, Lewis. He, Helen – du bist doch hoffentlich nicht beleidigt! Ich spiel' ja nur so mit Ideen, verstehst du? Ich meine das doch alles nicht *wörtlich!* Ich will doch nicht sagen, daß du tatsächlich eine Hure bist und daß du keine Jungfrau bist, weiß ich doch längst...«

»*Thad... Ein* Wort noch, und ich schwöre dir...«

»Lewis. Lewis. Beruhige dich, okay?« Thad trank noch einen Schluck Tee. »Na gut, ich werd' zur Sache kommen. Soll ich's dir erklären, Helen? Es wird bestimmt nicht lange dauern, aber es ist so furchtbar *wichtig*...«

»Ist schon gut, Lewis.« Sie sah Thad ruhig an. »Warum drückst du dich nicht ein bißchen deutlicher aus?«

»Gut.« Er hob seine Pummelhand, und während Lewis sich wieder setzte, begann er an den Fingern abzuzählen. »Erstens: die Stimme. Sie ist gut, aber nicht gut genug. Zu definierbar. Zu klar. Zu englisch. Das will ich nicht. Ich will eine geheimnisvollere Stimme... Denk an die Garbo. Denk an die Dietrich. Die klingen großartig – und warum? Man kann sie nicht definieren. Sie sprechen Englisch, aber sie sind keine Engländerinnen...«

»Na ja, natürlich sind sie keine Engländerinnen«, fuhr Lewis auf. »Die eine ist Schwedin, die andere Deutsche. Was ist so gottverdammt geheimnisvoll daran?«

»Lewis. Lewis. Vertrau mir doch, ja? Du weißt, daß die eine Schwedin, die andere Deutsche ist, aber die Menschen da im Dunkeln, die wissen das nicht, und wenn sie's wissen, denken sie nicht dran. Sie merken nur, daß diese Frau anders ist. Fremdländisch. Exotisch. Geheimnisvoll...«

»Wenn du dieses Wort noch ein einziges Mal aussprichst, wird mir schlecht. Verdammt noch mal, Thad...«

»Ich weiß, was er meint.« Sie sagte es ruhig. »Er spricht von Macht. Von der Macht, die man besitzt, wenn man anders ist. Wenn die Menschen einen nicht einordnen, nicht einschätzen können...«

»Und das ist Macht?« Lewis sah sie zweifelnd an.

»Manchmal, glaube ich, ja.«

Thad beobachtete diesen Wortwechsel gespannt. Dann beugte er sich vor. »Also, ich sage nur folgendes: Ich möchte, daß Helen an ihrer Stimme arbeitet. Von jetzt an bis zum nächsten Film. Ich möchte sie dunkler, mit ein bißchen Schärfe. Etwas weniger naiv.

Der reine Ton muß bleiben, aber versuch den Akzent ein bißchen verschwommener zu gestalten. Du könntest auch ein bißchen Französisch oder Italienisch beimixen, einen Hauch Europa. Etwas Amerikanisch...«

»Das klingt nach einem ziemlich schaurigen Cocktail.« Lewis wandte sich ihr zu. Er vermochte es kaum zu glauben, aber sie schien das alles ernst zu nehmen. »Warum gibst du Thad nicht mal eine Kostprobe von deinen Stimmen, Liebling? Deinen verschiedenen Akzenten? Er hat ja keine Ahnung von deinem Repertoire...«

Kaum hatte er das ausgesprochen, da bereute Lewis die Worte schon wieder. Hélène wurde blutrot, während Thad vor sich hinsummte und erst zur Decke, dann zu Boden blickte.

»Er kennt es schon.« Mit fast tonloser Stimme.

»Ach, wirklich? Seit wann?«

»Seit Rom, irgendwann. Da haben wir kurz über Stimmen gesprochen.«

Thad unterbrach sie gelangweilt. »Hört zu, ich möchte weiterkommen. Helen weiß genau, was ich meine, und daß ich recht habe. Es gibt Wichtigeres zu besprechen. Eines vor allem.«

»Ach – wirklich nur eines?« Lewis war jetzt ehrlich wütend. Und fühlte sich, genau wie in Rom, wieder einmal ausgeschlossen. Er stand auf. »Ich meine – warum sich nur auf eines beschränken? Es muß doch Tausende von guten Tips geben, mit denen Thad dir helfen kann. Wenn wir Helens Stimme ändern, die ich zufällig wunderschön finde – warum dann nicht auch andere Dinge? Warum nicht ihre Haare abschneiden? Oder sie färben? Wie wär's zum Beispiel mit einer Gesichtsoperation? Und...«

»Der Name«, fiel Thad ihm plötzlich energisch ins Wort. »Wir müssen uns was mit dem Namen einfallen lassen. Ich mag ihn nicht.«

»Welcher Name?« Lewis ging kampflustig auf ihn los. »Helen Craig oder Helen Sinclair? Wie sie, wenn ich dich daran erinnern darf, Thad, schon sehr bald heißen wird.«

»Beide«, antwortete Thad aufreizend. »Sie klingen mir beide viel zu englisch. Durchschnittlich. Langweilig. Mir gefällt Helen nicht. Mir gefällt Craig nicht. Und Sinclair ist Mist.«

»Vielen Dank.«

»Nichts für ungut. Für einen Banker ist Sinclair fabelhaft. Ehrlich, Lewis, einfach großartig. Aber für einen Filmstar nicht. Also...« Mit den Fingern trommelte er auf seinem dicken Oberschenkel herum. »Laßt uns überlegen. Denkt an... Greta Garbo, ja? Zwei Gs. Marilyn Monroe. Zwei Ms. Und diese neue kleine Französin, Brigitte Bardot: zwei Bs, was auf Französisch wie *bébé* klingt. Clever, was?«

»Ich denke an sie.« Lewis kehrte zu seinem Sessel zurück und setzte sich. »Und ich denke an Carole Lombard. Bette Davis. Katherine Hepburn. Gina Lollobrigida. Marlene Dietrich. Die scheinen's doch alle auch ohne zwei identische Buchstaben geschafft zu haben, nicht wahr?«

»Das muß ich zugeben. Ich will hier ja auch kein Gesetz verkünden. Ich mache nur Vorschläge, versteht ihr?«

Die beiden Männer sahen einander an. Hélène stand auf. Ihr Gesicht war gerötet. Sie stand schweigend da, und beiden Männern wurde auf einmal klar, daß sie über sie verhandelt hatten, als sei sie gar nicht anwesend. Schlechten Gewissens verstummten sie.

»Ich wurde auf den Namen Hélène getauft. So steht es in meinem Paß, falls du dich erinnerst, Lewis.« Sie zögerte. »Meine Mutter hat mich auch immer so genannt. Sie sagte... Sie sagte, er klingt wie ein leiser Seufzer.«

Alle drei schwiegen. Lewis sah, daß ihre Hände ganz leicht zitterten, daß es ihr offenbar sehr schwer fiel, dies zu sagen. Thad musterte sie mit undurchdringlicher Miene.

»Hélène«, sagte er schließlich. »Interessant.« Die kleinen, dunklen Augen blickten kurz zu ihrem Gesicht auf und dann wieder fort. »Und deine Mutter hat dich so genannt?«

»Immer.«

»Aha.« Er lächelte rätselhaft. Hélène sah ihn an, als fände sie etwas an seinem Ton merkwürdig, doch Thad sprach nicht weiter. Er summte, wie so oft, wenn er nachdachte, tonlos vor sich hin.

»Außerdem«, fuhr sie ein wenig verlegen fort, »bin ich in einem Dorf namens Hartland aufgewachsen. Der Name hat mir schon immer gefallen. Ich weiß nicht, vielleicht...«

Lewis sah sie verwundert an. Er begriff nicht, warum sie dieses Theater mitmachte, warum sie nicht protestierte. Sie schien die Vorstellung, einen neuen Namen, eine neue Identität anzunehmen, sogar zu begrüßen.

Gerade wollte er abermals protestieren, da hob Thad den Kopf. Das Licht funkelte auf seinen blitzblanken Brillengläsern. »Hart«, sagte er. »Hartland ist zu lang. Hart. Oder nein: Harte mit einem E am Ende. Hélène Harte. Das ist es! Perfekt! Wunderbar! Was meinst du, Lewis?«

Lewis zögerte. Er sah, wie nervös sie geworden war, wie verkrampft. Ihre Wangen waren gerötet, ihre Augen glänzten erregt. Sekundenlang war er empört, weil er das Gefühl hatte, daß Thad auf eine Art mit ihr spielte, die er nicht verstand, daß er brutal mit etwas umging, das ihr offenbar sehr viel bedeutete. Als er ihre Augen sah, die riesig und dunkel in ihrem zarten Gesicht standen, hatte er das Gefühl, ein verängstigtes kleines Tier vor sich zu haben.

Thad wandte den Blick ab, und als er das tat, neigte Hélène, die Lewis ansah, ganz leicht den Kopf. Eine winzige, persönliche Geste, von der Thad ausgeschlosssen war. Sofort begann Lewis' Laune wieder zu steigen.

»Es könnte klappen«, sagte er langsam. »Doch, ja.«

»Überschlafen wir's lieber.« Thad erhob sich. »Wir sehen uns dann morgen früh am Flughafen, Lewis.«

Damit verließ er sie zu ihrem größten Erstaunen ohne jede weitere Verzögerung. Die Erleichterung darüber war so groß, daß Hélène und Lewis einander ungläubig anstarrten.

»Hélène«, sagte Lewis später zu ihr, als sie sich liebten.

»Hélène«, sagte er noch einmal, als er nach zahllosen Küssen schließlich zum Flughafen fuhr.

»Hélène Harte«, flüsterte Hélène vor sich hin, als sie nach Lewis Abschied in den Spiegel sah. Sie hob ihr Haar an, drehte den Kopf hin und her und studierte ihre Züge. Hélène Harte, die reich und berühmt werden würde. Hélène Harte, die jene Frau sein würde, die sie sich immer vorgestellt hatte, jene Frau, die in einem Cadillac nach Orangeburg, Alabama, zurückkehren würde. Hélène Harte, die Orangeburg und Ned Calvert beweisen würde, daß sie noch nichts vergessen hatte.

Sie ließ ihre Haare wieder fallen, und sekundenlang blickte Hélène Craig sie aus dem Spiegel an, das Mädchen, das sie gewesen war. Und das sie nie wieder sein würde. Lächelnd wandte sie sich vom Spiegel ab, denn sie dachte daran, daß sie nun zwei Menschen das Leben schenken würde: dem Baby und ihrem neuen Ich.

Sehr klar umrissen sah sie ihr neues Ich noch nicht, aber das würde schon noch kommen. Mittlerweile sah sie sich erst einmal ohne jede Schwäche, unendlich stark, fern wie ein Stern und gleichzeitig als Racheengel, der mit dem Flammenschwert kam.

In dieser Nacht träumte sie von Edouard.

Die nächsten Monate vergingen sehr schnell. Lewis hatte das Gefühl, als werde sein Leben von zwei Uhren bestimmt, die verschiedene Zeitabläufe registrierten. Die eine zeigte seine Fortschritte mit Thad an, die andere meldete triumphierend die Fortschritte seiner Liebe.

In Paris stürzte sich Lewis voll Energie in die geschäftlichen Verhandlungen. Er wollte sich Hélène gegenüber beweisen. Also schuftete er, versuchte möglichst schnell zu lernen, und wunderte sich selbst über die Härte und Hartnäckigkeit, die er zwar immer zu besitzen gehofft hatte, die aber niemals wirklich auf die Probe gestellt worden waren.

Er nahm sich ein Zimmer im Plaza-Athénée, dem Pariser Lieblingshotel seiner Mutter. Sofort nach seiner Ankunft kaufte er sich einen Füller und eine Flasche schwarze Tinte. Dann gab er dem Empfangschef *das* Trinkgeld seines Lebens, um sicherzustellen, daß die Vermittlung seine Anrufe ohne Verzögerung nach London durchstellen würde.

Später engagierte er sich bei einer Reihe von Besprechungen mit einer Vehemenz, die sogar Thad beeindruckte. Da Sphere sich, entgegen Thads Behauptungen, ausweichend verhielt, suchte Lewis andere Kontakte. Er führte endlose Telefonate. Er nagelte Leute fest und ließ sich von ihnen weder abwimmeln noch mit leeren Versprechungen abspeisen. Er feilschte, er beschwatzte, er schmeichelte, er drohte, er bettelte. Er setzte seine gute Erziehung ein, seine gesellschaftlichen Verbindungen, seinen Charme. Er reiste per Flugzeug so lässig in Europa umher wie per Taxi, hielt vor dem Frühstück und nach Mitternacht Besprechungen ab. Und langsam, sehr langsam machte er Fortschritte. Ganz allmählich gelang es ihm, die Spreu vom Weizen zu trennen, und wenn es darum ging, Finanzierungen für einen Film zu bekommen, gab es wahrhaftig jede Menge Spreu.

Aber Lewis machte das alles Spaß. Er war neu in diesem Spiel und dachte nicht daran, sich entmutigen zu lassen.

Er würde sie alle austricksen, nahm er sich vor. Und dabei entwickelte er einen gewissen Killerinstinkt: Es mochte sein, daß er ihn jetzt noch nicht brauchte, doch eines Tages würde er ihm mit Sicherheit gelegen kommen.

Mittlerweile konnte er, auch wenn er nur geringe Fortschritte machte, jeden Abend ins Plaza-Athénée zurückkehren, um von dort aus sofort mit Hélène zu telefonieren, seinem persönlichen Draht zur Realität. Sobald er den Hörer wieder aufgelegt hatte, griff Lewis, der noch niemals im Leben freiwillig Briefe geschrieben hatte, zum Füllfederhalter und bedeckte Blatt um Blatt des Hotelbriefpapiers mit seiner großen, runden Schülerschrift. Briefe an Hélène; Liebesbriefe: ›Mein Liebling, mein Schatz, mein Leben, meine große Liebe.‹ Hélène hob all seine Briefe auf und beantwortete sie auch. Ihre eigenen waren sehr schlicht. Lewis las sie immer wieder. Er trug sie in seiner Tasche; er holte sie in Flugzeugen hervor, in Taxis, im Bett, in Restaurants. Allmählich waren sie kaum noch zu lesen, aber für Lewis waren sie die Garanten seiner Liebe.

Im Januar wurden sie im Rathaus von Chelsea getraut. Hélène trug ein weißes Wollkleid mit einem weißen Wollmantel darüber. Es schneite wieder. Der Beamte, der sie traute, gab sich sehr feierlich. Das Zimmer, in dem die Trauung stattfand, war mit Plastik-Chrysanthemen geschmückt. Lewis wagte Hélène nicht anzusehen, bis er ihr dann den Ring auf den eiskalten Finger schob und merkte, daß auch ihre Hand zitterte.

Draußen blieben sie auf der verschneiten Treppe stehen. Hélène betrachtete das kleine Bukett, das sie in der Hand hielt: winzige weiße Rosen, weiße Veilchen, weiße Fresien. Sehr behutsam berührte sie die Blütenblätter.

Vier Tage verbrachten sie zusammen, dann begann Thad wieder anzurufen und sich zu beschweren. Also kehrte Lewis nach Paris zurück und startete sowohl eine neue Serie von Besprechungen als eine neue Serie von Briefen. ›Mein Liebling, meine geliebte Frau.‹ Diese Anrede erfüllte ihn mit besonderem Stolz.

Simon Scher, den Mann von der Firma Sphere Distribution, lernte er in der Woche nach seiner Trauung kennen. Bis dahin war Scher seltsamerweise unerreichbar gewesen, so daß Lewis allmählich zu der Überzeugung kam, Thads Optimismus sei reichlich verfrüht gewesen.

Nach der Begrüßung gratulierte ihm Scher zunächst einmal zu seiner Eheschließung, von der er, wie Lewis vermutete, durch Thad gehört hatte. Anschließend erwähnte er, daß er wie Lewis in Harvard studiert habe – allerdings in der Business School. Dann öffnete er seinen Aktenkoffer, holte ein paar sauber geschichtete Papierstapel heraus und legte sie vor sich auf den Tisch. Lewis musterte Scher neugierig: ein kleiner, adretter Mann in konservativem Anzug. Dieser Mann sah auf gar keinen Fall aus wie ein Gauner. Im Verlauf des Februars führten sie mehrere Gespräche. Dennoch fuhr Lewis fort, nach anderen Finanzierungsmöglichkeiten Ausschau zu halten: Er wollte nicht den Fehler machen, alles auf eine Karte zu setzen.

Sphere kaufte die Verleihrechte von *Night Game*, und allmählich sah es so aus, als sei dem Film eine gewinnbringende Zukunft beschieden – jedenfalls auf dem europäischen Markt der Filmkunsttheater. Thad hatte sich überreden lassen, für seinen nächsten Film ein Drehbuch und ein Kamerascript zu schreiben –, obwohl er Lewis insgeheim anvertraute, er denke gar nicht daran, es auch einzuhalten. Sie hatten ein detailliertes Budget. Sie hatten einen detaillierten Terminplan. Drehorte waren ausgewählt und die Erlaubnis, dort zu drehen, eingeholt worden. Einige Schauspieler waren vorgesehen – unter anderem natürlich Hélène und Lloyd Baker, der ganz wild darauf war, wieder mit Thad einen Film zu drehen. Ein gutes Produktionsteam stand zur Verfügung. All diese Informationen stellte Lewis zu einem Info zusammen, das er überall verteilte, und war ganz außerordentlich zufrieden mit sich.

Anfang Februar nahm Simon Scher dieses gewichtige Dossier mit nach Hause: Er müsse jemanden konsultieren, erklärte er. Also stahl Lewis sich für zwei Tage nach London davon, wo Hélène darauf bestand, daß er ihren Gynäkologen kennenlerne.

Während Hélène die Bilder an der Wand hinter seinem Kopf anstarrte, beglückwünschte Mr. Foxworth Lewis zu der bevorstehenden Geburt seines Kindes. Mr. Foxworth, der Lewis' Savile-Row-Mantel, die Tiffany-Uhr und die handgefertigten Schuhe bemerkte, gab sich überaus liebenswürdig. Als er dann Lewis' Akzent vernahm und seine unbewußte, angeborene Arroganz zu spüren bekam, wurde er sogar noch liebenswürdiger. Er sei überzeugt, sagte er zuvorkommend, daß es Mr. Sinclair lieber sein werde, wenn seine Gattin das Kind in einer Privatklinik zur Welt bringe, statt in einem öffentlichen Krankenhaus, obwohl auch diese Anstalten ganz zweifellos recht gut seien. Seine eigene Klinik in St. John's Wood dagegen... Er ließ den Satz in der Luft hängen.

Lewis, zeit seines Lebens an solche Ärzte gewöhnt, war beruhigt. In St. John's Wood natürlich, entschied er. Hélène warf Mr. Foxworth einen triumphierenden Blick zu, den Lewis nicht bemerkte.

Sie gingen einkaufen. In der New Bond Street erstanden sie eine exklusive Babyausstattung, mit Brüsseler Spitzen verziert und von Nonnen bestickt. Außerdem erwogen sie, eine Säuglingsschwester einzustellen, vor allem, weil sie ihr das Baby im Juni, wenn Hélène und Lewis eine Tournee durch Europa machten, um *Night Game* vorzustellen, einige Wochen allein anvertrauen mußten. Zum Glück konnte Anne Kneales Schwester da eine besonders gute empfehlen, und Lewis sprach mit dem jungen Mädchen, das ganz ausgezeichnete Referenzen besaß. Er fühlte sich von Tag zu Tag verantwortungsbewußter und erwachsener – obwohl er selbst es lieber als ›reif‹ bezeichnete.

Als er eines Tages unerwartet ins Cottage zurückkehrte, saß Hélène da und las – die *Financial Times*! Das fand Lewis höchst belustigend, und als sie ihm ein wenig schüchtern gestand, daß sie sich tatsächlich sehr für diese Dinge interessiere, sie aber leider schwer verständlich finde, war Lewis gerührt. Hier konnte er endlich einmal glänzen, denn schließlich war er doch ein Sinclair.

Die Versuchung, Hélène mit seinen Kenntnissen zu beeindrukken, war groß. Lewis begann ihr Fachwörter und einfachere Fakten zu erklären, und Hélène, die ihm aufmerksam zuhörte, stellte gelegentlich erstaunlich intelligente Fragen. So kam es, daß sie schließlich den ganzen Nachmittag über die Börse diskutierten – ein paar Stunden, die Lewis wirklich von Herzen genoß.

»Ist es sehr schwierig, ein Portefeuille anzulegen?« erkundigte sich Hélène am nächsten Tag.

Lewis lachte laut auf. »Aber nein! Natürlich nicht. Möchtest du's vielleicht mal versuchen? Warum nicht? Ich werde dir helfen – aber erst später. Wenn der Film angelaufen ist. Wenn du das Kind zur Welt gebracht hast. Im Augenblick solltest du dich um andere Dinge kümmern.«

»Ich weiß, Lewis«, antwortete sie gehorsam und lächelte.

In Paris machte Sphere plötzlich Schwierigkeiten. Auf Simon Schers Wunsch wurde der Kostenvoranschlag für den neuen Film noch einmal überprüft und am Drehbruch Änderungen vorgenommen, die Thad sofort ausführte.

»Du brauchst mir nur zu sagen, was sie wollen, Lewis, ich bring's schon rein. Es sind doch nur *Worte,* um die kann ich leicht herumarbeiten. Aber bitte, Lewis, bring mir das Geld!«

Diese Einstellung seines Freundes beunruhigte Lewis, aber er ließ es sich nicht anmerken. Inzwischen hatte er die Originalkopie von *Night Game* gesehen – den Rohschnitt hatte Thad ihm seltsamerweise vorenthalten, obwohl er ihn offenbar halb Paris gezeigt hatte –, und als er die sah, waren seine Befürchtungen wie weggeblasen. *Night Game* war ein wunderbarer Film. Er war aufrüttelnd, klar und packend. Er war traurig, stellenweise aber auch sehr komisch. Thad wußte also tatsächlich, was er tat, und Lewis war stolz. Seine früheren Zweifel waren ausgeräumt, und er redete sich ein, schon immer an Thad geglaubt zu haben.

Außerdem war Hélène in den Film selbst für Lewis eine Offenbarung. Er hatte gelesen, daß die Kamera manche Gesichter liebt: Nun wußte er, was das bedeutete. Als er sie auf der Leinwand sah, vergaß Lewis, daß er sie kannte; es war, als lerne er sie ganz neu kennen, und plötzlich verliebte er sich noch einmal von neuem in sie. Das erklärte er später, nach ein paar Beruhigungsdrinks, dem freundlichen Regieassistenten Fabian.

Fabian zwinkerte ihm lächelnd zu. »*Mais évidemment*«, gab er achselzuckend zurück. »Der ganze Film ist doch wie ein Liebesbrief an sie, nicht wahr?«

Darüber ärgerte sich Lewis. Er versuchte, die Bemerkung sofort wieder zu vergessen.

Scher hatte den Film auch in der Endfassung gesehen und erklärt, daß er beeindruckt sei. Anfang April sah er ihn sich mit verschiedenen Beratern und Mitarbeitern zusammen zum zweitenmal an. Als es Mitte April noch immer keinen festen Vertrag für den nächsten Film gab, wurde Lewis ungeduldig. Am Ende des Monats verkündete Scher überraschend, er müsse *Night Game* noch einmal sehen, und zwar diesmal mit dem Vorstandsvorsitzenden seiner Muttergesellschaft Partex, einem Texaner namens Drew Johnson.

Lewis war gereizt. Er verabscheute Texaner. Er argwöhnte, daß die ganze Geschichte noch monatelang so weitergehen und dann genauso wie eine Seifenblase platzen würde wie die früheren Finanzierungsversuche. Da er jedoch nach monatelanger Arbeit noch immer keine feste Zusage von Sphere erhalten hatte, blieb ihm nichts anderes übrig, als sich einverstanden zu erklären.

Drew Johnson erwies sich als die Inkarnation aller Bostoner Vorurteile, die Lewis geerbt hatte. An der Privatvorführung nahm er mit seiner Frau Billy teil: Sie trug Givenchy, ihr Ehemann Schnürsenkel-Krawatte, Cowboystiefel und Stetson. Lewis, der im Vorführraum neben ihnen saß, vermochte seine Verachtung kaum zu kaschieren.

Zum Abendessen gingen sie ins Grand Vefour. Über den Film wurde kein einziges Wort gesprochen. Danach gingen sie ins *Crazy Horse*, wo sich Drew Johnson königlich amüsierte und lauthals lachte, während Lewis in eisigem Schweigen verweilte. Später wurde der Texaner mit seiner Frau von einem schwarzen Rolls-Royce Phantom abgeholt: Sie wohnten außerhalb von Paris bei alten Freunden. Drew Johnson zerquetschte Lewis fast die Hand mit seiner mächtigen Pranke und lud ihn ein, ihn am nächsten Morgen in Orly in seiner Privatmaschine zu besuchen.

Lewis kehrte ins Hotel zurück, schrieb an Hélène und beschloß dann, sich zu betrinken, weil er auf einmal furchtbar niedergeschlagen war. Am nächsten Morgen schleppte er sich mit einem Riesenkater zum Flughafen hinaus – fest überzeugt, der Vorstandsvorsitzende der Partex habe *Night Game* miserabel gefunden, und das Geschäft sei geplatzt.

Die Maschine war eine Boeing 707. Innen war sie mit antikem

Faltwerk getäfelt. Auf der Täfelung hingen in aufgeschraubten Rahmen ein Renoir und ein Gauguin. Mit säuerlicher Miene sah Lewis sich um, ließ sich auf einem Sofa aus dem 18. Jahrhundert nieder, das mit Sicherheitsgurten ausgestattet war, und bat um ein Glas Tomatensaft.

»Tomatensaft?« Drew Johnsons buschige weiße Augenbrauen gingen in die Höhe. »Was soll das? Billy-Schätzchen, klingel doch mal. Unser Freund Lewis kriegt einen anständigen Drink.«

»Nein, danke.« Lewis ließ seinem geschliffenen Akzent voll die Zügel schießen. »Es ist erst neun Uhr vormittags, und außerdem habe ich nichts zu feiern.« Er zögerte kurz, dann ging auf einmal das Temperament mit ihm durch. »Hören Sie zu! Warum sind Sie nicht endlich offen und ehrlich mit mir und hören auf, meine Zeit zu verschwenden? Sie finden unseren Film doch miserabel, stimmt's?«

»Miserabel?« Der Texaner lächelte. »Wie kommen Sie denn darauf? Da irren Sie sich aber gewaltig.«

»Jawohl, miserabel! Schlecht! Beschissen! Vermutlich haben Sie ihn nicht mal verstanden. Wie dem auch sei, ich weiß nicht, was ich hier noch zu suchen habe, und werde mich jetzt verabschieden!« Er setzte sein Glas ab, stand auf und machte kehrt. Es war unter anderem das Faltwerk, das ihn so auf die Palme gebracht hatte. An der Tür fuhr er noch einmal herum.

»Es ist ein guter Film!« erklärte er trotzig. »Möglicherweise sogar ein großartiger. Das erkenne *ich* natürlich deutlich, auch wenn *Sie* das nicht kapieren. Und ich werde verdammt noch mal dafür sorgen, daß Thad die Möglichkeit bekommt, auch seinen nächsten zu drehen! Mit oder ohne Ihre Hilfe!«

Eisiges Schweigen. Drew Johnson sah seine Frau an. Dann begann er auf einmal zu lächeln, warf den Kopf in den Nacken und lachte laut dröhnend heraus. »Wissen Sie was, mein Junge? Fast hätte ich Sie für eine Art Eunuch gehalten! Und nun muß ich feststellen, daß es in Boston tatsächlich richtige Männer gibt...«

Mit ausgestreckter Hand kam der ein Meter dreiundneunzig große, wuchtige Texaner quer durch die Kabine auf Lewis zu. Der große, elegante Bostoner jedoch blickte zweifelnd und ein wenig geringschätzig auf die ausgestreckte Hand hinab.

Drew Johnsons Miene wurde ernst. Mit seinen durchdringenden blauen Augen sah er Lewis an. »Nun komm schon, Junge! Sogar in

Boston besiegelt man ein Geschäft, glaube ich, mit einem herzlichen Händedruck.« Er hielt inne. »Den Finanzierungsvertrag hab' ich noch gestern abend unterschrieben. Und da eure Anwälte nicht allzu viele Haken und Ösen hineingepackt haben, werdet ihr vermutlich feststellen, daß ihr von nun an einen Geldgeber habt.«

Lewis starrte ihn fassungslos an. Dann packte er Drew Johnsons Hand. Er lächelte. »Wissen Sie was?« sagte er. »Ich glaube, ich werde jetzt mit einer lebenslangen Gewohnheit brechen. Ein kräftiger Drink käme mir sehr gelegen!«

»He, Billy! Laß den Bourbon anrollen!« dröhnte Drew Johnson hocherfreut.

Der Vertrag wurde am ersten Mai unterzeichnet. Als Lewis die fünfzig eng beschriebenen Seiten sah, war er sehr stolz. Für diesen Vertrag hatten er und Thad eine eigene Produktionsgesellschaft gegründet, die sie Mirage nannten, weil Thad den Namen mochte, und sie unterzeichneten ihn als gleichberechtigte Direktoren gemeinsam: Thad mit seinen dünnen Krakeln, Lewis mit seiner kräftigen, selbstsicheren Handschrift.

Am Tag der Vertragsunterzeichnung rief Lewis zunächst Hélène an, und dann seinen Vater. Es war ein herrlicher Moment, auf den er sich seit Monaten gefreut hatte. Satz um Satz schickte Lewis die Information wie eine Serie perfekt gezielter Granaten durch die Telefonleitung. Ein siebenstelliges Budget. Die Aussicht auf eine langfristige Partnerschaft. Sphere-Filmverleih. Partex Petrochemicals. Drew Johnson.

Die anfängliche Ungeduld des Vaters verwandelte sich in erstauntes Schweigen; danach kamen dann allerdings doch noch die üblichen Fragen. Lewis' Antworten waren überzeugend: Zahlen über Zahlen flossen durch das Transatlantikkabel, und schließlich hörte er den Ton in seines Vaters Stimme, den er hatte hören wollen: den Ton widerwilligen Respekts.

Lewis lächelte: »Ach, übrigens: Ich bin verheiratet«, setzte er abschließend hinzu und legte auf.

Lewis hatte gehofft, der Vertrag mit Sphere und die Geburt des Kindes würden zeitlich zusammenfallen, doch diese Hoffnung wurde enttäuscht. Das Baby verspätete sich. »Kein Grund zur Sorge«, erklärte Mr. Foxworth. »Das kommt häufig vor, bei Erstgebärenden.« Lewis machte sich aber doch Gedanken. Am späten Abend des 16. Mai setzten bei Hélène die Wehen ein. Mit dem Taxi brachte Lewis sie nach St. John's Wood in die Klinik. Auch Mr. Foxworth traf pünktlich ein: im eleganten, perlgrauen Anzug.

Aufgeregt wanderte Lewis im Warteraum der Klinik auf und ab und rauchte zwei Päckchen Zigaretten. Am 17. Mai um vier Uhr morgens erschien Mr. Foxworth an der Tür, löste die Verschlüsse seines Chirurgenkittels und sagte lächelnd durch die dicken Rauchschwaden, er gratuliere Mr. Sinclair zu einer ganz bezaubernden Tochter.

Lewis durfte zu Hélène ins Zimmer. Er zitterte. Diskret zogen Arzt und Schwester sich zurück. Hélène hielt ein winziges Bündel im Arm, das in der weichen, wollenen Babydecke, in die es gewickelt war, fast verschwand.

Als sich Lewis dem Bett näherte, hob Hélène den Kopf. Lewis blickte auf die Babydecke hinab, auf das winzige und dennoch perfekte Gesichtchen. Er entdeckte glatte, helle Haut, fest geschlossene Augen und eine kleine Falte zwischen den Brauen, als konzentriere sich das Baby ganz aufs Schlafen. Als Lewis sich vorbeugte, verzog das Baby das Gesicht zu einer ärgerlichen Grimasse, öffnete den Mund und machte mit den Lippen suchende Saugbewegungen. Es schien ungehalten zu sein und wedelte ungeduldig mit der Hand. Die Hand war pummelig, mit Grübchen an den Fingerknöcheln; dort, wo sie ins Handgelenk überging, befand sich eine tiefe Falte, und die Fingernägel waren von der Farbe winziger Muscheln. Außerdem mußten sie geschnitten werden.

Lewis begann zu weinen. Ganz behutsam streckte er die Hand aus und strich über die weiche Säuglingshaut. Das Baby strampelte ein wenig, schniefte, und die Babydecke fiel zurück. Das schien die Kleine sofort munter zu machen: Sie öffnete die Augen. Lewis starrte sie verwundert an. Ein dünner Haarschopf, pechschwarz. Und Augen vom strahlendsten, dunkelsten Blau, das er jemals gesehen hatte.

»Ist sie nicht schön?« fragte Hélène nach einer Weile leise.

»Wunderschön.«

Lewis streichelte das daunenweiche schwarze Haar und zog die Hand gleich wieder zurück. Als das Baby mit großen, noch halbblinden Augen in seine Richtung blickte, wünschte er sich traurig und heiß, die Haare des Kindes wären blond wie Hélènes, blond wie die seinen. Und schalt sich selbst für diesen Wunsch. Ein wenig unbeholfen und bemüht, seine Gefühle zu verbergen, wandte er sich an Hélène und nahm ihre Hand.

»Die Augen sind herrlich. Und sie ist so... Ich...« Er stockte, wußte nicht weiter.

Mit einem müden, lieben Lächeln hob Hélène den Kopf und sah ihn an. »Eisvogelblau«, sagte sie. »Wie die Schwingen eines Eisvogels.«

Lewis musterte das Baby zweifelnd. *So* hätte er die Farbe nicht beschrieben. »Ob sie wohl immer so blau bleiben werden?« fragte er sich.

Sie nannten das Baby Catharine. Und wegen ihres kleinen, dreieckigen Gesichtchens und ihrer Augen, die Lewis an ein Siamesenkätzchen erinnerten, das seine Mutter einmal gehabt hatte, wurde daraus schon sehr bald Cat.

Genau wie ihre Namensschwester war Cat sehr reserviert und zugleich ungeheuer anspruchsvoll. Wenn Lewis oder Hélène sie auf dem Arm hielten, zärtlich mit ihr sprachen und mit ihr schmusten, gab Cat sich gleichgültig. Sobald sie aber satt, sauber gebadet und mit frischen Windeln zum Schlafen in ihr Bettchen gelegt wurde, fing sie an, aus vollem Hals zu schreien.

Sie schrie mit allmählich ansteigender, durchdringender Stimme so lange, bis sie wieder aufgenommen wurde. Dann hörte sie auf – bis sie ins Bettchen zurückgebracht wurde. Anfangs fand Lewis das ganz bezaubernd; als sich jedoch der Schlafmangel bemerkbar machte, wurde er ärgerlich. Hélène dagegen beschwerte sich niemals. Klaglos stieg sie zu jeder Nachtstunde aus dem Bett und kümmerte sich um die Kleine. Die Tage kamen Lewis vor wie eine einzige Folge hektischer Aktivitäten.

Nach zwei Wochen schlug er vor, die Kinderschwester doch jetzt schon kommen zu lassen, statt erst kurz vor der Abreise nach Paris. Als sich Hélène jedoch dagegen wehrte, entstand daraus ihr erster ernsthafter Streit. Und Lewis warf ihr voller Empörung vor, sie kümmere sich viel mehr um das Baby als um ihn. Anschließend trank er eine halbe Flasche Whisky, wodurch er, wie er am nächsten Morgen trotzig erklärte, wenigstens ein paar Stunden Schlaf bekam.

Am folgenden Tag fühlte er sich ein wenig besser und bereute diesen Streit. Hätte er mit Hélène schlafen können – er hätte, wie er meinte, vielleicht das Gefühl gehabt, die Distanz, die zwischen ihnen entstanden war, ein wenig zu verringern. Aber der Arzt hatte den Geschlechtsverkehr für einen ganzen Monat verboten, und Hélène schien Lewis' Begeisterung für alternative Entspannungsmethoden nicht zu teilen. Wenn sie am Abend zu ihm ins Bett stieg, schlief sie auf der Stelle ein, während Lewis vor sexueller Frustration und moralischer Empörung völlig verkrampft neben ihr lag und darunter litt, daß seine Nerven so gespannt waren wie Klaviersaiten.

Als sich in der dritten Woche die Anrufe von Thad häuften und allmählich das Packen begann, wurde die Säuglingsschwester bestellt, und in drei Tagen würde er mit Hélène nach Paris reisen – allein!

Als endlich der Tag der Abreise kam, war Lewis von einem gewissen Triumphgefühl erfüllt. Und zwar nicht nur, weil er sich darauf freute, mit Hélène allein zu sein oder eine Nacht ununterbrochen schlafen zu können, sondern auch wegen der Tatsache, daß er seinen Willen durchgesetzt hatte: Hélène hatte das Baby nicht allein lassen wollen. Bis zur allerletzten Minute hatte sie versucht, Lewis umzustimmen.

Aber Lewis war unbeugsam. Und konnte seinen Standpunkt mit so logischen Argumenten vertreten, daß Hélène schließlich nachgeben mußte. Es handelte sich um eine Publicity-Tour. Und das sei überhaupt nichts für ein so kleines Kind. Hélène habe einen sehr anstrengenden Terminplan von Interviews, Fotositzungen und öffentlichen Auftritten: *Sie* sei es doch, die vorgestellt werde, argumentierte Lewis – nicht nur der Film. Das war allerdings Thads Argument, das Lewis jedoch schamlos benutzte. Immer wieder betonte er die Tatsache, daß sie ja nur drei Wochen fort seien, daß Hélène jeden Morgen und jeden Abend telefonieren könne, daß die Säuglingsschwester sehr viel Erfahrung besitze – weit mehr als Hélène selbst, ergänzte er –, und daß sie von Anne Kneale unterstützt werden würde. Lewis selbst war zwar der Meinung, Anne Kneale sei eine Lesbe, die sich völlig unnötig einmische, und hatte zuweilen sogar das Gefühl, daß ihre freundschaftliche Einstellung zu Hélène nur Tarnung für eine sexuelle Attraktion sei. Da sie ihm im Augenblick aber als Argument gelegen kam, unterdrückte er diese Einstellung lieber und behauptete, Madeleine und Anne Kneale würden schon alles richtig machen.

»Obwohl du jetzt eine Mutter bist, Liebling«, beendete er seine Argumentation, »darfst du darüber nicht vergessen, daß du auch meine Frau bist. *Und* Schauspielerin«, ergänzte er. Doch Lewis dachte weder an die Premiere von *Night Game* noch an die Presse, die sich, dem von Thad engagierten Publicity-Manager zufolge, enorm für Hélène interessierte, sondern ausschließlich an die Suite im Plaza-Athénée, an den kleinen Balkon, auf dem er mit seiner Frau in der Frühlingssonne frühstücken würde, und an das riesige Doppelbett, in dem er, ungestört von Cats Geschrei, Hélène endlich wieder lieben durfte.

Wiedergefundene herrliche Freuden: Lewis ging mit Hélène zu der Mietlimousine hinaus, die sie zum Flughafen hinausbringen würde. Er war optimistisch. Hélène zögerte. Madeleine stand mit dem Baby auf dem Arm an der Tür des kleinen Häuschens. Hinter ihr stand Anna Kneale, die angestrengt zum Himmel aufzublicken schien. Hélène schien sich nicht losreißen zu können. Sie beugte sich über Cat. Küßte sie. Wiederholte eine endlose Liste von Anweisungen, die sie Madeleine schon tausendmal zuvor erteilt hatte. Lewis, der schon im Wagen saß, trommelte nervös mit den Fingern auf sein Knie und sah auf die Uhr. Es war neun Uhr vormittags. Er beugte sich aus dem Fenster.

»Wir müssen uns beeilen, Hélène! Sonst verpassen wir noch das Flugzeug!« Endlich riß sich Hélène los. Mit geröteten Wangen stieg sie in den Wagen. Und sprach kein Wort.

Als der Wagen anrollte, nahm Lewis liebevoll die Hand seiner Frau und drückte sie fest. Nachdem sie den halben Weg nach Heathrow zurückgelegt hatten, fand es Lewis sogar möglich, eher wohlwollend an Cat zu denken. Nun, da sie allein zurückbleiben mußte, fand er sie im Grunde süß. Noch einmal drückte er Hélènes Hand, dann lenkte er diese Hand auf seinen Schenkel hinab und führte sie weiter, bis zu seinem Schritt. »Es werden richtige Flitterwochen sein«, wagte er zu behaupten.

Nach Hélènes und Lewis' Abreise sahen sich in dem kleinen Cottage Anne Kneale und Madeleine, die Kinderschwester, bedeutungsvoll an. Anne Kneale warf einen Blick auf die Uhr und dann auf das Baby, das friedlich schlief. Dann kehrten sie beide ins Haus zurück.

Madeleine fütterte das Baby, wechselte die Windeln und brachte es fürsorglich zu Bett. Dann ging sie leise die Treppe hinab.

Madeleine, in Frankreich geboren, im exklusiven Norland College in England ausgebildet und seit vier Jahren hochqualifizierte Kinderschwester – drei Jahre davon hatte sie bei Anne Kneales Schwester gearbeitet, von der auch die hervorragenden Referenzen stammten –, seufzte tief auf und setzte sich. Dann blickte sie zu Anne hinüber.

»*Incroyable.* Als ob sie's wüßte.«

Anne drückte stumm die Zigarette aus. Nach einer Weile ging sie ins Atelier hinüber, holte Hélènes Porträt, das sie vor ein paar Wochen fertiggestellt hatte, und packte es sorgfältig ein, weil sie das ein bißchen ablenkte: von ihrem schlechten Gewissen. Denn sie mochte Hélène und war über dieses Arrangement alles andere als glücklich.

Um zehn ging Madeleine, der es auch eher unbehaglich zumute war, in die kleine Küche, um Kaffee zu machen. Um halb elf klingelte das Telefon. Die beiden Frauen zuckten zusammen. Ganz langsam schlang Anne Kneale den letzten Knoten ihres Pakets und ging den Hörer abnehmen.

Es war ihr alter Freund Christian Glendinning, den sie seit ihrer Kindheit kannte. Er berichtete ihr, daß Lewis Sinclair und Hélène vor zehn Minuten an Bord der Maschine nach Paris gegangen seien und daß die Maschine gestartet sei.

»Nur keine Angst!« sagte Christian beruhigend, als Anne ihn

unterbrechen wollte. »Ich rufe jetzt gleich am Eaton Square an. Er wird in spätestens einer Viertelstunde bei euch sein.«

Zehn Minuten darauf hielt ein schwarzer Rolls-Royce vor dem Haus. Anne ging zur Tür, um aufzumachen. Madeleine lugte durchs Fenster. Sie sah, wie die vertraute Gestalt im schwarzen Anzug ausstieg und den Bürgersteig überquerte. Sie hörte, wie Anne ihn begrüßte, und dann kam er herein.

Madeleine wurde rot. Für diesen Mann, der so gut zu ihr gewesen war, so gut zu ihrer Schwester, so gut zu ihrem Neffen Grégoire, wäre sie durchs Feuer gegangen. Als sie ihn sah, machte sie einen kleinen Knicks.

»Madeleine!«

»Monsieur le Baron...«

Er brauchte keine Fragen zu stellen: Beide Frauen lasen in seinen Augen. Anne hielt die Tür auf. »Sie ist oben. Das Zimmer rechts. Sie schläft.«

Im Vorübergehen berührte Edouard ihren Arm. »Schon gut, Anne. Ich brauche nicht lange, das verspreche ich dir.« Sie hörten seine Schritte auf der Treppe – hörten, wie er oben zögerte. Eine Tür wurde geöffnet. Und wieder geschlossen.

Madeleine, die sehr romantisch war, seufzte tief auf und nahm wieder Platz. Anne Kneale, die alles andere als romantisch, aber zutiefst berührt von Edouards Ausdruck war, setzte sich ebenfalls und zählte die Minuten. Sie dachte daran, wie sie Edouard kennengelernt hatte – damals, als er sechzehn wurde –, und an diesen gräßlichen, von Jean-Paul organisierten Theaterbesuch. Ich tu's für Isobel, dachte sie trotzig. Für Isobel, die sie geliebt hatte, und für Edouard, den sie immer gemocht, nur niemals verstanden hatte. Männer sind Masochisten, dachte sie. Warum den Schmerz suchen? Achselzuckend steckte sie sich noch eine Zigarette an.

Oben blickte Edouard sehr still auf das Bettchen hinab. Die Kleine war wach; sie lag da, fuchtelte mit den Fäustchen vor ihrem Gesicht und sah zu ihm auf. Edouard erkannte ein winziges Abbild des eigenen Gesichts. Die feinen Züge, die goldhelle Haut stammten zwar von Hélène, aber die Haare waren schwarz wie die seinen, schwarz wie die seines Vaters, und die Augen mit diesem auffallenden, ungewöhnlichen Dunkelblau waren ganz eindeutig Chavigny-Augen.

Er hatte kaum jemals ein Baby gehalten, deswegen war er sehr unsicher, als er es aus dem Bettchen hob. Außerdem fürchtete er, daß es vielleicht weinen würde. Aber die Kleine blieb still.

Er hob den kleinen Körper noch höher und bettete ihn an seine Schulter. Seidenweiches Haar streifte seine Wange. Er roch den anheimelnden Milchduft der zarten Babyhaut. Das Baby schwang die kleinen Fäuste und traf ihn auf die Lippen.

Mit dem Mund machte es saugende Bewegungen, dann riß es ihn zu einem behaglichen Gähnen auf. Eine kleine, rosige Zunge erschien. Edouard krümmte den Finger und ließ das Baby daran saugen. Es saugte mit erstaunlicher Kraft. Dann aber begann es plötzlich zu weinen: hilflos, atemlos und zutiefst bekümmert. Instinktiv kuschelte Edouard es liebevoll an seine Schulter. Und siehe da: das Weinen verstummte.

Als Edouard ganz sicher war, daß sie sich wieder beruhigt hatte, nahm er die Kleine wieder herunter und hielt ihren winzigen Körper in beiden Händen.

»Eines Tages«, versprach Edouard seiner Tochter, »eines Tages werde ich zu dir zurückkehren. Das verspreche ich dir.« Damit legte er sie ins Bettchen zurück und deckte sie warm zu.

Eine Zeitlang blieb er noch stehen, um sie zu betrachten; dann wandte er sich unvermittelt ab und ging hinunter.

Eilig verabschiedete er sich von den beiden Frauen, und Anne Kneale übergab ihm das Porträt, das zu malen er sie gebeten hatte. Dieses Paket öffnete er erst sehr viel später, erst dann, als er ganz sicher sein konnte, daß er nicht mehr gestört werden würde. Dann betrachtete er es lange und nachdenklich.

Am Abend dinierte er mit Christian, dem es zwar während des Essens ausnahmsweise einmal gelang, keine Fragen zu stellen, der sie danach jedoch ganz einfach nicht mehr zurückhalten konnte.

»Also, Edouard, was wirst du tun?« erkundigte er sich schließlich.

Edouard, der sich beim Essen völlig normal gegeben hatte, schien davon aufrichtig überrascht zu sein. »Was ich tun werde? Warten, natürlich!«

»Warten? Aber wie lange denn?« platzte Christian heraus.

»So lange, wie es eben dauert«, antwortete Edouard. Und dann wechselte Edouard, wie immer, sehr diskret, aber bestimmt das Thema.

Edouard

Paris-St. Tropez 1962

Krebs«, sagte Philippe de Belfort. Er nahm das Glas Whisky, das Edouard ihm reichte. Dann schüttelte er den Kopf.

»Schrecklich. Vor sechs Monaten habe ich noch mit ihm zu Mittag gegessen, und da wirkte er kerngesund. Hatte außerdem ein paar äußerst clevere Investitionen gemacht, wie ich hörte. Brichot, sagte ich zu ihm, Sie haben es gut: Brauchen nicht mehr mitzuhalten, beim großen Rennen. Was werden Sie mit der vielen freien Zeit anfangen? Und wissen Sie, was er antwortete? Philippe, antwortete er mir, ich werde das Geld ausgeben. Die ganzen Jahre habe ich Geld gehortet, jetzt kann ich es endlich ausgeben. Ich werde leben, als gäb's kein Morgen.«

Der Anflug eines boshaften Grinsens erschien auf de Belforts ebenmäßigem Gesicht, wurde jedoch sofort unterdrückt. »Und leider gab's wirklich kein Morgen für ihn, wenigstens fast. Armer Brichot.« De Belfort stieß einen tiefen Seufzer aus. »Nicht etwa, daß ich ihm besonders nahegestanden hätte, doch seine Witwe, die tut mir wirklich aufrichtig leid. Immerhin... Sie haben natürlich an der Beerdigung teilgenommen?«

»Das habe ich.«

»Natürlich.« De Belfort setzte sich nervös zurecht. »Unglücklicherweise ließen es die Umstände nicht zu, daß auch ich... Nun, Sie wissen ja, wie intensiv ich beschäftigt war. Die Verhandlungen in London befanden sich in einer äußerst kritischen Phase. Ich hätte es nicht gewagt, sie zu gefährden...«

»Aber gewiß«, gab Edouard höflich zurück. Er wartete. Es war Spätnachmittag, gegen sechs Uhr.

Edouard, der noch zwei Arbeitsstunden, ein Abendessen mit Christian und anschließend einen Geburtstagsempfang bei seiner Mutter vor sich hatte, wurde allmählich ungeduldig. Philippe de Belfort hatte ihn um diese Unterredung gebeten und war mit Sicherheit nicht gekommen, um Brichots Schicksal zu beklagen. Es mußte einen anderen Grund geben. Belfort kam jedoch nie gleich zur Sache, sondern näherte sich dem springenden Punkt eher im Krebsgang.

Jetzt beugte er sich über den Tisch und schob nachdenklich sein Glas hin und her. Ob er sich in der Glasplatte bewunderte oder an seinen verblichenen Verbündeten Brichot dachte, war nicht zu erkennen. Edouard wußte nur, daß de Belfort diese zwanglosen Unterredungen in letzter Zeit bei jeder Gelegenheit forciert hatte. Der Vorwand dafür war immer beruflicher Natur, obwohl er dadurch eindeutig auch irgendwie eine engere Verbindung herzustellen trachtete. Wie Edouard jedoch manchmal argwöhnte, suchte de Belfort sie aus einem ganz anderen Grund: nicht etwa, weil er eine Beförderung anstrebte – das wäre viel zu plump gewesen –, sondern weil de Belfort sie auf eine höchst befremdliche Art ganz einfach *brauchte*. Er brauchte die Nähe des Menschen, den er verabscheute...

»Unser Angebot für die Rolfson Hotelkette«, sagte de Belfort schließlich, nachdem er das Schweigen länger ausgedehnt hatte, als er es normalerweise zu tun wagte. »Nur ein, zwei Punkte, die ich gern zur Sprache gebracht hätte. Falls Sie die Zeit dafür erübrigen können...«

»Selbstverständlich.«

Es klang plausibel: kleinere Fragen und Vorschläge im Zusammenhang mit dem bevorstehenden, lange geplanten Übernahme-Angebot von de Chavigny für eine der größten und angesehensten britischen Hotelketten. Philippe de Belfort war in der Zwischenzeit zum Leiter des Chavigny-Hotelressorts aufgestiegen, in eine einflußreiche Position, in die ihn Edouard selbst behutsam hineingesteuert, und in der er sich bisher als äußerst tüchtig erwiesen hatte. Und Edouard beabsichtigte, ihn dort zu halten: als Alleinherrscher einer einzelnen, begrenzten Domäne. Belfort jedoch hatte ganz andere Vorstellungen.

Aber er verfolgte seine Ambitionen diskret. Es war lange her, daß er so unvorsichtig gewesen war, sich mit einem Schwächling wie Brichot zu verbünden. Sehr behutsam bewegte er sich auf dem schmalen Grat zwischen Manager-Selbständigkeit und offener Opposition. De Belfort wartete geduldig auf den Tag, an dem es zu einer harten Auseinandersetzung, zu einem regelrechten Machtkampf käme. Es wäre klüger gewesen, fand Edouard zuweilen, Philippe de Belfort allmählich ganz aus dem Konzern zu entfernen. Aber er hatte es nicht getan. Und während Belfort ihm einige Fragen unterbreitete, bei denen scheinbar sein Rat gebraucht wurde, fragte sich Edouard, warum eigentlich nicht.

Weil de Belfort mich amüsiert, entschied er schließlich, als der andere sein Glas leerte. Er war der Cassius der Firma, die einzige ernsthafte Bedrohung aus den eigenen Reihen. Langweilt mich das alles denn schon so sehr, daß ich die Rivalität eines Mannes wie de Belfort brauche, um meiner Arbeit ein wenig Interesse abzugewinnen?

»Sie sind also endgültig für Montague Smythe?« erkundigte sich Edouard, als er aufstand.

Belfort erhob sich ebenfalls. »Nun ja, wir haben schon früher erfolgreich mit ihnen zusammengearbeitet. Ich hatte mir zwar überlegt, ob wir uns nicht an eine der jüngeren Handelsbanken wenden sollten, weil die vielleicht aggressiver sind – aber nein. Ich bin überzeugt, daß Sie recht haben, Edouard. Ich würde sagen, Sie sollten unbedingt bei Montague Smythe bleiben – unbedingt!«

Er ging zur Tür, und als er sie fast erreicht hatte, drehte er sich noch einmal um: eine fast perfekt beiläufige Geste, die aber nicht ganz zum richtigen Zeitpunkt kam. Wie Edouard sah, war sich de Belfort dessen durchaus bewußt, als er jetzt sagte: »Ach, übrigens, das hätte ich fast vergessen. Der arme Brichot! Sein Sitz im Vorstand... Sie werden vermutlich einen Nachfolger für ihn ernennen, oder?«

Viel zu plump! Belfort war ängstlich bemüht, gleichmütig zu wirken, die Muskelspannung seines Körpers aber war nicht zu übersehen. Verkrampft suchte er sein zwangloses Lächeln zu halten; die Augen glitzerten vor unterdrücktem angstvollen Ehrgeiz.

Sekundenlang empfand Edouard fast Mitleid mit ihm: Schlimm, wenn man sich etwas so sehr wünscht, daß man einen derartigen Schnitzer macht.

Ihre Blicke trafen sich, doch de Belfort konnte vor Edouard nichts verbergen. Es stand ihm alles im Gesicht geschrieben: die ganze Abneigung, der ganze Neid, die ganze Entschlossenheit, sich eines Tages als der bessere Mann zu erweisen.

Er war nicht dumm; ganz eindeutig wußte er, welch großen Fehler er beging, und wandte sich schon mit einer verlegenen Entschuldigung zur Tür, als Edouard sagte: »Philippe!«

»Ja?«

»Ziehen Sie mir dieses Übernahme-Angebot durch, und der Sitz im Vorstand ist Ihnen sicher.«

Schweigen. De Belfort wurde tiefrot. Edouard sah die Verwunderung, den Argwohn in seinem Blick, und gleich anschließend den aufdämmernden Triumph. De Belfort erholte sich schnell von dem Schock; seine Dankesworte waren gewandt formuliert, und er war klug genug, sie kurz zu halten.

Als die Tür hinter ihm ins Schloß fiel, wandte sich Edouard ins Zimmer zurück. Er hatte sich unvorsichtig verhalten, das war ihm klar. Nach einigem Überlegen jedoch wischte er seine Zweifel unwirsch beiseite. Belfort hatte den Sitz im Vorstand verdient, und wenn er sich nicht allzu weit vorwagte, war er relativ leicht zu zügeln ... Dennoch begriff er die eigene Handlungsweise nicht recht. Der Gedanke daran störte ihn den ganzen Abend.

Also habe ich ihm versprochen, was er sich wünschte: einen Sitz im Vorstand«, berichtete er Christian beim Abendessen im Vefour.

»Und?«

»Nichts und. Ich frage mich nur, warum ich das getan habe.«

»Warum du das Messer geschliffen hast, um ihm sodann den Rücken zu kehren, meinst du?«

»Na ja, nicht ganz. Das Messer braucht kaum noch geschliffen zu werden. Und ich werde mich hüten, ihm irgendwann den Rücken zu kehren.«

»Also, ich weiß nicht.« Christian zuckte die Schultern. »Vermutlich, weil du einfach pervers bist. Du liebst es eben, gefährlich zu leben. Sieh dir doch an, wie du Auto fährst!«

»Ich fahre sehr gut«, gab Edouard gekränkt zurück.

»Du fährst zu schnell«, widersprach Christian scharf. Dann zögerte er und musterte den Freund besorgt. »Außerdem«, fuhr er ein wenig bedächtiger fort, »hast du zuviel überschüssige Energie, und darum ziehst du dir vermutlich bewußt einen Feind heran. Wenn die Dinge anders lägen, hättest du das nicht nötig.«

»Wenn die Dinge anders lägen?«

Christian hörte, wie Edouards Ton eisig, seine Miene verschlossen wurde.

»Verdammt noch mal, Edouard, du weißt, was ich meine!«

Eine Weile schwiegen beide. Dann räusperte sich Christian und sagte leise: »Entschuldige.«

»Keine Ursache. Du hast ja recht.«

Edouard senkte den Blick, und Christian, der genau wußte, woran er dachte, seufzte tief. Er steckte sich eine Zigarette an. Armer Edouard, dachte er. Zweieinhalb Jahre. Abermals zögerte er, dann wagte er es aber doch auszusprechen. »Ich hab' ihren letzten Film gesehen. Hier in Paris wird er noch nicht gespielt, aber ich habe ihn in London gesehen und fand sie...«

Edouard blickte auf. Der Ausdruck seiner Augen ließ Christian verstummen. »Ich fand sie sehr gut«, endete er lahm.

»Freut mich, daß er dir gefallen hat.« Edouard winkte dem Kellner, die Rechnung zu bringen.

Christian gab nach. Diesen Ton, diese Miene kannte er zur Genüge. »Okay, Edouard«, sagte er lässig. »Thema beendet.«

Ich wünschte, es wäre vorbei, dachte Edouard kurz darauf, als er allein in den schwarzen Aston-Martin stieg und zum Haus seiner Mutter fuhr.

Er wünschte aufrichtig, es wäre vorbei – ein für allemal. Zuweilen redete er sich ein, er brauche nur etwas zu tun, zu unternehmen, irgend etwas, und so das Band kappen.

Eine andere Frau vielleicht: Daran hatte er inzwischen öfter gedacht. Wenn er sich zu einer Party, einem Essen, einem Empfang aufmachte, sagte er sich jedesmal: heute! Irgendeine der anwesenden Frauen, gleichgültig welche. Doch wenn er die Frauen dann betrachtete – die Rothaarige, die Blondine, die Brünette –, passierte jedesmal das gleiche. Ihm stieg die Banalität des Ganzen, die abstoßende, sinnlose Berechenbarkeit vor Augen, und er verließ die Gesellschaft allein.

Seine Mutter, die seinen Widerwillen spürte, machte es sich zur Aufgabe, ihm standesgemäße Frauen zu präsentieren. Und als sie merkte, daß er sich darüber ärgerte, verdoppelte sie ihre Anstrengungen noch: bei kleinen Luncheon-Gesellschaften, bei Diners, bei Empfängen wie dem, den sie an diesem Abend gab. Monique, Sylvie, Gwen ... Darf ich euch meinen Sohn Edouard vorstellen?

Jetzt beobachtete Edouard sie, wie sie sich durch die dicht gedrängte Schar der Gäste wand, um ihn zu begrüßen. Ein kurzes Wort hier, ein Küßchen dort, leichter zartrosa Chiffon, die Perlen um den Hals, die Haut noch glatt, die Figur noch schlank. Es war ihr siebenundsechzigster Geburtstag.

»Edouard, Liebling – du kommst so spät!« Sie reckte sich, um die Luft neben seiner Wange zu küssen. »Der Abend ist schon fast vorüber.«

»Kommt mir aber gar nicht so vor.« Edouard lächelte. Es befanden sich mindestens achtzig Personen im Raum, und nichts deutete darauf hin, daß irgend jemand gehen wollte. Ein Glück, daß er nicht schon früher gekommen war!

Er drückte ihr ein Päckchen in die Hand. Es enthielt eine Brosche aus Perlen und Diamanten, von seinem Vater in den zwanziger Jahren bei Vlacek in Auftrag gegeben. Es war schwierig gewesen, sie zurückzukaufen, und er hatte törichterweise gedacht, sie würde sich über diese Erinnerung an Xavier freuen.

»Wie lieb von dir, Edouard! Vielen Dank!« Sie legte das Päckchen ungeöffnet auf ein Tischchen und hakte ihn mit einer mädchenhaften Geste unter. »Aber jetzt, Edouard, mußt du unbedingt mitkommen. Und bitte, tu mir den Gefallen, sei nett ...«

»Ich kann nicht lange bleiben, Maman. Morgen früh fliege ich nach New York ...« begann er, aber Louise hörte nicht zu. Sie zerrte ihn quer durch den ganzen Raum, und schon ging alles wieder los, wie üblich: Natalia. Geneviève. Sara. Monique. Consuelo, die klein, dunkel und exotisch war wie eine Orchidee; Charlotte, eine von den unvermeidlichen Cavendishs, hochgewachsen, blond und stattlich, eine englische Pallas Athene.

Edouard fügte sich in die gewohnte Rolle. Höflich, zuvorkommend, scheinbar interessiert, im Grunde aber in sich gekehrt. Eine halbe Stunde, dachte er. Dann würde er gehen, selbst wenn er Louise damit kränken sollte.

Louise jedoch hatte ihn vorsorglich in den hintersten Winkel des riesigen Empfangszimmers manövriert, genau dem Eingang gegenüber.

Es war ein weiter Weg bis zur Eingangstür, und er kam nur sehr langsam vorwärts. Jedesmal, wenn Edouard eine Fluchtmöglichkeit erspähte, erschien Louise mit einer weiteren jungen, schönen und reichen Frau. Als Edouard die Mutter ansah, ein uninteressantes Gesicht nach dem anderen wahrnahm, kehrte die Erinnerung zurück. Er war wieder sechzehn, stand in der Halle von Pauline Simonescus Haus und beobachtete alkoholisiert, wie der Fußboden wogte, während Pauline lächelnd die Namen ihrer Mädchen aufzählte.

Er starrte die Frau namens Consuelo an, die sich bereits zum drittenmal an ihn heranmachte und ihm diesmal haarklein erklärte, wie lange sie noch in Paris zu bleiben gedenke, in welchem Hotel – und das, obwohl ihr Ehemann in der Nähe stand. Edouard verabscheute ihr schweres Parfüm.

»Ich hoffe, Sie beide werden sich gut amüsieren. Jetzt aber müssen Sie mich entschuldigen...«

Fast hätte er es geschafft: Die große Flügeltür war schon in Reichweite, Louise vorübergehend von einer Gruppe weit jüngerer Herren abgelenkt. Erleichtert wandte sich Edouard um und sah sich Ghislaine Belmont-Laon gegenüber.

»Edouard!« Sie lächelte. »Du bist so ungeheuer leicht zu durchschauen. Noch nie hab' ich einen Mann gesehen, der es so eilig hatte, davonzukommen... Keine Angst, ich werde dich nicht aufhalten.« Sie zog eine Grimasse. »Aber Feuer könntest du mir doch wohl noch geben, bevor du verschwindest, ja? Ich muß mein Feuerzeug verlegt haben...«

»Selbstverständlich.« Beinahe erleichtert gab er ihr Feuer. Er mochte Ghislaine nicht besonders gern, aber er kannte sie wenigstens. Sie hatten miteinander gearbeitet; Ghislaine gegenüber empfand er nur eine zwanglose Neutralität.

»Wie geht's Jean-Jacques?«

Ghislaine hatte sich vorgebeugt, um ihre Zigarette in Brand zu setzen; jetzt richtete sie sich wieder auf und inhalierte tief. Sie warf ihm jenen gewissen Blick zu, der besagte, daß er sie lieber nicht hätte fragen sollen, doch da sie alte Freunde seien, könnten sie ja wohl gemeinsam darüber lachen.

»Edouard, wenn du das wirklich wissen willst, darfst du nicht ausgerechnet mich danach fragen. Er amüsiert sich hier irgendwo – genau wie er es immer tut.«

»Ich verstehe. Tut mir leid. Und wie geht's dir?«

Ghislaine lachte auf. »Nicht sehr taktvoll von dir, Edouard, deine Prioritäten zu verraten. Doch mir geht's gut. Ich arbeite sehr fleißig. Louise möchte, daß ich ihr das Haus in St. Tropez einrichte. Hat sie dir nichts davon erzählt?«

»St. Tropez? Ich dachte, das hätte sie längst verkauft! Jedenfalls fährt sie nie dorthin.«

»Nun, dann muß sie ihre Meinung geändert haben.« Ghislaine warf ihm einen kurzen Blick zu. »Du weißt doch, wie Louise ist. Vermutlich wird sie den Auftrag zurückziehen.«

Sie lächelte ihm zu – ein offenes, liebenswürdiges Lächeln, das Lächeln einer alten Freundin, das Lächeln einer selbständigen, berufstätigen Frau, die Edouard schon zu lange kannte, um etwas anderes in ihr zu sehen als einen Kollegen. Sie wirkte, wie immer, sehr elegant. Ein schmal geschnittenes kleines Schwarzes, das wahrscheinlich von Dior stammte, doch aussah wie von Mainbocher. Schon in den späten dreißiger Jahren hatte Ghislaine den Stil gefunden, der zu ihr paßte, und sie verfügte über genug Geschmack und Selbstsicherheit, um dabei zu bleiben. An der Schulter trug sie eine exquisit schöne Brosche: einen zum Sprung ansetzenden Panther aus Gold und Onyx.

»O ja, Edouard. Ich weiß, daß du sie kennst.« Sie hatte seinen Blick bemerkt. »Eines von Vlaceks letzten Stücken. De Chavigny, natürlich, doch leider nicht meins, sondern geborgt.« Sie tätschelte seinen Arm, drehte ganz kurz den Kopf und sah ihn dann wieder mit einem seltsamen Lächeln an, dessen Bedeutung Edouard nicht verstand.

»Wenn du wirklich verschwinden willst«, sagte sie leise, »ist jetzt der richtige Moment gekommen. Denn jetzt wird Louise nichts davon merken – jetzt nicht!«

Edouard wünschte ihr einen guten Abend und wandte sich ab. Und erst als er sich umdrehte, begriff er plötzlich, was sie meinte.

Louise, am anderen Ende des Raums, hatte den Kopf gehoben und strahlte. Wie Edouard feststellte, sah sie zur Tür hinüber. Und dort stand Philippe de Belfort, der sich lässig über den Ärmel seines eleganten Dinner-Jackets strich. ›Unmöglich!‹ dachte Edouard. Doch als er de Belforts Miene sah, wußte er, daß es keineswegs unmöglich war. De Belfort war dreißig Jahre jünger als Louise – doch wann hatte seine Mutter sich jemals daran gestört?

Er ging hinaus; als er an de Belfort vorbeikam, tauschten die beiden Herren lediglich einen kurzen Gruß.

Als er das Haus seiner Mutter verließ, hatte er vorgehabt, geradewegs nach St. Cloud zurückzukehren. Statt dessen schlug er die entgegengesetzte Richtung ein und fuhr, wie schon so oft, am Quai entlang bis zu der Stelle, an der er Hélène zum erstenmal gesehen hatte.

Mit hoher Geschwindigkeit fuhr er durch die fast leeren Straßen, während zu seiner Linken dunkel die Seine schimmerte. An der Ecke Rue St. Julien hielt er an, stieg aus und ging den Rest des Weges zu Fuß. Es war nach Mitternacht.

Er stand vor der kleinen Kirche, vor der er sie damals gefunden hatte, richtete den Blick erst auf die Kirche, dann auf den kleinen Park, in dem die Kinder gespielt hatten, und dann wieder zum Quai zurück.

Alles war still und menschenleer, nur gelegentlich hörte er in der Ferne ein Auto. Er wußte, daß es sinnlos war, immer wieder hierherzukommen, und dennoch fand er es sehr tröstlich. Hier kam er zur Ruhe, fand er beinahe Frieden. Und jedesmal, wenn er hier war, hatte er das Gefühl, Hélène sei in der Nähe. Irgendwie konnte er sich nie ganz von der Überzeugung befreien, daß er, wenn er nur herkam, eines Tages Schritte hören, aufblicken und sie vor sich sehen werde.

Ein paar Minuten blieb er dort stehen. Die angenehm kühle Luft duftete nach Frühling. Kein einziges Auto kam vorbei, und einen Augenblick lang war ganz Paris still und ruhig.

Dann wandte er sich zögernd ab und kehrte zum Aston-Martin zurück. Der Motor sprang an, er wendete und beschleunigte.

Es war genau ein Uhr; in wenigen Stunden würde er nach New York fliegen.

Du bist verrückt, weißt du das? Es ist gleich eins. Um diese Nachtzeit kannst du unmöglich in Paris herumlaufen!« Lewis setzte das Glas an und trank. Sie waren in ihrer Suite im Ritz, und Lewis trank an diesem Abend Cognac.

»Ich weiß, wieviel Uhr es ist, aber das ist mir egal. Ich bleibe nicht lange, Lewis! Ich brauche bloß ein bißchen frische Luft. Weil ich einfach nicht schlafen kann...« Sie war schon an der Tür. Möglich, daß Lewis mitkommen wollte, ja sogar darauf bestand; aber das glaubte sie eigentlich nicht. Zwei Whisky, eine Flasche Beaujolais, drei Cognac: nein, er würde bestimmt nicht mitkommen, höchstens – falls er sich noch erinnerte – am nächsten Morgen schmollen. Dabei dachte sie: ›Ich muß aufhören, seine Drinks zu zählen; das ist, als spioniere ich hinter ihm her!‹

Lewis griff schon wieder zur Cognacflasche. Er blickte auf; dann hob er das Glas zu einem ironischen Salut. »Ganz wie du willst, mein Schatz. Aber sag nicht, ich hätte dich nicht gewarnt.«

Hélène war schon zur Tür hinaus. Da sie auf keinen Fall erkannt werden wollte, schlug sie den Mantelkragen hoch und wählte den Nebenausgang.

Draußen setzte sie sich in Trab. Es war ein weiter Weg, aber sie scherte sich nicht um die Entfernung, denn der Gedanke an Edouard trieb sie vorwärts. Als sie den Pont Notre Dame erreichte, war sie außer Atem. Auf der Brücke blieb sie stehen und blickte ins Wasser hinab. Am anderen Ufer der Seine sprang ein Automotor an.

Sie lief weiter, über die Brücke, den Quai entlang, und bog in die Rue St. Julien, wo sie unvermittelt halt machte. Sie war so sicher gewesen, daß sie ihn dort sehen würde – das merkte sie erst, als sie entdeckte, daß die Straße menschenleer war. Und als sie feststellte, daß sie sich geirrt hatte, empfand sie seine Abwesenheit plötzlich so schmerzhaft, daß sie am liebsten dort, auf dem Gehsteig, in die Knie gesunken wäre und geweint hätte.

Sie war nie wieder hierhergekommen. So oft war sie in Paris gewesen, und nie war sie hierher zurückgekehrt, an den Ort, nach dem sie sich am stärksten sehnte. Vielleicht war ich deswegen so fest überzeugt, dachte sie. Weil dieser Ort so tief in ihrem Herzen verankert, so eindeutig mit Edouard besetzt war, daß es ihr unvorstellbar vorkam, ihn nicht hier zu finden.

Langsam ging sie auf die Kirche zu, dorthin, wo sie damals gestanden hatte. Und blickte genau wie damals an der Fassade empor, obwohl sie jetzt kaum etwas wahrnahm.

Eine Zeitlang blieb sie dort stehen. Die unlogische Überzeugung, daß sie plötzlich Schritte hören würde, wollte sie nicht verlassen. Nach einiger Zeit wandte sie sich widerwillig ab und hielt am Quai ein Taxi an.

›Es ist vorbei. Im Grunde wußte ich das ja auch‹, sagte sie sich und sah auf die Uhr. Es war halb zwei; sie mußte ihren neuen Film präsentieren; am nächsten Vormittag hatte sie drei Interviews und eine Fotositzung zu überstehen.

Um sieben Uhr abends verließ Jean-Jacques Belmont-Laon den privaten Vorführungsraum, in dem er sich den neuen Thaddeus-Angelini-Film namens *Short Cut* angesehen hatte. Die Hauptdarstellerin war diese neue Schauspielerin, Hélène Harte, von der plötzlich alle redeten.

Nur allzu verständlich, dachte er – und nicht nur, weil der Film als Geheimtip für den Gewinner der Goldenen Palme in Cannes und Hélène Harte als Anwärterin für den Preis als beste Schauspielerin galt. O nein, nicht nur deswegen, dachte er, während er es sich auf dem Rücksitz des Taxis bequem machte, mit dem er nach Hause fuhr. Der Film war gut, das hatte er sofort erkannt, obwohl er ihm nicht sehr gefiel. Vor allem aber war *sie* gut: Der Chefredakteur seiner größten Zeitschrift wollte seit Monaten schon ein Feature über sie bringen, und nun würde Jean-Jacques ihm grünes Licht geben... Aber es war nicht nur dies; das waren rein geschäftliche Überlegungen und daher unwichtig. Viele Schauspielerinnen wurden über Nacht berühmt und von seinen Zeitschriften entsprechend herausgestellt.

Diese Frau aber war etwas Besonderes. Sie hatte in Jean-Jacques Gefühle geweckt, die er sich nicht erklären konnte, obwohl sie sich körperlich deutlich genug manifestierten: Er hatte noch immer eine Erektion. Und das durch eine Frau auf der Leinwand und in einem verräucherten, von Männern überfüllten Vorführraum! So etwas war ihm noch nie passiert. Selbst die Monroe, selbst die Bardot hatten ihn im Film kalt gelassen. Auf eine lebendige Frau reagierte Jean-Jacques immer sehr schnell; doch auf Distanz, auf Zelluloid? Das geschah zum erstenmal, und es war eine unglaublich heftige Reaktion. Die Begierde machte ihn fast krank; er sehnte sich schmerzhaft nach einer Frau.

Diese Szene, in der sie sich auszog: ohne daß man irgend etwas sah, aber da war etwas an ihrem Gesicht, den Augen, dem Mund – man glaubte, einfach nur einen Film zu sehen, und im nächsten Moment schossen einem Phantasievorstellungen durch den Kopf wie scharfe Munition!

Zu allem Unglück hatte er sich gerade mit seiner gegenwärtigen Freundin zerstritten, sonst wäre er schnurstracks zur ihr gefahren. Also würde Ghislaine herhalten müssen. Das hieß, falls sie zu Hause war, was allerdings nur selten vorkam.

Ghislaine war da, und Jean-Jacques verschwendete keine Zeit. Schließlich war sie seine Frau, nicht wahr? Und außerdem hatte Ghislaine Verständnis für ihn, denn sie hatte ja ebenfalls so ihre Eigenheiten, zu denen ihre Vorliebe für Sex ohne jede Zärtlichkeit gehörte.

Sie wußte jedenfalls sofort Bescheid, als sie ihn sah; und er wußte Bescheid, als er ihren plötzlich starren, gierigen Ausdruck bemerkte. Sie war gerade in der Küche, als er hereinkam, also marschierte er kurzerhand auf sie zu und preßte sich von hinten an sie.

Leider verschwendete sie ein wenig Zeit, indem sie ihn zu küssen begann und ihn ins Schlafzimmer ziehen wollte. Er aber wollte sie sofort und hier, in der Küche, mit nur halb geschlossener Tür und der Gefahr, daß jeden Augenblick das Hausmädchen zurückkommen konnte.

Und er wollte auch nicht mit ihr schlafen. Er wollte sie voll angezogen vor sich auf den Knien sehen, wollte, daß sie ihn mit dem Mund liebte.

Ghislaine merkte seine Absicht und ging vor ihm in die Knie. Mit geschlossenen Augen stieß er in ihren Mund und sah dabei Hélène Hartes Gesicht, Hélène Hartes Mund, und das Bild brannte in ihm, sein Penis brannte, dann brach ein fast tierisches Gebrüll aus ihm heraus, und er erschauerte.

Er öffnete die Augen und empfand abgrundtiefen Widerwillen. Kupferpfannen blitzten; das Gas auf dem Herd brannte noch; das Phantasiebild aber war verschwunden: Im allerletzten Moment hatte er es verloren. Benommen blickte er auf Ghislaine hinab. Die falsche Frau, der falsche Ort, der falsche Mund: Irgendwie war alles falsch.

Ghislaine lag immer noch auf den Knien. Als sie zu ihm emporblickte, war ihr Gesicht unter dem Make-up schneeweiß und ihr Blick mörderisch. »Wer war es?« fragte sie ihn. »An wen hast du gedacht...« Sie unterbrach sich, um dann nachträglich hinzuzufügen: »Du Schwein!«

Jean-Jacques starrte sie an. Er war verwirrt. Das Bild hatte ihm deutlich vor Augen gestanden; er war überzeugt gewesen, es zu besitzen, und nun wußte er, daß er es verloren hatte. »Himmel, Ghislaine...« begann er und wollte ihr aufhelfen.

Vielleicht war es etwas im Gesicht seiner Frau, das die Erinnerung weckte, er war nicht sicher, aber in genau diesem Moment kehrte die Erinnerung zurück, und er wußte, wo er Hélène Harte schon einmal gesehen hatte.

Und in genau diesem Moment wurde sich Ghislaine ein für allemal klar darüber, wie sehr sie ihn haßte.

Zwei Tage später aß Ghislaine mit Louise de Chavigny in deren Lieblingsrestaurant zu Mittag, um die Neueinrichtung ihres Hauses in St. Tropez zu besprechen.

Sie hatte sich nicht mit Louise treffen wollen, weil sie sie nicht mochte, und ihre Laune war so schlecht, daß sie fast abgesagt hätte, obwohl Louise ein guter Fang war, eine einflußreiche Kundin. Schließlich aber ging sie doch und hörte während der ersten fünf

Minuten kein einziges Wort von dem, was Louise sagte: Sie mußte ständig an die grauenhafte, demütigende Szene mit Jean-Jacques in der Küche denken – sie selbst auf den Knien, Jean-Jacques, der an ihren Haaren zerrte, mit offenem Mund und hochrotem Gesicht! Das Bild erfüllte sie mit Wut und Abscheu, und zwar um so mehr, als sie mit niemandem darüber sprechen konnte.

Hastig trank sie etwas Wein und zwang sich zur Aufmerksamkeit. Sie betrachtete Louise, die eine neue Kette aus Opalen trug, und einen winzigen Schleierhut mit sehr viel Chic. Ein Schleier – in *ihrem* Alter! Sie fuchtelte aufgeregt mit beiden Händen. Das Haus in St. Tropez sei so bezaubernd! Die Lage wunderbar romantisch. Aber es wirke so langweilig. Sie wolle gern, daß Ghislaine es neu einrichte, aber die Frage sei, könne es schnell genug geschehen?

Sie sah Ghislaine mit jenem zuckersüßen, irgendwie zögernden Ausdruck an, mit dem sie ihren eisernen Willen kaschierte. »Es muß unbedingt bis spätestens Mai fertig sein«, erklärte sie. »Bis Mitte Mai. Dann will nämlich Edouard runterkommen.« Sie lächelte, und wenn sie so lächelte, dachte sie bestimmt nicht an Edouard, das wußte Ghislaine. »Und etwas später im Sommer noch ein, zwei weitere Gäste. Ein bißchen Erholung von Paris. Wirklich, Ghislaine, Paris ist heutzutage so furchtbar *ermüdend*...«

›Philippe de Belfort‹, dachte Ghislaine. Sie wußte es sofort. Und Louise, die wußte, daß sie es wußte, und vermutlich wollte, daß sie es wußte, wandte mit unbestimmtem Lächeln den Blick von ihr ab.

In Ghislaine stiegen Hohn und Verachtung auf. Louise war wirklich einfach unmöglich! Diese Eitelkeit! In ihrem Alter noch einen Liebhaber zu nehmen, noch dazu einen, der etwa im selben Alter war wie ihr Sohn! Sie konnte sich nicht vorstellen, daß de Belfort aufrichtig in sie verliebt war, denn der interessierte sich ausschließlich für die eigene Karriere. Und Louise – ging sie tatsächlich noch mit Männern ins Bett? Unmöglich war's nicht; sie sah höchstens aus wie Anfang Fünfzig, und Louise traute sie alles zu. Im Grunde aber glaubte Ghislaine nicht daran. Weil das, was Louise wollte – und was sie zeit ihres Lebens gewollt hatte – vermutlich gar nicht Sex war, sondern Bewunderung.

Ihre Gedanken wanderten in die Vergangenheit, zu Xavier de Chavigny, dem sie nur ein- oder zweimal als junges Mädchen begegnet war. Sie hatte diesen wunderbaren Mann stets aus der Ferne bewundert – schon damals, als sie noch voll romantischer Träume steckte. O Gott, was sie darum gegeben hätte, einen Mann wie den Baron de Chavigny kennenzulernen! Und Louise, die seine Frau gewesen war, die er wahnsinnig geliebt hatte – das sagten alle –, war so tief gesunken, daß sie voll Stolz durchblicken ließ, sie habe eine Null wie Philippe de Belfort zum Liebhaber!

In diesem Moment, als Louise in ihrem Essen stocherte und ihr das Haus beschrieb, wurde Ghislaine auf einmal von Angst gepackt. Sie betrachtete Louise und sah zu ihrem Entsetzen sich selbst, wie sie in zwanzig Jahren sein würde. Vermutlich nicht ganz so dumm wie Louise, nicht so blind für die eigene Realität, aber ebenso enttäuscht vom Leben.

Gewiß, sie hatte ihre Arbeit, während Louise in ihrem Leben noch keinen Finger gerührt hatte. Und dennoch entdeckte Ghislaine eine gewisse Ähnlichkeit. Louise war nur einmal verheiratet gewesen – Ghislaine dreimal, und jedesmal unglücklich. Seit zehn Jahren war sie nun an diesen Bauern Jean-Jacques gefesselt, verabscheute ihn, versuchte sich nichts daraus zu machen, wenn ihre Freundinnen grinsten, weil sie, weil ganz Paris von dem Fotomodell, der Sekretärin, dem Playmate wußten. Und ihre eigenen Liebhaber: Diese endlose Reihe nichtssagender junger Männer, die sie nie richtig befriedigen konnten – gab es einen unter ihnen, der sie liebte, der sie bitten würde, Jean-Jacques zu verlassen und ihn zu heiraten? O nein, den gab es nicht. Sie alle liebten die Tatsache, daß sie verheiratet war, weil sie sich dadurch sicherer fühlten!

»Der Salon geht aufs Meer«, berichtete Louise gerade mit leicht schmollend vorgeschobener Unterlippe. »Das hat mir anfangs ganz gut gefallen, aber das Licht, weißt du, wird reflektiert und macht den Raum so furchtbar hell ...« Ghislaine hörte kaum ein Wort. Ich bin siebenundvierzig, dachte sie; Louise ist siebenundsechzig. Ich könnte sie aufgeben, dachte sie, Jean-Jacques, überhaupt all die gottverdammten Kerle. Ich könnte mich auf die Arbeit konzentrieren, mich ganz allein und selbständig durchschlagen.

Einen Moment lang war sie mutig, zuversichtlich; konnte sich vorstellen, daß sie es schaffte. Dann verpuffte ihr Mut wie ein zerplatzter Luftballon. Sie wußte, daß sie es nicht konnte; sie wußte, daß sie es nicht wollte; eine Frau ohne Mann war gar nichts, war eine lächerliche Figur wie Louise.

Nein, nein, sie brauchte einen Mann – und erkannte in derselben Sekunde plötzlich auch, welchen. Sie sah ihn ganz deutlich vor sich: den Mann, der seinem Vater so ähnlich war, den Mann, der all ihre Jugendideale verkörperte. Wie hatte sie nur so dumm sein können? Wie hatte sie nur so träge sein können? Sie errötete wie seit ihrer Kindheit nicht mehr; die Hitze stieg ihr langsam vom Hals bis ins Gesicht.

Louise musterte sie mit einer Bosheit, die sie kaum noch zu verstecken vermochte. Arme Ghislaine, dachte sie hämisch, ist sie also doch in die Wechseljahre gekommen! Sie hatte, was das Alter betraf, schon immer gelogen, man konnte niemals sicher sein ... Aber ich werde lieber nett sein, beschloß Louise, und Ghislaines eindeutige Demütigung ignorieren.

»Also wie ist es, liebste Ghislaine: Wirst du's trotzdem für mich tun? Wirst du's rechtzeitig schaffen können?«

Selbst jetzt, da sie vor Aufregung kaum denken konnte, gelang es Ghislaine, ihren Verstand zusammenzuhalten. Sie schützte ausgebuchte Termine vor, früher akzeptierte Aufträge, bis Louise – die etwas, das ihr vorenthalten blieb, immer gerade erst recht haben wollte – sich gezwungen sah, in sie zu dringen. Erst dann ließ sich Ghislaine herbei zu kapitulieren.

»Dir zuliebe, teuerste Louise«, antwortete sie lächelnd. »Nur dir zuliebe.«

Louise war eine unmögliche Kundin. Tausendmal änderte sie ihre Meinung und feilschte um Preise wie ein arabischer Straßenhändler. Ghislaine störte sich nicht daran. Sie hatte das perfekte Entrée, die perfekte Gelegenheit! Sie konnte es mühelos so einrichten, daß sie in der Villa blieb, bis Edouard dort eintraf – das hatte sie anhand der Daten bereits errechnet. Bis dahin stürzte sie sich mit frischer Energie auf ihre Arbeit. Sie würde wundervoll werden, spektakulär. Sie tat es für Edouard, nicht für seine törichte Mutter, und wenn er es sah, wenn er sie dafür bewunderte ... Ja, was dann? Sie wußte es nicht, war aber sicher, daß es ein Anfang sein konnte.

Eine Woche lang arbeitete sie voll Zuversicht und Selbstsicherheit an sich selbst. In dieser Woche nahm sie ab, kaufte sich neue

Kleider, ließ sich die Haare kürzer schneiden, erstand ein anderes Parfüm. Allmählich fühlte sie sich wie eine ganz neue Frau.

Sie hatte spontane Eingebungen und gab ihnen nach: Einmal wählte sie Edouards Nummer in St. Cloud, weil sie hoffte, seine Stimme zu hören, doch nur sein Butler war am Apparat. Einmal fuhr sie an seinem Bürohaus vorbei. Sie gewöhnte es sich an, in einem Restaurant zu Mittag zu essen, dessen Stammgast er war, und entdeckte ihn eines Tages aus der Ferne. Sie liebte es, mit ihren Freundinnen über ihn zu sprechen, und erfuhr zu ihrer Genugtuung dabei, was sie schon immer vermutet hatte: daß Edouard ungebunden war. Edouard, der Vielbegehrte, Edouard, der immer allein zu sein schien!

Sie hatte das Gefühl, in diesen sieben Tagen ein ganzes Jahr durchlebt zu haben. In ihren Gedanken hatte es so viele Fortschritte gegeben, daß es ihr schwerfiel zu erkennen, daß überhaupt nichts geschehen war, und so war Ghislaine überzeugt davon, daß mit Edouard, genau wie mit ihr, eine Veränderung vorgegangen sei, daß er sie mit anderen Augen sehen würde. Sie waren alte Freunde, darauf konnte man aufbauen. Er respektierte ihre Arbeit; er bewunderte ihren Geschmack. O ja, rückblickend hatte sie das Gefühl, daß von jeher etwas Besonderes in seinem Verhalten ihr gegenüber gelegen hatte, ein gewisses, undefinierbares Etwas...

Und dann, als sie sich gerade zwanzig Jahre jünger und auf dem Höhepunkt einer wunderbaren Woge fühlte, geschah es. Als sie an einem wunderschönen Abend auf dem Heimweg war, blieb sie wie erstarrt mitten auf dem Bürgersteig stehen. Auf der anderen Straßenseite lag ein Kino, und vor dem Kino waren mehrere Plakate aufgestellt. Es waren Fotos von einem Mädchen, einem wunderschönen Mädchen in einem weißen Kleid.

Gerade Brauen, kurzes, dunkles Haar, voller Mund, moderne, etwas trotzige Haltung. Die Farbe und die Kürze der Haare vermochten Ghislaine nur sekundenlang irrezuführen. Dann jedoch erkannte sie sie: das junge Mädchen von der Loire; das junge Mädchen in dem Givenchy-Kleid; das junge Mädchen mit Edouards Diamantring. Das junge Mädchen, das sie um neun Uhr morgens an Edouards Arm aus einem kleinen, alles andere als reputierlichen Hotel hatte kommen sehen.

Ghislaine stand stockstill. Dann setzte sie sich wieder in Bewegung und ging – wesentlich weniger schwungvoll – nach Hause. Auf einmal war ihr der Abend, die vergangene Woche, war ihr ganz einfach alles verdorben.

Ungefähr in der Mitte des Boulevard St. Germain stand eine Reihe von Plakaten, eine regelrechte Phalanx, jedes ungefähr zwei Meter fünfzig hoch, von denen Edouard den Blick abwandte. Über dem Eingang des Kinos daneben las er in riesigen schwarzen Lettern *Short Cut, ein Thaddeus-Angelini-Film.* Vor dem Eingang wartete eine Menschenschlange, die sich ein ganzes Stück die Straße entlangzog, auf den Beginn der ersten Abendvorstellung. Edouard beugte sich vor, öffnete die Trennscheibe und bat den Fahrer, sich zu beeilen. Dann lehnte er sich in die Polster zurück und schloß die Augen. Er kam gerade aus New York zurück. Dort war die ganze Stadt mit ihrem Bild bepflastert gewesen. Nun sah man es auch in Paris überall, und es würde sogar noch schlimmer werden. Sobald sie zum Filmfestival in Cannes eintraf, würde die Werbung lückenlos sein: in jeder Zeitung, jeder Zeitschrift, im Fernsehen, an allen Plakatwänden.

Edouard bezweifelte nicht, daß Hélène in Cannes die Goldene Palme gewinnen würde, hielt es sogar für sehr wahrscheinlich, daß sie schon bald einen Oscar gewann. Er hatte *Short Cut* natürlich viel eher gesehen als Christian, und die ans Unverschämte grenzende Sicherheit dieses Films hatte ihm eine zornige Bewunderung abgenötigt. Zu seiner Verärgerung war Angelini tatsächlich ein so großes Genie, wie er behauptet hatte. Und Hélènes Ausstrahlung war, wie von Angelini vorausgesagt, auf der Leinwand ganz außergewöhnlich erotisch. Die Bilder des Films verfolgten ihn genauso wie die Bilder seiner Vergangenheit.

Und nun gab es das neue Projekt, *Ellis,* das Angelini von Sphere finanziert haben wollte. Die Dreharbeiten sollten im folgenden Jahr stattfinden, ein Exemplar von Angelinis Drehbuch lag schon auf Edouards Schreibtisch in St. Cloud. An diesem Abend mußte sich Edouard entscheiden, ob er die Finanzierung des Films genehmigen sollte oder nicht. Einmal hatte er das Drehbuch bereits gelesen; am heutigen Abend würde er es zum zweitenmal tun.

Der schwarze Rolls hielt vor den Chavigny-Verkaufsräumen in der Rue du Faubourg St. Honoré. Der uniformierte Türsteher verneigte sich. Edouard betrat das Haus durch seinen Privateingang und begab sich, wie verabredet, sofort in die Tresorräume.

Dort lagen in einem von den Schließfächern abgeteilten Raum auf einem Tisch ungefähr zwölf exquisit gearbeitete Lederetuis im Stil ihrer jeweiligen Epoche. Einige von de Chavigny, einige von Cartier, eines von Wartski in London, ein anderes von Bulgari, eines von Van Cleef and Arpels.

Als Edouard allein war, öffnete er die Etuis eins nach dem anderen. Er war auf der Suche nach dem Geburtstagsgeschenk für seine Tochter, das, nachdem es gefunden war, im Sondertresor der Firma de Chavigny verschwinden würde, bis... Bis sie etwas älter ist, sagte sich Edouard.

Zwei Geschenke enthielt der Tresor bereits. Eines davon, eine Kette aus Perlen mit einzigartigen Diamanten im Rosetten- und Brioletteschliff, das beste Stück aus Wyspianskis erster Kollektion, markierte Catharines Geburt. Das zweite, zu ihrem ersten Geburtstag, war eine Tiara von Cartier aus dem Jahr 1914: ein Kranz aus schwarzem Onyx und rundgeschliffenen Diamanten, gekrönt von einem Perlenring.

Nun ging er langsam an der Reihe der Etuis entlang und wählte diesmal nach langem Überlegen eine Kette aus dem China des achtzehnten Jahrhunderts, deren Wert nicht im Material, sondern in der Handarbeit lag: geschnitzte Korallen in Blütenform, aus denen kleine Bündel aus Onyx, Diamanten und schwarzen Perlen hingen. Sie wurde in den Safe gelegt, und Edouard fuhr nach St. Cloud.

In St. Cloud brachte er ein einsames und dennoch formvollendet serviertes Abendessen hinter sich. Dann kehrte er ins Arbeitszimmer zurück, um dort an seinem Schreibtisch Platz zu nehmen.

Die Schublade, die er aufschloß, enthielt einen schlichten Briefumschlag mit amerikanischen Luftpostmarken. Er war am Vortag, dem Geburtstag seiner Tochter, in Paris eingetroffen. Nun öffnete er ihn abermals und zog ein Foto sowie ein Blatt Briefpapier heraus, das mit einigen Zeilen in Madeleines Handschrift bedeckt war.

Das Foto zeigte ein kleines Mädchen in blauem Kleid, das an den nackten Füßen Sandalen trug. Das schwarze Haar der Kleinen war zur schlichten Pagenfrisur geschnitten. Mit ihren dunkelblauen Augen blickte sie ernst in die Kamera.

Sie stand in einem Garten, und hinter ihr sah man gerade noch Mauern und Fenster einer Villa. Neben der Kleinen standen zwei Frauen, die sie beide voll Stolz betrachteten: die eine war Madeleine in der hellbraunen Uniform des Norland College, die andere eine ältere Person, rundlich und mit grauem Haar.

Auf Französisch hatte Madeleine dazu geschrieben: ›Unsere kleine Cat ist zwei geworden. Cassie und ich haben heute gemessen, wie groß sie ist: fünfundachtzig Zentimeter. Und sie wiegt fast zehn Kilo. Sie ist vielleicht ein bißchen dünn, aber sie wächst sehr schnell. Die Zahl der Wörter, die sie kennt, kann ich nicht mehr verfolgen, weil sie täglich neue dazulernt. Vor einem Monat meinten Cassie und ich, es seien einhundertsiebenundneunzig, inzwischen sind es aber viel mehr. Auch fünf Worte Französisch kann sie bereits: *bonjour; bonne nuit; merci beaucoup.* Zum Geburtstag stricke ich ihr einen Pullover in Blau, ihrer Lieblingsfarbe. Er ist fast fertig. Cassie hat ihr einen Rock mit einer hübschen blauen Borte genäht. Inzwischen schläft sie sehr viel besser und ißt mit gutem Appetit. Im Februar hatte sie einen Husten, der aber sehr schnell wieder verschwand.‹

Die nächsten drei Worte waren so durchgestrichen, daß sie unleserlich waren. Unter das Ganze hatte Madeleine noch geschrieben: ›Auf dem Foto sind Cassie und ich. Cassie ist jetzt unsere Haushälterin und übernimmt auch zuweilen die Küche. Ihren Kuchen liebt Catharine besonders. Sie kam im letzten Juni zu uns, als wir in dieses Haus umzogen. Wir sind gute Freundinnen. Ich versichere Sie, Monsieur le Baron, meiner ewigen Hochachtung und bin Ihnen immer gern zu Diensten.‹

Dann folgte die Unterschrift. Und als letztes hatte Madeleine noch hinzugefügt: ›Alles in Ordnung.‹

Diese Worte las Edouard immer wieder; und immer wieder betrachtete er das Foto. Dann schob er alles in den Umschlag zurück und verstaute ihn in der Schublade. Darunter lag ein weiterer Briefumschlag von Madeleine, am selben Datum des Vorjahres abgeschickt. Er hatte ihr strikte Anweisung erteilt, daß dies die einzige

Korrespondenz zwischen ihnen zu bleiben habe, und sie hatte sich natürlich gefügt.

Madeleine war nicht als Spitzel in den Haushalt eingeschleust worden: Das hatte Edouard, für den diese Möglichkeit absolut indiskutabel war, ihr unmißverständlich klar gemacht. Es war ihm unangenehm, Madeleine diese Anweisungen zu geben, aber er hatte es dennoch getan. Es dürfe niemals, hatte er ihr erklärt, Andeutungen auf andere Mitglieder des Haushalts geben, keinerlei Hinweise auf eventuelle Aktivitäten, Ereignisse oder Gespräche. Madeleine sei nur zu einem einzigen Zweck im Haus, um für das Wohlergehen seiner Tochter zu sorgen. »Wenn du mir nur einmal im Jahr an ihrem Geburtstag ein Foto schicken könntest«, hatte er dann schließlich doch noch gesagt, obwohl ihm die Bitte äußerst schwerfiel. Und Madeleine hatte schweigend den Kopf geneigt. Die kleinen Briefchen, die ihm alles und zugleich nichts sagten, waren offenbar ihre eigene Idee, denn er hatte sie nicht darum gebeten. Aber er hatte es auch nicht fertiggebracht, ihr das Schreiben zu untersagen.

Dennoch hätte er so gern so vieles von ihr erfahren! War Catharine glücklich? War ihre Mutter glücklich? Was machte sie? Wie verbrachte sie den Tag? Was dachte sie? Was sagte sie? Was fühlte sie? Liebte sie ihren Mann? Liebte ihn Catharine? Nannte sie Lewis Sinclair Vater?

›Alles in Ordnung.‹ Er wußte, warum Madeleine dieses Postscriptum hinzugefügt hatte. Doch wenn sie nun das Gegenteil geschrieben hätte – was hätte er dann getan? Aufstöhnend barg er das Gesicht in den Händen. Er war, wie immer, gründlich und methodisch vorgegangen. Er hatte einen Anwalt aufgesucht und mit ihm – in abstrakter Form – gewisse Fragen diskutiert. Der Mann hatte ihn aufmerksam gemustert und vielleicht sogar bemitleidet. Dann hatte er die Hände zusammengelegt.

»Unter den von Ihnen beschriebenen Umständen, Monsieur le Baron, ist das Gesetz klar und eindeutig.« Er hielt inne. »Die zutreffende Bezeichnung lautet Putativvater. In einem Fall, wie Sie ihn schildern, hat der Putativvater keinerlei Rechte. Und keine Ansprüche«, ergänzte er gütig.

»Überhaupt keine?«

»Überhaupt keine, Monsieur le Baron.«

Edouard erhob sich. Er verschloß seine Schreibtischschublade und steckte den Schlüssel ein. Er klingelte nach George, dem Diener, und verlangte den Armagnac. Nachdem George ihn gebracht hatte und wieder verschwunden war, nahm Edouard das Drehbuch von *Ellis* zur Hand und begann es noch einmal von vorn zu lesen.

Es begann im Jahre 1912 auf Ellis Island, schilderte die Geschichte von drei Familien, einer ungarisch-jüdischen, einer irischen und einer deutschen, und erzählte, wie sie Amerikaner wurden.

Der Film konzentrierte sich vor allem auf die jüngere Generation dieser Familien, und überdies speziell auf Lise, eine junge deutsche Waise, die zu Beginn des Streifens vierzehn war. Für diese Rolle war Hélène vorgesehen – das heißt, sie war ihr vermutlich auf den Leib geschrieben worden. Mit dieser Rolle würde sie einen Oscar gewinnen, davon war Edouard überzeugt.

Nachdem er fertig gelesen hatte, schlug er das Drehbuch zu und blieb mit zusammengelegten Händen nachdenklich sitzen. Er wußte, wie gut Angelini als Regisseur war. Das Drehbuch bewegte ihn tief; an seiner Qualität bestand kein Zweifel.

Wenn er die Finanzierung durch Sphere nicht genehmigte, gab es genügend andere Gesellschaften, die nur zu gern in die Bresche springen würden, denn Angelinis Ruf verbreitete sich rasch, und Hélène Hartes Beteiligung versprach einen kommerziellen Erfolg. Der Film würde also auf jeden Fall gedreht werden, auch wenn sich andere Firmen mehr Mitspracherecht ausbedingen würden als Sphere.

Er zögerte. Wenn er die Genehmigung erteilte, würde er damit Hélène aus der Hand geben. Der Film würde ihr einen überwältigenden Erfolg bringen, und er konnte sich nicht vorstellen, daß sie auf den verzichten würde. Also war dieses Dokument eine Art Todesurteil für seine Hoffnungen.

Er zögerte noch einen Moment; dann nahm er seinen Platinfüller und unterzeichnete mit seinem Namen.

»Meine liebe Louise, ich weiß ja so genau, was du meinst! Unmöglich, wahrhaftig und absolut unmöglich!«

Sie hatten den Rundgang durchs Haus beendet und waren in den Salon mit Blick aufs Mittelmeer zurückgekehrt. Louise saß ausnahmsweise einmal recht schweigsam da, während Ghislaine mitten im Zimmer stand und ihre Worte mit ausladenen Gesten unterstrich.

»All diese kleinen Dinge, die du hinzugefügt hast, Louise – bezaubernd! Aber das übrige... Viel zu schwer im Stil! Nein, nein, genau wie ich es mir gedacht hatte: Wir müssen ganz von vorn anfangen. Alles muß raus, meine Liebe – einfach alles!«

»Meinst du wirklich, Ghislaine? Nun ja, ich vertraue natürlich deinem Urteil...«

Louise klang nicht sehr interessiert. Ghislaine musterte sie mit scharfem Blick. Begann sie etwa die Lust zu verlieren? Würde sie ihre Meinung ändern und das ganze Projekt fallen lassen? Möglich wäre es, dachte Ghislaine. Louise war durchaus fähig, in fünfzehn Minuten fünfzehnmal ihre Meinung zu ändern.

Unsicher blickte sie sich um. Die Villa war natürlich zauberhaft. Herrlich gelegen, hoch oben am Hang, ungefähr zwölf Kilometer von St. Tropez entfernt. Mit großen, hellen Räumen, einer phantastischen Terrasse und einem Grundstück von vierzig Hektar, das vollkommene Abgeschiedenheit garantierte. Das Interieur – nun ja, wenn es *ihr* Haus gewesen wäre, hätte sie es vermutlich belassen, wie es war. Der englische Designer, der es eingerichtet hatte, war ein Mann, den Ghislaine ganz besonders verabscheute, doch sein Geschmack war einfach brillant, das mußte sie zugeben. Wie er mit den Farben umging, sein Gefühl für Formen, die Qualität der Vorhänge, der Teppiche – diese allein mußten ein kleines Vermögen gekostet haben.

Aber das Haus gehörte Louise, und Ghislaine hütete sich, Louise zu sagen, was sie wirklich davon hielt. Sorgen machte ihr dagegen Louises Gleichgültigkeit: Sie hatte heftigen Widerspruch erwartet, zähes Verhandeln, bis jetzt jedoch war nichts dergleichen erfolgt. Allmählich hatte Ghislaine den Eindruck, daß da irgend etwas nicht stimmen konnte.

Den Lunch wollten sie auf der Terrasse einnehmen. Bei Tisch erneuerte Ghislaine ihre Attacke, während Louise stumm dasaß, an ihrem Wein nippte und aufs blaue Meer hinausblickte. Ghislaine, die ihr Publikum zu verlieren fürchtete, begann allmählich zu verzweifeln.

»Schlicht und einfach«, sagte sie. »Fast sogar gewagt einfach. In der Schlichtheit liegt die Eleganz, aber das weißt du ja selbst am besten, du bist doch geradezu die Inkarnation dieses Grundsatzes...«

Voller Hoffnung hielt sie inne. Louise quittierte die Schmeichelei mit verträumtem Lächeln.

»Ein paar interessante Farbzusammenstellungen«, fuhr Ghislaine fort. »Diese furchtbaren Tapeten müssen verschwinden; die haben in so einem Haus nichts zu suchen. Und die Fenster – also diese großartigen Fenster müssen wir *unbedingt* betonen. Ich frage mich, ob wir nicht Clara Delluc hinzuziehen sollten. Damit sie ein Stoffschema fürs ganze Haus entwirft – sie kann so wunderbar originell sein, die liebe Clara! Wirklich, ich bewundere sie sehr...«

Louise stieß einen kleinen Seufzer aus. »Aber sicher, Ghislaine! Ich hab's dir doch eben schon mal gesagt: Deine Ideen klingen wunderbar, ganz wunderbar! Die Einzelheiten überlasse ich dir. Ich hab' jetzt wirklich nicht die Zeit dazu. Und wenn du dich aufregst, Ghislaine – na ja, dann *bombardierst* du einen direkt damit, weißt du...«

Ghislaine warf ihr einen unverhohlen haßerfüllten Blick zu, den Louise zum Glück nicht bemerkte. Louise wird sich noch wundern, wenn sie meine Rechnung sieht, dachte sie aufgebracht.

»Also gut«, antwortete sie kurz. »Aber es wird eine große Hetze sein, weißt du. Die Vorarbeiten sind inzwischen beendet, und alle warten darauf, daß es weitergeht. Ich werde alle Register ziehen, meine Liebe – eigens für dich!«

Louise bedankte sich nicht dafür. Ihre Miene war wieder verträumt. »Es ist jetzt ein so *feminines* Haus, findest du nicht, Ghislaine? Und das ist vermutlich falsch daran. Dieser gräßliche Schwule, der es eingerichtet hat – ich weiß eigentlich gar nicht, warum ich den engagiert habe. Aber du hast eine so wunderbar *maskuline* Phantasie, du wirst es sicher großartig machen. Ich möchte...« Sie zögerte nachdenklich. »Ich möchte, daß es ein Haus wird, in dem sich ein *Mann* wohlfühlen kann – genau! Das ist mir jetzt klar.«

Ghislaine musterte sie eindringlich. Natürlich, dachte sie, ist doch ganz einfach! Louise hatte noch nie an zwei Dinge zugleich denken können. Es mangelte ihr zwar nicht an Interesse, aber sie war einfach zu intensiv damit beschäftigt, an Philippe de Belfort zu denken!

Als sie an Bord von Edouards Privatmaschine gingen, die sie nach Paris zurückbringen sollte, besserte sich Louises Laune. Sie tat, als wäre sie monatelang fort gewesen, statt nur ein paar Stunden. Sie werde am Flughafen *abgeholt*, vertraute sie Ghislaine mit einem kleinen, koketten Lächeln an.

Ghislaines Lächeln war völlig unschuldig. »Von Edouard? Er ist gerade aus New York zurückgekehrt, nicht wahr?«

»Edouard? Aber nun wirklich nicht, Ghislaine! Von Philippe de Belfort...«

Als sie dies sagte, stieg Louise die Treppe zur Maschine hinauf. Oben angekommen, wandte sie sich um, seufzte, atmete tief die Kohlenmonoxyd-Schwaden ein, hob das Gesicht der Sonne entgegen und lächelte strahlend. »Ist es nicht ein wundervoller Tag, Ghislaine? Weißt du was? Ich fühle mich heute ausgesprochen jung!«

Sobald sie gestartet waren, ließ Louise den Champagner kommen. Beide Damen rauchten und tranken und wurden schon bald recht vertrauensseliger Stimmung. Sie unterhielten sich über Kleider, Hüte und Verkäuferinnen. Sie kritisierten den Geschmack gemeinsamer Freundinnen und Bekannter. Zwar hatten sie im Grunde nicht fiel für einander übrig, doch es bestanden da einige Gemeinsamkeiten, so daß es ihnen bei einer solchen Gelegenheit, vom Champagner befeuert, nahezu möglich war, wenn auch nicht Freundschaft, so doch eine Art herzlicher Verbundenheit zu entwickeln.

Also fuhren sie fort, vertraulich miteinander zu plaudern, und wurden mit der Zeit immer vertraulicher. Ghislaine gelang es, ein paar Fragen über Edouard einzustreuen, in diesem Zusammenhang war Louise jedoch nicht sehr ergiebig.

»In mancher Hinsicht ist er eine Enttäuschung für mich, Ghislaine. Ich sollte das zwar nicht sagen, aber es stimmt. Wir haben uns niemals sehr nahe gestanden, aber jetzt hat er überhaupt kein Verständnis mehr für mich. Er kann fürchterlich prüde sein. Und mit den Frauen... Mein Gott, da ist er wirklich ein hoffnungsloser Fall, trotz seiner zahllosen Affären. Er versteht uns einfach nicht, Ghislaine, und ich fürchte, er wird es auch nie lernen...«

Ghislaine schüttelte den Kopf. »Welcher Mann versteht schon die Frauen, Louise?«

Nur sehr wenige, das mußte Louise zugeben; obwohl es einige Ausnahmen gab... Die beiden Frauen sahen einander an. Es war ein Augenblick unausgesprochener und dennoch tiefster Übereinstimmung. Dies war der Zeitpunkt für intimere Geständnisse, nur folgten diese Geständnisse einem bestimmten Code: Sie mußten beiderseitig sein, denn nur diese Ausgewogenheit bewirkte ein Gleichgewicht des Vertrauens.

Da Ghislaine das wußte, machte sie couragiert den Anfang. »Weißt du, meine Liebe, ich spreche normalerweise nicht darüber, doch manchmal...«

Louise beugte sich eifrig vor, während Ghislaine ihr gewisse Dinge über Jean-Jacques erzählte – Dinge, von denen sie sicher war, daß Louise ohnehin davon wußte. Als sie fertig war, bestellte Louise noch mehr Champagner und begann ihrerseits zu erzählen.

»Aber nein! Louise! Doch nicht Xavier! Das kann nicht wahr sein!« Louise nickte feierlich. Sie genossen dieses Gespräch beide sehr. Der Augenblick war gekommen, um von den Ehemännern auf die Liebhaber zu kommen, und Ghislaine wagte den kühnen Sprung als erste. Louise folgte ihrem Beispiel, gewisse Namen wurden erwähnt, und sie entdeckten, daß es da einen jungen Mann gab, der sie eine Zeitlang beide bedient hatte. Darüber lachten sie von Herzen.

»Stell dir doch bloß mal vor, Louise... Das mußt du mir unbedingt erzählen... Weißt du, ich fand ihn eigentlich nie so ganz...«

Louise wischte sich die Lachtränen aus den Augen. »Ich auch nicht, Ghislaine! Warum haben wir uns überhaupt die Mühe gemacht? Wie albern von uns!« Sie zögerte einen Moment. »Sag mir, Ghislaine – aber ganz ehrlich: Hast du als verheiratete Frau niemals ein schlechtes Gewissen gehabt?«

Ghislaine warf ihr einen ironischen Blick zu. »Ehrlich gesagt, nein. Eher das Gegenteil.«

»Ach, Ghislaine, ich bewundere dich ja so sehr! Du bist so ungeheuer offen und frei!«

Die zweite Flasche Moët & Chandon war geleert, ihre erneuerte Freundschaft besiegelt. Die Maschine legte sich schräg in eine Kurve; Ghislaine merkte, daß sie mehr als nur beschwipst war. Und in diesem Moment machte Louise, inzwischen ebenfalls unkontrolliert, ihren großen, nicht wieder gutzumachenden Fehler.

Er entsprang der Atmosphäre von Intimität und Wohlwollen, unterlegt mit einem Anflug von Herablassung sowie auch dem unwiderstehlichen Wunsch, Philippe de Belforts Namen auszusprechen. Sie beugte sich vor und drückte vertraulich Ghislaines Arm. »Meine Liebe... Weißt du noch, was du mir von Jean-Jacques anvertraut hast... Wie geizig er ist?«

»Geizig? Der würde sich von keinem Sou trennen! Wenn es auf den ankäm, könnte ich mich im Printemps einkleiden! Ich muß alles selbst bezahlen.«

Louises Augen weiteten sich vor Entsetzen und Mitgefühl.

»Sieh dir das an!« Ghislaine streckte die Hand aus und zeigte ihr den Ring, den sie trug.

»Er ist bezaubernd! Ich hab ihn schon vorhin bewundert.«

»Geborgt«, gestand Ghislaine verbittert. »Genauso wie fast mein gesamter Schmuck.«

»Wie unfair! Aber hör zu. Du bist ganz offensichtlich schlecht beraten worden. Das Geld, das du verdienst, Ghislaine – das könntest du an der Börse verdoppeln, verdreifachen! Und alles, ohne einen Finger zu rühren. Philippe sagt...« Sie unterbrach sich, um Ghislaine einen koketten Blick zuzuwerfen. »Weißt du, er ist furchtbar klug. Seit ich mich seinem Rat anvertraue... Ich kann dir gar nicht sagen, Ghislaine, wieviel Spaß mir das macht! Und du solltest das auch tun!«

Ghislaine starrte sie an. »Philippe berät dich? Philippe de Belfort? Aber ich dachte, Edouard...«

»Ach, Edouard!« Louise zog eine kleine Grimasse. »Edouard ist so verstaubt. So konservativ. Klug, gewiß, aber ohne jede Inspiration. Philippe dagegen...«

Ghislaines Gedanken wurden allmählich klarer. Louise beugte sich so weit vor, daß ihre Lippen fast Ghislaines Ohr berührten. Flüsternd vertraute sie ihr an: »Stell dir doch bloß mal vor, Ghislaine:

einhunderttausend!« Dann lehnte sie sich mit funkelnden Augen zurück.

Ghislaine sah sie verständnislos an. »Francs?«

»Aber meine liebste Ghislaine – Sterling, natürlich! Und alles absolut legal, über meine Schweizer Bank. In zwei Monaten!«

Ghislaine mußte schlucken. »In zwei Monaten?«

»Genau. Mein Gewinn. Von zwei Monaten.« Sie lächelte Ghislaine verschwörerisch zu. »Ich wollte unbedingt verkaufen und den Profit einstecken, Philippe aber hat gesagt, auf gar keinen Fall! Er glaubt, sie steigen noch um zwanzig Prozent, vielleicht auch mehr. Ist das nicht wunderbar? So ein kleiner Tip kann tatsächlich Wunder wirken, Ghislaine. Verstehst du jetzt, was ich sagen will?«

Ghislaine verstand. Einhunderttausend Pfund. In zwei Monaten. Sie stellte sich vor, was sie sich davon kaufen würde: echten Schmuck, kostbaren Schmuck, der *ihr* gehörte! Tiefer Groll stieg in ihr auf, und plötzlich wußte sie, daß sie Louise noch niemals so sehr gehaßt hatte wie in diesem Augenblick, da Louise ihr gegenüber freundlich sein wollte. Einhunderttausend waren für Louise ein Taschengeld, und dennoch wirkte sie so glücklich erregt wie ein Kind, das gerade beim Schwarzen Peter gewonnen hat.

»Na ja, schön und gut«, brachte Ghislaine schließlich heraus. »Du hast das nötige Kapital dafür, Louise. In meiner Lage dagegen...«

»Wenn du Kapital vermehren willst, Ghislaine, mußt du spekulieren. Das darfst du niemals vergessen. Anschließend geht es dann nur noch darum, daß man die richtigen Tips bekommt. Also hör zu, Ghislaine. Hast du im Augenblick irgendwelches Geld, das nicht festgelegt ist?«

»Ich glaube schon. Ich hab' vor kurzem das Honorar für die Rothschild-Entwürfe bekommen. Und Harriet Smithsons Haus ist vor einem Monat fertiggeworden, also...«

»Meine Liebe. Ich werde jetzt nur noch ein einziges Wort sagen. Na ja, drei kleine Wörter. Aber dann mußt du wirklich sofort handeln. Und danach wirst du komplett vergessen, daß ich es war, die diese drei Wörter erwähnt hat, ja? Versprochen?«

»Versprochen.«

»Kein Wort darüber. Zu niemandem. Vor allem nicht zu Edouard. Kann ich mich wirklich auf dich verlassen, Ghislaine? Wenn

Edouard erfahren würde, daß ich mich nicht an ihn gewandt habe, würde er mir sehr böse sein, und das würde dann alles gründlich verderben...«

»Nicht *ein* Wort, meine Liebe. Selbstverständlich!«

Die beiden Frauen sahen einander an. Dann lächelte Louise und sagte sehr langsam und deutlich: »Rolfson-Hotelkette.«

Und obwohl in Ghislaines Kopf tausend Alarmglocken schrillten, wurde sie auf einmal sehr ruhig. Denn sie erkannte sofort, wie vorteilhaft sich diesmal ein Vertrauensbruch für sie auswirken konnte.

Am folgenden Tag saß Edouard in seinem Büro am Schreibtisch. Vor ihm lagen mit Zahlen bedeckte Blätter, ihm gegenüber saß Philippe de Belfort. Es war die erste Besprechung der beiden seit Edouards Rückkehr aus New York am Morgen des vergangenen Tages. Sie war von Edouard mit äußerster Dringlichkeit einberufen worden, de Belfort jedoch schien keineswegs beunruhigt zu sein.

Müde betrachtete Edouard die Zahlen auf seinem Schreibtisch. Er ärgerte sich, daß er einen ganzen Tag verloren hatte. Er hatte gestern sehr viel zu erledigen gehabt; er hatte das Geschenk für Catharine ausgesucht; er hatte in St. Cloud Stunden damit verbracht, Angelinis Drehbuch zu lesen. Und während dessen hatte ständig diese Zeitbombe getickt. Obwohl dies streng genommen in de Belforts Verantwortlichkeit und Ressort fiel – war letztlich er selbst dafür verantwortlich. Voll Zorn und Schuldgefühl ging Edouard die Zahlen noch einmal durch. Als er schließlich aufblickte, war sein Ton eiskalt.

»Wir haben während meines Aufenthalts in New York ständig Verbindung gehalten. Würden Sie mir bitte sagen, warum Sie dieses Thema nicht bereits früher angeschnitten haben?«

De Belfort breitete die Hände aus. »Ich wußte, daß Sie den Markt beobachten. Deswegen dachte ich, Sie wüßten Bescheid. Und wenn ich mich recht erinnere, haben Sie das Thema selbst einmal kurz gestreift...« Sein Ton war lässig, fast unverschämt.

Edouard verkniff die Lippen. »Ich habe es gestreift, und Sie haben mir versichert, daß Sie das Problem im Auge behalten werden. Wie

Sie wohl wissen, war ich zu jenem Zeitpunkt vollauf mit den Partex-Verhandlungen beschäftigt. Und Sie waren es, der sich in London damit befaßte. Sie sind dafür verantwortlich. Gestern ... Sie hätten gestern mit mir darüber sprechen können – unmittelbar nach meiner Rückkehr.«

»Ich habe Sie weder in New York noch gestern angesprochen, weil ich die Situation perfekt analysiert hatte und der Meinung war, daß es keinen Grund zur Beunruhigung gibt.«

»Ich verstehe.«

De Belforts Ton war – wie immer, wenn sein Urteil angezweifelt wurde – etwas aggressiv geworden. Wieder beugte sich Edouard über die Zahlen. Als er nach einer Weile aufblickte, sah er de Belfort offen ins Gesicht. »Das Fazit aus diesen Zahlen ist eindeutig: Irgend etwas stimmt da nicht.«

»Das ist mir neu.«

»Dann schlage ich vor, daß Sie sich noch einmal damit befassen. Wir haben jetzt Mai. Seit Februar ist der Kurs der Rolfson-Aktien immer weiter gestiegen.«

»So was kommt vor. Unsere Geheimhaltung klappt einwandfrei. Aber es kursieren gewisse Gerüchte. Der Markt reagiert oft sprunghaft ...«

»Sprunghaft. Das ist es. Genau das hätte ich erwartet. Ein sprunghaftes Steigen und Fallen der Rolfson-Aktien. Das ist das klassische Schema kurz vor einer Übernahme. Aber dieses Schema haben wir hier nicht. Sehen Sie doch selbst: ein stetes Ansteigen seit Februar. Und praktisch überhaupt kein Absacken.«

»Ungewöhnlich, das gebe ich zu.« De Belfort sagte es geringschätzig. »Doch diese Dinge folgen nicht immer einem Schema. Für jede Regel gibt es Ausnahmen. Genauso lief es 1959 mit dem Übernahme-Angebot für Mackinnon. Wenn das so weitergeht, werden wir vielleicht gezwungen sein, unser Angebot leicht zu erhöhen, das gebe ich zu. Das bliebe aber noch immer in unserem Rahmen. Und außerdem bin ich der Ansicht, daß das nicht nötig sein wird. Der Kurs wird nicht mehr weiter steigen, sondern fallen. Wir haben noch über eine Woche Zeit.«

Edouard krauste die Stirn. Es lag eine gewisse Logik in dem, was de Belfort sagte; trotzdem konnte er seine Beunruhigung nicht unterdrücken.

»Sind Sie sicher, daß die Geheimhaltung hundertprozentig klappt?«

»Absolut. Wir haben von Anfang an Codes benutzt. Höchstens vier oder fünf Personen kennen den Namen der Gesellschaft oder den Zeitpunkt des Übernahme-Angebots. Ich persönlich bin der Überzeugung, daß die meisten Lecks bei den Druckereien entstehen, und würde den Termin daher gern hinauszögern. Aber wir sind sehr, sehr vorsichtig gewesen und haben uns für eine kleine Firma bei Birmingham entschieden. Wir haben sie schon verschiedentlich benutzt; Montague Smythe hat sie benutzt. Bisher hat es noch nie Probleme gegeben.«

»Und in der Presse ist nur diese eine Meldung erschienen? Sonst nichts?« Edouard schob den Zeitungsausschnitt über die Schreibtischplatte.

De Belfort schenkte ihm kaum einen Blick. »Dieses Schmierblatt? Das wird doch von keinem Menschen ernst genommen. Niemand hat darauf nachgehakt. Der Mann ist ein Fleet-Street-Witz. Reine Spekulation seinerseits...«

»Wie ich sehe, deutet er die Möglichkeit eines Gegenangebots an.«

De Belfort seufzte. »Darüber haben wir bereits gesprochen. Diese Möglichkeit kann man niemals ganz ausschließen. Nach meiner Meinung haben wir jedoch nichts zu befürchten – erstens auf Grund der Höhe unseres Angebots und zweitens auf Grund des Zeitpunkts der Offerte – unmittelbar nach der Veröffentlichung der Ertragszahlen der Rolfson-Kette, und wie die Aktionäre auf die reagieren werden, wissen wir. Ich muß gestehen« – er rutschte in seinem Sessel ein Stückchen vor –, »daß ich den Grund für Ihre Besorgnis nicht ganz begreife...«

»Irgend jemand kauft«, fiel Edouard ihm eisig ins Wort. »Sie sind doch nicht dumm. Sie sehen das doch genauso an diesen Zahlen wie ich. Irgend jemand kauft, um genau zu sein, seit zwei Monaten, seit Februar –, und zwar in regelmäßigen Abständen und für relativ beträchtliche Summen... Dafür kann es nur *einen* Grund geben: daß etwas über unser Übernahme-Angebot durchgesickert ist.«

»Das sehe ich allerdings etwas anders...« De Belfort hatte die Stimme erhoben.

Edouard fuhr fort, als hätte er nichts gehört. »Irgend jemand hat gekauft. Und irgend jemand kauft weiter. Der Kurs ist allein in den letzten drei Tagen um sieben Punkte gestiegen. Für mich ganz eindeutig ein Zeichen dafür, daß nicht nur jemand von unserem Angebot weiß, sondern daß es zu einem Gegenangebot kommen wird.« Edouard runzelte die Stirn, und sein Ton wurde auf einmal sehr leise. »Irgend jemand hat bereits beachtliche Gewinne erzielt. Und wenn es zu einem Gegenangebot kommt, wird dieser Jemand natürlich noch weit größere erzielen.«

»Wir haben noch eine Woche Zeit.« De Belfort erhob sich. Vor Ärger war ihm das Blut ins Gesicht gestiegen. »Diese Zahlen sind irreführend. Ich bin überzeugt, daß in den nächsten Tagen ein Kurseinbruch erfolgen wird. Wir müssen einfach abwarten...«

»Das werde ich auf gar keinen Fall tun.«

»Mir scheint, uns bleibt in diesem Fall keine andere Wahl.«

»Ach, wissen Sie, es gibt stets eine andere Wahl – und zwar in *jedem* Fall.« Edouard erhob sich. Er musterte de Belfort mit einem langen, stählernden Blick. Dann erklärte er sehr ruhig: »Ich werde unser Angebot zurückstellen.«

»Aber das können wir nicht tun! Das können *Sie* nicht tun!«

De Belforts blasse, schwere Züge färbten sich dunkelrot und wurden sofort wieder bleich. Er starrte Edouard mit seinen hellen, beinahe farblosen Fischaugen an, die Edouard so sehr verabscheute. Nach einer Sekunde hatte er sich jedoch wieder gefaßt. Dann sagte er betont: »Wenn wir das tun, geben wir die Initiative aus der Hand. Die ganze Terminierung wird ruiniert. Wenn ich Sie nicht so gut kennen würde, könnte ich fast annehmen, Sie geraten in Panik. Ein solcher Schritt wäre lächerlich. Sie würden alles zunichte machen, wofür ich monatelang gearbeitet habe...«

Edouard würdigte ihn keiner Antwort. Er schaltete die Sprechanlage auf seinem Schreibtisch ein. »Verbinden Sie mich mit Montague Smythe«, verlangte er. »Mit Richard Smythe persönlich.« In der darauffolgenden Pause sagte de Belfort kein Wort. Er wandte sich ab und betrachtete eines der Rothko-Gemälde. Hinter ihm sagte Edouard in gefährlich ruhigem Ton: »Dann holen Sie ihn aus der Sitzung! Und zwar sofort, wenn ich bitten darf...«

Lewis Sinclair stand am Fenster seiner Suite im Hotel du Cap d'Antibes und blickte über den wunderschönen Park aufs Mittelmeer hinaus. Hélène war nicht da, weil sie wieder mal interviewt wurde, und Thad lag hinter ihm zeitungslesend in einem Sessel. Die Seiten raschelten. Gereizt wünschte Lewis, Thad würde endlich einmal verschwinden.

Es bedeutete ein gewisses Prestige, während der Filmfestspiele von Cannes im Hotel du Cap zu wohnen. Mindere Sterbliche schlugen sich vielleicht um die besten Suiten im Carlton oder Majestic in Cannes selbst; die ›hohen Tiere‹ jedoch, wie Thad es ausdrückte, wohnten hier, ungefähr vierzig Autominuten entfernt, in diesem sehr schönen – und sehr teuren – Luxushotel.

»Sphere übernimmt die Kosten«, hatte Thad ihm erklärt. »Es *muß* das Cap sein. Mir ist es gleich, aber für Hélène ist es ungeheuer wichtig. Sie muß sich an den richtigen Plätzen sehen lassen.«

Also wohnten sie nun hier. Seit vier Tagen bereits, denn sie waren schon vor Beginn der Filmfestspiele gekommen, damit Thad möglichst viele Besprechungen halten, damit Bernie Alberg, Hélènes unermüdlicher Presseagent, noch ein paar weitere Millionen-Interviews arrangieren konnte, und damit Lewis – ja, was konnte Lewis eigentlich tun? Im Pool schwimmen; an der Bar trinken; und wieder im Pool schwimmen. Als Thad wieder mit einer Seite raschelte, warf Lewis ihm über die Schulter einen wütenden Blick zu. Vielleicht hatte Thad diesen Blick bemerkt, denn zu Lewis' Überraschung stemmte er sich kurz darauf aus seinem Sessel. »Also dann. Schnell duschen und dann umziehen. Wir müssen pünktlich sein.«

Lewis antwortete ihm nicht. Thads fanatische Pünktlichkeit ärgerte ihn. Und wenn sie tatsächlich zu spät kamen – na und? Es war doch bloß wieder ein Dinner bei einem weiteren der unzähligen Geschäftemacher, die ihren Weizen am Rande des Festivals blühen sahen. In diesem Fall irgendein Immobilienmakler, der, soweit Lewis das feststellen konnte, praktisch die ganze Riviera in der Hand hielt. Er hatte sich auf den Verkauf riesiger Villen an Amerikaner spezialisiert und machte während der Festspiele zweifellos reiche Beute.

»Susan Jerome wird auch da sein.« Thad sagte es selbstgefällig, denn Susan Jerome war wohl die einflußreichste Filmkritikerin von ganz Amerika.

»Na und?« entgegnete Lewis.

»Und der Chef von Artists International. Es zahlt sich aus, diese Leute kennenzulernen, Lewis!«

»Für dich vielleicht. Für mich bestimmt nicht. Susan Jerome geht mir auf die Nerven.«

»Sie mag unsere Filme, Lewis...«

»Sie mag *deine* Filme. Ich hab ihre letzte Lobeshymne gelesen und erinnere mich nicht, daß sie auch mich darin erwähnt.«

Thad gab bekümmerte Geräusche von sich. Als Lewis herumfuhr und ihn wieder wütend anfunkelte, hörte er jedoch sofort damit auf. »Du solltest dich aussprechen, Lewis«, schlug er vor. »Wirklich. Ich schlafe schließlich gleich nebenan, und die Wände sind dünn. Ich muß unwillkürlich alles mithören... Ich bin dein Freund, Lewis, das weißt du. Bei wem kannst du dich aussprechen, wenn nicht bei mir?«

Auf diese Frage gab es keine Antwort. Lewis seufzte. »Hör mal zu, Thad«, sagte er. »Sei mir nicht böse, aber würdest du dich jetzt bitte verziehen?«

Thad verschwand, und Lewis blieb am Fenster stehen. Eine lange Zeit verging. Er konnte zum Pool hinuntergehen; er konnte einen Spaziergang im Park machen; er konnte sich in die Bar setzen; er konnte Zeitung lesen; er konnte einen Mittagsschlaf halten. Doch da ihm keine dieser Tätigkeiten besonders verlockend erschien, zog er es vor, untätig zu bleiben.

Nach einer Weile schenkte er sich einen Gin ein, den er mit viel Tonic und Eis verdünnte, und kehrte ans Fenster zurück.

Als sie schließlich kam, blieb sie an der Tür stehen und sagte dann in jenem Ton, den er so haßte: »Ach, Lewis!«

Es war ein sehr sanfter Vorwurf, doch Lewis konnte ihn nicht ertragen; er machte ihn – wie immer – zornig und wütend. Er fuhr herum und ging auf sie zu.

Hélène schloß die Tür: dann sagte sie: »Lewis, es ist spät geworden. Ich muß mich umziehen. Wir haben keine Zeit. Lewis – bitte – nicht! Nicht jetzt...«

Doch Lewis hörte nicht. Er war auf einmal hundertprozentig sicher, daß es diesmal klappen würde. Wenn er sich beeilte, und sie sich beeilte; wenn sie also verdammt noch mal aufhörte zu widersprechen...

Sie fügte sich und widersprach ihm kaum. Lewis bemühte sich, ihr nicht ins Gesicht zu sehen. Er vergrub den Kopf an ihrem Hals, und diesmal schien es tatsächlich zu klappen, diesmal würde es *wirklich* klappen...

Doch dann, genau in diesem Moment, vergaß er, den Kopf abzuwenden. Er blickte auf Hélène hinab, und da war er wieder, genau wie immer, der mitleidige Ausdruck auf ihrem Gesicht. Von da an war es hoffnungslos, das wußte er, und das wußte Hélène. Sie versuchte ihn in die Arme zu nehmen, aber das machte es nur noch schlimmer.

Er stand auf. Und plötzlich schrie er: »Es ist, verdammt noch mal, deine Schuld! Hörst du? Deine Schuld! Du schaffst es auf der Leinwand, aber du schaffst es kein einziges Mal im Bett!«

Thad, im Zimmer nebenan, hörte all das mit an. Lewis war sicher, daß er es hörte. Er wollte sogar, daß er es hörte; deswegen hatte er ja so laut geschrien.

Schließlich mußte er's irgend jemandem sagen, und es stimmte ja auch: Thad war wirklich sein bester Freund.

Wem konnte er sich anvertrauen, außer Thad?

Susan Jerome. Gregory Gertz, ein neuer Regisseur; Amerikaner. Mrs. Joe Stein – sehr an der Maison Jasmine interessiert. Ich hab ihnen erzählt, es hätte früher mal der Colette gehört... Na ja, wenigstens hat sie, glaube ich, einmal ein Wochenende dort verbracht.«

Die Augen von Gustav Nerval, dem Immobilienmakler, funkelten vor Vergnügen. Sie saßen auf dem Balkon seiner Suite im Hotel du Cap, und Nerval zählte der bezaubernden Madame Belmont-Laon die Gäste auf, die an seinem Diner teilnehmen würden, und da er ein ausgezeichneter Geschichtenerzähler war, hob er sich das Beste auf bis zuletzt.

»Thaddeus Angelini – haben Sie *Short Cut* gesehen? Mit Sicherheit diesjähriger Gewinner der Goldenen Palme. Und Hélène Harte. Die sehr schöne, sehr bezaubernde und, wie ich glaube, sehr clevere Miss Harte. Mit ihrem Ehemann, natürlich.«

»Hm. Sehr gut.« Ghislaine musterte ihn amüsiert. Ein kleiner, gedrungener dunkler Mann, der einen beträchtlichen Charme verstrahlte, und der – wenn es ums Geldverdienen ging – mit einer erstaunlichen Energie gesegnet war. Sie hatte natürlich von ihm gehört, denn sein Name war an der Côte d'Azur seit Jahren berühmt. Und er hatte von ihr gehört.

Sie vermutete – obgleich sie nicht sicher war –, daß er ihre Begegnung wenige Tage zuvor im Haus von gemeinsamen Freunden arrangiert hatte. Sie vermutete – obgleich sie nicht sicher war –, daß er ein Auge auf die Villa der Baronin de Chavigny geworfen hatte. Sie vermutete – obgleich sie nicht sicher war –, daß sie mit Nerval gemeinsam Geschäfte machen konnte und daß er das ebenso gut wußte wie sie. Denn gab es eine bessere Kombination als einen Mann wie Nerval, der sich auf den Verkauf schöner, großer und häufig traurig verkommener Villen spezialisiert hatte, und Ghislaine Belmont-Laon, die diese Villen so geschmackvoll und exquisit einzurichten verstand?

»Glauben Sie, Joe Stein wird sie kaufen? Ölen Sie Ihre Geschäfte immer so großzügig?«

Nerval lachte. »Aber gewiß doch! Wenn sich ein Schlüssel nicht drehen will, muß man ihn ölen, bevor man Druck auf ihn ausüben kann.«

»Und die anderen?«

»Dekoration. Schmeichelhafte Dekoration. Große Fische lieben es, andere große Fische kennenzulernen. Von denen keiner für uns interessant ist. Bis auf Hélène Harte. Die zwar diesmal nicht kaufen, aber in ein, zwei Jahren mit Sicherheit anbeißen wird.«

Lächelnd wandte Ghislaine ihr Gesicht zur Sonne. Es ließ sich alles so wunderbar an, daß es wahrhaftig kaum zu glauben war. Sie wohnte ungefähr sechzig Kilometer von hier entfernt im Gästeflügel von Louises Villa, und es kostete sie keinen Franc, obwohl sie im Luxus geradezu schwelgte. Sie hatte unzählige Freunde in Südfrankreich und, während ihre Leute mit der Einrichtung der Villa beschäftigt waren, Zeit genug, sie alle zu besuchen. Sie hatte Nerval kennengelernt, der ihr völlig neue Arbeitsmöglichkeiten eröffnen konnte. Mit dem Honorar ihres Rothschild-Auftrags zusammen hatte sie das Äquivalent von fünfzehntausend Pfund in Aktien der Rolfson-Hotelkette investiert, deren Kurs wie ein Meteor in die Höhe schnellte. Sie besaß Informationen, für die Edouard ihr – davon war sie überzeugt – ewig dankbar sein würde, denn er verabscheute de Belfort und würde außer sich sein, daß dieser Mann seine Mutter in Finanzdingen beraten hatte; und nun sollte sie heute abend Hélène Harte kennenlernen, auf die sie eifersüchtig und zugleich neugierig war.

Wie glücklich sich doch alles gefügt hatte! Fast alles wirklich reiner Zufall und dennoch absolut perfekt! Wenn sie das nächste Mal nach Paris flog, würde sie mit Edouard sprechen, ihn wegen ihrer Investitionen in Rolfson um Rat fragen, ihm ihre Sorge um Louise gestehen – und anschließend alles so arrangieren, daß sich die Arbeiten in St. Tropez ein wenig verzögerten und sie noch dort war, wenn Edouard später im Monat eintraf. Einfach perfekt! Sie hatte sich selten so glücklich gefühlt.

»Erzählen Sie mir«, begann sie, als Nerval zurückkehrte, denn er war wirklich ein Mensch, der über jeden alles wußte, »erzählen Sie mir ein bißchen von dieser Hélène Harte. Wer ist sie? Warum ist jeder auf einmal so furchtbar begeistert von ihr?«

»Dann sollten Sie Joe Stein fragen, was ihr letzter Film eingespielt hat! Und warum er sie unbedingt für A.I. haben will. Er wird's Ihnen schon erklären.«

»Wie viele Filme hat sie denn schon gemacht? Ich habe erst in diesem Jahr zum erstenmal von ihr gehört.«

»Drei. Vielleicht auch vier, ich weiß es nicht genau. Ach ja, es waren vier. Zwei kleine und zwei große.« Er lächelte. »Haben Sie sie nicht in *Summer* gesehen? Das war, glaube ich, ihr zweiter. Danach kam *A Life of Her Own* – der war ganz groß in Amerika, schlug in Europa aber nicht so recht ein. Und nun ist da *Short Cut*, und wenn sie an den Einnahmen beteiligt ist, na ja...«

»Sie meinen, sie ist prozentual daran beteiligt?«

»Ich glaube kaum, daß sie etwas ausläßt. Formulieren wir's mal so.« Nerval lächelte. »Eine Frau, die nur das Beste liebt, engagiert wohl auch die besten Anwälte, nicht wahr?«

Aus irgendeinem Grund ärgerte sich Ghislaine darüber. Es paßte ihr nicht, Hélène Harte als intelligente Frau sehen zu müssen; sie hätte sie lieber als käuflich gesehen.

»Und das Interessante daran«, fuhr Nerval nachdenklich fort, »das Interessante daran ist – kein Skandal. Nicht mal eine Andeutung davon. Keine Nacktfotos aus der Zeit, als sie noch nicht bekannt war. Keine Ex-Liebhaber, die nur zu gern Enthüllungen bringen würden. Und übrigens auch keine gegenwärtigen Liebhaber. Nur der Ehemann.« Abermals lächelte er. »Vielleicht kommen sie eines Tages alle zusammen aus dem Boden gekrochen – wer weiß? Ihr Presseagent macht eine geheimnisvolle Frau aus ihr, und bisher ist ihm das ausgezeichnet gelungen. Sie kennen doch die Presse: Die liebt so was!«

Er verstummte. Ghislaine lächelte in sich hinein. Welch eine Genugtuung ist es doch, sinnierte sie, wenn man Kenntnis von einem kleinen Skandal besitzt, den niemand zu drucken wagte – nicht einmal Jean-Jacques, vorausgesetzt, er wäre scharfsichtig genug, diese Hélène Harte zu erkennen.

O nein, selbst er würde dafür sorgen, daß seine Zeitschriften nicht aus der Reihe tanzten. Denn schließlich war Edouard sein Hauptaktionär.

Nerval erhob sich. Und kehrte, wie immer, zum Thema zurück. »Wie dem auch sei«, sagte er, »mit ihr brauchen Sie sich noch nicht zu befassen – noch nicht. Hélène Harte ist nur der Zuckerguß auf dem Kuchen.«

»Und der Kuchen selbst ist Joe Stein?« erkundigte sich Ghislaine naiv.

Nerval beugte sich vor und legte seine Hand auf die ihre. Vorwurfsvoll schnalzte er mit der Zunge. »Aber Ghislaine!« sagte er liebenswürdig. »Sie sind doch sonst immer so clever. Nicht Joe Stein, sondern *Mrs.* Joe Stein. Der Ehemann verdient das Geld. Die Ehefrau gibt es aus.«

Herrlich; ein glücklicher Zufall; perfekt, dachte Ghislaine. Vierundzwanzig Gäste beim Nerval-Dinner. Vierundzwanzig Gäste an vier runden Tischen, sechs pro Tisch, und alles im Pavillion Eden Roc, dem Restaurant im Hotel du Cap, mit Blick auf den berühmten Swimming Pool und das Meer hinter den Felsen.

An Nervals Tisch saß selbstverständlich Joe Stein mit Frau; Ghislaine würde sich nach dem Essen an sie heranmachen. Neben Joe Stein Hélène Harte, die erst ziemlich spät gekommen und mit dem Rücken zu Ghislaine plaziert war. In dem allgemeinen Durcheinander war es Ghislaine bisher gelungen, einer gegenseitigen Vorstellung aus dem Weg zu gehen. Sie war ziemlich sicher, daß die Schauspielerin sie nicht bemerkt hatte, und das kam ihren Absichten sehr entgegen. Sie plante zwar, noch vor dem Ende dieses Abends mit ihr zu sprechen, wollte vorerst aber noch abwarten.

An ihrem eigenen Tisch saßen: der kommende amerikanische Regisseur Gregory Gertz; eine bekannte italienische Schauspielerin; Susan Jerome, die amerikanische Kritikerin; Thad Angelini, eine kleine, fette Kröte von Mann; und vor allem – Lewis Sinclair. Der Ehemann. Rechts neben ihr. Ghislaine war schon ein etwas glasiger Blick an ihm aufgefallen, eine gewisse Vorsicht bei jeder Bewegung. Daraus hatte sie geschlossen, daß er bereits betrunken war und Mühe hatte, das zu verbergen.

Aufmerksam ließ sie ihren Blick wandern. Zum Beispiel zu Hélène Hartes Nacken und Rücken. Von vorn hatte sie sie vorhin schon genauer betrachtet, als sie das Restaurant betrat.

Sie hatte sie sofort erkannt. Manche Gesichter vergaß man nie. Die kurze, dunkle Frisur von *Short Cut* war eine Perücke gewesen, jetzt trug sie ihr Haar praktisch genauso wie an jenem Abend an der Loire: glatt aus der Stirn zurückgekämmt und im Nacken als loser Chignon mit einer breiten Samtschleife gehalten. Ihr langes, schmales Kleid aus schwarzem Seidenrips war zwar ausgeschnitten und ließ die Schultern frei, der Busen aber war züchtig bedeckt. Um ihren Hals lag eine Perlenkette, die selbst Ghislaine den Atem verschlug. Hélène war einfach überwältigend und strahlte trotzdem noch immer jene seltsame Ruhe aus, an die sich Ghislaine von der Loire her erinnerte.

Aber sie hatte sich inzwischen verändert, wirkte viel älter – wie eine erwachsene Frau. Sie war beherrscht, selbstsicher, gelassen. Und auch ihre Stimme hatte sich verändert, ja sogar ihr Akzent, wie Ghislaine fand. Jetzt wäre es ziemlich schwierig gewesen, ihre Nationalität zu erraten. Englisch? Amerikanisch? Nein, europäisch. Eine Europäerin, die sehr lange außerhalb Europas gelebt hat.

Ihre Selbstbeherrschung war vorbildlich, aber es gab dennoch eine Kleinigkeit, die Ghislaine bemerkte und als äußerst interessant empfand: Solange etwas getrunken wurde, ließ Hélène Harte ihren Mann keinen Moment aus den Augen. Es hatte da ein winziges Zögern gegeben, als sie feststellte, daß sie an verschiedenen Tischen saßen. Einen Sekundenbruchteil des Erschreckens. Während Sinclair, der das offenbar auch bemerkte, eher recht zufrieden wirkte.

Sobald sie saßen, und noch bevor der Wein serviert wurde, hatte er diskret einem Kellner gewinkt und einen trockenen Martini bestellt: »*Sehr* trocken.«

Er sprach mit scharfem, vornehmem Bostoner Akzent: Der Drink erschien im Handumdrehen.

Ghislaine hatte er schon formell begrüßt; ein kurzer Blick auf die Tischkarten genügte. »Bitte, nennen Sie mich Ghislaine.« Sie lächelte. »Ich scheine Sie bei der Ankunft verpaßt zu haben.«

»Ach ja, wir hatten uns ein wenig verspätet. Hélène – meine Frau – hatte so viele Termine.« Er sagte es mit beinahe tonloser Stimme, während er mit den Fingern den Stiel seines Martiniglases drehte.

Ghislaine musterte ihn nachdenklich. Ein hübscher – ausnehmend hübscher – junger Mann, eindeutig aus gutem Stall. Und reich. Blondes, im modernen Stil relativ lang, aber perfekt geschnittenes Haar. Und Augen, denen man ansah, daß er schon ziemlich viel getrunken hatte, die normalerweise aber ganz eindeutig trotzig und zugleich angstvoll dreinblickten. Ein- oder zweimal sah er zu Thad Angelini auf, der ihm gegenübersaß und sich angeregt unterhielt. Er ist wie ein Kind, dachte Ghislaine, das den Beifall seiner Eltern sucht. Mit demselben Blick hatte er auch seine Frau angesehen.

Ghislaine wartete ab. Sinclair unterhielt sich mit der italienischen Schauspielerin zu seiner Rechten; Ghislaine plauderte liebenswürdig mit Gregory Gertz zu ihrer Linken, obwohl sie es kaum erwarten konnte, mit Angelini ins Gespräch zu kommen. Angelini diskutierte jedoch mit der amerikanischen Kritikerin, die ihm Fragen stellte, auf die er, wie Ghislaine hörte, Antworten gab, die alles andere als bescheiden waren. Er werde in diesem Jahr noch zwei weitere Filme drehen, sehr schnell, fünf Wochen pro Film, mit einem so kleinen Team, wie es die Gewerkschaften überhaupt erlaubten. Der erste werde *Quickstep* heißen, der Titel des zweiten stehe noch nicht fest – dabei schenkte er Lewis Sinclair ein seltsames Lächeln. Als Susan Jerome ihm eine Frage stellte, nickte Angelini ungeduldig. Ja, ja, natürlich werde Hélène Harte in beiden Filmen die Hauptrolle spielen, aber im nächsten Jahr werde er ein völlig anderes Projekt in Angriff nehmen...

Ghislaine musterte ihn angewidert. Ein Besessener, ein Langweiler, entschied sie für sich. Er strahlte eine seltsam negative Energie aus, und sie spürte fast körperlich, wie er sie alle am Tisch nach und nach in seinen Bann zog.

Ghislaine beabsichtigte jedoch nicht, sich derart manipulieren zu lassen. Sie wandte sich Lewis Sinclair zu. Kurz vor ihrer Abreise aus Paris hatte sie sich *Short Cut* angesehen und den Film total abgelehnt; sie fand ihn clever und eiskalt, und sie begriff nicht, daß er so *à la mode* sein sollte. Diese Meinung behielt sie selbstverständlich für sich und begann den Film Lewis gegenüber jetzt über den grünen Klee zu loben.

Lewis Sinclair, der *Short Cut* produziert hatte, gab ihr eher einsilbige Antworten. Er blickte weiterhin zu den Fenstern hinaus auf die Felsen und das dunkelnde Meer.

Sie hatten zuerst Kaviar, dann Wachteln gegessen, und nun standen winzige, zarte, mit *foie gras* gefüllte Rindfleischstückchen vor ihnen. Der Burgunder war außergewöhnlich gut, und Lewis Sinclair war nach dem Champagner inzwischen beim vierten Glas angelangt.

»Ist es nicht ungewöhnlich«, erkundigte sich Ghislaine, obwohl sie keine Ahnung hatte, ob es wirklich so ungewöhnlich war, »daß drei Menschen so eng miteinander zusammenarbeiten, bei inzwischen schon drei Filmen?«

»Vier«, korrigierte Sinclair sie. »Begonnen haben wir 1959 mit einem Low-Budget-Film namens *Night Game*.«

»Ach ja, *natürlich*!« sagte Ghislaine, die noch nie davon gehört hatte.

»Wir sind also schon ziemlich lange zusammen. In Europa ist diese Art von Zusammenarbeit wohl gebräuchlicher. In Hollywood ist sie allerdings ungewöhnlich.«

»Hollywood verändert sich. Die amerikanische Filmindustrie verändert sich. *Ich* habe sie verändert«, mischte Angelini sich mit vollem Mund ins Gespräch. Gregory Gertz lächelte ironisch. Angelini setzte seine Konversation mit der amerikanischen Kritikerin fort, als hätte es keine Unterbrechung gegeben.

Sein Einwurf und die Tatsache, daß er ihr Gespräch belauscht hatte, schienen Sinclair zu verärgern. Er kippte den letzten Rest Burgunder hinunter. »Ehrlich gesagt«, fuhr Lewis heiser fort, »ich hab mich entschlossen, mich von den beiden zu trennen – wenigstens für eine Weile. Thad ist im Augenblick sehr beschäftigt, und ich hab da ein ganz neues Projekt, auf das ich mich konzentriere. Wissen Sie, die Arbeit als Produzent befriedigt mich nicht so unbedingt, und ich glaube, daß ich auf einem anderen Sektor viel mehr von mir selbst einbringen könnte. Seit kurzem interessiere ich mich mehr fürs Schreiben. Ich hatte da eine Idee, einen spontanen Einfall, den ich ein bißchen ausarbeiten möchte...« Er zögerte, wirkte ein wenig bedrückt. »Eine kleine Veränderung hier und da ist manchmal sehr wichtig, meinen Sie nicht auch?«

»Ungeheuer beflügelnd«, bestätigte Ghislaine. Als sie aufsah, merkte sie, daß Angelini sie beobachtete, und wandte den Blick schnell wieder ab. Ein Triumvirat, dachte sie, und Lewis Sinclair wird langsam aber sicher hinausgedrängt. Interessant.

Ein Kellner räumte die Teller ab, und Ghislaine beschloß, ein bißchen mehr in Erfahrung zu bringen. Also redete sie weiter und sorgte dafür, daß Sinclair zunächst einmal erfuhr, wer sie war und was sie tat. Er hörte ihr höflich, doch ohne große Teilnahme zu.

»Es macht Spaß«, behauptete sie, nachdem sie wie beiläufig einige finanzkräftige Kunden erwähnt hatte, darunter auch Louise de Chavigny, auf die er überhaupt nicht reagierte. »Aber es ist natürlich nicht wirklich kreativ. Nicht wie das, was Ihre Frau leistet. Oder Sie. Wenn man Filme macht, das muß doch einfach...«

»Sie stellen Ihr Licht unter den Scheffel«, fiel er ihr auf einmal mit aufmerksamem Blick ins Wort. »Ich kenne Ihre Arbeit. Ich bewundere sie. Ich war bei den Cavendishs in England. Das waren doch Sie, die das gemacht hat, nicht wahr?«

Sofort revidierte Ghislaine ihr Urteil über den jungen Mann. Nicht so einfältig, wie sie gedacht hatte. Nicht so betrunken. Und darüber hinaus mit besten Verbindungen. Also ging sie nun lieber etwas behutsamer vor. Sie stellte ihm ein paar Fragen. Zum Beispiel, wo sie augenblicklich wohnten.

In einem Haus in den Hügeln oberhalb von Los Angeles, erbaut für Ingrid Nilsson, den großen Stummfilmstar, Stein um Stein von England nach Hollywood transportiert. »Ich selbst finde es ziemlich absurd, aber Hélène gefällt's.« Nein, einen Innenarchitekten hätten sie nicht genommen; seine Frau habe das Haus selbst eingerichtet – sehr erfolgreich übrigens, es solle demnächst in mehreren Zeitschriften abgebildet werden...

Ghislaine hörte ihm aufmerksam zu. Diese Information ärgerte sie, denn begabte Amateure waren ihr ein Greuel. Wie sie feststellte, gelang es Lewis kaum einmal, einen Satz nicht mit dem Namen seiner Frau zu beginnen.

»Sind Sie auch an hiesigen Immobilien interessiert?« erkundigte sich Ghislaine lächelnd. »Gustav wird zweifellos versuchen, Sie zu verführen.«

»Diese Frage müssen Sie meiner Frau stellen. Es ist Hélène, die in Immobilien investiert. Sie verfügt über einen ausgeprägten Geschäftssinn.« Er sagte es mit einer Andeutung überraschender, doch nicht überhörbarer Bosheit im Ton. Und als sei er sich dessen selbst bewußt, gab er sich sofort zerknirscht. »Das heißt, sie ist unheimlich klug, in diesen Dingen.« Er hatte sich sehr schnell korrigiert, aber sein Groll war deutlich spürbar gewesen.

»Wie bemerkenswert! Dabei wirkt sie so jung...«

»Gar nicht so bemerkenswert. Sie beschäftigt sich sehr intensiv damit.« Er lächelte ein wenig bitter. »Ich helfe ihr natürlich dabei. Oder vielmehr, ich hab ihr geholfen.«

»Und haben Sie auch Familie – Kinder?« Ghislaine schenkte ihm ein herzliches Lächeln.

»Eine Tochter. Ja. Sie ist gerade zwei geworden.«

»Wie bezaubernd! Ein kleines Mädchen! Sieht sie ihrer Mutter ähnlich?«

»Wie bitte?« Er starrte sie verständnislos an, als hätte er ihre Worte nicht gehört.

Sekundenlang war Ghislaine verblüfft. »Ich meine...«

»Ach so, ich verstehe! Nein, eigentlich nicht. Sie sieht Hélène überhaupt nicht ähnlich. Entschuldigen Sie, aber es ist so laut, und ich...« Er sah sich wieder nach einem Kellner um. Sein Bedürfnis nach dem nächsten Drink war so unübersehbar, daß Ghislaine beinahe Mitleid mit ihm empfand.

Unter anderem um den Moment zu überbrücken, beugte sich Ghislaine vor und drückte ihm beruhigend den Arm. »Sie sind wirklich zu beneiden! Eine Frau zu haben, die so schön ist, und zugleich so tüchtig. Ich kann mir nicht vorstellen, wie...«

Sie brach ab. Lewis Sinclair hatte sich ihr wieder zugewandt; er wirkte nervös, ob aber wegen des dringend benötigten Drinks oder wegen des Kompliments für seine Frau, konnte Ghislaine nicht erkennen. Gegenüber hatte Thad Angelini den schweren Kopf gehoben, um sie nun wieder direkt anzusehen. In seinen Brillengläsern funkelte das Licht. Lewis sah ihn an, dann wandte er sich zu Ghislaine zurück.

»Oh, Hélène kann alles«, antwortete er beiläufig. Er legte seine Serviette auf den Tisch, schob seine Kaffeetasse zurück und steckte sich eine Zigarette an. »Fast alles«, ergänzte er dann noch, und Thad Angelini lächelte dazu.

Ghislaine wartete, bis es Zeit zum Aufbruch war. Die ganze Gesellschaft hatte sich noch auf einen Cognac in Nervals Suite versammelt. Sie selbst hatte sich, wie versprochen, lange mit Rebecca Stein unterhalten, sie hinsichtlich der französischen Sanitär-Installationen beruhigt und sie – hoffentlich – mit ihrem eigenen Chic überwältigt. Morgen würde sie die Steins und Nerval zur Maison Jasmine begleiten, mit ihnen vielleicht auch Louises Villa einen kleinen Besuch abstatten, um sie mit ihrer Arbeit zu beeindrucken, und dann für das Gespräch, das wichtige Gespräch mit Edouard nach Paris zurückfliegen.

Sollte sie ihm erzählen, daß sie Hélène Harte begegnet war? Nein, lieber nicht. Es war besser, ihn nicht an sie zu erinnern. Sollte sie ihm überhaupt all das sagen, was sie sich vorgenommen hatte, oder das Ganze einfach vergessen? Denn schließlich, wer war diese Harte denn eigentlich schon? Eine von Edouards Ex-Geliebten, und davon gab es Legionen.

Sie blickte quer durch den Raum, dorthin, wo Hélène Harte stand, auf einer Seite von ihrem Ehemann flankiert, der finster und gelangweilt wirkte, und auf der anderen von dem übers ganze Gesicht strahlenden Thad Angelini. Entschlossen machte sie sich auf den Weg.

Sie näherte sich der Gruppe von der Seite, so daß Hélène Harte sie erst bemerkte, als sie nebeneinanderstanden und Ghislaine Lewis Sinclair die Hand reichte. Ghislaine äußerte ein paar höfliche Worte und wandte sich dann mit einem Ton, in den sie eine Spur perfekt kalkulierter Überraschung legte, an Hélène Harte. Sie sprach halb zu Sinclair, halb zu seiner Frau.

»*Quelle bêtise!* Es tut mir ja so leid! Sie müssen mich für furchtbar unhöflich halten, aber es ist mir eben erst aufgefallen: Ihre Frau und ich, wir kennen uns!«

Hélène Harte wandte den Kopf; ihre Blicke trafen sich, und Ghislaine lächelte herzlich.

»Ah, Sie erinnern sich nicht mehr! Nun ja, warum sollten Sie auch? Es liegt schon einige Jahre zurück. Neunzehnsechzig? Nein, neunundfünfzig, glaube ich. Bei einem Diner an der Loire. Sie wohnten bei Edouard de Chavigny. Erinnern Sie sich jetzt?«

Kurzes Schweigen. Hélène Harte krauste die Stirn; dann schüttelte sie lächelnd den Kopf. »Tut mir leid, aber Sie müssen sich irren. Wir sind uns nie zuvor begegnet, sonst würde ich mich mit Sicherheit erinnern.«

»Oh, aber Sie *müssen* sich erinnern! Es ist doch gar nicht so lange her. Sie trugen ein phantasievolles weißes Abendkleid. Givenchy, glaube ich. Alphonse de Varenges war Ihr Tischnachbar, und Edouard hat Ihnen Reitunterricht gegeben, nicht wahr? Doch, doch, so muß es gewesen sein, denn ich weiß noch, daß Edouard sagte...«

»Dann muß ich eine Zwillingsschwester haben. Oder ein Double.« Hélène Harte lachte. »Es klingt faszinierend, aber Sie irren sich. Ich bin noch nie an der Loire gewesen.«

Das war perfekt gemacht. Sie sprach so natürlich, mit einer so überzeugenden Belustigung, daß Ghislaine selbst ihr einen verrückten Augenblick lang glaubte. Gerade wollte sie etwas entgegnen, da trat der Regisseur, Thad Angelini, einen Schritt vor.

»Hélène? Entschuldige, aber ich glaube, Joe Stein möchte mit dir sprechen...« Damit führte er sie davon; es sah fast so aus, als hätte er das absichtlich getan. Mit entschuldigendem Lächeln und einem kurzen Heben der Hand blickte die Schauspielerin noch einmal zurück. Ghislaines große Chance war vertan.

Sie und Lewis Sinclair blieben allein zurück. Unsicher sahen sie einander an. Hatte er seiner Frau geglaubt? Ghislaine konnte es nicht erkennen, glaubte es aber nicht. Als er Hélène nachblickte, machte er ein Gesicht wie ein Kind, das gleich in Tränen ausbrechen wird. In diesem Moment bereute Ghislaine fast, was sie gesagt hatte.

»Wie dumm von mir!« sagte sie rasch. »Wie konnte ich mich nur so irren?«

»Wir alle irren uns gelegentlich«, gab er ausdruckslos zurück. Dann wandte er sich wieder ihr zu und bot ihr höflich seinen Arm. »Wollten Sie gerade gehen?« fragte er zuvorkommend. »Dann gestatten Sie mir, daß ich Sie zu Ihrem Wagen begleite.«

Hast du eine Zwillingsschwester?«

»Lewis...«

»Oder ein Double?«

»Sei nicht dumm, Lewis!«

»Natürlich hast du die nicht. Du bist einmalig. Das wissen wir alle. Hélène Harte, die schönste Frau der Welt. So nennen sie dich inzwischen, wußtest du das? Ich hab's vor ein paar Tagen in deinen Zeitungsausschnitten gelesen. ›Ist dies die schönste Frau der Welt?‹ hieß es da. Unter einem Foto von dir. Die Leser sollten abstimmen. Ich selbst hätte auch sofort für dich gestimmt, aber es war eine italienische Zeitschrift, und ich hatte nicht die passenden Briefmarken.«

»Lewis! Es ist schon spät, und du bist müde.« Hélène streckte ihm ihre Hand entgegen. »Komm zu Bett.«

»Vielen Dank, nein. Noch nicht. Wieso glaubst du, daß ich müde bin? Ich bin nicht im geringsten müde! Mir geht's wunderbar! Ich hab' mich köstlich amüsiert. Ein Kleid von Givenchy. Ich wußte nicht, daß du jemals ein Kleid von Givenchy besessen hast –, bevor du mich kennenlerntest.«

»Lewis! Ich kann nur immer wieder sagen, sie hat sich *geirrt*!«

»Du hast fast immer Jeans getragen. Und ein blaues Baumwollkleid, das mir so gut an dir gefiel. Und den Mantel, den ich dir damals in London geschenkt habe. Aber kein Givenchy-Kleid. Das muß ich irgendwie vergessen haben. Hat er dir vielleicht auch Schmuck geschenkt? Schließlich ist er dafür berühmt, nicht wahr? Daß er seinen Geliebten Schmuckstücke schenkt. Ich erinnere mich genau an diese Geschichten aus den Klatschspalten. Jedesmal ein Schmuckstück, das zu der entsprechenden Frau paßt. Meine Schwestern fanden das ungeheuer romantisch. Ich nicht. Ich fand es albern. Warum Geschenke verteilen, wenn man's umsonst kriegen kann?«

»Lewis, ich werde mir dies nicht länger anhören! Ich gehe schlafen. Morgen muß ich um sechs Uhr aufstehen...«

»Du lügst sehr geschickt, weißt du. Du hättest sie fast überzeugt, diese Frau, Ghislaine Soundso. Und Thad. Ich wette, Thad hat dir jedes Wort geglaubt. Ich selbst hätte dir fast geglaubt, aber nicht ganz. Da ist nämlich nur eine Kleinigkeit, auf die du achten mußt – aber das schaffst du bestimmt, es ist nur eine Winzigkeit in deinen Augen. Ich sehe es, weil ich weiß, wonach ich suchen muß. Ich hab' schließlich viel Übung darin, Nacht für Nacht, Tag für Tag. Ich sehe ihn, wenn ich dich küsse, wußtest du das? Den kleinen Ausdruck in deinen Augen. Einen Moment lang, bevor du lächelst, blicken sie plötzlich fast wie tot. Das ist es auch, was mich abschaltet. Natürlich gibt es auch noch andere Dinge. Zum Beispiel, daß du so beschäftigt bist, daß du am Tag nicht mal fünf Minuten Zeit für mich hast. Nur ein paar Kleinigkeiten. Nichts Schwerwiegendes. Nichts, was wir nicht ausräumen könnten. Nichts, worüber man Tränen vergießen müßte...«

Er vergoß Tränen. Hélène hörte sie in seiner Stimme.

Lewis wischte sie sich mit der Hand vom Gesicht und sagte dann in völlig normalem Tonfall: »Es war ein gutes Jahr, 1959. Ich fand es schön. Wir drehten den Film, und ich lernte dich kennen. Es war ein wunderschönes Weihnachtsfest. Erinnerst du dich an den Baum? Wir kauften ihn am Heiligen Abend, und dann haben wir ihn geschmückt, und dann... Er ist Cats Vater, nicht wahr? Ich glaube wirklich, das ist logisch. Er hat dir Reitstunden gegeben, und du hast all seine Freunde kennengelernt. Er hat dir ein Kleid von Givenchy geschenkt. Und er hat dir Cat geschenkt. Du hättest es mir sagen müssen. Ich begreife das nicht. Ich begreife eine Menge nicht, aber vor allem das.«

Beide schwiegen. Lewis saß am Fußende des Bettes und starrte in sein leeres Glas. Hélène fühlte sich elend. Es war, als ziehe sich ein Eisenband um ihre Brust zusammen, bis sie nicht mehr atmen konnte. Ihr Herz jagte, ihre Gedanken schossen in tausend Richtungen zugleich. Als sie Lewis ansah, empfand sie das Mitleid und die Schuld ihm gegenüber fast schmerzhaft. ›Ich habe ihm das angetan. Ich. Es ist meine Schuld‹, dachte sie immer wieder. Wann hatte es angefangen, verkehrt zu laufen? Und warum gelang es ihr nicht, dieses Verkehrtlaufen aufzuhalten?

Nach einer langen Zeit hob Lewis den Kopf und sah sie an. Wenn er betrunken war, sah man ihm das kaum jemals an; nur gelegentlich waren seine Augen ein bißchen glasig. Nun aber richtete sich der Blick seiner klaren, haselnußbraunen Augen hellwach und fragend auf sie.

Hélène kniete neben ihm nieder. Beide sahen einander an. Dann sagte sie: »Also gut. Es stimmt. Ich war dort. Aber das ist lange her, Lewis. Und ich habe ihn nie wiedergesehen. Nicht seit wir... Bitte, Lewis, ich bin mit dir *verheiratet*!«

»Ist er Cats Vater? Jetzt sei ehrlich!«

»Nein, Lewis! Das ist er nicht! Er ist nicht...« Ihre Stimme hatte sich gehoben.

Er blickte auf ihr Gesicht hinab; dann ließ er sie los. Tonlos entgegnete er: »Ich glaube dir nicht. Warum sollte ich auch? Du belügst mich wieder einmal. Du belügst mich ständig. Hier eine halbe Lüge, dort ein Ausweichen. Ich glaube sogar, daß du's nicht mal weißt, wenn du das tust...«

»Ich lüge nicht, Lewis! Bitte...« Sie hatte seinen Arm ergriffen und drückte ihn flehend. Auf einmal erschien es ihr ungeheuer wichtig, Lewis zu überzeugen, und sekundenlang hatte sie das Gefühl, es geschafft zu haben. Seine Miene wurde sanfter, und sie war erleichtert.

Gleich darauf verhärteten sich seine Züge jedoch wieder. »Also gut. Wer ist es dann?«

Hélène begann zu weinen. Lautlos quollen die Tränen aus ihren Augen und wollten nicht mehr aufhören.

Lewis ignorierte ihre Tränen, schien sie nicht einmal zu bemerken. »Wer?« Er packte sie am Arm und schüttelte sie. »Ich habe ein Recht, es zu wissen! Du verschwendest keinen Gedanken daran, was es heißt, in diesem Haus zu leben, sie Tag für Tag zu sehen und sich immer wieder zu fragen... Ich wußte, daß sie nicht mein Kind war, aber ich hatte das *Gefühl*, daß sie es war. Bis sie geboren wurde, bis ich sie ansah. Da wußte ich es. Daß sie nicht mein war und daß auch du niemals mein sein würdest. Du denkst nur an ihn, wer immer er ist, und wenn du das tust, bin ich...« Seine Stimme erstickte.

Ganz leise entgegnete Hélène: »Das stimmt nicht, Lewis. Das tue ich nicht. Ich versuche, es nicht zu tun. Und...« Sie stockte und begann von neuem. »Er hieß Billy. Er war Amerikaner. Ich kannte ihn sehr lange. Und er ist tot. Er starb, bevor wir uns kennenlernten.«

Es kostete sie sehr viel, das zu sagen. Sie zwang sich ein Wort nach dem anderen ab, und sie fielen in das Schweigen wie Steine, die ins Wasser geworfen werden. Als sie aufhörte zu sprechen, atmete sie tief durch, und eine winzige Stimme in ihrem Kopf sagte ihr, nun sei alles gut. Sie habe Lewis die Wahrheit gesagt, und Lewis werde ihr glauben.

Aber so war es nicht. Lewis packte ihren Arm noch fester; seine Miene war finster, und er begann sie zu schütteln. »Du Miststück!« zischte er. »Du beschissenes Miststück! Als ich dich kennenlernte, warst du sechzehn. Wie viele hast du eigentlich gehabt? Um Gottes willen, wie viele Kerle? Wie viele?«

Er ohrfeigte sie mit der flachen Hand. Er hatte früher schon öfter geweint, er war früher schon wütend geworden. Aber noch nie hatte er sie geschlagen, und daß er es jetzt tat, erschreckte sie beide.

Ghislaine Belmont-Laon hatte ihn um eine Unterredung gebeten – es sei dringend, hatte sie behauptet –, und Ghislaine hatte auch den Treffpunkt vorgeschlagen, den *Jardin intérieur* des Ritz in Paris. Von den Erinnerungen, die Edouard damit verband, konnte sie natürlich nichts ahnen, doch als er an jenem Abend dort an dem Tischchen saß, fielen sie von allen Seiten über ihn her, und er hörte kaum, was Ghislaine sagte.

Er senkte den Kopf ein wenig und drückte sich die flache Hand auf die Stirn: So versuchte er sich auf das zu konzentrieren, was Ghislaine sagte, obwohl er unendlich müde war, von einer verzehrenden Erschöpfung und Niedergeschlagenheit gequält wurde, die er nicht abschütteln konnte. Er litt darunter, seit er aus New York zurückgekehrt war, und spürte, wie ihn dieser Zustand so sehr von seiner Umgebung isolierte, daß ihm jede Aktivität sinnlos vorkam, ja, daß es ihm sinnlos erschien, überhaupt ein Wort zu sagen.

Er riß sich zusammen, hob den Kopf und lächelte Ghislaine geistesabwesend an. Da sie ihr Glas bereits geleert hatte, bestellte er ihr einen neuen Drink.

Ghislaine schien überaus nervös zu sein, dabei war sie eine tüchtige, erfolgreiche Frau, die seiner Erfahrung nach noch nie unnötige Dramen heraufbeschworen hatte. Er konnte sich nicht vorstellen, warum sie ihn unbedingt heute abend sprechen wollte.

Edouard mußte noch einmal ins Büro zurück; er hatte eine Unterredung mit de Belfort auf dem Terminplan, ein Telefongespräch mit Richard Smythe, und er machte sich Sorgen wegen des Übernahme-Angebots. Er versuchte die Tatsache, daß er auf die Zeit achtete, zwar höflich zu kaschieren, Ghislaine jedoch spürte seine Ungeduld genau. Sie steckte sich eine Zigarette an, inhalierte tief und begann zu sprechen.

»Ich weiß, daß du sehr beschäftigt bist, Edouard. Ich weiß, ich halte dich auf, aber ich bin der Ansicht, daß ich mit dir sprechen muß. Es fällt mir schwer, aber ich mache mir die größten Sorgen, und außerdem betrifft es dich. Na ja, wenigstens indirekt. Ich hätte mich schon früher an dich gewandt, aber – nun ja, es geht um eine vertrauliche Mitteilung. Um Loyalität.« Sie hielt inne. »Es geht um eine finanzielle Angelegenheit – wenigstens zum Teil. Weißt du, ich hatte da einen Tip bekommen, einen Börsentip, und...«

»Es tut mir leid, Ghislaine, aber ich berate meine Freunde niemals in Börsenfragen. Dafür bin ich viel zu eng darin eingebunden. Das ist ein Prinzip, das ich grundsätzlich nicht durchbreche...«

Ghislaine beobachtete ihn. Als Edouard gerade anfing, ungeduldig zu werden, sagte sie: »Rolfson Hotelkette.«

»Was hast du gesagt?«

»Rolfson Hotelkette.« Sie beugte sich über den Tisch. »Bitte, Edouard, hab Geduld. Ich mache mir so große Sorgen. Nun ja, es ist zwar ziemlich persönlich, aber Jean-Jacques und ich, wir halten unsere Finanzangelegenheiten getrennt, und ich hab nicht besonders viel eigenes Kapital zum Investieren. Als ich diesen Tip erhielt, schien mir das eine fabelhafte Gelegenheit zu sein. Also hab ich ein paar Aktien gekauft. Und der Kurs stieg an – drastisch sogar. Es war so aufregend, und dann – kamen die letzten paar Tage. Ich nehme an, du weißt, daß er zu fallen begann. Und deswegen habe ich jetzt Angst. Ich weiß nicht, was ich tun soll, ob ich sie noch behalten oder lieber mit Verlust verkaufen soll, oder was, und...«

»Verzeih, Ghislaine.« Edouards Miene war eiskalt. »Ich kann dir in dieser Angelegenheit keinen Rat geben. Du solltest mit deinem Broker sprechen...«

»Hab' ich schon. Aber der ist mir leider auch keine Hilfe. Der hatte mir von Anfang an geraten, nicht zu kaufen. Und normalerweise hätte ich auf ihn gehört. Ich bin nämlich sonst immer sehr vorsichtig, Edouard. Aber siehst du, diesmal ist es viel komplizierter. Sobald ich die Aktien gekauft hatte, wurde mir klar, daß es falsch war. Ich wußte nicht, daß irgendwas nicht in Ordnung war, und zwar sofort, als sie es mir erzählte...«

Sie machte eine Pause. Ihre Augen glitzerten, und Edouard sah, daß sie aufrichtig beunruhigt war. Mit Recht, dachte er grimmig; die Aktien der Rolfson Hotelkette würden seiner Ansicht nach noch viel tiefer fallen.

»Ghislaine«, sagte er ein wenig freundlicher, »was redest du da? Wer hat dir diesen Tip gegeben?«

»Das ist ja das Schreckliche! Sie hat es mir im Vertrauen gesagt, Edouard, und dieses Vertrauen hab ich respektiert. Dann aber erkannte ich, daß etwas nicht in Ordnung war, daß sie möglicherweise dem falschen Menschen vertraut hat. Wenn sie inzwischen nicht verkauft hat, wird sie ebenfalls Geld verlieren, und zwar weit mehr als ich. Sie hat nämlich sehr hoch investiert – zwar nicht so hoch, daß sie ernsthaften Schaden erleiden würde, immerhin aber eine ganze Menge. Dabei bin ich ihr doch so zugetan, mag ich Louise doch aufrichtig gern! Und möchte nicht, daß jemand ihr schadet.«

Nun trat ein längeres Schweigen ein. Edouards Ausdruck wurde hart. Noch nie hatte Ghislaine ihn so wütend gesehen, und sie verspürte trotz ihrer aufrichtigen Sorge über die eigenen Investitionen einen Anflug freudiger Erregung, einen Hauch von Triumph.

»Meine *Mutter* hat dir geraten, diese Aktien zu kaufen?« Sekundenlang fühlte er sich wie betäubt. »Wann war das?«

»Vor kurzem erst. Vor etwas mehr als einer Woche. Aber Louise hat bereits seit Februar gekauft, wie sie mir sagte. Einhunderttausend Pfund Sterling hat sie erzielt. Ich wäre ja sofort zu dir gekommen, aber ich mußte Louise ausdrücklich versprechen, das nicht zu tun. Und dann erkannte ich allmählich – noch ehe der Kurs zu fallen begann –, wie hilflos sie ist. Sie ist nicht mehr jung, und sie ist immer so spontan, und wenn es um einen Mann geht...«

Er wußte sofort Bescheid. Jedes Teilchen des Musters, das ihn die ganze Woche lang verwirrt hatte, fügte sich von selbst an seinen natürlichen, logischen und unvermeidlichen Platz.

»Wer war es?« fragte er, obwohl er die Antwort kannte, und Ghislaine erzählte es ihm freudig und voll Triumph.

Als sie endete, blieb er einen Moment still sitzen. Dann legte er zu ihrem Entzücken seine Hand auf die ihre.

»Ghislaine. Es tut mir unendlich leid, daß so etwas passieren mußte. Die Sache ist ernst, weit ernster, als du vermutlich glaubst. Ich bin dir wirklich sehr, sehr dankbar. Ich verstehe dein Dilemma und möchte dir versichern, daß ich tief in deiner Schuld stehe.« Er zögerte. »Ich sollte dir dies vielleicht nicht sagen, aber ich werde es dennoch tun. Du solltest sofort deinen Broker anrufen und deine Aktien verkaufen. und dann – bitte...« Sein Ton wurde auf einmal sehr formell und leicht verlegen. »Teile mir bitte die genaue Höhe deiner eventuellen Verluste mit, ich werde sie dir selbstverständlich ersetzen.«

Damit zog er seine Hand zurück und stand auf.

Ghislaine blieb noch ein wenig sitzen. Sie war von der Berührung seiner Hand, dem teilnahmsvollen Ton, den er angeschlagen hatte, so überwältigt, daß sie sich nicht von der Stelle rühren konnte. So glücklich war sie, so erleichtert, daß sie am liebsten den ganzen Abend hier sitzengeblieben wäre. Das Geld, das sie verlieren würde – es war ihr gleichgültig. Edouard würde sie für den Verlust entschädigen, aber es war nicht dieser Verlust, dem jetzt ihre Gedanken galten. Es waren all die anderen Verluste, die Demütigungen und Enttäuschungen ihres Lebens, und in diesem Augenblick war sie fest davon überzeugt, daß Edouard sie – wenn sie sich sehr, sehr vorsichtig verhielt – auch dafür entschädigen würde.

Es war sinnlos, es zu leugnen, und wie Edouard feststellte, machte de Belfort auch keinen Versuch dazu. Er saß in Edouards Büro und hörte zu, während Edouard alles Punkt für Punkt aufzählte.

Nicht ein einziges Mal verriet er einen Funken Gefühl; es war, als sprächen sie über einen hypothetischen Fall. Er saß da, mit seinen blassen, schweren Zügen, und starrte unbewegt mit seinen blassen Augen irgendwohin links von Edouards Kopf. Als Edouard innehielt, zeigte sich auf de Belforts Gesicht die Andeutung eines Lächelns, und Edouard hatte sekundenlang das Gefühl, daß de Belfort auf eine rätselhafte, perverse Art sogar erleichtert war, endlich entlarvt worden zu sein. Die Folgen seines Verhaltens schienen ihn nicht zu beunruhigen; das einzige, was ihm eine gewisse Reaktion zu entlocken schien, war offenbar Edouards kalter Zorn: den genoß er eindeutig von Herzen.

»Sie hätten selbst Aktien kaufen können.« Bleich vor Wut, die er zu zügeln bemüht war, beugte Edouard sich vor. »Sie hätten einen Zwischenhändler einschalten können. Eine Schweizer Bank und sogar einen Broker, obwohl ich einsehe, daß das ein größeres Risiko gewesen wäre. Warum meine Mutter?«

»Ach, ich dachte, das läge doch wohl auf der Hand.« Wieder dieses angedeutete Lächeln. »Ich selbst besitze nicht soviel Kapital, Ihre Mutter aber hat reichlich davon...«

›Und weil sie meine Mutter ist‹, dachte Edouard instinktiv.

»Wir haben eine Abmachung getroffen.« De Belfort klang fast gelangweilt. »Die Gewinne sollten sechzig zu vierzig geteilt werden. Sechzig für mich, vierzig für Louise. Sie hat nicht mal gefeilscht.«

Edouard hätte ihn am liebsten geohrfeigt. Der Wunsch, de Belfort beim Kragen zu packen und gegen die Wand zu schmettern, war fast unwiderstehlich. Und er hätte es vielleicht auch getan, hätte er nicht vermutet, daß de Belfort das unendlich genießen würde. Edouard kehrte an seinen Schreibtisch zurück. Er blickte auf die Papiere hinab, dann hob er den Kopf.

»Und Sie wußten, daß die Möglichkeit eines Gegenangebots bestand und der Kurs höchstwahrscheinlich noch mehr steigen würde?«

»Aber sicher wußte ich das. Ich habe einen Freund bei Matheson De Vere. Die hockten inzwischen schon in den Startlöchern. Als wir verschoben, haben sie wohl kalte Füße gekriegt. Es hatte sich anscheinend herumgesprochen. Deswegen begann der Kurs zu fallen.«

»Ich verstehe.« Edouard verkniff die Lippen. Ausdruckslos musterte er de Belfort: Selbst jetzt vermochte er weder zu fassen noch zu verstehen, wie ein Mann in seiner Position sich so verhalten konnte. Die Ruhe, die de Belfort an den Tag legte, war unglaublich: Falls er überhaupt etwas empfand, dann offenbar nur Genugtuung.

»Begreifen Sie eigentlich, was Sie getan haben?« fragte er schließlich. »Sie haben meine Firma kompromittiert. Sie haben meine Mutter kompromittiert. Sie haben mich kompromittiert. Und Sie haben sich selbst kompromittiert – unwiderruflich! Es ist Ihnen hoffentlich klar, daß Sie von jetzt an nicht mehr verwendbar sind – weder hier noch anderswo!«

»Das kann ich eigentlich nicht einsehen. Nicht jeder teilt Ihre hehren Prinzipien. Nicht einmal jeder in dieser Firma. Ich habe auch Anhänger, wissen Sie. Außerdem bin ich nicht der erste, der sowas tut. In England ist Berufshandel nicht gesetzwidrig.«

»Mein Gott!« Erbittert schob Edouard seine Papiere von sich. »Der springende Punkt ist doch gerade, *daß* es kein Gesetz gegen derartigen Mißbrauch einer Stellung gibt. Die Finanzwelt stützt sich bei ihren Geschäften auf Vertrauen. Das brauche ich Ihnen ja wohl nicht zu erklären – oder? Wenn Sie dieses Vertrauen mißbrauchen, üben Sie Verrat. Unterminieren Sie überhaupt alles.«

Er hielt inne. De Belfort lächelte.

»Ach ja! Das Wort eines Gentleman ist bindend, und so weiter. Meinen Sie das? Davon wird viel geredet, in London, genau wie über Vertrauen. Ich persönlich halte nichts davon. Und an Vertrauen glaube ich schon gar nicht. In *meinen* Verträgen kommt das Wort nicht vor.«

»Ich habe *Ihnen* vertraut.« Edouard sah ihm in die Augen. »Wie Sie vermutlich wissen, sind Sie mir nie sympathisch gewesen. Aber ich habe mir, verdammt noch mal, die größte Mühe gegeben, Ihnen zu helfen, weil ich erkannte, daß Sie tüchtig sind und es weit bringen könnten. Sie wurden befördert. Sie bekamen ein gutes Gehalt. Sie bekamen eine verantwortliche, einflußreiche Position – ist Ihnen da nie der Gedanke gekommen, daß Sie dieser Firma, den Menschen, mit denen Sie hier zusammenarbeiten, und mir etwas schulden? Es übersteigt mein Verständnis, daß ein Mann in Ihrer Position zu so etwas fähig sein soll.«

»Das kann ich mir vorstellen.« Wieder dieses flüchtige Lächeln. »Eine ehrenhafte Phantasie ist ein schweres Handikap. Ihre persönliche Achillesferse, würde ich sagen«, stellte er sachlich fest.

Seine Bemerkung traf Edouard ins Mark. Er wandte den Blick ab. Eine Phantasie, begrenzt von seiner Unfähigkeit, das Unehrenhafte zu begreifen – o ja, er spürte die Wahrheit, die darin lag.

Er starrte auf die Zahlenkolonnen auf den Papieren hinab, Zahlen, die sich zu Betrug addierten. Und dachte voll Verzweiflung auf einmal nicht an de Belfort, sondern an Hélène. Er hatte Vertrauen in sie gesetzt; er hatte Vertrauen in seine Liebe zu ihr gesetzt und sah diese Tatsache sekundenlang von de Belforts zynischem Standpunkt aus. Ein unlogisches, falsches, hartnäckiges Vertrauen. Eine Illusion, an die er seither fest geglaubt hatte.

Er wußte genau, daß de Belfort ihn beobachtete, um zu sehen, ob sein Hieb gesessen hatte. Diese Genugtuung wollte er ihm jedoch nicht geben. Er ordnete die Papiere auf seinem Schreibtisch und stand auf.

»Unser Angebot für die Rolfson Hotelkette habe ich selbstverständlich annulliert. Und ich brauche Ihnen wohl nicht erst zu sagen, daß Sie entlassen sind.«

»Sie können mich nicht verklagen.« De Belfort richtete den Blick seiner schwerlidrigen Augen auf Edouards Gesicht.

»Nein, verklagen kann ich Sie nicht. Leider.«

De Belfort seufzte. »Ich frage mich, was Ihre Mutter dazu sagen wird.«

»Was meine Mutter sagt oder nicht, geht Sie nichts an. Sie werden meine Mutter nicht wiedersehen.«

»Diese Entscheidung scheint mir doch eher bei Ihrer Mutter zu liegen als bei Ihnen.« Zum erstenmal erschien eine Andeutung von Ärger auf de Belforts Miene. »Es mag ja sein, daß es Ihnen Spaß macht, Menschen herumzukommandieren, doch mit Louise können Sie das nicht tun. Und mit mir ebensowenig. Ich bin nicht mehr Ihr Angestellter, haben Sie das schon vergessen?«

»Nun gut.« Edouard nahm wieder Platz. Er musterte de Belfort mit eiskaltem Blick. »Dann will ich jetzt einmal deutlicher werden. Sie werden nie wieder in einer höheren Position oder einer Vertrauensstellung arbeiten – nicht in meiner und nicht in einer anderen Firma; dafür werde ich Sorge tragen. Doch wenn Sie von heute an versuchen sollten, meine Mutter noch ein einziges Mal zu sehen – wenn Sie auf irgendeine Weise Verbindung mit ihr aufnehmen –, werde ich noch weitergehen.« Er beugte sich vor. »Ich werde Sie fertigmachen, verstehen Sie? Ihre Finanzangelegenheiten, Ihre Investitionen, das Einkommen, das Sie beim Finanzamt angeben, sowie die Steuern, die Sie ganz zweifellos hinterzogen, sowie die Spesen, die Sie verlangt haben, Ihre Bargeld-Transaktionen, Ihre Auslandsgeschäfte – ich werde Sie Stück für Stück auseinandernehmen. Ich werde Ihr Innerstes nach außen kehren, bis ich auf etwas stoße, das ausreicht, um Sie fertigzumachen, egal wie lange es dauern wird!« Er schwieg einen Moment. »Und ich glaube, Sie kennen mich gut genug, um zu wissen, daß ich meine Drohung wahrmachen werde, und zwar ohne jedes Zögern. Und daß Sie dann endlich dahin kommen, wo Sie eigentlich hingehören – für eine sehr lange Zeit.«

Nach einer Pause stieß de Belfort einen langen Seufzer aus. »O ja, davon bin ich überzeugt. Ich zweifle keine Sekunde daran. Ich habe schon mehrmals erlebt, wie Sie etwas Ähnliches getan haben. Und bin sicher, daß Ihnen das in meinem Fall große Genugtuung bereiten würde.«

»Meinen Sie?« Edouard musterte ihn verächtlich. »Seltsamerweise irren Sie sich. Früher wäre das vielleicht der Fall gewesen. Jetzt nicht mehr. Und Sie sind wahrhaftig kein Ausnahmefall – Sie sind zu sehr von sich selbst überzeugt.«

De Belfort erhob sich. »Nun gut, ich wollte das Land ohnehin verlassen. Wie Sie ganz richtig sagten: Ich mache mir keine Illusionen mehr, über meine Chancen hier.«

Damit machte er kehrt und schlenderte gemächlich zur Tür. Dort wandte er sich noch einmal zurück und sah sich mit seinen blassen, schwerlidrigen Augen im Zimmer um. Er musterte die Möbel, die Skulpturen, die Gemälde. Dann sah er Edouard an: ohne Haß, ohne Resignation, ohne irgendeine Emotion.

»All das hier.« Er hob eine Hand und wies auf das Büro. »All diese Gemälde. Die Häuser. Die Büros. Die Konzerne. Die Tochtergesellschaften. Die Aktienbeteiligungen. All diese *Arbeit*. Und Sie haben keine Kinder.« Er hielt inne. »Nichts davon wird Sie überleben, das ist Ihnen doch wohl klar. Denken Sie jemals daran, Edouard, wie die Leute sich amüsieren werden, beim Streit um die Beute nach Ihrem Tod? O nein, das tun Sie sicher nicht.« Er lächelte. »Vielleicht übersteigt das auch Ihr Begriffsvermögen. Ein Jammer. Es würde mich freuen zu wissen, daß Sie daran denken – wenigstens gelegentlich.« Er öffnete die Tür. »Grüßen Sie Ihre Mutter von mir!«

Dieses grauenhafte Weib ist hinter dir her, Edouard«, stellte Christian beiläufig fest. Er steckte sich eine Zigarette an, legte die Füße hoch und lehnte sich im Sessel zurück. Sie saßen an diesem ersten Tag ihres kleinen Urlaubs auf der Terrasse von Louises Villa. Christian war von Edouard im allerletzten Moment eingeladen worden. Er wußte immer noch nicht so recht, ob er sich wirklich freuen sollte, hier zu sein. Vor ihm stand ein Glas Moët & Chandon; die Sonne schien; er war entschlossen, sich zu amüsieren. Als Edouard auf diese Bemerkung nicht reagierte, seufzte Christian. Er wußte genau, warum er eingeladen worden war. Er war hier, weil Edouard sich in einer tiefen Depression befand und er den Hofnarren spielen sollte. Zuweilen amüsierte ihn die Rolle, zuweilen haßte er sie. Heute war er sich nicht ganz sicher.

Er sah zu seinem Freund hinüber; Edouard ließ sich nicht anmerken, ob er zugehört hatte. Aus einem der Zimmer hinter der Terrasse drang Ghislaines Stimme zu ihnen herüber, klang schrill und hart durch die wohltuende Stille. Sie dirigierte mehrere Männer, die verschiedene schwere Möbelstücke hierin und dorthin rückten. Gelegentlich wurden ihre Kommandos von einer sanfteren Stimme unterbrochen: Clara Dellucs Stimme, die das Montieren von sechzig Vorhangsets beaufsichtigte.

»Sogar Ghislaine kann's nicht mehr länger hinziehen«, fuhr Christian fort. »Sie hätte vor Tagen schon abreisen können. Sie verzögerte die Arbeiten absichtlich. Es wird zu einer Krise kommen, Edouard – ich warne dich!«

»Hör auf, Christian – bitte! Ich bin nicht interessiert«, entgegnete Edouard.

»Na ja, natürlich bist du nicht interessiert!« stichelte Christian weiter, ihn absichtlich mißverstehend. »Aber das kann sie nicht aufhalten. Sie ist so eitel, daß sie es nicht bemerkt, und du bist so blind für deine eigenen Vorzüge, daß du's gar nicht sehen *willst*. Ehrlich, Edouard, sie ist eine Art *Furie* in ihrer sexuellen Erregung. Jeder – außer dir – sieht das auf den ersten Blick. Es ist schreckenerregend. Meinst du, daß es an ihrem Alter liegt? Sie *bebt* direkt vor einer grauenhaften, schwarzen Wollust. Ich sehe sie jedesmal in ihren Augen brennen, wenn sie dich ansieht. Als wollte sie dich verschlingen. Oder von dir gerettet werden.«

»Christian, du übertreibst – wie gewöhnlich. Und was du sagst, ist nicht sehr nett.«

»Mann Gottes, warum sollte ich nett zu ihr sein? Ich kann sie nicht ausstehen, das weißt du genau...«

Christian sprang ruhelos auf. »Hör zu, warum machen wir uns nicht für eine Weile davon? Was meinst du? Fahren nach St. Tropez, zu Senequier, essen einen herrlich alkoholisierten Lunch...« Er zögerte. »Und vergessen endlich mal die Weiber – *alle*!«

»Tut mir leid, Christian, aber ich kann nicht. Meine Mutter kann jeden Moment eintreffen, und ich muß hier sein, wenn sie kommt.« Er machte eine kleine Pause. »Außerdem muß ich noch arbeiten...«

»He, dies soll, wie ich hörte, eine Art Urlaub sein!« Christian sah ihn mit strengem Blick an. »Ich weiß, ich weiß, du machst nie Urlaub, aber irgendwann einmal mußt du's doch lernen! Man kann sich dran gewöhnen, weißt du.«

Er wartete, doch Edouard schüttelte den Kopf. Christian zuckte die Schultern. Die Atmosphäre im Haus ging ihm allmählich auf die Nerven, und wenn Louise kam, die Christian noch nie hatte leiden können, würde sie nur noch schlimmer werden. Zu viele Blutsaugerinnen, dachte er. Clara würde gegen Mittag abreisen; mit Ghislaine würde Louise vermutlich kurzen Prozeß machen, und dann würde sich die Lage vielleicht ein bißchen entschärfen. Blieb nur die Tatsache, daß Hélène Harte augenblicklich im Lande war, und zwar weniger als hundert Kilometer entfernt. War das der Grund für Edouards unmögliche Laune?

Christian winkte Edouard zu: »Bis später dann. Heute nachmittag bin ich wieder da...« Er zögerte; dann grinste er verschmitzt. »Und wenn Ghislaine zum Angriff bläst, will ich alles darüber hören. Jedes abstoßende Detail – schwörst du mir das?«

»Hör endlich auf, Christian! Wenn du unbedingt gehen willst, dann geh...«

»Ja, ja, schon gut.« Wieder seufzte Christian. »Zuweilen, Edouard«, ergänzte er noch, als er sich schon zum Gehen wandte, »zuweilen ist deine Anständigkeit äußerst ermüdend...«

Als er verschwunden war, blieb Edouard noch eine Weile auf der Terrasse sitzen und blickte aufs Mittelmeer hinaus. Am Horizont segelte eine weiße Jacht. Die Luft war frisch und roch nach Salz.

Nach einer Weile erhob er sich und wanderte den Weg zum Strand hinab. Der Pfad war gesäumt von wildem Thymian, Rosmarin und Lavendel. Die Sonne ließ die Kräuter noch stärker durften: aromatisch und würzig, die ganze Fülle der Provence.

Unten, am verlassenen Strand, wanderte Edouard eine Weile auf und ab. Die ganze Woche lang hatten ihn Philippe de Belforts Abschiedsworte verfolgt, und auch jetzt beschäftigten sie ihn wieder. *Sie haben keine Kinder.* Das traf praktisch zu. Er hatte eine Tochter, die er nicht anerkennen konnte, eine Tochter, die ihn nicht kannte. Er liebte eine Frau, die ihr eigenes Leben führte und niemals zu ihm zurückkehren würde. Und er war von einer Idee besessen, die ihn seit beinahe drei Jahren beherrschte. Ärgerlich wandte er sich um und ging zu einer Felsgruppe hinüber. Dort ließ er sich nieder und blickte aufs stille Wasser hinaus.

Vielleicht sollte er wieder heiraten. Schließlich gab es noch andere Gründe für eine Heirat, nicht nur die Liebe. An diese Möglichkeit dachte er gerade, da hörte er Schritte auf dem Sand, und als er aufblickte, sah er Clara, die freundlich lächelnd auf ihn zukam. Edouard erhob sich.

»Ich wollte mich von dir verabschieden«, rief sie ihm aus einiger Entfernung zu. Als sie ihn erreichte, ergänzte sie: »Das Haus ist fast fertig. Jedenfalls mein Teil daran. Ich wollte dich nur noch kurz sehen, bevor ich abfahre... In wenigen Minuten wird mein Taxi da sein.«

»Du hättest gestatten sollen, daß ich dich fahre...«

»Aber nein – warum denn auch? Louise wird jeden Augenblick eintreffen. Es ist alles arrangiert. Und außerdem ist es so viel leichter...« Plötzlich unterbrach sie sich. »Stimmt etwas nicht, Edouard?«

»Nein. Alles in Ordnung. Komm her, setz dich ein bißchen zu mir.« Er streckte die Hand aus, die Clara ergriff, und zog sie neben sich auf die Felsen. Dann saßen sie eine Weile schweigend da. Clara stützte sich auf die Ellbogen zurück, um ihn zu beobachten. Er wirkt müde, dachte sie liebevoll; müde und traurig. Einen Moment dachte sie an den jungen Edouard, wie er aus Oxford zurückgekommen war: erfüllt von Energie und Optimismus. Damals hatte er ihr Herz erobert, aber selbst damals hatte er diese Angewohnheit, sich vollkommen abzukapseln – sehr behutsam und so rücksichtsvoll, daß es sie schmerzte, weil er sie zwar an sich heranließ, aber niemals nahe genug. Er hatte sie nie belogen. Er hatte ihr nie Versprechungen gemacht, die er, wie er genau wußte, nicht halten konnte. Und er hatte ihr nie gesagt, daß er sie liebe.

Clara wandte den Blick ab. Sie hatte ihn viel zu sehr geliebt, um sich gegen ihn aufzulehnen, aber auch zu sehr, um ihn zu verlassen. Die fünf Jahre nach ihrer Trennung jedoch hätte sie nicht noch einmal erleben mögen. Immerhin – sie hatte sie überstanden. Und war zu dem Ergebnis gekommen, daß Frauen glücklicher leben konnten, wenn keine Männer im Spiel waren. Sogar Männer wie Edouard.

Er hatte eine Handvoll Kiesel aufgenommen und warf sie einen nach dem anderen müßig ins Wasser. Und auf einmal fragte er sie: »Bist du eigentlich glücklich, Clara?«

Sie zögerte, denn diese Frage überraschte sie. »Ich glaube schon«, antwortete sie schließlich. »Doch ja. Ich glaube schon.«

»Das freut mich.« Er wandte sich zu ihr um. Dann sagte er schlicht: »Ich habe dich unglücklich gemacht, das weiß ich. Ich wünschte, ich hätte es nicht getan.«

»Ach Edouard, es war meine eigene freie Wahl!« Sanft legte sie ihm die Hand auf den Arm. »Ich bereue nichts. Höchstens gelegentlich, in meinen schwächeren Momenten. Und die gibt es bei mir inzwischen nicht mehr.«

Edouard lächelte ein wenig bedrückt. Clara jedoch hatte den Ausdruck seiner Augen gesehen, den er nicht vor ihr verbergen konnte. Sie empfand wieder dieses hilflose Mitleid, diese herzliche Zuneigung, und wandte sich spontan zu ihm um.

»Ach Edouard – was ist nur mit dir geschehen? Was suchst du eigentlich?«

»Ich weiß es nicht mehr, Clara.« Unvermittelt gereizt sprang er auf und schleuderte den Stein, den er in der Hand hielt, ins Wasser. »Ich weiß es nicht mehr«, wiederholte er. »Früher einmal habe ich es gewußt. Oder glaubte es jedenfalls zu wissen.«

Er begann, am Strand auf und ab zu schreiten, und Clara folgte ihm. Als sie seine Hand ergriff, blieb Edouard stehen. Sie blickte zu ihm auf, und was sie in seinem Gesicht sah, erschreckte sie.

»Diese Welt ist eine furchtbare Welt. Eine Welt ohne Konturen.« Er stieß die Worte fast unkontrolliert hervor, dann hielt er inne und versuchte sich wieder zu beherrschen. »Ich hatte dieses Gefühl schon früher... Nach Isobels Tod... Es tut mir leid, Clara. Ich möchte dich nicht damit belasten. Bitte gestatte, daß ich dich zum Taxi bringe.«

Auf der Terrasse über ihnen wandte sich Ghislaine, die sie beobachtete hatte, zum Haus zurück.

Am selben Abend versammelten sich Louise und Ghislaine, Edouard und Christian zum Abendessen, und da Louise dabei war, wurde es ein sehr offizielles Diner, denn sie verlangte, daß alle sich entsprechend kleideten. Die Atmosphäre war gespannt. Christian, der die Unterströmungen nicht kannte, schob die Schuld dafür auf Louise, die äußerst schlechter Laune war.

Sie war in ihrem dunkelblauen Bentley vorgefahren. Ghislaine begrüßte sie zusammen mit Edouard, und das war in Christians Augen ein gravierender Fehler, denn von dem Augenblick an, da Louise die beiden mit einem langen, kalten, harten Blick gemustert hatte, machte sie allen Anwesenden hochmütig klar, daß Ghislaine in ihrem Haus ein Störfaktor sei, eine aufdringliche Person. Ghislaine dagegen hatte es so eingerichtet, daß ihre Anwesenheit mindestens noch einen Tag notwendig war: Sie mußte das Haus am folgenden Vormittag verlassen – und das stimmte sie auch nicht gerade sanftmütiger.

Louise war durchs ganze Haus geführt worden und hatte sich dabei pausenlos beschwert. »Bist du sicher, daß ich diesen Stoff gewählt habe, Ghislaine? In meiner Erinnerung sah er ganz anders aus. Viel weicher. Und eine viel elegantere Farbe. Vielleicht kommt es daher, daß er falsch aufgehängt worden ist. So sieht das alles absolut unattraktiv aus.« So nörgelte sie fast weinerlich in ihrem Schlafzimmer; in die anderen Schlafzimmer hatte sie nicht mal einen Blick geworfen. Das Billardzimmer war grauenhaft, der Wintergarten völlig verkorkst, das Speisezimmer nicht geeignet, den Damen zu schmeicheln. Als sie wieder den Salon erreichten, ließ sie ihrer schlechten Laune vollends die Zügel schießen.

»Also wirklich, Ghislaine! Ich nehme zwar an, du hast mir erklärt, daß es so ausfallen würde, aber jetzt, wo ich es sehe, bin ich mir gar nicht mehr so sicher. Und dieses Rosa! Haben wir wirklich über Rosa gesprochen? Na ja, vielleicht ist es ja auch so eine Art Beige. Auf jeden Fall wirkt es fürchterlich *farblos*, Ghislaine, und irgendwie... irgendwie so sonderbar *flach*. Was ist es eigentlich genau?«

»Es ist Rohseide, Louise.« Ghislaine hatte Schwierigkeiten, ihren Zorn zu zügeln. Ihre Stimme klang erstickt. »Es ist Rohseide, handgewebt und handgefärbt. Diese spezielle Art von Rohseide, Louise, gewinnt man nur von ganz bestimmten Seidenraupen, die äußerst selten sind. Ich beziehe sie von einem Lieferanten in Thailand, und diese Rohseide ist der absolut letzte Schrei. Jeder reißt sich um diese Rohseide...«

»Ich kann mir überhaupt nicht vorstellen, wieso«, entgegnete Louise schnippisch.

Dann rief sie nach ihrer Zofe. Während Ghislaine und Edouard zu Christians Überraschung einen Blick tauschten, der fast schuldbewußt und eindeutig verschwörerisch wirkte. Er wollte seinen Augen nicht trauen.

Und nun saßen sie beim Abendessen. Das Zimmer war angefüllt mit riesigen Vasen voll Mimosen, Jasmin, Rosen, Orangenblüten, die einen erstickend süßen Duft verströmten. Vier Silberkandelaber schmückten den langen, mit Limoges-Porzellan gedeckten Eßtisch, an dem vier verkniffen dreinblickende Personen saßen: Louise in Samt und rosa Perlen; Ghislaine trotzig in Scharlachrot; Edouard schweigend und geistesabwesend; Christian in einem grünsamtenen Rauchjackett, zu dem er eine kanariengelbe Schleife trug.

Christian fand das alles absurd; er vermochte kaum das Lachen zu unterdrücken und war ziemlich schnell ziemlich betrunken. Als er dann jedoch Edouards Gesicht musterte, hatte er Gewissensbisse. Er hörte sofort auf zu trinken, konnte dadurch aber auch nichts ändern: Die Atmosphäre blieb eisig vor Argwohn und Feindseligkeit.

Louise schien sich an einer neuen Rolle zu versuchen: die der gebieterischen, unerträglich anspruchsvollen alten Dame. Das einzige, was ihr dazu noch fehlte, war der Stock mit der silbernen Krücke, und Christian sah als Horrorvision vor sich, wie sie in ein paar Jahren mit genau so einem Stock auf den Boden klopfen und allen voller Genuß das Leben zur Hölle machen würde. Sie war inzwischen siebenundsechzig; ihre Liebesaffären waren im Laufe der letzten zehn Jahre seltener geworden – jedenfalls, soweit Christian gehört hatte. Vermutlich wußte sie, daß ihre Reize unerbittlich dahinschwanden, und nun war diese neue Rolle der Ersatz für die alte der bezaubernden und verführerischen Frau. Als Christian sie jetzt betrachtete, stellte er fest, daß man ihr zum erstenmal, seit er sie kannte, ihr Alter ansah. Sie ist alt, dachte er bedrückt; wir werden alle alt. In zwei Jahren werde ich vierzig, und die Hälfte meines Lebens ist vorbei – oder mehr.

Er sah zu Edouard hinüber, der mit steinerner Miene dasaß und so gut wie kein einziges Wort sprach, und dachte: Sogar Edouard altert vor meinen Augen. Er sieht müde aus, und unglücklich, und blaß, dabei erinnere ich mich noch so gut daran, wie er damals in Oxford gewesen war. Als wir zwanzig waren. Als wir glaubten, nichts sei unmöglich.

Edouard sah ihn an und dachte: Christian hat zuviel getrunken; er wird weinerlich. Ghislaine und seine Mutter dagegen diskutierten mit schrillen Stimmen.

»Aber meine Liebe, das war Harriet Cavendish, und es war 1952. Sie war damals mit Binky verheiratet. Ich weiß es noch, als wäre es heute...«

»Bitte verzeih, Ghislaine, aber ich kenne Harriet seit unserer Kinderzeit. Es war 1948, und sie war mit Sicherheit *nicht* mit Binky verheiratet, sondern mit...«

»Würdet ihr mich bitte entschuldigen?« Edouard stand auf. Er blickte auf die Tafelrunde hinab, die plötzlich verstummt war. Höflich trat er einen Schritt vom Tisch zurück. »Entschuldigt bitte, Maman, Ghislaine, Christian. Ich muß leider gehen. Ich habe dringende Arbeiten zu erledigen.«

Christian dachte, er werde sofort hinausgehen, aber das tat er nicht. Er blieb beim Stuhl seiner Mutter stehen, und seine Miene wurde sanft. Die beiden sahen einander an; dann hob ihm Louise die Hand entgegen. Edouard ergriff sie und beugte sich formvollendet darüber.

Unvermittelt jedoch, und ohne ersichtlichen Grund entzog ihm Louise die Hand wieder. »Du bist entsetzlich egoistisch, Edouard«, erklärte sie mürrisch. »Ich bin erst seit wenigen Stunden hier, und schon kannst du's nicht mehr erwarten, bis du an deine Arbeit zurückkehren kannst. Na schön, von mir aus geh – geh! Laß mich allein, genau wie immer...«

»Allein wohl kaum, Maman«, begann Edouard, Louise jedoch unterbrach ihn schrill. »Jawohl, allein! Ich bin allein und werde alt. Ohne einen Menschen, der sich um mich kümmert!«

»Maman – bitte! Du weißt genau, daß das nicht stimmt! Du weißt genau, daß ich immer...«

»Du? Was habe ich denn von dir? Was habe ich denn jemals von dir gehabt? Überhaupt nichts. Ach«, stöhnte sie bekümmert, »in solchen Momenten sehne ich mich nach meinem heißgeliebten Jean-Paul!« Damit griff sie nach ihrem Spitzentaschentuch und tupfte sich zierlich die Augen.

Christian, der sie entsetzt und ungläubig anstarrte und zu begreifen versuchte, wodurch dieses kleine Theater ausgelöst worden sein mochte, erkannte, daß sie tatsächlich weinte – einige, kleine, glitzernde Tränen.

Edouard schwieg. Er war ein wenig blaß geworden, verriet aber sonst keine Emotionen, sondern stand steif neben dem Stuhl seiner Mutter und blickte auf sie hinab. Dann wünschte er ihr in beherrschtem Ton gute Nacht. Er verabschiedete sich, wie immer, mit jener perfekten, leichten Verbeugung, die er schon als Kind gelernt hatte, drehte sich um und verließ den Raum.

Das war um zehn. Ungefähr zwei Stunden später stand Ghislaine vor ihrem Zimmer auf der Terrasse und blickte aufs dunkle Meer hinaus.

Edouards Flucht am Ende des Diners hatte den Abend praktisch beendet. Kurz darauf hatte sich Louise verdrossen in ihr Schlafzimmer zurückgezogen, so daß Ghislaine und Christian allein zurückblieben. Sie ließen sich den Kaffee im Salon servieren, wo Ghislaine den Engländer hoffnungsvoll musterte. Sie mochte ihn zwar nicht, wußte aber, daß er Edouard näher stand als jeder andere, und war auf die Idee gekommen, es könne nicht schaden, ihn ein bißchen auszufragen: Er hatte ziemlich viel getrunken, deswegen würde er möglicherweise unvorsichtiger sein als sonst.

Aber Christian gab ihr keine Chance. Er legte sich mit betonter Unhöflichkeit auf ein Sofa und vertiefte sich mit der Bemerkung: »Ah, welch eine Erleichterung! Endlich einmal Zeit zum Lesen!« in ein Buch.

Nach mehreren Anläufen gab Ghislaine daher ihre Versuche auf, ihn zum Sprechen zu bringen, und ging hinaus, ohne sich von ihm zu verabschieden.

Sie war zwar auf ihr Zimmer gegangen, wußte aber, daß sie nicht schlafen konnte – nicht nach einem solchen Tag! Sämtliche Ereignisse der vergangenen Stunden gingen ihr durch den Kopf: Edouard mit Clara am Strand, und die Eifersucht, die sie gequält hatte, als sie die beiden sah; Louises beißende Kritik; ihre demütigenden Bemerkungen.

Während sie unruhig auf und ab schritt, hatte sie plötzlich das Gefühl, wenn sie mit Edouard nicht heute abend noch sprechen könne, bevor sie nach Paris zurückkehrte, werde sie durchdrehen. Nur im selben Zimmer zu sein wie er, ihn ganz einfach reden zu hören, würde ihr schon genügen, redete sie sich ein, obwohl ihre Phantasie sofort viel weiter ging. Er ist beunruhigt, nervös, gereizt – genau wie ich, dachte sie aufgeregt. Sie spürte, daß er eine Art Krise durchmachte, und glaubte nicht, daß das allein auf Louise und Philippe de Belfort zurückzuführen war.

Sie blieb stehen. Natürlich, das war's! Der perfekte Vorwand! Es konnte unter den gegebenen Umständen doch wirklich nicht so abwegig sein, daß sie Edouard fragte, was aus der Sache geworden sei!

Ich kann nicht länger warten, dachte sie. Ich *kann* nicht! In Paris können Wochen vergehen, ohne daß sich eine so günstige Gelegenheit ergibt wie jetzt. Ich *muß* ihn sprechen!

Langsam ging sie auf der Terrasse am Haus entlang.

Edouards Zimmer lag am anderen Ende der Villa. Genau wie ihr eigenes hatte es hohe Fenstertüren, die auf die Wasserseite hinausgingen. Die äußeren Läden standen offen, die inneren waren geschlossen, aber nicht verriegelt. Die Vorhänge waren nicht zugezogen, und das Licht brannte noch.

Ein paar Meter entfernt blieb Ghislaine stehen, weil ihr auf einmal der Mut fehlte, durch die Flure des Hauses zu schleichen und an seine Tür zu klopfen. Ungefähr zehn, fünfzehn Minuten stand sie da, doch Edouard kam nicht heraus. In ihrem leichten Seidenkleid begann sie allmählich zu frieren. Dann sah sie hinter den Fensterläden einen Schatten, der sich bewegte, und hätte es fast riskiert, nach ihm zu rufen, als sie hörte, daß Edouard irgend etwas Unverständliches sagte, woraufhin Christian Glendinning antwortete. Nun zögerte sie keine Sekunde mehr. Lautlos schlich sie zur Fenstertür und begann zu lauschen.

Drinnen war Christian, das Buch unter dem Arm, an der Zimmertür stehengeblieben, während Edouard an einem mit Arbeitspapieren bedeckten Tisch saß.

Christian ließ seinen Blick von den Papieren zum Gesicht seines Freundes wandern und schüttelte den Kopf. »Ich wußte, daß du nicht schläfst. Und ich wette, daß du auch keinen Strich gearbeitet hast. Großer Gott, was für ein Abend! Ich fand, daß ich dich ein bißchen aufmuntern müßte.«

»Mit anderen Worten, du willst einen Cognac. Na schön, setz dich. Ich werde dir einen holen.«

Christian nahm Platz, streckte die langen Beine aus und verschränkte die Hände hinterm Kopf. »O Gott! Na ja, wenn dieser Skorpion erst weg ist, wird's vermutlich besser werden. Vielleicht können wir uns dann ein bißchen entspannen. Heute abend hatte ich das Gefühl, mit den Borgias an einem Tisch zu sitzen – du nicht auch? Was ist denn bloß mit Louise los?«

»Eine ganze Menge. Und nichts davon neu. Du mußt einfach Geduld mit ihr haben. Und freundlich sein. Falls du das fertigbringst.«

»Himmel noch mal! Na schön. Ich werde mir ehrlich Mühe geben.« Christian nahm Edouard das Glas ab, das der Freund ihm brachte. Dann blickte er mit leicht ironischem Ausdruck zu ihm auf. »Ich nehme an, du weißt, was los ist, nicht wahr? Mit dir, meine ich. Heute morgen bin ich drauf gekommen. Du weißt, daß sie in Frankreich ist! Und nicht nur in Frankreich, sondern hier ganz in der Nähe: eine Autostunde entfernt, und weniger noch, wenn du dich persönlich ans Steuer setzt. Du bist hier, und sie ist in Cannes, und das macht alles sehr viel schlimmer. Du brauchst gar kein so finsteres Gesicht zu machen, ich lasse mich nicht abwimmeln.«

»Es ist nicht nur das.« Edouard nahm Christian gegenüber Platz. »Es sind auch noch andere Dinge. Die Zeit, die verstreicht, vielleicht. Dinge, die die Leute sagen – alle möglichen Dinge. Es tut mir leid, Christian. Ich weiß, daß ich im Augenblick kein guter Gesprächspartner bin.«

»Das bist du wirklich nicht«, bestätigte Christian ungerührt. »Und weißt du, warum? Weil du Untätigkeit nicht erträgst. Untätigkeit läuft deinem Wesen zuwider. Du hast dich selbst dazu gezwungen – aus Gründen, die ich nicht begreife –, und nun hast du die Nase voll davon. Du verlierst den Glauben. Und ich« – er richtete sich auf und beugte sich vor –, »ich bin der Ansicht, du solltest das alles einfach vergessen. Entweder das, oder irgend etwas Positives tun. Setz dich in deinen gräßlichen schwarzen Wagen, fahr nach Cannes, oder wo immer sie ist, geh hinein und sag ganz einfach: ›Hélène, hier bin ich. Kommst du mit mir oder nicht?‹« Christian grinste. »Hältst du das für ein gutes Szenario?«

Unwillkürlich mußte Edouard ebenfalls lächeln. »Es hat seine Reize, das muß ich zugeben. Es liegt eine gewisse Kühnheit darin und eine gewisse Theatralik, die mir gefällt...«

»Aber natürlich gefällt sie dir. Weil du kühn und theatralisch bist. Na ja, kühn. Wenn du willst. Und jetzt willst du doch, wenn ich mich nicht irre. Also, warum nicht?«

»Weil ich mich dagegen entschieden habe. Es muß ihr eigener freier Entschluß sein. Und außerdem vergißt du offenbar ein paar Kleinigkeiten.«

»Den Ehemann, meinst du?« Christian winkte lässig ab. »Na und?«

»Hör auf, Christian! Ich weiß, du willst mir helfen, aber ich bitte dich – laß es lieber! Ich möchte nicht darüber sprechen.«

»Und da liegt der Hase im Pfeffer.« Christian trank einen Schluck Cognac. Er steckte sich eine von seinen schwarzen russischen Zigaretten an und schwieg eine Weile. Dann blickte er wieder auf und fragte in einem ganz anderen, sehr viel ernsthafteren Ton: »Verlierst du den Glauben, Edouard? Oder die Hoffnung, oder was immer es ist, was du die ganze Zeit gehabt hast?«

Edouard stand auf und ging zu den Fenstertüren. Dann wandte er sich wieder ins Zimmer zurück. »Manchmal schon«, antwortete er. »O ja, manchmal schon. Es ist nicht so leicht, an etwas zu glauben, wenn es nichts gibt, das diesen Glauben fördert. Außer Erinnerungen. Und natürlich Hartnäckigkeit.« Er schenkte Christian ein trauriges Lächeln. Dann kehrte er zu seinem Sessel zurück.

»Aber aufgeben wirst du nicht?« fragte Christian ruhig.

Edouard schüttelte den Kopf. »Nein. Aufgeben werde ich auf gar keinen Fall. Das wäre, als ... Nun ja, als würde ich mich selbst aufgeben. Ich weiß nicht... Besser kann ich's nicht erklären.«

Die Freunde sahen einander an. Nach einer Weile seufzte Christian und sagte: »Ach ja. Ich verstehe dich. In gewisser Weise. Nur – ich selbst war eigentlich nie sehr beständig. Das weißt du ... Der ewige Schmetterling.«

»Du bist auf deine ganz besondere Art beständig«, gab Edouard zurück, und Christian antwortete verlegen und ein bißchen barsch: »Ach Quatsch! Na ja, vielleicht.«

Er drückte seine Zigarette aus, leerte sein Cognacglas und stand auf. »Wie dem auch sei – genug davon. Heute abend reicht's mir, und ich werde jetzt zu Bett gehen.« Er sah auf seine Armbanduhr. »Nach Mitternacht. Also wirst du inzwischen vor Ghislaine sicher sein – oder?«

»Christian ...«

»Ach ja, und außerdem ... Was ist da eigentlich zwischen ihr und dir? Ich habe genau gesehen, wie ihr euch heute nachmittag angesehen habt, als Louise hinausgerauscht ist. Du und Ghislaine. Als hättet ihr ein Geheimnis. Und wenn ich nicht so genau wüßte, daß sich dein Geschmack hinsichtlich der Frauen mit Sicherheit nicht auf viel zu dick geschminkte Raubtiere erstreckt, wäre ich doch mindestens ein *bißchen* argwöhnisch geworden ...«

»Christian! Würdest du dich *bitte* um deine eigenen Angelegenheiten kümmern? Ich kenne Ghislaine seit vielen Jahren; und außerdem hat sie mir vor einiger Zeit geholfen – in einer Angelegenheit, die meine Mutter betraf, nicht dich!«

»Aha, ich verstehe. Das ist also das große Geheimnis. Solange du dir klar darüber bist, daß sie's auf dich abgesehen hat ...«

»Christian, mach dich nicht lächerlich!«

»Du magst es vielleicht lächerlich finden«, gab Christian scharf zurück. »Sie tut es nicht.«

»Ich bin sicher, daß du dich irrst. Du unterschätzt Ghislaine. Sie mag vieles sein, aber dumm ist sie nicht. Du weißt genau, daß ich ihr niemals auch nur den kleinsten Anlaß gegeben habe, sich einzubilden, ich...«

»Wer braucht einen Anlaß, um sich was einzubilden? Und du, mein lieber Edouard, bist zwar ebenfalls nicht dumm, aber ganz erheblich in deinem Urteilsvermögen gestört!«

Schweigen. Beide Männer sahen einander an, dann brach Christian in lautes Lachen aus, und sogar Edouards Mundwinkel zuckten ein wenig.

»Also, ich hoffe aufrichtig, daß du dich irrst.«

»Ich irre mich nicht. In solchen Dingen hab' ich einen unfehlbaren Instinkt.« Christian ging zur Tür. Dort blieb er stehen und warf Edouard einen verschmitzten Blick zu. »Und du mußt zugeben, was immer Louise für Gründe gehabt haben mag – was dieses Haus betrifft, hatte sie recht, nicht wahr? Grauenvoll guter Geschmack! Und tu nicht so, als wüßtest du's nicht. Ich hab' gesehen, wie blaß du geworden bist.«

»Na schön. Grauenvoll«, gab Edouard zu. »Aber jetzt verschwinde um Gottes willen ins Bett!«

Eine Tür wurde geschlossen. Edouard setzte sich. Er betrachtete die Papiere, die vor ihm lagen; dann barg er das Gesicht in beiden Händen.

Draußen auf der Terrasse stahl sich Ghislaine lautlos davon. Ihr war übel.

Bevor sie zum Frühstück hinunterging, kleidete sie sich sehr sorgfältig an. Sie trug ein strenges, schwarz-weißes Leinenkostüm und weniger Make-up als sonst. Als sie in den Spiegel sah, hörte sie Christian sagen: ›Viel zu dick geschminkt.‹ Dieser widerliche kleine Schwule – wie sie ihn haßte! Und wie sie Edouard de Chavigny haßte, den immer höflichen, immer galanten Edouard, der kein einziges Wort zu ihrer Verteidigung gefunden hatte.

Das Frühstück wurde auf der Terrasse serviert. Ghislaine erschien als erste und wartete. Louise lag vermutlich noch im Bett; sie stand niemals vor zwölf Uhr auf. Ghislaine war entschlossen, sich nicht von der Stelle zu rühren, bis sie Gelegenheit gehabt hatte, mit Edouard zu sprechen und ihm jene Sätze zu sagen, die sie die halbe Nacht lang einstudiert hatte. Sie spielte mit einem Croissant; sie trank zwei Tassen Kaffee, und schließlich sah sie zu ihrer Genugtuung, daß Edouard mit Christian auf die Terrasse heraustrat. Na schön, dann eben in Gegenwart seines Freundes – um so besser!

Sie setzten sich zu ihr an den Tisch. Edouard trug einen crèmefarbenen Leinenanzug; er war braungebrannt, sah großartig aus und wirkte weniger abgespannt als am Abend zuvor.

»Guten Morgen, Ghislaine!«

»Was für ein Tag!« Christian setzte sich und hielt sein Gesicht in die Sonne.

Ghislaine lächelte. Sie griff nach einem weiteren Croissant, brach ein Stück ab und bestrich es mit Honig, als Edouard sagte:

»Wir könnten den Boule-Spielern zusehen. Wir könnten Mittagessen gehen. In die Berge hinauffahren...«

»Was du willst. Alles. Bloß nicht an irgendeinen Strand. Ich bin allergisch gegen Strände.«

»Wann mußt du abreisen, Ghislaine? Bist du mit deinem Wagen hier?«

Edouard, wieder einmal höflich, Fürsorge vortäuschend. Ghislaine musterte ihn haßerfüllt. »Ich bin mit dem Wagen da und muß gleich los. Ich fahre zu einem Freund hinüber, einem Immobilienmakler, der hier an der Küste Villen kauft und verkauft. Gustav Nerval. Bist du ihm schon mal begegnet?«

»Der Name klingt bekannt...« Edouard schüttelte den Kopf. »Nein. Ich glaube nicht, daß ich ihn kenne.«

»Ein überaus charmanter Mann; er würde dir gefallen. Ach ja, das hätte ich fast vergessen. Weißt du, es war ganz eigenartig...« Sie hielt inne. »Vor einigen Tagen hat er drüben am Cap ein kleines Diner für Filmleute gegeben. Ich war auch da, und weißt du was? Ich habe dort eine Freundin von dir getroffen!«

»Eine Freundin?« Edouard wurde sehr ruhig.

»Erinnerst du dich noch? Hélène. Jean-Jacques und ich haben sie einmal bei dir an der Loire kennengelernt – ach, vor einer Ewigkeit. 1959 war das, glaube ich.«

Jetzt sahen beide Männer sie an. Ghislaine segelte auf einer Woge von Triumph. Sie achtete darauf, ihn nicht in ihrem Ton anklingen zu lassen. »Hélène Harte nennt sie sich jetzt. Sie ist beim Film – wußtest du das? *Das* neue Gesicht, wie ich hörte, aber sie ist wirklich wunderschön. Sogar noch schöner als in meiner Erinnerung. Und viel erwachsener inzwischen. Sie hat mir ungeheuer gefallen. Beim Essen saß ich neben ihrem Mann. Ein sehr gutaussehender junger Mann. Und *sehr* charmant. Es war wirklich rührend; die beiden sind so furchtbar verliebt! Konnten die Augen nicht voneinander lassen. Und ein Kind haben sie auch – ein bezauberndes kleines Mädchen. Mein Gott, wie die Zeit vergeht!«

Sie hielt inne und krauste die Stirn. »Ich hab' ihr natürlich gesagt, daß wir uns schon mal kennengelernt haben, und weißt du was, Edouard? Sie konnte sich überhaupt nicht erinnern. Sie erinnerte sich weder an mich noch an das Diner, und selbst als ich deinen Namen erwähnte, starrte sie mich einen Augenblick verständnislos an. Dann kam jemand anders dazu, und ich konnte nicht mehr weiter mit ihr sprechen. Vermutlich ist es ihr später wieder eingefallen – sie *muß* sich doch ganz einfach erinnern! Es war ein so bezaubernder Abend, damals an der Loire, und ich dachte immer ... Aber, na ja, die jungen Menschen sind eben so, nicht wahr?«

Sie schob ihren Teller zurück und stand auf. »Jetzt muß ich aber los. Über der ganzen Arbeit für Louise habe ich alles andere vernachlässigt. Christian, lies nicht zuviel! Edouard, es war wunderbar, dich wiederzusehen, und ich bin überzeugt, Louise wird ... Na ja. Reden wir nicht davon.«

Sie hob die Hand. »Auf Wiedersehen. Erholt euch gut.« Dann ging sie stolzgebläht davon. Gut gemacht! Perfekt gemacht! Sie hoffte, er werde an ihren Worten ersticken.

Christian und Edouard lauschtem dem Aufröhren ihres Wagens, der in der Ferne verschwand. »Sie lügt«, sagte Christian dann. »Sie ist eine dumme, giftige Pute, Edouard, und sie lügt.«

»Warum sollte sie lügen? Sie weiß doch praktisch überhaupt nichts darüber. Sie hat Hélène ein einziges Mal getroffen. Und ich hab' Hélène ihr gegenüber niemals erwähnt.«

»Trotzdem. Sie lügt. Sie hat das Ganze einfach zu sehr genossen.«

Schweigen.

»Meinst du?« fragte Edouard schließlich. »Es wäre möglich. Andererseits könnte es auch die Wahrheit sein.«

Er war aufgestanden, als sich Ghislaine verabschiedete. Jetzt nahm er wieder Platz. Christian wollte etwas entgegnen, doch Edouard sagte in einem unvermittelt so heftigen Ton, daß Christian ihn erstaunt ansah: »Nicht, Christian!«

Christian schwieg. Edouard schenkte Kaffee ein. Als er es nach ein paar Minuten nicht mehr ertragen konnte, platzte Christian heraus: »Mann Gottes, Edouard! Warum mußt du immer so sein? Warum kannst du nicht – ach, ich weiß nicht – toben, reden, mir schildern, was du empfindest, was du denkst, hingehen und dich betrinken? Verdammt noch mal, alles wäre besser als dieses schreckliche Schweigen! Dieses In-sich-Zurückziehen...«

»Na schön.« Zu Christians Verwunderung stieß Edouard seinen Stuhl zurück und erhob sich. »Na schön, gehen wir uns betrinken. Warum auch nicht? Es ist lange her, daß ich das getan habe. Wenn ich nicht fähig bin, mich zu artikulieren, bin ich vielleicht wenigstens fähig, mich zu betrinken. Und genau das werden wir jetzt tun, Christian!«

Sie wollten von Nizza aus auf dem Luftweg heimkehren; die Filmfestspiele waren vorüber. Die Limousine war groß, aber nicht klimatisiert; es war sehr heiß. Auf dem Rücksitz saßen Thad, der vor sich hinsummte, Lewis, der stumm blieb, und Hélène, die zum Fenster hinaussah.

Als sie sich dem Flughafen näherten und an einer Ampel stoppen mußten, näherte sich ihnen von hinten ein anderer Wagen. Zuerst hörte Hélène nur den Motor, dieses unverkennbare, dunkle Dröhnen; dann hielt er neben ihnen: ein langgestreckter, niedriger, schwarzer Sportwagen – ein Aston-Martin.

Das Herz drohte ihr stillzustehen. Sie beugte sich vor und reckte den Hals; aber es war nicht Edouards Wagen. Er war anders gepolstert, und am Lenkrad saß ein Fremder. Die Ampel schaltete auf Grün, der Aston-Martin überholte sie mühelos, und sie sah stumpf, daß er ein Schweizer Kennzeichen trug.

Sie lehnte den Kopf an die Fensterscheibe und schloß die Augen. Der Schock, als sie den Wagen sah, hatte all ihre Abwehrmechanismen geschwächt, und sie war plötzlich ganz von Edouard erfüllt. Sie hörte seine Stimme, spürte seine Berührung, roch den Duft seiner Haut und seiner Haare. Er war ihr näher denn je, seit sie ihn verlassen hatte. Die Liebe, die sie für ihn empfand, ihre Sehnsucht nach ihm waren wieder ganz akut und schmerzten so sehr, daß sie sekundenlang benommen war und nicht mehr wußte, wo sie sich befand, und was gerade geschehen war.

Auf dem Flugplatz wurden sie von Fotografen aufgehalten. *Short Cut* hatte soeben die Goldene Palme gewonnen, und Hélène den Preis als beste Schauspielerin.

Die Fotografen drängten sich, um Aufnahmen von Thad Angelini zu machen. Sie schlugen sich, um näher an Hélène heranzukommen. Lewis dagegen blieb zurück, wurde abgeschoben, niemand kümmerte sich um ihn.

Die Fotografen schrien auf französisch, englisch und italienisch auf Hélène ein; Blitzlichter blitzten, Lärm gellte auf. Sie wurden immer aufgeregter, Hélène jedoch schien sie nicht zu hören.

Schließlich ergriff Thad ihren Arm. »Sie wollen, daß du lächelst«, erklärte er. »Hör doch mal hin! Verstehst du nicht? Sie wollen dir was mitteilen!«

»Was denn?« Hélène starrte ihn ausdruckslos an. »Was wollen sie mir mitteilen?«

»Das, was ich dir seit langem sage«, antwortete Thad. »Daß du ein Star bist.«

Ihr habt euch unaussprechlich benommen! Rücksichtslos! Egoistisch! Ihr seid den ganzen Tag und die halbe Nacht fortgeblieben! Ich hab' genau gehört, wie ihr zurückgekommen seid. Man hätte euch in ganz St. Tropez hören können. Ihr wart betrunken. Alle beide. Und Christian hat gesungen!«

Louise bebte vor Zorn. Sie hatte Edouard zu sich ins Zimmer hinaufzitiert, wo es aussah, als werde gepackt.

»Ich reise ab! Ich werde heute noch nach Paris zurückkehren. Du kannst bleiben oder ebenfalls abreisen – wie du willst. Aber zuvor wirst du mir gefälligst erklären, was geschehen ist und mich nicht etwa wieder mit Ausreden abspeisen. Ich wünsche genau zu erfahren, was aus Philippe geworden ist. Wo ist er? Warum hast du ihn entlassen? Warum darf ich ihn nicht sehen? Ich hab' versucht, ihn zu Hause anzurufen, doch niemand antwortet. Es ist niemand dort, nicht einmal seine Dienstboten! Ich verlange informiert zu werden, Edouard, ich *verlange* es...« Sie brach fast in Tränen aus.

»Maman...«

»Ich *will* es wissen, Edouard! Ich lasse mich nicht behandeln wie ein Kind! Wie kannst du es wagen! Wie *kannst* du nur...«

»Nun gut.« Edouard sah, wie sie zitterte. Er hatte Kopfschmerzen; sein ganzer Körper tat ihm weh; seine Augen vertrugen die Sonne nicht; er war unrasiert, und die Sauferei am Tag zuvor hatte ihm überhaupt nicht geholfen. Er fühlte sich unglücklicher als zuvor, distanziert von sich selbst, distanziert vom Leben und – in diesem Moment vor allem – distanziert von seiner Mutter. Als er sie ansah, empfand er nicht einmal Zorn, sondern nur noch eisigen Widerwillen. Aus diesem Grund vielleicht erzählte er ihr weitaus brutaler, als er es sonst getan hätte, haargenau, was geschehen war, was er getan hatte, und warum.

Als er zu sprechen begann, nahm Louise Platz. Zum erstenmal unterbrach sie ihn nicht, sondern hörte ihm aufmerksam zu. Als er endete, sprang sie auf, und sekundenlang fürchtete Edouard, sie werde ihn schlagen.

»Du Idiot! Wie konntest du so etwas tun! Wie konntest du es wagen, dich einzumischen! Wie konntest du es wagen, derartige Entscheidungen zu treffen, ohne zuvor mit mir zu sprechen, mich zu fragen! Weißt du eigentlich, was du getan hast? Begreifst du das? O nein, so was begreifst du natürlich nicht! Weil du nämlich dafür zu blind bist! Zu blind, zu arrogant, und zu dumm...«

»Bitte, Maman, hör mir doch zu! Was ich getan habe, habe ich nur für dich getan. Es mag dir vielleicht unangenehm erscheinen, aber du hast mich gebeten, es dir zu sagen, und nun habe ich's dir gesagt. De Belfort hat meine Firma ausgenutzt, und dich hat er ebenfalls ausgenutzt...«

»Glaubst du etwa, ich hätte das nicht gewußt?« fuhr sie ihn an, und ihre Stimme bebte vor Erregung. »Hältst du mich wirklich für so dumm? O nein, mein Lieber, das bin ich nicht. Ich wußte genau, was für ein Mensch Philippe de Belfort ist. Aber es war mir gleichgültig. Was immer seine Gründe waren – ob er mein Geld wollte, ob er meinen Einfluß wollte – na und? Er war nicht der erste, der all diese Dinge wollte – beileibe nicht. Es war mir egal! Das einzige, was zählte, das war, daß er *da* war! Wenn ich mit ihm zusammen war, fühlte ich mich wieder *jung*! Und war *glücklich*!«

»Maman, wenn das alles ist, was du brauchst, würde ich sagen, daß du schon sehr bald wieder glücklich sein wirst.«

Da versetzte sie ihm einen kurzen, kräftigen Schlag ins Gesicht. Die Tränen liefen ihr über die Wangen, und sie zitterte von Kopf bis Fuß vor Erregung.

»Du begreifst das einfach nicht. Du *willst* es nicht begreifen. Du weißt nicht, was Liebe ist, und wirst es auch niemals verstehen. Du hast kein Herz und keine Phantasie, Edouard. Jean-Paul war tausendmal besser als du – trotz all seiner Fehler. Deswegen hab' ich ihn auch so sehr geliebt, deswegen haben ihn die vielen Frauen so sehr geliebt! Weil er nämlich offen, freundlich und umgänglich war – nicht etwa wie du, denn welche Frau würde sich schon für dich begeistern, wenn du nicht deinen Namen und deine Position hättest: keine einzige. Es wäre, als sei sie mit einer Maschine verheiratet, einem Roboter...„

Edouard wich einen Schritt vor ihr zurück. »Das ist nicht wahr! Denn Isobel...«

»Ach, Isobel!« Louise warf den Kopf in den Nacken. »Sogar für Isobel warst du nur zweite Wahl!«

Edouard erstarrte.

Louise sah genau, daß sie ihn getroffen hatte. Ihre Miene verriet triumphierende Freude und Trotz. Gleich darauf jedoch öffnete sie den Mund zu einem klagenden Laut. »Er war meine letzte Chance«, jammerte sie. »Ich bin nicht mehr jung. Philippe war meine letzte Chance, und die hast du mir verdorben, wie du mein ganzes Leben, wie du mir überhaupt alles verdorben hast... Dafür hasse ich dich, Edouard! Und ich werde dir dies niemals verzeihen...«

In diesem Moment, als ihre Augen von Tränen glänzten, als ihre Wangen vor Erregung rosig waren, wirkte sie auf einmal wieder jung. Edouard sah sie vor sich, wie sie, nach Rosen duftend, im Kinderzimmer zu ihm gekommen war. Gleich darauf strich er sich mit der Hand über die Augen, und die Vision verschwand.

»Deine Chance war mein Vater«, entgegnete er kalt. »Und diese Chance hast du verspielt.« Damit wandte er sich ab und ging hinaus.

Louise war in lautes Lachen ausgebrochen.

Er ging auf die Terrasse hinaus und weiter zum Strand. Und dort hatte er plötzlich das Gefühl, daß von irgendwoher Hélène zu ihm kam. Er spürte sie so körperlich neben sich, daß es fast unheimlich war. Kurz zuvor noch war er von blindem Zorn, von überwältigendem Schmerz erfüllt gewesen, im nächsten Moment war sie neben ihm. Sie löschte Louises Worte aus, und sofort empfand er wieder die alte, absolute Überzeugung, die alte, in sich selbst ruhende Gewißheit.

Eigentlich hatte er erwartet, daß diese neu gewonnene Ruhe nicht lange während würde, aber sie blieb. Christian behauptete spitz, die Sauftour habe ihn offenbar geheilt. Edouard hatte das Gefühl, daß es die Szene mit Louise war: Ihre Beschuldigungen waren so bösartig gewesen, daß sie ihn in gewisser Weise endlich befreit hatten.

Die Veränderung an Edouard verblüffte Christian. Anfangs begrüßte er sie, aber nachdem sie St. Tropez verließen, und die Monate vergingen, war er sich gar nicht mehr so sicher.

In jenem Sommer begegnete er Edouard in Paris und in London; einmal trafen sie sich, weil ihre Geschäfte sie dorthin führten, sogar in New York. Christian bemerkte, daß der alte Freund neue Energien geschöpft zu haben schien, daß er zielbewußter und ruhiger geworden war. Dennoch hatte sich offenbar nichts verändert, und Edouards Sicherheit war seiner Ansicht nach unbegründet. Allmählich wurde er Edouards stoischer Ruhe gegenüber ein wenig ungeduldig; Edouard werde, wie Christian behauptete, viel zu gelassen, und als Edouard ihm lächelnd entgegnete, das sei bei weitem nicht der Fall, formulierte er seine Bemerkung um und erklärte, Edouard sei ganz einfach *fatalistisch*.

»Der Anfang vom Ende«, verkündete er. »Edouard, mein Freund, du solltest dich daraus befreien!«

Hélène und Lewis

Los Angeles 1964

Und dann hat er mich gezwungen, mich hinzulegen. Gleich da. Wo es völlig verdreckt war. Überall Küchenschaben und schmutziges Geschirr, weil niemals jemand Geschirr spülte. Ich mußte mich hinlegen, und dann hielt er mir den Mund zu, damit ich nicht schrie. Und dann hat er's mit mir gemacht. Mein eigener Stiefvater! Meine Mutter war gleich nebenan, im anderen Zimmer, aber sie hatte sich vermutlich besinnungslos betrunken. Ich weiß nicht. Ich hab' sie nie danach gefragt – ob sie was gehört hat, meine ich. Dazu hatte ich viel zuviel Angst. Und erzählt hab' ich ihr nie was davon. Damals war ich zwölf Jahre alt.«

Stephani Sandrelli sah Hélène aufmerksam an, holte tief Luft, strich ihren Rock glatt und legte wie ein artiges Kind die gefalteten Hände auf ihren Schoß.

»Kurz darauf bin ich aus Chicago weggelaufen. Ich hatte die Nase voll. Ich konnt's nicht mehr aushalten.«

Hélène krauste die Stirn. »Haben Sie nicht gesagt, Sie hätten in Detroit gelebt, Stephani?«

»Zuerst in Detroit, dann in Chicago. Wir waren umgezogen. Wir sind dauernd umgezogen.« Sie stand auf. »Soll ich nachsehen, ob sie schon so weit sind? Lange kann's nicht mehr dauern. Ihr Double ist schon seit Stunden da...«

»Schon gut, Stephani. Wenn's soweit ist, werden sie's mir schon...«

»Aber es macht mir wirklich nichts aus. Ich mach' das doch gern!«

Bevor Hélène sie zurückhalten konnte, war Stephani hinausgelaufen. Hélène seufzte. Als das Mädchen die Tür öffnete, drang ein Schwall heißer, trockener Luft herein. Tucson, Arizona. Draußen herrschten fünfunddreißig Grad im Schatten, und die Hitze nahm täglich zu. Ein anderer Staat, ein anderer Film, ein anderer Wohnwagen, eine andere Rolle. Allein im vergangenen Jahr hatte sie in Los Angeles, New York, Massachusetts und Dakota gedreht. Und nun vier Wochen lang in der Wüste von Arizona.

Heute sollte sie neben einem Autowrack durch die Hand ihres Geliebten im Kugelhagel sterben. Es war drei Uhr nachmittags, es hatte technische Probleme gegeben, und sie wartete jetzt schon seit sechs Uhr in der Früh. Der Film hieß *The Runaways*, unter der Regie von Gregory Gertz, den man als nächsten Thad Angelini bezeichnete, nach einem Drehbuch, ursprünglich von einem von Lewis' Freunden geschrieben, inzwischen jedoch schon fünfmal von fünf verschiedenen Autoren umgearbeitet. Aber ein gutes Drehbuch und eine gute Rolle. In einer Hinsicht jedoch unterschied sich Greg Gertz von Thad: Sie waren mindestens zwei Tage hinter dem Terminplan, und sie hatte das Gefühl, daß sie wohl insgesamt um eine ganze Woche überziehen würden.

Auf dem Schminktisch vor ihr stand ein Foto von Cat, das Madeleine an Cats viertem Geburtstag aufgenommen und ihr geschickt hatte. Cat saß im Garten der Villa in Los Angeles stolz auf dem neuen Fahrrad, das Hélène ihr hatte schicken lassen. Sie lächelte. Als Hélène das Foto betrachtete, hätte sie am liebsten geweint. Cat wirkte so stolz, so glücklich – und sie, die Mutter, hatte nicht dabei sein können!

Wieder ein Schwall heißer Luft: Stephani Sandrelli steckte den Kopf zur Tür herein. »Fünfzehn Minuten«, verkündete sie. »Höchstens, meint Jack. Ich hab' den Kantinenservice gebeten, Ihnen ein bißchen Tee zu bringen. Ich muß jetzt gehen: Anprobe.«

»Aber ich will keinen Tee, Stephani, ich...«

Die Tür hatte sich jedoch schon wieder geschlossen. Hélène stieß einen gereizten Seufzer aus. Sie beugte sich zu einem Fenster des Wohnwagens hinüber und sah zu, wie Stephani an den anderen Wohnwagen und den Generatoren vorbeistöckelte und über die vielen Kabel hinwegstieg. Ein paar männliche Komparsen, die vor einem der letzten Wohnwagen herumlungerten, drehten sich nach ihr um, und einer von ihnen pfiff bewundernd. Stephanis Hüften schwangen im engen Rock, ihr Busen hüpfte, aber sie selbst schien von der Wirkung, die sie damit erzielte, nichts zu bemerken. Und wenn man sie darauf aufmerksam machte, wie jetzt, schien ihr das äußerst unangenehm zu sein. Sie warf einen Blick über die Schulter zurück und beschleunigte ihren Schritt, als laufe sie vor den Männern davon. Gleich darauf war der schimmernd platinblonde Haarschopf aus Hélènes Blickfeld verschwunden. Chicago, dachte Hélène, oder Detroit – ist überhaupt etwas von allem wahr?

Stephani hatte eine Kleinstrolle in dem Film: vier Zeilen nur, doch zahlreiche Auftritte in Massenszenen. Sie hatte sich vom ersten Tag an Hélène aufgedrängt, und Hélène, zunächst verärgert über sie, dann belustigt und schließlich fasziniert, brachte es jetzt einfach nicht mehr übers Herz, sie fortzuschicken. Während sie im Studio filmten, hatte sich Stephani in der Kantine herumgetrieben und so lange gewartet, bis Hélène hereinkam. Kurz darauf begann sie dann kleine Botengänge zu erledigen: für Hélènes Garderobiere, für die Perückenabteilung, für die Maske. Sie holte und brachte, übermittelte Nachrichten, gab Anrufe weiter: ›Es macht mir nichts aus‹, lautete ihr ständiger Refrain. ›Ich mach' das doch gern ...‹

Wenn ihre Dienste nicht benötigt wurden, nahm sie irgendwo an einem Platz Aufstellung, von dem aus sie Hélène beobachten konnte, ließ sich auch nicht die kleinste Kleinigkeit entgehen und starrte sie mit großen Augen an wie ein Kind beim ersten Besuch im Zirkus. Das Team und einige der anderen Schauspieler machten sich über sie lustig. Sie tat Hélène leid. Deswegen kamen sie auch zum erstenmal ins Gespräch, und während sie dem jungen Mädchen geduldig zuhörte, erwachte ihr Interesse für Stephani. Die gestammelten Geständnisse, die atemlos gehauchte Kinderstimme: beides so gar nicht mit der üppigen Figur zu vereinbaren. Die Art, wie sie sprach, mit hängendem Kopf, sehr scheu, nur hin und wieder aufblickend, um Hélène mit ihren großen, blauen Kinderaugen zu fixieren ... Hélène war fasziniert, beobachtete sie und fragte sich, ob sie wohl ihre Art des Sprechens, ihre charakteristischen Gesten kopieren, ob sie selbst wohl Stephani spielen könne.

Als sie dann an den Drehort umzogen, begannen auf einmal Gegenstände zu verschwinden. Winzige Gegenstände, unbedeutende Gegenstände: einmal ein Stück Seife, das sie benutzt hatte; ein anderes Mal ein Taschentuch; einen Tag später eines der Haarbänder, mit denen sie sich beim Abschminken die Haare aus der Stirn hielt; am Tag darauf ein Lippenstift. Anfangs nahm sie das nicht weiter wichtig, brachte das Verschwinden dieser Gegenstände auch keineswegs damit in Zusammenhang, daß Stephani ständig um sie herum war, bis diese eines Tages statt des hellrosa Lippenstifts, den sie normalerweise benutzte, eine völlig andere Farbe trug. Hélène, die die Farbe sofort erkannte, rief unwillkürlich: »O Stephani – mein Lippenstift!« Während Stephani mit einem stolzen Ausdruck auf dem Gesicht dastand.

»Sie haben recht«, sagte sie. »Ich hab' das alles mitgenommen. All diese Sachen. Ich konnte nicht anders. Ich wollte Ihnen nicht schaden. Ich wollte nur ganz einfach Sie sein.«

Hélène starrte sie bestürzt an. Nach einer Weile sagte sie dann behutsam: »Stephani, ich bin Ihnen nicht böse, es macht mir nichts aus. Aber ist das nicht ein bißchen dumm? Warum sollten Sie ich sein wollen? Warum können Sie nicht einfach Sie selber sein?«

»Ich selbst? Wer würde schon ich sein wollen? Ich bin eine Null. Ich bin ein Witz. Aber Sie, Sie sind Hélène Harte...«

Und so hatte das Ganze im Grunde begonnen. Die Gespräche im Wohnwagen, einen heißen Tag um den anderen, das endlose Warten, die Langeweile bei den Dreharbeiten, das unablässige, unvermeidliche Herumsitzen, bis alles fertig war: Stephani vertrieb ihr die Zeit mit ihren Erzählungen, und Hélène hörte ihr zu. Der Stiefvater; die Mutter; der Freund; der Fotograf, der Stephani als erster entdeckt hatte. Die Nacktfotos, über die sich Stephani jetzt ärgerte. Der Entschluß, nach Hollywood zu gehen. Die schicksalsschwere Begegnung mit dem alten Agenten eines Abends auf einer Party.

»Der hat mich mal nach Cannes mitgenommen. Zu den Filmfestspielen. Das war damals, in dem Jahr, als Sie die Goldene Palme gewonnen haben. Das werde ich nie vergessen! Es war das schönste Jahr in meinem Leben. Aber er ist inzwischen gestorben.«

All dem hörte Hélène mit Interesse zu. Anfangs glaubte sie, sie sei nur deswegen so fasziniert, weil Stephanis Lebensgeschichte so haargenau der von Marilyn Monroe glich, die Stephani ganz eindeutig nachahmte und die sie leidenschaftlich verehrte.

»Ich hab' all ihre Filme gesehen – jeden einzelnen. Und als sie starb, hab' ich geweint. Eine Woche lang, jeden Tag!« Und dieser Kummer schien ehrlich zu sein.

Allmählich erst begann Hélène aufzufallen, daß einige Dinge in ihren Erzählungen nicht zusammenpaßten, kleine Unstimmigkeiten wie die von heute. Und das beunruhigte sie. Stephani, argwöhnte sie allmählich, hatte sich selbst erfunden. Möglich, daß einiges aus dieser grauenhaften Kindheit stimmte, doch andere Einzelheiten waren, wie Hélène immer stärker befürchtete, frei erfunden. Stephani selbst gegenüber erwähnte Hélène niemals etwas von ihren Zweifeln, weil sie ihr nicht weh tun wollte und weil sie merkte, daß Stephani an ihre eigenen Geschichten glaubte. Und als ihr das auf einmal klar wurde, wußte sie auch, warum sie sich so sehr zu ihr hingezogen fühlte!

Denn hatte sie nicht praktisch dasselbe getan? Hélène Harte mit ihrer zwielichtigen und unbestimmt vornehmen europäischen Vergangenheit – diese Hélène Harte war bis ins letzte Detail eine mindestens ebenso geschickte Erfindung wie Stephani Sandrelli!

Als ihr das zum erstenmal klar wurde, wies Hélène diese Erkenntnis ungeduldig zurück. All die Geschichten in den Zeitungen, von Journalisten, die unbedingt zu Ruhm gelangen wollten – sie glaubte kein einziges Wort davon. Sie wußte schließlich, wer sie war... Dann jedoch wurde sie plötzlich nachdenklich: Wußte sie das denn wirklich?

Manchmal vermeinte sie es zu wissen. Zu Hause in Los Angeles, bei Cassie, die sie vor drei Jahren zu sich geholt hatte, war sie sich ihrer Identität sicher. Mit Cassie konnte sie über die Vergangenheit reden: Der Süden, der Wohnwagen, die Mutter, das Gefühl, arm zu sein – das alles kehrte dann deutlich und lebendig in ihre Erinnerung zurück.

Manchmal, wenn sie mit Cassie zusammen war, dachte sie sich: ›Ich bin noch immer Hélène Craig!‹ Und dann vermochte sie die lange Kette der Verbindungen zwischen dem Mädchen zu erkennen, das sie einst gewesen, und der Frau, zu der sie geworden war. Zu anderen Zeiten wiederum schienen diese Verbindungen gekappt zu sein, und sie verlor das Gefühl für ihre Vergangenheit. Denn jetzt besaß sie eine öffentliche Identität: Sie war Hélène Harte, und diese Hélène Harte war ihrer Empfindung nach eine Barriere zwischen ihr selbst und den anderen Menschen, die überhaupt keine Ahnung von Hélène Craig hatten. Die nur die berühmte, erfolgreiche Frau sahen, scheinbar selbstsicher, scheinbar unabhängig und in ein Leben hineingeboren, das sich kaum von dem Leben unterschied, das sie jetzt führte. Denn sie war nicht nur für ihre Schauspielkunst berühmt geworden, sondern darüber hinaus für weit trivialere Dinge. Für ihren Geschmack; für die Art, wie sie sich kleidete; für eine gewisse Zurückhaltung in ihrem Wesen, die ihr als Kälte ausgelegt wurde; ja sogar für die in Hollywood absolut unübliche Tatsache, daß man sie niemals mit einem anderen Mann als ihrem Gatten sah und daß nicht mal die findigsten Klatschtanten auch nur die leiseste Andeutung für einen Skandal aufstöbern konnten.

Sie konnte inzwischen keinen Raum mehr betreten, ohne daß jeder Anwesende sie sofort erkannte: Die Leute glaubten sie persönlich zu kennen, bevor sie sie überhaupt kennengelernt hatten; auf Grund der Filme, die sie gesehen, oder der Geschichten, die sie gehört hatten, war ihre Meinung über sie schon vorgeformt.

Als sie Thad das alles einmal zu erklären versuchte, entgegnete er nur: »Na und? Du bist berühmt. Was hast du denn geglaubt, wie das sein würde?«

›Nicht so‹, hatte Hélène antworten wollen, mochte aber nicht eingestehen, daß sie tatsächlich so naiv gewesen war. Es war ihr nie in den Sinn gekommen, daß sie, sobald sie berühmt war, möglicherweise nicht mehr frei sein werde.

Jemand klopfte an die Wohnwagentür. Es war der Aufnahmeleiter: Sie seien jetzt fertig für die Szene. Hélène sah in den Spiegel und betrachtete ihr Gesicht. Wer war sie?

Nun gut, heute war sie Maria, ein Kleinstadtmädchen, eine Rebellin, die mit ihrem jungen Geliebten auf und davon lief – auf eine Flucht, die auf grauenhafte Weise enden würde.

Sie kannte Maria; sie wußte genau, wie sich Maria bewegte, wie sie dachte, welche Hoffnungen sie hegte. Sie hörte Marias Stimme und konnte mit ihrem Akzent sprechen. Sie kannte Maria und verstand sie, auch wenn sie sich selbst nicht immer kannte oder verstand.

Dieser Gedanke beruhigte sie, und wieder empfand sie die Gelassenheit und Selbstsicherheit, die sie an sich zuerst in Rom entdeckt hatte, bei der Arbeit an *Night Game*. Sie stand auf, öffnete die Tür und stieg die Treppenstufen des Wohnwagens hinab. Stephani hatte schon wieder ihren gewohnten Posten in der Nähe bezogen.

Als Hélène an ihr vorbeikam, hielt sie lächelnd die Hand empor, mit der sie ihr den Daumen drückte.

Hélène stand im Schatten, während mehrere Leute an ihr herumhantierten. Der Experte für Spezial-Effekte überprüfte noch einmal die winzigen Plastikbeutel unter ihrem Kleid, die mit künstlichem Blut gefüllt waren und im richtigen Moment platzen würden.

Hélène bemerkte all diese Aktivitäten kaum: Sie befand sich in jenem schmalen Dazwischen, diesem Niemandsland zwischen ihr selbst und Maria, und wartete auf den Moment, da sie allein blieb und Maria in sie eindringen würde.

Endlich – endlich waren sie fertig, und sie schritt ungeduldig auf ihre Markierung zu. Sie hob den Kopf und sah sich um. Das Autowrack; ihr Partner, der zwei Schrotflinten in den Händen hielt; die Wüste, die sich weit in die Ferne erstreckte; Ausrüstungsgegenstände; Menschen. Doch wo war Maria?

Sie hob die Hand vor die Augen: Die heiße Luft flimmerte. Irgendeine Stimme – es war die von Gregory Gertz – rief besorgt: »Ist alles in Ordnung, Hélène?«

»Wie bitte? Ach ja. Natürlich. Alles in Ordnung.«

»Gut. Wir werden jetzt aufnehmen ...«

Ton ab; Kamera ab; Action. Sie hatte nur zwei Zeilen zu sprechen, dann mußte sie anfangen zu laufen. Sie hatten die Szene mehrfach geprobt, und nun sollte sie sie ernsthaft spielen. Die Flinten waren auf sie gerichtet; die Platzpatronen knallten; die verborgenen Blutbeutel taten ihren Dienst: grellrotes Chemieblut spritzte, und sie starb in Schönheit.

»Großartig«, sagte Greg anschließend. Dann kam er mit verwirrt gerunzelter Stirn zu ihr herüber. Er musterte sie aufmerksam, drückte ihren Arm und wandte sich wieder ab.

»Okay. Wir warten, bis Hélène wieder hergerichtet ist, dann wiederholen wir die Szene.«

Sie starb in Schönheit – fünfmal hintereinander. Aber es war Hélène, die starb, und nicht Maria. Maria war verschwunden und wollte einfach nicht zurückkehren.

Nach der fünften Aufnahme sagte Greg: »Okay, fertig. Machen wir Schluß für heute. Das Licht ist ohnehin nicht mehr so gut.« Dann kam er zu Hélène und musterte sie noch immer mit diesem leicht verwunderten Stirnrunzeln.

Er legte ihr den Arm um die Taille und sagte: »Verdammt noch mal, es ist furchtbar heiß. Machen Sie sich bloß keine Gedanken. Würden Sie heute abend mit mir essen?«

Es war fast sechs, als sie in ihren Wohnwagen zurückkehrte, und erst um halb sieben blieb sie nach mehreren Besprechungen für den nächsten Drehtag allein.

Sie war müde, die verpatzte Szene bedrückte sie, und sie ärgerte sich über die Tatsache, daß sie sich ihr Versagen nicht erklären konnte.

Gereizt begann sie sich abzuschminken, und als sie dabei nach der Watte griff, merkte sie plötzlich, daß Cats Foto verschwunden war. Irritiert sah sie sich überall um: Vor ein paar Stunden war es noch da gewesen, hatte sie es noch liebevoll betrachtet! Sie schob die vielen Fläschchen und Töpfchen umher; sie bückte sich und suchte unter allen Möbeln – nichts. Als sie sich aufrichtete, dachte sie auf einmal: ›Stephani‹.

Fünf Minuten darauf erschien das junge Mädchen persönlich: Zögernd schob sich ihr platinblonder Schopf durch die Tür. Hélène drehte sich zu ihr um und musterte sie kalt.

»Hier auf dem Schminktisch stand ein Foto meiner Tochter, Stephani. Haben Sie es vielleicht gesehen?«

Stephani errötete unter der dicken Schicht Schminke, die sie trug. Sie senkte den Blick; dann kam sie in den Wagen herein und schloß die Tür. Sie öffnete ihre Handtasche, nahm das Foto heraus und reichte es Hélène, ohne ein Wort zu sagen.

»Mein Gott, Stephani...« Hélène vermochte ihren Zorn nicht mehr zu unterdrücken. »Hören Sie damit auf, ja? Na schön, wenn Sie sich einen Lippenstift oder etwas Ähnliches ausborgen wollen – von mir aus gern. Aber auf gar keinen Fall mein Foto von Cat! Das gehört mir. Tun Sie so etwas nie wieder!«

Ganz langsam hob Stephani den Kopf und sah Hélène schüchtern an. »Entschuldigen Sie«, sagte sie schließlich mit schwacher Stimme. »Ich weiß, ich hätte das nicht tun sollen. Aber es ist einfach... Sie ist so wunderhübsch, nicht wahr? Ich hätte es bestimmt nicht behalten. Ich wollte es mir nur ansehen...«

»Stephani! Haben Sie nicht daran gedacht, daß auch ich es gern ansehen will? Cat ist meine Tochter, und ich habe sehr große Sehnsucht nach ihr. Deswegen möchte ich, daß das Bild hier stehen bleibt!«

»Ich werd's bestimmt nicht wieder tun.« Stephani fuhr sich mit der Zunge über die Lippen, auf denen Hélènes Lippenstift glänzte. Aufgebracht wandte Hélène sich ab, um die letzten Schminkreste zu entfernen. Stephani rührte sich nicht, sondern beobachtete Hélène im Spiegel. Nach einer Pause, als Hélène sie gerade bitten wollte zu gehen, sagte sie kleinlaut: »Sie sind so schön. Sogar ohne jedes Make-up. Ich wünschte, ich sähe so aus wie Sie. Ich wünschte... Sie wirken immer so kühl, so elegant. Ich wünschte, ich würde auch so aussehen. Schön und reich.«

Hélène starrte ihr Spiegelbild an. Ihr wollte keine Antwort einfallen.

Stephani stieß ein seltsames, kurzes Lachen aus. »Aber Sie brauchen sich keine Gedanken zu machen, ich werde Sie nicht mehr belästigen«, fuhr sie dann fort. »Ich habe nur noch eine Szene – morgen. Dann kehre ich nach L. A. zurück.«

»Nur noch eine?« Hélène drehte sich um. »Aber ich dachte...«

»Ja, ich auch. Aber die anderen Szenen sind alle gestrichen. Greg Gertz mag mich anscheinend nicht. Ich hab' aber schon eine andere Arbeit in Aussicht. Vorhin hab ich mit meinem Agenten gesprochen. Der kann mich in so einen Vampirfilm reinbringen, den sie gerade im Studio drehen, weil eins von den Mädchen krank geworden ist.« Sie hielt inne. »Sechs Zeilen, sagt er. Und eine Szene mit Peter Cushing. Das ist eigentlich ganz schön.«

»Stephani...« Auf einmal hatte Hélène Gewissensbisse.

»Ich werd' mich noch von Ihnen verabschieden, bevor ich abreise. Und mit dem Foto, das tut mir leid. Ehrlich!« Sie hatte schon die Tür erreicht und wollte hinausgehen, da machte sie noch einmal halt und drehte sich mit einem leicht verwunderten Stirnrunzeln um. »He«, sagte sie, »ist doch eigentlich wirklich komisch, nicht wahr? Es ist mir eben erst aufgefallen!«

»Was ist komisch, Stephani?«

»Na ja, Sie haben immer ein Foto von Cat auf dem Schminktisch. Aber niemals ein Foto von Ihrem Mann. Nirgends.«

»Stephani. Dies hier ist keine Bildergalerie. Es ist eine Garderobe, ein Arbeitsraum. Warum sollte ich ein Foto von Lewis aufstellen?«

»Ich weiß nicht.« Stephani lächelte ein bißchen spitzbübisch. »Er sieht sehr gut aus, nicht wahr?« Sie zuckte die Schultern. »*Ich* würd's tun, aber wir beiden sind ja wohl ziemlich verschieden.« Damit hob sie zum Abschied die Hand und trippelte die Stufen hinab.

Möchten Sie Steak? Oder Steak?« Über die Speisekarte hinweg lächelte Greg Gertz ihr zu.

»O ja, Steak! Wunderbar!« Sie lächelte ebenfalls. Er bestellte, während sich Hélène auf der mit Plastik bezogenen Sitzbank zurücklehnte. Das Leben eines Filmstars! Aus den Briefen ihrer Fans wußte sie, wie sich die meisten so etwas vorstellten: eine ununterbrochene Folge von Luxusrestaurants, Champagner, Parties, gutaussehenden Begleitern und eleganten Kleidern. Und zuweilen gehörte das alles tatsächlich dazu. Aber auch dies hier gehörte dazu. Ein winziges Kaff acht Meilen außerhalb von Tucson mitten in der Wüste. Tankstellen, eine Handvoll Häuser, die Eisenbahnlinie und der Highway; eine Ortschaft mitten im Nichts, die zufällig über ein großes Hotel verfügte.

Dieses Motel war ihr Hauptquartier; sie hatten es für die Dauer der Dreharbeiten mit Beschlag belegt. Es war ihr Heim, und zwar aus einem ganz einfachen Grund: Es gab nichts anderes.

Sie sah sich um: die Wände mit einer unmöglichen Karotapete beklebt, eine Anzahl Hirschgeweihe, viel gestrichenes Holz, eine Bar, rote Sitzbänke. Kleiner, aber kaum anders als das Howard Johnson's, in das Billy sie zur Feier ihres fünfzehnten Geburtstags eingeladen hatte.

Sie sah zum Fenster hinaus: schwarzes Spiegelglas, dahinter – unsichtbar – die Wüste. Heute abend hatte sie das Gefühl, Orangeburg sehr nahe zu sein, und sie wußte auch, warum: weil die Zeit nahte, da sie dorthin zurückkehren würde. Sie mußte nur noch einiges erledigen... Sekundenlang sah sie Billys Gesicht vor sich, und gleich darauf Ned Calvert...

Greg Gertz hatte etwas zu ihr gesagt. Sie zuckte zusammen. »Wie bitte?«

»Meilenweit von hier entfernt, nicht wahr? Ich hatte gefragt, wie geht es Cat...« Er zögerte ganz kurz. »Und wie geht's Lewis?«

»Cat geht's gut. Sehr gut sogar. Ich war an ihrem Geburtstag nicht bei ihr.«

»Ich weiß.« Greg Gertz sah ihr ruhig in die Augen.

»Und Lewis... Lewis geht's auch gut. Er arbeitet an einem neuen Drehbuch, und ich glaube, er kommt gut voran.« Sie stockte. »Ich möchte ihn nicht allzu oft danach fragen, solange er daran arbeitet. Sie wissen ja, wie Drehbuchautoren sind...«

»O ja, natürlich! Wissen wir das nicht alle?« Greg Gertz lächelte freundlich, wandte den forschenden Blick jedoch keine Sekunde von ihrem Gesicht. Hélène fühlte sich unbehaglich. Sie haßte es, nach Lewis gefragt zu werden. Dies war Lewis' drittes Drehbuch. Das erste war an jeden Produzenten und Regisseur der ganzen Stadt geschickt worden und verstaubte nun im Aktenschrank seines Agenten. Auf das zweite hatte Sphere die Option erworben, nur war diese Option inzwischen ausgelaufen – ohne Aussicht auf Verlängerung oder Produktion. Das dritte, an dem Lewis augenblicklich arbeitete, war eine Liebesgeschichte mit dem Titel *Endless Moments*. Lewis wollte den Film selbst produzieren.

Als Autor war Lewis ein Versager. Das wußte sie, das wußte Lewis, das wußte vermutlich Greg Gertz und mit ihm ganz Los Angeles. Sekundenlang stand dieses gemeinsame Wissen unausgesprochen zwischen ihnen. Rasch wandte Hélène den Blick von ihm ab.

Sie würde dieses Versagen jedoch nie eingestehen: nicht Lewis' Freunden gegenüber, nicht Thad gegenüber – der sie am eindringlichsten darüber ausfragte –, und nicht Greg Gertz gegenüber; sie gab sich wirklich die größte Mühe, es auch sich selbst nicht einzugestehen, und versuchte, ihr Wissen ganz besonders vor Lewis zu verbergen. Das gelang ihr allerdings nicht immer, denn Lewis las in ihren Augen, und ihre Zweifel verletzten Lewis; und machten ihn oft sehr, sehr wütend, vor allem, wenn er getrunken oder ein paar von seinen neuen Pillen geschluckt hatte. Die Pillen machten ihn erschreckend euphorisch und siegessicher; sobald die Wirkung jedoch nachließ, stürzten sie ihn in schwärzeste Verzweiflung. Lewis wollte sie aber nicht aufgeben; und er wollte den Alkohol nicht aufgeben. Er brauche sie zum Schreiben, behauptete er; sie bewirkten, daß ihm die Worte nur so aus den Fingern flossen.

»Hör auf, dich einzumischen! Hör auf, mich runterzuputzen!« schrie er sie an. Es war ein ewiger Refrain, den sie Tag für Tag zu hören bekam. O nein, sie wollte nicht über Lewis sprechen!

Sie argwöhnte, daß Greg Gertz das wußte. Er war ein kluger Mann mit einem guten Instinkt, ein ruhiger Mann, der wenig sprach, aber viel sah. Sie hatte ihn in den Wochen gemeinsamer Arbeit schätzen gelernt; sie hatte gelernt, ihm zu vertrauen, soweit sie jemals einem Menschen vertraute. Er war genauso vorsichtig wie sie und hielt die Menschen möglichst auf Abstand. Außerdem hatte er eine sehr häßliche Scheidung hinter sich, bei der die drei Kinder seiner Frau zugesprochen worden waren. Aber er äußerte sich niemals darüber, und deswegen mochte sie ihn auch.

Jetzt beobachtete er sie noch immer mit dieser leicht gekrausten Stirn, als versuche er etwas zu ergründen. Hélène wußte natürlich ganz genau, daß er sie fragen wollte, was am Nachmittag schief gelaufen war, aber sie wußte ebenso gut, daß er in Ruhe abwarten würde. Vorerst einmal wehrte er jeden ihrer Versuche ab, das Thema zu wechseln.

»Ich wußte gar nicht, daß Lewis noch immer schreibt. Ich hatte gedacht, er würde sich wieder für eine Weile auf die Produktion konzentrieren. Darin war er wirklich gut.« Er zögerte, weil er merkte, daß er taktlos gewesen war. »Ach, ich weiß nicht. Vielleicht wird er mal wieder mit Thad arbeiten?«

»Das glaube ich eigentlich weniger. Das war eine andere Zeit.« Sie zwang sich zu einem munteren Ton. »Lewis hat keinen von Thads letzten drei Filmen produziert – ich nehme an, das wissen Sie. Das übernimmt Thad jetzt zumeist selbst. Wie er mir sagte, zieht er inzwischen Koproduktionen vor. Weil das dank seiner Verbindung mit Sphere relativ einfach für ihn ist...«

»Aber die beiden sind doch noch Freunde – oder?« Er stellte die Frage ganz unvermittelt, und weil sie wußte, daß er die Antwort kannte, fühlte Hélène sich auf einmal sehr, sehr müde: warum lügen?

»Nein«, gab sie ihm offen zurück. »Sie treffen sich fast gar nicht mehr. Sie haben sich zwar nicht gestritten, aber sie haben sich voneinander entfernt. Außerdem ist Thad ein Einzelgänger, der keinem Menschen nahesteht. Sie wissen doch selber, wie er ist.«

»Nein, Hélène, ich glaube nicht.« Er sah fort, dann wieder zurück. »Ich hatte jedoch immer gedacht, daß er Ihnen sehr nahesteht. Wollen Sie sagen, daß das nicht der Fall ist?«

Hélène krauste die Stirn. Zu ihrem eigenen Erstaunen war sie nicht sicher, was sie darauf erwidern sollte. »Ich glaube nicht, daß ich ihm nahestehe«, sagte sie schließlich. »Ich hab' zwar sehr eng mit ihm zusammengearbeitet, und ich besuche ihn manchmal in seinem Haus, was anscheinend außer mir niemand tut. Er lädt mich ein, wir trinken Tee, unterhalten uns vielleicht eine Stunde lang – gewöhnlich über unsere Arbeit – und dann gehe ich wieder fort. Das ist alles...« Sie überlegte. »Ehrlich gesagt, ich hab' das Gefühl, Thad jetzt kaum besser zu kennen als damals, bei unserem ersten Film. Er tut noch immer geheimnisvoll, mehr sogar als früher. Und ist auch jetzt noch genauso verrückt.«

Sie lächelte, doch Greg erwiderte das Lächeln nicht. Er musterte sie ernst. Als die Kellnerin die Steaks, die Pommes frites und den Salat serviert hatte, griff Greg nach dem Besteck, legte es aber noch einmal hin. »Sie fühlten sich also nicht von Thad eingeengt? Hatten nicht das Gefühl, daß er Sie in Ihrer Freiheit einschränkt?«

»Thad? Mich einengen? Wieso sollte ich das Gefühl haben?«

»Ich glaube, Sie wissen genau, warum. Ich bin fest davon überzeugt, daß Sie dieses Gefühl hatten.« Er machte eine kurze Pause. »Okay. Sie haben *Ellis* abgedreht – wann? Vor einem Jahr. Und haben seitdem drei Filme gedreht: einen mit Peckinpah, einen mit Huston und diesen hier mit mir. Das ist die längste Unterbrechung Ihrer Zusammenarbeit mit Thad, seit dem Beginn.«

»Ja, aber Thad war beschäftigt. Er mußte *Ellis* bearbeiten, den Filmschnitt besorgen, die Fertigstellung. Und dann kamen diese anderen Filme, die Rollen waren gut...«

Sie hatte viel zu schnell gesprochen und hörte selbst den leichten Trotz in ihrem Ton. Greg, der ihn ebenfalls bemerkte, lächelte verständnisvoll.

»Wann wird *Ellis* rauskommen?«

»Im September, vielleicht auch Oktober. Mit Sicherheit so, daß er sich noch für den Oscar qualifizieren kann. Thad wünscht sich eine große Premiere. Und wir geben eine Party: Sie müssen unbedingt kommen!«

»Mit Vergnügen.« Er ließ sich jedoch nicht ablenken, das merkte Hélène. Langsam begann er sein Steak zu schneiden. »Und dann?«

»Wieso – dann?«

»Bis Mitte Juli haben wir *Runaways* abgedreht. *Ellis* kommt erst im Herbst heraus. Also, was werden Sie anschließend tun?«

»Urlaub machen. Einige Zeit mit meiner Familie verbringen. Mit Cat – und mit Lewis. Das hab' ich den beiden schon lange versprochen. Das hab ich *mir* schon lange versprochen...«

»Und dann? Danach? Wenn das häusliche Zwischenspiel vorüber ist?«

»Na ja, dann werd' ich wohl wieder einen Film drehen. Wenn mir das richtige Drehbuch angeboten wird, die richtige Rolle...«

»Ich verstehe.« Er legte Messer und Gabel hin und sah sie offen an. »Mit Thad?«

Schweigen. Hélène blickte auf ihren Teller hinab. »Nein«, antwortete sie schließlich, »nicht mit Thad.«

»Danke«, gab er zufrieden zurück. »Endlich haben Sie mir gesagt, was ich von Ihnen wissen wollte.«

Cognac. Sehr guter Cognac. Trinken Sie nur. Ich möchte, daß Sie zu reden beginnen.«

Sie saßen in Greg Gertz' Zimmer, das am selben Korridor lag wie ihr eigenes. Greg Gertz drückte ihr das Glas in die Hand, steckte sich eine Zigarette an und nahm ihr gegenüber Platz.

Hélène betrachtete ihn: ein hochgewachsener Mann, schlank, nicht unbedingt gutaussehend, mit einem klugen, schmalen Gesicht, braunen Augen, braunem Haar; gewöhnlich trug er braune Kleidung, alte, unauffällige Kleidung, die fast wie eine Tarnung wirkte.

»Bin ich deswegen hier – um zu reden?« Sie lächelte.

»Genau.«

»Aber worüber?«

»Über sich selbst.«

»Ich spreche niemals über mich selbst.«

»Das weiß ich. Das hab' ich bemerkt. Es ist einer der interessantesten Züge an Ihnen.«

Hélène vermutete, daß das ein Kompliment sein sollte – ein ungeschicktes. Doch es gefiel ihr. Sie lächelte.

Greg Gertz beugte sich vor. »Aber zuerst – falls Ihnen das hilft –, gibt es ein paar Dinge, die ich Ihnen sagen möchte. Über Sie. Im Zusammenhang mit heute nachmittag.«

»Ach ja, heute nachmittag! Hören Sie, Greg, ich...«

»Nein, Sie hören mir jetzt zu! Wissen Sie, wann ich Sie zum erstenmal im Film gesehen habe? Ganz am Anfang. Im Herbst 1960. Ich besuchte meine Schwester an der UCLA, und sie ging mit mir in *Night Game*, das in einem Filmkunsttheater in der Nähe des Campus' lief. Ich wollte nicht mit. Alles, was mit Kino zu tun hatte, stand mir damals bis hier.« Er hielt die Hand an seine Kehle. »Ich hatte zwölf Jahre geschuftet, um Boden unter die Füße zu kriegen. Drehbücher zusammenzubringen. Finanzierungen zu besorgen. Und zwischendurch Arbeiten anzunehmen, die ich haßte, weil ich von irgendwas ja die Miete bezahlen mußte. Meine Ehe war im Eimer, und ich war praktisch entschlossen, einfach alles über Bord zu werfen.« Er unterbrach sich. »Heute muß ich darüber lachen. Der nächste Thad Angelini – wissen Sie, daß man mich hier so nennt? Ich bin siebenunddreißig Jahre alt; Thad ist – wie alt? Neunundzwanzig? Dreißig? Ich weiß es nicht. Ich weiß nur, als Thad Angelini noch auf die Filmschule ging, kämpfte ich schon seit Jahren draußen ums Überleben.« Er lehnte sich zurück. »Wie dem auch sei. Der springende Punkt ist, es war 1960, und ich hatte Hollywood bis obenhin satt, hatte das Kino bis obenhin satt, und wurde gegen meinen Willen in *Night Game* geschleppt, und dann saß ich da, und es war eine Offenbarung. Als ich das Filmtheater verließ, war ich so aufgeregt... Wirklich, es war, als sei ich betrunken. ›Das ist es!‹ dachte ich. ›Es ist also möglich, es kann funktionieren, und wenn man's schafft, daß es funktioniert, ist es das Beste von der Welt! Besser als jedes Theaterstück. Besser als jede Symphonie. Besser als das beste Gemälde.‹ Ein großer Film.« Er hielt inne und sah sie aufmerksam an. »Die Energie kehrte zurück. Ich wollte wieder arbeiten, und wie's der Zufall will, wurden mir ein paar gute Gelegenheiten geboten. Das haben zwei Menschen für mich getan, und das werde ich niemals vergessen. Der eine Mensch waren Sie, der andere Thad.«

Als er endete, herrschte Schweigen. Hélène sah Greg Gertz aufmerksam an, und sein Gesicht wurde ernst. Er beugte sich vor. »Wußten Sie, daß Sie gut waren?«

»Ja.« Sie senkte den Blick. »Ich wußte es.«

»Sie *können* es nicht gewußt haben. Und genau deswegen wollte ich Sie fragen: Was ist anschließend schief gelaufen?«

»Schief gelaufen? Gar nichts«, antwortete Hélène hastig. »Wir haben *Summer* gedreht, wir haben *A Life of Her Own* gedreht, wir haben *Short Cut* gedreht. Die anderen liefen gut, aber *Short Cut* war der große Hit. Wir haben die Goldene Plame gewonnen, Thad bekam die Finanzierung für *Ellis*...«

»Gewiß, gewiß. Nach *Short Cut* konnte Thad haben, was er wollte, aber was war mit Ihnen? Ich hab' Sie in all Ihren Filmen gesehen.«

»Und?«

»Sie brauchen mich gar nicht so trotzig anzusehen.« Er lächelte. »Sie waren in allen gut. Sehr gut sogar. Ein bißchen weniger vielleicht in *Quickstep*. Den hielt ich für den schwächsten von allen...«

»Ich auch.« Hélène wandte den Blick ab. Sie hatten mit *Quickstep* kurz nach dem Aufenthalt in Cannes 1962 begonnen. Das war die Zeit gewesen, als sie am häufigsten an Edouard denken mußte: bevor sie lernte, ihn aus ihren Gedanken zu verbannen. Und es war die Zeit gewesen, da Lewis am eifersüchtigsten war. Aber nein, sie wollte nicht mehr daran denken.

Greg Gertz beobachtete sie gespannt. Mit hoch erhobenem Kinn wandte sie sich zu ihm zurück.

»Sie wollten noch ein ›Aber‹ hinzufügen. Wie lautet es?«

»Das werde ich Ihnen sagen. Aber ich möchte einen Handel mit Ihnen machen. Ich sage Ihnen, was ich gesehen habe, wenn Sie mir sagen, was Sie empfunden haben. Einverstanden?«

Hélène nickte.

Er beugte sich wieder vor. »Sie waren gut, aber Sie wurden eingeengt. Das spürte ich. Schließlich führt Thad nicht nur Regie und koproduziert seit neuestem, sondern er schreibt auch seine Filme selbst. Es sind *seine* Filme: durch und durch. Kein anderer hätte sie drehen können. Und Sie bedeuten Thad offenbar sehr viel, denn er hat kein einziges Mal mit einer anderen Schauspielerin gearbeitet – jedenfalls nicht in einer Hauptrolle. Dagegen ist im Prinzip nichts einzuwenden – höchstens, daß es Ihnen gewisse Grenzen setzt. Thad schreibt Ihre Rollen; er sieht Sie auf eine ganz bestimmte Art und Weise, und wenn man sich seine Filme aufmerksam ansieht, ist es eigentlich immer das gleiche. Verschiedene Filme. Dieselbe Frau. Immer ein wenig geheimnisvoll, mit Motiven, die nie ausreichend erklärt werden. Ich glaube, Sie wissen, was ich sagen will, nicht wahr?«

»Passiv?«

»Genau das.« Er zögerte. »Anfangs hab' ich's nicht gleich gesehen. Doch sobald ich's in einem Film entdeckt hatte, fiel es mir auch in den anderen auf. Er verpackt es so geschickt. Die Beleuchtung, der Schnitt, der Dialog – das alles ist so brillant, daß man das Offensichtliche tatsächlich übersehen kann. All die Frauen, die Sie für ihn gespielt haben – sie *re*agieren. Sie agieren niemals aus eigenem Antrieb.« Er machte eine kurze Pause. »Die Lise, Ihre Rolle in *Ellis* – ist es da auch so?«

»Ja. Ach, wissen Sie, es ist so schwer zu erklären!« Hélène erhob sich, machte kehrt, ging ein paar Schritte und drehte sich dann wieder um. »Ich dachte immer, es läge an mir. Ich versuchte Thad danach zu fragen, doch er behauptete, ich bilde mir das nur ein, sähe Probleme, wo keine seien. ›Es geschieht doch so vieles‹, sagte er. Er wußte überhaupt nicht, wovon ich sprach. Und es stimmt wirklich: Es geschieht tatsächlich eine Menge in seinen Filmen.«

Sie zog ein Gesicht. »Liebesgeschichten, Intrigen, Verluste, Verrat – Sie können sich nicht vorstellen, was dieser Lise widerfährt. Aber das alles wird ihr *angetan*. Aber sie *tut* nie was, sie ist nur einfach endlos und geheimnisvoll feminin. Genau wie all die anderen.«

Beide schwiegen. Hélènes Wangen hatten sich gerötet. Auf einmal wünschte sie, nichts von alledem gesagt zu haben, denn es war Thad gegenüber unloyal. Sie kehrte zu ihrem Sessel zurück und setzte sich wieder. »Sehen Sie?« Damit deutete sie auf ihr Glas. »Das macht der Cognac – genau wie Sie gesagt haben. Es tut mir leid...«

»Warum sollte es Ihnen leid tun, wenn Sie sagen, was Sie denken? Das tun Sie ohnehin selten genug.« Er musterte sie forschend; dann sagte er: »Haben Sie also bewußt den Entschluß gefaßt, mit ihm zu brechen, als Sie den Peckinpah-Film drehten?«

»Nein. Da war es mir noch nicht bewußt. Erst jetzt. Ich bin zufrieden mit der Arbeit, die ich in *Ellis* geleistet habe, bin eigentlich sogar stolz darauf. Aber ich möchte nicht mehr mit Thad zusammenarbeiten, jedenfalls vorerst nicht mehr.« Sie zögerte. »Ich weiß nicht mal genau, wieviel ich überhaupt arbeiten will. Ich verbringe so viel Zeit damit, andere Menschen zu spielen, daß mir keine Zeit bleibt, ich selbst zu sein.«

»Dazu braucht man mehr als nur Zeit«, gab Greg ruhig zurück. Dann sah er sie fragend an. »Ist es das, was heute nachmittag schief gelaufen ist?«

»Ja. Und ich weiß, daß Sie damit recht haben: Es ist nicht nur eine Frage der Zeit.« Sie senkte den Kopf und blickte auf ihre Hände hinab. In Gedanken hörte sie ihre eigene Stimme: ›Wenn ich bei dir bin, Edouard, brauche ich nichts zu sein. Ich *bin* einfach.‹

Schnell richtete sie sich wieder auf und lächelte Greg strahlend an. »Aber es ist spät geworden; ich muß gehen und ein bißchen schlafen. Morgen geht's mir bestimmt wieder besser. Ich weiß, daß ich heute nachmittag nicht zu gebrauchen war.«

Sie erhob sich, und Greg stand ebenfalls auf. Sekundenlang schien er zu zögern; dann ging er zu einer Kommode hinüber, öffnete eine Schublade und nahm einen großen, kräftigen Umschlag heraus, den er ihr reichte.

»Was ist das?«

»Ein Drehbuch. Das beste Drehbuch, das mir je angeboten wurde. Ich möchte es verfilmen und glaube auch, daß ich die Finanzierung bekommen werde. Im nächsten Frühjahr möchte ich beginnen. Und zwar mit Ihnen. *Falls* es ihnen gefällt.« Er hielt inne. »*Falls* Sie wieder arbeiten möchten – und ich bin überzeugt, daß Sie das tun werden. Lesen Sie's. Und sagen sie mir dann, was Sie davon halten.« Abermals hielt er inne. Sie sah die gewohnte Vorsicht in seinen Ausdruck zurückkehren, und dann trat er – vielleicht, weil er merkte, daß sie sehr dicht beieinanderstanden – einen Schritt zurück.

»Es geht um eine Scheidung. Sie werden vielleicht feststellen ... Na ja, sehen Sie sich's trotzdem an.«

»Vielen Dank, Greg.« Sie wußte, daß sie jetzt gehen mußte, und dennoch zögerte sie aus irgendeinem Grund: Zwischen ihnen war eine seltsame Spannung entstanden, die zuvor, als sie über die Filme sprachen, noch nicht vorhanden gewesen war.

Greg sah sie an; Hélène erwiderte seinen Blick. Dann lächelte er ein bißchen traurig und schief, hob die Hand und berührte ihre Wange. »Es wäre keine gute Idee, nicht wahr?«

»Nein. Vermutlich nicht.«

»Wir sind beide zu unglücklich, und das ist niemals gut.«

»Sind wir das? Bin ich das?« Sie sah zu ihm auf.

Abermals lächelte er und ließ die Hand sinken. »O ja! Und das wissen Sie auch. Das war das zweite, was heute nachmittag nicht in Ordnung war.«

Damit hatte er natürlich recht. »Sieht man mir das so genau an?« fragte Hélène verbittert.

»Manchmal«, antwortete er. »Ja, doch. Es wäre möglicherweise einfacher für Sie, wenn Sie das akzeptieren würden. Ich persönlich hab's akzeptiert. Sehen wir zu, ob's morgen hilft. Und nun gute Nacht, Hélène.«

In ihrem Zimmer schloß sie die Tür und lehnte sich von innen dagegen. Sie wußte genau, was sie sich vorhin gewünscht hatte, und schämte sich, daß Gregory Gertz es gemerkt hatte: nicht unbedingt mit ihm ins Bett zu gehen, aber berührt zu werden, im Arm gehalten zu werden – o ja, das hatte sie sich so sehnlich gewünscht!

Es ist so lange her, dachte sie, und der Körper kann sich genauso nach Zuwendung sehnen wie der Geist. Rastlos wanderte sie im Zimmer umher: achtzehn Monate – nein, länger! So lange hatte Lewis sie nicht berührt, ja nicht mal ihre Hand gehalten; und auch kein anderer Mann hatte das getan. Lewis hatte sich ganz plötzlich vor jedem weiteren sexuellen Versagen geschützt, indem er in seinem eigenen Zimmer schlief. Zuweilen musterte er sie mit einer Mischung aus Sehnsucht und Abscheu, als sei es ein Risiko, sie zu begehren – ein Risiko, das er nicht mehr einzugehen gewillt war.

Es waren mehr als achtzehn Monate: zwei Jahre! Einen Moment lang glaubte sie sich zu täuschen, weil sie nicht gern nachrechnete. Als sie sich jedoch dazu zwang, wußte sie, daß es tatsächlih stimmte: zwei Jahre. Damals hatte die Entfremdung zwischen ihnen begonnen – 1962, kurz nach ihrer Abreise aus Cannes.

Wie oft hatte ihr Lewis zu erklären versucht, daß es nicht seine, sondern ihre Schuld sei! »Das bin doch gar nicht ich, den du willst«, hatte er ihr immer wieder gesagt; und da sie im tiefsten Herzen wußte, daß das stimmte, hatte sie ihm niemals darauf geantwortet.

Als sie jetzt in ihrem Zimmer stand, wußte sie auf einmal genau, wen sie wollte. Nicht Lewis. Und ganz bestimmt nicht Gregory Gertz, der einfach nur da gewesen war und sich freundlich verhielt. Regungslos blieb Hélène stehen und dachte an Edouard. Das machte sie zwar auch nicht glücklich, vermochte sie aber ein wenig zu beruhigen.

Sehnsüchtig schielte sie zum Telefon. Es gab da ein gewisses Ritual, an das sie sich hielt, wenn Einsamkeit und Depressionen so stark waren wie an diesem Abend. Zwar war es im Grunde auch keine Lösung, wirkte aber von Zeit zu Zeit hilfreich. Nur hatte sie seine Nummer von diesem Apparat aus schon vor ein paar Tagen gewählt. Deswegen wäre es jetzt zu früh, und außerdem war es ganz einfach töricht. Entschlossen wies sie die Verlockung von sich: ›Nein‹, dachte sie, ›nicht heute!‹

Ich gehe jetzt. Einer von den Jungens fährt mich zum Flughafen.« Stephani kam die Wohnwagentreppe heraufgestöckelt und öffnete die Tür. Sie trug einen kurzen, hautengen Rock, Schuhe mit zehn Zentimeter hohen Pfennigabsätzen und eine tief ausgeschnittene Bluse. Dazu ganz offensichtlich keine Strümpfe, kein Höschen und keinen BH. Warum fordert sie stets heraus, wovor sie davonläuft, dachte Hélène.

Sie betrachtete Stephani mit resigniertem Blick. Dieser Abschied war nicht geschickt terminiert. In Kürze sollte sie ihre Sterbeszene wiederholen, und das Versagen am Tag zuvor bedrückte sie noch immer.

»Ich wollte nur sagen, wie dankbar ich Ihnen bin. Sie waren immer freundlich zu mir. Nicht wie ein paar von den anderen. Das werde ich Ihnen nie vergessen.« Stephani senkte den Kopf und sah Hélène schüchtern von unten herauf an. »Ich hab' Ihnen ein Geschenk mitgebracht. Zum Abschied.« Eifrig überreichte sie ihr eine weiße Tragtasche.

Hélène nahm sie entgegen und öffnete sie. Die Tüte enthielt eine kleine Schachtel mit einer winzigen Flasche Joy.

»Oh ...« Sekundenlang starrte sie die Flasche an. Dann riß sie sich zusammen und blickte, um Stephani nicht zu verletzen, lächelnd auf. »Stephani – wie wunderschön! Wie lieb von Ihnen! Ich liebe Joy. Es... Es erinnert mich an meine Mutter. Die hat immer Joy benutzt.«

»Sie gebrauchen aber nie Parfüm. Das ist mir aufgefallen...« Beinahe vorwurfsvoll.

Hélène erhob sich. »Von jetzt an doch. Vielen Dank, Stephani.« Sie streckte die Hand aus. »Und viel Glück mit dem Vampirfilm!«

Stephani ergriff ihre Hand und hielt sie sehr fest; dann beugte sie sich auf einmal vor, um Hélène einen klebrigen Kuß auf die Wange zu geben. »Ich wollte Sie fragen...« Sie hielt noch immer Hélènes Hand. »Ich hab' mich bisher nicht getraut, ich meine, warum sollten Sie? Aber...« Sie stockte und sah Hélène mit ihren porzellanblauen Augen an. »Ich wollte Sie fragen, ob Sie mir wohl Ihre Telefonnummer in L.A. geben würden. Ich werde Sie auch bestimmt nicht belästigen und sie auch keinem anderen geben, aber es wär so schön, wenn ich wüßte, daß ich Sie manchmal anrufen kann, wenn Sie wieder zu Hause sind. Wir könnten uns treffen, miteinander reden...«

Hélène war verblüfft. Wie Stephani mit Sicherheit wußte, hatte sie eine Geheimnummer, die nur sehr wenige Personen kannten. Einen Moment lang erwog sie, Stephani die Nummer ihres Agenten zu geben – aber nein, das wäre wirklich zu unfreundlich, zu abweisend:

»Na schön. Ich werde sie Ihnen geben.« Sie schrieb die Nummer auf einen Zettel und reichte ihn ihr. Stephani nahm ihn, faltete ihn sorgfältig und verstaute ihn in ihrer Handtasche. Hélène entdeckte, daß Tränen in den porzellanblauen Augen standen.

»Vielen Dank, Hélène! Ich werd' Sie niemals vergessen, wissen Sie das?« sagte Stephani und drückte Hélènes Hand. »Auf Wiedersehen!« rief sie vom Fuß der Treppe zurück und stelzte davon.

Hélène seufzte. Dann versuchte sie sich wieder auf die vor ihr liegende Szene zu konzentrieren und sich in Maria zu verwandeln.

Wieder starb sie wunderschön. Wieder strömte das Blut wunderschön. Doch diesmal klappte es. Maria kehrte zum richtigen Zeitpunkt zurück. Sie drehten nur einen einzigen Take, dann kam Greg Gertz zu ihr herüber und drückte ihr ganz kurz die Hand. »Sehen Sie?« sagte er. Dann ging er davon.

Sie saßen bei Drinks in der Polo Lounge. Lewis war inzwischen mit der dritten Fassung von *Endless Moments* beschäftigt, und die Arbeit daran lief gar nicht gut. Sein Freund, ein erfahrener, erfolgreicher Filmautor, der gekommen war, um ihm mit gutem Rat zur Seite zu stehen, war sehr geduldig. Lewis erklärte ihm die Handlung. Und da ihm die Erklärung nicht ganz gelungen schien, erklärte er sie zum zweitenmal. Der Freund, fand er, schien die Probleme nicht zu verstehen, mit denen er sich herumschlug: Er wirkte unbeeindruckt.

»Hör zu, Lewis«, sagte er schließlich bei der zweiten Runde Martinis. »Irgendein berühmter Mann hat es mal wunderbar kurz und treffend formuliert. Es gibt zwei Themen, ja? Liebe – und Geld.«

Lewis sah ihn erwartungsvoll an. Der Freund steckte sich eine Zigarre an und blies gedankenvoll Rauchringe. Er krauste die Stirn. »Wer war das nur, der das gesagt hat? Ich glaube, Balzac. Aber es kann auch Graham Greene gewesen sein.«

Schweigen.

»Nur zwei?« gab Lewis ihm schließlich das Stichwort. »Nicht mehr? Und das ist alles?«

»Das ist alles.«

»Großer Gott!«

»Entspann dich, Lewis! Laß dich treiben! Wie ich sehe, sind die meisten Filme nichts weiter als eine Liebesgeschichte in journalistischer Kulisse. Denk dir eine neue Kulisse aus – einen Bahnhof, das Wien der Nachkriegszeit, den Tiefen Süden im Bürgerkrieg – es spielt überhaupt keine Rolle, nur originell muß es sein. Dann nimmst du dir zwei nette, große, fähige Stars für die Hauptrollen – und basta! Bloß nicht rumquälen! Glaub mir, Lewis! Das zahlt sich nicht aus. Der Hauptteil meiner Kreativität beschränkt sich auf die Steuererklärungen.«

Auf dem ganzen Heimweg brütete Lewis über diesem freundschaftlichen Rat. Er fuhr sehr schnell. Im Autoradio sang Bob Dylan. Liebe. Und Geld. So einfach *konnte* es doch nicht sein! Er fühlte sich verunsichert. Er hatte das Gefühl, daß ihn sein Freund an der Nase herumgeführt hatte.

In dem Haus in den Bergen, das Hélène und er bewohnten, fühlte Lewis sich nicht sehr wohl, deswegen konnte er sich auch niemals so recht auf die Heimkehr freuen. Ingrid Nilsson, die es sich hatte bauen lassen, war eine Sicherheitsfanatikerin gewesen – was Lewis aus irgendeinem Grund faszinierend fand –, deswegen gab es, als er die Villa kaufte, schon weit mehr Schlösser darin als in einem Banktresor, und der ganze Park war von einer hohen, mit Stacheldraht gekrönten Mauer umgeben. Darüber hinaus hatte Lewis dann noch zahllose teure Geräte, das Neueste auf dem Gebiet der Elektronik, einbauen lassen. Und als er sich jetzt dem hohen, abweisenden Tor näherte, fragte er sich: Versuche ich etwas fernzuhalten oder versuche ich etwas festzuhalten?

Ein idiotischer Gedanke, schalt er sich sofort, und in eben diesem Augenblick, als er vor dem Tor abbremste, entdeckte er zum erstenmal den Mann. Er stand vor der Grundstücksmauer und blickte an ihr empor: ein hochgewachsener, grobknochiger Mann mit sandfarbenem Haar, bekleidet mit einem verbeulten Hut, einem billigen, uralten Anzug und reichlich abgetretenen Schuhen. In der Hand hielt er einen Stadtplan von der Sorte, wie sie an die Touristen verkauft werden: mit einem Verzeichnis aller Villen der großen Filmstars.

Lewis, der darauf wartete, daß die ferngesteuerten Torflügel aufschwangen, warf dem Mann einen eiskalten Blick zu. Als er entdeckte, daß ein Flaschenhals aus einer Hosentasche ragte, dachte er sich sofort: ein Säufer, ein Penner! Böse funkelte er den Mann an, dann rauschte er in einer Staubwolke an ihm vorbei. Nachdem er drinnen kurz angehalten hatte, um sich zu vergewissern, daß die Torflügel sich wieder schlossen, donnerte er zum Haus hinauf.

Da seine Nervosität immer mehr anstieg, erfüllte ihn dieser Anlaß zum Zornesausbruch mit Genugtuung. »Da lungert ein Kerl am Tor herum!« sagte er zu Cassie, als er sie gefunden hatte.

Cassie schenkte ihm einen ihrer höflichen, doch absolut ausdruckslosen Blicke. Sie mochte Lewis nicht, und Lewis erwiderte diese Abneigung.

»Groß? Rothaarig? Mit Hut?«

»Genau.«

»O ja, den hab' ich schon ein paarmal gesehen. Irgendein Herumtreiber, mehr nicht.«

»Wenn Sie ihn noch einmal sehen, Cassie, benachrichtigen Sie bitte die Polizei. Er soll sich davonscheren. Dafür sind die doch da!

Schließlich sind Sie, Madeleine und Cat oft genug allein im Haus.« Er bereute seine Worte sofort.

»Normalerweise ist Jenner hier, Mr. Sinclair. Und Mr. Hicks ist im Gartenhaus.«

Jenner war der Butler, Hicks der Chauffeur, und einer von beiden war in der Tat ständig in der Villa. Der einzige, dem man häufige Abwesenheit vorwerfen konnte, war Lewis selbst. Cassie erwähnte das natürlich nicht, aber die Tatsache stand unausgesprochen zwischen ihnen im Raum.

Lewis wandte sich ab. »Hat Hélène angerufen?« fragte er dann, als sei ihm das nachträglich eingefallen.

»Ja, Mr. Sinclair. Um sieben, wie immer.«

»Und Cat ist im Bett?«

Cassie blickte auf ihre Armbanduhr. Sie zögerte. »Gerade eben, nehme ich an. Aber schlafen wird sie noch nicht.«

»Na ja, ist doch wohl ein bißchen zu spät, um jetzt noch raufzugehen. Ich möchte sie nicht aufregen. Morgen früh sehe ich sie ja ohnehin. Ach ja – und Cassie: Ich brauch' kein Abendessen. Ich gehe aus.«

Das hatte er selbst nicht gewußt, bis er es aussprach. Cassie nickte schweigend und ging hinaus.

Lewis durchquerte die große Halle und betrat den Salon. Hélènes Zimmer; Hélènes Haus. Er hatte es gekauft, sie hatte es geschaffen – sorgfältig, gewissenhaft. Lewis erkannte zwar, daß es wunderschön geworden war, aber es ging ihm auf die Nerven.

Er konnte nicht stillsitzen, er wußte nicht, was er mit sich anfangen sollte, und wanderte ruhelos im Zimmer umher. Er betrachtete die Coromandel-Wandschirme und die chinesischen Vasen, ein verspätetes Hochzeitsgeschenk seiner Eltern – die so entsetzt über seine Heirat waren, deren Herz Hélène aber, wie das aller anderen, im Sturm gewonnen hatte. Einen Augenblick dachte er wehmütig an das kleine, rote Zimmer in London mit seinem Kamin und den schäbigen Möbeln. Damals war er glücklich gewesen; davon war er überzeugt. Erst später war allmählich alles schief gelaufen.

Er schenkte sich einen Whiskey ein, tat etwas Eis ins Glas, stellte sich ans Fenster und blickte in den Garten hinaus. Er konnte arbeiten. Er konnte Hélène anrufen – die würde jedoch ohnehin bald heimkommen. Ihr Film war nahezu abgedreht; sie brauchten höchstens noch eine Woche. Er konnte ausgehen; es gab eine Menge Freunde, die sich freuen würden, ihn zu sehen. Es gab aber noch etwas anderes, das er tun konnte, und dieser Gedanke war eine sehr starke Versuchung für ihn.

Ich werde nur das Zimmer betreten, nahm Lewis sich vor. Mehr nicht. Der zweite Whiskey schien sich in Luft aufgelöst zu haben, was ihn sehr verwunderte; also holte er sich den nächsten und schlenderte damit durch die Bibliothek bis in ein Zimmer, das Hélène als Büro benutzte.

Es war im Gegensatz zu den anderen Räumen des Hauses schlicht und praktisch eingerichtet: mit einem Schreibtisch, mit Bücherregalen und einer Reihe von Aktenschränken, an die sich Lewis jetzt mit dem Rücken lehnte, denn er war außer Atem geraten und hatte angefangen zu schwitzen.

Er betrachtete den Schreibtisch mit seinen acht Schubladen, die er bei verschiedenen Gelegenheiten alle bereits durchsucht hatte. Sie enthielten Briefpapier, Notizbücher voller Zahlenkolonnen, die sich auf Investitionen zu beziehen schienen, Fotos, Haushaltsrechnungen und ähnliches. Nicht aber jene Beweise, nach denen er suchte.

Er betrachtete die Aktenschränke. Sie waren verschlossen, aber der Schlüssel steckte in seiner Jackentasche: ein Duplikat, das zu beschaffen ihn keine Mühe gekostet hatte. Während er auf die Schlösser starrte, tastete er in seiner Tasche nach dem Schlüssel. ›Welche Frau bewahrt Liebesbriefe in einem Aktenschrank auf?‹ Eine Frau wie Hélène, beantwortete er seine Frage selbst. Es *konnte* einfach nicht anders sein: Er hatte überall gesucht, die Briefe aber nirgends gefunden.

Wann genau er sich auf die Idee versteift hatte, daß es diese Briefe geben müsse, konnte Lewis nicht so recht sagen. Aber die Idee war da und wurde mit jedem Tag quälender. Er überlegte, von wem sie sein könnten; er überlegte, was wohl darin stand; zuweilen waren es in seiner Vorstellung alte, zuweilen aber auch ganz neue Briefe. Lewis hatte das Gefühl, er *müsse* sie finden, er *müsse* sie lesen. Daß es qualvoll für ihn sein würde, war unwichtig: Er wollte endlich, endlich *verstehen*!

Hastig trank er noch einen Schluck, stellte das Glas auf dem Schreibtisch ab und zog den Schlüssel aus der Tasche. Seine Hand zitterte; er war von einer seltsam berauschenden Mischung aus

Selbstachtung und Stolz erfüllt. Er öffnete die oberste Schublade des ersten Aktenschranks, um sie geschickt und methodisch zu durchsuchen. Anschließend öffnete er die zweite, die dritte... Dann ging er weiter, zum nächsten Aktenschrank.

Er brauchte lange und wäre schließlich fast in Tränen ausgebrochen. Verzweifelt wühlte er in den Schubladen herum, doch nirgendwo war etwas versteckt. Nirgends. Keine Liebesbriefe. Überhaupt keine persönliche Korrespondenz. Die Aktenschränke enthielten genau das, was man in ihnen vermutete: sämtliche Einzelheiten von Hélènes Berufsleben. Ihre Verträge, Briefe ihrer beiden Agenten an der Ost- und an der Westküste. Schreiben verschiedener Studios. Versicherungspolicen. Eine Benachrichtigung, daß ihr Testament bei ihrem Anwalt hinterlegt sei, sowie eine Kopie dieses Testaments.

Verblüfft starrte Lewis auf das Papier. Er hatte nicht gewußt, daß Hélène ein Testament gemacht hatte. Er selbst war nie auf so eine Idee gekommen. Auf einmal überkam ihn eine schreckliche Verachtung, ein schrecklicher Haß auf sich selbst. Wütend, ohne darauf zu achten, ob er sie richtig einordnete, stopfte er die Akten in die Schubladen zurück. Bis ihm auf einmal etwas auffiel: Der weitaus größte Teil der Akten bezog sich auf Hélènes Investitionen. Zuvor hatte er sie nur flüchtig überflogen, jetzt betrachtete er sie aufmerksamer, sah noch einmal genauer hin.

Er hatte gewußt, daß Hélène reich geworden war, denn sie verdiente eine Menge Geld. Aber bei weitem nicht *so* reich! Davon hatte er keine Ahnung gehabt. Fassungslos starrte er auf die Listen ihrer Beteiligungen hinab, auf all die sorgfältig belegten Transaktionen. Als sie aus England nach Amerika zurückkehrten, hatte er Hélène bei seinem Broker eingeführt, bei James Gould, einem Freund seines Vaters, den Lewis von klein auf kannte.

Er wußte noch genau, wie gerührt er gewesen war; Hélène hatte dreißigtausend Dollar zur Verfügung, die sie investieren wollte – die Gage von *Night Game* –, und war überglücklich gewesen. »Ich möchte jetzt dieses Portefeuille anlegen, Lewis. Erinnerst du dich? Wir haben mal darüber gesprochen.«

»Liebling«, hatte er zurückgegeben, »lauf lieber los und kauf dir was Schönes. Das Portefeuille hat Zeit bis später.«

Aber nein, sie war eisern geblieben, und Lewis brachte es nicht übers Herz, sie darauf hinzuweisen, daß ihre dreißigtausend Dollar in der Wall Street kleine Fische waren. Also hatte er ihr einen Termin bei James Gould III. erwirkt und sie gewarnt: »Er ist ein sehr beschäftigter Mann, Liebling. Du darfst nicht gekränkt sein, wenn du nach zehn Minuten in seinem Büro schon wieder draußen bist.«

»Ja, Lewis«, hatte sie mit ihrer seltsam feierlichen Art gesagt, und war losgezogen. Lewis war in ihrem Hotelzimmer im Pierre geblieben und hatte gewartet. Und gewartet. Zwei Stunden später erst kam sie zurück. Von denen sie anderthalb bei James Gould verbracht hatte.

Lewis war verärgert gewesen. Und eifersüchtig – doch das hatte sich gelegt. Mit der Zeit vergaß er James Gould sogar fast ganz. Nur noch verschwommen war er sich bewußt, daß der Broker und verschiedene andere Leute Hélène jetzt jene Ratschläge und Instruktionen erteilten, die er ihr früher gegeben hatte, und das hatte ihn ein wenig gestört; aber es gab ja noch so viele andere Dinge, die ihn wesentlich mehr an ihr störten.

Die Berater hatten Hélène weit reicher gemacht, als er es sich je hätte träumen, reicher, als sie es je hatte durchblicken lassen. Er studierte die Papiere aufmerksam, all die Geschäfte an der Warenbörse, die Währungsspekulationen, die gekauften und wieder verkauften Immobilien, und dabei steigerten sich sein Zorn und seine Empörung, vertiefte sich das Gefühl, betrogen worden zu sein, immer mehr.

Es gab zwar offenbar keinen Liebhaber, diese Papiere jedoch bewiesen, daß es einen ganzen Sektor ihres Lebens gab, von dem sie ihn ausschloß, den sie vor ihm geheim hielt.

Sogar in Südfrankreich hatte sie eine Villa gekauft – durch diesen gräßlichen Hai Nerval, den sie in Cannes kennengelernt hatten. Und nun schrieb sie an Gould, daß sie sie wieder abstoßen wolle. Sie wolle andere Ländereien erwerben: in Alabama!

Lewis legte die letzten Akten zurück und stieß die Schublade wieder zu. Er verschloß die Schränke, steckte den Schlüssel ein und leerte das Whiskeyglas mit einem Schluck. In diesem Augenblick haßte er Hélène. Wenn sie dies alles so streng geheim hält, dachte er verzweifelt, was für Geheimnisse hat sie dann noch, und wo hält sie die vor mir verborgen?

Hélène. Hélène. Hélène. Ihr Name hallte durch seinen Kopf, und er blickte wild im Zimmer umher, als suche er einen Anhaltspunkt, irgendeinen kleinen Hinweis, der ihm seine Frau zurückgeben, der ihm helfen könne, sie zu verstehen.

In diesem Augenblick klingelte das Telefon. Lewis zuckte zusammen. Sekundenlang starrte er den Apparat verständnislos an: Es war das Telefon auf Hélènes Schreibtisch, ihre Privatnummer. Dann nahm er hastig den Hörer ab. Er wußte, was er zu hören erwartete: eine Männerstimme, die Stimme ihres Liebhabers, die Stimme, die ihm alles erklärte.

Haßerfüllt sah Lewis den Hörer an; dann sagte er energisch: »Hier spricht Lewis Sinclair.«

Der andere Teilnehmer schwieg einen Moment. Lewis wartete nervös. Wenn der Kerl jetzt auflegt, dachte er, wenn dieses Schwein jetzt einfach auflegt... Dann hörte er eine Frauenstimme: weich, gehaucht, fast wie die Stimme eines Kindes.

»Ach, Mr. Sinclair«, sagte sie. »Vermutlich erinnern Sie sich nicht mehr an mich, aber wir haben uns mal in Cannes kennengelernt. Hier ist Stephani Sandrelli. Ich hab' gerade mit Ihrer Frau gefilmt, und sie hat mich gebeten, Sie anzurufen, sobald ich wieder in Los Angeles bin.« Sie kicherte ein wenig. »Ehrlich gesagt, sie hat mich gebeten, mal nachzufragen, ob mit Ihnen alles in Ordnung ist. Festzustellen, ob Sie auch Sehnsucht nach ihr haben, nehme ich an.«

Lewis zog die Brauen zusammen. Sogar in seinem jetzigen Zustand hielt er das für kaum überzeugend; es sah Hélène überhaupt nicht ähnlich.

»Tut mir leid. Wie war Ihr Name noch gleich?«

»Stephani. Stephani Sandrelli.«

Da sah er sie auf einmal vor sich, wie sie durch den Park des Hotel du Cap stöckelte: eine Wolke von platinblondem Haar und eine Figur, die aus dem weißen Kleid fast herausplatzte. Er zögerte nur eine Sekunde. ›Zwei Jahre‹, dachte er. Dann sagte er in seiner altgewohnten, lässigen Art: »Warten Sie mal. Ich denke, wir beiden sollten uns mal zusammensetzen, meinen sie nicht? Hätten Sie heut abend vielleicht zufällig Zeit für ein Dinner?«

»Zufällig, ja«, antwortete die kleine, gehauchte Stimme.

The *Runaways* war abgedreht. Hélène flog nach New York und stieg im Plaza ab. Wie immer bekam sie eine Suite mit Blick auf den Central Park. In den Zimmern war es wegen der Klimaanlage eher kühl, in der Stadt draußen hingegen drückend schwül. Das Grün der Parkbäume war schwer und sommerstumpf; die Pferde vor den Kutschen auf der anderen Straßenseite, mit denen die Touristen ihre Runden fuhren, waren schweißnaß. Ende Juli: An diesem Tag war es in New York genauso heiß und feucht wie in Alabama. Hélène lehnte an einem Fenster; irgendwo in der City heulten Sirenen.

Sie war an Hotelzimmer gewöhnt – so sehr, daß sie sie kaum noch bewußt wahrnahm. Manchmal überfiel sie das Gefühl, überhaupt kein Zuhause zu haben – fast so, als sei selbst die Villa in Los Angeles nichts weiter als eine vorübergehende Basis. Ein Leben voller Zwischenstationen: Sie war seit fünf Jahren unterwegs.

Sehr methodisch begann sie auszupacken, hängte ihre teure Garderobe sorgfältig in die Schränke. Ein Valentino-Kleid; das Saint-Laurent-Kostüm, das sie am folgenden Vormittag bei der Sitzung in James Goulds Büroräumen anziehen wollte. ›Sie haben den Besitz in Grasse verkauft? Aha. Dann sollten wir uns lieber zusammensetzen und über den neuen Vorschlag sprechen.‹ Gould hatte gereizt geklungen; vermutlich würde es keine einfache Sitzung werden.

Sie dachte an ihre erste Begegnung mit Gould im Herbst 1960 und mußte lächeln. Sie war mit Lewis im Pierre abgestiegen; es war sehr heiß gewesen, ein Tag wie der heutige, und Lewis sagte: »Es ist ein sehr beschäftigter Mann, Liebling. Du darfst nicht gekränkt sein, wenn du nach zehn Minuten in seinem Büro schon wieder draußen bist.« Sie hatte nur gelächelt. Sie wußte genau, was sie tun würde, hatte monatelang über diesen Besuch nachgedacht, den Text in Gedanken geplant, niedergeschrieben und auswendig gelernt. Das Ganze war sehr wichtig für sie: der erste Schritt auf dem Rückweg nach Alabama und zu Ned Calvert. Sie hatte nicht die Absicht, nach zehn Minuten schon wieder draußen zu sein, und hatte sich gründlich überlegt, was sie tun und was sie sagen wollte. Wie brachte man jemanden wie James Gould dazu, von ihr Notiz zu nehmen, obwohl sie nur dreißigtausend Dollar hatte und er das als Gefälligkeit für ihren Ehemann betrachtete?

Als sie den großen, mit Eiche getäfelten Raum betrat und James Gould gegenüberstand, hatte sie fast den Mut verloren. Er war ein hochgewachsener, gutaussehender Patrizier von etwa fünfzig Jahren und verfügte über eine angeborene Arroganz, die sie an Lewis erinnerte, obwohl Gould ungeduldiger und kälter war. Außerdem erinnerte er sie ein wenig an Mr. Foxworth. Es war die gleiche kühle Höflichkeit, die gleiche instinktive Ablehnung von Frauen. Sie hatte ihn aufmerksam angesehen und gehofft, eine Spur von Humor zu finden, doch nicht mal eine Andeutung davon entdeckt.

Im Eiltempo brachte er die üblichen Höflichkeitsfragen über Lewis, die unvermeidlichen Präliminarien, hinter sich. Dann warf er, als bereue er jetzt schon, seinem alten Familienfreund eine Gefälligkeit versprochen zu haben, einen kurzen, leicht ungeduldigen Blick auf die Papiere, die vor ihm lagen.

»Also, dann sehen wir mal. A ja, mit dreißigtausend Dollar haben wir's hier zu tun. Nun ja, Mrs. Sinclair, es wäre vielleicht das beste, wenn Sie mir erläutern, was Sie sich vorgestellt haben. Dachten Sie vielleicht an mündelsichere Wertpapiere? Für eine sehr breite Streuung haben wir leider nicht das Kapital, deswegen würde ich Ihnen raten...«

»Mr. Gould.«

Sie fiel ihm ins Wort, und das war möglicherweise ein Fehler. Ganz kurz senkte sie den Blick auf ihre Hände, um ihn sofort wieder auf sein Gesicht zu richten. Und da sie nichts und alles zu verlieren hatte, sprach sie den Satz, den sie sich zurechtgelegt, mit der Stimme, für die sie sich entschieden hatte, und war dabei genauso ruhig wie vor der Kamera. »Ich möchte sehr schnell reich werden, Mr. Gould. Und bitte Sie, mir dabei zu helfen. Das ist alles.«

Er hatte in einigen Papieren geblättert. Jetzt hielt er inne und sah zu ihr auf.

»Ich möchte«, fuhr sie mit ihrer kühlsten, englischsten Stimme fort, »dieses Geld verdoppeln und dann abermals verdoppeln. Für den Anfang.«

»Mrs. Sinclair, dies ist Wall Street, nicht Las Vegas.«

»Das ist mir klar. Wenn ich das Gefühl hätte, dieses Ziel in Vegas erreichen zu können, wäre ich jetzt dort. Aber ich glaube, daß hier meine Chancen größer sind.«

Eine Weile herrschte Stille; dann begann James Gould auf einmal zu lächeln. Er sah sie an – sah sie zum erstenmal richtig an, seit sie hereingekommen war. Er nahm ein Blatt Papier, das vor ihm lag, und auf dem er sich ein paar Notizen gemacht hatte, riß es mitten durch und warf es in den Papierkorb.

»Ich verstehe«, sagte er bedächtig. »Dann sollten wir besser noch mal von vorn anfangen.« Hélène, die ihn beobachtete, sagte sich: ›Sieh an, er hat ja doch Humor! Dann wird es klappen!‹ Und sie hatte sich nicht getäuscht. Damals hatte sowohl ihre Freundschaft als auch ihre äußerst erfolgreiche Verbindung begonnen – bei jener Zehn-Minuten-Besprechung, die dann doch anderthalb Stunden dauerte.

»Begreifen Sie, was wir da vorhaben?« hatte er sie gefragt, bevor sie ging. »Ich muß das wissen.« Er zögerte. »Je höher die Gewinne, desto größer das Risiko. Wenn wir diesen Weg einschlagen, könnten Sie beträchtliche Gewinne erzielen, die sich bei einer Wiederanlage natürlich erhöhen. Aber das Ganze grenzt ans Glücksspiel, und die Chancen sind ungefähr so schlecht wie beim – na, sagen wir, beim Roulette. Sie könnten Gewinne erzielen; wahrscheinlicher aber ist, daß Sie Ihr Kapital verlieren. Sind Sie darauf vorbereitet?«

»Ja, Mr. Gould, ich bin darauf vorbereitet.«

»Sagen sie, Mrs. Sinclair, warum tun Sie das eigentlich?« Er musterte sie eindringlich.

»Müssen Sie das unbedingt wissen?« Sie begegnete seinem Blick gelassen.

»Nein«, antwortete er mit einem kleinen, verwunderten Stirnrunzeln. »Eigentlich nicht.«

Sie hatte ihr Kapital nicht verloren, sondern vielmehr Gewinne erzielt. Und in dem Maß, in dem ihre Gewinne anstiegen, investierte und investierte sie. Eine Million; zwei Millionen. Erst dann begann sie, sich sicher zu fühlen. Zuweilen aber fragte sie sich, ob sie nur absolut sicherstellen wollte, daß sie genug Geld hatte, um mit Ned Calvert abzurechnen, oder ob noch etwas anderes dahintersteckte. Versuchte sie darüber hinaus, vielleicht Schritt für Schritt das Gespenst der Armut abzuschütteln, bis sie über jeden Zweifel hinaus sicher war, daß es ihr nie wieder auflauern würde?

Nun, da sie tatsächlich reich war, fühlte sie sich aber seltsamerweise zuweilen arm und war sich voll Bitterkeit der Tatsache bewußt, daß sie sich diese Armut selbst zuzuschreiben hatte. Sie *be-*

saß mehr, *fühlte* dafür aber weniger. Sie sah sich damals, in dem kleinen Pensionszimmer in Paris, wie sie hastig ihre paar Sachen in den Pappkoffer warf, um dann die Treppe hinab und durch die Straßen zur Seine zu laufen. Damals, als sie gar nichts besaß, hatte sie das Gefühl gehabt, reich zu sein.

›Ja, aber damals war ich glücklich‹, dachte sie. Dann jedoch konzentrierte sie sich, voll Unmut über sich selbst, gleich wieder aufs Auspacken.

Als sie im Badezimmer ihre Kosmetika auspackte, hielt sie auf einmal die noch immer verschlossene Flasche Joy in der Hand, die Stephani ihr geschenkt hatte, und warf sie in einem plötzlichen Wutanfall in den Mülleimer. Zahnpasta. Shampoo. Französische Seife von Guerlain. Die kleine Packung Anti-Baby-Pillen, noch immer dieselbe Marke, die ihr Mr. Foxworth verschrieben hatte, als sie noch etwas ganz Neues waren. Haßerfüllt starrte sie darauf hinab; dann drückte sie die Pillen eine nach der anderen aus der Plastikverpackung ins Waschbecken: Montag, Dienstag, Mittwoch, Donnerstag... Pillen für einen ganzen Monat. Sie drehte den Wasserhahn auf und spülte sie fort. Was für einen Sinn hatte es jetzt noch, die Dinger zu schlucken?

Sie kehrte in den Salon der Suite zurück und griff nach dem Script, das Gregory Gertz ihr in Arizona gegeben hatte. Einmal hatte sie es schon gelesen, nun aber, nachdem *The Runaways* abgedreht war, hatte sie ihm versprochen, das Ganze noch einmal durchzulesen. Sie nahm es sich für den heutigen Abend vor, denn Gertz war gerade in New York, sie konnten sich morgen nach der Sitzung mit James Gould kurz treffen, um darüber zu sprechen. Anschließend würde sie dann die nächste Maschine nach Hause, zu ihrer Tochter nehmen.

Dieser Gedanke verhalf ihr gewöhnlich zur Ruhe, diesmal aber verfehlte er irgendwie seine Wirkung. Sie schlug das Drehbuch auf und fing an zu lesen; aber die Worte wirkten sinnentleert, die Sätze ohne jede Bedeutung. Sie klappte das Buch zu und sah auf die Uhr. Kurz vor sieben, beinahe Zeit für ihren täglichen Anruf bei Cat.

Sie griff nach dem Telefon, zögerte, gab dann ihrem Verlangen nach und ließ sich mit dem Fernamt verbinden.

Ihr Herz klopfte rasend. Wie oft hatte sie dies eigentlich schon getan – aus Hotelzimmern in ganz Europa, aus Hotelzimmern in ganz Amerika? Vielleicht fünfzehnmal, und das war in fünf Jahren eigentlich nicht sehr oft. Aber sie hatte ein Gefühl, als wären es Hunderte von Anrufen gewesen. Zum erstenmal hatte sie es in London getan, in jenem kleinen, roten Zimmer von Anne Kneales Haus, vor dem Kamin, als sie auf Lewis wartete, der zu einer Party am Berkeley Square gegangen war.

Ihre Handflächen waren feucht, ihr Mund war trocken, und sie zitterte ein wenig. Sie sagte der Vermittlung dasselbe, was sie jedesmal sagte: ›Lassen sie es dreimal läuten, dann legen Sie auf.‹ Sie gab der Vermittlung die Nummer in St. Cloud. Die Telefonistin wiederholte sie gelangweilt. »Ich verbinde...«

»Warten Sie!« Hélène schluckte. »Lassen Sie es läuten, ja? Ich werde selbst auflegen.«

Die Telefonistin klang noch immer gelangweilt. »Aber gern«, antwortete sie mit einem kleinen Seufzer.

Hélène saß, den Hörer ans Ohr gepreßt, ganz still. Er wird nicht da sein. Es wird sich niemand melden. George wird ans Telefon gehen, oder ein anderer Diener... Wieviel Uhr ist es überhaupt in Paris? Sie konnte nicht denken, vermochte nicht nachzurechnen. Früher. Später. Morgen. Nachmittag. Fünf Jahre. Fünf Stunden.

Sie lauschte auf das Klicken, das ferne Läuten.

Einmal. Zweimal. Dreimal. Doch als sie diesmal auflegen wollte, gehorchten ihr die Hände nicht.

Beim fünften Läuten meldete sich Edouard persönlich. »Ja?«

Es war wie ein elektrischer Schock. Ein Stromschlag, der sie mitten ins Herz traf. Das Schweigen schien ewig zu währen. Als er dann sprach, klang seine Stimme messerscharf. »Hélène?«

Sie legte auf.

Gould leitete die Sitzung, die ihrem Ende zuging, in äußerst unzufriedener Stimmung. Er blickte auf die Papiere hinab, die vor ihm lagen. Dann musterte er die Runde an diesem langen Konferenztisch: Er selbst am Kopfende, zu beiden Seiten vier weitere Herren und dazu eine Dame, eine Frau, die drauf und dran war, nach vier Jahren kluger, gewagter und äußerst erfolgreicher Geschäfte ihren ersten Fehler zu begehen. Auf diese Tatsache war sie bereits von Gould persönlich und anschließend von einem der anwesenden Herren nach dem anderen hingewiesen worden: einem Anwalt, zwei Investment-Brokern und einem Investment-Manager, allesamt vielbeschäftigte Herren, deren Ratschläge teuer bezahlt wurden. Hélène Harte hatte allen zugehört, hörte ihnen noch immer zu. Oder hörte überhaupt nicht zu: schwer zu entscheiden. Wie dem auch sei, sie wirkte eindeutig desinteressiert.

Gould musterte sie ein wenig aufmerksamer. Der Anwalt, den er hinzugezogen hatte, und der Hélène Harte zum erstenmal begegnete, wiederholte die Argumente im Ton eines gelangweilten Lehrers, der mit einem Kind zum x-ten Mal das Alphabet durchgeht. Hélène hatte sich ihm höflich zugewandt. An ihrer rechten Hand trug sie einen Brillantring: jenen legendären Ring, den Lewis ihr kurz nach der Eheschließung geschenkt hatte, und der einige Jahre zuvor das Hauptgesprächsthema von Boston und New York gewesen war. Der Anwalt war von diesem Ring offenbar fasziniert. Während er sich über Baumwollindustrie und Kunstfasern ausließ, schien er zu zählen, wieviel Karat der Stein besaß.

Im Grunde war Hélènes Vorschlag ziemlich einfach. Sie liquidierte – mit gutem Gewinn – einige ihrer Vermögenswerte, darunter den Besitz, den sie 1963 in Südfrankreich erworben hatte. Dieses Geld wollte sie in Grundbesitz investieren, und das war durchaus akzeptabel. Gould selbst hatte ihr einige Investitionen dieser Art in England und New York City vorgeschlagen, die überaus vielversprechend waren. Aber sie hatte nur genickt und war wieder auf Alabama zurückgekommen.

Über eine vorgeschobene Firma namens Hartland Developments, Inc. wollte Hélène etwa sechshundert Hektar Baumwollfelder erwerben, die an eine Kleinstadt namens Orangeburg grenzten und gegenwärtig einem Major Edward Calvert gehörten. Dieses Vorhaben war nicht akzeptabel. Es war, schlicht gesagt, total verrückt.

Als Gould merkte, daß Hélène es wirklich ernst meinte, hatte er in ihrem Interesse unverzüglich gründliche Recherchen in Auftrag gegeben. Das Ergebnis dieser Nachforschungen lag nun vor ihm auf dem Tisch, und es machte ihn alles andere als glücklich.

Calvert hatte seit zwölf Jahren viel Geld in die Pflanzung und in Maschinen gesteckt; seine Baumwolle wurde praktisch überhaupt nicht mehr von Hand gepflückt, und die Zahl seiner Arbeiter war ständig gesunken. Er hatte seine Ausgaben mit Bankkrediten finanziert und seinen Besitz als Sicherheit gegeben. Hätte er seine Pflanzung besser verwaltet, wäre der Bedarf an und der Preis für Baumwolle nicht gesunken, hätte Calvert möglicherweise Profit herausgewirtschaftet. So wie es jetzt aussah, schleppte sich seine Plantage mühsam dahin.

Die beiden Banken, bei denen ihm auf Grundbesitz und Haus Hypotheken gewährt worden waren, hatten schon zwei Jahre zuvor erste Warnzeichen bemerkt. Seit 1962 stand Calvert unter zunehmendem Druck. Die Zinsen für seine Kredite stiegen monatlich; der Wert seiner Besitzungen sank von Jahr zu Jahr. 1963 hatte er durch Wetterunbilden und Pflanzenkrankheiten eine sehr schlechte Ernte gehabt. Inzwischen drohte ihm die Zwangsvollstreckung, darum griff er jetzt nach der Möglichkeit, einen Teil seines Grundbesitzes zu verkaufen. Wie bereits jeder Fachmann am Konferenztisch ausgeführt hatte, würde er mit einem weit kleineren Grundbesitz arbeiten müssen, und damit waren die Chancen für eine Wende zum Positiven praktisch gleich null. Ned Calvert versuchte Zeit zu schinden: Er war bemüht, eine Schlacht zu gewinnen, die garantierte, daß er den Krieg verlor.

James Gould hatte Kopfschmerzen. Der Anwalt redete immer noch. Gould rieb sich die Schläfen – ohne Erfolg. Der springende Punkt war, daß Calvert untergehen und ein Erwerb seines Besitzes durch Hélène Harte absolut sinnlos sein würde. Das Land war eine schlechte Investition; der Preis, den zu zahlen sie sich bereit erklärt hatte, war lächerlich; und wenn es sich um eine andere Person gehandelt hätte als sie, hätte Gould an ihrem gesunden Menschenverstand gezweifelt. Er konnte nur annehmen, daß es sich um eine exzentrische Laune handelte. Frauen hatten ja oft Launen. Nur eines ließ ihn seine Ungeduld beherrschen: das klare Bewußtsein, daß Hélène Harte keine Launen hatte. Sie war klug, methodisch und raffiniert. Und das machte das Ganze noch unverständlicher.

Zu seiner Erleichterung kam sie ihm, als er den Anwalt gerade unterbrechen wollte, darin zuvor. Sie rückte ihren Brillantring zurecht, beugte sich vor und sagte mit ihrer ruhigen, ein wenig rauchigen Stimme mit dem merkwürdigen Akzent: »Vielleicht sollte ich eines klarstellen. Ich hatte es zwar zuvor schon erwähnt, aber mir scheint, ich sollte es wohl noch einmal erklären.«

Die ruhige Stimme brachte den rebellischen Anwalt zum Schweigen. Er hob resigniert beide Hände und lehnte sich mit verärgerter Miene zurück.

»Meine Übernahme des Besitzes ist mit gewissen Bedingungen verknüpft.« Sie machte eine kleine Pause. »Ich werde ihn zum verlangten Preis erwerben – unter der Bedingung, daß meine Firma die existierenden Bankkredite übernimmt. Mit dem Rest der Plantage und der Villa als Sicherheit, wie zuvor.«

Der zum Schweigen gebrachte Anwalt schnaubte verächtlich. »Die Banken werden Gottes Segen auf Sie herabwünschen. Sie werden ihr Glück nicht fassen können. Diese Sicherheit ist praktisch wertlos, das wissen sie. Warum, glauben Sie wohl, drohen sie mit Zwangsversteigerung? Sie wissen, daß sie sich die Finger verbrennen werden, damit haben sie sich abgefunden. Jetzt organisieren sie eine Rettungsaktion, weil sie den Rest ihrer Hand und möglichst noch den Arm retten wollen.

»Wunderbar.« Hélène lächelte. »Dann sollte das Geschäft ja sehr leicht abzuschließen sein. Die Banken werden es auf jeden Fall akzeptieren.«

Gould beugte sich vor; ihm war eine Idee gekommen. »Im Laufe des kommenden Jahres«, begann er bedächtig, ohne den Blick von Hélènes Gesicht zu wenden, »vermutlich jedoch schon in etwa sechs Monaten, wird dieser Major Calvert zahlungsunfähig sein. Was werden Sie dann tun?«

»Zwangsversteigern lassen.«

»Er wird um eine Verlängerung nachsuchen.«

»Die ich ihm verweigern werde.«

»Ich verstehe.«

Am Tisch herrschte Schweigen. Der Investment-Manager richtete seufzend den Blick zur Decke. Einer der Anwälte hustete.

»Wie lange werden Sie ihm präzise geben?« Gould lehnte sich zurück und klopfte mit seinem Bleistift auf den Tisch.

Hélène krauste die Stirn. Eigentlich hatte sie sich gedacht: ›Soll er doch schwitzen, ich werde ihm genußvoll dabei zusehen.‹ Hatte an ein Datum gedacht, ein überaus passendes Datum: den 15. Juli. Herzlichen Glückwunsch zum Jubiläum, Ned!

Bis zu diesem Datum war es jedoch noch fast ein Jahr. Und auf einmal fand sie es unerträglich, noch so lange warten zu müssen.

Sie wollte es möglichst bald hinter sich bringen. Als sie aufsah, begegnete sie Goulds Blick. »Geben Sie ihm sechs Monate. Bis Ende Januar nächsten Jahres. Vermitteln Sie ihm den Eindruck, daß wir verlängern werden, garantieren Sie ihm jedoch nichts. Wird er das akzeptieren?«

»Ich denke, unter den gegebenen Umständen würde er praktisch alles akzeptieren. Verzweifelte Menschen pflegen, das Kleingedruckte nicht zu lesen.« Gould sagte es ironisch. Er glaubte allmählich zu verstehen. »Und dann?« erkundigte er sich.

»Nach Ablauf der sechs Monate – Zwangsversteigerung. Oder sobald er zahlungsunfähig ist. Ich nehme an, es gibt keine anderen Finanzierungsmöglichkeiten für ihn?«

»Absolut aussichtslos.« Der neue Anwalt beugte sich angriffslustig vor. »Kein Mensch – bei allem Respekt – würde so verrückt sein, für ihn zu bürgen. Der Ausgang ist ganz eindeutig: In sechs Monaten – oder in sieben, allerhöchstens acht – werden Sie alles besitzen, was er hat: eine heruntergewirtschaftete Plantage, ein heruntergewirtschaftetes Haus. Nicht mal *verschenken* könnten Sie den Besitz. Wo liegt da der Sinn?«

Hélènes Miene wurde steinern. Mit schneidender Stimme antwortete sie: »Für *mich* liegt Sinn darin.« Sie neigte ganz leicht den Kopf. Im Grund war sie sich gar nicht mehr so sicher, ob für sie tatsächlich Sinn darin lag. Sie hätte von Triumph erfüllt sein müssen, empfand jedoch nur lähmende Müdigkeit. Unvermittelt stand sie auf, um die Sitzung so schnell wie möglich zu beenden. Während sie ihre Handschuhe anzog, wandte sie sich an James Gould: »Wie lange wird es dauern, bis alle Papiere ausgefertigt sind?«

»Nicht lange. Es liegt alles bereit. Die Vorarbeiten sind abgeschlossen.«

»Gut.« Leicht zerstreut sah sie ihn an. »Ich möchte alles möglichst bald unterzeichnet und besiegelt haben. Ich danke Ihnen allen, daß Sie mir Ihre Zeit gewidmet haben.«

Sie schenkte ihnen allen jenes außergewöhnliche Lächeln, mit dem sie einen ganzen Raum zu erhellen vermochte. Als sie sich zur Tür wandte, erhoben sich die Herren. Gould als einziger begleitete sie hinaus – schweigend. Beim Lift angelangt, drückte er auf den Knopf; und erst dort, als sie sich zu ihm umwandte, hatte er plötzlich das Gefühl, nicht länger schweigen zu können.

»Sie kennen ihn, Hélène, nicht wahr?« fragte er leise. »Sie kennen diesen Calvert, und das ist der Grund für diese ganze Aktion.«

Sie zögerte, doch nur sekundenlang. Er sah einen Ausdruck in ihre Augen treten, den er an ihr noch niemals gesehen hatte, und der ihn beunruhigte.

Dann antwortete sie ebenso leise: »Sie haben recht. Es stimmt. Ich kenne ihn.«

»Aber *warum*, Hélène? *Warum* tun Sie das?«

»Warum?« Sie erwog die Frage einen Moment. Dann lächelte sie ganz leicht resigniert. »Weil er mich zu der Frau gemacht hat, die ich bin«, erklärte sie. »Das ist der Grund.« Sie hielt inne. »Gould – Sie haben mir diese Frage schon einmal gestellt. Erinnern Sie sich? Als ich zum erstenmal zu Ihnen kam. Wissen Sie noch, was ich damals gesagt habe?«

»O ja.« Gould wich ihrem Blick nicht aus. »Sie haben mich gefragt, ob ich es unbedingt wissen müsse, und ich habe nein gesagt.«

»Dann sagen Sie jetzt wieder nein. Ich wäre Ihnen sehr dankbar dafür.« Sie beugte sich vor, als sie dies sagte, und legte ihm die Hand auf den Arm. Gould wollte widersprechen, protestieren, doch die Berührung ihrer Hand und der Ausdruck in ihren Augen ließen ihn nachgeben.

»Na schön. Nein.«

»Danke«, sagte sie schlicht.

Die Lifttüren öffneten sich, sie wandte sich ab und betrat die Kabine. Einmal noch lächelte sie, dann glitten die Türen wieder zu.

Gould kehrte nachdenklich ins Konferenzzimmer zurück. Dort war der Anwalt, der Hélène Harte zum erstenmal erlebt hatte, bereits wieder in voller Fahrt.

James Gould hörte ihm nicht zu. Er trat ans Fenster. Tief unten, auf der anderen Straßenseite, wartete eine schwarze Limousine. Er beobachtete, wie Hélène Harte die Straße überquerte und in den Fond einstieg. Dabei zog er ganz leicht die Brauen zusammen.

Er hatte schon oft miterlebt, wie Menschen das Geld als Waffe benutzten, und es hatte ihn jedesmal sehr interessiert. Es war legal und äußerst wirksam: Die perfekte Mordwaffe, hatte er einmal scherzend bemerkt. Heute jedoch hatte er in Hélène Hartes Augen etwas entdeckt, was ihn sowohl überraschte als auch erschreckte: Haß.

Sie waren auf einer Party in Malibu gewesen, einem Champagner-Barbecue an Lloyd Bakers Privatstrand mit Lloyd Bakers Ehefrau –, die, wie Lewis vermutete, schon bald Lloyds Bakers Ex-Ehefrau sein würde – als Gastgeberin. Sie waren länger geblieben, als Lewis beabsichtigt hatte, und fuhren jetzt auf dem Santa Monica Freeway in Richtung Stadtmitte, damit Lewis Stephani an ihrer kleinen Wohnung absetzen konnte. Es war halb sieben Uhr abends, und der Verkehr auf dem Freeway stand in beiden Richtungen still. Alle Fahrstreifen waren total verstopft. Fluchend drückte Lewis auf die Hupe.

»Verdammt noch mal, Stephani! Ich hab' dir doch gleich gesagt, daß das eine Idiotie ist!«

Stephani leckte sich nervös die Lippen. Sie warf ihm einen schüchternen Seitenblick zu. »Um wieviel Uhr soll Hélène zu Hause ankommen, Lewis?«

»Gegen acht. Hab' ich dir doch gesagt. Und ich muß bis dahin erstens dich nach Hause gebracht haben, zweitens selber nach Hause gefahren sein und drittens mich geduscht und umgezogen haben. Himmel!« Wieder drückte er anhaltend auf die Hupe. »Wir werden noch den ganzen Abend hier stehen.«

Verzweifelt hämmerte Lewis auf das Lenkrad. Sie krochen ungefähr zehn Meter weiter, dann standen sie wieder still. Sie waren von allen Seiten eingekreist. »Das wird noch mindestens eine Stunde dauern!«

»Lewis?« Wieder einer dieser kurzen Seitenblicke von Stephani. »Sei mir nicht böse. Ich hasse es, wenn du wütend wirst. Es tut mir leid, Lewis. Ganz ehrlich!« Sie zögerte.

Lewis beruhigte sich ein wenig.

»Gib mir einen kleinen Kuß, Lewis. Bitte!« Und ehe er etwas erwidern konnte, drehte sie sein Gesicht zu sich herum. Sie sah ihn ernst mit ihren großen, babyblauen Augen an, drückte ihren Mund langsam auf seinen und schob ihm ihre Zunge zwischen die Lippen. Lewis wehrte sich; nach einer Weile gab er jedoch den Widerstand auf und stöhnte.

Als er sich wieder davon erholt hatte, entdeckte er, daß der Wagen vor ihm wieder drei Meter weitergefahren war. Langsam ließ er den Porsche hinterherrollen.

Stephani kramte auf dem schmalen Rücksitz herum. »Wo ist dein Jackett, Lewis?«

»Mein Jackett? Auf dem Rücksitz. Aber was soll ich damit? Wir haben mindestens vierzig Grad Hitze!«

Stephani hatte das Jackett gefunden. Sie zerrte es durch die Lücke zwischen den Sitzlehnen nach vorn. »Mir gefällt's, wenn es so heiß ist. Es ist so schön, mit offenem Verdeck, und der Sonne, und allem. Dann krieg ich immer so ein Gefühl...«

Wieder sah sie ihn vielsagend von der Seite an. Trotz der Hitze, der Auspuffgase und der Nachwirkungen von Aufputschpillen und Champagner, von denen er Kopfschmerzen hatte, spürte Lewis ein leichtes Drängen, eine Veränderung seines Körpers.

»Sitz doch mal still, Lewis! Du bist furchtbar nervös, weißt du das? Lehn dich zurück. Ich werde dir Entspannung verschaffen, Lewis. Paß auf, gleich wirst du dich wieder wunderbar fühlen – einfach wunderbar!«

Während sie das sagte, legte sie ihm das Jackett über den Schoß und schob ihre Hand drunter. Sie öffnete ihm die Hose. »Mein Gott, Stephani«, sagte Lewis, »wir sind auf dem Freeway!«

»Ganz recht, Lewis. Und ich werde dich sofort in Fahrt bringen.«

»Oh, mein Gott!« Er spürte, wie sie seine Unterhose beiseite schob. Ihre Hand war warm und ein wenig feucht. Lewis wurde sofort steinhart. Stephani umfing seinen Penis und begann ihn zu bearbeiten. Nach einer Weile richtete sie den Blick auf ihn und fragte: »Hast du Kleenex, Lewis-Schätzchen?«

Lewis zog ein schneeweißes Leinentaschentuch aus seiner Hosentasche. Stephani nahm es lächelnd und ließ es unter dem Jackett verschwinden. Lewis machte die Augen zu.

Stephani drückte, streichelte und pumpte, ihre Hand bewegte sich mal schnell, mal langsam. Lewis öffnete die Augen wieder; rasch sah er nach links und rechts: Die Insassen der anderen Wagen schienen überhaupt nichts zu bemerken. Er stöhnte; dann biß er sich auf die Lippe. Er merkte, daß er gleich kommen würde. Er streckte die Hand aus und tastete nach ihrer schweren Brust. Durch den straff gespannten, weißen Stoff fühlte er ihre Brustwarze an seiner Handfläche.

Dann konnte er sich nicht länger beherrschen. Es schien endlos zu dauern.

Als es vorbei war, schloß Stephani ihm fürsorglich die Hose und zog ihre Hand mit dem zerdrückten, feuchten Taschentuch unter dem Jackett hervor.

Lewis sah sie an. Sie hob das Taschentuch an ihr Gesicht und drückte es an ihre Lippen. Dann stopfte sie es sich lächelnd in den prallen Ausschnitt und fuhr sich mit der kleinen, rosigen Zungenspitze über die Lippen.

»Lewis«, sagte sie mit ihrer Kleinmädchenstimme, »du brauchst mir nichts zu sagen. Jetzt, da Hélène wieder zu Hause ist, wirst du mich nicht mehr sehen wollen. Aber ich hab' Verständnis dafür. Und wenn ich allein bin und mich einsam fühle – weißt du, was ich dann tun werde? Ich werde dieses Taschentuch nehmen, Lewis, und ganz, ganz fest an dich denken. Und weißt du, was ich dann tun werde?« Stephani beugte sich zu ihm hinüber und flüsterte es ihm ins Ohr. Innerhalb von Minuten war Lewis schon wieder steinhart.

Im selben Augenblick richtete sich Stephani plötzlich auf. »He, was sagt man dazu!« rief sie. »Es geht weiter!« Lewis rammte den Fuß aufs Gas.

Als sie die Straße erreichten, wo Stephani wohnte, stellte er den Wagen im Parkverbot mit zwei Rädern auf dem Bürgersteig ab. Vor lauter Ungeduld wäre er fast hinausgefallen. Er zerrte Stephani übers Trottoir und die Treppe hinauf. Nachdem sie die Tür geschlossen hatten, fielen sie sofort ins Bett.

Sie blieben zwei ganze Stunden darin, und obwohl sie in der vergangenen Woche sehr viel Zeit in diesem Zimmer und diesem Bett verbracht hatten, war es, wie Lewis sich einredete, noch nie so wunderbar gewesen. Eine Stimme in seinem Kopf sagte triumphierend: ›Siehst du? Siehst du? Mit dir ist *doch* alles in Ordnung. Es war ganz allein Hélènes Schuld!‹

Lewis mochte diese Stimme; und ihm gefiel auch, was sie sagte. Wenn er Stephani ansah, empfand er eine Mischung aus Mitleid und Begierde. Als sie die Baker-Party verließen, hatte er eigentlich den Entschluß gefaßt, Stephani nun, da Hélène wieder zu Hause war, nicht mehr zu sehen. Es war vorbei. Er durfte sich nie wieder mit ihr treffen.

Als sie jetzt jedoch neben ihm lag, erschien ihm das nicht nur überflüssig, sondern sogar ziemlich grausam. Stephani war sehr verletzlich. Er berührte ihre Brust, und Stephani stöhnte ein wenig auf. Bevor Lewis wußte, wie ihm geschah, hatte er sich umgedreht, den Kopf zwischen ihren Brüsten vergraben, und sagte: »Ach Stephani, ich *muß* dich einfach weiterhin sehen. Ich *kann* nicht anders!«

Stephani stieß einen kleinen Seufzer aus. Sie schob Lewis ein wenig von sich und sah ihm tief in die Augen. Dann sagte sie sehr ernst: »Ich weiß, daß du sie liebst, Lewis. Das ist in Ordnung. Ich liebe sie auch. Ehrlich. Wir brauchen ihr nicht weh zu tun, Lewis. Sie braucht überhaupt nichts davon zu erfahren.«

Und dann tat sie etwas, das Lewis ziemlich durcheinanderbrachte. Mit einer Hand hob sie ihre blonden Locken hoch, hielt sich die Haare straff aus der Stirn und sah ihn mit ihren großen, blauen Augen an. »Ich finde, daß ich ihr ähnlich bin«, flüsterte sie atemlos. »Du nicht auch, Lewis? Ein ganz kleines bißchen?«

Das fand Lewis nicht, brachte es aber nicht übers Herz, ihr zu widersprechen. Bald darauf verließ er sie. Als er vor der Villa ankam, hatte er sich über zwei Stunden verspätet. Es war kurz vor zehn, und Hélène mußte inzwischen seit zwei Stunden zu Hause sein.

Aus den Augenwinkeln entdeckte er vor der Toreinfahrt eine Bewegung: Ein Gesicht, das sich ihm zuwandte, bleich und reglos im Licht der Scheinwerfer, erstarrt wie ein vom Lichtstrahl geblendetes Tier. Der Mann war wieder da!

Lewis wurde furchtbar wütend. Er stieß den ersten Gang hinein und jagte an dem Mann vorbei, als hätte er ihn nicht gesehen. Kaum war er im Haus, da telefonierte er mit der Polizei von Beverly Hills. Hélène, die er vor Eile gar nicht begrüßt hatte, beobachtete ihn stumm vom anderen Ende des Zimmers aus.

Der Streifenwagen kam zwar sofort, der Mann aber war inzwischen verschwunden.

Wird es eine große Party, Mutter?«

Cat hockte auf einem Stuhl neben Hélènes Schreibtisch. Es war ein schöner, klarer Tag, und das Sonnenlicht strömte zu den Fenstern herein.

Hélène betrachtete die Liste, an der sie mit ihrer Sekretärin gearbeitet hatte, und die inzwischen schon einhundertfünfzig Namen enthielt. Lächelnd sah sie die Tochter an. »Ja, Liebling, eine sehr große Party. Es wird etwas zu essen geben, und sogar Tanz! Wir werden nämlich den Ballsaal öffnen. Dazu wird es natürlich auch Musik geben. Und wenn du artig bist, darfst du mit Cassie und Madeleine ein bißchen länger aufbleiben und zusehen, wie die Gäste eintreffen...«

»O ja, fein! Wird Lewis auch da sein?«

»Aber natürlich, Liebling! Es ist ja schließlich auch seine Party.«

Cat krauste die Stirn. »Aber es ist nicht sein Film, nicht wahr, Mutter?«

»Nun ja, nicht direkt, Cat. An *Ellis* hat Lewis nicht mitgearbeitet, aber das spielt keine Rolle. Es ist trotzdem seine Party. Dieses Haus ist sein Haus, und...«

Sie hätte fast hinzugefügt, Lewis sei ihr Ehemann, doch irgendwie brachte sie die Worte nicht heraus. Cat beobachtete sie aufmerksam. Eine kurze Schweigepause entstand, dann sagte Cat: »Lewis ist nicht sehr oft zu Hause. Ich wollte bloß fragen.«

»Nun, er hat sehr viel zu tun, verstehst du, Cat? Lewis muß schreiben, er arbeitet an einem Drehbuch, und deswegen muß er sehr viele Leute aufsuchen, um mit ihnen – über seine Arbeit zu sprechen.«

Mit einem plötzlichen Gefühl der Hoffnungslosigkeit wandte sie den Blick ab, als sie das sagte. Cat nannte Lewis immer beim Namen, hatte ihn nicht mal als Kleinkind ›Daddy‹ genannt. Hélène konnte nicht genau sagen, wie es dazu gekommen war; es war wohl, genau wie viele andere Aspekte ihrer Ehe, aus einem kalten, unausgesprochenen Unbehagen entstanden.

Traurig betrachtete sie ihre Tochter. Eines Tages, wenn Cat älter war, würde das Namensthema angeschnitten werden müssen, und Cat würde sich fragen, welche Rolle Lewis in ihrem Leben spielte. Hélène hatte manchmal das Gefühl, als errichteten sie selbst und Lewis sehr behutsam einen recht brüchigen Damm, hinter dem der Wasserdruck gefährlich anstieg.

Im Augenblick jedoch schienen ihre Bemühungen, den Damm intakt zu halten, immer mehr an Wirksamkeit zu verlieren. Als sie sich energisch diese Zeit ausbedungen hatte, um mit ihrer Familie zusammen zu sein, hatte sie sich fest vorgenommen, diesmal alles ganz anders zu machen. Auf dem Rückflug von New York hatte sie noch alles in rosigem Licht gesehen: sie selbst, Lewis und Cat als eine glückliche Familie! Sie würden Ausflüge und vielleicht sogar einmal Urlaub machen. Sie würde mit Lewis allein sein können, sie würden miteinander reden und sich hoffentlich wieder näherkommen.

Daraus war natürlich nichts geworden – genausowenig wie bei anderen Gelegenheiten, als sie dieselben Vorsätze gefaßt hatte. In den drei Wochen, die sie jetzt zu Hause war, hatte sie Lewis kaum gesehen. Er hatte sich entweder in seinem Arbeitszimmer eingeschlossen und auf der Schreibmaschine herumgehämmert oder das Haus zu einer endlosen Folge von Besprechungen verlassen. Nichts, was sie tat, konnte den Wall aus Groll und Zorn durchbrechen, den Lewis um sich errichtet hatte – im Gegenteil: Ihre Bemühungen schienen ihn nur noch feindseliger zu stimmen.

Hélène seufzte. Cat, die sie genau beobachtete, rutschte nach einer Weile vom Stuhl und schlang Hélène die Arme um den Hals. »Du siehst müde aus, Mutter. Das hat Cassie gestern auch gesagt. Komm mit in den Garten hinaus und spiel mit mir, ja?«

Sie zögerte; dann gab sie ihrer Mutter einen feuchten Kuß auf die Wange. Hélène drückte sie an sich. Sie hatte das kleine Zögern, den schnellen Blick über die Schulter sehr wohl bemerkt, und das tat weh. Sie wußte, warum Cat das tat: wegen Lewis.

Cat war ein freimütiges, impulsives Kind. Sie hatte schon immer leicht gelacht, leicht geweint, leicht ihrer Liebe Ausdruck verliehen. Aber sie hatte gelernt, vorsichtig zu sein. Wenn Lewis sah, wie sie die Mutter umarmte, auf ihren Schoß kletterte oder sie küßte, wurde er jedesmal richtig böse. »Du verwöhnst sie, Hélène«, warf er ihr dann in gereiztem Ton vor. »Sie ist doch viel zu groß für so was!«

Hélène haßte das. Schließlich war ihre Tochter erst vier. Wie furchtbar, ihr das Gefühl zu geben, daß ihre Liebe irgendwie falsch, daß es ein Risiko sei, sie zu zeigen! Eine Woge von Kummer stieg in ihr auf, und sie preßte Cat ganz fest an sich – *zu* fest vielleicht, wie ihre eigene Mutter es zuweilen auch getan hatte. Und Cat schien das genauso zu empfinden, wie sie damals, denn sie versuchte sich ihr sofort zu entwinden.

»Komm doch mit! Komm mit zum Pool! Ich will dir zeigen, wie gut ich schon schwimmen kann.«

»Na schön. Ich komme mit. Es ist ein so wunderschöner Tag.«

Im Wasser zog Cat eine energische Miene. Sie legte den Kopf in den Nacken, richtete den Blick fest auf den gegenüberliegenden Rand des Pools und machte sich, heftig mit Armen und Beinen paddelnd, an die große Durchquerung. Gelegentlich berührte sie mit einem Fuß den Boden des Pools, um dadurch neuen Schwung zu holen. Hélène übersah die Hüpfer großzügig.

»Das war sehr gut, mein Liebling. Versuch's noch mal.«

Sie zog sich in den Schatten des Badehauses zurück, während Cat finster entschlossen weiter durchs Wasser pflügte. Auf einmal füllten sich Hélènes Augen mit Tränen.

Der Pool war mit klarem, gut temperiertem Wasser gefüllt; er war von einer Steinterrasse umgeben und abgeschirmt von einer hohen Hecke. Das Badehaus, für Ingrid Nilsson errichtet, glich einem kleinen, klassischen Tempel: ein Hollywood-Pool, der aber auch gar nichts mit einem kleinen, schlammigen, von Pappeln umgebenen Teich gemeinsam hatte. Dennoch konnte Hélène ihn nicht ansehen, ohne dabei an Billy zu denken, und der Gedanke an ihn brachte sie, wenn sie dabei ihre Tochter ansah, immer zum Weinen. Hastig wischte sie sich die Tränen ab.

Cat hatte nichts davon bemerkt. Sie war inzwischen müde geworden, kletterte aus dem Becken und setzte sich an den Rand. Ihre Füße baumelten im Wasser. Sie schüttelte sich das nasse Haar in den Nacken, daß um sie herum glitzernde Tropfen sprühten, und begann nach einer kurzen Pause, lauthals zu singen.

Sie sang ein Lied, das sie von Madeleine gelernt haben mußte, sang es mit hoher, klarer Stimme.

Sur le pont d'Avignon
L'on y danse, l'on y danse.
Sur le pont d'Avignon
L'on y danse tout en rond…

Ihr Akzent war einwandfrei; sie betonte den Rhythmus mit Bewegungen einer Hand. Hélène starrte sie sprachlos an. Cat hatte ihr kleines, dreieckiges Gesichtchen lächelnd zu ihr emporgehoben. Hélène starrte auf das schwarze, vom Wasser noch dunkler gewordene Haar, auf die dunkelblauen Augen und den Kranz schwarzer

Wimpern. Niemals zuvor hatte sie Cat auf französisch singen hören.

Ihr wurde eiskalt; ihr Körper verkrampfte sich. Cat sah noch immer zu ihr auf, obwohl ihr Lächeln ein wenig unsicher wurde, als spürte sie, daß etwas nicht in Ordnung war.

»Magst du das Lied nicht? Hab' ich's falsch gesungen?«

»Nein, mein Liebling. Du hast es wunderschön gesungen. Aber jetzt sing mir ein amerikanisches Lied.«

Cat zog nachdenklich die Brauen zusammen.

»Ich kenne keins, Mutter. Von Madeleine hab' ich nur dieses eine gelernt.«

»Na schön. Das macht nichts. Komm mit mir schwimmen, Cat«, schlug Hélène ein wenig zu hastig vor.

Sie sprang ins Wasser und schwamm wie damals mit Billy hin und her, bis sie erschöpft war und die Angst verschwand. Als sie schließlich beide aus dem Pool stiegen, wickelte sie Cat in ein dickes Badetuch und zog sie fest in ihre Arme. Dabei sagte sie in Gedanken immer wieder: ›Billys Kind. Billys Kind!‹ Bis Cat verlegen kichernd bat: »Laß mich los! Bitte, laß mich los! Ich krieg' keine Luft mehr, Mutter!«

Als sie zum Haus zurückkehrten, wartete Lewis dort schon auf sie. Cat warf einen einzigen Blick auf sein verkniffenes Gesicht und schlüpfte wortlos an ihm vorbei ins Haus.

Seine Miene blieb unbewegt. »Thad hat gerade angerufen«, verkündete er steinern. »Er möchte, daß du dir am Mittwochnachmittag *Ellis* ansiehst. Er ist fertig mit dem Schnitt. Es wird etwa drei Stunden dauern.«

»A ja.« Hélène zögerte. »Ich muß nicht unbedingt hingehen, weißt du. Ich könnte den Termin verschieben. Für den Fall, daß du vielleicht andere Pläne hast...«

»Pläne?«

»Für uns, meine ich.« Sie machte eine kleine Pause. »Ich bin jetzt seit drei Wochen zu Hause, Lewis, und habe wirklich kaum was von dir gesehen...«

»Na schön, am Mittwoch wirst du mich auch nicht sehen. Da bin ich nämlich den ganzen Tag beschäftigt. Wenn du den Nachmittag also mit Thad verbringen willst – von mir aus gern!« Damit wandte er sich ab und ging davon.

Hélène, die plötzlich nicht mehr anders konnte, fuhr herum und rief ihm nach: »Wohin gehst du, Lewis?«

Lewis drehte sich um und maß sie mit eiskaltem Blick. »Aus«, antwortete er bissig. »Das ist doch wohl klar.«

Seit Hélènes Heimkehr hatte sich Lewis eine ganz neue Gewohnheit, eine ganz neue Taktik zugelegt. Als er merkte, wie sehr er es haßte, sie zu belügen, als er sich hin und her gerissen fühlte zwischen der Überzeugung, daß er Stephani aufgeben müsse, und der ebenso starken Überzeugung, daß ihm das unmöglich war, hatte er plötzlich ein Heilmittel dafür gefunden. Dieses Mittel bewahrte er in einem Fläschchen im Handschuhfach seines Porsches auf: eine ganz neue Sorte roter Aufputschpillen. Anfangs hatte er nur ein oder zwei davon geschluckt. Inzwischen nahm er zuweilen wesentlich mehr. Die erste Ladung genehmigte er sich, wenn er die Villa verließ und zu Stephani fuhr. Die zweite, wenn er Stephani verließ und zu Hélène zurückkehrte.

Anders als der Alkohol, der bei ihm oft Depressionen auslöste, ihn weinerlich und manchmal aggressiv machte, wirkten die Pillen beruhigend. Sie machten ihn – bis ihre Wirkung nachließ – wunderbar selbstsicher. Mit den Pillen im Leib wußte Lewis genau, daß ihm nichts, aber auch gar nichts schiefgehen konnte.

Jeden Morgen, wenn er aufstand, befand er sich in einem Tief und war wieder genauso unsicher wie zuvor. In diesem Zustand hatte er oft den Wunsch, zu Hélènes Zimmer hinüberzugehen und ihr zu erklären, warum er sich so verhielt. Das kam ihm dann manchmal absolut logisch vor. Er würde ihr von Stephani erzählen und ihr dann genau erklären, warum er Stephani brauchte: weil nämlich sie, Hélène, ihn unglücklich machte. Und daß er, wenn sie nur aufhören könne, ihn unglücklich zu machen, Stephani überhaupt nicht mehr brauchen würde.

Zuweilen gönnte er sich dann einen Drink, weil er sich ein bißchen Mut antrinken mußte. Sobald er jedoch getrunken hatte, sah alles wieder ganz anders aus. Dann war er froh, daß er nicht zu Hélène gegangen war. Dann kehrte die Erinnerung an all die alten Kränkungen und Ärgernisse zurück. Er ging hinunter, und wenn er seine Frau dann sah, sprach er auf diese ganz neue Art mit ihr, auf diese Art, die er am Anfang seiner Affäre mit Stephani entwickelt hatte: Er gab sich kalt und unzugänglich. Und war erfüllt von einer stahlharten Bosheit, weil er wußte, daß er Hélène damit tief kränkte. Er sah genau, wie sie sich bemühte; je mehr sie sich jedoch bemühte, desto härter und kälter wurde er. Wenn er den Schmerz sah, den er auslöste, frohlockte der eine Teil seines Verstandes, während der andere verzweifelt war.

An dem Mittwoch, an dem Hélène sich bei Thad zum erstenmal die endgültige Fassung von *Ellis* ansehen sollte, stand Lewis sehr früh auf. Er duschte, zog sich an, ging hinunter, machte sich eine große Kanne schwarzen Kaffee und schloß sich damit in seinem Arbeitszimmer ein. Er holte das Manuskript von *Endless Moments* in seiner nunmehr vierten Fassung hervor und starrte verzweifelt darauf hinab. Es war ein einziges Durcheinander. Er hatte es so oft umgeschrieben, daß er sich nicht mehr daran erinnern konnte, ob eine bestimmte Szene noch drin oder ob sie herausgenommen worden war. Benommen studierte er die Seiten. Er schenkte sich noch mehr Kaffee ein; er erwog, sich einen Drink zu holen, widerstand aber der Versuchung. Warum konnte er nicht so sein wie Thad, der niemals Zweifel, niemals auch nur die geringste Unsicherheit empfand, für den alles immer ganz einfach war? Gewiß, Thad führte ein Leben ohne Gefühle. Der lebte für seine und in seiner Arbeit. Er empfand keine Liebe, keine Eifersucht, keine Angst und keine Unzulänglichkeit. Außerdem hatte Lewis noch niemals erlebt, daß er zornig wurde – ein Gedanke, der ihn eigentlich wieder fröhlicher stimmte. Er trank noch einen Schluck Kaffee, und seine Laune hob sich. Denn als Filmregisseur mochte Thad ja ein Erfolg sein, als Mann war er jedoch ein armes Würstchen.

Zwei Wochen zuvor hatte Lewis Thad aufgesucht, ohne Hélène etwas davon zu sagen. Die Erinnerung an dieses Gespräch schmerzte noch immer. Er ging zu Thad, um sich zu demütigen, um Thad zu fragen, ob er ihn wieder aufnehmen und seine Filme produzieren lassen würde.

»Weißt du, Thad«, hatte er unbeholfen gesagt, »das mit dem Schreiben klappt doch nicht ganz so, wie ich es erhofft hatte. Ich will's zwar nicht aufgeben, aber ich brauch's ja schließlich nicht unbedingt zu machen. Ich könnte wieder für dich produzieren und trotzdem schreiben. Ich weiß nicht, was du nach *Ellis* für Pläne hast, aber wir haben doch immer so gut zusammengearbeitet, deswegen dachte ich...«

Thad hatte vor sich hingesummt und auf seinem Bart gekaut. Als Lewis verstummte, antwortete er: »Nein, Lewis. Ich will nicht, daß du wieder für mich produzierst. Das stört Hélène. Es würde einfach nicht mehr klappen.«

Lewis starrte ihn entgeistert an. »Hat Hélène das gesagt?«

Thad stieß paffend den Atem aus. »Nicht direkt. Aber sie empfindet es so. Du engst sie ein, Lewis. Und Hélène muß sich frei fühlen.« Er hielt inne. »Wenn es nach mir ginge... Aber es geht nicht nach mir. Ich muß auf sie Rücksicht nehmen.«

In diesem Moment hatte Lewis ihn gehaßt, hatte er Hélène sogar noch mehr gehaßt. Jetzt haßte er sie beide. Mit einer wütenden Bewegung stand er auf, schob die Blätter auf seinem Schreibtisch beiseite und holte sich einen Drink. Hélène blockierte ihn: das hatte er immer vermutet, jetzt aber wußte er's endlich genau. Und Thad, der angeblich sein Freund war, ließ das zu.

Aber stimmte das denn wirklich? Vielleicht hatte Thad gelogen! Er beschloß, mit ihr zu sprechen. Jetzt sofort! Draußen ertönten eilige Schritte; er hörte Cat vorüberlaufen und dann laut rufen.

Ohne Cat, dachte er, wenn ich nicht tagein, tagaus mit dieser lebenden Erinnerung an Hélènes Vergangenheit leben müßte, wäre vielleicht alles gut gegangen. Er wandte sich um und beobachtete die Kleine. Sie lief quer über die Rasenfläche und verschwand zwischen den Bäumen. Wer hatte sie gezeugt? Wer? Wenn er die Antwort darauf wüßte, wäre ihm plötzlich alles klar. Er kehrte zum Schreibtisch zurück, packte die Manuskriptseiten und schleuderte sie durchs Zimmer. Dann lief er in den Flur hinaus und blieb unten an der Treppe stehen.

»Wo bist du, Hélène? Wo bist du – wo?«

Er hörte genau, wie er es schrie. Es schien ihm ziemlich laut zu sein. Die Worte dröhnten in seinem Kopf, dröhnten durchs ganze Haus. Im nächsten Moment jedoch wurde ihm klar, daß er sie keineswegs geschrien hatte. Es war ein ungeheuer lauter und dennoch stummer Schrei gewesen. Ein Schrei aus tiefstem Herzen, ein Schrei, auf den es keine Antwort gab.

Er stürzte zum Haus hinaus, zu seinem Porsche und sprang hinein. Er ließ den Motor aufheulen, bis er röhrte; er schaltete das Radio an und drehte die Lautstärke voll auf. Hastig öffnete er das Handschuhfach und schüttelte sich die kleinen, roten Pillen in die Hand. Sie waren schwierig zu schlucken, blieben oft in der Kehle stecken. Lewis schluckte sie dennoch, löste die Bremse und jagte dröhnend die Auffahrt hinunter.

Es war noch früh; Stephani würde ihn noch nicht erwarten, aber das machte nichts, sie würde auf jeden Fall zu Hause sein, und sobald er sie sah, würde es ihm wieder gut gehen...

Er parkte den Porsche auf dem Bürgersteig vor ihrem Haus, knallte die Tür zu und stürmte die Treppe hinauf. Da er inzwischen einen Schlüssel besaß, öffnete er die Wohnungstür und rief ihren Namen. Das Wohnzimmer war leer; durch die offene Tür konnte er ins Schlafzimmer sehen, aber das war ebenfalls leer, obwohl die Laken zerwühlt waren und sie das Bett noch nicht gemacht hatte... Er sah auf die Uhr: zehn Uhr vormittags. Sie mußte da sein, sie *mußte* einfach... Er rief ihren Namen sehr laut.

Daraufhin öffnete sich die Badezimmertür, und Stephani kam zu ihm heraus – langsam, schüchtern, ängstlich den Blick auf ihn gerichtet. Lewis starrte sie sprachlos an. Das Schweigen im Raum schien ewig zu währen.

Stephani war vollständig bekleidet und perfekt geschminkt. Sie trug ein schlichtes, gut geschnittenes, schwarzes Leinenkleid, das alles andere als hauteng war, dazu sehr dünne, helle Strümpfe und teure, schwarze Chevreau-Schuhe mit niedrigen Absätzen und kleinen, flachen Schleifen auf dem Blatt. Außerdem eine Perlenkette – Stephani trug niemals Perlen. Ihr Make-up war diskret, fast minimal: keine falschen Wimpern; kein pinkfarbener Lippenlack. Und auch mit ihren Haaren hatte sie etwas gemacht. Lewis starrte die Haare an. Keine Spur von der platinblonden Lockenmähne, die Farbe war dunkler, matter, ein blasses Gold. Sie hatte sich das Haar streng aus dem Gesicht gebürstet und im Nacken mit einem breiten, schwarzen Band zusammengefaßt, genauso einem Band, wie Hélène es manchmal benutzte.

Lewis brachte kein Wort heraus, er konnte sie nur noch anstarren. Es sind die Pillen, dachte er verwirrt, es müssen die Pillen sein. Vielleicht hab' ich diesmal zu viele genommen.

Stephani beobachtete ihn halb stolz, halb ängstlich. Lewis sah, daß ihre Hände ein wenig zitterten. Plötzlich stieß sie ein kleines, nervöses Lachen aus. »Du hast mich erwischt, Lewis, ich hatte dich nicht erwartet. Ich...« Sie stockte. »Kannst du's jetzt sehen? Kannst du's sehen?« Ihre Stimme bebte, ihr Ton wurde flehend. »Sag mir, daß ich so aussehe wie sie, Lewis! Bitte, sag's mir!«

»O Gott im Himmel! O Gott im Himmel!« Er starrte sie noch immer an, vermochte sich nicht zu rühren: Sie war Hélène, und doch nicht Hélène. Er rieb sich die Augen. Sah noch einmal hin, aber sie war immer noch da – Hélène und doch nicht Hélène, seine Frau und doch nicht seine Frau. Diese Frau, diese Hélène hatte einen volleren Busen und rundere Hüften; diese Frau, diese Hélène sah ihn auf eine ganz neue Art an, auf eine Art, daß sein Körper sofort reagierte. Sie sah ihn an, als begehre sie ihn – keinen anderen, keinen Mann aus ihrer Vergangenheit, sondern *ihn*, ihren Ehemann!

Er trat einen Schritt vor und war froh, daß sie nichts mehr sagte, weil ihre Stimme nicht richtig klang. Statt dessen hob ihm diese Frau, diese Ehefrau schweigend beide Arme entgegen.

Er fiel vor ihr auf die Knie und barg sein Gesicht zwischen ihren Schenkeln. Er schob die Hände zwischen ihre Beine, und sie trug keine Spitzenwäsche, was ebenfalls falsch war, aber das war unwichtig, weil sie so feucht war, wie er es sich immer gewünscht hatte. Er hob das Gesicht, um ihr in die Augen zu sehen, und erwartete dort die Lüge und das Mitleid zu entdecken. Aber dort gab es kein Mitleid und keine Lüge: Die Augen besaßen nicht ganz die richtige Farbe und nicht ganz die richtige Form, aber das war ebenfalls unwichtig, die Ähnlichkeit genügte, genügte *ihm*...

»Hélène...« sagte er. Und sie stieß einen kleinen Schrei aus.

Er zog sie neben sich herunter. Ihre Hände griffen nach ihm; er spürte ihre Ungeduld, sie spürte die seine. Diese Berührung!

»Schnell!« bat Hélène mit einer ganz neuen Stimme, einer Stimme, die sie noch nie benutzt hatte, einer Stimme, die ihn drängte, weil er das Verlangen darin hörte. »Schnell, Lewis! Ach Lewis, bitte schnell...«

Die letzte Naheinstellung zeigte ihr Gesicht. Dann fuhr die Kamera ganz langsam zurück. Die Gestalt eines Mädchens – ihre eigene; das Haus hinter ihr; die Straße, auf der sie stand... Zurück und hinauf in einer einzigen, langen, herrlichen und kontinuierlichen Bewegung: andere Straßen, die sich mit der ersten kreuzten; das Straßennetz einer Großstadt, vom Himmel aus gesehen; ihre langen, glitzernden Avenuen; ihre Wolkenkratzer; und dann, langsam, noch immer sehr langsam, die Umrisse der Insel, auf der die Stadt erbaut worden war; eine Meeresbucht; Schiffe; eine Statue mit erhobenem Arm. Jetzt bewegte sich die Kamera schneller zurück, und Stadt und Bucht wurden rasch kleiner. In der Ferne, gerade eben auszumachen, ein paar kleine Inseln, eine davon Ellis Island. Die Musik setzte ein, die Titel begannen zu laufen.

Hélène schwieg. Thad schwieg. Nach einer scheinbar sehr langen Zeit wurde die Leinwand dunkel. Die Lichter im Vorführraum gingen an.

Thad warf ihr einen Blick zu. Hélène wandte den Kopf ab. Der Film war so gut, und dennoch fühlte sie sich unbehaglich, hatte sie insgeheim Vorbehalte.

Thad setzte sich in seinem Sessel zurecht. Er kreuzte die Beine, löste sie wieder. Schließlich sagte er: »Komm mit zu mir; ich mache uns Tee.«

»Das ist der beste Film, den du jemals gedreht hast, Hélène. Der beste Film, den *ich* jemals gemacht habe. Ich wußte, daß er gut werden würde. Uns beide kann jetzt nichts mehr aufhalten.«

Thad sagte es ganz selbstverständlich. Er hatte sie nicht nach ihrer Meinung gefragt, und Hélène bezweifelte, daß er es noch tun würde. Ihre Meinung interessierte ihn nicht, denn Thad kannte nur einen Kritiker, und das war er selbst. Er stand ganz am Ende seines riesigen, atelierähnlichen Zimmers, füllte seinen Wasserkessel, hantierte mit Bechern und Teebeuteln: das endlose Ritual von Thads Teezubereitung.

Hélène betrachtete ihn, und dann den Raum, in dem sie saß. Er lag im ersten Stock dieser riesigen Villa, in der Thad seit vier Jahren hauste. Es sah aus, wie es hier eigentlich immer aussah: als wäre Thad erst vorgestern eingezogen. Es gab fast überhaupt keine Möbel, es gab keine Teppiche und keine Vorhänge an den hohen Fenstern, die auf die hochgelegene Terrasse hinausführten. An einer Wand stapelten sich Packkisten, die meisten davon noch versiegelt. Und obendrauf türmte sich ein Haufen Müll: uralte Zeitschriften, vergilbte Zeitungen, bündelweise Drehbücher, einige Bücher und ein ganzer Berg schmutziger Aluminium-Eßtabletts, der noch höher war als bei ihrem letzten Besuch: Jedesmal, wenn Hélène herkam, schien er ein Stück gewachsen zu sein.

Gegenüber gab es eine Wand, die von einem großen Regal bedeckt war, von dem Drähte und Kabel herabhingen. Es bog sich unter der Last einer teuren, komplizierten Hi-fi-Anlage aus Plattenspielern, Tunern, riesigen Stereo-Lautsprechern: einer erdrückenden Masse aus glänzendem Metall. Mit dieser Anlage hörte Thad, wie er behauptete, Wagner. Er liebe Wagner leidenschaftlich, hatte er ihr erklärt, aber Hélène hatte nirgendwo Schallplatten entdecken können und niemals gehört, daß Thad die Anlage einschaltete.

Hinter ihr gähnte ein höhlenartiger Kamin, in dem niemals ein Feuer brannte. Vor dem Kamin standen zwei niedrige, mit schmutzig-grauem Stoff bezogene Sitzpolster ohne Lehne, und auf einem davon saß sie jetzt, weil die einzige Alternative der Fußboden gewesen wäre. Sie legte die gefalteten Hände in den Schoß und wartete. Thad schnupperte an einigen Milchkartons; der Wasserkessel brauchte endlos, um endlich zu kochen. Nebenbei liefen in zwei Fernsehgeräten zwei verschiedene Programme bei heruntergedrehtem Ton. Hélène stand auf und schaltete sie beide aus. Dann setzte sie sich wieder auf ihren Hocker.

Thad kam mit dem Tee herüber. Entschuldigend sagte er zu ihr: »Tut mir leid, aber ich hab' keine Milch.«

Dann setzte er sich auf das andere Sitzpolster und strahlte sie durch den Dampf seiner Teetasse an. Hélène musterte ihn neugierig: Sie hatte Thad jetzt seit Monaten nicht mehr gesehen und gesprochen. In dieser Zeit hatte sie selbst sich verändert und war fest überzeugt, daß Thad das bemerken mußte. Hélène hatte das Gefühl, daß ihr die Zweifel, die Unzufriedenheit deutlich vom Gesicht abzulesen sein müßten, aber Thad sah sie nicht oder hielt sie – falls er sie doch bemerkte – nicht für so besonders wichtig. Er verhielt sich genauso wie immer; er ignorierte die inzwischen vergangene Zeit und fuhr dort fort, wo sie aufgehört hatten, als hätte er sie vor wenigen Minuten zuletzt gesehen.

Gewiß, er absolvierte eine gewisse Anzahl ritueller Fragen. Das tat er immer – es amüsierte ihn. Er erkundigte sich nach denen, die er als ihre Entourage bezeichnete: ihrem Presse-Agenten; ihrem Gesprächsführer; ihren drei Steuerberatern; ihren beiden Sekretärinnen; ihren vier Anwälten, die ihn, wie er behauptete, einschüchterten.

Ihre Antworten fielen desinteressierter und gelangweilter aus als sonst, Thad aber schien auch das nicht zu bemerken. Er fragte weiter – nach ihrem Masseur, nach Cassie, die ihn faszinierte, und zuletzt dann nach Lewis. Cat erwähnte er grundsätzlich nicht.

Während er diese Fragen stellte, deren Beantwortung ihn nie sehr zu interessieren schien, blitzten und funkelten seine kleinen Augen hinter den Brillengläsern, und Hélène spürte auf einmal eine gewisse Absicht dahinter, als steuere er auf irgend etwas hin. Im ersten Moment glaubte sie, es wäre Lewis, weil Thad, als sie ihm auf seine Routinefrage eine Routineantwort gab, sehr deutlich reagierte.

»A ja, Lewis«, sagte er. »Freut mich, daß es ihm gut geht. Weißt du, Hélène, ich mache mir Sorgen um Lewis. Ich hatte ihn gebeten, wieder für mich zu produzieren – hat er dir davon erzählt?«

Hélène schüttelte den Kopf.

»Dann sprich auch lieber nicht davon. Ein wunder Punkt. Er wollte nicht – Lewis kann oft so furchtbar stur sein, findest du nicht? Im Grunde hätte ich ihn gar nicht fragen sollen. Sphere will ihn nicht. Dieser Scher, dem steht Lewis wirklich bis *hier oben*. Wegen seiner Sauferei, glaube ich. Trinkt er immer noch so viel?«

Hélène blickte zu Boden. »Nicht unmäßig«, erwiderte sie dann ausdruckslos. Es war eine Lüge, die Thad ihr aber durchgehen ließ.

Anschließend sprach er über *Ellis*. Er sprach über seine Arbeit daran. Er sprach über die Musik und den Schnitt. Er sprach über die ersten Reaktionen von Sphere; über die Premiere, die im September stattfinden sollte – das Datum stand inzwischen fest. Er sprach über die Werbung und umriß seine neue Strategie: Diesmal, erklärte er mit gütigem Lächeln, wolle er den Ruhm *und* den Kassenerfolg. Er wolle rekordbrechende Einnahmen, und er wolle Oscars.

So redete er immer weiter, und je mehr er redete, desto distanzierter fühlte sich Hélène. Sie begriff nicht mehr, wieso sie sich damals von Thad so sehr hatte beeinflussen lassen. Bei der Arbeit hatte sie eigentlich nie an ihm gezweifelt; im Privatleben hatte sie zwar oft über ihn gelacht, aber selbst dann noch Respekt vor ihm gehabt.

Jetzt allerdings fragte sie sich, ob das wirklich Respekt gewesen war oder eher Abhängigkeit. Sie wußte es nicht. Sie wußte nur, daß sie darüber hinausgewachsen war, Abstand von ihm gewonnen hatte. Sie bewunderte ihn noch, aber sie merkte, daß sie ihn nicht mochte. Sie spürte zwar die Macht seiner Egozentrik, den Druck seines Willens, doch irgend etwas in ihr lehnte sich instinktiv dagegen auf.

Sie beugte sich vor und fiel ihm ins Wort. »Thad«, fragte sie, »*brauchst* du mich eigentlich in deinen Filmen?«

Er sah aus, als sei er aus dem Gleichgewicht geraten, weil sie ihn mitten im Wortfluß unterbrochen hatte. »Dich brauchen?« Er legte den Kopf schief. »Selbstverständlich brauche ich dich. Weil ich dich geschaffen habe!«

»Wie bitte? Du hast mich geschaffen?« Ungläubig starrte sie ihn an.

Thad kicherte heiser. »Nun gut, du hast natürlich das richtige Gesicht. Du hast die richtige Stimme – das heißt, *jetzt* hast du die richtige Stimme. *Und* du kannst spielen. Also, jawohl, man könnte sagen, daß ich dich brauche. So hab ich's eigentlich nie gesehen.«

»Du arbeitest immer nur mit mir.« Sie zögerte, weil sie an das Gespräch mit Gregory Gertz dachte. »Könntest du nicht mit einer anderen arbeiten?«

»Nein. Warum denn? Dumme Frage! Ich arbeite mit *dir*. Ich will *dich*. Du bist...« Er stockte, als suche er den richtigen Ausdruck und könne ihn nicht so schnell finden. Dann begann er auf eine Art zu lächeln, die Hélène verabscheute.

»Was bin ich?«

Thad stieß einen kleinen, ungeduldigen Seufzer aus. »Du bist *mein*«, sagte er, als sei das so selbstverständlich, daß es nicht erwähnenswert war.

Hélène sah ihn schweigend an. Sekundenlang nur jagte ihr irgend etwas an der Art, wie er sprach, irgend etwas an seinem Ausdruck auf einmal Angst ein. Dann verging diese Angst, und sie merkte, daß sie wütend war – wütender als seit vielen Jahren. Eiskalt musterte sie Thad, bis er unter ihrem Blick zu ihrem Erstaunen errötete – errötete, wie sie es nur ein einziges Mal bei ihm gesehen hatte. Und wußte sofort, daß er sich genauso lebhaft daran erinnerte wie sie.

Er dachte an das kleine Zimmer in Trastevere vor fünf Jahren, in dem Thad ihr ein einziges Mal gezeigt hatte, daß er sie genauso besitzen wollte wie jeder andere Mann. Nur daß es nicht dieselbe Besitzgier gewesen war, sondern eine häßliche, verzweifelte, verzerrte Version: Sex in einem Vexierspiegel, Sex, der gleichzeitig armselig und wahnsinnig war.

Beide hatten sie nie über die Episode gesprochen: Sie war ein Tabu. Thad hatte es nie wieder versucht, und Hélène hatte sich – zwar angeekelt, aber von Mitleid erfüllt – verhalten, als sei nichts geschehen.

Auf einmal jedoch stand die Erinnerung daran im Raum. Hélène hörte ihn wieder keuchen; hörte, wie er etwas zu sagen versuchte und dann verstummte; wieder fühlte sie ganz langsam die schreckliche Erkenntnis aufkeimen, daß er sie nicht mehr einfach nur filmte, sondern daß irgend etwas ganz furchtbar falsch zu sein schien: die Erkenntnis dessen, was Thad ihr mit seiner handgeführten Kamera mit dem noch immer darin surrenden Film anzutun versuchte.

Da hatte sie ihn mit aller Kraft in den Bauch getreten. Er hatte innegehalten, und dann war genau dasselbe passiert wie jetzt: Er hatte sie angestarrt, und sie hatte gesehen, wie ihm das Blut vom Hals aus ins Gesicht stieg. Anschließend hatte er seine Brille abgenommen und sich die Augen gerieben. Ohne Brille wirkte er hilflos. Die Haut um die Augen herum war schwammig und bleich. Und dann hatte er, gerade als sie daran dachte, ein bißchen geweint.

Jetzt weinte er nicht. Aber er hatte die Brille abgenommen und rieb sich die Augen, als sei ihm ein Stäubchen hineingeraten. Keiner von beiden sagte ein Wort. Nach einer Weile setzte Thad die Brille wieder auf. Er wirkte ganz leicht verunsichert. »Ich glaube, das weißt du«, sagte er.

Hélène stand auf. Sie wußte, daß sie es nicht ertragen konnte, auch nur eine einzige Minute länger mit ihm im selben Raum zu sein. Sie konnte es nicht ertragen, dazusitzen und zuzuhören, wie

Thad erklärte, sie sei sein Eigentum, und daß er vielleicht sogar selbst daran glaubte. »Ich muß jetzt gehen.« Damit trat sie auf den Balkon hinaus.

Einen Moment blieb sie dort draußen stehen und betrachtete die Aussicht. Das Haus lag, genau wie das ihre, hoch oben in den Hügeln. Unten im Tal erstreckte sich Los Angeles. Es war sechs Uhr abends; die Luft war heiß und metallisch. Über der Stadt lag ein leichter Smogschleier, von der sinkenden Sonne rosig gefärbt.

Thad trat hinter sie. Als sich Hélène zu ihm umwandte, drückte er ihr einen großen, dicken Umschlag in die Hand. Ein Drehbuch? Deprimiert blickte Hélène zu Thad empor. »Was ist das?«

»Der Grund, warum ich dich hierhergebeten habe. Du hast doch nicht etwa geglaubt, ich wollte mit dir über Lewis sprechen – oder den Film! Warum sollte ich? Ist doch alles Vergangenheit!«

»Ist das etwa ein neues Script?«

»Letzte Woche fertig geworden. Der zweite Teil von *Ellis*. Übrigens wird es noch einen dritten Teil geben. Das Ganze wird eine Trilogie.«

Hélène starrte ihn an. »Davon hast du mir nichts gesagt«, begann sie langsam. »Ich dachte...«

»Dachtest du vielleicht, es gäbe nur den ersten Teil?« Thad war wieder obenauf. Er kicherte. »Macht nichts. Das haben alle gedacht. Außer mir. *Ich* wußte von Anfang an, daß es drei Teile geben würde, und wollte es nur eine Weile für mich behalten. Ein süßes Geheimnis, verstehst du mich?« Er hielt inne. »Bis jetzt weiß noch kein Mensch davon. Nicht einmal Sphere. Nächste Woche werd' ich's an Scher schicken, aber du sollst es als erste lesen. Nur darfst du niemandem etwas davon sagen. Nicht mal Lewis. Vorläufig nicht!«

Hélène hielt den Atem an; kalkulierte die Zeit: zwei weitere Filme; zwei weitere Rollen. Mit dem Projekt beginnen würden sie frühestens nächstes Jahr. Ein Jahr also mindestens. Zwei Jahre. Drei vielleicht sogar, bis die Trilogie fertig war – möglicherweise auch vier. Vier Jahre genau wie die letzten vier. Vier lange Jahre, in denen sie, was immer sie tat, an Thad gefesselt war!

Thad trat von einem Fuß auf den anderen. Dann sah er sie an, und sie erkannte sofort, warum er ihr *Ellis* gezeigt, warum er sie gebeten hatte, mit ihm hierher zu kommen.

»Du hast von Gregory Gertz' Film gehört, nicht wahr?« Sie sah Thad herausfordernd in die Augen. »Du hast gehört, daß ich möglicherweise mitmachen werde, und deswegen hast du mich angerufen. *Nur* deswegen hast du mir das hier in die Hand gedrückt!«

»Nein, nein, bestimmt nicht!« Thads Mund war plötzlich verkniffen. »Von mir aus kannst du von Herzen gern mit Gertz arbeiten – wenn du das unbedingt willst, wenn es dir Spaß macht, mit einem Affen wie dem zu drehen – nur zu! Der hat doch keinen Funken Talent! Der ist kein Künstler. Er versteht dich nicht so, wie ich dich verstehe, aber was spielt das schon für eine Rolle? Es ist einfach Arbeit. Nur vorher mußt du für mich diesen Film machen. Er ist fürs kommende Frühjahr geplant. Ich hab' schon einen Drehplan ausgearbeitet. Und Sphere wird uns grünes Licht geben. Wir werden auf dem Erfolg von Teil eins aufbauen und...«

»Für nächstes Frühjahr, aha.« Hélène wandte sich ab und schritt die Treppe von der Terrasse zum Garten hinab. Sie hatte das Haus stets nur auf diesem Weg betreten und auch jedesmal wieder so verlassen. Den Rest des Hauses hatte sie nie zu Gesicht bekommen. Unter dem großen Raum, in dem sie jedesmal saßen, befand sich eine ganze Flucht weiterer Zimmer – zehn, vielleicht sogar zwölf –, und als sie jetzt die Treppe hinabstieg, kam sie an deren Fenstern vorbei: Die Jalousien waren, wie immer, geschlossen.

Am Fuß der Treppe blieb sie einen Moment stehen. Ihr wurde klar, daß sie nicht einmal wußte, ob Thad diese Räume überhaupt benutzte. Vielleicht schlief er ja in einem davon. Vielleicht arbeitete er darin. Vielleicht standen sie einfach leer. Und sie erkannte, daß sie über sein Haus nicht mehr wußte als über ihn selbst.

Sie zögerte ein wenig. Versuchte Thad bewußt zu verhindern, daß sie mit einem anderen Regisseur arbeitete? War das der Grund, warum er ihr dieses Script gegeben hatte? Thad konnte tausend Gründe haben. Obwohl sie ihn nicht mochte, akzeptierte sie doch seine Vielseitigkeit. Sie drehte sich um. Warum wollte er nicht akzeptieren, daß sie ebenfalls vielseitig war?

Am Fuß der Treppe kam Thad keuchend zum Stehen. Er sah ihren Blick. »Wenn du willst, führ' ich dich durchs ganze Haus«, erbot er sich. »Ich wünschte wirklich, du würdest es sehen. Ich schreibe nämlich da unten, weißt du.« Er deutete auf eins der verdunkelten Fenster.

»Heute nicht, Thad. Ich muß nach Hause. Ich möchte Cat noch sehen, bevor sie zu Bett geht...« Eilig schritt sie auf ihren Wagen zu und stieg ein.

Thad folgte ihr zwar, machte aber keinen Versuch, sie zurückzuhalten. Er hatte inzwischen endlich erkannt, daß sie Sorgen hatte, daß irgend etwas sie beunruhigte. Er wirkte ein wenig verunsichert, doch Hélène wußte, daß das nicht lange währen würde.

»Wirst du's lesen?« fragte er sie, als sie schon anfuhr. »Bald?«

»Sobald ich Zeit habe, Thad«, rief sie zum Autofenster hinaus.

Als sie nach Hause kam, war Lewis noch nicht da, also telefonierte sie sofort mit Gregory Gertz. Sie war sich klar darüber, daß es besser wäre, erst einmal darüber nachzudenken, erst einmal abzuwarten, bis sie ein bißchen ruhiger wurde. Aber sie *konnte* einfach nicht länger warten. Sie hatte sich schon halbwegs für den Gertz-Film entschieden: Es war ein gutes Drehbuch und eine gute Rolle – ganz anders als jene, die sie bis dahin gespielt hatte. Sie *wollte* diese Rolle, und würde nicht dulden, daß Thad sie auf diese Weise erpreßte!

Die ganze Zeit geplant und gewußt zu haben, daß es drei Filme werden sollten, statt nur der eine – und nie auch nur eine einzige Andeutung gemacht, kein einziges Wort gesagt zu haben... Wieder stieg die Wut in ihr hoch, und darum fiel es ihr jetzt sehr leicht. Gregory Gertz, als er sich meldete, zu sagen: »Ich nehme Ihr Angebot an. Jawohl, im kommenden Frühjahr.« Kleine Pause. »Natürlich nur, wenn die Konditionen stimmen.«

»Sie werden stimmen.« Er klang begeistert. »Dafür garantiere ich!«

Als sie den Hörer auflegte, blieb sie noch eine Weile sitzen und starrte einfach vor sich hin. Sie sah nicht das Zimmer – sie sah die Zukunft. Die Premiere von *Ellis;* die Rückkehr nach Alabama; die lange geplante Konfrontation mit Ned Calvert; den Film mit Gregory Gertz, und den Film danach, und den Film danach. So viel, und so wenig. Sie ließ den Kopf sinken und dachte an Edouard.

Manchmal, wenn sie sich diese Gedanken gestattete, hatte sie das Gefühl, er sei ihr sehr nahe, er denke genauso an sie wie sie an ihn.

In diesem Moment war das Gefühl sehr stark. Sie fühlte sich von ihm erfüllt, und ihr Herz lebte auf.

Das war natürlich nur Illusion, das war ihr klar. Wenn sie ihr nachgab, würde sie sich danach um so elender fühlen. Sie schielte zum Telefon, schob es aber dann doch beiseite, und nun war sie nicht einmal mehr sicher, ob er damals wirklich ihren Namen genannt hatte. Vielleicht war auch das eine Illusion gewesen.

Der Umschlag von Thad lag vor ihr auf dem Tisch. Sie öffnete ihn und zog das Drehbuch heraus. Es war schwer. Als sie es aufschlug, sah sie zu ihrer Überraschung, daß Thad in seiner dünnen, krakeligen Schrift eine Widmung auf die erste Seite geschrieben hatte: *Für Hélène.*

Darunter hatte er ein Datum geschrieben, ein Datum von 1959. Hélène starrte das Datum verständnislos an. Für sie bedeutete es den Spätsommer und das Jahr mit Edouard, deswegen brauchte sie einen Moment, bis ihr klar wurde, daß damit auch noch andere Assoziationen verbunden waren – nicht für sie, aber ganz offensichtlich für Thad. Das Datum, das Thad hineingeschrieben hatte, war der Tag, an dem er sie vor der Cinemathèque kennengelernt hatte.

Und dann«, sagte Stephani, während sie sich im Bett aufsetzte, »hab' ich eine Farbspülung gemacht. Ganz leicht. Meine Haare haben zwar noch immer nicht ganz die richtige Farbe, aber es dauert, bis die Bleiche ganz rauswächst. Das Make-up – na ja, das hab' ich geübt. Ich hab' ihr ja oft genug dabei zugesehen, wie sie's macht, als wir da draußen in der Wüste drehten. Und die Kleider ...« Sie lächelte verträumt. »Hélènes Kleider sind natürlich Haute Couture, aber es gibt da einen Laden ungefähr fünf Blocks vom Wilshire Boulevard entfernt. Die verkaufen preiswerte Kopien und Second-Hand-Designermode. Da bringen die Stars all ihre Kleider hin. Ich kenne die Besitzerin. Also bin ich reingegangen und hab' 'n bißchen gewühlt und sofort gedacht, das ist es, als ich es sah. *Das* ist sie, *das* ist Hélène!« Sie unterbrach sich und wandte sich zu Lewis um. »Hast du dich gefreut? Hat's dir gefallen? Sag mir, daß du dich gefreut hast, Lewis!«

»Sicher«, antwortete Lewis. Er saß am Fußende ihres Bettes und sah fern, das heißt, er suchte alle Programme ab. Das half ihm, zu überhören, was Stephani sagte. Die Einzelheiten wollte er gar nicht wissen. Er wollte nicht wissen, wie sie es machte. Das verdarb ihm irgendwie den Spaß. Wieder drückte er auf eine andere Taste.

Jetzt kam die Werbung: eine Frau mit frischem Gesicht hielt eine Schachtel Seifenpulver empor; Lewis drückte wieder auf den Knopf. Die Seifenoper; die Krawalle; der Film. Auf einmal wurde Lewis ganz still. Er drückte noch einmal auf den Knopf: zurück zu dem Mann, der interviewt wurde. Er starrte auf den Bildschirm, dann stellte er den Ton lauter. Stephani, die hinter ihm saß, kroch auf dem Bett zu ihm hinüber. Sie legte sich auf den Bauch und stützte das Kinn auf die Hände. Auch sie sah fasziniert auf den Bildschirm.

»He«, sagte sie nach einer Weile. »Der sieht aber wirklich gut aus! Findest du nicht, Lewis?«

»Sei still! Ich höre zu...«

Ein, zwei Minuten gehorchte Stephani. Dann sagte sie: »Hmmm, sein Anzug gefällt mir auch. Fast so wie deiner, Lewis. Nur dunkler. Du solltest dir auch so einen machen lassen. Er ist so unwahrscheinlich sexy.«

»Verdammt noch mal, wirst du den Mund halten!« fuhr Lewis sie an, und Stephani warf ihm einen verängstigten Blick zu. Sie biß sich auf die Lippe und war still.

Lewis starrte wieder auf den Bildschirm. Er hörte kaum ein Wort von dem, was gesprochen wurde; es handelte sich um irgendwelche Finanzangelegenheiten, und die interessierten ihn nicht. Er war jetzt hellwach; die Benommenheit, die Verträumtheit waren wie weggeblasen. Der Schock hatte seinen Verstand so scharf gemacht wie ein Rasiermesser.

Das Interview wurde beendet; die Kamera schwenkte auf den Fragesteller zurück. Lewis erhob sich und schaltete den Apparat aus.

Stephani blickte unsicher zu ihm auf. »War das jemand, den du kennst, Lewis?«

»Nein. Ich kenne ihn nicht. Nicht direkt.«

»Er klang englisch...«

»Er ist Franzose.« Lewis griff nach seinem Jackett. »Ich fahre nach Hause.«

Stephanis Augen wurden groß vor Schreck. Sie kniete auf dem Bett. »Ach Lewis, jetzt bist du mir böse! Das stimmt doch – oder? Ich seh's genau. Du bist ganz blaß geworden, und das wirst du immer, wenn du böse bist... Ach Lewis, was hab' ich denn bloß getan?«

Lewis drehte sich zu ihr um. Tränen standen ihr in den Augen. Sie sah aus wie eine Frau, und gleichzeitig wie ein Kind. Er war gerührt. »Gar nichts hast du getan«, beruhigte er sie etwas sanfter. »Ich bin dir nicht böse – ehrlich nicht.« Damit beugte er sich hinab und küßte sie. »Ich komme morgen zu dir, okay?«

»Okay, Lewis.« Sie zögerte. »Sag mal, Lewis, soll ich...«

Lewis legte ihr lächelnd einen Finger auf den Mund. »Ich lass' mich überraschen«, sagte er.

Er fuhr rasend schnell nach Hause; nur eine einzige, kleine rote Pille, und die brauchte er im Grunde eigentlich auch nicht. Als er zu Hause eintraf, wurde der Himmel bereits dunkel. Er ging ins Wohnzimmer. Dort saß Hélène ganz allein und las ein Buch. Sie begrüßte ihn, ohne eine Bemerkung über die Tageszeit oder seine Abwesenheit zu machen. Sie beobachtete ihn genau, wie er durchs Zimmer ging, um sich einen Drink zu holen, und Lewis wußte, daß sie das tat. Sie beobachtete seine Augen und sie beobachtete seinen Gang. Sie stellte niemals eine Frage, aber sie wollte wissen, wieviel er getrunken hatte.

Er hob die schwere Karaffe und schenkte sich gute acht Zentimeter Whiskey ein. Dabei hielt er das Glas absichtlich so, daß sie alles sehen konnte: sollte sie doch aufpassen; sollte sie doch die Gläser zählen! Er trank einen Schluck, dann ging er zu ihr hinüber, bis er unmittelbar vor ihr stand – nicht zu dicht, nicht zu weit entfernt, gerade richtig. Er stützte den Ellbogen auf den marmornen Kaminsims. Hélène senkte den Kopf wieder über ihr Buch.

Lewis wußte, daß sie seinen Zorn spürte, und war froh darüber. Er blickte auf den gesenkten Kopf hinab, auf das dichte, blaßgoldene Haar, das sie im Nacken mit einem schwarzen Seidenband zusammengefaßt hatte. Sollte er ihr jetzt sagen, was er im Fernsehen gesehen hatte, oder sollte er noch warten? Vielleicht sollte er warten.

Eine Woche. Einen Monat – so lange, wie es ihm paßte. O doch, das würde ihm Spaß machen. Denn schließlich – wie lange hatte er warten müssen, um die Wahrheit herauszufinden? Fünf Jahre. Jawohl, er würde warten. Aber er war noch immer von Zorn erfüllt und spürte, wie dieser Zorn heißer wurde. Die Versuchung, einen Streit vom Zaun zu brechen, war sehr groß...

Hélène blätterte um. Sie versuchte sich auf den Text zu konzentrieren. Sie spürte den Zorn, der in Lewis kochte, sehr deutlich; er war wie eine dritte Person im Raum. Er konnte natürlich vom Trinken kommen, obwohl er gar nicht betrunken wirkte. Er konnte von den Pillen kommen, die er schluckte. Er konnte alle möglichen Gründe haben – ihren Besuch bei Thad, die zufällige Bemerkung eines Fremden.

In diesen vergangenen Wochen, aber auch schon lange zuvor hatte sie sich an diese Stimmungsschwankungen gewöhnt und versucht, es Lewis recht zu machen. Sie dachte an all die vielen Dinge, die sie getan hatte, um ihn versöhnlich zu stimmen. Dachte daran, wie betont sie sich ständig seiner Meinung angeschlossen hatte, und wenn sie auch noch so oft wechselte; wie geduldig sie geschwiegen hatte, damit Lewis je nach Laune reden und rasen konnte. Wie gewissenhaft sie dafür gesorgt hatte, daß Cat zeitig ins Bett kam, denn wenn sie noch auf war, wenn er heimkehrte, kam es garantiert wieder zum Wutausbruch. Sie war bemüht, seine Lieblingsspeisen pünktlich zu dem Zeitpunkt servieren zu lassen, da er es wünschte. Sie trug Kleider, die er einmal an ihr bewundert, Schmuckstücke, die er ihr früher einmal zu irgendeinem freudigen Anlaß geschenkt hatte. Trug die Haare offen, wie er es bevorzugte. Erkundigte sich jedesmal fürsorglich nach seiner Arbeit, seinen Erlebnissen und hielt ihre eigenen Antworten, wenn er sich zuweilen die Mühe machte, sich nach den ihrigen zu erkundigen, kurz und beiläufig. Unterwarf sich seiner Meinung; unterwarf sich seinem Urteil; unterwarf sich ihm...

Er suchte Streit, das sah sie an jedem Zug seines Gesichts, das sah sie an seiner Körperhaltung. Bis vor wenigen Minuten noch hätte sie, wie in den vielen Monaten zuvor, eher versucht, seinen Zorn zu besänftigen; jetzt aber rebellierte sie. Sie musterte Lewis mit ruhigem Blick; jetzt nicht mehr!

»Warum hast du mir nie etwas von deinen Investitionen gesagt?«

fragte Lewis unvermittelt mit jener ruhigen, tonlosen Stimme, die unweigerlich Ärger verhieß. Das war allerdings nicht das eigentliche Thema, das merkte sie sofort.

»Ich finde, du hättest sie mir gegenüber in den vergangenen vier Jahren wenigstens ein-, zweimal erwähnen können, nachdem ich dich ja schließlich erst mit Gould bekannt gemacht habe und du darin ja offenbar so erfolgreich bist.«

»Du hast also nicht nur meinen Schreibtisch, sondern auch meine Aktenschränke durchsucht?«

Das überraschte ihn – ein wenig. Er hatte natürlich eine beschwichtigende Antwort erwartet. »Das habe ich allerdings. Warum auch nicht? Irgendwie muß ich dich doch kontrollieren. Ich möchte wissen, was du treibst, wie du deine Zeit verbringst, und du selbst würdest mir das bestimmt nicht erzählen.« Sein Ton war noch immer ruhig und keineswegs offen streitsüchtig.

Hélène sah ihn kalt an. »Ich hoffe, es war interessant für dich!«

»O ja, das war es.« Er trank den letzten Schluck und stellte sein Glas mit betonter Vorsicht auf den Kaminsims. »Informativ und interessant. Du liebst das Geld, nicht wahr? Das hätte ich eigentlich schon viel früher erkennen müssen.« Er machte eine dramatische Pause. »Schließlich hast du mich ja wegen meines Geldes geheiratet.«

Das war eine offene Attacke. Es gab eine lange Pause, in der die beiden einander ansahen. Dann stellte Hélène leise fest: »Ich habe dich nicht wegen deines Geldes geheiratet, Lewis. Nicht direkt.«

»Nicht direkt?« Er wurde rot im Gesicht, und seine Stimme hob sich. »Warum denn dann? Weil du meinen Namen wolltest? Weil du dachtest, ich könnte dir bei deiner Karriere helfen? Oder hättest du mich auch geheiratet, wenn ich arm gewesen wäre?«

»Lewis, ich war damals sechzehn!« Hélène sprang auf. »Ich war sechzehn, und ich war schwanger, und ich war allein, und ich hatte Angst. Kannst du das nicht verstehen? Du warst da, und du warst freundlich, und ich mochte dich sehr – ich weiß nicht, warum ich's getan habe. Damals hielt ich es für richtig. Ich dachte an Cat, was für sie am besten wäre. Ich...«

»Du hast mich wegen Cat geheiratet!« Sein Mund verzerrte sich. »Du hast mich geheiratet, weil du allein warst. Du hast mich geheiratet, weil ein anderer Mann dich sitzengelassen, dir ein Kind gemacht hat und weil ich da war.« Ein Ausdruck, der beinahe Verwirrung sein konnte, trat flüchtig auf sein Gesicht. »Von Anfang an. Warum war ich nur so blind? Warum war ich nur so gottverdammt *blind*...«

»Der mich sitzen gelassen hat?« Hélène sah ihn verständnislos an. »Das habe ich nicht gesagt. Ich habe gesagt... Ich habe gesagt, ich war allein.«

»Hör auf zu *lügen!*« fuhr er sie plötzlich heftig an. »Hör auf zu *lügen!*« Er hielt einen Moment inne, als versuche er sich mühsam zu beherrschen, und trotz ihres Zorns fühlte Hélène benommen, müde, daß er jetzt das sagen würde, was er von Anfang an hatte sagen wollen. Irgendeine neue Beschuldigung – welche, konnte sie sich nicht vorstellen; es hatte bisher schon so viele gegeben.

Aber es gab keine neue Attacke. Sie hatte das Gefühl, als wäre er drauf und dran gewesen, etwas Bestimmtes zu sagen. Statt dessen fragte er sie, wie schon so oft: »Liebst du mich? Ist dieser Faktor in deinen Kalkulationen überhaupt vorgekommen?«

Hélène wandte den Blick ab; dann sah sie ihn wieder an. »Ich dachte, ich würde dich lieben lernen«, antwortete sie ruhig.

In Lewis' Gesicht arbeitete es. Nach einer Weile sagte er gelassen, gleichgültig: »Ah ja, ich verstehe.« Und setzte dann, als sei es ihm eben erst eingefallen, hinzu: »Du Miststück! Du beschissenes Miststück!«

Dann schlug er sie. Es war ein harter Schlag gegen die eine Kopfseite, der sie zu Boden schleuderte. Hélène blieb eine Weile liegen, weil sie sich anstrengen mußte, ihren keuchenden Atem zu beruhigen und nicht zu weinen. Lewis hatte sie schon öfter geschlagen – allerdings noch nie so hart –, doch in der letzten Zeit eigentlich nicht mehr. Die Tatsache, daß sie von dem Moment an gewußt hatte, er wollte sie schlagen, als er das Zimmer betrat, die Tatsache, daß sie es nicht hatte verhindern können, sogar die Tatsache, daß er körperlich stärker war als sie – all das erfüllte sie mit einem unterträglichen Gefühl der Demütigung und des Zorns. Aus der Vergangenheit hörte sie die Stimme der Mutter: »Er hat mich ein einziges Mal geschlagen, Hélène. Ein einziges Mal nur. Das genügte.«

Ganz langsam erhob sie sich. Lewis hatte weder ein Wort gesagt noch sich gerührt. Sie wartete, bis sie ganz sicher war, daß ihre Stimme nicht schwankte. »Das hättest du nicht tun sollen, Lewis«, sagte sie schließlich. »Wenn du das noch ein einziges Mal tust, werde ich dich verlassen.«

Lewis hob den Kopf und sah sie an. Er fuhr sich mit der Hand durchs Haar, sah sich suchend um und klopfte seine Taschen ab. »Wo hab' ich denn meine Autoschlüssel? Ah, da sind sie ja...« Er nahm sie vom Tisch. Er nahm sein helles Leinenjackett, das er auf einen Sessel geworfen hatte, und hängte es sich über die Schulter. »Dann laß dich doch scheiden! Grund dafür hab' ich dir schon gegeben.«

Er sagte es beiläufig, mit eindeutigem Vergnügen. Dann ging er hinaus.

Hélène hörte den Porschemotor aufheulen. Sie lauschte ihm, bis er in der Ferne verklang. Dann setzte sie sich und blieb sehr lange still sitzen, bis es ihr zu kalt wurde.

Sie weinte nicht; weinen hatte keinen Sinn. Es hatte auch keinen Sinn, Schuldzuweisungen zu verteilen.

Sie betrachtete dieses Ding, das ihre Ehe war, sie dachte an die Anstrengungen, die sie gemacht hatte, sie zu retten, und hatte das Gefühl, ein Gefängnis geschaffen und aufrechterhalten zu haben – ein Gefängnis für Lewis und für sich selbst.

Nach ungefähr einer Stunde stand sie auf. Es war fast Mitternacht, und das Haus war still. Langsam ging sie im Zimmer umher, hob ihr Buch auf, das zu Boden gefallen war, rückte einen Sessel zurecht, schüttelte ein Kissen auf. Sie tat das alles automatisch, fast ohne sich dessen bewußt zu sein. Dann schaltete sie eine Lampe nach der anderen aus.

Als sie gerade die letzte ausknipste, klingelte das Telefon. Bei dem plötzlichen Schrillen in dem ruhigen Haus zuckte sie erschrokken zusammen. Sie sah zum Telefon hinüber; ging einen kleinen, zögernden Schritt darauf zu. Es klingelte einmal, zweimal, dreimal. Dann hörte es auf.

Als Lewis am folgenden Tag nach Hause kam – er kam immer nach Hause –, entschuldigte er sich. Aber er war nicht so reumütig wie sonst, und Hélène war nicht so verzeihend. Wir sind beide härter geworden, dachte sie.

»Ich entschuldige mich nicht für das, was ich gesagt habe. Ich entschuldige mich dafür, daß ich dich geschlagen habe.« Diese Unterscheidung schien er für wichtig zu halten. Hélène ließ sie ihm unkommentiert durchgehen.

»Hast du mich letzte Nacht, nachdem du fort warst, angerufen?« wollte sie wissen.

»O Gott!« Sein Gesicht verzog sich plötzlich wie das eines Kindes. Er ließ sich in einen Sessel sinken und barg das Gesicht in beiden Händen. »Es kann sein. Ich weiß es nicht. Ich kann mich einfach nicht erinnern«, stöhnte er schließlich.

Hélène

Los Angeles 1964–65

Ich kann's nicht erwarten! Ich kann's nicht erwarten!«

Cat stand mitten im großen Ballsaal. Ihre Wangen glühten; ihr kleines Gesicht war vor Aufregung verkrampft. Hélène betrachtete sie liebevoll: Sie war in diesem Sommer sehr gewachsen und wirkte älter. Mit verschlungenen Händen, den Kopf emporgehoben, stand sie im Sonnenlicht. Sie trug das Haar jetzt seitlich gescheitelt, es war länger und widerspenstiger. Wenn sie, wie jetzt, aufgeregt war, brannte ihr Gesicht, und ihre Augen leuchteten auf: In einem bestimmten Lichtwinkel wirkten sie nahezu veilchenblau. Irgend etwas an ihrer Haltung erinnerte Hélène an ihre Mutter. Sekundenlang sah sie Violet vor sich, wie sie ihr im Wohnwagen das Lied vom Flieder vorgesungen hatte.

Cassie bemerkte die Ähnlichkeit auch. Sie stand mit Madeleine in der Nähe und sah zu, wie Cat ein paar ungeschickte Pirouetten drehte. Cassie schüttelte lächelnd und auch ein bißchen traurig den Kopf. »Die arme Violet! Manchmal sieht Cat ihr doch sehr ähnlich!«

Cassies Bemerkung erfreute Hélène. Ihr Herz wurde auf einmal ganz leicht. Es war schließlich ein Ball, den sie planten, eine Party, und Cat hatte ein Recht dazu, aufgeregt zu sein... Unvermittelt empfand sie eine ganz neue Energie. Sie nahm ihre Listen und Notizen, Cassie die ihren, und dann begannen sie gemeinsam zu überlegen und zu planen.

Dieser Ballsaal war wirklich ein Raum aus einem anderen Zeitalter. Hier hatte Ingrid Nilsson ihre legendären Feste gefeiert – mit Valentino, Gloria Swanson und vielen anderen. Er war mindestens dreißig Meter lang, mit kostbaren Kronleuchtern, einem Geschenk des ungarischen Fürsten, den die Nilsson kurz geliebt hatte.

Eine Wand bestand fast ganz aus hohen Bogenfenstern, die auf die Terrasse hinausgingen; an einem Ende befand sich ein Podium für die Musiker; die Decke war mit reichem Stuck verziert; es gab hohe Spiegel, die den Saal ins Endlose verlängerten. Es war ein Raum, in dem Elfenbein und Gold vorherrschten, und er war, seit sie hier wohnten, nicht mehr benutzt worden. Als Hélène ihn jetzt betrachtete, merkte sie plötzlich, daß sie ihn liebte.

Dann jedoch stürzte sie sich mit Cassie und Madeleine energisch in die Diskussion um die Ausschmückung des weiten Saals, bis sie auf einmal von Cats Stimme unterbrochen wurden. »Ich möchte tanzen«, erklärte sie. »Bitte, Mutter, zeig mir, wie man tanzt! Jetzt gleich!«

Hélène und Cassie sahen einander an; Madeleine lächelte. »Musik!« sagte sie. »Warte einen Moment, *ma petite.* Wir brauchen Musik. Ich hole eine Schallplatte. Warte.« Sie lief hinaus, durch den Wintergarten und das Zimmer dahinter, und ließ dabei sämtliche Türen auf. Eine Zeitlang blieb alles still. Dann ertönten, ganz leise zuerst, dann immer lauter, die Klänge eines Wiener Walzers.

Gleich darauf erschien Madeleine wieder an der Tür, um zuzusehen. Hélène ging zu Cat hinüber, legte ihr einen Arm um die schmale Taille und ergriff mit der anderen Hand die ihrer Tochter. »Ich bin der Herr und werde dich führen. Es ist ganz einfach. Du brauchst nur meinen Füßen zu folgen. Ja, ja, genau so! Genau so, Cat – wunderbar!«

Anfangs stolperte Cat ein wenig; dann wurde sie allmählich sicherer. Zunächst noch langsam, dann immer schneller begannen sie sich zur Musik zu drehen. Hélène spürte Cats straffen und doch so biegsamen Körper in ihrem Arm. Lachend sah sie auf Cats Gesicht hinab und lachend blickte Cat zu ihr auf. Sie drehten und drehten sich, und ihre Bewegungen glichen sich immer mehr einander an. Es war ein Augenblick reinsten Glücks.

Als die Musik endete, dachte Hélène: Ich werde mich immer daran erinnern – immer! Ein leerer Ballsaal. Ich werde ihn vor mir sehen und werde denken, ach ja, das war der Tag, an dem ich mit Cat getanzt habe...

Die Musik verstummte. Hélène ergriff Cats Hände und drückte

sie mit einer unvermittelten Leidenschaft, die sie sich selbst nicht erklären konnte.

»O Cat!« sagte sie. »Bitte, vergiß diesen Augenblick niemals!«

Heute morgen ist sie gekommen! Ich wußte, daß sie kommen würde! Ich wußte, daß Hélène mich nicht vergessen würde.« Stephani hielt den großen weißen Briefumschlag in der Hand. Ihre Hand zitterte. Mit einem Finger berührte sie die schwarzen Buchstaben. Als sie sich zu Lewis umwandte, leuchteten ihre Augen.

»Ach, Lewis – ich kann's einfach nicht glauben! Ich bin so aufgeregt...«

Lewis wich ihrem Blick verlegen aus. Die Einladung, die Stephani zu Hélènes *Ellis*-Party erhalten hatte, kam viel zu spät. Alle anderen waren mindestens eine Woche früher abgeschickt worden. Glücklicherweise wußte das Stephani nicht. Ebensowenig ahnte sie, wie die Einladung zustande gekommen war: weil *er* es arrangiert hatte. Nachdem er wußte, wie sehr sich Stephani wünschte, auf die Party zu gehen, hatte er am Morgen zuvor Hélène gegenüber ganz nebenbei Stephanis Namen erwähnt. Hélène hatte sofort die Hand an den Mund gehoben und ihn schuldbewußt angestarrt.

»Ach, Lewis. Wie furchtbar! Natürlich hätte ich sie einladen müssen, aber ich hab's vergessen! Ich hab' sie seit den Dreharbeiten nicht mehr gesehen, obwohl ich's ihr doch versprochen hatte. Meinst du, es ist noch nicht zu spät? Können wir ihr jetzt noch eine Einladung schicken?«

»Warum nicht? Ich glaube ohnehin kaum, daß sie kommen wird.«

Gestern. Lewis konnte es einfach nicht glauben, daß diese Szene stattgefunden hatte. Und nun, da er den Beweis dafür in der Hand hielt, konnte er genausowenig an die jetzige Szene glauben. Konnte nicht fassen, daß er seine Frau dazu gebracht hatte, seine Geliebte zu ihrer Party einzuladen. Zu ihrer großen, vornehmen Party, für die sich ganz Hollywood um Einladungen schlug.

Wie in aller Welt hatte er das geschafft? Irgendwie war es ihm gelungen, nicht nur Hélène, sondern auch Stephani an der Nase herumzuführen. Und in einer knappen Woche würde er einen ganzen Abend mit seiner Frau und seiner Geliebten unter einem Dach verbringen! Er seufzte. War diese Aussicht wirklich so schrecklich? Irgendwo im Hinterkopf lauerte die Idee, daß er das die ganze Zeit gewollt, daß er sich danach *gesehnt* hatte, die beiden nebeneinander zu sehen: seine Frau und die Imitation seiner Frau, Hélène und Stephani.

Mit ihren schlanken, rosigen, geschickten Fingern rollte Stephani einen Joint: so unwahrscheinlich geschickte Finger! Er nahm ihn entgegen und inhalierte tief.

»Du machst dir Sorgen, Lewis«, sagte Stephani und zog ihn neben sich aufs Bett. Lewis merkte, wie sich in seinem Kopf Leichtigkeit ausbreitete, und fühlte sich, als beginne er in einem wunderschönen Ballon immer weiter hinaufzuschweben.

Von dieser Höhe aus war er sicher, daß Stephani voll Einsicht nicht auf die Party gehen würde, weil das ein nicht wieder gutzumachender Stilbruch wäre. Aber nein, das war doch albern: So etwas würde ihr nie in den Sinn kommen.

Stephani sah alle Dinge mit der bezaubernden Amoralität eines Kindes. Darin erinnerte sie ihn an Thad, und diese Art, das Leben zu sehen, wirkte – genau wie bei Thad – entspannend auf ihn. Hoch oben in seinem Ballon begann Lewis zu kichern. Stephani mochte Hélène. Sie liebte Hélène. Abgesehen von der Strandparty waren sie beide immer sehr vorsichtig gewesen. Es hatte keinerlei Klatsch gegeben, und es war Stephani, nicht Lewis, die gewissenhaft für Diskretion sorgte.

»Wir werden zusehen, daß sie nichts erfährt. Es ist unser Geheimnis. Wir werden ihr nicht weh tun. In Wirklichkeit gehörst du *ihr*, Lewis. Das weiß ich doch...«

Ganz sanft begann sie ihn zu streicheln. Zärtliche, behutsame Berührungen. Sie wisperten über seine Schenkel, seine Schamhaare, seinen Bauch. Ganz langsam. Ganz leicht. Lewis schloß die Augen.

Sie trug einen Petticoat aus pfirsichfarbener Seide, den Lewis fünf Jahre zuvor, hundert Jahre zuvor in London für Hélène gekauft hatte. Er war um mehrere Größen weiter als jene, die sie normalerweise trug, weil sie damals schwanger gewesen war. Lewis hatte ihn vor kurzem ganz hinten in einem Schrank gefunden – weggepackt, vergessen.

Lewis seufzte. Er drehte den Kopf und suchte ihre Brüste. Er liebte ihre Brüste, schwer und voll, und saugte an ihnen. Er roch den Duft ihrer Haut, und als er stöhnte, roch er auch ganz, ganz leicht den Duft von Lavendel, den Duft seiner Kindheit. Nur zwei Frauen in seinem Leben hatten diese kleinen Lavendelkissen zwischen ihre seidene Wäsche gelegt. Nur zwei Frauen: Hélène und seine Mutter. Er schob die Hand zwischen ihre Schenkel – dorthin, wo sie sich so wundervoll weich, so wundervoll warm und feucht anfühlten. Er öffnete sie mit seinen Fingern – ganz sanft, ganz zart, wie eine Blüte.

Er wollte in ihr sein, und als er in ihr war, fühlte er sich in diesem Dunkel sicher, ließ sich treiben. Der Duft von Lavendel in seiner Nase: heißgeliebte Hélène! Pulsierend, träumend. In Hélènes Armen schlief er ein. Und schlief – schlief – schlief: eine Ewigkeit, eine Minute. Um dann laut schreiend zu erwachen.

Der Mann am Tor drang in seine Träume ein; er klammerte sich an die Torflügel, rüttelte an ihnen. Er schrie, und schrie in furchtbarer Verzweiflung: »Laßt mich ein! Laßt mich ein!«

Lewis klammerte sich an Stephani: er schwitzte und zitterte. Stephani holte Wasser und kühlte seine schweißnasse Stirn. Sie zwang ihn, aufzustehen und im Zimmer umherzugehen. Sie zwang ihn, etwas zu essen. Und ganz allmählich ließ der Alptraum nach.

»Du hast einen schlechten Trip gehabt«, versuchte sie ihn zu trösten.

Später, als sich Lewis ein wenig erholt hatte und sie ganz sicher war, daß es ihm wieder gut ging, sahen sie zusammen fern: Seifenopern, die Stephani liebte, und die Lewis beruhigend fand. Auf einmal packte Stephani Lewis' Hand. Sie starrte ihn mit riesigen Augen an und sagte: »O Gott, Lewis! Die Party! Was soll ich bloß auf der Party anziehen?«

Sie trug ein bodenlanges weißes, sehr enges Kleid, das von oben bis unten mit Straß bestickt war, und ihre Haare leuchteten wieder in dem üblichen Platinblond. Lewis sah sie und empfand dabei zugleich Erleichterung und Enttäuschung: Sie war als Stephani Sandrelli erschienen.

Er selbst stand hinten, am anderen Ende des Raums, als sie ihren

Auftritt inszenierte: aus zwei Gläsern Champagner zugleich trinkend, eines rosa, eines weiß. Irgendwie amüsierte ihn das. Neben ihm stand Homer, Hélènes Ostküsten-Agent, und auf der anderen Seite Milton, ihr Agent hier in L. A. Beide starrten verblüfft diese Erscheinung an.

»Ist das zu glauben, Milton?«

»Ist es nicht, Homer. Wir haben 1964, stimmt's? Nicht 1954. Oder haben wir einen Zeitsprung in die Vergangenheit getan?«

»Es gibt Dinge, Milton, die sich niemals verändern. Sogar in Hollywood. *Vor allem* in Hollywood.«

»Ich erinnere mich an Marilyn in haargenau so einem Kleid.« Milton schüttelte traurig den Kopf. »Noch hautenger sogar.«

»Ja, aber Marilyn besaß Leuchtkraft, Milton. Leuchtkraft.«

»Das ist wahr. Und hier, bedauerlicher Mangel an Zauber, Homer. Ganz eindeutig.«

Sie gingen davon, in Richtung Bar. Lewis musterte Stephani unsicher. Vor zwei Monaten noch hätte er vermutlich gesagt, sie sähe aus wie ein Flittchen; vor zwei Minuten hätte er gesagt, sie sähe wunderbar aus; jetzt war er überhaupt nicht mehr sicher, wie er sie fand, fühlte sich aber leicht distanziert. Fühlte vage, daß sie nicht die Frau war, mit der am Arm er sich, vom Klatsch einmal ganz abgesehen, am heutigen Abend sehen lassen sollte. Eine Zeitlang kämpften Ritterlichkeit und Snobismus in ihm. Stephani war auf dem Weg zu ihm gewesen, wurde inzwischen aber aufgehalten. Diese Gelegenheit ergriff Lewis sofort beim Schopf und tauchte, sich selbst verachtend, hinter einer Personengruppe davon. Vorsichtig umkreiste er den Saal und machte sich, sobald er sicher war, daß Stephani seine Spur verloren hatte, auf die Suche nach seiner Frau.

Hélène stand beim Eingang zum Ballsaal. In einiger Entfernung von ihr blieb Lewis stehen, um sie anzusehen. Sie trug ein Seidenkleid in einem Blau, das um einige Töne dunkler war als ihre Augen. Als Lewis das Kleid, das eigens in Paris für sie angefertigt worden war, beim behutsamen Auspacken aus Bergen von Seidenpapier zum erstenmal sah, hatte es ihm gar nicht gefallen, hatte er es langweilig und unweiblich gefunden. Jetzt aber wirkte es ganz anders auf ihn, und selbst Lewis, der überhaupt nichts von Damengarderobe verstand, bewunderte den meisterlichen Schnitt, die perfekte

Linie. Es war schmal, wodurch sie noch größer und schlanker wirkte; es ließ ihre Arme bloß, und der geschwungene, tief heruntergezogene Kragen, versteift und bestickt, rahmte die schöne Linie ihres Halses wie zwei kostbare Schwingen.

Sie stand zwischen Thad und Gregory Gertz, doch für die Männer hatte Lewis keinen Blick. Das Blau ihres Kleides flimmerte vor seinen Augen. Sekundenlang fühlte er sich fast schwindlig, unendlich leicht, ganz erfüllt von Dunst und Äther. Von nun an, das spürte er, würde er sie nur noch so sehen wie jetzt: aus der Ferne, in dem blauen Kleid, das Gesicht ein wenig abgewandt, die eine Hand halb erhoben.

Hinter ihr, im Ballsaal, begann die Musik. Lewis schüttelte sich ein wenig, und nahm nun wieder das Stimmengewirr wahr, und das Gewühl der vielen Menschen.

Jetzt sah er, daß Hélène am Hals einen schmalen Reif aus Saphiren und Diamanten trug, den er ihr zum ersten Hochzeitstag geschenkt hatte. Er hatte ihn in New York bei de Chavigny gekauft, denn das war vor ihrer Reise nach Cannes gewesen, bevor ihm klar wurde, wie Hélène ihn belog. Seitdem setzte er keinen Fuß mehr in ein Geschäft von de Chavigny: nicht in New York, nicht in Paris, nirgendwo.

Immerhin, er hatte es ihr geschenkt, genau wie er Stephani die Brillantkette geschenkt hatte, die sie für diesen Abend angelegt hatte. Dieser Vergleich ärgerte ihn; die Erinnerungen ärgerten ihn. Da Hélène diesen Halsreif trug, mußte er ihr heute noch unbedingt etwas Wichtiges sagen; aber erst später.

Er machte kehrt, wich den beiden Lloyd Bakers aus, die auf ihn zuhielten, schlug einen Bogen um Hélène und strebte auf eine Gruppe von Herren zu, die eindeutig nicht die Meinung von Homer und Milton teilten, denn den bewunderten Mittelpunkt der Gruppe bildete Stephani Sandrelli.

Ihre Party war ein Erfolg. Hélène sah sich in dem vollen Raum um. Im Nebenzimmer, wo das warme Essen serviert worden war, begannen die Gäste gerade die runden, mit Blüten und Bändern geschmückten Tische zu verlassen. Im Ballsaal hinter ihr wagten sich die ersten Tanzpaare aufs Parkett. Einige der mächtigsten Persönlichkeiten von Hollywood, und einige der berühmtesten. Sie ließ den Blick über die verschiedenen Gruppen wandern, vergewisserte sich, daß niemand belästigt wurde, niemand allein blieb, niemand sich ignoriert fühlen konnte. In einer Ecke hielt Joe Stein Hof; in einer anderen eine sehr bekannte Agentin, umringt von hübschen jungen Männern, die ihre neuesten Witzeleien mit kleinen, bewundernden Schreien quittierten. In allen Räumen herrschte jene gewisse elektrische Spannung, an der sie erkannte, daß der Abend ein Erfolg war.

Ein Erfolg, der zum Teil der imponierenden Gästeliste, vor allem aber der Tatsache zu verdanken war, daß *Ellis* so großen Erfolg hatte. Die Kritiker – mit Ausnahme von Susan Jerome – waren begeistert gewesen und hatten Hélène, wie sie selbst fand, mit viel zu übertriebenem Lob überschüttet. *Ellis* war ein Hit; ihre Party war ein Hit. Eine sehr simple Formel, die sie jedoch verabscheute.

Rechts und links von ihr unterhielten sich Thad und Gregory Gertz. Gertz schien sich unbehaglich zu fühlen; Thad war ganz strahlendes Wohlwollen. Da Thad inzwischen wußte, daß sie im Frühjahr den Film mit Gertz drehen würde – sie hatte es ihm selbst gesagt –, und da Gertz wußte, daß Thad es wußte, war es vielleicht gerade sein Wohlwollen, das bei Gertz Unbehagen auslöste. Und zwar mit Recht: Nach Hélènes Erfahrung mußte man Thad am meisten fürchten, wenn er sich strahlend und freundlich gab.

Gelegentlich streute sie eine Bemerkung ein oder nickte zustimmend zu einer Äußerung der beiden, im Grunde aber hörte sie ihnen nicht zu. Denn sie beobachtete Lewis, der sich durch die Menschen einen Weg zu ihr zu bahnen versuchte, dann aber plötzlich mit einem merkwürdig benommenen Ausdruck stehenblieb. Sie wußte sofort, daß er zuviel getrunken hatte, und wandte den Blick ab. Sie hatte sich so große Mühe gegeben, an diesem Abend Leute einzuladen, von denen sie glaubte, daß sie Lewis helfen könnten. Einen Produzenten, der einmal Interesse an einem früheren Drehbuch gezeigt, eine Schauspielerin, die sich für eine Hauptrolle in *Endless Moments* erwärmte, einen Regisseur, mit dem sich Lewis vor einiger Zeit angefreundet hatte. Bisher hatte Lewis sie allesamt ignoriert. Wenn er jetzt weitertrank, würde er mit Sicherheit eine Szene machen.

Aber sie rief sich gleich wieder zur Ordnung und ärgerte sich über ihre Gedanken. Zwischen ihr und Lewis herrschte ein stillschweigender, labiler Waffenstillstand, und sie dachte gar nicht daran, sich den ganzen Abend Sorgen um Lewis zu machen oder ständig zu versuchen, ihn vor der eigenen Dummheit zu bewahren. Dennoch sah sie sich ein wenig besorgt nach ihm um. Lewis entfernte sich von ihr und schien sich unbedingt mit Stephani Sandrelli unterhalten zu wollen.

Er drängte sich unhöflich durch die Herren, die sie umstanden, ergriff ihre Hand, führte sie an die Lippen und beugte sich mit übertriebener, fast lächerlicher Höflichkeit darüber. Stephani musterte ihn zweifelnd; dann lachte sie. Hélène wandte errötend den Blick ab. Wie konnte Lewis nur so unfreundlich sein! Es war ganz eindeutig, daß er sich über Stephani lustig machte, und es war grausam.

»*Long Division*«, sagte Gregory Gertz mit spürbarem Zögern. »Jedenfalls ist das der Arbeitstitel.«

Thad blickte zu ihm auf. Er summte vor sich hin. »*Long Division. Long Division.* Soviel wie Lange Trennung. Nun ja, man könnte immerhin eine Fortsetzung machen. Sie heiraten wieder. Sie kriegen Kinder. Die sollten Sie dann *Multiplication* nennen.«

»Ich plane keine Fortsetzung«, entgegnete Greg steif.

»Oh, aber das sollten Sie! Das sollten Sie!« Thad strahlte. Seine Brillengläser blitzten und blinkten. Er muß sehr wütend sein, dachte Hélène.

»*Ich* mache eine Fortsetzung. Von *Ellis*. Das hat Hélène Ihnen wahrscheinlich schon erzählt.«

»Hat sie nicht.«

»Also, ich drehe eine. Im nächsten Jahr.« Er stellte sich ein wenig breitbeiniger hin. »Filme sollten länger sein«, verkündete er. »Eine Stunde und zwanzig Minuten, eine Stunde und vierzig Minuten – was ist das schon? Was kann man da zeigen? Ich möchte sehr viel längere Filme drehen...«

»O ja. Das hab' ich bei *Ellis* gemerkt.«

»Fortsetzungen sind dafür *die* Lösung! Drei Stunden. Vier Stunden. Heute scheuen die Leute noch davor zurück, aber mit Sicherheit nicht mehr lange. Sie fürchten sich immer ein wenig vor allem, was ihnen neu und revolutionär erscheint.«

»Neu?« Gregory Gertz' Brauen stiegen in die Höhe. »Aber doch wohl nicht ganz. Wenn ich mich recht erinnere, hatten schon eine ganze Menge Leute dieselbe Idee. Unter anderem Erich von Stroheim. Seine Originalversion von *Greed* dauerte, glaube ich, zehn Stunden. Aber die ist natürlich nie gezeigt worden ...« Er berührte Hélènes Arm. »Möchten Sie tanzen, Hélène?«

Eine kurze, sehr gespannte Pause entstand. Sekundenlang wirkte Thad wie ein Schnellkochtopf kurz vor dem Explodieren. Dann machte er, bevor Hélène noch etwas tun oder sagen konnte, kurzerhand kehrt und marschierte hinaus.

Hélène war sicher, daß er nicht nur den Raum, sondern die Party überhaupt verließ. Er wirkte lächerlich, als er in zornigem Trab davontrottete. Gregory Gertz lachte laut auf.

Hélène legte ihm die Hand auf den Arm. »Ich werde mit Ihnen tanzen«, erklärte sie. »Aber das hätten Sie wirklich nicht tun sollen. Es war nicht sehr diplomatisch.«

»Das interessiert mich überhaupt nicht«, gab Greg mit einer Überheblichkeit zurück, die sie bisher noch nie an ihm bemerkt hatte. »Warum sollte es auch? Er kann mir nichts anhaben.« Er zögerte kurz. »Und Ihnen hoffentlich auch nicht.«

Hélène krauste die Stirn. Zum Teufel mit Thad, dachte sie dann; zum Teufel mit ihm, seinem Größenwahn, seiner Besitzgier! Sie ergriff Gregorys Arm. »Früher einmal, vielleicht«, antwortete sie entschlossen. »Heute nicht mehr.«

Es war ein Uhr nachts, und noch immer machte keiner der Gäste Miene, nach Hause zu gehen. So viele Tänze, so viele Partner, und wenn sie es recht bedachte, hatte keiner von ihnen mit ihr getanzt, weil er es wirklich wollte, sondern weil es zum Geschäft gehörte. Joe Stein, zum Beispiel, hatte sich seit Cannes, 1962, gewünscht, daß sie für seine Gesellschaft einen Film drehte, und nun hatte Stein das Ziel seiner Wünsche erreicht. Seine Gesellschaft würde *Long Division* produzieren und finanzieren. Als er Hélène von der Tanzfläche an ihren Platz zurückbegleitete, sah er ganz kurz zu Simon Scher hinüber, der sich mit Steins Frau Rebecca unterhielt, und plötzlich schritt er wie ein Sieger aus, denn er, Joe Stein, hatte Hélène Harte aus den Fängen von Sphere befreit!

Simon Scher lächelte höflich zurück und nahm das Gespräch mit Rebecca Stein wieder auf. Er war ein kleiner, adretter, liebenswürdiger Mann und lächelte, wann immer Hélène mit ihm zusammentraf – was eigentlich nur sehr selten geschah – freundlich und höflich. Ein Geschäftsmann – aber schließlich waren sie das alle, Herren wie Damen. Und sie waren hier, um eine wesentliche Funktion ihres Berufs zu erfüllen: Informationen und Klatsch auszutauschen und zu beobachten, wer mit wem redete, welche Wege die Macht nahm...

Weiteren Aufforderungen zum Tanz wich Hélène aus und zog sich hinter eine Säule zurück, aus deren Schutz sie ihre Gäste beobachten konnte. Gregory Gertz tanzte im Augenblick mit Rebecca Stein, der gegenüber er sich übertrieben höflich verhielt. An diesem Abend sah sie ihn auf einmal anders als sonst: ein bißchen weniger offen, ein bißchen weniger ehrlich, als sie es sich eigentlich vorgestellt hatte. Wenn sie nicht einverstanden gewesen wäre, in seinem Film mitzuspielen – hätte Stein mit seiner Gesellschaft den Film dann auch finanziert? War es das, warum Gregory sie so unbedingt haben wollte, und nicht, weil sie so perfekt für die Rolle geschaffen war, wie er behauptete? War sie für ihn ganz einfach eine »Kassengarantie?« Es würde sie wahrhaftig nicht wundern, wenn das sein Motiv gewesen wäre, denn so funktionierte Hollywood nun mal. Aber er hatte so *ehrlich* auf sie gewirkt, so *aufrichtig*...

Haltsuchend lehnte Hélène sich an die Säule. Es gab nur so wenige Menschen, die sie mochte, und noch viel weniger, denen sie wirklich vertraute!

Irgend jemand stieß plötzlich gegen sie: Milton, ihr West-Coast-Agent – groß, gebräunt, erstklassig gepflegt. Er wirkte, als fühle er sich verfolgt.

»Homer«, erklärte er. »Ich fliehe vor Homer. Er hat zuviel getrunken. Heute hat er wieder seinen Sauftag.« Er sah sich nach einem Kellner um, dann beherrschte er sich offenbar und ergriff ihre beiden Hände.

»Ein Genie«, sagte er. »Ich hatte bisher noch keine Chance, es Ihnen zu sagen, und außerdem ist es ein Wort, das ich sonst nie in den Mund nehme. Nur jetzt.« Mühsam sah er ihr in die Augen. »Ein Genie. Als der Film zu Ende ging, Hélène, hab' ich *geweint!* Ehrlich, Hélène – *Tränen* geweint! Ich hab' geweint. Elizabeth hat geweint. Paul hat geweint – na ja, beinah. Sogar dieser kleine Scheißkerl von der *New York Times* hat geweint. Wir müssen uns unbedingt unterhalten, Hélène, und zwar bald! Den ganzen Tag haben die Telefone heute nicht stillgestanden. Jeder will Sie! *Jeder!* Sie hätten sich nicht auf diesen Gertz-Film festlegen sollen. Ich hab' Sie gewarnt. Das ist kein Film für Sie. Die Frau da drin ist viel zu hart, sie ist ein Miststück, und so sehen die Leute Sie nicht! So *mögen* die Leute Sie nicht! Sie sollten den zweiten Teil von *Ellis* machen, und dann... übrigens, ich hab' das Drehbuch heute gelesen.« Er grinste. »Hélène – das Ding ist *heiß!* Ich sag Ihnen, es ist so heiß, daß ich mir beim Lesen die Finger dran verbrannt habe. *Also!* Hören Sie zu. Ich möchte, daß Sie morgen...«

»Ich werde Sie morgen anrufen. Aber ich werde meine Entscheidung nicht ändern. Ich habe versprochen, daß ich den Gertz-Film mache, Milton, und werde...«

»Versprochen? Versprochen? Was heißt schon versprochen? Sie haben nichts unterschrieben. Es gibt überhaupt nichts schwarz auf weiß. Also hören Sie zu, Hélène...«

»Morgen, Milton«, sagte Hélène und ging davon. Sie schritt durch die Halle und an der Bar vorbei bis in den Wintergarten hinüber. Dort setzte sie sich – hinter noch mehr Palmen verborgen – in einen Korbsessel und versuchte sich ein wenig zu entspannen. Die Stimmen aus der Bar hinter ihr drangen bis zu ihr herüber, aber sie beachtete sie nicht, sondern überließ sich ihren Gedanken.

»Mrs. Harte?«

Hélène blickte auf. Da der Wintergarten nur matt beleuchtet und sie in Gedanken weit, weit entfernt gewesen war, erkannte sie nicht sofort den Mann, der vor ihr stand. Allmählich erst sah sie, daß es Simon Scher war, der höflich lächelte.

»Gestatten Sie, daß ich Ihnen etwas zu trinken hole? Sie sind doch sicher sehr abgespannt. Eine so wunderbare Party...«

»Vielen Dank, nein.«

»Darf ich?« Dabei setzte er sich schon in einen anderen Sessel.

Hélène wünschte, er würde gehen. Ganz plötzlich und sehr intensiv wünschte sie, sämtliche Gäste würden gehen.

»... deswegen wollte ich Ihnen gratulieren.« Offenbar hatte Scher sie zu *Ellis* beglückwünscht.

»Ein sehr interessanter Film, und eine höchst bemerkenswerte schauspielerische Leistung. Ach ja...« Er räusperte sich. »Ich hab' das Manuskript für die Fortsetzung natürlich gelesen. Eine absolute Überraschung. Ich hatte keine Ahnung, daß es eine Fortsetzung geben würde.«

»Es gibt zwei«, entgegnete Hélène brüsk. »*Ellis* wird eine Trilogie.«

»Ach!« Er wirkte bestürzt. Hélène empfand auf einmal Trotz. Sollte Thad doch seine dämliche Geheimnistuerei ruhig fortsetzen – *sie* hatte jedenfalls nicht die Absicht, ihn dabei zu unterstützen!

»Ah ja, natürlich. Mr. Angelini pflegt seine Karten nie gleich auszuspielen. Eine Trilogie.« Er schien zu überlegen. »Und Sie sind... Das heißt, ich vermute, es gibt da ein kleines Problem, nicht wahr?«

»O ja. Es gibt ein kleines Problem. Thad möchte die Fortsetzung im Frühjahr drehen, während ich ihm gesagt habe, daß ich das nicht will. Weil ich zu der Zeit einen anderen Film drehe.«

»Ich verstehe.« Er krauste die Stirn. »Bedeutet das, daß die Fortsetzung verschoben wird? Mr. Angelini hat nichts davon erwähnt, daß...«

»Das sollten Sie ihn lieber selbst fragen«, gab Hélène ziemlich kurz angebunden zurück. Und dann, weil sie ihre Unhöflichkeit bedauerte: »Wissen Sie, ich selbst hatte ebenfalls keine Ahnung, was Thad plante. Er hat's mir erst vor vierzehn Tagen gesagt. Und ich weiß auch noch gar nicht recht, was ich tun werde – ob ich den Film überhaupt machen werde...«

»Nun, im Laufe der Zeit... Mit einem so ehrgeizigen Projekt... Im Prinzip natürlich genauso gut wie all seine Arbeiten, aber« – er zögerte – »eben ein bißchen lang, nicht wahr?« Wieder machte er eine Pause und sah sie an. »Wirklich schade, daß Mr. Angelini und Ihr Mann sich getrennt haben! Ich habe immer gern mit Lewis zusammengearbeitet. Eine so große Begeisterung! O doch! Wirklich ganz großartig...«

Hélène blickte auf. »Sie haben gern mit Lewis zusammengearbeitet?« fragte sie langsam. »Sie meinen, Sie würden gern wieder mit ihm zusammenarbeiten?«

»O ja, gewiß. Er war sehr fleißig, sehr gründlich. Und ich hatte immer das Gefühl, daß er – nun ja, sagen wir, daß er geholfen hat, Mr. Angelinis Exzesse ein wenig zu bremsen. Er konnte sehr streng mit ihm sein. Überraschend streng. In der ersten Zeit unserer Partnerschaft...«

Hélène stand auf. Sie sah Scher an. Entweder er log, oder Thad hatte gelogen. Sie wußte allerdings genau, wem von den beiden sie glauben konnte: diesem kleinen, höflichen, tüchtigen Mann, der gar nicht richtig zur Filmwelt gehörte, sondern Geschäftsmann war, von seiner Muttergesellschaft hierher versetzt, um dafür zu sorgen, daß diese Kuriosität unter den konventionelleren Produkten der Partex ebenso gewinnbringend arbeitete wie die anderen.

Sie reichte ihm die Hand. »Ich wünschte, Sie würden das Lewis selbst sagen«, entgegnete sie leise. »Ich glaube, es würde ihn sehr freuen. Und ich bin sicher, daß Sie ihn überreden könnten, wieder zu produzieren. Es hat ihm gefehlt, wissen Sie...« Sie ergriff seine Hand. »Ich glaube, ich muß jetzt zu meinen Gästen zurück. Würden Sie mich entschuldigen?«

»Oh, aber selbstverständlich! Natürlich!« Scher wandte sich zum Ballsaal zurück.

Hélène blieb noch ein paar Minuten im Wintergarten stehen, dann schritt sie langsam in den Park hinaus. Die Nacht war kühl, daher war er menschenleer. Aus dem Ballsaal tönten die Klänge eines Tangos herüber; Schatten bewegten sich hinter den erleuchteten Fenstern. Sie schlenderte über den Rasen und zwischen den Bäumen hindurch zum Swimmingpool und starrte lange ins Wasser hinab. Sie dachte an Billy und an die Reise nach Alabama, die unerbittlich näherrückte. Sie dachte an die Zukunft und das Leben, das vor ihr lag; und dann dachte sie, weil sie bei dem Gedanken an dessen Leere Kälte und Einsamkeit empfand, an die Vergangenheit und an Edouard.

Nach einiger Zeit begann sie widerwillig den Rückweg zum Haus. Wieder schritt sie über den Rasen und auf die Einfahrt zu. Der Wind frischte ein wenig auf; Wolken jagten am Himmel dahin. Als sie die Einfahrt erreichte, kam der Mond heraus und übergoß den Park mit seinem bleichen Schein. Unwillkürlich blieb sie stehen und blickte die Einfahrt entlang zum Tor und sah dort hinter den Torflügeln den Mann stehen.

Es war das erste Mal, daß sie ihn sah, und wenn Cassie nicht so sicher gewesen wäre, hätte sie Lewis' Berichte über ihn für reine Einbildung gehalten. Aber da stand er. Er stand reglos, ans Tor gelehnt, Hände und Gesicht an die Gitterstäbe gepreßt. Sie waren ziemlich weit voneinander entfernt, daher konnte Hélène nicht genau sagen, ob er sie ebenfalls sah, aber sie glaubte schon.

Einen Moment blieb sie stehen und sah ihn an, durch eine Strecke mondbeschienener Kiesfläche von ihm getrennt: eine Dame im seidenen Abendkleid und ein Mann, der ausgeschlossen war.

Der Mond versteckte sich hinter einer Wolke, und als er wieder hervorkam, war der Mann verschwunden. Sie starrte zu den Torflügeln hinüber, ohne Angst, ohne eine Bedrohung zu spüren.

Vom Haus kam lautes Gelächter, lautere Musik herüber. Sie wandte sich und begann langsam aufs Haus zuzugehen; dann beschleunigte sie ihre Schritte. Irgend etwas in ihr rebellierte.

Sie würde *nicht* in den Ballsaal zurückkehren; sie würde *nicht* zu der Party und diesen Leuten zurückkehren. Sie würde sich in ihr Zimmer zurückziehen und in Paris anrufen, in St. Cloud. Und dieses Mal würde sie nicht nach dreimaligem Läuten auflegen, sie würde warten, bis Edouard sich meldete, und mit ihm sprechen.

O Lewis, es ist so wunderschön! Ich wußte, daß es so aussehen würde. Ich hab's mir so oft vorgestellt und wußte, daß es schön sein mußte. Aber niemals *so* wunderschön! O Lewis, ist das richtige Seide?«

Stephani wanderte in Hélènes Zimmer umher und betastete alles. Die langen, eierschalenfarbenen Vorhänge an den Fenstern, das Kopfteil des Himmelbetts und seine zierlichen vier Säulen. »O Lewis, ist es alt? Ich meine, wirklich alt – antik?«

»Es ist Hepplewhite.« Lewis warf einen beunruhigten Blick zur Tür. Er fühlte sich nicht sicher. »Bitte, zeig es mir«, hatte Stephani gebettelt. »Ich wollte schon immer ihr Haus und ihr Zimmer sehen. Bitte, Lewis! Nur *eine* Minute...«

Jetzt waren sie schon fünf Minuten hier. Lewis war eigentlich überzeugt, daß Hélène unten vollauf beschäftigt war, aber was, wenn sie aus irgendeinem Grund heraufkam? Er ärgerte sich über die eigene Nervosität. Na und? Sie taten schließlich nichts Unrechtes!

Er hatte eine Flasche Whiskey mitgebracht, und in seiner Tasche steckten zwei Gläser. Jetzt öffnete er trotzig den Schraubverschluß und hob sie Stephani entgegen. »Möchtest du auch was?«

»O Lewis, ich hab' schon so viel Champagner getrunken...« Sie kicherte. »Okay, aber nur einen ganz winzigen, ja?«

Lewis goß zwei ordentliche Portionen ein. Nachdem er seine mit einem Schluck gekippt hatte, fühlte er sich ein bißchen wohler. Stephani schlenderte noch immer im Zimmer umher. Sie betrachtete die Radierungen aus dem achtzehnten Jahrhundert, sie strich über den Petit-Point-Teppich, der Museumswert besaß. Sie berührte die Cartier-Bürsten aus Silber und Lapis auf dem Toilettentisch, bückte sich, um sich im Spiegel zu betrachten, und sah sich, als sie sich aufrichtete, weiter im Zimmer um. Sie inspizierte den Kamin, die beiden Sessel davor, die Schale mit weißen Rosen, die geschwungene Front einer Kommode aus Walnuß mit feinster Patina, ein echtes Chippendale-Möbelstück.

Dann trat ein leicht enttäuschter Ausdruck auf ihr Gesicht. »Es ist nicht ganz... Ich hätte gedacht...« Unsicher sah sie Lewis an. »Es ist ziemlich schlicht, findest du nicht?«

»Sie hält eben nichts von kirschroten Samtkopfteilen, falls du das meinst.«

Stephani wurde puterrot; ihre Augen weiteten sich vorwurfsvoll, und Lewis schämte sich.

»Ich meine«, fuhr er etwas liebenswürdiger fort, »sie mag keine allzu kräftigen Farben. Sie hat lieber alles etwas gedämpft und schlicht. Du weißt schon. Genauso, wie sie sich anzieht...«

Stephanis Miene wurde sofort zufriedener. Sie kam zu ihm, trank einen Schluck, blickte nachdenklich zu Boden und sah dann wieder zu ihm auf. »Dürfte ich einen Blick auf ihre Kleider werfen, Lewis? Nur einen ganz kleinen, bevor wir wieder runtergehen?«

»Na schön. Sicher. Warum nicht?« Lewis nahm ihren Arm; allmählich kam er sich richtig verwegen vor. »Hier durch.«

Er führte sie ins benachbarte Ankleidezimmer. Es war ein großer Raum mit deckenhohen Einbauschränken. Lewis ging an ihnen entlang und öffnete sämtliche Türen. Einige Schränke waren flach, andere glichen selbst kleinen Räumen. »Nachthemden. Wäsche. Tageskleider. Kostüme. Röcke. Blusen. Pullover...«

»O Lewis!« Stephanis Gesicht leuchtete vor Staunen. Sie folgte ihm von Schrank zu Schrank und streckte immer wieder die Hand aus, um etwas zu berühren. Sie nahm eine kleine Untertaille aus Spitze heraus und hielt sie an ihre Wange.

»Die läßt sie sich in Frankreich machen. In einem Kloster, das für diese Spitzen berühmt ist...«

Behutsam legte Stephani die Untertaille wieder zurück und ging weiter. Sie berührte den Stoff der Kleider: Wildseide, reines Leinen, feinstes Wolltuch, handgewebter Tweed aus Schottland. »Ach, Lewis«, seufzte sie leise, »sie sind einfach wunderschön! Man fühlt das Geld.« Der nächste Schrank. Fächerweise Kaschmirpullover, sorgfältig nach Farben sortiert.

»Sieh dir die hier an.« Lewis öffnete eine weitere Tür.

Und da hingen die Abendkleider, Reihe um Reihe. Fortuny-Samt; Seidenmoiré von Givenchy; schwarzer Taft von Saint Laurent; eins von Hartnell mit einem Oberteil aus winzigen, handgestickten Perlchen. Lange Kleider, kurze Kleider. Stephani las die Firmenschilder, und ihre Hände zitterten. Sekundenlang dachte Lewis, sie werde in Tränen ausbrechen.

Jetzt begann er Spaß an der Sache zu bekommen. Er fühlte sich beinah brutal, obwohl er nicht recht wußte, ob Hélène oder Stephani gegenüber. »Möchtest du ihre Pelze sehen? Hier drin.« Er öffnete eine schwerere Tür, die in den Kühlraum führte, wo ständig eine Temperatur von sieben Grad Celsius und eine konstante Luftfeuchtigkeit herrschten.

Stephani stieß einen kleinen Schrei aus. »Ich wußte gar nicht, daß sie Pelze liebt! Sie trägt nie einen...«

»Stimmt. Sie mag sie nicht. Die meisten hier hab' ich ihr geschenkt. Die trägt sie manchmal. Wenn sie mir einen Gefallen tun will.«

Stephani lief in den Kühlraum hinein, um begeistert die Pelze zu betasten. Rotfuchs; Blackglama-Nerz; Luchs; ein langer Mantel aus braunem Zobel. Sie zögerte. Sie streichelte ihn. Sie sah sich schuldbewußt nach Lewis um, als hätte er sie beim Ladendiebstahl ertappt. Dann nahm sie behutsam den Mantel vom Bügel.

»Bitte, Lewis! Nur einmal möchte ich ihn anprobieren. Ich hab' noch nie einen Pelzmantel besessen. Bitte, Lewis...«

»Von mir aus. Warum nicht? Den kann Hélène ohnehin nicht ausstehen.«

Sie verließen den Kühlraum, und Lewis schloß die Tür hinter sich. »Zieh ihn nur an. Dann kannst du rüberkommen und ihn mir zeigen. Ich werd' mir inzwischen einen Drink holen.«

Er kehrte in Hélènes Schlafzimmer zurück, schenkte sich einen großen Whiskey ein und trank. Er blickte sich um. Er hatte dieses Zimmer nie gemocht, aber jetzt haßte er es. Es erinnerte ihn an sein Elternhaus, erinnerte ihn an lange Nächte der Demütigung. Hatte er in diesem Zimmer jemals erfolgreich mit Hélène geschlafen? Er wußte es nicht. Vielleicht am Anfang, als sie hier einzogen. Er fühlte die Vergangenheit in seinem Kopf wirbeln und fuhr sich benommen mit der Hand über die Augen: Das Zimmer wollte nicht stehenbleiben. Es wogte, drang auf ihn ein, wich wieder zurück. Und dann kam ihm plötzlich eine Idee.

An einer Wand stand ein schmales Bücherregal, das sich, wenn man es richtig machte, öffnen ließ und den Safe freigab. Einen der Safes. Den Safe, in dem Hélène ihren Schmuck aufbewahrte. Er kannte die Kombination. Er hatte den Safe genauso durchsucht wie ihren Schreibtisch und die Aktenschränke, weil er einmal geargwöhnt hatte, er könne vielleicht die Liebesbriefe enthalten.

Er öffnete ihn, holte die vielen Etuis und weichen Säckchen aus Sämischleder heraus und trug sie zum Bett. Dort leerte er sie eins nach dem anderen, und da lag sie vor ihm, seine Vergangenheit, seine Ehe, da glitzerte und funkelte sie vor seinen Augen. Der Verlobungsring mit dem Diamanten; die Perlen aus der Bond Street, ein Geburtstagsgeschenk; Diamant-Ohrringe zur Feier ihres zweiten Films. Ein viktorianischer Gürtel aus Silberfiligran; eine Kette aus Mondsteinen; eine lange Kette aus Amethysten; ein Diamanthalsband; Diamantarmreifen. Da sie die meisten Stücke nur selten trug, wurde Lewis, als er sie jetzt betrachtete, von Kummer und Unverständnis gepackt. Warum trug sie sie nicht? War irgendwas nicht in Ordnung damit? Oder tat sie es nicht, weil er sie ihr geschenkt hatte? Konnte möglicherweise das der Grund sein?

Fast wäre er in Tränen ausgebrochen, doch da kam Stephani ins Zimmer zurück: Sie war vom Kopf bis zur Wade in Zobel gehüllt.

»Na, was meinst du? Ach, Lewis, er ist so weich! Findest du, daß er mir steht?«

»Er steht dir«, antwortete Lewis. »Komm her.«

Sie näherte sich ihm ganz langsam und blieb erst dicht vor Lewis stehen. Als Lewis sie musterte, entdeckte er, daß ihr Blick verträumt und intensiv geworden war. Sie fuhr sich mit der Zunge über die Lippen. Lewis kannte diesen Ausdruck. Und wußte sofort, was sie wollte.

»Ich bin unartig gewesen, Lewis. Ein bißchen nur. Bitte, bitte, sei jetzt nicht böse...« Sie hob die Hände und schlug den Mantel langsam auseinander. Darunter war sie nackt. Ihre Haut wirkte vor dem dunklen Pelz schneeweiß, fast durchscheinend.

»Komm näher. Bleib stehen!«

Stephani trat noch einen Schritt vor. Ihre Brustwarzen waren hart und steif. Sie zitterte. Sehr langsam und sehr bedächtig nahm Lewis den Schmuck vom Bett, ein Stück nach dem anderen. »Halt still! Ich will, daß du sie trägst. Ich will, daß du sie *alle* trägst...«

Seine Stimme war ein wenig heiser, seine Hände zitterten. Den Silbergürtel befestigte er an ihrer Taille. Er nahm ihre Handgelenke und schmückte sie mit einem Armband nach dem anderen. Er spreizte ihre Finger und wollte die Ringe draufschieben, von denen einige aber nicht paßten, weil Stephanis Finger dicker waren als Hélènes. Lewis stieß einen verärgerten Ruf aus und fädelte sie auf die langen Ketten. Er hängte Stephani die Ketten um den Hals; er befestigte das Hundehalsband aus Diamanten an ihrer Kehle. Stephani sprach kein einziges Wort. Er entfernte ihre eigenen Ohrringe und warf sie beiseite. Er nahm zwei exquisite Smaragdohrringe – die kannte er nicht; wer hatte sie ihr geschenkt? – und schraubte sie vorsichtig an Stephanis Ohrläppchen. Es waren immer noch Armbänder übrig: Zwei befestigte er an ihren Knöcheln, andere hängte er an den Gürtel und an die Ketten.

»Mein Gott!« stöhnte Stephani. »Mein Gott!«

»Warte! Ich bin noch nicht fertig.« Es gab noch ein einziges Paar Ohrringe, zwei perfekte Clips mit Solitären, jeder mindestens fünfzehn Karat oder mehr. Die hatte er ihr auch nicht geschenkt, und sie lagen ausgerechnet in einem Etui von de Chavigny. Miststück! Heiße Wut flammte in ihm auf.

»Halt still! Dies ist jetzt der wichtigste Teil!«

Er kniete nieder. Er drückte sein Gesicht in das drahtige Schamhaar zwischen Stephanis weißen Schenkeln. Sie bleichte es, was Lewis nicht mochte, jetzt aber war ihm das völlig egal. Behutsam öffnete Lewis ihre Lippen. Er küßte die weiche, fleischige Öffnung und sog die hart gewordene Spitze ihrer Klitoris in seinen Mund.

Als Stephani aufstöhnte, löste sich Lewis von ihr. Er griff nach den beiden Ohrringen und befestigte sie mit bebenden Händen so an ihren Schamlippen, daß sie in die kurzgelockten Haare griffen. Dann begutachtete er sie und stieß einen langen Seufzer aus. Sie wirkten wie zwei Sterne über einem zweiten Mund.

Diese Vorstellung erregte ihn, und sein Körper begann sich zu rühren. Er beugte sich vor und drückte die Lippen auf die Diamanten. Er fuhr mit der Zunge über ihre Flächen. Sie waren überraschend kalt; eiskalt. Er fuhr mit der Zunge über Stephanis Fleisch, das seine Sinne nach der eisigen Härte der Diamanten mit seiner moschusduftenden Wärme wirbeln ließ.

Stephani schrie auf. »Lewis! O mein Gott...« Sie bog den Rükken durch und stieß sich seinem Mund entgegen. Dann stand sie still, und Lewis löste sich von ihr. Die Diamanten tanzten vor seinen Augen.

»Lewis – meinst du nicht, wir sollten vielleicht... Sie tun mir weh, Lewis!«

»Nein. Tun sie nicht. Sie gefallen dir. Du liebst Diamanten. Du liebst Pelze. Du liebst das ganze Zeug hier. Du liebst es, wenn ich so was mit dir mache. Es macht dich heiß!«

Er stand auf und versetzte ihr einen kleinen Stoß. »Leg dich hin!«

Stephani starrte ihn an. Ihre kleine rosa Zungenspitze glitt über ihre Lippen. Sie streckte die Hand aus und berührte die beiden Diamanten; dann berührte sie sich selbst mit einem Finger zwischen den Diamanten, zog den feucht glänzenden Finger heraus und drückte ihn auf Lewis' Lippen.

»Es macht mich feucht.« Dann legte sie sich mit ganz leichtem Lächeln aufs Bett. Sorgfältig arrangierte sie die Falten des Zobelmantels und öffnete, noch immer lächelnd, die Schenkel.

Lewis stand an der Bettkante und blickte auf Stephani hinab. Ihre weiße Haut leuchtete auf dem Braun des Mantels; ihre Brüste ragten durch den glitzernden Schmuck empor; sie hatte die Hände auf ihre Schenkel gelegt.

»Sag mir, daß du mir gehörst! Sag mir, daß du zu mir gehörst! Daß du mein Eigentum bist. Daß du dich mir verkauft hast. Sag mir ein einziges Mal die Wahrheit!«

Er hatte die Worte gesprochen, ohne sich dessen bewußt gewesen zu sein. Hatte die Stimme kaum als seine eigene erkannt. Stephani biß sich auf die Lippe. Trotz seines plötzlich aufgebrochenen Zorns und Schmerzes erkannte er, daß sie sich fürchtete, daß sie erregt war, und daß sie überhaupt nichts verstand. Er merkte, daß er sie nicht ansehen mochte. Das Haar war falsch. Das Gesicht war falsch. Alles war falsch.

Er warf sich über sie und ließ sich schwer auf sie herabsinken; er schob eine Hand zwischen ihre beiden Körper und tastete nach den Diamanten, tastete nach ihr. Nichts geschah. Seine eigene Erregung war gewichen.

Nach einer Weile öffnete Stephani seinen Reißverschluß. Sie streichelte, drückte und tätschelte. Lewis tastete nach ihren Brüsten und sog an ihnen; er hob sich auf die Knie und richtete den Blick auf die Diamanten, das blaßblonde Schamhaar, die Öffnung zwischen ihren Schenkeln, die auf ihn immer mehr wie eine gräßliche Wunde wirkte. Als daraufhin immer noch nichts geschah, brach Lewis in Tränen aus. Stephani nahm ihn in die Arme und wiegte ihn tröstend.

»Lewis, Schätzchen, nicht weinen, nicht weinen! Es ist doch nicht schlimm. Du hast sehr viel getrunken, Lewis, das ist alles...« Sie zögerte. Stephani verfügte über eine ganz eigene Art von Takt. »Vielleicht, weißt du – vielleicht kommt's davon, daß du's hier sonst immer mit Hélène tust.« Sie erschauerte ein wenig. Ihr Ton war bedrückt. »Und außerdem sehe ich heute nicht richtig aus. Es geht immer viel besser, wenn ich richtig aussehe. Ach Lewis, nun wein doch nicht!«

Lewis hob den Kopf. Die Tränen waren genauso plötzlich versiegt, wie sie gekommen waren. Er lachte laut auf. »Wenn du das glaubst, dann irrst du dich gewaltig! Ich bin kaum jemals in diesem Zimmer gewesen. Heute zum erstenmal nach ganzen zwei Jahren. Oder mehr...«

Stephanis Augen wurden groß. Sie hörte auf, ihn zu streicheln, und lag ganz still. »Willst du behaupten«, fragte sie ihn nach einer Weile verwirrt, »daß du hier nicht mit Hélène schläfst?«

»Aber natürlich nicht! Ich schlafe in meinem eigenen Zimmer.«

»Und daß ihr – du und Hélène – nicht zusammen...«

»Ich hab's dir doch gerade erklärt. Nein. Seit zwei Jahren oder länger nicht mehr. Ich kann mich gar nicht mehr daran erinnern.« Wütend erhob sich Lewis vom Bett. Er schloß seine Hose, zog sein Hemd straff, rückte seine Krawatte gerade.

Stephani lag reglos da und beobachtete ihn. »War es... War es nicht besonders gut, mit Hélène?« fragte sie ihn schließlich leise.

»Das geht dich nichts an, aber da du mich fragst – nein. War es nicht. Anfangs vielleicht, doch dann nicht mehr. Es war eine verdammte Quälerei!« Er ging durchs Zimmer und holte sich noch ein halbes Glas Whisky. Seine Hand zitterte. »Um Gottes willen, Stephani, steh auf! Leg all das Zeug ab! Zieh dich an!«

»Gut, Lewis«, antwortete sie noch immer mit dieser leisen Kinderstimme. Sie stand auf, legte ein Schmuckstück nach dem anderen ab und warf es aufs Bett. Sie zog den Zobelmantel aus und legte ihn sorgfältig gefaltet daneben. Sie ging ins Ankleidezimmer und kehrte fünf Minuten später in ihrem hautengen Kleid zurück. Sie stellte sich vor den Spiegel und puderte sich die Nase. Sie holte ihren Lippenstift heraus und schminkte sich die Lippen. Mit Hélènes Silberbürste korrigierte sie ihre Frisur. Dann kehrte sie zu Lewis zurück, der auf einen Sessel gesunken war, und blickte auf ihn hinab. Als Lewis schließlich den Kopf hob, entdeckte er einen seltsamen Ausdruck auf ihrem Gesicht. Wäre es jemand anders als Stephani gewesen, hätte er ihn für Verachtung gehalten.

»Das hättest du mir sagen müssen, Lewis.« Sie stieß die Worte hastig hervor. »Wirklich. Wenn ich gewußt hätte...« Sie unterbrach sich und reckte das Kinn. »Du bist nicht der Richtige für sie, das ist alles. Davon bin ich jetzt fest überzeugt. Und das muß furchtbar für sie sein. Ich weiß, was für ein Gefühl das ist. Ich hab's, weiß Gott, oft genug erlebt. Die Männer merken meist nichts davon. Entweder spüren sie den Unterschied nicht, oder es ist ihnen egal. Arme Hélène. Ich hatte schon immer den Eindruck, daß sie traurig ist... Man sah es an ihrem Gesicht, weißt du, wenn sie sich unbeobachtet glaubte. Jetzt weiß ich wenigstens, warum.«

Lewis wollte aufstehen. Das gelang ihm jedoch nur, indem er sich auf den Sessel stützte. Dann schrie er sie an. »Was sagst du da? Was zum Teufel sagst du da?«

Die Worte hallten in seinem Kopf wider. Stephani antwortete nicht, und Lewis wußte, daß das nicht nötig war. Er kannte die Antwort, las sie ihr vom Gesicht ab. Sie hatte ihn begehrt, weil sie dachte, er gehöre Hélène; und nachdem sie jetzt entdeckt hatte, daß das nicht der Fall war, begehrte sie ihn nicht mehr. Ihre Miene war jetzt eher mitleidig, und das empörte ihn so sehr, daß er sie am liebsten geschlagen hätte.

»Ich gehe nach Hause.« Damit wandte sie sich ab.

Lewis griff nach ihr. »Ich komme mit. Ich fahre dich. Warte...«

»Du bist betrunken, Lewis. Du kannst nicht fahren. Und ich will nicht, daß du mit mir nach Hause kommst. Ich will auch nicht, daß du morgen kommst. Wenn du das tust, mache ich dir nicht auf. Ich will dich niemals wiedersehen!«

Auf einmal schien sich der Raum für Lewis mit sausenden Geräuschen zu füllen, als wehe hier drinnen ein starker Wind. Dieser Sturm ließ das Zimmer rotieren. Er trat einen Schritt vor und stürzte zu Boden. Stephani warf ihm einen Blick zu und zögerte. Dann ging sie kurz entschlossen hinaus.

»Hélène...«, rief Lewis, aber es gab keine Antwort. Er schloß die Augen. Er legte den Kopf auf die Arme. Er rollte sich wie ein Fötus zusammen und blieb still liegen.

So lag er einige Minuten später noch immer, als Hélène das Zimmer betrat. Sie war Stephani auf der Treppe begegnet, hatte jedoch kaum von ihr Notiz genommen. Ihre Gedanken waren einzig darauf konzentriert, ihr Zimmer zu erreichen, den Lärm der Party auszuschließen, endlich zum Telefon greifen zu können. Die Gewißheit, daß sie in wenigen Minuten Edouards Stimme hören würde, ließ sie erzittern. Sie ging zum Apparat hinüber und nahm vor lauter Konzentration darauf zunächst nichts anderes wahr.

Dann blieb sie stehen. Zuerst fiel ihr der Mantel auf, der sorgsam gefaltet auf ihrem Bett lag; danach die zerwühlten Kissen und Decken; und erst zuletzt die hingeworfenen Schmuckstücke. Als Lewis plötzlich leise stöhnte und sie sich umwandte, sah sie ihn auf dem Boden liegen. Er war besinnungslos betrunken.

Am nächsten Nachmittag ging sie in sein Zimmer hinüber. Irgendwann in der Nacht hatte er sich dorthin geschleppt und den ganzen Vormittag geschlafen. Das Zimmer war ein Chaos, überall standen Lederkoffer: Lewis packte.

Hélène setzte sich auf einen kleinen Stuhl. Lewis hörte nicht auf zu packen und sah sie nicht an.

»War es Stephani Sandrelli?« fragte sie schließlich tonlos und sehr müde.

Jetzt hielt Lewis inne und blickte auf. »Ja. Es war Stephani. Falls es für dich von Interesse ist.« Wieder warf er ein Hemd in einen Koffer.

»Mußtest du mit ihr in mein Zimmer gehen? Meine Kleider herausholen? Meinen Schmuck?«

Lewis musterte sie mit blassem, verkniffenem Gesicht. »Ich mußte nicht, aber ich hab's getan. Und frag mich um Himmels willen nicht, wie lange das schon geht. Erspar mir wenigstens diese Farce!«

Sie erhob sich. »Gehst du fort, Lewis?«

»Ja. Ich gehe fort. Ich bin wohlerzogen. Ich dachte, es wäre gut, dir den Ärger zu ersparen.«

»Ich will nicht, daß du zurückkommst. Diesmal nicht. Ich will nicht mehr mit dir zusammenleben, Lewis.« Ihre Stimme klang immer noch tonlos.

Lewis klappte den Kofferdeckel zu. »Ich nehme an, du müßtest jetzt sagen, daß wir einander zerfleischen. Ist das nicht so üblich?«

»Ich weiß es nicht, Lewis. Du bist es doch, der sonst immer die Gemeinplätze schreibt.«

Lewis erstarrte. Er blieb still stehen und sah sie an. Diese grausame Erwiderung paßte so gar nicht zu ihr! Sie erschütterte ihn genauso sehr, wie sie ihn schmerzte. Hélène war ebenfalls erschüttert, das sah er deutlich: Sie wurde ein klein wenig rot und wandte sich ab.

»Siehst du?« sagte sie daraufhin. »Wir werden von nun an nur immer schlimmer werden. Grausamer. Bösartiger. Du und ich – wir beide.«

Lewis zögerte. Einen nach dem anderen schloß er die Koffer. Er trug sie zur Tür und stellte sie auf den Flur hinaus. Dann machte er die Runde durchs Zimmer und schloß gewissenhaft jede Tür, jede Schublade. Hélène rührte sich nicht. Sie wirkte furchtbar niedergeschlagen. Lewis ging ins Bad und schluckte vier kleine rote Pillen aus dem Vorrat, den er sich dort hielt. Seine Augen waren blutunterlaufen. Er strich sich sorgfältig die Haare glatt und musterte haßerfüllt sein Spiegelbild.

Er kehrte ins Schlafzimmer zurück und zog sein Jackett aus hellgrauem Prince-of-Wales-Karo an, das er sich vor Jahren, als er mit Hélène nach London kam, in der Savile Row hatte anfertigen lassen.

Er versuchte an damals zu denken, versuchte es sehr intensiv, weil er das Gefühl hatte, dann werde er möglicherweise nicht das sagen, was es ihn jetzt zu sagen drängte. Die Worte wollten unbedingt heraus, ließen sich nicht länger zurückhalten.

Er räusperte sich und hörte sich dann in perfekt beiläufigem Tonfall sagen: »Übrigens, ich hab' vor ein paar Wochen Cats Vater im Fernsehen gesehen. Das wollte ich dir schon lange sagen.«

Sie hob das Gesicht, als hätte er sie geschlagen; ihre Augen weiteten sich vor Überraschung und Schmerz.

»Hast du die Sendung etwa verpaßt? Scheint wohl so. Er wurde wegen irgendeiner Fusion oder Übernahme interviewt, ich weiß es nicht mehr so genau...«

»Cats Vater ist tot.« Hélène sprang auf. Ihr Gesicht war kalkweiß geworden. »Hör auf, Lewis! Das ist grausam...«

»O ja, ich weiß. *Mir* hast du erzählt, daß er tot ist«, fuhr Lewis mit gelassener Stimme fort. »Ich hingegen würde sagen, daß er noch ziemlich lebendig ist. Da war zum Beispiel das Interview, da war erst letzte Woche ein Artikel über ihn im *Wall Street Journal*...«

»Du bist ja verrückt!« Sie holte tief Luft. »Du trinkst zuviel, und du schluckst ewig diese Pillen. Du bildest dir Dinge ein. Du kannst dich nicht mehr an das erinnern, was gestern war, vor einer Stunde...«

»*Daran* erinnere ich mich aber ganz genau. Wegen des Schocks, nehme ich an. Weißt du, er sieht fast genauso aus wie Cat? Die Augen, die Haare, einfach alles. Es ist nicht zu übersehen, und es war dumm von mir, daß ich es nicht schon sehr viel früher gemerkt habe. Natürlich hatte ich Fotos von ihm gesehen, nur waren die fast alle schwarzweiß. Und in der Zeitung hab' ich natürlich auch von ihm gelesen. Diese endlos vielen de-Chavigny-Gesellschaften – darüber kommt fast jede Woche was. Aber ihn live zu sehen, in Farbe, ihn sprechen zu hören, das war etwas ganz anderes. Sobald ich ihn sah, hatte ich nicht den geringsten Zweifel mehr.«

Er hielt inne. Einen Moment dachte er, sie werde in Ohnmacht fallen, so blaß war sie. Aber sie schwankte nur ein wenig und stand dann wieder still. »Lewis«, sagte sie, »geh fort. Bitte, geh fort!«

»Na schön.« Er wollte zur Tür, blieb aber noch einmal stehen und wandte sich zu ihr zurück, weil ihm etwas eingefallen war. »Weißt du.« Er zögerte, wirkte beinahe verwirrt. »Wenn du nicht gelogen hättest, wenn du mir von Anfang an die Wahrheit gesagt hättest, wäre vielleicht alles ganz anders gekommen. Dann hätte ich's vielleicht akzeptieren können. Aber es war dieses Nichtwissen, dieses Grübeln, diese ewigen Versuche zu verstehen, was mich kaputtgemacht hat.« Er wartete einen Moment. »Hélène. Warum hast du's mir nicht gesagt? Das hättest du ruhig tun können. Gleich am Anfang. Du hättest nicht zu lügen brauchen...«

»Ich habe nicht gelogen. Wieso sollte ich dir etwas sagen, das nicht stimmte?« Sie fuhr zu ihm herum, und ihre Stimme stieg an vor Erregung. »Du bildest dir das doch nur ein! Du hast es dir ausgedacht. Dein Gedächtnis spielt dir einen Streich, Lewis...«

Am Abend des Tages, an dem Lewis sie endgültig verlassen hatte, stieg Hélène zum Zimmer ihrer Tochter hinauf. Sie las ihr eine Geschichte vor, während Cat im Bett saß und ihr zuhörte. Als die Geschichte zu Ende war, plauderten sie über den vergangenen Tag, und Hélène erwartete fast, daß sie nach Lewis fragen würde, denn er war vom Personal, von Madeleine und Cassie gesehen worden, als er davonfuhr. Aber Cat fragte nicht; und Lewis war ja auch so häufig fort. Hélène zögerte, dann jedoch entschied sie sich dafür, ihr das alles doch lieber nach und nach beizubringen und die Fragen erst zu beantworten, wenn sie gestellt wurden.

Sie daß da und blickte auf ihre Tochter hinab, auf das kleine, intensiv gespannte Gesichtchen, auf die Haare, die wie Spieße emporstanden und sich nicht an den Kopf legen wollten. Und da erkannte sie, daß Cat, sosehr sie ihre Tochter auch liebte und so nahe sie einander auch stehen mochten, ein eigener Mensch war, kein Baby mehr, sondern ein kleines Mädchen mit eigenen Gedanken, eigenen Gefühlen, eigenen Erinnerungen, die ihr verschlossen waren, die ihr ein Geheimnis blieben. Cat war jetzt alt genug, gewisse Dinge vor anderen Menschen zu verbergen, wie sie es zum Beispiel verbarg, wenn Lewis sie gekränkt hatte. Was mochte sie wohl noch verbergen?

Es tat Hélène ein bißchen weh, diese winzige Entfremdung zwischen ihnen zu akzeptieren. Sie betrachtete Cat, studierte ihre Züge, ihr Haar und ihre Augen, denn selbstverständlich war es das, weshalb sie überhaupt heraufgekommen war und was sie den ganzen Nachmittag, seit Lewis fort war, immer wieder aufgeschoben hatte. Jetzt aber betrachtete sie Cat genau, obwohl sie sich so sehr davor fürchtete und sich energisch dazu zwingen mußte.

Ihre Haare waren sehr dunkel – doch Hélènes Mutter hatte braune Haare gehabt, und während Billys Haare nicht ganz so dunkel wie Cats gewesen waren, schlugen einige seiner Geschwister nach Mutter Tanner, deren Haare mindestens so dunkel waren wie Cats. Außerdem hatte Edouard glatte Haare, während sich Cats ein bißchen ringelten. Die Augen und die geraden, dunklen Brauen darüber: gewiß – zuweilen, wenn Cats Gesicht einen bestimmten Ausdruck annahm... Im Moment aber war sie müde; ihre Augen blickten ein wenig verträumt drein und wirkten ganz und gar nicht wie Edouards.

»Woran denkst du?« Cat beugte sich vor.

»An dich. Wem du – wem du ähnlich siehst.«

Cat krauste verwirrt die Stirn. »Ich sehe aus wie ich«, erklärte sie nach kurzer Pause.

Hélène empfand eine tiefe Erleichterung. Sie lächelte und gab ihr einen zärtlichen Kuß. »Ganz recht. So ist es. Du bist du, es gibt keinen zweiten Menschen wie dich, und ich hab' dich sehr lieb. Aber jetzt mußt du dich schön hinlegen und schlafen, ja?«

Hélène verbrachte jetzt viel Zeit allein und fühlte sich allmählich wohl dabei. Sie begann Einladungen abzulehnen. Sie blieb zu Hause, verließ oft tagelang nicht das Haus, und wenn es abends ruhig war, konzentrierte sie sich auf ihre Kindheit. Sie rief sich den Wohnwagenpark in Erinnerung, ihre Mutter und Ned Calvert; sie rekapitulierte alles, was geschehen, alles was gesagt worden war in jenen Tagen im Süden, in jenen Sommermonaten im Süden.

Und kam dabei immer mehr zu der Überzeugung, daß das, was sie plante, nicht Rache war, sondern die Wiedergutmachung eines Unrechts, das ihrer Mutter und Billy geschehen war.

Nachts, im Bett, hatte sie lebhafte Träume, in denen die Mutter und Billy ihr so nahe, so real waren, daß sie zuweilen nach dem Aufwachen noch ihre Stimmen hörte und ihre liebevolle Gegenwart spürte. Sie wollte, daß beide bei ihr blieben, und wehrte sich jedesmal verzweifelt gegen das Erwachen, gegen den Augenblick, da sie sich eingestehen mußte, daß sie nicht mehr da waren.

Thanksgiving kam, Weihnachten rückte näher, doch dieses spürbare Vergehen der Zeit bedeutete ihr nichts. Es wirkte weniger real als die Vergangenheit, an die sie dachte, von der sie träumte.

Die Zukunft interessierte sie am wenigsten, war nichts als eine schwache, unsichere Konstruktion. Sie war froh, daß sie sich für Gregory Gertz' Film verpflichtet hatte, denn sie wußte, daß sie einen Fixpunkt in der Zukunft brauchte. Sonst wäre sie vermutlich nicht in der Lage gewesen, über ihren Besuch im Süden hinauszudenken, hätte die Reise nach Orangeburg irgendwie eine Endstation für sie bedeutet.

An Edouard zu denken gestattete sie sich überhaupt nicht. An jenem Abend, an dem sie Lewis in ihrem Zimmer fand, hatte sie nicht mehr in Paris angerufen; nun würde sie es nie mehr tun. Lewis' Anschuldigungen hatten sie dieser Möglichkeit endgültig beraubt, und sie würde sie nie wieder in Betracht ziehen.

Lewis schickte eine Weihnachtskarte aus San Francisco, schrieb aber nicht, und rief nicht an. Ende Dezember meldete James Gould aus New York, daß Major Calvert mit seinen monatlichen Darlehens-Zahlungen in Rückstand geraten sei, daß man ihn gewarnt und er die Zahlung schließlich mit einer Woche Verspätung geleistet habe.

»Ich glaube«, sagte er mit seiner kühlen Stimme, »daß wir ihn jetzt bald soweit haben. Sind Sie darauf vorbereitet?«

»Ja, ich bin darauf vorbereitet.« Hélène überlegte. »Übrigens James – wenn die Pfandverfalls-Ankündigung überbracht wird, möchte ich das selbst übernehmen. Persönlich.«

Am anderen Ende der Leitung blieb es still. »Das ist nicht üblich. Und auch nicht erforderlich, wie Ihnen zweifellos bekannt sein wird.«

»Trotzdem.«

Gould seufzte. »Na schön. Aber wundern Sie sich nicht, wenn jetzt bald alles sehr schnell geht. Ich rufe Sie an.«

Hélène wußte, daß es bald soweit sein würde, das brauchte Gould ihr nicht erst zu sagen. Sie spürte es instinktiv. Fünf Jahre, und es stand unmittelbar bevor. Bald werde ich triumphieren können, sagte sie sich. Der alte, leidenschaftliche Haß würde wieder aufflammen, und sie würde wieder genauso empfinden wie Jahre zuvor, als sie in Cassies Wohnzimmer gesessen, ihrem Haß freien Lauf gelassen hatte.

Gould rief sie Ende Januar an, am selben Tag, an dem sie erfuhr, daß sie für *Ellis* zum Academy Award, zum Oscar, vorgeschlagen worden war.

»Calvert ist zahlungsunfähig«, berichtete er. »Er hat bis Mittag Zeit, die Rückzahlung zu erbringen. Wenn er es nicht kann – und ich glaube nicht, daß er es kann –, werde ich die entsprechenden Maßnahmen einleiten. Dann haben Sie morgen die Pfandverfalls-Ankündigung in Händen. Sie muß übrigens innerhalb einer bestimmten Frist ausgehändigt werden, aber es handelt sich um Tage. Um wie viele, werde ich Ihnen noch mitteilen ...«

»Sobald ich sie in Händen habe, werde ich nach Alabama fliegen.«

»Sie werden es mit Sicherheit bereuen«, gab er zu bedenken. »So was ist keine angenehme Arbeit, darum beauftragen wir damit auch ausschließlich Profis.«

»Ich will's aber trotzdem persönlich tun.«

James Gould seufzte. Dieser eigensinnige Ton war ihm vertraut.

Ziemlich spät am nächsten Tag traf die Pfandverfalls-Ankündigung bei Hélène ein. Sie hielt den Umschlag in der Hand und wartete darauf, daß das Gefühl von Triumph und Haß zurückkehren werde, doch nichts geschah.

Alles verlief genau nach Plan. Die Maschine war pünktlich. Am Flughafen von Montgomery wartete der schwarze Miet-Cadillac, den sie unter dem Namen Mrs. Sinclair bestellt hatte.

Der Cadillac, eigens wegen Ned Calvert gewählt, hatte ihr ein wenig Sorgen gemacht. Nicht sehr viele alleinreisende Frauen in Jeans und Kopftuch mieteten am Flughafen von Montgomery so einen Wagen. Sie hatte neugierige Blicke erwartet, die sie natürlich auch erhielt; das Ausfüllen der Formulare dauerte vielleicht etwas länger als notwendig. Aber sonst nichts.

Als sie knapp zehn Minuten später davonfuhr, wußte sie, daß sie nicht erkannt worden war.

Ihre Route nach Orangeburg hatte sie ebenfalls sorgfältig geplant. Zuerst fuhr sie durch die Ausläufer der Stadt an jenem Howard Johnson's vorbei, in das Billy sie zur Feier ihres fünfzehnten Geburtstags eingeladen hatte. Dann am Rand einer neuen Wohnsiedlung entlang, in der, wie sie wußte, Priscilla-Anne jetzt wohnte – laut Cassies Informanten allein mit ihren drei Kindern, denn Dale Garrett hatte seine Frau, nachdem er sie jahrelang betrogen hatte, schließlich gegen ein neueres, etwas eleganteres Modell eingetauscht.

Am Eingang der Straße, in der Priscilla-Annes Haus lag – dem Bella Vista Drive –, hielt Hélène an. Eine Reihe kleiner, sauberer roter Backsteinhäuser erstreckte sich weit in die Ferne, Häuser, die sich zum Verwechseln ähnlich sahen. Häuser für Nachwuchs-Manager, jedes mit einem Abstellplatz fürs Auto und einer Garage, jedes mit schneeweißen Fensterläden. Einigen war, um eine etwas vornehmere Fassade vorzutäuschen, eine Säulenveranda vorgebaut worden, damit sie wie das Herrenhaus einer Plantage aussahen. Aber sie waren zu breit und zu altmodisch und wirkten großspurig und einfach absurd.

Hélène betrachtete diese Häuser mit den von kurzen Einfahrten durchschnittenen grünen Rasenstreifen davor und dachte an Priscilla-Anne, an ihren Ehrgeiz, emporzusteigen in der Welt – hierher!

Sie wendete den Wagen und schlug die Richtung zur Straße nach Orangeburg ein. Dort breiteten sich bald zu beiden Seiten der Straße die Felder aus. Es gab nur sehr wenige Häuser und auch weniger Autos. Die Luft war warm, aber nicht feucht, denn es war noch früh im Jahr. Der wolkenlose Himmel war sehr hell. Ungefähr zwei Meilen vor Orangeburg bremste Hélène den Wagen ab. Sie hatte beschlossen, vor ihrem Besuch bei Ned Calvert zum Friedhof zu fahren.

Es war eine große Grabanlage, die nicht nur für Orangeburg, sondern darüber hinaus auch für Maybury und einige kleinere Ortschaften bestimmt war. Sie war von einer Mauer umgeben und wurde an einigen Stellen von Pappeln überschattet. Hélène stellte den Wagen ab. Als sie ausstieg, spürte sie die Sonnenwärme auf ihrer Haut. Der Friedhof war menschenleer.

Sie schritt einen von Kreuzen, Grabsteinen und vereinzelten Engeln gesäumten Aschenweg entlang. Hinter ihr fuhr auf der Straße, Staubwolken aufwirbelnd, der Bus nach Orangeburg vorbei.

Der Grabstein ihrer Mutter war aus grauem Marmor; Hélène hatte ihn einige Jahre zuvor aufstellen lassen, ihn bisher aber noch nicht gesehen. Die Inschrift war schlicht: *Violet Jennifer Culverton. Geboren in England. 1919. Gestorben in Amerika, 1959.* Vierzig Jahre. Hélène musterte die Inschrift zweifelnd. Als sie ihn damals in Auftrag gegeben hatte, fand sie es ganz natürlich, den Familiennamen ihrer Mutter zu wählen, statt den jenes Ehemanns, von dem sie nur so selten sprach, und den sie aus ihrem Leben gestrichen hatte. Jetzt aber war Hélène sich nicht mehr so sicher. Denn schließlich hatte die Mutter selbst immer den Namen Craig benutzt und hätte ihn deswegen möglicherweise vorgezogen. Vielleicht hätte sie aber auch ihren Bühnennamen Fortescue gewählt. Hélène kniete nieder und legte die Hand auf das kurze, federnde Gras.

Um Billys Grab zu finden, brauchte sie länger. Es lag ganz hinten auf der anderen Seite des Friedhofs, und sie entdeckte es letztlich rein zufällig, als sie schon aufgeben wollte. Der Boden stieg dort ein wenig an und war verwildert, von Efeu und Himbeersträuchern überwuchert. Billys Grab lag in der hintersten Ecke und war mit einem Holzkreuz markiert, dessen Inschrift von der Sonne ausgebleicht und nur gerade noch lesbar war. Gleich daneben gab es ein frisches Grab – das seines Vaters –, und dahinter noch das eines Kindes, das ein Jahr nach Billys Tod geboren war. Drei Monate alt; ein Junge, der auch William hieß.

Zwischen den Gräbern lag eine leere Kaffeedose, sowie ein ausgebleichter Immortellenkranz. Hélène blickte auf die drei Gräber hinab und trat einen Himbeerzweig zur Seite, weil sie von einem schmerzlichen Zorn erfüllt – schmerzlich, weil sie wußte, daß er sinnlos war. Zorn auf Ned Calvert, redete sie sich ein, wußte aber genau, daß das nicht stimmte. Ihr Zorn richtete sich gegen größere, weniger fest umgrenzte Ziele: gegen einen Gott, an den sie nicht glaubte; gegen die Kürze des Lebens; gegen die willkürliche, beiläufige Art, mit der es beendet wurde.

Sie stand sehr lange da und starrte auf Billys Grab hinab; dann wandte sie sich kurz entschlossen ab und kehrte, auf dem unebenen Boden ein wenig stolpernd, zum Wagen zurück. Kurz vor Orangeburg hielt sie auf einem brachliegenden Stück Land an und zog sich um. Mit der geübten Geschicklichkeit einer Schauspielerin schminkte und frisierte sie sich. Dann lenkte sie den Cadillac in die Stadt hinein.

An der Tankstelle und dem neuen Motel vorbei. Die Main Street entlang. An Cassies altem Frisiersalon vorbei; an Merv Peters' Drugstore und Lebensmittelgeschäft vorbei; an der Eisenwarenhandlung vorbei; an den Männern vorbei, die vor den Geschäften herumlungerten, an den Gruppen der einkaufenden Frauen. An den Spirituosengeschäften am anderen Ende der Stadt vorbei; an der Kirche der Southern Baptists vorbei und am Orangeburg-Eisenbahnübergang vorbei.

Einst für sie die ganze Welt. Sie wirkte kleiner jetzt – und sehr viel schäbiger. Als Hélène die Stelle der Straße unmittelbar hinter dem Wohnwagenpark erreichte, an der Billy erschossen worden war, kehrte ganz unvermittelt der Haß zurück. Haß auf Ned Calvert, Haß auf die Männer, die an jenem Tag in seinem Wagen gesessen hatten, Haß auf die Stadt, auf die Menschen darin und die

Dinge, an die sie hier noch immer glaubten, Haß auf den Süden, aber auch Haß auf sich selbst, weil sie einmal ein Teil davon gewesen war, und weil sie spürte, wenn sie dies jetzt nicht tat, würde sie ihm niemals entrinnen.

Das Tor zum Herrenhaus war rostig, die Flügel hingen schief in den Angeln. Die lange Einfahrt war tief zerfurcht. Sie stoppte den Wagen vor dem Portiko, dessen Farbe abblätterte. Von der Regenrinne darüber wucherte Unkraut herab. Es war ein großes Haus, doch längst nicht so groß, wie sie es in Erinnerung hatte.

Über dem Dach hing schlaff ein Farbfleck in der stillen Luft. Als sie aus dem Wagen stieg, blickte sie ganz kurz hinauf. Noch immer die Flagge der Konföderierten: Ned Calvert war dem Glauben der Vorväter treu geblieben.

›Es muß sich verändern, Hélène. Es ist falsch. Es *muß* sich einfach verändern!‹

Sie hörte Billys Stimme, als stehe er unmittelbar neben ihr. Sie spürte seine Gegenwart.

Sie schritt auf das Haus zu. Von nun an würde es ihr ein Leichtes sein.

Der Butler und die anderen Dienstboten waren einige Jahre zuvor gegangen. Hélène wurde von einer jungen Schwarzen, die sie nicht kannte, ins Wohnzimmer geführt. Dort verkündete das Mädchen den Namen ›Sinclair‹ mit einem so lauten, melodischen Singsang, als sei der Bewohner des Hauses schwerhörig. Dann ging sie hinaus und schloß die Tür. Hélène sah sich im Zimmer um.

Anfangs hatte sie das Gefühl, daß alles unverändert, noch genauso sei wie damals, als sie, ein furchtbar nervöses Kind, in diesem Zimmer gesessen hatte. Eine Reihe Fenster mit halb herabgelassenen Jalousien; schwere, dunkle, geschnitzte Möbel; Topfpalmen; dicht mit Bildern behängte Wände; ein Flügel, dessen Fläche völlig mit Fotos in Silberrahmen bedeckt war. Schräg hereinfallende Lichtstrahlen, in denen Stäubchen tanzten: Es war genauso, und es war doch anders. Erst nach einer Weile erkannte sie, daß die Veränderung tatsächlich in ihr selbst, in ihren Augen lag: Das Zimmer war häßlich.

Anfangs hatte sie auch den Eindruck, das Zimmer sei leer. Denn eigentlich hatte sie sich gedacht, Ned Calvert werde genau dort sitzen, wo er schon früher immer gesessen hatte: auf der Couch. Er werde eine Zigarre rauchen, einen weißen Leinenanzug tragen und sie beobachten.

Aber die Couch war leer. Als sie gleich darauf entdeckte, daß ein Mann in leichtem Tweed-Jackett, an einem der Fenster stand, vermochte sie fast nicht zu glauben, daß dieser Mann Ned Calvert sein sollte. Sie starrte ihn an und hätte am liebsten gesagt: ›Sie sind am falschen Ort und tragen den falschen Anzug.‹ Endlich wandte er sich langsam um und kam mit ausgestreckter Hand auf sie zu.

»Mrs. Sinclair?« Er war stehengeblieben und musterte sie unsicher, kniff ein wenig die Augen zusammen, als sei er kurzsichtig. Er zögerte, dann trat er lächelnd näher. »Sie sind sehr pünktlich. Hatten Sie einen guten Flug? Ich glaube, Sie kommen aus New York, nicht wahr?«

Derselbe alte, lässige Charme; dieselbe volle, träge Südstaatler-Stimme, die sie einst so attraktiv gefunden hatte. Sie betrachtete ihn genau: Er hatte sich wirklich kaum verändert. Nach Cassies Erzählungen hatte sie sich einen eher heruntergekommenen Mann vorgestellt. Aber das war er nicht. Er hatte vielleicht etwas zugenommen, bewegte sich in diesem Zimmer jedoch noch immer mit der Grazie eines geborenen Sportlers und erstklassigen Reiters.

Er wirkte noch immer – fast bis zur Parodie – wie der typische Südstaaten-Gentleman, wie Clark Gable in *Vom Winde verweht* – ein bißchen korrekter möglicherweise, doch mit der gleichen Andeutung von Rasse, der Selbstsicherheit eines Mannes, der wußte, daß er gut aussah, der wußte, daß sein Charme kaum jemals versagte.

Seine Haut war gebräunt, sein Haar ein wenig ergraut, aber noch immer dicht; das Offiziersbärtchen war sauber gestutzt, sein Mund noch genauso, wie sie sich an ihn erinnerte: voll und rot. Sie vermochte diesen Mund nicht anzusehen, deswegen senkte sie den Blick auf seine Hand, die er ihr entgegenstreckte: eine kantige, wohlgeformte Hand und absolut perfekt manikürt. Er war kurz vor ihr stehengeblieben und starrte sie an. Sein Blick wanderte über ihre Kleidung und ihren Schmuck. Als er wieder aufblickte, runzelte er die Stirn, als suche er etwas in seinem Gedächtnis.

Hélène, die das erwartet hatte, lächelte. »*How do you do?*« fragte sie mit ihrer englischen Stimme.

Sofort war die Erinnerung da. Ein tiefes Rot breitete sich vom Hals bis über seine Wangen aus; sein Blick wurde wachsam; er ließ die Hand sinken.

»Ned! Ich freue mich ja so sehr – Sie erinnern sich doch noch an mich, nicht wahr? Es ist inzwischen so lange her. Wollen wir uns nicht lieber setzen?«

Er war nicht dumm, und er war zweifellos immer sehr raffiniert gewesen. Das hatte sie nicht vergessen und es in ihren Plänen berücksichtigt. Zunächst versuchte er jetzt all seinen Charme auszuspielen, um Zeit zu gewinnen, während er im Kopf die Teile des Puzzles zusammensetzte: das Mädchen, das er einmal gekannt hatte; den Filmstar; die Ehefrau eines Mannes namens Lewis Sinclair; die Besitzerin der Gesellschaft, die seine Ländereien gekauft und seine Darlehen übernommen hatte.

»Hélène Harte.« Ungläubig schüttelte er den Kopf. »Es ist nicht zu fassen! Einfach erstaunlich! Ich hab' natürlich von Ihnen gehört. Ihre Filme hab' ich zwar nicht gesehen, bestimmt aber Fotos von Ihnen. Sie halten mich sicher für einen Ignoranten, weil ich davon überhaupt nichts wußte. Dabei hab' ich all diese Jahre lang an Sie gedacht. Hab' mich gefragt, was wohl aus Ihnen geworden ist...«

Er log sehr viel ungeschickter als damals. Hélène lächelte. »Oh, das macht gar nichts. Ich jedenfalls hab' oft an Sie gedacht. Sehr oft sogar, Ned.«

Er rutschte in seinem Sessel herum, versuchte hektisch den nächsten Schachzug zu überlegen. Hélène beobachtete ihn genau. Und als sie ihn so unruhig sah, wurde ihr klar, daß die Wahrheit vermutlich ganz simpel war: Er hatte sie schlicht und einfach vergessen!

Sogar jetzt interessierte er sich weder für Hélène Craig noch für Hélène Harte, sondern ausschließlich für die Hartland Developments, Inc., bei der er in der Kreide stand. Die Tatsache jedoch, daß die Gesellschaft einer Frau gehörte und daß es ihm früher einmal gelungen war, diese Frau einzuwickeln, schien ihn allmählich wieder aufzumuntern.

»Ihre Gesellschaft?« Nachdem er sie gefragt hatte, ob er in ihrer Gegenwart rauchen dürfe, steckte er sich eine Zigarre an und rauchte nachdenklich. »Ganz und gar Ihre eigene? Wenn das keine Überraschung ist! Wieso zerbricht sich eine schöne Frau wie Sie ihr hübsches Köpfchen mit geschäftlichen Problemen?«

»Ach Ned, Sie wissen ja, wie das so ist...« Sie winkte unbestimmt ab. »Ich habe eine Menge Berater.«

»Gewiß. Gewiß. Aber wir müssen jetzt unbedingt darauf trinken. Wie lange ist es her, seit wir uns zuletzt gesehen haben – sieben Jahre?«

»Fünf.«

»Fünf. Unfaßbar. Sie waren so ein liebes, kleines Ding! Und sehen Sie sich jetzt an: eine erwachsene Dame. Eine wunderschöne, erwachsene Dame.« Sein Blick wich ganz kurz von ihrem Gesicht, und er stand auf. Hélène spürte, daß er jetzt dringend einen Drink brauchte.

»Was soll's denn sein, Hélène? Darf ich Sie so nennen? Ein Glas Sherry? Oder vielleicht ein Cocktail? Einen Bourbon werden Sie vermutlich nicht mögen – oder?«

»Nur etwas Sodawasser mit Eis«, gab Hélène zurück.

Er machte eine große Show daraus, die Drinks einzuschenken – möglicherweise, um Zeit zu gewinnen –, und überreichte ihr das Glas mit einer höflichen Verbeugung. Als er dann wieder Platz genommen hatte, rauchte er weiter. Dabei klopfte er sich lächelnd auf die Brust. »Ich hab' versucht, es aufzugeben. Der Doktor sagt, es ist nicht gut für mein Herz.« Er hielt inne. »Ich habe sehr unter Stress gelebt, Hélène. Ich habe sehr große Sorgen gehabt.«

»Das tut mir leid.« Sie machte eine kleine Pause, um dann in ihrem unschuldigsten Ton zu fragen: »Ihre Frau, Ned – ist sie verreist?«

Sie wußte genau, wo Mrs. Calvert war. Cassies Briefe hatten nur so gestrotzt von Klatsch darüber. Mrs. Calvert war neun Monate zuvor endgültig nach Philadelphia zurückgekehrt und hatte eine legale Trennung beantragt. Mrs. Calvert hatte jedem Geschäftsmann von Orangeburg sowie den beiden Banken, die eine Hypothek auf die Plantage besaßen, unmißverständlich zu verstehen gegeben, daß sie von nun an keine Verantwortung mehr für die Schulden ihres Mannes zu übernehmen gedachte.

Er lächelte; er lehnte sich im Sessel zurück, und sein Lächeln wurde breiter. Er vermutete offenbar, sie habe ihm diese Frage gestellt, weil sie sich noch immer zu ihm hingezogen fühlte.

»Also, nun ja, sie ist nicht hier. Mrs. Calvert ist verreist. Besucht ihre Familie in Philadelphia. Sie erinnern sich wohl, daß sie das immer schon von Zeit zu Zeit getan hat, Hélène...«

Träge begegnete sein Blick dem ihren: ein Wink, der sie auf ihr früheres Verhältnis hinweisen sollte. Er beobachtete sie aufmerksam.

»O ja, Ned. Ich erinnere mich.«

Er zögerte; dann trank er, als habe er eine Stärkung nötig, einen großen Schluck Bourbon. Seine Selbstsicherheit wuchs, das spürte sie, dennoch blieb er vorsichtig.

»Ich dachte, ich würde Sie nie wiedersehen.« Er brachte einen Seufzer zustande. »Wirklich. Als Sie damals fortgingen, da war es, als sei jede Hoffnung aus meinem Leben verschwunden. Es war sehr schwer für mich, Hélène, sehr schwer, in diesen letzten sieben Jahren...«

»Fünf.«

»Fünf, meine ich.« Er akzeptierte die Berichtigung leicht gereizt. Dann schüttelte er den Kopf. »Fünf Jahre, und die ganze Zeit habe ich mir gesagt, sei doch nicht so gottverdammt dumm! Sie hat dich längst vergessen, hat niemals mehr einen Gedanken an Ned Calvert verschwendet. Genau das habe ich mir gesagt. Und nun sind Sie hier. Sitzen mir gegenüber, genau wie damals. Schöner denn je. Eine verheiratete Frau. Sagen Sie mir, Hélène – sind Sie schon lange verheiratet? Haben Sie Kinder?«

»Ich habe 1960 geheiratet. Ich habe eine Tochter, die im nächsten Mai fünf Jahre alt wird.« Sie legte eine kleine Pause ein. »Mein Mann und ich leben getrennt.«

Das gab ihm Hoffnung, das merkte sie sofort. Und genau deswegen hatte sie es ihm gesagt. Sein Blick wurde ein klein wenig härter, in seinem Ton jedoch klang tiefes Bedauern mit.

»Das tut mir leid, Hélène. Aufrichtig leid. Ein liebes Mädchen wie Sie hat es verdient, glücklich zu sein.« Er wartete einen Moment. »Ich hab' Sie früher einmal glücklich machen wollen. Vielleicht sollte ich das jetzt nicht sagen, aber es ist die reine, lautere Wahrheit: Sie lagen mir sehr am Herzen, Hélène. Ganz ehrlich.«

»Wirklich, Ned?«

»Warum sollte ich Ihnen was vormachen? Ich bin nicht mehr so jung wie früher. Wenn man älter wird, kommt eine Zeit, da hat man das Gefühl, daß man die Wahrheit sagen muß. Ich hab' Sie aufwachsen sehen. Ich schäme mich nicht für meine damaligen Gefühle... Mir ist klar, daß sie in gewisser Hinsicht falsch waren, aber, Hélène, es gibt Dinge, die man als Mann nicht unter Kontrolle hat. Ich hab's versucht, aber mein Herz wollte nicht hören. Wenn ich Sie ansah, schlug es ein bißchen schneller...« Er stockte. »Später wurde mir das natürlich klar. Als Sie fort waren. Ich sagte mir, Ned, du hast soeben die einzige Frau verloren, für die du wirklich etwas empfindest. Und wünschte mir, es wäre anders verlaufen. Ich wünschte mir – na ja, eine ganze Menge. Aber ich sollte wohl lieber nicht davon sprechen. Nicht jetzt.«

»Ich bin froh, daß Sie davon gesprochen haben, Ned. Das macht irgendwie alles leichter.«

»Ja. Aber trotzdem...« Seufzend ließ er den Rest seines Bourbon im Glas kreisen. »Wir haben andere Dinge zu besprechen. Geschäftliche Dinge. Deswegen sind Sie ja schließlich hergekommen, nicht wahr? Ist doch sinnlos, mir vorzumachen, Sie wären nach so langer Zeit zurückgekehrt, um mich zu besuchen. Ich bedeute Ihnen nichts mehr. Das weiß ich. Das akzeptiere ich... Also. Wie kommt es, daß Sie mit dieser ganzen Sache zu tun haben, Hélène? Ich meine, das kann doch wohl kein Zufall sein! Eine so kluge Frau wie Sie – Sie müssen das doch alles geplant haben. Habe ich recht?«

»Selbstverständlich haben Sie recht. Ich habe mit einigen Leuten aus Orangeburg Kontakt gehalten. Ich hörte, Sie hätten Schwierigkeiten. Damals suchte ich gerade neue Anlagemöglichkeiten und...«

»Und da haben Sie sich gedacht, Sie werden mir helfen?« fiel er ihr eifrig ins Wort. Dann hielt er inne und schüttelte bedrückt den Kopf. »Aber nein, das kann ich nicht glauben. Warum sollten Sie? Vielleicht haben Sie noch ein paar Gefühle für diese Plantage, möglicherweise sogar für mich. Der Gedanke würde mich freuen. Aber ich nehme an, Ihre Berater würden nicht zulassen, daß Gefühle ins Spiel kommen, und Sie selbst sind viel zu klug dafür. Also sagen Sie mir, Hélène, wieso Sie nach all den Jahren zurückgekommen sind, um Ned Calvert zu helfen?«

»Habe ich Ihnen geholfen, Ned?«

»Aber ja, Schätzchen!« Er machte eine ausholende Handbewegung. »Geholfen? Mein Gott, letztes Jahr haben Sie mir praktisch das Leben gerettet, haben Sie die Plantage gerettet! Wußten Sie das etwa nicht? Diese Hypotheken, die Ihre Firma übernommen hat... Ach, Hélène, ich stand damals mit dem Rücken zur Wand! Ich konnte mich wenden, wohin ich wollte, überall war es das gleiche Lied. Selbst Mrs. Calvert – nichts gegen meine Frau, Hélène –, aber sie hat nie was von Baumwolle verstanden. Es ist zwar traurig, Hélène, doch meine Frau war mir nie die Hilfe und die Unterstützung, die sie mir hätte sein können. Und diese gottverdammten Banken – Männer, die ich mein Leben lang gekannt habe, Männer, denen ich auch schon geholfen hatte, die in meiner Schuld standen... Und was machen die, als ich in diese Notlage gerate? Den Rücken haben sie mir gekehrt.«

Er beugte sich vor, erwärmte sich für sein Thema. »Sie wollten mir nicht zuhören, wollten nicht begreifen, wie viele Möglichkeiten noch in dieser Pflanzung stecken. Ich kann sie wieder aufbauen. Mit Sicherheit. Ich brauche nur Zeit. Ein Jahr, anderthalb vielleicht. Und eine kleine Zusatzfinanzierung, eine kleine Verlängerung, um die erste Zeit zu überbrücken.« Er machte eine Pause. Der Blick der wachen braunen Augen wich nicht von ihrem Gesicht. »Sie haben mir einmal geholfen, Hélène. Das werde ich Ihnen nie vergessen. Und wissen Sie was? Das hat mir den Glauben an die Menschheit zurückgegeben. Und macht mir Hoffnung. Denn schließlich, wenn Sie mir einmal geholfen haben, könnten Sie's ja vielleicht noch mal tun.«

»Ich verstehe.« Hélène blickte hinab, zog ihren Aktenkoffer zu sich heran und entnahm ihm einen großen Umschlag. Ned Calvert richtete sofort den Blick darauf. Er fing an zu schwitzen, deshalb zog er ein großes weißes Taschentuch heraus und wischte sich damit die Stirn.

»Kommen Sie, ich hole noch was zu trinken.« Hastig stand er auf und griff nach ihrem Glas. Seine Hand war nicht ganz sicher. »Sehen Sie, Hélène, ich möchte nicht, daß wir etwas überstürzen...« Er ging zum Barschrank hinüber. »Die Tatsache, daß Sie hier sind, daß Sie sich die Mühe gemacht haben, selbst zu kommen, bedeutet für mich sehr viel. Ich hab' das Gefühl, daß ich mit Ihnen reden kann, wenn Sie mir Zeit dazu geben. Ich kann Ihnen alles erklären, die Zahlen mit Ihnen durchgehen. Die meisten Frauen haben natürlich keine Zeit für so etwas, Sie aber sind darin anders, das habe ich sofort gemerkt. Sie sind intelligent. Wenn ich nur alles mit Ihnen durchsprechen könnte, würde ich Sie mit Sicherheit überzeugen... Gewiß, ich war mit den Zahlungen im Rückstand, das ist mir klar. Aber das war nur vorübergehend, eine Frage der Liquidität. Ich habe mit zu wenig Barmitteln gearbeitet, das ist das Problem. Mit einem kleinen Darlehen, einer Verlängerung, komme ich bald wieder auf die Beine. Die diesjährige Ernte wird gut ausfallen... Wieder nur Soda? Oder soll ich ein bißchen was Scharfes hineintun?«

»Nein, danke. Nur Soda.« Sie wartete eine Sekunde. »Bei geschäftlichen Besprechungen trinke ich nie Alkohol.«

Er erstarrte. Dann stieß er ein unsicheres Lachen aus. »Himmel! Sie sind einmalig, wissen Sie das? So kühl. Erinnern Sie sich, wie ich Sie damals genannt habe? Hélène – mein kleines Mädchen?« Er schüttelte den Kopf. »Und wissen Sie, wie ich Sie ganz tief im Herzen gesehen habe? Als meine Tochter, jene bezaubernde kleine Tochter, die mir versagt geblieben war...«

Sogar er selbst wußte, daß das zuviel, daß er zu weit gegangen war und daß dies nicht zu den Erinnerungen paßte, die sie beide teilten. Er wurde rot. »Ganz tief im Herzen«, wiederholte er trotzig. »O ja, ich weiß. Ich habe mich nicht immer danach verhalten, und das hat mir auch die ganzen Jahre lang schwer auf der Seele gelegen. Aber tief innen, jawohl, tief innen, da habe ich stets so empfunden!«

Er wandte sich ab, um seine Verlegenheit über diese durchschaubare Lüge zu verbergen. Hélène wartete, bis er die Bourbonflasche über sein Glas hielt. Dann fragte sie ihn mit kühler, sachlicher Stimme: »So, so, das haben Sie also empfunden? Ich verstehe. Und was haben Sie für meine Mutter empfunden?«

»Wie bitte?« Sie sah, daß er wieder erstarrte.

»Meine Mutter. Was haben Sie für sie empfunden?«

»Ich begreife nicht ganz...«

»Erinnern Sie sich, daß ich Sie einmal um sechzig Dollar gebeten habe? Die waren für meine Mutter. Sie erwartete ein Kind. Ihr Kind. Und das Geld war für die Abtreibung, obwohl ich selbst erst später davon erfuhr. Der Eingriff mißlang, und so ist sie gestorben. Als sie Ihr Kind abtreiben ließ. Wußten Sie das?«

Bourbon plätscherte ihm über die Hände. Völlig benommen starrte er darauf hinab, dann stellte er die Flasche hin und wandte sich langsam um. Die Farbe war aus seinem Gesicht gewichen. Er zwinkerte einmal, als könne er nicht begreifen, was sie gesagt hatte.

»Mein Kind?«

»Ja.«

»Das ist unmöglich.«

»Sie ging zu jemandem in Montgomery. Sechzig Dollar waren vermutlich nicht genug. Es war zu billig. Ich hätte mehr von Ihnen verlangen sollen.«

»Das ist nicht wahr!« Sein Mund arbeitete, und seine Stimme hob sich auf einmal. »Das ist eine dreckige, gottverdammte Lüge!« Beide Hände zu Fäusten geballt, kam er einen Schritt auf sie zu.

Hélène wandte den Kopf und sah zu den Fenstern hinüber. Ihre Stimme war sehr leise und tonlos, und das Sprechen fiel ihr leichter, wenn sie ihn nicht ansehen mußte.

»Es ist eine Ironie, das erkenne ich jetzt. Das Kind, das Ihnen versagt blieb. Es hätte ein Junge sein können. Ein Erbe für all das hier. Nur daß Ihre Frau Sie dann verlassen hätte, und Sie hätten ihr Geld nicht mehr zur Verfügung gehabt, um all die Jahre zu überstehen...«

»Hören Sie auf! Verdammt noch mal, hören Sie auf!« Mit wutverzerrtem Gesicht kam er auf sie zu. »An all dem ist kein einziges Wort wahr! Wer hat Ihnen das erzählt?«

»Meine Mutter.«

»Dann muß sie den Verstand verloren haben. Verrückt! Sie war ja nie sehr stabil, Ihre Mutter. Mein Gott, wenn ich daran denke, was ich alles getan habe, um ihr zu helfen! Was Mrs. Calvert und ich getan haben... Ich habe Ihre Mutter nicht berührt, Hélène. Sie kannten sie doch. Sie wußten, daß ihr Realitätssinn nie sehr stark war. Reden Sie mir nicht ein, daß Sie ihr geglaubt haben. Reden Sie mir nicht ein, Sie hätten das all diese Jahre von mir gedacht – Jesus! Ich...«

»Ich habe ihr geglaubt. Und ich glaube ihr noch.«

»Also, ich sage Ihnen, es ist gelogen – von A bis Z. Sie hat das einfach alles erfunden...« Wutentbrannt blieb er vor ihr stehen. Er schwankte ein wenig, tastete nach einem Sessel und setzte sich. Er schien nach Luft zu ringen. Mit einer Hand lockerte er seine Krawatte, mit der anderen fingerte er in seinen Taschen herum, zog ein braunes Fläschchen heraus und legte sich eine kleine weiße Tablette unter die Zunge. Dann lehnte er sich zurück. Seine Lippen waren blau angelaufen.

»Mein Herz«, stöhnte er, als allmählich die Farbe in seine Lippen zurückkehrte. »Es ist mein Herz. Ich habe Angina pectoris. Wenn ich mich aufrege, kriege ich einen Anfall. Ich muß vorsichtig sein, hat der Arzt mir gesagt.«

Hélène sah zu, wie er kämpfte, um wieder zu Atem zu kommen. Die Selbstsicherheit wie auch die Wut waren aus seiner Miene gewichen. Als sie in seine kleinen schwarzen Augen blickte, erkannte sie, daß er jetzt Angst hatte. Und fragte sich kalt, ob wohl vor ihr oder vor dem Tod. Vermutlich beides. Sie wollte das Ganze jetzt möglichst schnell hinter sich bringen. Also wartete sie, bis der Anfall vorüber war und er wieder ruhiger wurde; dann griff sie nach dem großen Kuvert.

»Ich bin hergekommen, um Ihnen das hier auszuhändigen. Die Pfandverfalls-Ankündigung. Sie wurde gestern mittag um zwölf Uhr wirksam. Das bedeutet...«

»Verdammt, ich weiß, was das bedeutet!« Seine Stimme stieg wieder an. »Ich weiß, was es bedeutet – und ich werde es nicht akzeptieren. Sie können das Ding gleich wieder mitnehmen. Von mir aus zerreißen. Egal. Ich werde sofort mit meinem Anwalt sprechen. Noch gebe ich mich nicht geschlagen. Ich werde kämpfen. Sie können hier doch nicht einfach reinkommen und mich in den Dreck treten!«

»Es hat keinen Sinn, mit Ihrem Anwalt zu sprechen. Das wissen Sie. Und ob Sie es akzeptieren oder nicht, spielt auch keine Rolle.«

»Ich sage Ihnen, ich werde mich gegen Sie wehren!« Er war wieder hochrot geworden. »Ich werde jeden Zentimeter Boden verteidigen...«

»Das können Sie nicht. Es ist vorbei.« Als sie verstummte, wartete sie auf die befreiende Woge des Triumphs. Aber sie kam nicht.

»Sie haben dies alles geplant, nicht wahr?« Erkenntnis dämmerte in seinen Augen. »Sie haben mich in die Falle gelockt. Würden Sie mir bitte sagen, warum? Warum ein vernünftiger Mensch so etwas kaltblütig einfädelt? Mich zu vernichten? Diese Plantage zu vernichten – alles, wofür ich mein Leben lang gearbeitet habe? Geschichte? Und Tradition?« Er versuchte sich zu beherrschen. »Versuchen Sie mir nicht einzureden, sie täten es für Ihre Mutter, denn ich sage Ihnen, Hélène – ich schwöre es im Namen Gottes –, wenn sie Ihnen das alles wirklich gesagt hat, hat sie gelogen! Hören Sie zu, würden Sie mir bitte...«

Hélène erhob sich. Sie wollte nichts mehr hören. »Jawohl, ich habe dies geplant, und nun ist es geschehen. Es hat keinen Sinn zu lügen, weil es vorbei ist.« Ihr Ton war so endgültig, daß er es offenbar spürte, denn er änderte sofort die Taktik.

»Sie machen einen großen Fehler – wissen Sie das? Vielleicht haben die Leute Ihnen das nicht ausführlich genug erklärt. Ihre Berater. Vielleicht haben Sie nicht die Kosten errechnet, bevor Sie all dies in die Wege leiteten. Wenn Sie mir diese Ankündigung aushändigen – wissen Sie, was Sie dann haben? Ländereien, die Sie nicht verkaufen können. Ein Haus, das niemand kaufen will. Vielleicht sollten Sie *darüber* mal nachdenken!«

»Über Geld?« Sie wandte sich um. »Oh, darüber habe ich nachgedacht. Sie irren sich nämlich. Ich *kann* dieses Land verkaufen. Und werde sogar einen sehr guten Preis dafür bekommen.«

»Ach wirklich? Glauben Sie etwa, ich hätte mich nicht genau erkundigt? Sie haben nicht die geringste Aussicht darauf. Deswegen...« Er unterbrach sich und beugte sich vor. »Warum versuchen Sie nicht vernünftig zu überlegen? Schließlich handelt es sich um eine geschäftliche Angelegenheit, nicht wahr? Wenn Sie mir einen Moment zuhören, wenn wir alles eingehend besprechen, Hélène...«

»Im nächsten Jahr«, fiel sie ihm ins Wort, und setzte sich wieder, »im nächsten Jahr wird auf dieser Seite von Orangeburg eine neue Fabrik gebaut. Davon können Sie natürlich noch nichts wissen, aber ich weiß es. Eine Düngemittelfabrik, deren Pläne soeben genehmigt wurden. Sie wird eine Menge Arbeiter einstellen – mindestens zweihundert. Das bedeutet eine neue Wohnsiedlung, und diese Plantage ist der perfekte Standort dafür. Sobald die einheimischen Baufirmen davon hören – Merv Peters' Gesellschaft, zum Beispiel –, werde ich sofort einen Käufer für mein Land finden, und zwar zu einem guten Preis.« Sie lehnte sich zufrieden zurück. »Sie sehen also, meine Berater waren sehr gründlich. Sie stellten ein paar diskrete Erkundigungen auf der Ebene der Staatsregierung an. Ich selbst konnte natürlich auch ein wenig nachhelfen. Es gibt da einen Mann namens Dale Garrett, der früher zum Stab von Gouverneur Wallace gehörte – Sie werden ihn kennen. Der war hinsichtlich neuer Flächennutzungspläne sehr informativ. Und dann gibt es da noch…«

Ned Calvert hatte ihr aufmerksam zugehört. Irgend etwas bewirkte plötzlich, daß er ihr glaubte – möglicherweise Dale Garretts Name. Er wurde rot vor Wut, und seine Selbstbeherrschung war dahin.

»Geld! Du gottverdammtes, gieriges Miststück! Ausschließlich für Geld hast du das getan!« Er hieb mit der Faust auf die Sessellehne. »Ich hätt's ja wissen müssen! Du hast hier eine Chance gesehen, zu einem schnellen Dollar zu kommen, und deswegen hast du das alles getan. Aus keinem anderen Grund. Nicht für dieses dämliche Weib, deine Mutter – o nein! Nur für das Geld…«

»Ich behalte das Geld, das ich daran verdiene, nicht selbst.«

Daß sie es ganz ruhig sagte, schien ihn nur noch mehr zu reizen. »Ach, wirklich? Das glaub' ich erst, wenn ich's mit eigenen Augen sehe. Du wirst keinen verdammten Penny weggeben, das merkt man doch gleich, wenn man dich ansieht! Du hast schon immer nach Geld gegiert, und nun willst du ganz einfach noch mehr davon. O ja, gewiß! Du hast dich aus dem Dreck rausgearbeitet, du bist mit einem Vermögen im Rücken hergekommen – das du vermutlich auch auf dem Rücken verdient hast. Aber ich weiß noch immer genau, was du bist. Was du schon immer gewesen…«

»Der größte Teil des Geldes wird als Schenkung an die NAACP gehen«, fiel sie ihm ins Wort. »Zur Förderung der Bürgerrechtsbewegung. In Anbetracht der Geschichte Ihrer Plantage schien mir das die perfekte Entscheidung zu sein. Der Rest des Geldes wird, ebenfalls als Schenkung…«

»Schenkung? Das klingt ziemlich großspurig für weißen Abschaum wie du…«

»Der Rest wird für ein privates Stipendium verwendet. Zur Finanzierung des College-Besuchs eines Studenten aus diesem County – schwarz oder weiß.« Sie hielt inne. »Es wird eine Art Denkmal für einen Menschen sein, den ich damals sehr bewundert habe, und den Namen William Tanner Memorial Scholarship tragen. Ich glaube, das hätte Billy gefallen.«

So. Nun war es raus. Nun war alles gesagt. Ihre Hände zitterten ein wenig, deswegen legte sie sie gefaltet auf ihren Schoß. Nach ihren Worten herrschte absolute Stille im Zimmer, und sekundenlang verschwamm ihr alles vor den Augen. Jetzt kann ich gehen, dachte sie erleichtert. Alles war perfekt geplant, alles perfekt durchgeführt worden, und nun wollte sie nur noch gehen, solange sie noch kühl und klar denken konnte und solange sie noch eine Chance hatte, weder Wut oder – noch schlimmer – Mitleid zu empfinden. Sie griff nach ihren Handschuhen.

»Die William Tanner Memorial Scholarship – nun sieh einer an!« Er sagte es in das Schweigen hinein – eindeutig belustigt. Dann kicherte er vor sich hin. Er stemmte sich aus dem Sessel hoch und blickte auf sie hinab. Als Hélène zu ihm emporblickte, sah sie, daß er lächelte. »Das klingt aber sehr großartig, Hélène. Sehr großartig.« Er wandte sich ab, ging zum Barschrank und griff nach der Bourbonflasche. »Darauf trinke ich mit Vergnügen!«

Er schenkte sich das Glas sehr voll, trank einen großen Schluck und kehrte dann betont gemächlich zum Sessel zurück. Hélène spürte, daß seine Selbstsicherheit wiederkehrte, und wurde ein kleines bißchen nervös.

»Das William-Tanner-Gedächtnis-Stipendium.« Er ließ die Worte auf der Zunge zergehen. »Zur Erinnerung an einen Menschen, den du damals sehr bewundert hast.« Er hielt inne. »Obwohl ›sehr bewundert‹ wohl kaum den Kern der Sache trifft, nicht wahr? Ich würde sagen, es war ein bißchen mehr als das – stimmt's? Ich meine, Billy Tanner war ein einfältiger Bursche, wirklich alles andere als helle. Aber das hast du natürlich nicht einsehen können, nicht wahr? Nicht einmal damals, als ich dich vor ihm warnte...«

»Ich bin nicht hergekommen, um mit Ihnen über Billy zu diskutieren...« Sie griff nach ihrer Handtasche. »Ich bin hergekommen, um Ihnen etwas mitzuteilen. Es gibt nichts mehr zu diskutieren.«

»Oh, nun aber mal langsam, Schätzchen! Es gibt eine Menge zu diskutieren.« Er lächelte träge. »Allmählich wird mir alles klar. Du hattest mich ein bißchen verwirrt, mit all dem Gerede von deiner Mutter und so. Aber jetzt hab' ich kapiert. Du hast dies nicht für deine Mutter getan, sondern für Billy Tanner! Für den guten, alten, dämlichen Billy Tanner. Deinem Schulfreund. Den kleinen Jungen, in den du verliebt warst...«

»Ich gehe jetzt.« Hélènes Wangen hatten sich gerötet, und sie stand auf.

»O nein, jetzt wartest du mal einen Moment, Schätzchen! Ich möchte etwas klarstellen. Ich meine, du hast ihn doch wirklich geliebt, nicht wahr? Oder irre ich mich? Du mußt ihn doch geliebt haben, nachdem du damals mit ihm am Teich gewesen bist, dich nackt ausgezogen, dich neben ihn gelegt und den armen Kerl herausgefordert hast...«

Hélène hatte sich abwenden wollen. Nun machte sie halt. Ganz langsam drehte sie sich um und sah ihn an. Er grinste breit.

»Aber ja, ich hab' euch beobachtet, Schätzchen! Wußtest du das nicht? Ich hab' alles gesehen. Irgendwie war es ja rührend. Ihr beide. So jung, splitternackt unter den Pappeln. Sah wirklich hübsch aus. Ich hab' euch beobachtet und sagte mir, also wenn das nicht genauso ist wie bei Adam und Eva im Paradies...«

»Sie sind obszön! Ich werde Ihnen nicht länger zuhören...«

»Oh, aber das solltest du, Schätzchen!« Er beugte sich vor und fixierte sie mit seinem Blick. Das Lächeln war verschwunden; stattdessen war seine Miene hart und verkniffen. »Du wirst mir jetzt zuhören, und zwar sehr gut! Ich bin nicht besonders erfreut über die Art, wie du hier reinkommst und behauptest, daß ich lüge, während du selbst nur die ganze Zeit deine hübschen kleinen Lügen auftischst. Versuch nur ja nicht, mir vorzumachen, du und Billy Tanner, ihr wärt nur Freunde gewesen! Weil ich's nämlich besser weiß. Du planst dieses Stipendium nur deswegen, weil du ein schlechtes Gewissen hast! Das wollen wir doch mal klar stellen. Mir kannst du nichts vormachen –, ein so kluges Mädchen wie du. Du mußt es doch gewußt haben! Denn schließlich ist Billy Tanner nur deinetwegen gestorben!«

Auf einmal war es totenstill. Hélène starrte ihn an, glaubte einen Moment, sich verhört zu haben. Ned Calvert lächelte jetzt wieder, grinste breit, und sie vernahm plötzlich ein ganz neues Selbstvertrauen in seinem Ton. Als sie ihn so grinsen sah, fielen die vergangenen fünf Jahre von ihr ab, und die Verachtung, der Abscheu, die sie diesem Mann einstmals entgegengebracht hatte, waren wieder in ihr erwacht.

Wütend fuhr sie zu ihm herum; ihr Ton war von eiskaltem Zorn erfüllt. »Na schön, wenn Sie darüber reden wollen, werden wir darüber reden. Ohne zu lügen. Ich weiß, warum Billy sterben mußte, weiß es genauso wie jeder andere in Orangeburg. Billy wurde ermordet, damit er nicht über die Krawalle aussagen konnte. Weil seine Aussage einen Weißen belastet hätte. Das weiß ich, und das wissen Sie. Hier sind derartige Dinge möglich. Hier waren sie schon immer möglich, und sind es noch heute. Wie lange soll das noch so weitergehen? Wie viele Menschen müssen noch sterben – weil es Menschen gibt wie Sie? Die alles tun, um sich selbst, ihre Interessen, um all das hier zu schützen?« Empört deutete sich auf die Fenster und die dahinterliegenden Baumwollfelder. Ihr Atem stockte ein wenig, und sie mußte sich erst beruhigen. »Ich weiß, wer Billy umgebracht hat, und warum. Das waren entweder Sie selbst oder einer der Männer, die an jenem Tag bei Ihnen im Wagen saßen. Und wer es auch war, der abgedrückt hat – verantwortlich waren Sie alle dafür. Jeder einzelne von Ihnen!«

»Oh, ich habe Tanner selbst erschossen.« Das Grinsen war verschwunden; sein Ton war jetzt sehr ruhig und ernst. »Ich habe meine Flinte genommen und ihn weggepustet. Aber nicht wegen irgendeiner Aussage, die er machen wollte. Glaubst du wirklich, das hätte mir was ausgemacht? Seine Aussage wäre ganz einfach gestrichen worden. Weil jeder Weiße in Orangeburg sofort in den Zeugenstand getreten wäre und blind geschworen hätte, daß es so gewesen war, wie ich es behauptete. O nein, Schätzchen. Ich habe Tanner umgebracht, und deswegen weiß ich auch genau, warum. Deinetwegen habe ich ihn erschossen.«

»Sie lügen!« Die Kehle schnürte sich ihr zu. »Sie sind widerlich! Wie können Sie bei so etwas lügen!«

»Nun ja, Schätzchen, vielleicht lüge ich, vielleicht auch nicht. Das wirst du niemals genau erfahren.« Er lehnte sich im Sessel zurück, kreuzte lässig die Beine und fing wieder an zu lächeln.

»Weißt du, das Dumme mit dir ist, daß du alles immer ganz einfach haben willst, Recht und Unrecht, schwarz und weiß. Aber so sind die Dinge im Leben nicht. Denk mal über meine Worte nach, dann wirst du's einsehen. Ich war damals ganz wild nach dir, Hélène – erinnerst du dich? Und jetzt überleg mal. Und erinnere dich – nicht an die Version, die du gern hättest, sondern daran, wie es wirklich war. Es hat dir gefallen, wenn ich dich berührte. Es hat dir Spaß gemacht, mich in Erregung zu bringen. Ich mache dir keinen

Vorwurf daraus; vielen Frauen macht es Spaß, die Männer so richtig hochzubringen, um sie dann eiskalt ablaufen zu lassen. Ich sage dir, als ich zwischen den Bäumen da runterkam und sah, wie mein bezauberndes kleines Mädchen sich diesem Einfaltspinsel freiwillig hingab, ihm all die Dinge einfach schenkte, die sie mir verweigerte – na ja, ich glaub', da ist in mir was übergeschnappt, Schätzchen. Hab' ich einfach die Beherrschung verloren. Weil ich's nun mal nicht ertragen konnte, mitanzusehen, wie sich ein anständiges weißes Mädchen so einem Nigger-Lover anbot...«

Er machte eine Pause, während er sie aufmerksam beobachtete, und als sich unwillkürlich Zweifel und Angst auf ihrem Gesicht abzeichneten, wurde sein Grinsen wieder breiter.

»Ich bin eine ganze Weile dort stehengeblieben. Bis ihr beide fort wart. Lange genug, um zu erkennen, daß es nicht ganz so lief, wie ihr euch das vorgestellt hattet. Daß Billy-Boy es nicht so recht schaffte. Ich sah, wie du selbst feststellen konntest, daß Billy nicht ganz der Mann war, für den du ihn hieltest. Sah, wie er das Tor sozusagen im Sturm nehmen wollte, und sah anschließend, wie er weinte, weil er nicht genug Manneskraft besaß. In deinen Armen weinte wie ein Baby. Das alles hab' ich genau gesehen, Schätzchen – ich rege dich doch hoffentlich nicht auf? Dann zog er sich an, und du zogst dich an, und ich kehrte hierher zurück, um mein Gewehr zu holen.«

Hélène stand ganz still. Ihre Haut war kalt wie Eis. Diese grauenvoll eindringliche Stimme war verstummt, und es war ruhig im Zimmer. Sekundenlang nahm sie Ned Calvert gar nicht mehr wahr. Sie spürte das kühle Wasser auf ihrer Haut, dann die warme Luft, die sie trocknete. Sie spürte den trockenen, warmen Boden unter ihrem Körper, und Billys Gewicht, als er sie in den Armen hielt. Sie sah den Kummer in seinen blauen Augen, und hoch über seinem Kopf in den Lücken zwischen den Pappelästen das Blau des Himmels. Der richtige Moment. Die richtige Entscheidung.

»Ich hab' wohl zu lange davon geträumt«, sagte Billy.

Sie streichelte sein Haar, das vom Wasser noch naß und strähnig war. »Nicht weinen, Billy« tröstete sie ihn. »Bitte nicht. Das macht doch nichts. Beim nächsten Mal...«

Ein Vogel rührte sich in den Zweigen. Kein nächstes Mal – nie mehr.

Sie hörte, wie sie den Atem anhielt; ihre Hände vollführten im Schock eine völlig zusammenhanglose Bewegung, preßten sich auf ihre Ohren, als könne sie seine Worte abwehren, obwohl sie wußte, daß das unmöglich war. Da war sie, die Vergangenheit, und Ned Calvert hatte recht: Sie hatte gelogen, aber nicht so, wie er es glaubte.

Sie fuhr zu ihm herum. »Ich wollte, daß es *anders* war«, erklärte sie mit vor Bewegung schwankender Stimme. »Sie würden das natürlich niemals verstehen, aber das war es, was ich so sehr ersehnte. Ich wollte, daß etwas ein einziges Mal – nur dieses eine, einzige Mal – einfach, gut und richtig war. Deswegen bin ich an jenem Tag mit Billy zum Teich gegangen. Nicht weil ich ihn liebte – das tat ich nicht, und er wußte es. Sondern weil ich ihm etwas schenken wollte – etwas Reines und Gutes, nicht verzerrt von Lügen und Haß wie alles andere in dieser Gegend. Und später, als er tot war, konnte ich's nicht ertragen. Ich konnte den Gedanken nicht ertragen, daß dieses letzte Geschenk für ihn, das letzte, bevor er starb, nicht vollkommen gewesen war...«

Sie hielt inne, um sich ärgerlich die Tränen aus den Augen zu wischen. »Darum hab' ich dies jetzt getan. Für Billy und meine Mutter. Weil sie sonst tot sind, ohne daß etwas von ihnen geblieben ist. Weil es sonst wäre, als hätten sie nie gelebt. Niemand würde sich dafür interessieren, wie sie gestorben sind, und warum.« Sie verstummte.

Ned Calvert hatte sich nicht gerührt, und als sie sich seiner Gegenwart und seines Schweigens wieder bewußt wurde, entdeckte sie, daß sich sein Ausdruck verändert hatte. Die Bosheit war aus seinem Gesicht verschwunden, und er betrachtete sie mit einem seltsam stumpfen Blick. »Das war es also, was Sie damals, an jenem Tag, gedacht haben? Was Sie empfunden haben?« Er fragte es leise, bedächtig; dann schüttelte er den Kopf.

»Genau das.« Sekundenlang schämte sie sich ihres Ausbruchs, dann sah sie ihn wieder an, weil ihr klar wurde, daß es ihr gleichgültig war, was er gesehen hatte, und was er dachte. Sie hatte die reine Wahrheit gesagt. Sie seufzte. Dann sagte sie beinahe tonlos: »Ich weiß, daß Sie mich nicht verstehen werden. Und daß es Sie überhaupt nicht kümmert. Ich werde jetzt gehen.«

»Oh, ich verstehe Sie. Vielleicht.« Es klang, als sei er verwundert. »Doch, ja. Ich glaube schon. Einiges wenigstens.« Er stand auf, trat ans Fenster und blickte mit geistesabwesendem Blick in den Park hinaus. Stirnrunzelnd hob er die Hand und ließ sie wieder fallen. »Mein Besitz. Der Besitz meines Vaters.«

Er schien zu zögern; dann wandte er sich langsam ins Zimmer zurück. »Ich habe ihn nicht erschossen.« Seine Stimme klang müde. »Es hatte nichts mit Ihnen zu tun. Das war nur Gerede. Ich habe Sie beide zusammen gesehen – das stimmt. Anschließend kam ich hierher zurück. Das ist alles. Mehr nicht.« Er schritt an ihr vorbei, als nähme er sie kaum war, und ging zum Barschrank. Er schenkte sich einen Bourbon ein und blickte auf das Glas hinab, in dem er den Whiskey kreisen ließ.

»Von ihrer Mutter habe ich nichts gewußt. Und von dem Kind. Bis heute. Violet hat mir kein Wort gesagt. Es wäre vielleicht anders gekommen, wenn sie etwas gesagt hätte – ich weiß es nicht. Denn wissen Sie, ich dachte ...« Er stockte und hob den Kopf. »Ich dachte, ich wäre zeugungsunfähig.«

Hélène sah ihn schweigend an. Er trank einen tiefen Schluck Bourbon; sie konnte sehen, wie sich seine Kehle bewegte. Dann setzte er das Glas wieder ab.

»Möglicherweise hätte es nichts geändert, wenn sie mir etwas davon gesagt hätte. Vielleicht hätte ich daraufhin gar nichts getan. Zu feige, vermutlich. Aus Angst – Angst vor Mrs. Calvert. Die hielt den Daumen auf dem Geldbeutel. Hielt mich an der Kandarre – oder versuchte es wenigstens.« Er zuckte die Schultern. »Mir blieb also wirklich kaum eine Wahl. Ich war ihr Eigentum, verstehen Sie? Ich glaube, das ist der Grund, warum ich – na ja, einmal mit Ihnen davon gesprochen habe. Ihre Mutter verstand mich, Violet verstand meine Situation. Sie glaubten vermutlich, ich mache Ihnen was vor. Und das hab' ich wohl auch getan. Aber es stimmte auch. So ist das immer, mit den Dingen. Die Wahrheit ist niemals einfach.«

Abermals schwiegen sie beide. Er wirkte auf einmal sehr viel älter – nicht verbittert, aber erschöpft. Nach einer Weile, als er sie fast schon vergessen zu haben schien, fragte Hélène ihn leise: »Warum erzählen Sie mir das?«

»Warum nicht?« Er lächelte resigniert. »Weil mir etwas, das Sie sagten, unter die Haut gegangen ist. Oder wegen der Art, wie Sie eben aussahen. Ich weiß es nicht. Auf jeden Fall würde ich keinem anderen Menschen davon erzählen, soviel steht fest.« Er blickte auf. »Ich versuche nicht, Sie umzustimmen, falls Sie das glauben sollten. Anfangs war ich wütend auf Sie. Jetzt nicht mehr. Und wissen Sie, es ist komisch, aber irgendwie ist es eine Erleichterung für mich. Das alles loszuwerden. All diese Lügen loszuwerden. Sogar diesen Besitz – vielleicht.«

Sie warf einen Blick auf das große Kuvert, das noch auf dem Sessel lag, auf den sie es gelegt hatte. Dann ging sie zur Tür.

»Ich habe Orden bekommen, wissen Sie. Im Krieg.« Er sagte es ganz unvermittelt hinter ihr, im Schatten des Zimmers. »Den Silver Star. Komisch, daß man im Krieg so tapfer und im Frieden ein so großer Feigling sein kann.« Er sprach eher zu sich selbst, wie er da im Halbdunkel stand, und sie sah ihn plötzlich wieder wie damals, draußen auf der Veranda, als sie fünf Jahre alt war: ein hochgewachsener Mann im weißen Anzug, der ihr die Hand entgegenstreckte. »Leben Sie wohl«, sagte sie.

»Leben Sie wohl, Hélène Craig.« Er lachte leise. Als sie die Tür öffnete und hinausging, hob er den Arm und kippte den Rest Bourbon hinunter.

Sie fuhr nicht direkt zum Flughafen zurück, sondern parkte den Cadillac am Rand der Straße nach Orangeburg. Dann ging sie zu Fuß bis zum Wohnwagenpark und spähte durch die Bäume hinüber. Eine ganze Zeitlang blieb sie dort stehen, dann wandte sie sich ab und schlug den alten Weg zum Teich hinunter ein. Er war ziemlich zugewachsen; die Himbeersträucher zerrissen ihr die Strümpfe und hängten sich in ihre Kleidung. Aber er war noch immer erkennbar, und sie wußte, sie hätte ihn mit verbundenen Augen gefunden, so oft war sie ihn in der Vergangenheit und in ihren Träumen entlanggegangen.

Beim Gehen stiegen nacheinander, wie Standfotos eines Films, Bilder vor ihren Augen auf. Sie sah sich selbst hier unten mit Billy, und dann mit Edouard an der Loire. Sie sah Mr. Foxworth in seiner Praxis, wie er ungeduldig Daten ausrechnete. Sie sah Cat mit ihrem Gesichtchen, das so sehr Edouards Zügen glich, wie sie am Rand des Pools die Beine schwang und ein französisches Liedchen sang. Sie sah Lewis, wie er mit verwirrter Miene in seinem Zimmer stand und sie auf einmal eindringlich fragte, warum sie ihn in dieser Hinsicht belogen habe.

Als sie die Pappeln erreichte, zog sie die Schuhe aus und stieg die Uferböschung hinab. Sie blickte ins stille Wasser hinunter und beobachtete eine Libelle, die in der reglosen Luft tanzte. Und dann fiel ihr ein, was Billy noch fast zuletzt zu ihr gesagt hatte: *keine Lügen.*

Der Jet setzte zur Landung in Los Angeles an, und Hélène blickte durchs Fenster auf die Lichter der Stadt hinab; aber sie nahm das hübsche Panorama nicht wahr, sondern sah nur die Bilder ihrer Vergangenheit.

Sie hatte sich nicht wieder umgezogen, daher wurde sie im Flughafengebäude sofort erkannt. Einige Neugierige reichten ihr Kugelschreiber und Papier. Hastig, mechanisch schrieb sie ihren Namen, weil sie möglichst schnell an ihnen vorbei wollte. Erst als sie ihre verwirrten Mienen sah und auf die Zettel hinabblickte, entdeckte sie, was sie geschrieben hatte: *Hélène Craig.*

Es war schon spät, als sie ihr Haus betrat, und alles war dunkel, alle schliefen. Sie wanderte von Zimmer zu Zimmer und schaltete die Lampen an, bis das ganze Erdgeschoß strahlte und das Licht auch Terrasse und Park überflutete.

Sie ging durch die Zimmer, und es war, als sähe sie das Haus zum erstenmal deutlich. Jedes Möbelstück, jeder Einrichtungs-Gegenstand, so wunderschön, so perfekt, mit so großer Sorgfalt ausgesucht und arrangiert – auf einmal erkannte sie, daß sie es nur für Edouard getan hatte. Sie hatte dieses Zimmer für ihn eingerichtet, für einen Mann, der es nie sehen, sich niemals darin aufhalten würde!

Leise ließ sie sich in einem Sessel nieder und sah sich in diesem Zimmer um: Soviel Perfektion, und doch nur Ersatz für Glück! Wieder kehrte sie in Gedanken in die Vergangenheit zurück, dachte an jede Tat, jede Lüge, jede Ausflucht, jede Unwahrheit. Sie dachte an Billy und den Tempel aus Lügen, den sie für die Erinnerung an ihn errichtet hatte, und dachte daran, wie sehr er das verabscheut hätte. Sie dachte an ihre Mutter und daran, wie leidenschaftlich

Violet sich an die kleinen Täuschungen geklammert hatte, mit denen sie ihr Leben schützte: diese Täuschungen wirkten neben den ihren winzig. Sich selbst über Cats Vater belogen zu haben – wie hatte sie das nur tun können?

Sie schloß die Augen und öffnete sie wieder. Das Zimmer, elegant und ruhig, blieb dasselbe, jetzt aber erkannte sie, daß es leer war, nichts als eine Bühnendekoration. Sie hatte sich davon befreit; sie hatte sich von der Frau befreit, die es geschaffen hatte. Welch eine Ironie, dachte sie, daß ausgerechnet Ned Calvert mir etwas zurückgibt, von dem ich nicht einmal wußte, daß ich es verloren hatte: das Bewußtsein meiner Identität.

Sie erhob sich, ließ die Lichter an und stieg zu Cats Schlafzimmer hinauf. Die Rollos waren herabgelassen, doch draußen schien der Vollmond, der um die Ränder herumlugte und den Fußboden mit breiten Lichtbändern schmückte.

Cat schlief mit fest zusammengekniffenen Augen. Die eine kleine Faust lag geballt neben ihr auf dem Kopfkissen. Das schwarze Haar wirkte wie ein Fächer um ihren Kopf, der Atem ging sanft und gleichmäßig. Lautlos setzte Hélène sich ans Fußende des Bettes und betrachtete ihre Tochter liebevoll. Ihre Züge, die sie so sehr an Edouard erinnerten, waren noch weich und ungeformt, aber die Ähnlichkeit, vor der sie immer zurückgeschreckt war, bereitete ihr jetzt große Freude.

Ich muß es Edouard mitteilen, dachte sie. Er muß es unbedingt erfahren. Dabei begann ihr Herz schneller zu schlagen, und sie empfand einen Stich Angst. Aber sie schob die Angst entschlossen beiseite. Ganz gleich, wie er darauf reagieren, und ganz gleich, wieviel Schmerz ihr das bereiten würde – er mußte es erfahren, und sie mußte es ihm mitteilen.

Sie blieb still sitzen, bis sich ihre Erregung allmählich legte. Dann betrachtete sie wieder Cat, deren Augenlider ein wenig zuckten, weil sie träumte. Sehr behutsam ergriff Hélène ihre Hand, und nach einer Weile erwachte Cat.

»Du bist wieder da!« Lächelnd, ein wenig verschlafen blickte sie zu ihrer Mutter auf. Hélène rückte ein Stückchen näher, während Cat sich tiefer unter die Decke kuschelte und sich am Körper ihrer Mutter zusammenrollte. »Ich hab' geträumt. Einen schönen Traum. Aber jetzt hab' ich ihn wieder vergessen.« Sie gähnte. »Das tu' ich öfter. Ich träume, und dann wach' ich auf. Ich bin froh, daß du wieder da bist.«

»Möchtest du, daß ich hierbleibe?« Hélène beugte sich über sie.

»Hmmm. Ja.« Cat ergriff die Hand der Mutter. »Erzähl mir eine Geschichte, ja?«

»Na schön. Worüber?«

»Über dich. Als du noch klein warst...« Cat sah ganz kurz zu ihr auf, dann schloß sie die Augen. Hélène seufzte. Darum hatte Cat sie schon oft gebeten, Hélène aber war diesem Thema stets ausgewichen oder hatte ihr vage von kleinen, unwichtigen Ereignissen erzählt. Jetzt aber war alles anders.

»Nun gut.« Nach einer kurzen Pause begann sie leise: »Als ich noch klein war, da schlief ich nicht in einem großen Zimmer wie du, sondern in einem winzig kleinen Raum. In einem Wohnwagen, weißt du – bestimmt hast du schon manchmal so einen gesehen. Einige haben Klappliegen, unserer aber war wie ein richtiges Haus und hatte auch richtige Betten. Zwei. Eins für meine Mutter und eins für mich.«

»Du meinst, ihr habt die ganze Zeit da gewohnt?« Cat schlug die Augen wieder auf. »Nicht nur in den Ferien? Nicht so wie beim Camping?«

»Nein. Wir haben ständig da gewohnt. Er war nicht groß, nur zwei kleine Räume, und es gab eine kleine Treppe, die in einen Garten mit einem weißen Zaun führte. Innen war er gelb gestrichen...«

»Wie hübsch! Das würde mir gut gefallen. Ich würde gern in einem Wohnwagen leben.« Cat kuschelte sich fester an sie, und Hélène lächelte.

»Es war ein sehr alter Wohnwagen«, fuhr sie fort. »Richtig schäbig. Und er stand unten im Süden, in einem Staat namens Alabama. Dort ist es im Sommer furchtbar heiß, und im Wohnwagen wurde es unerträglich heiß und stickig. Als ich noch klein war, ungefähr so alt wie du, vielleicht ein kleines bißchen älter, hab' ich, wenn ich bei Nacht im Bett lag, immer die Hände ausgestreckt und die Wände berührt, und die waren, selbst wenn es draußen dunkel war, noch immer so heiß wie ein Bügeleisen...«

»Hattet ihr denn keine Klimaanlage?« fragte Cat verwundert.

»Nein, so etwas hatten wir nicht.«

»Hattet ihr ein Schwimmbad, um zu baden, wenn es heiß wurde?«

»Das hatten wir auch nicht. Jedenfalls nicht so wie hier. Aber wenn ich baden wollte, ging ich zu einem kleinen Teich hinunter. Damals hatte ich einen Freund, Billy hieß er, und der hat mir das Schwimmen beigebracht...«

»Oh, das möchte ich aber hören, Mutter! Bitte erzähl mir von deinem Billy.«

Hélène überlegte. Dann begann sie zu erzählen – langsam zuerst, dann immer flüssiger. Dabei merkte sie plötzlich, daß sich allmählich die Erinnerungen einstellten, Dinge, an die sie seit Jahren nicht mehr gedacht hatte; es war alles wieder da, sie konnte es sehen und riechen und fühlen, wo jeder Stuhl stand, die Farbe der Teller und Tassen, die Stimme der Mutter, Billy, wie er barfüßig im Gärtchen stand und den Staub aufkickte und ihr zulächelte, mit Augen, die ein wenig verwirrt dreinblickten, als gehe in ihm etwas vor, das er nicht begriff.

Sie sprach sehr lange. Manchmal warf Cat eine Frage ein, allmählich aber wurde sie müde, ihre Augen schlossen sich und ihr Kopf wurde schwer. Mit einem kleinen Seufzer schlief sie dann, von einer Sekunde auf die andere ein. Hélène strich ihr zärtlich übers Haar und schwieg, blieb aber in einem Gefühl unendlicher Erleichterung und Zufriedenheit noch weiter auf dem Rand des Kinderbetts sitzen, obwohl sie spürte, daß sie ganz steif wurde und fror, aber das war ihr gleichgültig.

Gegen vier Uhr morgens wurde das Licht, das neben den Rollos hereindrang, ein wenig wärmer, und sie hörte die ersten Vögel singen. In diesem Moment lagen das Zimmer und das ganze Haus still und ruhig, im nächsten vibrierte die Luft von einem ohrenbetäubenden, schrillen Lärm.

Hélène fuhr hoch; ihr schien das Herz stehenzubleiben; gleich darauf begann es zu rasen. Es war, als tobe der Lärm in ihren Kopf, so laut war er, und einen verwirrten, verängstigten Augenblick lang hatte sie das Gefühl, den Alarm selbst ausgelöst zu haben. Sie erstarrte; dann sprang sie auf. Cat riß die Augen auf und stieß einen Angstschrei aus.

»Was ist das, Mutter? Was ist denn das?«

Hélène nahm sie ganz fest in die Arme. »Ist ja schon gut, Kleines.

Das ist der Alarm – nur der Alarm, mein Liebling. Irgend etwas hat ihn ausgelöst.«

»Ich hab' aber so Angst.«

»Es ist alles in Ordnung, Liebling. Weißt du nicht mehr? Das ist uns doch schon öfter passiert. Ein Tier, vermutlich. Warte einen Moment!« Sie ging zum Fenster und zog ein Rollo hoch. Hinter ihr kauerte Cat mit blassem, ängstlichem Gesicht unter der Bettdecke. Hélène hielt sich die Ohren zu und spähte in den Park hinaus.

Er war in diesem weichen Morgengrauen vom kalten, grellen Schein der Halogenlampen beleuchtet, einem Licht, heller als die Mittagssonne, das den Bäumen und dem Gras die Farbe entzog. Im Park rührte sich nichts; nirgends gab es ein Zeichen dafür, daß jemand – zufällig oder in böser Absicht – unberechtigt eingedrungen war.

Hélène blickte über den Rasen hinaus. Ein schreckliches, Übelkeit erregendes Gefühl böser Vorahnungen stieg in ihrem Magen auf. Sie spähte in die Richtung der Einfahrt, in Richtung auf das Tor, das von hier aus nicht zu sehen war. Drinnen im Haus ertönten Schritte, die Stimmen von Madeleine und Cassie.

»Mutter, was ist das? Was ist das bloß?«

Hélène wandte sich vom Fenster ab. »Ich weiß es nicht.« Sie ergriff Cats Hand. »Ich weiß es nicht, Liebling.« In den Hügeln hinter dem Haus begannen Sirenen zu heulen.

Aber sie wußte es doch, als sie die Sirenen hörte – jedenfalls glaubte sie das später. Wußte es, als am Vormittag der Anruf vom Polizeirevier kam, wußte es, als sie mit der protestierenden Cassie das Leichenschauhaus der Polizei betrat, um den Toten zu identifizieren.

Bläuliches Licht; eiskalte Luft; weiße Kacheln; das Tropfen von Abflüssen. Eine Wand mit Stahlschubladen wie Banksafes, nur größer.

Nach dem ersten kurzen Blick blieb Cassie zurück und zupfte Hélène am Ärmel. »Du brauchst das wirklich nicht zu tun, weißt du. Keiner kann dich dazu zwingen. Und wenn es tatsächlich der Mann sein sollte – na und? Du solltest Lewis anrufen...«

»Ich hab' ihn aber auch gesehen. Ich werde es tun!«

»Aber warum denn nur? Es ist grauenhaft hier drin...«

»Ich fühle, daß ich es tun muß. Deshalb.«

»Stur! Du bist stur!« Cassie reckte das Kinn. »So warst du immer. Na schön, wenn du hier reingehst, werde ich auch mitgehen.«

Der mit dem Fall beauftragte Lieutenant wartete schon; er hielt ein Klemmbrett in der Hand, war ungeduldig und schien Unbehagen zu empfinden. Für Cassie hatte er kaum einen Blick, Hélène dagegen starrte er an, als müsse er sich selbst überzeugen, daß sie es wirklich und leibhaftig war. Neben ihm stand ein Gehilfe im weißen Kittel. Als die beiden Damen näherkamen, warfen sich die beiden Männer einen flüchtigen Blick zu. Der Lieutenant trat von einem Fuß auf den anderen. »Wir haben ihn gegen neun Uhr tot in seiner Zelle gefunden. An Erbrochenem erstickt«, erklärte er schließlich. »Kommt leider Gottes immer wieder vor.«

Als sei dies ein Stichwort, streckte der Gehilfe die Hand aus, und sofort glitt lautlos eine der Schubladen auf. Der Leichnam war mit einem schweren Plastiklaken bedeckt.

»Die Blutergüsse stammen von seinem Sturz. Die Mauern ihres Grundstücks sind schließlich viereinhalb Meter hoch. Der Kerl muß verrückt gewesen sein.« Der Lieutenant ergriff einen Zipfel des Plastiklakens. »Als er gebracht wurde, war er nicht bewußtlos. Folgsam wie ein Lamm. Die Blutergüsse sind nicht so schlimm, wie sie aussehen. Wir haben ihn von einem Chirurgen untersuchen lassen...«

Er klang bekümmert, als sei der spätere Tod dieses Mannes ein Fleck auf seiner weißen Berufsweste. Nach kurzem Zögern schlug er das Tuch zurück. »Miss Harte?« über die Schulter hinweg sah er auch Cassie an. »Lady? Ist das der Mann? Erkennt ihn eine von Ihnen beiden?«

Hélène sah hin. Die Augen des Mannes standen offen. Sie waren von einem irgendwie ausgewaschenen Blau und blickten erstaunt, als wundere er sich über die eigene Sterblichkeit. Er hatte schütteres, sandfarbenes Haar und rötliche Bartstoppeln. Ein großer Mann mit schweren Knochen. Sie zögerte.

Cassie trat vor, sah hin, wich wieder zurück und wandte sich hastig ab. »Das ist er! Ganz sicher! Ich hab' ihn ganz deutlich gesehen und erkenne ihn wieder.«

»Miss Harte?«

Hélène betrachtete den Mann. Seine Brust, oberhalb des Lakens nackt, war dicht mit rötlichen Haaren bedeckt. Die eine Hand war gerade noch sichtbar. Sie sah aus, als sei sie zu groß für das schmale Handgelenk. Sie dachte an den Abend der Party, als sie in der Einfahrt gestanden und zum Tor hinübergeblickt hatte. Sie dachte an das seltsame Gefühl der Verbundenheit, das sie damals gehabt hatte. Sie streckte die Hand aus, berührte ganz kurz den behaarten Arm des Mannes und wich wieder zurück.

»Ich bin nicht ganz sicher. Es war dunkel, als ich ihn sah. Ich kann's nicht mit absoluter Sicherheit sagen.«

Wieder tauschten der Lieutenant und der Gehilfe einen Blick. Die Schublade wurde zurückgeschoben. Ein Abfluß gurgelte. Der Lieutenant machte sich Notizen auf dem Klemmbrett.

»Und Sie, Lady – sind Sie ganz sicher?«

»Absolut sicher.« Cassie sagte es grimmig.

Er zuckte die Schultern. »Dann wird er es wohl sein. Wenn diese Burschen sich auf jemanden fixiert haben, bleiben sie stur dabei. Es tut mir leid, Miss Harte, wir werden Sie nicht weiter belästigen.«

Er wandte sich ab. Gerade fragte er sich, wann er es wohl wagen könne, Hélène Harte um ein Autogramm zu bitten – am besten wohl, wenn sie wieder draußen waren –, als ihm klar wurde, daß sie ihm nicht folgte. Er blieb stehen und sah sich um.

Sie stand noch immer am selben Fleck und starrte auf die Reihen der Schubladen. »Wissen Sie, wie er heißt?« fragte sie plötzlich mit ihrer kühlen, leisen Stimme.

Der Lieutenant zuckte zusammen. Hastig konsultierte er sein Klemmbrett.

Hélène wandte weder den Kopf, noch rührte sie sich. Die Sekunden schienen ihr zu Minuten zu werden, der kalte Raum wurde noch kälter und heller, und sie wartete im sicheren Bewußtsein dessen, was der Polizeibeamte ihr antworten würde.

»Er hatte einen Führerschein in der Tasche, sonst keine Papiere. Dort wird sein Name als Craig angegeben. Gary Craig. Ein Führerschein aus... Verflixt, wo ist es denn nur? Irgendwo in den Südstaaten...«

»Louisiana«, sagte sie.

»Ganz recht. Louisiana.« Er hatte die Eintragung gefunden.

Stirnrunzelnd blickte er zu ihr auf. Wie er bemerkte, hatte die andere Frau einen Ruf ausgestoßen, den sie sofort unterdrückte, und kam jetzt wieder zu ihnen zurück. Hélène Harte hatte sich nicht gerührt, die andere Frau aber war weiß wie die Wand geworden. Sie kam mit ausgestreckten Armen wie eine Tigerin zurück, die ihr Junges beschützen will.

»Hélène, Schätzchen – jetzt warte bitte mal eine Sekunde...«

»Es ist schon gut, Cassie. Wirklich. Alles in Ordnung.«

»Was geht hier vor?« Der Lieutenant blickte von einer zur anderen. »Sagt Ihnen dieser Name vielleicht etwas? Gibt es da eine Verbindung, von der ich erfahren sollte?«

Als sie sich umwandte, begegnete der Blick ihrer klaren graublauen Augen dem seinen. Die andere Frau schien sie am Sprechen hindern zu wollen, doch Hélène beachtete sie nicht. Als sie sich dann äußerte, tat sie das mit ruhiger Stimme, und er starrte sie an, glaubte sich verhört zu haben, glaubte, er werde völlig verrückt werden. Weil sie nämlich sagte: »Ich habe ihn niemals kennengelernt. Er war mein Vater.«

Schweigen. Dann stöhnte die Frau neben ihr auf, als sei es besser, wenn dieses Bekenntnis unausgesprochen geblieben wäre. Der Gehilfe räusperte sich und wandte sich ab, während der Lieutenant, als sein Verstand aus der Erstarrung erwachte und allmählich wieder zu arbeiten begann, nur noch dachte: die Presse! O Gott!

Das ist die Formulierung, die ich wünsche. Wörtlich. Nein, ich will nicht, daß der Text irgendwie verändert wird. Nein, ich werde ihn auch nicht weiter erläutern. Und es gibt keinen weiteren Kommentar!«

Hélènes Ton war energisch und ein wenig müde. Sie telefonierte mit Bernie Alberg, ihrem Presseagenten, der über die Nachricht gar nicht erfreut war. Hélènes Teil des Gesprächs war kurz und präzise gewesen; sie hielt einen Zettel mit dem Text der Erklärung in der Hand, die sie ihm soeben diktiert hatte. Cassie, von Hélène gebeten, während des Anrufs anwesend zu sein, beobachtete sie besorgt. Die Erklärung war unmißverständlich, doch Cassie wußte nicht recht, ob sie auch klug war. Bernie Albert hielt sie nicht nur für unklug, sondern für katastrophal. Cassie konnte seine quäkende Stimme über den Hörer vernehmen; er war schon sonst ein leicht erregbarer Mann, jetzt aber hörte er sich an, als stehe er kurz vor einem Schlaganfall.

Hélène entfernte den Hörer ein wenig von ihrem Ohr und schenkte Cassie ein leichtes, resigniertes Lächeln. Cassie zog eine Grimasse. Sobald Hélène einen Entschluß gefaßt hatte, blieb sie stur und eisern dabei: Das wußte sie, und Bernie Alberg mußte es ebenfalls wissen; er war ja nicht dumm. Dennoch schien er jetzt zu glauben, daß noch eine kleine Chance bestand, sie umzustimmen. Einiges von seinen verzweifelten Argumenten war jetzt zu verstehen.

»Das Ding würde sich katastrophal auswirken! Wir müssen an Ihre Oscar-Nominierung denken. Die Abstimmung wird bald stattfinden. Wir müssen die Sache sorgfältig geheim halten. Wir brauchen keine Presse-Erklärung. Hören Sie mir bitte einen Augenblick zu, ja? Wer hat es gehört? Zwei Männer. Kein Problem. Sie geben mir einfach den Namen des Lieutenants. Ich werde ihn sofort anrufen... Nichts davon braucht an die Öffentlichkeit zu dringen – gar nichts! Okay, das wird Sie wahrscheinlich eine Kleinigkeit kosten. Na und? Es wird möglicherweise Gerüchte geben: Wir werden sie einfach dementieren. So macht man das. Gerüchte verstummen wieder. Erklärungen nicht. Hören Sie, ich komme rüber. Ich werd' sofort zu Ihnen rüberkommen und...«

»Nein, Bernie. Das werden Sie nicht tun!« Hélène unterbrach seinen Wortschwall energisch. »Wir werden das Problem nicht diskutieren. Weil es nichts zu diskutieren gibt. Ich habe Ihnen die Fakten gegeben. Und falls Anfragen kommen, werden Sie die Erklärung veröffentlichen...«

Wieder gab es quäkende Proteste.

Hélène krauste die Stirn. »Bernie«, fiel sie ihm abermals ins Wort. »Sie tun entweder, was ich sage, oder ich nehme mir einen anderen Presseagenten. Ganz einfach.«

Am anderen Ende der Leitung herrschte Schweigen. Ein paar letzte Einwände, die Cassie nicht mithören konnte, da sie anscheinend leiser ausfielen.

»Vielen Dank, Bernie«, sagte Hélène schließlich, und legte auf.

Sie wandte sich zum Fenster des Wohnzimmers und blickte auf

den Park hinaus. Die Nachmittagssonne beleuchtete ihr blaßgoldenes Haar und das ruhige Oval ihres Gesichts. Cassie, die sie beobachtete, staunte über ihre Gelassenheit. Sie fragte sich manchmal, was sie Hélène wohl kostete, diese Gelassenheit – und was sie zu erschüttern vermochte.

»Ist er einverstanden?«

»Selbstverständlich.« Hélène wandte sich nicht um.

Wie immer, wenn Cassie versuchte, ihre Besorgnis zu verbergen, wurde ihre Stimme schroff. »Bist du sicher, daß du das Richtige tust?«

»Aber ja!«

»Es ist nur...« Cassie zögerte. Sie war stolz auf Hélènes Erfolg und hatte ein Album mit ihren Zeitungsausschnitten angelegt. Daher wußte sie, daß Hélène bei Interviews niemals von ihrer Jugendzeit sprach, und wußte ebenfalls, daß die Journalisten, die vor einer Mauer des Schweigens standen, ihre Worte ausgeschmückt, frei interpretiert hatten, und – möglicherweise von Bernie Alberg dazu angeregt – Hinweise auf eine Vergangenheit verfolgten, die mit der Wahrheit nichts zu tun hatten.

»Die Menschen sehen dich anders«, stieß sie schließlich hervor. »Das ist alles. Recht oder unrecht, so sehen sie dich eben. Sie haben sich in Gedanken ein bestimmtes Bild von dir gemacht. Und Gary Craig – der paßt da einfach nicht hinein, Schätzchen. Überhaupt nicht. Ein Vater wie der! Völlig runtergekommen. Ein Säufer. Vielleicht...«

»Er war mein Vater, Cassie.« Hélène wandte sich zu ihr um.

»Ja, aber er paßt trotzdem nicht. Und wie ein Vater hat er sich auch wirklich nicht verhalten. Du kanntest ihn ja nicht einmal. Was hat er denn jemals für dich getan? Dem warst du doch völlig egal. Und warum mußte er überhaupt hierher kommen und bei uns am Tor rumlungern? Der war doch verrückt...«

»Vielleicht hat er mich gesucht.«

»Dazu hatte er zwanzig Jahre Zeit. Und wenn das wirklich der Grund war – warum ist er nicht einfach reingekommen und hat sich vorgestellt, wie's jeder normale Mensch tun würde? Ich nehme an, er hat erst seinen Mut zusammennehmen müssen. Hat deine Spur nach Orangeburg verfolgt und dann weiter durch mich hierher. So sehe ich das. Vielleicht wollte er dich um ein paar Dollar anbetteln.

Vielleicht wollte er aber auch schlimmeres. So was kann man nie genau wissen. Möglicherweise war er sogar gefährlich...«

»Das glaube ich nicht. Ich glaube, er wollte mich nur ganz einfach – sehen. Mehr nicht. Er war Alkoholiker, ein kranker Mann; vermutlich wußte er nicht mal, warum er es tat.«

»Wie dem auch sei, jetzt ist er tot.« Cassie verkniff die Lippen. »Schlafende Hunde soll man nicht wecken, finde ich. Er hat nie was für dich getan. Warum also mußt du der ganzen Welt verkünden, daß er dein Vater war – ein Mann wie der?«

»Ach, Cassie! Weil es die Wahrheit ist. Darum.«

»Na und? Ändere sie ein bißchen. Warum nicht? Das machen viele.«

»Ich nicht mehr.« Hélène lächelte ihr liebevoll zu. »Ich mag nicht mehr lügen, Cassie. Und ich mag nicht mehr heucheln.«

Cassie sah das Flehen in ihren Zügen, vernahm es deutlich in ihrem Ton. Ihr Herz schmolz dahin. Sie schüttelte den Kopf. »Na ja, wenn du das so siehst... Ich wollte nur verhindern, daß man dir weh tut.«

»Die Wahrheit dürfte aber nicht weh tun...« begann Hélène.

Cassie reagierte mit verächtlichem Schnauben. »*Dürfte* nicht – da magst du recht haben. Aber sie kann. Ich hab' erlebt, daß die Wahrheit Schmerz auslöst, so groß, daß du's nicht glauben würdest, während eine kleine Lüge die Lage wunderbar entspannt hätte.« Sie sah Hélène an. »Gehst du zu der Beerdigung?«

Sie kannte die Antwort, bevor sie die Frage ganz ausgesprochen hatte. Hélène nickte. Cassie richtete sich hoch auf. »Na schön. Allein wirst du jedenfalls nicht hingehen, das steht fest. Vermutlich werde ich mitgehen. Wär' dir das recht?«

»Ich würde mich darüber freuen, Cassie.«

»Na schön.« Beide lächelten einander zu. Cassie zögerte; dann wandte sie sich zur Tür, blickte von dort aber noch einmal zurück. »Ich werd' mein bestes Schwarzes tragen«, erklärte sie finster entschlossen. »Das hätte Violet gefallen. Sie selbst hat's damals mit mir zusammen ausgesucht und mir den Rock kürzer gemacht. Jawohl. Mein bestes Schwarzes – genau das Richtige!« Damit zog sie die Tür hinter sich zu.

Hélène lächelte. Und während ihr Ausdruck sehr still und nachdenklich wurde, blickte sie wieder in den Park hinaus. Draußen spielte Cat. Sie hatte ihre Puppen, mit denen sie nur sehr selten spielte, in einer Reihe aufgebaut und verwöhnte sie mit Tee aus Miniatur-Porzellantassen. Ein Geburtstagstee vermutlich; in wenigen Monaten hatte Cat selbst Geburtstag.

Sie war völlig auf ihre Arbeit konzentriert. Wie Hélène entdeckte, machte Madeleine, ebenfalls auf ihre Aufgabe konzentriert, mit sehr viel Sorgfalt Fotos von ihr. Keine der beiden blickte auf.

Nach einer Weile trat Hélène vom Fenster zurück. Sie warf einen Blick zum Telefon hinüber. Nach der Beerdigung, dachte sie.

Gary Craigs Beerdigung fand vier Tage später in Forest Lawn statt. Es war eine kurze Zeremonie; Hélène und Cassie waren die einzigen Trauergäste am Grab. Es war ein wunderschöner Tag, mit strahlender Sonne und einem Himmel von klarstem Blau. Als sie die Kapelle verließen, besserte sich Cassies Laune. Es ist vorbei, dachte sie. Gary Craig war zur letzten Ruhe gebettet worden, und sie war froh, daß Hélène darauf bestanden hatte, ihren Vater zu beerdigen, wie es sich gehörte. Zu ihrer – und wohl auch Bernie Albergs – Erleichterung, war nichts von der Geschichte durchgesikkert. Keine Gerüchte, keine Anfragen, und daher natürlich auch keine Veranlassung zu einer Erklärung.

Mit Hélène zusammen kehrte sie dorthin zurück, wo Hicks, der Chauffeur, mit der langen schwarzen Limousine wartete. Cassie betrachtete wohlgefällig die Bäume und Rasenflächen; der Friedhof gefiel ihr; er war ruhig, still und gepflegt. Hélène hielt schweigend den Kopf gesenkt. Cassie dachte recht unbarmherzig, wenn Gary Craig im Leben Pech gehabt hatte, so hatte er mit seiner letzten Ruhestätte wahrhaftig Glück. Keine von beiden bemerkte den Mann, der ein Stück abseits der Limousine wartete, bis sie den Wagen erreicht hatten, und dann vortrat.

»Miss Harte?«

Hélène blickte auf. Und jetzt, erst jetzt, als er das Foto schoß, wurde Cassie klar, daß er eine Kamera bei sich hatte. Hélène blieb stehen und warf dem Mann einen kalten Blick zu; dann stieg sie wortlos in den Wagen, dessen Tür Hicks für sie offenhielt, und setzte sich in den Fond.

Hicks und Cassie tauschten einen Blick. Hicks, ein kräftiger, fast ein Meter neunzig großer Mann, der seit drei Jahren für Hélène arbeitete und sie verehrte, beugte sich zu ihrem Fenster hinab. »Soll ich ihm die Kamera abnehmen, Miss Harte?«

Der Mann entfernte sich bereits. »Ich bin nur ein Fan«, erklärte er hastig. »Nur ein Fan. Ich wollte nur ein einziges Foto...«

»Besitzen Sie denn keinen Funken Takt?« fuhr Cassie ihn an. Hicks trat vorsichtshalber einen Schritt vor.

Dann ertönte Hélènes Stimme aus dem Wagen – klar und fest. »Laßt nur«, sagte sie. »Es ist nicht so wichtig.«

Und das ist es auch nicht, dachte sie später am Tag, als das Abendessen vorüber und Cat zu Bett gegangen war. Als sie allein war. Ob dieser Mann nun ein Fan oder ein Journalist gewesen war – sie wollte sich nicht mehr verstecken und auch nicht mehr heucheln müssen. Gary Craig war ihr Vater: Sie hatte getan, was sie tun mußte. Was sie dagegen jetzt noch tun mußte, war weitaus wichtiger und weitaus schwerer.

Sie nahm an ihrem Schreibtisch Platz und sah zum Telefon hinüber. So sehr sie sich auch danach sehnte, Edouards Stimme zu hören, sie hatte sich gegen das Telefonieren entschieden. Vielleicht war er nicht da. Vielleicht weigerte er sich, ihren Anruf entgegenzunehmen. Vielleicht war er nicht bereit, sie wiederzusehen. An jenem Abend, als sie ihm vom Plaza aus anrief – hatte er da ihren Namen genannt? Hatte ihr Telefon an dem Abend, als Lewis sie schlug, dem Abend, an dem sie wußte, daß ihre Ehe beendet war, wirklich dreimal geläutet? Sie war sich nicht mehr sicher. Möglicherweise hatte sie sich das alles nur eingebildet.

Nein, sie würde ihm einen Brief schreiben. Sie nahm ihr Briefpapier heraus; sie schraubte ihren Füller auf. Und fand keinen Anfang. Schließlich war es ein Brief an einen Fremden; an einen Mann, der seit fünf Jahren keinen Kontakt mit ihr aufgenommen, der niemals nach ihr gesucht hatte, obwohl er in all den Jahren immer wieder von ihr gehört haben mußte. In diesem Moment hätte sie fast aufgegeben. Ein Bild stieg vor ihren Augen auf; der Edouard de Chavigny, von dem sie zuweilen in den Zeitungen las. Ein kalter, verschlossener Mann, der kurz angebundene, uninformative Interviews gab, und der auch zweifellos keine Geduld mit törichten Menschen hatte. Bestimmt kein Mann, der sich darüber freuen würde, nach fünf Jahren einen Brief von einer ehemaligen Geliebten zu erhalten, in dem diese ihm mitteilte, er sei der Vater ihres Kindes. Wenn solch ein Mann überhaupt darauf reagierte, dann ließ er ihr über seinen Anwalt mitteilen, eine derartige Behauptung sei, falls wiederholt, gerichtlich verfolgbar.

Und doch war der Mann, den sie gekannt hatte, so ganz anders gewesen. In Gedanken legte sie die beiden Bilder nebeneinander: das öffentliche Image und das private. Und langsam, ganz langsam, als die Erinnerungen wiederkehrten, begann das öffentliche Image, das Bild aus den Zeitungen, zu verblassen. Sie vergaß, in welchem Ruf er stand, und dachte statt dessen an den Mann, den sie geliebt hatte. Und weil sie ihm auch vertraut hatte, fiel es ihr nun nicht weiter schwer, den Brief zu schreiben.

Sie schrieb eine Stunde lang und trug den Brief am folgenden Tag persönlich zur Post. Als sie um die Mittagsstunde heimkehrte, merkte sie plötzlich, daß sie sich ganz anders fühlte, und es dauerte einige Zeit, bis ihr klarwurde, was der Grund für dieses andere Gefühl war: Sie war glücklich! Sie war so endlos lange nicht glücklich gewesen, daß sie vergessen hatte, was für ein Gefühl das war.

Hélène und Edouard

Los Angeles und Paris 1965

Die erste Warnung kam Ende Februar, obwohl Hélène sie nicht als solche erkannte, sondern sie für eine Unhöflichkeit hielt. Sie kam in Gestalt eines Anrufs der Frau eines Studio-Managers. Mary Lee war eine typische Karrieristen-Ehefrau. Die ganze Kraft ihrer nicht unbeträchtlichen Energie war auf ein einziges Ziel gerichtet: ihren Mann in seiner beruflichen Laufbahn zu fördern, und damit zugleich natürlich sich selbst. Eine gesellschaftliche Alpinistin, die sofort, nachdem sie eine Bergspitze bewältigt hatte, schon wieder nach der nächsten Ausschau hielt. Mary Lee war sonnengebräunt, gertenschlank, perfekt gepflegt und verfügte über eine Stimme, gegen die ein Preßluftbohrer harmonisch klang. Sie hatte Hélène ein ganzes Jahr lang belagert und ihre Bemühungen sogar verdoppelt, nachdem Hélènes Oscar-Nominierung bekanntgegeben wurde. Hélène hatte, von ihrer Hartnäckigkeit ermüdet, schließlich zugesagt, an einer ihrer Partys teilzunehmen. Und dann rief Mary Lee an jenem Tag Ende Februar an, um sie wieder auszuladen.

»Hélène? Ja, hier Mary Lee. Ich hab' mich kaum getraut, Sie anzurufen; es ist mir wirklich furchtbar peinlich. Ja, unser kleines Dinner nächste Woche... Hélène, es ist absolut *unmöglich*, ich weiß, aber ich muß die ganze Sache absagen. Dabei wollte Joe Stein auch kommen, mit Rebecca, und die sind doch so zau-ber-haft! Aber ich kann's einfach nicht riskieren. Jack hat sich einen scheußlichen Virus geholt... Nein, nein, nicht direkt Grippe, aber er hat Fieber und ist so heiser, daß er kaum ein Wort rauskriegt. Der Arzt hat ihm *strengste* Ruhe verordnet. Mindestens eine Woche lang. Keine Arbeit und *keine* Partys! Na ja, Sie können sich wohl vorstellen... Also, ich weiß, es ist sehr kurzfristig, und es tut mir ja auch wahnsinnig leid, aber...«

Höflich hatte Hélène erwidert, daß sie durchaus Verständnis habe. Sie hoffe, Jack werde sich bald wieder erholen. Dann hatte sie zutiefst erleichtert aufgelegt, weil sie ohnehin keine Lust gehabt hatte, hinzugehen.

Seit ihrer Rückkehr aus Alabama hatte sie sich bewußt bemüht, die losen Fäden ihres Gesellschaftslebens wieder aufzunehmen, in Wohltätigkeits-Ausschüssen mitzuarbeiten; wieder zu Dinners, Parties und Luncheons zu gehen. Denn all diese Dinge lenkten sie von dem Gedanken ab, daß sie vor über drei Wochen an Edouard geschrieben und bisher noch keine Antwort bekommen hatte.

Sie dachte nicht mehr an die widerrufene Einladung, bis sie zwei Tage später, als sie sich mit Gregory Gertz zum Mittagessen traf, um mit ihm über *Long Division* zu sprechen, auf der anderen Seite des Restaurants Mary Lees Ehemann Jack entdeckte, der seltsamerweise kerngesund zu sein schien. Das verwirrte sie ein wenig; und es verwirrte sie noch mehr, als sie schon wenige Tage später von Rebecca Stein hörte, daß Mary Lees Dinner Party doch noch an dem dafür vorgesehenen Abend stattgefunden habe.

»Wie wir hörten, haben Sie im letzten Moment abgesagt, Hélène«, sagte Rebecca Stein. »Eigentlich schade. Ich hatte mich darauf gefreut, Sie wiederzusehen.«

Hélène krauste die Stirn, erwähnte aber nichts und vergaß das Ganze. Sie hatte soviel zu tun, daß es ihr leicht fiel, die Mary Lees dieser Welt zu vergessen: Ihre Agenten belagerten sie mit Drehbüchern und Projekten, doch es war keines darunter, das ihr besonders zusagte. Sie konferierte ständig mit Gregory Gertz und dem kommenden Jungstar Randall Holt, der in *Long Division* den Ehemann spielen sollte; sie mußte an Drehbuch-Konferenzen teilnehmen; Kostüme anprobieren; Make-up-Tests über sich ergehen lassen. Die Zahl der Dinner, Ausschuß-Sitzungen und Parties nahm ständig zu; und Bernie Alberg, überglücklich über den Auftrieb, den die Oscar-Nominierung und der phänomenale Erfolg von *Ellis* ihrer Karriere gegeben hatten, füllte ihre Zeit bis zur letzten Sekunde mit noch einem Interview, der Teilnahme an noch einer Talk Show.

Hélène empfand eine gewisse Distanz zu all dem; sie hatte keine Freude daran. Viel lieber hätte sie sehr viel mehr Zeit mit Cat verbracht. Doch diese Aktivitäten hatten sie früher schon abzulenken vermocht, und sie vermochten es jetzt wieder. Solange sie keine Zeit zum Nachdenken hatte, fiel es ihr leichter, tausend Erklärungen für Edouards Schweigen zu erfinden und auch zu glauben. Aber wenn sie allein war, rückte die eiskalte Erkenntnis unbarmherzig näher: *Er hatte nicht geschrieben, und er würde auch nicht schreiben!*

Also ließ sie Bernie Albert resigniert noch eine Fotositzung für *Vogue* in ihren schon sehr besetzten Terminkalender einfügen, eine Dokumentation der BBC über ihre Arbeit mit Angelini und eine Cover Story im *Time*-Magazine. Sogar *Time* hatte keine Information über ihren Vater ausgegraben, und das machte Bernie Alberg noch glücklicher, denn diese unglückselige Story war endgültig gestorben, davon war er inzwischen fest überzeugt.

Hélène las den Bericht der *Time*, der sich mit ihrer Filmarbeit befaßte und auf sie als Oscar-Gewinnerin tippte. Sie betrachtete das Titelfoto und dessen Unterschrift: *Hélène Harte: Das Antlitz des ›Amerikanischen Traums‹.* Allmählich haßte sie diese Bezeichnung, die seit *Ellis* beinahe in jedem Bericht über sie auftauchte. Schon möglich, daß Lise das Antlitz des ›Amerikanischen Traums‹ war – was immer das bedeuten mochte –, aber war *sie* das, sie selbst? Sie betrachtete das Foto und fand, daß sie wie eine Fremde aussah.

Die *Time*-Story kam in der ersten Märzwoche heraus, bevor noch die Abstimmung über den Academy Award beendet war. Etwas später in dieser Woche erhielt sie die zweite Warnung, obwohl sie auch diese nicht als solche erkannte. Es war ein weiterer merkwürdiger Anruf, diesmal von der Ehefrau eines einflußreichen Zeitungsherausgebers, einer führenden Dame der Gesellschaft von Los Angeles, die Hélène einige Wochen zuvor überredet hatte, ihrem prestigeträchtigen Wohltätigkeits-Ausschuß beizutreten. Sie war keine Mary Lee; sie redete nicht um den heißen Brei herum.

»Meine Liebe«, sagte sie rund heraus, »ich möchte Sie bitten, aus unserem Ausschuß auszuscheiden. Wie ich meine, wäre das für alle Seiten am vorteilhaftesten. Meinen Sie nicht auch?«

Hélène war überrascht und völlig verwirrt.

»Wie Sie wissen, meine Liebe«, fuhr die Dame energisch fort, »sammeln wir Spenden für die Alten- und Krankenpflege. Und deswegen glaube ich kaum...« Sie unterbrach sich. »Wenn Sie die

Güte hätten, mir durch Ihre Sekretärin eine kurze Notiz zukommen zu lassen, etwa des Inhalts, Sie hätten im Augenblick zuviel zu tun und könnten unserer Arbeit nicht mehr genügend Zeit widmen...«

»Aber warum sollte ich? Das ist doch überhaupt nicht der Fall!«

»Mag sein, mag sein, meine Liebe. Sie haben uns großzügigerweise sehr viel Zeit geopfert. Aber ich halte es wirklich für das beste. Sorgen Sie also bitte dafür, daß ich Ihre Nachricht morgen erhalte, noch vor unserer nächsten Ausschuß-Sitzung!«

Sie legte auf, bevor Hélène etwas einwenden konnte. Verärgert schickte ihr Hélène ein sehr reserviertes Schreiben, in dem sie betonte, sie scheide auf Verlangen der Vorsitzenden aus dem Ausschuß aus. Ihr Brief wurde mit einer einzigen Zeile quittiert.

Die dritte Warnung kam noch am selben Tag, und diesmal war sie nicht mißzuverstehen. Es war Gregory Gertz, der sie anrief. Er klang merkwürdig vorsichtig. Er informierte sie ohne weitere Vorreden davon, daß sich bei der Produktion und der Technik gewisse Probleme ergeben hätten und daß sich die Dreharbeiten für *Long Division*, eigentlich für den 2. April angesetzt, um zwei bis drei Wochen verzögern würden. Er hoffe, das werde ihren Terminplan nicht durcheinanderbringen.

»Moment mal, Greg! Ich verstehe das nicht. Als wir uns gestern sprachen, sagten Sie...«

»Tut mir aufrichtig leid, Hélène, ich kann jetzt nicht mit Ihnen reden. Ich darf mein Flugzeug nicht verpassen. Morgen werde ich Sie anrufen...«

In diesem Moment wurde Hélène klar, daß da irgend etwas nicht stimmte, daß man ihr irgend etwas verheimlichte. Nicht nur wegen der Terminverzögerung – das war in Hollywood gang und gäbe –, aber wegen Gregorys Verhalten. Sie kannte diesen Ton genau, diese Mischung aus unterdrückter Panik und dem Versuch, sich nichts anmerken zu lassen.

Irgend etwas war da los – und zwar etwas recht Schwerwiegendes! Am nächsten Morgen um acht Uhr früh rief Bernie Alberg bei ihr an. »Ich komme rüber«, sagte er.

Und als er eintraf, wußte sie alles.

Er legte die Ausgabe der Boulevard-Zeitung vor sie hin. Sie war noch druckfrisch. Als er sie daraufhin ansah, war in seinem Ausdruck nichts mehr von der gewohnten Begeisterung zu entdekken. Er wirkte grau und so erschöpft, als hätte er die ganze Nacht aufgesessen.

»Mein Gott, Hélène«, sagte er, »es tut mir leid. Es tut mir ja so furchtbar leid! Diese Schweine! Ich hatte überhaupt keine Ahnung, keine Andeutung, keinen Hinweis – nichts! Die haben das Ganze völlig verdeckt gehalten, und wie Sie sehen, müssen die das auch schon seit Wochen recherchiert haben. Irgend jemand hat ihnen einen Tip gegeben. Möglicherweise die Polizei. Möglicherweise der Kerl im Leichenschauhaus. Und dann haben sie sich drangehängt. Von einem Tag auf den anderen kriegt man so eine Story nie zusammen. Und nun stelle ich fest, daß es Leute gab, die Gerüchte gehört haben. Und fühle mich schuldbewußt. Und ich hatte immer gedacht, daß ich mein Ohr ganz dicht am Boden hätte! Sagen Sie mal, Hélène – ich weiß, es ist noch nicht halb neun, aber meinen Sie, ich könnte mir jetzt einen Scotch einschenken?«

Er bediente sich. Seine Hände zitterten. Hélène setzte sich und betrachtete die Fotos. Sie betrachtete sie eins nach dem anderen und las die Bildunterschriften dazu. Dann las sie den ganzen Bericht: vier volle Seiten, und für die nächste Ausgabe war eine Fortsetzung angekündigt.

Auf der ersten Seite prangte eine Luftaufnahme ihrer Villa mit der Unterschrift: ›Reichtum – Hélène Hartes Zwei-Millionen-Dollar-Haus in Beverly Hills. Schauplatz skandalöser Parties: einstmals Eigentum der legendären Ingrid Nilsson.‹

Gleich daneben zeigte eine andere Fotografie einen völlig verdreckten Raum, möglicherweise in einem Obdachlosenasyl, mit einem Foto des jungen Gary Craig als Insert. Die Unterschrift lautete: ›Armut – das Zimmer, in dem der Filmstar seinen Vater sterben ließ.‹

Auf der nächsten Seite kam dann ein Foto des verwahrlosten Hauses armer Weißer. Draußen stand ein Autowrack; Hühner pickten im Staub; ein hochgewachsener, grobknochiger Mann, bis zur Taille nackt und mit einer Bierdose in der Faust, blickte finster in die Kamera. Neben ihm stand, das Gesicht dreckverschmiert, ein blondes Kleinkind. Es war ein Foto, das Hélène noch nie gesehen hatte: Sie vermutete, daß das Haus in Louisiana stand; sie vermutete, daß der Mann Gary Craig war; sie vermutete, daß sie selbst das Kleinkind war – aber nur, weil die Bildunterschrift das behauptete. Die Überschrift des Artikels lautete: ›Hélène Harte – Der Alptraum hinter dem Antlitz des Amerikanischen Traums.‹

War Armut der Amerikanische Alptraum, und Reichtum der Amerikanische Traum? Gelassen blätterte sie die Seite um und fand ein Foto von sich selbst auf einer Party, die sie vor kurzem besucht hatte. Sie erinnerte sich noch genau, unter welchen Umständen das Foto entstanden war. Es hatte ein Gedränge gegeben, der Fotograf hatte gelächelt, Witzchen gemacht und sie drei gebeten, etwas dichter aneinanderzurücken: sie selbst, Lloyd Baker und Thad. Lloyd Baker hatte ihr den Arm um die Taille gelegt, und Hélène hatte sich ihm gerade lächelnd zugewandt. Darüber stand in großen Lettern: ›Superstar-Dreiecksverhältnis – die Story, die sie NICHT veröffentlicht sehen wollte!‹ Darunter ein kleineres Foto von Lloyd und Katie Baker mit der Überschrift: ›Lloyd Bakers Liebesnest. Ehefrau enthüllt alles!‹

Sie blieb lange schweigend sitzen. Schließlich sprang Bernie Alberg, von ihrem Schweigen entnervt, vom Sessel auf und kam zu ihr herüber.

»Damit wird es noch nicht aufhören, Hélène. Wenn so was erst mal anfängt, wird bald eine Lawine daraus. Und zwar nicht nur hier, sondern überall. In Europa – Hélène, Sie wissen doch, wie manche Zeitungen drüben sind! Weitaus schlimmer als die hier. Das wird sich über die ganze Welt verbreiten. Wie Sie sehen, ist für nächste Woche bereits eine Fortsetzung geplant. Deswegen, Hélène, müssen wir unbedingt was unternehmen, und zwar schnell. Ich möchte, daß Sie diese Superanwälte anrufen, die Sie haben – *sofort*! Wir dürfen nicht zulassen, daß diese Sache die Oscarwahl beeinflußt. Wir müssen … Hélène?«

Er unterbrach sich und musterte sie eingehender. Die lebhafte Farbe, die ihm wieder ins Gesicht gestiegen war, wich allmählich zurück. »Großer Gott – um Himmels willen, Hélène! Sie werden doch wohl nicht die Erklärung veröffentlichen, die Sie mir gegeben haben! Unmöglich! Bitte, sagen Sie, daß Sie das nicht tun werden …«

Hélènes Miene blieb ausdruckslos. Auch sie war blaß, verriet darüber hinaus jedoch keinerlei Emotionen. Sie saß einfach da und starrte auf die Zeitung hinab.

Sie hat einen Schock, dachte Bernie. »Hören Sie«, fuhr er ein wenig gemäßigter fort, »warten Sie einen Moment, ja? Wir wollen nichts überstürzen. Ich hole Ihnen jetzt einen Drink. Sie brauchen unbedingt einen Brandy oder so was...«

»Vielen Dank, aber ich brauche keinen Drink.« Sie wandte sich um und blickte zu ihm empor. »Sie wissen doch bereits, Bernie, daß einiges von dem hier zutrifft...«

»Einiges? Einiges?« Bernie gab sich die größte Mühe, ruhig zu bleiben. »*Eine* winzige Tatsache trifft zu, alles übrige ist ganz einfach ein Lügengespinst. Mehr nicht!« Das alte Klischee schien ihn zu trösten. »Ein Lügengespinst!«

»Nicht ganz. Ich glaube nicht, daß das Foto gefälscht ist. Schließlich *habe* ich einige Zeit in Louisiana gelebt. Und später habe ich auch nicht viel besser gelebt. Wie ich vermute, werden sie sich das in der nächsten Fortsetzung vorknöpfen. Ein Wohnwagenpark in Alabama. Es gibt ihn noch immer. Davon können sie ebenfalls Fotos machen...« Sie zögerte. »Es gibt dort Menschen, die sich an mich erinnern. Menschen, die sie interviewen können.«

»Ein Wohnwagenpark? Allmächtiger...«

»Ja, leider.« Sie überlegte. »Alles andere sind Lügen. Meine Mutter verließ meinen Vater, als ich zwei Jahre alt war. Bei ihr habe ich bis zu ihrem Tod gelebt. Meinen Vater habe ich niemals wiedergesehen; ich wußte nicht mal, daß er noch lebte, bis dieser Unfall passierte, bis ich seine Leiche identifizieren mußte.«

Sie verstummte. Bernie holte sich noch einen Drink.

»Wir geben diese Erklärung heraus. Wir ergänzen sie. Wir erläutern. Vielleicht fügen wir noch was hinzu – zum Beispiel, daß Sie ihn vor Jahren gesucht haben, daß er ein Mistkerl war, Sie ihm aber verziehen haben und ihm helfen wollten, daß Sie ihn aber nicht finden konnten. Das könnte hinhauen. Möglicherweise. Hat er Ihre Mutter vielleicht zufällig auch verprügelt? Das wäre das Faktum, das wir brauchen! Wir appellieren an das menschliche Mitgefühl.«

»Das paßt aber nicht ganz zu all den Dingen, die wir früher haben durchblicken lassen, nicht wahr, Bernie?«

»Die *ich* habe durchblicken lassen. Die diese verdammten Journalisten haben durchblicken lassen. Sie selbst haben nie ein Wort dazu geäußert!«

»Aber ich hab's nicht abgestritten, und das hätte ich ohne weiteres tun können.« Sie erhob sich. »Nein, Bernie, das werden sie uns nicht abkaufen. Und ich will auch nicht, daß sie uns das abkaufen. Ich werde keine Lügen mehr verbreiten. Geben Sie diese Erklärung heraus, und damit hat sich's!«

»Aber wenn wir die herausgeben – das sieht doch aus, als gäben wir alles zu! Das, und was die sonst noch schreiben! Daß Sie sich nicht um ihn gekümmert haben. Daß Sie Ihrem sterbenden Vater keinen einzigen Cent haben zukommen lassen. Der Mann ist vor Ihrem *Tor* gestorben, Hélène! *Niemand* wird Ihnen abnehmen, daß Sie ihn nicht gekannt haben!« Er brach ab und starrte wieder auf das Schundblatt hinab. »Und diese Liebhaber – o Gott! Fünf Jahre lang auch nicht die Andeutung eines Skandals, und nun das! Was sollen wir nur über die Liebhaber sagen?«

Hélène wandte sich zu ihm um, und Bernie war trotz seiner Verzweiflung zutiefst beeindruckt. »Ich finde«, antwortete sie betont langsam, »ich finde diese Behauptungen so banal, daß sie keines Dementis bedürfen.«

»Aber Hélène – um Gottes willen! So *geht* das nicht! Denken Sie doch bitte an die Oscars...«

»Nein, Bernie.« Als sie ihn mit ihren blauen Augen anfunkelte, wurde ihm klar, daß das, was er für die Auswirkung eines Schocks gehalten hatte, in Wirklichkeit eiskalter Zorn war. »Das werde ich nicht tun. Und Menschen, die das unbedingt glauben wollen, die diesem Geschreibsel auch nur einen Funken Glauben schenken, sind keine Menschen, mit denen ich zusammenarbeiten, sind keine Menschen, die ich auch nur kennen möchte. Mehr gibt es dazu nicht zu sagen. Das ist alles.«

Bernie zögerte. Dann sagte er leise: »Hélène, das *wird* nicht alles sein. Wenn so etwas mal ins Rollen kommt, nimmt es auch kein Ende mehr. Es geht einfach immer weiter... Immer weiter, Hélène!«

Er hatte natürlich recht. Es gab einen einzigen Tag Atempause, dann ging es los. Mit den Einladungen, die zurückgezogen wurden – zuweilen sogar ohne Vorwand; den Anrufen, die nicht erwidert wurden; den Fotografen, die vor dem Tor ihrer Villa lauerten und ihr überallhin folgten; den aufdringlichen Autoren, die ihr Drehbücher geschickt und sie gebeten hatten, ihre Werke zu lesen, und die sie nun schriftlich baten, die Manuskripte zurückzuschikken; den kleinen Produzenten und aufstrebenden Regisseuren, die in Hélène Harte einstmals die Möglichkeit für den großen Durchbruch gesehen hatten, und nun durch sie hindurchsahen, wenn sie in einem Lokal am nächsten Tisch saßen; den Aufnahmen für Modeseiten der Zeitschriften, die unter tausend Entschuldigungen verschoben wurden, und noch einmal verschoben wurden.

Und mit den Briefen.

Zuweilen empfand Hélène einen solchen Abscheu für die Menschen, die sich so verhielten, daß sie das Gefühl hatte, mit allem fertig werden zu können, nur nicht mit diesen Briefen! Nein! In ganz Hollywood gab es vermutlich keinen Schauspieler, der nicht solche Briefe erhalten hatte –, doch diese waren weitaus schlimmer, und das Erschreckendste daran war ihre Zahl. Zunächst gab es nur wenige: neun oder zehn pro Tag. Als Hélène und ihre Sekretärinnen merkten, was da passierte, wurden sie alle ungelesen verbrannt. Aber die Aufgabe, sie zu sieben, fiel ihnen wahrhaftig alles andere als leicht, und manche Absender gestalteten ihre Briefe so, daß man sie – sauber geschrieben, frankiert, sogar getippt – kaum von der Fan- oder der normalen Post zu unterscheiden vermochte, bis sie geöffnet und wenigstens teilweise gelesen wurden.

Dann brachte das Klatschblatt, das die Story zuerst veröffentlicht hatte, die erste Fortsetzung. Darin wurde der Wohnwagenpark erwähnt, ihre Mutter, die Stadthure, und Hélène, die schon als Fünfzehnjährige in die Fußstapfen ihrer Mutter trat. Dann wurden die Männer zitiert, die sich daran erinnerten, daß im Umkleideraum der Turnhalle ständig über sie geredet worden war; sowie Priscilla-Anne, die sich nur allzu bereitwillig über sie ausließ. Und schließlich kam eine widerliche, völlig verdrehte Version ihres Verhältnisses zu Billy und Ned Calvert, obwohl der Major selbst ganz offensichtlich nicht mit der Presse gesprochen hatte.

Sogar der *National Enquirer* griff die Story auf; Zeitschriften und Zeitungen in Frankreich, Italien und England verbreiteten den Bericht in immer sensationelleren Tönen. Die Reaktion erfolgte prompt: Das Bächlein von Haßbriefen wurde zur Flut.

Es kamen Briefe mit Fotos von Hélène, die entweder zerrissen, mit obszönen Worten übermalt oder mit ebenso obszönen Zeichnungen ergänzt worden waren. Briefe mit pornografischen Aufnahmen, bei denen man ihr Gesicht eingefügt hatte. Briefe mit primitiver Handschrift auf liniertem Papier, und Briefe, die mit perfekter Grammatik und untadeliger Rechtschreibung abgefaßt waren. Briefe, in denen Dinge beschrieben wurden, die sie angeblich mit deren anonymen Verfassern getrieben hatte, oder die jene sich von ihr wünschten; Briefe, in denen sie beschuldigt wurde, der Verfasserin den Ehemann oder Liebhaber abspenstig gemacht zu haben; Briefe, in denen ihr mitgeteilt wurde, es sei besser, sie wäre tot; Briefe, in denen haarklein beschrieben wurde, auf welche Weise der Verfasser sie oder ein Mitglied ihrer Familie umzubringen gedenke. Briefe in biblischem Stil, in denen sie Jezabel genannt oder als Hure Babylon bezeichnet wurde.

»Hören Sie«, sagte Bernie zu ihr, als er einige von diesen Geschichten hörte, »Sie glauben, daß die Leute Sie hassen. Das tun sie nicht. Sie hassen sich selbst. Und außerdem sind sie verrückt. Und außerdem wollen sie Idole anbeten, nur um sie später bespucken zu können. Wissen Sie, was Sie tun sollten? Sie sollten eine Weile verreisen. Mit Cat. Kehren Sie all dem hier den Rücken!«

»Davonlaufen, meinen Sie?« Hélène schüttelte den Kopf. »Nein, Bernie, das werde ich nicht tun.«

»Es wird noch schlimmer werden, wissen Sie«, gab er behutsam zu bedenken. »Es wird allmählich nachlassen ... Sie werden jemand anders finden, den sie quälen können. Und dann ...« Er zuckte die Schultern. »Letztlich wird es irgendwann ganz aufhören, aber bevor es besser wird, wird es erst noch viel schlimmer werden.«

Und auch diesmal hatte er recht. Ende März wurde Cassie im Supermarkt von einer Frau am Arm gepackt, die laut herauskreischte, Cassie arbeite für eine Hure. Sie riß Cassie an den Haaren und versuchte ihr die Augen auszukratzen. Wenige Tage darauf war Cat auf eine Geburtstagsfeier eingeladen, von der sie tränenüberströmt nach Hause kam. Die Kinder hatten gehört, wie ihre Eltern redeten:

Niemand auf der Party hatte mit ihr spielen wollen. Wenn derartige Dinge geschahen, war Hélène so wütend, daß sie Hollywood am liebsten endgültig den Rücken gekehrt hätte: Wenn die Leute sie selbst anprangern wollten – na bitte! Aber nicht ihre Familie; nicht Cassie und nicht Cat!

In der Woche darauf, der ersten Aprilwoche, erlebte sie ihre tiefste öffentliche Demütigung: bei der Oscar-Verleihung. Bernie Alberg hatte sie angefleht, nicht hinzugehen; er wußte, daß sie trotz aller früheren Andeutungen diesmal den Oscar nicht gewinnen würde; daher war es, wie er ihr klarzumachen versuchte, weit besser, zu Hause zu bleiben und sich so unsichtbar wie möglich zu machen.

Eigensinnig beharrte Hélène darauf, an der Feier teilzunehmen, und stählte sich für das Zusammentreffen mit jenen, die ihr die kalte Schulter zeigten, und jenen, die sich vor Freundlichkeit überschlugen. *Ellis* bekam acht Oscars, unter anderem als bester Film und für die beste Regie; Hélène erhielt, wie Bernie vorausgesagt hatte, keinen.

Thad gab sich hinterher betont mitfühlend, dennoch hatte Hélène den Eindruck, daß er mit diesem Ergebnis im Grunde gar nicht so unzufrieden war. »Du wirst ihn für *Ellis II* bekommen«, behauptete er zuversichtlich. »Warte nur ab. Sei unbesorgt.«

»Ich bin nicht besorgt, Thad«, gab sie zurück. Und das stimmte. Ein wenig überrascht merkte sie das erst, als sie es aussprach.

Thad lächelte. Er glaubte ihr nicht.

Während dieser ganzen Zeit gab es aber auch Menschen, die ihr beistanden. Sämtliche Angestellten verhielten sich loyal; Homer und Milton ebenfalls. Bernie Alberg und seine Frau taten alles für sie, was in ihren Kräften stand. Sie erhielt viele herzliche Briefe von Autoren, Regisseuren, Schauspielern und Produzenten, mit denen sie schon einmal gearbeitet hatte. Simon Scher schrieb ihr; Rebecca Stein schrieb ihr nicht nur, sondern kam sie auch besuchen. James Gould schickte eine Kiste Moët & Chandon, damit sie, wie er ihr sagte, auf den Untergang aller Lügner und Klatschbasen trinken könne. Stephani Sandrelli schickte ihr einen großen Strauß weißer Rosen, an dem eine kleine Karte befestigt war. ›Ich kann mir denken, daß Sie nicht gerade erfreut sind, von mir zu hören‹, schrieb sie, ›aber ich wollte Ihnen liebe Grüße senden und Ihnen sagen, ich weiß, daß *alles* gelogen ist!‹ Hélène war gerührt.

Genauso gerührt war sie, als Lewis aus San Francisco anrief. Lewis hatte sich energisch geweigert, auch nur mit einem einzigen Reporter zu sprechen, und als er anrief, war er nüchtern. »Es tut mir leid, daß das geschehen mußte, Hélène«, sagte er steif. »Du wirst es mir vielleicht nicht glauben, aber es tut mir aufrichtig leid. Hör zu, wenn ich dir damit helfen kann – wenn du das möchtest –, könnte ich zurückkommen. Für eine Weile. Bis alles vorüber ist. Es könnte sich positiv für dich auswirken.«

»Vielen Dank, Lewis«, antwortete Hélène behutsam. »Aber das möchte ich lieber nicht. Es ist unnötig, daß du auch noch da hineingezogen wirst. Ich muß diese Sache allein durchstehen.«

Eine kleine Pause entstand. Dann sagte Lewis leise: »Ich hatte mir schon gedacht, daß du das sagen würdest. Und vermutlich hast du recht. Aber vergiß nicht: Wenn's dir zuviel wird – ich bin hier.«

Von da an vermochte sie alles ein wenig besser zu ertragen. Mitte April erreichte die Haßpost ihren Höhepunkt. Dann fand die Regenbogenpresse ein neues Opfer, einen Schauspieler mit Drogenproblemen.

»Schätzchen, wir schaffen's!« sagte Cassie. »Du schaffst es. Laß dich nur jetzt nicht unterkriegen. Das Schlimmste haben wir fast überstanden. Ich spüre es in meinen Knochen.«

Hélène schwieg: Sie persönlich hatte das Schlimmste noch nicht überstanden. Es war jetzt über zwei Monate her, daß sie den Brief nach St. Cloud abgeschickt hatte. Und es war immer noch keine Antwort gekommen.

Anfang Mai bestand Madeleine darauf, daß Hélène mit Cat für die Geburtstagsfotos posierte, die sie gewissenhaft in jedem Jahr um diese Zeit aufnahm. Als Madeleine ihr einige Tage später einen Abzug gab, erschrak Hélène beim Betrachten des Bildes. War das tatsächlich sie? Ich sehe müde aus, dachte sie, und auf einmal sehr viel älter. Als sie diesen Gedanken Madeleine gegenüber aussprach, war Madeleine gekränkt und wurde sogar richtig zornig.

»Aber das stimmt nicht!« erklärte sie mit fester Stimme. »Ganz und gar nicht. Sie sind sehr schön auf meinem Bild. Sie sehen jetzt nur nicht mehr aus wie ein junges Mädchen.« Sie zögerte einen Moment. »*Maintenant vous deviendrez vraiment une femme*...«

Eine Frau, nicht mehr ein junges Mädchen. An jenem Abend musterte Hélène ihr Gesicht im Spiegel und sah der Tatsache schließlich ins Auge: Edouard würde ihr nicht schreiben.

Am folgenden Tag bekam sie zum erstenmal keinen einzigen anonymen Brief. Hélène atmete ein wenig auf. Allmählich erkannte sie, daß sie es geschafft hatte, daß sie nicht zusammengebrochen, untergegangen oder davongelaufen war und daß es vermutlich diese Erkenntnis war, die ihr die Kraft verlieh zu akzeptieren, daß Edouard schweigen würde.

Sie begann etwas Neues zu fühlen – nicht direkt Optimismus, aber eine gewisse Vitalität und Entschlossenheit; und sie sehnte sich nach ihrer Arbeit.

Long Division war inzwischen dreimal verschoben worden. Neues Datum für den Drehbeginn war jetzt der 19. Mai, zwei Tage nach Cats Geburtstag. Am 18. Mai kam Gregory Gertz zu ihr. Als er eintrat, wußte Hélène, daß etwas nicht stimmte.

Es war Nachmittag. Er nahm ihr gegenüber Platz und steckte sich nervös eine Zigarette an. »Am besten sag ich's Ihnen gleich, Hélène. Ich hab' die Finanzierung von A. I. verloren. Sie machen nicht mehr mit.«

Sprachlos starrte Hélène ihn an. »Jetzt?« fragte sie dann. »Können die das denn tun? In diesem Stadium?«

Gertz seufzte. »Die können alles tun, in jedem Stadium. Das wissen Sie, und das weiß ich. Man ist erst sicher, wenn die Kameras laufen, und manchmal selbst dann noch nicht. Es gibt auf der Welt keinen Vertrag, den deren Anwälte nicht zerpflücken können, wenn sie sich Mühe geben. Gewiß, die Entwicklungskosten werden sie verlieren.« Er lächelte verbittert. »Aber ich glaube kaum, daß ihnen das allzu viel ausmacht. Insgesamt ungefähr eine Million, nicht mehr. Ich war ein Idiot. Ich hätte Vorkasse verlangen sollen, so wie das Angelini macht – dann säßen sie jetzt so tief drin, daß sie nicht mehr raus könnten...«

Er vermochte ihr nicht in die Augen zu sehen. Hélène erkannte, wie verkrampft er war. Sie wartete einen Moment; dann fragte sie: »Aber warum tun die so was? Meinetwegen vielleicht?«

Gertz blickte zu Boden. »Ja. Stein will nicht, daß Sie die Ehefrau spielen. Er besteht darauf, daß ich umbesetze.« Jetzt blickte er auf. »Ich hab' ihm erklärt, das sei unmöglich, Hélène. Auf gar keinen Fall, hab' ich gesagt. Ich war entschlossen, mir das nicht gefallen zu lassen. Ich möchte nicht, daß Sie von mir denken...« Er unterbrach sich. Drückte die eine Zigarette aus, um sich sofort die nächste anzustecken.

»Es ist... Na ja, von der Vertragssituation abgesehen, war das auch eine persönliche Sache. Ich hab' Sie damals gebeten, mitzumachen. Ich wollte Sie unbedingt für diese Rolle. Das hab' ich nicht vergessen...« Abermals stockte er. Blickte auf seine Hände hinab, die er offenbar nicht stillhalten konnte, und dann wieder auf, an Hélènes Gesicht vorbei.

»Gewiß, es ist eine Menge geschehen, seit damals. Das Script ist mehrmals umgeschrieben worden und hat sich dadurch drastisch verändert. Ich will nicht behaupten, daß eine Umbesetzung völlig unmöglich sei. Irgendwie kann man sogar sagen, es gibt Schauspielerinnen, denen die Rolle besser liegt. Ich meine, wir wußten doch immer, daß Sie gegen Ihr Image spielen würden...« Er hielt inne. »Und mir kam der Gedanke, daß Sie in Anbetracht der Tatsache, daß Sie sich von Lewis getrennt haben, und wegen all dieser Berichte in der Presse... Na ja, daß Sie jetzt möglicherweise das Gefühl hätten, es sei nicht die richtige Rolle für Sie. Eine unsympathische Person. Eine harte Frau. Eine Geschiedene...«

Jetzt vermochte er sie überhaupt nicht mehr anzusehen, sondern hielt den Blick starr auf ein Bild an der Wand gerichtet.

Hélène beugte sich vor. »Greg«, sagte sie ruhig, »wen haben Sie angesprochen? Fonda? Remick? Eine andere?«

Immer noch ohne sie anzusehen, sagte er es ihr. Hélène seufzte. »Und was verlangt man von mir?«

»Stein dachte, Sie könnten vielleicht darum bitten, aus dem Vertrag entlassen zu werden.«

»Ich verstehe.«

»Sehen Sie mich nicht so an, Hélène!« Er stand auf. »Ich hab' versprochen, Ihnen die Lage zu schildern, mehr nicht. Ich hab' ihm gesagt, vielleicht hätte er recht, vielleicht wollten Sie die Rolle wirklich nicht mehr, hätten aber das Gefühl, es sei zu spät, um vom Vortrag zurückzutreten... Ich hab' nur gesagt, ich würd' Sie *fragen*, mehr nicht!«

Er sah auf ihr Gesicht hinab. Dann begann er auf und ab zu gehen. »Versuchen Sie's doch mal von meinem Standpunkt aus zu betrachten. Denken Sie an die Lage, in der ich mich befinde. Seit einem Jahr arbeite ich jetzt an diesem Projekt – vielleicht sogar länger. Ich *brauche* diesen Film – wirklich! Wenn *Runaways* in diesem Sommer ein Hit wird, und wenn dieser dann ebenfalls einschlägt, dann kann ich endlich die Filme drehen, die ich schon immer drehen wollte. Ich persönlich wünsche Sie mir ganz eindeutig in der Rolle der Ehefrau. Doch wenn das heißt, noch einmal ganz von vorn anzufangen, sich noch mal um eine neue Finanzierung zu bemühen, dann muß ich das Ganze jetzt ohne persönliche Gefühle, muß ich es ganz nüchtern betrachten. Ich weiß einfach nicht, wie schwer oder leicht ein neuer Anfang sein würde; ich weiß einfach nicht, wie die Leute reagieren würden, wenn ich sage, ich möchte Sie für die Rolle der Ehefrau. Ich meine – möglicherweise sehen die's ja genau wie Joe Stein, und wo stehen wir dann? Ich muß...«

»Schon gut, Greg.« Hélène erhob sich. »Sie können Ihren Film drehen. Ich werde Milton heute anrufen und ihn bitten, sich mit A. I. in Verbindung zu setzen und mich aus dem Vertrag zu lösen. Das wird mit Sicherheit recht schnell gehen. Ich weiß, daß Sie darauf brennen, möglichst bald mit den Dreharbeiten anzufangen, und möchte Sie auf gar keinen Fall aufhalten.«

Gregory Gertz wurde rot und blaß. Er wandte sich zu ihr um. »Hélène – mein Gott! Ich weiß nicht, was ich sagen soll. Ich meine... Ich kann mir vorstellen, was Sie empfinden... Wenn Sie

Zeit zum überlegen brauchen... Ich bin nicht hergekommen, um Sie zu drängen – bitte, glauben Sie mir das! Ich verstehe ja, daß so etwas kein leichter Entschluß ist...«

»Oh, aber da täuschen Sie sich. Es ist ein sehr leichter Entschluß. Ich arbeite niemals mit Menschen zusammen, vor denen ich keine Achtung habe.«

Schweigen. Gertz wurde tiefrot. »Sie haben bei *Runaways* mit mir zusammengearbeitet.«

»O ja. Da hatte ich Achtung vor Ihnen. Sie haben mir damals sehr geholfen.«

»Und jetzt haben Sie keine Achtung mehr vor mir?«

»Nein. Sie reden um den heißen Brei herum. Sie machen Ausflüchte. Und ich bin überzeugt, daß Sie das wissen.« Eiskalt wandte sie sich von ihm ab. »Greg – bitte gehen Sie!«

Wieder gab es eine Pause, diesmal länger. Sie spürte, wie er mit sich kämpfte. Dann sagte er: »Na schön. Ich akzeptiere das. Sie haben recht. Aber so ist das nun mal hier – und eigentlich überall. Wenn man was erreichen will, muß man Kompromisse schließen.«

»Ach so, dies ist also ein Kompromiß!« Hélène wandte sich um und sah ihm offen in die Augen. »Ich würde eher sagen, es kommt mir vor wie ein Schlag ins Gesicht. Aber davon hab' ich in der letzten Zeit ja bereits einige verkraftet. Einer mehr macht jetzt auch keinen Unterschied mehr – nicht mal von Ihnen.«

Er wandte sich zum Gehen, während Hélène müde zum Fenster hinaussah. An der Tür blieb Gregory Gertz noch einmal stehen. »Es gibt da noch eine Frage, die Sie mir nicht gestellt haben.«

»Und die wäre?«

»Sie haben mich nicht gefragt, warum A. I. oder Joe Stein dies alles tun.«

»Nun, ich denke, das liegt auf der Hand. Warum sollte ich Sie danach fragen?«

»Ich hätte es getan.« Er hielt inne. »Aber fragen Sie nicht mich, weil ich Ihnen nichts darüber sagen kann. Fragen Sie Joe Stein. Oder besser noch Thad.«

»Thad?« Sie starrte ihn an. »Was hat Thad damit zu tun?«

»Fragen Sie ihn«, gab er zurück. »Das wär's.«

Sobald Gertz das Haus verlassen hatte, telefonierte sie mit Thad. Er schien nicht im geringsten erstaunt, von ihr zu hören.

»Ja, Hélène. Vielleicht sollten wir uns wirklich mal unterhalten«, gab er zurück, als sie ihm sagte, weshalb sie anrief. »Ich hätte dich ohnehin angerufen. Nur heute bin ich zu beschäftigt. Es tut sich im Moment so viel...«

»Weißt du irgend etwas darüber, Thad?«

»Das wäre möglich. Weißt du was?« Sein Ton wurde munterer. »Komm morgen nachmittag zu mir zum Tee!«

Es war zehn Uhr abends. Das Dinner hatten sie eine Stunde zuvor beendet, und nun gaben die beiden Senatoren, ein Republikaner und ein Demokrat, sich endlich entspannter. Am anderen Ende des Wohnzimmers in dem Georgetown-Haus der Partex, das derartigen Anlässen diente, stand Drew Johnson und zwinkerte Edouard zu. Edouard sah auf die Uhr. Hinter ihm erhob sich Simon Scher und ging zur Tür.

»Ich sehe nach dem Wagen. Er müßte jeden Moment kommen.« Fast lautlos fiel die Tür ins Schloß. Keiner der Senatoren schien sein Verschwinden zu bemerken, denn Drew versorgte sie zur Ablenkung gerade mit Chivas Regal.

Die Senatoren waren mächtige Männer und hatten dafür gesorgt, daß die höchst umstrittene Fusion zustande kam, wie Drew Johnson und Edouard sie geplant hatten, und daß die Partex zur zweitgrößten Ölgesellschaft der Vereinigten Staaten aufstieg. Dafür wurden sie jetzt belohnt – eine Aufgabe, die Drew mit Schwung und Freude erledigte.

Nicht lange, und die Zeit für das, was Drew als ›Unterhaltung‹ bezeichnete, war gekommen, von Drew mit einem weiteren Zwinkern angekündigt.

Zu diesem Zeitpunkt pflegte Edouard, der das Dinner ausgezeichnet, die Senatoren aber ermüdend gefunden hatte, und dem derartige Empfänge zuwider waren, unauffällig zu verschwinden. Er hielt nicht viel von solchen Dingen, duldete sie aber dennoch, und die Tatsache, *daß* er sie duldete, erfüllte ihn auf einmal mit Abscheu.

Es war ja nicht nur eine Frage der ›Unterhaltung‹ – es war weit mehr. Diese durchsichtige Tarnung für Bestechung, ja, die reine

Notwendigkeit für Bestechung stieß ihn ab und verursachte ihm Schuldgefühle. Als er noch jünger und wohl auch skrupelloser gewesen war, hätte er gesagt, der Zweck heilige die Mittel – innerhalb gewisser Grenzen, natürlich. Aber wo sollte man diese Grenze ziehen? Edouard hatte das bedrückende Gefühl, daß er sie in den letzten Monaten so weit überschritten hatte wie nie zuvor. Die endlos sich hinziehenden Verhandlungen im Zusammenhang mit dieser Fusion hatten seine Energien erschöpft und, wie er auf einmal fand, sein Urteilsvermögen beeinträchtigt. Er saß da, schweigend, und war sich zornig dessen bewußt, daß er bei diesem Geschäft die eigenen Grundsätze mißachtet hatte und daß ausschließlich er selbst dafür verantwortlich war.

Die Tür ging auf. Simon Scher steckte den Kopf herein, begegnete Edouards Blick und nickte. »Drew. Meine Herren Senatoren. Wenn Sie mich bitte entschuldigen wollen ...« Edouard war schon auf dem Weg zur Tür.

Alle drei Herren erhoben sich. Drew umarmte ihn; die beiden Senatoren schüttelten ihm begeistert die Hand. Es war ein peinlicher Moment, in dem die gegenseitige Abneigung fast greifbar war, der aber durch das Quietschen von Bremsen draußen gerettet wurde.

Autotüren knallten, Frauen lachten: Die ›Unterhaltung‹ war eingetroffen. Die Senatoren warfen sich beredte Blicke zu; Drew grinste; Simon Scher und Edouard gingen, unauffällig zur Tür hinaus.

Als sie das Haus verließen, begegneten sie den kostspieligen Damen: drei hochgewachsene, schlanke Schönheiten. Simon Scher fühlte sich wohl versucht: Er sah ihnen mit einem kleinen Seufzer nach, wie sie die Außentreppe emporstiegen. Edouard, der sich überhaupt nicht versucht fühlte, verspürte dagegen ein leichtes, schmerzliches Sehnen, ein Verlangen nach weiblicher Nähe. Mit einer Frau zusammen zu sein; ihre Haut zu berühren; ihr über die Haare zu streichen; mit einem Menschen über etwas anderes zu reden als über die Machenschaften von Geld und Macht – in diesem Moment wünschte er sich das mehr als alles andere. Es war so lange her, daß er eine Frau in den Armen gehalten hatte!

Gedankenverloren starrte er einen Moment lang das Haus an, die inzwischen leere Treppe, die geschlossenen Jalousien. Dann stieg auch er mit einer etwas gereizten Geste in den Fond des wartenden Partex-Lincoln. Sie fuhren zum Flughafen; seit Ende Januar hatte er sich im Mittleren Osten, in Canada und Japan aufgehalten: Die Fusions-Verhandlungen hatten weit mehr Zeit in Anspruch genommen als erwartet. Er war zu lange fort gewesen.

»Wie bitte?«

Sie fuhren am Potomac entlang; das Wasser glitzerte im Mondschein, und Edouard, der zum Fenster hinaussah, merkte plötzlich, daß Simon Scher ihm eine Frage gestellt hatte.

»Ich sagte, ich nehme an, daß Sie keine Zeit hatten, sich hinsichtlich der Entwicklungen bei Sphere auf dem laufenden zu halten. Und in den letzten paar Monaten hat es tatsächlich einige Entwicklungen gegeben.«

»Nein, Simon, dazu hatte ich wirklich keine Zeit.« Edouard klang gereizt. »Ich hab' die Ergebnisse der Oscar-Verleihung gesehen, mehr nicht. Was ist passiert?«

»Nun, wie gesagt, es hat gewisse Entwicklungen gegeben – ziemlich überraschende. Ich bin mir selbst nicht klar darüber, was bei denen eigentlich vorgeht. Wir hatten eine Menge Probleme mit Angelini.«

»Ach ja – warum?«

»Nun, wie Sie wissen, steht da das Problem mit *Ellis II* im Raum.«

»Und *Ellis III*, wenn ich Sie richtig verstanden habe.«

»Die Trilogie. Ganz recht. Hélène Harte hat mir davon erzählt, nicht Angelini selbst, und als Angelini hörte, daß ich davon wußte, wurde er sehr, sehr ärgerlich. Damit begannen die Probleme.«

»Ich dachte, es sei abgemacht, daß wir über die beiden Teile separat verhandeln? Für den dritten Teil gibt es bis jetzt ja noch nicht einmal ein Script!«

»Es war abgemacht. Es war außerdem grundsätzlich abgemacht, daß die Dreharbeiten für *Ellis II* auf die zweite Hälfte dieses Jahres verschoben werden sollten. Weil Hélène Harte keine Zeit hatte, den Film im April zu drehen, obwohl Angelini eigentlich zu diesem Zeitpunkt beginnen wollte. Ich fand jedoch, ein solcher Aufschub sei gar nicht so nachteilig, denn einige Aspekte von *Ellis II* wirkten auf uns ziemlich beunruhigend...«

»Wenn ich mich recht erinnere, haben Sie eine Neukalkulation des Budgets verlangt, ja?«

Als Edouard ihn fragend ansah, seufzte Simon Scher. »Ganz recht. Nachdem sich Angelini monatelang stur gestellt hatte, war es uns endlich gelungen, sie auszuarbeiten. Er verlangte praktisch freie Hand, aber ich hatte das Gefühl, daß er meinte, wenn er uns bis nach der Oscar-Verleihung hinhalten könnte, wäre seine Verhandlungsposition günstiger. Er verlangte zehn Millionen. Wir haben ihn schließlich auf 6,7 Millionen gedrückt, und ich bin immer noch überzeugt, daß das zu niedrig veranschlagt ist. Weil es Imponderabilien wie Gewerkschaftszuschläge gibt, die das Budget bis auf über sieben hinauftreiben können. Außerdem kommen dann noch die Nachproduktionskosten hinzu. Angelini selbst hat sich einen sehr knappen Zeitplan gesetzt: fünfundachtzig Drehtage, sechs Monate vom Start bis zum Feinschnitt...«

»Bisher hat er seine Zeitpläne eingehalten...«

»Aber auch noch nie mit einem so knappen Zeitplan gearbeitet. Die Nachproduktion von *Ellis* hat ihn beinah ein Jahr gekostet. Und *Ellis II* ist wesentlich länger. Ich glaube einfach nicht an sein Budget, und an seinen Drehplan ebensowenig. Diese acht Oscars sind ihm zu Kopf gestiegen, und...«

»Simon! Das hört sich ja fast an, als mögen Sie Angelini nicht!«

»Sie wissen genau, daß ich ihn nicht ausstehen kann! Aber er macht gute Filme, und die Einspiel-Ergebnisse von *Ellis* sind phänomenal für einen so ernsten Film. Die Tatsache, daß ich ihm, wenn er in meinem Büro sitzt und Tee trinkt, diesen Tee mit Wonne vergiften könnte, spielt keine Rolle...« Scher machte eine kleine Pause. »Nein, nein, es geht eigentlich darum, daß da irgend etwas im Gange ist, irgend etwas, das mir stinkt, und daß ich immer noch nicht so recht weiß, was!«

»Reden Sie!«

»Nun also, Ende Januar hockten wir theoretisch alle schon in den Startlöchern. Wir hatten ein Budget; wir hatten einen Drehplan; wir hatten ein Datum für den Drehbeginn – den ersten Juli. Wir hatten alles, mit einer Ausnahme, und deswegen fing Angelini wieder an, uns hinzuhalten.«

»Und diese Ausnahme war?«

»Hélène Hartes Mitarbeit.«

Schweigen. Scher wartete. Man hatte ihm nie erklärt, warum Edouard sich mit Sphere eingelassen hatte, und er hatte nie Fragen gestellt. Die jahrelange, enge Zusammenarbeit mit Edouard jedoch hatte sein Einfühlungsvermögen geschärft, daher spürte er, daß Hélène Harte irgendwie der Schlüssel war. Und das machte alles, was er Edouard nun zu sagen hatte, viel schwieriger.

»Hélène Hartes Mitarbeit ist unabdingbar.« Edouards Ton war kalt. »Ohne sie wird die Fortsetzung nicht gedreht.« Er machte eine Pause. »Bevor ich abreiste, wurde mir angedeutet, daß das überhaupt keine Frage sei.«

»Angelini hat von Anfang an behauptet, daß sie die Rolle übernehmen wird. In dieser Hinsicht gibt er sich hundertprozentig sicher.«

»Und Sie meinen, er irrt sich?«

»Ich meine, wir hatten keine Möglichkeit, uns davon zu überzeugen, weil er uns jedesmal, wenn wir auf den Harte-Vertrag zu sprechen kamen, abgewehrt hat. Wie Sie wissen, besteht zwischen den beiden eine sehr enge Verbindung.« Scher sagte es zögernd. »Angelini schirmt sie ab. Fühlt sich als ihr Beschützer. Er hat mir mehr oder weniger angedeutet, falls wir uns an sie wenden würden, könne das Ganze ins Auge gehen. Wie er behauptete, sei der richtige Zeitpunkt wesentlich, und nur er wisse, wann der gekommen sei. Unter normalen Umständen hätte ich ihn kurzerhand überstimmt. Doch die letzten Monate waren ganz einfach nicht normal.«

Irgend etwas in seinem Ton bewirkte, daß Edouard ihn aufmerksam musterte. »Was ist passiert?«

»Nun ja, zunächst einmal ist ihre Ehe zerbrochen. Das war der erste Grund für die Verzögerung.«

»Davon habe ich gehört.« Edouard wandte den Blick ab. »Das war letztes Jahr. Irgendeine Zeitung berichtete über die Trennung.«

»In diesem Jahr hat es aber auch eine Menge Probleme gegeben.«

»Ich habe gelesen, daß sie den Oscar nicht bekommen hat...« Edouard sah ihn unsicher an.

»Nein, hat sie nicht.« Scher preßte die Lippen zusammen. Zögernd schob er Edouard einen Umschlag zu. »Ich dachte mir, daß Sie dieses Zeug wahrscheinlich nicht gelesen haben, deswegen hab' ich mir eine Auswahl zusammenstellen lassen. Es ist nicht alles, und auch mit Sicherheit nicht das Schlimmste – leider!«

Edouard öffnete das Kuvert. Er schaltete die Leselampe hinter sich an, zog die Zeitung heraus, warf einen einzigen Blick auf die Titelseite und schob sie in den Umschlag zurück. »So etwas lese ich grundsätzlich nicht!«

»Das weiß ich. Normalerweise würde ich das auch nicht lesen.« Scher klang irgendwie vorwurfsvoll. »Aber ich glaube, Sie sollten es sich trotzdem ansehen – vielleicht während des Fluges. Möglicherweise begreifen Sie dann, warum ich Angelinis Argumente verstehe. Ich hielt es wirklich nicht für den besten Moment, Hélène Harte wegen ihres Vertrags anzusprechen – sie überhaupt wegen irgend etwas anzusprechen.«

»Ich verstehe.«

»Ich dachte, er sei um sie besorgt. Ich setzte das eigentlich voraus...«

»Und nun sind Sie zu einer anderen Ansicht gelangt?« Edouard musterte ihn streng.

»Ja. Leider.« Scher zögerte. Sie waren am Flughafen angelangt. Er räusperte sich. »Ich glaube, er versucht uns aus ganz anderen Gründen hinzuhalten. Aus Gründen, die überhaupt nichts mit seiner Sorge um Hélène Harte zu tun haben. Eher im Gegenteil.«

»Kommen Sie zur Sache!«

»Nun gut. Ich bin der Überzeugung, daß er den Film, den sie im Frühjahr machen wollte, bewußt und absichtlich sabotiert hat. Und ich bin außerdem überzeugt davon – obwohl ich mich natürlich irren kann –, daß er das ganze *Ellis*-Projekt mit A. I. und Joe Stein zu machen gedenkt.«

»Sie meinen, er will sich von Sphere trennen?«

»Genau das. Aber natürlich nur mit Hélène Harte.«

»Woher wissen Sie das?«

Scher lächelte höflich. »Den Ehemann habe ich nie persönlich kennengelernt, aber ich habe mich mit Rebecca Stein angefreundet. Wir haben wirklich sehr viel gemeinsam: Sie kann Angelini nicht ausstehen, und sie liebt Hélène Harte. Darüber hinaus mag sie es nicht, wenn ein Mensch von anderen manipuliert wird.«

»Und das geschieht hier?«

»Leider ja.« Simon Scher seufzte. »Ich glaube schon.«

Der Wagen hielt. Niemand sagte etwas. Edouard blickte hinaus, auf die Lichter und das Gebäude vor der Rollbahn, und sah sich auf einmal mit Christian am Flughafen von Plymouth, als er nach Rom fliegen wollte und glaubte, die Suche nach Hélène sei vorbei. Er sah Fürst Rafaels Bibliothek mit den Bellini-Statuen. Er sah den unförmigen Thad Angelini, hörte, wie Angelini ihm seinen Film erklärte, wie er die Frau analysierte, die Edouard liebte, und behauptete, daß er, Angelini, diese Frau vollkommen verstehe und sie völlig in der Hand habe.

In diesem Moment hatte ein Machtkampf begonnen, das wußte Edouard. Ein Machtkampf, der sich – auch aus der Entfernung – über die vergangenen fünf Jahre hingezogen hatte, obwohl Angelini davon nichts wußte. Angelini war sein Rivale; das hatte er damals gespürt, und spürte es jetzt genauso deutlich. Nicht Lewis Sinclair – Thad Angelini!

Er hatte ihn damals auf Anhieb gehaßt. Als er jetzt auf dem Rollfeld stand, begann er ihn plötzlich wieder zu hassen.

Simon Scher berührte seinen Arm. Entschuldigend sagte er: »Edouard? Ich würde gern wissen, was ich tun soll.«

Edouard sah auf die Uhr. Es war fast Mitternacht: der 17. Mai, Cats Geburtstag. Er zögerte. »Ich muß morgen unbedingt in Paris sein. Eigentlich schon heute. Gibt es eine Möglichkeit, Angelini aufzuhalten, ihn für vierundzwanzig Stunden daran zu hindern, daß er mit A. I. abschließt?«

Simon Scher lächelte höflich. »Nun ja, da gibt es seine napoleonischen Neigungen, seinen absoluten Größenwahn...« Er ließ den Satz in der Luft hängen, weil er wußte, daß Edouard sofort verstehen würde.

Und so war es. »Rufen Sie ihn gleich morgen früh an. Sagen Sie ihm, angesichts der europäischen Einnahmen von *Ellis* seien wir bereit, unser Budget für die Fortsetzung zu überdenken. Sagen Sie ihm, wir würden möglicherweise bis auf die zehn Millionen gehen, die er verlangt. Können Sie in Erfahrung bringen, was Stein zu zahlen bereit ist?«

»Möglicherweise.«

»Nun gut, versuchen Sie's. Und gehen Sie um zwei bis drei Millionen höher. Egal wieviel – solange Sie ihn daran hindern können, vor morgen etwas Entscheidendes zu unternehmen! Und Simon, rufen Sie mich an, sobald ich wieder in Paris bin; ich meine, nachdem ich Gelegenheit hatte, dies hier zu lesen. Am frühen Nachmittag, ja? Pariser Zeit!« Er landete an einem herrlichen, sonnigen Tag. Die Straßen und Boulevards von Paris waren belebt von Menschen, die den Frühling genossen. Die Straßencafés waren voll besetzt. Die Seine glitzerte. Die Luft war erfüllt von Blütenduft. Gegen 14.00 Uhr traf Edouard in der Zentrale des Chavigny-Konzerns ein und bat sofort um einen schwarzen Kaffee.

Marie-Aude, seine unerschütterliche Chefsekretärin, inzwischen verheiratet und Mutter von zwei Kindern, brachte ihm den Kaffee und musterte ihn streng. Inzwischen neigte sie ein bißchen dazu, ihn zu bemuttern; doch schließlich arbeitete sie seit acht Jahren für Edouard und ließ sich nicht so einfach zurückweisen.

»Welches Datum haben wir heute?« fragte sie ihn streng.

Edouard sah ärgerlich zu ihr auf. Er verließ sich hundertprozentig auf sie; er liebte sie und ihre Familie; aber er mochte es nicht, wenn er bemuttert wurde, und dennoch war er, wenn sie es versuchte, angenehm belustigt.

»Den achtzehnten Mai.«

»A ja! Sie wissen es also! Ich hätte gedacht, daß Sie das Datum vergessen haben. Gestern abend waren Sie in Washington, D. C., gestern vormittag waren Sie in Seattle. Am Tag davor waren Sie in Tokio, und...«

»Das ist mir durchaus klar. Und jetzt bin ich hier.«

»Aber Sie sollten nicht hier sein! Sie sollten im Bett sein! Sie müssen doch die Zeitverschiebung spüren!«

»Die spüre ich nie. Ich hab' mich noch nie so wohl gefühlt. Könnte ich trotzdem noch einen Kaffee bekommen?«

Sie schenkte ihm noch einen Kaffee ein. Dann verschränkte sie die Arme und erklärte stirnrunzelnd: »Ich hab' Ihren Terminkalender für heute nachmittag frei gehalten...«

»Ausgezeichnet! Und meine Termine für heute abend können Sie ebenfalls streichen!«

Sie lächelte; ein triumphierender Glanz trat in ihre Augen. Also wird er endlich vernünftig, dachte sie. Eine, vielleicht auch zwei Stunden wird er noch hierbleiben, um seine Routinearbeit zu machen, dann wird er nach Hause fahren und sich gehörig ausruhen. Endlich würde sich dieser unmögliche Mann wie ein normaler Mann mit ganz normalen Schwächen verhalten – endlich!

»Weil ich hier nämlich«, fuhr Edouard fort, dem das Aufblitzen von Triumph nicht entgangen war, »noch sehr viel zu erledigen habe. Mindestens bis acht, wahrscheinlich sogar noch länger. Ah...« Im Vorzimmer läutete das Telefon. »Das wird Monsieur Scher sein. Würden Sie ihn bitte durchstellen?«

Die Sekretärin seufzte. Sie ging hinaus, stellte den Anruf durch und rief auf ihrer eigenen Leitung bei ihrer Mutter an, die immer einsprang, wenn sie gebraucht wurde. Die Mutter würde für sie einkaufen, das Abendessen vorbereiten, die Kinder zu Bett bringen...

Später an jenem Nachmittag verließ Edouard ganz kurz sein Büro, um sich zu den Chavigny-Verkaufsräumen fahren und geradewegs in den Tresor führen zu lassen. Dort waren wieder, wie jedes Jahr, die Schmuckstücke aufgebaut worden, aus denen er sein Geburtstagsgeschenk für Catharine wählen wollte. In diesem Jahr kam er zum erstenmal verspätet, und das war möglicherweise der Grund dafür, daß ihm dieses alljährliche Ritual irgendwie sinnentleert zu sein schien. Zum erstenmal empfand er eine gewisse Ungeduld dabei: Er wollte möglichst schnell ins Büro zurückkehren und den Kampf wieder aufnehmen.

Ihr fünfter Geburtstag; fünf Jahre. Er traf seine Wahl schnell und nach weniger langen Überlegungen als sonst: eine Perlenkette – fünf Stränge, für jedes Jahr einer. Sie wurde zu den anderen Geschenken in den Safe gelegt. Es waren knapp zehn Minuten vergangen.

Ganz flüchtig fühlte er sich versucht, kurz nach St. Cloud hinauszufahren oder einen Boten nach dem kleinen Kuvert zu schicken, das George auftragsgemäß für ihn in Verwahrung genommen hatte: das alljährliche Schreiben von Madeleine; das alljährliche Foto. Er sehnte sich danach, den Brief zu lesen, das Foto in den Händen zu halten, aber die Sehnsucht war weniger drängend als gewohnt. Es gab jetzt eine andere Verbindung, stärker als jene, die die Briefe ihm vermittelten, das spürte er mit allen Sinnen. Irgendeine Krise kam auf ihn zu. Er kehrte ins Büro zurück und schickte keinen Boten hinaus.

Um acht Uhr hatte er ein Einsehen mit Marie-Aude und ließ sie gehen. Um neun Uhr saß er immer noch am Schreibtisch, um elf

Uhr ebenfalls. Die letzte Stunde bis zwölf Uhr schien sehr, sehr langsam zu vergehen, und Edouard wartete nervös auf Simon Schers Anruf. Er dachte an die Presseberichte, die er irgendwo über dem Atlantik gelesen hatte.

Ihm war übel davon geworden, obwohl er geglaubt hatte, inzwischen an diese Art von Journalismus gewöhnt zu sein. Nur hatte er nie unter einer Kampagne zu leiden gehabt, die so bösartig und so endlos lange hinausgezogen worden war wie diese, und die Tatsache, daß man Hélène das angetan, daß er nichts davon gewußt, daß er nichts getan hatte, erfüllte ihn mit Zorn auf sich selbst.

Die taktischen Manöver der letzten Monate begriff er genausowenig wie Scher gestern. In den Stunden des Wartens hatte er noch einmal alles rekapituliert, was Scher ihm mitgeteilt hatte, und es ergab immer noch keinen Sinn. Daß Hélène sich geweigert hatte, sich für die Fortsetzung von *Ellis* zu verpflichten, gab ihm Hoffnung. In der Sekunde darauf jedoch zerplatzte diese Hoffnung wieder: Im Licht der vergangenen Monate betrachtet, konnte es die verschiedensten Erklärungen für diese Weigerung geben. Hatte Angelini absichtlich den Film sabotiert, den Hélène für A. I. machen sollte – und wenn ja, warum? Für das Projekt *Ellis II* war der Film irrelevant: Hélène hätte ohne weiteres den ersten Film drehen und dann mit Angelini am nächsten arbeiten können.

Müde strich er sich mit der Hand über die Augen. Er wußte, daß ihn die unnatürliche Munterkeit von vorhin verließ, daß sein Verstand erschöpft war und nicht mehr so perfekt arbeitete, wie er es gern gehabt hätte. Die Müdigkeit dämpfte auch den Optimismus, das Gefühl, daß eine Krise nahte. Er erhob sich und holte sich einen Armagnac, trank ihn und schenkte sich dann wieder schwarzen Kaffee ein. Die Krise hatte – falls es überhaupt eine gab – mit Hélènes Arbeit zu tun und nicht mit ihm. Es war lange her, daß er so etwas getan hatte, doch nun, an seinem Schreibtisch sitzend, dachte er an die Zukunft, zählte die Zeit zusammen, die schon vergangen war, und fragte sich, an welchem Punkt er schließlich einsehen würde, daß er sich getäuscht hatte. In sechs Monaten? In einem Jahr? Sehr viel länger konnte es nicht mehr dauern, das wußte er, und dachte, als das Telefon klingelte, bedrückt: ›Angelini hat gesiegt.‹

»Es hat geklappt!« Scher klang erschöpft. »Ich hab' ihn zu einem Aufschub von vierundzwanzig Stunden überreden können. Und mußte dafür auf zwölf Millionen gehen. Er spielt uns gegen Joe Stein aus. Wie er behauptet, wird er Hélène Harte morgen nachmittag sehen, und er ist sicher, daß er eine hundertprozentige Verpflichtung von ihr bekommt. Sobald er die hat, will er sich wieder bei mir melden. Zu weiteren Verhandlungen.«

»Weiteren Verhandlungen? Soll das heißen, er glaubt, er kann uns noch höher treiben als zwölf Millionen? Der Mann ist wahnsinnig!«

»Edouard. Ich hab' schon immer gedacht, daß er nicht ganz richtig im Kopf ist. In diesem Fall aber treibt er einen harten Handel. Er weiß vermutlich, daß wir nicht bei den zwölf bleiben werden, und es ist ihm auch egal. Er benutzt uns als Verhandlungsbasis für Stein, ganz einfach.«

»Stein wird nie und nimmer so hoch gehen.«

»Möglicherweise doch.«

»Wenn Hélène sich nicht verpflichtet, wird Stein die Finger von dem Projekt lassen.«

»Offensichtlich. Doch Angelini sagt, daß sie es tun wird. Er war überzeugt davon.« Scher hielt inne. »Ich weiß, was Sie jetzt sagen werden, und ich hab's bereits getan. Morgen vormittag treffe ich den Regisseur des anderen Films, Gregory Gertz. Möglicherweise kann er uns ein paar nützliche Informationen geben, obwohl ich glaube, daß er sie uns verweigern wird. Und dann sind uns praktisch die Hände gebunden. Sobald sich Hélène Harte für *Ellis II* verpflichtet, hat Angelini alle Trümpfe in der Hand. Er kann damit zu Stein gehen oder er kann bei uns bleiben. Und ich fürchte, daß sie sich tatsächlich einverstanden erklären wird. Angelini übt einen sehr starken Einfluß auf sie aus. In ihrer gegenwärtigen Lage ist die Chance, mit einem Menschen zu arbeiten, den sie so gut kennt, und noch dazu in einer Fortsetzung eines Riesenerfolgs eine sympathische Rolle zu spielen...« Er brach ab. »Ich werde sehen, ob ich was ausgraben kann, aber bis dahin müssen wir wohl der Möglichkeit ins Auge sehen, daß wir Angelini verlieren werden – und Hélène Harte.«

Am anderen Ende der Leitung herrschte Schweigen. Nach einer langen Pause sagte Edouard reserviert: »Sie klingen sehr müde, Simon. Ich bin ebenfalls erschöpft. Gehen Sie schlafen. Morgen früh sehen wir weiter...«

Nach diesem Telefonat verließ Edouard das Büro und fuhr nach St. Cloud. Als er die Villa erreichte, war es nach eins, und der Optimismus, der ihn erfüllt hatte, war völlig geschwunden. Alles, was Simon Scher gesagt hatte, klang vernünftig. Sie würde die Fortsetzung drehen, und dann die Fortsetzung der Fortsetzung. Ein Jahr; zwei Jahre; möglicherweise drei. O nein! Er wußte genau, so lange konnte er die Hoffnung nicht aufrecht erhalten; fünf Jahre waren schon viel zuviel.

In seinem Arbeitszimmer fand er, wie stets um diese Jahreszeit, die ersten Rosen; ein Kaminfeuer aus Apfelholz, dessen Duft ihn an seine Kinderzeit an der Loire erinnerte; eine Karaffe mit Armagnac und seinen Sessel vor dem Kamin. Im angrenzenden Schlafzimmer brannte das Licht, war die Steppdecke zurückgeschlagen, das Bett bereit. Im Ankleidezimmer dahinter war alles zurechtgelegt, was er am nächsten Morgen anziehen wollte. Alles war – wie immer – perfekt und korrekt. Er blickte sich im Zimmer um und verabscheute die Ordnung, die hier herrschte. Und die Leere.

George war unauffällig geschäftig, wie immer. Nach dem Ritual der Fragen und Antworten, nachdem er den Armagnac nebst Glas für Edouard griffbereit auf ein Tischchen gestellt und sich überzeugt hatte, daß der Sessel im richtigen Winkel zum Kaminfeuer stand, blieb er neben dem Sessel stehen. Edouard wünschte, er würde sich zurückziehen, brachte es aber nicht übers Herz, ihm das zu sagen. Er blickte auf; George präsentierte ihm ein kleines Silbertablett, auf dem nicht ein, sondern zwei Briefe lagen. Edouard sah George fragend an; Georges Miene war undurchdringlich.

»Der erste kam Anfang Februar, Monsieur le Baron. Wie ich feststellte, trug er den gewohnten Poststempel, also legte ich ihn beiseite. Ich fühlte mich irgendwie in einem Dilemma. Da er ›persönlich‹ gekennzeichent war, wollte ich ihn nicht an Ihre Sekretärin weiterleiten. Und ihn nachzuschicken, erschien mir in Anbetracht der Tatsache, daß Sie im Ausland ständig unterwegs waren, nicht ratsam. Der andere kam zu dem gewohnten Zeitpunkt, und den habe ich selbstverständlich für Sie verwahrt. Aber – ich wußte wirklich nicht, was ich tun sollte und hoffe nur, das Richtige getan zu haben.«

Georges Miene war jetzt nicht mehr so undurchdringlich; Edouard las dieselbe Besorgnis darin, die er auch in seiner Stimme hörte.

Er empfand Zuneigung und Mitgefühl für George, denn es mußte George sehr schwer gefallen sein, einzugestehen, daß er im Hinblick auf das richtige Verhalten ein einziges Mal unsicher gewesen war. Er haßte Fehler, und er war nicht mehr jung.

»Sie haben durchaus das Richtige getan, George. Ich danke Ihnen.«

Die Erleichterung war ihm vom Gesicht abzulesen. George stellte das Tablett behutsam auf das Tischchen und zog sich zurück.

Edouard betrachtete die beiden Kuverts. Er zwang sich, Madeleines Brief zuerst zu öffnen. Zwei Fotos: eines von Cat, die einer Reihe ernst dreinblickender Puppen Tee servierte; das andere von Cat und Hélène in einem Garten. Diese Übertretung der Regeln durchbrachen den Wall seiner Selbstbeherrschung. Er ließ die Fotos einfach fallen, schob Madeleines Brief ungelesen beiseite und griff nach dem anderen Kuvert. Die Handschrift war ihm nicht bekannt, und er hatte Mühe, den Brief zu öffnen, denn seine Hände waren auf einmal unsicher.

Es waren mehrere Seiten: Er las den Absender oben auf der ersten Seite, und die geschriebenen Worte verschwammen. Vor lauter Erregung beinah nicht fähig, den Brief zu halten, blätterte er bis zur letzten Seite und las die Unterschrift – das eine Wort, auf das er so lange gewartet hatte.

Seine Hände wurden ruhiger; er kehrte zur ersten Seite zurück. ›Lieber Edouard.‹ Er hielt die Seiten ins Licht der Lampe und begann den Brief zu lesen, den Hélène ihm vor über drei Monaten geschrieben hatte.

»Die Stadt der Engel. Die Zitadelle der Träume.«

Sie standen auf der Terrasse vor Thads Atelierzimmer und blickten auf Los Angeles hinab. Thad seufzte. »Komm mit hinein. Ich freue mich, daß du gekommen bist. Ich mache uns Tee.«

Hélène folgte ihm ins Haus. Drinnen sah es genauso aus wie immer. Sie hockte sich auf eines der grauen Sitzpolster; sie blickte auf die beiden Fernsehschirme. Auf dem einen lief ein Schwarz-Weiß-Film, den sie nach ein paar Minuten als *Der Dritte Mann* identifizierte. Joseph Cotton und Orson Welles saßen im Riesenrad des

Praters und fuhren nach oben. Sie wandten den Blick ab. Auf dem anderen Bildschirm übergoß sich ein buddhistischer Mönch mit Benzin. In einer orangefarbenen Kutte saß er gelassen mit gekreuzten Beinen und rührte sich auch nicht, als die Flammen ihn verzehrten.

Sie stand auf und schaltete die Fernseher aus. Auf dem Boden neben den Apparaten stapelten sich Zeitungen und Zeitschriften. Ohne sich bücken zu müssen, entdeckte sie ihr eigenes Gesicht mit den entsprechenden Schlagzeilen. Wortlos wandte sie sich ab und hatte sich gerade wieder gesetzt, als Thad mit seinem Tee erschien.

»Oh!« Er klang gereizt. »Du hast sie abgestellt. Das war *Der Dritte Mann*. Mein Lieblingsfilm. Einer von meinen Lieblingsfilmen.« Mit einem Lächeln drückte er ihr den Teebecher in die Hand. »Erinnerst du dich an das Ende?«

»Ich erinnere mich an das Ende, Thad. Aber ich bin nicht hergekommen, um mir einen Film anzusehen. Ich will mit dir reden.«

Sie verstummte. Denn nachdem Thad sehnsüchtig auf den Bildschirm gestarrt hatte, richtete er nun den Blick auf den Stapel Zeitungen auf dem Boden. Und lächelte.

»Außerdem wär's mir lieber, wenn du diese Dinger nicht so auffällig rumliegen lassen würdest«, sagte Hélène. »Mußte das sein? Ich hab' in den letzten Monaten genug davon gesehen.«

»He, Hélène! Tut mir leid. Ich hätte wirklich nicht gedacht...« Er sprang auf, sammelte die Zeitungen ein und trottete ans andere Ende des Ateliers, wo er sie irgendwo ablegte. Dann kam er zurück. »Stimmte das alles eigentlich?«

»Einiges davon. Er war tatsächlich mein Vater. Thad...«

»Und du bist wirklich in diesem Wohnwagen aufgewachsen?«

»Ja. Thad, hör zu...«

»Und dieser Major Calvert – der vor kurzem gestorben ist –, war der wirklich dein erster Liebhaber? Und du wurdest schwanger, hast abtreiben lassen, und...«

»Thad! Mein Gott, Thad, hör endlich auf!« Wütend sprang Hélène auf und wandte sich ab. Zwei Tage nach Erscheinen der ganzen Geschichte war Ned Calvert gestorben. Am Steuer seines Wagens auf der Straße nach Orangeburg – fast genau dort, wo er sie nach der Schule mitzunehmen pflegte. Ein Herzinfarkt. Sie schloß die Augen. Hatte er gewußt, daß er bald sterben mußte? Hatte die Pressekampagne dazu beigetragen? Oder sie, Hélène? Sie wandte sich wieder um und musterte Thad eingehend. Sie selbst hatte von seinem Tod erst durch einen Brief aus Orangeburg an Cassie erfahren.

»Woher wußtest du, daß er tot ist, Thad?«

»Ich hab' heute morgen eine Meldung darüber gelesen. Ganz kurz. Es war Zufall, daß ich sie entdeckt habe.«

»Dann mußt du aber sehr gesucht haben. Ich wußte gar nicht, daß du derartige Presse-Erzeugnisse liest.«

Er blickte auf. »Oh, aber ich lese alles, was mit dir zu tun hat«, gab er mit leichtem Lächeln zurück. »Ich hab' mir natürlich Sorgen gemacht.«

»O ja, natürlich!« Sie kehrte zu ihrem Sitzpolster zurück. »So große Sorgen, daß ich, während das alles geschah, überhaupt nichts von dir gehört habe! Nicht mal ein Anruf. Aber wie dem auch sei – ich bin auch nicht hergekommen, um darüber zu diskutieren. Ich bin hier, um über *Long Division* zu sprechen. Weißt du irgend etwas über diese...«

»O ja! Ich weiß alles darüber.«

»Wunderbar. Dann kannst du mir ja alles erzählen, was du weißt.«

»Na schön«, antwortete er erstaunlich kleinlaut. »Obwohl es wirklich nicht viel zu erzählen gibt. Du wirst es vermutlich erraten haben. Oder Gertz hat dich davon unterrichtet. Stein mochte den ganzen Rummel nicht, der um dich gemacht wurde. Er fand, daß die Rolle der Ehefrau vor allem im Augenblick nichts für dich sei. Sie ist zu hart. Zu unsympathisch. Stein meint, daß du im Moment Image-Probleme hast, und ich stimme ihm zu. Stein meint, daß du wieder aufgebaut werden mußt. Während der Gertz-Film für dich alles nur schlimmer machen würde. Also hat er Druck auf Gertz ausgeübt, und das ist, als würde man Druck auf eine Sandburg ausüben, deswegen hat Gertz nachgegeben. Ganz einfach.«

»Ich verstehe.« Hélènes Miene war eisig. »Du scheinst auf einmal Freundschaft mit Joe Stein geschlossen zu haben. Wie kommt das?«

»Na ja, ich glaube, das ist der interessante Teil.« Thad lächelte. »Ich gehe weg von Sphere. Ich hab' dieser Firma ein Vermögen verschafft, und die machen jetzt nur Ausflüchte. Sie wollen mein Budget für *Ellis II* nicht akzeptieren; sie wollen mich auf 6,7 Millionen drücken, was viel zu wenig ist. Und außerdem kann ich diesen Scher nicht ausstehen. Ich vertraue ihm nicht. Er sitzt da, ist höflich und glaubt, er kann mich rumkommandieren. Aber das kann er nicht. Früher einmal hab' ich Sphere gebraucht. Jetzt nicht mehr. Und Stein versucht seit Jahren, uns an sich zu ziehen...«

»Wie bitte, Thad? Sagtest du gerade ›uns‹?«

»Aber ja. Uns. Selbstverständlich uns. Ich kann doch *Ellis* nicht ohne dich machen – oder?«

»Das hätte ich eigentlich nicht gedacht – nein.«

»Nun gut, ich kann nicht. Das ist aber nicht der springende Punkt. Der springende Punkt ist, sobald Sphere von Joe Stein erfuhr, haben die ganz schön zurückgesteckt! O ja!« Strahlend rieb er sich den Bart. »Weißt du, wie oft mich Scher gestern angerufen hat? Zwölfmal! Inzwischen hab' ich die wirklich am Kanthaken! Auf zwölf Millionen sind die raufgegangen – in den letzten vierundzwanzig Stunden!«

»Zwölf?« Hélène starrte ihn fassungslos an. »Du willst mir also sagen, daß du bei Sphere bleiben wirst?«

Thad kicherte. »Nein. Werde ich nicht. Aber das wissen die natürlich nicht. Das Ganze hat Stein natürlich auch in die Höhe getrieben. Auf dreizehneinhalb Millionen sind die gegangen, und das ist wirklich mehr als genug. Ich gehe zu Stein.«

»Ich verstehe.« Hélène blickte auf ihre Hände hinab. Allmählich begann sie wirklich zu verstehen. Sehr deutlich sogar. »Und Stein will vermutlich, daß eine andere die Lise spielt, ja?« Sie wußte genau, daß ihn das vom Sitz reißen würde, und so war es.

»Eine andere?« Er klappte mit den Lidern. »Sei doch nicht dumm, Hélène. Er will dich!«

»Ich dachte, ich hätte Probleme mit meinem Image.«

»Bei *Long Division*, sagte ich. Nicht bei *Ellis*. Das ist doch wirklich ganz was anderes. Lise ist eine sympathische Frau. Die Leute assoziieren dich mit Lise. Wenn sie dich erst mal in der Fortsetzung sehen, wird dieser ganze Dreck in den Zeitungen aus ihrem Gedächtnis gelöscht sein. Und dann sehen sie dich wieder wie früher. All deine Probleme sind dann mit einem Schlag beendet!« Sein Lächeln wurde zum Grinsen. »Das kann nur *Ellis* für dich tun, Hélène. Nur ich. Kein anderer.«

Hélène stellte ihren Teebecher auf den Fußboden. Dann sagte sie gemessen: »Nun, mein lieber Thad, das ist sehr freundlich von dir. Und ich sollte dir wirklich dankbar sein. Aber weißt du, seltsamerweise mache ich mir im Moment überhaupt keine Sorgen mehr um mein Image. Und die vielen Leute, die sich für mich interessieren, sind mir absolut egal...«

»Das kann nicht dein Ernst sein! Du *mußt* auf sie Rücksicht nehmen«, fiel Thad ihr ins Wort. »Sie haben dich zu dem gemacht, was du bist! Du brauchst sie...«

»O nein, Thad. Ich brauche sie nicht. Und ich werde nicht mehr zulassen, daß sie bestimmen, was ich zu sein und was ich zu tun habe! Nie mehr! Nicht sie, und nicht du!« Sie holte Luft. Thad beobachtete sie aufmerksam. Eine einzige Frage werde ich ihm noch stellen, dachte sie, obwohl sie die Antwort darauf schon kannte.

»Die Fortsetzung«, sagte sie. »*Ellis II.* Für wann hast du sie geplant? Noch immer für Juli?«

Sofort schien er erleichtert zu sein. »Na ja, wir könnten natürlich so lange warten. Sicher.« Er beugte sich vor. »Aber ich dachte... Weißt du, wir sind eigentlich startbereit. Die Formalitäten könnten wir sehr schnell regeln. Da du den Gertz-Film nicht machen wirst, bist du doch frei. Deswegen dachte ich, wir könnten spätestens Mitte Juni mit den Dreharbeiten beginnen. Vorausgesetzt natürlich, daß keine weiteren Probleme auftauchen.«

»Nun Thad« – Hélène stand auf –, »es *gibt* ein Problem. Ich werde nämlich nicht mitmachen.«

»Was?«

»Du hast das Ganze eingefädelt, nicht wahr?« Ruhig blickte sie auf ihn hinab. »Du hast das Ganze mit Joe Stein inszeniert. Du hast ihm versprochen, zu ihm überzulaufen, und zwar unter zwei Bedingungen...«

»Unter einer: mehr Geld. Es ging darum, ein möglichst großes Budget für den Film zu bekommen...«

»Zwei Bedingungen: mehr Geld und daß ich mit Gregory Gertz nicht *Long Division* mache. Stimmt das nicht, Thad?«

»Nein, das stimmt nicht! Ich hatte überhaupt nichts damit zu tun! Verrückt, so eine Idee! Es ging ausschließlich um Zeit, um Image und... Hélène, ich hab's dir doch gesagt!«

»O ja. Du hast mir's gesagt. Und ich habe dir nicht geglaubt. Ich kenne dich viel zu gut, mein lieber Thad. Ich weiß inzwischen, wie du arbeitest. Obwohl ich weiß Gott nicht einsehe, warum es für dich so wichtig sein sollte, daß ich diesen Film nicht mache!«

»Ich wollte, daß du *Ellis II* machst! Schließlich hab' ich's für dich geschrieben...« Er sagte es schmollend. Inzwischen war er aufgestanden und trat von einem Fuß auf den anderen.

»Thad! Kannst du nicht begreifen, daß das überhaupt keinen Unterschied macht? Als du mir das Drehbuch gabst, hatte ich mich längst dafür entschieden, den anderen Film zu machen!«

»Aber du hattest doch schon einen Film mit ihm gemacht! Warum also noch einen zweiten?« Er stockte. »Wie dem auch sei, ich mag Gertz nicht. Ich verachte ihn. Ich habe einen Star aus dir gemacht, und davon will er nun profitieren. Er wollte dich stehlen – so sehe ich das!«

»Ich lasse das nicht mit mir machen, Thad – daß du versuchst, über mein Leben zu bestimmen!« Zornig wandte Hélène sich ab und ging zu den Terrassentüren hinüber.

Eilig hastete Thad hinter ihr her. »Was machst du da?«

»Ich gehe, Thad.«

»Aber nein, warte doch bitte...« Er berührte ihren Arm. Hélène haßte es, von ihm berührt zu werden, und zuckte zusammen. Sofort zog Thad die Hand zurück.

»Bitte, geh nicht! Bleib noch eine Sekunde, ja? Ich muß dir unbedingt was zeigen. Bitte, Hélène! Dann werde ich dir auch alles erzählen. Ehrlich, ich schwör's! Wirklich und wahrhaftig alles!«

Hélène zögerte. Zu ihrem Erstaunen schlurfte Thad eilig durchs Zimmer und öffnete eine Tür am anderen Ende. Dahinter sah Hélène eine Treppe, die nach unten führte.

»Bitte, komm mit! Ich schwöre dir, es dauert nicht lange!«

»Ich muß gehen Thad! Ich habe Cat versprochen, zeitig wieder zu Hause zu sein.«

»Fünf Minuten nur. Ehrlich, Hélène.«

Er ging in den Flur hinaus, und Hélène folgte ihm nach einer Weile. Sie tat es widerwillig und auch, wie sie feststellte, mit einem winzigen Gefühl der Angst – deswegen hatte sie Cat erwähnt. Ihre Tochter war ein Vorwand gewesen: Cat war den ganzen Nachmittag mit Cassie unterwegs.

An der Treppe blieb sie stehen. Thad war die Stufen schon halb hinuntergeeilt. Jetzt blickte er zu ihr empor. »Bitte«, wiederholte er. »Ich möchte, daß du mich verstehst. Ich möchte dir so vieles erklären.«

Nun begann auch Hélène, die Treppe hinabzusteigen. Thad lächelte und eilte weiter, während Hélène sich trotz ihres Unbehagens neugierig umschaute.

Aber es gab wenig zu sehen. Auf der Treppe lag kein Läufer; Geländer und Wände waren weiß gestrichen. Am Fuß der Treppe begann ein langer Korridor, flankiert von geschlossenen Türen, und an den Enden von je einem Fenster beleuchtet. An beiden Fenstern waren weiße Rollos herabgelassen. Der Korridor roch nach Desinfektionsmitteln und Feuchtigkeit.

»Hier.« Thad trottete den Flur entlang bis zur dritten Tür. Dort blieb er stehen und wartete wieder, bis Hélène ihn eingeholt hatte. Er strich die Revers an seinem schwarzen Jackett glatt und blickte, den Kopf ein wenig schief gelegt, mit einem leichten Lächeln auf den Lippen zu ihr auf. »Das ist mein Zimmer. Wo ich arbeite. Ich glaube, daß es dir gefallen wird. Es müßte dir eigentlich gefallen.«

Er griff nach dem Schlüssel, drehte ihn um und stieß mit ausholender Geste die Tür weit auf. Dann trat er zurück, damit Hélène hineingehen konnte. Schweigend starrte sie das Zimmer an. Thad, hinter ihr, stieß ein hohes, nervöses Kichern aus.

Das Zimmer war so klein, daß es an eine Zelle erinnerte. Das weiße Springrollo des einzigen Fensters war an den Rahmen genagelt und mit Klebeband versiegelt. Es gab ein schmales, ordentlich gemachtes Einzelbett, einen Schreibtisch mit völlig kahler Platte und einen Sessel. Davon abgesehen war das Zimmer leer – bis auf die Fotos, und die waren buchstäblich überall.

Sie bedeckten die Zimmerdecke, alle vier Wände und den Fußboden; zu Tausenden. Manche waren aus Zeitungen oder Zeitschriften ausgeschnitten, andere waren Standfotots aus den Filmen, die sie mit Thad gemacht hatte. Und all diese Fotos zeigten sie: die großen und die kleinen, die farbigen und die schwarzweißen. Auf allen Fotos war sie allein, waren die übrigen Personen sauber herausgeschnitten. Jedes Foto fügte sich genau an das daneben, und das Ganze war schließlich lackiert worden, so daß die großen Flächen glänzten. In der Mitte des Fußbodens, fast genau unter ihren Füßen, befand sich das Poster von *Short Cut*: ein junges Mädchen in weißem Kleid, *sie selbst*, sorgfältig auf den Boden geklebt. Es war ein bißchen staubig geworden. Thad bückte sich und wischte den Staub ab.

Als er sich wieder aufrichtete, lächelte er stolz. »Ich hab' inzwischen schon mit dem Nebenzimmer angefangen«, erklärte er. »Die Decke kommt zuerst dran, dann die Wände und zuletzt der Fußboden.«

»Aber *warum*, Thad?« Mit vor Unglauben geweiteten Augen fuhr Hélène zu ihm herum.

Nach kurzem Zögern seufzte Thad. »Gefällt es dir nicht? Ich hätte gedacht, es würde dir gefallen.«

»Das ist es nicht, Thad...« Hélène spürte, wie sich ihr Herz vor Mitleid zusammenzog. Ihr Zorn war verraucht. Sie versuchte Worte zu finden, die ihm nicht weh tun würden, keines davon jedoch schien richtig, keines überhaupt *möglich* zu sein.

»Vielleicht verstehst du mich jetzt.« Thad holte mit einem kleinen Erschauern Luft. »Ich *konnte* nicht zulassen, daß du den Gertz-Film machst. Du solltest nicht mit diesem Gertz arbeiten. Du solltest mit mir arbeiten. Also, es stimmt. Ich bin zu Joe Stein gegangen und hab' ihm ein Geschäft vorgeschlagen. Er hat es auf der Stelle akzeptiert. Ich wußte, daß er das tun würde. Regisseure wie Gertz sind Nullen. Hollywood wimmelt von Männern wie Gregory Gertz. Ein bißchen Talent; ein bißchen Energie; ein bißchen Verstand. Aber er ist kein *Künstler*, Hélène. Er ist nicht wie ich!«

Ein wenig atemlos hiel er inne, um sie aufmerksam zu beobachten. »Ich dachte, du wüßtest Bescheid, sobald du die Widmung in dem Drehbuch sehen würdest, das ich dir gegeben habe. Ich hab' das Datum reingeschrieben, das Datum des Tages, an dem wir uns kennengelernt haben.«

»Das weiß ich, Thad. Aber...«

»Ich konnte es damals nicht verstehen: Warum du das Drehbuch gelesen hast, und dann den Film nicht machen wolltest. Es war so unlogisch! Es hat mir weh getan. Es war, als... Es war, als liebtest du mich nicht.«

»Thad – hör zu. Wir sind Freunde, und wir haben zusammengearbeitet, aber...«

»Wir sind keine Freunde. Das solltest du nicht sagen. Du weißt genau, daß das nicht stimmt.« Er bewegte sich ein Stückchen zur Seite, so daß er ihr die Tür versperrte. »Ich möchte das Wort ›Liebe‹

eigentlich gar nicht verwenden. Es ist ein so dummes Wort. Die Leute sagen ›Liebe‹ und meinen Sex. Das meine ich nicht. Daran bin ich nicht interessiert. Ich möchte dich nicht küssen. Ich möchte dich nicht berühren ...« Er unterbrach sich und kicherte leise. »Manchmal, bei Nacht, berühre ich deine Fotos, aber das ist etwas ganz anderes. Und ich würde dich gern filmen, weißt du – als wären wir beiden allein ...« Er erschauerte und wandte sich von ihr ab. »Ich möchte dich *jetzt* filmen. Ich wünschte ... Bitte, Hélène, laß mich meine Kamera holen! Bitte, laß mich ...«

»Nein, Thad!«

Er hiel inne. Er wandte sich wieder zu ihr zurück, legte den Kopf schief und sah zu ihr auf. »Sag mir, daß du's verstehst. Ich weiß, daß du es tust. Ich weiß, daß du's schon immer verstanden hast. Aber ich möchte, daß du es aussprichst – nur *ein*mal!«

»Was denn, Thad?«

»Daß wir zusammengehören, du und ich. Ich wußte es vom ersten Moment an, als ich dich sah. Wir sind miteinander verbunden. Waren es immer und werden es immer sein. Selbst wenn wir tot sind – lange, nachdem wir gestorben sind –, werden die Leute sich unsere Filme ansehen und es *spüren*! Begreifst du das denn nicht, Hélène?«

Schweigend sahen sie einander an. Hélène bekam wieder ein wenig Angst und hoffte, daß Thad nichts davon merkte. Nach einer Weile, als er nichts weiter sagte und sich auch nicht rührte, holte sie tief Luft, um sich zu beruhigen. »Das ist nicht wahr, Thad, und das weißt du auch«, sagte sie begütigend. »Ich weiß, daß du an das glaubst, was du sagst, aber du mußt auch mich verstehen. Ich empfinde nicht so wie du, und bisher hatte ich auch keine Ahnung, daß du so empfindest. Ich habe Hochachtung vor deiner Arbeit. Aber ich liebe dich nicht, Thad. Ich fühle mich nicht mit dir verbunden. Und ...« Sie zögerte. »Und du hättest nicht tun sollen, was du getan hast, Thad, aus welchem Grund auch immer. Sogar die Liebe gibt keinem das Recht, über das Leben eines anderen Menschen zu bestimmen.«

Einen Moment lang sah er sie schweigend an. In dem gedämpften Licht verbarg die Brille den Ausdruck seiner Augen, und seine Miene verriet kein Gefühl. Er nickte nur ein- oder zweimal, dann streckte er die Hand aus und zog eine Schreibtischschublade auf. Er holte eine große Schere heraus, stieß die Schublade wieder zu und klappte die Schere in der Luft auf und zu. »Gefällt dir mein Anzug?« fragte er dann.

Hélènes Kehle war ausgetrocknet. Sie versuchte, nicht auf die Schere zu blicken. Ruhig antwortete sie ihm: »Er ist genauso wie all deine anderen Anzüge.«

»Jawohl. Genauso. Ich hab' die Idee von jemandem, den ich einmal kurz getroffen habe. Es schien mir eine gute Idee zu sein.« Er trat einen Schritt vor. »Bleib stehen!«

Hélène wich einen kleinen Schritt zurück. Hinter ihr befanden sich Wand und Fenster; rechts stand das Bett; Thad versperrte ihr den Weg zur Tür. Gleich, redete sie sich ein, gleich wird Thad aufhören zu lächeln, die Schere hinlegen, wir werden diesen grauenvollen Raum verlassen und alles ist wieder gut...

Er stand jetzt unmittelbar vor ihr. Er hob die Schere und strich ihr damit über die Wange. Hélène zwang sich, still zu stehen. »Thad«, sagte sie behutsam, »bitte, Thad, leg sie Schere hin.«

»Gleich, Hélène. Halt still!« Er hob die freie Hand und zog mit überraschender Zartheit die Umrisse ihres Gesichts nach. Seine Hand zitterte ein wenig. Er hob sie höher und strich ihr einmal übers Haar. »Du hast Angst«, stellte er fest. »Das brauchst du nicht. Du bist schön. Du bist das Schönste, was ich jemals gesehen habe. Du hast wunderschöne Augen und wunderschönes Haar...«

Die Schere zeigte auf ihre Augen. Thads Miene verriet absolute Konzentration. Am liebsten hätte Hélène geschrien, wagte es aber nicht. Sie kniff die Augen zu und wandte den Kopf ab. Sie spürte das kalte Metall der Schere an ihrem Hals. Dann fühlte sie, wie Thad ihren Hals festhielt, und die Schere zuschnappte.

Sie machte die Augen auf. Thad hielt eine lange, blaßblonde Haarsträhne in der Hand. Er betrachtete sie. Wickelte sie sich um den Finger. Stieß einen bebenden Seufzer aus. Dann hob er den Kopf und sah Hélène mit seinem gewohnten freundlichen Lächeln an. »Die werde ich behalten. Danke.« Damit trottete er zum Schreibtisch, wo er Schere und Locke in einer Schublade verstaute.

»Alles in Ordnung. Tut mir leid, daß ich dir Angst eingejagt hab', aber ich wollte die Locke haben. Ich verstehe, was du gesagt hast. Und das ist auch so in Ordnung. Du bist noch nicht soweit. Du hast es noch nicht eingesehen, daß wir zusammengehören. Eines Tages wirst du's einsehen.« Er begann vor sich hinzusummen; er begann auf seinem Bart zu kauen. »Ich werde jetzt noch ein bißchen arbeiten. Wenn du also immer noch gehen willst...«

Hastig strebte Hélène zur Tür. Thad hatte eine andere Schublade geöffnet und kramte in einigen Papieren. Als sie gerade die Tür erreicht hatte, blickte er auf und fragte sie: »Du willst *Ellis* also nicht machen? Ich kann dich nicht umstimmen?«

»Hast du mich deswegen hier heruntergebracht – um mich umzustimmen?«

»Ich dachte, es könnte helfen.«

»Nein, Thad.«

Sie wartete auf neue Argumente, neue Bitten. Sie kamen nicht. »Na schön. In Ordnung.« Er wirkte völlig unbesorgt. »Du bist jetzt böse auf mich. Es ist nicht der richtige Augenblick. Es hat Zeit. Alles hat Zeit... Warte, ich komme mit hinauf.«

Als sie wieder im Atelierraum waren, machte Thad es sich auf einem der grauen Sitzpolster bequem. Ein Fernsehapparat erwachte zum Leben. Hélène ging zu den Balkontüren hinüber. Thad hatte keinen Blick für sie.

»Leb wohl, Thad«, sagte sie.

Mit einer unbestimmten Geste hob Thad die Hand. Er drehte sich nicht zu ihr um. Hélène trat auf die Terrasse und atmete tief auf: endlich frei!

Sie ging hinaus. Bei ihrem Wagen, der am Ende von Thads langer Einfahrt abgestellt war, blieb sie stehen. Es war ein schwarzer Mulliner Bentley Continental mit hellbeigen Ledersitzen: ein seltsamer Wagen, in Hollywood einzigartig. Sie hatte ihn sich, wie so viele Dinge, zur Erinnerung an Edouard ausgesucht – nicht nur, weil er schön war oder weil sie ihn gern fuhr, sondern weil sie beim Fahren spürte, daß Edouard ihr nahe war.

Voll Ungeduld bei diesem Gedanken stieg sie in den Wagen und fuhr die Einfahrt hinab. Gerade als sie auf die schmale Straße einbiegen wollte, die sich durch die Hügel den Canyon hinunterwand, entdeckte sie auf der anderen Straßenseite einen Ford, neben dem, die Kamera gezückt, ein hagerer, schäbig gekleideter Mann wartete:

derselbe Mann, der sie in Forest Lawn fotografiert, derselbe Mann, der sie während der letzten Monate hartnäckig verfolgt hatte. Sie hörte seine Kamera klicken, zog die Handbremse an und stieg aus. Der Hagere kehrte bereits zu seinem Wagen zurück. Als Hélène auf ihn zukam, blieb er stehen. Sie war um einen Kopf größer als er. Nervös blinzelnd sah er sie an. Sie streckte die Hand aus. »Geben Sir mir die Kamera!«

Er wich zurück, bis er halb über dem Heck des Wagens lag. »Fangen Sie bloß nichts an! Ich hab' nichts Schlimmes getan. Dies ist mein Job. Ich...«

»Ich sagte, geben Sie mir die Kamera!«

Er umklammerte sie noch fester. Seine Stimme wurde weinerlich. »Hören Sie zu. Machen Sie keinen Ärger! Das können Sie nicht tun! Es gibt kein Gesetz, das mir verbietet...«

Unvermittelt und für ihn völlig überraschend griff Hélène zu, entwand ihm die Kamera und trat zurück an den Straßenrand. Links von ihr fiel das Gelände mehrere hundert Meter steil ab. Der Hagere kam ihr nach, zögerte jedoch und blieb stehen. Hélène öffnete die Kamera, nahm den Film heraus, hielt ihn ans Licht und warf ihn in weitem Bogen den Hang hinab ins Gebüsch. Dann gab sie ihm die Kamera zurück, machte kehrt, stieg wortlos in ihren Bentley und fuhr davon. Der Hagere stand schwitzend und zitternd da und sah ihr nach.

Sie fuhr jetzt schneller, rücksichtsloser, jagte durch die Kurven. Eine halbe Meile von ihrer Villa entfernt trat sie auf die Bremse. Rutschend kam der Wagen zum Stehen.

Heftig atmend saß sie da, auf der schmalen, leeren Straße, unter einem unwirklich blauen Himmel. Dann hob sie die Hand und betrachtete den Verlobungsring, den sie noch immer trug, den berühmten Diamanten. Sie zog ihn ab. Sie zog ihren Ehering ab. Einen Moment behielt sie die beiden glitzernden Schmuckstücke in der Hand, dann holte sie aus und warf sie mit aller Kraft von sich. In glitzerndem Bogen flogen sie hoch empor, um dann ins dichte Gebüsch des Hügelhangs zu fallen.

Ohne einen Blick zurück fuhr Hélène dann weiter und legte den Rest des Weges langsamer zurück.

Als sie das Haus erreichte, war alles still. Sie lief hinein, rief nach Cat, doch dann fiel ihr ein, daß weder Cat noch Cassie da waren und auch noch nicht so schnell heimkommen würden. Mitten in der Halle blieb sie stehen und fühlte sich auf einmal sehr einsam. Dann ging sie auf die Wohnzimmertür zu. Ihre Absätze klapperten auf dem alten Fliesenboden. Sie drehte den Knauf, und noch während sie die Tür aufstieß, nahm sie sich vor, mit Cat dieses Haus zu verlassen und irgendwo anders hinzugehen.

Ganz hinten im Zimmer, ihr zugewandt, saß ein Mann in einem Sessel. Er mußte ihre Schritte gehört haben, denn er schien aufmerksam zu lauschen. Er saß ein wenig vorgebeugt, hielt mit den Händen die Armlehnen des Sessels gepackt und spähte zur Tür. Hélène blieb stehen. Edouard erhob sich lautlos.

Beide blieben still stehen und sahen einander an. Der Schock war so groß, daß Hélène sich nicht rühren, kein einziges Wort herausbringen konnte. Sie starrte ihn an – in einem Schweigen, das ihr vorkam, als sei es von Lärm, von Energie erfüllt. Edouard hob langsam die Hand und ließ sie wieder fallen.

Worte, Sätze rasten ihr durch den Kopf und hinterließen nur Leere. Die Konturen des Zimmers verschwammen und wurden wieder klar, und dann war sie plötzlich von einer unendlichen Freude erfüllt, die mächtiger war als alle Worte. So mächtig, so unwiderstehlich war diese Freude, daß sie zu lächeln begann, und dieses Lächeln schien ansteckend auf ihn zu wirken, denn seine Augen leuchteten auf, und er erwiderte ihr Lächeln.

Er trat einen Schritt vor, dann blieb er stehen, und seine Miene wurde wieder ernst. Die Direktheit, die Zurückhaltung, der Wunsch, starke Gefühle zu verbergen, und die Lässigkeit, die er bei dem Versuch dazu hervorkehrte – sie erkannte all jene Eigenschaften an ihm, die sie so liebte, erkannte sie auf den ersten Blick.

Edouards Miene war nicht gelassen, doch als er sprach, war seine Stimme vollkommen ruhig. »Ich habe mir immer wieder gesagt, daß du mir eines Tages schreiben wirst. Oder daß ich zum Telefonhörer greifen und deine Stimme hören werde. Oder ein Zimmer betreten und dich dort vorfinden werde. Jeden Tag habe ich mir das gesagt, fünf Jahre lang...«

»Aber ich *habe* dir geschrieben, Edouard. Ich habe geschrieben...« Sie wollte auf ihn zugehen, hielt aber inne.

»Ich weiß. Und ich bin gekommen, sobald ich deinen Brief erhielt. Du mußt gewußt haben, daß ich das tun würde. Du kannst nicht daran gezweifelt haben – nicht eine Sekunde lang!« Er unterbrach sich. »Sag mir, daß du es gewußt hast! Sag mir…«

»O ja, Edouard, ich hab's gewußt! Ich habe es wirklich immer gewußt!« Sie blickte zu ihm empor, obwohl sie ihn kaum erkennen konnte, so plötzlich überfiel sie ein blendendes Schwindelgefühl. »Ich wußte es, und dann dachte ich…«

»Diese Gedanken sind mir bekannt.« Eine gewisse Ironie lag in seinem Ton, die nicht zum Ausdruck seiner Augen paßte. »Aber sie zählen nicht. Sie sind unwichtig.« Er machte eine kleine Pause. »Meinst du, du könntest ein bißchen näher kommen?«

Hélène gehorchte.

»Noch näher?«

Sie trat einen weiteren Schritt auf ihn zu. Sie standen sich sehr nah gegenüber und sahen sich an. Die Zeit blieb stehen; die Welt blieb stehen. Dann legte er die Arme um sie und hielt sie fest an sein klopfendes Herz gedrückt.

Weißt du, daß ich nach dir gesucht habe? Weißt du das?« Es war später, sehr viel später, und Edouard, der sich auf dem langen Flug von Paris hierher genau zurechtgelegt hatte, was er sagen wollte, und in welcher Reihenfolge, konnte sich an nichts mehr erinnern. Alles was er ihr zu erzählen versuchte, kam kunterbunt durcheinander heraus und verwirrte sie vermutlich, aber das war ihm gleichgültig. Gerade noch sprach er über die vergangene Woche, dann wieder über das letzte Jahr. Er hatte ihr von Madeleine erzählt und von Anne Kneale, nicht aber von den Fotos von Cat und den Geschenken. Und er hatte ihr noch nichts davon erzählt, wie oft er zum Kirchlein St. Julien le Pauvre zurückgekehrt war; nichts von der Zeit in St. Tropez, als er am Strand gestanden und bar jeder Hoffnung aufs Meer hinausgeblickt hatte, um plötzlich zu spüren, daß die Hoffnung zurückkehrte. Sie hatten nebeneinander gesessen; dann jedoch war er aufgesprungen und im Zimmer umhergegangen, während die Worte ihm wirr und leidenschaftlich über die Lippen strömten. Nun aber kam er, weil er es unerträglich fand, nicht ganz dicht neben ihr zu sein, zu ihr zurück, setzte sich und ergriff ihre Hände.

Hélène sah ihn glücklich an. Auch sie hatte versucht, ihm zu erzählen, ihm zu erklären, und ihre Worte waren genauso ungeordnet gewesen wie seine: Beide begannen sie, brachen ab, begannen abermals. Hélène hielt sich die Ohren zu. »Ach, Edouard, du bist mir zu schnell. Ich kann nicht denken. Es ist so viel Zeit vergangen, und jetzt ist es auf einmal, als sei überhaupt keine Zeit vergangen. Es kommt mir vor, als wärst du immer hier gewesen...«

»In gewissem Sinne war ich das auch...«

»Es ist, als hätte ich gestern erst die Loire verlassen.« Seufzend griff sie nach seiner Hand. »Weißt du, Edouard, ich hab' mich heimlich aus deinem Haus davongeschlichen, und das war entsetzlich. Ich wollte dir ein paar Zeilen schreiben. Ich wollte dir alles erklären, aber ich hatte zuviel Angst...«

»Ach, mein Liebling! Ich wünschte, du hättest keine Angst gehabt! Selbst wenn es nicht mein Kind gewesen wäre – was glaubst du wohl, was ich getan hätte, wenn du es mir gesagt hättest?«

»Ich weiß es nicht.« Sie schüttelte den Kopf. »Edouard, ich weiß es nicht. Ich dachte wohl, du würdest mich nicht mehr lieben.«

»Das darfst du nie, aber auch wirklich *niemals* denken!« Er zog sie in seine Arme. Behutsam drehte er ihr Gesicht zu sich herum. »Du wußtest also nicht, daß ich damals nach dir gesucht habe?«

Ihre Augen wurden groß. »Du hast nach mir gesucht? Damals, nachdem ich die Loire verlassen hatte? Aber...«

Ihre Hände in den seinen, erklärte Edouard, was geschehen war. Wie er ihre Spur nach Rom verfolgt und persönlich dorthin geflogen war. Und er erzählte ihr von seinem Gespräch mit Thad.

Sie lauschte ihm schweigend. Als er endete, stieg ihr die Farbe ins Gesicht, und sie sprang auf. »Ich *hasse* Thad!« rief sie erregt. »Ich hasse ihn! Er ist böse! Er hat mir kein Wort davon gesagt. Er versucht die Menschen zu manipulieren; er versucht, über ihr Leben zu bestimmen, als seien sie Figuren in seinen Filmen...«

Sie unterbrach sich und sah Edouard an. Ihre Miene wurde ruhiger. Sie setzte sich wieder und griff nach seiner Hand. »Thad ist ein Narr«, erklärte sie schlicht. »In all den kleinen Dingen des Lebens hat er recht, in all den großen, wirklich wichtigen jedoch, irrt er sich gewaltig. Das hab' ich schließlich eingesehen. Man erkennt es in seinen Filmen – genau und deutlich.«

Edouard sah sie an. »Hat er sich geirrt – in deinem Fall?«

»Er hat sich geirrt. Ich schwöre dir, er hat sich geirrt.« Sie stockte. »Erinnerst du dich noch an den ersten Abend, als du mich mitgenommen hast nach St. Cloud?«

»Ich glaube mich dunkel daran zu erinnern.« Edouard lächelte.

»Was ich damals gesagt habe, war ernst gemeint. Erinnerst du dich, daß ich gesagt habe, ich wäre sofort mit dir gegangen – vom ersten Moment an, als ich dich sah?«

»Ich erinnere mich.«

»Das traf *immer* zu!« Sie beugte sich zu ihm hinüber. »Hättest du mich in Rom gefunden und mich gebeten, zurückzukommen, hättest du mich irgendwann in den letzten fünf Jahren gefunden und mich darum gebeten – ich wäre jedesmal mitgekommen. Ich hätte mich dir niemals verweigern können – nicht, solange ich gewußt hätte, daß du mich willst.«

Sie machte eine nachdenkliche Pause. »Ehrlich, Edouard, ich habe versucht, dich nicht zu lieben. Ich hab' mir die größte Mühe gegeben. Ich hab' versucht, Lewis eine gute Ehefrau zu sein, deswegen erschien es mir falsch und unloyal, weiterhin an dich zu denken.« Traurig schüttelte sie den Kopf. »Ich hab' mir unmögliche Ziele gesetzt. Ich nahm mir vor: Ich will einen ganzen Tag nicht an Edouard denken. Oder zwei Tage ...«

»Und hast du's geschafft?«

»Nein. Ich hab's nicht geschafft. Ich *glaubte* nur, daß ich es wirklich wollte, weil ich merkte, daß Lewis Bescheid wußte, und spürte, wie unglücklich es ihn machte. In Wahrheit aber wollte der Gedanke an dich sich einfach nicht vertreiben lassen. Weil ich es nicht wirklich wollte. Ich wollte ihn behalten. Weil ich das Gefühl hatte, wenn ich diese Liebe in mir tötete, würde ich damit auch mich selber töten ...« Mit einem kleinen Aufschluchzen umklammerte sie seine Hand noch fester. »Ach, Edouard, warum bist du nicht zu mir gekommen? Warum hast du nicht geschrieben, nicht telefoniert oder ...«

»Nichts auf der Welt hätte ich lieber getan, Hélène, das schwöre ich dir! Aber ich dachte, das darf ich nicht. Manchmal war ich so sicher, daß du nicht vergessen kannst. Und dann dachte ich, wenn ich dir die Freiheit lasse, damit du all die Dinge erreichen kannst, die du dir wünschtest, und wenn du dann – eines Tages – die freie Wahl hättest, würdest du von selbst zu mir zurückkehren oder mir schreiben ... « Er schwieg einen Moment. »Das waren die guten Momente. Wenn ich daran glaubte.«

»Und die anderen Momente – wie waren die?«

»Die würde ich am liebsten vergessen. Es gab so viele Gründe. Es hätte alles nur eine Illusion sein können, das war mir klar. Du warst mit einem anderen verheiratet; du hättest wahrhaftig glücklich sein können. Jemand, der euch einmal begegnet ist, hat mir sogar erzählt, daß ihr glücklich seid. Ich konnte das mit Cat nicht verstehen, wie du das tun konntest – es sei denn, du wolltest mich wirklich verlassen, es sei denn, es wäre für dich nur eine flüchtige Episode gewesen.« Er überlegte kurz. »Es sei denn, du wärst nicht du, sondern eine ganz andere Frau. Und jedesmal, wenn ich mir das einzureden versuchte – mit tausend Argumenten, *vernünftigen* Argumenten –, hörte ich auf einmal auf. Weil ich einfach nicht glauben konnte – weil ich *wußte*, daß ich mich nicht geirrt hatte.« Er schwieg.

Hélène, der die Qual in seinen Augen nicht entgangen war, senkte den Kopf. Er hob ihr Kinn an, damit er ihr in die Augen blikken konnte. »Du hast mich angerufen, nicht wahr?« fragte er liebevoll. »Ich wußte, daß du es warst. Dreimal klingeln – und dann Stille. Einmal – nur ein einziges Mal hast du nicht aufgelegt. Hast du gehört, daß ich deinen Namen gesagt habe?«

»Ja.«

»Und wußtest du, daß ich einmal genau das gleiche getan habe?«

»Ach, Edouard, natürlich wußte ich es. Dann aber versuchte ich mir einzureden, daß ich mich geirrt hätte ...«

»Und als du in Paris warst – bist du da jemals dorthin gegangen, wo wir uns getroffen haben?«

»Ja. Einmal. Ich spürte deine Nähe.«

»Ich spürte deine auch. So oft!«

Sie sahen einander an. Mit einer Hand zog Edouard zärtlich die Konturen ihrer Wangen nach. Hélène fing seine Hand ein und preßte sie an ihre Lippen. »Fünf Jahre, Edouard.« Eifrig blickte sie zu ihm auf. »Ich war so ein *Kind*! Jünger, als ich es dir damals gesagt habe. Ich wußte doch kaum, wer ich eigentlich war. Damals hatte ich nicht den Mut, ich selbst zu sein. Deswegen hab ich gelogen – habe ich dich belogen, Edouard, und es *schmerzt* mich, daran zu denken, wie sehr ich dich belogen habe ...«

»Aber Liebling! Ich verstehe doch, warum du das getan hast!«

»Nein, Edouard. Hör zu. Ich hab' mich geändert. Du siehst es sogar an meinem Gesicht. Schau her: Ich habe Fältchen. Hier, und hier, und hier.« Mit tiefernster Miene deutete sie auf ihr Gesicht, und Edouard, der sich genau an diese sehr ernsthaften Momente erinnerte, für die er sie liebte, beugte sich vor und berührte die Fältchen sanft mit den Lippen.

»Ich bin stolz auf diese Fältchen, Edouard. Ich bin *froh*, daß es sie gibt. Weil ich jetzt kein Kind mehr bin. Weil ich dir jetz viel näher bin, mich dir so unendlich viel näher fühle...«

Sie verstummte. Edouard nahm ihre Hände und begann ein wenig zögernd: »In zwei Tagen – hörst du? – läuft die SS *France* von New York nach Frankreich aus. Ich habe für dich, für mich, für Cat und für Madeleine gebucht – und auch für Cassie, falls sie mitkommen will.«

»Edouard...«

»Diese Buchungen wurden gemacht, als ich deinen Brief gelesen hatte. Na ja, sobald das Reisebüro am nächsten Morgen öffnete...« Er lächelte. »Und wenn du nicht mit mir nach Frankreich kommen willst, werden wir woanders hingehen. Wohin, das ist mir völlig egal. Aber ich will nie wieder ohne dich leben müssen. Ich *kann* nicht wieder ohne dich leben. Und...« Er stockte. »Du kannst nicht mit Lewis verheiratet bleiben.«

»Im Grunde war ich niemals mit Lewis verheiratet. Das wäre gar nicht möglich gewesen.« Sie wandte den Blick ab. »Edouard...«

»Wir werden jetzt nicht diskutieren, Hélène. Du mußt dich entscheiden...« Er hielt inne, weil er nicht länger ruhig bleiben konnte. »Wir haben nur dieses eine Leben, Hélène. Fünf Jahre davon haben wir schon vertan.«

»Ich habe mich bereits entschieden.« Sie sagte es so leise und mit gesenktem Kopf, daß Edouard ihre Worte nicht gleich verstand. Als sie dann aufblickte, erkannte er die Zustimmung in ihren Augen.

»Ja?«

»Ja, Edouard! Ich liebe dich. Ach, Edouard, ich liebe dich ja so sehr!« Sie warf ihm die Arme um den Hals.

Erst später, als ihr der Kopf von tausenderlei Dingen schwirrte, die sie ihm unbedingt sagen mußte, erinnerte sie sich plötzlich an etwas recht Unangenehmes. Sie stand auf, öffnete eine Schublade und holte ein Bündel Zeitungsausschnitte heraus.

»Das hätte ich wirklich fast vergessen. Du warst ja fort, deswegen hast du das hier vermutlich nicht gesehen. Aber du mußt es sehen. Edouard, glaub mir, ich hab' an dich geschrieben, bevor das alles geschehen ist, bevor dieser ganze Terror begann! Aber ich kann nicht zulassen, daß du dich entscheidest, bevor du dir nicht alles angesehen hast!«

»Gib her.« Er stand auf und streckte die Hand aus. Hélène gab ihm die Ausschnitte. Edouard jedoch warf keinen einzigen Blick darauf. »Die kenne ich schon – einige wenigstens. Ich weiß genau, wieviel von all dem wahr ist, ich weiß, wann du mir geschrieben hast, und ich weiß, wann diese Kampagne begann. Hör endlich auf damit, Hélène!« Mit einer kurzen Handbewegung warf er die Zeitungsausschnitte in den Kamin. Dann bückte er sich und setzte sie mit einem Streichholz in Brand.

Als er sich aufrichtete und sie ansah, spielte ein Lächeln um seine Lippen. »Ich bin an Skandale gewöhnt. Und wenn wir gemeinsam von New York aus nach Frankreich reisen, werden wir mit Sicherheit noch eine ganze Menge mehr davon auslösen.«

»Edouard...«

»Vergiß das alles. Nichts davon ist wirklich wichtig. Komm her!«

Sie rückte näher an ihn heran. Er griff in die Tasche und zog etwas heraus. »Das hier hast du damals bei mir vergessen.« Er öffnete die geschlossene Hand. Auf seiner Handfläche lag ein Diamantring – der Diamantring, den er ihr einst geschenkt hatte.

Stumm betrachtete Hélène den Ring. Ihre Augen füllten sich mit Tränen. Edouard ergriff ihre Hand. »Nimm ihn!«

Sie zögerte nur einen Moment; dann nahm sie den Ring und steckte ihn sich an den Finger.

Edouard ergriff ihre Hand. Ihre Blicke trafen sich.

»Ich wußte es«, sagte sie genauso, wie sie es ihm schon zuvor gesagt hatte.

»*Wir* wußten es«, korrigierte er sie.

Hélène hob die Hand, bis das Licht in dem Diamanten funkelte. Sie wollte etwas sagen, tat es aber nicht, weil Worte nicht mehr erforderlich waren, und weil Edouard sie liebevoll an sich zog.

Später am selben Tag begegnete Edouard zum erstenmal seiner Tochter. Dem kleinen Mädchen auf den Fotos, dessen Gesichtchen eine winzige Kopie seiner eigenen Züge war. Ganz begeistert von den Erlebnissen des Nachmittags kam sie ins Wohnzimmer gestürmt, in dem sie saßen.

Als sie den fremden Mann entdeckte, blieb sie stehen. Würdevoll und höflich stand Edouard auf. Hélène machte die beiden förmlich miteinander bekannt. Cat gab Edouard die Hand; dann setzte sie sich in einen Sessel und sagte eine ganze Weile gar nichts. Sie ließ die Beine baumeln, warf ihrer Mutter dann und wann einen Blick zu, um sich anschließend sofort wieder auf den Fremden zu konzentrieren.

Edouard mußte an Grégoire denken; er hatte das Gefühl, begutachtet zu werden, und wurde nervös, während Hélène, die das spürte, ihn voll Bewunderung beobachtete – niemand anders hätte etwas bemerkt. Genau wie damals mit Grégoire, unterhielt er sich so ernsthaft mit Cat wie mit einem Erwachsenen. Cat hörte ihm zu; und antwortete ihm, anfangs ein wenig zögernd, dann impulsiver. Und auf einmal, ganz plötzlich, wie es bei Kindern so geht, beschloß sie offenbar, ihn zu akzeptieren. Sie stand auf und sah ihn an.

»Hast du schon den Garten gesehen? Möchtest du den Garten sehen? Wenn du willst, zeige ich ihn dir. Und dann zeige ich dir mein Zimmer. Ich hab' ein französisches Buch in meinem Zimmer. Das hat mir Madeleine geschenkt.«

»Das würde ich wirklich sehr gern tun.«

Edouard erhob sich; gemeinsam mit Hélène folgte er ihr hinaus. Sie machten einen Rundgang durch Garten und Park; sie stiegen mit Cat die Treppe zu ihrem Zimmer hinauf. Dort setzte sich Edouard auf das kleine Bett. Er mußte sich nicht nur das französische Buch ansehen, sondern auch die vielen englischen Bücher.

»Ich kenne auch ein paar französische Wörter.« Cat blickte auf. »Die hab' ich von Madeleine gelernt. Und auch, wie man das französische ›R‹ ausspricht, ganz hinten im Hals. Manchmal kann ich das sogar.« Sie musterte ihn neugierig. »Kennst du Madeleine auch, oder nur meine Mutter?«

»O ja! Ich kenne Madeleine schon – sehr lange. Seit sie ein junges Mädchen war. Und ich kannte ihre Familie.«

Das schien Cat zu gefallen. Sie lächelte, als sei sie jetzt wirklich fest überzeugt, daß Edouard in Ordnung war.

»Und wenn du nicht auf Reisen bist, wohnst du die ganze Zeit in Frankreich?«

»Ich habe ein Haus bei Paris. Und eins auf dem Land, ganz in der Nähe von dort, wo Madeleine aufgewachsen ist. Und eins an der See.« Er wartete einen Moment. »Wenn du möchtest, könntest du kommen und sie dir alle ansehen.«

»Oh, wirklich?« Zwei rosige Flecken erschienen auf ihren Wangen. »Mit meiner Mutter?«

»Aber natürlich! Und mit Madeleine und Cassie, wenn du das möchtest.«

Bei den wenigen Gelegenheiten, da Cat Hélène am Drehort besucht hatte oder mit Hélène und Lewis in Urlaub gefahren war, hatte sie eine leidenschaftliche Begeisterung für Flugzeuge entwikkelt. Jetzt wurden ihre Augen groß. »Könnten wir fliegen?«

»Nun ja, das könnten wir natürlich. Aber wir können auch mit dem Schiff fahren. Einem sehr großen Schiff. Dort hättest du ein eigenes Zimmer...« Edouard, der bemüht war, ihr diese Alternative schmackhaft zu machen, wußte nicht recht weiter. »Mit – mit runden Fenstern. Die nennt man Bullaugen.«

»Und Liegen, die man Kojen nennt«, ergänzte Hélène rasch.

Das Rot auf Cats Wangen wurde greller. »Kojen? Wie in den Wohnwagen? O ja!«

»Dann machen wir's so: Zuerst fliegen wir mit meinem Flugzeug nach New York, und von da aus nehmen wir das Schiff.«

»Wann denn? Wann? Morgen?«

»Übermorgen.« Edouard, der bei seiner Tochter eine Andeutung der eigenen Ungeduld entdeckte, begann zu lächeln. Er stellte fest, daß sie Lewis Sinclair mit keinem Wort erwähnte und daß sie überhaupt nicht auf die Idee kam, er könne vielleicht auch mitkommen. Als Cat ins Bett verfrachtet worden war und Hélène weinte, drückte er ihr beruhigend die Hand. Es werde alles gut gehen, versicherte er ihr. Es werde sich alles regeln – langsam, behutsam. Schließlich hatten sie jetzt Zeit; sehr viel Zeit.

Als Edouard am nächsten Morgen in die Villa zurückkehrte, wurde er Cassie vorgestellt. Cassie schien schon einiges von den Geschehnissen zu wissen, vielleicht von Hélène, vielleicht von Madeleine. Edouard hatte den Eindruck, daß sie, während sie ihn musterte, die restlichen Lücken selbst füllte. Über den strengen, durchdringenden Blick belustigt, versuchte er ihr den Plan mit der *France* zu erklären.

»Wo Hélène hingeht, da gehe ich auch hin. Wo sie lebt, lebe ich auch.« Herausfordernd richtete sich Cassie zu ihrer vollen Höhe auf. »Wenn Sie Hélène wollen, müssen Sie mich auch nehmen.«

Edouard drückte ihr seine Freude darüber aus. Cassie ihrerseits war tief beeindruckt von ihm, aber auch fest entschlossen, Edouard das nicht merken zu lassen.

»Und kein Französisch«, erklärte sie, ihren durchbohrenden Blick auf ihn gerichtet. »Kann mir doch nicht die Zunge verdrehen! Viel zu alt! Und außerdem – Sie lassen uns fast überhaupt keine Zeit zum Packen!«

Damit fegte sie, beide Arme voll Seidenpapier, energisch hinaus. Edouard, der nicht an einen Haushalt gewöhnt war, in dem Frauen packten, zog sich ein wenig unsicher zurück. Er unterhielt Cat mit Geschichten und Büchern. Als sie am Nachmittag dann unter lautstarkem Protest von Madeleine mitgenommen wurde, verbrachte er zwei idyllische Stunden mit Hélène, die sämtliche Symptome einer verliebten Frau zeigte, zugleich aber hektisch und zerstreut versuchte, ihre Abreise zu organisieren. Es waren noch eine Menge Pflichten zu erledigen. Sie mußte einige Leute informieren. Und hier war Edouard ihr überhaupt keine Hilfe. Er sah nicht ein, warum. Er befand sich inzwischen in einem Zustand so großer Glückseligkeit und Ungeduld, daß er kaum noch an die Existenz von Lewis Sinclair glaubte; gar nicht zu reden von den Agenten, Anwälten, Sekretärinnen, dem Steuerberater und auch Thaddeus Angelini.

Hélène, die energisch gegen ihre Neigung zum süßen Nichtstun ankämpfte, blieb hart.

»Na gut, dann sag ihnen Bescheid«, gab Edouard nach. Er krauste die Stirn. »Soll ich vielleicht doch lieber gehen?« Diese Möglichkeit erschreckte ihn. Zum Glück schien sie Hélène auch zu erschrecken.

Aber nein, entgegnete sie, er müsse bleiben. Sie werde sich sehr beeilen.

Sie führte, an ihrem Schreibtisch im Arbeitszimmer sitzend, eine Reihe von Telefongesprächen, während Edouard ihr auf einem Stuhl gegenübersaß, Heftklammern stapelte, den Stapel umstieß und abermals aufbaute. Er musterte die Aktenhefter und Kontobücher, die Zeugen ihres Geschäftslebens; er lauschte ihrer Stimme, während sie bemüht war, möglichst gelassen möglichst wenig Informationen zu vermitteln; er beoachtete, wie die Sonne ihr Haar schimmern ließ und wie ihre Finger mit der Telefonschnur spielten.

Das Gespräch mit Thad Angelini fiel besonders kurz aus: Angelini zeigte sich nicht interessiert an Hélènes Plänen. Das erstaunte Edouard ein wenig, aber er hatte keine Lust, weiter darüber nachzudenken. Nur das Gespräch mit Lewis zog sich etwas länger hin, weil er offenbar Schwierigkeiten hatte zu begreifen, was Hélène sagte. Sie mußte die einfachsten Sätze wiederholen, und als sie den Hörer schließlich auflegte, sah Edouard, wie bekümmert sie war.

»Er hatte wohl irgendwas geschluckt. Pillen, vermutlich. Ich weiß es nicht.« Sie machte eine hilflose Handbewegung. »Er hat überhaupt nicht richtig zugehört.«

Sofort wurde Edouard aufmerksam, und sein Verstand begann zu arbeiten. In diesem Moment, in dem ihm zum erstenmal klar wurde, wie eifersüchtig er auf diesen Mann gewesen war, erstarb die Eifersucht mit einem Schlag. Lewis Sinclair hatte Hélène schließlich geliebt. Sekundenlang fühlte sich Edouard ihm verbunden und glaubte ihn zu verstehen.

Jetzt schämte er sich ein wenig seines bisherigen sorglosen Glücks. Es erinnerte ihn daran, daß man die Vergangenheit nicht einfach abtun konnte, ohne auf die zahlreichen, daraus erwachsenen Probleme zu achten. Hier ging es um eine Ehe, und obwohl ihn die Erkenntnis schmerzte, daß es in dieser Ehe Geheimnisse und Schwierigkeiten gegeben haben mußte, an denen er nicht teil hatte, wußte er doch, daß er das akzeptieren mußte.

Am selben Abend starteten sie mit Edouards Maschine nach New York, damit sie pünktlich zur Abfahrt der *France* an Bord gehen konnten. Erst als sie in der Luft waren, fiel Edouard auf einmal etwas ein, was ihn bestürzte: Hélène wußte noch immer nichts von seiner Verbindung mit Partex und Sphere: In all der Konfusion und Freude, der Hast der vielen Erklärungen, hatte er gar nicht mehr an diese doch so wesentliche Tatsache gedacht.

Edouard saß ganz still und betrachtete Hélène, die ihm gegenübersaß und Cat auf einige noch sichtbare Landmarken aufmerksam machte. Cat sah aufgeregt zum Fenster hinaus, begeistert davon, daß es keine fremden Passagiere in der Maschine gab. Sie stiegen weiter, und als sie in die Wolken eindrangen, stieß Cat einen kleinen Freudenschrei aus.

Edouard zögerte. Spontan nahm er sich vor, Hélène alles zu beichten, sobald sie allein waren. Dann dachte er an all die Dinge, die sie über Thad Angelini und die Art gesagt hatte, wie er über ihr Leben zu bestimmen versucht hatte, erinnerte sich, wie zornig sie darüber gewesen war, und empfand eine gewisse Bangigkeit.

Wenn er es ihr jetzt sagte, würde es aussehen, als hätte er absichtlich damit gewartet, bis sie gestartet waren. Möglicherweise hatte Hélène dann das Gefühl, er habe falsch gehandelt. Bis zu einem gewissen Grad hatten sie beide, Angelini und sie, ihren Erfolg ihm zu verdanken, das wußte er. Sphere hatte ihnen die Möglichkeiten geboten, um die sie in Hollywood, auf sich selber gestellt, jahrelang hätten kämpfen müssen, die ihnen womöglich niemals zugestanden worden wären. Trotz ihrer spontanen Bereitwilligkeit, Los Angeles zu verlassen, war Hélène stolz auf ihre Arbeit, stolz auf das, was sie erreicht hatte. Was würde sie von beidem halten, wenn sie die Wahrheit wüßte, und was würde sie vor allem von *ihm* halten?

Die Maschine hatte ihre Flughöhe erreicht, und Edouard richtete den Blick wieder auf Hélène. Er betrachtete die geschwungene Linie ihrer Wange, ihre strahlenden Augen, ihr schönes Gesicht und faßte einen Entschluß.

Vom Schiff aus würde er Simon Scher ein Telex schicken, ihn anweisen, Spheres Aktivitäten abzuwickeln, die Gesellschaft zu verkaufen und seinen eigenen Namen, wie bisher, völlig herauszuhalten. Er würde Hélène weder jetzt noch später etwas von seiner Verbindung mit Sphere erzählen; diese Rolle, die er in ihrem Leben gespielt hatte, sollte endgültig der Vergangenheit angehören.

Cat hatte eine Kabine mit einer Koje und einem Bullauge; Cassie und Madeleines hatten rechts und links davon ein wenig größere, aber ganz ähnliche Kabinen. Cat jubelte glückselig. Noch ehe sie ablegten, hatte sie das gesamte Schiff erkundet. Sie hatte den Swimmingpool besichtigt, das Kino, die Bibliothek und den Ballsaal. Sie hatte einen Blick in die verschiedenen Restaurants geworfen und die Rettungsboote inspiziert.

Als sich das große Schiff langsam vom Kai entfernte, stand sie zwischen Edouard und Hélène an der Reling und winkte allen Menschen zu, die das Pech hatten, an Land bleiben zu müssen.

»Danke!« sagte Cat zu Edouard. »Oh, vielen Dank! Es ist viel schöner als mit dem Flugzeug.«

Nur eines störte sie ein wenig. Als sie auf das obere Deck heraufkam, wo Edouard und Hélène getrennte, aber benachbarte Kabinen hatten, schaute sie sich enttäuscht in Hélènes Zimmer um. Es war groß, und mit vielen Blumen gefüllt. Es war recht hübsch – aber es hatte leider ein *Bett*!

»Oh, aber Mutter, wie furchtbar schade! Du hast ja gar keine Koje hier!« Sie sah zu Edouard auf. »Hast du eine Koje, Edouard?«

Edouard lächelte und tauschte einen rätselhaften Blick mit ihrer Mutter. »Nein, ich habe ebenfalls ein Bett. Wenn du willst, kannst du mal drauf herumspringen. Sie sind beide äußerst bequem.«

Cat stand da und starrte zu Boden. Sie wurde sehr rot. Nach einer Weile sagte sie mit der kleinlauten Stimme eines Menschen, der bereit ist, ein großes Opfer zu bringen: »Ich wette, Mutter hätte lieber eine Koje. Vielleicht könnte ich ja mit ihr tauschen. Wenn sie das möchte.«

Edouard hüstelte. Hélène hockte sich neben Cat auf den Boden und sagte zur größten Erleichterung ihrer Tochter: »Das ist wirklich sehr lieb von dir, Schatz, aber es gefällt mir hier sehr gut...«

»Na schön, wenn du meinst«, gab Cat zurück. Dann lief sie eilig hinaus, damit die Mutter sich nicht noch anders besinnen konnte.

»Meine Mutter hat keine Koje, sondern ein Bett«, berichtete sie Cassie und Madeleine, als sie mit ihnen zu spielen begann. »Edouard auch. Ich hab' gesagt, Mutter könnte meine Koje haben, wenn sie will, aber sie hat nein gesagt«.

Jetzt mußte auch Cassie husten. Sie wurde ganz rot im Gesicht – fast so, als müsse sie lachen. Nur Madeleine nahm ihre Mitteilung gelassen auf. »*Attention, ma petite!* Du mußt dich jetzt wirklich konzentrieren. Es ist ein äußerst schwieriges Spiel, das wir lernen müssen, bevor wir in Frankreich ankommen, und bis dahin sind's nur fünf Tage...«

»Vielleicht würde Edouard ja mitspielen...«

»Mag sein. Mag sein. Aber du darfst sie jetzt nicht stören, Cat. Sie sind im Augenblick sehr beschäftigt.«

Cat stieß einen Seufzer aus. Ihr war es gleich. Es gab so viel zu tun, so viel zu erkunden. Wie dumm doch die Erwachsenen sind, dachte sie, auf einem so wunderbaren Spielplatz auch wieder nur an Arbeit zu denken!

Am ersten Abend auf See machten Edouard und Hélène lange nach dem Abendessen einen Spaziergang an Deck, um dann am Heck der *France* stehenzubleiben und nachdenklich aufs Wasser hinabzusehen. Sie waren allein. Das Schiff war strahlend hell erleuchtet. In den Bars tranken die Passagiere, plauderten und spielten Bridge; im Ballsaal tanzten sie zur Musik, die neben dem Dröhnen der riesigen Maschinen hier draußen gerade noch zu hören war.

Es war ein wenig kalt an Deck. Hélène fröstelte, und Edouard zog sie fester an sich. So standen sie eine Weile stumm und zufrieden da. Dann sagte Hélène: »Wir sind jetzt mitten zwischen zwei Kontinenten.«

Edouard drückte ihre Hand. Und zwischen zwei Leben, dachte er, weil er spürte, daß ihre Worte so gemeint waren. Er sah sie an, sah ihr Profil hell und klar vor der Dunkelheit und dem Wind, der ihr die blonden Haare aus der Stirn blies.

»Wirst du sie vermissen?« fragte er schließlich. »All die Dinge und Orte, die zu verlassen ich von dir verlangt habe?«

»Nein.« Hélène hob ihm ihr Gesicht entgegen. »Ich hatte sie

schon lange hinter mir gelassen. Es gibt nichts, was ich vermissen würde. Ich hab' das Gefühl, endlich nach Hause zu kommen.« Sie zögerte. »Alles und alle, die für mich wichtig sind, befinden sich hier an Bord. Nichts anderes zählt jetzt mehr. Ich hab' das alles hinter mir, es ist abgeschlossen, und ich bin froh darüber.«

Edouard zog sie fester an sich. Dann wandten sie sich wie auf ein Stichwort um und wanderten zu ihren Kabinen zurück.

Ohne Licht zu machen, betraten sie Hélènes Kabine. Als Edouard die Tür hinter sich schloß und auf sie zukam, hob sie ihm beide Arme entgegen. Der Mantel, den sie sich um die Schultern gehängt hatte, glitt zu Boden. Edouard spürte die Haut ihrer nackten Arme an seinem Hals. Hélène hatte den Eindruck, daß sie sich beide ein wenig vor diesem Augenblick gefürchtet hatten. Jetzt aber, da er gekommen war, verspürte sie nur noch Frieden und eine süße Entspannung. Sobald sie ihn berührte, waren die vergangenen fünf Jahre vergessen.

Da sie ihre Kabine kaum verließen, kam ihnen die fünftägige Seereise vor wie ein fünftägiger Traum, und diese fünf Tage löschten fünf lange Jahre aus.

»Ich habe dich nie verlassen«, sagte sie eines Nachts.

»Du hättest mich nie verlassen *können*. Ich hätte es nicht zugelassen«, gab er zurück.

Am fünften Tag erreichten sie Frankreich.

Als sie anlegten, war Christian schon da und erwartete sie. »Sie werden es vermutlich nicht wissen«, sagte er zu Hélène, »aber ich hab' in eurem Drama eine überaus wichtige Rolle gespielt. Und ich denke nicht daran, euch diese Tatsache jemals vergessen zu lassen. Also beeilt euch jetzt, der Wagen wartet. Ihr werdet zu mir in die Wohnung kommen, wir werden Champagner trinken. A ja – und das ist natürlich die kleine Cat!«

Damit wandte er sich an Cat, die diesen Mann mit dem zerknautschten Panamahut, dem weichen, weinroten Querbinder und der uralten, weißen Flanellhose mit großen Augen anstarrte.

Christian reichte Cat die Hand und schüttelte sie kräftig. »Aber weißt du, Cat können wir dich eigentlich doch nicht nennen«, sagte er dann. »Dafür bist du noch nicht erwachsen genug. Ich werde dich meiner Siamesin vorstellen und dich ganz einfach Kitten nennen. Kätzchen paßt viel besser zu dir. Und jetzt kommt...«

Er begleitete sie zum Zollschuppen, hinter dem auf dem Parkplatz ein schwarzer Rolls-Royce wartete.

Im letzten Moment drehten sich Hélène und Edouard gemeinsam um und blickten zurück. Sie betrachteten die *France,* und die Passagiere, die – so winzig von hier unten aus – noch immer auf den Decks standen; sie sahen einander an, lächelten und folgten Christian.

An Bord, von einem der oberen Decks aus, sah ein Mann ihrer Abfahrt mit besonderem Interesse zu. Er beobachtete, wie sie den Zollschuppen betraten: der Mann, der Filmstar, das Kind, zwei weitere Frauen und der Mann mit dem albernen Hut. Mit ausdrucksloser Miene lehnte Philippe de Belfort an der Schiffsreling. Er beobachtete, wie sie den Zollschuppen auf der anderen Seite verließen. Er beobachtete, wie sie in zwei wartenden Wagen Platz nahmen und wie ein dritter mit dem Gepäck beladen wurde: Hat sich nicht viel verändert, dachte er; Edouard de Chavigny reist tatsächlich noch immer so, wie er lebt – mit Stil.

Er hatte erwartet, daß Edouard seinen Namen auf der Passagierliste entdeckt, ihn vielleicht sogar gestellt und gefragt hätte, warum er gerade jetzt nach Frankreich zurückkehre. De Belfort empfand ein leichtes Bedauern, daß diese Konfrontation, die er genossen hätte, nicht stattgefunden hatte. Vielleicht, dachte de Belfort mit maliziösem Lächeln, ist er viel zu beschäftigt gewesen, um sich um Passagierlisten zu kümmern oder darauf zu achten, wer nicht allzu weit entfernt von ihm im Speisesaal erster Klasse saß.

Er sah zu, wie die Wagen in der Ferne verschwanden und schlenderte dann gemächlich zur Gangway hinüber. Es war angenehm, nach so langer Abwesenheit nach Frankreich zurückzukehren. Der aufgewirbelte Staub hatte sich inzwischen gelegt, und es gab Leute, die ihn freudig begrüßen würden, obwohl er natürlich sehr vorsichtig sein mußte.

Zoll und Einwanderungsbehörde passierte er ohne Aufenthalt und sah dann mit einer gewissen Genugtuung, daß der Mercedes ihn, wie vorgesehen, erwartete. Er stieg ein und wartete geduldig, bis sein Gepäck verstaut worden war. Dann lehnte er sich bequem zurück und gab dem Fahrer Anweisungen. Er glättete die Falten seines Vicuna-Mantels. Die vergangenen Jahre waren freundlich zu ihm gewesen: Er hatte es zu Wohlstand gebracht.

Sie verbrachten eine Woche in St. Cloud, mehrere Wochen in der Normandie am Meer und den Rest des Sommers im Château an der Loire. Edouard flog öfter nach Paris, obwohl er diese lästige Pflicht haßte und so schnell wie möglich zurückkehrte. An der Loire lehrte er Cat das Reiten und ritt mit ihr und Hélène dieselben Strecken wie damals mit Grégoire. Die Monate vergingen. Christian kam zu Besuch, und ebenso Anne Kneale: Es war eine herrliche, wunderbar lange Zeit des Glücks.

Zeitungen und Zeitschriften stellten natürlich ausführliche Spekulationen über diese neue Liaison an, während anderswo Menschen ihr eigenes Leben weiterführten: Lewis Sinclair verkaufte Ingrid Nilssons Villa an einen Rockstar und bezog in San Francisco ein Haus in der Nähe der Haight-Ashbury-Kreuzung. Er teilte sich das Haus mit Betsy, die er bei der *Ellis*-Party kennengelernt, und in der er sehr schnell einen Ersatz für Stephani Sandrelli gefunden hatte.

In Orangeburg, Alabama, wurde die Calvert-Villa abgerissen, und anschließend kamen die schweren Bulldozer von Merv Peters' neuer Baufirma, um die Baumwollfelder umzupflügen.

Am Bella Vista Drive beschloß eine übergewichtige Hausfrau, die ihren Mädchennamen Priscilla-Anne Peters wieder angenommen hatte, nach Orangeburg zurückzukehren, sobald die neue Villa ihres Vaters fertiggestellt war. Ihre Nachmittage verbrachte sie wodkatrinkend mit dem Lesen von Zeitschriften und dem Planen der Inneneinrichtung. Hin und wieder stieß sie auf einen Artikel über Hélène Harte, die wieder auf den Füßen gelandet zu sein schien – wenn man den Klatschspalten glauben wollte. Jeder Bericht über die ehemalige Schulfreundin reizte sie bis zur Weißglut.

All diese Dinge jedoch geschahen auf einem anderen Stern. Hélène und Edouard erfuhren zwar von einigen, aber sie schienen unendlich fern und Teil einer anderen Wirklichkeit zu sein. Wenn Hélène, am Fenster des Château stehend, auf den Park hinausblickte, hatte sie das Gefühl, nie fort gewesen zu sein.

Nach der Weinernte und dem darauffolgenden alljährlichen Essen kehrten sie zum Herbst nach Paris zurück. Im Dezember feierten sie – wieder an der Loire – Edouards vierzigsten Geburtstag. Sie dinierten allein und tranken eine Flasche des Rotweins, den Xavier de Chavigny 1925, im Jahr von Edouards Geburt, eingekellert hatte. Ein Vorkriegswein. Über den Tisch hinweg lächelte Edouard Hélène zu und dachte an all die vergangenen Sommer, an all die Sommer, die in der Zukunft folgen würden: an die Rufe der Kinder, die sie bekommen und die draußen im Park spielen würden.

Nach dem Diner zogen sie ihre Mäntel, Stiefel und warme Wollschals an und schlenderten durch den Park bis zu den Flußwiesen hinab.

Es war eine kalte Nacht, mit klarem Himmel und einer schmalen Mondsichel. Sie wanderten durch das Kastanienwäldchen und blieben auf dem Landvorsprung stehen, von dem aus sie auf die Loire hinabblicken konnten.

Hierher war er als Kind oft gekommen, hierher hatte er einst Célestine bringen wollen. Hierher war er sehr oft mit Isobel gegangen, und hierher hatte er Hélène mitgenommen, als er sie anfangs das Reiten lehrte. Später war er in den Jahren der Trennung dann häufig allein hergekommen und hatte genau hier, an diesem Punkt, an sie gedacht. Jetzt war die Nacht still; der Wind strich durch die kahlen Äste der Kastanien; der Mond warf eine Lichtbahn aufs Wasser. Er dachte an die Vergangenheit, und plötzlich erschien ein Bild vor seinen Augen – unvermittelt, wie immer, ohne jede Vorwarnung. Sekundenlang sah er nicht den Fluß, sondern einen Trümmerhaufen; sah er den sonnengleißenden Platz, auf dem die Stille nach der Explosion betäubend laut wirkte und sich der Staub im Zeitlupentempo legte.

Nach einem Sekundenbruchteil war dieses Bild jedoch wieder verschwunden. Hélène bewegte sich, hob ihm ihr Antlitz entgegen; Edouard zog sie an sich. Dieses Bild, dachte er, ist mir heute zum letztenmal erschienen, und mit diesem Gedanken ging ein Gefühl großer Erleichterung und Hoffnung einher.

Er nahm Hélènes Hand, und sie kehrten gemeinsam zum Schloß zurück. Mitten im Park lachten sie beide laut auf und setzten sich, weil es so kalt war, weil sie so glücklich waren, in Trab. Als sie das Schloß erreichten, schlug eine Uhr Mitternacht.

Edouard und Hélène

Tabula rasa«, sagte Christian. »Schluß mit der Vergangenheit. Mein Entschluß stand absolut fest.« Er hielt inne, sah sich mit fast clownesker Verzweiflung im Zimmer um. »Und nun, wo ich das alles tatsächlich wiedersehe, kommt es mir gar nicht mehr so einfach vor. Bitte, Edouard – was meinst du? Soll ich vielleicht erst mal eine Flasche Wein suchen? Glaubst du, ein bißchen Alkohol könnte meine Entschlußkraft fördern?« Er zog ein wahrhaft trauriges Gesicht. »Ich krieg' tatsächlich Depressionen.«

»Aber ja, Christian – unbedingt einen Wein! Danach wird es dir wesentlich besser gehen. Du kannst nicht erwarten, daß so etwas einfach ist.«

»Dann geh' ich jetzt mal in den Keller, ich bin gleich wieder da.«

Rasch ging er in die Halle hinaus. Edouard lauschte seinen Schritten, die auf dem alten, mit Steinplatten belegten Boden verhallten, und sah sich nachdenklich im Wohnzimmer um. Das Haus wirkte unnatürlich ruhig und still. Sekundenlang hatte Edouard das Gefühl, auf irgend etwas zu warten.

Aufmerksam lauschte er: Quaires Manor, Christians Elternhaus, dicht an der Grenze von Berkshire und Oxfordshire, mit einem weiten Blick auf die Hügel von Berkshire. In den letzten Jahren war Edouard selten hier gewesen, zumeist nur, um Christian während dessen Besuchen bei seiner Mutter Beistand zu leisten. Vor zwanzig Jahren jedoch, als er und Christian in Oxford studierten, war dieses Haus ihm eine zweite Heimat gewesen. Im Grunde bedeutete es, daß er auch im Winter hier gewesen war – er wußte genau, daß das der Fall gewesen sein mußte –, doch immer, wenn er an diesen Herrensitz dachte, sah er ihn nur in sommerlicher Fülle.

Jetzt war es Juni, später Vormittag. Die Sonne wanderten zur Südseite des Hauses und begann durch die hohen Fenster hereinzuscheinen. So gut wie nichts hatte sich in diesen zwanzig Jahren verändert, aber das war schließlich auch kein Wunder, denn selbst in den vergangenen zweihundert Jahren hatte sich kaum etwas verändert.

Es war ein sehr englischer Herrensitz und ein sehr englisches Zimmer. Verglichen mit einem französischen Haus ähnlicher Vornehmheit war die Atmosphäre hier eher ungezwungen: Es war vor allem nicht von der Mode beeinflußt. Heller, verwaschener Chintz, mit Blumengirlanden bedruckt, hing an den Fenstern und überzog die tiefen Polstersessel und Sofas. Die Möbel, von denen viele sehr kostbar waren, standen an ihren Plätzen, als hätten sie dort schon immer gestanden. Es duftete nach Bienenwachs und nach einem Hauch des Duftsträußchens, das Christians Mutter alljährlich zusammenstellte, und das auf dem Pembroke-Tischchen neben ihm in einer Worcester-Schale lag. Als Edouard behutsam die getrockneten Blütenblätter berührte, stieg ihm sofort das Parfüm der Vergangenheit, des letzten Sommers, der letzten zwanzig Sommer in die Nase.

An den Wänden hing ein exzentrisches Sammelsurium von Gemälden, das Christian jedesmal in Rage brachte, denn unmittelbar neben den Familienporträts aus dem achtzehnten Jahrhundert, an denen selbst Christian nichts auszusetzen fand, prangten die verschiedensten viktorianischen Aquarelle, verblaßte Ansichten von Schweizer Seen und indischen Landschaften, die zum Teil von der Hand längst verstorbener Cousinen und Tanten stammten. Edouard dagegen gefielen diese Gegensätze; er mochte dieses Zimmer; er mochte das Haus.

Der Glutkorb im Kamin enthielt, wie stets im Sommer, einen Haufen im Park gesammelter Tannenzapfen. Davor, gleich neben dem Sessel von Christians Mutter, lag der Läufer, der ihren Möpsen heilig gewesen war; der Handarbeitskorb enthielt Stickgarne aus Wolle und Seide; auf einem Tisch türmten sich Ausgaben von *The Field* und des Journals der Royal Horticultural Society sowie die letzten Bücher, die ihr als Mitglied von der Londoner Library zugeschickt worden waren. Obenauf lag noch ihre runde Schildpattbrille.

Sie war drei Wochen zuvor genauso unauffällig gestorben, wie sie gelebt hatte.

Edouard stand auf und blickte über den Rasen bis zu der hohen Ziegelmauer hinüber, die diesen vordersten Teil der Gärten im Park umgrenzte. Die Rosen, die an der Mauer in geschickt arrangierter, scheinbar natürlicher Fülle emporrankten, standen in Blüte.

Er öffnete die Fenstertür und trat auf die Terrasse hinaus. Es hatte geregnet; nun ließ die Sonne die Feuchtigkeit auf dem Gras verdunsten, und es duftete überwältigend nach Sommer.

Sekundenlang sah Edouard die Rasenfläche voll junger Männer in weißem Flanell; sah er ein Krocketspiel, bei dem sich Christian stets hervortat; einen Schwarm junger Mädchen in der Ferne; hörte und sah die Vergangenheit: das Klicken der Hämmer gegen die Kugeln; das fröhliche Lachen bei einem Treffer. Er wandte den Blick ab, sah wieder hin, und das Phantombild war verschwunden.

Das Haus, der Garten lagen ruhig und still. Als er ins Zimmer zurückkehrte, kam Christian gerade mit dem Wein.

Christian zog sich den Panamahut über die Augen und lehnte sich auf der Holzbank zurück: Sie saßen draußen auf der Terrasse, halb in der Sonne, halb im Schatten. Die Flasche Montrachet war inzwischen halb leer; Christian hatte sie in eine Gießkanne gestellt, in die er so viel Eiswürfel gekippt hatte, wie der ältliche Kühlschrank herzugeben vermochte.

Er steckte sich eine seiner schwarzen russischen Zigaretten an; dabei entdeckte Edouard, daß Christian wirklich aus dem Gleichgewicht geraten war, denn seine Hand zitterte unübersehbar.

»Es ist die *Vergangenheit*«, sagte Christian auf einmal heftig. »Es war wohl dumm von mir, aber ich hatte wirklich nicht erwartet, daß sie hier so plötzlich über mich herfallen würde. Ich dachte, ich hätte mit diesem Haus und all seinen Erinnerungen schon vor Jahren abgeschlossen, und glaubte, es würde mich nicht weiter berühren.« Er schnitt eine Grimasse. »*Temps perdu:* Ich dachte wirklich, sie sei versunken. Und nun muß ich feststellen, daß das nicht stimmt.«

»Die Vergangenheit versinkt niemals«, korrigierte ihn Edouard leise. »Sie ist immer da, gleich unter der Oberfläche. Du solltest dich nicht dagegen sträuben, Christian; du solltest dich freuen, daß es sie gibt.«

»Du hast gut reden.« Christian füllte die Gläser mit dem restlichen Wein. »Du hast dich mit deiner Vergangenheit arrangiert. Darin warst du überhaupt immer viel besser als ich. Du hast von jeher die Fähigkeit besessen, die Vergangenheit zu benutzen, um die Zukunft zu gestalten. Schon damals in Oxford. Du wolltest auf dem Werk deines Vaters aufbauen, wolltest alles, was er geschaffen hatte, einen Schritt weiter und danach *noch* einen Schritt weiter führen. Ich war tief beeindruckt. Ich wußte, daß du es schaffen würdest, und natürlich hast du's geschafft. Genauso wie auch mit Hélène. Du hast beschlossen, daß ihr eine gemeinsame Zukunft haben würdet, und ihr habt sie.« Er seufzte.

»Und das freut mich. Du bist glücklich, Hélène ist glücklich, und das macht auch mich glücklich. Außerdem ist es – nun ja, irgendwie beruhigend. Es gibt mir den Glauben an die Macht des Willens zurück. Verdammt!« Er trank einen Schluck Wein. »Ich bin nicht sicher, ob ich mich bei dem Gedanken wohler fühle. Vielleicht fühle ich mich dabei sogar schlechter.«

»Ich glaube, da kann ich dir nicht zustimmen.« Edouard überlegte. »Manchmal denke ich wie du und sehe ein klares Schema von Ursache und Wirkung: Weil ich dies getan habe und Hélène das. Manchmal habe ich das Gefühl, daß wir frei entscheiden können. Dann wieder – bin ich nicht so sicher. So vieles ist doch reiner Zufall. Wenn mein Vater damals nicht umgebracht worden wäre, wenn Jean-Paul am Leben geblieben wäre, wenn Hélène an dem Tag, als ich sie kennenlernte, eine andere Richtung eingeschlagen hätte – verstehst du?«

»Die Schuld, mein lieber Edouard, liegt nicht in unseren Sternen, sondern in uns selbst, und so weiter...«

»Na schön.« Edouard hörte den übertrieben affektierten Ton und wußte, daß Christian damit eine tiefe Bedeutung ausdrückte. »In dem Fall sehe ich aber keinen Grund für dich, dir Vorwürfe zu machen. Du hast immer genau gewußt, was du wolltest, und hast das alles auch erreicht. Du wolltest deine Galerie aufmachen, du wolltest die Arbeiten neuer Künstler in diesem Land ausstellen, du wolltest...«

»Ich wollte vor der Vergangenheit fliehen. Vor allem dem hier.«

Christian machte eine weitausholende Geste. »Das ist der Unterschied zwischen uns. Du warst deiner Vergangenheit stets eng verbunden, während ich es nicht erwarten konnte, sie abzuschütteln. Christian Glendinning, der nichts zu tun hat mit England – jedenfalls nicht mit diesem. Ich hab' mir große Mühe gegeben, Edouard. Ich hab' die falschen Bücher gelesen, ich hab' die falschen Kleider getragen und die falschen Dinge gesagt. Ich hab' die falsche Partei gewählt – wenn ich überhaupt gewählt habe. Und ich habe natürlich mit Menschen des falschen Geschlechts geschlafen.« Er machte eine kurze Pause. »Weißt du, daß ich meiner Mutter einmal gesagt habe, daß ich homosexuell bin? Ich hatte es so furchtbar satt, daß niemand auch nur im geringsten Notiz davon nahm, obwohl natürlich alle Bescheid wußten! Darum hab' ich's ihr gegenüber tatsächlich ausgesprochen, das schlimme Wort. Wir saßen da drin.« Mit dem Daumen deutete er aufs Wohnzimmer. »Meine Mutter stickte, und ich sagte: ›Du weißt es natürlich, Ma, nicht wahr? Ich bin homosexuell. Schwul. Andersrum. Ganz wie du willst.‹ Und weißt du, was sie geantwortet hat?«

»Nein.«

»Sie hat mich über den Rand ihrer Brille hinweg angesehen und gesagt: ›Nun ja, Christian, wenn es dich glücklich macht. In Gegenwart deines Vaters solltest du das aber lieber nicht erwähnen. Wenigstens nicht vor dem Dinner.‹ Das war's. Ich traute meinen Ohren nicht. Dann sprach sie von den Blumen, die sie an der Nordgrenze pflanzen wollte.«

Edouard unterdrückte ein Lächeln.

»Ich war so wütend, daß ich hinausgehen mußte. Ich konnte es einfach nicht ertragen. Sie alle sollten doch sehen, daß ich anders war als sie. Wie dem auch sei, der springende Punkt ist, sie hatten recht, und ich hatte unrecht. Das hab' ich gerade eben herausgefunden. Ich bin dem allen hier niemals entkommen – ich dachte nur, daß es so wäre. Aber hier ist nun dies alles, und es wartet auf mich. Erhebt *Anspruch* auf mich.« Er stieß einen Seufzer aus.

»Empfindest du das wirklich so?« Edouard sah ihn aufmerksam an.

Christian zuckte die Schultern. Als er dann sprach, war sein Ton etwas weniger theatralisch. »Ja, Edouard, genauso empfinde ich das. Sieh dich doch um. Achthundert Morgen Farmland; ein Gutshof; nahezu zehn Morgen Park und Gärten. Dieses Haus, dieses unbestreitbar wunderschöne Haus, in dem Generationen harmloser, zutiefst konservativer Glendinnings seit Gott weiß wann gelebt haben. Mein Vater kaufte es 1919 von einem Cousin, und es war in einem desolaten Zustand. Gärten gab es überhaupt noch nicht – die hat meine Mutter erst angelegt. Ich bin hier geboren. Meine Schwestern sind hier geboren. Und nun gehört dieser Besitz mir. Also, was soll ich damit anfangen?«

»Du könntest hier wohnen, wenn du im Land bist.«

»Wohnen? Sei nicht albern, Edouard! Es hat etwa fünfzehn Schlafzimmer! Kein Haus für einen Junggesellen. Ich wohne lieber so, wie ich jetzt wohne. Eine hübsche, kleine Wohnung in London, eine etwas größere in Paris und eine etwas kleinere in New York. Und sieh dir doch das alles an...« Er zeigte wieder auf das Haus. »Die vielen Möbel, die vielen Bilder. Wozu? Ich habe keinen, dem ich sie hinterlassen könnte. O Gott, mir wird richtig schlecht, wenn ich daran denke!«

»Nun, wenn du's nicht willst, dann wirst du's wohl verkaufen müssen, nicht wahr?«

»Das ist ja gerade das Problem!« Christian beugte sich vor und steckte sich wieder eine Zigarette an. »Das hatte ich bereits beschlossen. Ich werde das Haus verkaufen. Ganz einfach.«

»Und nun?«

»Nun ist es mir nicht mehr gleichgültig!« Christian wandte den Blick ab. »Ich stelle fest, daß es mir ganz und gar nicht mehr gleichgültig ist. Immer wieder stelle ich mir vor, was für ein Mensch es wohl kaufen wird. Irgendein gräßlicher Geschäftsmann aus der City – entschuldige, Edouard –, der gerade hoch spekuliert und gewonnen hat. Er wird den Garten umgraben und Rasen säen lassen, weil der natürlich pflegeleichter ist. Im Rosengarten wird er einen scheußlichen, grellblauen Swimmingpool anlegen lassen. Seine Frau – o Gott, ich kann sie mir so gut vorstellen! – wird die Küche mit modernsten Geräten bestücken und niemals einen Fuß hineinsetzen. Und dann wird sie jemanden wie Ghislaine Belmont-Laon beauftragen, dem Ganzen einen typisch englischen Country-House-Look zu verpassen.«

Kläglich sah er Edouard an. »Sie werden's kaputtmachen, verstehst du? All die Dinge, von denen ich dachte, daß *ich* sie kaputtmachen wollte. Aber mir ist es nicht mehr gleichgültig – ganz und gar nicht mehr!« Er unterbrach sich. Dann fuhr er fort: »Weißt du, daß sie noch alle da unten sind, im Keller – die Weine meines Vaters? Ich hab' sie entdeckt, als ich gerade eben unten war. Seit seinem Tod nicht mehr angerührt. Seine Weinkladde liegt da, gewissenhaft ausgefüllt: Daten, Anmerkungen, Mengen. Er war ein ziemlich guter Weinkenner, und das war merkwürdig, weil er im Hinblick auf das Essen ein schrecklich englischer Puritaner war. Er liebte Fischpastete mit grünen Bohnen und Pudding und Reineclauden. Die hat er immer eigenhändig gepflückt. Ach, verflucht und zugenäht – tut mir leid, Edouard.«

Seine Augen hatten sich mit Tränen gefüllt. Ärgerlich erhob er sich und wandte sich ab. Als Edouard ebenfalls aufstehen wollte, winkte er ihm zornig ab. »Schon gut, Edouard. Ich hab' mich gleich wieder beruhigt.« Stumm starrte er auf eine Buschreihe.

Nach einer Weile erhob sich Edouard aber dann doch. »Ich werde jetzt Kaffee machen. Möchtest du vielleicht einen Cognac oder etwas Ähnliches? Ich hab' eine Flasche Armagnac im Wagen.«

»Das wäre keine schlechte Idee.« Christian drehte sich nicht um, also ging Edouard leise davon. Er holte den Armagnac aus dem Wagen, schritt den Plattenweg entlang, der zu der altmodischen Küche führte, und machte Kaffee.

Zwischen den Kaffeebüchsen und den Dosen mit Earl Grey, Lapsang und Ceylon steckten mit Daten versehene Samenpäckchen. Auf dem Küchentisch lag ein Einkaufszettel: ein Lammkotelett; ein Paket Kekse; ein halbes Pfund Butter; ein Viertelpfund Käse. Die Einkaufsliste einer Witwe. Edouard empfand tiefes Mitleid. Zehn Jahre lang hatte Christians Mutter hier ganz allein gelebt: Er hatte ein schlechtes Gewissen, wenn er daran dachte, wie selten er sie besucht hatte.

Mit dem Kaffee und dem Armagnac kehrte er in den Garten zurück. Christian saß wieder auf der Bank und rauchte. Wie es schien, hatte er sich jetzt unter Kontrolle.

Edouard schenkte ihm ein Glas Cognac und eine Tasse Kaffee ein. Dann nahm er ebenfalls Platz und wußte nicht recht, wie er sagen sollte, was er sagen wollte.

»Bist du ganz sicher«, fragte er schließlich, »bist du ganz sicher, daß du selbst hier nicht wohnen willst?«

»Ganz sicher. Es wird verkauft. Ohne sentimentale Gefühle.«

»Würdest du es mir verkaufen?«

»Was?« Christian erstarrte, das Cognacglas mitten in der Luft.

»Würdest du es mir verkaufen?«

Schweigen. Christians schmales Gesicht wurde tiefrot. »Mann Gottes, Edouard! So weit solltest du mit deiner Freundschaft nicht gehen, weißt du. Ich hatte nicht beabsichtigt...«

»Nein. Das weiß ich. Und ich frage dich nicht aus Freundschaft. Nun ja, nicht direkt.«

»Ja, aber warum fragst du dann?«

Edouard blickte auf den Tisch hinab, und Christian, der ihn argwöhnisch musterte, erkannte, daß er sich große Mühe gab, eine gelassene Miene zu wahren, was ihm aber nicht ganz gelang. »Hélène und ich... Ach, weißt du, die Formalitäten sind jetzt endlich alle erledigt. Ihre Scheidung ist rechtskräftig, also können wir heiraten. Und...«

»O mein Gott!« Christian hob den Kopf und stieß einen regelrechten Schlachtruf aus. »Wann denn? Wann? Verdammt noch mal, Edouard, du hast mir kein einziges Wort davon gesagt...«

»Nächste Woche.«

»Nächste Woche? Nächste Woche? Es ist nicht zu fassen! Mein Gott, das ist wundervoll! Das ist ganz einfach *wundervoll*...« Christian sprang auf und umarmte Edouard so überschwenglich, daß er beinah den Tisch umgestoßen hätte. »Wo? Wie? Ich werde doch wohl hoffentlich Brautführer sein? Wenn ich nicht Brautführer sein darf, werde ich nie wieder ein Wort mit dir reden. Ich *liebe* Hochzeiten. Werdet ihr eine ganz große machen oder eine von diesen köstlich heimlichen, wo das Brautpaar sich davonstiehlt und...«

»Christian...« Edouard versuchte den Wortfluß zu stoppen, mußte aber doch über den Freund lächeln. »Christian! Ich versuche dir einen geschäftlichen Vorschlag zu machen.«

»Einen geschäftlichen Vorschlag – in einem solchen Moment? Du bist wahnsinnig! Du bist unmenschlich! Du bist... Was?«

»Wenn du dieses Haus wirklich verkaufen willst, würde ich es dir gern abkaufen. Das ist alles.«

Christian hörte auf umherzuhüpfen und setzte sich. Er sah Edouard an. »Aber warum?« fragte er schließlich. »Ich begreife das nicht. Gibt es eine Verbindung zwischen diesen beiden außergewöhnlichen Mitteilungen?«

»Ja. Die gibt es. Ich möchte Hélène etwas zur Hochzeit schenken. Und ich dachte – falls dir die Idee gefällt« – Edouard lächelte –, »könnte ich ihr ein englisches Haus schenken. Und einen englischen Garten.«

Früher, als Kind...« Sie waren auf der Rückfahrt nach London. Edouard sah in den Seitenspiegel und zog den Aston-Martin zur Straßenmitte, um drei Personenwagen und einen Traktor zu überholen. Christian kniff die Augen zu.

»Früher, als Kind – dies würde ich niemals einem anderen erzählen, aber ich weiß, daß Hélène sich ein bißchen mit dir darüber unterhalten hat –, lebte sie in Alabama in diesem Wohnwagenpark. Erinnerst du dich?«

»Ja. Sie hat ihn mir einmal beschrieben.«

»Sie wohnte mit ihrer Mutter zusammen, und die Mutter erzählte ihr immer wieder von England und dem Haus, in dem sie aufgewachsen war.« Er hielt inne. »Du erinnerst dich an das Haus in Devon?«

»Wie könnte ich *das* jemals vergessen?«

»Die Mutter erzählte ihr davon, und von seinen schönen Gärten. Vor allem von den Gärten. Sie hat sich da etwas zusammenphantasiert, das Hélène niemals vergessen hat. Die Vorstellung eines wunderschönen, stillen, perfekten Hauses. Als Hélène klein war, ließ die Mutter sie oft lange allein, und weißt du, was Hélène dann manchmal tat? Sie legte einen Garten an. Einen englischen Garten. Sie sammelte Steinchen, Wiesenblumen und Unkräuter, dann kratzte sie in der Erde herum und pflanzte sie ein, damit sie der Mutter, wenn sie nach Hause kam, einen englischen Garten schenken konnte. Aber es war natürlich sehr heiß, der Boden war staubtrocken, und die Mutter kam häufig erst sehr spät, und wenn sie dann kam, waren alle Blumen verwelkt und vertrocknet. Das hat sie mir einmal erzählt. Ich hab' es nie wieder vergessen.« Er machte eine Pause.

»Als sie dann schließlich nach England kam, zu ihrer Tante, und dieses trostlose Anwesen sah, war das für sie ein entsetzlicher Schock. Sie hatte gerade die Mutter und ihren einzigen Freund verloren – dann kam sie nach England und sah dieses Haus. Noch heute fällt es ihr schwer, darüber zu sprechen. Denn das war der Moment, da sie mit eigenen Augen sah, welch eine Phantastin ihre Mutter gewesen war. Bis zu einem gewissen Grad wußte sie das zwar schon: Sie hatte gemerkt, daß ihre Mutter sich selbst etwas vormachte. Doch an den perfekt schönen Garten hat Hélène wohl immer geglaubt. Und dann mußte sie feststellen, daß er nicht existierte.«

»O Gott, wie traurig! Das wußte ich nicht.« Christian seufzte. »Ach ja, die Dinge, die wir alle so erben...«

»Also.« Edouard vergewisserte sich im Spiegel wieder, daß die Straße frei war, und beschleunigte. »Also habe ich nachgedacht. Ich wollte ihr etwas ganz Besonderes schenken, etwas, das für sie eine besondere Bedeutung hat. Und als ich heute vormittag in deinem Haus stand, kam mir die Idee. Es ist das englischste Haus, das ich kenne. Und es ist der perfekteste englische Garten.« Er lächelte. »Außerdem verspreche ich dir, daß wir im Rosengarten keinen Swimmingpool anlegen werden.«

»Dann ist es also abgemacht.« Christian warf Edouard einen verschmitzten Seitenblick zu. »Kann ich davon ausgehen, daß du auf gar keinen Fall Ghislaine beauftragst? Es wäre mir ganz und gar nicht lieb, wenn dieser weibliche Skorpion seinen Stachel da hineinschlägt...«

»Du kannst dich darauf verlassen. Ghislaine hat nur meine Verkaufsräume gestaltet, nicht meine Häuser – und das ist auch schon lange her.«

»Was ist eigentlich aus ihr geworden? Sie hat doch diesen Nerval geheiratet, nicht wahr?«

»Allerdings. Ihre Scheidung von Jean-Jacques war ein ganz schöner Skandal. Anschließend hat sie Nerval geheiratet. Aber ich hab' sie seit Jahren nicht mehr gesehen. Es gab da, glaube ich, ein kleines Problem mit dem Finanzamt – irgendeine zwielichtige Gesellschaft auf den Cayman Islands. Jedenfalls hat sie mit Nerval Frankreich verlassen. Wie ich hörte, teilen sie jetzt das auf, was von Marbella übriggeblieben ist – äußerst erfolgreich, nehme ich an.«

»Marbella also. Was du nicht sagst!«

»Hélène ist Nerval ein- oder zweimal begegnet. Hat über ihn sogar ein Haus gekauft und verkauft. Ich glaube, er amüsierte sie. Er sei ein so leicht durchschaubarer Gauner. Ein lächelnder Schurke. Und natürlich absolut skrupellos.«

»Oh, das freut mich aber *sehr*!« Christian grinste. »Dann hat der Skorpion bekommen, was er verdient.«

»Wie ich hörte, sind die beiden sehr glücklich. Möglicherweise, weil sie zueinander passen.« Edouard sah zu ihm hinüber. »Nur bitte, erwähne den Namen niemals vor meiner Mutter. Ghislaine ist jetzt ihr *bête noire* – seit damals, als wir zusammen in St. Tropez waren. Erinnerst du dich? Sie hält Ghislaine für ihre Feindin. Mit Recht, würde ich sagen.« Sein Ton war immer weniger beiläufig geworden.

Christian sah ihn neugierig an. »Du würdest mir nicht vielleicht sagen, warum?«

»Das wäre sinnlos. Die Geschichte ist viel zu lang und kompliziert. Ich habe etwas getan, was ich im Interesse meiner Mutter für das beste hielt, und meine Mutter hat das niemals vergessen, hat es mir niemals verziehen. Das ist alles.« Er zuckte die Schultern. »Sie hat sich sehr verändert, Christian. Du würdest sie heute kaum wiedererkennen. Sie kleidet sich völlig anders. Sie ist sehr religiös geworden...«

»Religiös – Louise? Das glaube ich nicht!«

»O doch, Christian.« Edouard lächelte. »Das ganze Haus duftet nach Priestern. Jedesmal wenn ich dort bin, höre ich das Rascheln ihrer Soutanen.« Er unterbrach sich, weil er an Christians Mutter dachte und sich überlegte, daß Louise, so entnervend sie sich auch geben mochte, möglicherweise ebenso einsam war. »Du solltest mich zu ihr begleiten, wenn du das nächste Mal in Paris bist, Christian. Dann kannst du sehen, was ich meine.«

»Ich glaube kaum, daß sie mich herzlich willkommen heißt. Louise hat mich noch nie ausstehen können.« Christian steckte sich eine Zigarette an, lehnte sich bequem zurück und sah zum Fenster hinaus.

Edouard lächelte. »Weißt du übrigens, daß Hélène in London ist? Und Cat? Wir übernachten am Eaton Square. Hast du Lust, zum Dinner mitzukommen?«

»Wunderbar! Sehr gern, Edouard.«

»Wenn du möchtest, könnten wir morgen vormittag meine Anwälte aufsuchen und die entsprechenden Schritte wegen des Hauses einleiten. Oder möchtest du's dir noch überlegen?«

»Aber nein, auf gar keinen Fall! Und ich würde sehr gern mit dir zu deinen Anwälten gehen. Immer noch Smith-Kemp, nicht wahr? Mein Vater hat sie auch immer genommen. Haben sie immer noch diese an Dickens erinnernde Kanzlei?«

»Aber ja!«

»Und ein Glas Sherry nach der Konsultation?«

»Natürlich.«

»Wundervoll! Ich *muß* ganz einfach mitkommen. Es ist so schön, wenn man weiß, daß manche Dinge sich nicht ändern.«

»Aber kein Wort zu Hélène über das Haus – versprochen? Ich will, daß es eine Überraschung wird.«

»Aber Edouard – von mir doch nicht!« Christian klang ehrlich verletzt. »Du weißt doch, wie sehr ich Überraschungen liebe. Ich werde schweigen wie ein Grab.«

»Versprich lieber nicht, was unmöglich ist. Wenn du dich nur deiner gewohnten, kleinen *Andeutungen* enthalten könntest...«

»Andeutungen? *Andeutungen*; Edouard, du tust mir unrecht!«

»Wirklich?« gab Edouard ironisch zurück und trat aufs Gas.

Ein Geheimnis! Eine Überraschung! Hélène liebte Überraschungen, und sie liebte es, Geschenke zu machen, vor allem Edouard. Dieses Geschenk, das noch ein Geheimnis war und eine Überraschung sein sollte, ihr Hochzeitsgeschenk für ihn, erfüllte sie mit freudiger Erregung. Sie hatte das Gefühl, auf Wolken zu wandeln. Obwohl sie schon einen langen Weg hinter sich hatte. Natürlich hätte sie auch ein Taxi nehmen können, heute aber konnte sie es nicht ertragen, im engen Fond eines Wagens eingeschlossen zu sein: Sie wollte zu Fuß gehen, fühlte sich von ihrem Glück beflügelt.

Nur etwas mehr als eine Woche noch, und sie war Edouards Frau. Eine so lange Zeit – zwei Jahre, ausgefüllt von Anwälten, und noch mehr Anwälten, zwei Jahre, in denen jeder kleinste Fortschritt unendlich lange gedauert hatte – nicht etwa, weil Lewis gegen die Scheidung war, sondern einfach, weil er inzwischen Briefe überhaupt nicht mehr beantwortete, und seine Anwälte Wochen brauchten, um nur eine Unterschrift von ihm zu bekommen.

Sie fühlte sich Lewis gegenüber immer noch schuldig, hatte immer noch das Gefühl, daß sie an seinem Niedergang nicht unbeteiligt war – diesem Niedergang, der, nachdem sie Amerika verlassen hatte, in einem so wahnwitzigen Tempo verlaufen war.

Sie blieb stehen und dachte an die Briefe, die Lewis ihr geschrieben hatte. Lange, wirre, weitschweifige Briefe, endlose Seiten, aus denen zu ersehen war, daß er kaum noch wußte, welche Jahreszeit herrschte, geschweige denn, was augenblicklich geschah. Im ersten Jahr ihres Aufenthalts in Frankreich hatte sie mehrmals mit ihm telefoniert, aber es war praktisch unmöglich, mit ihm ein vernünftiges Gespräch zu führen. Sie hörte die Pillen in seiner Stimme: die plötzlichen Ausbrüche hektischer Euphorie oder – ein anderes Mal – das schwerfällige, desorientierte Zurücktasten in eine Realität, die eindeutig schmerzhaft für ihn war.

In diesem Jahr hatte sie kaum mit ihm gesprochen, und er hatte keinen ihrer Briefe beantwortet. Das beunruhigte sie zuweilen, und als sie Edouard von ihren Bedenken erzählte, hatte er energisch erklärt: »Liebling, Lewis ist ein erwachsener Mann und kein Kind. Du siehst doch, er hat das letzte Schreiben meiner Anwälte beantwortet und die Papiere unterzeichnet. Du kannst doch jetzt nicht mehr versuchen, Lewis Lebenshilfe zu geben, Hélène!«

Edouard hat recht, dachte sie schließlich. Er hatte recht – aber es war nicht leicht.

Sie ging mit etwas schnelleren Schritten auf das Nordende der Parkanlagen zu. Ihre Laune besserte sich schlagartig: An einem so schönen Tag konnte sie einfach nicht unglücklich sein!

Sie wollten an der Loire heiraten, in einem kleinen Landstädtchen etwa zehn Kilometer vom Schloß entfernt: eine standesamtliche Trauung. Als geschiedene Frau blieb ihr schließlich keine andere Wahl. Eine stille Hochzeit, eine schlichte Hochzeit – darin waren sie sich beide einig. Kein Aufsehen. Keine Publicity. Nur ein paar Freunde. Christian würde natürlich dabei sein – Edouard wollte ihn heute einladen; und Anne Kneale; Madeleine, die selber auch bald heiraten wollte; Cassie, die sich für diese Gelegenheit neu eingekleidet hatte, worauf sie sehr stolz war. Und Cat, die nichts von den Komplikationen ahnte, die dieser Hochzeit vorausgegangen waren;

Cat, die vergessen zu haben schien, daß sie jemals einen Mann namens Lewis Sinclair gekannt hatte; Cat, sieben Jahre alt, die Edouard anbetete und diese Hochzeit als das schönste, aufregendste und wunderbarste Abenteuer der Welt betrachtete.

Hélène liebte London jetzt, liebte es, wie sie Paris liebte und das Dorf an der Loire, weil sie all diese Orte mit Edouard verband und mit ihrer Liebe zueinander. Sie kamen jetzt recht oft hierher, daher erinnerte sie so vieles an schöne Erlebnisse. Ganz tief atmete sie die Frühlingsluft, und einen Augenblick schien ihr ihre Liebe so groß, so wunderbar, so mächtig, daß davor die ganze riesige Stadt verstummte.

Anne Kneales Atelier lag im Garten eines weitläufigen, weißgetünchten Giebelhauses, in dem Edward VII. wie es hieß, einstmals Lily Langtry untergebracht hatte. Drinnen sah es fast noch genauso aus wie in ihrem alten Chelsea-Atelier, das sie, als es von den Wogen der Mode verschlungen zu werden drohte, kurz entschlossen aufgegeben hatte: Sie war umgezogen, hatte ihr Ambiente aber mitgenommen. Im Wohnzimmer des neuen Hauses gab es noch immer verblaßte Kelimteppiche, zwei dicke, rote Samtsessel, eine Reihe schöner Steine und auf dem Kaminsims eine Vase mit Vogelfedern. Und im neuen Atelier herrschte noch immer dieselbe Unordnung wie in dem alten.

Heute betrat Hélène dieses Atelier ein wenig zögernd, denn Anne malte zur Zeit an einem Porträt von Cat: das Hochzeitsgeschenk! Heute durfte sie es zum erstenmal sehen. Als sie hereinkam, war die Sitzung offenbar schon beendet, und sie hatte das Gefühl, daß Anne mit dem Ergebnis zufrieden war: Sie gab sich nämlich überaus widerborstig, und das war – genau wie bei Cassie – unweigerlich ein gutes Zeichen. Cat hockte auf einer Tischkante und aß eine Orange. Der Saft rann ihr über den nackten braunen Arm; sie leckte ihn ab und gab Hélène einen apfelsinenduftenden Kuß.

»Als müßte man einen Aal malen«, beklagte sich Anne schmollend. »Ich hab' sie bestochen. Ich habe ihr gedroht. Nichts davon hat was geholfen. Sie kann nicht länger als fünf Sekunden stillsitzen. Niemals wieder werde ich ein Kind in diesem Alter malen!«

Cats Miene wurde rebellisch, und Anne, die das sah, unterdrückte ein Lächeln. Dann wandte sie sich wieder an Hélène: »Wie dem auch sei, du kannst es dir jetzt ansehen.«

Sie führte Hélène auf die andere Seite der Staffelei, verschränkte die Arme und musterte ihr eigenes Werk mit finster zusammengezogenen Brauen. Hélène jedoch ließ sich weder von ihrem Ton noch von ihrer Miene täuschen und betrachtete das Porträt ihrer Tochter schweigend.

Auf dem Bild saß Cat fast genauso wie jetzt auf der Tischkante – sprungbereit, wie sie es immer war. Hinter ihr sah man durch das hohe Atelierfenster einen Ausschnitt von Annes wild wucherndem Garten. Dieser Garten schien irgendwie Cat zu gleichen: überschäumend, blühend, undiszipliniert und wunderschön. Da saß ihre Tochter – ein kleines Mädchen noch, aber mit einer unbewußten Grazie in der Haltung und einem Ausdruck, als werde sie sogleich in Lachen ausbrechen, einem Ausdruck, der charakteristisch für sie war und zugleich, wie Hélène feststellte, merkwürdig erwachsen wirkte.

Sie betrachtete das Bild mit tiefer Bewegung. Dann wandte sie sich zu Anne zurück und umarmte sie liebevoll. »O Anne, es ist wunderschön! Du hast mir meine Tochter gezeigt, darüber hinaus aber auch die Frau, zu der sie einmal heranwachsen wird!«

Anne gestattete sich ein Lächeln. Sie sah zu Cat hinüber, die sich in eine ferne Ecke des Ateliers zurückgezogen hatte, und ihnen nicht zuhörte. »Das hoffe ich sehr. Ich dachte, daß ...« Sie senkte die Stimme. »Ich hab's ihr gezeigt, Hélène. Und sie hat die Ähnlichkeit mit Edouard sofort erkannt. Sie hat sogar eine Bemerkung darüber gemacht.« Anne drückte Hélène den Arm. »Du solltest es ihr sagen«, fuhr sie fort. »Ich weiß, ihr wolltet den richtigen Augenblick abwarten. Nun gut, ich glaube, er ist jetzt gekommen.«

Sie blieben noch zum Tee bei Anne. Am frühen Abend nahmen sie sich dann ein Taxi, öffneten alle Fenster und machten es sich für die lange Fahrt zum Eaton Square bequem.

»Glaubst du, Edouard bringt Christian mit?« erkundigte sich Cat.

»O doch, ich glaube schon. Es ist bestimmt nicht besonders angenehm für ihn gewesen, unter diesen Umständen in sein Elternhaus zurückkehren zu müssen. Sicher wird er traurig sein, und wir müssen ihn ein bißchen aufheitern.«

»Das übernehme ich, Mutter! Ich werde ihm ein paar Kartentricks vormachen. Cassie hat mir gerade einen neuen gezeigt...«

Cat hockte, wie immer, auf dem Klappsitz und legte sich mit dem Wagen in die Kurven. Die langen, dünnen Beine hatte sie ausgestreckt; ihr dunkles Haar sträubte sich nach allen Seiten; ihre Miene, sonst so lebhaft, war jetzt verträumt und irgendwie geistesabwesend.

Hélène beobachtete sie und dachte an Annes Worte. Die Freundin hatte recht. Cat war jetzt sieben, also durfte sie nicht mehr sehr lange warten. Wie schon so oft zuvor, versuchte sie in Gedanken Sätze zu formulieren, die so klar und eindeutig waren, daß für ein Kind wie Cat möglichst keine Zweifel und Ängste blieben.

Sie fuhren durch den Hyde Park; durchs Taxifenster beobachtete Cat die Menschen, die Hunde, die spielenden Kinder. Sie zeigte zur Serpentine mit den Booten hinüber, und als sie das Tor am Südende des Parks erreichten, wandte sie sich an Hélène.

»Weißt du, daß ich neulich mit Lucy Cavendish gespielt habe?«

»Ja, Liebling.«

»Also, Lucy sagt, ihr Daddy ist nicht ihr Daddy. Er ist ihr...« Stirnrunzelnd hielt sie inne. »Er ist ihr Stiefvater. Ihr richtiger Daddy war mit ihrer Mummy verheiratet, ist es aber jetzt nicht mehr. Sie hat einen anderen Mann geheiratet, und er hat eine andere Frau geheiratet...«

»Ja?« sagte Hélène interessiert. Ihr Herz begann auf einmal, schneller zu schlagen.

»Lucy sagt, es ist wirklich schön, zwei zu haben. Daddys, meine ich.« Sie zögerte ein wenig. »Lewis war nicht mein Daddy, nicht wahr? Mein richtiger Daddy.« Zum erstenmal seit einem Jahr hörte Hélène, daß Cat Lewis' Namen aussprach.

»Nein, Cat, das war er nicht. Lewis war so etwas wie ein Stiefvater für dich, als ich mit ihm verheiratet war. Aber ich bin nicht mehr mit ihm verheiratet.«

»Oh, das weiß ich.« Cats Ton klang beiläufig. »Du wirst jetzt Edouard heiraten. Und das finde ich viel besser.« Sie machte eine kleine Pause. »Ich hab' Lewis ganz gern gemocht. Manchmal. Aber er war nicht sehr oft zu Hause. Ich kann mich auch nicht mehr besonders gut an ihn erinnern. Nur ein bißchen. Ich erinnere mich an das Haus und an mein Zimmer mit den Kaninchen auf dem Rollo und den Garten...«

Sie verstummte. Inzwischen hatten sie Chelsea erreicht und nahmen Richtung auf den Eaton Square. Hélène kramte in ihrer Handtasche; ihre Gedanken wirbelten.

»Ich sehe aus wie Edouard. *Genau* wie Edouard. Das hab' ich gemerkt, als ich Annes Porträt sah. Vorher war mir das noch nie aufgefallen.«

Hélène beugte sich vor. »Aber *natürlich* siehst du aus wie Edouard, Cat. Du bist seine Tochter.«

Schweigen. Das Taxi hielt vor dem großen Stadthaus. Cat öffnete die Tür, sprang hinaus und hielt sie höflich für die Mutter auf. Hélène bezahlte den Chauffeur. Als das Taxi weiterfuhr und sie allein auf dem Gehsteig standen, vollführte Cat auf einmal einen kleinen Freudentanz.

»Dann ist Edouard mein richtiger Daddy? Wirklich, Mutter? Wirklich? Wirklich?«

»Ja, mein Liebling. Und wir hätten schon immer mit Edouard zusammenleben können, von dem Tag an, als du geboren warst, aber...«

Cat interessierte sich nicht für Einzelheiten. Sie klatschte glücklich in die Hände. »Ich hab's gewußt! Ach, ich bin ja so glücklich, Mutter!« Sie unterbrach sich. »Weiß Cassie Bescheid? Und Madeleine?«

»Ja, mein Liebling.«

»Und Christian?«

»Ja.«

»Wie dumm von mir! Lucy Cavendish hat gesagt, er wäre es, und ich hab' ja gesagt, aber ich war mir nicht ganz sicher. Ich hab' mich so'n bißchen durcheinander gefühlt.«

»Und jetzt fühlst du dich nicht mehr durcheinander?«

»Jetzt?« Cat warf ihr einen vernichtenden Blick zu. »Natürlich nicht mehr!« Sie sah vor sich hin. »Es ist schade, daß wir nicht immer mit ihm zusammengelebt haben. Aber das ist so lange her. Und ich war so klein...« Sie blickte zu Hélène auf. »Von jetzt an werden wir aber immer mit ihm zusammenleben, nicht wahr?«

»Natürlich, mein Liebling – immer!«

Und deine Karte war...«

Cat hielt das Spiel in den schlanken Händen. Christian, in einem Sessel ausgestreckt, die langen Beine gekreuzt, die Hände hinterm Kopf verschränkt, sah sie gespannt abwartend an.

»... Karo König! *Le voilà!*« Mit überraschender Geschicklichkeit zog Cat die Karte heraus und hielt sie empor.

Christian gab sich pflichtschuldigst beeindruckt. »Erstaunlich! Wirklich erstaunlich, Cat – kaum zu glauben! War das Magie, oder war es ein Trick?«

»Magie!« behauptete Cat energisch.

Christian schüttelte staunend den Kopf und trank einen Schluck Whisky. »Wenn ich's jetzt nicht mit eigenen Augen gesehen hätte – ich würd's nicht glauben! Du bist ein Wunder, Cat. Oder eine Hexe. Was kannst du sonst noch? Kannst du wahrsagen?«

Cat warf einen Blick zu Cassie hinüber, die mit verschränkten Armen gebieterisch an der Tür stand, und deren Haltung eindeutig ausdrückte: Schlafenszeit!

»Noch nicht.« Gehorsam, doch widerstrebend bewegte sie sich auf die Zimmertür zu. »Aber ich werd's vielleicht lernen. Madeleine sagt, sie weiß, wie das geht. Und Cassie kann aus den Teeblättern in der Tasse wahrsagen. Das hat sie von ihrer Großmama, und...«

Cat warf Edouard und Hélène, die die Szene vom anderen Ende des Zimmers beobachteten, flehende Blicke zu. Hélène neigte ganz leicht den Kopf, und sofort begann Cat zu strahlen.

Cassie musterte Cat und Christian mit strengem Blick. »O ja, ich kann in die Zukunft sehen«, sagte sie energisch. »Und ich sehe, daß hier jemand Zeit schinden will. Ich sehe, daß es sieben Uhr ist und daß jemand, wenn es so weitergeht, frühestens um acht Uhr im Bett sein wird. *Und* ich kann sehen ...«

»Nein, kannst du nicht, Cassie«, widersprach Cat erstaunlich gefügig. »Ich komme schon. Und heute abend werde ich mich *besonders* beeilen!« Sie machte die Runde durchs Wohnzimmer, um allen Anwesenden gute Nacht zu sagen. Hélène umarmte sie, aber als Edouard sie küssen wollte, sagte sie rasch: »Vielleicht wird Edouard dir oben noch gute Nacht sagen, Cat. Wenn du dich sehr beeilst. Und nicht zu lange in der Badewanne trödelst ...«

Lächelnd versprach Edouard, er werde kommen, und Cat hüpfte munter davon. Hélène ging zu Christian hinüber und setzte sich zu ihm. »Also los, Christian«, sagte sie, »erzähl mir von heute. War es sehr schlimm? Warst du froh, daß Edouard dabei war?«

»Aber ja – wirklich sehr froh. Aus allen möglichen Gründen«, setzte er an.

Edouard warf ihm einen warnenden Blick zu, und Christian, dem es Spaß machte, ihn auf die Folter zu spannen, begann mit einem ausführlichen Bericht über den vergangenen Tag. Edouard beobachtete sie beide, ohne jedoch ihrem Gespräch zu lauschen; nach einer Weile füllte er ihre Gläser nach und ging auf ein Zeichen von Hélène nach oben, um Cat gute Nacht zu sagen.

Langsam stieg er die Treppe hinauf. Aus irgendeinem Grund, vielleicht wegen des Gesprächs mit Christian und des Besuchs im Haus seiner Eltern, schien ihm die Vergangenheit heute besonders nahe zu sein. Ja, gerade eben, als Cat die Spielkarte präsentiert hatte – ›Karo König, *le voilà*!‹ –, hatte er Pauline Simonescu vor sich gesehen und gehört, wie sie sagte: ›Zuerst die Karten, Monsieur le Baron. Anschließend können Sie dann Ihr zukünftiges Leben beginnen.‹

Es war jetzt 1967: Seit 1959, jenem Tag kurz vor seiner Begegnung mit Hélène, an dem er ihr Haus in Paris verlassen hatte, um nie wieder dorthin zurückzukehren, hatte er Pauline Simonescu nicht mehr gesehen. Sie hatte Paris den Rücken gekehrt – das hatte er jedenfalls gehört –, und er wußte nicht, ob sie überhaupt noch lebte. Seit Jahren hatte er nicht mehr an sie gedacht, und doch hatte er sie heute abend, als Cat ausgerechnet diese Karte hervorzog, deutlich vor sich gesehen. Sekundenlang war ihm gewesen, als hätte sie ihm ihre Hand mit dem Rubinring auf den Arm gelegt, und zugleich hatte er wieder diese innere Spannung gespürt, dieses Gefühl einer seltsamen Macht.

Im ersten Stock, wo Hélène und er ihre Räume hatten, blieb er stehen. Er dachte an die Zeit, da er die Treppe, zwei Stufen auf einmal, hinaufzustürmen pflegte, um in seinem eigenen Zimmer auf seinem Schaubild den Fortgang des Krieges in blauer, seine kodierten Bemerkungen über Célestine jedoch in roter Tinte einzutragen. Er sah Célestine, das rotgoldene Haar hochgesteckt, in ihrem leicht geöffneten Négligé. Und er sah Célestine, wie er sie ganz zum Schluß gesehen hatte, im vergangenen Jahr, als sie in einem Pflegeheim in St. John's Wood, dessen Rechnungen seit Jahren unauffällig durch den stets so tüchtigen, stets so diskreten Smith-Kemp beglichen wurden, im Sterben lag.

Im zweiten Stock blieb er abermals stehen. Er war jetzt froh, daß er dieses Haus behalten hatte, daß Hélène und er es jetzt so häufig benutzten. Es war angenehm, die Vergangenheit so nahe zu haben. Er lehnte sich ans Treppengeländer und dachte an den Abend, an dem er unten mit Isobel getanzt hatte, während das Grammophon eine kratzige Walzermelodie spielte.

Er betrat Cats Zimmer. Sie saß mit einem Buch im Bett, schien aber nicht darin zu lesen.

Edouard lächelte ihr zu, sie erwiderte sein Lächeln, und sofort wich die Vergangenheit zurück. Es war jetzt Cats Zimmer, nicht mehr seines.

Langsam wanderte er im Zimmer umher, musterte ihre Bücher und die Bilder, die sie gemalt hatte und auf die sie so stolz war. Er sah zu dem hohen, schmalen Fenster hinaus, dorthin, wo einst die rußgeschwärzte Bombenruine gestanden hatte, konnte aber nicht mehr genau sagen, welches Haus es gewesen war.

Cat beobachtete ihn erwartungsvoll. Mit einem entschuldigenden Lächeln ging er hinüber und setzte sich zu ihr ans Bett. Er griff nach ihrer kleinen Hand. »Tut mir leid, Cat, ich muß heute ständig an die Vergangenheit denken. Aus irgendeinem Grund ist sie mir heute sehr nahe. Das hier war früher einmal mein Zimmer.«

»Ich weiß. Im Krieg. Als ihr hier gewohnt habt.« Sie zögerte einen Moment. Auf ihren Wangen glühten zwei rote Flecken. »Kanntest du meine Mutter damals schon?«

»Du liebe Zeit, nein! Ich war noch ein Junge – fünfzehn, sechzehn

Jahre alt.« Sanft drückte Edouard ihre Hand. »Ich habe sie erst sehr viel später kennengelernt. Viele Jahre nach Kriegsende.«

»War das in London?«

»Nein, in Paris.« Edouard stockte ein wenig, denn auch er machte sich, genau wie Hélène, Gedanken über Cat und darüber, wieviel sie wußte oder zu begreifen vermochte. Aber er brach dieses Gespräch nicht ab, wie er es bei anderer Gelegenheit getan hätte, sondern fuhr fort. »Ich habe sie in Paris kennengelernt. Als sie vor einer Kirche stand. Sie heißt St. Julien le Pauvre, und in der Nähe gibt es einen kleinen Park. Ich bin einmal mit dir dort gewesen, aber du wirst dich sicher nicht mehr erinnern...«

»Ich glaube doch.« Cat krauste die Stirn. »Hast du sie schön gefunden?«

»Ich habe sie sehr schön gefunden.« Edouard lächelte liebevoll. »Ich habe mich sofort in sie verliebt. Einfach so. So etwas kann wirklich passieren. Vorher hätte ich das nicht geglaubt...« Er unterbrach sich kurz. »Ich erinnere mich, daß mir mein Vater davon erzählte. Als er meine Mutter Louise kennenlernte – das war vor sehr langer Zeit, als der erste Weltkrieg anfing. Er hat sie tanzen gesehen und sich in sie verliebt. Einfach so.«

»Aber geheiratet hast du sie damals nicht. Statt dessen wirst du sie jetzt heiraten...« Cats Miene drückte eine unbestimmte Besorgnis aus. Sie steuerte auf irgend etwas zu, das erkannte Edouard, und dieses Etwas schien sie zu erregen, gleichzeitig aber auch ein wenig zu ängstigen.

»Nein. Ich wollte schon. Dann aber sind alle möglichen Dinge geschehen – komplizierte Dinge, die ich dir eines Tages erklären werde.« Er machte eine Pause. Cat wandte den Blick nicht von seinem Gesicht. »Du darfst vor allem niemals vergessen, daß deine Mutter und ich uns von Anfang an sehr geliebt haben. Wir haben die Dinge vielleicht in der falschen Reihenfolge getan – das tun Erwachsene manchmal, aus den verschiedensten Gründen –, doch nun ist alles wieder in Ordnung gekommen, und deshalb können wir uns auf die Hochzeit freuen. Du freust dich doch auch darauf, Cat – nicht wahr?«

»O ja!« Ihre Augen leuchteten auf. »Sehr sogar! Cassie hat einen neuen Hut, mit einer Feder drauf. Und ich hab' ein neues Kleid...« Sie unterbrach sich. »Ich weiß jetzt, daß du mein richtiger Daddy bist. Ich hatte mir das schon gedacht, aber ich war ein bißchen durcheinander, darum hab' ich heute Mutter gefragt, und sie hat's mir gesagt.«

Er spürte ihre Erregung und Freude. Ihre kleinen Finger umkrampften die seinen und lösten sich wieder. Edouards Herz quoll über vor Liebe zu ihr, und er war so bewegt, daß ihm die Tränen in die Augen stiegen. Da er fürchtete, sie werde die Tränen mißdeuten, wandte er rasch den Kopf ab.

Dann sah er sie wieder an. »Aber natürlich. Meine Tochter. Mein einziges Kind.« Es gelang ihm, seine Stimme unter Kontrolle zu halten. »Und wir sehen einander ein bißchen ähnlich. Meinst du nicht auch?«

»O ja! Ich hab's gesehen, als...« Seltsamerweise hielt Cat auf einmal inne. »Ich hab's gemerkt«, verbesserte sie sich dann und ging sogleich zu praktischen Fragen über. »Ich muß mich also nun entscheiden. Ich hab' schon darüber nachgedacht. Ich muß mir überlegen, wie ich dich nennen soll. Ich könnte dich weiter Edouard nennen, ich könnte dich aber auch Papa oder Daddy nennen. Was meinst du?« Ernsthaft fragend sah sie ihn an.

»Ich glaube, sie würden alle passen. Du könntest sogar abwechseln. Mich Papa nennen, wenn ich streng bin, Daddy, wenn ich liebevoll bin, und...«

»Du bist nie streng!« Cat lachte laut auf.

»Ja, aber nur, weil du nie wirklich ungezogen bist. Warte nur ab. Ich kann *sehr* streng sein. Sogar richtig angsteinflößend. Paß auf!« Edouard versuchte, eine möglichst kalte, einschüchternde Miene zu ziehen.

Cat lachte abermals. Sie drückte seine Hand. »Ich mag dich«, sagte sie schlicht.

»Das trifft sich gut.« Edouard sah sie an. »Ich mag dich auch. Ich mag dich seit dem Tag, an dem du geboren wurdest.«

»Ehrlich?«

»Aber ja! Jemand hat einmal zu mir gesagt...« Edouard wandte den Blick ab. »Ein Freund hat einmal zu mir gesagt, er fände es besser, gemocht zu werden, als geliebt. Wie ist es mit dir?«

Cat zog die Brauen zusammen und unterzog die Frage einer ernsthaften Erwägung. »Beides«, antwortete sie schließlich.

»Wunderbar! Weil ich dich nämlich sehr gern mag und dich außerdem sehr, sehr liebe. Und ich bin sehr stolz auf dich.« Er beugte sich vor und küßte sie. Cat schlang ihm die Arme um den Hals und gab ihm einen Kuß.

»Aber jetzt mußt du dich hinlegen und schön schlafen. Und nicht mehr lesen, wenn das Licht aus ist – versprochen?«

»Versprochen.«

Sie kuschelte sich tiefer in die Kissen, drehte sich auf die Seite, schmiegte die Wange in ihre Hand und schloß die Augen. Edouard knipste die kleine Nachttischlampe aus und ging lautlos zur Tür. Dort blieb er noch einen Moment stehen, um sie zu beobachten; einmal öffnete sie noch die Augen, machte sie aber sofort wieder zu. Sie seufzte leise, ihr Atem ging ruhiger, und als Edouard sah, daß sie fast eingeschlafen war, ging er leise hinaus.

Als er ins Wohnzimmer zurückkehrte, sagte Hélène: »Was wirst du also tun, Christian? Ich kann mir vorstellen, daß es dir sehr schwerfallen würde, das Haus zu verkaufen.«

Und Christian antwortete gehorsam: »Ach Gott, ich weiß es noch nicht. Irgendwann wird mir schon eine Lösung einfallen.«

Als Edouard eintrat, unterbrachen sie ihr Gespräch.

An Edouards Miene erkannte Hélène sofort, worüber Cat mit ihm gesprochen hatte. Sie sprang auf und ging ihm entgegen. Edouard nahm sie in den Arm und legte die Wange einen Moment an die ihre. Es war eine sehr flüchtige Geste, doch Christian, der sie beobachtete, erkannte darin eine Intimität und ein so sicheres Bewußtsein der Zuneigung, daß es fast greifbar im Raum stand.

Als sie ihm erklärten, was geschehen war, freute er sich. »Das ist wirklich großartig!« sagte er mit jener Ironie, mit der er extreme Begeisterung kaschierte. »Nun ist es doch noch ein wunderbarer Tag geworden, unvergeßlich aus den verschiedensten Gründen ...«

Edouard warf ihm einen warnenden Blick zu, und Christian grinste mit einem gewissen Funkeln in den Augen. Er hob das Glas. »Wir sollten einen Toast ausbringen. A ja, ich weiß: den alten Oxford-Toast, Edouard. Erinnerst du dich? Champagner und Punts, und das beeindruckende Bild der Morgendämmerung, die nach einem Stiftungsfest über den Christ-Church-Wiesen emporsteigt.« Er stand auf, hob sein Glas ein bißchen höher und schwenkte es so schwungvoll im Halbkreis, daß der Whisky gefährlich schwappte. »Edouard. Hélène. Auf glückliche Tage ...«

Sie heirateten am dreiundzwanzigsten Juni. An diesem Tag, einem Freitag, war Lewis allein in dem Zimmer, das er sich mit Betsy teilte, oben im Dachgeschoß des hohen Hauses nahe der Kreuzung Haight und Ashbury.

Lewis lag auf einem Teppich am Boden. Mit dem Rücken lehnte er an einem Berg Kissen, bestickt mit leuchtend bunten Farben und winzigen Spiegelglassplittern. Es war ein ruhiges Zimmer, hoch über dem Straßenverkehr, und durch das kleine Fenster sah man nichts als den Himmel. Durch die Teppiche und Wandbehänge ringsum wurden die Geräusche noch mehr gedämpft. Über die Tür hatte Betsy in Neon-Orange die Worte ›Frieden und Liebe‹ gepinselt. Lewis starrte auf die Worte; durch den Fußboden unter den vielen Teppichen glaubte er Stimmen zu hören: Betsys Stimme, Kays Stimme, die Stimme des Schamanen.

Manchmal glaubte er auch Hélènes Stimme zu hören, wußte aber, daß das eine Illusion sein mußte. Hélène war nicht in dem Zimmer unten, sie war in der Vergangenheit. Als er die Stirn runzelte, verstummte ihre Stimme. Er senkte den Blick: An seinen hochgezogenen Knien lehnte ein Kalender.

Es war sehr lange her, seit Lewis so etwas zum letztenmal benutzt oder betrachtet hatte. Er glaubte, daß heute der Tag war, an dem Hélène Edouard de Chavigny heiratete, aber ganz sicher war er nicht. Die Zeit schien für ihn jetzt ihren eigenen Rhythmus zu haben.

Er schloß die Augen. Der Kalender fiel zu Boden. Heute, letzte Woche, nächstes Jahr. Alles bedeutungslos.

Manchmal, wenn er die Augen schloß, fühlte er sich schwerelos; er schwebte. In diesem Moment hatte er auch das Gefühl, als hebe sein Körper sich vom Boden und schwebe graziös über den Kissen, Teppichen, Weihrauchgefäßen und Tiffany-Lampen, wobei er gelegentlich, wie ein Korken auf einer Woge, sanft und angenehm gegen die Zimmerdecke stieß.

Während er schwebte, wünschte er sich, daß Betsy zu ihm heraufkommen möge. Zwar erwog er, zu ihr hinunterzugehen, aber es war ein so langer Weg zur Tür, und außerdem war Betsy nicht allein. Sie war niemals allein. Dieses Haus ist viel zu voll, dachte Lewis: Zu viele Menschen kamen und gingen, so daß er nie ganz sicher sein konnte, welche von ihnen real waren. War zum Beispiel seine Mutter hier gewesen? Er glaubte es, weil er einmal, als er hier lag, als er hier schwebte, nicht Räucherstäbchen, sondern Lavendel gerochen hatte. Und Stephani – war sie auch hier gewesen? Er glaubte es ebenfalls, weil er den Pelz neben der weißen Haut gesehen hatte, und die Diamanten wie Sterne zwischen ihren Schenkeln. Aber das konnte natürlich nicht Stephani gewesen sein, sondern Hélène. Wenn Stephani kam, trug sie ein hautenges, mit irisierenden Schuppen besetztes Kleid, in dem sie aussah wie eine Meerjungfrau.

Betsy kam: dessen war er ganz sicher. Während er wieder gegen die Decke stieß, dachte er an Betsy, die so winzig und zierlich war, deren Handgelenke er mühelos mit Daumen und Zeigefinger umspannen konnte. Betsy bedeckte ihn mit ihrem langen, dichten kastanienbraunen Haar, schlang ihre Beine um ihn und trommelte beim Höhepunkt mit ihren kleinen Händen einen Wirbel auf seinen Rücken. Dieses Geräusch hörte er jetzt auch, wie das Trommeln von Regentropfen auf grünen Blättern, und gleich darauf das Klirren ihrer Armreifen, das in seinen Ohren klang wie fernes Glockengeläut.

Er träumte. In seinem Traum kam Thad ihn besuchen, nahm in seinem schwarzen Anzug ihm gegenüber im Schneidersitz Platz und nickte, wie er es immer zu tun pflegte, gemessen wie ein Buddha.

In seinem Traum stellte Thad Lewis Fragen. So viele dumme Fragen. Alle über eine Vergangenheit, die doch, wie er nicht zu begreifen schien, unendlich weit entfernt war. Er wollte etwas über Sphere wissen, und Partex Petrochemicals, und über Leute, die Drew Johnson und Simon Scher hießen. Ganz besonders wollte er wissen, wer bei Sphere die Entscheidungen traf, wer – wie er es ausdrückte – die Pfeife spielte, nach der alle tanzten.

»Ich bin Scher nur kurz begegnet. Alles andere hat mich nicht interessiert«, beteuerte er immer wieder. »Aber du, Lewis, du warst öfter mit Scher zusammen. Du hast Drew Johnson in Paris kennengelernt. Du hast ihn in seiner Maschine aufgesucht – erinnerst du dich, Lewis? Du hast mir damals davon erzählt.«

In seinem Traum starrte Lewis Thad an. Die Namen kamen ihm bekannt vor; Lewis glaubte, sie vielleicht irgendwo in einem Drehbuch gelesen, in irgendeinem Film gehört zu haben. Aber er antwortete Thad nicht, weil er natürlich wußte, daß alles ein Traum und daher sinnlos war. Thad schien das allerdings nicht zu erkennen. Er stand auf. Er schüttelte Lewis. Kniff ihn schmerzhaft in den Arm.

»Wirst du mir endlich zuhören, Lewis? Ich hab' da jemanden kennengelernt. Ein Mädchen. Sie war Sekretärin bei Simon Scher. Jetzt arbeitet sie bei der Fox. Die hat mir was Hochinteressantes erzählt, Lewis. Wirklich hochinteressant. Als wir unsere Filme drehten, glaubten wir, daß Scher das letzte Okay gab, nicht wahr? Also, sie sagt, daß er es bestimmt nicht war. Sie sagt, er hätte niemals eine Entscheidung getroffen, ohne sich vorher rückversichert zu haben, und zwar bei...«

In dem Traum brach Thad an diesem Punkt ab. Er nahm die Brille von der Nase, hauchte sie an und polierte sie mit dem Ärmel.

Lewis sagte: »Sie hätte uns mit Fellini bekannt gemacht, Thad. Das hat sie mir versichert.« Thad starrte ihn wieder an. Sein Mund wurde ganz klein und verkniffen. »Hörst du mich, Lewis?« fragte er. »Kapierst du überhaupt ein einziges Wort?«

Da fing Lewis an zu lachen. Er fand es komisch, daß Thad, der doch alles wußte, der immer so sicher war, diesmal nicht merkte, daß es ein Traum war. Sobald er zu lachen begonnen hatte, konnte er nicht mehr aufhören. Aber das war nicht wegen Thad, sondern wegen der Pille, die Betsy ihm gegeben, die der neue Bonbonverkäufer ihr gebracht hatte. Diese Pillen taten im Magen weh, als hätte man sich beim Football einen Muskel gezerrt, aber dann mußte man nur noch lachen.

In dem Traum machte er Thad mit seinem Gelächter sehr böse. Thad stand auf. »Mein Gott, Lewis«, sagte er, »du bist *krank*. Du bist armselig. Kein Wunder, daß Hélène dich verlassen hat.« Er kniete nieder und brachte sein Gesicht ganz dicht an das von Lewis heran. »Sie hat dich nie gewollt. Ich habe dich nie gewollt. Du hattest Geld, Lewis, das ist alles. Geld. War dir das nicht klar?«

Da hörte Lewis auf zu lachen und fing an zu weinen. Thad schien darüber zufrieden zu sein, und ging bald darauf.

Lewis öffnete die Augen. Er sah zu, wie die Worte ›Frieden und Liebe‹ groß wurden, dann klein, erst hell, dann dunkel – bis er ganz sicher sein konnte, daß der Traum vorüber war. Er hatte diesen Traum ziemlich oft, und er endete unterschiedlich. Manchmal blieb er schwebend und weinend zurück, manchmal stand er auf und lief

Thad nach, und Thad wartete auf ihn. Dann gingen sie Arm in Arm die Straße entlang, und Lewis wußte, daß Thad nichts von all dem wirklich gesagt hatte und daß sie wieder Freunde waren. »Wir werden uns *Das siebte Siegel* ansehen, Lewis. Ein großartiger Film. Ich hab' ihn fünfunddreißigmal gesehen...«

Lewis richtete sich auf. Er war auf einmal so nervös, daß seine Hände zitterten. Ich muß es wissen, dachte er, ob es wirklich nur ein Traum war.

Er stemmte sich auf die Füße und zwang seine Füße mühsam zu Schritten. Einen vor den anderen setzend, durch das Zimmer, zur Tür hinaus, die Treppe hinab. Er kämpfte mit der Zimmertür unten, und als er sie aufkriegte, traf ihn das Gewimmere der Musik mit solcher Wucht, daß er ins Schwanken geriet.

Der Rhythmus der Drums, das Jaulen der Baßgitarre. Er sah sich im Zimmer um, erwartete Hélène zu sehen, weil er von der Treppe aus ganz deutlich ihre Stimme gehört hatte. Aber Hélène war nicht da: nur Betsy, Kay und der Schamane. Der Schamane war fast zwei Meter groß, sein Schädel glattrasiert und glänzend. Der Schamane tanzte.

»Thad«, sagte Lewis. Er sagte es sehr laut und deutlich, damit kein Zweifel entstehen konnte. »Thad. War der eben hier? Hab' ich mit ihm gesprochen?«

»Nun sieh mal einer an, da ist ja Lewis! Er kann gehen – was sagt man dazu?« Kay sah vom Boden aus zu ihm auf. Betsy, die neben ihr saß, erhob sich und kam auf ihn zu. Eine Haarwolke, von der Farbe herbstlicher Ahornbäume. »Lewis? Ist alles in Ordnung?« Sie sah zu ihm auf. »Das war vor Wochen, Lewis. Ich hab's dir doch schon mal erklärt – erinnerst du dich? Vor drei Wochen. Oder vier. Er ist nicht lange bei dir geblieben.«

Der Schamane hörte auf zu tanzen. Er lächelte. Er sagte: »Angeliiini, Angeliiini...« Und fing wieder an, sich zu drehen, sehr graziös, während er immer wieder, wie eine Beschwörung, Thads Namen sang.

Lewis beobachtete ihn. Die Hüften des Schamanen wiegten sich; er hob die Arme über den Kopf, beschrieb mit ihnen Kreise und Spiralen. Betsy zerrte Lewis am Arm. Sie wollte, daß er sich setzte.

»Ich will mich nicht setzen«, protestierte Lewis, während er sich niederließ.

Kay stand auf. Sie kam herüber und stellte sich so hin, daß sie Lewis den Blick versperrte. Dann kniete sie nieder und schob ihr Gesicht ganz dicht vor das seine. Zu dicht. Lewis zwinkerte. Ihre Augen waren klein und rot und heiß und voll Haß.

»Ich hab' was für dich, Lewis. Was ganz Besonderes. Extra für dich aufbewahrt.« Sie trug Jeans. Sie trug immer Jeans. Männerjeans und ein Männerhemd, und die Haare trug sie auch so kurzgeschnitten wie ein Mann. Sie schob die Hand in die Hosentasche und zog ein Stück Papier heraus. Eingewickelt in dieses Papier war etwas Kleines, Rundes, Weißes. Lewis starrte darauf hinab.

»Kay – bitte! Gib ihm nicht dieses Zeug – nicht jetzt!« Betsy machte eine Bewegung auf sie zu, und Kay griff hinauf und legte ihr einen Arm um die Taille. »Warum denn nicht? Ist doch sehr gut. Er wird's genießen. Er will's doch – oder, Lewis? Du liebst schöne Sachen, das weiß ich genau. Schöne Autos und schöne Häuser und schöne Kleider und schöne Mädchen. Nimm das hier, Lewis, und du glaubst gar nicht, wie schön das Leben sein kann. Wunderschöne Farben. Wunderschöne Formen. Wunderschöne Klänge. Du willst mit Mond und Sonne spielen, Lewis? Du wirst sie haben – direkt in deiner Hand.«

»Kay ...«

»Schon gut, Betsy. Schon gut.« Sie beugte sich vor und küßte Betsy auf die Lippen. Lewis sah zu. Er fühlte etwas und glaubte, daß es Ärger war, aber es war so weit entfernt, so tief begraben ... Er suchte noch immer danach, als Kay sich ihm wieder zuwandte. »Nun komm schon, Lewis«, lockte sie mit süßer Stimme. »Mach den Mund auf, ganz weit! Ja, so. Braver Junge. Und nun schlucken, Lewis. So ist's recht. Runter damit ...« Lewis schluckte, und Kay begann zu lachen.

Daraufhin ließ sie ihn in Ruhe, und Lewis war froh, daß er ihr gehorcht hatte. Sie legte sich wieder auf die Kissen, und Betsy ging zu ihr, um sich neben sie zu legen. Beide rauchten, der Schamane tanzte, und die Musik spielte. Lewis sah zu, wie sich die Muskeln auf dem nackten Rücken des Schamanen bewegten. Er sah zu, wie Kay Betsy übers Haar strich; sie war lieb zu Betsy; Lewis schloß die Augen.

Er starrte in das Dunkel und sah zu, wie die Zeit zu tanzen begann. Da war das Schaukelpferd, das er als Kind gehabt hatte, mit seiner dichten Mähne und der schwarzweiß gefleckten Kruppe. Da waren die Zuschauer beim Spiel Harvard-Yale, deren Beifall wie das Summen von einer Million Fliegen klang. Da war sein Vater, und das Tor zum Beacon-Hill-Haus blieb ihm verschlossen; ganz behutsam rüttelte er an den Stangen, daß es klirrte wie Betsys Armreifen. Da war seine Mutter und der Lavendelduft, wenn sie sich über sein Bett beugte, um ihm gute Nacht zu sagen. Und da war Hélène, die ihn in den Armen hielt, während hinter ihr eine Anzeigetafel vom Flughafen hing, auf der sich viele Zahlen drehten. Sie drehten sich langsam, dann immer schneller und schließlich so schnell, daß Lewis die Augen öffnen mußte.

Was er dann sah, war so schön, daß er vor Staunen einen Schrei ausstieß. Farben in der Luft, so atemberaubend, daß er sie roch; Formen, so ruhig fließend, daß er sie hörte; Musik, deren Blautöne er auf der Zunge schmeckte.

Lewis sah die Worte, die er sprach. Er beobachtete, wie sie sich von seinen Lippen lösten und in hauchleichten Spiralen durch den Raum schwebten. Sie streiften das Weiß, das Rot, das Saphirblau und das Grün. Sie entfalteten sich im Schwarz von Kays Haaren und den Halbmonden ihrer geschlossenen Augen. Sie wisperten an Betsys schneeweißem Hals und strichen über die langgestreckt geschwungene Linie ihres nackten Rückens. Schatten und Mulden; Luft so violett wie Holzrauch; und der Schamane, der Magie wirken konnte, stieß steigend und fallend, rhythmisch wie eine Axt, in Betsys Körper hinein und wieder heraus; Elfenbein und Ebenholz. Ein Mann und eine Frau: Gott in jedem gleißenden Stoß. Lewis sah mit angehaltenem Atem zu: Nie hatte er etwas Schöneres gesehen.

»Hélène.« Er berührte das Wort und spürte, wie es vibrierte. »Hélène«, wiederholte er. »Hélène. Hélène.«

Dann löste sich Kay aus der Stille der Farben. »Betsy«, sagte sie, »er beobachtet dich.«

Die Worte trafen ihn wie ein übermenschliches, bösartiges Zischen. Der Frieden und die Farben im Raum zerbarsten und verzerrten sich. Lewis starrte das Universum an und sah, wie es sich dehnte und beulte: Es zersprang in Millionen Fragmente. Die ganze Luft war grau von den Trümmern.

Er stand auf. »Ihr begreift ja nicht«, sagte er. »Ihr könnt nicht *sehen*!«

Niemand sprach; niemand schien ihn zu hören, obwohl er geglaubt hatte, es laut hinausgeschrien zu haben. Er wußte, daß er sich in Bewegung setzen mußte. Er träumte seinen Weg zur Tür, träumte ihn immer wieder, so daß die vier Schritte zu vierzig wurden. Er träumte die Treppe und die Tür zu seiner Dachbodenkammer; er träumte, daß er die Tür verschloß, um niemanden einzulassen.

Er stand ganz still in dem lautlosen Raum und ließ Gott wieder in sich einströmen. Als er Gottes Atem und Puls spürte, wurde er endlich ruhiger, und das Dunkel des Raums begann für ihn zu leuchten. Er schwebte zum Fenster und blickte zu den greifbaren Sternen hinaus, zum Mond, den er so leicht hätte pflücken können wie eine Orange. Er dachte ans Fliegen.

Er wußte, daß er fliegen konnte. Er war schon einmal geflogen, irgendwo – tief hinab durchs Auge des Hurrikans, wo ihn die Luft sanft um die eigene Achse drehte. Es schien ihm wichtig, zu wissen, wann und wo, und als er auf die Fensterbank kletterte, kehrte die Erinnerung zurück wie eine Vision.

Er stand am Kopf der Treppe und blickte in den Ballsaal hinab – damit hatte es begonnen. Draußen glitzerte der Schnee auf dem Berkeley Square, die Bäume waren silbrig vom Frost. Drinnen aber, im Haus, war die Luft warm und duftend. Er sah die Herren und Damen, die sich im Tanz drehten; er sah das Wirbeln der weiten Röcke... In der kühlen Nachtluft hoch über den Straßen von San Francisco blühte ein Klang auf – zaghaft zuerst, dann immer stärker. Musik; bezaubernde Musik; der Klang, den Sterne und Planeten erzeugten, wenn sie Walzer tanzten. Er hörte, wie eine Frau ihn rief – mit einer Stimme wie Sternenlicht. Seine Mutter. Seine Frau. Bleich wie Mondlicht, dunkel wie die Nacht, Augen wie Diamanten – lockend.

»Ich komme!« rief Lewis.

Sekundenlang stand er zum Sprung bereit. Als er dann in die Dunkelheit tauchte und hinabglitt, sang die Luft.

Nach der Trauung gingen Hélène und Edouard für drei Wochen auf Hochzeitsreise. Sie flogen nach Istanbul, und von dort aus in ein Landhaus, ehemals Sommerresidenz eines rumänischen Aristokraten, das Xavier de Chavigny in den zwanziger Jahren gekauft hatte. Es lag an der Ostküste der Türkei und blickte auf die Wasser des Bosporus.

In diesem Haus, das wie verzaubert wirkte, zeugten sie ihr zweites Kind.

Wenig später flogen sie mit Edouards Maschine nach Paris zurück. Unterwegs spürte Hélène an Edouard eine Erregung, die er zu unterdrücken suchte und die sie vor ein Rätsel stellte. Noch verwirrter war sie schließlich, als sie den Flugplan sah und entdeckte, daß sie nicht nach Paris, sondern nach Heathrow flogen.

»Aber warum fliegen wir nach London, Edouard? Ich dachte, wir würden...«

»Nicht nach London. London ist nur Zwischenstation. Fasse dich in Geduld, Liebling...«

Es gelang ihr nicht, ihm weitere Informationen zu entlocken.

Auf dem Flughafen Heathrow wartete schon ein schwarzer Rolls-Royce auf sie. Beide machten es sich im Fond bequem, und immer noch bekam sie von Edouard keine näheren Auskünfte.

Irgendwie war Hélène ein bißchen enttäuscht, doch das verbarg sie. Sie hatte sich eigentlich darauf gefreut, Cat, Cassie und Madeleine wiederzusehen, mit Edouard in sein Arbeitszimmer zu gehen und ihn mit dem Porträt von Cat zu überraschen. Sie sah Edouard von der Seite an. Seine Miene war undurchdringlich. Hélène konzentrierte sich auf die Wegweiser: Es hatte den Anschein, daß sie in Richtung Oxford fuhren, und nachdem sie die Außenbezirke von London hinter sich gelassen hatten, stellte sie fest, daß Edouard eine Erregung zu unterdrücken suchte, die ansteckend war. Sie vergaß Paris und wurde immer neugieriger.

Nach einiger Zeit bogen sie von der Hauptstraße nach Oxford auf eine Landstraße und dann auf eine noch kleinere Straße ab. Es ging allmählich ein wenig bergauf, und als die Hügel und Täler der Downs sich vor ihnen ausbreiteten, stieß Hélène unwillkürlich einen Begeisterungsschrei aus. »O Edouard – wie wunderschön es hier ist! Wohin fährst du eigentlich mit mir?«

»Warte nur ab«, antwortete Edouard.

Fünf Minuten darauf gelangten sie an ein kleines Pförtnerhaus und ein hohes Eisentor, das von steinernen Pfeilern flankiert war. Sie fuhren eine lange, gewundene Einfahrt entlang, auf beiden Seiten begrenzt von hohen Buchen und Pferdekoppeln. Dann ging es um eine Kurve, und endlich kam Quaires Manor mit seinen schönen Gärten in Sicht: ein langgestrecktes Herrenhaus mit hohen Fenstern und steilem Giebeldach. Verwundert blickte Hélène vom Haus zu den Gärten. Der Chauffeur hielt den Wagen an, Edouard stieg aus und half seiner Frau auf den Kiesweg hinaus. Dann ergriff er ihre Hand und führte sie durch die Gärten.

Die Gärten lagen still und leer; nur Vögel sangen. Sie wanderten durch einen Bogengang aus perfekt geschnittenem Taxus, einen Pfad entlang, der an einem kleinen, achteckigen Pavillon und Gartenhaus vorbei zu einem Rondell führte, dessen Rosen und Lilien in der stillen Luft betäubend dufteten. Dort blieben sie stehen, um sich umzudrehen und zum Herrenhaus zurückzublicken, und dort endlich begann ihr Edouard alles zu erklären.

»Für dich«, schloß er liebevoll. »Aber auch für deine Mutter, die ich nie kennengelernt habe. Und für Christians Mutter, die dich geliebt hätte und die du ebenfalls geliebt hättest, das weiß ich genau.« Er hielt inne. »Nun ja, und auch für Cat und all die anderen Kinder, die wir hoffentlich noch haben werden.« Er brach ab, weil er merkte, wie bewegt Hélène war, und nahm sie fest in seine Arme, bis sie sich ein wenig beruhigt hatte.

Hélène umklammerte seine Hand. Sie schloß die Augen und ließ die Vergangenheit Revue passieren: das Kind in Alabama; die junge Frau hier. Edouard hatte ihrem Leben Sinn gegeben, und sie wußte, daß er das verstand.

Gemeinsam schritten sie über den Rasen, und gerade als Hélène spontan sagen wollte, sie wünschte, Cat wäre hier, wurde eine Tür aufgestoßen und Cat, die die Spannung nicht mehr ertragen konnte, kam ihnen entgegengelaufen. Cassie, Madeleine und Christian folgten ihr auf dem Fuß, so daß der Rasen, eben noch still und leer, auf einmal von Menschen bevölkert war.

»Champagner! Champagner!« rief Christian laut.

Cat zerrte an Edouards Hand. »Für dich gibt's auch eine Überraschung, Daddy, für dich auch! Komm schnell, komm schnell!« Sie schleppte Edouard ins Wohnzimmer, in dem ihn, von Christian und Anne Kneale mit Kunstverstand aufgehängt, das Porträt seiner Tochter erwartete.

Einen Arm um Cat, den anderen um seine Frau gelegt, betrachtete Edouard das Bild sehr lange. Cat, die ihn voll Spannung ansah, registrierte eine ganze Reihe von Emotionen auf seinem Gesicht: Überraschung, Freude, Stolz und dann eine Zärtlichkeit, in die sich ein wenig Trauer zu mischen schien.

Hélène, die ihn ebenfalls beobachtete, verstand ihn; Cat jedoch war dazu noch zu jung. Eifrig zupfte sie an Edouards Ärmel. »Gefällt es dir, Daddy? Gefällt es dir?«

»Es gefällt mir sehr, Liebes. Es macht mich sehr glücklich.«

»Aber du siehst gar nicht glücklich aus, Daddy.«

Edouard hob sie auf seine Arme. »Das kommt, weil ich viel älter bin als du, Cat. Wenn Erwachsene am glücklichsten sind, sind sie manchmal zugleich auch ein bißchen traurig. Wenn du älter bist, wirst du das verstehen.« Er warf Hélène einen Blick zu.

»Wir denken daran, wie die Zeit vergeht, Cat«, setzte Hélène rasch hinzu. »Das ist alles.«

Cat sah von einem zum anderen. Edouard gab ihr einen Kuß. Als sie ganz sicher war, daß ihm das Bild tatsächlich gefiel, machte sie sich mit der für sie charakteristischen Ungeduld aus seiner Umarmung los. Gerade wollte sie davonspringen, als ihr etwas in den Blicken auffiel, die ihre Eltern tauschten, und sie zögern ließ.

Um ihre Eltern nicht zu beunruhigen, lächelte sie ihnen besonders strahlend zu, und als sie sah, daß sie ebenfalls lächelten, war sie zufrieden. Sie lief in den Garten hinaus, wo Christian ihr erlaubte, ihm beim Öffnen des Champagners zu helfen. Feierlich schenkte er ihr auch ein Glas ein – der erste Champagner, den sie trank, und Cat sollte sich später besonders genau an diesen Abend erinnern. Jedesmal versuchte sie sich dann einzureden, das sei wegen der Überraschung oder wegen des Champagners und weil sie sich dadurch, daß sie ihn trinken durfte, erwachsen fühlte. Im Grunde aber wußte sie, daß das nicht stimmte. Es war die Art, wie ihre Eltern sich in dem stillen Wohnzimmer angesehen hatten.

»Warum sind Erwachsene immer ein bißchen traurig, wenn sie am glücklichsten sind, Christian?« fragte sie später, als sie mit Christian allein im Garten war.

Sie konnte sich stets darauf verlassen, daß Christian eine Antwort auf ihre Fragen hatte, und so hatte er auch jetzt eine parat. Er krauste ein wenig die Stirn und sah zu den Rosen an der Mauer hinüber, doch Cat konnte nicht wissen, daß er jedesmal, wenn er diese Rosen betrachtete, seine verstorbene Mutter sah und hörte. »Weil sie wissen, daß die schönsten Dinge im Leben nicht lange dauern«, sagte er leise.

»Aber warum denn nicht? Warum dauern sie nicht?« wollte Cat von ihm wissen.

»Vermutlich, weil wir älter werden. Weil Menschen sterben, Cat. Das ist es wohl.« Unvermittelt stand er auf und ging davon.

Cat, die an Christians zuweilen abrupt umschlagende Stimmungen gewöhnt war, sah ihm nach. Sie selber blieb, die Arme um die Knie geschlungen, noch eine Weile sitzen und starrte in den Garten hinaus. Sie versuchte zu verstehen, was er meinte. Sie versuchte, an den Tod zu denken, aber sie hatte noch nie einen Toten gesehen, nicht einmal ein totes Tier.

Eine Eule flog mit langsamem Flügelschlag vorüber. Im Gestrüpp unter den Grenzhecken schrie ein kleines Tier, dann flog die Eule weiter ins Feld hinaus. Cat saß ganz still und beobachtete den sanften Mond. Sie fühlte sich geheimnisvoll, als sei sie unsichtbar, und dieses Gefühl behagte ihr. Dann rief die Mutter sie ins Haus, und sie stellte fest, daß ihr kalt geworden war.

Hastig sprang sie auf und kehrte in die Wärme, ins Licht zurück. Mit einer ihr selbst nicht verständlichen Heftigkeit umarmte sie die Mutter, den Vater, Christian und die anderen, die ihr alle versicherten, sie dürfe ausnahmsweise zum gemeinsamen Abendessen aufbleiben. Und das war etwas so Wunderbares, Aufregendes, daß sie vergaß, was Christian gesagt hatte, und auch vergaß, was sie empfunden hatte, als sie allein im Garten saß.

Erst als sie zu Bett ging und in einem noch nicht vertrauten Zimmer lag, fiel es ihr wieder ein. Sie hörte die Stimmen unten. Sie hörte die Eule schreien. In diesem Augenblick hatte sie das Gefühl, kurz vor einer ungeheuren Entdeckung zu stehen, die sie in freudige Erregung versetzte, aber auch ein wenig ängstigte.

Eine Woche später, in Paris, dachte sie abermals an dieses Gefühl. Sie war mit Edouard und Hélène zusammen, als Hélène den Brief öffnete.

Sie sah, wie ihre Mutter blaß wurde und einen seltsam keuchenden Laut ausstieß. Sie sah, wie Edouard sofort zu ihr hinübereilte und ihr den Brief aus der Hand nahm. Da wußte sie, daß etwas geschehen war, konnte sich aber nicht vorstellen, was, bis Edouard sehr viel später zu ihr ins Zimmer hinaufkam und ihr ruhig und liebevoll erklärte, daß es einen Unfall gegeben habe und Lewis Sinclair tot sei.

Da weinte sie – weil es ein Schock war und sie auf einmal Angst hatte. Edouard hielt sie in den Armen, sprach beruhigend auf sie ein und tröstete sie, bis ihre Tränen versiegt waren. Und Cat klammerte sich sehr fest an ihn. Sie wußte nicht so recht, warum sie geweint hatte, und fühlte sich später, als Edouard fort war, ein bißchen schuldbewußt. Sie versuchte, an Lewis zu denken, versuchte, sich an ihn zu erinnern, erkannte jedoch, daß ihre Erinnerungen vage und ungenau waren.

Dann weinte sie abermals, heftig und bitterlich. Tief im Herzen aber wußte sie, daß sie nicht über Lewis weinte – nicht direkt. Ein bißchen seinetwegen, weil es so furchtbar war, nicht mehr am Leben zu sein: genauso aber wegen der Eltern und dem Blick, den sie getauscht hatten; und wegen Christian, und über sich selbst, wie sie mutterseelenallein im Garten saß und eine Eule vorbeifliegen sah.

Es ist meine Schuld«, sagte Hélène an jenem Abend bekümmert zu Edouard. Sie nahm Emily Sinclairs Brief zur Hand und legte ihn wieder hin. Die Farbe stieg ihr ins Gesicht, um gleich wieder daraus zu weichen. »Ich hab' ihm das angetan, Edouard. Ich habe damit angefangen. Ich brachte ihn dazu, mich zu heiraten. Ich hab' ihn unglücklich gemacht. Ich wußte, daß es unrecht war, aber ich hab's trotzdem getan.«

»Das ist nicht wahr.« Edouard packte sie an beiden Armen. »Nichts im Leben ist derart einfach, Hélène. Gar nichts!«

Hélène sah zu ihm auf, dann wandte sie den Kopf ab.

»*Gar nichts*«, wiederholte Edouard betont, mit plötzlich sehr zorniger und leidenschaftlicher Überzeugung. »Hunderte von Faktoren«, fuhr er fort. »Tausende von Zwischenfällen. Sie alle tragen zu einem solchen Ereignis bei. Der Zufall. Du kannst nicht einfach sagen, es geschah auf Grund von diesem und jenem, und nur deswegen. Sich Vorwürfe zu machen, ist sinnlos ...« Seine Miene verhärtete sich. »Und egoistisch. Ich muß es wissen, denn ich habe es auch getan.«

Hélènes Züge wurden ruhiger, und Edouard wußte, daß wenigstens einige seiner Worte zu ihr durchgedrungen waren.

»Glaubst du?« fragte sie ihn schließlich leise.

»Ja. Das glaube ich.«

Mehr sagte er in diesem Moment nicht, sondern ließ Hélène weinen. Ihre Trauer würde nicht so schnell vergehen wie Cats kindlicher Kummer. Für Hélène war dieser Prozeß weit schwieriger und langwieriger. Also wartete er geduldig ab, tröstete sie, wenn sie Trost brauchte, hörte zu, wenn sie sich aussprechen mußte, und schwieg, wenn sie Ruhe brauchte.

Er empfand Mitleid mit Lewis Sinclair, aber es stand ihm nicht zu, seine Frau darauf hinzuweisen, daß dieses selbstzerstörerische Element schon immer in Lewis' Charakter gelegen hatte. Hélène würde das letztlich auch erkennen.

Einen Monat nach ihrer Rückkehr aus Istanbul wurde ihre Schwangerschaft vom Arzt bestätigt, und als Edouard sah, wie glücklich sie war, da wußte er, daß sie auch dies so überwinden würde, wie sie schon früher die Trauer bewältigt hatte: auf ihre ganz persönliche Art und in ihrem ganz persönlichen Rhythmus. Er beobachtete sie aufmerksam, er sah, wie die Schweigephasen seltener wurden, er sah, wie sich das Glücksgefühl Bahn brach, und war froh.

»Man kann nicht ewig trauern«, bemerkte seine Mutter Louise eines Tages, als sie sie besuchten. Seufzend preßte sie eine Hand aufs Herz. Sie meinte natürlich nicht Hélène: Hélènes Gefühle vermochten den Panzer von Louises Selbstsucht nicht zu durchdringen.

Edouard, der sie dies nie sagen hörte, ohne daran zu denken, wie kurz sie um seinen Vater getrauert hatte, wandte sich voll Ungeduld ab.

Hélène begegnete seinem Blick. »Ich weiß«, sagte sie leise.

Sie verstanden einander ohne Worte. Louise, die dieses Verständnis spürte, reagierte gereizt. Sie strich den Rock ihres Kleides glatt und wechselte das Thema. Edouard wäre am liebsten sofort gegangen. Die neue Atmosphäre im Haus seiner Mutter, die stille, scheinheilige Religiosität – er fand sie erstickend. Ständig waren die Jalousien halb heruntergelassen. Sie saß da, im Halbdunkel, und spielte mit dem Kruzifix, das sie um den Hals trug. Während der letzten zwei, drei Jahre trug sie nicht mehr die eleganten, hochmodischen Kleider, die sie früher bevorzugt hatte, sondern hüllte sich in weite, fließende Gewänder in den gedeckten Farben der Halbtrauer: Taubengrau, ein gedämpftes Blau und gelegentlich, wenn sie sich in ihrer neuen Rolle besonders sicher fühlte, Tiefschwarz.

Ihre Heuchelei und Reizbarkeit ärgerten ihn jetzt mehr als früher. Er konnte das Haus nicht betreten, ohne es möglichst schnell wieder verlassen zu wollen, und Louise, die das spürte, sah ihn mit kalter, bewußter Abneigung an oder riskierte es, falls Hélène dabei war, sogar zuweilen, sich ganz offen vorwurfsvoll zu geben.

»Das ist doch alles fauler Zauber«, ereiferte er sich bei solchen Gelegenheiten zornig, als sie endlich gingen. Beinah hilfesuchend ergriff er Hélènes Arm. »Meine Mutter hat in ihrem Leben nie um etwas anderes getrauert als um sich selbst.«

»Aber vielleicht doch, Liebling – auf ihre Art«, gab Hélène zurück. Gleich darauf blieb sie auf einmal stehen und fuhr nach einem Moment spontan zu Edouard herum. »Was sie gesagt hat, trifft jedenfalls zu. Recht oder unrecht, ich bin glücklich, Edouard! Ich kann's nicht ändern. Hier. Fühl mal!« Sie nahm seine Hand und legte sie auf ihren gewölbten Leib. Ringsumher waren Menschen unterwegs, fuhren Autos durch den Faubourg. Doch Edouard sah und hörte nichts von ihnen, denn unter seiner Hand spürte er die ersten Bewegungen seines Kindes. Träge, zögernde, rollende Bewegungen.

Hélène lachte. Edouard nahm sie in beide Arme und küßte sie.

»Es ist ein Junge«, behauptete Hélène fröhlich. »Ich weiß es genau, Edouard, es ist ein Junge!«

Und sie hatte recht: Es war ein Junge. Er wurde im April 1968 geboren und Lucien getauft. Das Jahr seiner Geburt war ein unruhiges, gezeichnet von Gewalt, Demonstrationen und Krawallen, die in Paris die Stadt zerrissen, Familien und Generationen spalteten und Louise de Chavigny nicht nur seelische Qualen, sondern auch äußerst lästige Unannehmlichkeiten bereiteten.

»In Amerika, na ja«, erklärte sie eines Sommernachmittags bissig, als Hélène sie überredet hatte, nach St. Cloud zu kommen, um mit ihr Tee zu trinken und Lucien zu besuchen, den sie zu Edouards Erstaunen heiß und innig liebte. »Amerika war immer ein gewalttätiges Land. Aber hier – in Paris? Mit gesperrten Straßen? Mit diesen Sprechchören, den Demonstrationen und Märschen, den Barrikaden? Nein!« Sie schüttelte sich, als hätten die Rebellen vor ihrem Haus Stellung bezogen. »Ich kann einfach nicht begreifen, wogegen sie protestieren! Das ist doch das Werk ausländischer Agitatoren! Ich finde, man sollte sie alle deportieren...«

Sie sprach angeregt und war, wie Edouard feststellte, trotz aller Klagen hervorragender Laune. Wie er vermutete, waren es die Ereignisse der letzten Monate, die ihr, wie sie es jetzt nannte, ›tristes‹ Leben verschönert hatten. Ihre Lebhaftigkeit beschränkte sich jedoch nicht auf ihre Stimme, sondern drückte sich auch in ihrer äußeren Erscheinung aus: Zum erstenmal seit drei Jahren trug sie heute ein rosa Seidenkleid und statt des Kreuzes am Hals ihre Perlen. Auch ihre Frisur hatte sie geändert und sogar ein diskretes Make-up aufgelegt. Sie wirkte wesentlich jünger und immer noch schön, und offenbar war es außer der stimulierenden Empörung das Bewußtsein dieser Tatsache, was sie so aufmunterte.

Edouard aber hörte kaum, was seine Mutter sagte, denn Louises politische Ansichten interessierten ihn nicht. Statt dessen vertiefte er sich zärtlich in den Anblick von Cat, die am Sessel ihrer Mutter lehnte, und von Lucien, der auf Hélènes Schoß saß.

Lucien hatte klare blaue Augen, ein wenig heller als Edouards oder Cats. Er hatte einen dichten Schopf rötlichblonder Locken, das Gesicht eines Engels und das Temperament eines Teufels. Cassie nannte ihn liebevoll einen kleinen Tyrannen, und selbst George konnte sich beim Anblick seines winzigen, merkwürdig herrischen Gesichtchens ein Lächeln nicht verkneifen.

»So ein kleiner Liebling! Und so hübsch!« Nachdem Louise die Krawalle zu ihrer Zufriedenheit abgehakt hatte, beugte sie sich vor und turtelte mit Lucien, der sie mit seinen großen blauen Augen unverwandt ansah. Louise musterte ihn eingehend, dann blickte sie zu Edouard auf. Als sie ihm dabei ihr süßestes, mütterlichstes Lächeln zeigte, wurde Edouard sofort mißtrauisch.

»Du weißt natürlich, wem er ähnelt, nicht wahr?« Louises Blick wich nicht von Edouard. »*Ich* habe das sofort bemerkt.«

»Na ja, uns beiden, nehme ich an ...« gab Edouard zurück.

Louises Lächeln wurde noch strahlender. »Aber Edouard, mach dich nicht lächerlich! Männer sind ja so blind. Es ist doch ganz eindeutig. Er sieht genauso aus, sieht hundertprozentig genauso aus wie mein armer, geliebter Jean-Paul!«

Wie und wann Hélène eine Rolle in Edouards Geschäftsleben zu spielen begann, konnte keiner von ihnen genau sagen: Die ganze Entwicklung verlief allmählich und war zunächst kaum zu bemerken. »Sie hat sich eingeschlichen«, pflegte Edouard später lächelnd zu sagen.

Hélène hatte sich vom ersten Augenblick an für seine Arbeit interessiert, und Edouard hatte vom ersten Augenblick an gemerkt, daß sie eine schnelle Auffassungsgabe und einen so sicheren Instinkt für Finanzfragen besaß, wie er ihn bei Frauen eigentlich für eine Ausnahme hielt. Auch nach ihrer Eheschließung führte sie ihr privates Investment-Portefeuille allein – zwar noch immer über James Gould in New York, nun aber außerdem über Börsenmakler in Paris und London. Mit den Einzelheiten ihrer Investments belastete sie Edouard nicht, es wurde jedoch gelegentlich darüber gesprochen; bei diesen Diskussionen war Edouard von ihrem Scharfsinn beeindruckt, dachte aber nicht weiter darüber nach. Hélène, der das durchaus nicht entging, war belustigt, sagte aber nichts, denn Edouards Einstellung Frauen gegenüber war ritterlich, durch seine Generation und seine Erziehung geprägt. Hélène wußte, daß Edouard im Grund an ganz einfache Dinge glaubte: an die Ehe und an die Familie.

Kurz nach Luciens Geburt begann Edouard damit, seiner Frau detaillierteren Einblick in seinen Konzern zu geben. Und Hélène sah, daß die Verzweigungen der Gesellschaft zwar ausgedehnt und kompliziert wirkten, die zentrale Organisation jedoch recht einfach war. Das Ganze war und blieb eine Personengesellschaft, in der Edouard neunzig, seine Mutter dagegen zehn Prozent des stimmberechtigten Aktienkapitals hielt. Louises Beteiligung, die sie von Xavier geerbt hatte und bei ihrem Tod an Edouard weitergeben würde, berechtigte sie zu einem Sitz im Vorstand. In den gesamten dreißig Jahren hatte sie an keiner Vorstandssitzung teilgenommen.

Zögernd, als erwarte er Einwände von Hélène, erklärte Edouard ihr, daß er das Aktienkapital jetzt umverteilen müsse: Und da er fünfzehn Prozent Beteiligung direkt auf Hélène überschreiben werde, wäre es ihm lieb, wenn sie in den Vorstand der Firma eintrete.

Hélène verstand, warum er das tat: Bei Luciens Geburt hatte er sein Testament ändern müssen, und nun wollte Edouard, der in solchen Dingen stets vorsichtig und methodisch vorging, unbedingt sicherstellen, daß Hélène, die im Falle seines Todes bis zur Großjährigkeit der Kinder Cats und Luciens Interessen vertreten mußte, mit der Führung des Konzerns vertraut gemacht wurde.

Hélène stimmte ihm freudig zu und nahm im Frühjahr 1969 zum erstenmal an einer Vorstandssitzung des Chavigny-Konzerns teil: Sie war, wie sie vorausgesehen hatte, die einzige Frau an dem langen Tisch.

Die Herren – alle wesentlich älter als sie – waren genauso, wie sie es erwartet hatte. Sie waren erfahren, sie waren klug, und ihr gegenüber waren sie ehrerbietig. Sie hießen sie galant willkommen –, um sie sodann zu ignorieren. Hin und wieder, wenn einer der anwesenden Herren befürchtete, die Diskussion sei ein wenig zu technisch für sie geworden, bat er um eine kleine Pause, damit man ihr die Vorgänge mit einfachen Worten erläutern könne.

Hélène akzeptierte diese gönnerhafte Fürsorge schweigend. Während der ersten vier, fünf Sitzungen meldete sie sich fast nie zu Wort. Sie wartete ab, beobachtete die Herren rund um den Tisch, lauschte ihren Argumenten und Gegenargumenten und merkte sich, welche der anwesenden Vorstandsmitglieder am interessiertesten waren. Sie beobachtete sie, schätzte sie ein, registrierte ihre verschiedenen Allianzen und Rivalitäten und stellte erfreut fest, daß ihre relative Unauffälligkeit Wirkung zeigte. Denn nach den ersten zwei, drei Sitzungen schienen die Herren sie fast zu vergessen und wurden in ihrem Verhalten durchschaubarer.

Edouard selbst unterschätzte sie nicht, und manchmal, wenn einer seiner Kollegen ihr geduldig und umständlich Ausdrücke und Vorgänge erklärte, mit denen Hélène, wie Edouard wußte, durchaus vertraut war, entdeckte sie ein amüsiertes Funkeln in seinem Blick. Doch weder während der Sitzungen noch später, wenn sie allein waren, äußerte er ein einziges Wort darüber. Er wartete ab, wie Hélène wußte, und es machte ihm Spaß, abzuwarten.

So begann Hélènes Mitarbeit damit, daß sie in den Vorstand aufrückte. Hélène war sich eindeutig klar darüber, daß Edouard sie niemals gedrängt hätte: Wäre sie damit zufrieden gewesen, einfach ein schweigendes Schmuckstück an dem großen Tisch zu sein, wäre Edouard möglicherweise enttäuscht gewesen, hätte ihre Entscheidung jedoch akzeptiert. Sie selbst hingegen war eher der Meinung, daß ihre Mitarbeit an einem späteren Datum im Jahr 1969 begann, als sie mit Edouard zum erstenmal über die anderen Vorstandsmitglieder diskutierte, sowie über die Tagesordnung der Sitzung, an der sie gerade teilgenommen hatte.

»Soll ich dir die Gruppierungen erklären?« fragte sie lächelnd, als sie an jenem Tag beim Diner saßen.

»Aber gern!« Edouard lehnte sich bequem zurück.

Hélène hakte die einzelnen Gruppierungen kurz und zutreffend ab.

Als sie endete, war Edouards Grinsen breiter geworden. »Du meinst also, daß all die gewichtigen und sorgfältig recherchierten Fakten, die Temple gegen eine weitere Expansion des Hotel-Ressorts vorgebracht hat – du meinst wirklich, daß sie nicht objektiv waren?«

»Ich bin davon überzeugt!« Belustigt merkte Edouard, daß Hélènes gespieltes Desinteresse allmählich aufweichte: Ihre Wangen hatten sich gerötet, sie sprach schneller und engagierter. »Ich bin ganz sicher. Temple kann Bloch nicht ausstehen. Die beiden sind zwar momentan gleichermaßen einflußreich, doch wenn Blochs Pläne für das Hotel-Ressort durchgeführt würden, müßten dafür Aktiva abgezweigt werden, die Temple für das Villen-Projekt auf Sardinien beansprucht. Bloch würde dadurch mehr Einfluß und mehr Macht an die Hand bekommen, und das ist Temple gar nicht recht. Außerdem fand ich, daß seine Argumente falsch waren. Das Hotel-Ressort ist seit drei Jahren stabil, du hast deine bestehenden Beteiligungen konsolidiert, also scheint mir der richtige Augenblick zum Expandieren gekommen zu sein.«

»Ich verstehe.« Edouard legte die Hände zusammen. Sie hatte haargenau seine eigenen Überlegungen ausgesprochen. Nachdenklich musterte er Hélène. »Interessant«, sagte er gemessen. »Ich wußte, daß du sie beobachtest. Du siehst das Ganze wie ein Spiel.«

»In mancher Hinsicht, ja.« Hélène beugte sich vor. »Einerseits sind da die Argumente, die sie vorbringen, doch die kann man nicht ausschließlich auf kommerzieller Basis beurteilen. Man muß die Menschen kennen, die sie vorbringen, und ihre wechselseitigen Beziehungen – denn von denen werden ihre Gedankengänge sehr stark beeinflußt. Wenn du so willst, sind es die Winkelzüge, die dahinterstecken. Die interessieren mich.«

»Und was hast du dir sonst noch so gedacht, während du sie so aufmerksam und unauffällig beobachtetest – im allgemeinen?«

»Im allgemeinen?« Hélène überlegte. »Nun ja, im allgemeinen war ich beeindruckt. Sie sind fähig, und sie sagen in den meisten Fragen offen ihre Meinung – möglicherweise mit einer Ausnahme.«

»Und die wäre?«

»Das Schmuck-Ressort. Dort gibt es noch immer Opposition gegen die Wyspianski-Kollektionen, nicht wahr? Ich hab's gespürt. Die meisten aber wagen sich dir nicht zu widersetzen, also geben sie nach.« Sie zögerte. »Und es sind ausschließlich Männer, Edouard. Mir ist gerade der Gedanke gekommen, daß das eines der Probleme ist. Sie interessieren sich nicht für Floryans Arbeit. Und ich bin überzeugt, daß sie sie einfach nicht verstehen. Außerdem ist das Schmuck-Ressort der einzige Geschäftszweig, dessen Produkte vor allem den weiblich orientierten Markt ansprechen sollen. Ich könnte mir vorstellen, daß diese beiden Fakten miteinander zu tun haben.« Sie hielt inne. »Wie ich gesehen habe, sind die Herren durchaus in ihrem Element, wenn sie über Hotels, Immobilien oder Wein diskutieren, doch wenn es um Schmuck geht, werden sie alle relativ ungeduldig.«

»Ist das so falsch?«

»Du weißt genau, daß das falsch ist.« Sie beugte sich vor. »Floryan ist ein Künstler. Seine Arbeiten sind die besten der Welt. Sie sind einmalig und damit die Fortsetzung der langen Tradition von de Chavigny. Das, was Floryan für deine Firma tut, läßt sich nicht in Gewinn und Verlust aufrechnen. Wenn diese Herren ihren Willen durchsetzen würden und das Schmuck-Ressort abgestoßen würde – und ich bin sicher, daß einige von ihnen das sehr gern sähen –, würde de Chavigny nichts weiter sein als einer von den vielen gesichtslosen multinationalen Konzernen. Das muß man ihnen klarmachen!«

Edouard zog nachdenklich die Brauen zusammen. Er dachte an Philippe de Belfort und die Argumente, die er einst vorgebracht hatte. Es ärgerte ihn, daß sie noch weiterhin existierten, als lebe sein Einfluß noch immer als geisterhaftes Erbe fort. Zuweilen hatte Edouard das Gefühl, daß dieser Einfluß im vergangenen Jahr stärker geworden sei, denn oft genug hatte er in den Argumenten anderer Herren die von Belfort wiedererkannt. Diese Tatsache beunruhigte ihn. Und nun fand er es tröstlich, daß Hélène genau den gegenteiligen Standpunkt vertrat.

Lächelnd blickte er zu ihr auf. »Sonst noch was?«

»Noch eines. Und es betrifft nur dich persönlich.«

»Ich hätte wissen müssen, daß ich nicht tabu sein konnte. Also los!«

»Du solltest viel mehr delegieren. Ich verstehe allerdings, warum du das nicht getan hast: Weil du wirklich nie aufhören kannst zu arbeiten; aber auch, weil es unter den Herren, die ich kennengelernt habe, keinen einzigen Kandidaten dafür gibt. Aber du *brauchst* einen, Edouard. Du brauchst jemanden, dem du hundertprozentig vertrauen kannst. Der dich abschirmt. Und der dir vielleicht sogar den Rücken deckt.«

»Glaubst du wirklich, das ist nötig?«

Hélène schwieg einen Moment. »Ja, das glaube ich«, entschied sie dann. »Jeder Mann in deiner Position muß das in Erwägung ziehen, und du vielleicht dringender als jeder andere.«

»Warum?« Edouard wandte den Blick nicht von ihr.

Hélène seufzte. »Ach, Edouard! Weil du überall Neid erregst, glaube ich. Deswegen.«

Als sie das sagte, wandte sich Edouard ab. Er schien so überrascht zu sein, als wäre er niemals zuvor auf diesen Gedanken gekommen, und nun sei dieser ihm unbehaglich.

Kurz darauf gingen sie zum Abendessen, und das Gespräch wandte sich persönlicheren Problemen zu. Mehrere Wochen lang wurde das Thema nicht mehr berührt. Hélène fuhr fort, an den Vorstandssitzungen teilzunehmen, begann aber allmählich – zum größten Schrecken der anwesenden Herren – ihrer persönlichen Meinung ruhig und doch energisch Ausdruck zu verleihen. Wenn Edouard Arbeit mit nach Hause brachte, diskutierte er sie jetzt mit seiner Frau: Gemeinsam sahen sie seine Papiere durch, und ganz allmählich gewann Hélène eine umfassende Übersicht über den Konzern de Chavigny. Sie lernte immer mehr Manager des Konzerns kennen, und zu ihrer Belustigung begannen sich auch die Herren, die sie zuerst so höflich herablassend behandelt hatten, mit der Zeit, als ihr Einfluß bei den Sitzungen immer stärker wurde, für sie zu interessieren. Geschickt versuchten sie, sie in ihre Machtspielchen und Manipulationen einzuspannen: anfangs, weil sie vermuteten, sie könne sich bei Edouard für sie verwenden; allmählich aber, weil sie erkannten, daß ihre Ansichten tatsächlich vernünftig waren.

»Sie denken wie ein Mann, Madame«, sagte Monsieur Bloch eines Abends höflich zu ihr, als sie und Edouard bei ihm auf einer Party waren. Er meinte es als Kompliment: Hélène ließ es ihm durchgehen.

Ihre Anregung, Edouard brauche einen Vertreter oder Bevollmächtigten, war vergessen, vermutete sie, denn Edouard kam nicht wieder darauf zurück; in dieser Hinsicht jedoch irrte sie sich gewaltig.

Eines Morgens, Anfang 1970, blickte Hélène von der *Financial Times* auf, die sie täglich beim Frühstück las, und reichte Edouard das Blatt über den Tisch.

Sie war flankiert auf einer Seite von Cat – in ihrer Klosterschul-Uniform –, die sich, wie gewöhnlich, verspätet hatte, schlechter Laune war und ihr Frühstück hastig hinunterschlang; auf der anderen von Lucien in seinem verhaßten Kinderstuhl, in dem er ganz allein ein weichgekochtes Ei zu essen versuchte. Hélène, die es liebte, so mit der Familie zu frühstücken, ließ sich durch nichts aus der Ruhe bringen: Sie kümmerte sich um Lucien und seine Probleme mit dem Ei; sie wandte sich an Cat und überredete sie, in Ruhe zu essen und sich überdies – was schwieriger war – die widerspenstigen Haare zu kämmen, bevor sie zur Schule ging.

Beim Anblick seiner Frau, mit offenem Haar, in einem schlichten blauen Baumwoll-Morgenrock von derselben Farbe wie ihre Augen, war Edouard versucht, noch ein wenig zu bleiben. Nachdem Cat beiden Eltern einen Kuß gegeben und sich auf den Schulweg gemacht hatte, während Lucien von seiner neuen englischen Nanny ins Kinderzimmer geholt wurde, erwog Edouard, ob er nicht ausnahmsweise mal eine Stunde später ins Büro fahren könne.

Ohne den Artikel zu beachten, den Hélène ihm gezeigt hatte, stand er auf und ließ die *Financial Times* einfach fallen. Um den Tisch herum ging er zu Hélène, legte ihr sanft die Hand in den Nakken, hob ihre Haare an und ließ sie durch seine Finger gleiten.

Hélène legte den Kopf zurück und sah zu ihm auf: Er las die Antwort in ihren Augen, in ihren stillen Zügen. Er beugte sich nieder und küßte sie auf den Mund; dann wanderte seine Hand tiefer hinab, bis unter den weichen Baumwollstoff; Hélène seufzte. Sie stand auf und schmiegte sich in seine Arme.

»Du wirst dich verspäten.«

»Das weiß ich. Und es ist mir gleichgültig.«

Sie wollte weiter protestieren, wenn auch ohne große Überzeugung. Doch Edouard, der die Wärme und das plötzliche Erschlaffen ihres Körpers spürte, hinderte sie daran.

Er verspätete sich um anderthalb Stunden. Bevor er dann endlich ging, holte Hélène jedoch mit einem Lächeln die *Financial Times* aus dem Speisezimmer und drückte sie ihm in die Hand.

»Du solltest das wirklich lesen, Edouard.« Sie war bemüht, ihn mit möglichst strengem Blick anzusehen. »Ich lasse mich nicht abweisen. Du wolltest früher mal ein Übernahme-Angebot für die Rolfson Hotelkette machen, nicht wahr? Ich erinnere mich, daß du davon sprachst. Nun solltest du das Angebot wiederholen.«

Edouard stöhnte. »So eine bist du also, aha! Daran hast du vorhin gedacht, als ich ...«

Hélène küßte ihn. Ihre Augen funkelten. »Nein. Da nicht. Das weißt du genau. Jetzt aber denke ich daran. Und du solltest ebenfalls daran denken.«

Das Angebot wurde im Sommer 1970 gemacht und war erfolgreich. Es hatte zwei direkte Folgen. Edouard, den die Verhandlungen wochenlang völlig in Anspruch nahmen, sah endlich ein, daß Hélène recht gehabt hatte, als sie behauptete, er brauche einen Stellvertreter, und rief sofort den einzigen Mann an, von dem er mit Sicherheit wußte, daß er alle erforderlichen Qualifikationen besaß: Simon Scher.

Er erläuterte ihm seine Vorschläge klar und präzise, ohne große Worte zu machen. Von Texas her, quer über den Atlantik, hörte er in Schers Stimme das Lächeln und die Begeisterung.

»Nun ja, Edouard, es war eine lange Zeit, hier drüben. Ich nehme an, wir können Drew überreden, mich gehen zu lassen. Wann brauchen Sie mich?«

Edouard lächelte ebenfalls. Er wußte genau, daß sich die Verhandlungen alles andere als unkompliziert gestalten konnten und daß Drew Johnson vermutlich doch protestieren würde. »Morgen«, antwortete er vorsichtig.

Am anderen Ende herrschte kurzes Schweigen, dann lachte Scher. »Es ist nicht zu fassen!« sagte er. »Das muß die Ehe sein. Sie sind ein geduldiger Mensch geworden!«

Ende 1970 kehrte Scher dann schließlich zu de Chavigny zurück – im selben Monat, in dem Edouard und Hélène die Geburt ihres dritten Kindes feierten, wieder eines Jungen, den sie Alexandre tauften.

»Wir hätten ihm außer den anderen vielleicht doch noch den Namen Lad Rolfson geben sollen«, sagte Edouard, als er das Baby in den Armen hielt. »In Anbetracht der Zeit, des Ortes und der Umstände, unter denen er gezeugt wurde.«

»Ach was, Unsinn!« gab sie zurück. »In Anbetracht der Umstände kannst du unmöglich sicher sein.«

»O doch, das kann ich!« Edouard betrachtete seinen Sohn aufmerksam. »Du bist durch die *Financial Times* auf diese Welt gekommen. Also. Was meinst du dazu?«

Alexandre gluckste zufrieden, und beide lachten.

Es gab allerdings noch eine dritte Auswirkung, doch die war relativ unbedeutend, und Edouard schenkte ihr bei all der Freude über die gelungene Übernahme, die Ankunft Simon Schers und die Geburt seines zweiten Sohnes kaum Beachtung. Sie stellte ihn einige

Stunden vor ein Rätsel, das er dann jedoch bald wieder vergaß: Es kam in Gestalt eines Telegramms, das ihn an dem Tag, da die Übernahme der Rolfson Hotelkette perfekt war, in seinem Büro erreichte. Es lautete: ›Gratulation zur Übernahme – verspätet.‹ Es kam aus Portugal und trug keine Unterschrift.

Im Frühling des darauffolgenden Jahres, kurz vor Cats elftem Geburtstag, trat Thaddeus Angelini wieder in ihr Leben. Ohne jede Vorwarnung. Es gab keinen Brief, keinen Anruf, lediglich eine Einladung – nicht von Thads eigener Hand, sondern von der PR-Firma, die die Premiere seines letzten Films organisierte, einem Epos über den amerikanischen Bürgerkrieg, mit dem Titel *Gettysburg*.

Als Hélène die Einladung las, vermutete sie zunächst, sie und Edouard seien geladen worden, weil die Premiere zugunsten eines Wohltätigkeitsfonds stattfinden sollte. für den sie beide schon früher gearbeitet hatten. Gleich darauf fragte sie sich jedoch, ob das tatsächlich der Grund sein könne oder ob die Einladung auf Thads Veranlassung hin erfolgt sei.

Sie sah nach dem Datum: 19. Mai, zwei Tage nach Cats Geburtstag, und damit genau sechs Jahre nach dem Tag, an dem sie Thad zuletzt gesehen hatte – in dem Haus mit seiner absurden Fotosammlung. Daraufhin war ihr sofort klar, daß diese Einladung nur von Thad stammen konnte, und wollte instinktiv absagen. Aber sie zögerte, und schließlich änderte sie ihre Meinung.

Zum Teil war es Neugier, das wußte sie. Thad hatte in den vergangenen sechs Jahren kein einziges Mal Kontakt mit ihr gesucht. Sogar als Lewis starb, war kein Anruf von ihm gekommen. Was Hélène von ihm wußte, hatte sie der Presse entnommen, und das war nicht viel. Er hatte eine Reihe Filme gedreht, zuerst für Joe Stein und Artists International und dann für eine Reihe anderer Studios: zwei von ihnen hatten zwar bei der Kritik bescheidene Erfolge erzielt, an den Kinokassen jedoch kein einziger. In seinen Interviews gab Thad dem Studio-System die Schuld daran. Bei Sphere hatte er sich einer gewissen Unabhängigkeit erfreut. Nun behauptete er, vom ersten bis zum letzten Tag durch ständige und spießbürgerliche Einmischung bei seiner Arbeit behindert worden zu sein.

Sein Ruf als Regisseur hatte gelitten, das wußte Hélène. Er war in letzter Zeit oft negativ mit anderen Regisseuren verglichen worden, darunter Gergory Gertz und eine ganze Reihe neuer Namen, die man als kommende Männer bezeichnete. Die beiden Filme, die sie gesehen hatte, bestätigten die Meinung der Kritiker: Sie hatten ihr beide nicht gefallen, und sie war erstaunt, daß Thad, der sonst doch immer so präzise und sicher in seiner Arbeit gewesen war, auf einmal eine derartige Stilunsicherheit an den Tag legte.

Wie sie mit leichtem Lächeln feststellen konnte, hatten ein paar jüngere unter den europäischen Kritikern den Beginn von Thads Niedergang mit der Beendigung ihrer Partnerschaft gleichgesetzt, und ein besonders romantischer Franzose hatte behauptet, mit Hélène habe Angelini seine Muse verloren. Hélène nahm das nicht weiter ernst, obwohl sie ein- oder zweimal bemerkte, daß Thad, wenn man ihn bei einem Interview mit dieser Vorstellung konfrontierte, äußerst gereizt reagierte.

Es war ihr durchaus keine Genugtuung, daß ihn die Kritiker, die sich einst um ihn gerissen hatten, nunmehr scharf angriffen und dabei auch seine früheren, damals von ihnen hochgelobten Arbeiten schlechtmachten. *Gettysburg* schien in Amerika, wie sie erfreut feststellte, ein großer Erfolg zu sein und seine Kritiker wieder umgestimmt zu haben. Der Film brach alle Kassenrekorde; sogar Susan Jerome hatte ihn gelobt. Ich schulde es ihm, dachte Hélène, wenigstens zu seiner Premiere zu gehen.

Als sie Edouard diesen Vorschlag machte, stimmte er ihr zwar zu, aber nur höchst widerwillig. Hélène nahm an, sein Zögern beruhe auf Edouards Abneigung gegen Thad, aber das traf nur teilweise zu. Er warf die Einladung auf den Tisch und stand auf. »Na schön«, sagte er kurz. »Du hast wohl recht. Wir gehen hin.«

Damit wandte er sich ab – verärgert, wie Hélène glaubte. Und es traf zu: Edouard war wirklich verärgert, doch nicht über seine Frau, sondern über sich selbst. Seit über sechs Monaten arbeitete Simon Scher nun schon in Paris mit ihm, und Edouard war sich durchaus der Tatsache bewußt, daß seine Rückkehr der günstigste Moment gewesen wäre, Hélène über seine frühere Verbindung mit Partex und Sphere aufzuklären. Er hatte sich das ganz fest vorgenommen, doch dann immer wieder aufgeschoben.

Er hatte ihr – und das war irgendwie noch schlimmer – einen Teil der Wahrheit gesagt. Er hatte ihr erklärt, Simon Scher sei früher einmal mit seinem eigenen Konzern assoziiert gewesen. Er hatte ihr sogar erklärt, daß er und seine Mutter beide an Partex Petrochemicals beteiligt seien. Dann aber hatte er einfach nicht mehr weiter gekonnt. Als er zum erstenmal versuchte, es ihr zu sagen, hatte Hélène gerade Alexandre gestillt. Ahnungslos und erfreut über die Nachricht von Schers Ernennung, hatte sie zu ihm aufgeblickt.

»Ich wußte nicht mal, daß du ihn kennst! Und du bist sicher, daß er der richtige Mann für dich ist? Ach, Edouard, das freut mich wirklich!«

Edouard war verzweifelt gewesen. Immer wieder hatte er gehofft, daß Hélène ihn eingehender befragen werde, denn er wußte, daß er sie zwar durch Ausweichmanöver und Auslassungen, niemals aber direkt belügen konnte. Hätte sie ihn nur einmal gefragt, er hätte ihr alles erklären können. Aber sie stellte niemals Fragen. Dieses absolute Vertrauen war es vor allem anderen, was ihn von einem Bekenntnis zurückschrecken ließ. All diese Tatsachen anfangs verschwiegen zu haben, war eines, doch sechs ganze Jahre lang... Wie würde Hélène reagieren, wenn sie davon erfuhr?

Edouard war überzeugt, daß dieses Eingeständnis ihr Vertrauen in ihn erschüttern werde. Deshalb brachte er es nicht fertig, mit ihr zu sprechen, obwohl er immer wieder dazu ansetzte. Als der Moment, da Hélène Simon Scher zum erstenmal in Paris begegnete, kam und wieder vorüberging, ohne daß sie Fragen stellte, wußte Edouard, daß er in der Falle saß. Scher dagegen fand die Situation weniger fatal. »Das ist doch alles uralte Geschichte, Edouard! Vergessen Sie's ganz einfach«, riet er ihm. Doch Edouard konnte es nicht vergessen.

Ständig saß er wie auf Nadeln, wenn Simon Scher und Hélène zusammentrafen, was inzwischen immer häufiger geschah; wenn in der Presse eine Meldung über Partex erschien; wenn die Rede auf seine oder Louises fortbestehende Beteiligung an Partex kam, wie es des öfteren in Hélènes Gegenwart geschah, und Louise es sich in den Kopf setzte, die Verwaltung ihres Portefeuilles zu diskutieren, an der sie im Laufe des vergangenen Jahres immer öfter herummäkelte.

Zugleich machte er sich aber auch um Partex selbst und Drew Johnsons aggressive Expansionspolitik Sorgen. Diese Zweifel, die zum Zeitpunkt der letzten Partex-Fusion einsetzten, hatten sich seither vervielfältigt und nahmen nun, da Simon Scher nach Paris zurückgekehrt war, weiter zu. Bisher hatten Schers Gegenwart und Edouards Einfluß wie eine Bremse auf Drew Johnsons Ungestüm gewirkt; in den sechs Monaten seit Schers Ausscheiden machte es sich bemerkbar, daß diese Bremse inzwischen gelöst worden war. Johnson stürzte sich in ein Programm umfangreicher Kreditaufnahmen, und nachdem Edouard und Simon Scher die entsprechenden Zahlen sahen, waren sie beide äußerst beunruhigt.

Als Johnson nicht lange vor der Premiere von *Gettysburg* Andeutungen machte, daß er daran interessiert sei, die eigene Beteiligung an Partex auszuweiten, empfand Edouard daher eine gewisse Erleichterung. Zu einem anderen Zeitpunkt hätte er vielleicht gezögert, jetzt aber erklärte er sich zu Johnsons unübersehbarer Genugtuung bereit, zu verkaufen.

»Meinen Sie, Edouard, Sie könnten auch Ihre Mutter zu einem Aktientransfer überreden?« erkundigte sich Drew.

Da dies praktisch die einzige Frage war, die er ihm stellte, empfand Edouard eine Mischung aus Abscheu, Bedauern und Erleichterung über diese Beendigung einer Verbindung, die er einmal für echte Partnerschaft gehalten hatte.

Der Verkauf seiner Aktien ging glatt über die Bühne. Im Fall seiner Mutter erwartete Edouard jedoch Probleme, und so meldete er sich am Nachmittag des 19. Mai, kurz vor der Premiere von *Gettysburg*, bei ihr an. Als er ihr Haus betrat, war er auf mürrische Fragen und endlose Diskussionen gefaßt und daher mit den Unterlagen für die jüngsten Kreditnahmen der Partex bewaffnet.

Zu seiner Überraschung erhob Louise nicht den geringsten Protest, sondern schien von seinem Vorschlag angenehm überrascht zu sein. »Ich hab's dir doch gesagt, Edouard«, erklärte sie mit einem winzigen Lächeln. »Ich will schon lange einen Teil meiner Aktiva liquidieren...«

»Ich weiß, Maman«, antwortete Edouard geduldig. »Doch der Verkauf ist nicht der springende Punkt. Du hast da eine recht beträchtliche Beteiligung. Du wirst eine Menge Kapital flüssig machen...«

»Wirklich?« Kokett legte Louise den Kopf ein wenig schief. »Wie schön!«

Edouard runzelte die Stirn. An diesem Tag sah seine Mutter besonders gut aus. Sie wirkte entspannt und glücklich und hatte sich ausnahmsweise nicht über ihre Gesundheit beklagt. Dennoch beunruhigte sie Edouard mit ihrem Verhalten. Louise war inzwischen sechsundsiebzig – eine Tatsache, die streng geheimgehalten wurde –, und im vergangenen Jahr noch unberechenbarer geworden. Manchmal kleidete sie sich, wie heute, ganz ähnlich wie in früheren Tagen und gab sich umgänglich und fröhlich; dann wieder fiel sie für Wochen in ihre düstere Phase zurück. Ihre Launenhaftigkeit, schon immer ausgeprägt, war jetzt beinah exzentrisch geworden, so daß Edouard schon überlegt hatte, ob sie vielleicht den Zugang zur Wirklichkeit verlor, ob sie überhaupt noch eine Ahnung davon hatte, wie schwerwiegend eine Entscheidung war wie die, über die sie jetzt gerade diskutierten. Deswegen nahm er sich im stillen vor, demnächst mit ihren Ärzten zu sprechen. Vorerst jedoch versuchte er, der Mutter geduldig zu erklären, daß es, wenn sie diese Aktien veräußerte, nicht um Hunderttausende, sondern um Millionen Dollar gehe.

Louise fiel ihm ins Wort. »Ich verstehe sehr gut, Edouard«, behauptete sie verdrossen. »Du hast es mir ja schon einmal erklärt.«

»Ich versuche dir nur begreiflich zu machen, Maman, daß es sich nicht nur darum dreht, die Aktien zu verkaufen – das kann ich ohne weiteres für dich arrangieren...«

»Dann tu das, bitte!«

»... sondern daß du dich anschließend entscheiden mußt, wo du das Geld neu investieren willst. Daher dachte ich...«

Louise erhob sich. »Wenn ich deinen Rat brauche, Edouard, werde ich dich darum bitten. Zufällig« – wieder dieses seltsame Lächeln – »hab' ich in dieser Hinsicht eigene Ideen. Und außerdem ist es schließlich *mein* Geld, nicht wahr?«

Edouard erhob sich ebenfalls. Es wurde spät; er mußte nach St. Cloud zurückkehren und sich für die Premiere umziehen. Louises Verhalten ärgerte ihn. Er war versucht, einfach hinauszugehen und ihr ihren Willen zu lassen, und war schon auf dem Weg zur Tür, als er es sich noch mal überlegte: Louise war nicht mehr jung; so sehr sie ihn auch ärgerte, er war noch immer für sie verantwortlich... Er kehrte um. »Wenn du mir bitte erklären würdest, was du dir vorstellst, Maman, könnte ich dir vielleicht behilflich sein...«

Louise ließ ihm keine Zeit, den Satz zu beenden. »Ich werde in *Immobilien* investieren, Edouard. Das hat mir eigentlich schon immer gefallen. Davon verstehe ich wenigstens was. Häuser, statt dumme kleine Stückchen Papier. Ich werde Immobilien kaufen, und dazu brauche ich deinen Rat nicht, Edouard. Das wird dir sicher eine Erleichterung sein, denn schließlich muß es sich sehr belastend auf dich auswirken, daß du dich, wo du doch so sehr mit deiner Familie beschäftigt bist, auch noch mit all meinen unbedeutenden Angelegenheiten befassen mußt...«

»Immobilien, Maman – wo?« fragte Edouard resigniert.

Louise lächelte. »In Portugal«, antwortete sie liebenswürdig.

Edouard zögerte eine Sekunde, dann riß ihm endgültig der Geduldsfaden. »Wie du willst«, sagte er kalt und ging hinaus.

Gettysburg begann auf einem Schlachtfeld. Thad hat den Tod schon immer wunderbar filmen können, dachte Hélène. Eine lange Kamerafahrt auf ein Feld zu, das noch mit dünnem Morgennebel bedeckt war, und dann erst, als die Kamera näherfuhr, erkannte man das furchtbare Blutbad: nicht Erdbuckel oder Grastuffs, wie man aus der Ferne geglaubt hatte, sondern Leichen. Die Schlacht war inzwischen längst vorüber, und auf dem ganzen Feld regte sich nichts.

Männer mit ausgebreiteten Armen und Beinen; Männer, die in einer Parodie inniger Umarmung zu zweit, dritt, viert übereinanderlagen. Das Bild war so schön und perfekt komponiert wie ein Gemälde von Delacroix. Zu schön: Hélène wandte den Blick ab.

Sie bereute es bereits, hergekommen zu sein, und wünschte, sie könnte auf der Stelle gehen. Edouard saß mit eiskalter Miene, das Gesicht der Leinwand zugekehrt, stocksteif neben ihr. Er war sehr zornig gewesen, als er relativ spät von seinem Besuch bei Louise zurückgekehrt war, und seine Laune hatte sich auch nicht gebessert, als er zu Hause mitten in einen heftigen Streit zwischen Lucien und Cat geriet, in den inzwischen auch Hélène hineingezogen worden war.

Es war der erste dieser Kämpfe, den Edouard selbst erlebte, denn Hélène, die in den letzten Monaten traurig und hilflos beobachten mußte, wie diese Kämpfe immer heftiger wurden, hatte versucht, sie vor ihm geheim zu halten, weil sie sich einredete, es sei nur eine vorübergehende Phase. Beide, Cat wie Lucien, befanden sich in einem schwierigen Alter, daher war eine gewisse Eifersucht zwischen ihnen natürlich. Aber die Streitereien waren weitergegangen, ohne in ihrer Heftigkeit nachzulassen, und auch heute flammte der Zank wieder ganz unvermittelt als Folge eines unbedeutenden Zwischenfalls auf.

Diesmal ging es um eine Zeichnung, an der Cat tagelang gearbeitet hatte. Sie zeichnete und malte sehr gern und widmete sich ihrer Arbeit mit gewissenhafter Sorgfalt. Diese Zeichnung des Gartens in Quaires hatte sie gerade fertiggestellt. Während Cat in der Schule war, hatte Lucien es irgendwie geschafft, seiner Nanny zu entwischen und zu Cats Zimmer hinüberzulaufen. Als sie nach Hause kam, fand sie, daß Lucien mit Rotstift auf dem Bild herumgekritzelt hatte, bis von der Zeichnung fast nichts mehr zu sehen war. Als Hélène die Rufe und Wutschreie hörte und mit Cassie zu den Kinderzimmern hinauflief, war der Schaden bereits angerichtet. Lucien war rot vor Wut; Cat zitterte; die Zeichnung lag in Fetzen gerissen auf dem Fußboden, und auf Luciens Arm zeichnete sich ein grellroter Fleck ab, wo Cat ihm einen kräftigen Klaps gegeben hatte.

»Das hat er mit Absicht getan! Bestimmt! Ich weiß es genau...« Cat schluchzte beinahe vor Empörung. »Ich hab' sie ihm gestern gezeigt. Er wußte genau, daß sie was Besonderes war...«

»Dämliches Bild...« Mit dem Fuß trat Lucien die Papierfetzen auseinander.

Wieder wollte sich Cat auf ihn stürzen und hätte ihn wahrscheinlich noch einmal geschlagen, hätte Hélène sie nicht energisch zurückgehalten.

»Aber Cat! Nimm dich zusammen! Du mußt dich ein bißchen besser beherrschen lernen. Lucien ist doch erst drei. Selbstverständlich hat er das nicht mit Absicht getan...«

»O ja, nur zu – ergreif du nur seine Partei! Du ergreifst immer seine Partei. Immer. Immer...« Cat hob ihre Stimme zu unbeherrschten Höhen; in ihren Augen glitzerten Tränen. Lucien stand steif und bockig da. Als Hélène sich zu ihm umwandte, sah er sie mit jenem ruhigen, gelassenen Blick an, den Hélène bei einem so kleinen Kind entnervend fand. Es lag ein gewisser Trotz darin, als warte

Lucien auf die Gelegenheit, seinen Willen mit ihrem zu messen. Gerade schalt sie sich für diesen absurden Gedanken, da kam Edouard herein. Sein Gesicht war bleich vor Zorn.

»Was geht hier vor?« Eisig schnitt seine Stimme durch den Lärm, und sofort herrschte Totenstille. Dann begannen sie alle auf einmal zu sprechen, Cat und Lucien in den schrillsten Tönen.

»Er hat meine Zeichnung kaputt gemacht – mit Absicht!«

»Cat hat mich gehauen. Sie hat mich auf den Arm gehauen!«

Edouards Miene brachte sie schließlich zum Schweigen. In hartem Ton befahl er ihnen: »Lucien, du wirst nie wieder Cats Zimmer betreten. Und nie wieder an ihre Sachen gehen. Wenn du das tust, wirst du bestraft werden. Hast du verstanden? Und du, Cat, wirst aufhören, dich Lucien gegenüber aufzuspielen. Du wirst lernen, dein Temperament zu beherrschen. Wie kannst du es wagen, einen Dreijährigen zu schlagen?«

Cat schluckte. Ihre Lippen bebten, und Hélène sah, daß sie gleich in Tränen ausbrechen würde. Sie sah Edouard an, auf ihre Zeichnung hinab und wieder zu Edouard empor. Dann platzte sie heraus: »Ich hab' ja nicht sehr fest zugeschlagen. Ich hab' die Beherrschung verloren, das war alles. Die ganze Woche hab' ich an der Zeichnung gearbeitet und...«

»Geh auf dein Zimmer«, schnitt Edouard ihren Wortstrom ab, und Cat verstummte. Noch immer vor Erregung zitternd, starrte sie Edouard an; dann machte sie wortlos kehrt und lief hinaus.

Mit ausdrucksloser Miene sah Lucien ihr nach. Edouard blickte auf ihn hinab. »Und du, Lucien, wirst dich morgen früh bei Cat entschuldigen. Und so etwas nie wieder tun, verstanden?«

Lucien hob den Blick seiner blauen Augen zum Gesicht des Vaters und schenkte ihm ein engelhaftes Lächeln. »Nein, Papa«, antwortete er ruhig.

Edouard musterte ihn noch einen Moment; dann wandte er sich ab und verließ den Raum.

Jetzt, im Kino, sah Hélène ihren Mann von der Seite an. Sie erkannte, daß er noch immer zornig war, und fragte sich, ob er auch an jene Szene dachte oder ob er mit Louise Streit gehabt hatte. Sie versuchte, sich auf den Film zu konzentrieren, doch ihre Gedanken schweiften immer wieder ab, zu Cat. Auf einmal erkannte sie eine Verbindung zwischen einer ganzen Reihe kleinerer Zwischenfälle, die sie bisher als unwichtig abgetan hatte; ihre Sorge galt jetzt aber nicht den Streitigkeiten zwischen den Geschwistern, sondern den vielen Gelegenheiten, bei denen Cat im vergangenen Jahr unglücklich, verschlossen und in sich gekehrt gewesen war. Es ist Cats Alter, hatte sie sich eingeredet; sie kommt in die Pubertät. Es ist das Problem des Abfindens mit dem neuen Baby; es ist vielleicht auch ihre Schule, die Cat am Anfang heiß geliebt hatte, jetzt aber zu hassen behauptete. Auf einmal dachte Hélène: Wir stehen uns nicht mehr so nahe; Cat kommt nicht mehr so oft zu mir wie früher. Und der Gedanke, daß das zutraf, daß es aber vielleicht auch unvermeidlich ein Teil des Entwicklungsprozesses ihrer Tochter war, machte sie schuldbewußt und unglücklich.

Warum waren sie nur hergekommen? Sie sehnte sich danach, mit Edouard zu sprechen, der auf der Herfahrt kaum ein Wort gesagt hatte. Bedrückt zwang sie sich, zur Leinwand zu sehen und sich zu konzentrieren. Die Hälfte der Handlung hatte sie schon verpaßt; verständnislos sah sie den Schauspielern zu: Der Film spielte irgendwo im Süden; es gab ein junges Mädchen und einen wesentlich älteren Mann, einen Major der Konföderierten-Armee... Sie erstarrte, sah plötzlich aufmerksamer zu, und dann erkannte sie mit wachsender Scham und zunehmendem Zorn, was Thad getan hatte.

Der Film dauerte zwei Stunden. Als das Licht anging, war Edouards Miene grimmig. Er beugte sich zu ihr hinüber und packte Hélène sehr fest am Arm; sein Ton jedoch war sanft und liebevoll, als er zu ihr sagte: »Wir werden auf gar keinen Fall zum Empfang bleiben. Komm mit. Wir gehen.«

»Nein, Edouard. Ich nicht.« Hélène erhob sich. »Ich werde bleiben. Und ich werde mit Thad sprechen. Ich will wissen, warum er das getan hat.«

»Es wird dich nur aufregen, Hélène. Es ist besser, gar nicht zu reagieren.«

»Nein. Ich gehe nicht.«

»Dann laß mich mit ihm sprechen.«

»Nein, Edouard, das werde ich selber tun.«

Er zögerte, dann gab er nach. Also besuchten sie den Empfang, wo es Thad fünfundvierzig Minuten lang gelang, ihr aus dem Weg zu gehen. Mit kaltem Blick beobachtete Hélène ihn aus der Ferne inmitten der zahllosen Journalisten und Gratulanten. Sie spürte die

Erregung im Raum, jene ganz besondere Erregung, die ihr aus Hollywood vertraut war, und die ihr verriet, daß der Film hier ebenso erfolgreich werden würde wie in Amerika. Sie wartete. Als Edouard ihr dann zum erstenmal entführt wurde und zugleich in dem dichten Kreis um Thad eine Lücke entstand, schritt sie rasch zu ihm hinüber.

Er wirkte unverändert; er zeigte weder Freude noch Überraschung oder gar Verlegenheit; er verhielt sich, wie er sich immer verhalten hatte – als hätte es die vergangenen sechs Jahre nicht gegeben. Die kleinen dunklen Augen hinter der getönten Brille sahen glitzernd zu ihr auf; er schwitzte ein wenig, aber es war ja auch sehr heiß im Raum.

Die anderen Leute zogen sich zurück. Thad nickte; dann lächelte er. »Hélène«, sagte er ruhig.

»Warum hast du das getan, Thad?«

»Was denn?« Er hob den Kopf und sah sie blinzelnd an.

»Ich dachte, das sollte ein Film über den Bürgerkrieg sein!«

»So ist es.«

»Aber es ist zugleich meine Lebensgeschichte. Ein Teil meines Lebens. Du hast das Zeitalter verändert und die Namen. Vermutlich sollte ich dafür wohl dankbar sein.«

»Es ist eine Original-Story.« Thad trat von einem Fuß auf den anderen. »Ich muß es wissen. Ich hab' sie geschrieben.«

»So etwas ist unverzeihlich. Billig!«

Thad seufzte. »Es wäre natürlich besser gewesen, wenn du mitgespielt hättest, das muß ich zugeben. Das Mädchen ist nicht schlecht, aber sie ist nichts Besonderes. Es ist aber doch ein guter Film. Der beste, den ich seit *Ellis* gemacht habe.«

Hélène sah ihn an. Er wirkte absolut unbesorgt: die alte, felsenfeste Sicherheit, ohne die kleinste Andeutung von Zweifel.

»Die Tochter, Thad«, sagte sie schließlich kalt. »Warum hast du die Tochter sterben lassen?«

»Wie meinst du das?« Thad legte den Kopf schief und sah sie mit seinem Eulenblick an.

»Du weißt genau, was ich meine. Es gibt eine Hauptperson, die mir ähnlich ist, und diese Hauptperson hat eine Tochter. Am Schluß des Films kommt die Tochter ums Leben. Daran wirst du dich doch erinnern – oder?«

»Ach so, *das*!« Thad zuckte die Schultern. »Ich weiß nicht, warum ich das so geschrieben habe. Ich fand es passend.«

»Du hast es getan, um mir weh zu tun!«

»Tut es dir weh?« Er wirkte leicht interessiert.

»O ja, das tut es! Der ganze Film tut mir weh.«

»Das hätte ich nicht gedacht. Wirklich nicht. Keine Sekunde.« Thad schüttelte den Kopf. Er schien aufrichtig verwundert zu sein, vielleicht sogar reumütig. »Es tut mir leid, Hélène. Du müßtest wissen, daß ich dir nicht weh tun will. Warum sollte ich? Ich möchte wieder mit dir arbeiten. Noch immer. Ich möchte, daß du zurückkommst...« Er blickte in den Raum hinein, zögerte und sprach auf einmal schneller. »Ich werde ein neues Drehbuch schreiben. Sobald es fertig ist, möchte ich, daß du es liest. Deswegen wollte ich, daß du heute abend herkommst. Damit ich dir das sagen kann. Ich wollte es dir nicht einfach zuschicken. Es wird ein gutes Drehbuch werden, mit einer großartigen Rolle. Wir könnten den Film in sechs Wochen abdrehen. Es ist eine Liebesgeschichte – eine Art Liebesgeschichte. Sie spielt in Paris und London, und...«

»Ich werde nie wieder mit dir zusammenarbeiten«, fiel Hélène ihm ins Wort. »Und solltest du mir ein Drehbuch schicken, werde ich es zerreißen.« Sie unterbrach sich. »Paris und London?«

»Ja.« Thad wirkte ungeduldig. »Und dich würde ich nicht mal für die ganzen sechs Wochen brauchen. Ich könnte die Terminpläne so ausarbeiten, daß es sich höchstens um einen Monat handelt. Du *mußt* doch wieder arbeiten wollen! Das alles hier muß dich doch langweilen.« Er machte eine ausholende Geste. »Weißt du, was du im Augenblick tust? Du vergeudest dein Leben. Du...« Er sprach nicht weiter, denn Edouard war zu ihnen getreten. Trotz ihrer eigenen Empörung spürte Hélène sofort die entstehende Spannung. Die beiden Männer sahen einander an. Thad wiegte sich auf den Fußballen vor und zurück. Wieder funkelte das Licht in seinen Brillengläsern. Er lächelte. »Hat Ihnen der Film gefallen?« Er war bemüht, seinen Ton nicht allzu herausfordernd klingen zu lassen, hatte aber nicht viel Erfolg damit.

Edouard musterte ihn. Er schien seine Antwort ernsthaft zu erwägen. »Nein«, sagte er dann gelassen. »Ich fand ihn eher drittklassig.«

Diese offene Unhöflichkeit hatte Thad wohl nicht erwartet, und mit Edouards Fähigkeit, mit tödlicher Höflichkeit zu verletzen, war er ohnehin nicht vertraut. Einen Moment blieb sein Lächeln starr. Als er dann zu spät erkannte, daß es zumindest unangebracht war, verschwand es.

»Gehen wir, Hélène?« Edouard ergriff ihren Arm und führte sie hinaus.

Als sie zu Hause und allein waren, erkundigte sich Hélène: »War er drittklassig, Edouard? Ist das wirklich deine Meinung?«

Edouard antwortete nicht sofort. Er stand am Fenster seines Arbeitszimmers und blickte auf den Park und die Großstadt dahinter hinaus. Nun, da der Zorn über den Film sich allmählich legte, spürte er auf einmal, wie müde er war, und wußte auch, daß diese Müdigkeit damit zu tun hatte, daß er über Sphere noch immer nicht die Wahrheit gesagt hatte. Jemanden zu belügen, ist merkwürdig lähmend, dachte er und beschloß, Hélène noch heute abend aufzuklären. Aber nicht jetzt; ein wenig später, sobald sie sich beruhigt hatte.

Er wandte sich um. »Nein«, antwortete er leise. »Er weist die gleichen Fehler auf wie all seine Filme, und ich konnte ihn kaum objektiv beurteilen. Aber er war nicht drittklassig. Er war gut.«

»Ich freue mich, daß du so denkst«, gab Hélène zurück. »Es tut mir nicht leid, daß du es Thad gesagt hast – er hatte es wahrhaftig verdient. Aber ich freue mich, daß es nicht deine wirkliche Meinung ist.«

»Aber warum nur, Liebling?«

»Weil er *gut* war. Das zu leugnen, wäre sinnlos. Thad ist ein Künstler, das wußte ich immer. Und weil er ein Künstler ist, benutzt er die Menschen auf seine Weise. Ihr Leben bedeutet ihm nichts, für ihn sind sie lediglich Arbeitsmaterial. Er nimmt niemals wirklich Anteil an ihnen und hat überhaupt kein Mitgefühl.« Sie seufzte. »Würde man ihm das ins Gesicht sagen, er würde es nicht begreifen. Vielleicht würde er höchstens sagen, alle Künstler seien so. *Müßten* so sein.«

Edouard betrachtete sie schweigend. Sie sprach bedächtig, als müsse sie sich selbst erst darüber klar werden. Sie wandte den Kopf ab; dann sah sie ihn wieder an. Mit ihren Händen vollführte sie plötzlich eine flinke, flatternde Bewegung und begann schneller zu sprechen.

»Einmal hab' ich versucht, ihm das zu erklären. Daß es Dinge gibt, die mir wichtiger sind als meine Arbeit. Einfach das Leben. Einfach ganz normale, alltägliche Dinge. Die Dinge des Lebens ...«

»Hélène ...« Edouard war von ihrem unerwarteten Kummer bewegt. Er wandte sich ihr zu.

»Er hat einen Teil meines Lebens genommen.« Hélène hob ihren Blick zu ihm. »Einen Teil, den ich haßte, einen Teil, dessen ich mich sehr lange geschämt habe, und einen Teil, auf den ich manchmal irgendwie auch stolz war. Dinge, die unklar und wirr waren – alle hat er sie genommen, sie gestaltet und ihnen Sinn gegeben. Aus ihnen hat er diesen Film gemacht. *Kunst* aus ihnen gemacht ...« Sie schwieg einen Moment, dann wurde ihre Stimme fester. »Und ich fand das furchtbar – beim Zusehen.«

»Und jetzt?«

»Jetzt finde ich es nicht mehr furchtbar. Ist das nicht seltsam? Ganz plötzlich nicht mehr. Weil ich nämlich erkenne, daß es nicht *so* war. Er hat mehr daraus gemacht – und auch weniger. Beides. Verstehst du das?«

»Ich verstehe.« Edouard nahm sie in die Arme und zog sie an sich. So blieben sie eine Zeitlang stehen, bis Edouard spürte, wie er ruhiger wurde. Er empfand Frieden. Jetzt werde ich es ihr erklären, dachte er, und wollte schon anfangen, als Hélène sich ganz unerwartet und mit plötzlicher Rastlosigkeit aus seinen Armen löste.

»Ich wünschte nur, er hätte die Tochter nicht sterben lassen, Edouard«, sagte sie erregt. »Seine Filme sind manchmal fast unheimlich – sie sagen die Zukunft voraus. So etwas hat er früher schon getan, das erkenne ich jetzt. Meine Ehe mit Lewis, all die Dinge, die schiefgegangen sind ... auch das hat er in seine Filme gepackt, in *Extra Time*, in *Short Cut*. Er schrieb die Geschehnisse, *bevor* sie geschahen. Es ist wirklich, als könne er in die Zukunft sehen ...«

»Aber Liebling, sei doch nicht töricht! Er hat eine Geschichte konstruiert, mehr nicht. Das heißt doch nicht schon ...«

»Ach, Edouard, ich mache mir so große Sorgen um Cat!« Hélène wandte sich zu ihm zurück. »Dieser Streit heute. Aber noch andere Dinge, Kleinigkeiten ... An all das hab' ich heute abend gedacht. Ich wollte mit dir darüber sprechen ...«

Edouard setzte sich und zog sie an seine Seite. »Dann sprich«, gab er ihr liebevoll zurück.

Und Hélène sprach. Edouard hörte zu, antwortete, und so diskutierten sie sehr lange. Dabei empfand Edouard jedoch eine gewisse Distanziertheit, ein flüchtiges Bedauern. Dies war nicht das, was er hatte besprechen, was er ihr hatte erklären wollen.

Aber es war unmöglich, das Thema zu wechseln. Hélènes Nöte waren von unmittelbarerer Bedeutung, sagte er sich später, als sie zu Bett gegangen waren. Dennoch war er zornig auf sich: Er hatte eine Gelegenheit, hatte *die* Gelegenheit, ungenutzt verstreichen lassen.

In der Klosterschule gab es eine Mitschülerin, die Cat von Anfang an nicht leiden konnte. Sie hieß Marie-Thérèse und war später als Cat in die Schule gekommen, nicht lange vor der Geburt von Cats jüngstem Bruder Alexandre 1970, als Cat zehn Jahre alt war.

Es war eine sehr exklusive Schule, deren Zöglinge zum größten Teil aus alten, distinguierten, konservativen französischen Familien kamen. Die Kriterien für die Auswahl der Schülerinnen waren hauptsächlich gesellschaftlicher Natur, aber es gab auch Ausnahmen. Es gab Mädchen, die ihre Plätze auf Grund schulischer Verdienste bekommen hatten; es gab ein paar Töchter neureicher Geschäftsleute mit so großem Einfluß, daß ihnen der Zugang gewährt wurde; es gab in jedem Jahr ein oder zwei Mädchen, die aus Barmherzigkeit aufgenommen wurden und deren Schulgeld aus einem Stipendienfonds bezahlt wurde. Marie-Thérèse jedoch gehörte zu keiner dieser Kategorien, daher war ihr Eintritt in diese Schule vom ersten Tag an ein Rätsel. Ihre Eltern waren bekanntermaßen fromm und relativ wohlhabend, nach den Maßstäben der Schule jedoch alles andere als reich. Sie besaßen weder Einfluß noch wichtige Verbindungen; der Vater sollte angeblich etwas mit dem Verkauf von Autoreifen zu tun haben, worüber sich einige von Cats versnobten Freundinnen lustig machten. Wie diese meinten, hatte Marie-Thérèse ihren Schulplatz ausschließlich auf Grund der Frömmigkeit ihrer Mutter erhalten.

Marie-Thérèse hatte blonde Haare, die den Vorschriften entsprechend zu langen, festen Zöpfen geflochten waren. Körperlich war sie für ihr Alter sehr entwickelt und neigte überdies zur Rundlichkeit: Sie war die erste in Cats Klasse, die einen erkennbaren Busen bekam, was ihr zunächst einen gewissen Status sicherte. Die versnobten Mädchen jedoch verabscheuten sie vom ersten Tag an und ließen sich auch von ihren einschmeichelnden Annäherungsversuchen nicht beirren.

Cat, die das bemerkte, hatte zunächst Mitleid mit ihr und verstieg sich sogar zu einigen beiläufigen Kontaktversuchen. Das war allerdings ein Fehler. Cat war sich durchaus bewußt, daß sie darin nicht aufrichtig war, denn sie lehnte Marie-Thérèse intuitiv ab. Es dauerte einige Wochen, bis sie einsah, daß Marie-Thérèse sie ebensosehr ablehnte und daß Cats Bemühungen um Höflichkeit ihre Ablehnung nur in Haß verwandelt hatten. Vielleicht haßte sie Cat wegen ihrer Intelligenz und ihres Aussehens. Wie dem auch sei, Marie-Thérèse haßte sie, und Cat gewöhnte sich allmählich an ihre Feindseligkeit: die zumindest war aufrichtig. Da sie bisher jedoch noch nie eine derartige Feindseligkeit erlebt hatte, begann Cat zu glauben, daß alles, was in ihrem Leben auf einmal schiefging, eine einzige Ursache hatte: Marie-Thérèse. Davor war es wunderschön in der Schule gewesen: Sie war von Natur aus gut im Lernen; sie schloß schnell Freundschaften, und die Nonnen schüttelten zwar manchmal den Kopf über ihre Ausgelassenheit, ließen sich im allgemeinen jedoch von ihrer Offenheit, ihrer Gutmütigkeit und ihrer eindeutigen Aufrichtigkeit gewinnen.

Als Marie-Thérèse dann in die Schule eintrat, änderte sich bald alles. Sie entdeckte nicht nur sehr schnell, wie aufbrausend Cat war, sondern auch die unfehlbarste Methode, sie in Wut zu bringen. Und es war wirklich nicht schwer, die arrogante, hochnäsige Catharine de Chavigny zu reizen: Sie brauchte bloß eine von Catharines Freundinnen zu ärgern; sie brauchte bloß Catharines Schulbücher zu verstecken, Tinte über ihre Zeichnungen zu gießen oder sich über ihre Figur lustig zu machen, die noch immer knabenhaft schlank war. Sie brauchte bloß kichernd zu sagen, daß Cat mehr wie ein Junge aussah als wie ein Mädchen.

Während Cats ganzem elften Lebensjahr ließ Marie-Thérèse mit ihrer Verfolgung nicht nach und stellte mit hämischer Freude fest, daß die Nonnen allmählich weniger nachsichtig mit Cat umgingen. Einmal wurden sogar ihre Eltern zur Mutter Oberin bestellt; da war Marie-Thérèse allerdings ziemlich ins Zittern geraten. Doch selbst bei dieser Gelegenheit war die Wahrheit nicht ans Licht gekommen. Cats verhaßten Eltern, die in ihrem verhaßten Rolls-Royce an der Schule vorfuhren, wurde mitgeteilt, daß ihre Tochter ein Problem werde: Sie sei völlig undiszipliniert. Als Marie-Thérèse diese wunderbare Nachricht hörte, war ihre gute Laune für die ganze Woche gesichert.

Cat beobachtete diese negative Wendung ihres Schicksals verwirrt und brachte sie mit allen möglichen anderen Dingen in Verbindung, die sie ebenfalls unglücklich und unsicher machten. Sie haßte dieses ganze Jahr. Zu Hause gab es jetzt nicht nur Lucien, sondern noch einen anderen kleinen Bruder. Ihre geliebte Madeleine war fortgegangen, um selbst zu heiraten und eigene Kinder zu bekommen, und obwohl Cat sie gelegentlich noch sah, fehlte sie ihr doch überall.

Auch ihr Körper veränderte sich, alles veränderte sich: Sie war fast zwölf und hatte auf einmal das Gefühl, die ganze Welt breche auseinander, es gebe nichts Beständiges mehr. Zuweilen zog sie sich in der Abgeschlossenheit ihres Zimmers nackt aus und betrachtete sich im Spiegel. Der erste feine Flaum zwischen ihren Schenkeln und unter den Achseln; die erste Andeutung eines Busens. Manchmal haßte sie diese Zeichen nahender Fraulichkeit, haßte sie leidenschaftlich. Sie preßte ihre Brüste flach, tat so, als gäbe es sie nicht, sagte sich, sie habe ohnehin nie ein Mädchen sein wollen, sondern ein Junge. Ein anderes Mal starrte sie auf ihr Spiegelbild und haßte ihren Körper, weil er sich so langsam entwickelte: Dann wünschte sie sich, ihr Busen würde schneller wachsen, das Schamhaar endlich besser zu sehen sein. Als ihre Periode einsetzte, fühlte sie sich freudig erregt und hoffnungslos, befreit und gefangen, alles zugleich, und schnitt sich kurz darauf in einem Anfall von Haß auf das eigene Geschlecht und von Verzweiflung darüber, daß sie weder Kind bleiben noch sofort Frau werden konnte, die Haare ab.

In der Schule hatte sie ihre Haare in widerspenstigen Zöpfen getragen. Nun schnitt sie sie eines Abends, als sie allein in ihrem Zimmer war, mit Cassies riesiger Schneiderschere kurzerhand ab. Als sie am nächsten Morgen zum Frühstück kam, gab es eine furchtbare Szene.

Die heftigste Reaktion hatte sie eigentlich von ihrer Mutter erwartet, denn die Mutter war immer darauf bedacht, daß Cat gepflegt aussah und gekleidet war. Statt dessen kam sie von ihrem Vater, den anscheinend die kalte Wut packte.

»Es sind meine Haare. Also hab' ich auch das Recht, sie abzuschneiden!« Trotzig reckte Cat das Kinn. Sie gab sich frecher, weil sie über seine Reaktion erschrocken und den Tränen nahe war.

»Es sieht häßlich aus«, stellte er eisig fest und ging hinaus. Cat fühlte sich unendlich verletzt. Es war der schrecklichste Moment ihres Lebens. Am liebsten wäre sie gestorben.

Sie jagte die Treppe hinauf und in ihr Zimmer zurück, stellte sich vor den Spiegel und sah, daß der Vater recht hatte. Es *sah* häßlich aus; oder nein, mehr noch: grotesk. Cat begann bitterlich zu weinen. Vage hatte sie das Gefühl, etwas Unwiderrufliches getan zu haben. Edouard liebte schöne Dinge, ob sie nun kostbar waren oder schlicht, und hatte sie, seine Tochter, ebenfalls gelehrt, Schönheit zu erkennen und zu lieben. Cat wußte genau, daß es niemals das häßliche Äußere war, das ihn abstieß, sondern die Häßlichkeit des Wesens, des Charakters, des Verhaltens oder der Manieren. Heuchelei; Unaufrichtigkeit; Bosheit; Snobismus; Ungerechtigkeit – das waren Dinge, die er haßte, und Cat haßte sie ebenfalls.

Als sie weinend auf ihrem Bett lag, hatte sie das Gefühl, sich in den Augen ihres Vaters selbst vernichtet zu haben: Er sah sie genauso, wie sie war, meinte sie, sah ihre Eifersucht, ihren Haß, ihre Bösartigkeit – und genau das war es, was er an ihr häßlich fand. Nicht nur die Haare.

»Edouard, versuch doch bitte zu verstehen! Das Leben ist für Cat im Augenblick sehr schwer. Ich weiß noch genau, wie es war, halb Kind und halb Frau zu sein und nicht zu wissen, ob man überhaupt eins von beiden wollte. Außerdem, Liebling, hat sie jetzt Brüder. Das macht für sie alles noch schwerer...«

Es war am selben Abend. Cat, die sich hinuntergeschlichen hatte, um sich bei Edouard zu entschuldigen, erstarrte vor der Zimmertür. Sie vermochte weder hineinzugehen noch in ihr Zimmer zurückzukehren, sondern lauschte, obwohl sie sich dessen schämte.

»Wieso?« Der Vater klang gereizt.

»Nun ja, ich weiß nicht genau, wie weit sie alles richtig versteht...« Ihre Mutter hielt nachdenklich inne. »Ihre Abneigung gegen Lucien. Er ist nicht nur dein Sohn, Edouard, er ist darüber hinaus dein Erbe. Das spürt sie, auch wenn sie es jetzt noch nicht ganz versteht. Vielleicht ahnt sie, daß du dir immer einen Sohn gewünscht hast.«

»Ich *habe* mir immer einen Sohn gewünscht. Doch das hat nichts mit meinen Gefühlen für Cat zu tun.«

»Für dich vielleicht nicht, Edouard – aber Cat könnte es durchaus so auffassen. Warum, glaubst du wohl, hat sie sich die Haare abgeschnitten? Weil sie sich davor fürchtet, schon jetzt wie eine Frau auszusehen, und weil sie – möglicherweise unbewußt – glaubt, daß wir sie mehr lieben, mehr schätzen würden, wenn sie ein Junge wäre.«

Eine Weile herrschte Schweigen. Drinnen im Zimmer starrte Edouard seine Frau bestürzt an; Hélène entdeckte aufdämmerndes Verständnis und gleich darauf Bedauern und Zärtlichkeit in seinem Ausdruck. Cat jedoch konnte den Vater natürlich nicht sehen. Sie hörte lediglich, was er sagte.

»Nicht ›wir‹. Ich, meinst du«, gab er leise zurück, und draußen schlich sich Cat verzweifelt davon.

Edouard diskutierte noch eine Weile mit Hélène und machte sich die größten Vorwürfe. Schließlich ging er zu Cat hinauf, um sich mit ihr auszusprechen. Cat sehnte sich unendlich danach, sich in seine Arme zu stürzen, doch irgendwie brachte sie es nicht fertig. Hochrot im Gesicht vor unterdrückten Gefühlen, gab sie Edouard kurze, arrogante Antworten, und als er versuchte, sie in den Arm zu nehmen, stieß sie ihn sehr heftig zurück. Als er zuletzt traurig und verständnislos hinausging, saß sie allein in ihrem Bett und dachte voll Selbsthaß: ›Wenn ich nur ein Junge wäre! Wenn ich doch nur ein Junge wäre – ein Sohn!‹ Diese Worte kreisten in ihrem Kopf, und wenn sich zwischendurch eine kleine Stimme meldete, die sagte: ›Aber er liebt dich doch, das weißt du genau‹, hörte sie nicht darauf, weil diese Stimme log. Gewiß, der Vater liebte sie, aber nicht so, wie er Lucien und Alexandre liebte: nicht so sehr.

Von da an wurde es immer schlimmer. Zu Hause zog sie sich von der Familie zurück und las in ihrem Zimmer stundenlang Romane über Frauen, die übermenschlich schön und klug waren, so daß die Männer sich vor Leidenschaft nach ihnen verzehrten. Sie selbst wäre auch gern so gewesen wie diese Romanheldinnen: Ein- oder zweimal probierte sie auf Partys, die die eine oder andere Schulfreundin gab, ihre Methoden an deren jüngeren Brüdern aus und entdeckte mit einem zweifelhaften Triumphgefühl, daß sie Erfolg hatte.

Im Sommer 1972 probierte sie sie etwas energischer während der Wochen aus, die die Familie an der Loire verbrachte. Sie wurde von Edouard prompt dabei erwischt, wie sie sich vom Sohn eines Gutsverwalters in den Weingärten küssen ließ. Der Kuß selbst war eine Enttäuschung – Cat mochte den Jungen nicht besonders –, doch Edouards Zorn war einschüchternd.

»Warum sollte ich ihn denn nicht küssen? Er wollte mich küssen.«

»Das kann ich mir vorstellen. Der Junge ist sechzehn! Ich ... Sein Vater ist mein Angestellter, Cat. Es hätte noch mehr passieren können. Und abgesehen von allem anderen, bist du zu jung.«

»Das fand er aber anscheinend nicht.«

»Geh auf dein Zimmer!«

Kurz darauf gingen sie nach England, um den Rest der Sommerferien in Quaires zu verbringen. Dort wurde sie, wie Cat genau wußte, aufmerksam überwacht. Sie entwickelte einen gewissen Unmut, entwickelte einen Anflug von Rebellion. Doch als sie im Herbst wieder zur Schule ging, wurde alles nur noch schlimmer.

Marie-Thérèse hatte eine neue Möglichkeit gefunden, sie zu quälen. Ihre Mutter war – trotz der Frömmigkeit, deren sie sich rühmte – eine eifrige Leserin von Klatschkolumnen und Frauenzeitschriften, und aus dieser Quelle schöpfte Marie-Thérèse, die zu Hause Gespräche belauschte, einen endlosen Vorrat neuen Materials. Sie erkannte sofort, daß sie mit ihrer neuen Waffe ins Schwarze treffen würde.

»Catharine de Chavigny, ich weiß was von dir! Du hältst dich für so hübsch. Du hältst dich für so klug. Ich wette, deine Freundinnen wissen nicht, was ich von dir weiß!«

»Dann sag's uns doch«, gab Cat achselzuckend zurück. »Wir werden ja sehen.«

Ihre Arroganz, ihre Lässigkeit waren unerträglich. Mit hochrotem Gesicht, stammelnd vor aufgestauter Abneigung, stieß Marie-Thérèse schließlich das Wort heraus. »Du bist... Du bist ein Bastard.«

Catharine wurde schneeweiß. Marie-Thérèse triumphierte. »O ja, das bist du! Meine Mutter hat's in der Zeitung gelesen. Du warst sieben, als dein Vater deine Mutter geheiratet hat. Vorher war sie mit einem anderen verheiratet. Sie hat schmutzige Filme gemacht und sich ganz nackt ausgezogen. Sie ist unmoralisch, das hat meine Mutter selbst gesagt. Du bist vielleicht gar nicht mal Catharine de Chavigny. Du bist vielleicht Catharine Irgendwer...«

»Das ist eine gemeine Lüge!« Cat hatte auf einer Mauer gesessen. Jetzt sprang sie mit geballten Fäusten herunter.

Marie-Thérèse hatte Angst, wich aber nicht zurück. »Deine Mutter ist geschieden...«

»Na und, du kleinkarierte Spießbürgerin?«

»Deine Mutter ist geschieden, und dein Vater ist ein Playboy, und du bist ein Bastard. So, Catharine de Chavigny...«

Cat sprang sie an und schlug Marie-Thérèse zu Boden. Hin und her wälzten sie sich, kreischend, tretend und boxend, bis sie vor den langen schwarzen Rock einer Nonnentracht rollten.

Das Ende kam schnell. Beide Mädchen standen vor der Mutter Oberin, Marie-Thérèse mit gesenktem Kopf, Catharine mit trotzig auf die Wand gerichtetem Blick.

»Catharine, ich verlange eine Erklärung.«

Catharine fuhr fort, schweigend an die Wand zu starren.

»Marie-Thérèse, vielleicht würdest du mir dann eine Erklärung geben.«

Das tat sie. Marie-Thérèse hatte sehr viel zu sagen, und zwar nur Dinge, die sie entlasteten. Die Mutter Oberin hörte sie an und machte, als sie mit Cat allein war, einen letzten Versuch, auch von ihr eine Erklärung zu bekommen. Als Cat sich jedoch trotzig weigerte, seufzte die Mutter Oberin. Ruhig erklärte sie dem Kind, daß diese Ungehorsamkeit ihr keine andere Wahl lasse. Sie sei zwar nicht unbedingt geneigt, Marie-Thérèses Erklärung zu glauben, doch wenn sie in einer so schwerwiegenden Angelegenheit auch von Cat eine Erklärung verlange, erwarte sie Gehorsam, erwarte sie eine Antwort.

Sie bekam keine; ebensowenig wie Edouard oder Hélène. Nach

einer langen Reihe von Besprechungen wurde Cat noch am selben Tag von der Schule verwiesen.

Bis zum Ende des Schuljahrs wurde sie zu Hause unterrichtet, und dann erklärten Hélène und Edouard ihr behutsam, daß sie beschlossen hätten, Cat auf ein Internat in England zu schicken. Vom kommenden September an werde sie eine sehr berühmte Schule besuchen. Den dazwischenliegenden Sommer werde man in England, in Quaires, verbringen.

Cat hörte sich das alles schweigend an. Sie war so erfüllt von Schmerz, Liebe und Empörung, daß sie den Vater nicht anzusehen vermochte. In diesem Moment hätte sie es ihnen fast gesagt; sie sehnte sich danach, es ihnen zu sagen, aber sie wußte, daß die Worte ihnen genauso weh tun würden wie ihr. Also schwieg sie.

»Verstehst du, Cat?« fragte Hélène liebevoll. »Wir fanden, es wäre das Beste für dich, ganz woanders noch einmal von vorn zu beginnen.« Sie hielt inne, und Cat, die erkannte, wie sehr sich die Mutter um ihr Verständnis bemühte, fühlte sich noch elender.

»Wir gehen nach Quaires«, ergänzte Edouard, »und werden den ganzen Sommer dort bleiben. Es wird ein wunderbarer Sommer werden. Und dann kannst du all dies hinter dir lassen, Cat.«

»Ich verstehe«, antwortete sie steif. Und sie glaubte wirklich zu verstehen. Ein Sommer in Quaires und dann Verbannung. Mitte Juli flogen sie nach England.

Der Croquet-Rasen von Quaires lag im Südosten des Hauses in der hellen Vormittagssonne. Es war fast elf Uhr an einem wunderschönen Sommertag. Christian stand in einem zerknitterten Leinenanzug in der Mitte, schwang seinen Hammer und sagte nach dem Schlag zu Hélène, seiner Schülerin: »Jetzt bist du erledigt, jetzt hab' ich gewonnen!«

»Verdammt noch mal, Christian«, seufzte Hélène, »du bist ein wahrer Teufel in diesem Spiel. Na schön, ich gebe auf. Ich werde dich niemals schlagen können ...«

Lachend legte ihr Christian den Arm um die Schultern, und sie gingen gemeinsam zu Edouard hinüber.

»Liebling, du hattest nie eine Chance. Er war entschlossen, dich möglichst schnell fertig zu machen, und ich weiß auch, warum. Weil nämlich jetzt gleich das Cricketspiel in Lords beginnt. Gib's zu, Christian, du möchtest dir das Spiel anhören.«

»Ich gebe es zu.« Christian warf sich in einen Sessel.

»Du kannst es dir auch im Fernsehen ansehen, Christian«, schlug Hélène vor.

»Ansehen? Ansehen? Auf gar keinen Fall! Viel zu modern. Unenglisch. Nein, nein, ich werde hier sitzenbleiben, wenn ich darf, und es mir im Radio anhören. Damit bin ich dann bis zum Abend beschäftigt. Und wenn Edouard vernünftig wäre, würde er das gleiche tun. An einem solchen Tag nach London zu fahren! Du mußt verrückt sein, Edouard!«

»Im Grunde meint er, daß er eine halbe Stunde lang aufmerksam zuhören und dann friedlich entschlummern wird...« Edouard stand lächelnd auf und wandte sich an Hélène. »Und ich habe auch keine große Lust, nach London zu fahren, aber es wird nicht lange dauern.« Er warf einen Blick auf seine Uhr. »Eine Stunde höchstens bei Smith-Kemp, dann hole ich am Eaton Square noch ein paar Gartenbücher ab, und wenn der Verkehr nicht allzu schlimm ist, müßte ich gegen drei wieder zu Hause sein. So etwa zu der Zeit, wenn Australien England ausschaltet, würde ich sagen...«

Christian griff nach einem Kissen und warf es nach ihm. Edouard fing es auf. »Absoluter Unsinn. Sie werden sich heldenhaft wehren.« Christian gähnte. »Grüß Charles Smith-Kemp von mir. Und sag ihm, er soll das traditionelle Glas Sherry nicht vergessen. Er gehört in einen Roman von Agatha Christie, findest du nicht? Das schönste Beispiel eines Familienanwalts, der – möglicherweise – zugleich der Mann ist, der die blutige Tat in der Bibliothek des seligen Colonels begangen hat...«

»O nein, nicht mehr.« Edouard lächelte. »Charles hat eine neue Leidenschaft. Er hat sich in die moderne Welt verliebt – Hi-Tech. Na ja, auf jeden Fall Technologie. Sie sind mit ihren Büros umgezogen. Spiegelglas, Gummibäume und das Allerneueste an Schreibmaschinen. Er wird eine große Besichtigungstour mit mir machen.«

»O Gott, ist denn überhaupt nichts mehr heilig?« Christian öffnete ein Auge. »Was ist mit den alten Büros?«

»Die werden abgerissen. Auf dem Grundstück will eine Versicherungsgesellschaft einen Büroturm errichten. Tut mir leid, Christian, mir gefällt das auch nicht.«

»Na ja, *hier* hat sich wenigstens nichts verändert«, knurrte Christian verstimmt. Dann hob er träge die Hand zum Gruß. »Bis nachher.« Damit schaltete er sein Transistorradio an, eine seiner wenigen Konzessionen an die moderne Zeit.

Die monotone Stimme des Cricket-Kommentators folgte Hélène und Edouard ins kühle Haus. Edouard schlang Hélène den Arm um die Taille, und sie legte den Kopf an seine Schulter.

»Wird alles gutgehen, Edouard?«

»Mit Sicherheit! Falls nötig, werden wir eine einstweilige Verfügung erwirken, aber ich glaube bestimmt, daß es nicht einmal dazu kommen wird. Keine Sorge, Liebling. Ich bin zuversichtlich, und Smith-Kemp ist es ebenfalls. Er sagt, die Sache ist ganz eindeutig: Der Film wird niemals gedreht werden.« Er neigte den Kopf und küßte sie. »Und nun erzähl mir, was du heute tun wirst. Willst du nicht doch lieber mitkommen?«

»Ach, Edouard – furchtbar gern! Aber ich kann nicht. Ich habe Floryan versprochen, mir die neuen Entwürfe anzusehen; und ich muß Blick auf die vorläufigen Kalkulationen werfen. Wenn ich mich jetzt gleich daran setze, bin ich fertig, bis zu zurückkommst.«

Edouard lächelte. »Du arbeitest zuviel.«

Das war ein altvertrauter Scherz zwischen ihnen, und Hélène versetzte ihm einen liebevollen Stoß. Der Stoß wurde zur Umarmung.

»Und die Kinder?« erkundigte sich Edouard schließlich.

»Oh, die werden beschäftigt sein. Lucien und Alexandre wollen mittags im Baumhaus picknicken – ich bin herzlich eingeladen.« Sie lächelte. »Und Cat will ausreiten.«

»Gut, aber laß sie auf keinen Fall an Khan heran, ja? Ich weiß, sie will ihn unbedingt reiten, aber das geht nicht. Es ist viel zu gefährlich für sie.«

»Sie wird's bestimmt nicht tun, Edouard. Cat ist in solchen Dingen sehr vernünftig. Hör auf, dir Gedanken zu machen. Und nun mußt du los, sonst kommst du zu spät!«

»Verdammt – an einem so schönen Tag! Verdammter Angelini...« Er zog sie enger an sich. »Es war doch richtig, daß wir für den Sommer hierhergekommen sind, nicht wahr?«

»Goldrichtig! Ich wußte, daß es klappen würde; dieses Haus hat etwas an sich. Eine seltsame Magie. Es macht die Menschen ruhig und ausgeglichen. Es macht sie glücklich. Sogar Cat. Es ist viel besser mit ihr geworden, Edouard, das ist zu spüren. Ich glaube, sie akzeptiert allmählich den Schulwechsel. Letzte Woche ist sie fast wieder die alte gewesen. Sie ist sehr gern hier...« Sie hob den Kopf und sah ihn an. »Spürst du das nicht auch?«

»Aber ja. Es war vielleicht wirklich nur eine Phase, wie du sagtest...« Er sah auf die Uhr. »Großer Gott, du hast recht. Ich muß los. Vergiß Christians Wein nicht; er trinkt gern Montrachet. Er liegt im Kühlschrank.«

Dann stieg er in den Wagen, der Motor dröhnte auf; Edouard winkte, und Hélène sah ihm nach, bis er um die Kurve der Einfahrt verschwand. Glücklich hob sie ihr Gesicht in die Sonne und atmete tief die stille, süß duftende Luft. In den Bäumen, die die Einfahrt säumten, hockte ein Schwarm Waldtauben. Einen Moment lauschte sie ihrem sanften Gurren, dann kehrte sie in den kühlen Schatten des Hauses zurück.

Gerade als Hélène die Halle betrat, kam Cat schwungvoll die Treppe heruntergesprungen. Sie war zum Ausreiten gekleidet, in Jodhpurs und einem weißen am Hals geöffneten Hemd; am Arm baumelte ihre Reitkappe. »Ist es nicht ein wundervoller Tag?« Sie kam zu Hélène herüber und gab ihr einen Kuß. »Ich dachte, ich könnte vielleicht jetzt ausreiten – bevor es draußen allzu heiß wird. Darf ich?«

»Aber jetzt kann ich nicht mitkommen, Cat.«

»Ach, das macht nichts. Ich reite nicht weit. Außerdem können wir alle zusammen heute abend noch mal raus, mit Daddy. Ich bin rechtzeitig zum Lunch zurück und werde halb verhungert sein. Bitte, Mutter...«

»Na ja, von mir aus. Aber nicht zu weit.« Hélène lächelte. »Ach ja, und du wirst auf gar keinen Fall in die Nähe von Khans Box gehen, nicht wahr, Cat? Dein Vater hat mich eigens darauf hingewiesen...«

»O Gott, nein! Ich nehme Hermione. Die arme Alte braucht Bewegung; sie wird zu dick. Ich hab sie seit Tagen nicht mehr geritten.«

Nachdem Cat verschwunden war, holte Hélène den Wein für

Christian, der tatsächlich eingeschlafen war, und schritt dann durch das stille Haus bis in das Zimmer, in dem sie zu arbeiten pflegte. Sie begann auf dem Schreibtisch die Entwürfe für Wyspianskis neue Kollektion sowie die vorläufigen Vermarktungsdetails auszubreiten.

Eine angenehme Stunde lang arbeitete sie in Ruhe, dann jedoch, wenige Minuten nach zwölf, klingelte das Telefon.

Sie hob selbst ab, weil sie meinte, es könne Edouard sein, der inzwischen London erreicht haben mußte. Aber es war nicht Edouard. Es summte in der Leitung; es gab eine mit Atem erfüllte Pause. Und dann, ohne jede Erklärung oder Einleitung, begann Thad zu sprechen. Er rief vom Flughafen Heathrow an.

Sekundenlang war Hélène so verdutzt, daß sie kaum ein Wort äußern, ja nicht einmal richtig verstehen konnte, was Thad sagte.

»Also werde ich dich jetzt aufsuchen. Mein Wagen wartet schon. Ich kann in einer knappen Stunde dort sein. Ist dein Mann auch zu Hause?«

»Nein, Thad. Woher hast du diese Nummer?«

»Irgend jemand wird sie mir gegeben haben, nehme ich an. Mit der Adresse. Hör zu, Hélène, ich muß dich sprechen!«

»Wenn du mich sprechen willst, Thad, kannst du das über meinen Anwalt tun.«

»Eben nicht. Ich hasse Anwälte. Die verpatzen alles. Ich muß dich sprechen. Nicht nur wegen dieser Sache. Es ist noch was anderes. Und es ist wichtig.«

»Einen Moment mal, Thad...«

»Du kannst mir immer noch die Tür vor der Nase zuschlagen.« Er kicherte mit dem vertrauten, heiseren Klang. Dann legte er auf.

Verärgert warf Hélène den Hörer auf die Gabel zurück, öffnete ihre Schreibtischschublade und holte das Drehbuch heraus, das Thad ihr geschickt hatte; eine Kopie lag inzwischen bei Charles Smith-Kemp. Paris und London, eine Art Liebesgeschichte: wieder einmal die Aufarbeitung einiger Episoden aus ihrem Leben. Diesmal jedoch war sie entschlossen, dafür zu sorgen, daß der Film nicht zustande kam. Sie warf das Script in die Schublade zurück, schloß sie und machte sich wieder an ihre Arbeit.

Früher hätte sie Thads Einmischung so sehr erregt, daß sie sich auf nichts anderes hätte konzentrieren können. Jetzt war das anders. Jetzt hatte Edouard ihr die Verantwortung für diese Kollektion und die Weiterentwicklung der gesamten Schmuckabteilung von de Chavigny übertragen. Das war ihr wichtig – so wichtig, daß sie es nicht einmal Thad gestattete, sie dabei zu stören. Sie senkte den Kopf über die Blätter und hatte ihn nach fünfzehn Minuten praktisch vergessen.

Einmal vernahm sie in der Ferne Hufschlag: Cat begann offenbar ihren Ausritt. Lächelnd hob Hélène den Kopf, dann konzentrierte sie sich wieder auf Wyspianskis Entwürfe.

Wann genau sie die Entscheidung getroffen hatte, vermochte Cat nicht sicher zu sagen. Etwa schon, bevor sie das Haus verließ? Als sie in die Stallungen kam und die lammfromme Hermione sah, mit der ein Ausritt so langweilig war? Oder als sie sich Khans Box näherte, der freudig wieherte, als sie die Hand hob? Ganz vorsichtig streichelte sie ihn, denn sie wußte, daß er unberechenbar war; doch Khan blies leise durch die Nüstern und stieß sie sanft mit der weichen Schnauze an – Khan, der schönste Rapphengst, den sie jemals gesehen hatte, und den zu reiten ihr strengstens verboten war.

Selbst in diesem Moment traf sie keine bewußte Entscheidung. Eben noch stand sie im Hof, im nächsten Moment schon hatte sie Sattel und Zaumzeug geholt. Khan hielt ganz still, als sie ihn sattelte; als sie ihn hinausführte, folgte er ihr wie ein Lamm. Cat musterte ihn zweifelnd: Noch war es nicht zu spät, ihren Entschluß rückgängig zu machen. Aber es war ein so schöner Tag, und er war so schön, und sie wußte genau, daß sie ganz ausgezeichnet ritt. In Gedanken stellte sie sich die Szene vor, die am späten Nachmittag stattfinden würde: »Ach übrigens, Daddy, ich habe Khan geritten...«

Edouard würde bestimmt zornig werden, aber auch beeindruckt sein. Jetzt war die Versuchung auf einmal zu groß. Sie saß auf, und Khan ließ es zu, ohne Nervosität zu zeigen. Sobald sie auf seinem Rücken daß, verspürte Cat eine beflügelnde Zuversicht. Sie preßte die Knie gegen seine Flanken und drängte ihn vorwärts; gehorsam ging Khan im Schritt zum Hof hinaus, die hintere Einfahrt hinab, den Pfad entlang bis zu dem Reitweg, der sich meilenweit über die Downs erstreckte.

Weit und breit war kein anderer Mensch zu sehen. Der Himmel leuchtete strahlend blau; die Sonne wärmte ihre Arme; Khans Schnauze war wie Seide und reagierte auf den leichtesten Druck. Glückselig ließ sie ihn antraben, und nun fielen – wie immer, wenn sie auf einem Pferderücken saß – sämtliche Ängste von ihr ab. Überhaupt nichts war mehr schrecklich, nicht mal die Dinge, die Marie-Thérèse gesagt hatte.

Vor ihnen tauchte ein weiter See auf, und Cat tätschelte Khans kraftvollen Hals. Vor Freude begann sie leise zu singen, und Khan schien ihr Gesang zu gefallen, denn er stellte die Ohren auf. Graziös wechselte er vom Trab zum Galopp. Es war so begeisternd, daß Cat am liebsten lauthals herausgeschrien hätte. Sie wiegte sich mit ihm, paßte sich dem Steigen und Fallen seines Rückens an. Khan wurde schneller.

Wenn nur Daddy sie jetzt sehen könnte! Doch dieser Gedanke ging flüchtig vorüber, denn zum erstenmal verspürte sie jetzt einen Stich Angst. Khan hatte zu galoppieren begonnen, schneller und immer schneller. Eine Zeitlang gab sie ihm nach, doch als sie merkte, daß sie müde wurde, versuchte sie ihn angstvoll zu zügeln. Nichts geschah – im Gegenteil: Je mehr sie an den Zügeln zog, desto schneller wurde er. In diesem Moment bekam sie endlich große Angst und fühlte sich ganz furchtbar allein. Der Rappe spürte ihre Angst. Sie sah, wie er die Augen rollte und die Ohren anlegte; sie spürte, wie ihn ein Schauer durchlief, und wappnete sich: Und dann streckte er sich noch länger.

Erstaunlich«, sagte Charles Smith-Kemp mit gebremster Begeisterung. »Erstaunlich, was diese modernen Schreibmaschinen alles können!«

Er beugte sich über den Schreibtisch seiner Sekretärin und betrachtete das Ergebnis ihrer Bemühungen auf dieser Maschine, wie ein Seher die prophetischen Eingeweide eines Vogels betrachtet hätte. Als er sich aufrichtete, erkundigte sich die junge Frau mit strahlender Miene: »Kaffee, Mr. Smith-Kemp?«

»In ungefähr zwanzig Minuten, Camilla.« Er sah Edouard an. »Es sei denn, Sie wünschen ein Glas Sherry?«

»Vielen Dank, keins von beiden. Ich hab's eilig; ich muß heute möglichst schnell wieder nach Hause...« Edouard mußte ein Lächeln unterdrücken. Mit den alten, schäbigen, holzgetäfelten Büros, den abgewetzten Ledersesseln, der Atmosphäre eines Gentlemen-Clubs war offenbar auch das Glas Sherry der Vergangenheit überantwortet worden. Der Kaffee paßte wahrscheinlich weit besser zu Kristallglasfenstern, Gummibäumen, blitzendem Chrom und Trennwänden.

Er folgte Smith-Kemp in sein Büro, dessen Fenster einen hervorragenden Blick auf die Verheerungen boten, die eine neue Generation von Architekten in der City angerichtet hatte. Er setzte sich recht unbequem in einem Sessel vor dem Schreibtisch zurecht; Smith-Kemp nahm ihm gegenüber Platz. Auch er hatte eine neue Sitzgelegenheit: einen mit schwarzem Leder bezogenen Drehsessel. Smith-Kemp schien Vergnügen an dieser Neuheit zu finden, denn er drehte sich mehrmals hin und her, bevor er endlich zur Sache kam.

Er, der sonst immer so träge wirkte, als werde er gleich einschlafen, gestattete sich heute ein kleines Lächeln. »Wir haben gewonnen«, erklärte er ohne weitere Einleitung. »Grundsätzlich gesehen, haben wir gewonnen. Ich habe hier das Schreiben von Angelinis Produktionsgesellschaft. Ich erhielt es heute früh über seine Anwälte – durch Boten.« Er betrachtete den Briefkopf jener Anwaltsfirma. »Keine *sehr* beeindruckende Sozietät.« Er reichte das Schreiben über den Tisch.

Edouard überflog die Zeilen. »Sie werden nachgeben«, sagte er dann. »Ich hab' schon öfter derartige Briefe gelesen.«

»O ja, ganz zweifellos.« Smith-Kemp unterdrückte anscheinend ein Gähnen. »Er hatte offenbar ohnehin Schwierigkeiten mit der Finanzierung, denn er ist mit diesem Drehbuch in ganz London herumgezogen, und das hätte er bestimmt nicht getan, hätte er in den Vereinigten Staaten einen Geldgeber gefunden. Diese Produktionsgesellschaft ist nicht verpflichtet, den Film zu finanzieren, und wird es mit Sicherheit nicht tun, sobald sie von einem anhängigen Prozeß Wind bekommt. Wir müssen jetzt nur noch sämtliche Kopien des Drehbuchs beschlagnahmen lassen, und das dürfte ziemlich leicht sein. Das Script stellt einen gravierenden Akt der Verleumdung dar – der Anklagevertreter war dieser Meinung, und ich bin es ebenfalls.« Er verstummte für einen Moment. »Dieser Mann besitzt wirklich eine außerordentliche Frechheit. Das Drehbuch zu schreiben, ist schon schlimm genug; doch anzunehmen, er könnte Hélène tatsächlich überreden, eine Rolle darin zu akzeptieren – er muß verrückt sein!«

»Ich würde ihn nicht unbedingt als stabilen Menschen bezeichnen.«

»Also können Sie Hélène ausrichten, daß sie sich keine Sorgen zu machen braucht. Dieser Film wird nicht gedreht werden.«

»Sind Sie sicher, daß es keine Schlupflöcher gibt?«

»Schlupflöcher? Mein lieber Edouard – auf gar keinen Fall!«

»Gott sei Dank.« Edouard richtete sich auf und sah auf seine Uhr. »Sie sagten, es gäbe da noch ein oder zwei andere Punkte...«

»Nur Kleinigkeiten, Edouard. Im Grunde nur Unterschriften.« Charles Smith-Kemp schob ihm mehrere Papiere über den Schreibtisch zu.

Edouard zog seinen Platinfüller heraus und unterzeichnete. Dann sah er abermals auf die Uhr. Halb eins. »Sie erwähnten noch eine andere Angelegenheit, die mit meinem Bruder zu tun hat?«

»Ach ja!« Zu Edouards Verwunderung wirkte Smith-Kemp auf einmal verlegen. Er öffnete einen Schrank und nahm eine altmodische Dokumentenschatulle aus schwarzem Metall heraus, die er vor sich auf den Schreibtisch stellte. Auf der Vorderseite stand in gestochener Schönschrift: BARON DE CHAVIGNY.

»Sie wurde bei dem Umzug gefunden.« Charles Smith-Kemp seufzte. »Zufälle wie dieser lassen mich erkennen, daß dieser Umzug schon vor Jahren fällig gewesen wäre. Überhaupt kein Platz, in den alten Büros, zum Aufbewahren alter Akten. Ein äußerst unübersichtliches System... Wir verließen uns auf die älteren Angestellten, und als die nach und nach in den Ruhestand traten, gingen leider manche Papiere verloren.« Er holte tief Luft. »Das hier hätte Ihnen mit allen anderen Dokumenten beim Tod Ihres Bruders ausgehändigt werden müssen. Ein unverzeihlicher Fehler unsererseits. Ich bitte um Entschuldigung, Edouard.«

Edouard musterte die Schatulle, die irgendwie finster und bösartig auf ihn wirkte. »Sind die Dokumente wichtig?«

»Ich habe die Schatulle natürlich nicht geöffnet.« Smith-Kemp wirkte gekränkt. »Wie Sie ja selbst sehen, trägt sie auf der Rückseite die Aufschrift: ›Persönlich und streng vertraulich.‹«

Als Edouard die Schatulle umdrehte, entdeckte er die entsprechende Bemerkung. Er lächelte. »Ich weiß nicht, wann ich zum letztenmal eine von diesen Schatullen gesehen habe. Ich dachte, es gäbe sie gar nicht mehr.«

»Sie haben ihren Zweck erfüllt, nehme ich an. Heutzutage benutzen wir so etwas nicht mehr. Ich erwäge, unser gesamtes Material in Kürze zu computerisieren. Dann brauchen wir nicht einmal mehr unsere Aktenschränke.« Seine Augen leuchteten auf. »Microfilm, Edouard. Praktisch und bemerkenswert diskret! Neulich erst habe ich mich darüber informieren lassen. Gewiß, die Anschaffungskosten sind sehr hoch, und...«

»Haben Sie auch den Schlüssel?« fiel Edouard ihm ins Wort, weil er keine weiteren Vorträge über die Fortschrittlichkeit der neuen Technologie wünschte.

Smith-Kemp zog eine andeutungsweise gekränkte Miene. »Aber ja. Er wurde aufbewahrt, wie es sich gehört. Sobald wir die Schatulle fanden, war der Schlüssel kein Problem mehr.« Er reichte ihn Edouard.

Edouard erhob sich. »Die Papiere sind vermutlich völlig unwichtig«, sagte er. »Machen Sie sich keine Gedanken. Wären sie wichtig, hätte ich vor Jahren schon davon erfahren.«

»Wollen Sie sie mitnehmen?« Smith-Kemp musterte die Schatulle voll Abneigung.

»Warum nicht? Nachdem ich nun schon mal hier bin, könnte ich sie ja genauso gut...« Smith-Kemp begleitete ihn zum Lift.

Draußen legte Edouard die wenigen Häuserblocks bis zu seinem Wagen zu Fuß zurück. Die Sonne schien heiß, und seine Laune hob sich. Ungeduldig fuhr er quer durch London, um am Eaton Square die Gartenbücher abzuholen. Der Verkehr war stark, und er schien ihm auf keinem Schleichweg entkommen zu können. Ein- oder zweimal warf er einen Blick auf die Schatulle neben sich auf dem Beifahrersitz. Ein leise bohrendes Gefühl sagte ihm, es wäre vielleicht besser gewesen, wenn man sie nicht gefunden hätte. Sie erinnerte ihn an Jean-Paul; sie erinnerte ihn an Algerien.

Er schob eine Musikkassette in die Stereo-Anlage: die Sieben Bagatellen von Beethoven. Diese Musik, die er schon so oft gespielt hatte, wenn er weniger glücklich war als jetzt, vermochte ihn immer zu beruhigen. Als er den vertrauten Klängen lauschte, vergaß er die alte Schatulle.

Er näherte sich dem Ende der Mall und bog nach Constitution Hill mit dem Green Park zu seiner Rechten ab, und da sah er sie. Da sich kein anderer Wagen hinter ihm befand, rammte er den Fuß so hart auf die Bremse, daß er mit quietschenden Reifen zum Stehen kam, und starrte die zierliche, dunkle Gestalt auf der anderen Straßenseite an: eine Frau, die jetzt den Park betrat.

Pauline Simonescu: Er war fast sicher. Die Frau war winzig klein gewesen, alt, schwarz gekleidet, und irgend etwas an ihrem Gang, eine gewisse Autorität der Kopfhaltung... Er sprang aus dem Wagen und jagte über die Straße. Das konnte doch nicht möglich sein! Und dennoch – warum nicht? Sie hatte Paris verlassen, also war sie vielleicht hier, war sie vielleicht noch am Leben: Er hatte keinen Anhaltspunkt dafür, daß sie tot war.

Er lief auf den Parkeingang zu, hielt eifrig nach der winzigen Gestalt Ausschau. Ich würde ihr wirklich gern erzählen, was ich inzwischen erlebt habe, dachte er, ihr schildern, wie sich seine Zukunft, von ihr weisgesagt, gestaltet hatte. Er würde sie sehr gern wiedersehen, sich vergewissern, daß sie noch lebte, daß es ihr gutging...

Am Parkeingang jedoch machte er halt. Der Weg führte ein paar Meter weiter, dann teilte er sich, und die alte Frau – ob nun Pauline oder nicht – war nirgends zu sehen. Er zuckte enttäuscht die Schultern und kehrte zu seinem Wagen zurück.

Im Haus am Eaton Square suchte er die Gartenbücher zusammen. Doch als er wieder hinausgehen wollte, wandte er sich noch einmal zurück. Auf dem Schreibtisch, auf dem er sie nachlässig abgesetzt hatte, stand noch immer die Schatulle. Und in seiner Tasche fühlte er den kleinen Schlüssel.

Impulsiv schloß er die Zimmertür wieder, kehrte zum Schreibtisch zurück und öffnete die Schatulle. Er fand ein sehr dickes Kuvert, das sich anfühlte, als enthalte es einen Aktenordner. Er war mit Bindfaden verknotet, der wiederum mit rotem Wachs versiegelt war. Auf der Vorderseite der Akte war mit verblaßter brauner Tinte, in gestochen schönen Lettern geschrieben: MRS. VIOLET CRAIG, EHEMALS FORTESCUE.

Unter der Akte fand Edouard noch etwas: ein Foto. Eine Porträtaufnahme, von der ihn das Gesicht einer jungen Frau ansah, ein Gesicht, das er vollkommen vergessen, an das er über dreißig Jahre lang nicht gedacht hatte. Das Gesicht einer geborenen Verliererin. Sie trug einen schicken kleinen Hut und lächelte.

Es gibt nichts, was man für immer verbergen kann. Zu guter Letzt kommt alles ans Licht.« Thad schien diese Tatsache Genugtuung zu bereiten. Er lehnte sich bequem in den geblümten Chintz zurück und lächelte. Abwartend beobachtete er Hélène.

»Er hat es dir nicht gesagt, nicht wahr?« fragte er dann. »Er hat dir nichts von Partex und Sphere gesagt, von dem Geld, mit dem unsere Filme finanziert wurden, und von Simon Scher. Gar nichts. Ich wußte es.«

Hélène zögerte. Sie war versucht zu lügen, ihm zu antworten, selbstverständlich habe Edouard ihr alles gesagt, sie wisse es schon seit Jahren. Aber sie brachte es einfach nicht fertig, und Thad würde sofort erkennen, daß sie nicht die Wahrheit sagte. Sie wandte den Blick ab.

»Nein«, gab sie schließlich zurück. »Edouard hat mir nichts gesagt.«

Thad schwieg. Er fuhr fort, sie anzusehen, als wisse er, daß ihre eigenen Gedanken Edouard in diesem Moment weit mehr zu schaden vermochten als jedes Wort, das er jetzt sprach. Hélène spürte seine Genugtuung, seinen Triumph und auch den Einfluß seines Willens. Es kostete Kraft, diesem Sog zu widerstehen, und gerade jetzt fühlte sie sich sehr schwach, denn seine Worte waren ein schwerer Schock für sie. Sein Schweigen, die Tatsache, daß er etwas so Wesentliches so lange vor ihr geheim gehalten hatte, war ihr unerklärlich. Wieso hatte er nur gelogen?

Sie selbst hatte ein so absolutes Vertrauen zu Edouard gehabt, war so hundertprozentig sicher gewesen, daß es keine Täuschungen zwischen ihnen gab, daß diese Entdeckung sie zutiefst schmerzte.

Sie wandte sich wieder an Thad und musterte ihn gelassen. Schließlich hatte sie allen Grund, *ihm* zu mißtrauen. »Wie hast du das herausgefunden?« fragte sie kalt.

»Oh, das war leicht«, antwortete er lächelnd, und sie hörte wieder die Überheblichkeit in seiner Stimme. »Zum erstenmal hörte ich schon vor längerer Zeit davon. Ich kannte ein Mädchen, das früher mal Simon Schers Sekretärin war. Er entließ sie, also war sie nicht allzu gut auf ihn zu sprechen. Von der hab' ich's. Aber sie war dumm – neurotisch. Sie hätte es sich aus den Fingern saugen können. Ich versuchte, über Lewis was in Erfahrung zu bringen, obwohl ich eigentlich nicht glaubte, daß er etwas wußte. Es war ungefähr einen Monat vor seinem Tod. Und es war hoffnungslos. Lewis konnte sich nicht mal an die Wochentage erinnern.« Er schwieg. In seinem Ton lag auch nicht die kleinste Andeutung von Bedauern oder von Mitleid. Er sprach von Lewis, als hätte er ihn kaum gekannt.

»Bald darauf vergaß ich das Ganze«, fuhr er dann fort. »Ich hatte viel zu tun. Und dann traf ich dich – in Paris, nach *Gettysburg*, erinnerst du dich? Da hab' ich ihn beobachtet, deinen Mann. Er sah aus, als halte er dich für sein Eigentum. Das gefiel mir nicht. Und mir gefiel nicht, was er über meinen Film sagte. Weil es nicht stimmte. Deswegen beschloß ich, mehr in Erfahrung zu bringen. Zu Scher zu gehen, hatte keinen Zweck, das wußte ich; außerdem war er inzwischen nach Paris zurückgekehrt. Also ging ich nach ganz oben. Ich hab mit dem Mann von Partex gesprochen. Johnson. Und der hat mir dann alles gesagt.«

»Du hast mit Drew Johnson gesprochen?«

»Aber sicher.« Thad kicherte. »War nicht weiter schwierig. Ich bin berühmt. Dein Mann hatte sich gerade von Partex getrennt, Johnson hatte seine Beteiligung aufgekauft, und die Aktienkurse sanken in den Keller. Damals hatte Partex eine Menge Probleme. Inzwischen haben sie sich erholt. Wie dem auch sei, ich hab' ihn gefragt, und er hat mir alles erzählt. Johnson wußte natürlich nicht, warum er das getan hatte. Aber ich wußte es.«

Hélène wandte sich zum Fenster um; ihr Verstand begann wieder zu funktionieren. Das alles hatte sich vor über zwei Jahren zugetragen. Warum hatte Thad bis jetzt gewartet, um ihr diese Informationen zu geben? Aber die Antwort darauf war ihr natürlich bekannt. Sie lag, blau eingebunden, in ihrer Schreibtischschublade.

Sofort wurde sie ruhiger. Durchs Fenster sah sie am anderen Ende des Rasens Lucien und Alexandre die Strickleiter zum Baumhaus hinaufklettern; Cassie hängte die Picknicksachen auf. Hélène berührte den Diamantring an ihrem Finger und dachte an Edouards zahllose Geschenke, deren wertvollstes seine Liebe war. Ich weiß, warum er es getan hat, dachte sie, und ihr Herz weitete sich.

Thad gab ein nachdenkliches Summgeräusch von sich. »Er hat es getan, um mir Schwierigkeiten zu machen. Er haßt mich. Und gleichzeitig war es eine Möglichkeit, Lewis kaputt zu machen – indirekt –, ihm genug Leine zu lassen, um sich daran aufzuhängen. Aber das war nicht der Hauptgrund dafür. Der Hauptgrund war ich.«

Hélène wandte sich um. »Das scheint mir aber eine seltsame Methode zu sein, dir Schwierigkeiten zu machen, Thad. Sein Geld hat es dir ermöglicht, deine besten Filme zu machen.«

»Meine besten Filme hab ich noch nicht gemacht.« Gereizt hob Thad den Kopf. »Er wollte mich zu seinem Hampelmann machen. Mich kaufen. Mich glauben lassen, ich sei frei, während er die ganze Zeit die Fäden zog. Mich manipulierte. Es war ein Machtspiel. Ich war das Genie. Und er hatte das Geld. Er hat mit mir *gespielt*, die ganze Zeit. Er hat mich den ersten Teil von *Ellis* machen lassen, und als dann der zweite Teil dran war, als er sah, wie gut er war, machte er einen Rückzieher und ließ mich im Stich...«

Er hatte die Stimme gehoben. Jetzt stand er voller Erregung auf und trat von einem Fuß auf den anderen. »Ich hasse die Filme, die wir jetzt machen. Ich kann sie nicht sehen. Er hat sie mir kaputtgemacht...«

»Aber Thad, das stimmt doch alles gar nicht.« Hélène musterte ihn kalt. »Wie du dich erinnern wirst, bist du mit *Ellis II* zu Joe Stein und der A. I. gegangen. Weil die Leute dort mehr Geld geboten haben.«

»Er hat dich mir weggenommen...« Thad schien sie überhaupt nicht gehört zu haben; seine Miene war verkniffen, als er weitersprach. »Er ist zurückgekehrt und hat dich mir weggenommen. Er hat es mit Absicht getan, damit ich die Trilogie nicht beenden konnte. Er wollte meine Arbeit zerstören; er wußte, daß ich dich brauchte. Also hat er dich gekauft. Er hat dich nach Frankreich mitgenommen und dich mit Geld und Häusern und Kindern überschüttet. Ich weiß, was er sich dabei gedacht hat; er dachte, wenn er das täte, würdest du dich nie wieder von ihm lösen können...«

»Jetzt ist aber Schluß, Thad!« Zornig fuhr Hélène zu ihm herum.

»Dein Egoismus ist monströs – weißt du das? Ich werde nicht dulden, daß du hier stehst und derartige Dinge behauptest. Ich hatte dich gebeten, nicht herzukommen. Ich will dich nicht hier sehen. Ich wünsche, daß du wieder gehst – sofort!«

»Aber wir haben noch nicht über das Drehbuch gesprochen. Ich muß mit dir über das Drehbuch sprechen. Nachdem du jetzt alles weißt, nachdem du siehst, was für ein Mensch er ist, wie er lügt, wie er dich und mich manipuliert – da *mußt* du die Dinge doch ganz einfach anders sehen, nicht wahr?« Er war inzwischen sehr erregt. »Ich kann nicht länger warten. Du wirst zu alt. Du bist schon dreißig.« Er trat einen Schritt vor. »Aber wenn wir in diesem Jahr diesen Film machen, könnten wir nächstes Jahr *Ellis* machen. Natürlich muß ich sehr vorsichtig sein, mit der Kameraführung, aber ich werd's bestimmt schaffen, Hélène, ich weiß, daß ich's kann.« Kurzsichtig beäugte er ihr Gesicht. »Da sind ein paar Fältchen, aber die wird niemand sehen, Hélène, darüber brauchst du dir keine Gedanken zu machen. Im dritten Teil ist Lise dann älter, also spielt es dann keine Rolle mehr. Und danach... Fünf Jahre, wir haben mindestens fünf Jahre, vielleicht etwas mehr. Mit der richtigen Beleuchtung, dem richtigen Make-up – vielleicht ein paar chirurgischen Korrekturen. Wir könnten noch zehn Jahre filmen, bis du vierzig bist. Stell dir das doch mal vor, Hélène...«

Hélène schwieg. Sie betrachtete Thad, der gar nicht zu merken schien, daß er redete wie ein Wahnsinniger. Dann wandte sie sich mit einer abrupten Bewegung um, öffnete die Schublade ihres Schreibtischs und nahm das Drehbuch heraus. »Verlaß mein Haus, Thad, und nimm das mit!« Sie drückte ihm das Script in die Hände. »Ich werde diesen Film nicht machen, und *Ellis* nicht, und keinen anderen. Ich werde nie wieder mit dir zusammenarbeiten.«

Thad blickte stumm auf das Script in seinen Händen hinab und dann wieder empor zu ihrem Gesicht. »Aber ich hab' das für dich geschrieben...«

»Du hättest es überhaupt nicht schreiben sollen. Du hattest kein Recht dazu.«

»Ich habe es für dich geschrieben. Ich hab's dir geschickt. Und du hast nicht mal geantwortet. Du bist einfach zu eurem Anwalt gegangen. Oder vielmehr, *er* hat das getan.« Seine Stimme klang unsicher. »Wirst du die Klage fallen lassen?«

»Nein. Aber du wirst diesen Film fallen lassen. Du wirst endlich aufhören, Drehbücher über mich und mein Leben zu schreiben. Das hast du einmal getan, und ich werde nicht dulden, daß du es noch einmal tust. Und wenn du geglaubt hast, du könntest mich umstimmen, indem du herkommst und mir von Edouard und Sphere erzählst, hast du dich geirrt. Das spielt überhaupt keine Rolle. Wirst du jetzt endlich gehen?«

Aber Thad rührte sich nicht. Er stand ganz still und ein wenig breitbeinig da und atmete heftig. Als Hélène ihn anblickte, sah sie, wie ihm ganz langsam das Blut ins Gesicht stieg. »Ich brauche dich«, sagte er trotzig und beinah tonlos. »Ich brauche dich für meine Arbeit.«

»Nein. Du brauchst deine Vorstellung von mir, nichts anderes. So war es schon immer.« Ihr Ton war ruhiger geworden. »Mit Lewis war es genau dasselbe. Das ist mir inzwischen klargeworden.« Sie ging zur Tür und öffnete sie.

Sekundenlang rührte sich Thad nicht von der Stelle. Dann kam er betont langsam nach. Sie spürte seinen Zorn, obwohl seine Miene ausdruckslos blieb. Sehr dicht vor ihr blieb er stehen und sah sie an. »Du hast dich verändert.« Er sagte es so, daß es wie ein Vorwurf klang: als hätte sie einen unverzeihlichen Fehler begangen.

»Oder *er* hat dich verändert.« Er machte eine merkwürdige, kleine Handbewegung. »Ich habe damals etwas aus dir gemacht. Eine Frau. Eine Frau, von der die Männer träumen. Als ich dich kennenlernte, warst du ein Nichts. Ein Teenager, nicht anders als Tausende junger Mädchen. Fotogen, mehr nicht. Ich hab' dir ein Image gegeben. Ich hab' dir eine Stimme gegeben. Ich hab' dir eine Identität gegeben. Ich hab' dir sogar Lewis gegeben. Und du hast alles weggeworfen. Für das hier.« Er deutete ins Zimmer zurück. In seine Stimme schlich sich ein gewisses Flehen. »Wie konntest du das tun? Wie konntest du so dumm sein? Was willst du eigentlich, mit all diesem – Zeug?«

»Dies ist mein Heim, Thad.«

»*Eines* von deinen Heimen. Wie viele brauchst du? Es ist obszön. All die vielen Sachen...«

»Ich liebe dieses Haus, Thad. Ich liebe meinen Mann. Ich liebe meine Kinder. Thad, ich bin *glücklich* – ist das wirklich so schwer zu verstehen?«

»Jawohl, das ist es.« Thad klang wieder kriegerisch. »Weil es nicht dauert. Ehen dauern nicht. Und das, was die Leute Liebe nennen, dauert nicht. Dein Mann – liebt er dich auch?«

»Thad, hör endlich auf!«

»Liebt er dich wirklich? Oder lügt er darin auch, wie Lewis es damals getan hat? Ewig hat Lewis davon geredet, wie sehr er dich liebt. Doch das hat ihn nicht daran gehindert, halb Hollywood zu beschlafen. Das hat ihn nicht daran gehindert, dich zu schlagen – nicht wahr?« Er kicherte. »Wo ist dein Mann jetzt?«

»In London. Thad, das geht dich überhaupt nichts an...«

»Ach, wirklich? Wo in London? Mit wem?« Er musterte sie durchdringend. »Du glaubst, du weißt es, aber vielleicht irrst du dich. Wie lange hat er dich über Sphere belogen? Wie viele Jahre lang? Was meinst du, Hélène, worin er dich sonst noch belogen hat? Er könnte jetzt eben mit einer anderen Frau zusammen sein, und du würdest keine Ahnung davon haben. Sex mit immer derselben Frau wird langweilig, das sagen alle. Und Lewis hat immer gesagt, daß du ganz mies im Bett bist. Ich hab' ihm das natürlich nicht geglaubt. Lewis hat ihn einfach nicht hochgekriegt. Aber immerhin hat er das gesagt...«

Auf einmal wirkten seine Bosheit und sein Zorn verzweifelt. Als er anfangs zu sprechen begann, hatte Hélène ganz kurz Zweifel gehegt, jetzt aber schämte sie sich ihrer und verachtete sich selbst. Und dann ging er irgendwie zu weit, bedrängte sie zu sehr, und da wußte sie, daß sie ihm nicht glaubte. Sie hatte beinahe Mitleid mit ihm, und die Zweifel verflogen.

Aber das war schon immer ein Fehler gewesen, Thad das geringste Mitgefühl spüren zu lassen, weil er sofort Kapital daraus schlug, also entgegnete sie eiskalten Tones: »Du verstehst nichts von der Liebe, Thad. Und du verstehst nichts von Vertrauen. Das sind die Dinge, die an deinen Filmen nicht stimmen. Ich werde mich jetzt nicht mit dir streiten und würde es vorziehen, dich nicht so in Erinnerung zu behalten. Also bitte, geh jetzt lieber...«

»Du bist langweilig!« Thad musterte sie sehr intensiv. Plötzlich stieß er einen kleinen Seufzer aus und strich sich nachdenklich den Bart. »Wieso hab ich das nicht schon früher bemerkt? Weißt du, was du geworden bist? Gewöhnlich – genau wie alle anderen. Eine verheiratete Frau. Eine Mutter. Ein Nichts. Das hat er dir angetan, und du hast es zugelassen. Jetzt würde ich gar nicht mehr mit dir arbeiten *wollen.*« Er drückte ihr das Drehbuch in die Hand. »Wenn du den Film wirklich nicht machen willst, kannst du's ja wegwerfen.«

»Wegwerfen?«

»Ja! Warum nicht? Ich will's nicht mehr.« Ein selbstgefälliges Lächeln kräuselte seine LIppen. Er glaubte ihr nicht – nicht einmal jetzt!

Hélène preßte die Lippen zusammen. Sie nahm das Script, ging zu ihrem Schreibtisch hinüber und warf es in den Papierkorb. Thad beobachtete sie dabei. Er gab keinen Laut von sich. Als das Drehbuch in den Korb fiel, hob er unwillkürlich beide Hände – vielleicht eine Geste des Protests, vielleicht auch des Flehens –, dann ließ er sie wieder fallen.

Sekundenlang glaubte Hélène, er werde in Tränen ausbrechen. Er nahm die Brille ab und rieb sich die Augen. Er setzte die Brille wieder auf und wandte sich zur Tür. Er watschelte in die Halle hinaus, als sei nichts geschehen. Hélène folgte ihm ein wenig unsicher, weil sie merkte, daß er es geschafft hatte, Schuldgefühle in ihr zu wecken – eine von Thads Spezialitäten.

Auf der Treppe draußen drehte er sich noch einmal um.

»Ach was, ich werd' schon eine andere finden. Ein ganz besonderes Mädchen, wie du es früher einmal warst.« Er zeigte sein sanftmütiges Grinsen. »Als ich vorhin ankam, habe ich, glaube ich, deine Tochter gesehen. Dunkle Haare, weiße Bluse. Sie ritt auf einem großen schwarzen Pferd...«

»Ja, ja, das kann nur Cat gewesen sein.« Hélène hörte ihm nicht richtig zu, weil sie ihn endlich nicht mehr sehen wollte. Vom Garten her riefen Lucien und Cassie nach ihr.

»Sie hat ein bemerkenswertes Gesicht, deine Tochter.« Er kicherte. »Man sollte sie zum Film holen, weißt du!«

Als er das ausgeprägte Unbehagen auf ihrem Gesicht sah, zeigte er wieder sein sanftmütiges Grinsen. »Nur ein Scherz, Hélène. Nur ein kleiner Scherz...« Ohne ein weiteres Wort stieg er in seinen Wagen und ließ sich davonfahren.

Sobald er außer Sicht war, atmete Hélène erleichtert auf. Wenn es irgend geht, dachte sie, werde ich dafür sorgen, daß ich Thad niemals wiedersehen muß! Und daß Cat ihn nie kennenlernt! Als sie ins Haus zurückkehrte, wünschte sie sich ungeduldig, daß Edouard bald aus London kam, denn sie wollte ihm sofort von Thads Besuch erzählen. Wollte ihm sagen, daß sie alles über Sphere wußte, und...

Sie hielt inne. Warum hatte Edouard ihr nichts davon erzählt? Konnte es sein, daß er fürchtete, es würde zwischen sie treten? Sofort spürte sie, daß sie damit recht hatte: Schließlich wußte sie, wie es war, in der Falle eines Geheimnisses zu sitzen. Ach, wenn doch Edouard nur endlich käme! Dann könnte sie ihm sagen, wie absurd dieser Gedanke war, wie wenig diese Dinge bedeuteten, und wie sehr sie ihn liebte!

Er hat es für mich getan, dachte sie, als sie auf die Terrasse an der Rückseite des Hauses hinaustrat. Und empfand in diesem Moment ihre Liebe zu Edouard besonders innig. Sie blickte über den Rasen zu dem Rondell hinüber. In der Ferne winkten Alexandre und Lucien. In seinem Sessel auf der Terrasse begann Christian sich zu regen. Der Cricket-Kommentator berichtete über die Einzelheiten des Spiels: Australien hatte England ausgeschaltet – genau wie Edouard es vorausgesagt hatte, sogar noch ein bißchen eher.

Ein schwarzes Pferd! Auf einmal kam ihr Thads Formulierung, der sie so wenig Beachtung geschenkt hatte, wieder in den Sinn. Die Szene vor ihr erstarrte; ihr Körper verkrampfte sich. Ein schwarzes Pferd. Es gab nur ein einziges schwarzes Pferd in den Stallungen, und das war nicht das Pferd, das Cat angeblich hatte reiten wollen.

Einen Moment blieb sie absolut still stehen und suchte sich einzureden, daß Thad sich geirrt hatte. Dann lief sie mit einem kleinen, ängstlichen Aufschrei über den Rasen und die hintere Einfahrt entlang zu den Stallungen hinüber.

Als sie sich näherte, wieherten die Pferde. Aufgeregt lief sie an der Reihe der Boxen entlang. Hermione war da; alle Pferde waren da – bis auf Khan.

Er hatte die Dokumente verbrannt. Nacheinander hatte er sorgfältig den Inhalt der Akte, das Kuvert und das Foto im Kamin seines Arbeitszimmer im Haus am Eaton Square verbrannt.

Den Briefwechsel zwischen Jean-Paul und Gary Craigs Kommandeur. Jean-Pauls lässige Nachricht an Henry Smith-Kemp: ›Er sagt,

Craig wird es für fünftausend Dollar tun. Scheint mir recht angemessen, und das Beste für alle. Bitte sorgen Sie für die notwendigen Maßnahmen – selbstverständlich im Namen Ihrer Kanzlei. Da ich annehme, daß Craig kein Bankkonto besitzt, wird man ihn in bar ausbezahlen müssen. Und machen Sie es Miß Fortescue eindeutig klar, daß ich lediglich als ein Freund handele. Es darf keinerlei schriftliche Anerkennung der Vaterschaft geben. Ich selbst zweifle nicht an ihr, zum Glück aber gibt es keinen Beweis, der vor einem Gericht standhalten würde, vorausgesetzt, die Angelegenheit wird von Ihnen mit Ihrer gewohnten Diskretion gehandhabt...‹

Er hatte die quittierten Rechnungen für die Entbindung und die Krankenhauskosten gesehen. Er hatte den einzigen Brief gelesen, den Violet aus dem Krankenhaus an Henry Smith-Kemp geschrieben hatte: ›Bitte informieren Sie Monsieur Jean-Paul de Chavigny, daß seine Tochter wunderschön und vollkommen gesund ist. Ich möchte ihm mitteilen, daß ich sie Hélène genannt habe, denn ich fand, sie müßte einen französischen Namen haben. Er braucht von mir nichts zu befürchten. Bitte versichern Sie ihm, daß ich mich nie wieder mit ihm in Verbindung setzen und seine jetzt schon beträchtliche Großzügigkeit nicht weiter in Anspruch nehmen werde...‹

Ein stolzer Brief. Und sie hatte ihr Versprechen offensichtlich gehalten. Die Akte enthielt nur noch zwei weitere Papiere: die quittierte Rechnung eines Blumengeschäfts in Mayfair über Bouquets für Mrs. Craig anläßlich ihrer Abreise nach Amerika; und eine kurze, hastig in Paris hingekritzelte Nachricht von Jean-Paul. Die Akte Mrs. Craig könne geschlossen werden; er danke Mr. Smith-Kemp für seine erfolgreichen Bemühungen und seine Diskretion in einer so delikaten Angelegenheit.

Ein Streichholz, und sie verbrannten alle. Geld als Mittel, sich von Schuld freizukaufen; Geld als Mittel, sich der Verantwortung zu entziehen. Während Edouard zusah, wie die Dokumente verbrannten, schämte er sich für Jean-Paul, kritisierte ihn aber nicht. Wie konnte er auch? Hatte der bereitwillige Mr. Smith-Kemp nicht auch in Edouards Auftrag Geld verteilt, wo er einst Liebe hatte geben wollen?

Als das letzte Dokument verbrannt war, erhob sich Edouard, der vor dem Kaminn gekniet hatte, und trat ans Fenster. In ihm wühlte ein furchtbarer Kampf. Die Tochter seines Bruders. Er dachte an Hélène, und an ihrer beider Kinder. Sein Verstand funktionierte mit der furchtbaren Klarheit des Schocks; ihm blieb nur eine Möglichkeit: die Beweise zu vernichten; zu schweigen. Hélène darf niemals davon erfahren, dachte er; unsere Kinder dürfen niemals davon erfahren!

Auf dem Tisch neben ihm stand eine kleine Dose; blindlings nahm er sie auf und stellte sie wieder hin. Sie werden es niemals erfahren, dachte er jetzt, und ich werde es niemals vergessen. Dann wandte er sich um und schritt in eine veränderte Welt hinaus.

Er saß in seinem Aston-Martin, der Motor lief, und er fuhr bereits, als der Schmerz ihn mit der Gewalt eines körperlichen Faustschlags traf. Er zerriß ihm das Herz; er verletzte seinen Verstand. Er sah die Zukunft – entwürdigt durch ein unabdingbares Schweigegebot. Nichts geschah: Seine Hände am Lenkrad blieben ruhig; der Motor schnurrte weiterhin perfekt. Er fuhr in eine dunkle Welt, in der dennoch die Sonne schien.

Er merkte, daß er an einer Kreuzung hielt. Vor ihm überquerte eine junge Frau mit einem Kleinkind die Straße.

›Wir dürfen keine Kinder mehr bekommen‹, dachte er, und als ihm die ganze Tragweite dieser Erkenntnis klar wurde, schrie sein Schmerz auf einmal so laut, daß er fast glaubte, die junge Frau und das Kind müßten ihn hören, müßten sich zu ihm umdrehen.

Doch nichts geschah. Ohne einen Blick für ihn gingen sie weiter. Und in diesem Augenblick geschah es, daß er seinen Entschluß faßte. Als sie den Gehsteig auf der anderen Straßenseite erreichten, legte er den Gang ein, ließ die Kupplung kommen, schaltete hoch und schoß davon. Zur Stadt hinaus, nach Westen.

Zwischen London und Oxford gab es jetzt eine sehr schnelle Autobahn mit sehr wenig Verkehr. Dort, ungefähr zehn Meilen von Oxford entfernt, ließ er dem schwarzen Aston-Martin die Zügel. Musik und Tempo: Auf einen Knopfdruck hin umflutete ihn Beethoven. Opus 33, Sieben Bagatellen, aufgenommen im November 1938. Aus der Vergangenheit kam diese Musik zu ihm. Freude und Verzweiflung; Spannung und Lösung. *Andante Grazioso;*

quasi allegretto; scherzo: Er fuhr schneller. Es war drei Uhr. Er hatte es eilig, endlich – *nach Hause* zu kommen.

Er sah den Weg – ganz deutlich, ein oder zwei Sekunden, bevor er ihn erreichte, dicht am Rand einer Kurve. Einen strahlenden, wunderschönen Weg, der sich ihm aus der Musik heraus öffnete. Er sah ihn und erkannte ihn mit einem Staunen darüber, daß er ihn erst so spät bemerkt hatte. Ein so strahlendes Licht und eine so unendliche Ruhe, dachte er, im Herzen dieser Musik. Kein Ausweg, sondern ein Weg hindurch. Er berührte das Lenkrad nur ganz leicht.

Er hatte überhaupt keine Angst; der Eingang war da; er hatte ihn so oft gesehen oder geträumt, daß er ihm vertraut war. Friede – nur einen Pulsschlag entfernt; die große Barriere; Schmerz. Aber ein schneller Schmerz als einzige Alternative für ihn und Hélène.

Allegretto: Die Musik schleuderte, und die Welt drehte sich. Nach dem Unfall war es dunkel und still. Er hatte Blut in den Augen und glaubte sekundenlang, nicht mehr sehen zu können. Dann merkte er, daß er nicht blind war: Er brauchte nur ganz leicht den Kopf zu drehen. Er tat es, und der lichte Weg nahm ihn auf. Ein letzter, leichter Seufzer, dann war es leicht, sich fallen zu lassen.

Es war schon nach vier, und Hélène stand mit Cat vor den Stallungen, als sie den Wagen die Einfahrt heraufkommen hörte.

Cat hielt Khan noch immer am Zügel; seine Flanken und sein Widerrist waren schweißbedeckt, und Cat zitterte. Auch sie hatte den Wagen kommen hören und warf Hélène einen flehenden Blick zu. »Das ist sicher Daddy! Bitte, sag ihm noch nichts, Mutter – bitte! Ich werd' jetzt schnell Khan versorgen, dann komm' ich ins Haus und werde ihm alles gestehen – ja? Ich möchte, daß er mich versteht! Ich wollte ihm beweisen, daß ich Khan reiten kann, daß ich es schaffe, und ich hab's tatsächlich geschafft.«

Hélène musterte die Tochter stumm. »Nun gut«, sagte sie schließlich, und ging davon.

Cat hatte natürlich keine Ahnung davon, wieviel Angst Hélène gehabt hatte, und wieviel Erleichterung sie jetzt verspürte. Also ließ sie Cat allein und ging schweigend davon. Gleich darauf begann sie zu laufen. Da die Sonne ihr ins Gesicht schien, beschattete sie die

Augen mit der Hand, um ungeduldig Ausschau nach Edouards Wagen zu halten. Als sie um eine Hausecke bog und die kiesbelegte Einfahrt vor dem Eingang überblicken konnte, starrte sie verwirrt hinüber. Es war kein schwarzes Auto, sondern ein weißes, dem soeben zwei Polizeibeamte entstiegen: ein Mann und eine Frau.

Sie wollten mit ihr ins Haus gehen, Hélène dagegen wollte das nicht, also teilten sie es ihr im Garten mit, in jenem kleinen Rondell, in dem sie am Abend so oft mit Edouard gesessen hatte.

Ihre Gedanken hatten sich ausschließlich mit Cat befaßt; sie hatte überhaupt keine Vorahnung gehabt und hörte nun diesen Uniformierten zu, die gemessen über Zeit und Kurven und Geschwindigkeiten, über Krankenwagen und -häuser sprachen. Es fiel ihr schwer, zu begreifen, was sie sagten.

»Aber er ist doch nicht tot, nicht wahr?« unterbrach sie die beiden eifrig. »Er kann nicht tot sein. Ist er verletzt? Wie schwer ist er verletzt? Ich muß es wissen! Ich muß zu ihm!«

Der Polizist und die Polizistin sahen einander an. Sie versuchten sie zu überreden, sich wieder zu setzen, und als sie sich weigerte, fingen sie an, ihr alles immer wieder zu erklären. Als die Frau gerade sprach, merkten sie plötzlich an Hélènes Miene, daß diese endlich begriffen hatte. Die Stimme der Polizistin versagte. Sie brachte nur noch heraus: »Es ging vermutlich sehr schnell.«

»Sekundenschnell«, ergänzte der Mann.

Hélène richtete den Blick auf die beiden, obwohl sie sie im Grunde nicht sah. »Gibt es eine andere Art von Tod?«

Später fuhren sie mit ihr irgendwohin. Ein kühler, stiller Raum in einem Krankenhaus am Stadtrand von Oxford. Man hatte Edouard dorthin gebracht, obwohl man wissen mußte, daß es zu spät war. Nun fuhren sie mit ihr hierher, begleiteten sie hinein und blieben an der Tür stehen, bis Hélène blaß vor Zorn zu ihnen herumfuhr. »Ich will mit ihm allein sein!«

Die beiden sahen einander an; dann zogen sie sich zurück.

Als sie allein mit ihm und die Tür geschlossen war, ergriff Hélène Edouards Hand, die sich sehr kühl und trocken anfühlte. Sie beugte sich über ihn und schmiegte ihre Wange an seine. Sie konnte spüren, wie zerbrochen er war; sie konnte sehen, daß es ihn nicht mehr gab. Aber sie drückte die Lippen auf sein Haar; das Unmögliche erflehend, bat sie ihn lautlos, sie zu hören, ihr ein einziges Wort zu sagen. Nur ihren Namen! Bitte, lieber Gott, mach, daß er mich hört; mach, daß er mich spürt! Sie dachte diese Worte, und in der sie umgebenden Stille schienen sie überlaut zu dröhnen. Edouards Hand lag reglos in ihrer. Irgend jemand hatte ihm die Augen geschlossen. Nicht sie selbst. Sie fühlte, wie ihr das Herz brach.

Sie hatten seinen Leichnam auf ein Bett gelegt. Nach einer Weile legte sie sich neben ihn. Liebevoll schmiegte sie ihren Kopf an seine Brust und lauschte, wie so oft, auf seinen Herzschlag. Und nach einer Weile begann sie leise mit ihm zu sprechen. Sprach über Dinge, die sie miteinander erlebt hatten, Dinge, die er gesagt oder getan hatte, und wieviel sie ihr bedeuteten. Leise erklärte sie ihm, was geschehen war, was sie empfand. Die Worte erstickten sie fast; sie hatte das Gefühl, daß sie sich beeilen mußte, denn sie würden ihn bald forttragen. Und sie würde ihn nie wiedersehen.

Bei diesem Gedanken begann sie ihn mit nervös flatternden Gesten zu streicheln – seine Hände, sein Haar. Dann aber hielt sie inne und wurde ganz still, blieb einfach sitzen, um bei ihm zu sein. Bis sie schließlich aufstand. Sich abwandte. Sich wieder umwandte. Und ihn zum allerletzten Mal küßte. Irgendwie fand sie es falsch, ihn auf die Lippen zu küssen, deswegen küßte sie ihn auf die Wange und auf die geschlossenen Augen. Danach verließ sie ihn. Sie fuhren sie nach Quaires zurück, wo sie behutsam Lucien, Alexandre und Cat informierte. Cristian, zutiefst aufgewühlt, hatte ihr dabei seine Hilfe angeboten, Hélène jedoch, inzwischen ruhig, fast schon starr, schlug sein Angebot taktvoll aus.

»Nein, Christian, das muß ich selber tun«, sagte sie. Diese Starre verließ sie keine Sekunde. Sie bewirkte, daß sie sich vorkam wie in einem Zeitlupenfilm, als sie mit ihren Kindern sprach, als Cassie sie weinend umarmte und Christian zusammenbrach.

Die Starre wirkte wie ein Schutzschild. Sie half ihr Louises Ankunft zu überstehen und die Ankunft des leichenblassen Simon Scher. Sie half ihr die Schlagzeilen in der Presse zu überstehen, und die wieder aufgenommenen, häufig sensationell aufgemachten Berichte über Edouards Leben. Sie half ihr unversehrt durch die gerichtliche Untersuchung, durch die Kondolenzschreiben, die aus der ganzen Welt einzutreffen begannen, und die sie umgehend Nachmittag um Nachmittag methodisch und gewissenhaft beantwortete. Sie blieb bei ihr, während sie die erforderlichen Anweisungen für die Beisetzung erteilte, die an der Loire stattfinden sollte, und als die endlosen Besprechungen mit den Anwälten begannen.

All das war real, und zugleich irreal. Hinter dem glasigen Schutz ihrer Starre hervor betrachtete sie diese Menschen und Ereignisse, und setzte ihren Beileidsbekundungen, so aufrichtig sie auch gemeint sein mochten, ein schnelles Ende. Ihr war klar, daß ihr Geist, ihr ganzer Körper unendlich unter dem Schmerz des Verlustes litt, wollte sich das aber nicht anmerken lassen: Ihr Schmerz gehörte ausschließlich Edouard, und überdies war sie zu stolz.

Edouards Leichnam wurde, nur von Hélène begleitet, mit seiner Privatmaschine an die Loire geflogen. Er sollte am Abend vor der Beisetzung in der Schloßkapelle nahe der Gedenktafeln für Edouards Vater, Jean-Paul, Isobel und Grégoire aufgebahrt werden. Hélène blieb, hoch aufgerichtet und mit gefalteten Händen, stundenlang sitzen, bis es dunkel wurde und sie ganz steif vor Kälte war. Als sie schließlich ins Haus zurückkehrte, drückte ihr Christian, der bei ihr im Schloß bleiben wollte, ein kleines Päckchen in die Hand, bevor er ihr gute Nacht wünschte.

»Es ist das Beethoven-Band«, erklärte er leise. »Das sie bei Edouard im Wagen gefunden haben. Ich bin überzeugt, daß er es eingeschaltet hatte. Ich dachte, du würdest es dir gern anhören.«

»Beethoven?«

»Als meine Mutter starb, bin ich durchs ganze Haus gegangen und habe irgend etwas gesucht – was genau, wußte ich gar nicht so recht. Einen Brief. Eine Nachricht. Aber natürlich gab es nichts. Jetzt dachte ich, daß du vielleicht dasselbe Gefühl hast.«

Ausdruckslos starrte Hélène auf die kleine Kassette hinab. »Dieses Band? Du meinst, es ist das Band aus Edouards Wagen?«

Christians Ausdruck wurde weich. »Nein, Hélène. Dieselbe Aufnahme, nicht dasselbe Band. Das Band im Wagen – nun ja, es war zerstört...«

»Ach ja. Natürlich. Vielen Dank, Christian.« Hélène ging in ihr

Zimmer hinauf und spielte das Band. Sie hatte es so oft gehört, wenn sie mit Edouard fuhr, und als sie es nun wieder hörte, durchbrach die Musik auf einmal die Barrieren, die sie um sich her errichtet hatte. *Andante grazioso; quasi allegretto*: Jetzt konnte sie weinen.

Am nächsten Tag, als sie ihren Schutzschild wieder brauchte, kehrte die Starre prompt zurück. Zusammen mit ihrer Trauerkleidung legte sie sie an wie einen Umhang. Sie schützte sie während der Trauerfeier und während der Beisetzung, die auf dem kleinen Friedhof der de Chavignys bei der Kapelle stattfand. Er lag an einem sanften Hang mit Blick auf die Weingärten und die Flußwiesen dahinter. Seine Grenzen waren von einer Reihe schlanker, dunkler Zypressen markiert, die von Edouards Urgroßvater gepflanzt worden waren.

Auf den Feldern unten regte sich nichts; es war kühl, der Himmel milchig, mit einer blassen, von bleichen Wolken zerfransten Sonne. In der Luft hing schon, obwohl es noch Sommer war und die Weinlese noch bevorstand, ein herbstlicher Duft. Die Blätter der Kastanie begannen sich allmählich gelb zu färben und eine Ahnung von Regen und Holzrauch war zu spüren.

Hélène stand inmitten der Gesichter, die sie zu sehen erwartet hatte. Scharen schwarz gekleideter Menschen: Edouards bester Freund rechts, sein engster Mitarbeiter links von ihr. Sie sah hinüber zu den stillen, blassen Gesichtern von Lucien, Alexandre und Cat; Alexandre zu jung, um zu begreifen; Lucien trotzig und voll Angst; Cats Gesicht vor Kummer fahl und verzerrt.

Hinter ihnen andere Gesichter – so unendlich viele. Louise, in tiefer Trauer, mit schwarzem Schleier; mehrere Mitglieder der Familie Cavendish aus England; Alphonse de Varenges, der an der Loire einmal so freundlich zu ihr gewesen war und mit ihr über das Forellenangeln geplaudert hatte, stand sehr aufrecht da, wie er es als alter Soldat gewohnt war; neben ihm Jacqueline, seine Frau, mit finsterem Gesicht – vermutlich, weil sie versuchte, die Tränen zurückzuhalten, die sie in der Öffentlichkeit nicht vergießen wollte. Jean-Jacques Belmont-Laon, den Kopf gesenkt, neben seiner neuen Frau; Drew Johnson, der aus Texas gekommen war; Clara Delluc, mit rot verschwollenen Augen vom Weinen. Cassie stand, hoch aufgerichtet, neben Madeleine, ihrem Ehemann und den beiden Kindern. George, der sich im Hintergrund hielt, wirkte auf einmal stark gealtert. Floryan Wyspianski, den schweren Schädel zum Himmel gewandt, das sanfte Gesicht eine Maske der Hilflosigkeit. Vertreter der verschiedenen Chavigny-Gesellschaften – sie sah Monsieur Bloch und seinen Rivalen Temple. Gesichter aus weit zurückliegenden Zeiten: Isobels Bruder William, den Hélène noch nicht kennengelernt hatte. Vertreter verschiedener Regierungsstellen; Politiker; alte Geschäftsfreunde von anderen Gesellschaften und der Pariser Börse; Freunde aus London, aus Paris, aus New York. Sie sah sie, und sah sie doch nicht; sie hörte die Worte des Pfarrers, und hörte sie doch nicht.

Gegen Ende der Zeremonie begann es zu regnen – anfangs leicht, dann heftiger. Ein, zwei Anwesende blickten bestürzt zum Himmel; Louise stöhnte. Jemand reichte Hélène eine kleine Schaufel mit einer Handvoll Erde. Der fruchtbaren, krümelnden Erde der Loire. Hélène ergriff sie und beugte sich vor. Regentropfen fielen auf ihren Kopf, auf den polierten Deckel von Edouards Sarg, auf die Silberplatte, in die sein Name eingraviert war. Sie ließ die Erde in ihre bloße Hand rutschen und streute sie dann um Edouards willen ruhig und ohne Zittern hinab.

Es war vorbei; und während einige Trauergäste schon davonzugehen begannen, spürte sie deren Verlegenheit. Der Tod macht die Menschen unsicher, dachte sie. Christian nahm ihren Arm; mit Simon Scher zusammen geleitete er sie fürsorglich davon.

Einmal nur blieb sie stehen und blickte zurück. Genau wie früher schon, bei anderen Anlässen, über andere Entfernungen hinweg, versuchte sie angestrengt, unter Zuhilfenahme aller Ressourcen ihres Körpers und Geistes, Edouard ihre Liebe zu übermitteln. Die schlanken Zypressen neigten sich vor dem Wind und richteten sich wieder auf; eine Wolke zog über die dunstige Sonne dahin. Ganz kurz leuchtete der Himmel; sie wandte sich ab.

Die Starre war wieder da und schützte sie, als sie so endlos vielen Menschen die Hand reichte, so endlos viele kurze Beteuerungen des Beileids anhören mußte.

Der letzte von allen war ein hochgewachsener, korpulenter Herr mit blassem Gesicht und schwerlidrigen Augen, in makelloser

Trauerkleidung. Am Grab hatte er barhäuptig, scheinbar ohne den Regen zu bemerken, ein wenig abseits gestanden. Später hatte sie ihn mit Louise sprechen sehen, Louise war jedoch beim ersten Anzeichen von Regen weinend ins Haus geflohen.

Jetzt trat der Herr vor; er blieb stehen und beugte sich mit formvollendeter Höflichkeit über ihre Hand.

Sie kannte ihn nicht; hinter dem Schirm ihrer Starre betrachtete sie ihn, ohne ihn richtig zu sehen.

»Mein aufrichtiges Beileid, Madame.« Er richtete sich auf. »Ich habe früher einmal mit Ihrem Mann zusammengearbeitet. Vor vielen Jahren.« Als er ihre ausdruckslose Miene bemerkte, neigte er ganz leicht den Kopf. »Philippe de Belfort«, stellte er sich vor, trat respektvoll ein paar Schritte zurück und wandte sich dann erst ab.

Hélène blickte ihm nach, wie er den schmalen Weg zum Tor hinabschritt, wo ihn ein großer schwarzer Mercedes erwartete.

Von da an lebte sie und lebte doch nicht. Die glasige Starre wich kaum einmal von ihr; sie funktionierte zwar, betrachtete aber die Welt mit einer Distanziertheit, die nur von ihr wich, wenn sie zu Hause war, oder allein.

Die Zeit kroch dahin, Tag um endlosen Tag. Aus dem Herbst wurde Winter, aus Winter Frühling. Sie beobachtete den Wechsel der Jahreszeiten und haßte die Berechenbarkeit ihrer Folge. Einmal, als sie über Weihnachten in Quaires waren, machte sie einen langen Spaziergang den Reitweg entlang bis auf die Downs, wo die Hügel nach Westen zu abfielen. Das Land war weiß, die Bäume ragten kahl und schwarz in den bleichen Himmel, dessen Wolken schwer waren vom nächsten Schnee. Sie dachte an den Morgen, als sie in dem kleinen, kalten Schlafzimmer in London gestanden, auf die schneebedeckte Straße hinausgeblickt und zum erstenmal gespürt hatte, wie sich das Kind in ihrem Leib regte.

Traurig machte sie sich auf den Rückweg – mit dem Gefühl, das sie seit Monaten plagte, dem Gefühl, daß irgend etwas in ihr zerbrochen, zerstört war und sich nie wieder regen würde. Sie blieb stehen und ging dann weiter auf einem Pfad, der durch die Gärten zum Haus zurückführte. Im Taxusrondell blieb sie abermals stehen, dachte an Edouard und ließ ihre Gedanken noch weiter in die Vergangenheit wandern: Edouard, Lewis, Billy. Drei Tote, drei tödliche Unfälle. Sie brach einen winzigen Eiszapfen von der Hecke, zog ihren Handschuh aus und legte ihn sich, genauso glitzernd wie der Diamant an ihrem Finger, auf die Handfläche. Als er in der Wärme ihrer Hand nach einer Weile geschmolzen war, kehrte sie ins Haus und zu den anderen Erinnerungen zurück, die sie dort erwarteten.

Die anderen Menschen gewöhnten sich allmählich an die neue Situation. Sie merkte, wie sie sie beobachteten, ein Zeichen von ihr erhofften, auf den Augenblick warteten, da sie sich wieder verhalten konnten wie vor Edouards Tod. Das Leben ging weiter, die Menschen vergaßen, und sie konnte ihnen das nicht übelnehmen.

Sie beobachtete, wie ihre Kinder sich mit dem Verlust abfanden. Lucien, der robusteste, erholte sich am schnellsten. Bei Alexandre war das schwer einzuschätzen; er war ja schließlich noch so jung. Anfangs fragte er ständig nach seinem Vater und wollte wissen, wo er war; als die Monate jedoch vergingen, wurden seine Fragen seltener, und als Hélène an einem Frühlingsabend in Paris zu ihm hinaufging, um ihm gute Nacht zu sagen, nahm er ihre Hand und fragte leise: »Papa wird nicht wiederkommen, nicht wahr?«

»Nein, Alexandre.«

Bekümmert blickte er zu ihr auf. Dann sagte er: »Ich würde ihn so gern sehen.«

Hélène küßte ihn: Sie liebte Alexandre sehr – mit einer Liebe, die innig, schmerzhaft und beschützend war. Sie liebte ihn für seine Sanftmut, seine Langsamkeit, wegen der Tatsache, daß er erst spät laufen und sprechen gelernt hatte, wegen der Tatsache, daß er Edouard so ähnlich sah. Als sie sich aufrichtete und er die Augen schloß, dachte sie verzweifelt: unser letztes Kind. Tränen stiegen ihr in die Augen, denn sie wußte, daß sie nun keine Kinder mehr bekommen würde.

Cat trauerte zorniger, heftiger als die jüngeren Kinder, denn sie war alt genug, die Schwere ihres Verlustes zu begreifen. Dieses gemeinsame Bewußtsein brachte sie wieder einander näher, aber auch Cat hatte inzwischen ein eigenes Leben. Sie hatte darauf bestanden, das Internat in England zu besuchen, weil ihr Vater es für sie ausgewählt hatte. Sie begann sich dort einzuleben und Freundschaften zu schließen. Hélène mochte sie nicht mit ihrer eigenen Vergangenheit belasten, die sie nicht abschütteln konnte, also war sie bewußt bemüht, Cat behutsam von solchen Gedanken und Erinnerungen abzulenken und sie auf ihre Zukunft hinzuweisen.

Inzwischen setzte sie ihr Leben fort. Und setzte auch ihre Arbeit fort, doch da sie diese ohne Edouard nicht ertragen konnte, verlor sie allmählich die Geduld. Im ersten Jahr nach Edouards Tod hatte sie noch eine Zeitlang die Vorbereitungen für die neue Wyspianski-Kollektion beaufsichtigt und auch weiterhin an den Vorstandssitzungen in der Chavigny-Zentrale teilgenommen, bei denen sie jetzt Edouards Platz am Kopfende des Tisches einnahm.

Früher einmal hatte sie diese Sitzungen belustigend und interessant gefunden. Jetzt aber, in ihrer neuen Distanziertheit, wurden sie ihr immer unerträglicher. All diese Machenschaften und Winkelzüge – all das erschien ihr jetzt so furchtbar unwichtig!

Im Herbst 1974 hörte sie auf, an den Sitzungen teilzunehmen. Und wenn Simon Scher mit Problemen zu ihr kam, die so schwerwiegend waren, daß sie Hélènes Zustimmung erforderten, hörte sie ihm teilnahmslos zu, kaum in der Lage, seine Argumente zu verstehen. Gewöhnlich fragte sie ihn nur, welcher Einstellung die Mehrheit des Vorstands zuneigte, um sie dann blind zu genehmigen.

Selbst als er ihr mitteilte, aus einer ganzen Anzahl von Gründen – allesamt überzeugend, denn er zählte sie auf – sei man der Überzeugung, die Pläne für die nächste Wyspianski-Kollektion müßten aufgeschoben werden, stimmte sie dieser Entscheidung zu.

Scher, der das nicht für richtig hielt, musterte sie eindringlich. »Sie können dagegen Einspruch erheben, Hélène, das wissen Sie doch, nicht wahr?« sagte er ruhig. »Ich hatte eigentlich nicht erwartet, daß Sie nachgeben würden. Vor allem nicht in dieser Frage.«

Gereizt wandte sie sich von ihm ab, denn der Vorwurf in seiner Stimme war wirklich nicht zu überhören.

»Hélène. Abgesehen von Ihrer eigenen Beteiligung verwalten Sie auch die Beteiligungen Ihrer Kinder an der Firma. Bis sie großjährig werden, liegt die Firma praktisch genauso in Ihren Händen, wie zuvor in Edouards. Ich kann mit dem Vorstand nur verhandeln. Sie aber können mehr als das.«

»Es ist doch nichts weiter als ein Aufschub.«

»Vorläufig. Ja.«

»Dann stimme ich diesem Aufschub zu. Das wäre alles.«

»Wollen Sie nicht an der nächsten Sitzung teilnehmen, Hélène?«
»Ich würde lieber fernbleiben.«
Daraufhin verließ er sie ohne weitere Einwände. Drei Tage später erschien Wyspianski bei ihr, um sie um ihren Einspruch zu bitten. Als sie sich weigerte, sah er sie betroffen an; sekundenlang glaubte sie, er werde in einen zornigen Protest ausbrechen, aber er tat es nicht. Seine Miene wurde sehr traurig; dann schüttelte er den Kopf.
»Edouard hat an meine Arbeit geglaubt. Er hat dafür gestritten, er hat für mich gestritten. Ich dachte immer, Sie...« Als er ihre Miene sah, brach er ab und entschuldigte sich. »Tut mir leid«, sagte er steif. »Ich verstehe. Ich hätte Sie nicht damit belästigen dürfen.«
Das jedoch war nicht der letzte Vorwurf, den sie zu hören bekam. Ein weiterer kam von Cassie, die eines Tages, als Hélène einer den Haushalt betreffenden Entscheidung ohne großes Interesse zugestimmt hatte, unvermittelt auf sie losging. »Wann wirst du endlich wieder aufwachen, Hélène?« Cassie war hochrot im Gesicht geworden. »Du läufst hier rum wie eine Schlafwandlerin. Glaubst du vielleicht, daß du ihm so gefallen würdest?«
Das traf sie. Als sie allein war, brach sie in Tränen aus, weinte verzweifelt und voll Zorn. Am Tag darauf aber kehrte die Starre wieder zurück, und sie begann Cassie aus Angst vor einer neune Attacke auszuweichen.
Der härteste Angriff jedoch kam von Cat, als sie zu den Sommerferien nach Frankreich zurückkehrte und entdeckte, daß die Wyspianski-Kollektion abermals aufgeschoben worden war. Sie besuchte Floryan, wie sie es so oft getan hatte, zum Tee in seiner Werkstatt, und als sie heimkehrte, kam sie empört in Hélènes Zimmer gestürmt.
»Floryan sagt, seine Kollektion ist schon wieder aufgeschoben worden! Ich weiß, er denkt jetzt, daß sie niemals zustande kommen wird. Er hat das zwar nicht ausgesprochen, aber ich weiß genau, was er denkt! Weißt du eigentlich, was du tust, Mutter? Warum läßt du so was geschehen?«
»Es war eine Entscheidung des Vorstands, weil man meinte...«
»Wen kümmert es schon, was die gemeint haben! Wenn Daddy noch lebte, wäre es niemals so weit gekommen! Niemals hätte er das zugelassen! Er *liebte* Floryans Arbeit! Und jetzt sitzt du ganz einfach da und tust gar nichts. Das ist furchtbar! Das ist *feige*!« Ihre

Stimme hob sich. »Bitte, Mutter, tu doch um Gottes willen so was nicht!«

»Aber Cat, du verstehst nicht, was...«

»O doch, ich verstehe!« Cat hob ihr gerötetes Gesicht mit den Augen, die vor Zorn und Enttäuschung funkelten. »Ich verstehe sehr gut! Daddy ist tot. Und du hast aufgegeben.«

Sie lief hinaus und knallte die Tür hinter sich ins Schloß. Hélène blieb allein, still, nachdenklich. Am folgenden Tag bat sie Simon Scher und Christian zu sich.

Es gibt da eine ganze Anzahl Faktoren.« Simon Scher saß ihr im Salon von St. Cloud gegenüber. Christian, der es sich zu ihrer Rechten bequem gemacht hatte, hörte aufmerksam zu und rauchte eine endlose Kette schwarzer russischer Zigaretten. »Erstens gibt es innerhalb der Firma mehrere Personen, die darauf aus sind, die Macht an sich zu reißen – hauptsächlich Temple und Bloch, aber es sind noch mehr. Darauf war ich gefaßt gewesen, und man kann es unter Kontrolle halten, wie es ja auch unter Kontrolle gehalten wurde, als Edouard noch lebte. Beide, Temple und Bloch, sind für die Firma wertvoll; man muß ihnen nur nachdrücklich klar machen, wie weit sie gehen können. Sobald sie ihre Grenzen erkennen und sie akzeptieren, werden Sie meiner Meinung nach keinen Ärger mehr machen.«

Scher warf Hélène einen vorsichtigen Blick zu. »Es gibt jedoch ein anderes Problem, und das ist weitaus schwerwiegender. Hat Ihre Schwiegermutter mit Ihnen über ihre Aktienbeteiligung gesprochen?«

»Louise? Nein.«

»Sie besitzt zehn Prozent der Chavigny-Aktien. Das berechtigt sie zur Mitgliedschaft im Vorstand...«

»... die sie nie ausübt, möchte ich wetten«, fiel Christian ihm ins Wort.

Simon Scher lächelte gezwungen. »Nein, das stimmt. Wie dem auch sei, das ist jetzt irrelevant. Sie will nämlich ihre Aktien und ihre Mitgliedschaft auf eine andere Person übertragen. Einen Freund, der in Spanien und Portugal anscheinend sehr erfolgreich mit Immobilien spekuliert. Philippe de Belfort.« Er sah Hélène an. »Offenbar hat Ihre Schwiegermutter viel Geld in seine portugiesischen Projekte investiert und dabei gute Gewinne erzielt. Er arbeitet mit einem Mann namens Nerval zusammen. Gustav Nerval.«

»Das darf nicht wahr sein!« Christian richtete sich auf. »Der Ehemann vom Skorpion!«

»Nerval?« Hélène krauste die Stirn. »Aber ich dachte... Da war doch irgendein Skandal! Er ist ein Gauner, war es immer. Das kann keine sehr ehrenwerte Firma sein.«

»Äußerst unehrenwert, könnte ich mir vorstellen«, gab Scher zurück. »Im Augenblick jedoch erfolgreich.«

»Aber das kann Louise nicht tun!« Hélène erhob sich ärgerlich. »Legal mit Sicherheit nicht. Sie kann ihre Aktien weder diesem Mann überschreiben, noch irgendeiner anderen Person. Sie sind unübertragbar. Jetzt, nach Edouards Tod, werden sie von ihr direkt auf die Kinder übergehen.«

»Oh, das weiß sie zweifellos. Es ist nur ein Trick. Sie will, daß de Belfort in den Vorstand von de Chavigny kommt, und ist entschlossen, ihn hineinzubringen. Dies ist nur ihr erster Schachzug. Später werden andere folgen. Sie hat eine Reihe kleiner Diners gegeben – möglicherweise haben Sie davon gehört. Für Temple. Für Bloch. Um de Belfort wieder mit ihnen bekannt zu machen...«

»Wieder? Wer ist dieser Mann?«

Simon Scher hörte, daß Hélènes Stimme den alten, gebieterischen Ton angenommen hatte, und lächelte vor sich hin. Genau und präzise erklärte er es ihr. Als er fertig war, lehnte er sich mit zufriedener Miene zurück. »Es war zur Zeit von Edouards erstem Übernahme-Angebot für die Rolfson Hotelkette. Ich selbst war damals in Amerika, in Paris und London war das natürlich sofort überall bekannt. Ich hab' mir sämtliche Akten angesehen und muß sagen, Edouard hat gründlich gearbeitet: Es ist alles ausführlich dokumentiert. Für einige Zeit ging de Belfort nach Südamerika, kehrte jedoch vor ungefähr zehn Jahren zurück. Seitdem hält er sich in Spanien und Portugal auf. Und steht, wie ich vermute, mit Louise in Verbindung, obwohl ich überzeugt bin, daß Edouard nichts davon wußte.«

»De Belfort! Dieser miese Verräter! Jetzt fällt's mir wieder ein!« Christian beugte sich aufgeregt vor. »Natürlich. Edouard hat immer gesagt...«

»Er war bei der Beisetzung«, fiel Hélène ihm ins Wort. »Erinnerst du dich nicht? Es regnete, und er war der letzte, der mir kondolierte.«

»Jetzt ist er jedenfalls wieder in Frankreich – mehr oder weniger. Geht einigen Leuten in der Firma um den Bart, Leuten wie Temple, die nicht wissen, in welche Richtung sie springen sollen. Es gab zwar immer eine gewisse Opposition gegen die Wyspianski-Kollektionen, aber Sie werden vermutlich feststellen, daß die gegenwärtige Opposition zum großen Teil von ihm ausgeht. Er war von Anfang an gegen diesen Aspekt des Konzerns; er ist intelligent; er kann sehr überzeugend wirken. Aber man kann ihn natürlich...« Er blickte bescheiden auf seine Hände hinab. »Man kann ihm natürlich den Aufenthalt in diesem Land sehr unangenehm machen. Edouards Akten enthalten zahlreiche Informationen, für die sich das Finanzamt interessieren wird. Und wenn Hélène es dem gesamten Vorstand klarmachen würde, daß de Belfort niemals auch nur eine Fußspitze in die Tür bekommt, wenn wir unseren Beschluß, die Wyspianski-Kollektion aufzuschieben, zurücknehmen und ein neues Datum festsetzen; wenn wir in diesen und verschiedenen anderen Fragen einen festen Stand einnehmen...«

Er ließ den Satz in der Luft hängen. Eine Zeitlang hielt er den Blick noch auf seine Hände gesenkt, dann hob er den Kopf und sah Hélène offen an. Er lächelte höflich, und Hélène erkannte dieses Lächeln mit einem Ansturm von Energie, auf den sie selbst nicht gefaßt gewesen war.

»Ein Showdown!« Freudig erregt sprang Christian auf. »Ein Showdown! Ich *liebe* Showdowns! Edouard liebte sie ebenfalls. Wenn dieser Mann irgend was mit dem Skorpion zu tun hat – oder mit Louise – muß er absolut grauenhaft sein. Wir müssen zum Angriff vorgehen. *Du* mußt zum Angriff vorgehen, Hélène...« Er unterbrach sich.

Hélène hörte nicht zu. Ihre Miene war plötzlich lebhaft geworden. »Ich habe Zeit verschwendet«, bekannte sie langsam. »Ich habe mich auf eine Art und Weise verhalten, die Edouard verachtet hätte.« Sie stand auf. »Simon. Christian – es tut mir leid.«

Sie hielt inne, und Christian, der sie aufmerksam beobachtete, sah deutlich, wie sich ihr Ausdruck veränderte. Es gab da jetzt einen gewissen Zug um ihren Mund, eine gewisse Kopfhaltung, ein gewisses Funkeln in ihren Augen... In diesem Moment erkannte er Edouard in ihr – so deutlich, als sei sie eine geborene de Chavigny. Sie wandte sich an Simon Scher. »Wann ist die nächste Vorstandssitzung, Simon?«

»Erst in drei Wochen. Sie könnten natürlich jederzeit eine außerordentliche einberufen.«

»Und wie lange brauchen wir, um de Belfort abzuservieren?«

»Ach, wissen sie, wenn wir mit ihm sprechen, gewisse Dinge erwähnen, ihm klarmachen, daß er es nicht mal ins Foyer schaffen wird, geschweige denn in den Sitzungssaal – nicht lange.«

»Eine Woche?«

»Mehr als ausreichend, würde ich sagen. Der Mann hat einen ausgeprägten Selbsterhaltungstrieb.«

»Dann werden wir ihn uns in genau einer Woche vornehmen. Und die Vorstandssitzung wird in zehn Tagen stattfinden. Darüber hinaus möchte ich Vorschläge hinsichtlich der Terminfestsetzung für die Wyspianski-Kollektion vorliegen haben.«

»O gut!« jubelte Christian. »Ich kann's kaum erwarten, bis ich erfahre, wie alles gelaufen ist. Sobald ihr beide, du und Simon, mit ihm gesprochen habt, werde ich zu dir zum Dinner kommen, Hélène! Im Notfall sogar aus London. Ich will alles von dir erfahren, jede aufregende Einzelheit...«

Christian liebte Dramen. Vermutlich stellte er sich eine prachtvolle, leidenschaftliche Konfrontation vor. Darin jedoch sollte er enttäuscht werden: Das spürte Hélène, sobald sie de Belfort gegenüberstand.

Die Besprechung fand in Edouards Büro in der Chavigny-Zentrale statt. Es war nach seinem Tod nichts daran verändert worden, und als de Belfort mit seinem schweren, bedächtigen Schritt eintrat, bemerkte Hélène, wie er sich umsah und diese Tatsache in sich aufnahm. Er musterte die Plastiken, den schwarzen Schreibtisch, den Jackson Pollock an der Wand. Dann zog er sich einen Sessel vor den Schreibtisch und nahm Hélène gegenüber Platz, während Simon Scher ein wenig seitwärts von ihr saß.

Der Blick seiner blassen Augen wich nicht von seinen Gesprächspartnern, während zuerst Scher und dann Hélène das Wort ergriff. Seine Miene verriet nicht die geringste Emotion; im Gegenteil – er wirkte eher gelangweilt.

Als sie fertig waren, zeigte er die Andeutung eines Lächelns. Er legte die großen, weißen Hände auf die Schreibtischplatte und tippte mit einem perfekt manikürten Finger auf das Holz. »Nun gut, ich werde nach Portugal und Spanien zurückkehren. Meine Unternehmungen dort werden Sie kaum behindern. Sie haben das alles in den Akten gefunden? Wirklich? Ich glaube, Edouard hätte sich hervorragend für die Arbeit in einem Polizeistaat geeignet.«

Als er Hélènes verärgerte Miene bemerkte, schien ihn das vorübergehend zu befriedigen. Eine ganz leichte Regung zeigte sich auf seinem blassen Gesicht; sie flackerte in seinen Augen auf und war sofort wieder erloschen. »Das ist für mich keine große Enttäuschung. Louise war sehr optimistisch, hinsichtlich meiner Chancen hier, aber Louise ist eine törichte Frau. Es gab eine Zeit, da glaubte ich, sie könnte recht haben, da glaubte ich, sozusagen ein Vakuum füllen zu können. Doch nun ...« Er legte eine kleine Pause ein. »Nun ja, jetzt hat es ohnehin jeglichen Reiz für mich verloren. Solange Edouard lebte, war es weit amüsanter, aus dem Hintergrund zu operieren, mich nach Frankreich hinein- und wieder hinauszustehlen, als Louises Berater zu fungieren. Außerdem florieren unsere Geschäfte, Nervals und meine, jetzt ausgesprochen gut – überraschend gut.«

Hélène beugte sich vor. »Bevor Sie gehen«, sagte sie, »hätte ich noch eine Frage an Sie. Warum haben Sie immer gegen die Wyspianski-Kollektion opponiert? Warum haben Sie diesen Teil des Konzerns ständig blockiert? Sie sind doch nicht dumm. Ich kann nicht glauben, daß Sie nicht erkannten, wie wichtig dieses Ressort war.«

De Belfort lächelte verhalten; er musterte sie mit etwas größerem Interesse als zuvor. »Warum? Ich bin überzeugt, Sie kennen die Antwort. Natürlich nur, weil Edouard so viel daran lag.«

»Aber die Arbeiten waren gut. Die Kollektionen waren allesamt hervorragend. Und rein vom kommerziellen Standpunkt aus waren sie von Anfang an ein Erfolg. Wollen Sie behaupten, Ihre Abneigung gegen Edouard sei so stark gewesen, daß Sie nicht in der Lage waren, eine objektive geschäftliche Entscheidung zu treffen?«

»Gibt es überhaupt so etwas?« De Belfort richtete sich auf. »Treffen *Sie* jetzt eine objektive Entscheidung? Und Mr. Scher?«

»In meinem Fall *ist* sie objektiv.« Simon Scher beugte sich vor. »Ich kenne Sie nicht. Aber ich kenne Ihre Akte, und das genügt mir, um sicher zu sein, daß wir hier keinen Platz für Sie haben.«

De Belfort musterte ihn schweigend, mit kaltem, überheblichem Blick. Dann wandte er sich mit verächtlich verzogenem Mund von ihm ab und betrachtete Hélène, um sich anschließend in seinem Sessel zu drehen und im Raum umzusehen. »Ich hab schon immer prophezeit, daß all dies hier Edouard nicht überdauern würde. Einmal hab' ich's ihm sogar selbst gesagt. Hat er es Ihnen gegenüber nie erwähnt?«

»Er hat Ihren Namen nie erwähnt«, gab Hélène reserviert zurück. »Und wie Sie wissen, haben Sie sich mit Ihrer Voraussage geirrt.«

»Ich weiß nicht, ich weiß nicht.« Wieder dieses träge, eiskalte Lächeln. »Nicht, daß ich auch nur eine Sekunde an Ihrer Tatkraft zweifle, Madame! Wie ich hörte, sind Sie – für eine Frau – überaus tüchtig. Nein – aber auf die Dauer? Wie viele Kinder sind es? Drei? Ein Mädchen und zwei Jungen, nicht wahr? Äußerst schwierig. Einer von den Söhnen könnte natürlich Edouard nachschlagen, aber beide – ich meine, das wäre höchst unwahrscheinlich. Wie Louise mir erzählte, ähnelt der ältere – Lucien, nicht wahr? – sehr stark ihrem Sohn Jean-Paul, und Jean-Paul hätte, wie ich hörte, die Firma innerhalb von drei Jahren ruiniert. Wenn Edouard nicht gewesen wäre. Deshalb bezweifle ich, daß die Zukunft tatsächlich gesichert ist. Einer der Schwachpunkte eines Familienunternehmens – zuwenig Kinder, und es gibt niemanden, der fähig ist, die Firmenleitung zu übernehmen; zu viele oder die falschen Kinder, und sie werden sich furchtbar streiten, daß...«

»Das alles geht Sie nichts an. Wir haben Sie nicht aufgefordert, Spekulationen über die Zukunft dieser Firma anzustellen. Sie sollten sich lieber um Ihre eigene kümmern.«

Simon Scher sagte es kurz angebunden, während er sich erhob. Hélène schwieg, und de Belfort bemerkte es. Er sah sie durchdringend an, dann stand er mit leichtem Lächeln auf. Er ließ sich Zeit, ließ seinen Blick abermals im Zimmer umherwandern, um sich dann, bevor er die Tür erreichte, noch einmal kurz zu Hélène umzuwenden.

»Wissen Sie, es ist sonderbar«, sagte er im Gesprächston. »Ich habe stets eine starke Abneigung gegen Ihren Mann gehegt – genau wie Sie sagten. Nein, Abneigung ist sicher der falsche Ausdruck. Ich habe ihn gehaßt. Ein arroganter Mann! Der, wie ich fand, trotz seiner großen Erfolge im falschen Jahrhundert lebte. Überhaupt nicht in die moderne Zeit paßte. Und doch – das ist das Sonderbare, das Unbegreifliche –, jetzt, da er tot ist, fehlt er mir. Er hinterläßt eine Lücke in meinem Leben – eine Tatsache, die ihn mit Sicherheit sehr belustigt hätte. Wer hätte das gedacht!«

Er lächelte verwundert; dann ging er mit seinem schwerfälligen Schritt hinaus. Hélène beobachtete ihn dabei nachdenklich; vom ersten Moment an hatte er sie an jemanden erinnert, aber es wollte ihr nicht einfallen, an wen. Als er jetzt diese letzten Bemerkungen machte und sich dann zum Gehen wandte, fiel es ihr auf einmal ein. Körperlich ähnelten sie einander überhaupt nicht, und das war es vermutlich auch, was sie so verwirrt hatte. Aber sie hatte seinen Haß und seine Feindseligkeit schon gespürt, bevor er selbst davon gesprochen hatte – und da hatte sie es auf Anhieb erkannt. Er erinnerte sie an Thad.

Am Abend versuchte sie es Christian zu erklären, der ihr nach dem ersten Jubel über das, was er als eindeutigen Sieg bezeichnete, aufmerksam zuhörte.

»Sie brauchten ihn beide – auf ihre Weise, verstehst du das, Christian? Sie brauchten die Rivalität. Möglicherweise brauchten sie sogar den Haß. Ich weiß es nicht. Vielleicht brauchen die Menschen das. Genauso wie sie Liebe brauchen.«

»Meinst du, er hatte Spaß am Kampf?« Christian machte ein nachdenkliches Gesicht. »Ja. Doch. Das kann ich mir vorstellen. Männer wie Edouard ziehen Haß auf sich – obwohl er selbst das nie verstanden hätte. Und natürlich Liebe.«

Hélène hörte, daß jede Affektiertheit aus seiner Stimme gewichen war, hörte den Anflug von Kummer darin. Rasch beugte sie sich über den Eßtisch und legte ihre Hand auf seine. »Ach, Christian«, sagte sie traurig. »Ich weiß.«

»Ich habe ihn so sehr geliebt«, gestand er. »Er konnte arrogant sein, und eigensinnig, und unmöglich. Er hat mich zum Lachen gebracht. Er hat mich zum Denken gebracht. Außerdem war er der gütigste Mensch, den ich gekannt habe. Hugo fand – mein Cousin Hugo sagte immer... Ach verdammt! Es tut mir leid, Hélène.«

»Das muß es nicht«, gab sie zurück, als er den Kopf abwandte. Sie wartete ein wenig; dann stand sie auf und holte Christian einen Cognac. Nachdem sie wieder Platz genommen hatte, stützte sie die Ellbogen auf den Tisch und ihr Gesicht in beide Hände. »Erzähl mir von ihm, Christian. Bitte. Erzähl mir, wie er früher war, als du ihn kennenlerntest, bevor ich ihn kannte.«

Christian hob den Kopf. »Es wird dir nicht weh tun?«

»Nein. Jetzt nicht. Ich möchte es.«

»Das kann ich verstehen. Anfangs kann man es nicht ertragen, irgend etwas zu sagen oder zu hören, und dann, später...« Er stockte. »Ich werde dir erzählen, wie ich ihn kennenlernte. Gehört hatte ich schon vorher von ihm, durch Hugo. Das aber war der Tag, an dem wir uns persönlich kennenlernten. In London, im Haus am Eaton Square, ungefähr einen Monat, bevor wir beide nach Oxford gingen. Hugo sagte...«

Er sprach jetzt schneller, so lebhaft wie immer, während er gestenreich mit den Händen fuchtelte.

Hélène hörte ihm zu. Sie sah die Straße, das Haus und Christians achtzehnjährigen Freund. Und während er sprach, spürte sie nach einer Weile, wie die eisige Starre, die schon begonnen hatte, sich aufzulösen, immer weiter zurückwich, bis sie sie erleichtert ganz von sich schob.

Christian sprach; die Kerzen auf dem Tisch brannten herunter.

Als sie an jenem Abend zu Bett ging, streckte sie, wie jeden Abend, die Hand aus, um die Laken neben sich zu berühren. Sie ließ die Hand dort liegen und schloß in dem Bewußtsein die Augen, daß sie in dieser Nacht schlafen würde. Nun, da die Starre gewichen war, und auch die Trägheit, war Edouard ihr auf einmal sehr nahe.

Im Sommer werde ich mit den Kindern nach Quaires gehen, dachte sie.

In diesem Sommer ließ sich Hélène eine gewisse Schatulle aus Paris nach England schicken, die ihre Tochter eines Abends, im Wohnzimmer von Quaires auf den Knien liegend, neugierig öffnete.

Es war eine antike Schatulle, so groß wie ein kleiner Koffer, mit gewölbtem Deckel und überzogen mit feinstem Leder, das zu einem moosigen Grün verblaßt war; auf dem Deckel befand sich das Wappen der de Chavigny sowie Cats Monogramm. Cats Hände zitterten ein wenig, als sie sie öffnete: Sie ahnte zwar nicht, was sie enthielt, wußte aber, daß es etwas sehr Wichtiges war, daß es irgendwie mit ihrem Vater zu tun hatte, dessen zweiter Todestag vor kurzem gewesen war. In der Schatulle fand sie zwei unterteilte Einsätze, die sie heraushob, und in diesen Einsätzen eine Anzahl kostbar gearbeiteter Lederetuis. Schmucketuis. Ein wenig beklommen hockte sie sich auf die Fersen.

Es war ganz still im Haus; draußen verblaßte das Licht eines drückend heißen Spätnachmittags zum Blau der Dämmerung; Schatten fielen schräg über den Rasen.

Nach einer Weile kam Hélène zu ihr herüber und kniete sich neben sie. »Ich wollte, daß du sie siehst, Liebling; ich wollte, daß du es weißt«, sagte sie zärtlich. »Bisher war es noch zu früh, aber ich dachte, jetzt…« Sie stockte und berührte behutsam eines der kleinen Etuis.

»Bevor wir zu Edouard zurückkehrten, in all den Jahren, als wir in Amerika waren, hat Edouard jedes Jahr an deinen Geburtstag gedacht. Er wählte ein Geschenk für dich, und dieses Geschenk wurde in Paris in den Safe gelegt. Um dort auf dich zu warten. Darauf zu warten, daß du zurückkehrst.« Sie deutete auf das erste. »Das hier gehört zu deiner Geburt. Danach gab es dann jedes Jahr eins. Sie sind alle genau datiert – du wirst es sehen.«

»Jedes Jahr. Und als wir wieder bei ihm waren, hat er es fortgesetzt. Und ich nach ihm. Ach Cat, ich wollte, daß du sie siehst! Er hat dich so sehr geliebt!« Sie streichelte Cats Hand. »Öffne sie, mein Liebling.«

Sehr behutsam begann Cat die Etuis zu öffnen. ›Für Catharine in Liebe, 1960.‹ Eine Perlenkette, rosa, mit Briolette-Diamanten, hauchzart wie ein Blumenkranz, in der sie sofort Wyspianskis Werk erkannte. ›Für Catherine in Liebe, 1961.‹ Eine Cartier-Tiara aus schwarzem Onyx, gekrönt von Perlen; 1962: eine chinesische Kette aus geschnitzten Korallen mit winzigen Blüten, aus denen kleine Büschel von Onyx und Diamanten hingen. Jahr um Jahr; Etui um Etui: Zum fünften Geburtstag eine fünfreihige, perfekte Perlenkette. Zwillingsarmreifen, so geschickt gearbeitet, daß es aussah, als seien sie aus Saphiren geschnitten. Lapis und Gold; alle Edelsteine, bis auf Saphire; 1973, im Jahr seines Todes, ein Cabochon-Rubinring, der genau an ihren Finger paßte.

Cat betrachtete das alles staunend und fassungslos. Tränen stiegen ihr in die Augen. Eine Tiara – würde sie jemals eine Tiara tragen? Es rührte ihr Herz, daß der Vater etwas gewählt hatte, das so ganz und gar in seine Generation paßte.

Liebevoll zog sie mit den Fingern die Konturen des Schmuckstükkes nach, dann wurde ihre Miene auf einmal enschlossen.

»Ich möchte dir was zeigen, Mutter. Warte hier – bitte! Geh nicht weg!« Sie lief hinaus und kam kurz darauf mit einem Aktenhefter unter dem Arm zurück. Sie kniete neben Hélène nieder und öffnete ihn mit bebenden Händen. Es war eine Sammlung von Entwürfen – Schmuck-Entwürfen: Seite um Seite, jeder einzelne signiert, datiert und, wie Cat es immer tat, peinlich genau gezeichnet.

»Ein ganzes Jahr lang hab ich daran gearbeitet. Immer wenn ich in Paris bin, zeige ich sie Floryan, und er hilft mir. Er sagt mir, was technisch möglich ist und was nicht. Dieser Entwurf hier – siehst du? Ich mußte ihn ändern. Er war nicht auszuführen, nicht so, wie ich ihn anfangs gezeichnet hatte. Und der hier – oh, den liebe ich! Ich glaube, er gehört zu meinen besten. Ich weiß, Mutter, daß sie noch nicht besonders gut sind, aber sie werden besser werden! Ich werde dazulernen, ständig daran arbeiten...«

Voll Begeisterung sah sie zu Hélène, während ihre Mutter den Aktenhefter zu sich heranzog und sich konzentriert darüber beugte. Sie hatte keine Ahnung gehabt, daß Cat sich mit Entwürfen befaßte, und sie waren gut! Phantasievoll! Langsam blätterte sie die Seiten um, begutachtete jede einzelne Zeichnung sowie die technischen Anmerkungen, die Cat an den Rand geschrieben hatte. »Aber Cat – sie sind wunderschön! Sie sind ganz wunderbar...«

»Bisher wollte ich sie dir noch gar nicht zeigen. Nicht, bevor ich genug beisammen hatte. Nicht, bevor ich selbst hundertprozentig mit ihnen zufrieden war...« Cat verstummte. Mit zitternder Hand deutete sie auf die kleinen Etuis, die vor ihr lagen, und dann wieder auf ihre Entwürfe.

»Ich wollte, daß du es weißt; ich wollte, daß Daddy es weiß. Daß ich alles weiterführen werde. All dies. Den Schmuck. Die Firma. O ja, ich weiß, ich hab noch unendlich viel zu lernen, aber ich *werde* lernen – wenn *du* meine Lehrerin wirst.« Sie zögerte. »Ich weiß, wieviel du getan hast. Floryan sagt, du hast die Kollektion gerettet, und die Firma. Ich habe Christian gefragt, und er sagte, es geht weiter, von einer Kraft zur anderen. Und ich wollte dir zeigen, daß es dort nicht aufhören wird.«

Sie verstummte und senkte den Kopf. Hélène, gerührt von der Begeisterung und Spontaneität, mit der Cat sprach, sah ihre Tochter liebevoll an. Nach einer Weile ergriff sie ihre Hand. Cat drückte sie sehr, sehr fest. Mit leuchtenden Augen sah sie die Mutter an; dann wurde ihr Bllick auf einmal unsicher und flehend.

»Werd' ich's schaffen, Mutter? Werd' ich es können? Manchmal bin ich so sicher, und dann wieder bekomme ich Angst. Ich weiß, wie schwierig es ist, wie riesig diese Aufgabe ist – und dann denke ich, es ist nur eine dumme Angeberei von mir. Ein Phantasieprodukt...«

Hélène wartete einen Moment. Dann legte sie Cat den Arm um die Schultern. Sie spürte, daß ihre Tochter bebte, so aufgewühlt und gespannt war sie.

»Cat, als ich in deinem Alter war – weißt du, was ich damals fest geglaubt habe?«

»Nein. Was?«

»Ich habe geglaubt, daß nichts unmöglich ist. *Überhaupt nichts*! Wenn man es nur fest genug will. Wenn man nur entschlossen genug ist.« Sie atmete tief durch. »Damals war ich hundertprozentig überzeugt davon.«

Sie sprach sehr verhalten, doch Cat entging der Anflug von Bedauern, von Traurigkeit nicht. Sofort löste sie sich aus dem Arm der Mutter. »Das hast du damals fest geglaubt? Und hattest du nicht recht damit? Ich bin sicher, daß du recht hattest! Genau das ist es, was ich jetzt denke... Genau das ist es, was ich auch empfinde...«

»Vielleicht hatte ich recht.« Hélène wandte den Blick ab. »Ich bin der Meinung, daß ein so fester Glaube, eine so feste Entschlossenheit den Menschen sehr lange tragen kann. Aber es wird stets Dinge geben, die man nicht unter Kontrolle hat…«

Sie ließ den Satz in der Luft hängen; sie dachte an Edouard, den keine Willenskraft der Welt zurückzubringen vermochte. Doch Cat, fünfzehn Jahre alt und erfüllt von der festen Überzeugung ihrer Jugend, würde ihrem Gedankengang nicht folgen können, oder sie hörte ihr einfach nicht mehr zu.

Cat kniete sehr aufrecht da; auf ihren Wangen hatten sich zwei hektische rote Flecken gebildet, um ihren Mund lag ein energischer Zug, der Hélène an Edouard erinnerte. »Ich glaube nicht an Eingrenzungen. Und werde niemals daran glauben. Daddy hat auch nicht daran geglaubt. Ich *werde* dies alles tun, Mutter. Ich *schwöre* es dir; hier auf der Stelle!« Sie hob die Hand und legte sie auf den Deckel der Schatulle. Und Hélène, die begriff, daß ihre Tochter diese Überzeugung jetzt brauchte, vielleicht auch diesen feierlichen Eid brauchte, sah ihr schweigend zu.

Cat verharrte in ihrer Position – aufrecht, die Hand steif ausgestreckt, den Blick den Fenstern und den Gärten zugewandt. Dann plötzlich, als wäre sie aufgewacht, erhob sie sich vom Fußboden. »Wie still der Abend heute ist!« Sie wandte sich wieder um.

Als Hélène ebenfalls aufstand, nahm Cat sie impulsiv in die Arme. »Ich möchte hinaus, Mutter. In den Park. Ich muß eine Weile mit mir allein sein. Ich muß nachdenken. Macht es dir was aus?«

»Aber natürlich nicht! Geh nur. Ich rufe dich, sobald das Abendessen fertig ist.«

An der Terrassentür hielt Cat inne und wandte sich um. »Als du in meinem Alter warst… Das hab ich mir bisher noch nie vorstellen können – daß du auch mal in meinem Alter warst…« Sie zögerte unsicher. Als Hélène lächelte, machte Cat kehrt und lief erleichtert in den Garten hinaus.

Als sie fort war, blieb Hélène eine Weile im kühlen Zimmer sitzen. Aus den anderen Ecken des Hauses kamen ferne Geräusche: aus der Küche Gesang bei den Vorbereitungen zum Abendessen und das Klappern der Töpfe; von oben die Laufschritte des siebenjährigen Baron de Chavigny und seines vierjährigen Bruders, die eilig zu Bett gebracht wurden; von draußen das Gurren der Waldtauben und Vogelgesang. Ein stiller Abend.

Cats Worte und die leidenschaftliche Intensität, mit der sie gesprochen wurden, hatten sie sehr berührt. Sie brachten die Vergangenheit zurück: Sie dachte an Edouard, wie Christian ihn beschrieben hatte – ein Kämpfer gegen die ganze Welt, um seinen toten Vater zu verteidigen. Sie dachte an sich selbst, wie sie im Wohnwagenpark auf der Treppe gesessen, zum nächtlichen Himmel mit den südlichen Sternen emporgeblickt und fest daran geglaubt hatte, daß nichts – aber auch gar nichts – unmöglich sei.

Es ist ungeheuer wichtig, daß man daran glaubt, dachte sie auf einmal fast zornig. Wenn man mit fünfzehn Jahren nicht daran glaubt – wann dann?

Dennoch fürchtete sie für Cat. Der Gedanke, daß diese strahlende Begeisterung mit der Zeit und mit der wachsenden Erfahrung getrübt werden würde, machte sie beklommen. Sie stand auf. Das deprimierende Bewußtsein der Tatsache, daß die Zeit verging, löste in ihr ein qualvolles Sehnen nach Edouard aus. Sie blieb still stehen und wartete reglos darauf, daß der erste, schlimme, schneidende Schmerz verging. Dann wanderte sie rastlos im Zimmer umher: Dort an der Wand hingen die beiden Porträts von Anne Kneale – eines von Cat als Kind, und eins von ihr selbst, als sie kaum älter war als Cat. Als sie es betrachtete, vermochte sie kaum zu glauben, daß sie es war, und wandte sich ab.

Edouards Sessel. Der Tisch, an dem er zuweilen Briefe schrieb. Edouards Tonbänder und Schallplatten. Edouards Bücher. Im Vorübergehen berührte sie all diese Dinge: den Sessel, die Tischplatte, die abgegriffenen Buchrücken. Einige davon stammten noch aus seiner Kindheit; sie hatte sie hergebracht, als das Haus am Eaton Square verkauft wurde. Sie strich über sie hin, ohne auf die Titel zu achten, und zog wahllos eins heraus. Sie hielt es sehr locker in der Hand, um zu sehen, ob es an einer bestimmten Stelle aufklappte, die er vielleicht besonders markiert hatte.

Es war ein Gedichtband, der sofort an einer Stelle aufklappte, wo ein Zettel zwischen den Seiten steckte. Sie nahm ihn heraus und glättete ihn: In einer kindlichen Version von Edouards Handschrift enthielt er die Abschrift eines Gedichtes aus diesem Buch. John

Donne: *Der Jahrestag*. Darunter war ein Datum geschrieben; ›22. August 1941.‹ Sie kannte das Gedicht nicht, las Zeile um Zeile, die unbekannten Worte im stillen Edouards Stimme hörend. Sie lauschte der Melodie seiner festen Überzeugung, seiner Verheißung, über dreihundert, über dreißig Jahre hinweg.

›*Sie, die kein Morgen hat, auch ohne Gestern war...*‹ Sie schloß das Buch, behielt das Blatt Papier aber in der Hand. Warum hatte Edouard dieses Gedicht abgeschrieben? Sie würde es niemals erfahren, fühlte jedoch genau, daß es ihr bestimmt war, es zu finden.

Der Schmerz ließ nach; ihr Herz wurde so still und gefaßt, als sei ihr Edouard ganz nahe. Sie hatte das Gefühl, daß es *dies* war, was wirklich wichtig war – diese Liebe, die sie belebte und die durch seinen Tod weder verändert noch verringert worden war. Für Edouard, doch auch für sich selbst legte sie die Beethoven-Kassette in die Stereo-Anlage. Die Musik setzte ein; sie trat ans Fenster und sah in den Garten hinaus, erkannte von fern ihre Tochter. Die Musik verschmolz mit den Schatten und dem Duft der feuchten Gräser. Am anderen Ende des weiten Rasens stand Cat ganz still, eine helle Gestalt vor den dunklen Taxushecken. Der Musik lauschend, hob sie den Kopf. Dann fing Cat an zu tanzen.

Sie drehte und drehte sich, bewegte sich gemessen, graziös im grau-violetten Licht des Abends, genoß das kühle Gras unter ihren Füßen, das Spiel des Lichts auf ihrer Haut. Die Mutter beobachtete sie, und Cat glaubte zu sehen, daß sie lächelte. Nun jedoch hatte sie das offene Fenster verlassen, und Cat war allein im Garten, allein mit dem Abend, allein mit der Musik.

Sie hörte auf zu tanzen, blieb still stehen und ließ die Arme reglos hängen. Sie wandte das Gesicht zum Himmel, an dem die Sterne noch unsichtbar waren. Ein bleicher Mond ging auf, mit verwischten Konturen. Er hing am Himmel und leuchtete nur sehr vage.

In der Ferne schrie eine Eule. Und Cat, die sich an einen Abend genau wie diesen erinnerte, strengte ihre Augen an. Dann entdeckte sie den hellen Schatten, das langsame Schlagen der Flügel. Der Vogel strich lautlos über den Rasen und die Felder dahinter und verschwand.

Cat blieb stehen, hoffte, er werde zurückkommen. Die Farben verblaßten; die Musik vom Haus her wurde klagend, gleich darauf aber wieder zuversichtlicher. Ihr wurde kalt, aber sie wollte noch nicht hineingehen: Der Garten, der Mond und die Eule stellten für sie machtvolle Kräfte dar. Und auch sie selbst fühlte sich von Kraft erfüllt – ungefähr so wie vor zwei Jahren, als sie merkte, daß sie Khan reiten konnte. Sie fühlte sich herausgefordert – von den Umständen, der Musik, der Stille des Abends.

Sie genoß dieses Gefühl, suchte es zu bewahren. Sie sprach den Namen ihres Vaters aus – einmal, zweimal, dreimal. Es wirkte wie eine Beschwörung, denn dies war ein Abend, an dem Zauber wirkten und nichts auf der Welt unmöglich war.

In diesem Moment spürte sie, daß er bei ihr war – so real, als hätte er ihre Hand berührt –, und zu ihrem Erstaunen merkte sie, daß ihr Tränen über die Wangen liefen, obwohl sie keine Trauer empfand.

Jetzt war die Musik fröhlich geworden. Cat zog ihre Schuhe aus und spürte das kühle Gras unter den Füßen. Sie hob die Arme und begann wieder zu tanzen. Sie tanzte für ihren Vater, für ihre Mutter, für die Kühle des Abends, für die wunderschöne Musik und für sich selbst. Und während sie tanzte, dachte sie: ›Oh, so vieles werde ich tun! So unfaßbar vieles ...‹

Noch nie war ein Mensch seiner selbst so sicher gewesen – davon war sie fest überzeugt. Dieses Gefühl war berauschend: Es begeisterte sie. Auf einmal fühlte sie sich leicht – und unendlich zufrieden. Der Garten lag still und dunkel; der Himmel schimmerte; und vom Haus her rief ihre Mutter.

Sie hörte auf zu tanzen und stand still. Dann wandte sie sich mit einem leichten Erschauern um – vielleicht ein Erschauern der Erregung, vielleicht auch der Beklommenheit, weil so vieles auf einmal begann –, und lief in freudigem Erwarten zum Haus zurück.

Anmerkung der Autorin

Der Film, der 1962 tatsächlich die Goldene Palme gewonnen hat, war der brasilianische Film *O Pagador de Promesas*.

Im Jahre 1965 ging der Academy Award für den besten Film an *The Sound of Musik*; für die beste Schauspielerin an Julie Christie in *Darling*; und für den besten Regisseur an Robert Wise für *The Sound of Music*.